裕德齡集
（一）

[美] 裕德齡 著

顧秋心 等譯

荊楚文庫編纂出版委員會

長江文藝出版社

裕德齡集
YU DELING JI

圖書在版編目（CIP）數據

裕德齡集：全四冊 /（美）裕德齡著；顧秋心等譯.
—武漢：長江文藝出版社，2023.3
ISBN 978-7-5702-2866-9

Ⅰ．①裕…
Ⅱ．①裕… ②顧…
Ⅲ．①文學 - 作品綜合集 - 美國 - 現代
Ⅳ．① I712.15

中國版本圖書館 CIP 數據核字（2022）第 180181 號

責任編輯：周　陽　楊　陽
整體設計：范漢成　曾顯惠　思　蒙
責任校對：毛季慧
責任印製：邱　莉　楊　帆
出版發行：長江文藝出版社（中國·武漢）
地址：武漢市雄楚大街 268 號 B 座
電話：（027）87679320　郵政編碼：430070
印刷：湖北新華印務有限公司
開本：720mm×1000mm　1/16
印張：83.625　插頁：32
字數：1162 千字
版次：2023 年 3 月第 1 版　　2023 年 3 月第 1 次印刷
定價：400.00 元（全四冊）

ISBN 978-7-5702-2866-9

9 787570 228669 >

出版説明

　　湖北乃九省通衢，北學南學交會融通之地，文明昌盛，歷代文獻豐厚。守望傳統，編纂荆楚文獻，湖北淵源有自。清同治年間設立官書局，以整理鄉邦文獻爲旨趣。光緒年間張之洞督鄂後，以崇文書局推進典籍集成，湖北鄉賢身體力行之，編纂《湖北文徵》，集元明清三代湖北先哲遺作，收兩千七百餘作者文八千餘篇，洋洋六百萬言。盧氏兄弟輯録湖北先賢之作而成《湖北先正遺書》。至當代，武漢多所大學、圖書館在鄉邦典籍整理方面亦多所用力。爲傳承和弘揚優秀傳統文化，湖北省委、省政府決定編纂大型歷史文獻叢書《荆楚文庫》。

　　《荆楚文庫》以“搶救、保護、整理、出版”湖北文獻爲宗旨，分三編集藏。

　　甲、文獻編。收録歷代鄂籍人士著述，長期寓居湖北人士著述，省外人士探究湖北著述。包括傳世文獻、出土文獻和民間文獻。

　　乙、方志編。收録歷代省志、府縣志等。

　　丙、研究編。收録今人研究評述荆楚人物、史地、風物的學術著作和工具書及圖册。

　　文獻編、方志編録籍以 1949 年爲下限。

　　研究編簡體横排，文獻編繁體横排，方志編影印或點校出版。

《荆楚文庫》編纂出版委員會

2015 年 11 月

前　言

慈禧御前侍女德齡（姐）、容齡（妹），哥哥勛齡是清末重要文化熱點人物。德齡、容齡曾做過慈禧御前英、法等語言的翻譯。德齡出宮後成爲美籍華人作家，容齡是我國第一位芭蕾舞表演者，勛齡則是唯一一位給慈禧照過相的攝影師。後來，周恩來總理親自點名任命容齡爲國務院文史館館員。

慈禧御前侍女德齡没有接受慈禧的"指婚"去做溥儀的舅媽，而走了一條艱辛、凄凉的創作道路。她每部書稿的出版或再版，都吸引着一代讀者。從一九一一年她的第一本英文版著作問世，到幾個月前剛剛翻到她的第七部英文版原著譯成中文，歷經九十餘年，她的作品，風靡海内外，盛銷不衰。近年來，有人將她的名字同張恨水、劉雲若等名字并列在一起，稱她爲宫廷"鴛鴦蝴蝶派"作家。日前，再現德齡的戲劇、影視劇正在海内外走熱，港臺一些作品裹稱德齡爲十三格格。

本叢書囊括了德齡的《童年回憶録》《金鳳》《清宮二年記》《慈禧御苑外史》《光緒泣血記》《皇室烟雲》《蓮花瓣》《現世寶》八部作品，可謂是德齡著作大全了。

叢書既包括德齡一生的回憶録，也包括德齡一生的其他作品。書中既有真實的歷史寫照，也有作者巧奪天工的描繪。既有慈禧西幸回來"新政時期"的"宫廷生活"，又有作者虛構的慈禧東幸野游。既寫了慈禧的"情人""愛情""隱私"，又寫了清末時局和清末外交生活。既細緻入微、深透膜裹地把慈禧這個凶神還原成有血有肉的生活中的女人，又通過光緒的血泪控訴，淋漓盡致地鞭撻了慈禧野蠻的天性和奪去光緒生命的封建專制。特別是德齡自己，是個宫廷愛情的失敗者，她的種種私慾分散地隱諱在她的作品裹，只有讀完她的全作，才能明白德齡愛情的春秋夢。

叢書裏還穿插一些清宮故事、民間故事、京劇故事、童話故事，作品可讀性很強。

德齡（約一八八一年六月六日至一九四四年十一月二十二日），滿洲漢軍正白旗人，父親裕庚是清末三品外交使臣，後任太僕寺卿，母親法國人，早年身份卑賤。德齡共兄妹五人：大哥早逝；二哥勛齡爲慈禧攝像師；德齡行三（三姑娘）；四弟馨齡，德齡進宮後，慈禧安排他在萬壽山輪船處工作，英年早逝；容齡老五（五姑娘），一九七三年去世。

德齡自幼喜愛文學，一八九五年其父裕庚出使日本，她同容齡等家人隨父去了日本四年之久，在日本期間，學了英文、日文、日本插花、日本舞蹈。一八九九年，父親又出使法國，姐兒倆等隨父在法國又居住四年，學了法語和其他語言，同時，她與容齡一起得到世界著名的現代舞之母依薩多拉·鄧肯的免費親授，學了三年自由派舞蹈，成爲鄧肯的親傳弟子。此期間還學了音樂、芭蕾舞。她十五歲時，演男女友情劇“美麗的拉文特”，向封建意識進行了挑戰。裕庚擔任駐外使節期滿，一九〇三年一月二日，率全家回到上海，到京後住在賢良寺，德齡自言會八國語言。

一九〇三年三月二日，經載振推薦，德齡、容齡進宮成爲慈禧的御前侍女。容齡天真浪漫，德齡心高志遠。德齡不僅姿容絕倫，而且還從國外帶來了許多洋玩意，啓迪了慈禧對“新生活”的想往。德齡把自己看成“努爾哈赤的嫡傳子孫”，認爲皇后（這裏指慈禧太后）不應該被“葉赫那拉氏”佔有。德齡、容齡在宮裏侍奉慈禧兩年中，做過慈禧御前英、法等語言的翻譯，美國公使康格夫人和英國使館漢文秘書威廉太太、俄國伯蘭桑夫人、西班牙公使德卡賽夫人和小姐、日本公使内田夫人、葡萄牙公使阿爾美達夫人、法國使館書記肯納使夫人、後來的日使伊集院夫人等入宮都由德齡、容齡等人陪同和翻譯。德齡、容齡輪做慈禧畫像的替身模特，并同美國畫家卡爾陪住多日。德齡還做了光緒的英文教師，并經常爲慈禧等人在宮裏譯讀外文報紙。日常，姐兒倆陪伴慈禧化妝、游玩、看戲、學車、寫字、觀花、賞狗、擲骰和籌備各種節日。

按其父官位，德齡不够封郡主的資格，但經宮中幾人回憶，慈禧七十歲萬壽節期間，慈禧的確曾懿封德齡、容齡爲郡主（滿語爲和碩格格），由于西方没有公主、郡主之分，國外譯者曾把德齡郡主翻譯成德齡公主，鬧得沸沸揚揚。翻譯家秦瘦鷗先生介紹原作者，曾説過："其實，不但照中國的習慣，已經覆亡的一朝所頒給的種種頭銜都得一律作廢，便是真要保留她在滿清一朝所取得的封號的話，也只能稱爲德齡郡主，因爲她和她的妹妹容齡女士（封山壽郡主）都不是努爾哈赤的嫡裔，根本没有晋封公主的可能性。"

不管慈禧開始召德齡進宮的目的爲何，也不管德齡開始進宮的想法爲何，東西方兩種思想、兩種文化的相遇，必然發生撞擊，這是其一。其二德齡雖然恭維慈禧，但心靈深處更同情敬慕光緒，雖然她也想過，借着在慈禧、光緒雙方得寵的優勢，改變一下"母子"關係，但在慈禧、光緒兩種不容的人生道路中，德齡早就選擇了仰慕已久的光緒皇帝，惋惜自己出國錯過"選妃機會"，早進幾年宮就可能成爲光緒"不幸的妃子"了，這必然觸痛慈禧的神經。慈禧給她指婚，她抗婚，宣布她宮廷愛情的失敗。據傳，二總管崔玉貴設了"珍寶計"，讓德齡母親出醜，促使母女離宮。一九○五年三月，其父裕庚在上海病重，德齡正式出宮，同年十二月其父病故，德齡以"百日孝"爲由從此没再回宮。

德齡到上海後，在舞會上認識了美國駐滬領事館的副領事（後改做報館記者）撒迪厄斯·懷特，一九○七年五月二十一日兩人結婚，生一子撒迪厄斯·雷蒙德·懷特（薩都斯）。德齡在美國期間大部分精力，都在潛心研究清宮和寫作"清宮"。一九二七年到一九二八年間德齡第一次回國逗留，并由自己扮演慈禧，演出了英語清宮戲。同時又找了小德張等人，進一步回憶收集了清宮資料。一九三三年愛兒薩都斯早逝。一九三五年德齡二次自費回國，當時周瘦鵑（多數人稱他駕鴦蝴蝶派作家）主編的《申報春秋》，看上并連載了德齡的《御香縹緲録》，德齡這次回國，同翻譯家秦瘦鷗見面長談。

回美國後，德齡女士參加了海外華僑"中國之夜""一碗飯運動"等愛國活動。由于兒子夭折,夫妻感情不和,同懷特長期分居。一九四四年十一月二十二日,德齡在加拿大死于車禍。

德齡的著作,都是用英文出版的,德齡著作的譯作者影響最大的是顧秋心和秦瘦鷗。

顧秋心是德齡重要的譯著者之一,一九四九年前顧秋心翻譯的《清宮二年記》《童年回憶錄》曾幾度火爆海內外,一九四九年後陸續翻譯和出版了德齡的《老佛爺》(即本書的《慈禧御苑外史》)、《天子》(即本書的《光緒泣血記》)。近兩年又繼而翻譯了《皇室烟雲》,到美國調研後又翻譯了《蓮花瓣》,加上以前中國大陸未曾出版過的《金鳳》及《現世宝》,共八本德齡譯作。秦瘦鷗一九四九年前翻譯的《御香縹緲錄》(即本書的《慈禧御苑外史》)、《瀛臺泣血記》(即本書的《光緒泣血記》)社會影響頗大,雖然這兩本書兩個翻譯家(秦瘦鷗、顧秋心)都翻譯了,但兩者各有千秋,本想將二人的譯著都編入叢書中,秦瘦鷗的親屬也同意,可惜秦瘦鷗的兩本書版權尚未到期,只好暫時割愛。

德齡的作品也有些不足之處,德齡在海外生活多年,在宮裏只待了兩年多,其他都是耳聞。作品中的清宮史料、清宮規矩、清宮習慣難免會被歷史學家們挑出一些毛病。然而她的作品發行量甚大、久銷不衰的原因,是由于作品中的文學魅力和文學價值,她描繪出了筆下的"清宮",塑造了筆下的"慈禧",甚至達到以假亂真的效果。

德齡的作品雖然受本人思想和歷史局限影響,也存在一些錯誤觀點,然而她作品主流以驚人的記憶、不懈的探索、入微的觀察、大膽的想象和聯想,細膩刻畫了"清宮人物"和描繪了"清宮生活",富有濃厚的時代氣息和宮廷特色,特別是勾勒出有血有肉的慈禧的各種性格,彌補了史書上和藝術上缺失的暮年慈禧形象,具有較高的文學價值和一定的歷史價值、欣賞價值、學術價值、收藏價值,這是其他沒見過慈禧面的宮廷作家所望塵莫及的。

談寶森

總目錄

形塑文庫

童年回憶錄

目　録

序

親愛的母親：

　　我多麼感激你，你把你童年時代的故事告訴我了，這是我所沒有料到的。讀了原稿之後，我覺得你這樣地讓我窺探你童年時代的生活，實在是不聰明的。你常常告訴我：某些某些事情不可以做，必須尊敬長者，必須服從師長，必須用功讀書，必須端莊文雅。可是從你的故事裏，我發覺你對長者惡作劇，大膽地和教師開玩笑……假使你以前是端莊文雅的，我却無法從你的自傳裏找到證明。

　　因爲人家常説，寫自傳的人往往不肯完全説真話，所以我很懷疑，你的自傳裏是否應該有整章整篇的惡作劇、不肯讀書等等，那些你都掩飾起來了。我想一定有的。

　　然而，我發現你做了所有你不準我做的事，結果却有這樣大的成就，我想我終究還不是完全沒有希望吧。現在，我比以前更加愛你了，因爲你讓我看到你的過去。假使以我這些缺點，像你所有的一樣，而能够有你一樣的成就，我就滿足了。

　　　　　　　　　　　　　　　　　　　　你的愛兒　薩都斯

回憶中的沙市

在沙市的中部一個滿族家庭的早餐桌邊，坐着一個生平少見的愛淘氣的孩子。她年紀只有六歲。可是又頑皮，又放縱，又剛強，因爲她父親太愛她，什麼事情都順從她。她這年紀正是滿洲孩子開始讀書的年紀。可是我敢說，這位不平凡的小叛徒自以爲知道得很多了，不屑再浪費許多時間去讀中國的經書，像她父親所希望的那樣。

當書房外面的世界正充滿着神秘的事物（太陽在照耀着，花園池子裏各色的金魚正等待着人們去玩賞）而書房裏又是不自由的時候，讀書有什麼意思呢？而且，那些在貴族家庭裏做教師的人是從來不作興笑一笑的。他們把孩子的大笑看得像疾病一樣可厭，把竊笑認爲是最傷尊嚴的野蠻舉動。

這位經歷六個夏天（是六個不平静的夏天，因爲她從不肯有一刻安静，除非她正在捉弄某一個人）的小姑娘曾經有過許多教師，現在正在嘗試着一位新教師，因爲以前走掉的教師都是生了氣走的。爲表明他們并非無能，他們對她的父親說“那孩子”是不可教的，誰都沒有方法管得住她。

這一個滿族家庭的人團團圍着桌子坐着，其中閑話最多、正經話最少的就是這位小姑娘。照滿族和漢族的家教，小孩子只有在被大人問到的時候才準開口，現在這位小姑娘可以隨意亂講，沒有一刻安静，一看就知道是一個深深被溺愛着的滿洲孩子。

如果說一個六歲的孩子也懂得不快活，那麼她確是感到不快活的。她才從歐洲回來（雖然那在她腦海中只剩下了一個模糊的記憶）要跟着她父親來發現些新的事物，這些直到現在才對她有了真正的重要性。歐洲的種種習慣在中國是不適用的，不但如此，就連公開談論它們也是有危險的。她曾經聽人家說過，如果大家知道她父親不依照中國的舊規矩治理家庭，而處處模仿歐洲，那麼可怕的遭遇會降臨到他身上，他可能因此而喪失性命。

為了這原因，她的父親回到中國後，一切都改成中國化，雖然他是極端贊成歐化的。這位早餐桌旁的小姑娘在歐洲的時候，服裝舉動都和外國小孩一樣，現在也完全變了樣子，當她在鏡子前面打扮自己的時候，她已不認得自己了。

西式的外套變成了臃腫的袍子，因為沙市的冬天是非常寒冷的。小小的鞋子也被棉花塞得胖胖的。她的身材還是這樣矮小，這種打扮，使你不禁想起這是一隻氣球生了兩條腿，這兩條腿也是被裹得胖胖的。

還有那頭髮，那是烏黑的頭髮，這孩子一向為此而自傲。在歐洲的時候，她把它做成一卷卷，像歐洲的孩子一樣。在中國，她父親為了要掩飾自己的歐化，讓她把頭髮梳直了，編成一根辮子（這是最最難看的東西）用一根大紅絲帶扎着。

對在沙市的回憶中，那臃腫的棉袍，炮艦式的腳，還有那大紅絲帶，緊緊地繫在髮辮上，好像一隻可厭的角。這種種直到現在還使她興奮，雖然她現在早已是一個成年的女子了。我還能看到那女孩子的喋喋不休的舌，打轉的眼睛，時時尋找着新鮮的惡作劇，飽滿的腳，矮胖的身材像一隻會跑路的氣球。我看得很清楚，因為所有知道她的人都責備她，說她將來沒有出息，我却最瞭解她，而且我可以說，除了她父親之外，沒有誰比我更瞭解她的。

早餐一會兒就要結束了，這小姑娘就要開始在教師的監視下讀書了。她非常恨他。因為他是一個教師。而尤其恨他的是因為他是"她"的教師。從早晨八點鐘開始，一直要到正午十二點鐘。一首短短的詩往往不够消磨一個上午。以後就是讀經史子集，一直到教師學生都筋疲力盡，不歡而散，這才是吃午飯、休息的時間。

哦！對了，還有那向父親母親請早安的事。小孩子起身後，就得用最恭敬的禮節請安，這在滿族和漢族的家庭中是不能忘記的。我可以很清楚地看見那矮胖的孩子，拖着一根可笑的辮子——上面還繫着那根紅絲帶，在她父親母親面前行禮，好像一個有着活動眼睛的機器洋娃娃。

早餐用罷，又是進書房的時間了。這是這位新教師來後的第一課。

這位惡作劇的小姑娘已嚇倒了多位教師，現在這一位新教師是從湖南請來的。那地方的教師是出名的殘酷、嚴峻和古板，對于惡作劇的小姑娘，他恨不得活吞。這位教師有個綽號叫"活剝皮"。如果一位教師想用恐嚇來管教學生，這是一個多麼適當的名字啊！但是我擔心，我記憶中的這位頑皮姑娘不曾被這個可怕的名字征服，因爲她親自告訴我她和教師第一次見面後的談話。

當教師學生各自就位預備開始讀書的時候，她立刻打開了她的話匣：誰高興讀中國的古典文學，那種連成人也不容易懂得的古典文學？雖然教師們總是耐着性子講解，其實他們是在掩飾自己的學識淺薄。對于一個年紀才六歲而又不大肯用功的姑娘，像我記憶中的這位小姑娘，要去精通這深奧的學問，她以爲是一生中最可笑的蠢事，直到現在她還告訴我她絲毫没有改變她的主張。

教師清了清嗓子，準備滔滔不絕地講。

我記憶中的那位小姑娘就哧哧地笑了起來。想到那滑稽的"活剝皮"的綽號，她笑得更厲害了。

教師的頭抬起來了，嚴厲地緊皺着眉頭。

"不準笑！"他怒吼着。

"爲什麼不準？"

"因爲這既不雅觀，又不尊敬！你没看見這根鞭子嗎？這就是權威，如果你再笑，或者再有什麼不雅觀的舉動，我就要用這鞭子重重地抽你！"

我記憶中的這位剛强的小姑娘轉着她的眼珠，繼續哧哧地笑着。

"你真的活剝人家的皮嗎？"她熱心地問着，似乎希望這教師立刻給她一個事實證明來供她取樂。

他并不答復這個問題，但又一次地指指他的鞭子。這根鞭子是一直放在他的手邊以備不時之需的。

這小姑娘伸出一隻小巧的手——由于那臃腫的袍子和髮辮上的紅絲帶，這隻手就顯得更加小巧了。這隻胖胖的手依着先生所指的地方抓起了那根鞭子。

"你就是這樣用這根鞭子的嗎?"她問。同時爲了幫助她説明自己的意思，這剛强的小姑娘把鞭子往教師的頭上打來，發出一陣尖叫聲，隨即又送上一陣哧哧的笑。

幾乎在第一次上課的開始，這小女孩已剝奪了她自己受這位嚴師教導的權利。雖然她的行爲多少是不可恕的，但是我對這位教師始終没有一絲同情。不過他在沙市家庭中做教師失敗，却并不是他的過失。

有一兩小時的時間，書房裏充滿着讀書聲，因爲這一家的孩子都在朗誦他們的課本，中間時時插入教師尖鋭的聲音，他不會忘記，也不肯忘記使用他手邊的那根鞭子。這以後就是傭人送茶進來的時間了。正在這時候，孩子的父親也到書房裏來。教師規規矩矩地向主人行禮，恭敬地接待他，和他談話。

這一類事情是常常發生的，而這孩子對于這類事情永遠感到興趣，轉着她的眼珠，等待着機會。她把一隻手指放在嘴上，意思叫別人不要響，從傭人手裏接過茶來，揮揮手叫傭人出去，于是把茶碗放在教師已離開的凳子上。

父親談了一會兒天就出去了。

教師覺得主人來訪是一件極光榮的事，興奮得把茶完全忘記了。他大模大樣地坐到原來的凳子上，可是立刻又狼狽地跳起來，茶碗已被他笨重的身體壓得粉碎了。在一件濕透的中國長袍和一位盛怒的國文教師面前，我記憶中的這位小姑娘爲她自己的思想行爲將要受到相當的"酬報"。

教師帶着女孩子（依然是穿得那麼臃腫、結着大紅絲帶的孩子）急匆匆地去請她父親來商議這件事情。這時候大家一致認爲這孩子免不了一頓鞭笞了。就是現在，我也覺得那女孩子應當受一頓結結實實的鞭笞。

可是那一天，我還記得，在討論到鞭笞問題的時候，有兩個人是反對的。

最主要的反對者，不用説，就是"那孩子"。

第二個，而且是極具決定性的反對者，就是孩子的父親。

父親顯得對這件事很嚴厲，可是在父女之間，有一股愛的力量把他們緊緊地聯繫着。他們彼此的瞭解、認識和愛好是不能用言語來形容的，是父母的愛和朋友的愛所混合的。

"立刻到花園裏去！"父親嚴厲地説，但却不住地眨着眼睛，不是對女兒的惡作劇感到興趣，便是爲了這位忠厚的教師的狼狽相發笑。

于是這孩子忘記了一切，回轉身來連跑帶跳地獨自到花園裏去了，心裏還暗暗地笑着教師的失敗。花園裏有各色的金魚、石頭雕琢的怪象、曲折的小路、常年開放的芳香的花，還有那池塘被太陽照耀得金碧輝煌，池邊柳樹上繫着一隻小船。

雖然這位小姑娘知道，家中任何一個小孩是不準單獨乘這船的，但是她的頑皮和剛强使許多問題得到了解決。

池塘裏長着許多鮮美的菱，自然，吸引力最强的菱是那些長在池子中央的，也就是離開那安全的港口即那棵柳樹最遠的地方。于是她解開船索，跨進那脆弱的小船，自己划開去，向引誘力最大的菱划去，船却只管打着轉兒，可怕地顛簸着。

她停止了她的無力的動作，把兩隻小手伸向目的地，她此刻所渴望着的目的地。可是不可避免的事情終于發生了。在萬萬分之一秒内，這小姑娘摔下水去了，謝謝天，池裏的水倒并不深，那小船就在水面上飄飄蕩蕩，橫撞着歡呼跳躍着的水波，把那金銀般的薄紗打成無數燦爛的水花。

我可以告訴你，那個驚惶的、穿着棉袍、梳着辮子（還有那紅絲帶）、活像個氣球的滿洲孩子霎時間停止了她的竊笑；因爲湖水非常冷，她又嚇得要死。她早已忘記了菱！

隨着這一陣騷動，趕來了驚惶的家屬和叫喊的僕人，且不管他們心裏怎麼樣，反正大家都知道這是"那孩子"又一次的頑皮勾當。當她挣扎到岸邊的時候，她的樣子非常可笑，渾身濕透，從脚跟一直到她小辮子的末梢，胸部急促地起伏着，池裏的金魚被她嚇得往各處躲藏，那些菱，那些不再使她感到興趣的菱，被她撥得點頭又彎腰，好像一些無知的信徒在向水底的聖像虔誠地禮拜。

　　孩子的父親將孩子抱在懷中，雖然他正穿着貴重的公服預備接見大官員，却不管那臃腫的棉袍已浸滿了水，孩子在他懷中像一捆濕透了的石棉，水滴不住地滴下來；也不管孩子刺耳的尖叫聲，他低聲地溫柔地用一種父親特有的愛安慰着她。

　　現在一般人的意見認爲這孩子須重重地責罰一下。

　　可是，又有兩個人反對。

　　第一個當然是這孩子本人，她是極任性的。

　　第二個是這孩子的父親，他事事依順她；因爲他愛她。

　　很奇怪的，這孩子的父親就是我的父親，而且我認爲他是世界上最好的父親；我，或許你已經猜到了吧？我就是那六歲的小姑娘，她那時候正在開始她一天的生活，像無數後來的日子一樣，也像無數以往的日子一樣。

嚴肅的庭院

當父親安慰着我，用他的慈愛治癒了我假想的創傷後，我已忘記了沒頂這回事。他有這種本領，就是能使你頃刻之間忘記痛苦，這是沒有一個醫生，尤其是中國醫生能夠做到的。

父親那時候是做監察御史，隨時可能有人來訪；而且誰也不能斷定什麼時候，來訪的人會想到見見主人的孩子。所以父親和我必須立刻換去濕衣服。我的創傷被同情和瞭解的語氣治癒後，我便被交給一個阿媽帶去換衣服，父親也去換新公服預備接見來訪的官員。

阿媽把我重新打扮起來，我早已忘記了采菱的事情，于是我催阿媽快些穿好，讓我可以出去找些新鮮的玩意兒。

阿媽把我的濕衣服脫去後，替我穿上一件臃腫的袍子，炮艦式的鞋子，還用一根全新的紅絲帶把我那已經直了的頭髮重新梳成辮子。一個人曾經淹入水中而不得不換衣服的時候，居然還免不了厚棉袍、大鞋子和髮辮上紅絲帶的束縛！我是多麼痛恨這些我不願穿戴而又不得不穿戴的東西啊！

我比父親早穿好許多時候，匆匆地趕到父親預備接見官員的庭院中，打算躲在一個地方偵察那些來賓的舉動。我曾看見過許多來訪我父親的人，他們的新奇的樣子不斷地引起我的興趣。我要偷偷地注意他們，看他們儀態的改變，當聽到我父親宣布預備接見他們的時候。

可是我剛走進廳前的庭院，就忘記了我來的目的，我素來是這樣一個浮躁的人。這庭院一向很吸引我，這裏有高大的樹，陽光從樹葉縫隙中射下，在樹的周圍灑成斑斑的影子。這些影子不停地移動着，在地面上形成各種的花紋。我常常站在樹下聽樹葉互相擦着，發出嗦嗦的聲音，好像在向我低語，又好像在窺探我。因爲我知道，在這個官吏所到的庭院裏是沒有我的事情的。爲了要愚弄這些傢伙，我總是踮着脚尖走路，緊張得伸出了舌尖，把全部注意力集中于我自己找來的工作。我進來的時候，他們正在竊竊私語，當我故意把背朝着他們的時候，他們竟會偷偷地看我。

這一次是輪到我去偷看人家了，去偷看那些在幾分鐘之内我父親就要接見的官吏。至于我父親，以一個上司的地位，他原可以叫他的客人無限期地等待着，直到他高興的時候再接見，可是他從沒這樣，他總是嚴格地遵守着時間。

雖然這樣，我還比他先一步到庭院裏。可是一到那裏，我立刻忘記了我所愛做的事，在一個六歲的孩子看來，這是有充分的理由的。

我對那以前向我低語的樹看着，懷疑我以前來的時候爲什麼竟沒有發現這一件奇怪的事。樹立刻又低吟了，葉片擦着葉片，輕輕地搖動着那由太陽光經過葉片縫隙而印在石路上的影子。鋪路的石子是大小不等的，當築路工人爲了要把所有的細石子都拼在一起，竟又形成了幾種可觀的花式。

然而最使我不安的（我直到現在才覺察，雖然我斷定這棵樹在幾個月前已經變成這樣了）是這麼一件事：在廳前庭院裏的許多樹中，有一棵樹沒有葉子！

這大大地困惑着我而且使我感到非常不平，當別的樹都是那麼青葱，長着一樹清香的綠葉，這一棵樹却是光禿禿地被摒棄在一邊。當然，這棵樹是死了；可是這個字那時候對我還沒有意義。我就動手來矯正大自然分配葉子（那些會互相擦着，對違規進院的小孩子喃喃不停的葉子）的不均勻。

我曾經是一個標準的頑皮女孩子，爬樹是我的拿手戲之一。于是我立刻就知道怎樣去矯正大自然的錯誤，而且，或許我待這棵樹好，它的朋友也都會注意到，而且，也許它們從此就停止對我的喃喃私語；讓我可以自由地走進這莊嚴的庭院，不會受它們的窺探，也不會被它們喃喃的警告而嚇跑。

于是我急忙跑到一棵有着過量樹葉的樹下，用任何一個國家中任何一個六歲的孩子所可能有的全部自信，爬上那滑溜溜的樹幹。

我爬進樹葉最密的地方，小心地把我周圍的樹葉摘下，盡量地塞進衣裳的各個部分去。這樣兩手不停地工作了幾分鐘後，我比以前更加像一個玩具氣球了，不過玩具氣球沒有這許多樹葉隆起罷了。我又迅速地爬下來，飛奔到没有樹葉的那棵樹下。

我爬上去，爬上去，一直爬到最高的丫枝上，在那裹，我就小心地拿出藏着的葉子，開始把它們裝點在那枯了的細枝上。這件事在我看來是很簡單的，我只要用樹枝在葉子上穿個洞，就可把葉子套在樹枝上了，而且我也相信，只要我把別的樹上多餘的葉子都拿來完成了我的慈悲任務之後，這棵樹就會和其他葉密的樹一樣了。當我正爬在高高的樹上，工作還没有完成一半的時候，忽然聽到男人的"踏踏"的腳步聲。從他們沉重的步子，我可以猜出這是父親的客人坐在轎子中，由苦力們抬着來了。我聽到木杆碰撞的聲音，知道他們已把轎子停下來休息了。我一直不敢往周圍看，因爲我怕他們笑我！

後來我偷偷地看了一眼，才知道我絕對無法逃避他們的視綫了。于是我決定静静地留在樹上，一動都不動，希望没有人會注意到我。雖然我的樹葉還只裝了一小部分，不够遮蔽我的身體，我却也不管了。

客人們文雅地從轎子裹出來走進庭院，他們的衣服，或是裝飾着孔雀毛或是綉得像虹霓一般的鮮麗。當他們把眼睛往庭院周圍一瞭的時候，自然他們就看見了我。

其中一個就走到樹下抬起頭來對我看看。

"小孩子，你在做什麼?"他嚴肅地問道。

"我正在把樹葉給這棵樹，因爲人家忘記給它了。"我鼓起勇氣回答。要是我没有到過歐洲，那裹的小孩比中國小孩自由得多，那我一定不敢對這個陌生人説話。

"你没看見嗎? 這棵樹已經死了。它自己不會長樹葉了。你可知道，一兩天後，你的葉子枯了，這棵樹還是和原來一樣的。"

"不要緊的，"我大膽地说，"別的樹有太多的葉子，我總可以從它們那裏取來給它。"

這個人笑着，回到他的同伴那裏去了。

第二個人説話了：

"那就是裕庚的孩子嗎？"

自從這天起，我就不停地懷疑着，爲什麼大人喜歡在小孩子聽得到的地方問關于小孩子的問題？爲什麼有些大人會那樣殘忍地問出使小孩子心碎的問題？

"是的，"第一個人説，"這也是其中之一。"

"她的小臉倒挺漂亮。"第二個人説。

立刻我心中充滿了驕傲。我希望現在就有一面鏡子讓我可以證明那陌生人的話的真實性。但隨即那第一個人幾乎碎了我的心。

"不錯，"他説，"她的面孔固然漂亮，却有着一雙大脚！"

眼泪很快地充滿了我的眼眶。我低下頭去看看我的脚。在我看來這是一雙小得异乎尋常的小脚，而且非常玲瓏，尤其是當它們伸出那臃腫的棉袍下，更顯得小了。可是那陌生人的批評使它們在我眼中漸漸變得大起來，一直到我覺得它們真的很大了，甚至大得近乎用我常常拿來玩的炮艦來比喻我的脚。陌生人的話替我在陽光下添上一層烏雲，它把我這一天的快樂完全給遮蓋住了，若不是這塊烏雲，雖然有沉入水中的事，這仍不失爲快樂的一天。

當我爬下樹的時候，我開始暗暗地哭泣了，但隨即就停止了。

從客廳到門口，傳來了客氣的邀請：

"請，請進來！"

我的父親那時候在庭院盡頭的廳裏，僕人們大聲呼喝着叫那些官吏去見我父親。立刻，全部的禮節占據了這肅穆的庭院，在這裏，我父親代替太后經管着大部分的事情。我幾乎忘記了我的眼泪，一直等到那些官吏卑躬地依次走進大廳，每人拿着一張一尺見方的紅卡片，那是各人求見的帖子，卡片由他的僕人拿着走在前面。

這時候，我的眼泪又來了。我飛快地奔到庭院的盡頭。無疑的，這些官吏正有着重要的事情和我父親商量，可是對于我那些都是小事情，因爲我受了那麼厲害的創傷：一雙大脚。

于是我憤怒地哭着，跟那些官吏到廳裹，跑到我父親面前，也不管他正在和周圍的官吏行相見禮，我既抓住了我父親的注意力，同時也抓住了那些在場的官吏的注意力後，我指着剛才説我的人，喊道：

"父親！那人説我有一雙大脚！他是什麼意思？"

我父親把這事看得很嚴重，他不責駡我，也不用嚴峻的話叫我走開。不會的，我的父親知道傷心是怎麼一回事，也許他見過不少傷心的人。可是父親也不斥責那説我的人，此刻那人已窘得坐立不安了。

父親把我拉近他，對我説話，聲音大得那些官吏都能聽到。

"女兒，"他對我説，"你總知道你的阿媽怎麼走路，那麼難看地在她的小脚上搖搖擺擺，好像它們軟得無力支持她的身體，這就因爲她是漢人，漢人的女兒在很小的時候就把脚緊緊地裹壞了，當這孩子慢慢長大的時候，她的脚却始終不長，但是你，我的孩子，是個滿洲姑娘，滿洲人從不把他的女兒的脚包起來。你的脚像其他的孩子一樣的小，靈巧，而且永遠是這樣的小巧，但是你的脚是天然的，没有損壞的。"

爲了打破這接着而來的一段難受的沉静，雖然我那時候還不懂得，那個説我大脚的人説話了：

"大人，你還有别的孩子嗎？"

當然他不是這樣説法的，但是我删去了中國對話中的客套，那些在外國人看來是多餘的。

我父親驕傲地點點頭。

那人繼續説：

"我們想見見他們。"

這是一種規矩，當來客要見小孩子的時候，小孩子必須穿着最講究的服裝來見客。所以我父親急急地叫我走，并吩咐把他的孩子立刻帶來見客。

于是在這一天中，我第三次被阿媽帶去裝扮。這次那件臃腫的棉袍是不穿了，可是那討厭的紅絲帶仍舊留着，使我可愛的頭髮大爲遜色。

我父親的孩子（我們一共是四個）就急急地來到大廳，好像是被檢閱的小士兵，排成一排，面朝着客人，準備用叩頭禮節來向客人表示敬意。我們跪下去，把頭在地上碰着。頭上的紅絲帶，我覺得在客人眼光中將是一種最醜陋的標記。

我們叩罷頭重新立直站在一邊的時候，那些客人就給我們每人十個中國洋錢，算是一種禮節，那時候我却不懂得。好奇心使我像平時一樣發問了：

"你們預備買什麼送給我們？" 我問。

當然他們不會懂得我爲什麼要問這問題，就像我不懂得他們的禮物一樣。于是我父親耐着性子向我解釋。

我怎麼會猜想到我這些話（由此可以證明我不像普通中國孩子一樣而且很放縱的）會替我父親招來許多麻煩？雖然這樣，父親對我却從沒有失去耐性。

假如所有的父親都是這樣地瞭解他們的孩子，人類恐怕再也不會想到上帝了！

害人的洋娃娃

我的父親是一個巨人。他的肩膀闊得可以負擔許多需要的人，雖然這樣，他尚且還有空餘的地位來照顧他的家庭，作爲他的四個孩子的安樂所。在這雙肩上，有着充分的地位給這位六歲的滿洲孩子栖息，她一隻短短的手臂圍住父親的頭，把他的帽子扯歪，這種動作往往會引得他大感興趣。

體形上是個巨人，但并不胖，有極好的脾氣，常常將最大的困難當成小事，比如我的困難就往往是又大又嚴重的。他有一臉散亂的鬍子，那灰色的一叢從下嘴唇下長出來，散滿了兩頰。一撮不整齊的短髭在那壯大的鼻子下，被一雙銳利而聰明的眼睛保護着。

他懂得政治上的大問題，他也瞭解孩子的小小的心。他忽略了自己的困難，却竭力設法解決別人的困難。他懂得一切事物！

這就是爲什麼皇上和慈禧太后……

但這只是一種預期。我覺得，我們要回到沙市，那個我開始認識我父親裕庚的地方，這是相當困難的；但是當我回去的時候，我心裏就會想起那個我幼年時代和童年時代的女婢，直到現在，我想起她來還像是一場噩夢。她之對我，就像李蓮英對光緒皇帝。

這女婢的名字叫紅芳，她是從小被賣到父親家做婢女的，那時候我還没有出生。她的父母拿了二十六塊錢把她賣給我們家。在我現在所講到的這個時期裏，她是我們的管家，也是這四個氣球般的滿洲孩子生活中的惡魔。我記得很清楚！她是多麼固執着自己的成見啊！

"太太……"

每當她來要我們做些什麼，或是爲我們而抱怨的時候，她總是用這兩個字開頭，我們知道這兩個字的意思就是指我們的母親。

在滿族家庭中和漢族家庭一樣，太太是最高的主宰。當孩子們聽到這兩個字的時候，不管這兩個字是以什麼方式來的，也不管它們是從誰的嘴裏説出來的，孩子們必須停止一切活動，立刻接受教訓，那些教訓必須是無條件服從的，因爲那是從太太那裏來的。尊敬父母是滿族和漢族家庭中基本的一條準則。

當紅芳用卑鄙的、自滿的（直到現在，我還想不出用另外的詞來形容她）神氣在計劃着她所要説的話的時候，我們却必須站直了，她先用"太太"兩個字捉住了我們的注意力，于是以後無論她説什麼話好像都是我母親的話而由她來傳達的。

"太太要你這樣做，德齡！太太不準你那樣做。我已告訴太太你不聽話，她説她要處罰你！"

這種規矩的不合理，我們是無法控訴的。我們甚至于不能考核她的話，以決定這些教訓是否真正由母親發出。紅芳看得很清楚，只要她提起"太太"，就没有控訴的餘地了。不知有多少次紅芳用了"太太"的名義使我們屈服于她的荒誕的主張下。

我恨透了紅芳，因爲我知道她常常威脅着我們奉行那些連太太自己都不知道的"太太的命令"。

一切命令冠以"太太"兩字，我們就不能考究它的來源，由于這種規矩，我們四個孩子就無形中做了婢女紅芳的奴隸。她有最高的權力。或許她也感到苦痛，因爲她是個奴婢，或許我們不應該責怪她對我們的虐待，可是在奴婢買賣自由的情形之下，我們小孩子是無能爲力的?!

不管對與不對，紅芳對我就相當于中國的"夜叉"。

這裏我又記起孩子時代的一個插曲，這又證明我父親裕庚善良的心地。

我們有一隻很大的金魚缸，還有一個洋娃娃，那是一個好心的朋友送給我的。這洋娃娃不是美國的就是英國的，我忘了，總之她的面孔既不像漢人又不像滿洲人。

還有那金魚缸呢?

這已經是古董了，據説是宋朝的遺物，可説是無價之寶。中國人相信，新的金魚缸，因爲出窰不久，還保留着火氣，會把金魚燒死。但是這隻宋朝的古缸，是一隻又大又美麗的缸，已經冷却了一千年，所有的火氣都已經跑掉了，使它成爲金魚的一個小天堂。在漢族或滿族家庭中，金魚是不可少的點綴品。

這隻宋代遺物是我父親的寶貝，他朋友都羨慕他，常常聽他興奮地叙述他得到這件寶物的經過。

後來有人送我一隻洋娃娃。那時候我正站在金魚缸旁邊，當匣子打開，洋娃娃到我手裏的時候，趕巧，紅芳也站在我旁邊。

像我們的家庭，在那時候已經游歷過許多地方，當然不會覺得一個外國面孔的洋娃娃會對我們不利，但是紅芳，她是個中國人，她像當時一般的中國人一樣，深信"外國惡魔"會帶給我們不幸。所以，一等着機會，她就從我手裏把洋娃娃搶去。

"你不準玩這個東西！"她憤憤地説，"這是一個外國惡鬼，他會給你帶來晦氣，你必須抛掉、燒掉或打破她！"

"但是，紅芳，"我反抗着説，"我們在歐洲的時候，我也常常玩外國面孔的洋娃娃，可是我們家裏從没有碰到什麼晦氣的事情！爲什麼從前壞運氣不來，現在我們回到了中國，就會來呢？"

"不準鬧，"紅芳喊道，"我去告訴太太，你不聽話！"

"可是我要我的洋娃娃！"我尖叫着。

"不準你要！"紅芳發怒地説。

可是我一定要，我恨紅芳甚至于怕她。我像一隻小猫一樣竄到她身邊，想要再奪回我的寶貝。她把洋娃娃高舉到我够不到的地方，直到我們的吵鬧聲引起了其他僕人的注意，別人有機會來干涉的時候，紅芳才把我的洋娃娃往古缸裏一丢。

于是她跑開去了，一面還惡意地對我笑着。

我奔到缸前面。這缸是在一隻高高的架子上，而且缸口很闊。不管我怎樣努力地伸長我短小的手臂，不管我怎樣用各種可厭的東西填高脚，我仍拿不到洋娃娃。直到今天，我還説不出那時候是傷心還是憤怒。我的洋娃娃是失掉了，但是我要把她找回來。

忽然一個念頭掠過我腦際。

我跑到庭院裏拾了一塊我力能勝任的大石，急急地再回到金魚缸前，舉起石頭向缸上猛擲，立刻這缸就碎成無數片，好像被槍彈打過的一樣。水像猛潮般涌到地上，金魚在中間掙扎着，喘息着。

我已把這無價之寶的宋朝古董毀壞，并且把這許多金魚置于死地，可是我重新獲得了我"外國惡魔"的洋娃娃！

自然地，這吵鬧聲把一家人都吸引進來了。在那裏，我正緊緊地抱着那浸濕了的洋娃娃，又喜又憂地哭泣着，喜的是洋娃娃重新被我得到，憂的是那破缸無法復原了。

這時候人們議論紛紛，討論該如何對付我。最後，我被帶到父親面前。父親把我抱在他膝上，耐着性子向我解釋這隻缸是多麼的名貴。

他不但不用鞭子責罰我，而且對我一點都不嚴厲，他那和藹可親的字句深深地刻在我的心上，同時也治癒了紅芳給我的創傷，使我重新感到人生的愉快。

直到現在，我所説的似乎都是講到我個人的，但是我不得不這樣。我父親和我原是一體的。我必須從我的生活中刻畫出這樣一位我經歷中的最偉大的人。

他不但對我，對一切他所接觸的人都是這樣；并且許多年後，我在太后身邊任職，有許多指斥我父親的論調傳到朝廷來，由于太后對父親的瞭解，這種瞭解使我父親的地位非常穩固，因此太后竟拒絕考慮那些詆毀我父親的言論，并且對那些奏章都不理會，或是毀了，或是原封退回本人。

從屏門望進去

我童年時代永不滿足的好奇心使我對父親的事情知道得很多，現在我很容易回憶到沙市。在那裏，我父親做監察御史，那已是一品的官階，是紅頂羽翎的官階了。

可是在他見客的時候，他從不戴紅頂羽翎來表示他的官階。我常常從大廳的板門裏望進去，偷看我父親接見客人，我看着來賓們來來去去，永不厭倦，而且大部分的時間總把自己藏得好好地不讓別人看見。

這大客廳非常壯麗！是一個用麻栗木築成的長廳，天然的色澤。廳裏的擺設都是藍的，麻栗木的屏門上裝飾着各種人物圖案，我每次總是絕不厭倦地要來辨別、瞭解它。在我看來，那些龍和那些穿着古老的袍子的人物都非常逼真，甚至于有時候，當我單獨在客廳裏，沒有事可做的時候，我就會使自己和那壁上的中國野史上的人物作假想的談話來消磨時間，一直等到有客人來，這就又有新鮮的事物來滿足我的好奇心了。

這天早晨，當地的縣官來見我父親商量公務，他被引進廳裏，經過了兩重從屏門上開出來的通路（屏門是用來把整個大廳隔成三間的）到最後一間，等候我父親出來。我揀了一個看得見聽得到的地方把自己藏好，這些來客永遠是這樣地吸引着我。

縣官是個胖子，當他被單獨留在客廳裏等候我父親的時候，我就仔細地觀察他。真的，去偷偷地看那些客人在他們自己以爲是沒有人看見的時候，確是一件最有趣的事，我最感到興趣的就是暗暗地看人家不受拘束的舉動。我對于受我父親——一位一品大官的接見，絲毫不覺得有什麼價值；可是大多數來訪的人都表示特別看重這一點，尤其是在我父親的面前。

直到今天，我記憶中還能清楚地看到他當時的情形：他交叉着腿坐

着，狡詐地看着廳裏的家具、廳的建築和那屏門，那些屏門是可以自由
扯動的。完全扯開的時候，三間小屋就打通成一個大廳；扯開一部分，
就成爲一個通路，讓外面的客人從這裏經過。一直到裏間的炕上，那裏
就是我父親接見客人的地方；完全扯攏的時候就可以把三間中的任意一
間隔斷。

我對于這廳裏的家具的重視也不亞于那位古老的縣官：那屏門上的
花飾、墻上的圖畫、天花板的燈、藍色的墊子鑲着許多名貴的花邊。總
之，在那時候，我是常常在努力地認識那些墻上、墊子上、屏門上複雜
的人物圖案。我們那個客廳確是個最舒適、最莊嚴的地方。雖然到後來
幾年，我看到了更加輝煌的客廳，可是沒有一個能那樣深深地留在我的
記憶中。

縣官的眼睛似乎要把這些陳設都吞下去了，我相信他什麼小地方都
不會忽略，并且我相信他對于每件東西的估價可以精明到一個小銅錢的
準確度。我沒有注意到他的服裝，因爲我想即使他的服裝不美觀，我父
親的服裝多少也可以替他增些光。

但是那縣官給我印象最深的是當他交叉着腿坐着的時候，他那隻攔
起的脚沒有一刻安静，你可以説這是一種中國習慣，知道這種習慣的人，
只要別人一提起中國或中國人，就會想到它。縣官坐在那裏脚不停地抖
動着，直到他使人家想起一隻沒有尾巴的狗必須搖動它整個身體。我看
這來人的整個身體好像是一束神經。到後來我自己從書房裏出來玩的時
候也能模仿他。因爲像各處的小孩子一樣，我們也是善于模仿的。我們
喜歡模仿那些引起我們注意的男人女人的姿勢、語氣和聲音。

于是這人把攔起的那隻腿放下。又換一隻腿攔上去，静止了一會兒。
不久，這條剛攔起的腿又開始動了，越動越快，直到這條"大尾巴"又
一次地使這"狗"渾身搖擺起來。後來，情形愈加壞了，他索性把攔着
的那條腿完全放下，兩脚結實地踏在地上，静止了整整有一秒鐘。于是
他的兩膝開始一來一去地前後擺動着。這位縣官就像一位坐在紡車前面
的老年的南方媽媽。我不知他會不會感到疲勞。我用全部力量來抑制自

己的笑，可是實際我恐怕還是笑過的，我可以説，對于這位六歲的滿洲姑娘，是没有不可能的事的。

稍過一會兒，我們的侍從頭兒由外門進來站在裏面，我知道，這縣官也知道，這就是説，我父親就要來了，會談就要開始了。這是一種信號，這位縣官立刻停止了他的騷動，似乎冥冥中有一雙手操縱着繩子，使他不能活動了。

然後是我父親以威嚴的姿態出現了。到現在我還清楚地記得他當時的樣子：

他穿一件暗紅的長袍，外面套一件紫色的外褂，比長袍只短了幾寸。這種裝束使他顯得更高大，肩膀更闊，更高貴莊嚴了。他頭上戴一頂叫做困秋的帽（譯者按：此乃滿洲人所戴之皮帽），是一頂圓形的東西，很容易使人想起沙皇時代的俄國，那是在像這一類的非正式會見時候戴的。在長袍外褂的裏面，他穿着長褲，他把脚管塞在紅緞的靴統裏，靴統長到幾乎齊他的膝蓋。父親平時可以在靴統裏帶多少東西啊！這好像是魔術師的帽子，從那裏面，他可以搜出多少零碎物件來使那些注意着他的人驚奇，尤其是對這樣一個好奇的小女孩，她這時候正在屏門後屏着呼吸注意着事情的發展呢！

父親的褲脚管下部塞在靴統裏，而膝的部分，却是聳起在靴統的頂部，這更給人家一種俄國人的印象。當他走路的時候，他的長袍兩邊的開衩處，隨着他的闊步而大大地張開，于是我就清楚地看到他的藍的綢褲和黑的緞靴，總之，父親給我的印象是"單純的高貴"。

在外褂的胸前有"補子"，那是用來表示我父親的官階的。這只是一個方塊，上面有一隻鶴。這是一種高貴的鳥，由最有名的刺綉專家用金銀絲綉成。它的長頸高高地伸起着，頭略微偏轉，眼睛裏閃着太陽光。因爲它正在望太陽，好像在迎接這早晨。它莊嚴地站定在它的位置上，只有當我父親動的時候它才動，在父親講話的時候，它看來真像活的一樣。

這鶴確是一隻神奇的動物。我有許多名稱給它，但這些都是秘密的，除了父親外，我誰都不告訴。對于我這種稚氣的幻想，我父親常常很感到興趣，可是從不作冷酷的嘲笑。

挂在我父親頸上的是一串念珠，一共有一百零八顆，這有着宗教的意義，雖然那些我是絲毫不懂的。

于是我父親來見客了，就在這時刻，一位富于好奇心的滿洲孩子正屏住氣在屏門後面偷看那複雜的中國舊禮節的表演。沒有一個簡單的動作能逃過她的眼睛，可惜現在已那麼無情地被廢除了，傷心之至！

最先，來客轉過身去向炕跪下叩頭，預先謝謝主人接待的盛意。他并不是真正對我父親叩頭，而是對那垛靠着炕床的墻叩頭。叩頭的時候，那縣官認真地用頭碰着地，好像父親是一位皇帝或是別的同樣偉大高貴的人物。可是這裏有一些不同，正因爲父親不是皇帝，也不是什麼偉大高貴的人物，所以他必須回禮，同樣地叩頭。

于是僕人送茶進來，這時候，父親和來客都站在炕的旁邊。在炕的中央橫置着一隻小几，是專門預備放茶的。僕人敬茶了，先端一杯給我父親，可是我的父親馬上授給客人，這就是對客人表示"你在這裏就像在自己屋子裏一樣"。爲了答謝主人的美意，客人必須拿起第二杯茶來敬主人。可是我父親的僕人是受過很好的訓練的，當我父親把茶獻給客人的時候，他就立刻把第二杯茶放在我父親面前。這樣就使得客人無法完成他的禮節。這算是最高的禮節，在交際場中，就是這樣的意思"我的屋子就是你的，我對你的種種，并不希望得到你的酬謝。"

我不知道西洋人會不會瞭解這種禮節，就是貴族出身的中國人，若不查考書籍，他們又能瞭解多少？這許多禮節和它們的意義，寫起來可以成爲一本書。這種禮節經過不少年代，子子孫孫地傳下來，直到後來人家只是機械式地表演一番而已，早已忘記了真實的意義。譬如在沒有話講的時候，就討論天氣的好壞，這是一個國際間通行的禮節。

于是兩人都在炕上坐下，客人在小几的左邊，主人在小几的右邊。左邊的位置總是算比右邊的位置高貴，這也是對客人表示極大的敬意。

當一個滿洲小姑娘正瞪大着眼睛，拉長着耳朵預備看和聽時，他們却盡管無休止地啜着茶，消磨着時間，從各個角度來談論天氣的好壞，直到這個問題已談得無可再談了；于是慢慢地談到職務上的普遍問題，又從各個角度去談，談到最後，才靠近他們所要談的問題，也就是那來客來訪的主要任務，可是他們仍不直接談這問題，而談論與這問題周圍有關的許多事情。太慢嗎，你説？浪費時間嗎？也許不錯，可是對于一個六歲的孩子，就這樣看着聽着也已經够味了。而且想起來也是够驚異了，在這樣的一次會見中，完成了多少任務，而每一件事情的進行又是多麼的文雅、高尚！

在我看來，我父親和客人的儀表似乎在不斷地增進，愈近會談不可避免的結束時，他們也愈顯得客氣。

至于真正的結束，是受一種特殊的信號控制的：

一個僕人拿着一張大紅帖紙從門外進來，這就是告訴我父親另外一位客人正等着要見他，也就是告訴現在這位客人應該準備走了。這種信號客人當然看到而且瞭解的，于是就站起來告辭。

另外一個僕人進來把茶具端走，這也是一種儀式，第二次敬告客人應該告辭了，客人并不會因此而見怪，因爲這是儀式，是猶太人和波斯人的古禮。

我踮着脚尖站起來預備逃走，我看見客人漸漸向前移動，跨着穩重的步子，準備着這一幕話劇的結束。在這裏面，每個角色都老練地表演他自己的部分，因爲經過幾世紀的遺傳，又經過多少年的練習，他們對這些早已精通。從我父親和他的客人那裏，西洋人可以學習：當客人坐得太久的時候，用什麼方法叫他們自動告退！

在這會見中最後的一幕就是這樣：父親把茶杯舉起給客人，表示最後的敬意。客人接過來，用兩個指頭把茶蓋稍稍掀起，在茶蓋之下，茶杯之上啜茶，發出一種很響的“嘖嘖”聲，這也是一種儀式。這種啜茶的聲音就是向我父親表示，客人這一次的拜訪覺得很滿足。并且對于這最後一口茶感到比以前任何一口茶都甘美！

于是會見就正式結束，主人客人各自屈了無數次的膝，作了無數次的揖，客人終于走了。前面正跑着一個滿洲孩子，她懂得這種儀式，她早已踮着腳尖等候儀式的結束，現在正飛奔出去，爲的要逃避人家的發現。

因爲假使一個人被人家發現了，從此就不準再進來躲着偷看了，那麼在將來的會談時，她怎能再做一個有趣的旁觀者呢？

那些可怕的滿洲人

我現在開始知道許多事情，那是我以前所不知道，甚至不相信是可能的。這些事情大都是由于漢人和滿人間的不同而發生的。事情的經過是這樣：

那以前講到的縣官就住在我們隔壁的一幢大房子裏。所以，或是在門口，或是隔着花園矮墻，兩家的僕人就難免有言語往來。

縣官曾來訪過我父親，縣官家的僕人就認爲這一次的拜訪可以把冷若冰霜的兩家融合了，把兩家的墻打通了，把兩家的藩籬拆去了。

"我們可以到你們家來同你們的孩子玩嗎？我們的主人已經訪過你們的主人了，而且他們已經成了朋友。"

縣官家的僕人帶着小主人站在我們的門口這樣説着。在這些小孩子中，我只記得一個，也可以説是最重要的一個，因爲他也梳着一條又硬又直的辮子，又因爲他是七歲相仿的年齡，再則，兩家的僕人又極有意要替我們做媒人。

我們的僕人一碰到人就喜歡聊天，甚至對縣官家的僕人也是這樣，于是他就請他們進來，縣官家的僕人立刻和我們的僕人談起天來，讓他們的小孩和我們一同玩。

那七歲的梳着辮子的孩子，到現在我想起來還覺得好笑。他的頭剃得很光，只有在正中央留着一束髮編成一條辮子，那辮子幾乎是筆直地豎起在頭頂上。當我看到他的時候，腦子裏第一個想法就是他的辮子的長短正够他的手摸到。我已經想到許多捉弄這孩子的方法，而且或許已經試驗過一次，要不是爲了聽到那些僕人的談話，這使我更加恨那個男孩子。但是那時候我又有一個頑皮思想，我想爬到較低的一根樹杈上，當他走過樹杈下面的時候，就把他的辮子一把拉起來，使他兩脚懸空，然後把他的身子前後搖蕩着，讓他受一個不算小的驚嚇。

但是那些僕人又破壞了我的計劃。我時時刻刻聽到她們的談話聲，而且没有一個字會逃過我敏鋭的耳朵，看來她們似乎并不想把説話的聲音放低些。

"你看，我們的主人已經見過你們的主人，已經是朋友了。現在他有這麼一位面孔漂亮的姑娘，而我們的主人也有這麼一個面貌端正的兒子。我想或許他們會替這兩個孩子籌劃一椿婚事。"

我的阿媽遲疑了足足有一分鐘没有回答。我對于這談話却發生了極大的興趣，我自己絲毫没有意見，但是我很想知道這話是什麼意思，并且急急地要聽我的阿媽怎麼回答。

"不，"最後她終于回答了。"我想這是不可能的。你看吧，我的主人是個一品官，而你的主人只是個縣官，要談婚姻自然要門當户對。假使你的主人和我的主人官階一樣，或者更高些，那麼這件事情或者還有希望，因爲德齡已到了這年齡，婚事自該慢慢地計劃起來了。但是不，你們主人的兒子是無論如何不成的。"

這樣我的阿媽就冷酷地解決了這個問題，就像她解決世界上的大問題那樣，假使她有機會的話，可是她講到他們主人的官階，她已犯了很大的過失，縣官家裏的人决不會輕易忘記這種恥辱。

于是那七歲的孩子的阿媽想了一會兒，要找一個足以折服人的回答：

"反過來想想，或許我們的主人對于這件婚事聽都不要聽呢！"她説。

"爲什麼呢？"我的阿媽對于這一種責難立刻提出抗議。

"因爲你的主人是個滿洲人！"

"這對那男孩子和德齡的婚事又有什麼關係呢？"

"因爲這樣她也是個滿洲人，她有一雙大脚！"

又來了！幾次三番地講到我的大脚。這是什麼意思！爲什麼我的脚大？可是，縱然大脚，和這些事又有什麼關係呢？滿洲人又怎樣？爲什麼一個滿洲人，不管她怎樣，就不可能做新娘？并不是我那時候懂得

"新娘"和結婚；但是我急于要知道，我哪些地方使我不配做那個有辮子的男孩未來的妻子，不管這是怎麼一回事！

突然我發現，那些僕人講的話我一句也聽不懂了，雖然我知道她們講的確是中國話，是我們自己國裏的語言。雖然我聽不懂，可是後來我知道她們是講的廣東話，那和我們的北京話差得太遠了，我一個字都聽不懂，當我試着去和那男孩子，那個我不配和他結婚（因爲我是滿洲人）的男孩子講話的時候，我才發現原來他的話我也不能懂得。這是我第一次體驗到中國各地方言的不同，這種不同，幾世紀下來，就使中國分成許多小集團，于是常常發生誤會，發生争端。

可是當我們小孩在一起玩的時候，我們是不難互相瞭解而向彼此學習的。不多久，我發覺自己已經在講廣東話了，而那縣官的孩子們也會學用北京語調了。

當我們彼此更加熟悉的時候，我就一直想拉他的辮子問問他，爲什麼滿洲人不能和漢人結婚。

那縣官的兒子不是一個好小孩，對于我恨他這回事非常輕視，因爲他的阿媽曾説過我有一雙大脚，并且稱我爲"滿洲人"，而且特別把"滿洲"兩字説成一種怪腔，似乎一提起來就會使人想起可怕的事情。

我記得有一次那男孩子患傷風很厲害。這就給我一個很好的機會來爲我的大脚和我的滿洲籍報復，因爲當他應該用手帕的時候，他竟毫不在乎地用他的衣袖。

我看到這樣子，忍不住大笑起來。雖然我知道這種笑是沒有禮貌的，可是我實在忍不住了。我對那男孩子恨極了。笑了他之後我自己覺得舒適些。

"你爲什麼笑?"那孩子的阿媽嚴肅地問。

"他用衣袖代替手帕!"我叫道，一面不住地跳上跳下，用手指輕蔑地指着他。

"來，"那阿媽不耐煩地走過來説道，"不許用你的袖子！看我來教你該怎麼做!"

于是那孩子順從地把袖子拉好，仰起一張骯髒的臉對着他的阿媽。那阿媽熟練地拉起她衣服的下襬來代替了他的袖子。

于是阿媽的任務完成了。我繼續地笑使她莫名其妙，于是自顧自地回到僕人群中去談天了。這次她們又用北京話了，所以我聽得懂。

"此外，"她說，"還有一點也足以使這婚姻不成功。最主要的當然因爲她是滿洲人。但是，即使是滿洲人，如果她還像個中國人，那她倒還有希望被接受；可是她絲毫不！她幾乎像洋鬼子的姑娘！她到過外國，有些地方當然學壞了；而且在那裏，她當然不會學到中國的禮節。她的舉動一點都不像中國姑娘，她一點都不文雅，在客人面前也會粗野地笑，并且，任何國家裏，哪有大腳姑娘被人家歡迎的？"

又是講到那些大腳！我還正在爲自己的腳小而自傲呢！我真要把這件嚴重的事情和父親談談，問他所有關于大腳的問題，并且問他爲什麼滿洲人被漢人那樣輕視？我們的女兒就不配和漢人結婚？

但是我控制着自己的情感等候機會和父親講。我必須耐着性子等，因爲我要浪費他許多時間來問他關于結婚、新娘、滿洲人和大腳的事兒。可是我似乎等了他一年了，我急需得到這些問題的答案。

"爲什麼我有大腳？"我問他，我的嘴唇抖動着，爲的是要忍住我的眼淚。

"我已經告訴你了，"父親溫和地說，"滿洲人從不把他們女孩子的腳包起來。你的腳就是天然的腳。"

"但是滿洲人又是什麼？爲什麼我也是？爲什麼滿洲人是那麼可惡的人？爲什麼漢人都不喜歡滿洲人？爲什麼滿洲人不是漢人？"

于是我父親耐着性子替我解釋：

"滿洲人，"他說，"是和漢人完全不同的一支民族。没有人真正知道他們是從哪裏來的，也没有人真正知道他們是什麼人，只是知道他們和漢族不同，就是言語也不同的。後來，滿洲人在中國住得久了，接受了中國的語言、風俗習慣，漸漸把他們自己的忘了。據說在很多很多年以前，有一個女孩子在離開白山很遠的一條河裏游泳，她看見一顆鮮紅的櫻桃浮在水面上，她吃了那顆櫻桃，于是就成爲第一個滿洲人的母親。你當然不會懂得這個，而且這到底也只是一個神話般的傳説。

"但是在幾世紀之前，滿洲人是在松花江流域的游牧民族，生活在野外，靠漁獵度日。他們的孩子不像中國孩子那樣地關在家裹，而是在外面的。女人都會騎馬，像男人一樣，他們的男孩子和女孩子都可以自由地在一起玩。于是滿族就這樣繁殖起來，直到後來，他們所占據的區域已不够容納他們了。

"那時候，他們的一個皇帝叫努爾哈赤便在計劃移殖到中原來，因爲他們人口增加得這樣快，他們需要更大的地方供他們游戲作樂。滿族是一個流浪的民族，大約在九百年前他們才在松花江流域安頓下來，可是誰都不知道他們是什麽人，是從哪裹來的。

"過了許多年，中國遭到了大難。當滿洲部落逐漸滋長，到後來變得非常强大的時候，他們的皇帝便被請到中原來幫助中國皇帝治理國家。

"那叫努爾哈赤的人并没有親自到京城來。因爲我剛才告訴你的那個中國的大難是發生在努爾哈赤死後很多年。當那大難發生的時候，中國皇帝就請滿洲皇帝來幫他，而滿洲皇帝也早已預備好了。滿洲人一向佩服中國人的藝術和禮儀，很願意向中國人學習，所以當他們聽到可以到中國來的時候，他們都很高興。

"滿洲皇帝就派他的好戰的兒子來幫助中國，那個兒子，孩子，就是我的祖先，也就是你的祖先。多年前，中國人稱我們爲'野蠻民族'，可是我們絲毫都不野蠻，我們也有我們自己的文字！"

"父親，我知道那種文字嗎？"我問。

"不，"父親慢慢地説，"你并不懂。我們在中國已有兩百年了，我們早已不用我們自己的語言了，那只有在公文上用到。"

我承認這故事我不懂，因爲聽起來都很新奇。我，向來自以爲是中國人的我，却原來是滿洲人。不可捉摸的事情太多了，真像今天的西洋人對漢滿族間的區別感到不可捉摸一樣！

但是父親又繼續講他的新鮮故事：

"關于這故事，要告訴你的地方太多了，可是現在你不會懂得，因爲你還幼稚。但是將來我要把全部故事告訴你，你記着我今天的諾言；總之滿洲人沒有理由爲自己感到慚愧，他們以前是一支强大的民族。現在仍舊是，不過他們并不是漢人。漢人恨我們，可是我們還是他們的主人呢。或許我們不會永遠做他們的主人，但是，好吧，等你長大了，懂事了，我告訴你這故事的全部。"

于是我抑制了自己的好奇心，信任着父親將來在適當的時候會告訴我，就像我信任他一切事一樣。但是當他叫我走的時候，我心裏懷疑着，到明天是不是我已經大了，懂事了，可以聽他的故事的其餘部分了？

當然我不會想到，當這故事全部講出來的時候，這裏面竟包含着悲哀和傷痛。

綠絨幃

　　我們在沙市的那個家忽然變成一個喧囂的場所。我不明白這種轉變，可是我對此感到大大的不安。我問人家究竟發生了什麼事，可是一般的意見都認爲對于我，這不是一件好玩的事，而且覺得我現在年紀太小，不會瞭解的。僕人們在一種普遍的緊張和激動的空氣中騷動着。

　　被我第一個問到關于這種急忙和這種紛亂的情形的就是紅芳，那婢女。

　　"發生了什麼事情?"我問她。

　　"管你自己的事吧!"她冷酷地說。

　　可是我的好奇心決不會因爲受了一個婢女的呼喝而改變，尤其是像紅芳這樣一個卑鄙而爲我所厭惡的婢女。

　　我問每一個人發生了什麼事，可是誰都不告訴我。于是我想父親一定願意告訴我，因爲他從沒有說過哪些事情沒有我的份兒;假使他說我年紀太小，不會懂得，那我就相信他了。因爲父親從來不欺騙我。

　　于是我就到他辦公的地方。他那裏有客人，大家臉色都很嚴肅。這種情景使我產生一種莫名其妙的恐怖，而且這種恐怖有增無減，當我聽到一個客人這樣對我父親說:

　　"可是你這樣是拿自己的生命開玩笑了，只不過是爲了幾個死了的外國教士和那些活着而被監禁着的教士。爲什麼要爲他們擔憂?照我的意思，我要把這些在中國境內的外國教士不是殺掉就是驅逐!"

　　"這并不是在這裏的那些教士的過錯!"我父親嚴厲地說，"他們是被他們國家派出來的，不管他們自己願意不願意，他們不得不來;既然他們在我們這裏，我們就有責任使他們得到他們應得的待遇。我不相信任何國家的人沒有得到我們的允許而可以來傳教，可是他們既來了，而我們的百姓對他們無禮，那我們就有責任去保護他們。"

"可是這次無錫發生的事是很嚴重的，"剛才說話的人辯道，"假使你爲外國人辯護，那麼我們的百姓就認爲你是串通外國人的，可能使你遭到比外國人更壞的待遇！"

當我用全副精神聽着這奇怪的對話，并且懷疑着這些話是什麼意思和我父親爲什麼會遭到危險的時候，父親對着他客人的恐懼大笑起來。

"他們不會害我的。"他說，"我要去了，這是我的責任！"

這樣看來，我父親就要離開沙市了，我一點都不知道他要出去多久。可是父親的走對我来說是件不幸的事。于是我也顧不得這些神色嚴肅的客人，衝到我父親面前，問他這種亂紛紛的現象是爲什麼？以及那些對我父親幸福有關的危險是什麼。

可是這一次我父親使我受驚了，因爲他拒絕告訴我。

"你年紀太小，不懂得這事，"他說，"我現在要出去一個時期，但是不久我就會回來，我們仍舊能够快快活活在一起。"

我不滿意，我恐怕在父親準備出發的一個時期裏，我的功課要荒廢了，我將更不被那些忙亂的、騷動的僕人們所注意。我問了許多誰都不能回答的問題，許多我們沙市家裏的人不願回答的問題。可是從這許多問題中，我所能得到的簡單的意思就是父親要離開沙市了，黑暗已侵襲進快樂的家庭，父親的性命已遭遇了空前的危機。

父親有着少有的同情和瞭解，已經看出了我的不安，就告訴我他要帶我坐在他的轎子裏，和他一同到那開往無錫的船上，這建議暫時使世界重現光明。母親不贊成這主意，因爲這樣，僕人們把我送回來很不方便，但是我們家裏還有許多空着的轎子，所以父親堅持要帶我去。

那次的旅行給我的印象多麼深刻啊！我坐在父親的膝蓋上，從窗裏望着一路經過的沙市。

父親的轎子是一個華麗的東西，上面有着各種表示他的階級的裝飾品，抬轎需有四人，但有兩班轎夫輪流工作。轎子的外壁是綠絨，四面各有一扇玻璃窗。轎子的下部是紅色，轎頂下挂着流蘇，當轎子顛簸振動的時候，流蘇就前後搖擺，好像在跳舞。轎夫們都是穿着藍色的外衣，藍色的褲子，戴着黑色的氈帽，挂着鮮紅的流蘇，還穿着無跟的黑氈靴。

除了那些真正抬轎的轎夫外，另外還有一個領班的轎夫，他扶着轎子在旁邊走。這人的任務就是替父親保管重要的文件，同時監督那些轎夫。轎子前面還有一個人張着一頂大紅傘跑，這傘是一種信號，看見的人知道這後面就有一位大官來了，應該快快讓路。

我就是這樣地坐在轎子裏旅行，經過沙市的小路，經過那些又濕又滑的小路，因爲在轎杠的兩端挂着滿桶的水，無論轎夫怎樣小心着使轎子平穩，可是水總是要從桶裏濺出來，流到石頭馬路上。鋪路用的都是很大的石頭，而且鋪得不均匀，以致路上崎嶇不平，轎夫們走這種路確是一件苦事。

我現在還記得那些轎夫的聲音：

"喂！"那前面的轎夫喊道。這字没有什麼意義，或者這是轎夫的一種術語，別人是不懂的。作爲一個單字，這字在這裏没有真正的意義，但是這種聲音可以給後面的轎夫傳達這樣的意思：

"路上有缺口！步子要小心！"

前面的轎夫剛喊完這字，後面的轎夫接着就應道：

"呃！"這字也没有什麼意義，但是包含着下面的意思：

"我聽到了！我留心着了！"

沙市的街道不但高低得幾乎不能走，而且狹小得少見，太陽難得照到這條街上來，因爲這個小鎮上的主婦和阿媽們，都把洗好的衣服晾在竹竿上，從窗上伸出，橫跨在街道上面，這種竹竿是這樣的多，即使太陽出來，也被它們擋住，不能照到街道上。在這次旅行中，没有一樣小東西被我遺漏。我盡情地享受着每一分鐘，雖然父親就要離開了，雖然父親的性命已快遇到危險了。那"喂"和"呃"的聲音，那轎子的顛簸，還有那緊緊摟着我的父親的臂腕，這些都深深地打動着我。當我從窗子裏望出去的時候，也没有一樣東西逃過我的眼睛：前面是那挂着藍色肩帶的魁梧的轎夫，左右是那些破舊的房屋，後面又是穿藍衣服的轎夫和我們才經過的曲折崎嶇的街道。

當路上的行人都向左右讓開的時候，我爲我父親感到驕傲。一個小販的叫賣聲清楚地傳過來，一個瞎眼乞丐在那石路上摸索着，一個理髮匠在牆角裏做他的生意，挑水的苦力來來往往地走着，有的水桶空着到河裏去挑，有的挑滿了回來，那水桶到目的地的時候再也不會是滿滿的一桶了。雖然水面上蓋着板，他們却把水潑出在路上，使那小路更濕更滑。

大紅傘在前面搖動着。轎夫們粗聲地呼喝着；當他們要避開路上的缺口時，轎子會來一個突然的傾斜，這使我很感激我父親的手臂的保護。

在這次旅行中，我知道了幾件非常有趣的事情。

在那橫跨街上的竹竿上，晾着鎮上居民的衣服，有時是褲了一隻褲脚穿在竹竿上，另一隻挂下。我發現我們從沒有一次在褲子的下面通過。有好幾次，一個僕人走在前面，用一根長棒把人家全家的衣服都收下來，那長棒就是專爲這而備的。我就問父親這是什麼原因？

"人家都認爲在任何人尤其是女人的褲子下走過是一件極晦氣的事。"

這在我聽來是很可笑的。父親一定也覺得可笑，因爲他講的時候在笑，并且繼續說：

"這是很蠢的，我不相信那些，你也不可以相信；可是那些轎夫却深深地相信着，要去說服他們也是不可能的。所以他們一般是避開人家的褲子，如果不能避開就索性把它取下來！"

旅途中父親告訴我許多事情，我現在想來，他是竭力要使我忘記他離開我們的事情！他的確成功了，因爲他講的事情都很有趣，像他以前對我講的一樣。他指給我看沙市的堤，堤那邊的水面比這邊的地基還高，所以河水很有泛濫的危險；他告訴我轎子各種設計的意義，爲什麼一個一品官可以乘四人抬的轎子，而一個二品官却只可以乘兩人抬的轎子；他又告訴我綠絨幃是專給一品官用的，二品官就只可以用藍色的等等，每一件事都非常有趣。

當男人坐在轎子裏的時候，帳幛（是藍綢的厚簾）可以卷起，人家可以望進去，他也可以望出來；可是女人出去的時候，帳幛總是挂着的，坐轎的人要望外面，只可以拉起幛的一角從縫兒裏張望。

可是父親這樣和我説的時候，還有許多別的事情時時在我心上掠過："外國人""教士""生命危險""外國人被殺""祖護外國人"，這些字句都是從父親的那些嚴肅的客人嘴裏聽來的。我仔細研究父親的臉色，要看出他是不是害怕，可是假使他害怕，我也看不出來，或許，照以後的事情看來，他并不害怕。但是我很怕，萬分的恐懼着他會遭遇到什麼事情，或許不會回來，至少短時期內不會回來。

他帶了多少行李啊！在無錫辦理各種重要事情的時候，他得換上各種不同的服裝，但是最緊要的東西是裝在一隻小包裹帶在轎子裏放在座位下，這種東西他將隨時帶在身邊。在父親的座位下，除了這小包外，還有一件父親心愛的東西：一隻短毛的北京狗。無論父親要到什麼地方去，這隻狗總是知道的，它就預先鑽進轎子躲在座位下，僕人們也無法阻止它。所以每當父親到一個地方，主人出來迎接他下轎的時候，這隻狗總是第一個跳出來，好像跳出來驕傲地報告，我父親裕庚駕到。

我們到了河邊。船在河的中央，一條斜的跳板攔在船和岸之間，轎夫就由這條不穩固的跳板搖搖擺擺地把父親的轎子抬到船上放好。

于是父親和我説了"再會"，叫僕人把我帶到那頂同來的轎子上，那是專爲送我回去而預備的。那隻狗，它想偷偷地跟着父親去，却也被送回來，坐在我的轎子裏和我一同回去。

父親微笑着説他不久就要回來的。我勇敢地忍着，至少在他能看見我的時候我不哭。

可是在回去的路上，在到家以後，我不再忍了。

我一點都不知道回去的時候是怎樣的。我不再聽到那些在轎夫脚下奔跑的豬的長鳴；我不再看見那晾着的衣裳；不再聽見那小販的叫賣聲和轎夫的"喂""呃"。我什麼都看不見，什麼都聽不到，什麼都不覺得，只覺得我自己的悲哀，因爲我的父親裕庚已經遠走了，他的生命正受着威脅；世界也已變成這樣一個不快活的地方了。

許多時候以後，我聽說父親在無錫幹了一件偉大的事，爲此他得到一枚勛章，并且還得到瑞士國王所賜的一座鐘，因爲他在無錫營救的是瑞士人。

可是在那個時候，這些事情都不能使我感到興趣，我不快活的時候就好像一個盛怒的婦人哭着，咆哮着；當我得不到誰的同情的時候，我就把父親的短毛狗捉來緊緊地抱着。它就挣扎着，叫着。我在悲痛之下還咬過它的耳朵！

離別了沙市

我向來不喜歡沙市，我父親也是。現在我們就要離開沙市了。我的父親已升做湖北省的布政使，官邸在和漢口隔江相望的武昌。這是一個很重要的職位，所以父親很高興，雖然母親對住在武昌感到很不滿意，因爲她説這是一個比沙市更不好的地方。但是父親的擢升是一件不可忽略的喜事，所以最後決定我們住在漢口，父親的辦公處設在武昌，這樣只要每天渡兩次江，父親仍舊可以住在家裏。

雖然我一向不喜歡沙市，可是現在要離開它了，却又感到戀戀不舍，我是一個抑鬱的孩子，我把大部分的時間消磨在幻想中。

我父親是世襲的一品官，因爲他的祖上是隨着第一個滿清皇帝來的。但是他的擢升，像這次的由沙市的監察御史升爲湖北的布政使却并不是靠了他世襲的官爵。

當父親擢升的聖旨一下，我們家裏立刻大大地激動起來。其間有一件小小的事一直記在我心裏，因爲從這裏，多少可以看出中國人的迷信味很濃。

我父親還没有得到一些關于擢升的消息的時候，就有一位朋友來訪他，幾個月之前我父親曾去訪過他。照例，我又躲在一個看得見聽得到的地方。這位來賓的第一句話使我摸不着頭腦。

"你看吧，裕庚，"那位來賓高聲地説，"三個月之前你來看我的時候，我不是這樣對你説的嗎？"

我父親驚异地望着他的朋友。

"你對我説過？"他問，"你對我説的什麼？我忘了。"

"我對你説過，你是一定會擢升的，記得嗎？因爲你那串朝珠的繩斷了，這就是一個擢升的預兆，我那時候就是這樣對你説的，三個月之內不就應驗了嗎？我說的話如何？你現在已經從沙市的監察御史升做武昌的布政使了！"

我父親只是大笑，我敢說，這笑聲是很特別的，不過在一個小孩看來，特別的事情多着呢！客人走後，我就問父親，客人說的話是什麼意思。

"我在他那裏的時候，穿朝珠的繩斷了，這或許是因爲那繩舊了，原是極平常的事，可是我的朋友立刻說我要升官了，說朝珠繩斷是最準確的升官的預兆。這種說法當然是非常可笑的，只不過是中國人的一種幻覺。我的升官恰巧和朝珠繩斷相繼發生。其實，或許繩不斷也是要升的。"

我不懂得，父親無法使我懂得，此外還有許多奇怪的中國習慣我認爲是毫無意思的，迷信的花樣又是這樣多。我所知道關于父親朝珠的事就是：總共有一百零八顆，每個正式的集會上他總是戴着。

于是——

我們就要離開了，我真的感到惋惜。除了一件事我覺得高興，因爲我相信：我們離開沙市，我那位國文教師是不會跟我們去的。自從父親的好消息傳來以後，除了父親以外，我第一件事就是去見他，并且很坦白地向他表明我自己：

"我當然很快樂，"我告訴我的國文先生，爲了我，他一直生活在困擾之中，"因爲我就要到武昌去，在那裏，我永遠不會再看到你了。"

"你要到武昌去，我也覺得很高興，"他莊嚴地說，"我相信我以後也會覺得武昌比沙市好的。"

"什，什，什……麼？"我訥訥地說。

"當然，"他冷靜地說，"我要和你們同到武昌去的，難道你沒有聽說過嗎？"

我的確沒有聽說過。我覺得很委屈。我永遠不要再看見國文教師的願望已破滅了。

于是我離開了教師，到花園裏去，那裏是我惟一的樂園。在沙市的時候，不知有多少次我溜到我們的花園裏，靜靜地想那些我不懂的事，或是孤獨地做我孩時的夢！那些夢，我分析起來，和我現在的夢還很相像。可是沙市已和我們隔得很遠，而父親也已去世了好幾年了。

這是一個多麼美麗的花園，我永不疲倦地在那迷人的道路上徘徊着，在那曲折的小徑上漫步走着，從那些假山上的洞來虛構種種怪人和龍的形象。春天到了，樹上都開滿了花，我會站在園裏好幾個鐘頭，欣賞它們的美麗，并且懷疑它們是不是也有靈魂，也有心肝？是不是也能像我一樣地思想？最要緊的，我不知道當我不來的時候，這些樹會不會記挂我，那些小徑會不會悲傷，因爲我不再在它們上面走過；那些假山會不會憔悴，因爲我不再回到它們這裏來找龍和怪人作爲談話的對象。在那花已經謝去而新芽還沒有萌發的悲慘的時期裏，看到它們光禿禿的丫枝被清晨的露水沾得發銀光，心裏感到無限的傷痛，不知它們是不是也爲自己悲傷。

"這些樹會記挂我嗎？"我問着自己，"我偷偷地進園子來窺探我父親的時候，那些喃喃責罵我的葉子，在我走後會不會記挂我呢？假使另外一個梳着辮子，繫着討厭的紅絲帶，像會跑路的氣球一般的孩子到這園裏來，這些樹是不是也會同樣地對她喃喃而語呢？"

我曾經有多少次在園裏徘徊着！多少次在園裏想着，樹木是不是也有它們自己的語言。多少次那個婢女紅芳在我幻想的時候找到我，趕我回去，并且恐嚇着我要去告訴太太說我怪癖、抑鬱和不起勁兒！

我還記得當花謝了從樹上飛下來的時候，有人對我說這花就慢慢地在地上枯萎死掉。在我還不懂得死和葬是怎麼一回事的時候，花的謝落已使我充滿了悲傷。有一次我又被紅芳捉住了，那時候我正在掘一個小墳墓，用着成人們埋葬他們親愛的人的時候所有的悲哀和蕭穆來埋葬這些枯萎的花瓣。我一直不懂我爲什麼要埋葬它。直到現在我還是不懂。我只知道有一些事情，一些極悲傷的事情在我這麼一個六歲的多愁的孩子心裏，促使我在埋葬那些花瓣，于是我就埋葬了它們。可是紅芳那婢女不懂得情感，她把我趕回去，并且用"告訴太太你怪癖"這一類話來恐嚇我。

我們就要離開我所討厭的沙市了，我正在向我所愛的沙市的花園默默地告別。

這一天，樹正開着花，我到園裏，輕輕地向它們說了聲"再會"，并且要它們答應不忘記我。我又在池塘旁邊站了許多時候，對金魚講話，它們好奇地跳上跳下，用它們有趣的小嘴向我吹着水泡，我也問它們我走了以後會不會忘記我。我承認我是一個多愁的小女孩，永遠被痛苦煩擾着，我不知道自己爲什麼悲哀，也沒有人知道我的悲哀從哪裏來，更沒有人會來同情我。或許父親是瞭解我的，可是他這樣忙着準備到武昌去的一切，我不能再去麻煩他。

當我正在樹下慢慢地踱着想着，我走了以後誰會來埋葬落花的時候，一隻玲瓏的鳥飛來在一棵樹上停下了。

"我不知道，"我自言自語地問，"你是不是那隻去年來和我講話的鳥？你今天是不是來告訴我你爲了我走而不快活？還有，我走了以後你會不會記挂我？"

我深深地相信那隻鳥懂得我的每一句話，即使我輕輕地講，因爲當我提出這些重要問題的時候，它側着頭對我正經地看着。當然這隻鳥什麼話也沒有說，但是我已經滿足了，我的耳朵覺得它對我這樣說道：

"傻孩子，我當然記挂你的，我們一向不是最好的朋友嗎？我們不是已經許多次彼此坦白地談着誰都聽不懂的話嗎？我忠誠地答應你，無論什麼人，不管他怎樣偉大，決不能把你從我心中取而代之！"

于是我已感到滿足了，可是當離開沙市的日子一天天逼近的時候，我的心又隨着沉重起來。

我現在還記得很清楚，那個小姑娘在她的大花園裏，在她看來，那花園像地球一樣大，她，穿着氣球樣的棉褲，梳着硬直的辮子，繫着紅絲帶，在這裏面就像一個小矮人。我很爲那小女孩痛心，現在她的父親已去世了，我就是惟一能瞭解她的人了，而且我爲她擔憂，不知她現在變得怎樣了。

在這未來的到武昌去的途中，有一樣快慰的事，即父親是和我們一起去的。

我永遠不會忘記，在我們馬上就要離開沙市的時候，發生了一件事情，我們在幾小時之內就要離開沙市了，這事情是在匆忙、混亂中發生的。

我忽然聽到一陣嘈雜的聲音，搖鈴聲夾雜着一種奇怪的歌聲。雖然紅芳猜想這不是什麼高尚的事情，不準我去看，但是我終于發現了這種嘈雜聲的來源，許許多多的人沿着沙市的街向我們的庭院走來。在他們的頭頂上，顫顫巍巍地張着兩把傘，每把傘的邊緣都挂着無數的彩色絲帶。這是送給我父親的！

在那傘的邊緣的絲帶上有着一萬個人的名字。把"萬民傘"送給一位官員算是一種極大的敬意。要送這些傘必須先得到全體挂名人的同意，因爲父親平時對沙市的百姓非常忠誠，所以他們都願意送他"萬民傘"。

運河航行見聞

　　我記得，在我們的屋形船上乘了七天才到了武昌。我們并不從長江走，而是繞道走運河，用一種高貴的氣派由運河裏慢慢地航行。

　　你要知道，在中國，尤其是在過去的時代，從没有一個人有急的事情的，我們的屋形船在運河裏的航行就是一個例証。

　　把我們家從沙市搬到武昌需要八艘船！第一艘就是我們的屋形船，這裏面有着那時候中國的物質文明所能辦到的一切舒適的設備：有卧室、餐室和一切需要的房間，除掉浴室。一艘屋形船給我父親的秘書和秘書的家眷；另外一艘屋形船是給我父親的僕人的；還有一艘板船是專門用來裝我們的轎子的，那些轎子必須隨處跟着我們；還有四艘炮艦，那無疑是專給外國人看了笑笑的。這整個船隊好像是一副玩具，給一個喜歡航海事業而却没有見過海的孩子玩的。

　　我父親的船領頭，後面跟着的是四艘炮艦，我想不通，如果有危險從前面來，後面的炮艦怎樣保護我們！隨後是秘書的船和裝着四頂轎子的船，最後是我們僕人的船。

　　多麽熱鬧的旅行啊！

　　船平穩得使人感到懶洋洋的。我不停地在甲板上走來走去。望望兩邊的岸，運河的寬度剛巧够兩隻船并排航行。兩岸滿是青青的柳樹。春已把鄉村染上了色彩。花盡情地開放着，農夫在田裏勞作，泥土的醜相已被春的綠色蓋住了。整個的景色好像是一張中國鄉村的風景畫，那是在畫面上常常可以看到而實際上却是少有的風景。微風吹不動帆船，却替我們帶來了陣陣的花香。這樣濃郁、這樣別致的香氣，幾乎把河水的氣味和在中國常常會嗅到的一種氣味一掃而光。

　　屋形船由五個（我不知道爲什麽總是成單的）船夫撑着。他們一會兒從船頭跑到船尾，一會兒又從船尾跑到船頭。每個船夫有一根竹篙。船夫先跑到船頭，面對着船梢，把竹篙從船沿插下，抵住河底，于是一邊向船梢走，一邊用力地撑着竹篙，這樣船就前進了。那些粗聲唱着的船夫似乎相信他們的赤足在船板上踏得越響，工作效率就越高。

他們的工作是非常合拍的。一個跟着一個跑到船頭上，轉過身來，把竹竿插下去，于是脚就在船板上踏得“啪、啪、啪”的響，那船板被他們經年地踏已踏得很光滑了。這樣向船梢踏過去，一直到底，再回來，重新開始。雖然這一邊的船夫望不到那一面的，可是動作却很整齊，似乎是由同一架機器控制的，或是由一個人用着看不見的綫把他們五個人同時牽動。或許就是這赤脚踏在板上的“啪啪”聲在鼓勵他們一起工作，因爲他們幾個鐘頭地連續着工作，絲毫沒有一點畏縮，而他們的“啪啪”聲就像鐘的“滴答”聲一樣有節奏。

至于那些炮艦，女人是不能上去的，女人一上去，準會有不吉利的事情。它們不過比帆船略大些，只是有名無實的東西，人家絲毫看不出它們的威嚴和可怕的地方，或者可以説它只是表示一個權威者的尊嚴！每艘船頭上有一尊炮，口徑約有三寸，這原是要使這炮艦顯得威風，結果却反而使它變得可笑。每一艘炮艦有它的艦長，他們是當然的重要人物！當我們上岸的時候，他們站在炮旁邊的姿勢真够威風。

此外使我感到興趣的就是那載轎子的板船。甲板上有格子的架子，下雨的時候，這上面可以張起油布來，免得我們貴重的轎子受損害。

船靜靜地行，消磨着我們的時間。路程在船夫們脚下的“啪啪”聲中縮短了。到了用膳的時候，所有的船都抛錨。僕人們替我們預備飯菜，誰都不急忙。等到父親和他的家眷都用畢，船就又要開了。這一個無盡止的驚人的航行又開始了。

每隻炮艦上都挂着一面白旗，上面有字注明我父親的官階和姓氏“裕”字，這樣，經過每一個村莊的時候，人家可以知道一品官裕庚正經過這裏，我們每到一個地方，老百姓就出來迎接。在帝王時代，做一個一品官可不是一件小事情，加以我的父親是剛升做湖北省的布政使，這一件事情也注明在那炮艦的旗上！

這些炮艦是多麼重要啊！每艘炮艦上有一面很高大的鼓。什麼時候都可以擊鼓，有時候是要引起村裏人注意，知道我們正在經過，有的時候是表示我父親就要上岸采訪了。晚上九點鐘，正巧在就寢之前，鼓就要大擊一次。夜裏一直到天亮之前也要擊四次，我想這大概是像新式軍艦上的鐘吧。

在日落的時候，不但擊鼓，還要放炮，非常有趣，對于這種聲音我絲毫不怕。但是我很奇怪爲什麼每次放炮之後，就有幾個兵發狂似的用一把掃帚塞進這噴烟怪物的喉嚨裏。無論如何，我覺得這是不大雅觀的事。

當然消息總比人先到，因爲每到一個地方，當地的官吏總要來見父親，百姓們就一傳十、十傳百地傳開了。

所經過的每一個地方的地方官都送禮物給我父親，禮物中大都是食物。我父親錢很多，不需要他們的東西，可是如果拒絕他們，不論拒絕得怎樣客氣，總顯得沒有禮貌。

"父親，"有一次我問，"我們一點都不窮，你不覺得這是一件可惜的事嗎？假使我們的確很窮，那麼人家送的東西我們就需要了，我們不會再自己去買了。"

"傻孩子，"父親説，"你要學的東西真不知多少哩！假使我們真的窮，人家再也不會送禮物給我們了。我們也不會有屋形船、炮艦和轎子了！你看這不是一件奇怪的事情嗎，當一個人自己有了很多，人家倒要拿各種他并不需要的東西給他；如果一個人窮了，他最低限度的需要也會被拒絕的。"

這些話在從前聽來是很複雜的。現在想來，這并不複雜，却是不公平到極點。"已經有了的，再給他……"

在這七天可紀念的旅行中，我經歷了這樣的壯觀、這樣的禮儀！父親對于這種種却毫不在意。他曾游歷過許多地方，而且受過很好的教育，因爲西洋人是懂得教育的，所以他對于人家對他的殷勤有時覺得好笑，有時覺得厭煩，有時覺得習以爲常。

但是他是一個滿洲官，并且是一個大官，整天就生活在禮儀和尊敬中，那是無法避免的。不知有多少次了，我聽他教訓僕人關照客人不要叩頭。

"父親，"有一次我問，"爲什麼你要叫客人不叩頭？這是你應享的權利。他們用叩頭來表示敬意，因爲你是一個偉大的人。我不知道你爲什麼要拒絕！"

我父親很喜歡幽默，當他高興的時候，或是要對我逗樂的時候，他的幽默就會自然而然地涌出來：

"我要告訴你一個秘密，"他説，"一個極大的秘密，我不要人家對我叩頭，因爲照規矩我也必須向人家回叩，這是一件很費力的事，這就是我不要人家向我叩頭的理由；況且這也是個極可笑的習慣，你説對嗎？"

在這次旅行中，父親的上岸是一件很有趣的事，他的轎子必須比他先上岸。所以每一次上岸，總有一番忙亂。大小官吏都用最完備的古老的禮節來和我父親相見。當父親從屋形船走上岸的時候，炮艦上四個艦長都站在炮臺旁邊護送着，樣子很威嚴却仍不免有些可笑。父親走進轎子，遠離了他們，于是他們喊着口令。那些口令沒有什麼意義的，喊完就回到炮艦中的小屋裏。等在那裏直到父親回來。父親回來的時候，他們又要站在炮旁邊，直到父親進房，當地的官吏都回去。于是訪問也就算結束。

再是一次熱鬧的擊鼓，旅行又開始了。

就在這許多次船停訪問中的一次，我發現了艦長對于女人上炮艦有一種怎樣的見解。有一艘炮艦和我們的船離得很近，父親曾到那艘炮艦上和艦長談話。這就有機會讓我滿足我對這小炮艦的好奇心了。那炮艦近得我也能跳過去，只用力一跳我就越過黃水，停在炮艦上了。

我急急地經過艦長的小屋，像平時一樣地奔到我父親的保護下。那艦長看到我的時候非常驚慌，遲疑了一會兒，終于把這種迷信告訴我父親。

這位要人説完之後就站在一邊對我惡意地看着，雖然我自己還不知道我錯在哪裏。我父親對艦長笑了笑。

"這種禁止對別的女人和小姑娘或許是對的，"我父親説，一面歡喜地，從容地看着我，"但是我的女兒來一定不會對你們不利，并不是因爲她是我的女兒，而是因爲她和一般女人和小姑娘都不同。"

我没有猜想到，我相信我父親也没有猜想到這麽一回事，就是説他到武昌去和升官是一件極大的事情的開始，會使我們走向世界的末日：戰雲已經籠罩下來了，多數家庭，或者説每一個家庭的命運將有一次大改變。我們將被帶到中國最强大的統治者的寶座下面。

衙門的圍墙

父親和我有一點不相同的地方，就是他恨儀式，而我却喜歡它，假使這種儀式是爲着我父親的緣故。

他在武昌的時候，我們的家在漢口，只隔一條江，我們常常跟着父親渡過江到武昌的衙門裏去玩。但是我比別的孩子去得更多，因爲對于我，這好像是探險，那裏隨處都有着新奇的事情。

我不懂爲什麼在壞天氣渡江的時候，船夫總要讓船往下游蕩，同時張起帆來使船變向而隨着風往上行。現在我當然懂了，可是那時候我覺得是一件神秘的事情，風竟會推動船逆水而行。

武昌并不是一個可愛的地方，但是衙門却是個神仙世界，至少對于我是這樣的。

最先，在圍墻上有一道門，那是中央大門，父親乘着轎子就由這裏經過，重要的客人也是由這裏進來的，在大門的旁邊，有幾個小門，是專給備員和僕人通行的。

大門上用紅顏色畫着大幅的門神和一些猙獰可怕的東西，算是用來嚇走邪神的。父親并不相信這些東西，可是這衙門還是在父親出生以前好久建造的。那畫也已經很古舊了。

一知道我父親進衙門，各處立刻忙亂騷動起來。

“爲什麼要大驚小怪地讓大家知道我來了？這種鬧聲總有一天會使我發狂！”

我坦白地承認，我喜歡這種大驚小怪。我父親畢竟是個偉大的人物，否則不會被人家這樣注意，我深深地爲父親感到驕傲。

中門大開，父親的轎子搖搖擺擺地進去，一進門就是八個衛兵立在那裏，戴着黑帽子，穿着黑短衣、黑褲子和黑靴，胸前有着“衛兵”的字樣。挂在短衣的兩邊的是馬蹄袖，好像兩隻下垂的大象耳朵。

這八個兵永遠是在門裏面的，當父親經過的時候，他們就四人一排，相對立着，直等到父親走過。父親經過衛兵之間的時候，樂隊就奏起音樂，禮炮也放三響，弄得鬧聲震耳，烟霧彌漫，還夾着火藥味。

于是外面畫着門神的兩扇大門又在父親背後關起來，他的衙門生活，或者説辦公時間就開始了。父親剛到，就早已有許多人先等着了，有的是來控訴，有的是來請願，一切一切，使他變成武昌城裏最忙的一個人。

衙門裏共有四十個僕役，據我知道，他們大部分時間都是團團站着，却要裝得又忙又重要的樣子。除了衛隊之外，還有門房，他們的責任就是監督衛隊，和有客來的時候進去通報。衙門本身被一圈高墙圍着，所以對於裏面的人，這好像是一座堡壘。衙門一半是辦公處一半是住屋，因爲在這裏任職的官應當帶着他的家眷同住在衙門裏，母親不喜歡住在武昌，或者説不喜歡衙門生活，這就給人家批評父親一個口實。因爲他讓他的家眷住在漢口的外人居留地，并且是住在洋房裏。

衙門確是一個引誘人的地方，而且很容易改成一個舒適的家。那裏也有一個不可少的花園，裏面有曲徑、假山、金魚池和各種雕像，這是第一個庭院，是在第一進房子裏的，這一進房子專給那些想見我父親的人作爲迎候室。

園丁常在花園裏工作。他們是屬于一種特殊階層的僕役。對于園丁，我們只要他們懂得園藝，別的就不計較了。他們的好壞，完全是從他們的工作上考驗出來的，所以他們大都能稱職。

花園後面就是第一進房屋，這裏是迎候室，聲音嘈雜得可怕。各種階層的人，只要他能説服守門人説真的有重要事情必須見我父親，那麼他就可以等在這裏。他們在這裏用各自的方言大聲地講話，每個人都想把別人的聲音淹没，所以很可能誰都聽不清對方講的什麼話；不過這種熱鬧的談話恰是一個六七歲愛熱鬧的女孩子所喜歡的。像所有的中國衙門一樣，武昌的這個衙門也是這樣設計的：當三進的門完全開着的時候，站在大門口的人就可以一直望到第三進屋的底兒。

第一進屋以後，就是比較重要的第二進屋了。在這進屋裏我父親接見那些客人，他們的使命已從他們在迎候室的時候所上的呈文中讓父親知道了。照我個人眼光看來，這兩進屋裏的人實在沒有多少分別，一樣地高聲叫喊着，要使自己的聲音在別人之上，只有父親來到的時候才安靜下來。

在第二進屋裏，有一件事常常使我感到興趣。在屋子的一端，有一棵很古老的樹，衙門就是圍着它築起來的。據說是這樣的：衙門本身至少有百年的壽命了，可是這樹比衙門年紀還要老，爲了一種迷信的傳說，這棵樹沒有被砍倒作爲造屋的木材，而被留在那裏讓房子在它的周圍築起來，所以這樹看起來好像是從地板上長起來，穿過屋頂，到了屋頂的上面，才伸展它的枝葉，像一把傘似的把會客廳的屋頂蓋住。在屋子裏面，圍着樹幹築着一圈長凳，這樣人家就可以坐在那裏吃茶。

關于這棵樹，有一個很奇怪的故事。傳說是這樣的：在很久以前，這棵樹是一隻狐狸，後來修煉成精，就變成一棵樹了。無知的人都深深地相信，如果把這棵樹砍掉，衙門和衙門裏的人都會遭到不幸，不過這不幸比砍掉了這棵樹而造私人住宅的不幸要好得多了。這棵樹的存在，對最初衙門屋基的選擇很有關係。

從客廳再向後，就是官邸了。假如母親願意住在衙門裏而不住在漢口，那麼這就是我們的住宅了。這地方比較陰暗寒冷，這就很容易明白我母親爲什麼不願意住到這裏來，因爲地上鋪的是磚，所以無法使這屋子溫暖起來。父親常常利用這地方來躲避那些頑强的客人和那些并沒有公事而是以私人關係來談談閑天的人，并且這裏是一個很好的休息所在，可以讓他一個人靜靜地想。

大體説來，這衙門對于我是一個偉大的地方。四十個僕人和壯麗的擺設，有中國式的八仙桌、茶桌和公事桌。大的窗帘門幃碰在面孔上有一種光滑柔軟的感覺，可作爲一座國王的皇宮，但是對我父親，一個用全心全力爲國家服務的人，這似乎是一個不够好的地方。各個庭院裏的園丁忙着他們的奇妙的工作，守衛、門房、父親的隨從、轎夫等隨時伺候着父親，準備他要走出衙門。

以湖北省布政使的地位，父親經管着一筆很大的款子，大部分放在另外一所屋子的錢庫裏，由父親的一個屬員保管着。他是一個很重要的人物，至少他的外表是這樣。只要看他那串挂在身上走起路來丁丁當當響的鑰匙就够威風了。一個"國家銀行"并不像我們平時所知道的銀行一樣，它固然是一個存着無數錢的所在，不過從没有盗劫的事情發生。這無疑地就給人家一個普遍的觀念：誠實是中華民族天賦的美德。

有許多次，我看到大筆的款子搬到衙門裏來，都是銀洋，重重地把搬運苦力的背都壓彎了，這些都是搬進錢庫的，由我父親負責命令那個挂鑰匙的下屬保管着。

講到錢，附帶還可以提起一件事，外國常用的裝甲車，若搬到武昌（或是中國的任何一個城市）來，那簡直是一種革命了。在中國苦力推着裝有幾千塊銀洋的小車，走遍全省，不用押送，不用遮蔽——不管是金元寶銀元寶，或是銀洋。千萬人中不會有一個人想到會發生意外。那些苦力，費盡力氣，拼着命，不過是爲了一天幾個銅子的酬勞，他們把這酬勞拿回去養活一家老小，可是你却可以放心地把這許多錢交給他搬運，或用小車推，或用袋裝起來，不經意地放在背上背着。我不知在外國，我所熟悉的城市中，這種搬運可以平安地維持多少距離。

衙門確是一個偉大的地方，像北京城裏的朝廷一樣，不過範圍縮小些而已。在衙門裏發生的每一件事，經過了裝飾、扭曲，或是讓傳話的人依着他的野心任意擴大之後，隨着風的翅膀、好事者的舌頭傳遍了全城，傳遍了全省。

衙門是全城的中心，一切事物的聚集點。衙門裏發生的每一件事，或是聽人家説從前曾經在衙門裏發生過的事，就可由好事者傳給他家裏，家裏人傳給各人的朋友，朋友再傳到朋友的家裏，很快地傳出去了。想起來這是一件很驚奇的事。

我從不肯放棄一次跟父親到武昌去的機會。我瞭解衙門的重要性，憑着孩子們所特有的敏感——尤其是像我這樣一個好奇的孩子所特有的敏感。

衙門就是城，城就是衙門，而衙門就是我父親——裕庚。

洋鬼子教育

　　我的父親曾受過很好的教育，而且游歷過許多地方，所以他對于他的孩子有特殊的野心，決不願意把他們教育成一個中國式的標準人物。他雖然不顧一切地忠于國家，可是對于中國的買賣式婚姻始終不贊成，因爲在這種婚姻中，最主要的兩個人反而沒有權利過問自己的事。他不贊成三妻四妾的制度，至少對他自己和他的孩子們。他相信女子也必須受教育，至少他的女兒是這樣。

　　這也是一個主要的原因，爲什麼我們住在漢口，因爲在武昌我們就很少有機會受外國教育；一個外國女子住在武昌是非常危險的。

　　所以我們就住在漢口的一所洋房裏，每天早晨我們小孩子都讀中國的經史。下午我和妹妹兩人坐着轎子到一位美國的女傳教士那裏，她的丈夫是在船上做事的，她教我們姊妹倆，每月拿五塊錢的薪水。

　　一個女人，除了讀中國書外，還要讀外國書，這件事自然就引起了許多古板的中國人和滿洲人的尖刻的批評。

　　在中國是沒有秘密的。不久人家都知道父親的家眷不和父親一同住在衙門裏，而他每天渡兩次江和他在漢口的家眷住在一起。這就引起其他官吏疑心我父親是屈服在外國勢力下了。湖北的官吏就開始打聽這件事，當然他們就發現裕庚的孩子不但住在漢口外人居留地的洋房裏，而且還讀外國文。女孩子們除了讀外國文外還讀經史，這件事傳到了湖北總督張之洞的耳朵裏，他就向我父親提出抗議。因爲他的抗議這件事完全代表中國人的舊思想，所以我把我記憶中所有的事盡力地把它都寫出來。

　　"我聽得，"張之洞對我父親說，"你的女兒在讀經史？"

　　我父親點點頭。而這位總督却嚴肅地搖着頭表示不贊成。

"我不以爲中國女人應該讀書，"他嚴肅地説，"因爲女人一懂得怎樣讀怎樣寫，她第一件事就想到寫情詩，或是寫情書給男人，讀男人送來的情書！女人必須早婚，婚姻由父母做主，這是我們的老規矩，老規矩就是最好的規矩。"

"我的孩子，"我父親説，"必須受教育，我相信在這個世界上她們有她們遠大的前程，我對她們抱極大的希望！"

這話理所當然被認爲是悖理的，我父親也知道。此外，張之洞的官職比我父親高兩級，長官對于下屬有一種像父親對兒子一樣的權力，他可以干涉他屬員的事，雖然這事以西洋人的眼光看來是與他毫不相關的。

"還有一件事，"張之洞繼續嚴肅地説，"人家告訴我，你的女兒還讀外國文！我警告你，這對你是沒有好處的！中國恨外國人和那些喜歡摹仿外國的中國人！好吧，假如你堅持要教育你的女兒，要讓你的孩子學外國文，那麼你自己國家裏的百姓會起來反對你，甚至于殺掉你！此外，你也知道太后是恨透了外國人和外國一切東西的！假如她知道你的孩子在學洋鬼子的語言，她或許會把你殺頭！"

雖然這位老年的總督張之洞對于我父親家裏的私事提出抗議，但是我父親仍舊信任他，否則也不會説出下面的話來了：

"太后没有權力這樣做，因爲她事實上并不知道我有兩個女兒呀！"

"什麼？"張之洞問，"一個一品官有兩個女兒，她會不知道？胡説！那麼爲什麼她不知道？"

"因爲，"我父親慢慢地説，"我女兒生下的時候我并没有替她們登記！"

"没有登記？那又爲什麼呢？"

"我不是一個一品官嗎？"我父親問。

張之洞點點頭。

"因爲我是個一品官，所以我的女兒到了十四五歲的年紀，就可以被皇帝選作嬪妃，對不對？"

"對呀，對呀！"張之洞搶着説，"假使你有一個女兒被選中了，你就可以覺得驕傲，而且你應該覺得驕傲！這是一種極大的光榮，没有一個在一品官以下的官有福氣享受的。這使那女孩子光榮，也使她家裏光榮。"

父親毫不遲疑地答復了：

"我不贊成娶妾的制度，至少爲了我的女兒，我是這樣的主張。如果我有一個女兒，甚至于兩個女兒都被選中了，作爲某一個男子的玩物，不管是皇帝的還是平民的，這種光榮我不需要！我對我的女兒，另外有着計劃，而且我覺得，她們有權利爲她們自己的前途説話！"

如果父親以前的話被認爲悖理，那麼現在這話可以説是大逆不道。張之洞盡可以到國君面前去檢舉他而不會遭到人家的批評。而且如果他真的這樣做了，他一定被公認爲第一等的忠臣。

這是真的，父親并没有把我和我妹妹的出生登記，（不過關于這事我還是到後來才知道的）皇帝選嬪妃的時候就到這登記册中去選的。如果我父親就照普通的規矩把我們的名字登記了，那麼我們姊妹兩人中任何一個或兩個很可能被選作光緒帝的妃子。光緒帝我後來和他很熟悉，他曾告訴我説要是我早幾年進宮，我很可能不幸地做了他的妃子，因爲他是世界上最不幸的皇帝，生命對于他來説已變成了可怕的東西。

然而，在武昌和漢口的時候，我完全不知道這種種事情，不懂得結婚，不懂得妾，不懂得王妃……只有在沙市的時候，那個梳辮子的男孩子曾經被人家説起過可能做我的丈夫，同時我曾被宣布不配做他的妻子，因爲我是滿洲人，還有着一雙大脚！

父親到沙市任職之前，我們曾在法國住過一個時期，我在很小的時候就學會了法國話。小孩子學語言最容易，尤其是當他和講那種語言的孩子在一起玩的時候，所以當我還不會讀不會寫的時候，法語是我最先學會的外國語，現在我對法語還是像滿洲話一樣的容易出口，而且我講法語，覺得比英語還要純熟。這兩種語言後來曾給我極大的幫助。

我父親堅持爭取兒女的受教育機會，也是他偉大的一點，至少在我看來是這樣。在中國，女孩子只要容貌端正，性情溫和，會烹飪，會裁縫，能够做一個賢妻良母，做婆婆的忠實的奴隸就是標準的女性了。做父親的如果要反對這種舊觀念，那是非要有極大的勇氣不可的。

父親沒有一點意思要掩飾自己對子女的野心，因爲他覺得這完全不是一件難爲情的事。從他的第一個孩子降生一直到他死，他的朋友和讎敵沒有一刻不批評他的，可是沒有人能使他離開他認爲應走的道路。可是奇怪得很，他不把女兒名字登記在宮中的事竟被太后知道了，幸運的是從此光榮便不斷地降臨到他頭上，直到他死，如果是別人，很可能早就被殺頭了。

一個滿洲女孩，讀過中國文學的！這是可怕而且不可信的！但是我確是讀過中國文學的！

一個滿洲女孩子懂得法文！駭人聽聞的事！結果一定是大不幸的！可是我從小就學習法文的！

一個滿洲女孩子曾經讀過英文！這簡直是第一等的叛徒：因爲在這個國家裏，一切外國人都被認爲是惡魔。有少數是有確實證據的，而多數却是受少數的連累！可是我確是學過英文的！

可是我懂得英文和法文這件事後來竟大大地幫了我的忙，我做了慈禧太后的一等女侍官。

現在一個中國女子懂得幾國文學，或是在外國的大學畢業都算是很普通的事。可是在那個時候……

我父親是最初擁護革新的一分子，在那時候的中國，這樣的人是很需要的。現在我更加感激父親堅持他對女兒的期望，他教給她們不平凡。他栽培得她們不平凡。他讓她們自己看得自己不平凡，她們的確是不平凡，因爲父親已定好了一個方針，在這一生中，他沒有改變過他的方針。

太后的壽禮

慈禧太后不久就要過六十歲生日了。我父親説全中國的官吏都要預備最珍貴的禮物送給她。

湖北的總督正在搜集全省的財富，準備給慈禧太后做壽禮，巡撫在預備他的禮物，我父親也在預備他自己的禮物。這一年差不多該是我父親到京裏去朝見太后（每個高級官員隔三四年必須到京裏去一次）的時候了，所以總督和巡撫托父親替他們把禮物順便帶到京裏。于是三人的禮物，就都聚集在武昌衙門裏。父親常常講起這禮物，我急于要在禮物運出之前去看一看，讓我可以知道太后究竟希望她的臣子送些怎麼樣的東西。

于是父親答應再帶我到武昌去一次，看看那三個大官從各處搜覓來送給太后的禮物。太后這種人物那時候在我心目中只是一種幻想的怪物，像天上的龍一樣不可捉摸，我并不想在這一生中見到她一次。

那些大官送給太后的禮物多麼富麗啊！我不能一一叙述，因爲整個衙門都被全省的財富塞滿了，有不少都是無價之寶。我那時候還只有九歲，所以這樣奢華的東西給我的印象比以前在沙市的任何事情的印象都深。

父親永遠有着這麼一個好性子，他陪着我去仔細看每一種進貢的東西。這些禮物將要在太后六十壽辰時候送到京裏。有許多東西我後來又有機會看到，因爲後來我做了太后的一等女侍官，她的一切寶物我都能得以隨便地觀賞。在九歲時候的我從不夢想這樣的前程，我父親當然也沒有料到，不過父親對他的孩子的確有着他的計劃，只是他從沒有對我們説起。但是既然是一個貴族，父親相信他的孩子將來總有機會接近朝廷的。

"好多的禮物啊！"我驚叫道。

父親仍舊像平時一樣地回答我，好像把我當作一個大人，我提的每個問題都是重要的。

"你再想想，不但在武昌，并且在漢口、廣州、香港，中國各地的大官都苦思苦想了幾個月來準備進貢的禮物！"

"做一個像太后那樣的人是多麼有趣啊，各地方的人都要盡他們的力去找尋最好的禮物送給太后！假如我是她，我不知會覺得怎樣。"

"不錯，"父親慢慢地説，"這確是新奇的。可是在太后的生活中，還有着比禮物重要得多的事情。這種種事情實在太多了，就是我知道，我也無法完全告訴你。但是，孩子，我寧願你在這裏，問着關于禮物的問題，做着你那偉大而不能實現的夢，却不願你做中國的太后，因爲在這裏你有快樂，到了那裏你就不會再快樂了！"

在中國，無論什麼東西送單數算是不吉利的。所以禮物必須成對，像四個、六個、八個等。這樣就自然而然地增加了那暫存在我父親衙門裏而不久就要送到北京去的禮物的數量。我要簡單地把其中幾種禮物叙述一下，這樣可以看出禮物的範圍多麼廣，價值多麼高，也可以看出帝王時代對于貢物是多麼的重視。

"這套銀器是用湖北銀打成的，是我送給太后的禮物。"我父親説，我驚异地抓住父親拿給我看的銀器。一套銀碟子，這樣的銀碟子！

有一隻碟子是專爲盛魚的，就制成一條魚的樣子，還張着口。真是一件稀世的寶貝。這上面還有魚鱗，就像是天生的那樣明晰，自然又有一隻盛鴨的碟子，就做成了鴨的形狀，碟蓋去了以後就成一隻從中心剖開的鴨，復蓋上時，又回復到原來生動活潑的樣子，有着精細的屈曲的頭頸，珠子般的眼睛，雄鴨特有的彎曲的尾部，以及那些覆蓋在背上的羽毛，就好像是出于一個愛鴨者的手，把它梳理成這一個可愛的樣子。另外一隻是盛雉的，所以它的本身就是一隻銀雉。生着雄雉的羽毛和雉冠，果盤就做成所盛果子的樣子，如有些像隻大桃子的碟子就是用以盛桃子的等等。在無數五光十色的銀器中正蘊藏着父親靈敏的想象力。

"在這些又美麗又精細的碟子中吃東西是多麼有趣啊!"我叫了起來。

父親嘆息着。

"你總該記得,"他說,"太后生日的時候整個的中國都有禮物送給她,單就碟子也不知有多少套。有許多甚至到下一個生日,太后還不能來得及——用到,也許我的碟子能引起一些她的注意,因爲它們的樣式很新奇。之後,它們就要和許多太后不用的東西一同被藏起來了。"

"那麼你爲什麼要送她這些名貴的禮物呢?"

"因爲她是以禮物的貴賤來品評官員的啊!對太后吝嗇或缺少禮節終是不好的,誰也不敢把價值低賤的禮物送給太后,因爲這正表示他對太后犯了輕慢之罪。這也是一種習俗,因爲她是我們的太后呀!"

由此也可以看出多少的奇事!

以後就輪到了各式各樣的垂帷,珍貴的東西,出之于那些匠工們熟練的手,他們都是承襲着前代匠人們的法子;他們的手指是前代遺傳下來老練的手指,然而說到他們本身,他們也許不能讀,不能寫,僅僅認識百十來個字。那些閃光的東西,當人們接觸到或者甚至微風撫拂到時,就好像是活的一般。

垂帷的設計可分四大類,雖然它們的花色多到不可計數。杜撰的鳳凰是最普通的花樣,因爲這象徵着母后。其次就是鶴,這包含着"長壽"和"吉祥"的意思,因爲中國相信鶴可以活到一千歲。還有松樹,這是表示"永生",因爲中國人稱松樹爲常青樹,以爲它是永遠不死的。再有一種當然就是龍了,這是中國藝術作品上最常見的東西。我狂喜地欣賞着這些絲帷,看着那些鳳凰、鶴和龍忽然像活的一樣,優美地舞動着,而那些松樹正在輕輕地點着頭,波動着,好像那微風拂過的南海岸邊的棕櫚樹,或者像一些怪僻的信徒在對着看不見的神像虔誠地禮拜。整個衙門裝滿了寶物。都是預備送到朝廷,送給手下統治四萬萬人民的太后作爲六十歲生辰的禮物。

我還記得那一對對手鐲,都是十足金打成的,黃得透紅,非常柔軟,戴的人可以用手指把它任意改變大小。每對中的兩隻完全相同各鑲滿了珠寶，可是一對對之間，却没有相同的，除了它們全是十足的金做的；因爲中國人不喜歡合金，不管它們是多麼美麗，尤其是進貢的禮物，若用合金，就表示貪便宜，是一件失體面的事。手鐲是裝在玻璃的小盒子裏，所以不用打開盒子就可以看到裏面的寶貝。盒底襯着黄絨，因爲黄色是皇帝的顔色，絨上綉着精細的花，把手鐲襯托得更加美麗。我多麼想摸一摸或戴一戴這種手鐲，讓我的手臂嘗一嘗這種冰涼的感覺！我真妒忌太后，一個人有這許多寶物。

父親看出了我的意思。

"快樂不見得永遠跟着那些擁有許多禮物的人，"他温柔地説，"因爲最快樂的往往是什麼都没有的人。"

于是父親告訴我一個關于"快樂"的故事。我照我所記得的叙述出來：

"從前有一個美麗的公主，她病得很厲害，她的父親很擔憂，恐怕她不會好起來了。各處的名醫都請到了，各處算命的先生也都請來問過了，可是公主的病却是一天天地危險起來。有一天，一個女巫到朝廷裏來，國王就問她關于女兒的病，請教她怎樣才能救他愛女的命。女巫答道：'只有一樣東西可以救你女兒的病。她非常憂鬱，她生命中没有快樂，現在你派人到全國各地去搜尋，要找到一個真正快樂的人。如果找到了，把他的衣服帶回來給你的女兒穿。這衣服會使她的病好起來，而且變得快活！'于是國王把他所有的兵士都派出去，叫他們到各處去尋這個真正快樂的人。一天天的過去，一星期一星期的過去，那個真正快樂的人還没有找到。雖然兵士們各處都去找過，每一個碰到的人都問過，可是這國裏的人似乎都有些或大或小的事情使他們不能完全快活。而公主的病一天天地重起來。看來離死期不遠了。

"有一天，國王的兩個兵士看見一個青年騎在牛背上，唱着歌，吹着笛。于是他們就走上前去問他：

"'你是不是真正感到快樂？'他們問。

　　"'爲什麼我要不快樂呢?'那個青年回答,'太陽在照耀着,我無憂無慮地唱着歌,吹着笛,讓長長的日子在快樂中過去.'

　　"這兩個兵士面面相覷,他們終于找到了這個真正快樂的人了,而且他自己說他是這個王國中最快樂的人。

　　"于是兩個兵士又對他說話了:

　　"'我們要求你的一件衣服給國王的女兒穿,'他們說,'因爲她快要死了,要一個真正快樂的人的衣服來救她性命.'

　　"這青年驚異地瞪大着眼睛,遲疑了一會兒。

　　"'你正在取笑我了,'他說,'你沒見我沒有衣服只有一條破布嗎?我窮得連衣服都沒有呢!'"

　　我當時不大懂得這故事。可是這故事使我很憂愁,它使我相信即使我有了每一樣東西,有了世界上最偉大的母親,我也不曾真正的快活,雖然我自己也不知道爲什麼。渴望、美夢、幻想、希望,一切都不會實現。

　　還有禮物中最不能忘記的是兩隻用藍寶石和黃金做成的鐘,這是張之洞從巴黎訂來的,算是他送給太后的主要禮物,多麼富麗的東西!不知多少次我用"富麗"這兩個字來形容那些禮物,因爲除此之外,沒有更恰當的字了;就是這兩個字,還是不足以形容這些禮物。

　　在每隻鐘的頂上,有一個雛形的戲臺,有着那時候法國戲臺上所有的一切裝飾,每當鐘敲第一下的時候,就有八個小人走上舞臺來跳舞。等到鐘敲罷,八個小人又回到原來的地方藏着。

　　"他們跳的是小步舞。"父親告訴我。

　　我到現在還記得那鐘,後來我到朝廷裏去,也看見過它們,并且認得它們。

　　十六個小人在兩隻鐘的頂上跳着小步舞來報時刻,小小的傀儡自己不能做主地跳着舞!

戰　雲

　　我們這屋中的人都在談論着戰爭的事，我覺得空氣漸漸地緊張起來。誰也沒有更多的話說，至少在孩子們面前是這樣，但是大部分的下人甚至連那些家族中的長者們都似乎是永遠鬱鬱不歡的樣子。以後我就自然而然地不覺得怎麼新奇了，什麼事情的發生似乎都與我無關。

　　這些事的發生正巧在我們急急地離開漢口和武昌到北京去的時候，對于這城，我知道的很少，只曉得它是一個很奢華的城，在這裏，慈禧太后接受她人民的朝拜，天子就坐在黃色的寶座上統治着中國！這一切似乎都是新奇的，這北京啊！我真想早些到那兒看個暢快。

　　但是這屋中緊張的氣氛實在使我感覺不安。爲什麼大家要討論作戰的事和可怕的戰爭？他們心目中的作戰究竟是什麼意思？所謂戰爭又是什麼意思？

　　當我聽到了一些令人興奮的談論，我就去問父親，可是他却破例地不給我回答。

　　"關于戰爭有什麼好談的？"我問道，"爲什麼每個人都覺得那樣的神秘，自相騷擾？爲什麼没有一個人同我説起這事？"

　　父親耐心地聽我説，但是他并不告訴我。

　　"我想你不會明瞭這些事的，"他對我説，"我也不必要告訴你。"

　　當父親用消沉的音調和我談論時，我立刻明白了他的意思，然而這對于推究這件事仍舊没有什麼幫助。可是却使我決意要查究這事。這似乎是多事的一周，而我正想對每一件事加以研討。

　　紅芳，雖然我恨她，到現在還是深深地恨她，可是，我想去找她解答我的疑難了。

　　"這許多關于戰爭的話究竟是什麼意思？"我問。

“不許多説!”她叱道,“這不是你應該知道的事,而且你也没有這樣的聰明來明白這件事!”

終于,我從紅芳處也没有得到什麽。

于是我去問哥哥,他至少總不會這樣粗魯地説我。

“不要爲這些事煩惱着,”他説,“你畢竟還太年輕哩!”

這不是很奇怪嗎!爲什麽要壓制一個九齡兒童不可抑制的好奇心,不讓她知道一些事呢?

我仍舊有許多東西要學習,學習中國的經史。或者我想,我的先生能告訴我一切事情的底細,雖然他并不寵愛我,有時我甚至還要違背他的意願。

不久我們就要到北京去了,然而我很希望能在上船的時候,或者離開漢口和武昌的時候甩脱這位先生,我曾在沙市逗留過一段時間,後來他又跟着我到漢口,但是他終究不會隨我們到北京去的。

我走進書房,教師看起來很嚴厲;如果我的觀察不錯的話,我覺得這件使我們全家緊張的事似乎也使他感到不安。他也就顯得格外的嚴肅了,他手中經常握着一本很大的書,但眼睛并不望在上面,他的面色永遠裝得那樣的無情,啊哈!他自己也覺得了,後來也知道了,我不知道怎麽一來使他把一切全告訴了我。

當我跑到他那威嚴的地方,他就嚴厲地盯住了我。

“趕緊讀書吧!”他暴叫着。

“大家都在談論戰争,這究竟是怎麽一回事?”我問道,“誰在作戰,或是準備作戰,爲什麽要作戰呢?”

“趕緊讀書吧!”他只是這般的回答我。

于是我開始讀書,雖然我恐怕自己對那些雜亂的中國字没有什麽認識,也不會明瞭它的意義,我當時只是在打算着,他是知道的,我務必設法使他告訴我。

後來,我實在耐不住了,我覺得要是他再這樣無休止地注視着天空或是用手指甲叩擊椅子,我就要叫出來了,我鼓足了勇氣,重新向他提出那問題來。

"你最好告訴我吧！"我説，"我很想知道！我們平常似乎不很和睦，我也從未喜歡過你，假使在到北京的途中失去了你倒是一件很愉快的事。但是，今天早晨我對你似乎又有些好感了！"

他竟破例地向我笑起來，我可以打賭。這在他生平還是第一次，這對于以前的一切僵局無疑的是一個轉機！

"就是我告訴了你，你也不會懂的。"最後他這樣説。

"但是你是我的先生呀，"我堅持着説，"你有義務告訴我一切我所不能瞭解的事。我想提出幾個問題問你，要是你能替我解答我一定能明白的。"

"這不可能的，孩子！"他説，"假使我有空閑你也有能力學習的時候，我當然是會告訴你的，那麼，聽我説吧，日本和中國開戰了，假使我們再不覺醒，我們都可能變成日本人呢！"

于是一切秘密都揭穿了，當然我得承認，我對他的解説的確不很明瞭。

"爲什麼我們要和他們作戰，爲什麼我們會變成日本人，日本人又是什麼東西？"我問道。

我很害怕，因爲先生失望地嘆息起來了，但他還是告訴了我，我絕對信任地聽着。

"我知道你不會懂得，"他説，"但是中國和日本之間早已有了隙恨，現在日本人就要借戰爭來和中國清算這些積怨。"

"但是，什麼隙恨呢？戰爭又怎麼能料理這些事呢？"

"這太複雜了，你不會懂的。"他又這樣説。

"那麼，什麼是日本人呢？"我又打斷了他的話。

"那，讓我揀一個你容易明白的方法講給你聽吧。"他説。下面就是他告訴我的故事：

"許多許多年以前，中國人中有一族在海中迷了路，不知道怎樣回國。族中的長者主張繼續向前航行，假使他們繼續這樣下去，終有一天能到達岸邊的。但是他們走錯了一個方向，後來到了一個很大的島，他很喜歡這島，便想永遠在那兒住下來。于是他們在那兒生育，結婚，出生，死亡，一代一代傳下去，結果這一族就繁殖成一個國家了。因爲時間隔得很久，這新國家的一切就和他的種族截然不同了。這就是最早的日本，所以今日的日本人便是起先在海中迷路的那一族人的後裔，現在就有許多日本人揚言要回來占領中國，使整個中國都變成日本！"

這就是我對日本最初的認識，并且也剛開始知道世界上有一個叫做日本的國家存在着。從這裏你也可以看出我先生講述的故事其實是很粗淺的，而且也很簡略，這也不過是對那問題的一種講解的方式而已，對于這一些我是被認爲很滿足的了。雖然，這事似乎有些特別，怎麼以前曾經是中國人現在又要來打中國人？但是先生説，在這數千年中已有了不少的變化，其實與外國人沒有什麼兩樣了，他們説的話，現在的中國人不能聽懂，然而，他們的文字卻還保持着中國文字原有的模式。

這真是奇异又可疑的事。但是有一件事是一定的，那就是，我們離開了漢口到北京這萬物的中心來了，我將看到許多奇怪的東西，也許能偷偷地看一眼慈禧太后，那位從屬下那裏得了許多禮物而不知如何處置的人。

以後我經過了許多許多年，經歷了許多許多的事件才能有機會再到漢口和武昌。

漢口和武昌都是很騷亂的都市，在那時候要搬家一次可不是什麼容易的事。必須先把一切家具整理好，先把我們送出，而且，在當時，没有一個女子敢拋頭露面地在公共的餐室進餐，所以我們又必須在自己家中吃最後的一餐，才乘一艘中國的商船"江永號"向上海出發。我們的最後一餐很有些像野宴，因爲所有的家具都已搬去了。我們令一個傭人特地在船上找了一間禮堂給我們用，對于這一點，我以後還有些補充。但是那最後的一餐啊！没有桌子，没有椅子，我們在地板上鋪了一方布，傭人們盡力地爲我們準備這最後的一餐飯，而我們就都坐在地板上進食，也有的坐在窗檻上，也有靠墙坐着的，各人的食量都是异乎尋常的好。

我們都吃得很匆忙，因爲鍋、盤、碟子等都需立即洗好送到船上去的。這是個多麼興奮的一個場面啊！又急又忙！

在那時候，中國商船載政府官吏是不收船錢的。在選擇船艙的時候，情形非常有趣。船上的艙有一部分是官艙，不收費的，有八間是專給外國旅客乘的。父親却并不要專乘官艙，而寧願在外國旅客的八間中占據一間。并且他也知道這次下行的官吏極多，官艙幾乎都擠滿了。

于是父親就派了個僕人到船上去在外國人的艙房中選了一間。在那時候乘船的手續很簡單，只要去通知輪船局說某人帶了家眷準備乘某某船，然後再派傭人到船上選定位置。船上沒有賬房，船長也不來過問的，除非發生了特別事故。僕人只要到船上，選一間他認爲最適合主人一家的艙，于是在那門上釘一張大約三寸長一寸寬的紅紙條，上面寫着選艙的人的姓名，這樣就算選好了。

僕人回來報告說他已在洋鬼子的艙中選了一間給父親和他的家眷了，于是一切都準備好了。

可是在晚上我們上船的時候，我們發現我們的艙已經給另外一個官佔據了，這并不是他的過錯，因爲他的僕人也替他選好了艙，僅僅是把我父親的紅名片拿下而換上他主人的名片！當我們上船的時候，兩家的僕人都高聲地爭吵起來，一場對打就要開始了。時間已經很晚，船上的旅客都睡覺了，僕人們却大聲地鬧着，我相信旅客們一定被吵醒了。

更使我們窘的是那占據了我們房間的官和他的家眷也已經睡了。

正在爭辯得激烈的時候，一個被吵得睡不着覺的外國人來插嘴了。

"鬧些什麼？"他問道，"難道你們這些討厭的中國人要鬧到明天嗎？"

最後，船長的兒子也來加入辯論了。他說他清清楚楚地記得是我父親的僕人先把名片釘在門上。于是船長也被請來，他確定是我們的僕人先來，這艙應該屬于我們。

于是那位官在大家的埋怨聲中搬了出去，讓我們占據了我們的房間。這是一個很髒的地方，還有一股難聞的氣味。只有一件事是可以推薦，其實是否值得推薦還是個問題呢，就是房裏的床已被他們睡得很暖了！

我已忘記了在船上多少時候纔到上海，但是我記得到上海的時候是在一天午後的一點鐘。因爲"同豐號"在當天下午四點鐘就要開往天津，所以我們必須立刻到那艘船上，已沒有時間上岸了。

于是又是那麼一套麻煩。當然在中國這個帝國裏，搬個家非懂得怎樣管理不可！這一次又用到那釘在門上的紅卡片，最後我們總算踏上去天津的旅途了。這是一次很不舒服而且似乎永遠沒有盡止的旅行。到了天津，我們改乘屋形船，由北運河直達通州，那是離北京十六里的一個地方。從這條路走，天津到北京約有九十里，這一段乘着屋形船的旅程恰像沙市、武昌一樣，也需要三天工夫。到了通州，困難更加多了，妹妹和我乘了一輛我們第一次見到的北京車。這是母親的命令，父母的命令是必須遵守的。母親乘着惟一的轎子，父親騎着騾子。這十六里的路程啊！路是用大石鋪的，有些石塊竟聳起一尺多高，這種不平的路我從未看到過！這十六里顛簸的路程（一直到那時候我們違反了命令而騎驢子）簡直是一場噩夢。

在通州的時候，我們曾在一家茶館裏吃了一些點心，我還帶了些糕餅，預備在這十六里路程上充飢。我把我的糕餅帶上這笨重的北京車，就在車板上坐下，把袋子放在背後，預備在飢餓的時候（而我已習慣這種顛簸），頭不至于常常撞在車廂上的時候，我就可以拿出來吃了。可是我忘了車板是格子形的，當我想吃點心的時候，我發現袋已空了，點心都從車板的洞裏漏掉了。

遠在到達目的地之前，我已在車廂上撞了不少次，弄得渾身又青又黑，尤其是頭部，已不知在車上碰了多少次響頭了。

我的哥哥騎着驢子跟着我們。他對我們說如果這樣下去，在到北京之前我們的腦子一定震壞了，所以其餘的路還是改騎驢子吧。

"可是母親叫我們乘北京車的，"我反抗着說，"假使我們違反了她，她要不高興的。"

在中國家庭中，服從父母是家教的第一條。

　　"我願意擔當一切責任，" 我哥哥説，"其餘的路你們騎驢子吧。"

　　于是我們就聽了他的話。母親却并没有依着她應有的權利發怒，家裏其餘的人都在我們前面等我們。

　　冷冰冰地坐在那裏的是我們的國文先生。我們没有把他留在武昌。也許是一生中的第二次吧，這可惡的傢伙在笑了！

　　我們終于到了北京，這世界文化的發源地！

父親請客

　　當我們到達這久仰的北京城的時候，太陽正停滯在高高的城牆上面。城牆是一個偉大的建築物。在我看來，高到幾乎可以碰着天。愈走近城牆，便愈覺得它的高大和神聖，直到最後，在我的心裏，它幾乎是擦到天的，是一垛穿透天空的大壁。

　　我們經過第一道城門叫齊化門，這才真正到了北京。

　　多麼大的城牆啊！直到現在我還記得那樣子，并且還覺得它大，雖然不像我九歲那年騎着驢子進齊化門的時候那麼驚奇了。那時候我想：

　　"這麼大的城！這麼小的人和驢子！"

　　我們，驢子和我，好像小螞蟻走進巨人的房間。高大、恐怖、冷峻而且是古老。

　　這裏可以嗅到：歷史的氣味，風流的餘香；那已經被遺忘的恐怖氣氛，和那歷代圍城作戰的火藥味。這是一個大堡壘，在這裏面正藏着世界上最神秘的怪物。比起沙市、武昌、漢口，北京是顯得多麼偉大啊！并且幾分鐘之後，我就要來游歷這個城了。從武昌到上海的艱難的旅程，那爲紅卡片而引起的糾紛，到天津的長而辛苦的旅行，那緩緩而行的屋形船，那把我頭撞得青一塊紫一塊的北京車，所有這些我都忘得一乾二净了，只看到齊化門張着大嘴，迎接着我這個小小的香客開始巡游着她幼稚的夢境中的聖地。

　　城門開着，因爲天還沒有暗，雖然那西下的夕陽正在預告黑夜的到來。大銅釘一排排地釘在城門上，這對攻城的敵人是一種無言的抵抗。向左轉彎，再經過一道門就是北京的街道了！這就是北京！帝王所在地的北京！沒有喧鬧的汽車在人叢中奔馳，害得苦力們左右躲避的場面。那時候還沒有洋車，因爲北京的第一輛洋車還要過十三年才出世呢！

　　我的眼睛忙極了，因爲和我以前到過的地方比起來，這是一個多麼不同的地方！然而這和我想象中的北京又是差得多麼遠！北京的名聲這麼大，我料想它的街道一定是用金、玉或是同樣貴重的東西鋪成的，其實却不然，相反的，第一個印象就使我顫栗。

　　又大又華麗的轎子很多，它們的顏色就表示轎子裏的人的官階，至于坐轎子的人，普通小民是不能看的。這類轎子都是由好多人抬着。有一頂重要的轎子，像我父親的轎子一樣綠色，這就表示有一位一品官經過這裏了，并且這位官還有馬弁、喝道的小吏，轎夫累得喘着氣，皺着眉，把全部注意力集中于他們的工作上。

　　大隊的驢子耐心地在濟濟的人群中穿過，真是濟濟的人群，因爲北京的街道非常狹窄，又雜亂，又有些氣味。

　　一隊雙峰的駱駝馱着各種物品也走進城來，它們或許是從戈壁沙漠的那邊來的，或許是從醴泉或更遠的地方來的，還有高大的留着胡子的人，看來他們好像是巨人一般，因爲他們的身材比一般人都高出許多。現在，他們正用不同姿態揮打着那些行動遲緩的坐騎——神秘的駱駝隊。除此以外，又有一頭很小的驢子，馱着一個滿洲小女孩，她有一條很長的辮子，用紅綫扎着，當然也是很小的。長髯的人們睜着尖銳的眼向前望着，對那些在駱駝脚邊像河水一般緩緩流動的人群露出很輕蔑的樣子。

　　至于那一大伙的人，不知有幾百個，穿着各式的服裝，從絨的絲的，一直到襤褸不堪的——或者甚至于不穿衣服的。小販們各自用着方言（總計至少有二十種）叫喊着，有人不小心撞了他們，他們便高聲地謾罵着，不講理地罵着街上每一個人。有些人不耐煩地推開驢子和驢背上的人，并且咒罵着，因爲他們擋住了路。喧囂和忙亂；街上的人往每個方向亂走，沒有交通規則，只是一大群地蠕動着，好像大隊的螞蟻，只是秩序沒有它們好罷了。

　　喊，叫，用各種的方言。各種表情的笑臉，嘴在嘻笑着，扮着鬼臉，白的和污穢的牙齒，這些紊亂的情景，就首先給人一個關于這王國的京城北京的一個深刻的印象。然而，對一個九歲的女孩這瘋狂、繁華、熱鬧的幾天又給她留下了些什麼呢？

　　許多苦力挑着重重的煤炭，小小的籃中却堆積着沉重的負載，這些東西不規則地凸出于籃的邊緣外，很小心地堆成楔形，誰要不留神地把中間的煤塊碰撞了一下，立刻滿街上會鋪滿了又大又黑的金剛石，于是哭聲將隨之而起，或者會來一場相罵，而旁人們必定會從這些破殘貨物中爭先恐後地攫取。

　　一輛有藍色華蓋的北京馬車，漆着藍的顏色，底下有一條紅色的邊，這種式樣的車，一看就知道是屬于一個高級官員的。

　　真是黃金的街道啊！灰塵深及脚踝，當騾子在這中間奔馳時就揚起一陣令人窒息的灰塵，衝人鼻孔，使人咳嗆不止，好似患了重病一般。至于等到下雨，那又是很久以後的事了。在一個明朗的下午，我蹓出了齊化門，這日正巧日落西山，太陽和夜神又在作定期的約會的時候，在我們前面有許多苦力，挑着大擔的水，和用樹枝做成巨大的瓢或勺，他們正在吃力不討好地用大勺把水很有節奏地灑在街道上，想把灰塵抑制下去。

　　接着我們進了安定門街，當時的安定門街跟現在的相比起來又相差得很遠了，那時街的兩邊都有店鋪，而這又是怎樣特別的一條街啊！中間有一個凸起的部分，恐怕比兩邊要高出四尺，它的本身就是一條小街，專供轎子和北京車往來而設計的，在這上面，人們可以騎行，比兩旁的人群要高得多，兩邊的路是給小販携帶籃裝的貨物，或是給乞丐及步行的人用的，凸出的街道把一條大路一分爲二，而它自己也變成了另外一條路。

　　不管它是多麼熱鬧，多麼的令人興奮，終不免使我感到失望，多麼狹窄啊！我自己覺得，北京又是多麼小啊，我是多麼思念那騎在小騾子上的滿洲小孩啊！當她初次進京的時候，睜大着兩眼，張開了嘴，接受那些從她穩坐的坐騎下踢起的灰沙。

　　店的招牌很吸引我的好奇心，有一家鞋廠的招牌是用十尺長一尺半寬的板制成的，挂在門前，上下都鑲着邊，招牌的兩端畫着靴、鞋等物，雖然我們可以知道這位設計者并不曾參考過西方的格式，店的前面裝着金銀，并且油漆過。或許店的前面都很華麗，因在皇帝統治下的中國本是極端富有的。

不論富貴貧賤，他們所需要的東西都有各種店鋪供給他們。

北京這美麗的城市雖然時至今日已增了不少年歲，真是一個奇異的城，雖不免俗氣一些，但終究還是一個美麗的城。在這樣一個大的城市中，會看見一個小孩騎着驢子走過！

太陽爬下了西山，不見了，夜幕漸漸地張開來，終于占據了整個北京，我們必須趕緊回家了。我們必須到北城越過東四牌樓到我父親四年前借給一位朋友住的房子去，這座房子我雖然不曾看見過，但却已聽人說起好多次了。

離牌樓還很遠的時候，天已全黑了，牌樓矗立在我們前面就好像齊化門一樣的龐大，這時點燈者已在把街上的燈一一點燃起來，這些奇怪的燈就平均分布在街上，很像一座座的小塔，因爲它們是用磚砌成的，離地大約有四尺高。每一個塔尖有一間小小的木室，有四扇窗，面對着這一塊地方，窗上糊着窗紙。木屋之内就是那些點燈者須時時注意的一個普通的油盞。每盞微小的燈却要照耀許多地方。實在是燈太少了，而且其間的距離也相隔很遠，所以這些燈還不如改稱作信號站比較更爲合適，它只是黑暗中的一點微光而已。當你望着這一粒微光前行的時候，就跟在黑暗中摸索一樣，你要是乘轎子，那麼你只能把安全交託給你的轎夫，要是像我這樣，那麼一切又只好寄託在驢子身上了。

正當抵達目的地的時候，我看見前面有兩束很大的光在慢慢地過來，顛簸得很厲害。當它們走近以後，我才看出這是兩盞燈籠，在一乘大官的轎子前面引導，叫人民看見了可以回避。

這樣，我第一次到北京所得的印象，就是北京的街道并非真的用金玉砌成，但的確也很繁榮。

離開這兒不遠處就是禁宮了，在那裏的宮中，就住着慈禧太后，管理着全國的人民——那些送了許多禮物給太后以致使她來不及應用的人民。

恭王府裏的集會

我們在北京的房子曾在四年前借給一位朋友居住，現在仍住在那裏，而且竟無法歸回了，雖然他并不付租金，而且我們到北京，他在六個月之前就知道了。

于是另一位朋友答應把他的房子借給我們住，關於這一座房子，我又有許多話要講。

從這以後我所要叙述的事大都是我九歲那時候所不能瞭解的，但是這些都是極重要的事情，它們對中國的利害關係很大，在我父親的經歷中和我自己的經歷中都算是大事，因爲這些事把我童年時代，就是九歲那時候的記憶和後來懂事後的實地觀察所得相調和了。

到北京的第二天，我們就搬進新屋去，那是個很不差的地方。許多人來訪我們，各級官員照例都送禮物來，禮物總不外乎食物，生的或熟的。

有一件禮物，我稱它爲一件，其實所包括的種類和量足够供餐三倍于我們大家庭維持許多日子，是恭王送來的，恭王是已故的咸豐皇帝的親兄弟。送禮物來的僕人并帶來一個口信説要我父親立刻去見恭王。恭王既然是咸豐的兄弟，當然是皇族，況且他又是太后的親信，所以他的命令簡直和聖旨差不多。

并且那時候中國正在和日本作戰，全國各地都感到惶惶不安。

所以那天早晨，父親就去見恭王了。我們都在猜測究竟發生了什麽事？恭王會派給我父親什麽工作？他的假期滿了之後，他和他的家屬是否仍舊要到武昌去？

父親對當前的這次拜訪看得很嚴重。勉强壓制的激動充滿了整個家庭。恭王一定不是叫父親去受責備，不然他不會送這樣豐富的禮物了。

不錯，無論恭王有什麼命令決不會對父親有什麼不利。

父親去了大半日，我平時那種遏制不住的好奇心使我一直在猜測他的上司會給他什麼命令，并且等候着他回來告訴我。父親去了後，我就利用這機會仔細地觀看着我們的新房子。這屋子比武昌的衙門還壯麗，甚至比我們原來借給朋友住的房子還好。自然這裏也有那中國房子所不能缺少的圍墻，它把我們和外面嘈雜的街道完全隔絕。只有在假山高出圍墻的地方，一個勇敢的爬山者能在那裏望到墻外，望到來去匆匆的人群，聽到他們的講話聲，接觸到圍墻外面的世界。我永遠痛恨圍墻，痛恨隱居在圍墻裏，常常嘗試着要跳出這圍墻。我從不曾做過中國禮教下的奴隸，中國禮教注定中國女子的天地限于一個家，這種用意是外國女子所不能瞭解的。

還有那必然有的庭院、花園和金魚池，金魚池的周圍種着高大的柳樹，柳梢倒垂在池裏，濕漉漉的似乎在悲泣。好像抑鬱的婦人，她們的髮絲一束束地披散下來，髮梢沾着了池水。這種比喻似乎很可笑，可是我記得我那時候只有九歲，我的想象常常是可笑的，我并不爲它們辯護。

在這所新房子裏，每一個我被準許去的地方，或是不準許而我自己能去的地方我都去過了；我各處找尋着這屋子鬧鬼的故事。我并不懂得那回事，可是那對一個好奇心很強的孩子有着很大的引誘力；我要知道這是怎麼一回事，我找遍了那些庭院和屋子，因爲那裏藏着"鬧鬼"的秘密。我要找出僕人們所講的故事的來源。

這所屋子和我們在漢口的屋子完全不同，後者是洋房，而這所屋子却是標準的中國式的北京房子，是一所我認爲生平所住的屋子中最有趣的屋。

我在各處走着，注意着每一樣東西，撫摸着每一樣東西，看看那奇形怪狀的岩石，看看那柳條怎樣好像在哭泣的樣子，看看花怎樣羞答答地紅着臉好像一個被頑皮的男孩子嘲弄了的小姑娘，看看小路怎樣彎彎曲曲地繞着，好像是一條蛇所設計或走過的，同時在我心裏，還念念不忘恭王召我父親的事情，希望父親快些回來，可以告訴我個究竟。

可是時間過得真慢，對新屋的探險，幾乎已完成了，花園、假山、高牆都看過了，而父親還不回來。中午到了，太陽開始偏西了，下山了，可是父親還沒有回來，他在恭王那裏整整有一天。

父親真的回來後，我又大大地失望，因爲他忙得很，沒有時間來應付一個被好奇之火煎熬着的九歲的女孩子。父親的樣子很嚴肅，他的臉顯得又長又機警，可是他什麼也沒對我説。我生平第一次看到父親對我表示不耐煩，這大大地傷了我的心。到底恭王對父親説了些什麼呢？

父親爲什麼這樣激動？我難得看到他激動得要用踱方步來抑制自己，也難得看到他這樣焦躁。不過他總得對一個人講話，那我就可以去偷聽了。

終于他對母親講出了他的遭遇，雖然我那時候完全不懂，後來我當然懂了。這種成長後瞭解到的知識使我把這裏所記的當時的對話多少染上了些色彩。

"恭王要求你怎樣？"母親問。

"我們正在和日本打仗，"父親説，"恭王奉太后的命令要組織一個軍務部，不屬于原來的陸軍部而自成一獨立機關。恭王做部長，我做副部長！"

這是多麼驚人的消息啊！太后之下就是恭王，恭王之下就是我父親，這在中國確是個不小的位置啊！可是父親似乎并不顯得高興，也許他實際確是感到高興或光榮的。

"恭王專發命令，我只要監督着執行他的命令。幸虧恭王是個聰明人，很肯受諫，所以我的工作或者不會像最初料想的那麼難。"

"這新的部門究竟預備做些什麼工作呢？"

"這新的部門的成立是爲了擬定策略，對付日本。我明白，恭王自然也明白，假使戰争真的發生，我們是絕對無力抵抗日本的，我們是個愛好和平的國家，對戰争什麼都不知道，可是日本却知道得很多，打起仗來，我們的失敗是必然的結果。不過我們總得盡我們的力或者我們可以希望得到別的國家的同情而出來調停，幫助我們打開這個僵局。"

對一個九歲的孩子，這是多麼深奧的字句，可是我耐着心聽着，然而懂得這些話的真正的意思，還是在幾年之後，不過對于我，父親所講的中間有幾件事確是有興趣的。

"新的部門中最高級的官員，與恭王不很接近。"父親繼續説着，"他是一個年老的善人，對中國的古典知道得很多。就因爲他很聰明，又是一個不可多得的學者，才被選了進來，可是不幸得很，他對戰爭簡直是一無所知，對我們也沒有什麼幫助，更不知道如何爲中國準備抵禦外強。今天就發生了幾件事，那時我們正召集新部門中的人員，你也知道有許多中國人，都相信外國人穿的是直的長褲而不是舒適的長袍。所以他們沒有膝蓋，脚是直而硬的，這對像我們周游過外國的人看來是多麼可笑的事！但是，説來你也許不能相信，這論調很順利地傳播着，要全體兵士帶着長竹竿作爲這特別的用途，用以去打那些日本兵，他們因爲腿是僵硬的緣故，一打便不能再起，再也不能參加戰爭了。

"這時候我不能沉默了，因爲那老學者對于這種建議似乎很滿意，竭力要試一試。于是我另外貢獻了他一個新建議，希望他由此可以明白剛才那種用竹竿抵抗的建議是多麼的荒謬！我發問道：爲什麼不用整部的經書把我們的軍隊武裝起來？當我們和日本人肉搏的時候，就可以把這些經書向他們拋去，書是很重的，一定會像竹竿一樣有效地把他們絆倒。而且書比竹竿賤得多，因爲中國多的是經書！"

母親大笑起來。

"那麼，"她説，"這老學者又説些什麼呢？"

"他説些什麼？"父親喊道，"他絲毫不認爲這提議荒謬，相反地，他竟接受了，像他接受用竹竿抵抗的建議一樣，并且他決定讓這策略在新部門中占一個重要的地位！"

母親的回答是無可奈何的沉默。很明顯的，這位老學者是不懂得幽默的。不過也難怪，他除了中國經典以外，什麼都不懂，叫他怎麼又能懂得幽默呢。

"這還不算，"父親繼續説，"雖然事實已經很明白，我們絕對沒有力量抵抗日本，可是有些人竟認爲我們優越條件多得很。討論到軍備問題，一個人發表意見説，我們有十艘商船，很可以武裝起來開到海中和日本人對抗，把他們趕出我們的海岸。想想看，十艘載旅客都不適用的，只能裝載貨物的慢船，竟想一揮手而變成軍艦！"

這足以表明我父親生活着的那個時代，和那時候官吏甚至于最高級的官吏的無知。我父親很早就是個主張維新的人。從上面這種情形看來，我們可以想到他的工作是多麽的艱難。自從父親擔任了軍務部裏的工作後，天天有奏章給皇上，而他也已固定地被歸入一般中國傳統思想所不能容納的人群中。這種環境使我父親的政治生涯一直在嘗試和痛苦中度過。可是在他的小女兒心目中，却深深地刻上了對父親裕庚這偉大而神聖的印痕。

政見的衝突

中日戰爭結束了，關于"戰爭"，我已記不清了，只記得戰爭的結束，使我父親家裏添了不少來來往往的外國客人。

我最記得我父親和查理士·鄧倍上校的一席話：

"我們受美國的幫助真不淺。"在這次談話中我父親説，"我們決不能對日本人説：我們現在不能打仗，請你們停止戰爭吧。無論怎樣説，總是一件很失面子的事情，因爲中國絲毫没有準備作戰，幸虧美國出來幫助我們，替我們調解，這樣多少保全了我們的面子。中國將深深地感激你們。"

當然我那時候不大懂得這些話，尤其是當他們用着"幫助""調解"等字眼的時候。但是我覺察到很嚴重的事情要發生了，中國將有一番大變動，對于我的家庭也將要大有影響。這看來是一件很突然的事，兩個人能够這樣鎮静地用嘴巴來談論這個重要問題，像我父親和鄧倍上校那樣。在那些多事的日子中，上校是常來的客人，當我不大知道他的時候，我就覺得很喜歡他，并且知道他是我父親的朋友。看來現在情形是戰爭算結束了，不過另外有些事情將要發生了。

父親自己雖是一個滿洲人且屬于白旗，却首先贊同了中國的維新運動，也曾有過許多維新的企圖，可是很少能付諸實施，因爲中國實在不想有什麽改革。他想改進郵政事業，計劃一個新的賦税制度，但是這些都連續地被和他有齟齬的和反對維新的人竭力阻擋住了。

很幸運的，他是恭王的好朋友，當"鴉片戰争"時美麗的圓明園被毁而無法恢復的時候，他曾出過很多力。恭王一方面順從慈禧太后的一貫政策，一方面對父親的計劃也很贊同，尤其是改善郵政機構和印製國内的郵票。于是恭王就成了父親在朝廷中的一支生力軍，雖然父親對太后的印象也很好。

然而，中日戰爭之後的幾天呢？

每天都有客人，美國人、英國人、中國人、滿洲人——所有各國的人——也有父親的朋友，也有父親的讎人，然而他們因爲地位的關係都須去拜訪他，而且他們也很明瞭他是怎樣的一個人，肯負責任，不畏難。

這些客人們的影子在我記憶的網膜上移動着，好像畫在奇怪畫布上的怪畫。高大的人有的很自傲，有的又畏縮不前；胖人們挂着笑容判定了國家的命運；頭頸細瘦的人當講到悲凄的結局時，他們那明顯的喉核一上一下地動着。有些人依照着中國的習俗到父親這裏來造訪表示不忘。習俗是這樣的，每當一個官員領得了一份很厚的薪金時，那些貧窮的人可以作一次拜訪請求每月給他一筆錢，不知有多少人不事生產而每月向父親領得五十或一百銀洋錢！翻譯人員甚至不能説中國話。秘書不能閲讀和寫作。外交家不知“外交”二字究竟是什麼意義。職員們只知道呈文請求加薪！這就是習慣！父親也從不去揭穿他們。這并不是不合法的俸禄，因爲這錢不是政府拿出來的，而是大官自己拿出來的，并且據我知道，因爲父親性格非常慈善，這當然被那些門客認爲是一個很好的對象，所以他的門客特別多，那些得到國家更多俸禄的大官也不如他。這原是一種風氣，誰都不認爲有什麼不合理。只有那些門客，他們才會發覺其中有不合理的地方：譬如，有事情要麻煩他們了，或是因爲他們不要求，主人便不自動加薪了。

這是一個混亂的局面：一所屋子裏擠滿了客人，其中大部分是來請願的，用着那種父親所厭恨的迂回曲折的言詞，雖然在這種傳統的風氣下，沒有一個中國人懂得怎樣直截了當地説明自己的來意。父親往往預先知道他們來的目的了，因爲在中國是沒有秘密的，可是他不得不聽完他們長長一大篇的談論，談到天氣、朝廷裏的新聞、政治問題、最近的戰爭，談到天下一切事情，除了他們此來的目的。父親的不耐煩和這一種壞習慣是造成人家在太后面前進讒言的原因。幸運的是我們的“老佛爺”有她自己的見解，并不聽信人家的讒言。雖然這樣，這些讒言對我父親以後的行動至少不會有幫助。在中日戰爭這一個艱苦的時期和戰爭結束後短短的一個時期中，與父親有鬮隙的人幾乎天天到太后面前去進讒，有的埋怨我父親迫使他們直截了當地說出來意見而不讓他們說應酬話，有的說他要改良郵政組織是染上了外國的習氣，父親所做的每樣事都給他們一個進讒的機會，而太后答復他們的總是一貫地“留到將來再說”，其實是不再談起了。恭王確是父親的好朋友，還有榮祿也是忠實的朋友，在父親的一生中，他們始終是太后的忠臣和親信。

父親第一個受到人家批評，說他對外人屈服，因爲當這新組織的軍務部裏大家主張在中日之戰中打一仗，索性把所有的外國人都趕出中國國境。我父親就反對這種見解，而且因爲他反對得這樣堅決，使他在滿漢兩族中結了不少怨，有一個滿洲官無法解釋他自己對我父親鬮視的態度，就說：“我不喜歡裕庚，我向來不喜歡他。”

另外有一席談話在我記憶中印象也很深。榮祿（關于他的事情我知道得很多）是我父親多年的老友，他來訪我父親的時候，我照例又去偷偷地聽着。

“裕庚，”他說，“我很瞭解你，并且我是你的朋友。你也明白，我們已是多年的老朋友了。現在我要給你一些勸告，假使你接受我的話，我還可以幫助你。”

“你說吧。”我父親說。

“朝廷裏彈劾你的奏章沒有一天間斷過，”榮祿說，“到現在爲止，太后只是把這些奏章擱着。可是她每次都看的！她很保守，對你所建議的改革，她大都不贊成，但是她現在對你沒有什麼表示，因爲她信任你。但是這每天的彈劾將來總會對你發生效果，你將要有無窮的麻煩。你知道太后是多麼好强，她是個富于妄想的女子……”

“你要說的是什麼事？”我父親打斷他的話說。

“你願意到日本去嗎？”

“爲什麼我要到日本去？那裏有什麼事情需要我做？那又怎麼能解除我的敵人在朝廷裏强加于我的困難？”

"是這樣的：東京的中國大使館裏的人，在中日戰爭開始的時候，就完全逃走了，他們像受驚的小鷄一樣，要死死保住他們的性命；當然，假使被日本人捉住是要遭難的。現在使館裏一切都雜亂無章。戰爭已結束了，所以極需要一個能幹的人去料理，可是其他有資格的人竟沒有一個敢去！假使你願意到日本去做我們新的大使，那麽我可以向太后推薦你。這樣，你可以有四年工夫離開這裏的人，而且這是一件更大更重要的工作，比你現在的工作艱難而有意義得多。你應該去，在那裏你和你的家庭一定會更快樂，假使你願意的話，恭王一定也能幫助我向太后推薦你。太后一定也願意派你去，你的政策對目前的中國還不能適用。假如你去了，你的敵人也會自然而然地忘掉你。"

父親思考良久。這對他的家庭自然又有了一番變動，然而在促進中日友好的這點看來，這是一個重大的使命，雖然，這職位的本身也是帶有相當的危險性的。除此以外，這也可以使他的家庭脫離那時時吞噬着他的生命的束縛。

最後，他給榮祿這樣的答復：

"你可以向太后推薦我去任這職位，"他説，"我很願意去。"

我很奇怪這事怎麽會決定得這麽快。這新的職位可説是一個很大的轉機，薪金將增加不少，而且皇上對他的大使們也從不吝嗇的。然而，這却并不叫做薪俸，一部分的錢是作爲使館的公款的，在這一部分錢中，父親又得分出一些作爲他和其他官員的薪俸。因了這新的職位，于是又多了許多隨員。同父親有一些關係的人都紛紛向他推薦他們的朋友，所以父親帶到日本去的隨員就有一大群，其中極少數的人的確是肯工作而且有才幹的，大部分的人只是領乾薪罷了。

隨行之初，每一個隨員都得留一個雍容華貴的印象，因爲他們知道這是很重要的，可以影響到一件已經決定的事。

父親又做作地謙辭一番，作爲這一團體中的一分子，這是從前一直沿用至今的舊習慣，并且，他不能對這些有所輕視，或是不虛心地接受那些嚴格的批評。因爲那些寄人籬下的官員們最會作各種批評，或是向御史控訴而傳到太后的耳朵裏。

中國就是這樣充滿了辛巴德（譯者按：辛巴德爲《天方夜譚》中的一個挑夫，他是爲了自己的生活而批評了航海家孫柏達，因此孫柏達告訴他在航海中遇到的種種困難，現在的生活是奮鬥出來的），每一個人承受着許多人的指責，這些人是慣會批評人家，或是爲自己利益争鬥的。

要不好好地應付，這真是一件難堪的事。理想使他人來干涉你的事，甚至你自己的私事也是他們批評的資料！我常常覺得奇怪，這怪習慣是怎樣開始的。由于父親的遭遇，可以知道它是怎樣終止的：他的死使他擺脱了它們。

官場的尊榮

講到在沙市和武昌，我總覺得我們到達和離開那裏時華麗富貴的狀況實在使人難以置信，然而要和我們這一次榮譽的旅行，從北京取道天津而到日本的情況相比，那又算不得什麼了。在北京最後的三天真好像夢魘一樣，這一個夢我將永遠不會忘却。紅芳，這有趣的人物已被準許自由地處理各種事了。她，要給她一個完善的批評的話，的確是一個能手，只是對人太粗魯了一些罷了。

在準備離開北京的時候，我們的房子裏終日充滿了人，有人謝恩，有人表示敬愛，有人忠告父親，一個中國的使者在像日本這樣腐化的國家應該如何如何。當我想到爲什麼有這許多人川流不息地來拜訪父親，我便感到眩暈，想不出一個所以然來。這許多不同的服飾簇集在一起，來往不絕的人流，嘈雜與紊亂。

我那時從來沒有明白過（對于我那幼稚的時代也許這是正常的）父親變成一個大使是什麼意義。這事并沒有引起天子的注意，但這樣的想法當然是愚蠢的。父親他不過是一個使者，從他所遇到的事看來，你可以意識到中國對皇帝和皇后是的確要特別恭敬的了。他們，要和父親比起來，不是天壤之別嗎？當然，只有我是例外。

當我聽到我必須再作一次無聊的旅行，經十六里的路程到通州，我便準備反抗，只有中國的孩子們是不許反抗父母的命令的。而且，在過去的三天中，上至母親，下至紅芳，都不許我多開口，因此我懷疑也許成人們對我很覺厭煩。紅芳被派作替我和妹妹穿着衣服，這時我才感到似乎年長了些，有了一個衣服須和體形相稱的觀念，當然這是和紅芳抵觸的。她一定以爲我們姐妹穿的都是醜陋的東西。有一次，我也被她那專橫的態度觸怒了，我想抓出她的眼珠，但是沒有成功，雖然這樣，我已使她知道我那次不愉快的情緒了。

啓程的日子到了，父親便規定全家到通州的方法如下：母親乘轎，其餘的騎馬、騾、驢等。這是多麼苦痛的事，他沒有想到要一個年幼而纖弱的女孩騎在馬背上該是一件多麼難受的事，我很想舒適地騎過這十六里路到通州，但是，現在已成了幻想了。

旅程的前半段倒也不覺得什麼，這時候我還沒有像一般初騎馬的婦女那樣一上馬就知道自己是能忍受顛簸的還是不能的。有些人却不是這樣。在這十六里的後半段和以後的幾天（到我的身體爲自然磨練得可以抵禦馬鞍的不適爲止）我才覺得我不是不能的。

前半段的旅程是多麼威風啊！裕庚大使出國了！在這段旅程中，我看來似乎半個北京城的人都會跟着父親到通州去送行。

這裏是一篇我們這一隊人口的總賬，由此也可以看出這一隊人馬是多麼龐大。

除了我們自己家庭中六人之外，還有一等、二等和三等秘書各一人，各人帶着自己的家眷；兩個不大會寫字的書記；兩個不懂得陸軍問題的軍事參謀；兩個沒有見過海的海軍參謀；六個翻譯其中四個是不懂得日文的；兩個醫生帶着五箱中國的草藥；三個優秀的厨子；兩個理髮匠，因爲在那時候，除了扎辮子的部分外，其餘的頭髮都是剃光的；一等、二等書僮各一人；兩個在父親辦公處的勤務；四個不能做事的阿媽，因爲她們的脚纏得路都不能走；七個婢女，什麼事都不做只會在人家忙的時候來搗蛋，可是我們却必須帶着她們，照顧她們，因爲她們都是孤苦伶仃的可憐人。總計起來，我們這一團大概有五十個人，當然這還是爲着旅途不便而大大削減了的。等到我們一有固定的住所，立刻門客隨從就多起來，甚至像我這樣一個好奇的孩子對同處了幾年的僕人還不能一一認清，人數之多是可想而知了。

現在只要想，北京的許多重要官員都放下了他們的公事趕到通州爲我父親餞行，而每個官還帶了他的大部分隨員，所帶人數往往比我們還多，因爲他們都是有固定住所的官吏，這樣你就可以想象這一群是多麼大啊！我，以裕庚的女兒的地位，當然是在行列的前面的，每當我回過頭去望的時候，我總不禁要顫栗。這好像是一條大蛇，彎彎曲曲地在我們後面伸展着，不管它怎樣努力地向前爬，它的尾巴始終在遠遠的看不見的地方，還有那顛簸的北京車，無數的搖擺的轎子，聲音像喇叭的騾和驢，裝飾得極華麗的馬，鮮艷的顏色使虹霓遜色。行列好像一條無盡止的五彩的河一樣向後面伸展着。還有那震天的喧鬧聲！我們的僕人和送行的官員們的僕人成爲朋友，彼此喊着，叫着。或許我們的僕人和一位一品官的僕人們做了朋友，因爲地位相當，于是你來我往地用着最高的聲音談着，也不管其中還有別的官員的僕人。雖然我們這長蛇陣長到看不見尾巴，可是真正在末尾的人却能够很清楚地聽到蛇頭處的叫聲。

終于我們到了通州，漸漸地，這長蛇陣的其他部分也進來了，圍成一個不規則的光彩奪目的圈子。我把這色彩的部分留給你自己去想象吧，因爲這雖然是我生活中的一部分，我却無法形容。有一點必須説明，那時候没有檢核行李的組織，所以我們的僕人必須同時照顧我們的行李和他們自己的行李。想想看，這是一件多麼麻煩的事啊！一個官和他的家屬都有着特殊的衣服表示他們特殊的官階。還有那祖傳的寶物，屋裏的家具，東西的確太多了。這裏有一個小小的故事是關于一個阿媽的，從這也可以想象得到整個的情形是多麼的混亂！她坐在岸上痛哭不停，她悲哀的原因是這樣：

"噯，嗚嗚嗚……我的首飾箱不見了呀！噯，嗚嗚嗚……這裏面有一隻金手鐲還是德齡周歲時候給我的呀！噯，嗚嗚嗚……一副金耳環是太太在沙市的時候給我的呀！噯，嗚嗚嗚……還有一副戴了十年的耳環呀！噯，嗚嗚嗚……噯，嗚嗚嗚……我的首飾箱不見了呀！苦命呀！噯，嗚嗚嗚……傷心啊，傷心啊，傷心啊！"

她一直坐在那裏痛哭，把身體前前後後地搖擺着，不要説別人，就是紅芳也不能勸得她不哭。但是她還只是我們五十人中的一個呢！

到天津的這段路程我們是乘的屋形船。正像我們上次從天津到通州一樣，可是這次到天津的情形是多麼不同啊！現在父親已是個將要出國的大使了！天津每個有地位的官都跑來迎接他。并報告他在他耽擱在天津的時期中，他們預備在一個專爲他預備的廟裏招待他和他的家眷。父親知道，如果拒絕他們的接待，那是要引起麻煩的。于是他在未正式答復之前對最高的一位官説，他想讓家屬在船上休息一會兒，他自己先去看看這廟。

我們到達天津的時候，天津簡直像一個火坑，而這廟比天津的別處地方更像火坑，没有窗，空氣不流通，有頭腦的人决不能承認這是一個可以居住的地方，雖然天津的官把這地方獻給父親算是極大的光榮。不舒適又有什麼關係呢，只要多少年代留下來的傳統習慣不破壞就好了。

但是父親什麼都不要他們的，他自己在埃斯脱旅社爲他的家屬訂好了房間。這是一個驚人的舉動，因爲埃斯脱旅社很明顯地是個外國旅社。不過他讓其他的隨從人員都住在廟裏，他們一直住在那裏，由天津的官吏義務供給一切飲食，假如我們住到廟裏的話，當然也是這樣。我們剛搬進埃斯脱旅社還没有安頓好，天津的大官來見我父親了，神色非常倉皇。

"裕庚，裕庚！"他抗議道，"這是一個洋鬼子的旅社呀！"

父親老實承認説是的，他明知這話是專爲攻擊他而説的。

"我們已經替你把一個廟宇布置得舒舒服服，你却還要到這種地方來！"

"我自己負擔這一切費用。這裏能使我的家屬更安適。"

"但是這是洋鬼子的旅社，你這樣要被人家大大地批評了。你還是個新上任的大使，如果讓太后知道你這樣違反本國的規矩，恐怕你就要被革職了！你一定會受到嚴厲處分的，太后或許會把你監禁起來，甚至于把你殺掉！這是規矩，出外的官吏應當受到當地的官吏招待！你這樣是要受到嚴厲處分的！"

我父親的又慢又小心的答復造成了最不恭敬的罪名。

"我認爲這種規矩是可笑的，我喜歡這旅社，一切費用由我來支付，我决定住在這裏了！至于人家的批評攻擊，我在朝廷裏已受過千萬次了。

人家早已奏請過把我殺掉的。我受到無數次的警告，說我將要革職了。我知道人家彈劾我的理由和所以要彈劾我的真正原因。可是我至今沒有被革職！相反地，我却被擢升了！這事情你怎樣解釋？”

“但是，這規矩……”那惶恐的官吏又開始講了。

“是不合理的規矩，”父親反駁道，“我不喜歡它，也不願意受它的束縛，假如我的話會傳到朝廷裏，我也不怕！”

這件事似乎可以結束了。可是并不，這事一直談論着直到我們離開天津，而且以後每次經過天津的時候都會被提起。

可是住在外國旅社裏還有一點不相稱的地方，那給外國人看了要覺得好笑。

父親曾嚴厲地叮囑他的大書僮：

“有客人來看我的時候，告訴他們千萬不要叩頭！”

這是更不守規矩的了！可是在一個會客廳裏，滿是英國人、德國人、美國人和其他各國的人，沒有一個看到過叩頭這回事。那就很可以明白我父親不要人家叩頭的用意了。想想看，一個客人在這許多外國人中間叩起頭來，而我父親還得向他叩頭還禮！這場面該是何等模樣！

不可避免的事終于發生了。這時候客廳里正擠滿了人。一位官來見我的父親，可是他的帖紙不是交給父親的書僮，而是交給旅社裏的侍者，他沒有受過命令教客人不要叩頭。

當紅帖紙送進來的時候，父親像一個漏了氣的氣球一樣地萎靡。妹妹和我都在客廳裏，還有我的哥哥，他正在和父親的外國朋友聚會。那個官跟着他的紅帖紙進來了！他看到了，而且認清了是我父親的時候，就大聲招呼着。于是在埃斯脱旅社的大客廳中，他就趴在地上叩了三個清脆的響頭。我父親除了叩頭還禮之外，還有什麼辦法呢？他剛才正和他的外國朋友用外國話談論着政治問題，現在人家就要看着他做着與衆不同的事了。但是當他跪下來把頭在地板下碰了三次接見來客的時候，一個人大聲笑起來了。他就是密斯脱特維納，現在在上海，這些年一直是我的好朋友。他不但笑，并且還說出他笑的原因。

"這不是很可笑嗎！你們一生中曾看到過更可笑的事嗎！兩個大人趴在地上撞頭！"

就在這跟隨而來的一片笑聲中，我哥哥走到密斯脫特維納面前：

"先生，"他鎮靜地用英語説，"我們都是懂得英語的，你笑得不合時宜，這是中國的一種規矩，你應當尊重它，像我們尊重你們的規矩一樣！"

立刻，密斯脫特維納（誰能責怪他，不該認爲叩頭是可笑的呢？）就向我哥哥道歉，并請他轉向我父親和我們一家道歉。

"我不應這樣少見多怪。"他沮喪地説，"因爲我聽你説過英國話，我想你必定能瞭解我，我這樣的笑實在是愚蠢的，這正顯示了我的無知！"

在我們準備離開天津的時候，白河岸上是多麼的鮮麗啊！各色的轎子，綴着珍奇名貴的飾物沿岸守候着我們，官員們穿了寬大的五光十色的大袍，舢舨船聚集在江邊供他們的主人們觀瞻。接着，一聲號角，船向下流開去，出了大沽口到渤海灣，向第二站芝罘而去。

同行的還有我們一個下屬的家屬，大都是婦人，當我們在芝罘拋錨的時候發覺海面很不寧靜。那婦女們就搭舢舨船由臨時架上的跳板上船來了。在海波洶涌的時候，你曾經有過從舢舨上轉入過大船上的經歷嗎？試想那些婦女們的三寸金蓮在平日幾乎不能在平地上站穩，一旦要從那起伏不定的甲板上跨上大船不是一件很有趣的事嗎？這樣，她們只得等着，等跳板比較平些（不至高出她們的頭很多，這樣一直等下去）以便一躍而上。難怪當時外國輪船的船主們看見中國官員上船要如何地憤恨了。

那位下屬爲這些婦女們擔心，他立在跳板的頂上發出各種指示。這時我的哥哥從欄杆裏望出去直笑得流眼泪，這更增加了那船長的憤怒，當然，這不是他的錯。

"對你自己的女人爲什麼這麼好笑？"他大聲地説，"你爲什麼不幫助她們？"

哥哥立刻斂住了笑容。

"對不起，船長先生，"他說，"我本不應該笑，但是我必須説明她們并不是我家中的人。"

她們不過是跟我們同行罷了，當然這一層關係是很難使船長明了的。

她們上船後，船自然又向上海開來。到了上海那些五顏六色的儀仗又看見了，而且出乎我意料之外的多。

官員們仍坐在華麗的轎中遠遠地等候着，我們把標幟向他們揚了一揚，那些堤岸上的官員看見了，其中一個世故比較深的高級官員疑惑地向它注視了半晌。

"我不能相信這麼一艘小船能航行到日本，"他很着力地説，"它是太小了，你和你的一家實在是冒了一次大險啊！没有地方睡，没有地方休息，艙房也是僅僅略勝于無。假使一個大使必須要像你一樣在這種小船上受苦，那我一輩子也不願當大使了。"

父親告訴他這是一艘給養船，不過是載我們到停在黃浦江的"奧西那"號船上的，這對于那位官員是一件奇聞，這也顯出當時的大官也是這樣的無知。但是當他得知父親和他的家眷們是乘了洋人的船去的，事情就弄糟了！直到現在我還覺得奇怪，爲什麼一個古老的中國對自己管轄範圍以外的地方竟然一無所知。

當我們下行到"奧西那"時，一定有人會以爲停泊在黃浦江中的船都是屬于我們的了，因爲輪船在疾駛，而所有的沙船、舢舨船和"軍艦"都圍集着人看我們，它們與給養船愈聚愈近，近得幾乎對行船的安全發生問題，然而這就是西洋人所説的"送別"吧！

我必須在這裏告訴你一些事。本來可不必説，但是現在我却決定説一下，因爲這也可以反映出在帝王時代的中國人，他們心目中的"洋鬼子"是什麼。我們的從人，這就是指那些無數的隨員，對于外國的一切東西不管它是什麼都不信任。當他們聽説在"奧西那"號上有各式各樣的艙位時，他們就疑惑：以爲這上面的廁所一定就是捕捉那些不經意的中國人的陷阱！他們更以爲外國的廁所是不分男女，互相通用的。

　　于是……

　　許多下屬家中的婦女們便自己帶了形式古怪的便桶到她們自己的艙中去，這些東西是光明正大地帶去的，由一個婢女挽在手臂上。

　　你當能想象當時父親和母親的憎恨了，當這些累贅物在萬目眈視下被帶到船上去的時候，所有的規勸解釋都不能稍稍扭轉她們牢不可破的成見。于是母親跟往日一般，報復地準備和她們堅持到底了。

　　她命令紅芳替她打掃房間。她的房間就是指船上所有的寢室，現在被那些人佔據着。

　　紅芳很熱心地照她的話去做了，做得很滿意，這也是紅芳的特性。她早被吩咐要做得安靜、盡責，并且不能引起他人的注意，因爲那些人們正等候在舢舨上，到我們啓航向日本下行的時候才能上船，那時所有的眼光又要集中在我們這裏，一直到我們離開了這裏才罷。

　　當那些由下屬們的婢女帶上來的討厭的東西，被開始從艙門中或較低的甲板上丟入黃浦江中，像浮筒那樣上下沉浮的時候，那些莊嚴的中國人看見了也都笑了起來，何況在“奧西那”號上的外國人呢？仔細地想想吧，這是多麽有趣的事！

　　最後，我所渴望的航程開始了。我幼年的時候大半是生活在外國，所以對于什麼航行我都贊成，日本也一樣地爲我所歡喜。

　　以後我將告訴你關于航海的經驗和一個公使帶着一群隨員在大海中航行的種種不便，但是我不說這一次，因爲以後我們還有其他的旅程，而且假使把這一次的航行來代表一切似乎也太武斷了。

　　接着我們到達了日本。

　　我不知道我以前曾否提起，在我們的隨員中有一位教師。

　　他是從湖南來的，他結果沒有被留在沙市、武昌、漢口或者北京。

光頭辮子

　　我們到了日本，在神戶上岸，租屋在東方飯店，我們要到東京去，父親叫一個幹事陪我們到帝國飯店去覓屋。因爲聽説從神戶到橫濱這一段海程常常是不大安寧的，所以父親主張乘火車去，火車是多麼慢啊！父親爲我們一家包了一節火車，其餘的隨員們擠在另一節車裏。

　　我們一直旅行到晚上，那兒沒有睡覺的地方，必須坐到天亮，父親知道了這一點，所以爲我們包了一節車，因此我們仍是過得很舒服。

　　車中并不像西方的火車那樣有橫的座位，只有沿車的兩旁有兩條長凳子，所以我們對着走廊面對面地坐着，從這走廊上可以從這一節車走到那一節車上，來往的乘客絡繹不絶，好似沒有盡頭的河流一般，爲了這些乘客，我們只好時時縮進我們的脚。

　　“光頭光頭辮子！光頭光頭辮子！”

　　許多日本人的頭伸進窗來，把我們上下地打量了一番，以後又自相討論了起來，我們不知道這是什麼意思，別人也都不知道，就是連我們的日文翻譯官也不知道，因爲他們并不懂日語，雖然我們是把他們當做日文翻譯官帶來的。

　　“光頭光頭辮子！光頭光頭辮子！”

　　我好幾次聽到了這種聲音，打在我的心上就好像是催眠的禱鐘一般，聲音中似乎有恫嚇和嘲笑的意味，我們都想他們大概把我們當做不利于他們的人了。我很清楚地記得這幾個字（聽了這許多回我怎能再把它們忘記呢？），自己認爲這是我第一次聽到要利用其他我所知道的文字去解釋的日本話，現在，我當然已完全明白了它的意義，其實在聽到後不到一個星期，我便完全明了了。他們就是説：

　　“辮子！辮子！光頭！光頭！”這就好像帶着辮子的中國人到美國

去，被美國的頑童牽住了辮子叫"中國人！中國人！中國人！"

雖然，當時我們不懂它的意思，却也能體會到日本人不歡迎我們到他們國家去。我們是日本人的敵人。兩國間的戰争剛剛結束，讎恨剛告終止，我們還是第一批到那裏去的中國人，他們不歡迎我們，希望我們能知道他們的意思。

于是——

"辮子，光頭！辮子，光頭！"

但是，日本人雖然用讎視的態度對待我們，我却忽然熱愛起日本來了。這是一個美麗的地方。美麗的服飾，那些小山上有草坪的小花園。穿着木屐的男男女女，那些神秘的女人，用奇怪的傴背的樣子走着，面孔好像人造的傀儡一般。所有的日本女人在我看來似乎都是美麗的，看起來好像洋囡囡，又像可以吃的糖人，至少對每個人都是彬彬有禮的，以後當我們和她們結交爲朋友時，她們似乎更加謙恭有禮了。

日本人招呼人，尤其是招呼他所尊敬的人（至少是他必須裝得尊敬的人）的時候那種吸氣的情形最使我感興趣。因爲這好像是蛇的鳴聲。在日本人之間，這種吸氣有一種意義，用文字翻譯出來就是："我是個地位低微的人。我這低賤的氣息不敢向你吹！"

所以日本人招呼起來不像別國人那樣呼出氣來發聲，而是用一個聲音把氣吸進去，這就是代表上面那兩句話的意思。

到東京這一段旅程是非常艱難的。因爲那時候的日本就像現在的日本和中國，火車上非常的擠。隨處都可以買票，所以普通客車裏永遠擠滿了人。日本人從窗口裏伸進頭來看我們，見我們一家人獨佔一節車，很妒忌我們的舒適，可是對我們付多少錢他們却不管。

他們起初走到車尾向我們望望，然後彼此又在講那老調了："辮子，光頭！辮子，光頭！"

後來他們走到我們的車裏來，我們不懂日本語，他們又不懂中國話，彼此語言不通，但是我們懂得英語，我們就試試用英語向他們解釋。

"這節車已訂下了！訂下了！訂下了！"

即使他們不懂得我們的話，但是他們從我們的手勢和我們因爲自己
包下的車廂被人侵佔而現出的憤恨的態度，也該懂得我們的意思了。有
一個日本人是懂得一些英語的。因爲所有的日本人，就是到現在還是這
樣，不管在什麽時候，什麽地方總希望表現他們自己是懂外國語的，所
以那個日本人就解釋道：

"所有的車都擠滿了！一定要進來！一定要進來！"

"這車已經訂下了！已經付了錢訂下了！"我們這樣告訴他們。但
是……

"對不起你們！對不起你們！非常對不起，不得不進來！"

説這些話的時候，態度是非常的謙恭，還鞠了不少的躬，可是他們
對我們這些"光頭辮子"怒目而視，却充分地表示出了他們的虛僞。

終究那些日本人到我們的車裏來了，向車站上的管理員論理也沒有
用，因爲他們總是偏護自己人的，這是日本人的一種特性。他們認爲：
日本人總是對的，外國人總是錯的。于是我們的私人車廂就變成公共的
了，和日本人一同乘車是不舒服的事，他們盡量地佔據着車裏的地方，
把零碎東西各處放着，把衣服脱下來鋪着占了很大的地方，侵佔了別人
的權利來供他們自己享受。日本人的脱衣服，在他們自己看來像太陽的
升起和落下一樣自然，可是我們看了却非常不舒服，這給日本人知道了
一定很驚奇。

這些日本人進了車就開始交談了。這種談話就是在現在日本的卧車
中也是通行的。他們不客氣地對我們看着，而且我們可以知道他們是同
樣的不客氣地在批評我們，雖然我們并不懂得他們的話。

"辮子，光頭！"

是那些討厭的字："辮子！辮子！"

可是事情到底有結束的時候，我想第二天的下午我們可以到東京了。
或許我是記錯的，因爲我是憑一個女孩子的記憶來寫下這些，不是參考
了地理書來的。在這些路程中，日本人的眼睛沒有離開過我們。那不停
的蛇鳴似的吸氣聲和那辮子、光頭。

　　但是一切事情，甚至于不快活的事情到底會結束的。我們終于到了東京。秘書們在車站接我們，一輛四輪馬車已預備好伺候我們進帝國飯店。這車子很華貴，我們的秘書爲此而驕傲。在馬車裏有四個日本警察。他們見我們到了，就換乘黄包車，跟在馬車後面，護送我們進飯店。

　　在車站上早就有一大群人了，因爲消息總比人先到。像中國一樣，在日本也是沒有秘密的，尤其是關于外國人的事。每一個日本人好像是政府的義務雇員，凡是外國人的一舉一動都被他們記着，傳出去。車站上的那一大群人看到我們下車，又喊起那可惡的調子來：

　　"辮子，光頭！"

　　這一次我們更相信這是嘲笑我們的意思了。日本人不歡迎我們，并且發出一種不滿意的聲音，許多高等小學的學生看見我們都對我們"嗤嗤"地表示不滿，而那些大人們却并不阻止他們。

　　日本不喜歡我，我却喜歡日本，雖然我不喜歡她的百姓，那一大群人從車站起一路跟着我們，有許多還向我們擲石塊——幸運得很，他們的技術沒有使他們如願以償，還翻來覆去地説着：

　　"辮子，光頭！辮子，光頭！"

　　在我們後面，跟着四個警察。這事使我父親很惱怒。

　　"他們跟着我們，好像我們是囚犯！"父親恨恨地説。但是因爲彼此言語不通，所以直到後來我們才知道他們爲什麽跟着我們。他們叫那周圍的人遠開些，使他們的石塊不會打中我們，雖然那四個討厭的字再遠些也能打進我們的耳朵。

　　這是我第一次冒險踏進我們敵國的領土，我承認，這一切都很使我震驚。我以前從沒有碰到過"嗤嗤"地像蛇鳴，常常鞠躬，同樣四個字可以翻來覆去説無數遍和又客氣又刻毒的人。

　　我們到東京了，那裏第一件使我驚奇的就是各式的墙。在中國，我所知道的墙都是磚頭的，有規則地砌起來；可是在日本，我第一天看到了石墙，由于石塊的大小不等，墙的面也是不規則的，我心裏很懷疑既然石塊大小不等，那麼墙頂和墙角處又怎能恰巧平整呢？

後來我們就到了帝國飯店，我們要在那裏住着，等到中國使館的房子收拾好才搬。

在那有趣的吸氣聲、虛僞的鞠躬和討厭的吵鬧中，我們出去觀光這個城市了。無論我們到哪裏，那四個警察總是跟着我們。到第二天，我父親才知道這四個警察是被派來保護我們的，因爲日本還没有忘記中日戰争，對中國人的讎恨心理還没有完全消除。那四個警察跟着我們是阻止日本人民對我們的無禮舉動，這方法相當有效。

但是自從懂了辮子、光頭的意義後，我們那受傷的自尊心好久不能恢復。

破落的使館

　　這是我們到使館去的日子。自從前任大使在中日戰爭爆發逃走後，使館一直空着，我們還是第一批進來的人。

　　我們離開旅館，登上那華麗的馬車。四個警察伺候我們上車後，仍舊在後面乘着黃包車護送我們。這一段旅程對我來說是多麼新奇啊，雖然那四個討厭的字還是到處跟着我們。以後我們對于這四個字漸漸習慣了。因爲我們知道我們必須留在日本，而且父親的任務就是使日本人和中國人和好，繼續地笑，那麼不管對方怎樣地恨你，終究會受了你的感動而也笑起來。大家一笑，隔膜自然就消除了。

　　到達目的地之前的一段旅程，對我是個名副其實的迷宮。我們經過了好幾個不見頭不見尾的城墻。這墻似乎是用來阻止人家前進，或是不讓人家望得很遠的。左一個城墻，右一個城墻，轉彎抹角地經過了多少城門，我們總算到了一個狹小的街道上，兩邊都是玩具般的日本式房子。

　　這房子是多麼矮小啊！玩具似的房子，裏面住着洋娃娃似的日本女人！街上的日本女子背着那少不了的包裹，穿着木屐，用一種特別的姿勢走着。那木屐碰在地上，不斷地發出聲音。凡是到過日本的人，只要你一提起，他就會記得那一連串的"喀，郭，喀，郭"的木屐聲。

　　這真是娃娃人民的娃娃房子。小得好像是這群忙忙碌碌的日本蜜蜂巢，脆弱得似乎一陣風就可以把它們吹掉。你只要把木屐或拖鞋留在房門外，就可以走進去看看裏邊是個什麼樣子的。裏面當然有席條和光的地板，那上面是不準穿着鞋子走的，娃娃婦人們坐在玩具屋中央的炭爐邊，暖和着她們嬌弱的手和身體，微微地笑着。

　　山上我們也經過，那裏也有小屋子、小婦人。可是她們不常笑，至少對我們是這樣，男人們都好奇地看着我們，年輕的人又在喊着那四個可恨的字。後面跟着那四個乘黃包車的警察，前面高高地坐着馬夫，上山的時候，馬辛苦地拖着，下山的時候，馬夫下車幫着馬阻止車子向下直衝。

于是我們望到使館的房子了，在紅磚頭砌成的圍牆上部，高高聳起一座洋房，這就是使館房屋的主要部分。在我看來，這房子倒很像監獄。因爲在圍牆的開門的地方，有鐵柵欄門，鐵條的頂部還是尖的，確像防人攻打的牢門一樣森嚴。

一個警察從黃包車上跳下，替我們把鐵門拉開，鐵門已經很銹了，好像一座荒墳墓的門，早已沒有人用也沒有人照管了。被警察拉開的時候，鐵門嘰嘰格格地發着聲音。于是馬夫引着馬進門，走上了曲曲折折的小路，那是通到使館前面小山的。

多麼凄凉的一個地方啊！戰爭發生的時候，前任大使逃了，現在院裏各處都長滿了荒草，幾乎和我人一樣高，就更使這地方像監獄了。如果我們走下馬車，走一段路的話，就不難在雜草中找到風雨斑駁的石塊。我們就這樣乘在車上一面察看着每件東西，一面計劃着如何修理。

我最喜歡花園、花草、樹木和那些到這來做窠的小鳥，所以我在想象當我們把這園子重新整頓過後，這將是怎樣一個美麗的地方！在貼近圍牆的裏面，大門的左邊，有許多小屋是給隨員、秘書和他們的家屬住的，從這些小屋的門口到使館大門口全是一片雜草，把道路都蓋沒了；但我仍舊想象着當園丁把這裏整理過後，這將是怎樣的一個地方。大門的前面是一塊大草坪，那或許是一個花園，中央有一棵松樹，松樹的周圍種滿了各色的花。如果把草坪周圍小路上的雜草除去，那麼這地方又會恢復到以前那樣的仙境了。

我們離開了那裏，腦子裏充滿着各種計劃，那都是在園裏的時候一邊走一邊討論的。這種討論都沒有什麼結果。因爲當我們看到一處地方值得討論而開始討論的時候，已走到了另一個地方發現另外一些需要討論的東西。所以第一次參觀的結果只是各處看看，聞了些氣味，討論了一些沒有結論的計劃。

我們打開屋子的門（前任大使逃走的時候并沒有把門鎖好）立刻一股霉氣向我們撲來。這是一種難聞的氣味，潮濕而霉爛。于是我們走進屋裏，依次到每一間房間裏去看看。這使館以前曾是一個很壯麗的地方，以後或許仍會成爲一個壯麗的地方。最先是一個大廳，充滿着腐爛的氣味。舊衣服滿地放着，鞋子東一隻西一隻地躺在地上，桌子、椅子都翻倒了。這光景是日本人已到這裏來過，捉不到人，就把怒氣發泄在這留下的東西上。

各種東西上都是堆滿了灰塵，花邊上，凳架上，到處都是。地板上的灰塵中留着微細的鼠爪的影子，但是沒有人足的影子，除了我們自己留下的。真是一個廣大的場所，這有着兩種傳說的建築物，這是皇帝爲太后派在外國的使者而做的。

有一個房間中有吃剩的飯菜。殘羹留在碟子中，小茶罐中留着黑色的茶葉殘渣，杯中也留着這種可怕的黑渣，霉爛的剩餘物看了令人作嘔，可見當時中國人逃得很倉促。

我從來沒有看見過頹廢而令人沮喪的東西，有如這未修復的中國的使館，這地方就像是那聞名的少年皇帝的最後的防綫禁宮的一部分，當基督教的軍隊和他們開戰時，他就急急地離去以致連早點也留下了。這些東西留在那裏霉着，一直到今天，甚至那些餅乾包也是如此，對這些包着的餅乾，當宣戰令到達時，他似乎正在做一次難得的餐點。

別的房中的東西都被毀壞了，褥子也丟得零亂不堪，潮濕、霉爛和污穢，各處都是雜亂無章，整個的世界似乎在與擾亂這些地方老鼠輕快的足音和那些恐懼自己不能及時逃出者驚慌的呼聲共鳴。再走下去，另外可見三間小房間位于這複雜的建築物的後部，這些也是給那些公使館裏的人住的。

這樣看來，我們似乎有一件重要的工作要做了，我們必須從頭做起，把這些房間收拾乾淨，這也是一種象徵的意思，因爲太后曾給父親許多類似的工作：把在日本的中國房子整理起來，重新在兩國間建立起誠信來，對于那時時在他耳邊縈繞的四個可厭的字，辮子光頭當然也須有一番表示。

從帝國飯店到中國使館的旅程中，還有一件事我忘記説了：當我們走進皇宮時向裏面張望一下，最使我不能忘記的是它遠不及中國的禁宮，雖然它似乎也是摹仿中國宮殿的式樣而造的。不但不壯麗，而且色彩也似顯單調無味，紅色，這是在中國建築上到處可見的，這裏却完全没有。

看起來好像那位建築師只匆匆地到中國最宏偉的建築物那邊去看了一看，没有十分留意，更没有任何記録，接着回到日本把所見的記下來，也許在摹仿之外更參插了些其他傳統的觀念。然而在大體上，他已得到了不少，因爲他的工作正是要顯出日本天皇嚴肅的神情，這種神情存留在這種地方就像肩上披了一條借來的外套一般很不融和，然而這種摹仿的方法却帶來了嚴肅。我還記得老師告訴我關于一個中國的支族航海迷路而成爲今日日本人的祖宗的故事，現在看來似乎很合理，因爲日本的建築師必須要仿傚中國的式樣——他們真正的發源地，所不同的只是這一族生活得更嚴密罷了，些微顏色的和諧，建築的技藝，正表示他們存在得還不很久。

我們這樣有了一個開始，父親决定一同繼續做下去，他微笑着决定，將他自己的屋宇整理好，將中國的屋宇整理好，用兩國的友誼來彌補一切裂痕，爲他自己和中國樹立起友誼的旗幟來，至于以後如何那就要看父親怎樣作爲了。

語言隔膜的笑話

我們在帝國飯店暫住兩星期，等候使館的裝修工作的完成，我們差遣了一大批日本的木工在那宏偉的建築物中工作，希望兩星期後就能搬去。

父親必須一一造訪日本的官員和其他外國的使者，所以大部分時間都不能和我們在一起，我們僅有的一個能翻譯的翻譯官又給他帶了去。這樣，給我們造成了許多可怕的隔膜，我們不能說那裏通行的語言，在帝國飯店的兩星期真好像一個沒有盡頭的黑夜一般。

在那時候，只有極少數的日本人能够說英語，然而在今日，每一個人至少都在嘗試用各種不確切的問題去麻煩各種僑民們，雖然，他們的本意是借此練習英語，并不是故意使人討厭。今日，日本人普遍地使用英語倒反使僑民們討厭起來，然而那時候要這樣該多麼好呢。我們那時的生活實在是太冗長無味了。日本旅館中的侍從們不懂英語，雖然當我們和他們講話的時候，他們也能點頭或搖頭，但是他們却連最最簡單的字如"來""去""這兒"等等都不知道，我們在這裏就好像俘虜一樣的不自由。

父親天天出去，回來時便給我們講述他所經歷到的事。有時我們也到使館那兒去看看工程進行得怎樣了。其中有一次的探望至今還記得很清楚，我們要把一間房間分隔開來，想叫一個日本的木匠依照我們的意思去做，便叫一個我們認爲有能力的翻譯官同他講。

下面就是翻譯官同那木匠的談話：

"格！格！（這個，這個）"翻譯官舞動着雙臂在向那日本人做着各種表示，他說他已用手勢做出了如何分隔那房間的樣子，并且把一切我們所叮嚀的話都告訴了他。我很驚異怎麼這樣一大堆的話用一個簡單的

日本字就可以交代清楚，因爲不管我們對翻譯官説什麼，他總是用
"格"字翻譯給日本工匠聽。

"格！格！"翻譯官説。

"哈矣！哈矣！（是，是）"那木匠回答着并謙恭地躬着腰，裝出一
副難看的笑臉。

"隔墙必須有這麼高。"母親説，"而且須和這兒正交。"

"格！格！"翻譯官又同工匠説。

"哈矣！哈矣！"工匠回答着。

"各事都説妥了，"翻譯官對我們説，"墙立刻就要裝入了！"

當我們第二次再去時，發現隔墙果然裝入了，但并不像我們所叮囑
的高度，并且也沒有交成直角，粗陋地放在那兒，更沒有油漆過，而且
還放錯了房間！

回到旅店中，當我們向侍從們要冰水時，用各式各樣的方法做手勢
給他看，得到的是深深的鞠躬，接着飛快地衝出去給我們捧了一些西瓜
來。假使我們要西瓜，所得到的却是冰的茶或酒。我們要酒時，他們急
急地爲我們鋪床，并且爲我們白天睡覺覺得很奇怪。我們令他們送飯來
時，他們却送上了賬單，以爲我們要離開了。這兩個星期現在想想真是
有趣極了，然而那時我們却是有苦説不出。

此外，可笑的事還多着呢，這些都是父親在依次拜訪各長官後回家
説起的，甚至到今天，我還能確切地説出一部分官員的名稱來。

比利時的使官叫做第·安納西，他自己本身是一個男爵，他的身材
異乎尋常的矮，又是異乎尋常的胖，年紀已很老，他的妻子很瘦很高，
所以二人在一起的時候相形之下更覺有趣了。

英國大使歐納斯脱·薩都男爵是個很高貴莊嚴的人，但是他有一種
普通英國人所沒有的幽默。後來我父親和他成爲很好的朋友。他還沒有
結過婚。他生得又高又瘦，他的短髭蓋住了一部分嘴唇，使他顯得和平
常人不同。他是一個大學問家，日本話説得像自己的國語一樣流利。是
一個標準的紳士。

密斯脱哈孟是法國大使。他有一嘴粗硬的胡鬚，父親常説他的樣子像個屠夫。他很驕傲自己除了法語之外什麽話都不懂，并且他説即使他懂也不願意講。他的妻子是法國南部的典型女子，又黑又壯，她穿的衣服是屬于粗俗的一類。我記得我那時候最喜歡看她，因爲她的上身非常粗大，而且裝滿了花邊。她的樣子好像一個老式的針氈。他們有一個女兒叫做安納丹，年紀大約十六歲，她是一個頑固的孩子，她未來的美夢是嫁給一個有錢的男子，那些家財在百萬以下的男子她是不加考慮的。

赫特洛夫公子是俄國大使。他是個漂亮而文雅的人，對我很好，我常常想念他。他有一個成年的兒子，長得比他父親還要漂亮。他是一個語言學家，并且是女人心目中的美男子。俄國使館是所有使館中最華麗最舒適的一個。大使父子原是在世界最美麗的沙皇宮殿里長大起來的。

康脱奧非尼是意大利大使。又矮又胖，而且是禿頂，只有在後腦有一撮頭髮。這一些頭髮他盡量地用木梳把它梳到前面來蓋住他的禿頂，可他騙不過誰，連他自己也騙不過。

密斯脱列斯保是巴西大使。他是中等身材，有一副不平凡的相貌。他能説漂亮的英語、法語和其他我所不懂的語言，據説是一個優秀的語言學家，列斯保夫人是她丈夫一個很恰當的配偶，她忠于她丈夫并爲她丈夫的事業感到驕傲。她的打扮很適合一個大使夫人的身份。他們有兩個女兒，一個兒子，都已成年。兩個女兒都長得很美，并且是語言家兼音樂家。兒子也長得很端正，能跳極好的交際舞。

在西班牙大使館裏，我只記得密司脱卡色，他是大使的秘書，至于大使的名字我記不起來了，他的容貌也因爲時間長久而忘了。我特別記得密斯脱卡色，因爲他的女兒卡門是我極好的朋友。密斯脱卡色後來還在北京做過巴西大使呢。

密斯脱特弗來脱是葡萄牙大使，後來也在北京做過大使，特弗來脱太太是個絕頂漂亮的女子，她的服裝總是巴黎最時興的。她在交際場中是最受歡迎的人。

另外還有許多人我都不記得了，但是我特別記得德國大使赫爾·克契米脱，因爲我父親第一次去訪他的時候發生了一件很有趣的事，父親回來後告訴我們的。我父親總帶着翻譯，除非他能確知對方是懂得英語或法語的，不過這一回，德國大使說翻譯不必要，因爲他會說中國話。

那位德國大使，請了我父親進去，讓座以後，立刻用十二分親熱的態度招呼我父親道：

"我的想你喜歡止于日本一邊，你的來或許是一塊辛苦的旅行中國一邊這邊？"

我父親驚奇地對他望着，不知怎麼來打開這僵局。他自己倒并不窘，因爲他知道外國人很少能懂得中國話的，可是那德國大使知道了自己的錯誤後將怎樣地窘呢。所以父親等了一會兒，沒有回答。

那德國大使繼續說道：

"哦，我的知道，你不是英國人講話，我不是中國人講話！我們去取兩個翻譯人來。"

于是父親就轉向自己的翻譯。

"請你對大使說，"他莊嚴地用英語講道，"我不懂德語，假使他和我講英語或法語，我就聽得懂了。"

這以後怎樣自然可想而知了，這也是我父親以後常常要提起的故事。

我還忘記了提起美國大使密斯脱鄧恩。他是我父親很好的朋友，我們對他的印象也很好。

我們在帝國飯店的兩個星期的最後幾天，父親盡了最大的努力把中國的房子收拾好。當後來我們搬進這修理好的使館時，父親深深地相信，他的工作雖然艱難，但是他想做的，一定能順利地做成。

使館生活的開始

多麼快樂呀，我們要離開帝國飯店了，在那裏沒有一個人懂得我們，我們也無法懂得人家。至于那使館，經過這許多時候的修理，已完全換了一副面目了。我們的艱難的生活，那好像兩世紀一樣長的兩星期的生活，終于結束了。我們將要在一個比那裏好得多的新環境裏開始一種新生活。因爲在這裏的都是我們自己家裏的人，有我們自己的僕人伺候我們，而且這裏是我們自己的家，我們將在這裏住四年。

現在那些外交家要來回拜我父親了，于是困難來了，因爲我們都不懂日語。所以現在我們迫切地要找一個日本的僕人，他必須懂得中國話、法國話或英國話。這三種話我們一家人都懂得。于是我們開始找這樣的日本僕人。在第一個星期裏我們找到五個！

第一個日本僕人看不起中國僕人，他要做一家家務的主管人，雖然我們用他是專爲開門接客的，他不停地和家裏其他的僕人爭吵。他絲毫不懂得中國的階級制度，他把父親的一等書僮像厨房裏的雜役一樣地叱罵，這種態度，不要說是個一等書僮，就是真正的厨房雜役也是受不了的。

于是這個僕人，大大地得罪了家庭裏的每一個人。

我們又雇了第二個僕人，他看見了中國食物就搖頭，他對我母親説他必須佔據厨房的一角來預備他自己的食物——飯和扁豆。他説中國菜太油了，他不會吃。

"厨房裏空的地方多得很，"母親説，"去揀一個地方燒你自己的飯菜好了。"

這樣事情似乎解決了，一切都很順利，直到一個時候，我們僕人中的一個認爲非把那日本僕人犯的罪揭發不可了。是試試的，日本僕人曾嘗過我們的中國菜，在送給我們之前先偷吃了，當然，他的嫌惡中國食物只是想象中的嫌惡。可是這日本僕人，雖然我們不計較他的偷吃食物，却得罪了我們的僕人，他們覺得偷東西吃是最大的罪行，除非是賊！這樣我們又得換人了。

就像我已經説過的那樣，在第一個星期中我們換了五個僕人，這完全是爲了我們不會説日本話的緣故。于是我就決心學日語，并且把我的意思告訴家裏的人，頓時大家都決定學日語，除了我父親，父親再不會有耐心在語言上用功夫。

使館的每個角落都打掃乾净了。現在這裏比我們以前所住的任何地方都華麗。地板上蠟涂得發亮，野草都鏟去了，我理想中的花園已經實現。你還記得門前那棵松樹吧？

在這棵大傘似的松樹下面，花園中的花草都已長成了，這又是推進風景園藝的動力，日本人對這些都是很有經驗的。它聳立在中間，又高又大，支持它的土總有五十尺的對徑，我們的日本園藝家特地在樹的陰面替我造成一個仙境似的地方，當然他并不是爲了我，但是我却把它占爲己有了。這是一個縮小的鄉村，有比小孩的手掌還小的日本房子，小小的日本寶塔屹立于小山之旁，至于那山，還不及我的腳踝高。細小的道路是給那些小神仙們舞蹈用的。小路旁是一片只有一步之寬的海洋，海猛獁像閃光的金魚正在那被淹没了的草叢間游逐。還有小松樹比寶塔矮些，從岩石的頂端苞出，岩石的大小也不過和一個中國女子的小脚差不多罷了。中間更有連亘的山脈，山上有一個八九歲或者十一二歲的小人可以很容易地從山頭望到山的那邊，山上有池沼，奇怪而細小，摸起來好像絲絨一般的柔軟。

在這幾天中我是屢次地站在這妖形的樹下，它可怕地阻擋了我的花園，我的背靠在樹上，把園中的小人都當做我的朋友。那裏有木偶似的日本女人，像一個小指那麼大小，中國女人，有着可笑的纏壞了的纖足，穿着大袍或長衣的中國人和日本人，穿着草鞋和木屐沿着那彎曲的路呱嗒呱嗒地走着。所有我知道的國家的人民都有，而且都很親善，盡力使我這大葛立佛（譯者按：葛立佛是英國斯威佛特的童話著作《葛立佛游記》中的主人翁，書分四部，是飛島游記、獸國游記、小人國、大人國，叙述一個水手游歷各地，見到種種可笑的地方，用以諷刺不合理的現實生活）歡樂，她那時正斜倚在松樹上，很清楚地注視着他們，雖然實際上他們并不在那裏。

他們都説着跟我一般的語言，却完全依照着中文、法文、英文，没有我那樣多的重音。但只要有一些小小的波折，就會立刻飛向他們安全的房中躲起來不見了，譬如當紅芳突然叫我的時候，那時她正在迷惑德齡究竟藏到這世界的哪一個角落裏去了，或者在思索是否她又偷偷地躲到哪兒去了。他們都不像紅芳，所以我當時不滿于她的原因與此也不無關係。我告訴他們關于紅芳的一切，并且似乎使他們也和我一樣地恨她了。

有一天，我很清楚地記得，當我倚立在松樹旁和小人們談話時，突然一個龐大的影子掃了過來，穿過了我的花園，接着，可怕的事發生了！我身後的樹震動起來，脚下的地也摇曳不定起來。在那複雜的墻後面傳來一陣可怕的真人的叫聲。門窗砰然地響着。這是僕人們恐懼的叫聲，花園中的一支山脈摇動着要倒下來，終于穩定地站住了，那柔順的池水泛濫着，似乎要吞没其中的一條道路，這是地震。我呆立在那兒，又害怕又麻木，我似乎看見我那些中國人、日本人、法國人、英國人、德國人以及所有其他的人急匆匆地在山上奔跑，他們瘋狂地跳進他們的小屋，隨手把門碰上，于是我也奔回家中，衝開了自己的家門。

我一點也不喜歡地震，許多年以後，第二次地震又在使館那兒發生，但是你們已經歷了第一次的情形，這一次也不必再詳細説明了。

現在許多人都來拜訪我父親，我對每一個人的好奇心又回來了。這是與以前不同的好奇，因爲所有的人都換了新的了，陌生而特別，他們的習慣與中國的也不大相同，然而對我倒是很熟悉的，因爲我曾在歐洲住過，對于中國的習慣知道得很少。

新鮮而華貴的家具已分置在使館的各室，一個跳舞會是不可少的，我們都這樣期望着，而太后從隔洋遙遠的中國希望她在外國的使者們能處處留意不要有什麼損害中國和中國使館名譽的事發生。枝形燈架的光亮在和星光爭雄，這些光在地板上形成了一個一個光圈，當枝形燈架被僕人的手拂到時，便在牆上顯出一個搖曳不定的舞影。樓梯引我們走出黑暗的深淵而到光明的地區，那兒有其他的枝形燈架挂在走廊裏，在那樓梯上黑暗的部分潛伏着魔鬼，當滿洲的小女孩頑皮地或者冒險地走近他的時候，他就會伸出他那可怕的魔掌一把抓住她的辮子。

但是那一大間除了用膳時和就寢時，從來沒有機會走進的房間中有些什麼呢？我最愛那繁華的地方，至于那花園，到後來我不過比門内的旗杆稍歡喜一些罷了。一天有許多小孩來和我們玩（從他們那裏我們像小孩學語那麼容易地學會了許多日本話），我們就一同到旗杆那兒去。

它是造在一個磚頭砌成的臺上面的，旗杆就插在這些磚頭中間，頂上有一繩梯，一直引長到一個小小的臺，又狹又小，立在上面很覺危險。從臺而上，旗杆漸漸地變細，一直到頂端。這裏，在白天就懸着帝國黄色的旗，上面有長着白鱗的藍龍。

臺的周圍有一排籬笆圍着，臺大約高出地面二十尺。當然，這是必然的事，我在許多朋友和兄弟姊妹群中自以爲勇敢，首先爬上了旗杆，叫他們也跟着來。

忽然，父親的書記出來看見了我，我立刻小心地躲在臺上，但是他停下來了，向上望着。

"趕快下來吧！"他命令我。

"我不願意，"我粗暴地回答他，"你應該知道我的本事用不着你來費心！"

"趕快下來！"他重複地頓着腳説。

"我對你説，這兒是我的使館呀！"我叫了起來，"我的旗，我的臺，我的籬笆，我的旗杆，你，不過是我父親的一個書記罷了！"

"這旗和旗杆是屬于中國政府的，"他高傲地反譏着我，他是從來不會尊重他主人女兒的意思的，"女孩爬上旗杆是不祥的事！"

"哦，是的！"我突然向他屈服了，開始滑下來，用着一種足以叫這位書記擔憂的速度。我開始去找尋一些東西，其餘的小孩仍舊等在旗杆下。等到我搜尋完畢回到旗杆下，那書記仍舊在那裏。我趕緊又爬旗杆，他并不知道我衣服裏裝滿了石卵子，直到我爬到了一個安全的地方，旗杆的高處，然後把石卵子像雨點般向他撒來，他這才逃走了，後面跟着孩子們的笑聲。

每天游玩，每小時游玩，松樹脚下有着美麗的夢境，不必做功課。至于日本話，在和日本孩子玩耍的時候，自然而然覺得很容易學了，可是，後來……

在這快樂的天堂裏，那河南教師來了，還同來了一位日本教師，他們的來臨是紅芳那婢女來報告的。她總喜歡用女主人的口氣講話。

"又要讀書了，明天早晨八點開始！"

太陽不見了，昏天黑地了。可是這一切都已決定了！

禮義之邦

在沙市的時候，我可以從屏門背後去窺探來客的動靜，在武昌，那裏也有屏門或屏風可以供給一個九歲的好奇的孩子在它後面盡情地偷看。

在東京也有日本屏風，在那後面，我可以大膽地看着使館裏所發生的一切事情。爲什麼不看呢？這并不是一件壞事情，我當時看到的一切現在還記得，而且願意回憶它，我那時候年紀太小，不能參加社會上的活動，可是我也像大人們一樣對那些感興趣。

所以一有機會，我就躲到日本屏風後面，没有人會看見我，并且我静得像一隻老鼠，這樣自然也没有人會聽到我。

有客人來的時候，我們總用茶和糕餅招待他們，我不禁張着好奇的眼睛看着，因爲他們竟老老實實地吃喝起來。當然，我們到別人家去的時候也是這樣的，因爲我們是滿洲人，可是在中國，這算是極不客氣的。

我看着這些人喝茶、吃點心，就想起在沙市的時候曾有一個地位很高的女子來訪，她扭着一雙畸形的小脚，在那時候，這算是極美的。這女子坐了整整一個鐘頭，却始終没有説出她來的目的，雖然我們是早已猜到了，在那時候，如果一起頭抓緊把自己的來意説出來，也不講些應酬的話，那算是没有禮貌的。可是這女子没有靈巧的談鋒，所以她只好默默地坐了一個鐘頭。茶和點心拿來了，這是中國規矩。于是一家人團團圍住了桌子，各人用自己的筷挾到她的碟子裏敬她。可是她只是坐着，不説話也不吃。

"請用！"母親説。

"請用！"父親説。

但是雖然這點心是這樣的美味，就像一切中國食品一樣，因爲我們的厨子，在皇宮之外算是最好的了。這些食物高高地放在她碟子上，她却什麼都不吃。假使我們不知中國的規矩（在那時候我的確不懂），一定要爲了她大大地不高興，以爲她不敢吃我們的食物，恐怕裏面有毒，或是烹調得不好或是其他類似的原因。

"請用!" 父親説。

"請用!" 母親説。

我看着這一連串的話劇，嘴裏爲着那貴婦人不肯吃的食物流涎。這婦人仍是不肯吃，直到父親和母親再來個請，她才拿起筷子來揀了一小片碎屑放到嘴裏，嚼了半個鐘頭。

我不能瞭解，但是到後來我終于發現了這個原因。

這是中國人的觀念，就是説假如一個人到他朋友家去，他朋友請他吃東西，他老實不客氣地吃了，這就表示他家裏窮得很，飯也吃不飽，餓得耐不住了，所以抓緊吃人家的東西了! 所以在中國人看來，不吃東西就是最好的禮貌!

于是碗碟都移去了，這位貴婦人坐了一個鐘頭，净説些食物的滋味如何好（就因爲她曾吃過那麼一小片的東西），主人的招待如何周到等等，于是她預備告辭了。直到這時候她才説出她的來意。

"你的俸禄很高，我有一個侄子非常窮，所以想請你每月補助他二十塊錢。"

依照中國的規矩，這要求父親立刻答應了。從此，這二十塊錢的月俸就準時付出，好像父親真的欠了他的債一般；如果父親不答應這要求，就算是極没有禮貌的。不過據我所知，父親始終没有看見過這位中國貴婦的侄子。

每當外國人來見父親的時候，我也偷看他們，把他們的行動和我們的作一個比較。也許因爲這個原因，我似乎比一般滿洲人或中國人更缺少國家觀念，我們的家裏，除了穿中國衣服（到後來我們也改穿了外國衣服）這一點外，幾乎是一個美國的、法國的或是英國的家庭，雖然我和我家裏的一切中國人都合得來，不管他們是北方人，他們的官話我聽起來最容易懂，或是廣東人，他們的語言我稍稍能聽，但不能講。

有一個日本女子是嫁給一個英國人的，她是常常到我們使館裏來的，我特別記得我母親説的關于這日本女子的話。

“她是個可愛的小傢伙。我很喜歡她。可是她有一句口頭語就是‘你要知道’，往往要説無數遍。‘你要知道’這‘你要知道’那，説得直要使人發笑起來！”

從此我就注意着這位日本女子。她非常漂亮，而且説着“你要知道”，惹得母親只想笑出聲來。有一天她又來了，我和我妹妹都在日本屏風後面。

我輕輕地對我妹妹説：

“快預備鉛筆和紙！”母親説這女人不停地講“你要知道”，我要數一數她究竟講幾次。也許母親説的話是真的。假如是這樣，那麼應當有人去告訴一聲，她這種口頭語很使我母親討厭。

于是我妹妹替我把鉛筆和紙拿來，那日本女子每説一次“你要知道”我就記下。

日本女子去後，我數一數紙上的記號，發現她竟説了五十三次“你要知道”！

我仔細地觀察外國人，久而久之，覺得外國人的習慣比我們中國人的一些習慣好得多。我敢説，直到今天我還是有這種思想，這會給我招來了不少麻煩。

中國人用自己用的筷子挾菜給客人算是招待周到。至于外國人，我發現，他們從來不願意用人家嘴裏放過的器皿吃東西。

中國人來商量事情的時候，先要講許多應酬話，因爲直截了當地把來意説明就表示不斯文，不懂禮貌。外國人來商量事情的時候，一來就説明來意，從不繞着圈子説應酬話。我很早就發現，外國人做事迅速而有效得多。

對日本人的過分謙恭，我始終感興趣。我永遠不會忘記那無盡止的鞠躬和“嘶嘶”的吸氣聲。

我覺得從僕人們的閑談中最容易看出外國風俗和中國風俗的不同處。

當我們知道快要來日本的時候，對僕人的工錢這一點很感到疑惑。僕役長的工錢當然最高，我們剛到日本的時候是八塊洋錢，相當于四美金！爲了這原因，我們的僕人都希望跟我們到日本來。

但是在中國，主人有客的時候，每個客人臨走時都有賞錢給傭人。這是一種舊規矩，直到現在中國有許多地方還通行着這規矩。這是一筆很可觀的錢，平時由僕役長保存着，到一年三節的時候，就由他分給其他僕人。他自己當然得最大的一份，但是他必須負責公平分配其餘的賞錢，我從不曾聽到哪一個僕人爲着賞錢分得不公平而抱怨。有一次正是分賞錢的時候，照顧我們姐妹倆的阿媽竟得了四百兩銀子，那差不多合二百五十美金，這些錢都是在兩個節日之間的日子裏積聚起來的。

當我們來日本的時候，僕人的工錢都增加到兩倍，當然他們就預期着將發一下財。當父親接待客人，設宴，開跳舞會的時候，這些僕人更夢想着一筆極大的收穫，可是想想看，外國人連"給賞錢"這種念頭都不曾有過，在日本除了工錢是什麼錢都沒有的！

不久，這些僕人都發現他們是吃了虧了，一個中國僕人一旦不高興，那是很難對付的。他們都要立刻辭職回中國去，那裏，客人總有賞錢留給僕人，這樣，我們就不得不讓他們中間的大部分離去，而找新的人來補充。

是這批僕人，他們最能直率地表示出對一切不同于中國的風俗的惡恨。

在他們計劃着要回中國，而還沒有公開地對父親母親説的時候，我曾聽他們批評外國人和外國風俗。那個小脚阿媽已經跟了我們好幾年了。她對這裏的一切都非常痛恨，就是她從北京到通州的時候，爲了遺失首飾箱而痛哭不止的。

"想想看，"她憤怒地對僕役長説，"我們要在這種野蠻地方等四年！他們這裏不懂得我們的規矩，也不肯采用我們的規矩，外國人從來不知道做合理的事情！沒有賞錢給僕人……客人老是不客氣地吃主人家的點心……我們替他們做事，他們不酬謝我們……不停地講話……不祭祖宗……不在祖宗牌位前祈禱拜祭……我敢説，如果主人在這裏過四年，一回到中國，一定把祖宗的牌位都打破！他一定不會再祭祖宗了！他一定要染上外國人的風氣了，因爲外國人不肯學中國人，而他又必須和外國人在一起……”

“就是没有到日本來的時候，你曾看見過主人祭祖宗或祈禱嗎？”僕役長説，“哦，我知道在有許多地方你是對的。但是你説外國人會改變我們主人這却錯了，我們主人在來日本之前早已改變了，或者他是生來就和別人不同的！”

當然，我就跑到父親那裏把這些話都告訴他，父親不信什麼宗教，完全依照他自己的思想生活，可是他也不干涉別人的信教，也并不説起這回事，他認爲每一個人包括他自己，應該有他們各自的宗教觀念。所以當我告訴父親那些僕人所説的話時，他只笑笑而已。

“我不會搗毀祖宗的牌位，”他説，“也不會污辱祖宗的墳墓，我將仍舊像以前一樣，依照規定的日子掃墓，和其他滿洲人没有兩樣！”

這樣下去，幾個星期後，那些父親拜訪過的客人都來回訪了，或是後來父親反拜訪了些什麼客人他們也來回訪了，我就在日本屏風後面注意着，直到我記熟了各國的不同禮節。

櫻花游園會

密斯瀧川是日本皇后的一等女官，也是我們使館中的一位常客，我漸漸地對她產生了極大的好感。她是我母親的知己朋友，我常常聽她們講日本朝廷裏的事，到後來，我忍不住要自己到宮裏去見見日皇、皇后和宮裏一切情形。在我看來，密斯瀧川是個不容易接近的人，因為她總是和日本的大人物在一起，而且難得離開皇后的左右。

做一個宮眷是多麼有趣的事啊！密斯瀧川常常和我講話，她并不把我當一個小孩子看待。那時候我是十二歲，學習日文進步極快，密斯瀧川很喜歡我。她以為我不止十二歲，這或許是因為我穿了滿洲高跟鞋和長袍的關係。由于這種年齡上的錯覺，使我在日本的時候遇到了生命史上一次極大的幸運。

日皇、皇后要舉行一個游園會，我的父親和母親當然在被邀之列，可是在請帖上，竟說明了請"小姐"也來，這是多麼驚喜的事！這裏所指的"小姐"，除了我還有誰！我那高跟鞋和長袍竟使我變得像十六歲的姑娘，所以也被請去參加櫻花游園會了。多麼美麗的游園會呀！

"她年紀太小了，不能去，"母親說，（她聽說我被邀請了，也是和我一樣的激動，我是高興得要發狂了）"讓她留在家裏吧！"

"嘖！嘖！"父親說，"這不是在中國呀！這裏是日本，我們可以更自由地做我們要做的事。人家看她比她實際的年齡大，覺得她可以參加，那又為什麼不讓她去呢？這也可以讓她長長見識呀！"于是母親也同意了父親的主張，答應我同去參加游園會了。

我的熱望和好奇更使我覺得日子過得慢，但是最後，這一天終于來了。我們穿上最美麗的衣服，由使館出發進皇宮了。又一次地走過那些狹小的街道，和兩旁雪茄烟盒一般的小屋，行人們穿着假期的禮服看我們。

漸近目的地的時候，後面跟的人愈加多了。我驕傲得好像一切設備都是爲了我一個人。一個十二歲的孩子要去見日本的天皇和皇后了！

當我們行近皇宮花園大門的時候，衛兵前來把跟在後面的人趕走。走進這大門，是一個公園似的地方，游園會就是在這裏舉行的。這裏的衛兵都穿着制服，佩着寶劍，在午後的陽光下閃閃地發光。他們身體都很結實，可是樣子有些滑稽，有些兵甚至戴着眼鏡，這是很少見的。這是個好日子，上帝似乎在慈愛地對着天皇、皇后微笑。各國的外交人員，這裏的衛兵都認得出，所以當他們的車子經過的時候，衛兵們都要敬禮。

當我們的車子經過的時候，他們也向我父親行禮，但是我點點頭微笑着，似乎這禮是對我行的。就是到現在我還懷疑着，難道這敬禮中沒有一小部分是爲着我的嗎？

不久我們到了大門口，門前有許多日本官穿着最好的衣服在招待來賓并檢查請帖。他們對請帖看得很重。沒有請帖的人是毫不客氣地被拒在外面的。可是我們卻不同了。辮子，光頭，是到處聞名的，他們沒有要我們的請帖看，但是我們仍舊給他們看過。

進了門以後，我們就可以在各處自由玩賞，這真是一個華麗而神奇的地方！滿眼望見的都是一片粉紅色的櫻花海。落花鋪滿了地面，像地毯一般的任人踐踏。樹木茂盛得在好幾處地方遮蔽天日。無盡止的曲徑和無邊的櫻花海。

在小東山上，櫻樹載着滿身粉紅色的櫻花，高舉在上，用玫瑰色的微笑迎接着陽光。高大的松樹像步哨似的分布在各處的櫻花葉中。這時候是午後兩點鐘，還要過整整的兩小時，天皇、皇后才會駕臨。這裏有的是各國的外交家，日本的大商人和旅行家。這種旅行家對每一件事都要加以批評。似乎他們以爲別人都是聾子、啞巴和瞎子，或者是不懂英語的，或者他們不計較這樣做會給人家怎樣的印象。他們用目空一切的神氣高聲地自由地發着惡意的批評。我後來一直奇怪這些人怎麼竟忽略了這麼一個顯而易見的事實，就是他們這種舉動將影響他們自己國家的聲譽，因爲他們就是代表他們國家的。

兩小時很快地過去了，因爲這裏有很多可看的東西，但是我感到有一些失望，這裏并不像我們北京的宮裏那麼富麗。不過那時候，我還不曾進過北京的皇宮，只是憑人家的傳説和自己的孩子的想象來推測。雖然這樣，這園裏的一切布置都很恰當。大體來説，日本人無論做什麼事都做得很好，并且招待客人也非常有禮貌，不斷地點頭、彎腰和吸氣。

這個宮不比京都的宮小，但是這裏不像中國宮殿那樣有美麗的色彩，雖然建築方面是比中國的新式多了。

將近四點鐘的時候，我們已開始等得不耐煩了，忽然在擁擠的人群中起了一些騷動。儀式的主持者瀧川伯爵，就是以前所講到的宮眷的父親，站在門裏面，用日本語喊道：

"天皇、皇后駕到！"

于是人群中更加動亂起來，都爭先恐後地想上來見見這兩位日本的大人物。天皇經過的道路兩邊，站滿了各國的外交人員，後面是那些不敢透氣的大商人和旅行家，除了那些旅行家外，每個人都脱了帽子。

于是這兩位我第一次見到的日皇、皇后從大門進來了。我雖不是外交家，却決心把一切看個仔細，并且自負地希望自己也被他們看見。如果天皇、皇后不曾看見，那我這漂亮的新旗袍穿得豈不可惜！所以當別處的人也走上來排到外交家的一排的時候，我站在外交家的前面自成一排，那裏我就可以清楚地看到一切。巧得很，我站在比利時大使第·安納西的正中前面。他是這樣矮小的一個人，而我又穿了高跟鞋，竟把他的視綫完全擋住了。但是直到現在我的衣服還是由兒童服裝部做的，所以你可以想到，第·安納西決不會從形態上的大小來判斷我的地位。

"你没有資格站在這裏！"第·安納西抗議着，"我什麼也看不見了！"

雖然他是比利時的大使，我也不服氣，仍舊站在原來的地方。

"這麼個小孩子有什麼資格來參加這種游園會？讓開些讓我看看。裕庚帶這麼個小孩子來參加游園會實在是不應該的！"

我覺得受了侮辱。

"既然我只是這麼一個小孩子，"我對第·安納西說，"爲什麼你比我還矮，不能從我頭頂上望過去？好吧，讓我伸出手來，請你站在我的手上看吧！"

我必須爲這位十二歲的女郎的魯莽抱歉，但是你們要記得她的目的是不但要自己可以看得見，而且要讓天皇看到自己，所以她對比利時大使這樣無禮，而堅決地要站在原來的地方，在皇家游園會舉行的時候，她早已把第·安納西忘記了。

當日皇和皇后經過的時候，大家都低下頭，旅行家高聲地評論着，我把天皇、皇后看了個夠，可是他們并不像我想象的那樣好看。因爲他們都是穿的西裝，而且他們的裁縫或許根本不懂得西裝的樣子。皇帝的衣服非常不合身，我很擔心在儀式的中途他的衣服會掉下來，我也曾注意到這游園會中其他重要官員的服裝，以我那時候孩子般的目光，我在他們服裝上找出不少缺點。有許多伯爵穿着燕尾禮服，一位公子穿一件外套，戴一頂絲織的高帽子，可是那帽子大得把他兩隻耳朵都遮住了，領帶上配着虹一般的顏色。善于模仿的日本人那時候正在采納西方的服飾，而且在進行服裝上的革命。他們的衣服是高貴的，可是在我所游歷過的地方，我沒有看到過衣服的樣子有這樣不講究的。

女人都穿着名貴的錦綉衣服，也算是裁成西式的，一頂可笑的小帽子孤零零地堆在髮髻中間。

天皇、皇后經過我們的時候，向我們點頭微笑，于是走進一個帳幕似的建築物，只有屋頂，沒有墻壁，這裏是天皇、皇后接見來賓的地方。我就決心要和天皇、皇后握一握手。

每一個有地位的外交家，隨着瀧川伯爵的指示，走上前去和天皇、皇后握手，隨即退到相連着的一所房子裏，那就是用茶點的地方。

"裕庚先生！裕庚太太！裕庚小姐！"這一時刻終于來了，當我還沒有知道是怎麼一回事的時候，我發現我已在和天皇、皇后握手了，一句話都説不出來，我覺得有一些窘，可是心裏却充滿了驕傲，當我看到密斯瀧川宮眷，也是母親和我的朋友，她站在皇后旁邊向我們點頭微笑，告訴天皇、皇后關于我的事，説我正在學習日文。天皇、皇后都説很好，這對于日本是一種極大的榮譽！

作爲一位大使的"十六"歲的女兒，我就這樣被招待進日皇的宮殿了。雖然我實際只有十二歲，可是從此以後，我永遠不再以爲自己是十六歲以下的孩子了！

于是我們也到相連的一所屋裏，這裏也是没有墙壁的，有一張大桌子，上面放滿了食物：咖啡、茶、凍肉以及許多其他食物，不勝枚舉。可是這些都不在我眼中，我是個和日本的天皇、皇后握過手的人！這後面是一大隊人員，他們的責任是侍候來賓。

在這個非正式的集會上，甚至于官吏們也幫着用食物來侍候客人，他們給我這個，我就吃這個，給我那個，我就吃那個，可是我從没有辨別過它們的滋味。

我已經和一個强國的皇帝、皇后握過手了！

父親和母親也在那裏！

父親的宴會

在我父親之前，中國駐日大使往往是不受歡迎的，他們被認爲是一種不可信任、不能瞭解的外國人，這原因是很簡單的。

各國大使一到日本，先要受到當地日本政府的招待，然後依次接受先在日本的各國大使的招待，各大使互相拜訪，互相設宴招待對方。

可是中國大使，直到現在，只有受外國大使的招待，自己却不招待別人，除非趁他們自己高興。他們總以爲自己的行爲外國人是不計較的，所以沒有答謝外國大使館招待的必要。

可是社交場中的規律是永遠不變的。當中國大使由于無知或吝嗇不迎請人家的時候，他們便漸漸被擠出外交家的集團，于是他們就成了孤獨的人。孤獨的人是從來不會受人尊敬的。禮節是代表一個國家的尊嚴的。

然而父親却和他們不同，他謹慎地回訪着每一個來訪過他的人，凡是他禮節上應做到的事，從不疏忽，尤其在日本，禮節就是做人的基本條件。因爲父親能這樣謹慎地遵守規則，不管他本人是怎樣不喜歡它們，他終于爲中國爭到了威信，這是在他以前的任何一個大使所沒有做到的。

爲了父親在日本工作成績優良，日本天皇送了他一枚勳章。

現在是輪到父親來招待人家了，我瘋狂般的興奮着，我覺得除了和天皇、皇后握手的事情外，沒有事情能像這一個招待各國外交家的大宴會更使我興奮的了。曾經有一個時期，我有着很大的希望，想加入那些外交家的集團。自從參加了那種神奇的游園會之後，我已不再是十二歲的孩子了。

可是對父親母親，真糟糕，我還是十二歲，這樣我就自然而然被摒棄在宴會之外。可是他們忘記了廳裏的日本屏風的用處，在它背後，一個十二歲的好奇的孩子，可以自由地往每一個方向看，可以看到廳外面的花園和我自己的小天地，小人國境；可以看到恰巧在大門裏面的兩間衣帽寄存室的門，面對面地排在大廳的兩邊，可以看到會客廳，那裏父親和母親等候着迎接客人；可以看到餐廳，那裏是來賓入席的地方；還可以一直望到那大舞廳，那裏是來賓們餐後休息的地方。

一點鐘一點鐘地過去，我在屏風後面幾乎是屏住氣，因爲我恐怕人家聽到我的聲音而把我趕走。

當我看到那些高貴的先生和太太們從大門口進來，走上走廊，走進衣帽存放室，我的眼睛由于過分興奮而瞪得大大的。

男子都穿着黑色的精緻的服裝，大都穿着靴子，全佩着勛章，有些有很多勛章。婦人們進了衣帽存放室後，稍稍過幾分鐘再出來，使我氣都屏住了！鮮艷的晚服，美麗的頭髮上點綴着發光的鑽石，還插着雪白的羽毛。有些戴着嵌金剛鑽的飾帶，好像是皇后或宮眷。所有的女子都穿着拖地的長裙，當她們走進走廊的時候，用手把長裙提起，經過我躲着的地方，到會客廳裏去和我的父親母親招呼了。

至于母親，她永遠是世界上最美麗的女人。雖然她的衣服又硬又大，可是這却使她顯得更高貴。

當這些女人用莊嚴的步伐，神秘地在我前面經過的時候，我就想象着：假如我自己穿了這樣的服飾，那長得必須拖在手裏的裙，頭上這麼多的裝飾品，金剛鑽、羽毛，我將覺得怎樣？我將怎樣的美麗呀！于是我就從我的幻想中看到自己穿上了這美麗的衣服，在小人國面前跨着優美的步子走着，但是我現在只有十二歲，也許將來可能有這麼一天。

在女子衣帽的存放室中，有一個日本阿媽侍候着，對面的男子衣帽存放室中也有個日本男僕侍候着。這些事我們都用日本人做，因爲中國僕人都不懂日語，也不願意學習。

這一切是多麼莊嚴、古板，可是我真羨慕這種富麗的場面。我假想着自己是個貴婦人，挽着一位高貴的美男子走進一個華麗的客廳。比如像士方少校，他曾在德國受過教育，不斷地并着脚跟，把兩手放在腹部向太太小姐們深深地鞠躬。他腹部又是被衣服裹得那麼緊，好像穿了小馬夾似的。

母親往往費了許多時間布置這種宴會，因爲在一個大人物的集會上，事事都必須依照規矩，并且會中一定有日本人做陪客，因爲我們是在日本國，各來賓的地位也是以他們在日本的久暫而分，年代愈久的愈受尊敬。

在會客廳門口，有一張小桌，這是一張非常重要的桌子，因爲這上面有一張卡片，注明各來賓在餐廳的座位。這張卡片必須給每一個男賓看過，讓他們可以確實知道自己應坐的地方，又因爲每個人都知道自己的階級和地位，所以這張卡片上所注的不可以有絲毫錯誤。除了這卡片，每個男賓還有一張小紙條，這上面印着這樣的字：

"請你邀請……"

這後面就是一位女賓的名字，這位女賓就是這位男賓進餐廳的時候所一同帶走的，她就坐在他的下一個位置。這樣，在入座的時候，就不會有人爲着找尋適當的座位而繞着桌子亂跑。要準備這樣一個正式的宴會確是不容易的事。

客人開始聚集起來見我美麗的母親和莊嚴的父親了，沒有人會想到他們的女兒是個頑皮的十二歲的孩子，常常躲在日本屏風後面不怕羞地偷看着來賓。

男賓們慢慢地彎着腰，日本人兩手按着腹部，發出恭敬的吸氣聲："我卑微的氣不能吹到你"，笨拙而呆板，却很大方。

房屋的布置也是極華麗的，中國使館的會客廳是個美麗的地方。窗上挂着藍底綉金的窗帘。一張書桌上的裝飾和窗帘的設計相同；一盞法國的枝形燈，從天花板上望下來，和女賓們頭上的珠寶爭光。在門的對面靠墙壁處，排着許多長桌，上面放滿了日本花瓶、古玩等。有一個凸形窗有着半圓形的窗座，襯着柔軟的墊子，也是像窗帘一樣藍底綉金絲的。母親曾費了許多時間設計這些東西，就是他們客人，對這會客廳也感到特別的留戀。可是這從沒有我的份兒，除非這裏面是空着，父親母親都在別處，那麼我可以偷偷地溜進去，假裝是一個貴婦人，挽着一位幻想的美男子踱來踱去，喃喃地向主人主婦説些應酬的話。總之，我自己招待自己，一個人兼做全體客人，主人和主婦甚至還有那日本屏風後的十二歲的小姑娘。

應酬話都説過了，每個男賓都記熟了卡片上的小紙條上的話，各人向所指定的女賓伸出臂腕來挽着她進餐廳。經過走廊的時候，我第二次欣賞了這莊嚴的行列。漂亮的太太小姐，高貴的男賓伸着臂預備接受纖小的手。從會客廳、走廊一直到餐廳我都可以清楚地看到，因爲起先放這屏風的時候，就是按照我這種特殊用處而放下的。然後入座了，日本人最先，依着次序下去。

燦爛的燈光使餐廳顯得更華麗了，在燈光下，我看到了這宴會的真正的奢華。父親坐在桌子的一端，母親在另　端。由丁我曾經在屏風後面看過無數次這樣的宴會，所以現在，在我的記憶中，又看到了這一群大人物，在這中間我特別注意到這一兩個人。

奧間伯爵是日本的外務大臣，胸前佩着許多勛章；法國大使，佩着紅勛章；比利時大使第·安納西，矮小而又重要；士方少校，他是第一個使我醉心的人。現在回想起來，真不懂我當時怎麼會愛他，大概是他那蠟制的假髭獲得了我的歡心，或者由于他并緊的腳跟，他的筆挺的制服，他的——不管是什麼？我總覺得不是少校本身有什麼地方值得一個十二歲的滿洲姑娘的愛。

這裏有許多僕人侍候着客人，食物很神秘地從屏風後面傳出來，這屏風擋住了一個通到伙食房的小門，伙食房裏在準備着適合這些貴客胃口的食品。這是一個時間很長的宴會，陪伴着高貴的來賓對話，盡情地大笑，受了禮貌的約束變成溫和的微笑，因爲沒有一個有身份的人可以在這種正式的宴會上高聲大笑的。

我還忘了提起會客廳地板上的地毯，不過這并不重要，因爲這總是專供給男子踐踏和女子的長裙拖過它上面的。

餐廳裏的家具是烏木做的，一切陳設都和這相仿。從會客廳到餐廳就好像從一個世界到另一個世界。

碟子都是日本出品，但都加上我們自己的飾章。我很奇怪我當時竟能毫不厭倦地等候着宴會的結束。我的確不感到厭倦，我非常興奮，而且我覺得我和那些來賓，甚至和父親母親都是處于同等地位。

最後宴會終于結束了，于是男女來賓又在我前面經過，莊嚴地走到走廊盡頭的舞廳裏去，那裏在我看來是個最空曠的地方。

我不能看到那裏的一切，因爲假使我的屏風一移動，難免要引起人家的注意。可是舞廳裏的樣子我倒很熟悉，一個大空場，有着涂蠟的地板。舞廳四角有四盞大枝形燈，音樂一奏，跳舞就開始了。沿着墻有一排座位是給女賓坐的，舞廳的一端有一座臺是樂隊奏樂的地方，那裏有鋼琴、梵啞玲、大提琴、銅角和笛。

多麼好看的舞啊！多麼莊嚴而有禮節啊，那優美的點頭和彎腰、日本人的吸氣聲、婦人們小鳥一樣的啾啾聲、靴子踏上涂蠟的地板上的嗒嗒聲，還有那華麗的制服！

他們跳的舞在現在已不時興了，長而慢步的舞現在看起來是很滑稽的。每場舞結束的時候，在樂隊的附近有牛乳、啤酒等的飲料，男賓可以帶着他的舞伴到這裏來休息一會兒。

在我的頭頂上面，就是舞廳對面的墻，我可以看到一幅中國畫，這是我惟一能夠看到的畫，但是我知道，在舞廳的墻壁上，挂滿了這一類畫。舞廳雖是個空曠的地方，却很華麗、莊嚴，適宜于做大人物的住所。幾年後，我再回去看看那使館，感覺渺小到微不足道，也許因爲我的見識已經很廣了。

但是經過一個類似一架特別的望遠鏡的東西，我可以看到那些跳舞的人彎着腰，搖擺着身子，在這幅中國畫前左右移動。直到音樂聲音在我耳朵裏變得遲鈍了，婦女們啾啾的談話聲像剛醒來的小鳥的叫聲，靴子踏着地板的聲音變成了單調的催眠曲，我發覺我在自己房裏被紅芳的手搖醒了。

"起來吧，瞌睡蟲！你的早飯已經冷掉了，教師已經等得不耐煩了！"

中國的大政治家

我們在日本大約住了兩年，父親忽然收到一封信，説中國最大的政治家，不久在他周游世界的旅行結束的時候將要到橫濱來。

父親接到這信的時候非常興奮，趕緊預備着見他，并且決定在橫濱招待他，還請了許多外國人一同由東京趕到橫濱。

我極巴望着也能得到一份請帖，一則因爲父親的確需要我去；二則我知道這樣一來，我至少可以有幾天不上課，而最大的原因還是我對這位曾經環游世界的大政治家感興趣。

關于這個大人物的有趣的故事，大家都在談論着。我也聽到了好幾次，在厨房裏和會客廳裏，大都經過了三四次甚至五次的輾轉相傳而來的。

他是一個上了年紀的人，當他忽然想到爲了中國的利益他必須環游世界一次，而且他的計劃已得到太后的同意後，他就仔仔細細地爲自己的旅行準備起來。

據傳説他最怕死在外國，因爲他是個真正的愛國者，一想到他或許會死在外國，甚至于葬在外國，他便渾身發抖了。所以當他一知道旅行已決定了，他便盡力地替自己準備得周到、妥帖。他是個怪僻的人，最怪僻的一點就是在旅途中，他帶着一口中國制的棺材，他囑咐人家，萬一他死了，必須把他放在這口棺材裏，那麽即使要葬在外國的土地上（當然在可能範圍内他還是竭力避免這種不肖之舉），他總算還是睡在中國的棺材裏。

這口棺材也許和他的名聲很有關係，但是他的偉大和怪僻確是不可否認的事。

于是我就從父親那裏探聽這位大人物的事情。

"他的地位比你高嗎，父親?"我問。

"哦，是的，"父親說，"每次太后要做一件真正重要的事情的時候，總是想到他，他從前做過總督，現在是樞密大臣，地位幾乎和太后的心腹榮祿相等。"

"他是什麼爵位?""他是侯爵。"

"但是侯的地位不如王，你是王呀。"

"我的爵位是世襲，我并不靠着它升官。我是個滿洲人，他是漢人，他的爵位是賜給的。"

"那麼爵位的大小對于一個官的重要與否果真沒有什麼關係嗎?"

"這事情是非常複雜的，"父親耐着性子解釋，"我的爵位雖比他高，可是他的官職比我高，而且太后還賜他一種特別的榮耀……"

"什麼榮耀?"

"我可以戴單眼花翎，他却可以戴雙眼花翎，那是非常名貴的。他有太后所賜的黃馬褂，我却沒有。他可以騎着馬在禁城裏行，我却不能。總之，凡是太后權力所及的，都答應他了。"

"可是他真的有那樣能幹嗎?"

"當然啦，傻孩子，他的確應該得到這些光榮，他很有才幹。爲什麼你對他這樣感興趣?"

"我不願意聽到別的官比你更加榮耀!"

父親聽得笑起來了。

"我們是很好的朋友，"他說，"我一向佩服他，尊敬他。他爲中國做了不少事。他這一次將要結束的旅行，也是爲的替中國交好于鄰國。我雖然也做過這種事情，可是不如他那樣的直接。我多少有些像外國人，并且，或許沒有這一位將要駕臨的大人物那樣愛國。"

汽船在兩天之內就要到了，我們都到橫濱去迎接這位大政治家。父親在橫濱大旅社爲他訂了最好的房間，他在橫濱大概不能久等，但是參加宴會，我父親特地預備的，并且有許多日本人和外交家參加宴會之前，他還要休息一會兒，抽一會兒水烟。這樣好的房間專爲一個人住數小時未免太奢華了吧！并不，爲了這樣一位大人物，無論什麼奢華的東西都不能算奢華。

我不大知道我所要見的這一位是怎樣的人，雖然直到今天，他還是個中外聞名的人物。那時候他還沒有簽訂對八國聯軍的和約，但是當我一看到他的時候，我就對我父親表示失望。

"原來他也只是個平常的老人。"

雖然父親責備我，我却爲了能批評這麼一位大人物而感到驕傲。

這位政治家穿着一件中國的大棉袍，一雙棉鞋，看來好像是個低賤的人。他的灰色的鬍子一直垂到胸前，雖然他長得不難看，有一個魁梧的身材，可是我却不禁要覺得他的衣服太不整潔了。父親說他就是穿了這種衣服旅行的，他有這麼一種脾氣，不肯把自己國裏的衣服脫下，就是在美國的時候也是這樣。

父親見了他，他們的談話給我的印象已模糊了，不過我清楚地記得他和父親談起過許多事情。他是個極胖的人，要是人家不知道他做過那麼多大事情，一定會覺得他很可笑。

在慈禧太后統治下，沒有一個人受過像他那樣高的待遇，可是當事情做壞的時候，也沒有一個人會受到像他那麼重的責備。太后最信任的就是他，幾乎他的話就是法律，但如果依了他的話而事情沒有辦成，那麼太后就要對他大發脾氣，把他革職，追回以前所賜的一切榮譽。但是等到太后再需要他的時候，便一切都恢復舊樣子，還要給他添些新的榮譽。

自從離開中國後，恐怕他是我們所見到的第一個中國大官。他顯得很粗野，因爲我在東京的使館裏看到過許多西方的禮節。可是他做的事情中，有許多實在是使人討厭的，不過他認爲他的名聲使他不得不這樣做，雖然他自己不一定願意這樣做。的確，在中國是有這種情形的，他在橫濱大旅社精緻的房間裏吸着水烟，把烟灰敲在地板和地毯上。無論什麼時候，他需要吐痰的時候，就隨處亂吐，還有許多別的事情。

但是……

他是個大人物，他做的事不會錯的。

請你記得我現在是在叙述我童年時代的記憶，對這位大人物的估計也只是一個好批評的孩子的估計。

對這位政治家的迎接的確是很隆重的，他却認爲這是當然的事，就像他在這次旅行中經過各地所受到的歡迎一樣。

他有很多的僕人，吃飯的時候，他們總站在他椅子背後侍候他。無論他到什麼地方總跟着他，從他的表情去猜測他的意思，做他的最忠心的奴隸。假使他回過頭去要對僕人説話了，還没有開口，立刻就是……

"喳！"所有的僕人一齊喊道，聲音齊得像是從一個人嘴裏喊出來的，哪怕他只要一個鹽瓶，所有的僕人都一齊跳起來侍候他。當然，誰都不能像這位大政治家那樣被忠心地侍候着。但是父親覺得讓這群粗野的僕人一齊到横濱大旅社的餐廳裏去實在不像樣，因爲這裏有不少的日本侍者和男僕。所以他叫政治家的僕人和别的隨從等在一起，等叫他們的時候再來。

他們照着做了，并且發生了嚴重的後果，我們不久便可以知道。等到叫他們的時候，他們出來了，于是我們這一群：日本人、官員、各國的外交家、各種人都聚在一起向這位大人物致敬，一起送他到船上，在那裏，我們就和這位"非常普通的老人"説了"再會"。

我們回到旅館裏，并且在那裏就攔了一個星期，因爲汽船脱班了。當旅館賬單送來的時候，一看竟有八百元之多，父親説這簡直是不合理，這幾間屋不過給那位大人物住了幾小時罷了，于是這位盛怒的旅館經理帶我們到房裏去看看。

這些僕人没有虛度了他們的光陰！

他們不懂得水管子，把它打開了取水，等到旅館裏的僕役發現的時候，房裏已浸滿了水。這些僕人曾吸他們主人的水烟，把没有熄滅的烟灰丢在地毯上，地毯被燒了十幾個洞。他們打破了洗滌盆，把許多名貴的家具毀壞了。總之，他們把最精緻的房間弄到破敗不堪。

于是父親付了賬。當然，關于這件事，這位大人物始終没有知道，父親也不去向他要求賠償。這是中國的規矩，官員招待貴賓的時候，一切都得依順他，不可有怨言，也不可向他清算爲他用掉的錢，就像我父親所用掉的八百塊錢一樣。

但是過了一個時期，父親把這事告訴了伍廷芳，他曾經在華盛頓做過大使。伍廷芳笑了笑。

"他的僕人在紐約的大旅館裏也幹下了這樣的事，"他説，"我不知道這筆賠償費是誰付的。那麼你預備去向他算還這筆錢嗎？"

父親笑了。

伍廷芳也笑了。

他們一同談着，彼此交換着意見。

"有什麼用呢？他是李鴻章呀！"

幾年以後，當父親的東西移交給我的時候，我發現一本舊賬簿，那裏有一行這樣寫着："在橫濱招待李鴻章，用去八百元"。

中國 "外交"

　　父親在日本的主要任務就是維持戰後的中日兩國的邦交。在這一章裏，我們就要看到在父親這艱難的工作中的幾件中日合作的事情。這不是一件容易的事，因爲戰後日本人對辮子、光頭的仇恨這樣深，就是用遍了全世界的合作互助的方法，也不容易克服他們的偏見。但如果根本不合作甚至于互相對立，那父親的任務就永不能完成。

　　父親當然也看清了這一點，就是中國的風俗在日本是行不通的，因爲日本人不了解它們。所以父親盡可能地采取日本風俗，就像他以前出使別的國家的時候采取他們的風俗一樣。所以只要在他權力範圍之內，父親總把最大的同情和贊美給予那些國家。

　　我們在日本許多時候，父親才發覺他的一等秘書是他的敵人，而且是個很可惡的敵人，因爲他瞞着父親幹事。那時候，朝廷正在懸賞捉拿孫逸仙。消息從世界的每一個角落裏傳來，凡是住在外國的中國人袋裏總要帶一張孫逸仙的照片，把過路人仔細端詳，希望能捉到孫逸仙而得到賞金。

　　慈禧太后對孫逸仙和他的宣傳恨到極點。如果在太后活着的時候把他送回中國，那是一定有生命危險。

　　可是在一個忙碌而緊張的日子中，父親收到一封北京的電報：

　　"孫逸仙在日本，立刻把他逮捕。"

　　當然，父親立刻知道這并不是朝廷裏來的命令，所以把它擱在書桌一二天工夫，一面考慮着關于這件事應當怎樣對付。直到第二天的末了，父親才發現了一些關于這電報的綫索，并且知道，使館里正布着一股勢力在破壞他在日本的全部工作。

　　"對孫逸仙的事你預備怎麼辦?" 父親的一等秘書問。

"我能怎麼辦呢?"父親回答道,"我不知道他在什麼地方,即使知道,甚至于看到他在我的使館面前,我也不能在日本的領土上逮捕人呀!"

"那麼你應當去請求日本政府將他拘獲!"

"找出孫逸仙來,或者給我證據他確是在日本,并且躲在什麼地方,那我自會采取必要步驟。可是對一個毫無根據的謠言,我不願意表示什麼態度。"

"但是這是一道逮捕孫逸仙的命令!"

"這不是朝廷發出來的,除了朝廷的命令,任何關于孫逸仙的命令我都可以不服從。"

一等秘書非常固執,但父親也堅持自己的主張。父親很奇怪,爲什麼這電報獨獨拍給他?究竟是誰拍的?這裏面包含着什麼意思?

不久父親又收到恭王的信,還附來一封父親的一等秘書給他的信,這封信的大意我記得是這樣:

"裕庚應該受到彈劾。這裏是日本,可是他把所有的中國舊規矩都廢了,而采取日本規矩。他是個叛徒。他不保持一個中國大官的尊嚴,也不保持中國在外國的尊嚴。他是個叛徒,因爲他以平等地位對待日本人,而不認爲他們比中國人低微。并且我聽説孫逸仙現在在日本,裕庚知道他,并且和他有關係,同情他所做的一切事情,幫助他隱匿在日本!"

不論哪個讀過歷史的學生都知道,假使這一番話證實了,那我父親是毫無疑問地要被革職的,因爲太后恨孫逸仙比任何一個人都甚。因爲外國庇護孫逸仙,所以太后對外國更恨,她常想把所有外國人都趕出中國,爲了達到這種願望,她曾在義和團之亂的時候命令端王去燒毀在北京的外國使館。

我們的一等秘書的信在北京的官場中曾一度引起風波,靠了恭王和父親的友誼,情勢才稍稍緩和下來,就是皇帝和太后讀了這封信,也沒有什麼批評,只説放着以後再説,這也就是説不要管這件事了。

父親并不對一等秘書說起這件事，只是要他爲自己的話找出證據，他當然不能的，因爲據我們知道，那時候孫逸仙并不在日本。但是這封信給父親一點啓示，就是在他的下屬中有他的仇敵，那仇敵拿了父親所給的薪金，而暗中却在設計陷害他。每當有人對父親說起這件事，叫他辭掉這個秘書的時候，他總是這樣回答：

"我在這裏總是在盡我的責任，照我認爲對的方法去做。假使皇帝和太后對我不滿意，他們可以召我回去，另外派人來代替我。如果我辭掉這個秘書，那麼別的仇敵一定要起來代他説話。"又因爲父親辦事公正，賞罰嚴明，竟和使館内外的中國人結了冤。

有一個日本人向父親控告神户的中國商人，從中國偷運一批很值錢的貨物到日本，用船裝到神户去了。雖然對這件逃稅的案子日本政府也有權處理，可是爲了表示兩國的和好，他們把這案子交給父親辦理。父親立刻派他的一等秘書去調查，調查結果，説完全是日本人誣告。

但是爲了保持兩國的友誼，父親又派了他的二等秘書，請日本的官吏陪着一同去審核一遍，結果證明是那中國商人犯了罪，于是父親立刻命令把他的店封掉。

我們的一等秘書，雖然他自己也查明了中國商人的罪行，可是他却寫信給北京的監察御史，叫他到朝廷去上奏章彈劾我父親，説他袒護日本人而欺侮中國人。不管是非曲直，奏章終于上了。在日本的中國人原該得到中國使者的保護。可是這一次，也像以前彈劾父親的奏章一樣，成了懸案，而且漸漸被遺忘了。

幾年後，太后曾當着我的面對我母親説起過這一連串的彈劾我父親的奏章，并且這樣解釋着：

"我從來不相信他們，裕庚是榮禄推薦的，他像榮禄一樣的忠心。"

但是當父親懲罰中國走私商人的消息傳到中國僑民的耳朵裏的時候，大家都咆哮起來。有些竟到父親這兒來質問，總括他們的意思是這樣：

"不管中國僑民在日本幹了怎樣的事，中國大使總應該袒護他們，即使他們錯了，也該替他們辯護，設法把這件事扯開去，抹煞他們的罪行，至少對于中國人的罪行應當裝作不知道。在外國人頭上占些便宜有什麼關係呢！中國僑民不是一向爲所欲爲的嗎？"

自然父親不願意爲這些人費口舌，就像他對付他的一等秘書一樣，這位一等秘書口袋裏正藏着一張孫逸仙的照片，希望能捉到他而得到一筆賞金。

這些只是父親所遇到的困難中的一小部分。彈劾父親的奏章泉水似的流到朝廷裏去。

不久消息傳來説有一個代表團已由中國派來考察財政，這個團裏包括李模楷、三個秘書、兩個翻譯、兩個李的僕人、一個理髮匠、一個厨子和每個秘書的一個僕人。

李的一等秘書我記得很清楚，他的名字叫王大琪，以後我還要講到他。父親知道這代表團到了，就派他的一等秘書到橫濱去迎接。他自己太忙了，不能去，也没有去的必要。我們的一等秘書把代表團帶到東京的使館裏。李一進門就責備我父親不到橫濱去迎接他，末了説：

"立刻陪我們到我們的寓所去！"

"我没有爲你預備房子，" 我父親説，"我自己的家屬需要這裏全部的屋子。"

"你不知道我來嗎？"

"那有什麼關係！你考察，自有公費給你，像我一樣。你自己可以去住旅館，我不能爲你預備房子。"

"叫你的秘書讓出房子來！"

"對不起，我没有屋子給你！"

李模楷的一等秘書有趣地聽着這一番話。從此父親又和代表團結了怨，單是爲了他不願意毫無理由地供養這十三個人的代表團，尤其是當他知道這代表團來，朝廷供給了大筆款子，很明白的，李模楷是想吞没這筆款子，而要我父親來代他付出一切費用。

于是李模楷的一等秘書和我父親的秘書開了一個二人會議。批評我父親，于是這個財政考察團也改變了他們的任務，不是考察財政，而是來監視我父親了；雖然我得聲明，李模楷本人經父親解釋後立刻就明白了，不再來麻煩了。

"他很容易讓出幾間屋子來的，"王大琪對我們的一等秘書説，"可是他恐怕没有屋子招待他的日本朋友了。這當然做不到的！所以他爲了日本人，不惜拒絶招待我們！"

王大琪這人就是許多彈劾奏章的根源，加上我們的一等秘書的幫助，他當然完全知道我們的事情。王設法打聽父親薪俸多少，交際費用去多少，以及我們在日本的生活中的一切細節，没有一樣是王大琪所贊成的！

受了王大琪的慫恿，李模楷便想不經父親的介紹而直接去見日本的大官員，幸虧父親事先得到這消息，才勸止了他。照例父親和李模楷又互相拜訪了一次，父親并且由奧間伯爵的幫助，得到日皇允許接見李模楷，爲了這事，王大琪又上奏章到朝廷，説從這件事就可以知道我父親和日本人的關係多麼密切，否則奧間伯爵决不會依着我父親的意思去請求日皇的。

我可以説，財政考察團在日本没有得到絲毫財政方面的報告，却是把我父親在日本所做的事調查得清清楚楚。這一個時期中，要不是有恭王和榮禄的支持，我父親很可能在任期未滿之前早被召回本國了，或許還要受"叛國"的處分。

事情不論大小，一律都被報告上去。

有一次，在父親招待使館人員和日本官員的跳舞會上，李模楷和他的秘書們也參加了。王大琪看到了一個法國官吻我母親的手，這又是一件值得彈劾的事。對這樣重的罪狀，恭王也無法替父親掩飾了，但是他設法看到那封奏章，并且把大意摘録下來。他寫給我父親的信上這樣説：

"另外一封彈劾你叛逆的奏章又來了，并且還舉出這些事實：你藏匿孫逸仙；你在準備把中國出賣給日本人；你廢除了中國的禮教，讓各式各樣的男人在你家和你妻子一同吃飯，你讓别的男人握你妻子的手，并用嘴唇親它；你一點也不尊重你自己的地位！這些都是奏章上的話，并不是我的話。我相信你，太后也相信你，我們知道，假使這些事果真是你做的，你也一定有很好的理由所以這樣做！"

　　說到我父親不尊重自己的地位這一點，還是起因于父親去訪奧間伯爵要求日皇接見李模楷的時候發生的。父親懂得日本規矩，所以見了伯爵就除下帽子，那上面有着紅頂和花翎，是表示他的地位的。後來奧間伯爵給他看一些文件，他因爲要同時用到兩隻手，不得不把帽子放在椅子旁邊的地板上。李模楷和王大琪僵直地坐着，帽子也不脱，看着父親這種叛逆的舉動，表示十二分的不滿，一個中國的一品官把自己的帽子放在外國人的地板上！

　　這些事情由恭王的信中報告給父親的時候，母親就勸父親寫一封自白書，解釋自己一切行爲，可是他回答道：

　　"我總照我認爲對的去做，太后若不滿意我，可以召我回去的。"

　　幾年後，在中國的朝廷裏，當那位替太后畫像的密斯卡爾要吻太后手的時候，我們都和太后在一起。當然，她不懂得這是怎麽一回事，無論如何不準別人觸到她。

　　"但是這是表示一種敬意呢，太后！"我説。

　　于是太后笑了，對我母親説：

　　"我想起來了，有一次人家彈劾裕庚的奏章説他讓男子握你的手，并且把嘴親着你的手！"

　　"在歐洲，親女子的手算是最高的尊敬。"我重複一遍。

　　"多麽奇怪的禮節啊！"太后説，"我一點都不喜歡這樣。在我看來這倒是最不尊重的表示。"

　　這可以表示太后是多麽的保守，并且可以知道她把那些彈劾父親的事算作懸案，可是她一樣都不會忘記。

　　不管李模楷、王大琪和我們的惡意的秘書怎樣，父親仍站住脚跟，做他所要做的事。至于那一等秘書所以要對我父親不忠，他無非是爲的想獲得捉拿孫逸仙的那筆賞金，想降低我父親的地位，升高他自己的地位，他沒有耐心等着用自己的能力來獲得自己的地位。

外國禮節

　　父親在日本的任期將要滿了，他爲中國所做的事情，無論從哪一點來看，他都可以自慰，日本人也很佩服他的能幹。他和日本人的情感是普遍的融洽，雖然在東京的別國的大使曾警告他控制日本永遠是困難的。

　　日本的報紙普遍地對他有好評，這對他的成功有極大的幫助。日本的權威都尊敬他，所以報紙的態度也就一致了。

　　日本的大多數人都把報紙奉爲聖經。保衛我們的四個日本警察早就不需要了，我們出去的時候，那討厭的“辮子光頭”也不再聽到了。父親在自己和日本人之間建立了鞏固的友誼。社會上、政界上、商界上對父親的印象都極好。

　　“不要被日本人表面的友誼所欺騙！”別國的大使對父親說，“現在你就要離開他們，他們不會再看重你了，因爲你走了以後，你對他們不會再有絲毫的用處。”

　　這是對日本人的誹謗，父親永遠爲他們不平，因爲一直到他離開日本，日本人對他的態度始終沒有改變。

　　在父親的朋友中，不少是日本的名人，像少校的父親士方伯爵、鍋島侯、松方侯、迹侯、小山侯、西園寺侯、日本著名大商賈小倉先生，中日戰爭後日本第一個駐中國的大使林先生，這些都是父親終身的朋友。

　　從這裏我可以看出，在外國的時候，能够容納人家是最有意思的。父親當時想和日本人友好，不想以私人的權威來污辱他們，不違反他們的習慣，盡力和他們接近。這并不是虛僞，因爲父親的確喜歡日本人，極重視他的日本朋友。

　　這裏我要仔細地描寫小倉先生招待外交家的一席晚餐。從這裏，我們可以看出，哪些事情是外國的代表所不應該做的。他們最高尚的儀態在不了解的人看來簡直傻得可笑，當然東方文明和西方文明原是不同的。

我也參加了這個晚餐，這是日本式的，所以每個人脫了鞋子坐在小桌子前面。父親坐在德國大使赫爾·柯支密德的旁邊，他的談話後來父親告訴了我們，他是一種標準的西方風度，給我父親的印象極深，我也永遠不會忘記。

這次晚餐中，除了外國的外交家外，還有父親的日本朋友。

小倉先生對他的客人非常客氣，在這一席特別的晚餐中，他始終保持着日本的風格。其中有一種禮節西方人一定覺得特別，但我倒以爲很有趣。當請帖上所請的客人都聚在一起的時候，主人就要到每個客人面前去敬禮。下女替客人的小酒杯裝酒，于是主人客人一同乾杯。小倉先生很遵守這種禮節，他到每個客人面前跪下行禮，和客人一同啜酒，然後到另一客人面前。

他在德國大使面前也鞠了躬，并且和他一同飲酒，德國大使知道這是日本的禮節，所以當時一點都不表示有什麽驚異。可是等到小倉先生走得很遠，聽不到他說話的時候，他對我父親說：

"多麽可笑的規矩，這樣大的人，用膝蓋在客人面前跪着行！"

"這是禮節，"父親說，"日本人很喜歡他們的禮節。我個人意見認爲這種禮節很高尚，尤其是在這種情形之下。我覺得大家正在接受小倉先生的招待的時候，他的客人不應該批評他。"

"可笑！"那德國人嗤笑着說，"你們東方人都是一群奴隸坯子！"

父親對這話只是笑笑，點點頭。

這德國大使繼續和我父親談話：

"你還記得上次你來訪我的時候，我和你說着洋涇浜英語嗎？（譯者按：洋涇浜英語是上海人通常對中國式英語之土稱）那是有原因的。我不懂得中國話，我想中國人即使懂英語，一定也是極簡單的英語。有一次的晚餐席上，你們戰前的大使恰巧坐在我的對面，我非常厭惡他，他只管吃，什麽話都不説，而且吃的時候嘴裏發出很響的聲音。我看着他，用法國話對他說道'豬玀'，他對我笑笑，深深地點着頭說道：'是！'"

"我可以向你解釋他這種態度，"父親説，"第一，當然因爲他不懂得你，你并没有勇氣把你的厭惡用他能懂得的方法來表示給他看；或許他知道你厭惡他，雖然不知道爲什麽厭惡他，但是爲了禮貌，他不能剥奪你鑒賞他、厭惡他的權利，他得讓你盡情地厭惡，這就是他知禮的地方。"

不久，那個德國大使又對父親説話了，他對父親剛才的話很不在乎地聽着，似乎是在和一個受溺愛的孩子開玩笑。

"那些筷子最可笑了，你們中國人也用的吧？"

父親的回答是肯定的。

"用筷子是什麽意思？爲什麽不像文明民族那樣用刀和叉呢？你們中國人爲什麽要用筷子？"

"告訴你吧，"父親聰明地説，"中國民族是以繁盛著名的，用筷子不過是另一種表示交配的方法。"

這樣，這位德國大使一直談到席終，批評着每樣東西，也不管人家會聽到他。雖然他儘批評着主人，可是主人的食物他却大量地吃着。幾年後，我住在北京自己的房子裏，我對這一類人漸漸見得多了，因爲常常有人拿着我美國朋友的信來看我。他們接受着我的招待，却毫無顧忌地在我的家裏，當着我的面批評我家的食物、僕人、房子和我的服裝。

父親從來不喝茶，所以在小倉的晚餐上，上茶的時候，父親始終没有喝一口。那個德國人，他什麽事情都注意着，又問父親了：

"爲什麽你不喝茶？"

"我從來不喝茶，"父親説，"我不喜歡茶。"

"多麽奇怪，"那德國大使説，"我想所有的中國人都喜歡茶的。"

"這確是個普遍觀念，正好像人家以爲所有的德國人都喜歡牛肉和乳酪一樣。但是我也曾碰到過許多不喜歡喝茶的中國人和不喜歡牛肉和乳酪的德國人。原諒我用這種無禮的方法來回答你，這是極端不合中國的禮節的，但是你自己也是這樣的無禮，我不得不對你這樣使你知道你多麽會得罪人！"

完全没有用! 德國大使反覺得自己更高超, 可以不理會人家的批評, 讓它們從一隻耳朵進去, 另一隻耳朵出來。

我并不是批評這位德國大使, 我不過是把他作爲一個例子。後來我曾碰到過許多外國人, 他們并不是德國人, 可是他們有着和這位德國大使一樣的病態。

晚餐席上有一個很美麗的日本女子, 她是林先生的妻子, 還只有十七歲。

"她是誰?" 那大使問。

"她是林夫人, 不是很漂亮嗎? 她有兩個有趣的孩子。"

"啊哈," 大使説, "你們東方人真是畜牲! 想想看, 一個文明人怎會和小孩子結婚呢?"

"并不," 父親鎮静地説, "據我知道, 德國人爲維持海外殖民地的行爲, 他們寧可不跟少女結婚, 不過把她們帶走罷了!"

我想父親用這種態度對付那個過分驕傲的德國大使是無可責備的。

我有這樣一個願望, 將來有一天各種族間能够有一個更好的瞭解, 這種瞭解必須是基于實際的情形, 而不是基于西方人的自以爲高于一切的偏見, 西方人往往看輕東方人, 如果東方人對他們表示不屈服或不恭敬的時候, 他們就會大大的驚异。

這一天一定會來的, 不過必須等到西方人漸漸成長, 能够懂得整個世界并不完全是在他們掌握之中。

最光榮的一刻

從我一天的生活和一天中我的教師們的動態中，很容易看出一個滿洲大官的女兒應該知道多少事！爲了這緣故，我要把我們在日本的生活挑出一天來詳細記叙。這是在我父親任期要滿的時候，不久我們就要離開日本了。

每天早晨八點鐘，我們這班孩子就要到一間小屋裏去等候密斯勃朗，她是教我們英文的。在這之前，往往還有另外一個人，她和我們的日常生活有密切的關係，而且我很記得她。

一開始，先要講到紅芳，她對小孩子們可說一無用處，她自己有一個小孩子，這是在她被我母親强迫和父親的一個書童結婚後兩個月生下來的。可是這件事實并不使她對我們的態度稍稍變得溫和。有時候早飯燒得遲了，而紅芳她認爲似乎世界上一切責任都要她負擔，大聲叫道：

"趕快！趕快！已經八點缺五分了，八點缺五分你們還不吃早飯！如果來不及吃，你們只好餓着肚子到密斯勃朗那裏去！"

當然我們都怕紅芳，她會給我們引起不少麻煩。可是我們又不敢和她鬧。在我們家裏，早晨必須非常静，因爲父親和母親都起身得很遲，他們爲了交際的事，晚上常到深夜才睡。

于是在這個沉默的屋子裏，我們匆忙地用着早餐，時時夾雜着紅芳的怒駡和恫嚇，她那枯焦的舌永遠不停地駡着，直到我們進了密斯勃朗的房門。

于是就在這裏我們跟着和善的循循善誘的密斯勃朗學習英文和算術，算術我不喜歡，我想那時候我只是敷衍着學學的；地理很引起我的興趣，因爲它告訴我世界上許多我不知道的地方、拼法，那是我最喜歡的，直到今天我還爲着自己的拼字能力而驕傲，還有文法。

我很記得我那時候學習拼法的情形：c-o-u-g-h, cough, 每拼一遍我就用手指計着數直到拼完二十遍，我生字簿子的字前前後後都記得，而且我常常要在密斯勃朗面前顯本領。她總拿起我的生字簿，揀出一個字來，立刻我就拼出來，幾乎不等我拼好她又揀出第二個字，于是我又拼，所以拼法變成一種很有趣的游戲，密斯勃朗用字來攻擊，我也用字去還擊她，我們好像友好的敵人，互相用語言的武器攻打着。

可是算術……

不錯，我承認，學算術對我完全是浪費，父親還要我每天費十五分鐘來學習珠算，雖然我很聽話地每天學十五分鐘，可是結果也完全是浪費時間，直到現在我還不會用算盤，不過，這到底也是我功課的一部分。

大體説來，我上午的時間是沒有浪費，因爲密斯勃朗和我彼此很能瞭解，她爲我和我的學習英文的能力而驕傲，我們一直很友好。我的英文上的成就完全是密斯勃朗的功勞，當然也是我父親的功勞，因爲是他把她從英國聘請來教我們的。

教英文的時候，她附帶還教我們讀聖經，那也是我所喜歡的，雖然聖經上的英文和我們文法上所學到的英文的不同使我覺得非常驚異，不過聖經常常使我很疑惑。有一天聖經上讀到一段關于勞脱和他的女兒的故事，以我幼稚的思想，我不禁要求密斯勃朗解釋爲什麼一個父親會變成他女兒的祖父。可是密斯勃朗對這問題遲疑了一下，給了我一個等于沒有解釋的回答：

"這是聖經上的話，"她説，"對于聖經是不可有疑問的。"

于是到了吃中飯的時候，又是紅芳的監視和永久的謾罵，早餐時候所忘記的事，現在一樣樣補做。到了下午，這是我最最害怕的時間，因爲這時候我就要上那吃人的湖南教師的課了，他這幾年一直跟着我們，不會被我們忘記。

湖南教師永遠那樣兇暴，我們不斷地爭論着。他教我的那些討厭的中國古文我一點都不記得了，他常常用一些早已預備好的話來説服我，可是他每次總是失敗。

"想想看，"下午上課的時候他總是這樣開頭，"我從幾十萬里遠的家鄉湖南，跑來教你這麼個可惡的孩子！你是不可教的了！你什麼都學不會，教你等于白費時間！"

對這位湖南教師說這種話，我不能埋怨他，因爲他是標準的中國教師，中國教師的主張是不可以做贊美學生的工作，只可以責備他們，爲的是要激勵他們成大器。他和密斯勃朗是多麼不同啊，她對我非常和氣，從她那裏幾星期中所學到的比從湖南教師那裏所學到的不知要多了多少。我恨極了他！我不喜歡他的聲音，他的走路的樣子，他所説的話，甚至于他的家鄉湖南。

他和紅芳一樣，什麼事情都要使我們爲難，他們都喜歡固執己見。紅芳一定要我們準時到密斯勃朗那裏，甚至于不讓我們吃早飯，爲這事密斯勃朗對紅芳很生氣。湖南教師，如果我們下午的工作不能使他滿意，他就要留着我們，不放我們走，要我們温習功課，這反而增加我們的困難，因爲每天下午四點半我們要學習日本功課。我們必須守時間。

我真喜歡日本，在這四年中我多麼快樂！我喜歡她的百姓，我曾真心地沉醉在他們的文化、藝術和語言裏。有一個時期，我幾乎變成日本人，我喜歡學日本人的裝束，下自木屐，上至婦人背上的。我們讀日文的屋子是標準的日本化。我們脱了鞋子，坐在地上，好像在一個日本人的家裏一樣，天冷的時候，我們也生火取暖。關于日本的功課，并不是每天一樣的。在一天的四點半，有一位大井先生，一位小巧美麗的女子，她教我們在花瓶裏插花的藝術，她教我們怎樣安排花朵，怎樣把花梗彎得好看，這是一種藝術，需要多研究，多練習。我很喜歡它，直到現在我還没有忘記，并且我還得到這種日本藝術的文憑，這是我自以爲很值得驕傲的。

在另一個下午，我學日本舞，我後來對各種舞蹈的興趣就是在這時候種下了種子，只要這種舞蹈是優美而有意思的。我曾自己希望將來要做一個偉大的舞蹈家。

另一個下午就是學日本語，到我們快要離開日本的時候，不但我的日本話説得像日本人一樣——這一點我的日本朋友很爲我驕傲，我自己也覺得驕傲——還能讀平假名和簡單的日本文章。日本的古文和中國古文一樣，非常難懂，日本人將它簡單化後，我就很容易瞭解。當然得益最多的還是我常常和日本孩子接觸，我帶他們到我的小人國裏，指給他們看我的東西，這期間就需要不斷的對話。

就是在學習插花和跳舞的日子，我也和日本教師斷斷續續地講日本話。所以這些時候雖然不是在上日語課，我確實在練習日語呢。

這以後，就是我一生中，至少是到那時候爲止，最光榮的一刻了。我曾和日本天皇皇后握過手，曾有過許多別的值得驕傲的事，可是……

父親的翻譯爲着某些事情出去了，父親沒有學習日本語。

在和湖南教師的一陣劇烈的爭執後，我深深地把自己陷在中國古文中。時候還很早，離開四點半鐘像離開世界末日那麼遠。

僕役長走到書房門口來了。

"主人要你立刻去！"他對我説。

"可是，"湖南教師説，"你不見她正忙着讀書，或許什麼也不讀，却是裝着讀書的樣子嗎？四點半以後我才放她！"

僕役長笑了。

"要不要我把這意思轉告主人？"他問。

于是這教師只能讓我去了，因爲在這家庭裏，他只見一個人害怕，那就是我的父親。

我走進父親的接待室，心裏快樂地懷疑着他究竟爲什麼叫我？當然是極重要的事情，不然他不會把我從討厭的中國古文課上叫出來。

"這，"當我跑進去的時候，父親説，"是我的女兒德齡！"

我驚奇地轉向父親的客人，他對我鞠躬，好像把我當做我母親，穿着禮服在重要的會場中一般。

"這位，"父親對我説，"是士方伯爵！我的翻譯出去了，我們無法通話。我們曾試着用筆寫，可是寫起中國文字來太慢了……"

我懂得了！

　　我必須做父親裕庚和土方伯爵的翻譯，把日本話譯成中國話，中國話譯成日本話！

　　我可以驕傲地説，我的翻譯沒有一點錯，没有一次遲疑，父親和士方對我的努力似乎都很滿意。

　　或許我是個勇敢的小東西，在這次正式的會見中，我做着公事上的翻譯的時候，竟絲毫不覺得慌，我只有着一種希望，要父親和士方知道我的日本話説得像真的日本人一樣！

希望和生日

日本給我留下很深的印象，我愛這國家，愛她的人民，在他們中間，我過着最快樂的日子。可是父親在日本的時候不長了，我們就要回中國去了。

好像是老天爺有意要給我們些困難，我們得到從中國來的消息，説是發生了這樣的事情：

恭王，他是我父親一生的摯友，也是在朝廷中對抗我父親的儷敵的惟一健將，已經逝世了；光緒皇帝被袁世凱出賣，使得太后重新奪回了執政大權；康有為是廢帝的朋友，現在亡命他國，現在命令父親負責偵察他們，把他們送回去嚴辦。世界在動蕩中，因爲西班牙和美國已經宣戰，雖然這件事跟我們絲毫没有關係，可是却增加了整個大局的不安。

父親喜歡動，當他聽到了中國發生這樣的事情，恨不得馬上回到祖國，我却不希望這樣。父親要回去，也不管恭王才死，父親的敵人就請監察御史彈劾父親，至于這些人爲什麼要和父親作對，我在這一章裏就要講到。

前面講到的李模楷那時候還在日本，父親問他願意不願意繼父親之後做駐日大使，李模楷受寵若驚地答應了。于是父親向榮禄推薦李模楷，他就被指定繼續父親的任務。這樣，我們的回國已是無法挽回的了。

得到這消息的一天，是多麼難過的一天啊！

天正下着雨，雨點打在使館的屋頂上，發出很響的聲音，我把鼻尖貼着玻璃窗，望着窗外一個空虛絕望的世界，一個沉浸在悲哀中的世界，在那裏，我的小人國裏的一切東西都遭了殃，這是一個可怕的日子，當然，要是没有離開快樂的日本而回到中國這回事，這仍是一個可愛的日子。

我把鼻子貼着窗，那一天我是個憂鬱的孩子，我不願意回到中國去，可是除了無益的想往外，我什麼都不能做，也許并不完全是無益的想往，因爲當我想到別的計劃的時候，我又有希望了。

我衷心地企望着，至少我們要避開那可恨的沙市。雖然明知回國是不可避免的了，但我希望我們能在中國等極短的一個時期後，父親又被派到別的地方去，或是歐洲，或是美洲。

這好像是爲了要答復我的期望，也好像是一個美麗的預兆，雨停了，太陽也出來了，那幾乎被雨水淹没的花園現在顯得更嬌艷，我從來没有看到過這樣美麗的景色。就是那些樹吧，葉子上的灰塵都被冲洗一清，慢慢地淌着快樂的眼淚，花都開放了，熱烈地對着每個人，任何人，或是不知什麼人點着頭，它們的臉是快樂的小臉，就是我的小人國裏的人們也已經擰乾了他們的衣服，臉被雨水洗得更加美麗了。

然後，似乎要在這離別的不安中給我更多的希望，一條彩虹出現了。我用發光的眼睛注視着，重新祈求着，傳説彩虹出現的時候所作的期望，總是能够實現的。于是我又希望着我們在中國只等極短的一個時期。然後我離開了玻璃窗，那上面還印留着我鼻尖的影子。

我發覺在小時候，甚至一直到現在，假使我期望着一件事，用全心全力去期望，那麼一定會達到目的，所以這一次我也抱着極大的希望。

但是這到底是一個可悲的日子，當我們離開日本的時候，我向所有的日本小朋友一一告辭，和我那小人國裏的朋友們作了最後一次的聚會，把他們的一切冥冥地托付給仁慈的後來者。

再會了，日本：我將要許多年看不見你！

當輪船把我們帶到上海的時候，我的心沉下了。海裏的水是黄的，那是因爲從中國的可恨的河裏帶來了黄沙。每次當我從外國經過長長的路程回到上海、回到北京的時候，這些河總使我氣餒。

回到了中國，我們就一直在北京，我希望着離開中國，深深地相信，只要我希望得誠懇，我的願望一定能達到。

父親立刻受到在北京的讎敵的圍攻，雖然這些事情或許除了母親之外，家裏没有一個人知道，榮禄勸他早些離開中國，不要等到事情的發展足以威脅我們全家的性命。

最初是這些滿洲人由罪惡昭彰的端王領導着，宣布我父親已經不是滿洲人了，因他醉心新法傾向外國！

于是中國人都相信我父親要把中國出賣給外國人了。

我清楚地記得有一次端王來見我父親，他提供一種計劃，那是後來造成義和團之亂的。我們住在一所洋房裏，這在端王看來就是叛逆，端王算是以朋友的地位來看父親，但是父親已預先得到警告了，并且端王深深地恨父親，這也是事實，端王要求參觀我們全部房子。

我記得端王的樣子，他有狡詐的眼睛和猪一樣的臉，使我一見他就感到厭惡。

父親或許也猜想到，他參觀我們的屋子，完全是一種偵察。當他看到了我們的生活情形後，他立刻斷定我們是"吃洋教"的，"吃洋教"的人，在義和団之亂的時候是那樣悲慘地被殺戮着。

接着端王的來訪之後，就是榮禄請我父親去，這些事都是我到後來才知道的。下面是父親和榮禄對話的大意：

"端王是你的死對頭!"

父親點點頭。

"假如可能的話，他要給你一個致命傷。靠着他和皇室的關係，他現有極大的權勢!"

"我并不怕他!"父親答道。

"我知道你不怕他，"榮禄説，"可是你得替你的家庭想想。我們現任的駐法大使馬上要被召回來了。爲什麼你不去接這件事呢？我願意向太后保薦你。"

"我拒絕被端王或任何讎敵排擠出去!"

"可是這是中國的黑暗時期，而且在外國也正有着不少重要工作要做。"

父親告訴榮禄他願意再考慮一下。

這樣，這件事竟懸宕了一年，我們没有一個人知道，或許母親知道一些，不過我也不敢斷定。

但是有一天，我去找父親談了。

"父親，"我抱着極大的希望説，"爲什麽你不離開中國？爲什麽你不到美洲或歐洲去？"

父親對我笑笑。

"或許會。"這就是他所回答我的一切，我快活得好像他真的答應了我一樣，至少我已把這種思想灌輸到他心中，如果他絶對不願考慮的話，他很可以給我否定的回答。

時間慢慢地過去，我一直等待着些什麽事情發生。

不久我的生日到了，早晨我醒得很早，婢女把許多人家送給我的禮物拿進來，父親這時候是外務大臣，人家不得不討好他的女兒。

我的生日啊！多少奇怪的事情曾發生在我過去的生日，所以這天我有着極大的希望，等待着一些可喜的事發生。我把所有的禮物都看過一遍，然後起身，看着窗外園裏的景色。

在我們屋子的周圍，有四個衛兵守護着，我剛一望出去，就看見其中的一個從門那邊奔過來。

"恭喜！"他高喊着，揮着一張紅紙條，"恭喜！"

我起先以爲這"恭喜"是爲了我的生日，直到他解釋了才明白。你知道，他已看過紙條上的内容，因爲在中國，看人家的信是没有罪的。

"這是主人的！"他喊着，"他被派做法國大使了！"

當然父親自己是早就知道的，所以他回來的時候臉上帶着笑容。

"想想看，"我對他説，"這些事情都是發生在我的生日！你被升到武昌做事是在我的生日，你被派到日本做大使也是在我的生日，現在第三次的光榮又是在我的生日！"

"不錯，"父親説，"你是我的幸運兒！"

還有什麽話比這更能使我高興呢！

我們將要到歐洲的法國巴黎，我的美滿的理想終于實現了！

到巴黎去

我們就要到法國去了，我的願望已達到了。我們在北京大約住了一年，并且把我們自己的房子也收回了，我們在日本的四年，這房子是免費讓給一個朋友住着。

我們的宅子裏有一個花園，爲了紀念我日本花園裏的小人，在這裏我也帶了一批小人進來，雖然他們不是日本的那些小人，可是我仍舊把舊的名字給他們，把從前的故事告訴他們，現在我又捨不得離開他們了，他們不能被我帶到法國去，所以不得不留在園裏。

這一次的出國，我們有了更多的隨從，可是臨走的時候，我們把他們的數目盡可能地減少。我極力地希望紅芳不跟我們去，可是失望得很，她和她的丈夫、孩子都跟去。

不用説那湖南教師自然也跟着我們去的。這次離開中國，我們這一群的人數有上次到日本時的兩倍甚至于三倍之多，你可以看到這裏面是多麼的奢華。每到一個地方，我們總得到人家的招待和祝福，因爲父親又一次地被擢升了，光榮又降臨他身上了，雖然當他的差使公布以後，他的讎敵的數目更加多了。

到了上海後，我們又換乘一艘法國輪船，渡着到法國去的長長的旅程，這是我第二次到歐洲去了。

在香港的時候，我們停船上岸，這是中國的最後一個港口了。

在賽港的時候，我們受到縣長官陶茂的招待，平時對于僅僅經過這裏的客人，他往往不招待的。由此也可以見得我父親代表中國出使法國的職務是多麼的重要。船上的船長很敬服我父親的威信，所以在整個航程中，他一直挂着中國旗，這也就説明，像父親這樣一位不平常的旅客他是很少碰到的。賽港的陶茂長官非常有禮，這使我們很驚奇，在這許多自己國裏的人和我們作對的時候，竟會有人對我們如此尊敬。但這是我們以後的經驗，不久我們便覺得這事不足爲奇了。

在新加坡我們受到中國領事和外國官員的招待，所以我們這次到法國去，可以説是一個光榮的行列。這對父親没有什麼影響，可是對于我，我承認，從此更覺得自己地位的重要。直到現在我還是有這種思想。

哥倫布，我記得是個美麗的地方，不過在那裏没有發生什麼有關我們的重要事情。

在賽特港我只記得船上常有歌者來唱歌，只要人家丟錢給他們，他們便唱。這情形倒很像火奴魯魯，因爲這種唱歌也是一種儀式，歌者用歌聲把旅客從一邊的地平綫迎接過來，再送他們到另一邊的地平綫，不經過這種儀式，船是不能通過的。

經過紅海的時候，發生了一件有趣的事：

我們的一等秘書第一次到歐洲去後，回到北京的時候問了許多關于歐洲的問題，并且到外國官員那裏去想得到最可靠的回答。

"外國人都是説謊專家，"他説，"以後無論他們告訴我什麼，我不再相信了，除非我親自看到。法國使館的秘書對我説這海是紅的，可是這并不紅啊！"

但是對于我，這是一個美麗的航行，雖然我們没有在埃及停泊，直接由賽特港到馬賽，地中海的深藍色使我想起一個新的富于詩意的世界，當我們航過她的深藍色的懷抱的時候，我盡量地享受着每一分鐘。

馬賽是到法國和到巴黎的門户。

在馬賽，我們受到中國使館人員的迎接，并且受到市長和其他高級官員的招待，他們待我父親像皇上一般，其實父親只是皇上的代表罷了。

從這裏我們乘火車到巴黎，于是進入了一個新世界。在我今天的記憶中，巴黎是個最美的地方。

可是對于我們的隨員，這是多麼可貴的經驗啊！每次穿過馬路的時候，他們總感到有送命的危險，當我們硬把他們拉進電梯的時候，他們哀號着，恐怖地叫着；當電梯停下，我們走出來的時候，他們嚇得站都站不直了。對于我們，這是一個新的世界，是一個我們能够適應的新世界。可是對他們……

你可能想象你初次到火星上是怎樣一種情形嗎？

他們就是這種情形。經過了很長久的一段時間，他們才漸漸地能適應這種環境，這和他久已習慣的中國的環境是多麼的不同！可是對于我……

新世界的展開

　　巴黎的中國使館是在一個公寓裏，在霍契街上。我們的前任大使對待我們很冷淡，他只是以一種極普通的情分引導我們到寓所，他看來很吝嗇，他所給我們的屋子，別的不說，單是家具就看不上眼，好像是從哪個舊貨拍賣行去買來的。

　　地板上的地毯是紅的，沒有兩把椅子是同一大小、同一顏色或同一式樣的，窗簾是綠的，牆壁是紫的，總之，我們沒有看見過比這還雜亂的公寓。

　　父親和母親經過了大略的察看後，一致決定：

　　"照這樣是不成的，在招待外交人員之前，我們必須把這裏重新布置一番。"

　　這公寓的本身是很精美的，我們現在只需把它重新布置得更活潑更莊嚴，能够適合父親的身份。這種布置的責任立刻由母親負擔起來。

　　這時候我是十四歲，對于每件東西都產生好奇感。我們要改穿西裝了，大家的意見都認爲我們應當立刻去照着我們的身材訂制衣服。有一位法國女人，她是我們極要好的朋友，負責陪我們去找適當的成衣匠，我們把在巴黎的四年所要穿的衣服都訂好了。

　　從開始到結束完全是快活的經歷，母親依着她的計劃指揮着布置房屋的工作，我們姊妹倆就由那位女朋友帶去裁制衣服。

　　巴黎真是個熱鬧的地方！

　　我記得只有在蒙休公園的時候曾看到過兩輛式樣新穎的汽車，街上大都充滿了四輪馬車，飛奔着的馬蹄在石板路上不斷地發出聲音。街道都以"凱旋門"爲中心，成放射形，在巴黎對方向觀念不大清楚的人是很容易迷路的，我就有過好多次經驗，不過在巴黎迷路也是一件有趣的事，那裏，每個角落裏都有着新鮮驚奇的東西。

當父親和母親向洛勃脫總統呈遞國書的時候，妹妹和我就趕緊利用機會，因爲我們知道，不久我們的工作就要開始了。這期間，我們幾乎整天在外面，到城市的各處去逛，對每樣東西都感到驚奇，看到什麼就買什麼，其實大部分東西并不是我們所需要的，這樣我們就認識了巴黎。那時候我們講的是法國話，不過講得并不好，只是能敷衍過去罷了。

又是一種新的語言，你總記得我們的中國僕人在日本時候的困難吧？在巴黎，這困難加倍的嚴重，兩個法國僕人只會講法國話，四個中國僕人又只會講中國話，這樣，他們中間就自然常常發生爭執，不過有了在日本的經驗，我們對這些麻煩漸漸習慣了。

使館辦公室和住屋在同一層樓上，而且是相接的；隨員們的住屋，在我們的公寓後面的另一所公寓裏。

我們還沒有布置好，父親的國書還沒有呈遞，那些老朋友已經來看我們了。這裏我還要説起，父親母親和總統夫婦極友好，我們在巴黎的四年中，他們一直是我們的好朋友。在這個法國的首都巴黎，我們遇到了多少外交上的重要人物啊。

母親有許多美國朋友，有些是在幾年前到美國去的時候認識的，有些是在中國認識的。我們剛安頓好他們就來了。

他們中間每個人都提供一些意見，有的説起我們小孩子該如何受教育。

我相信，假如我們完全依照他們的計劃，那麼我妹妹和我一定能受到極完美的教育的。

有一個提議我們接受了，直到現在，我想起來還覺得滿意。

"依沙都拉·鄧肯，"有一位太太説，"在巴黎教跳舞，我有兩個女兒，你們的兩位女兒又是這樣美麗、可愛，我想我們這四個女孩子可以給密斯鄧肯開一個班，請她教她們。"

這計劃實現了，有三年工夫我們跟着依沙都拉·鄧肯學跳舞，每星期三次，每次一個半鐘頭。

每天早晨有一小時的法文課。紅芳還是那樣，監督着我們，寧可不讓我們吃早飯，不準我們稍有遲到。

但是我很喜歡法文，法文教師也很贊賞我，我的法文在她的指導下，進步得極快。

幾乎一到法國，母親立刻就買了一架鋼琴，所以在法文課之後，我就學唱歌。這也是我極喜歡的功課，我盡力地學習。

然後是密斯勃朗的一小時的英文課。可是她那時候病得很厲害，極想回到自己家裏去。

午膳後的一個鐘點，對我來説完全是浪費的，而且還永遠是一種嘗試。不錯，那湖南教師一直嘗試着，把古文經典灌輸進我的腦裏。我承認，雖然我很慚愧自己這樣做，我是有意地把這一個鐘點的時間越浪費越好，看着鐘，等候着，祈求着這一個鐘點快些結束，我發現，湖南教師盼望着這每天一小時的時間過去的熱忱也不亞于我，因爲我恨他，盡量地和他作對，他也恨我，所以最好我能够早些離開他。

國文課以後，如果是輪到學跳舞的日子，那麽我們便到依沙都拉·鄧肯的藝術院去學舞，每次一個半小時，每星期三次，這是最最快樂的時候，我極愛跳舞，密斯鄧肯似乎也很有興趣教導我們，我想起她的時候總對她有極大的好感，那時候當然還早，她還没有成爲世界聞名的人物。

我們的音樂教師在藝術上有極高的成就，她開始教我們的那年，正是她得到音樂學院獎金的一年。

在巴黎的一個時期，是我生命中最寶貴的時期，這四年中充滿了活力。我們家裏不斷地有着各國著名的外交家來，在他們中間，父親的尊嚴的體態時時在移動着，他看來和他們完全不同，因爲他始終穿中國的長袍，佩着他的官銜的標記；但也可以説他和他們完全一樣，因爲他很容易使自己適應環境。母親是喜歡作樂的，這裏她可以盡量地滿足她的欲望，因爲在那時候，中國大使的俸祿是非常高的，爲的是太后要她的代表人在外國人中爭光榮，爲了這緣故，我可以斷定，我們的使館可以列入巴黎最奢華的家庭中，各國的貴賓流水似的經過我們家裏。

這時候我們的屋子改造得很華麗了，我們把從中國帶來的刺綉物都裝飾起來，于是我們的屋子很快變成了藝術之宮，爲了這緣故，人家都喜歡到我們家裏來。

我常常奇怪，父親怎麼會有這樣的精力管這麼多方面的事情。可是他却是鎮靜地、謹慎地過着他忙碌的日子。他盡力地工作，殷勤地拜訪。在巴黎，外國的使館比在日本還要多，所以這種拜訪的次數自然也增加了：待客，開跳舞會，設宴會。

我的妹妹和我還是年紀太小，不能參加社會集會，可是有志者事竟成，這裏雖然沒有屏風，却另外有一個安全的地方給我們偷看流水般的來客。這些人由于好奇，都要來看看我們這些外國人，穿得這樣特別，說的話又是和他們這樣的不同，但是不久竟成爲極好的朋友。這些朋友中，有許多到現在還是我的朋友，而且無論在什麼地方，我只要看到他們便能記起他們來。

不久以後，來客中的大部分我都認得了。每當僕役長通報着來客的姓名的時候，我妹妹和我便有這種孩子氣的習慣要去偷聽他們，依次學着各人走路的姿勢、說話的聲調。兩個淘氣的孩子，爲了尋求快樂把自己變得好像一對頑皮的猴子。

偶爾，在茶會上或別的比較不正式的場合中，客人們會要求見我們，于是我們便被帶去見他們，有時候也幫忙侍候他們。這些客人常常會批評我們美不美、可愛不可愛，說得那直率勁兒，就好像我們不在他們面前一樣。我不知他們可曾想到過有時候他們的話會多麼深刻地刺傷孩子的心，而且一旦被刺傷，這種創痛是多麼不容易忘懷和醫治。

我們曾經費了許多時間，要使得母親明白我們姊妹倆需要和外界多接觸，因爲她向來看管得我們極嚴。

我記得有一次舉行茶會的時候，我妹妹和我也正在招待我們自己的朋友。有一位極有名的太太也來參加這種茶會。我們幾位年青的朋友熱望着能看一看這位太太，于是受了僕役長的慈惠和幫助，我們給他們裝扮成僕役，代替僕役們去侍候客人，我們幹得很好，而且把這位太太看得很仔細，可是母親幾乎被攪昏了，但是當時她什麼也不能説，因爲這種騙局萬一被拆穿將使母親多麼窘。可是等這位貴客走後……要是沒有父親的勸解，我們可能受到一次極可怕的責罰。母親對孩子的剛强和頑皮是向來沒有忍耐心的。

我們在巴黎還要住四年，可是我們的家，已經成了外交家的中心了，我妹妹和我渴望着自己也有份，可以參加大人們的集會。我們覺得，無論如何我們應該有這種權利，可是母親固執得很，她認爲，一切朋友，若沒有經過她長時期（這個"長時期"往往是我們不能等待的）的觀察而認爲滿意的，對我們都不會有好處。

年青人的集會，雖然我們接到請帖，也是不能去的，直到許多時候以後才稍稍準許我們去，但是往往去了半個鐘點以後便要逼着我們回家，差不多只準我們看一看，就必須回家。不過説實話，我覺得我母親這樣做是對的，因爲像我們姊妹倆這種頑皮的孩子是很容易闖禍的。

可是我們却不管這些，我們渴望着接觸一些新鮮的事物，并且急于要看看這個剛在我們面前展開的新世界。

戰雲籠罩了中國

有一年工夫巴黎對我們好像是奇境。我們忙碌着，享受着每一分鐘，却没有想到困苦的時期已經開始了，這件事使世界各國都感到驚异和恐怖。

我那時候在聖心院，所以不像以前那樣有機會和外界的事接觸了。

當我在復活節回家的時候，就知道了這個壞消息。

父親收到一紙從中國來的簡單的手諭：

"朝廷現在召你回來，立刻帶了你的家眷回中國。端王。"

這手諭吸引了我們全家的注意力，下面就是父親和母親的對話：

"中國一定發生了什麼不幸的事情了。"父親説。

"爲什麼端王要給你這樣一個手諭呢？"母親問。

"這是值得考慮的事。端王是皇族裏的人，可是他決不願意，也没有權召我回去。假如我是真的被召回去，那麼命令應當來自皇上，要召回一個大使，不管他在外國做了什麼事，或是將要做什麼事，總得依一定的步驟。端王是我的大敵，這是一個詭計，要引我們回去投他的羅網。"

"立刻打電報給榮祿，"母親提議道，"把端王的手諭原樣錄上，請他決定該怎樣。"

父親照母親的意思做了。在離開中國之前，榮祿和父親曾規定一種密碼，這種電碼在旁人看來完全不懂，可是榮祿和父親一看就知道是什麼意思。

榮祿的回電來了：

"朝廷并没有召回你的消息，盡管放心留在你原來的地方好了。"

當然我們知道，可怕的事情在中國發生了。端王一定從太后那裏取得了特權，否則他不敢擅自下這個命令，雖然他這種舉動對太后是保守秘密的，但是端王，他和一切人一樣知道無論他的計劃怎樣秘密，遲早總要傳到太后耳朵裏的，現在這封電報就是證明，所以他其實并不真的怕太后知道。

父親比較着這兩封電報，不住地搖頭。

"這就說明中國正在黑暗時期。"他說。

以後隔了大約一個月光景，父親接到榮禄的信，大意是這樣：

"中國現在是在紛亂中，你的敵人這樣多，假如你現在要回中國來，那真是太傻了，你不但做不了什麼事，反而會招來更多的麻煩。端王正在慫惠太后收用義和團，同時我也覺察到自從進朝廷以來，這是我第一次不能說服太后，我用盡了方法勸諫太后不要聽信端王的話，可是，太后雖然對我仍舊像一向那麼好，但是對端王的話總感興趣。假使義和團真的被收用了，那誰會知道中國的災難將到什麼時候結束。有一天我碰到端王，于是我就和他談了一會兒，這就是我們的對話：

'你難道不知道嗎？你現在引入一種極大的危機，我是個平民，我的一舉一動不能影響大局。可你是端王，是皇族，你如果做了使自己失面子的事，你也就影響了整個朝廷的體面'。

"端王對我非常無禮，還帶一些譏諷，并說我現在已不能說服太后來反對他了。這倒是真的。

"'我還要見一下太后，'他告訴我，'我要找一個機會表演一下，讓太后自己發覺我的義和團的本領。'

"端王你是知道的，是個不足道的人，可是一直到那時候爲止，太后是始終信任他的。

"端王帶着他的意見來見太后，這對他是個極好的時機。這幾年來，太后恨透了外國人，因爲他們想瓜分中國。端王說，他的義和團非常屬害，刀槍不入。當然你和我一樣，知道這全是胡說，可是太后卻認真地聽着，我的勸諫也沒有效果。端王是個狡猾的人，他想只要太后答應義和團進來，那他就可以有方法說服太后，并且使太后相信他所說的全是可靠的。無論如何你千萬不要回來。端王恨透了你，而且他的權力一天比一天大了。如果你回來，那麼我相信端王一定會設計陷害你和你的家屬的。"

看了這封信，我們就要預防着最不幸的事情發生，雖然在朝廷這種無德紀的狀態之下，我們簡直無法想象情形會惡化到怎麼樣的程度。大阿哥，那時在太后廢除光緒帝後立爲太子的，是端王的兒子。就是靠了這個卑鄙的太子，端王才獲得了這樣大的權力，從此就把中國拖入了無底的深淵，把整個世界擾得動蕩不安。

我們在巴黎度着不安的日子，等待着暴風雨的發生。巴黎的報紙上忽然用大標題登載着這樣的新聞：

"辟金大使在北京被害。"

當然這消息是不確實的，可是在義和團"扶清滅洋"的聲勢下，自從德國大使華開德勒被殺後，外面就有這樣的謠言，説義和團把北京所有的外國大使都殺掉了。于是法國人都相信這最初的不可靠的報導，認爲辟金大使已經被害。

你們當然可以知道，這消息對我父親和他的家屬是怎樣一種意義。這是很自然的，中國既殺了法國大使，法國自然要以同樣方法來報復。

于是我們等待着，或許父親是我們家庭中惟一能够鎮定的人。

我們得到一個消息，知道在一個鐘點以後可能有事情發生，假使是要發生的話。可是在事情發生之前，父親又得到一個外國教士的信，大意是這樣：

"我們不知道這場暴動什麼時候會結束，顯然的你現在已不再處于中國大使的地位了，因爲這些暴動的人民可能把你撕得粉碎，我很爲你的安全擔憂，請你立刻到我這裏來，我們要商量一個辦法，使你在事情的真相查明以前能够安全地在法國。"

"不要去見他呀！"母親驚叫道，"你一跑到街上就要被殺掉！"

母親的擔心是有理由的，因爲父親向來穿中國衣服，無論到哪裏總是很引人注目的。

“我不怕，”父親鎮静地説，“我没有損害法國，法國也決不會損害我。”

“辟金可能對中國也没有損害呀！”

“可是中國對這方面的反應和法國是大大的不同了。法國是個極文明的國家，決不會因此而對我有什麼示威，況且法國人都是我的朋友。”

“是你的朋友不錯，可是他們不是中國的朋友，因爲中國害死了辟金！”

“我一定要去見外國教士的。”父親静静地説。

就是這時候，我們的中國僕役長飛奔進來，倉皇得失了常態。

“主人！”他神經質地喊道，“一群亂民圍住了這地方，他們正在商量誰領頭打進使館，趕快叫衛隊準備！趕快叫警察準備！他們隨時會打進來，把我們一齊殺掉。”

我們都驚慌萬分，只有父親對僕役長笑笑，可是他也不能忽視這警告。因爲外面街上正響起群衆的怒吼聲，我們到窗口去望望，只見使館門前的街上擠滿了巴黎的暴徒，他們大喊要到使館來爲在遥遠的中國遇害的辟金大使報仇。他們帶着各式的武器，似乎急于要滿足他們瘋狂的殺人欲望。

當母親明白了我們真的面臨危險的時候，倒鎮静下來了。

“趕快做必要的準備吧！”她冷静地對父親説，“這些都是没有受過訓練的暴徒，他們什麼事情都做得出來。”

“真是亂民！”父親説，“少數愚笨的人以爲這是個炫耀自己的好機會，于是聚集了一些無業游民來作這樣一次的示威！”

我們盡力勸父親不要在這時候出去，可是他一點都不顧到我們的懇求，他似乎極有把握能够安全地回來似的，絲毫没有給我們一些暗示，假使不回來我們該怎麼辦，雖然他必須要經過圍在使館門前的瘋狂般的暴徒人群，可是他似乎很自信不會遭他們的毒手。

囂叫聲不住地襲進我們的耳朵，誰都可以想象到這班暴徒的來勢是多麼兇猛。

終于，父親鎮靜地準備出去了，在這一刻，我感到了以前從未有過的驕傲，爲我們滿洲父親驕傲，父親用着向來的那種鎮靜態度走出了公寓，我們在樓上屏住呼吸注視着他的每一種動作，等候着一些可怕事情的發生。

我發誓，暴徒中誰都不能相信父親是看到他們帶着武器擠上來的。他頭都不回，毅然決然地走進暴徒群裏，似乎什麼顧慮都沒有，也似乎根本不知道這些人爲什麼要聚集在這裏。

這是什麼？是什麼力量使父親産生這樣的勇氣？

我不知道，我永遠不會知道，但是我相信有這樣的奇迹，因爲這是我親眼看見的：

圍着使館的暴徒們向左右分開，高喊着要替在北京遇害的辟金大使報仇，可是父親大膽地，緩緩地走着，頭不偏左也不偏右，手中連一根可以自衛的手杖都沒有，這潮水般的人群竟不敢靠近他，讓他走出了人群，到他所要見的人那裏去。他竟不回頭看一下，人群中的喊聲終于静止了。

當父親回來的時候，群衆已經散了，父親竟提都不提起剛才的經歷，只説外國教士認爲中國發生的事情對父親是無可責備的，他要盡他的力保護我們。

不久，震驚世界的消息在巴黎及其他各地報紙登載出來了，全世界都知道中國的義和團已經起來，他們要燒盡在北京的外國使館，殺盡所有在中國的外國人。

父親和我們的處境是非常困難的，可是以他鎮靜的態度和堅強的自信力，他照常工作着，在混亂中求安定。

不多時候，關于這次事情的真相從中國傳來了，這些我都已在另外一個地方叙述過了，但是，由此我們知道了端王上次那手諭的真正動機。

端王策劃着他的"行動"已經好幾年了。這幾年來的不斷的努力終于在他可鄙的政策下見效了。直至現在，世界上的人都知道他對外國人和"吃洋教"的人下了怎樣的毒手，凡是信基督教的中國人，無論在什麼地方，只要被他們找到，就遭到殘酷的屠殺。如果我們依着端王的命令回到中國，那麼我們裕庚家屬也早已完結了……

我們也是"吃洋教"的，所以端王希望我們及時回到中國，可以和其他"吃洋教"的中國人一同遭他的毒手。

謠言、消息、瘋人

這些暴徒，終究只是些暴徒，漸漸地從我們使館所在的公寓前面散去了，可是接連幾天中，我們受到多方的恐嚇，直到最後，確實消息傳來，辟金并沒有死。這裏我得說明，法國政府雖然和中國關係非常惡化，可是對待我們，仍舊像一個主人招待他尊貴的客人一樣。因爲，臺爾開端教士說過，義和團作亂并不是我父親的過失，我父親和他的家屬應當得到法國政府的保護。

我們必須留在使館裏，必要出去的時候，有警察保護我們。我們的公寓裏不準陌生人進來，除非有同住的人作確實的擔保。

我們的秘書一天要十幾次地去接那具有恐嚇性的電話，這就是一個例子：

"喂！使館裏情形怎樣了？我要和中國大使說話。"

"他很忙，你是誰？"

"我是誰都沒有關係，請你告訴他，趕快吃一頓豐盛的飯吧，因爲這就是他一生中最後的一次了！"

"豬玀！"我們的法國僕役長聽了，這樣罵道。在這個困難時期中，我們的法國僕人倒對我們很忠心，而我們的中國僕人卻反而不行，他們都嚇昏了，要求快些送他們回中國去。這當然是不可能的，可是我們沒有辦法說服他們。

法國人對我們的態度有些不可思議。至于那些暴動的群衆，那全是些流氓組織起來的，領頭的有些竟不是法國人。

有一個人在我們公寓的周圍來回跑着喊着：

"辟金死了！我們要報仇！殺掉中國大使！殺掉他的隨員！燒掉這使館！"

這人後來查出來是個葡萄牙人。

我們受着法國政府的保護沒有遭到不幸，我們的使館也不能燒，因爲這是在一所公寓裏，同一個公寓裏住着幾百個法國人。

在法國的中國人都要躲到使館裏來求保護，當然我們只有請他們出去。儘管我們保證他們不會遭到危險，可是他們總不信。

我們公寓門口經常有一個人站着，即使是公寓中其他住戶有客來訪，也要經過他嚴格的檢查。有一次有一個人要闖進我們的房子，給我們的看守捉住了，并且從他身上抄出這樣一張條子：

"中國大使和他的家屬死期到了，我已經在他們的公寓下面安放了炸彈。"

這人是個瘋子，因爲我們屋子下面并沒有炸彈。

消息不斷地從中國傳來，一天四次，而且都是壞消息。到後來，父親變得怕接到這種消息，怕聽到電話鈴的響聲了。

這是一個從中國來的電報：

"你北京的房子被焚毀了，你的古玩已被掠奪一空，那些不能搬走的東西也已經毀壞得一錢不值了。"

這是榮禄打來的電報。他永遠是父親的摯友。後來我們回到中國後，榮禄告訴我們當時的情形，端王派了他的義和團裏的團員去毀我們的房子，因爲那是一所洋房，還準許他們恣意擄掠。第二天，在我們那所美麗的住宅被毀以後，端王對榮禄説：

"我已把你的朋友裕庚的房子燒毀了，我只可惜他和他的家屬當時不在裏面讓我一起燒死，不過我將來總要懲辦他們，他是叛徒。"

"他不是叛徒，"榮禄説，"而且一直爲中國盡着最大的力。"

"他同情外國人。他想出賣中國。他不再是滿洲人了，他已變成中國人了！"

你必須知道，中國人把滿洲人看作蠻子，而滿洲人又以爲被人稱爲中國人是一種恥辱。父親的確有不少中國朋友，正像他有不少外國朋友一樣，因爲父親堅信，將來中國能否强大就要看中國的外交地位如何。

那時候，他早已看到一個"滿洲人"和"中國人"將都成爲一體的中國人的時期了。

繼續來講中國的消息吧。這裏是榮祿的另外一封電報：

"你堂兄的一家都完了。你堂兄爲了避免苦痛，（因爲他是你的堂兄）先自殺了。他的女兒們爲了避免義和團的威脅，投井自盡了。

"因爲端王的義和團造的孽，北京的多少井裏有人跳進去自盡了啊。"

在這一個恐怖時期裏，法國的新聞記者幾乎整天和父親在一起。但父親沒有什麽可以告訴他們的。

"諸位先生，"他總是説，"關于中國的事，我并不比你們知道得多。這裏是一份從中國最高參謀部來的電報！"

從像我剛才説起的兩封電報中，外國記者又能找出些什麽故事來呢。

一個花白頭髮的老記者激動地跑進來問我父親這樣一個問題：

"我聽説外國的援軍已經抵達北京，爲了報復義和團的横行，他們佔據銅陵和錫陵。這消息可靠嗎？"

"銅陵和錫陵是歷來帝后的墳地，"父親説，"離北京極遠，你可以確信這消息是不可靠的！"

可是報紙上仍舊用大號字登載着這個消息。

我的朋友中，有一個葡萄牙人的小女孩，和我們住在同一個公寓，她跑來看我，顯得極度的激動。

"你知道嗎？"她説，"你必須非常非常的小心！我聽説有人懸賞謀害你們，殺掉你父親的賞一萬法郎，再殺掉他的隨從的，添一萬法郎，把他一家全殺掉的，賞五萬法郎！"

我當然有着孩子氣的恐怖，真的相信了這話，而且同這小女孩一同到父親那裏把這故事告訴他。

"這樣，"父親聽完了我們的叙述後，滑稽地説道，"我才知道我的價值，真可耻！一個中國大使只值一萬法郎！"

現在，我們當然不再參加任何外交上的集會了。父親想，我們最好在事情解决之前，不要留在法國。

我們早就想去看看瑞士的景色，所以這次就計劃到瑞士去，法國并不要我們離開，臺爾開端教士甚至于對我們說，法國希望我們不要走，我們盡可以不以中國大使的地位，而以法國朋友的身份留在這裏。父親沒有接受這好意，因爲他說他不願意再給他的法國的朋友招來許多麻煩。所以繼續準備我們的旅行，我們要到日内瓦。

所有的中國僕人都跟我們去，當然我們無法送他們回國，從義和團起來以後，父親的大使的職位已經完了。所以現在每一分錢的費用都要我們自己拿出來，還有一件麻煩的事，我們并不十分願意把那些隨員都帶到瑞士去，因爲他們也不願意去，不住地埋怨，帶了去對我們也没有用處，可是又不能讓他們留下，那樣他們準會在第一個二十四小時之内嚇死的。

現在又來了使館和住房的租賃的問題，我們曾訂過租賃契約，可是現在爲了特殊情形，我們不得不中途離開了。父親雖不是個商人，可是他覺得，我們是受環境的逼迫才離開的，所以在離開的期間我們不能付房租，因爲我們的房子是這所公寓中最好的部分，租金是很可觀的。

父親到一位法國律師那裏，把契約給他看，并且問他道：

“我要到瑞士去了，直到中國和法國邦交恢復後再來。我自己没有過錯，我是被迫離開這裏，現在是爲了這紙契約，在我離開這兒的期間，我也必須付租金嗎？”

律師拿起契約仔細讀了一遍，又對父親看了一會兒說道：

“是的！”

他的租金是四千法郎！

在我們離開法國之前收到的最後一個中國來的電報說：聯軍已經抵達北京，朝廷搬到内地去了。

“太后不能再看到北京了！”母親凄涼地説。

“我可以和你打賭，”父親説，“她會回北京的，而且在她出走的時期中，她能照常處理朝廷裏的事情。”

你看，我父親比我們中的任何一個人都瞭解太后的不屈的毅力。

叩　頭

在巴黎我們稍稍留下了一個時期，爲的要表示我們并不是害怕而逃走。以後我們就到了日內瓦，在那裏租了一個美麗的別墅，要不是爲了那些不幸事情，我們在別墅裏是可以過得像神仙一般快樂的。

可是在那些日子，世界各國都責備着中國，我們從不敢跑到別墅的外面去，因爲不論到哪裏，人家都會指責我們，説我們是那些野蠻民族的代表，曾把北京的外國使館放火燒掉。

爲了這緣故，我們平時不大外出，我們的旅行到日內瓦簡直就像充軍。

不久，我們決定仍舊回巴黎，不過在日內瓦的時候，我們的功課仍是繼續的：因爲，即使天塌下來，父親也不肯放鬆他兒女的教育。

我們要回巴黎了，多麼快樂啊！在那裏我們可以恢復過去的生活，追尋往日的樂趣。

電報又開始來了，在報告我們北京的家被毀、堂兄一家的自殺等等的電報之後的消息，似乎比較有希望了，至少從我父親的態度上我可以斷定。

第一個電報就是：聯軍已經進北京了，對義和團有很殘酷的報復。

“我真的很高興，”父親説，“這對滿洲人是一個很好的教訓，我也是滿洲人，而且我很爲我的祖先驕傲，可是滿洲人的確太保守了，不配統治這個國家！”

這當然是極端叛逆的話，但是父親雖是個真正的滿洲人，并且像他所説的，因爲他的祖先是跟第一個滿洲皇帝進關而感到驕傲，他却同時也能看出自己民族的缺點，他們偏狹，目光短小，過于保守，尤其是這最後一點，往往由此而造成極大的錯誤。這一章就要指出在舊禮教中如何藴藏着偏狹的根源，并且要講到父親永遠面對着的内部的黨爭，因爲父親是主張維新的。

　　一位朋友帶來兩本劇本給我讀，劇名是《縣長》和《美麗的拉文特》。那時候，我將近十五歲，已經很喜歡演劇了，尤其是喜歡那本《美麗的拉文特》，甚至有這麼一個念頭希望能表演一下。當然我知道，我一定會受到使館裏的人極端的反對，因爲在中國，就是現在還是這樣，戲臺不是一個高尚的地方，一個出身高貴的女子走在街上，絕對不容許去招呼或是去留意到一個戲子的。但我還只有十五歲，父親想，演戲這件事一定會使我感到極大的興趣，所以就幫我們計劃着排演《美麗的拉文特》，算是我們孩子自己的表演。

　　有一個年紀和我一樣的男孩子充做我的配角，我喜歡他，他也喜歡我。孩子之間的互相愛慕有什麼害處呢？我們每天課後預習，到後來非常完滿了，于是就到了正式上演的時候了。

　　無知的我請了所有我的朋友來觀劇，包括我們使館裏的人物。

　　劇中有一個場面，那個做我的配角的男孩子要把我抱在他懷裏，安慰我，這是一個很傷感的情節，我悲痛地哭着，那男孩子拍弄我，撫摸着我的頭髮，（或許還吻過我，不過我不大記得了）要使我不哭。

　　我起先還不知道，直到父親的秘書的妻子，在中途拉起她十歲的兒子走出劇場，因爲她的兒子不能看這種無恥的表演！

　　對我，這次表演是個極大的成功，可是我們的秘書却有另一種想法，他對着使館裏其餘的人這樣批評着：

　　“這簡直是極端的不道德，我願意犧牲我全部的家産請監察御史彈劾他！想想看，一個中國大使準許他女兒表演着閨房裏的角色！照中國算法她已經是成人了，這種荒淫的場面是誰都看不入眼的。”

　　使館中的大部分人都不贊成他，他們告訴他不應該這樣批評我父親和他的女兒，畢竟他已經和父親共事了多年，而且彼此是老朋友。有一個人對秘書説，他有責任把秘書所説的話告訴我父親。

　　“馬上去告訴他好了！”他答道，“并且告訴他我正預備把這些話親自向他講一遍呢。"

于是這件事就報告給父親了，他立刻叫他的秘書來，秘書却這樣説：

"不錯，我説過的！這完全違背禮教！像你這種地位的滿洲大員，你的祖先是跟着第一個滿洲皇帝進關的，居然讓自己的女兒和男人在一起，這不是習俗所允許的，你女兒的名譽將要毁了。我也不敢説，這種事情是不是已經演化到……"

至此，我父親阻止了秘書的高論。

"你對我説了些什麼話，我都不計較，我知道現在我無法辭掉你，我也無法與你辯明我女兒參加表演這個純潔的戲劇是否應該。現在説吧，你要我怎樣？但是如果你向誰再説一句毁壞我女兒名譽的話，而我因此而被革辭，那麼我就要殺掉你，你應該慚愧你自己在侮辱一個天真純潔的孩子！"

秘書雖然還不肯認錯，可是使館其餘的人都向他解釋，責備他這種不可饒恕的粗暴，并且對他説現在惟一的辦法就是立刻向我父親道歉。

他來向父親道歉了，可是父親冷冷地説：

"用不着對我道歉，你對我説什麼都沒有關係，不過在我，我的女兒比世界上任何東西都寶貴可愛。你必須當面向德齡道歉。并且爲了表示你的誠意，你必須向她叩頭。"

"什麼？對一個小孩子叩頭！"

"在你毁壞她名譽的時候你可曾把她當一個小孩子看待？"

秘書知道這話是公正的，于是我被叫進去，聽了這一切經過情形，便僵直地站着接受叩頭。他對我雙膝跪下，把頭謙卑地在地板上碰着。對不熟悉中國禮節的人覺得這不過是可笑而已，可是對我來説，這意義是非常重大，因爲那秘書的年齡差不多有我父親那麼大了。這件事我永遠不會忘記。

從這件事，可以看出我們的民族是多麼偏狹。

有一隊中國的代表團到倫敦去參加英皇愛德華的加冕典禮，結果爲了英皇患病，加冕典禮延期舉行了。于是他們便到巴黎來了。我們盡我們的所有招待他們，并且因爲彼此很融洽，我們還希望他們永遠和我們在一起。他們這團包括載欽王，他是慶王的兒子；賴英男爵；"傑克"王，人家這樣稱呼他，因爲他是從雅耳大學畢業的，加上其他隨員等，他們也是一大群和我們一樣，兩個大集團碰在一起，麻煩便發生了。

我妹妹和我非常喜歡載欽王。他也只是個未成年的孩子，長得很漂亮，受過良好的教育，并且他和我們在許多方面見解都相同。他和我們姊妹很投機，雖然我常常要和他發生爭執。

我們這一大群人什麼地方都去。可是在王爺的隨從中有一個人，就是從前在日本的王大琪，于是他又來搬嘴舌了！當然，我們如果遵守了中國規矩，那麼即使在巴黎這麼一個快樂的都會裏，我們也無法發泄我們的情感的。我們充滿着活力，喜歡動，喜歡找尋新鮮事物來充實自己。但是我們這些動機是純潔得像一般十五歲的孩子所能想到的一樣。

可是王大琪又開始講話了。他的話後來我從父親那裏知道，是這樣説的：

"王爺竟是日日夜夜在大使家裏，他們（王爺和裕庚的女兒）一同出去參加宴會，跳舞會，他們還一同跳舞，王爺的手臂輪流地摟着裕庚的兩個女兒的腰。這些女孩子的名譽壞了，將來沒有人要娶她們了！大使應該受到彈劾，因爲他這樣放任她們！"

但是當時我們都不知道人家的批評，所以我們仍舊快樂地玩着，盡情地享受着，絲毫没有想到會有什麼麻煩加到我們的頭上。

這時候我對芭蕾舞很感興趣，很花了些時間學習，并且想自己來舉辦一次集體表演。載欽王和我們相處得這麼久，我們這樣地喜歡他，他又是這樣一個討人喜歡的滿洲人，我很想這次的跳舞會邀請他，賴英男爵，傑克王，我們的許多人；但是我們的朋友和王爺的許多朋友，他們都聽到過《美麗的拉文特》上演的時候人家對我們的批評，勸我們不要請王爺的或我們自己的隨員。

雖然這樣，他們仍舊知道了這件事的全部，并且非常震怒。王大琪又編造他的故事了，這聽起來的確很可怕，因爲完全是照他自己的想象講的。當謠言傳布出去，我才驚異地發覺謠言中竟説我爲了供王爺和他的從人們的娛樂，我無恥地表演了裸體跳舞。

這故事最先傳到王爺耳朵裏，他立刻知道這是在説我們姊妹倆。他，像我父親一樣，并不在乎人家對他怎樣批評，可是他很關心我們，尤其是我們姊妹倆的名譽。賴英男爵就去見王爺，賴英是想和我妹妹結婚的，并且告訴他，現在惟一的辦法就是他趕緊離開法國。

"爲什麽?"父親問，"我們喜歡你們，希望你們在巴黎留幾個月的。"

于是王爺就把外面的謠言告訴我父親，最後決定王爺和他的同伴離開法國。

接着來的消息就是德國皇帝要求中國一個和皇帝關係最親的皇族，爲着華開德勒的被害，親自到柏林去謝罪。于是那著名的"小皇帝"的父親慶王帶着這使命到柏林去了。

他到了柏林，就通知德皇他的到達，并且準備着德皇的召見。

使者帶來了德皇的命令：

"要我接見你，只有在一種條件之下，就是，你得向我叩頭。"

想想看，假使報紙上登載起這消息來，還成什麽體統！

慶王的隨從已經嚇糊涂了，慫恿慶王接受這條件，在德皇的寶座下卑賤地叩頭。慶王年紀還輕，他望着他的顧問，希望能得到一個解決，顧問就説了這樣的話，這是人家告訴父親，父親後來告訴我的：

"中國統治者的王爺除了自己的皇帝外，對任何一國的皇帝是不叩頭的！我誠意地應了你們皇帝的要求而來謝罪，直到現在，我還是準備着謝罪，可是決不叩頭！"

"德皇會把我們捉去殺掉的！"慶王的隨員哀號着。

"由他好了！"那勇敢的顧問代替慶王答復道。"王爺不能叩頭！"

報紙對這件事大肆渲染，世界各地都談論紛紛德皇和慶王一樣强硬，慶王打電報給我父親，徵求他的意見，父親的答復簡短而堅決：

"不！這不是德國規矩，這是中國規矩，叩頭是爲你自己的皇帝，不是爲別人!"

于是法國的新聞記者都聚集到我父親使館裏來，急切地要探訪這故事。

"我向勞勃脫呈遞國書的時候有没有叩頭？我們的代表到英國去，有没有向英王叩頭？慶王寧可不完成使命而回中國去，可是他决不會叩頭!"

"不管他叩頭不叩頭，"新聞記者們説，"我們要有一些記載，你能不能把你的秘書們請到這裏來互相叩頭，讓我們來照一個相?"

父親笑了笑。

"雖然是偏狹的中國人，可也不願意這樣的耍猴戲讓報紙作爲趣聞登載着，讓大家驚异地看到一位中國大使對自己的秘書叩頭，絶對不可以!"

雖然這樣，這些新聞記者仍舊有充分的"記載"。巴黎新聞的第一版上用大字登載着那些新聞記者們無法得到的資料已被他們用想象出來的資料代替了。

父親的病

　　義和團之亂前後的種種灾難和辛苦，造成我父親健康的失常，醫生囑咐他不可以再爲他的職務操心，一切事情都交給秘書，他最好能出去旅行一個時期。父親身體的變壞是無足爲奇的，在祖國，没有人瞭解他，却是接二連三的彈劾，北京的財産都被義和團搶盡，親戚朋友都遭了殃，人家對他的誤解，完全由于他的想改革中國，這在他看來正是中國當前最需要的。財産的損失對他的打擊并不是最重，不過他覺得他該趕快回中國去料理一下。當然，我們北京的七十三隻箱子中藏着祖傳的寶物，其中許多是跟着第一個滿洲皇帝到中國來的，現在都被洗劫一空。

　　財産的損失對于他惟一的影響，不過是他死後没有東西可以供養他的家庭罷了，却不至于使他頹喪到這地步。

　　還有，在第一次義和團之亂後，法國或者説它的一部分百姓就對他讎視，并且對他的生命作過無數次的恐嚇，他覺得這些都是爲着想效勞祖國才得的惡報，而祖國對他竟是那麽無情的不理解。

　　醫生催促着父親，叫他改換裝束，作一次全歐旅行。這對父親是件不容易的事，因爲他向來穿中裝的。但是他盡力把巴黎的一切事務安排妥當便出發到馬德里去。這次旅行準備得這樣匆促，所以當時的情形，在我記憶中只是像萬花筒一般很快地一轉，于是一切都變了：新鮮的面孔，陌生的語言。在每個城市裏我們停留的時間極短促，因爲這次没有公事在麻煩我們，而單是爲了自己的游覽。我們在馬德里只住了六個星期。

　　當然，我們也有朋友來訪，但是大部分的時間都是很清静的。我曾要求父親求見西班牙王，但是他拒絶了，因爲他不願意再替自己增加任何公事上的麻煩。

到羅馬去的時候，我們稍稍改變了一下，因爲著名的拳擊家非維爾先生會爲我施洗禮，引我們去見教皇，教皇賜我父親一個勛章。那時候的教皇是立俄十三。他拍着我的頭，叫我將來要做一個偉大的女人。他是個偉大的人物，但并不是一個受神靈指使的先知！現在，我還保存着他賜給我父親的勛章。

在羅馬停了兩星期後，我們又到意大利其他各處去玩，這樣又費了兩個月時間。離開了意大利我們又到德國，在柏林住了一個月。德國的中國大使是我父親小時候的摯友，彼此都不願意錯過這個重叙舊情的機會。我相信在這短短的一月中，謠傳有關慈禧太后在柏林的事情恐怕可憐地暫時被遺忘了。

離開了柏林，我們就到聖彼得堡，對那裏，我只有一個極澹薄的記憶了。

以後我們便回到巴黎。父親的身體繼續壞下去，旅行對他不見得有什麼好處。但是這離開我們被召回國的時間已經不遠了。父親希望能在命令到達之前回到巴黎。

回到巴黎，召他回國的詔書已在等他了。

他的繼任人孫寶琪大使來了，他不得不趕緊動身。

在離開巴黎的前一日，發生了一件小小的事，這件事我現在想起來多少有些激動，但在當時倒并沒有什麼印象。

那是我們姊妹倆和一位美國女子司克特莫在一家首飾店裏。當然在巴黎的時候，我們都説法語，可是密斯司克特莫却説英語。她是著名的作家，最近才故去。當我們在講價錢的時候，有三個女子進來站在我們旁邊。當她們聽到密斯司克特莫講英語，就用英語招呼她。

"請你告訴我，這些小姑娘是什麼人？"她們是指我們姊妹倆。"她們是中國人還是日本人？"

"她們是中國駐法大使的女兒，"密斯司克特莫急急地説，"她們懂得法語和英語，你們要不要和她們認識一下？"

那幾位女子很願意。當我聽到她們是依麗莎白公主，某某公主某某公主的時候，我相信我的眼睛瞪得非常大，當然這些都是大人物。

究竟這三人是怎樣的偉大，我不知道。

可是現在，那時候的依麗莎白公主已成了比利時的女皇了！可我却是在巴黎的首飾店裏碰到她！

新大使已經來了，他對父親非常讎視。使館人員中有一部分像秘書、翻譯等要留在法國幫助他。他甚至于在父親没有離開法國的時候就訓誡他們了，我們的一等翻譯把他訓誡的要點告訴我父親。這裏就是孫寶琪的命令：

"我每一件事都要做得和裕庚相反，他是個叛徒！他要出賣中國，可是我要救中國！"

父親爲着要看到中國列入世界强國的地位，像這一類教訓已受得不少了，所以對這位新大使的態度也并不在意。

"依麗莎白（這是我的教名），"他說，"我們不久要回國了，到了中國，你的一切自由的行動都要約束起來，而遵守中國的舊禮教。我必須到北京去料理我的事情，雖然我很願意到華盛頓去，照向來的規定，我下一次的職務應該是在那裏；但是我必須到中國去，除非我的健康能恢復，這看來希望很小的，或許我永遠不能再離開中國了！

"因爲你的自由不久就要失去，所以我想，假如你願意的話，你可以有一次社交的集會，你自己設計一切，請你喜歡的人，照你自己的意思做，越華貴越好，因爲我想這大概是我最後一次爲你盡力了。"

母親反對這件事，因爲她說我年紀太輕，但是父親很堅持。于是我就第一次踏進了社會，自己準備着每一樣東西。回憶起來這是我一生中最快樂的事情之一，雖然還染上了一些爲着父親的疾病的憂慮，我從不相信他的預言，"永遠不能再離開中國"。我很自信地等待着到華盛頓去，在那裏父親將任中國的駐美大使，而且我可以在那裏完成我的學業，這終于成爲一個不能實現的夢。

于是我們離開了巴黎，帶着許多美麗的記憶，夾雜着一些又苦又甜的感覺，至少是爲着父親。

　　我不知道，甚至于没有想到，當我們回到中國之後，生活就完全改變了，差不多有三年工夫，我做了太后的侍官，我的天地完全換了樣子，我自己也受到了太后所賜的"公主"的稱號。

　　在洛勃脱總統接見瑞典國王奧斯加的時候，我們也被邀請了。我見到了瑞典國王，他對我説這樣的話：

　　"你是我所碰到的中國姑娘中的第一個！"

　　于是拉着我的手對我鞠躬，用法語説道：

　　"我向你致敬！"

　　這是一個時令的接見，我特別記憶那絲絨的繩子，那是用來阻止普通人混進外交集團的。可是那些人盡可能地靠近我們，張大着嘴驚異地看着我們。這不能怪他們，因爲這是一個我從未見過的盛大的典禮啊！所有的外國外交家都穿着他們自己國家的公服，差不多全世界的國家都參加這典禮。美麗的婦人穿着高貴的服裝，點綴着發光的珠寶，公務員都穿着制服，整個情景美得無法描寫。我特別記得一個澳大利亞公務員的玫瑰色絲絨鑲金邊的制服，我覺得他很可愛，雖然我和他不相識，可是他竟變成我孩提時代所愛的人中的一個。

　　這一切都使我想起在武昌的時候張之洞送給太后的一對鐘上的小人，那些小人在打鐘的時候出來，機械地跳着小步舞。

　　機械化的小人的表演，當表演結束幕挂下的時候什麽都没有了，只留下那無用的裝飾物。

父親與我

　　還有一件重要的事情在我們離開巴黎之前發生的：

　　一天早晨，我們的僕役長非常激動地進來說有一位中國先生要見我父親。

　　"拿他的卡片來！"父親說。

　　"他沒有卡片，"僕役長回答，"他說他有極重要的事，一定要見你，只要費掉你一分鐘時間。"

　　我非常詫異，覺得這事有些神秘，但是等我知道真相，那神秘的客人已經走了，不過我始終沒有知道父親和他之間究竟發生過什麼事。

　　父親和那陌生人在我們自己的房間裏（不是在使館的辦公室裏）只談了幾分鐘，陌生人離開後，母親和父親就走進一間房裏鎖上了門，在裏面討論這件事。

　　"那是誰？"當我有機會和父親說話的時候，我就問。

　　"他是慈禧太后通緝要帶回中國嚴辦的人，是全世界的人中太后最恨的一個人！是所有中國在外的大使都接到命令要捉的人，也是我從前的朋友：孫逸仙！要是他走進使館辦公室，只要經過幾重門，我就有責任捉住他！但他是到我家裏來的。我告訴他千萬不要再來見我，如果他願意，我可以在別的地方見他。"

　　這就是我所知道的全部關于那神秘的客人孫逸仙在巴黎找我父親的事。以前，在巴黎的四年中，我也不記得他和我父親有什麼接觸。

　　在今天的新中國，孫逸仙的名字多麼使人尊敬。父親很可以害了他，但是相反地却做了他的朋友。父親也并不因此覺得對太后不忠。

　　我們在巴黎的使命已經完了，馬上要回中國了。不過我得承認，我從沒有真正地把中國當作家，因爲我生活的大部分時間都在外國，在外國受教育，是以四海爲家的人。

我們終于回國了。對于我和我的妹妹，整個世界都變了。

我已經在《清宮二年記》一書裏描寫了我的宮廷生活。那裏我駐留了大概不到三年的時間。就是在那裏，太后賜了我“公主”的尊號，這尊號我一直保持到這一朝代滅亡。直到現在，這尊號對我仍舊是很有價值的，因爲那是從太后筆下寫出來的。

但是我是怎樣的不服從她的呢？

當我進宮廷的時候，還是一個十八歲的孩子，當時中國姑娘在這樣的年齡是早已結婚了，我多麼不願意離開父親，他自己猜想不會再好了，而且他的猜想是正確的，他要求太后準他退休，太后沒有答應，却給他六個月的假期休養，并且帶走了他的兩個女兒。這對他病體的惡化更快，不無關係。

“我爲你擔心，”父親説過許多次，“因爲你和其他中國女孩子不一樣，你是個滿洲人，而且被人家看作外國人。這些中國人都不會瞭解你。假使你和自己國裏的人結婚，你一定不會滿足。你將來總有一天要結婚的。我怕想起這件事，我恐怕没有一個是你所滿意的！”

但是對于我，前途并不黑暗。我雖然已經十八歲了，可是實際還是像從前在日本對自己小人國裏的人物講話的時候一樣，對父親的顧慮我只覺得好笑。

但是進了朝廷後，人家對我們是多麼的不同了！以前的敵人，現在變成了諛媚的朋友，媒婆們不讓我父親有一刻安静，一天幾次地來和我父親談，可是父親的答復總是：

“不！”

“但是你不能永久守着你的女兒呀！”她們反駁着。

“我要讓她自己去選擇。”父親對她們説。

在這個幾千年來婚姻由父母做主的國家裏，這話是多麼不合法！下面的幾個往返的電報裏可以看出人家對於所提的我和一個不相識的人的婚姻怎樣個看法。

"我們一向是好朋友，讓我們來結合得更加密切些，讓我的兒子和你的大女兒成親吧。"

對于這電報父親的答復是：

"絕對不答應！"

回電是：

"什麼理由？"

父親的回答：

"理由太多了！"

對于我，這些事情的確是很驚心的，可是似乎没有什麼嚴重性，我向來依賴着父親，是萬無一失的，所以我相信他決不會讓我和一個不相識的，或是我不能滿意的人結婚。

以後，一顆炸彈來了，完全是出于意外的。這是發生在一個垂死的朝廷裏，那裏的一切就像有跳舞小人的鐘一樣，不過是一幕馬上要結束的戲罷了。不過這確實是致命的。

是慈禧太后丢下了這顆炸彈。

"你年紀已大，可以結婚了，"太后對我説，"我心裏已替你找好了一個人，他年輕，有着百萬家財，他就是巴龍！"

"但是我不想結婚。"我咆哮着，我這樣説是冒着殺頭的危險的，没有一個人敢對慈禧太后的話表示違抗，可是我這樣做了，因爲我是她的親信。

"可是他是榮禄的兒子，這些年來一直很忠于我，他有百萬家財，對你正是最合適的！"

我聽出了太后的話的嚴重性。于是我假裝生病，抽空去看了我父親一次，把朝廷裏這件事告訴他。

"你願意要他嗎？"他問，"他的爵位使你看重嗎？他的家産使你羨慕嗎？"

"不，"我哭着説，"我絕不願意和一個滿洲人結婚。我不在乎他的家産……"

"這是一樁很壞的婚事，"我病着的父親説，"我不告訴你怎樣去拒絕他，因爲我不願意在你已有的困難上再給你增加困難。你是很聰明的。我讓你自己去想辦法吧。"

可是這是無法拒絶的，我哀哭道："這是太后的主張，是她賜我的極大光榮。假如我違反了她，她要把我殺掉的！"

我父親沉默了一會兒。

"我寧願你被殺掉，"他説，"也不願你和這樣一個人結婚！"

"我也是，"我説，"寧願死，也不願意和他結婚！"

于是我決定拒絶太后，這是沒有人做到過的事。孫逸仙做了，可是他成了中國的逃犯，拿到他的頭可以去換重金。康有爲也試過，可是中國已不知他的下落了。另外也有許多人試過，他們的頭都被割下來了。但是，我決定不和太后所選的人結婚。回到宮廷後，我就給了我的答復。從那天起我就一直準備着殺頭。不過我的頭終于沒有被拿掉，是太后寬容了我。

可是甚至于正當父親和我在討論這件事的時候，這些人已經探聽到了在幾小時前太后對我説的話，紛紛來祝賀這未來的婚姻的成功。我父親的回答是：

"我的女兒絶對不和這人結婚！儘管他是榮禄的兒子，而榮禄又是我的摯友。"

即使在北京的外國人也覺得我拒絶這樣一個人和這樣一筆財産是太傻了，可是我到底是拒絶了。

"永遠記住，"父親常常對我説，"不管你發生了怎樣的困難，我總是瞭解你的！我相信世界上很少有人能瞭解你，但是我能，因爲你是我的孩子。"

我們之間的瞭解是有增無減的，即使到現在還是如此，雖然父親離開這世界已經二十多年了。

這裏就是最後的一章了，這應該是悲傷的，可是却并不，因爲這在最後給我顯示了父親裕庚的無上的高貴。他的最後的思慮還是爲着我。

父親到上海去了。因爲他最信任的醫師在上海有職務不能到北京來。我只得留在宮裏爲他擔心，爲他焦急，因爲我知道他時時都需要我。

他的病變化得很快，最後，我要求太后準我到上海去看看父親……

"這一天就要來了，"在他最後的話中，他這樣對我說，"那時候，中國不再有清廷了，那時候，也没有滿洲人和中國人的分別，我們都是中國人了。我不能看到這一天，可這一天確是不遠了。"

最後一天，消息終于傳來，我父親快要死了。我没有想到過死，所以不相信他真的會死。我走進他的病房爬上他的床，自從他卧床不起後，我總是這樣做的。

可是他用最後的微弱的力氣，揮着手叫我走開。

"走開！走開！"他無力地説，"我不要你看見。"

我不懂得他，我以爲他最後一刻中不需要我，雖然，那時候我并不知道這真是最後一刻。這樣，把那最痛苦，看着一個生平所知最偉大的人死去的痛苦一刻緩和下來了，我懂得他最後的手勢，叫我走開，用他最後的力氣叫我離開他的病床。

父親最後的顧慮還是在我身上，他不希望我走近他的時候，就叫我走開，因爲他要解除我的痛苦，像他向來一樣，他不要我知道他將要死了。現在我的心還發熱，我慶幸當時没有懂得他的意思，因爲没有懂得他的意思，我才握着他的手，看着他苦痛的臉色，我握着的那隻手，那是曾爲我做過多少事情的手。也可以説是叛逆者的手。

父親没有什麽宗教信仰。但是假使我有一天離開這世界，我希望和他在一起。我始終不變地信任着他，因爲有他的地方，永遠没有痛苦，没有悲哀，没有憂愁，没有離別。

清宫二年记

目　錄

回　國

我的父親曾經在巴黎任中國駐法大使，四年的任期滿了，他就帶着家屬、隨員、僕人等共五十五人，在一九〇三年一月二日到達上海。船剛靠岸的時候，忽然下起傾盆大雨來，這時候單是我們這許多人登岸已經是一件很困難的事情了，何況幾噸的行李還得好好地照料。照過去的經驗，我們知道這一大群人中除了我母親外，沒有一個人在旅途上是可依靠的，于是一切照料的責任，就完全由我母親一人來擔負了。的確，我母親是個能幹的女子，她能在忙亂中鎮靜地，有條不紊地處置一切。

當我們的船到達法租界黃浦灘的時候，上海道和屬員們都穿了公服來迎接我們。上海道對我父親説，他已經預備好，把天后宮作爲我們居住休息的處所，但是我父親婉言謝絕了，并且告訴他，在香港的時候已經打過電報給密采里飯店，要他們留出幾間房間，準備一切等候我們到來。所以要這樣，是因爲在一八九五年我父親出使日本的時候，曾經在天后宮住過，知道裏面的情形，不願再作第二次嘗試。天后宮原是一個壯麗的地方，可是因爲年久失修，使它顯得破落不堪了。照中國的規矩，當大官經過一個地方的時候，當地的官府就得爲他預備好住所，并且供給一切食用品。在大官方面，認爲這是理所當然的事，往往不加拒絕；但是我父親却總婉言謝絕他們的好意。

最後，我們終于平安地到了密采里飯店。在那裏，我父親看到兩封從京裏來的電報，是催他立刻進京的。但是到天津去的河還沒有開凍，若由秦皇島繞道而去，事實上不可能，因爲那時候我父親身體非常衰弱，幾乎時時刻刻需要醫生的照顧。于是他拍了一封回電，説明等北河一開凍，立刻乘第一艘汽船趕到天津。

二月二十二日我們離開上海，二十六日到天津。照例又有一般地方官員來招待我們。

在中國有一種很特別的禮節，是每一個高級官員從外國回來的時候所不能免的，那就是：當他的船剛靠中國海岸的時候，他就得上岸舉行"請聖安"儀式。這是一個相當隆重的儀式，當地的地方官是沒有資格來主持的。那時候直隸總督袁世凱恰巧在天津，他就派了一位差官來和我父親接洽，説一切他已準備好了，請我父親就去請聖安。于是我父親和袁世凱都穿了最莊嚴的禮服——官袍、朝珠、孔雀毛、珊瑚頂，立刻往萬壽宮出發；萬壽宮是專爲這一種目的而建立的。一班職位較低的官員已在那裏等候了。在這廟，或者説殿的後部，中央是一張狹長的桌子，放着太后、皇帝的牌位，上面寫着"萬歲萬歲萬萬歲"。袁世凱和一行官員已先到了。袁世凱站在桌子左邊，其餘的官員分做兩排站着。不一會兒，我父親進來了，就對着桌子的中央跪下，説道：

"啊哈，請聖安。"説完就起立問聖體安康否，袁世凱答道："他們都很好。"于是儀式就算完畢了。

在天津躭擱了三天，我們就在廿九日那天到了北京。這時候我父親的病更加屬害了，得到太后的允許，請了四個月假，預備好好調養一下。

在我們去巴黎之前，原已造好了一所優美的住宅，可是在一九○○年拳民之亂時被燒毀了，總計損失十多萬兩銀子，所以現在我們只得租了一所中國式房子，暫時安頓下來。

我們原先那房子也并不是全新的，我們是買的某公爵的舊邸，但經過巧妙設計和修飾後，這一所舊宅就變成一所精美的西式房屋了。所謂"西式"，不過是説外觀像西式罷了，至于房屋的結構、走廊、庭院、門窗等的式樣，還是保持着濃厚的中國色彩。這宅子，就像在北京的其他宅子一樣，有着一種瀟灑的風格。可惜當一切都完工的時候，我們却要到巴黎去了。在這所費了不少時間、心血和金錢而改造成的幽美的宅子裏，我們只住了四天，這對于我們永遠是一個遺憾。不過，做一個中國的大官，真不知有多少折磨要你忍受呢，這不過是其中之一罷了。

我已説過，北京的住宅都有一種瀟灑的風格，并且占地很大，我們從前那所宅子，當然也不能例外。它是一叢十六幢的平房，大小房間共有一百七十五間，都面向着庭院圍成一個四方形，屋與屋之間都有走廊相通，使你能走遍全住宅而不需跨出大門一步。讀者或許要奇怪：我們要那許多房子來有什麼用處？但是試想除了我們一家人外，還有多少的隨員、僕人、馬夫和轎夫，所以這許多房間很容易就找着了他們的主顧。

宅子周圍的花園是中國式的，那裏有小小的池塘，養着金魚，開着荷花，架着小橋，沿岸栽着高大的柳樹。在那池塘間的小徑兩旁，各式的花卉靈巧地排列在花圃裏。當我們離開那兒出發到巴黎去的時候，正是一八九九年的六月，整個花園變成了"花"的世界，看見的人，沒有一個不贊嘆。

現在，在北京既沒有我們自己的房子，我們也不知道住在什麼地方才好，所以在天津的時候，我父親就打電報給他的朋友，托他們找一所房子。經過了小小的困難後，我們總算有了安頓的場所——實在説來這還是一個極有名的所在，是李鴻章與列强簽訂《辛丑條約》的地方；也是李鴻章壽終的地方。李鴻章死後這房子就一直空着，沒有人敢住，因爲中國人是非常迷信的，他們相信這屋子裏有鬼怪，誰住在這裏就會遭遇到不幸。就是我們搬進去的時候，也有不少極好的朋友勸阻我們。但是不久我們就很舒服地安頓下來了，絲毫沒有可怕的事情發生。不過從我們自己的宅子被毀這一點來看，我不得不承認他們的恐懼是有根據的。

宅子被毀所受的損失，我們是永遠不能恢復了，因爲我父親是朝廷要員，以朝廷要員的地位而要爲自己的財産打算，似乎是一種不很光榮的事。

一九〇三年三月一日，慶王和他兒子來看我們，并説太后立刻要見我母親、妹妹和我自己，希望我們翌晨六時前到達萬壽山。我母親就告訴慶王我們在歐洲的時候一直穿西裝的，現在要見太后當然應該穿着滿洲服裝。可是我們沒有適當的旗裝。慶王連説沒有關係，因爲他們也想到這一點并已徵求過太后的意思。太后倒是希望我們穿西裝去，因爲她也很想藉此知道些外國人的裝束。爲了選擇服裝，我們姊妹倆討論了許多時候。我妹妹希望穿淡藍色的絨袍，因爲她向來最喜歡那種顏色，我們姊妹倆的服裝，從小就由母親選擇一樣的。可是這一次，我説我願意穿一件紅袍，因爲我相信這種顏色是太后所喜歡的。我們戴了鮮艷的紅帽，那上面還插着美麗的羽毛，同時爲了使色澤調和，我們選擇了紅的鞋襪，我母親穿的是海綠色的長袍，鑲着淡紫的邊兒，戴的黑絨大帽上插着雪白的長羽毛。

我們是住在城的中心，離萬壽山大約有三十六里，而惟一可代步的東西是轎子。所以，爲了要在早晨六點鐘之前到達萬壽山，我們在三點鐘的時候就出發了。在這以前，我們從没有進過宫，所以慶王帶來的消息着實使我們激動；我們時時在留意着：我們的裝束是否好看，我們能否準時抵宫。在我一生中，幾乎時時刻刻在夢想着宫廷裏的華麗和莊嚴，渴望着能進去看看到底是個什麽樣子，可惜一直没有機會，因爲大部分的時間我是生活在外國的。另外一個原因使我們没有機會進宫是當我們姊妹倆生下的時候，我父親没有把我們的名字列入滿洲籍兒童中，所以一直等到我們從巴黎回來，太后才知道我父親已有了兩個女兒。後來我父親告訴我，他所以不把我們的名字報入，就是希望太后不知道我們，而讓我們在外面受充分的教育，并且照滿洲規矩，官員的女兒到了十四歲就得進宫，可能被選作宫妃——我們的太后當時就是這樣被咸豐皇帝選中的。我們的父母都對我們有更大的期望，不希望我們被選作宫妃。

就在那天早晨三點鐘的時候，我們在漆黑的夜裏，乘了轎子出發。行這樣長的路程，須有兩班轎夫更替，所以三乘轎子共有二十四個轎夫，另外，每一轎子前面還有一個領班轎夫。此外還有三個騎士分别保護三乘轎，每乘轎子的後面還跟着兩個侍從。轎子後面跟着一輛大車，是預備給轎夫輪流休息的。我們這一大隊共有四十五人，九匹馬，三輛車。黑夜籠罩着大地，萬物都甜睡着，除了轎夫的喝道聲和馬蹄的“嘚嘚”聲外，什麽都聽不到。對于一個没有坐過轎子的讀者，我可以告訴你，這是一件非常不舒服的事，因爲你必須静静的坐得筆直，否則轎子就有翻倒的可能。這確是一個長途旅行，當我們進宫的時候，我感到非常疲倦。

宮中的第一天

經過了全程的一半，我們就到了城門口，當我們發現城門早已大開着，也不覺得十分驚異，因爲照平時的規矩，每晚七時就要關城門，一直到第二天早晨才開。我們就問看門人爲什麼今天城門開得這樣早？他說是上邊有命令吩咐開了城門讓我們過去。通過城門的時候，這裏的官員都穿了禮服向我們行禮。

過了城門，還是黑夜，我默默地回憶着過去生活中的經歷。但是那一切和現在這種不平凡的機遇比起來真是差得遠了。我又想象着太后屬于怎樣一種性格，對于像我這樣的人是否喜歡？聽説太后有意思要留我們在宮中。若真是這樣，我們可以有個機會勸勸太后，并且幫助她把中國的政治來一番革新。想到這裏，我覺得非常興奮。我發誓要盡我的力使中國成爲一個先進富强的國家。當我正在幻想着前途的光明的時候，一道淡紅色的光芒從地平綫上升起，這預示今天將是一個好天氣。這淡淡的光綫漸漸亮起來，使我能够分辨眼前的景物了，于是在我面前，就展開了一派鮮麗的景色。當我們漸漸行近目的地的時候，我看到一帶高高的紅墻，在叢山間高低起伏着，曲曲折折地圍住了整個宮廷。圍墻和宮殿的頂上，都蓋滿了黃的、綠的琉璃瓦，在明亮的陽光下構成一幅燦爛的圖畫。一路經過許多大大小小，各種式樣的塔，最後到了海淀，離目的地大約還有四里。這裏的官吏對我們説不久就可以到了，這給了我們極大的安慰，因爲我正在懷疑也許我們永遠不會到達目的地了。海淀是一個美麗的鄉村，到處是磚砌的平房，又整齊，又清潔——中國北部的房子大都是這一種類型。村裏的兒童成群結隊地出來看我們的行列。有一個小孩對另外一個小孩説："這些女人都是到宮裏去做皇后的。"説得那樣有趣，使我忍不住笑起來了。離開海淀不久，我們看到一個美麗的牌樓，這是一種中國式的建築，上面有精緻的雕刻。從這裏我們第一眼看到頤和園的門，那是在一百碼以外。園門一共有三處，中央是一個大門，兩旁各有一小門。中央的大門只有在太后出入的時候才開。左邊的小門正開着，我們的轎子就在門前停下了。在門外有五百碼距離的地方，有兩所房子是禁衛軍駐札的地方。

剛到的時候，我就看見許多官員在興奮地談論着，有幾個跑進門去喊道：“已經到啦！”我們走出轎子的時候，有兩個四等太監來迎接我們。這兩個太監領了十個小太監，帶了太后所賜的黃絲帘，當我們下轎的時候，他們把這簾挂在轎上，這對于我們算是一種極大的光榮。這兩個太監恭恭敬敬地站在門的兩旁，請我們進去。進了門，我們就到了一個鋪着瓷磚的大院子，約有二百碼見方，裏面有許多花臺和古松，松樹上挂了不少的鳥籠。就在我們經過的那個門的對面，有一排紅牆，上面也有三個門。左右兩邊各有一列矮房子，每列有屋十二間，是用作接應室的。在院子裏，大大小小的官員穿着禮服往來如梭，看來都是在無事忙；這原是中國人的特色。當他們看見我們了，就站住了腳，呆呆地看着。兩個太監引我們走進一間房子。這房子大約有二十英尺見方，很平凡地布置着黑漆的桌椅，上面有紅布的墊子。三個窗口都挂着絲的窗帘。在這裏還不到五分鐘，就有一個穿得很華麗的太監來對我們説：

“太后有諭：請裕太太和小姐們到東邊宮裏等候。”才聽完這句話，那兩個先前引導我們的太監就趕緊跪下答道：“是。”各種官員，每當接讀聖旨的時候，必須恭恭敬敬地跪下，好像真的看到了太后一樣。于是他們又叫我們跟着經過另一個左門到了另一個院子；情形大概和前一個院子相仿，只是在這院子的北邊有仁壽宮，此外，其他各房間也似乎比前一個院子裏的各房間稍稍大些。太監引導我們進入東邊的房子。這裏美麗地裝飾着細雕的花桌和椅子都覆着藍光緞子，四壁也有相同的裝飾，在房子裏我數一數有十四座不同式樣的挂鐘。不久，有兩個年輕的宮女來説，太后正在裝飾，叫我們稍等一刻。隔了兩個半小時，太后還沒有裝飾好，這是中國人的習慣，對于時間的遵守總是很馬虎的。雖然如此，我們并不心焦，因爲太監時時送來牛奶和各種不同的食品；這都是太后所賜的，還有所賜的金戒指，每人都有，它們都鑲着大而圓的珍珠。一會兒李蓮英來了，他是太監的主腦，着了禮服，大概是一位二品紅頂的官階。他戴了孔雀翎，是惟一可以戴孔雀翎的太監，他又老又醜，滿臉的皺紋，態度却很好，他奉太后的命令，送我們每人一個玉的戒指，并且告訴我們太后立刻會接見我們的。我們都很驚奇，太后還沒有和我們見面，就已經賜給我們這許多珍貴的東西，從這一點上，我們可以推想到太后一定是非常和善的。李蓮英走後不久，慶王的兩個女兒來了。她們問那兩個陪着我們的太監：

"她們能説中國話嗎？"我聽了不覺暗暗好笑，于是首先對她們説：

"自己國裏的話我們當然能説，雖然我們還能説好幾國的語言。"

她們都驚異地叫道："啊，多奇怪，她們居然能説得和我們完全一樣！"現在該輪到我們對她們驚異了，因爲我們再也不會想到宮中竟有這樣無知識的人，由此我們可以斷定宮中的人受教育程度是多麼的低下！不久有人來説太后已經準備見我們了。于是我們立刻動身。經過了三個與前相仿的庭院後，我們到了一個雄偉華麗的大殿。廊檐上都掛着牛角燈，燈上有紅的絲罩，拖着紅的繸子，繸子下面挂着美玉。在正殿的兩旁，有兩間小屋，雕刻極精細，也挂着燈籠。

在正殿的門口，我們碰着一個女人穿着和慶王一樣的裝束，不過在她的珠冠中央多了一隻鳳。這女子走出來和我們招呼，微笑着和我們握手，態度之自然，就是歐洲的貴婦也不過如此。後來人家告訴我們説這就是皇后，光緒皇帝的妻子。她説：

"太后叫我來接你們。"皇后態度溫雅有禮，雖然容貌不十分美麗，却使人覺得很可愛。忽然聽得殿裏高聲喊道：

"告訴她們立刻進來！"于是我們立刻進殿去。一眼就看見一位老太太，穿的黃緞袍上面綉滿了大朵的紅牡丹。珠寶挂滿了太后的冕，兩旁各有珠花，左邊有一串珠絡，中央有一隻最純粹的美玉制成的鳳。綉袍外面是披肩。我從來沒有看到過比這更華麗，更珍貴的東西。這是一個魚網形的披肩，由三千五百粒珍珠做成，粒粒如鳥卵般大，又圓又光，而且都是一樣的顏色和大小，邊緣又鑲着美玉的纓絡。此外，太后還戴着兩副珠鐲，一副玉鐲和幾隻寶石戒指。在右手的中指和小指上，戴着三英寸長的金護指，左手兩個指頭上戴着同樣長的玉護指。鞋上也有珠絡，中間鑲着各色的寶石。

太后看見我們，就起立和我們握手。她動人地微笑着，對于我們的熟知宮中禮節表示驚異。招呼過我們以後，太后就對我母親説："裕太太，我真佩服你，把兩個女兒教養得這樣好。雖然她們在外國住了那麼多年，可是她們的中國話説得像我一樣，并且她們怎麼會這樣懂得禮節？"

"她們的父親平時管教她們非常嚴厲，"我母親回答，"先教她們念中國書；她們自己也很努力地學習。"

"我真贊成她們的父親，"太后説，"對他的女兒這樣當心，并且給她們受這樣好的教育。"她拉着我的手，看着我微笑，并親了我的兩頰，于是對我母親説：

"我喜歡你的姑娘，希望她們能留在宮中和我做伴。"我們非常樂意地接受了太后的邀請，并謝了她的恩。太后問了許多關于巴黎的服裝的問題，并説希望我們以後常常穿這種服裝，因爲她在宮中實在沒有機會看到這種裝束。太后特別喜歡路易十五的高跟鞋。當我們正在和太后談話的時候，我們看到一位貴人站在離我們不遠的地方。過了一會兒，太后對我們説：

"讓我來把你們介紹給光緒皇帝，但你們必須稱他爲'萬歲爺'，對我則稱'老祖宗'。"光緒帝羞澀地和我們握了握手。他身長大約五尺七寸，相當瘦弱，但是有一副堅毅的表情；高鼻大額，光亮烏黑的大眼，寬闊的嘴，潔白整齊的牙齒，總而言之，他可以算是一個美男子。我發現他似乎有着重重的心事，雖然在我們面前他始終裝出一副笑容。

就在這時候，李蓮英來了。跪在大理石地上報告太后的轎子已經預備好了。太后叫我們和她同到朝堂去，在那裏她將接見各部的長官。朝堂離這裏不過是五分鐘的路程。太后的轎子特別大，由八個穿禮服的太監抬着。李蓮英扶着轎在左邊走，另有一個二等太監扶着轎在右邊走。轎前四個五品太監，轎後是十二個六品太監，各人手裏分別拿着太后的衣服、鞋子、手巾、梳子、刷子、粉盒、各式大小的鏡子、銀朱筆墨、黃紙、旱烟和水烟，最後一個人拿着太后的黃緞凳子，此外還有兩個老媽子，四個宮女。這一長串的行列非常有趣，使人想到一位貴婦的化妝室生了腳在跑了。皇帝在轎子右邊走，皇后在轎子左邊走，其餘的宮眷也都在轎子左邊走。

朝堂大約有二百尺長，一百五十尺寬，左邊有一張長桌蓋着黃緞。太后下了轎就進殿登寶座。皇帝就坐在太后左邊一個較小的座位上。大臣們都隔着桌子面向太后跪着。

朝堂的後面有一個壇，大約有二十尺長，十八尺闊，周圍有兩尺高的雕刻精美的欄杆，前面有兩個門，大小恰能容一個人出入；走完六級階梯就可以到這門。在這壇的後面有一個小屏風，壇前正中是太后的寶座，緊靠着寶座後面是一個極美麗精緻的木刻的屏風，是我生平從未見過的，大約有二十尺長，十尺高，太后前面是一張狹長的桌子，太后左邊是皇帝的寶座。壇上器物和裝飾品都刻着華麗的鳳穿牡丹花，全殿的木材看來都是烏木。在太后寶座的兩旁各有一枝翣，用孔雀毛做的，下面裝有烏木的柄。殿內一切陳設都用黃絨鋪飾。

太后將要入座的時候，叫我們和皇后、宮女等都到屏風後面去。在那裏，我們可以清楚地聽到太后和大臣們的談話。讀者不久就可以知道我是怎樣利用了這一機會。

御劇場

這一天在我腦海中留下了許多光怪陸離的印象。在這一群和外界完全隔絕的婦女中，我被她們看作一個奇怪的人物，并且成爲她們發問的目標。不久我就覺察到她們正像世界各地的女子一樣，好奇而愛説話。慶王的第四個女兒是一個年輕美麗的寡婦，她問我：

"你是真的在歐洲長大而受教育的嗎？我聽人家説，誰到那個國家喝了那裏的水，就會把本國的一切完全忘記，你能講他們的言語，是學習而得的，還是因爲喝了他們的水？"我提起在巴黎的時候曾碰着她的哥哥載振，那時候他正預備到倫敦去參加英王愛德華的加冕典禮。要不是因爲我父親負責交涉雲南事件，我們是很可能和他同去的，因爲那時候我們也接到一張請帖。她又説：

"難道英國也有國王嗎？我一直想太后是全世界的女皇。"她的姊姊，是光緒皇帝的弟婦，是一個恬靜高貴的女子，她站在一旁微笑着，靜靜地聽這些問題。這些人問了我許許多多的問題。最後皇后説：

"你們怎麼那樣無知！我知道每一個國家都有一個領袖，有些國家是共和國，像美國就是；美國和我們是很友好的。不過有一點我覺得很可惜，就是現在到美國去的都是些平民，使美國人以爲我們中國人都是那種樣子的，我希望能够有幾個滿洲的貴族去，讓他們知道我們的貴族是怎麼個樣子的。"後來她告訴我她正在看一本中文譯本的世界史。她似乎是個很有教養的女子。

退朝後，太后叫我們從屏風後面出來，并且要我們一同到戲院裏去看戲。她説，今天天氣極好，她願意步行去。于是我們就出發，我們在她後面稍稍隔開些距離，這是規矩。一路上她時時刻刻指給我們看她所特別喜歡的東西，這樣她得時時回過頭和我們説話，所以索性叫我們走上前和她并排而行。後來我才知道這是一種極大的光榮，她以前難得叫人家這樣做的。她，像普通人一樣，愛着各種生物，像花草、樹木、狗、馬等都是她所喜歡的。有一隻狗太后特別寵愛，無論她到什麼地方，這隻狗總是跟着同去。我從沒有見過比它更馴良的狗，沒有什麼適當的名字可以叫它；太后因爲它美麗，就叫它"水獺"。走了不多路，我們到了一個大庭院，從這裏走上一條環山的游廊，那是直接通往戲院去的；所以不久我們便到了戲院。這戲院完全不像所想象的樣子，這是沿着庭院的四邊築成的。戲臺共有五層，上三層是作貯藏室和張幕用的。第一層就是普通的戲臺，第二層是築成廟宇的形式，作爲演鬼神戲劇的時候用的；太后最喜歡這種喜劇。臺的兩邊有兩排矮房，是太后賞賜王公大臣們聽戲的地方。正對戲臺，有大屋三間，是太后聽戲的地方，大約高出地面十餘尺，和戲臺在同一水平面。前面是大的玻璃窗，在夏天可以移去，換上藍色的紗格。三間房屋中，兩間是可以坐坐休息的，靠右一間是太后的臥室，橫在前面的是一鋪炕，可坐可臥，隨太后喜歡。那天太后就帶我們進這間屋。後來人家告訴我，太后常常喜歡在這間屋子裏聽戲，聽得倦了就躺下睡覺；鑼鼓的喧鬧，對于她絲毫沒有影響，她照常可以睡得很甜。讀者如果到過中國戲院，一定可以想象得到在這種喧鬧中，睡神是多麼不容易來插足啊！

我們剛走進這間臥室，戲就開場了，第一出是"蟠桃會"。開幕的時候只見一個天使穿着黄袍，左肩上披着紅袈裟正從一朵雲裏下降，來請所有的和尚參加蟠桃會。看去那演員確是在棉花做成的雲朵上騰空飄浮，這使我覺得非常奇怪。布景的更換和其他種種都是非常聰明，所以看了一會兒之後，我斷定這一批演員都是技巧極高明的，他們絲毫用不到機械的幫助。

當這天使正從天上降下的時候，在戲臺的中央就有一座寶塔升起，裏面有一位菩薩捧着香爐在念經；接着從戲臺的四角又升起四座小寶塔和第一座一樣，裏面也各坐着一位菩薩。當那天使剛降到地上，五個菩薩就從塔裏走出，同時那些塔也自然而然不見了。于是這些人就在臺上邊走邊念，不久，臺上的人漸漸增加，走成一個圈兒。這時候有一朵粉紅的大荷花帶着兩瓣綠色的大葉子從戲臺面升起。當花瓣漸漸張開的時候，我看見一個美麗的觀音菩薩，穿着綢衣，戴着白的頭巾站在花中。當葉瓣張開的時候，有一對童男童女分別站在葉瓣中間。花瓣完全張開後，觀音菩薩就漸漸上升。同時花瓣再漸漸閉攏，最後，觀音菩薩已站在花苞的尖端了。童女站在觀音右邊的葉瓣上，手中拿着一個玉瓶和一枝柳條。傳說當觀世音把柳條蘸了玉瓶裏的液汁灑在死人身上的時候，就能使他起死回生。這一對童男童女算是觀音的侍者。

最後，三個都從花瓣葉瓣上走下來加入其餘的菩薩中。這時候天后王母娘娘從天上下來了；她是一位和善的老太太，有着一頭雪白的頭髮，從頭到腳都穿着黃色，後面跟着許多侍從。王母娘娘莊嚴地登上了臺中央的寶座，然後說：

"現在我們到宴會場去吧。"于是第一幕就結束了。

第二幕開場，臺中是王母娘娘所設的筵席，桌上堆放着蟠桃和美酒，有四個侍者管理着。忽然一隻蜜蜂飛進來，在侍者的鼻子下面撒了一些粉末兒，他們便都熟睡了。于是這隻蜜蜂再回去報告孫行者，孫行者立刻趕來把這些蟠桃美酒飽吃一頓，于是又遁隱了。

一陣音樂，報告王母娘娘駕臨了。接着就是王母娘娘帶着所有的菩薩、侍從上場。當她看到桃子和美酒都沒有了，便立刻喚醒睡着的侍者，要他們報告事情的經過。他們說他們也不知道。他們正在等王母娘娘駕臨，不知不覺地就睡着了。一位來賓提議：派使者出去問衛兵，剛才有誰進來過？使者還沒有回來，衛兵就來報告說：剛才一隻大猴子，喝得醉醺醺，拿着一根大棒出去了。王母娘娘立刻派了使者和衛兵去傳這猴子來。這猴子原是一塊頑石化成的，住在地面上一個山洞裏。但因爲它有騰雲駕霧的本領，王母娘娘就讓它到天上來替她守果園。

當這些衛兵和使者到了地上，找到了山洞，只見孫行者正在和許多猴子大吃着它從天上帶來的桃子，他們要孫行者出來打一下，孫行者立刻答應了。但是這許多兵都對它無可奈何，因爲它從衣袋裏拿出一撮毫毛，一會兒每一根毛都變成了一隻猴子：像它自己一樣，手裏拿着鐵棒。它自己的一根鐵棒非常特別，是海龍王所賜的，能够任意變大變小，小到像一根綉花針，大到像一根鐵柱。有一位菩薩放一隻極有本領的狗去咬孫行者，把它咬倒了，于是大家把它捉住，帶到天上。王母娘娘吩咐把它放在一隻大香爐裏燒死，燒了許多時候，大家以爲它早死了，就離開了它。不料它并沒有死，它偷偷地逃出來，偷了幾顆丸藥，一直逃到地上的山洞，它的老家裏去，它知道這丸藥只要吃一顆，便會長生不老。于是它吃了一顆，覺得滋味很好，便把剩下的分給許多小猴吃。這時候天上使者發現猴子逃走，丸藥也缺少了，立刻去報告王母娘娘。于是第二幕就算結束。

第三幕開場是王母娘娘差了一位小神仙哪吒去捉孫行者。孫行者絲毫看不起他，説道：

"你這麼一個小孩也想來和我鬥嗎？好，來吧！"于是各施法寶，鬥了許久，仍舊是孫行者占優勢。王母娘娘覺得非常失望，最後請了最有權威的佛祖如來和觀音同去收服孫行者。孫行者早知道如來是誰，嚇得一句話也不敢説。如來向它用手指一指，它立刻跪下，于是如來帶了孫行者去，把它壓在一座山下，告訴它要等它性子改好才放它出來。并對它説：

"將來有一天一個聖僧要到西天去取經，那時候我會把山舉起來讓你出來，一路上你必須保護他。雖然你將要碰到許多困難，但如果經能取到，那麼你以前的罪都可以免，你可以再回到天上過快樂的生活。"到這裏，全劇算結束了。

這出戲從頭到尾，都使我感到興趣，演得非常聰明而逼真。當我知道這戲完全是太監演的時候，我更加驚異不止，想不到太監竟有這樣的才能。太后説布景都是太監畫的，種種設計都是依太后的主張。這裏的戲不像普通中國戲院裏那樣，而是依着情節分成好幾幕，太后雖沒有到過外國，但有不少地方却設計得和外國的劇情相仿，使我暗暗驚奇。太后喜歡看宗教書籍和神鬼故事，并且常常把它們編成劇本，親自排演。

對于這一點，太后自己覺得是一件值得驕傲的事。

太后坐着，我們站着談了一會兒天。太后問我懂不懂劇中情節，我回答她都懂，她似乎很高興。一會兒太后和藹地説：

"哦，我和你們談得高興，竟忘了吩咐預備飯了，你們餓了嗎？你們在外國能吃到中國菜嗎？你們想家嗎？要是我在外國這許多年，一定要想家的，不過你們知道，住在外國這許多年并不是你們的過失，是我派裕庚到法國去的。并且我絲毫不用懊悔，我爲你們而驕傲，我要讓外國人知道我們中國女子也能够説外國話。"正當太后這樣説着，已經有幾個太監在外間擺下了三張桌子，都鋪着雪白的桌布，另外有許多太監捧着食盒候在庭院裏。這種黃漆的食盒裏可以放四隻小碗、兩隻大碗。桌子擺好後，庭院裏的太監就排成兩排，一個個將食盒傳過來，最後是四個穿得極講究的太監接過食盒放在桌上。

太后有一種脾氣，就是不喜歡在固定的地方用膳，到什麼地方就在什麼地方用。我還得附帶説明，這些碗都是黃的底色，上面用綠色畫成龍或寫着"壽"字。

我數了一下，食品一共有一百五十種，排成好幾行：一行完全是大碗，一行完全是小碟子，一行完全是小碗……就這樣分類排列着，當這裏正在繼續上菜的時候，有好幾個宮眷捧着黃色食盒進來。我非常奇怪宮眷居然也要做這些事情，那麼我在這裏，將來是不是也要做同樣的事呢？雖然這些食盒看來都很重，但她們都拿得極自然。在太后前面已經擺好兩張小桌子，于是她們打開食盒，取出精緻的果盤，裏面放着糖蓮子、核桃、瓜子等各式果品。這些東西都放好後，太后説她喜歡糖食比肉還甚，又賞賜了我們些，叫我們不要客氣。我們謝了她，并且吃得很有味。我發現太后的食量相當大，每隻碟子裏她都吃得不少，我不信她等一會兒還吃得下午餐。太后吃罷了就有兩位宮眷來把食盒拿開；太后告訴我她常常把剩下的賞給她們吃。

不久一個太監拿進一杯茶來，茶杯是純白美玉做的，茶托和碗蓋都是金的。接着又有一個太監捧着一隻銀托盤，裏面有兩隻和前一隻完全相同的白玉杯子，一隻盛金銀花，一隻盛玫瑰花，杯子旁邊還有一副金筷。兩個太監都在太后面前跪下，將茶托舉起，于是太后揭開金蓋，夾了幾朵金銀花放進茶裏。太后一邊啜茶，一邊對我們説她最喜歡這種花，放到茶裏有一種特別的香味。又説：

"我讓你們也嘗嘗，看你們喜歡不喜歡。"于是命太監送茶來，太后親自放進金銀花，然後看着我們飲。我們一嘗果然極好，放了幾朵花後，這茶變成這樣一種美味的飲料，是我以前從没有嘗到過的。

和太后同餐

　　茶後，太后帶我們到外間去，那裏餐桌已經鋪設好。我想太后已經吃了這麼多糖食，難道還能吃飯嗎？太后一走進餐室，就吩咐將蓋子一齊去掉。于是太后坐首席，叫我們立在下面。她説：

　　"往常在戲院裏總是皇帝和我同餐的，不過今天他怕難爲情，因爲他和你們還不熟，我希望他不久就會和你們熟起來。今天還是你們三人和我一同吃飯吧。"當然我們知道這是一種極大的榮耀，立刻叩頭謝恩。叩頭實在是一件費力的事，不過後來漸漸地習慣了，倒也不覺得怎樣難。

　　開始吃的時候，太后命太監替我們擺上碟子、銀筷、銀匙等，并且説：

　　"我覺得非常抱歉，要你們站着吃，但是這是祖上傳下來的規矩，我不能改變；就是皇后在我面前也從不坐的。我知道，這種規矩若讓外國人知道，一定要笑我們野蠻，所以我不大願意讓宮裏事情傳出去。在他們面前，你不久就可以看到我，得裝出一副和現在完全不同的態度，所以他們根本不能認識我的本性。"

　　當太后和我母親説話的時候，我就注意着她，暗暗地驚奇太后食量的大。

　　牛肉在宮中是不準吃的，因爲牛會耕田，所以吃牛肉是一種很大的罪過。菜肴中大部分是豬肉、羊肉、鷄、鴨、蔬菜等。今天豬肉就有十種不同的燒法，肉圓有紅白兩種，紅燒肉是用醬油煨的，極可口，有笋炒肉絲、櫻桃煨肉、葱炒肉片，後者太后極愛好，也合我的胃口。還有豬肉鷄蛋餅、白菜煨肉、蘿蔔煨肉等，羊肉、鷄鴨也有好幾種煮法。在桌子中央是一隻大碗，口徑約有二尺，和其他碗蓋一樣是黃底色的瓷器，這裏面盛着清湯魚翅、全鷄全鴨。魚翅在中國算是一種珍貴的食品。此外還有熏雞熏鴨，是用松柏的枝葉覆在雞鴨上面放到火上熏熟的，爲的是利用松柏的清香。

還有一碟子食品也是太后所喜歡的，那是熏猪肉的皮切成小塊放在油裏一炸而成。

滿洲人不習慣常吃米飯，而喜歡麵食，今天麵食的種類也不少，有烘的、有蒸的、有油炸的。有甜、有咸，制成各種美麗的形狀。像龍形、花形、蝴蝶形等。還有一種是中間有餡心的。又有各種的醬，也是太后極喜歡吃的。此外還有糖湯煮的綠荳糕、花生糕等。

雖然太后叫我們盡量吃，但是我總不能吃得很多，因爲我忙着注意太后，聽她講話。最後還有大米、小米等煮成的各種粥。太后説吃過了肉之後我們應該把粥吃完。

吃罷後，太后站起來説：

"現在你們到我臥室裏去吧，好讓皇后宮眷等吃飯。她們總是吃我剩下的。"于是我們跟她走入臥室，我就站在門邊看，只見皇后和宮眷都走進外間站在桌子周圍吃；吃的時候没有一些聲音，太后從來没有叫她們坐着吃。

這時候戲臺上繼續在演神怪故事，但是都没有"蟠桃會"那樣有趣。太后躺在炕上，太監送上茶來。太后吩咐替我們也送幾杯。讀者可以想象到，太后待我們這樣的好，我們是多麼高興啊！中國人向來把君主當作神明，君主的命令就是法律，和君主講話眼都不敢正視，這是表示極大的敬意。像我們今天這種特別的機遇，恐怕是破天荒第一次呢。從前常聽人家説起，太后脾氣極暴躁，現在我們看太后待我們這樣和藹，對我們講話完全像慈母對子女講話，使我相信以前的傳説是錯誤的，太后實在是世界上最仁慈的女子。

太后休息了一會兒對我們説：

"現在時候不早了，你們回家去吧。"于是賞賜我們八隻裝滿果實糕餅的食盒，并對我母親説：

"把這八盒食物，帶給裕庚吃，告訴他好好地養病，服我這兒送去的藥，希望他不久就能恢復健康。"我想，從巴黎回來後，父親一直病着，恐怕不能吃這些東西，不過他一定很感激太后的恩典。

或者大部分讀者都知道，凡太后有賞賜，應該叩頭謝恩。所以當太后送我們食盒的時候，我們又叩了頭。

臨走的時候，太后對我母親說她很喜歡我們，希望我們住在宮裏做她的宮眷。我們知道這又是一件榮耀的事，所以又叩頭謝恩。太后又問我們幾時可以進宮，告訴我們進宮時只需稍帶些衣服用品，一切她都會替我們準備好，希望我們兩天之內就能回到宮裏來，并且領我們去看她預備給我們的房子。這房子共有三大間，在太后所住的樂壽宮的左邊。這宮建築在湖邊，是太后最喜歡的地方，讀書休息都在這裏。興致高的時候，就到湖裏去劃一會兒船。在這宮裏有許多房間，每間都有一定的用處。

看完了屋子，我們就與太后、皇后和許多宮眷告別，經過了長長的歸途，帶着疲乏的身子和快樂的心情回到了家裏。這是我們一生中最不平凡的一天。

一進家門又是一件使我們詫异的事——幾個太監已預先等候着我們了，帶着太后賞賜我們的每人四匹宮緞。照例，我們又得叩頭謝恩。這一次的禮物是送到家裏的，所以我們將緞子放在房間中央的桌子上，對緞子叩了頭，并請太監回去轉告太后。我們受了太后這許多珍貴的禮物，心裏實在感激。

另外還有個規矩，就是太監送東西來，我們應當給力錢。所以我們給了每個太監十兩銀子，後來我知道每次太后派出送禮的太監，回到宮裏的時候，就得向太后報告受禮人對于太后的恩惠有什麼表示，怎樣謝恩，賞賜些什麼給太監，這種賞賜太后認爲是正當而許可的。太后還問了許多問題：關于我們的房子，關于我們對太后的態度等等。宮裏這班人都喜歡説話，我們後來住到宮裏去，他們就滔滔不絶地叙述那天我們回家後，太后説了些什麼關于我們的話。

我母親因爲父親病着，很不願意離開他到宮裏去，但是又不可以違反太后的懿旨，所以三天之後我們到底到宮裏去了。

進宮的第一天是個最忙的日子，我們先得去謝太后的恩賜。太后説她今天很忙，因爲她正要接見一位俄國大使的夫人渤蘭康太太。她還帶着沙皇全家的相片送給我們太后。太后問我懂不懂俄語，我告訴她我不懂，不過大部分俄國人都能説法語。對于我的回答太后似乎非常滿意，但是她故意説：

"你爲什麼不對我説你懂俄語呢？反正我什麼都不知道！"説着，不住地拿眼睛瞟了一個宮眷。我想其中一定有原因，大概是那位宮眷曾經欺騙了太后；因爲我看出太后的意思似乎很贊賞我的肯説真話。不久我的猜想就證實了，那個宮眷被太后趕出宮去了，因爲她説她能説俄語，實際却一字不懂。

除了這件事以外，今天又是太后的侄兒德裕訂親的日子，宮中又有戲。照滿洲貴族訂親的規矩，必須有兩個貴族家的女子到新娘家去，新娘預先盤着膝閉着眼坐在床上，她們兩人就把一個一尺半長的玉如意放在她的膝上，再將兩個繡花綢制的小荷包挂在她的紐扣上，每個荷包裹放着一枚金圓。再將兩個戒指套在新娘的手指上，戒指上刻着"大喜"兩個字，玉如意的意思就是"萬事如意"。

儀式静穆而簡短。禮畢她們就回到宮裏，并且差人報告太后，儀式已經完畢。

接見俄國大使的夫人

　　早一天，誰都沒有對我們說過俄國大使的夫人要來。我們對太后說我們必須換了衣服才能接見這位太太。我們平時在宮裏穿的都是簡便的短衣，因爲宮中沒有地毯，長衣服拖在地板上很容易拖壞，更麻煩的，是太監們還時時踏着我們的長裙，所以我們決定，爲方便起見，我們平時在宮中就穿短衣服。太后說：

　　"爲什麼你們一定要穿長衣服？拖着長長的尾巴，遠不如短衣服好看。你們第一天進宮的時候，我看到你們衣服後邊拖着尾巴就覺得好笑。"我們剛要解釋，太后又說道：

　　"我想是長衣服比短衣服莊重些，對嗎？"我們都說："是。"于是她就說：

　　"那麼趕快去，換上你們最美麗的長袍吧。"于是我們都匆匆忙忙地換衣服，我和妹妹穿着淡紅鑲花邊的禮服，我母親穿的是灰色而綉着黑色芙蓉的禮服。我們穿得忙極了，太后派太監來看我們到底有沒有穿好。當太后看到我們的時候，不覺叫道：

　　"啊，三位拖着長尾巴的仙女！"又問我們：

　　"你們走路的時候，手裏要提起半件衣服不是很累嗎？這種禮服的確好看，但是我總不喜歡那尾巴。衣服後面必須拖這尾巴實在沒有理由。我不知道外國人看見我讓你們穿西裝不知會發生什麼感想；也許他們不會贊成。不過我的意思是要他們知道我對于外國的服裝也很講究的。我得承認，我還沒有看到過一個外國女子穿得像你們這樣漂亮，我相信外國人都不如中國人富，他們戴着極少的珠寶。人家告訴我，世界上沒有一個皇帝有像我這麼多的珠寶，雖然這樣我還在隨時增添我的珠寶。"

　　我們忙着準備一切，等候渤蘭康太太光臨。大約在十一點鐘光景，她來了，先由我妹妹在會客廳接見她，然後引她進仁壽殿見太后。太后登了寶座，皇帝坐在太后左邊，我站在太后右邊做翻譯。太后穿着黃緞繡袍，上面繡着彩鳳和"壽"字，還鑲着金邊，滿身挂着鷄蛋般大的珍珠，手上戴着許多金鐲、金戒指和金護指。我妹妹領着渤蘭康夫人進殿，夫人就向太后行禮，太后也與她握手，夫人呈上沙皇全家的相片。太后講了一篇措辭極美的歡迎辭，并謝了沙皇帝后的盛意。我都替她翻成了法語，因爲大使夫人不懂英語。太后又命皇帝與夫人相見，于是皇帝與她握手，并問俄皇帝后安好。于是太后走下寶座帶大使夫人到她的宮中，在那裏她們談了約有十分鐘。太后又命我引夫人見皇后。

滿洲規矩，對于婆媳之間的禮節定得極嚴，大使夫人朝見太后的時候，皇后一直坐在屏風後面。于是我引着夫人到屏風後見皇后。見過後，我們就到餐廳去，那裏，滿洲式的菜已經預備好了。

這裏我得解釋一下漢制與滿制不同的地方：漢俗是將所有的菜都放在桌子中央，各人用筷自由挾食；滿俗却是每人一份，同歐洲各國一樣。太后認爲這種吃法很高尚，又清潔，又省時間。宮中的菜總是乾净而精美的，尤其是有外國客人的時候。這次招待大使夫人的席上，當然有説不盡的佳肴，像魚翅、燕窩等都是極名貴的食品。

那天早晨，太后就吩咐餐桌要布置得好看。入席的時候，果然覺得布置得極好，除了平時的食器外，每人還有一個金的龍座，桃式的白銀碟子，裏面裝着杏仁、瓜子，除了筷子之外，還有刀和叉。

太后和皇帝從來不和客人同席，所以這次陪大使夫人的都是公主和宮眷。吃到一半的時候，有一個太監進來説太后立刻要見我，我聽了心裏一驚，以爲一定是什麼事情做錯了，太后要責備我一頓；不然就是太監報錯了；這是宮裏常有的事。可是相反地，我看到太后滿面笑容地等着我。她説渤蘭康太太真是一位體面有禮的女子。以前來宮裏的女子都没有像她這樣知禮，有些女子舉止都不大適當。她又説：

"她們以爲中國人什麼都不懂，很看輕我們。一切我都看得明白了，自以爲是文明的、有教養的到底是怎麼一回事！而她們所認爲野蠻的，比起她們來，似乎文明得多，有禮得多!" 凡有外國女子來，不管態度怎樣不好，太后總是和她們很客氣。但是等她們走後，太后就要對我們批評誰好誰壞了。太后說完後，交給我一塊美麗的翡翠，要我帶給大使夫人。大使夫人接了翡翠，要親自去謝謝太后，于是我又陪她到宮裏。

餐後，大使夫人說承蒙太后優待，她非常感激。臨走的時候，我們送她到殿前，她的轎子已經在等候她了。

太后曾經定下一個規則，凡是將客人送走以後，陪客的人必須去向她報告一切。我想太后多少有一些像普通女子那樣的喜歡閑談。太后問我們渤蘭康太太說些什麼，所賜的翡翠是否歡喜，對今天的菜是否贊美等等的問題。

太后大大地稱贊我翻譯得好，她說：

"以前從來没有人翻譯得像今天那樣，我雖然不懂外國話，但是我聽得出你講得很流利。你到底怎麼學的？我以後永遠不讓你離開我了。有時候外國女子自己帶着翻譯來，可是我一點都聽不懂他們的中國話，我很勉强猜測她們的意思。我實在喜歡你，我要你一生跟着我，將來我替你訂一門親，不過現在暫時不告訴你。"

太后的話使我非常高興，我知道我得到了太后特別的寵愛，不過訂親的事使我感到非常不安，我最不願意提起這種事情。後來我把這事告訴我母親，她叫我不要擔憂，以後如果太后再提起這事，我可以拒絕的。

當我們把渤蘭康太太所説的話都告訴了太后之後，太后叫我們回去休息休息，因爲我們今天起身特別早，而且做了許多事情一定很疲倦了。她現在也不需要我們。于是我們向她行了禮，請了安便退了。

做了太后的侍從

我們所住的房子共有四大間和一個大廳，四間屋中我們三個各占一間，其餘一間就給侍女們住。太后派了一位太監來侍候我們。這太監對我們説太后還派了四名小太監來這裏供我們使喚，如果他們不聽吩咐，可以告訴他。他又告訴我們他姓李。但是宮中姓李的太監非常多，很不容易分辨清楚。

離開了太后，姓李的太監陪着我們走了許多時候才走到我們的屋子。到了以後，太監指着一所宮殿説：

"那就是太后自己的宮殿，也就是我們離開的宮殿。"我不懂，爲什麽相距這麽近却要走這許多時候？他告訴我們：

"這一所房子是在皇帝的宮殿的右邊，從這所房子到太后的宮殿的通路，太后已把它截斷了，至于這是什麽原因，我現在不能説。你看這房子本應該朝東的，現在却是朝着湖。"

"朝着湖不是很好嗎？我倒喜歡這樣。"我説。

"等着吧，"他微笑着説，"慢慢地你聽得多了，看得多了就會知道這是一個奇怪的地方！"

太監的話使我非常驚奇，但是我又不願意多問他。他又告訴我們皇帝的宮就在我們後面，很大，和太后的宮相仿，我們依着他所指的方向看去，果然看見皇帝的庭院裏的樹木伸出在屋檐之上，于是他又指着皇帝宮殿後面一所大房子，比皇帝的宮稍稍低些，也有一個大庭院，他説這就是皇后的宮。這宮的兩邊緊貼着兩所房子，左邊一所是瑾妃的住室。他告訴我們皇帝和皇后的兩個宮，本來有路相通，但自從老佛爺將路隔斷後，皇帝和皇后就不能相通了，除非經過太后的宮殿。我想這也許是太后監視皇帝皇后的一個方法。不過這些對于我都還是新聞，我不能下什麽判斷。我恐怕李太監還要説出許多奇奇怪怪的事來，所以趕緊對他説我很疲倦，想回房裏去休息一會兒，他這才走開了。

走進房裏，仔細地看一下周圍，發現這裏面陳設極精緻，家具都是烏木的，上面鋪着紅色的墊子。窗上有紅紗窗帘。窗下磚砌的炕，上面鋪着木板。前部中央有一個洞，冬天可以在這裏生火，在白天炕上可以放炕几，晚上睡的時候可拿開。

不久有太監送飯來，放在廳裏的桌上，説是太后吩咐送來的，叫我們隨意吃些好了。我們非常疲倦，不能多吃。剛要睡的時候，李太監又來了，説明天早晨五點鐘必須起身，不可以遲。于是我叫太監到了五點鐘在我窗上敲幾下。我們一時也睡不着，就躺在床上談談今天所碰到的新奇的事情。這樣談着，就漸漸地入睡了。似乎才睡着，就聽得敲窗子的聲音。

我立刻起身打開窗子看，天已經亮了，現出一片美麗的紅色照在平静如鏡的湖上。這真是一幅可愛的景致，在遠遠的地方，我看到太后的牡丹山，那裏，牡丹花鋪滿了整個山。我趕緊穿戴好了，就跑到宮裏，看見皇后早已坐在走廊裏了，我向她道了早安。皇帝的妃子也在，但是我已受到吩咐不必向她行禮，因爲妃子并不算是有體面的人。此外還有許多宮眷，其中有不少是我不認得的。皇后把我介紹給她們，并告訴我她們也是宮眷。她們都是滿洲高級官員的女兒，有幾個長得非常美麗。皇后告訴我這十位（她們恰巧是十位）都是從來沒有見過太后的，她們現在正在宮中學習。她們都穿着極華麗的滿洲裝，和皇后穿的同一式樣。

我和這些宮眷稍稍談了一會兒之後，就跟着皇后進去，碰着了慶王的第四女兒四格格和一位年輕的寡婦袁大奶奶，她是太后的侄媳婦，今年才廿四歲，她們正在忙着爲太后準備一切。皇后對我們説，我們現在須馬上到太后寢室去幫太后穿衣服。于是我們立刻就走，見了太后，我們都説"老祖宗吉祥"，太后還在床上，微笑着問我們昨晚睡得好嗎。我們回答她很好，房間也很舒適。其實我心裏在想：不過是那睡着一會兒是睡得好的，可是實際我們睡的時間還不及我們所需要的一半。前一天的忙碌使我們覺得很不習慣，因爲我們來來回回地跑了許多路。

她問我們有沒有用過早餐，我們說還沒有。她就責備李太監不該忘記了預備我們的早餐，她說：“你們在這裏不可以像陌生人一樣，要什麼就向他們要。”

太后向來是穿着衣服睡的，所以她起身的時候，第一就穿上她的白綾襪，用美麗的絲帶繫住。雖然太后穿着衣服睡，却是每天更換的。她穿上一件粉紅色的柔軟的汗衫，外面套上綉着竹葉的短袍；因爲在早晨她總是穿平跟鞋，所以不能穿長袍。穿好之後，太后就走到窗前，那裏有兩張長桌，放着各色的化妝品。

太后在洗臉梳頭的時候對我母親說：

“我不要宮裏的侍女、太監或老媽子碰到我的床，因爲他們都弄不乾净，所以我的床總是宮眷替我收拾的。” 說到這裏她回過頭來對我們姊妹倆說：“你們兩人不要奇怪以爲宮眷也要做這種低賤的事情。但是你們想，我已經這麼大的年紀，可以做你們的祖母了，那麼你們替我做些事情也算不得過分吧？輪到你們倆的時候，你們可以指揮別人做，用不到自己動手。” 她對我說：“德齡，你對我是個極大的幫助，我讓你做頭等的宮眷，你不必做許多事情，只須在外國使者來朝見的時候，做我的翻譯好了。同時我還要你替我管珍寶，不要你做一些粗事情。容齡可以撿她喜歡的事情去做。除了你們兩人外，還有四格格和袁大奶奶。你們四人可以一起工作。你們對她們不必很客氣，假如她們對你們不好，你們可以告訴我。” 聽到太后這許多贊美的話，我心裏當然很高興，不過我知道照規矩我得謙虛一番。于是謝了太后并且說：

“我才能薄弱，恐怕不能擔當這樣重的責任，最好讓我做些平常的事情，我一定盡我的力學習，使我能够忠心侍候太后。” 不等我說完，太后就笑起來，喊道：

“算了，別説這些話吧！你真太謙虛了。你確是個聰明的姑娘，一點不高傲，我真奇怪，你雖然在外國住了那些年，却是個標準的滿洲姑娘，極小的禮節都懂得。” 太后很喜歡開玩笑。又對我說：

"你姑且試試看，要是你做得不好，我自然會責備你而叫別人來代替你的職務。"太后既然這樣說，我當然就接受了。于是我走到床前去看她們怎樣鋪，因爲這也是我的責任，將來總會輪到我料理的。原來這是很容易的事：太后起床後，太監就把被褥拿到庭院裏去晾。再拿床刷把刻花的木床刷乾净，鋪上氈子，上面再鋪上三條黃緞的褥子，以後又鋪上幾條顏色不同的黃緞褥單，繡着金龍藍雲頭。太后還有許多刺繡得很美麗的枕頭，白天就把它們放在床上。有一隻枕頭中間裝着茶葉，是太后日常用的，據説茶葉可以保護眼睛。另外有一隻很特别的枕頭，大約有十二尺長，中間開一個三尺見方的洞，裏面裝着乾花。若睡在這個枕頭上，將耳朵貼着洞，什麽細小的聲音都可以聽到。這樣，無論誰走近太后的床，太后總會知道。

在黃色綉花褥單上，高高地叠着各色的被六條，有淡紅、淡藍、綠色、紫色等。床的頂部有雕刻精細的木架子，懸着雪白的綉花綢帳，挂着許多小小的絲織網袋，裏面裝滿着香料。香氣非常濃烈，使不習慣的人覺得頭痛，太后也喜歡麝香，常常用到它。

大約十五分鐘後，我們把床已經鋪好了。轉過身來看見一個太監正在替太后梳頭髮，于是我就站在旁邊看。太后年紀雖然已經那麽老了，頭髮却又黑又軟，好像黑色的天鵝絨，太監替她在中央分開，梳到耳朵背後，然後繞上頭頂盤成一個很緊的髮髻，髻的中央橫貫着兩枚大針。太后總是先梳頭後洗臉。太后有好幾打不同的香水肥皂。洗好了臉，她先用一塊軟毛巾輕擦，然後灑上花露蜜，撲上淡紅色的香粉。

梳洗完畢，太后對我説：

"你一定很奇怪，像我已經這樣大年紀的了，居然還花了這許多時間和精神來打扮自己。的確，我很喜歡打扮自己，也喜歡看别人打扮得好看。小姑娘們打扮得美麗，我看了就覺得高興，于是也希望自己能變得年輕些。"我説太后的確看來又年輕又美麗，我們雖然比太后年紀小，却遠不如太后。太后喜歡人家恭維她，聽到我這樣説，似乎很高興。那天早晨，我就盡我最大的力注視着什麽是太后所喜歡的，什麽是不喜歡的。

太后又帶我到一間她藏珠寶的房間。這房間三面都是木架子，一格格地排着從地一直到屋頂，架子上放着烏木的匣子，裏面都藏着珠寶。每個匣子外面貼張小的黃條，寫着這匣子裏所放的東西。太后指着右邊架子上的一排盒子對我説：

"這些都是我日常所戴的，你得常常查看查看，有沒有缺少。其餘的都是在有特別事故的時候戴的。在這間屋裏，大約有三千盒，還有許多鎖在別的房裏，等我有空的時候帶你去看。"她又説：

"可惜你不懂中文，不然我可以將所有珍寶開一張單子給你，讓你常常可以照着單子查點。"我聽了驚異得很，不知是誰告訴太后我不懂中文的，我很想知道是誰，却又不敢問，只得對太后説：

"我雖然沒有在中國文字上用過功夫，可是也曾讀過一個時期，所以稍稍能够讀一些，寫一些。假如太后要開單子給我。不妨讓我試試讀讀看。"

"這真奇怪得很，"她説，"你第一天到宮裏來的時候，就有人告訴我你中文一點都不懂，可惜我已經忘記了那是誰。"太后一邊説，一邊就環顧四周。我相信太后并沒有忘記那是誰，不過不願意告訴我罷了。她又説：

"今天下午要是有時間，我和你一同把單子看一遍，現在，把第一排的五隻盒子拿來。"我把這五隻盒子送到她房裏，放在桌上。她打開第一隻盒子，這裏面是一朵最美麗的牡丹花。用珊瑚和緑玉做成的。花瓣做得像真的一樣會抖動的。這朵花是用極細的銅絲將珊瑚串成。太后將這朵花插在右邊鬢角上。又開第二隻盒子，拿出一隻秀麗的蝴蝶，也是用寶石、銅絲串成的。這種方法是太后自己發明的；把寶石雕成花瓣形，末端鑽上小洞，用銅絲穿在洞裏連起來。另外兩隻盒子裏是幾種不同的手鐲和戒指。有一對鑲珍珠的金手鐲，一對鑲玉的金鐲，有小的金鏈條挂着寶石。還有兩盒是珠纓絡，樣子實在好看，我一見就心愛。太后拿出一串梅花形的珠串，中間一粒大珠子，周圍五粒小珠子，就做成一朵梅花，接下去再是五粒小珠子，一粒大珠子，又是一朵梅花，這樣連下去成了很長的一串。太后把它挂在紐扣上。

這時候，有一位宮眷替太后送幾件袍子來讓太后選擇，太后一件都不中意，叫她拿回去，重新送幾件來。我看看那些袍子都是顏色很鮮麗，刺繡着美麗的花。一會兒，那宮眷又另外送來幾件袍子，這裏面太后選了一件湖綠底子繡白鶴的袍子。她穿上身後，照了一會兒鏡子，就把頭上的蝴蝶取下，説：

"你看我在這些細小的地方都講究，這玉蝴蝶太綠了，和我的衣服不協調。把這放回盒子裏去，把第三十五號盒子裏的一隻珍珠鶴拿來。"我回到珠寶房裏，找出了第三十五號盒子帶給太后。她打開盒子，拿出一隻用銀子做成底子而鑲滿珍珠的仙鶴，鶴的嘴是用珊瑚做成的。珍珠鋪得這樣的密，倘使你不仔細看就看不出銀底子。這確是一件極精緻的東西，珍珠的色澤和形狀都是最好的。巾帕鞋子都繡着花。

太后剛穿戴好，光緒皇帝穿着禮服來了。他在太后面前跪下説道：

"親爸爸，吉祥。"皇帝稱太后爲父親，這似乎是很奇怪的。但是太后喜歡做男人，要我們都用男性稱呼她。這也是太后的一種怪癖。

我不知道是不是應該向皇帝行禮，不過我想禮貌周到一些總是不錯的。于是我就等待着皇帝或太后兩人中間有一人走出，因爲在太后面前，誰都不準向別人行禮。一會兒皇帝出去了，我就跟着他出去。就在行禮的時候，太后出來了，她用一種很特別的目光對我看看，似乎對于我的舉動很不以爲然，却并不説什麼。我非常不安，因此斷定多禮不一定是對的。

于是我再回到房裏，看見一個小太監，拿着幾隻黃盒子放在左邊桌子上。太后坐在大椅上，那稱爲她的小寶座。小太監打開黃盒子，從每個盒子裏拿出一個封袋獻給太后，太后用象牙小刀把封袋裁開，取出裏面的東西看了一遍，這都是各部各省所上的奏章。皇帝已經進來了，站在桌子旁邊，太后每讀完一份，就遞給皇帝。我站在太后的椅子後面，看着皇帝很快地把這些都讀完了。讀完後，奏章又被放回盒子裏。在這一段時間裏是鴉雀無聲的。這時候李蓮英進來報告太后，轎子已經預備好。太后立刻站起來向外走，我跟着她，扶她下階梯，走上轎。皇帝、皇后、太監就照以前的位置跟着，太監、阿媽、僕從，也像我第一天進宮的時候那樣跟着。到了朝堂，我們到屏風後面去，太后登上寶座，早朝開始。我很想知道早朝的儀式和内容，但是那些宮眷總是和我在一起，後來趁她們和我妹妹談話的時候，我溜到一個角落裏，静静地坐下來，聽太后和大臣們的對話。

頭上一段話我没有聽清楚，因爲那時候有許多人在耳語，但是從屏風雕花的空隙裏望出去，我可以看見太后正在和一位將軍談話。我又看見慶王帶着軍機處的人來。慶王是軍機大臣。太后和將軍談完後，就和慶王商議放缺的事情。慶王呈給太后一張名單，太后看過後，就在中間提出幾個人。慶王説：

"有幾個人名字雖然没有在這單子上，却是很適宜于這一種職位的。"

"好的，一切照你意思做吧。"太后説，又問皇帝：

"這樣好嗎?"

"好。"皇帝回答，這樣早朝就算完畢，大臣們都退了，我們都從屏風後面出來。太后説她想去散散步，换换空氣。于是有宮女拿來一面鏡子放在桌上，太后將沉重的珠寶都從頭上摘下，只剩下一個光光的髮髻，倒很好看。她要换幾樣首飾，我就開了一小盒子，那是一個太監送來的，從這裏面拿出幾朵小小的珠花。太后拿了一朵插在髮髻的一邊，又揀了一隻綠玉的蜻蜓插在另一邊。她説這些小珠花她最喜歡，每當她除下重重的首飾後，就要换上這些小巧的。

我看着太后裝飾，心裏正在猶豫不決，這許多换下來的首飾該怎樣處理，因爲我没有想到太后在早朝後更换首飾，所以没有把首飾盒帶來。這樣想着，心裏有些慌了，不知太后將要對我怎樣。恰巧這時候一個太監把這些盒子送來了，我頓時心裏一輕，趕緊把這些寶貝裝到盒子裏去。

宮中的插曲

第一天跟着太后，樣樣事情都覺得茫無頭緒，不知道太后要些什麼，平時習慣怎樣，同輩中似乎又沒有誰肯告訴我。但是由于我仔細地觀察，漸漸地總算有些捉摸了。當我把太后換下的珠寶放進盒子裏以後，又開始猶豫起來：我應該立刻送還珠寶房裏呢，還是等候太后的吩咐？太后正在和我母親説話，于是我等了一會兒，最後決定嘗試一下，把這些東西送回珠寶房裏去。回來的時候，在庭院裏碰到太后。她剛換過衣服，并且換了平跟鞋，所以看起來矮得多了。這一件袍子是天青色鑲着粉紅花邊，沒有繡花，太后穿了很合適。看到了我，太后就問：

"你剛才在哪裏？"于是我告訴她，我是去放首飾的。太后説：

"對了，我的意思正是這樣，換下的首飾應該立刻送回珠寶房去，可是我早晨忘了告訴你了。是不是有人告訴你這樣做的？"

"没有，"我説，"不過我想讓太監把這樣貴重的東西拿來拿去不大妥當，而且我想太后大概不再需要了，所以我就把它們送回珠寶房去。"

"我知道了，這些女孩子什麼事情都不告訴你。但是我很高興你做的事都合我的意，所以我以爲是有誰告訴你的。以後有什麼不明白的事，儘管來問我好了，不要去跟這些小人多往來。"

從太后的話裏，我相信一定有人在妒忌我而背後詆毀我了。不過我以後自己可以拿定主意，好在太后很喜歡我，必定會處處照應我。

太后走了一程，笑着對我説：

"你看我現在不是舒服得多了嗎？我要走長路，到那邊山頂上去吃飯，那裏有一塊極好的地方。我想你一定也喜歡的，來吧，我們一起去。"

皇帝已經回宮去，李蓮英也早走了。太后一路上説説笑笑，一無牽挂，似乎主要的國事早已安排定了，世界上充滿着快樂。從這一點看來，我知道太后是一個達觀的人。太后回過頭來對我説道：

"看，多少人跟着我們來了。"我回轉身一看，果然一大群人來了，就是護送太后上朝堂的那一群。走出庭院西邊就是一個長廊，蜿蜒曲折地沿着一個湖伸展。從長廊的一端，不能望見另一端。每隔相當的距離就有一盞電燈，那些電燈一齊亮起來的時候，長廊裏充滿了燦爛的光輝。

太后走路極快，我們必須快步追隨着才不致落後。太監、宮女都在太后右邊走，只有一個捧着黃緞椅的太監是跟在我們後面的。這黃緞椅和太后的狗是隨時跟着太后的。太后出來散步或游玩的時候，常常喜歡坐在黃緞椅子上休息。走上很長一段路之後，我開始覺得疲倦了，可是太后還是走得很快，絲毫沒有一點倦意，太后問我，喜歡不喜歡在宮裏？和她在一起覺得稱心嗎？我告訴她我極願意侍候她，這是我幾年來的夢想，現在居然實現了，我怎能不滿意呢。

最後，我們走到那面有石舫的地方，我深深地感到疲倦了。我以往未見到老年人中有像太后那樣身體强健的人，所以以中國這樣大的地方，太后能日理萬機，倘使沒有這種精力，也是不能支持這許多時日的。石舫很壯麗，它是富于雕刻的美術品，不幸裏面有的地方已經破損不堪了。太后指着説：

"這許多破損，都是庚子年被洋兵所弄成的。你瞧那一排玻璃的彩畫和顏色，現在變成了這個樣子！我也不願意去修理。這也算讓它留一個紀念。"我們立不多久，太監搬來這受寵的黃緞椅子，太后坐下休息了。在談話中，遠遠瞧見移來兩隻華麗的大船，後面左右，布滿了小船。這許多小船，也是極精巧的，一眼望去猶如極美的浮塔。浮塔的窗子挂上紅色紗帘，并且鑲着緞邊。太后説：

"船在那裏。我們必須上船，劃到湖的西邊去用餐。"太監細心地伺候太后在前，我們也跟着上船。在船中看到了各種不同式樣和雕花的檀木桌椅，上面鋪藍緞的墊子，兩邊窗子都布滿着花朵。那裏還有兩個小房間，太后説可以去看看。有一間是更衣室，室内有全副梳妝，另外一間内有兩鋪炕和幾張小椅子，爲了太后倦時休息而設的，太后叫我們坐在船板上。太監送來紅緞墊褥替我們鋪好。我們穿了洋裝，很不方便，但又不好隨便易服，因爲没有得到太后的吩咐。太后不知怎樣發覺我們的不方便，就叫我們站起來，又叫我們看看後面跟來的船。我就伸頭向窗外瞧，瞧見皇后的船在尾隨着，皇后揮手，我也揮手。太后微笑説："我給你一隻蘋果，你能擲給她們嗎？"太后揀了一隻蘋果給我，我用了氣力一擲，撲通落在水中，太后叫我再抛一個，又未中，太后自己擲一下，恰巧打中了一位宮眷的頭上，我們都盡情地笑了。另外有幾隻平船，一隻滿載着太監，一隻滿載着宮女、阿媽。其餘都是替太后運送午餐的。湖色非常美麗，在陽光下更覺緑得可愛。我對太后説這種顔色使我想起了海。她説：

"你到過這麽多地方，還不知足，還要想起海。你以後不要再出洋了，跟着我吧，你可以欣賞這秀麗的湖光，代替那奔騰澎湃的海浪。"我向太后保証我和她在一起的時候只有快樂。説真話，我實在喜歡這幽美的湖景，温和的氣候，鮮麗的陽光和太后慈母般的愛，我對太后的敬愛是每分鐘在增加。我的確喜歡這地方，巴黎的一切繁華，早已在我記憶中消失盡了。

最後我們到了湖的另一部分，這裏可以説是一條小溪，狹得只够一隻船通過。溪的兩岸栽着垂柳，這使我想起了從前讀過的中國神話裏的境界。這時候，宮女、阿媽和太監都捧着食盒在岸上走，只剩兩隻船在行了：一隻是皇后的，一隻就是我們的。太后説：

"幾分鐘之内我們就可以到山脚了。"船漸漸靠岸的時候，我們看到一乘黄轎和幾乘紅轎已經在岸上等侯着了。我們登了岸走進轎子。我發現太后的那乘轎子不是早晨的大轎。這頂小轎，也是黄色的：黄的杆，黄的繩，由兩個轎夫用繩挂過肩上抬着，四角有四個太監扶着。轎子剛要起行的時候，太后説：

"裕太太，我今天特恩，給你和你的女兒紅轎紅繩，這是我不輕易給人的。"太后對我們示意，我們立刻懂得她的意思，就跪下來叩頭謝恩，一直等太后進了她的轎子，于是我們也找到我們的轎，使我很驚异的，我們的太監已經在轎子旁邊等候着了。我看到轎杆上刻着我的名字，就問太監是什麼意思。太監告訴我這是昨夜太后所吩咐的。我看到太后和皇后的轎子在前面，覺得乘轎登山非常危險。因爲後面一個轎夫將轎杆高舉在頭頂上，爲了使轎子平衡。我登時神經緊張起來，心裏很怕，要是轎夫一失足滾下去豈不是完了！我們的太監都跟在轎子旁邊走。我對一個太監説，我很擔心轎子會翻下去，他叫我回過頭去看看，這一看使我更加恐懼了，原來抬我的轎夫也把轎杆舉到頭頂上，而我竟還沒有覺察到。太監又告訴我這些轎夫專做這種事情的，早已熟練了，絕對不會有危險。于是我的心才稍稍安定，回過頭再看看，只見宮眷們的轎子接連地跟在後面，太監、宮女都跟着走，預備萬一我們跌下去的時候可以來救。最後我們都到了山頂，我們扶太后下了轎，就跟着太后走進福清閣。這真是個美麗的地方。我以爲整個頤和園中没有一處地方比得上它。這個閣共有兩大間，每邊都有窗子，可以望到全園。兩間屋子中央的一間作餐室，小的一間作更衣室。凡是太后所到的地方都有更衣室。太后領着我們各處游玩，指給我們看各種可愛的花草。這時候一個小太監來對我説太后的果盤已經預備好了。這是我第一天值日，我就跑出去，看見兩大盒糖果，于是我兩盆兩盆地搬進來，共搬了九次，都把它放在太后面前的方桌上。太后正在和我母親談論着各種花，但是我發現她時時刻刻在留心看我做事情。我將糖果盆很細心地放在桌上，并且由于上次的觀察，我知道太后喜歡吃哪幾種，就將這幾種放在太后近邊，太后笑着對我説：

"你做得好極了。你怎麼知道這些是我喜歡的而放在我的前面！誰告訴你的？"

"没有人告訴我，我上次注意到老祖宗愛吃這些東西。"我説。

"由此可見你處處地方在用心，"太后説，"不像我這裏的一班人笨得連一隻鳥都不如。"太后説完，就忙着吃，又給了我幾種糖，叫我就在她面前吃好了。當然，我從來没有忘記謝她，所以我又謝了。我想寧可多謝，不可少謝。太后説：

"我給你小東西的時候，你不必叩頭，只要説 '謝老祖宗賞' 就够了。"過了一會兒，太后又對我説：

"今天是你值日，所以這些東西都是你的了。你拿出去坐在走廊裏慢慢地吃吧。你看，我實在吃不完，還剩了這許多，假如你喜歡，可以叫你的太監替你帶回去。"于是我把這些小盆子放進盒子，拿到走廊裏，排列在桌子上請皇后同吃。雖然我也不知道應該不應該請她，但是我想試試無妨。她説：

"好的，我來吃一些吧。"我也拿起塊糖，剛要往嘴裏送，忽然聽得太后叫我的名字，我急忙進去，看見太后坐在餐桌旁邊預備吃飯了。她説：

"昨天渤蘭康太太還説了些什麽？她真的高興嗎？你想外國人真的會稱贊我嗎？我想不會的，他們一定還記得光緒二十六年的 '拳匪之亂'，我也不在乎，我仍舊愛我們的老樣子。我真找不出理由爲什麽我們要去愛外國人，你有沒有聽到過外國女人對你説我是一個兇惡的老太婆？"我很驚奇太后爲什麽在吃飯的時候特地叫我來問這些問題？看她的態度很抑鬱，我知道她心裏一定不快活。我肯定地説：

"完全没有這回事。外國人都説太后好，待人和氣，態度高雅等等的話。"太后聽了這話，似乎稍稍高興些，又説：

"當然，他們在你面前不得不這樣説，讓你聽到人家説自己國裏的皇帝好，心裏肯定高興。但是我比你知道得更多。雖然我也不能爲國家操更多的心，但是我實在不願意看着中國在這樣一種困難的狀態中。雖然我周圍的人都這樣安慰我，説差不多世界各國都和中國非常友好，我就不相信這些話。我希望我們中國將來會强大。"我不知該説些什麽話好，只得安慰她説：

"這時候快要來了，我們都在等待着。"我很想趁這機會貢獻一些意見，勸太后采納，但是一想太后現在正在不開心，説了恐怕更不好，還是另候機會吧。我很爲太后擔憂，我願意犧牲我的一切來幫助她，我要告訴她一般人對她的見解怎樣，讓她可以看到一切事情的真相，這是從來沒有人敢做的事。但是某一種力量在警告我不要太魯莽。太后在和我談話的時候，我一直想着這件事，最後我斷定時機還沒有成熟，我還是暫時不發表意見。我現在愈來愈愛太后了。爲了使我的計劃不至失敗，我一定要非常小心，免得現在就得罪了她。我先要深深地瞭解她，然後才能勸她改造中國。

太后吃的時候，我一直站着。吃罷了，太后站起來，把一塊五綵綢巾交給我，這綢巾約有一碼見方，一角摺叠，鑲着一隻金蝴蝶，蝴蝶的背後有一隻鈎子可以挂在衣領上。她說：

"我想你一定餓了。去告訴皇后及其他的人一同來吃飯吧，這桌上的東西你都可以吃，揀你喜歡的盡量地吃吧。"這時候我的確餓極了。只要想，我早晨五點鐘後，就只吃了一些早點。後來跑了這許多路。太后用膳的時候已經是中午了，她又是吃得慢，吃得多，一邊吃，一邊談，我想她似乎永遠吃不好了。皇后站在上面，其餘的人就分別站在兩邊。我們不願意站得很前，所以站在桌子的另外一端。食品大都和前一天的相同。太后洗好了臉，從更衣室出來，已經換過了衣服，是一件簡單而好看的袍子，用粉色夾灰色的絲織成的，走動的時候有光一閃一閃的，一會兒灰色，一會兒紅色，非常好看。太后說：

"我要看你吃飯，咦！你們爲什麼都站在那一頭？好菜都在這邊，你們一齊過來，靠在皇后旁邊吃。"于是我們都移到這一頭。太后站在我旁邊，指着她所喜歡的一碟燎魚叫我嘗嘗，并且說：

"不要客氣吧。你知道嗎，在這一群人裹，你要戰勝她們。誰委屈了你，可以告訴我。"于是太后又出去了，說要去散一會兒步。我發覺有幾個宮眷神色不好看，因爲太后對我特別關心。我知道她們在妒忌我，不過我一點都不放在心上。

飯後我跟着皇后，因爲一切對于我都是這樣生疏，我不知應該去陪太后呢還是不要去。自從知道大家對我妒忌後，我對一切事情更加注意了，因爲我要使自己做的事情，沒有一點錯處可找，使她們沒有機會可

以取笑我。我聽到太后在罵管花園的太監，説他們懶惰。許多地方枝葉
應當修剪了，他們都不管。于是我們都到太后那裏去。太后對我們説：

“你們看，什麼事情都要我親自照顧，要不然，這些花都要讓他們
糟塌完了。我一點都不能信任他們。我不知道他們會做些什麼事情。他
們應當天天到各處看看，把枯了的枝葉剪去。是的，他們已經幾天沒有
挨打了，等得不耐煩了！” 又笑着説：

“他們既然喜歡挨打，我總不使他們失望。” 我想這般人都是呆子，
看着鞭子，不知誰要來打他們。太后對我説：

“你有沒有看到過這種事情。”

“看到過的，” 我説，“我小時候在沙市，曾經看見過犯人在衙門裏
被鞭打。”

“那算不得什麼，” 太后説，“這些太監比他們可惡得多，所以該重
重地責罰。”

太后要教我擲骰子，因爲她們人數少，玩起來不痛快。于是我們又
回到餐室裏。餐室的中間有一張大方桌。太后朝南坐下，對我説：

“讓我來教你這種游戲怎樣玩法。你的中文程度能看得懂這張地圖
嗎？” 我看到桌子上有一張地圖，和桌子一般大，用各種顏色畫成。圖
的中央寫着這游戲的規則，這張圖叫 “八仙過海” 圖。八仙是呂仙、張
仙、李仙、韓仙、藍仙、曹仙和漢仙七位男仙，還有一位何仙是女仙，
這張圖就是中國地圖，用不同的顏色標出中國各省份。有八個象牙籌碼，
直徑大約一寸半，厚只有四分之一寸，每個上面刻一位仙人的名字。這
種游戲八人、四人都可以玩；八個人玩的時候，每人一個籌碼，四個人
玩就每人兩個。圖的中央放一隻碗，裏面盛着六粒骰子。假如四人同玩，
那麼一個人先擲骰子，數一數擲出的點子，最大的點子是三十六點，擲
到三十六點的，這位仙人就可以到杭州去游玩一次。若爲呂仙擲到三十
六點，就把呂仙的籌碼放在地圖上的杭州，于是這人爲另一個籌目上的
仙人再擲一次。所以如果四人同玩，每人要擲二次，八人同玩每人擲一
次。不同的點子代表不同的省份，它們的等級是這樣，六粒骰子完全相

同，六粒中有一對至三對，最小的是雙么二三，哪一位仙人倒霉，碰到雙么二三就得出局。第一個周游全國而回到皇宮的就算是贏家。

我把地圖上的規則讀給太后聽，太后非常高興說道：

"我想不到你竟能讀得這樣好。這種游戲是我發明的。我曾經費了許多時間教三個宮眷，并且先得教她們認識這些字，可是她們竟這樣笨，老是學不會，弄得我也灰心了，不高興教她們了。我想你現在一定懂得怎樣玩法了。"我聽到宮眷們的中文程度這樣差，不覺大大吃驚。我總以爲宮眷們漢學是很精通的，我一直不敢在她們面前顯露我的漢學的程度。我們開始游戲了，太后的運氣真好，她的兩位仙人總是跑在我們前面。一位宮眷對我說：

"你覺得奇怪嗎？老祖宗總是贏的。"太后笑着對我說：

"你還是第一次玩這游戲呢。如果你贏了，我送你一樣很好的禮物，快些再來。"我想我一定不會贏，因爲太后的仙人和我的隔得很遠，我哪裏趕得上！太后告訴我要什麽點子只要擲的時候喊一聲就會出來的。于是我就喊，可是出來的點子偏偏特別小，引得太后大笑起來。我們不知道這游戲要繼續到什麽時候。于是數一數除了太后之外，誰最快，結果是我贏。太后說：

"你絕對不會勝過我，誰都不會。好，現在你是第二贏家，我仍舊送東西給你。"說着，太后就叫宮女去拿幾條綉花手巾來。宮女拿來了幾條彩色的手巾。太后問我喜歡哪種顏色，但又自己揀了兩條給我，一條是粉紅的，一條是明綠的，上面都綉着紫藤花，說：

"這兩條最好，你拿着吧。"我正要跪下去謝，可是兩條腿竟不能動了，用盡力氣，才勉强把兩腿彎下。太后大笑起來，說道：

"我看你不慣于立，所以腿都不能動了。"雖然我腿酸痛得很，可是最好不要讓太后知道，所以我說：

"没有什麽，不過兩腿有些麻木罷了。"

"你到廊下去坐下休息一會兒吧。"太后說。這真是求之不得，于是我立刻出去。皇后和幾位宮眷也坐在那裏。皇后說：

"你站了許多時候一定很累了，到我這裏來坐一會兒吧。"我的腿變得硬了，背也酸得很。當然，太后坐在自己的大椅子裏是不會想到人家站着的苦痛。在北京的皇宮裏穿上外國的服裝，實在是一件不方便的事，我一直希望太后會叫我們換上滿洲裝。雖然太后常常問我關于外國服裝的許多問題，并且説：

"外國的服裝實在不比中國的服裝好，并且把腰束得緊緊的，一定很不舒服。我總不喜歡那種樣子。"可是她總不説要我們把外國服裝換掉，所以我們只得耐心地等候着。皇后從袋裏摸出表來看了看，説：

"你們這游戲玩了兩個鐘頭。"我對她説，我看來真比兩個鐘頭還長呢。正在談話之間，我看見我們的太監用扁擔挑了四個盒子來，放在我們旁邊。有一個太監就遞了一杯茶給我。後來我的母親和妹妹來了，這個太監也遞給她們每人一杯茶。可是和我們一同談話的宮眷却沒有茶。在長廊的那一端我看到兩隻同樣的盒子，有一個高大的太監在沖茶，并且用銀托銀蓋黃瓷的茶杯裝了一杯茶給皇后。旁的宮眷仍舊沒有。

忽然我旁邊的一個宮眷對我説：

"你可以叫王太監把你們的茶給我一杯嗎？省得我到長廊那頭的小屋子裏去跑一趟了。"這話把我攪糊涂了，我很驚奇地對她望了一下，因爲我絲毫沒有想到那茶是我們自己的。但是我立即叫王太監給她一杯茶，不明白的事情不妨以後再問。我寧可把自己的東西多給些人家，但不要自己在人家面前顯得什麼都不知道。不久太后出來了，不等太后走到廊下，我立刻站起來告訴皇后，因爲我面對着房間坐着，所以第一個看見太后出來，太后對我們説：

"快三點鐘了，我想回去休息一會兒。現在就離開這裏吧。"于是我們站成一排，侍候太后進轎，然後各人走進自己的轎子。這一次轎子速度極快。還沒有到太后的庭院，我們就先下了轎，走在太后轎子前面站成一排，侍候太后下轎。太后走進卧室，我們跟着進去。有一個太監捧着一杯開水進來，另外一個太監捧着一碗糖。太后用她的金匙加了兩茶匙糖在開水裏，然後慢慢地啜着，説：

　　"睡前吃一杯糖茶可以安神，我常常這樣，并且覺得效力的確很好。"太后把頭上的珠花拿下，我把它們裝進盒子，送回珠寶房裏去。我回來的時候，太后已經睡在床上了，對我們説：

　　"現在你們回去休息一會兒吧，我不需要你們了。"

宮眷們

我從太后房裏出來的時候，發現有兩個宮眷并不一同出來。有一個宮眷對我説：

"我真高興我今天可以休息一會兒了；我已經接連坐了三個下午了。"我起先不懂她的意思。她又説：

"哦，你還沒有值過班，不知你有沒有接到命令。你知道嗎？每天太后睡午覺的時候，我們中的兩人必須留在她房裏看管那些太監和宮女。"我想這真是一件奇怪的事情，不知道有多少人要候在太后房間裏。皇后對我説：

"我們快去休息吧，太后一醒，我們又不能休息了。"真的，我也不知道太后能睡多少時候。于是就回到自己房裏。一坐下來才感到真正的疲倦了，身子幾乎不能動彈，而且瞌睡得厲害。我是難得有五點鐘就起身的。我坐在那裏，思緒就漸漸牽到巴黎。想想真有趣，在巴黎的時候，我常常跳罷舞，五點鐘睡覺。在這裏，這時候却要起身了。一切對于我都是那樣新奇。看着太監們來去奔走，像侍女一樣的侍候我們。我告訴他們我不需要他們，教他們出去讓我好躺下休息一會兒，但是一會兒他們又送茶，送糖果點心來。我正想換一件輕便的衣服，忽然一個太監進來報導：

"有客來了。"于是兩個宮眷帶着一個十七歲模樣的女孩子進來了，這個女孩子我那天在宮裏看見過，不過沒有人向我介紹。這兩個宮眷説：

"我們來看看你是不是安適。"我想她們完全是好意，但是她們的相貌我一點都不喜歡。她們介紹這女孩給我，説她的名字叫長壽。看她的樣子，真不像是個長壽的人，又黃又瘦，完全是一副病容。她對我行禮，我還了半禮。那兩個宮眷又説：

“長壽的父親是個小官，所以長壽在宮中没有什麽地位，她既不是宮眷，又不是丫頭。”我聽了這樣奇怪的介紹，幾乎要笑出聲來了。那麽她究竟算什麽呢？因爲那天早晨，我看到她和宮眷們同坐着，于是我也請她坐了。這兩個宮眷問我覺得累嗎？喜歡太后嗎？我回答她們太后是我從未見過的最可愛的女子，雖然我和她在一起的時候還不多，我已經很愛她了。她們對長壽看了一眼，互相笑了。她們笑得那樣特别，使我覺得很討厭。她們又問我：

“你願意住在宮裏嗎？你預備在宮裏住多久？”我告訴她們我預備長住在宮裏盡心服侍太后，因爲我們纔來了幾天，太后已待我們這樣好了。況且對國家君王盡忠也是一個人的本分。她們聽了都笑起來説：

“我們可憐你，爲你擔憂。在這裏無論你工作得怎樣勤苦，不要想得到一點報酬，要是真的像你剛才説的那樣去做，那麽誰都不會喜歡你。”

我不知道她們講這些話的意思，并且她們講得這樣奇怪，我想最好還是設法阻止她們。于是换了一個話題，問她們的頭髮是誰梳的，鞋子是誰做的。她們回答我一切都是婢女做的，長壽對兩個宮眷説：

“把宮裏一切情形告訴她，她真正明瞭之後，一定會改變原來的主張。”我實在不喜歡長壽。她是個尖頭薄嘴唇的東西。笑的時候只聽得笑聲看不見笑容，我正想對她們説些别的話，使她們没有機會搬弄是非。但是她們非常伶俐，她們見我想盡方法來阻止她們，就説：

“讓我們把一切都告訴你吧。這些事情别人是都不知道的，我們非常喜歡你，所以給你一些警告，碰到困難的時候，你自己可以設法保全自己。”我告訴她們我做事素來很小心，大概不至于陷入困難。她們笑起來，説道：

“儘管你不錯，太后總會找出你的錯處的。”我不能相信這話，并且預備拒絶她們的警告，但再一想，我不妨姑且聽聽她們説出些什麽來，不要得罪她們，免得將來結怨，于是我就説：

“像老祖宗這樣的好心人，決不會到我們這種無助的女孩子頭上來找尋錯處。而且我們都是她的人，她要我們怎樣，我們當然聽她的。"

"你真不知道呢，" 她們說，"你不知道宮裏是怎樣一個罪惡的地方，一切的苦痛你是不會想象得到的，我們相信你現在一定覺得和太后在一起最快活，做太后的宮眷是一件光榮事。現在固然是這樣，可是那日子還沒有來呢。不錯，太后現在待你非常慈愛，可是等着看吧，等到她對你厭倦了，她將怎樣待你。我們已經受得夠了，宮廷生活是怎麼一回事，我們也都知道了。你知道李蓮英就是靠着太后的勢力來統治這宮的，表面上好像太后一點都不聽他的話，其實他常常在和太后商量要責打誰。我們做錯了事，總要去求他說情，可是他故意說太后不會聽他的話，并且要罵他的，我們都恨死這班太監，他們實在壞透了。現在他們似乎對你很恭敬，就因爲太后寵愛，像我們，天天受他們的氣，實在忍無可忍了。

"老祖宗是個變化無常的人，她今天愛這個人，明天會恨得她入骨，太后脾氣極大，待人少恩。至于李蓮英這人，就是皇后——我們的主婦，也見他怕，不敢不好好地待他。我們對他都非常恭敬。"

她們這樣滔滔不絕地談着，不知什麼時候才罷休。這時候王太監替我們送茶進來。忽然聽得遠處有嘈雜聲，我連忙問王太監發生了什麼事。那幾個宮眷也很注意地聽着。這時，一個太監飛奔進來說：

"老佛爺醒了！" 那兩個宮眷立刻站起來說要去伺候太后，就出去了。我本來不願意這些人來拜訪，更不願意聽這種討厭的話。她們把太后說得這樣壞，我聽了很不舒服。我第一天來的時候就深深地愛太后。所以我決心忘記她們所說的話。我來不及換衣服，就趕到太后房裏，太后盤着腿坐在炕上，前面放着一隻小几，看見我就笑着問道：

"你休息得好嗎？睡了沒有？" 我告訴她我不覺得倦，白天從不想睡覺。

"當你像我這樣年紀的時候，你就隨時會睡覺的。現在你還年輕，愛游戲。看你樣子好像爬過了山去采集野花，又像跑了許許多多的路。你很累了吧？"

　　我只得説：“是。”這時候，那兩個背地裏説太后壞話的宮眷來了。她們把這樣那樣的化妝品遞給太后。我爲她們感到慚愧。剛才説過太后的壞話，這一會兒又來獻殷勤了。太后洗好臉，梳好頭，就有一個宮女送鮮花來。太后揀了幾支來插在頭髮上，又對我説：

　　“我喜歡新鮮的花。我總是那樣忙，那些小花小草都許多日子沒有去看了。現在告訴他們趕快預備晚飯，飯後我還要散一會兒步。”于是我就出去把太后的話傳給太監。照例太監先送上糖果乾點。這時候太后已經穿好衣服坐在堂屋中玩骨牌。太監照例排好桌子，端上飯菜，于是太后放下骨牌開始吃了。

　　“你喜歡這種生活嗎？”她問。

　　“我和太后在一起覺得非常快活。”我説。

　　“人家常常説起巴黎的繁華，這究竟是怎樣一個地方？你在那裏的時候覺得快活嗎？現在還想要回去嗎？你們離開中國三四年，實在是一件不容易的事。當你們父親任期滿了，接到回國的命令的時候，你們一定都很高興吧？”太后接連地問着。

　　我除了回答“是”以外，還能説些什麼呢？我當然不能告訴她我離開巴黎的時候感到那樣依依不捨。她又説：

　　“我想，在中國每樣東西都有，不過是生活方式不同罷了。‘跳舞’是怎麼一回事？有人告訴我説兩個人手拉着手滿房間地跳一陣，假使真是這樣，我覺得沒有什麼好玩。你們真的和男人一同跳舞嗎？他們告訴我那些白髮的老婆婆也跳舞，你能不能表演一下？”于是我出去找我妹妹，只見她和皇后談得起勁兒。我告訴太后想看跳舞，我們必須立刻去表演給她看。皇后和宮眷聽到這話都説她們也想看看。我妹妹説，她曾經在太后房裏看到過一隻“格拉風”，這東西或許能給我們配上些音樂。我一想這主意倒不錯，于是就去問太后要。

　　“你們跳舞還要音樂嗎？”太后問。我們聽了幾乎笑出來，就告訴有音樂比較好，因爲步子的快慢可以一律了。于是太后命太監把“格拉風”搬來，并説：

"我吃晚飯的時候你們就跳吧！"我們把那些曲譜一翻，大都是中國調子，最後才翻到一支華爾茲；于是我們就開始跳了。周圍許多人都好奇地看着我們。她們一定以爲我們瘋了。跳罷舞，我們看見太后正在對我們笑，她說：

"我就不能這樣。你們一圈圈地轉着，難道不覺着頭暈嗎？并且你們的腿一定也很酸了吧？看倒的確很好看，就像幾百年前中國美女跳的舞一樣。我想這一定很難，并且要有好看的姿態，不過我覺得如果一個男人和女人這樣一起跳總不大好看。男人的手圍着女人的腰，那太難看了。我歡喜看女孩子和女孩子一同跳。中國女孩子是不準和男人接近的，外國似乎不大講究這些；這就見得外國人比中國人大方。聽說外國人都不尊敬他們的父母，可以隨便打他們的父母，還可以趕他們出去；有没有這回事？"我告訴她没有的，那是說這話的人自己誤解了。于是太后說：

"我知道了，大概是有幾個人這樣，于是大家就武斷地說外國人都是這樣對待自己的父母。其實這種情形中國也有的。"

吃罷晚飯，正是五點半。太后說她要沿着長廊散一會兒步，我們就跟着她。太后把她的花一一指給我們看，并且說這都是她親自種的。

太后每到一處地方，總有一大批隨從跟着，就像上早朝的時候一樣。大約走了一刻鐘光景，我們到了長廊的盡頭。太后吩咐把她的椅子搬進其中的一間夏房裏。這裏有好幾間夏房都是竹子搭成的。房裏的器具也都是湊着各種樣子的竹子制成的。太后坐下，太監送上茶和金銀花，太后吩咐替我們也送茶來。

"這就是我最簡單的消遣方法，"太后說，"我喜歡看鄉下風景。還有許多風景極好的地方哩，等我慢慢地帶你們去看，你們看了一定不會再想到外國去了。全世界没有一塊地方有中國這樣好的風景。許多到外國去的使臣回來的時候，都說外國的樹呀山呀都是又粗又野又難看。真是那樣嗎？"我知道一定是有人要討太后的歡喜，就故意這樣說。所以我就說：

"我曾到過許多國家，那裏也都有很美麗的風景，不過和中國的當然又不同了。"談了一會兒，太后覺得有些冷了，又問我：

"你覺得冷嗎？你看你們的太監都站着没有事做。下次出來的時候叫他們帶着你們的衣包跟着。我想你們穿着外國衣服一定非常不舒服——它們不是太暖就是太冷，并且把腰束得緊緊地，我不知你們怎麼吃得下飯。"太后慢慢地站起來向自己的宮裏走去，我們仍舊跟着她。太后坐在堂屋中的小椅子上玩骨牌，我們就走到廊下。皇后對我們說：

"你們一定很累了，我知道你們不慣于這樣整天地勞動而没有一會兒休息。你們最好換上旗裝，因爲那樣比較舒服，做起事來也方便。你看你們穿的長裙，走起路來必須要用手提起。"

我告訴她我極喜歡換，但是太后没有吩咐，我又不好向她說。

"不用向她說的。"皇后說，"我相信太后以後會叫你們換的。不過現在太后要看巴黎的服裝，要知道外國女子在不同的季節中穿什麼衣服。以前我們都以爲外國女子不如中國女子的奢華，自從見了渤蘭康太太後，才知道并不是這樣。你還記得太后的話嗎？她說：'渤蘭康太太和許多外國女子不同，就是穿的衣服也不同。'渤蘭康太太穿的是一件格子紗的衣服，花色極好，太后非常喜歡。"我正在和皇后談話的時候，忽然電燈全部亮起來。我立刻走進去看看，是不是太后有什麼吩咐。太后說：

"讓我們來玩一會兒骰子再睡吧。"于是我們又開始玩那天下午玩過的"八仙過海"。這一回一個鐘頭就結束了，太后又是贏家。

"你爲什麼不能贏一次？"太后問我。我知道太后這是和我開玩笑，就說：

"我的運氣不好。"

"明天你試試看，把你的襪子反穿，這樣你就會贏了。"太后笑着說。我就說我一定試試，我知道這種回答會使她高興。進宮後這短短的時期中，我一直在留心着研究太后的個性，我發現没有什麼事情比我對她的服從更能使她快活。太后說她覺得很累，要我們去替她拿牛奶。又對我說：

"我要你每天晚上到我隔壁那間房裏去在菩薩面前裝香叩頭。我希望你不是基督徒，否則，你在我心目中就沒有一點親切之感了，告訴我吧你究竟是不是？"我絲毫沒有想到太后會問這個問題。這實在是一個難題。爲我自己打算，我當然應該説我并沒有信基督教。這樣欺騙太后，于良心上實在説不過去，但除此之外又有什麽辦法呢？而且我還必須回答得非常快，若讓太后看出猶像不决的樣子，她就要對我起疑心。我臉上確實裝得鎮静，心却跳得厲害。這次説了謊覺得很慚愧，因爲我小時候最初受到的教育就是不可以説謊。

太后聽到我不是基督徒，就笑着説：

"好，我佩服你，雖然這許多年你一直和外國人接觸，却沒有被他們的宗教所引誘，相反地，你那樣堅定地守着你自己的主張。堅定吧，永遠保持你這種美德！你真不知道我是多麽快活啊，我以前還一直以爲你是基督徒呢。因爲我知道，即使你不要信教，他們自會有法子引得你信的。好了。現在我要去睡了。"

于是我們伺候太后脱了衣服。我仍舊像平時一樣把太后卸下的首飾送到珠寶房裏。太后只戴一對玉手鐲睡。她換好睡衣，躺下後，就對我們説：

"你們走吧。"于是我們向她請了安，就離開了她。堂屋裏，冰冷的磚石地上，站着六名守夜的太監，他們整夜不能合一合眼。在太后房裏，有兩個太監，兩個宮女，兩個老媽子，有時候還有兩個宮眷；這些人也是整夜不睡的。兩個宮女專替太后捶腿，老媽子監視着宮女，太監監視着老媽子，宮眷就監視他們全體。他們都是輪班的，所以有的時候輪到不甚可靠的太監，就必須有兩個宮眷整夜地監視着。太后最信任的就是宮眷，這些都是那六個守夜太監中的一個告訴我的。我一生中從沒有聽到過這樣奇怪的事情。

後來有一個宮眷對我説，她們常常輪班地等在太后房裏，到早晨就要叫醒她。明天就輪到我了，後天是我妹妹。她一邊這樣告訴我，一邊很神秘地笑着。我當時不知道她是什麽意思，但是後來知道了。我問她怎樣喊醒太后呢？她説：

"没有一定的方法的，你自己決定好了。不過小心些，不要觸怒了她。今天早晨是輪到我，因爲太后昨天很疲勞了，所以喊的時候聲音必須比平時響一些。太后醒來，一看時候不早了，立刻大怒，把我狠狠地罵了一頓。這是常有的事，每當太后起身發現時候不早了，就怪我們不大聲些喊醒她。不過我想她不會對你這樣，因爲你還是新來的。過幾個月你就可以知道了。"聽了這個宮眷的話，我心裏有些恐懼，但是從我對太后的觀察，我相信太后對于一個盡責做事的人總不會發這麽大的脾氣的。

光緒皇帝

　　第二天早晨我起身較早。惟恐時間已經太晚了，就趕緊穿好衣服。匆匆忙忙地走到太后處，只見幾個宮眷站在廊下，她們招呼我坐下，微笑地告訴我説時候還早，只有五點鐘。又關照我在五點半的時候要叫醒太后。幾分鐘後，皇后來了，我們齊聲向她請安，并寒暄了幾句。她就問我們太后醒了沒有，今天是誰值班，我答復她是我。于是她就叫我進去。我悄悄地走進太后寝室，看見幾個宮女環侍在旁。一位宮眷坐在地上，她是值夜的。她一見我進來，就立起來附着我耳朵輕輕地説道："你來了，我去換換衣服，理理頭，請你不要離開，直等到太后醒來。"宮眷去了，我就走到太后床邊低聲説：

　　"老祖宗，五點半鐘了。"太后朝裏睡着，沒有看見誰在叫她，就説：

　　"走開，讓我睡好了，我沒有關照你五點半叫我，到六點鐘來叫醒我。"太后説完，又睡着了。我隔了半小時，又把太后叫醒。

　　"你怎麽這樣麻煩呀！"太后醒來説，回轉身來仔細一看，是我立在床邊叫她，她才説：

　　"啊，原來是你！誰叫你來叫我的?"

　　"是另一位宮眷，"我回答道，"她説今天輪到我在老祖宗房裏值日。"太后聽了高聲説道：

　　"奇怪，我沒有説過這話，她們竟妄傳我的懿旨。她們知道這不是好差使。因爲你新來，就加在你頭上。"我沒有回答她。這一天，我就盡力地小心伺候。我發覺這確是一件不容易的事。因爲太后無論對什麽事都很容易動怒。但是後來我就想法用些新鮮的事情來分散她的注意力，使她忘記自己在做什麼，那麼在起身的時候或許可以少發發脾氣。

　　讀者一定想象不到，當我再回到自己房裏來的時候，我是多麼的高興啊！那已經是晚上十點鐘了，我又累又瞌睡，所以一進房就脫了衣服睡覺。我相信我的頭一碰到枕頭就馬上入睡了。

　　以後的日子就是照這樣過下去，早晨上早朝，其餘的時間也是忙忙碌碌地伺候太后，不知不覺就過了十五天。我對于宮廷生活的愛好是日甚一日了。太后總是對我們那樣慈愛，帶我們到頤和園各處去玩。我們也去看過了太后的田莊，那是在湖的西面，要經過一座高橋叫做玉帶橋，然後繞到那裏。太后常常帶着我們在橋下划船或是在橋的附近散步。太后最喜歡坐在橋上喝茶，的確這也是她極中意的一個地方。太后平時每隔四五天，就要到田裏去看一次，有時候能夠從自己田裏帶一些蔬菜穀類回來，就更加覺得高興。這些帶回來的東西，都由她親自烹調。我覺得這事很有趣，所以也捲起衣袖來幫忙。太后還從田莊裏帶蛋回來，她教我們怎樣加了紅茶葉燒成茶葉蛋。太后的爐竈非常特別，是銅制的，裏面砌上火磚，這種爐竈沒有烟囱，可以任意地搬動。太后教我們先將蛋煮熟，然後把殼敲碎，但不要剝去，于是加上半杯紅茶、鹽和香料。太后說：

　　“我喜歡鄉村生活，我覺得那比起宮裏的生活來自然得多了。我喜歡看年輕的人興高采烈地玩，但是不喜歡那些文質彬彬的太太們。雖然我已經這麼大年紀了，但是我仍舊很愛游戲。”蛋煮好了，太后先嘗嘗，然後分給我們嘗，并問我們：

　　“你們覺得這比厨房裏煮的滋味好些嗎?”我們都說好。我們就是這樣有趣地在宮中跟着太后度着長長的歲月。

　　我每天早晨碰見光緒皇帝。他常常趁我空的時候，問我些英文字。我很驚奇他知道的字這樣多。我覺得他非常有趣，兩眼奕奕有神。他單獨和我們在一起的時候，就完全變成另外一個人了。他會大笑，會開玩笑。但一見到太后，就變得嚴肅、憂鬱。有時候甚至于使人覺得他有些呆氣。有許多在上朝時見過他的人，曾告訴我他是個遲鈍的、話都不大會講的人。我却知道得更清楚，因爲我每天看到他。我在宮裏這些時間，已經很能够瞭解他了。他，在中國實在是一個又聰明又有見識的人，他是一個出色的外交人才，有極豐富的腦力，可惜沒有機會讓他發揮他的才能。有許許多多人曾經問過我這同一類問題：

"光緒皇帝究竟有沒有知識？有沒有勇氣？"當然，外面的人決不會知道宮中的法律是怎樣嚴，兒子對待父母的禮節又是怎樣重。在這種禮教的束縛之下，光緒帝不得不放棄他自己的主張。我曾和皇帝有好幾次長談，并且發現他是個有思想能忍耐的人。他一生的遭遇是很不幸的，從小就喪失了身體的健康。他告訴我他書讀得不多，但是他生來喜歡讀書。他是一個天才音樂家，無論何種樂器，一學就會。他極喜歡鋼琴，常常叫我教他。在朝堂裏就有好幾架壯麗的鋼琴。他對于西洋音樂有極深的嗜好，我教了他幾支華爾茲，他能够彈得很合節拍。我覺得他確是一個好伴侶。他也很信任我，常常把他的困難和苦痛告訴我。我們常常談到西方文明，我很驚異他對于每一件事物都懂得那樣透徹。他屢次告訴我他對于自己國家的抱負，希望中國幸福。他愛他的百姓，逢到饑荒水旱的時候，他幾乎願意犧牲一切來救助他們。我可以看得出他對這些事情是如此地關切。有些太監說他怎樣怎樣暴虐，完全是誣衊他。這些話我在進宮之前也就聽到人家說了。他對太監們也很和氣，但是主僕間的禮節總是不可缺的。他不準太監們多開口，除非他問他們。他也不輕信讒言。我在宮中這些日子，已深深地知道那些太監是怎樣殘酷的人。他們對于主子絲毫不懂得尊敬。他們沒有教養，沒有道德，對于一切東西都沒有情感，就在他們自己之間也是這樣。外界常常聽到不少對于光緒皇帝個性的惡評，但是我可以向讀者保證，這些都是太監們造出來的謠言。爲要使這謠言有趣，于是造得愈荒唐愈好。住在北京的大多數人，就這樣從他們那裏聽得許多歪曲的報導。就是我在宮裏的時候，這種事情也碰到過好幾次。

有一天，正當太后午睡的時候，我們聽到一陣可怕的鬧聲，聽起來好像是爆竹炸裂的聲音。這種聲音在宮裏是極不平常的，因爲像爆竹之類的東西是禁止帶進宮廷的。不用説，太后是被吵醒了。幾秒鐘之內，人人都緊張到極點，來來往往地亂奔，似乎整個宮殿馬上要着火了。太后忙着發命令，并叫太監們立刻鎮静下來；可是誰都不去理她，仍舊自管自奔着跳着，好像發了瘋一般，并且還高聲地談論着。太后真的大怒了，叫我把黄袋子拿給她。這黄袋子就是普通的黄布做成的，裏面裝着大小不同的各種竹鞭，專用來打太監、宮女和老媽子的。無論太后到哪裏，這袋子總是帶着，預備緊急的時候應用。我們中每一個人都知道袋子放在什麽地方，于是我們將袋裏的竹鞭全部拿出來，依照太后的吩咐，各人拿着竹鞭到院子裏去打太監。這真是一個有趣的場面。每個宮眷、宮女手裏拿着一根竹鞭想去把那鬧嚷嚷的一群人分開。我覺得這是一件滑稽的事情，忍不住笑起來，看看其餘的人也都在笑。太后站在廊下看着我們，但是因爲她離我們很遠，所以她一定看不清楚，并且在這樣的喧鬧中，她也一定不能聽到我們的笑聲。我們盡力地打，要把人群打散，可是笑得那樣厲害，力氣都笑完了，誰都沒有被我們打痛。突然所有的太監都静下來，停止了談話。原來李蓮英來了，後面跟着許多隨從。他們看到這種情形都嚇呆了，這時候我們也停止了笑，各人拿着竹鞭回轉身向太后那裏走去。李蓮英也正在小睡，聽到鬧聲就出來查問，現在來報告太后。原來有一個太監捉到了一隻烏鴉——太監最恨烏鴉；烏鴉在中國被認爲一種不祥的鳥。而太監也是大家所討厭的，于是人家就稱太監爲烏鴉，所以這也就是太監特別恨烏鴉的原因。他們常常用捕鳥器去捕捉它們，捉牢後就在腿上繫一個大爆竹，將它點燃，然後釋放這倒霉的烏鴉。可憐的烏鴉一得到自由，當然馬上飛走，當爆竹爆炸的時候，它們已飛在高空了，而同時也就被炸得粉身碎骨了。太監玩這種惡作劇已不止一次，據說他們最喜歡看斑斑的血迹和痛苦的表情。他們常常在和朋友飲酒的時候演這種惡作劇以爲樂事。以前這種殘酷的事總是出在朝堂的圍墻外面，這一回那烏鴉偏向太后的宮殿飛，爆炸的時候，那烏鴉恰巧飛過庭院。太后聽完報告，頓時大怒，吩咐立刻把肇事的太監捉來當面重罰。我看見有一個李蓮英的侍從就從人群裏把禍首拉出來。李蓮英立刻命令把這太監按在地下，另外命兩個太監在他兩旁，各拿着一根竹鞭在他大腿上重重地打。那被打的太監始終不出一聲。李蓮英自己在旁邊數，數到一百下的時候喊道：

"停止！"于是他自己跪在太后面前叩響頭説這是由于他的疏忽，沒有好好地盡他的責任，請太后責罰他。太后説這并不是他的過失，叫他起來，把犯人帶走。那犯人一直到這時候還是趴在地上不敢動一動。于是兩個太監各人拖着犯人的一條腿，把他拉出去了。我們嚇得氣息都屏住了，又怕太后説我們故意對這一種責罰表示恐懼，回頭又可以説太后待人殘酷了。這些事情後來我們看得慣了，也就一點不覺得驚奇。我起初對于這班人很表同情，但不久我立刻改變了主意。

我第一次看到受責罰的是一個宮女。她替太后拿襪子的時候，拿了兩隻兩樣的。太后發現了立刻大怒，叫另一個宮女，在她左右頰上每邊打十掌。這宮女打得不够重，太后看了生氣得很，説她們都是好朋友，所以連太后的命令也不聽了，于是叫那個挨打的宮女來打這個宮女。我看到這樣滑稽的事情，幾乎要大聲笑出來，但到底忍住了。這天晚上，我問那兩個宮女：

"你們交換着挨打，心裏覺得怎樣？"我所以要問她們，就因爲她們一走出太后房間又談笑如故了。

"算不得什麼，"她們説，"這種事我們都習慣了，不值得挂在心上。"果然到後來，我也覺得這種事不足爲奇了。

説到這些宮女，她們的出身比太監要高尚些，都是從旗兵家裏選出來的。她們必須在宮中伺候太后十年，然後纔可以出去自由嫁人。我進宮一個月後，就有一個宮女是這樣放出去嫁了的，臨走的時候太后賞了她五百兩銀子。這女孩子是太后最中意的一個，所以她也不能輕易離開這裏。她的名字叫秋雲，是太后因爲她聰明美麗才賜的。我和她雖然只有短時期的相處，彼此却也很合得來。她告訴我在宮裏不可以輕信人家的謠言，又説太后曾對她説很喜歡我。在三月二十二號，她出嫁了，我們都不捨得讓她離去。等到秋雲走了，太后才真的感到不方便而時時記挂着她。那幾天我們實在困難極了，沒有一件事能使太后放心。沒有了秋雲，太后什麼事都覺得不如意。其餘的宮女都想盡方法要使太后快活，可是她們沒有這樣的能力，于是我們不得不幫着宮女們做一部分事情，免得太后時時動怒。可是不幸得很，太后阻止我們道：

"你們自己的事情已够你們做了，我不要你們去幫傭人忙，你們那樣絲毫不能使我高興。"她看出我對她這種嚴厲的態度顯得非常驚駭，于是笑着對我說：

"我知道你是好意，想幫幫她們，使我不至于發怒。可是這些女孩子都非常狡猾，她們并不是真的不會做事。她們知道我總是要挑選聰明的留在卧室裏伺候，她們不喜歡這種差使，所以故意做出很笨的樣子，惹我發怒，這樣我就可以不要她們，而隨意派些輕便的工作給她們做了。我比她們更壞，我知道大家都不願意代替秋雲的差使。現在我知道了，我從現在開始就專要愚笨的人來伺候我。"我看着這班宮女愁苦的神色幾乎要笑出來，我相信她們是真的笨，并不是懶。但我後來和她們在一起久了，才發現她們果然不笨。至于那些太監，簡直是沒有腦筋，沒有情感的東西。他們一天到晚是同一種態度———一種冷酷的態度。隨便什麼時候太后有吩咐，他們總回答"是"，可是走出了房門，大家就彼此詢問着：

"剛才太后的命令怎樣的？我完全忘記了。"要是太后發命令時，恰巧我們中間有人在旁邊，于是他們總要來找到我們中的任何一人：

"謝謝你告訴我們，太后剛才的命令是怎樣的？太后説的時候我恰巧沒有聽。"我們往往要笑他們，并打趣他們。我們知道他們决不敢再去問太后，所以到後來總是告訴他們的。一個太監是專管記録的，因爲太后喜歡每樣事情都有個記録。有二十個太監，他們都是受過很好的教育，而且是優秀的學者。當太后問到他們關于中國文學的時候，他們就得盡他們所知道的來回答她，因爲太后自己的文學根底就很深。每當他們不能回答，或是他們知道得比太后少的時候，我們總可以看出太后是非常的得意。太后喜歡開玩笑，她知道宮眷們大都不很懂得文學的，于是她常常要來考考我們。不管我們能不能回答，我們總想些話來回答她，常常引得她大笑。我曾聽得人家説太后不喜歡太聰明的人，但是又厭惡愚笨的人。所以在初來的三個星期中，我實在茫無頭緒，不知該怎麼做，但是不久我就摸着了太后的脾氣：她實在是喜歡聰明的女孩子，但不喜歡她們在她面前賣弄聰明。我所以能得她的歡心也就在此。我和她在一起的時候，總是拿全副精力觀察着她（但不是對她注視着，她最恨那樣），并且常常能夠猜度她的意思。我還注意到一樣事情，太后要人拿東西，像烟袋、手巾等，她常常不説，先對要的東西看看，再對左右的人看看。因爲屋裏有張桌子，那上面就放着太后日常所需的東西。經過了短短的時期後，我對于太后的習慣，已經非常熟悉，能夠從她神氣中知道她所要的東西，而且往往猜得正確的，這使她非常高興。太后生性剛毅，自信力極強，她認爲對的事就一定要做。太后情感很重，但理智更重于情感。她很能控制自己，同時希望人家能瞭解她而學她，但希望用行動來表示，而不是用言語來恭維，因爲她不希望人家知道她的心思。我相信讀者一定覺得做太后的宮眷是一件多麼困難的事。但是相反地，我對于自己的生活覺得很有意味，因爲太后是個有趣的人，并且很容易使她高興。

四月初，太后爲久旱而憂。她每天退朝後禱告求雨。這樣繼續了十天，毫無結果。那天，太后什麼命令都不發，我們也不敢作聲。太監們都非常惶恐，我們點心也没有吃，那天早晨我們工作得非常辛苦，肚子又餓——其實所有的宮眷都這樣。我爲太后擔憂，後來太后説我可以走了，因爲她想休息一會兒，于是我們回到自己房裏。我問我們的王太監：

"太后爲什麼要爲不下雨而憂愁？每天是這樣的好天氣不是很好嗎？"

"老祖宗爲那班可憐的農夫憂愁，"王太監繼續説着，"因爲這麼久不下雨，田裏的東西都要枯死了。"王太監又提醒我，自從我進宮後，還没有下一次雨哩。我算了算已經兩個月零七天。我真没有想到進宮後已經這許多日子了。但從另一方面看，似乎覺得進宮已很久了，哪止兩個月零七天，因爲宮中生活極舒適，太后待我又這樣好，似乎我們相識已好幾年了。那天晚飯太后吃得極少，各處地方都寂靜，誰都不開口。皇后叫我盡可能吃得快，我覺得很奇怪。回到應候室的時候，皇后對我説：

"太后爲着那班窮苦的農民，憂愁不堪，她要求雨，所以宮中恐怕要禁止肉食兩三天。"那天晚上，太后果然下令全北京城禁止殺豬，藉此使神明感動而下雨。太后又叫我們每人沐浴齋戒，預備向神明禱告。皇帝也到廟裏主持儀式。他必須不吃肉，不説話，禱告神明發慈悲心，降雨給可憐的農民。皇帝佩一塊玉牌，上刻"齋戒"二字，滿文漢文都有。跟隨着皇帝的太監也都佩這東西，使人在禱告的時候，心情嚴肅。

第二天早晨，太后起身很早，讓我不必拿珠寶給她，自己匆匆地穿好。她的早餐也非常簡單，只有牛奶和饃饃。我們的早餐是白菜煮飯，加入少許鹽。實在無味。太后除了發令外，什麼話都不和我們説，我們也只得靜默。太后穿一件淡灰色的袍子，很樸素，一切花飾都沒有。鞋子、手巾都是灰色的。我們跟着太后走進大廳，那裏，一個太監捧着一大束柳條跪着。太后折了一小枝插在頭上，皇后照樣地做了，叫我們也照樣做。光緒皇帝折了一小枝插在帽上，以後太后又命太監宮女等各自插了柳條。每個人的樣子都顯得很特別，許多人在一起，湊成一個很有趣的場面。太監李蓮英進來跪在太后面前奏道：

"諸事已預備妥當，就在宮前的屋裏。"太后説我們是去禱告，應當步行去。不消幾分鐘我們已穿過了庭院，到了禱告的地方。屋子的中央放着一張方桌，上面有幾張黃紙，一塊玉牌，少許銀朱和兩個小刷子，用來寫字的。桌子的兩端有兩個大瓶，各插滿了柳條。在這種莊嚴的儀式中，誰都不準隨便開一聲口，可是我好奇心極重，急急地要知道爲什麼每人頭上插着柳條。太后的黃緞墊子鋪在桌前，太后取了一塊檀香木，用火炭點着投在香爐裏。皇后附着我耳朵低低地説，叫我去幫助太后。于是我把檀香木一片片地點着，直到太后告訴我已經够了。于是太后跪在她的墊子上，皇后跪在她後面，我們排成一排跪在皇后後面，禱告就開始了。禱詞是那天早晨皇后教我的：

"敬求上天憐憫，速賜甘霖，以救下民之命，凡有罪責，祈降余等之身。"讀過三遍，再是三跪九叩頭，儀式就算完畢。于是太后仍舊像平時一樣去受早朝，但時間比平時早得多，因爲皇帝還得趕正午前回禁宮祈禱，而太后又有這樣的脾氣，無論皇帝到哪裏，她總要跟着。早朝完畢的時候大約是九點鐘。太后告訴我不必替她帶珠寶到禁宮去，因爲她完全不需要。于是我到珠寶房裏把每樣東西上了鎖，又把鑰匙封牢在一個黃封袋裏，和其他東西一齊交給一個太監保管。我們把太后的日常用品都歸納起來預備帶去；其中要算衣裳一項最重要。太后的衣裳非常多，全帶當然不可能。我覺得我們中間管衣裳的一位宮眷可算最忙了，她必須挑選適當的衣服足够供太后四五天内更換。她對我説，她已經選出了五十件不同的衣服。

"老祖宗在禁宮最多住四五天，不需要這許多衣服吧?"我説。

"爲安全起見，還是多帶些好，"她説，"因爲誰也不知道老祖宗究竟要住多少天。"

一切整理好了，太監就拿來幾隻黃木箱，長寬各有四尺及五尺，深是一尺。先放下一條絲巾，上面再放衣裳，最後再蓋上一塊厚厚的黃布。費了兩小時，整理出五十六箱東西，由太監押着先出去。太后的轎子過宮門的時候，皇帝、皇后和宮眷都須跪着送，等轎子過去，才各人乘上自己的轎子。行列仍舊是像平時那樣雄偉：轎前有兵隊開道，四位年輕的親王騎着馬在轎子左右保護。後面是四五十個穿着宮服騎着馬的太監。皇帝皇后的轎子與太后的同樣顏色，由八個人抬，嬪妃的轎子是暗黃色，宮眷的轎子是紅色，都是由四個人抬的。我們的太監也騎在馬背上跟着我們。似乎乘了許久的轎子，才看到皇帝的轎子從石路上下來，我們的也跟着去。太后的轎子仍舊照原路走，我們是走的近路，預先到萬壽宮去接駕。我們下了轎，立刻去預備太后的茶點。太后到了，我就扶着她下轎，又扶着她的右臂走上石階。太后坐下後，我們在她面前放一張桌子，我妹妹就送上茶來。這規矩是這樣的：凡是太后出行，或是逢到節期，我們必須代替太監做事。我們將所有糖果在桌上放好後，就出去休息了。平時太后從頤和園到紫禁城去，總要在這裏休息。

温雅可親的皇后

當静静地坐在轎子裏的時候，我曾想起了許多事情。這又是一個好天氣。我爲太后擔憂，因爲她這天一直默默無語。往常她總是很快樂的，并且讓我們大家跟着她玩笑。我又想起那一束柳條，總不能解釋它的用處。于是趁太后和皇帝吃飯的時候，我就去找皇后。她和幾個宫眷坐在庭院左邊的一間小屋裏，她們看見了我就做個手勢叫我進去。原來她們在喝茶。皇后對我説：

"我相信你一定又累又餓了。快到我這邊來坐坐，喝一杯茶吧。"于是我們就東拉西扯地談起來，談談途中所見和各人的感想。

"再有一個鐘頭的路程，就到紫禁城了。"皇后説，接着又講到早晨求雨的儀式，就説：

"我們必須誠心誠意地求雨啊！"我實在等不得了，就問皇后那些柳條的用處。她笑着説：

"佛教徒都相信柳條能化水爲雨，所以宫中求雨時都要用柳條，這已成了老習慣了。"她又對我説，"這種儀式要每天早晨舉行，直到天下雨爲止。"

這時候我們聽到太后在院裏談話，知道她飯已吃好，于是我們和皇后就同去吃她剩下的飯菜，像平時一樣。而這次完全是素食，却鮮美有味。我們吃好了，走到院裏，看見太后正在來回踱着，一見我們，就説：

"轎子坐得久了，兩條腿變硬起來。所以在離開這裏之前，先得好好地散一會兒步。你們都覺得累嗎？"我們回答她不累，她就叫我們和她一同散步。于是太后在前，我們在後，繞着院子一圈圈地走着，想起來那樣子一定是很有趣的。太后回過身來，對我們笑道：

"我們好像是馬，在馬房裏打圈子。"這話使我想起了馬戲場。李蓮英進來了，跪着請太后就動身，以便到禁宮時，恰合于太后預先選定的吉時，所以我們就離開了萬壽寺。這一次的轎子很快，不過一個鐘頭光景我們已經望得見宮門了，于是我們的轎子就跟着皇帝皇后的轎子抄近路。到了宮門口，皇帝皇后仍乘着轎子進去，我們却必須下了轎走進去。到朝堂前的庭院時，看見皇帝皇后已先等着了。照例又是皇帝在前皇后在後，我們又在皇后之後，一齊跪下迎接太后。太后走進自己房裏，只見太監早已把房間收拾得井井有條了。這天的下午和黃昏，我們又做了兩次禱告。服侍太后睡下後，我們立刻回自己房裏，只見我們的房間也早已由我們的太監收拾乾净了。有了這批人的確方便得多，因爲這些事情我們自己都不會做。我疲倦極了，四肢都似乎硬化了，一躺下立刻睡着，直到第二天早晨聽到有人叩窗才醒來。我起身拉開窗帘一望，只覺天色昏暗，以爲天空布滿了雲。心想一定就要下雨了，太后也可以寬心了。于是趕緊穿好衣裳。可是失望得很，我又看到了對面墙上的陽光。

禁城裏的宮殿是又古又別致——院子小而游廊寬。房間很黑暗，也沒有電燈，都是用蠟燭的。在屋子裏就不能望到天，除非走到院子裏去。所以早晨醒來時因爲太陽還未出來，睡眼矇矓中就認爲是陰天了。到太后的宮裏，看見皇后早已先在了，她總是第一個到，而且總是打扮得那樣整潔，我真不知她是幾點鐘起身的。她告訴我太后雖已醒了，但還沒有起身，又説我并沒有來遲。我走到太后卧房裏，向她請了早安，她第一就問我天氣如何，我只得告訴她真話——沒有一點下雨的樣子。于是太后起來，穿了衣服，吃了早點，并告我們今天沒有早朝。皇帝到天壇求雨去了，所以沒有什麼別的重要事情要做。這樣接連着祈禱了三天，仍舊沒有雨，太后幾乎絕望了，叫我們每人每天祈禱二十次，每次用銀朱在黃紙上點一點。

在四月初六早晨，天上密布了烏雲。我奔到太后房裏去報告好消息。可是有人已在我之先報告了。太后笑着説：

"你已經不是第一個了。我知道你們都要爭先來報喜訊。今天我覺得很累，要多躺一會兒，你去好了，等我要起身的時候再叫你。"我出來尋皇后，只見她和所有的宮眷在一起，看見了我，一齊問我有沒有知道天已下雨了。我們走出應候室，看見庭院裏已經很濕，一會兒，大雨就下來了。太后起身後，像平時一樣的禱告。幸運得很，這雨繼續了一天。

太后獨自玩着骨牌，我在她背後看着，看見皇后和宮眷們都站在廊下。太后也看見了她們，就對我說：

"去叫她們到應候室裏去吧，廊下不是已經濕了嗎！"于是我就朝她們那裏跑。可是我還沒有開口，皇后就告訴我應候室裏已積了水。我已說過，這幢房子是非常古舊的，又沒有溝渠。太后的宮地基很高，在十二層階梯之上，可是我們的應候室却是直接築在地上的。我在廊下才說了幾句話，已經通身濕透了。太后在自己的玻璃窗上敲敲，叫我們進去，那天太后的確很開心，她對我們看了看，笑着說：

"你們好像都是從湖裏撈起來的！"皇后穿的是一件淡藍的衣服，可是頭上的紅纓絡却掛下了紅水。太后又笑着說：

"這些女孩子的衣服都弄壞了。"于是叫她們去換衣服。

她們去後，我又回到太后的旁邊。太后看着我說：

"你也濕了，不過你的衣服上看不出來罷了。"我那天穿的是一件開士米的很樸實的衣服。太后摸了摸我的臂，說道：

"啊，多麼濕啊！去換一件厚的穿穿吧。我想外國服裝一定很不舒服，腰太細了，與身體其他部分似乎不相稱，我相信你穿了旗裝後一定更加好看。把你的巴黎服裝換下來放着作紀念品吧。我起先不過是想看看外國女子穿些什麼，現在我已經看够了。下個月龍船賽會的時候我替你做幾件美麗的衣服。"我立刻叩頭謝恩，并說：

"我是非常喜歡穿旗裝的。但是這些年住在外國，就一直穿外國裝，從沒有做過一件旗裝。進宮之前原預備換旗裝的，但後來得到命令說老祖宗希望看我們穿外國衣服。"的確，聽到太后叫我改裝的命令，我非常高興，我要換旗裝有這幾點理由：一，若不改裝，宮眷往往見外。二，太后不喜歡洋裝。三，在北京的宮裏穿了洋裝實在是不方便得很，于是我們決心改穿旗裝。我們平時工作多，大部時間又都是空着，所以宜于穿寬的衣服。太后命太監把她自己的衣服拿一件給我試試。于是我回到自己房裏，把濕衣脫掉，換上太后的衣服。身長和袖子都恰好，就是腰身太寬了。太后命一個太監把我的衣服尺寸記下，交他拿去做新衣，太后說做出來一定很適宜于我。此外，她也替我母親和妹妹做了，并命令我們的衣服必須做得非常快。太后一定非常高興，因爲她還告訴我什麼顏色最適宜于我穿。她說我應該常常穿淡紅和淡藍的顏色，因爲它們最適合于我，又是太后最喜歡的顏色，講到了首飾，她又命令替我製一副和其她宮眷一樣的首飾。她又對我說：

"我知道你可以穿我的鞋子。因爲在你第一天進宮的時候，我就試過你的鞋子，你還記得嗎？我要選個吉日讓你重新做滿洲人，"說到這裏太后笑了笑，"并且以後不要再穿洋裝了。"太后把曆書翻了翻，說十八號是好日子。李蓮英最會逢迎太后，他說到那時候，一定一切都替我們預備好。太后又告訴我們頭髮應該梳什麼樣子，戴些什麼花。的確，太后爲我們設計滿洲服裝是最高興的了。談了一會兒，太后就命我們退出。雨接連不停地下了三天。在第三天，皇帝回去了。所有儀式全部停止。太后不願在城裏多住——這是無足爲奇的，因爲這些地方連我都痛恨。早晨梳頭的時候必須用蠟燭照着。就是在正午時候，房中也是漆黑的。雨還是下個不停。後來太后說，明天不論天晴還是下雨，她一定要回頤和園去了。我們聽了這消息都很高興。

我們回頤和園的那天是陰天，仍舊像來的時候那樣把東西整理好，仍舊在萬壽宮歇腳，用午膳。那天是開葷的日子，太后吃得很高興。太后問我愛不愛素食，我說雖然沒有肉，却調味得很得當，所以我很喜歡。太后說她不喜歡素食。要不是爲了求雨，她決不願意素食。

這年的四月中，太后設宴招待各國公使夫人。太后要把園布置得和向來的規矩稍稍不同。她吩咐在園的各處像市場那樣設起攤來，攤上放着各種精細的物件像古董、刺綉、花草等。這都是預備送給來賓的禮物。這次的來賓有：美國公使康格夫人，英使館中文書記威廉夫人，西班牙

公使的妻女卡色夫人和卡色小姐，日本公使伊集院夫人和幾個日本使館
裏的女子，葡萄牙公使阿爾美達夫人，法國使館書記肯納使夫人及其他
幾位法國貴婦，英參贊唐納夫人，德使館官員及稅關官員的妻子等。在
這次集會上，太后揀了一件最華貴的袍子，是用孔雀翠羽織成，上面滿
綉着鳳凰，每隻鳳凰嘴裏挂出一串二寸長的珠纓絡。太后一動，這些珠
纓絡就前後搖擺起來，放出燦爛的光輝。自然也還是像平時那樣頭上戴
着她玉制的鳳，鞋上和手巾上也鑲着這種花樣。我母親穿一件拉芬特絲
衣，鑲着銀絲織成的邊，帽子也是同樣的色彩并配上羽毛。

　　我們姊妹倆各穿一件淡藍的中國絲衣，鑲着愛爾蘭花邊和細絨帶。
我們戴淡藍的帽子，上面插着粉紅色的玫瑰。宮眷們也都穿上她們最美
的衣服。看這一群人在堂前走過，真是美麗極了。

　　太后這天早晨高興非凡，笑着對我說：

　　"我穿了外國裝不知是什麼樣子，我的腰很細，但是穿了這種寬大
的衣服就看不出了；我不願意把腰束得很緊。我相信世界上沒有比我們
滿洲裝更美的了。"

　　太后在朝堂接見來賓，由領袖公使奧公使肯男爵領着衆來賓及各使
館的翻譯站成一排。奧使致了短短的祝詞，由翻譯譯成中文傳給慶王，
慶王再傳給光緒皇帝，皇帝致了適當的答辭。于是領袖公使走上階梯與
皇帝握手。其餘各人也依次而上。我站在太后右邊。每人來的時候就報
出他的姓名和所屬使館。太后對每個人都有幾句話，若看到一個陌生的
臉，她就要問：在中國住多久了，住得慣嗎等等的問題。這些對話我都
替太后翻譯了。來賓見過太后就站在一邊，直到全體都見過。

　　翻譯官不參與這種儀式，所以他們一直站在堂裏直到儀式完畢，由
慶王帶着他們到別處去休息。來賓一出朝堂，太后就走下寶殿和大家在
一起。

　　儀式結束後，太監搬進椅子來，大家舒服地坐下。談了幾分鐘後，
太監又送茶來，除了太后，皇帝皇后和大家進餐室用茶。太后的繼女大
公主做了主人，康格夫人坐在她左邊，西班牙公使夫人坐在她右邊。食

物全是中國式的，但是也預備刀叉供來賓隨意使用。席中大公主站起來致了歡迎辭，我將它譯成英語和法語。餐畢，我們都到園子裏，太后，皇帝皇后都已先等着了。管樂隊在奏着西洋樂曲。

太后領着大家在園裏走，看着沿路攤子上的陳列品。那些太太小姐們每經過一個攤子總要站下來看一會兒，贊美一番。最後到了園中的茶室，每人坐下喝了一會兒茶，太后就致辭送客，于是來賓都告別坐着轎子回去了。

照例，我們又得向太后報告經過情形。太后說：

"爲什麼外國女人的脚，都是那麼大？鞋子好像船，走路的樣子也特別，我實在說不出她們的好處。我從來沒有看見過外國人有一雙漂亮的手。雖然她們有雪白的皮膚，可是臉上都蓋着一層白毛。你覺得她們好看嗎？"我告訴她我在外國時曾見過幾個美麗的美國人。

"不管她們怎麼美，"太后說，"她們的眼睛總不好看，那種藍顏色使人想起了貓眼睛。"又談了一會兒，太后說我們一定很累了，叫我們回去。我們正需要休息，于是就行禮告退了。

我們在宮中已經兩個多月了，一直沒有機會回去看看我父親，那時候他正病得厲害。我每天收到父親的信，叫我不要怕困難，好好地盡我的本分。我母親問皇后我們可不可以向太后請一兩天假。皇后說：

"那是毫無問題的，不過我想你們最好過了初八去，因爲這是一個節日。宮中規矩這天要吃青豆的。佛教中有這種傳說：這一天是決定一個人的來世，好人就進天堂，壞人就入地獄。這一天太后必賜她所愛的人一盤青豆，共八粒，受賜者都必須把豆吃掉。"皇后又叫我到那天送一盤豆給太后，太后一定高興，因爲這就表示來世我們仍舊在一起。我就照她的話做了。那天太后非常高興，我們在湖西用午膳，太后又談起我們第一天進宮的情形，忽然太后問我母親道：

"我不知裕庚現在可好些。他什麼時候可以回宮？他從巴黎回來後我還沒有見過他。"我母親回答說他已經好些了。不過腿很軟，不能多走路。太后又對我們說：

"哦，我忘了告訴你們，如果你們想回去看看，可以請假的。我近來忙得很，竟忘了告訴你們。"我們謝謝她，并說我們很想回去看看我父親。于是太后就命我們第二天回去。又問我們需要多少日子。當然我懂得宮裏的規矩，就說等太后吩咐。太后問道：

"兩三天够嗎?"我們說這樣最好。太后忽然提起這事我覺得很奇怪，不知是不是有人在太后面前說起過。

那天下午太后回宮後，我就去看皇后，她總是那樣的和藹可親。她叫我靠着她坐下。她的太監送了一碗茶給我。她宮裏的設備和太后宮裏完全一樣，但每樣東西都非常雅致，看了覺得很舒服。我們先談宮中的生活談了很久。皇后告訴我她很喜歡我們，太后也是這樣，我告訴她太后允許我們回家兩三天，又問她太后怎麼會想起這事。她說是有人在太后面前說起過，因爲我們進宮已兩個月多了。後來我知道是李蓮英說的，因爲他知道我們急需回去一次。皇后對我說：

"讓我來教你些乖巧：太后雖命你們明天走，但沒有說明什麼時辰。你們不要對誰說起，也不要表示得很高興。不要打扮得像出門的樣子，仍舊照平常那樣做你們的事，要顯得對于回家毫不在乎的樣子。若太后明天忘了叫你們走，你們切不可提起。照規矩，你們應該在第二天就回來。這表示你們記挂着太后。所以比預定的日期早一天回來。"我聽了這一番指導心裏非常高興，就問皇后，回來的時候可不可送些禮物給太后，她說原應該如此。第二天，我們仍舊照常工作，跟着太后上朝堂。退朝後，太后命令把午膳設在牡丹山頂上的鄉村茶室裏，這茶室的建築完全是鄉村風味，用稻草和竹子搭成，室内器具都是用竹子做成，式樣很精美。窗格上刻着壽字和蝴蝶形，挂着粉紅色的絲帶。在這精巧的竹屋後面，有一個竹子的凉棚，周圍都是欄杆，挂着紅絲燈。沿欄杆設着舒適的座位，這就算是宮眷們的應候室。飯後，太后和我們玩骰子，玩了許多時候。那天是我贏的。太后笑道：

"今天你的運氣好了。我知道你要回家了，心裏非常快活，所以你的仙人來幫你的忙了。現在你們可以走了。"這樣說着，太后就回過身去問一個太監現在是什麼時候？太監回答兩點半。我們向太后叩頭謝恩後，又站着等侯命令。她説：

"我聽得你們要回去，心裏很不舒服。雖然我知道你兩三天就會回來，但是我一定會牽掛你們的。"又對我母親説：

"去告訴裕庚好好地養病。我已經命令四個太監跟你們去，并把我自己吃的米送些去。"于是我們又叩頭謝恩。最後太后説：

"你們走吧。"

于是我們退出。在廊下碰着皇后，我們向她行了禮，又和各宮眷道別後，就回到自己房裏準備出發。我們的太監真好，他們已經替我們準備好一切了。我們給他們每人十兩銀子，這是宮裏的規矩。又給每個轎夫四兩銀子。到了宮門口，我們自己的轎子已候在那裏了。向我們的太監道別時，很奇怪的，他們似乎對我們很有情感，叫我們早些回來。太后派着跟我們回去的四個太監也在那裏。我們一進轎子，我就看到他們騎着馬在我們旁邊跟着。想起兩個月的宮中生活，真好像一場夢。我實在不捨得離開太后，但又是急急地要看我父親。經過兩小時的路程，我們到了家，看到父親比從前好多了。誰都可以想象到，他看到我們的時候是多麼快活。同來的四個太監把一個盛着米的黃袋子放在桌上，我父親就叩頭謝恩。我們又送了四個太監每人一些小禮物，他們就走了。我告訴父親關于宮裏的生活以及太后對我們如何慈愛。我父親問我將來能否有機會勸太后行新政，并説希望自己能活着看到中國富强。我想我能够的，所以我答應他盡我的力去試試。

第二天早晨太后派兩個太監送食物和水果來，説她很想念我們，問我們是不是也想念她？我們告訴太監明天我們就回宮了。我們回家不過兩天，就有許多人來看我們，使我們整天忙個不停。我父親説最好我們在早晨三點鐘就動身，那麼可以在太后起身前回到宮裏。我們就在早晨三時，在黑暗中離開了家，就像兩個月以前我們進宮的時候一樣。這種變化多麼有趣啊！我想我是世界上最幸福的女孩子。許多人對我説過，尤其是皇后常常告訴我太后最喜歡我。雖然我很快活，但是別的宮眷并不像我一樣快活。她們故意什麼事情都不告訴我，使我做事不方便。每當太后對我母親稱贊我好，做事小心，總能合她意，她非常喜歡我時；那些宮眷就要相對地笑。我現在又要去見這班人了，但是我決意要獨立戰勝她們。

五點鐘稍過，我們到了頤和園。我們的太監看見我們回來，非常高興，説太后還没有醒，我們可以回到自己房裏去歇一歇，他們已替我們預備好早餐。我們先去看皇后，她正在預備到太后宮裏去。她看到我回來，也非常高興，并告訴我們，我們的旗服已做好了，她看見過，非常美麗。我們都餓得很了，于是就回去吃早餐。然後就去看太后。太后已經醒了，于是我們到太后卧室裏，像平時一樣向她請了安，并叩頭謝她在我們回家期内送給我們這許多東西，她坐在床上對我們笑道：

"你們高興回來嗎？我知道每個人到我這裏住過後，就不願意再到別的地方去。"又問我母親：

"裕庚怎樣了？"我母親告訴太后已經好多了。她問我們這兩天在家裏做些什麼？又問我們是否還記得改裝的日子。我們説記得，并且正盼望着這一天。太監拿着三隻大黄盒子進來，裏面裝滿了美麗的衣服、鞋子、白絲襪、手巾、檳榔荷包，其實是全套，包括首飾。我們叩了頭并説我們都非常喜歡這些東西。太后叫太監拿出來讓我們細看。又對我們説：

"我給你們一件禮服，一串朝珠，兩件綉衣，四件家常衣，兩件逢忌辰穿的衣服，一件是天藍一件是紫的，都鑲着邊兒。另外還有許多襯衣給你們。"我聽了非常興奮，對太后説我現在就要穿了。太后笑道：

"不，你必須等到我替你選定的那個黄道吉日穿。你先得學梳頭髮，這是一件最難的事情。去請皇后教你吧。"雖然她叫我等吉日穿旗裝，我知道她看見我對這些衣服這樣歡喜，心裏一定高興。第一天進宮時，她問我爲什麼頭髮是曲的。我對她説是用一種紙弄曲的。她以後就常常嘲弄我。她對我説：若穿旗裝的時候，不把頭髮拉直，人家就要笑了，而且曲着頭髮穿旗裝，實在難看得很。那天晚上我在廊下坐着，有一個宮眷走來對我説：

"你穿了旗裝會好看嗎？"

"只要看來自然就好了。"我説。

"你在外國住了那許多年，我們覺得你在我們中間是個外國人了。"她又説。

"只要太后把我當作她的人，我就滿足了。不用你費心。"我知道她們都妒忌我，于是我就丟下了她，自己去找皇后了。我和皇后談話的時候，那女孩子又來了。她坐在我近旁，不住地笑。有一個宮女正在預備太后的鮮花，問她道：

"你爲什麼笑？"皇后看見她笑，也問她。可是她不答，只是笑。這時候一個太監進來説太后要我去。後來我一直想知道那女孩子究竟和皇后説了些什麼，可是無法探得。幾天平靜地過去了，太后很快活，我也很快活。有一天皇后提醒我應該趕緊預備一切爲十八日改裝的事。因爲日子已經近了，只有兩天了。那天晚上太后回宮後，我就到自己房裏把首飾戴上，去見皇后。她説我非常好看，并説相信太后看我穿了旗裝，一定更喜歡我。我告訴她小時候未出國之前我一直穿旗裝的，當然知道怎麼穿法。我又告訴她我不知道大家爲什麼要把我看作外國人。皇后説：

"這就是她們無知，她們妒忌你。不要去理她們好了。"

我們的新裝

　　第二天我起身比平時早，已穿上了我們的新裝。我幾乎不能相信自己的眼睛了，幾次懷疑着這究竟是不是我自己。雖然我已經那麼久沒有穿這種服裝了。想不到現在穿起來，竟是那樣合身。起先許多人以爲我們一定會變得很難看。我們的太監見我們穿得這樣，也很高興。皇后到太后宮裏去，經過我們的屋子，就等着我們同去。我們到了應候室，許多人都來看，議論紛紛，都是談我們的衣服，使我覺得很難爲情。每個人都說我們比穿外國衣服的時候好看得多，只有光緒皇帝不以爲然。他說：

　　"我覺得你們的巴黎服裝比這好看得多了。"我笑笑不答，他對我搖搖頭，就到太后臥室裏去了。李蓮英來了，看見了我們非常驚異，叫我們立刻給太后看。我告訴他每個人都對我看着，好像我是個怪物。他說：

　　"你不知道你自己是多麼好看啊！以後一定不要再去穿那種外國裝了。"太后一看見我們，就高聲笑起來，使我覺得局促不安，我怕我們的樣子很不自然。她說：

　　"我真不能相信你們和從前是同一人。快去照照鏡子看。"說着就指着她房裏的一面大鏡子：

　　"看你們變得多厲害，現在我才覺得你是我們的人了。我要替你們做更多的衣裳。"李蓮英來說廿四日是立夏。這一天每個人都得換下金簪，戴上玉簪。太后說：

　　"你提醒我的好，我既叫她們換了旗裝，當然得給她們每人一隻玉簪。"于是李蓮英就出去了，一會兒回來帶來一盒碧綠的翡翠簪。太后揀了一隻很美麗的給我母親，說這隻簪曾有三個皇后戴過。又揀了兩隻很美麗的給我們姊妹倆各一隻，說這兩隻是一對，一隻是東太后常戴的，一隻是她自己年輕時戴的。我覺得很慚愧，太后賞賜我們這許多東西，我們却沒有替她做過什麼事。我們很懇切地謝了太后，并且表示我們極喜歡這些東西。

"我把你們當自己人，所以替你們做的衣服也是最好的。"太后說，"我自己決定了叫你們穿朝服，像王妃一樣。你們是我的宮眷，地位和她們是平等的。"

李蓮英在太后背後站着，對我做了個手勢叫我叩頭。我不知這天一共叩了多少頭。首飾那麼重，第一天戴實在覺得不習慣，叩頭的時候净擔心着它們會掉下來。

太后又說，她預備在七十大壽的那天賜我們爵位。太后每次做壽的時候，總要賜爵位給她心愛的人。雖然平時太后也可以隨意提拔人，但在大壽時所賜的位置又和平時不同了。皇后向我道賀，并說太后正在替我物色一位皇爺。皇后也是個很會打趣的人。我寫信給父親告訴他太后所賜的恩典。我父親回信叫我必須更加盡力地服侍太后終身，才不辜負她對我們的恩典。

宮裏生活非常美滿，我覺得非常快活。自從我們改了旗裝後，我們看得出太后對我們更慈愛了。有一天，在月光下，我和太后坐在同一隻船裏游湖。這是一個可愛的夜。我們後面還跟着幾隻船，有一隻船上，太監們在吹笛子，彈月琴，送出一陣陣悦耳的曲子。太后低低地和着唱起來。她問我還想不想到歐洲去？我說和太后在一起，一切都滿足了，什麼地方都不想去。

"你必須學做詩。"太后說，"讓我來天天教你吧。"

"我父親曾經教我讀詩，我自己也做過幾首。"我告訴太后。太后聽了非常驚异，說道：

"爲什麼你早不告訴我？我最喜歡詩。以後要常常讀給我聽。我這兒有許多的書，裏面有各朝代的詩。"我告訴她我的漢文根基極淺，不敢讓她知道。我一共只讀過八年漢文。太后告訴我宮中只有皇后和她是懂得中國文學的。有一個時期她曾試試教那些宮眷們讀書寫字，可是看到她們那樣懶于學習，便不願意教她們了。我父親曾告訴我不要過分在人面前表現自己的才能，除非人家問到我。所以我學過詩這事就一直沒有説出過，直到今天太后問我。可是當大家知道了我的漢文程度後，有幾個宮眷從此就對我更加妒忌了。這實在是一件掃興的事。

除了這件事不提，整個四月可説是在快樂中過去了。從五月初一起，大家就開始忙了，因爲五月初五是端午節，不但是皇室親族，宮眷和太監，一切大小官員也都有禮物送給太后。端午節那天，宮中禮物之多，是我從未見過的。每個送禮的人，還須附上一張黃紙寫明所送禮物，并在右下角寫明某某人跪進。初一到初五這五天是大家最忙的日子，尤其是太監，他們用黃盒子把禮物都裝好，送到太后那裏去。我真不知道一共有多少人送太后禮物。禮物的種類極多，有日常用品，有絲織的或寶石的裝飾品，有精美的雕刻和刺綉；最多的要算是洋貨。太后命把其餘的都放到別處去，把洋貨留在她宮裏，因爲這些對于她都還很新奇。

五月初三是宮中人送禮的日子。宮中各處都好看得很。我們整夜地忙着，還要去幫皇后的忙。第二天，我們把禮物都裝進黃盒子，放在庭院裏。皇后的禮物是她親手做的：有十雙鞋子，綉花手巾，檳榔荷包，烟荷包，都非常精美。皇妃所送的也大都是這一類。宮眷們送的禮物都是不同的，因爲我們可以在節前請假出去購買。不過不能一齊出去，因爲宮中必須留幾個人。買了回來，大家互相激動地詢問各人所買的東西，我母親、妹妹和我都沒有請假出去，因爲我們的禮物已預備好了，我們早就寫信到巴黎去訂最美麗的法國錦緞，法國最時新的全套家具，并附有扇子、香水、香粉、肥皂及其他種種法國的化妝品，因爲我們摸熟太后的脾氣，知道她喜歡這些東西。宮女和太監們也都盡他們最大的力量，揀最好的禮物送給太后。太后把每樣禮物都看過一遍，逢到特別菲薄的禮物，她就要看看送禮人的姓名。太后把最喜歡的幾件挑出來，其餘的就命人拿開，以後永遠不要再看了。讀者要知道，太后最喜歡洋貨，尤其是法國錦緞，因爲她差不多每天要做新衣服。她還喜歡肥皂和香粉，因爲那些能使她皮膚美麗。太后很客氣地謝了我們，説我們聰明，會想到送她這許多可愛的東西。對于太監和宮女的禮物，太后也總是大大稱讚，這使得每個人都很高興。

五月初四是太后賞賜王、公、官員、王妃、宮女、太監等的日子。太后有超人的記憶力，她能夠記得各人送的禮物并記得送者的姓名，太后的賞賜就依照他們送禮的厚薄而定，那天我們忙極了，我們必須在黃紙上寫下太后所要賞賜的人的姓名。有一位王妃的禮非常菲薄，太后很生氣。説道：

"留在我房裏，讓我仔細看看。"太后叫我把衣料和滾邊都量一量，滾邊的長短各不相同，但沒有一條够滾一件衣服，衣料的質地也并不好。太后説：

"你看吧，這種也可算是禮物！我都知道，她們這些東西也是人家送的，她們把好的揀掉了，剩下的就來送給我，因爲她們知道不送是不可以的。我真不懂她們竟會那樣怠慢。也許她們在想我收的東西多了，一定不會每樣注意到。其實她們錯了，我第一就注意到那些最壞的東西。實際上我是每樣東西都記得的。我可以看出哪些人送禮是有誠意的要使我快活，哪些人送禮是勉强的敷衍塞責。我也照樣的回賞他們。"太后賜給每個宮眷一件綉花衣服，幾百兩銀子。皇后和皇妃也是這樣。賞給我們的與其餘宮眷稍稍不同：每人有兩件綉花衣服，幾件家常衣服，短襖，背心，鞋子和花。她説我們衣服不多，所以她不給銀子而給現成的衣服，此外，她還給我一副極美麗的耳環，我妹妹却沒有，因爲她看到我只有一副普通的金耳環，而我妹妹却戴着一副嵌寶石的珍珠環。太后對我母親説：

"裕太太，我看出你有些偏心，容齡有這樣的耳環，可憐德齡竟沒有。"我母親還沒有來得及回答，太后就回過身來對我説，因爲我那時正站在她椅背後：

"我要送一副很好的耳環給你。你現在是我的人了。"我母親告訴她我不喜歡戴重的耳環。太后笑道：

"没有關係，她現在是我的人了，凡是她所需要的東西，我都要給她。你可以不必管。"太后給我的耳環的確很重，太后説只要天天戴，慣了便不覺得重了，我照她的話試了幾天，果然就習慣了。

再來講講端午節。這節也叫龍船節。五月初五正午是最毒的時辰。毒蟲如蛇蝎之類都躲在泥裹，因爲這些毒蟲在這個時候，都是麻痺的。做藥的人，就去把它們掘出來放在瓶裹，乾後就可以做藥了。這都是太后告訴我的，所以這一天我各處去掘土找尋，結果却一無所得。照向來的規矩是太后在這天正午的時候用一隻杯子盛了酒和雄黄，然後用一個小刷子醮了在我們鼻下，耳朵下各畫上幾點，這樣就可以防止夏天毒蟲侵入。至于端午節又稱爲龍船節的理由是這樣的：春秋時代楚大夫屈原，因楚王不受諫，憂國而抱石投河自盡，這一天正是五月初五。所以以後每年這一天，皇帝就要乘了龍船，將粽子丟在河裹算是祭屈原，百姓也年年紀念這一個日子。宮裹的劇場也演這幕歷史劇，演得非常有趣。此外，還要表現毒蟲在正午之前躲入土中的情形。我們都穿了虎頭鞋，頭上戴着綢制的小老虎。這些東西原是給小孩子穿的，象徵着他們將來長大了會像老虎一樣強壯，可是太后叫我們也穿了，王公官員的夫人這天到宮裹來，看見我們穿了這些東西，都笑起來。我們就告訴她們這是太后的命令。

宮裹有一本册子專門記載各個宮眷的生日，由李蓮英保管着。我的生日是五月初十。早幾天，李蓮英就關照我應該送禮給太后，這是宮中的規矩。所送的禮大概是糕餅糖果之類。于是我就去訂了八隻不同的食盒。

清早我穿了禮服，把自己打扮好了就去向太后請安。太后穿好衣服，太監就把我的禮物拿進來，于是我把它們貢獻給太后，并且行九叩頭禮。太后謝了我，説了幾句吉利的話，就送東西給我：一對檀香木的手鐲，雕刻得極精細，還有幾軸綢緞；并告訴我她已爲我預備了長壽麵。于是我叩頭謝了太后的賞。以後又到皇后那裏去叩頭，皇后賞我兩雙鞋和幾條圍巾。回到自己房裏，又看見各宮眷都有禮物送來。這實在是我最快樂的一天。

我這一生不會忘記五月十五日這日子，這是我們大家的倒霉日子，那天早晨我們像平時一樣，很早就到太后卧室裏去。可是太后説背痛，不能起身。于是我們輪流着替她按摩，最後她還是起來了，不過比平時稍稍遲些。起身後仍覺不舒服。皇帝進來跪着請早安，她也不理。皇帝看到太后不舒服的時候，總是很少説話。偏偏平時替太后梳頭的那個太監這天又病倒了，叫另一個太監來代。太后脾氣很怪，梳頭的時候不準有一根頭髮落下，叫我們嚴密地監視着。這個太監是個老實人，不像原來那個太監，有頭髮落下的時候會巧妙地藏過。後來果然有頭髮脱下了，那可憐的人慌得手足無措。太后在鏡子裏看到他慌張的神色，就問道：

"有頭髮掉下了嗎？"

"有。"太監恐懼地回答。太后一聽大怒，叫道：

"替我放回頭上，生牢它！"我聽了幾乎要笑出來了，可是那太監却嚇得哭了。太后叫他立刻出去，等一會兒責罰他。于是我們幫太后梳頭。這是一件難事，因爲太后的頭髮非常長，不容易梳。

早朝後，太后把這件事告訴李蓮英。李蓮英實在是個殘酷的人，説道：

"爲什麼不打死他。"于是太后命人把早晨梳頭的那個太監帶進來，當面責罰。吃飯的時候，太后説飯菜不好，又要責罰厨子。人家告訴我，太后不快活的時候，就什麼事情都覺得不稱心；所以那天接連地發生這麼許多事情，實在是無足爲奇的。太后又怪我們燕尾梳得太低。其實我們每天都是這樣梳的，她從沒有怪我們。她看着我們説：

"現在我要聽朝去了，不需要你們，趕快回房去把你們的頭髮重新梳過。要是以後再讓我看見這樣子，我就把你們的頭髮剪掉！"太后的態度嚴厲極了，我一生中從沒有像今天這樣恐懼過。我又不知太后這話是不是對我説的。但是我覺得還是識趣些好，于是就對太后説我馬上就去梳。我們都預備走了，太后站着看我們。走了五六步遠，我們又聽到太后在罵長壽道：

"你自以爲你沒有錯嗎？給我一起去！"我們一同走着快要到自己房

裏的時候，大家嘲笑長壽，這使她很生氣。太后發怒的時候總要說人家故意違拗她，引起她的火氣。其實我們都那樣恐懼，誰敢違拗她？相反的，我們却想盡了方法要使她快活。

這一天，她整天地發怒。我不敢近她，只得想法遠避她。我看見有些太監到太后那裏去問她極重要的事，太后望也不望只管自己看書。說實話，這一天我真正的感到苦惱。那些太監也真可惡，最初我還以爲他們都是最忠心的僕人，現在才知道罰罰他們也不算過分。

皇后叫我仍舊像平時一樣到宮裏去伺候太后，并叫我和她玩骰子，這樣或許可以使她忘記一切煩惱。起初我不願去，因爲我很害怕太后再會罵我些什麼，不過看皇后也可憐，婉轉地和我説了許多話，我只得答應去試試。我走進太后休息室的時候，看見她正在看書。看見我進來，就對我説：

"到這裏來，讓我來告訴你一些事情。你要知道宮裏的人都壞透了，我一點都不喜歡她們。我很怕你也中了她們的毒，相信她們説我怎樣怎樣可惡。不要去和這些人講。你以後切不要再把頭髮梳得這樣低，不要受她們的騙。我要你站在我一邊，一切照我所吩咐的去做。"當然我馬上答應她，我願意盡力做得使太后快活。太后説話時候的態度就像慈母對愛兒一樣的可親，我的思想立刻轉變過來，我想太后或許是對的。我曾聽得王公大員們説：對太監不可過分客氣，因爲他們常常會非常放肆，毫無理由地誣害人。

這一天我留心看着，那些太監做事都比平時小心多了。有人告訴我，太后一發脾氣就不肯收場。可是相反的，她對我説話非常和氣，好像完全沒有發過脾氣一樣。太后并不是難服侍的，不過要摸着她的脾氣。太后實在可愛得很，我幾乎忘了她早晨曾發過脾氣。太后似乎猜着了我的心裏，説道：

"我能够使人恨我甚于毒藥，也能使人愛我。我就有那樣的權威。"我想這話是真的。

太后和康格夫人

五月廿六日早朝的時候，慶王說美國大使康格夫人要想私見太后，請太后定一個日期。太后命慶王暫且不要答復康格夫人，讓她仔細想想再決定。我那時候在屏風後面靜聽，可是其餘的宮眷都鬧得很，幸虧太后阻止她們，叫她們在聽朝時不要講話。這倒正合我的意思，因爲我可以細聽太后和大臣們的談話了。退朝後，太后命將中飯開在山頂上的排雲殿內。太后願意走，我們只得跟着她。要到達山頂必須走過二百七十二級階梯，還要爬過一段崎嶇的山路。對于爬山，太后毫不感到困難，看着兩個小太監分別扶着太后的左右臂登山，實在有趣得很。太后全神貫注地爬山，一句話都不說。到達目的地的時候，我們已經精疲力盡了。太后自己是個善于跑路的人，看到我們這樣覺得很好笑。太后好勝心極強，無論在游戲上，或是在體力上，看到人家不如她，她總覺得很高興。不過若恭維得不恰當，反而惹她發怒。所以即使恭維她也得非常小心。

排雲殿是一所美麗的宮殿。前面有一個廣場，像庭院一般，滿栽着松柏和夾竹桃。樹下有一張瓷桌，幾個瓷凳。太后坐在她的黃緞凳上，靜靜地飲茶。這天雖然是晴天，并有着和暖的太陽，可是風極大，太后稍坐了一會兒，說風太大了要進去，這正是我所希望的。我輕輕地對皇后說：

"我正恐怕大風會把我的首飾吹下來呢。"

太監送午膳來，在桌上排好。皇后向我們做了個手勢，叫我們跟着，于是我們就跟着她走到後廊。宮中的窗都開得很低。沿着窗，凸出在廊下的是一排長凳似的東西，約有一尺寬，我們坐在那上面——這裏除了太后的椅子外，是没有第二隻椅子的。皇后問我是否看出太后似乎有心事，我說大概太后是在想早晨慶王所提起的私見的事。皇后說我猜得對了，又問我：

"你可曾聽到什麼關于私見的事情？大概定在什麼時候？"我說太后還沒有答復。

這時候，太后已經吃好了，在房間裏走來走去看我們吃，她走到我母親面前說：

"我真不懂康格夫人爲什麼要求私見，大概她要對我說什麼話。我希望能預先知道那是什麼話，也可以準備一下該怎麼回答。"我母親說也許康格夫人那裏有什麼人要想見太后。

"不會的，"太后說，"凡是要見我的人，都有一張名單開上來的，正式的朝見我倒不大放在心上，我就不願意私見。你們知道，我最不願意讓人家來問我許多問題，外國人固然也很好，有他們自己的規矩，可是在禮法上講起來，他們總不如我們，我也許很保守，因爲我尊重我們的習慣。在我活着的時候，不願意看見人家來變更它。我們中國人自小就受禮儀之教。你們把中國舊禮教和外國的新的比比看。大家似乎喜歡新的，所謂新的就是指基督教，他們是主張把祖宗牌位都要燒掉的。我知道我們這裏有許多人家被外國傳教士弄得家破人亡，這些傳教士，專門勾引年青人去信他們的宗教。現在我要告訴你們：爲什麼對于康格夫人要求私見，我感到不安，就因爲我們是禮儀之邦，不好意思當面拒絕人家的任何要求。可是外國人不能體會這一點。現在我就預備這樣：無論他們要求我什麼，我就乾脆對他們說：

"這不是我一個人的事，我必須和大臣們商量一下。我雖然是中國的太后，也得遵守法律。老實說，我最喜歡伊集院夫人。她總是那麼溫雅，從來不問那些愚笨的問題。到底日本人和我們相像。去年，你們還沒有進宮，康格夫人帶着一個女教士來要求我在宮中設立一所女學堂。我不願意當面拒絕她們，就說讓我慢慢考慮。你們想想看，宮中辦起學校來，這不是笑話嗎？就算辦起來了，叫我哪裏去找這些女學生呢？我覺得我們現在這樣已很好了。我不願意叫皇親國戚的子弟到宮中來讀書。"

太后説到這裏，大笑起來，其餘的人也都笑起來。

"我知道你們一定要笑的，"太后説，"康格夫人是個好人，美國和中國交情也不差，尤其是光緒庚子年美國人在宮中的行爲我很感激。不過總不能叫我相信他們的宗教。李蓮英説外國教士有一種藥，給中國人吃了，中國人就會自願信他們的教。于是他們再假意叫中國人仔細想想，説他們是不願意强迫人家違反自己意思而信教的。教士還要拐走中國的小孩，把他們的眼睛挖出來做藥。"我告訴她這是有人造謠，我曾碰到許多教士，他們心腸都很慈悲，願意做各種事情來幫助受苦的中國人。我又告訴她，他們怎樣救濟孤兒——給他們住所、衣服、食物。有時候這些教士到内地去，看到有些盲童和殘廢的孩子被他們的父母所棄，就領他們回來撫養他們成長，這種情形我已看到不少了。我又告訴她，他們怎樣辦學堂，怎樣幫助窮人。

"當然我是相信你的話的，"太后笑道，"不過這些教士，爲什麽不在自己國裏幫着自己的百姓呢?"我知道我不便多辯。但是我要讓太后知道，這些教士在中國曾遭到了怎樣的毒手，在一八九二年六月，有兩個教士在漢口附近的武穴被殺，教堂也被暴徒焚毁。那時候我父親負責辦理這件案子，經過了種種困難，才捉到三個兇手，照中國的法律，判決他們在站籠裏站死，官府裏還拿出了撫恤金給死者的家屬，才算了事。一八九三年，宜昌附近的天主教堂被毁，暴徒説他們看到許多中國盲童在教堂裏，他們都是被教士們挖去了眼睛，而關在教堂裏做苦工的。宜昌的知府也相信這些話，于是我父親就提議把盲童帶到衙門裏來，當面問問他們是不是這樣。知府是個極刁猾的人，并且是個極端的反洋派。他把這些盲童召來先給他們好好地吃一頓，然後叫他們説教士的確挖他們的眼睛。可是第二天這些孩子被帶到衙門裏的時候，都説教士待他們非常好，給他們住好的房子，食物和衣服。他們的眼睛在信天主教之前就瞎了的。他們又説知府教他們説謊，説教士挖了他們的眼睛，可是他們不願意。他們要求再送他們回教堂的學校裏去，他們在那裏非常快活。太后説:

"他們幫助中國人解除困難，這一點是好的，就像我們如來佛，他還挖了自己的肉去喂飢餓的鳥呢。不過他們要是不勸中國人信他們的教，讓我們信自己的教，這樣我就贊成了。你知道義和團是怎麼起來的嗎？這就要怪中國的洋教徒了，他們待義和團裏這批人非常苛刻，自然義和團就要報仇了。不過沒有知識的人就有這種缺點，他們總是做得太過火，并且想趁此機會發發財，于是在京裏到處放火搶劫，不管是誰的屋子，只要他們能搶到錢，就要放火燒，中國的洋教徒是最壞的人。他們在鄉里橫行不法，搜刮窮苦的鄉下人。教士還要袒護他們，爲的是自己可以沾些光，中國的洋教徒若犯了法被帶到衙門裏，他們跪都不肯跪下，不肯守中國法律，還要對長官無禮。這些教士就完全聽了犯人的話，替他們辯護，不管他們是對是錯，一定要放了他們才罷休。你還記得從前你父親所定的有教案時對待教士的法則嗎？我知道平民中有不少信了洋教——也許有些是因爲有特別的困苦，但我不相信中國的上等人也會信洋教。"太后說到這裏，向周圍看看，輕輕地說："康有爲想叫皇帝入教，我活着一天，他們就休想。我也承認在有些地方，像海陸軍和機器，是外國的比我們强，要說到文明程度，我們中國就是第一等。我知道有許多人說朝廷和義和團是串通的，其實并不。我們一知道亂事發生，馬上派兵鎮壓，可是已經來不及了。我那時候決心不離開宮。我已經是一個老婦人了，死活早不放在心上，但是端王和瀾公勸我馬上就走。他們還要叫我假扮了別人出去，我大怒，堅決拒絕了他們。後來我回到宮裏，有人告訴我外面傳說我走出的時候，穿了宮中一個老僕的衣服，坐了一輛破騾車，而那老僕却穿了我的衣服，坐在我的轎子裏。我不知道這些故事是誰編出來的。自然人家一聽就會相信，并且很快就會傳到外國去的。

"再說到義和團亂的時候，我是多麼苦啊，宮裏的人沒有一個願意跟我走。有些在我還沒有決定走的時候，就逃得無影無踪了，有的雖然不走，却不做事情，站在旁邊冷眼看着。我下了決心問問有多少人願意跟我走，我說：

"你們願意同去的就跟我去，不願意同去的就離開我好了。出乎我意料之外，來聽我說話的人極少，只有十七個太監、兩個老媽子和一個宮女，那就是小珠。只有這些人說，不管怎樣他們總跟着我。我一共有三千個太監，可是他們都跑了，我要查點都來不及。有些還要當面對我無禮，把我貴重的花瓶跌在石板上打碎了。他們知道我沒有時間去責罰他們，因爲情況非常緊急，我們馬上就要動身了。我大罵，禱告祖宗在天之靈保佑我。每個人都和我一同跪下禱告，和我同走的惟一的親屬就是皇后。有一個近親平時我待她極好，她要求什麼，我總答應她，這次居然也不願意和我一同出走。我知道她爲什麼不肯同去，她想一定有外國兵進來把我們一齊捉住殺掉。

"七天以後我派一個太監回北京去看看誰還留在那裏，這個近親就問太監洋兵有沒有追我們？我有沒有給他們殺掉。不久日本兵占據了她的房子，她被趕出來了。她想她無路可走了，又想我既沒有死，她倒又想來跟我了，我不知他們怎麼會跑得那樣快。有一天我們正住在一所鄉下人家的小屋裏，她和她的好丈夫趕來了，哭着說她如何地想念我，時時刻刻擔憂着我是否平安。我不願意聽她的話，老實對她說，我一個字都不相信她。以後她就不再來了。那個時期我們真困苦：早晨太陽沒有出來就坐轎子，天黑了就得找個村落歇夜，我相信你聽了一定很同情我的，年紀這樣大了，還要受這些苦。

"皇帝和皇后都乘騾車。我一路上禱告，求祖宗保佑，皇帝却口都不開。有一天，忽然下起大雨來，幾個轎夫逃了，有幾匹騾子死了。五個小太監還不識趣，去和縣官鬧着要這樣那樣的。縣官跪在地上向他們懇求，說一切都照辦。我聽到了大怒，我們在這種情形之下，自該知足，怎麼可以苛求。于是我責罰了那幾個太監，他們竟跑了。

"大約費了一個多月光景，我們到了西安。我不能形容那時候的苦楚，一面還擔憂着，所以我一連病了三個月。這是我一生中永遠不會忘記的。

"在光緒二十八年初，我們回到北京，當我看到宮中這一番景況，又是一番傷心，一切都變了！許多名貴的器皿不是偷了便是毀了。西苑裏的寶物完全一掃而空。我那天天禮拜的白玉觀音也不知被誰砍斷了手指。有些外國人還坐在我寶座上照了相。在西安的時候，我們好像是充軍去的，雖然巡撫衙門裏替我們預備好住所，可是那房子又舊又潮濕，對于身體極不相宜。皇帝也生起病了。這次事情，若要細細講來，也不是一時就講得完的。總之，一切苦我們都嘗够了。可是還有那最後一次最厲害的苦頭，等我有空的時候再仔細告訴你吧，我要確確實實知道這事情的真相。

"現在讓我們再回到康格夫人要求私見的問題上來。我想一定有些特別事故。希望她不會有什麼要求，因爲我最怕當面拒絕人家。你能不能猜想到她到底希望些什麼？"

"不會有什麼特別事故的，"我説，"況且康格夫人自己是個極熟中國禮節的人，決不會有什麼要求。"

"最討厭的就是康格夫人常常讓教會裏的人來做翻譯。現在我有了你母親和你們姊妹倆已經足够了，用不着別人翻譯了，而且他們的中國話我也不大懂。我願意見使館裏的人，但不願見教會裏的人，有機會的時候我要阻止他們來。"

第二天早晨，慶王來見太后，説美國海軍提督伊文思夫婦要來朝見，美公使要求兩次，但并不是他夫人要來見太后，那天是弄錯的。

早朝後太后笑着説：

"我昨天不是説過一定有原因嗎？我倒很願意見見美國海軍提督和他的夫人。"又對我們説：

"趕快把每樣東西都整理好，把我房裏的陳設換個樣子，不要讓他們看出我日常生活的情形。"我們都説："是。"不過把宮裏整個地換一副樣子，這實在是一件很難的事情。

這是求見的前夜，我們先把各處窗上的粉紅絲帘拿下，換上天藍色的——這種顏色是太后所不喜歡的。然後把椅子上的座墊也換上這種顏色。我們正在監督太監做這些事情的時候，另外幾個太監搬了一大箱的鐘進來，同時太后也進來了，命我們把桌上的白玉佛綠玉佛，和另外幾種玉器一齊拿開，因爲這些都是聖潔的東西，不能讓外國人看見。于是在原來放玉佛玉器的地方，我們就放上了各式的鐘。我們又把三個綉花門帘也拿下，那是在舊京殿底子上綉着五百羅漢的像，從前道光皇帝用過。挂在門上一切鬼怪就不敢進來，也是聖潔的東西。太后要我們中的一人負責過後仍舊要把原物換上，太后的梳妝檯是最重要的東西，她不願意讓任何人看見。所以我們把它搬到一個安全的地方上了鎖。又把她床上粉紅色的被褥都換上藍色。她房裏的家具和床上的雕刻品，都是檀木做的，這些檀木在做成器物之前，已先放到各處廟裏去潔净過，自然也不能讓外國人看見，但是床上的雕刻品不能拿下的，所以只好用綉花的帳幔遮蓋起來。我們正在忙碌的時候，太后進來説：

"我的房間慢慢收拾吧，先去看看大殿有没有布置好。因爲明天先是伊文思提督和他的屬員來，他們決不會進内宫的。至于伊文思夫人和其他女客要到後天才來，把我們這裏惟一的地毯放到大殿裏去。雖然我一點都不喜歡地毯，但是没有辦法。"

一切都料理好了，太后關照我後天該穿些什麽衣服，又對我説：

"明天你不必到大殿裏去，因爲那裏都是些男人。我預備到外務部去叫個人來當翻譯，我不要你和許多陌生人説話，這是滿洲規矩所不許的。這些人都是第一次來，他們將來回美國後，逢人便要評論你的相貌怎樣。"太后又命把她的黄袍拿出來預備明天穿。這禮服是黄緞子做成，上面綉着金龍，附着一個一百零八顆珍珠做成的項圈。太后説：

"我不喜歡穿禮服，因爲這一點兒都不好看，不過明天恐怕不得不穿。你們明天不必換衣服。"

第二天早晨，太后起得很早，并且一起身就忙忙碌碌地打扮。我覺得每次有外人來朝見之前，太后總覺得樣樣事情都不稱心起來，而很容易發怒。她説：

"我要讓人家看起來很温和，可是這些人總要惹我發怒。我知道美國提督回去一定要説起我，我不願意讓他看到一點短處。"爲了梳頭，她費工兩個鐘頭，那時候已經過了早朝的時間，所以她命令把早朝延遲到美國提督走了以後，太后穿了黃袍，在鏡子前照了照，對我説她不喜歡這衣服，問我外國人會不會知道這是禮服。

"我穿了黃的顏色很不好看，"太后對我説，"一穿黃袍，我的臉就和袍子差不多顏色了。"我就對她説，這不過是私人的朝見，若太后不喜歡黃袍，就穿別的衣服也没有關係。太后聽了似乎很高興，我却一直擔心這話有否説錯。不過我實在忙極了，也没有那許多時間來擔憂。太后讓將所有的衣服都拿進來，最後選定一件淡藍色的緞袍，上面滿是"壽"字，都是用珍珠寶石鑲成。她穿了試試，説這件很適合，就叫我到珠寶房裏去把相稱的首飾拿來。于是她一邊戴一個壽字，一邊戴一隻蝙蝠。她的鞋子，手巾和其他東西也都綉着這種花樣。太后笑着説：

"現在我很好了，到殿上去等他們吧，我們還可以先玩一會兒骰子。"又對我們説：

"他們來朝見的時候，你們必須到屏風後面去。那裏，你們可以看見他們，但他們却不會看見你們。"太監在桌上鋪好地圖，我們將要開始玩骰子的時候，忽然看見一個職位很高的太監進來跪着説：

"美國提督和公使等已經到宮門口了，他們一共約有十二人。"太后聽了，笑着對我説：

"我以爲只有美公使提督帶一兩個隨員來，其餘的是些什麽人呢？不過没有關係，我總是接見他們的。"我們幫助太后上了寶座，替她把衣服理好，并把一張紙遞給她，那上面寫着她所預備説的話。然後我們和皇后同到屏風後面。這時候四周寂静，所以當提督們來的時候，我們可以很清楚地聽到他們的皮鞋踏在庭院裏石板上的聲音。我們在屏風後面張望，看到幾位王公引着這些人進殿，進來之後，這些人就站成一排，對太后行三鞠躬禮。皇帝在太后左邊，也在寶座上，不過他的寶座非常小，和一張平常的椅子差不多，太后説完了歡迎的話，他們就從一邊走上階梯，與皇帝握手，然後從另一邊下去。慶王就帶他們到另一個宮裏設宴招待。這一次接見儀式非常簡單。

禮畢，太后說聽見我們在屏風後面笑，這樣很不好，要給人家議論的。我說我沒有笑。太后說：

"以後凡是有男人來朝見，你們都不必進殿來；當然每天的早朝是不在此例。"

這天午後太后沒有回臥房。她說她要等這些人走後，聽聽他們說了些什麼。過了兩小時，慶王來了，報告他們已用過午膳，他們能够見到太后覺得非常高興，現在他們已經走了。這裏我須得說明，美國提督進來的時候是走宮的左門。中門只有太后可出入。有一個例外，就是任何人捧着敕書就可由中門出入。美國提督出去的時候也是走左門。太后問慶王有沒有帶他們到宮裏各處去看看，他們看了後怎樣，覺得高興嗎？最後對慶王說：

"現在你可以去了，準備好明天提督夫人進見的事。"晚上太后對我們說：

"明天你們必須同樣裝束，各人穿自己最美麗的衣服。明天進宮的這些外國太太，以後也許不會再來看我們。假如現在不把我們所有的顯示給她們，以後就沒有機會了。"她叫皇后皇妃和我們都穿淺藍色的衣服，又對我說：

"要是她們問起誰是皇妃，你就告訴她們，若不問，切不要介紹。你必須小心些，因爲宮裏這些人不習慣見許多人，恐怕失禮了惹外國人笑。"又對我們說：

"凡是太太們進見的時候，我常常預備了禮物賜給她們。但是這一次我賜不賜還沒有決定，因爲上一次朝見的時候我就沒有賜。"再對我說：

"你可先預備幾樣玉器放在好看些的匣子裏，等我問你要的時候，你就拿來。"又說：

"我的話已講得不少了，你們去休息吧。"我們就請了晚安，各自回房。

第二天早晨，一切都很順利。太后事事都滿意，絲毫不想發脾氣，因爲太后看見我們都打扮得很好，對我説：

"你臉上總不肯多用些粉，人家還以爲你是寡婦呢。嘴唇上也該搽些胭脂，這是規矩。現在我這裏無事做，你趕快回去多搽些脂粉。"于是我回到自己房裏，裝扮得和其餘人一樣。看看自己完全變了樣子，忍不住大笑起來，我再回到太后房裏，太后見了我説：

"這樣就好了。假如你嫌粉太貴，我替你買些好了。"説到這裏太后就笑起來，她總喜歡打趣我。

這時候太后已經化妝好了。一個宮眷送了許多衣服來讓太后揀。她説這天要穿一件淡藍的。可是看了二三十件都不中意，叫宮眷再去拿些來，最後選定了一件淡藍的，袍子上面綉着一百隻蝴蝶，加上一件紫色的短背心，也綉着蝴蝶，袍子的下面有許多珠纓絡，她戴了許多大珍珠，有一顆有鷄蛋般大，是太后最喜歡的，只有在特別事故的時候才戴。頭上兩邊各戴一隻玉蝴蝶；手鐲、戒指都是蝴蝶花樣的，每樣東西都和袍子相稱的。在珠寶之間，她還要夾幾朵鮮花，白茉莉是她最喜歡的。皇后和宮眷都不許戴，除非是太后的特別賞賜，我們可以戴珍珠和寶石，鮮花是專爲太后預備的。太后説我們年紀太輕，要把鮮花損壞的。太后穿戴好後，我們就一同入大殿。叫我們把她的牌帶去，她要玩一會兒牌。太后玩的時候就一直和我們談話，叫我們招待美國太太要有禮貌，帶她們各處去看看。她説：

"現在不要緊了，各處地方都變了。我自己想想都好笑，爲什麽要變樣子呢？也許她們以爲我們向來就是這樣的。以後如果她們問你，你就説，本來不是這樣的，每次接見客人們我們就要變換一次，讓她們聽了驚奇。以後你一定要找個機會告訴她們。不然她們絲毫不知道，我們也就白忙一場。"因爲這次是私見，所以太后不坐大寶座，就坐大殿左邊的小座。那裏是她每天早晨接見大臣的地方。皇帝站在一邊。一個太監進來報告客人已到門口，一共是九位。太后派幾個宮眷到庭院裏去迎接她們，引她們進殿。我站在太后右邊，可以看到她們登石級而上來。太后輕輕地問我：

"哪一位是伊文思夫人？"我没有見過伊文思夫人，所以只好回答太后不知道，但當她們漸漸走近的時候，我看見有一位夫人和康格夫人同行，想來一定是伊文思夫人了，就告訴太后。她們走得更近的時候，太后説：

"那教會裏的夫人又和康格夫人同來了。大概她很喜歡見我，她每次總是來的。我要告訴她我極喜歡見她，看她能不能懂我的意思。"

康格夫人和太后握了手，并介紹伊文思夫人和另外幾位美國官員的夫人。我仔細看着太后，看她態度那麼和善，帶着一副可愛的笑容——和平時的態度完全不同。她説她非常高興看見她們，并叫太監搬椅子來給這些太太坐，同時別的太監就送茶來。太后問伊文思夫人，是不是喜歡中國？覺得北京怎樣？來了多久？預備住多久？現在住在哪裏？我對于太后的問題熟悉極了，早就猜出她將要問些什麼，康格夫人教她的翻譯對太后説許多時候沒有看見太后了，問太后聖體安康，太后對我説：

"你告訴康格夫人就説我身體很好。我極願意見她，可惜拘于禮法，不然定可以常常相見。叫皇郡主（恭王的女兒）去陪她們入席。"于是覲見禮就算結束。

席設在太后宮後的停雲軒，這地方專門用作餐廳或休息處。太后、皇后和皇妃不入席，其餘宮眷都入席。我費了兩個鐘頭，才把餐桌布置好。太后叫我們用外國桌布，因爲看起來比較乾净些。管花園的太監在餐桌上擺了鮮花。太后指揮着座位應當怎樣排。她説：

"伊文思夫人是貴客。雖然康格夫人是大使夫人，但她是熟客，所以伊文思夫人應當坐前席。"又告訴我請其餘的人依等級而入座。皇郡主和洵妃（太后的侄女，皇后的妹妹）是主人，相對而坐。席上的器皿都是金的或銀的，太后并吩咐擺上外國的刀和叉。食物是滿洲式的。除了蜜餞糖果外，有二十四種，太后又叫我開最好的香檳酒，又説：

"我知道外國女子都喜歡喝酒。"

我相信許多宮眷中，只有我是真正高興和那些外國女子在一起，其餘的宮眷都恨外國人。因爲太后叮囑她們極嚴，教她們有外國人來的時候要怎樣怎樣，所以她們一聽見外國人來就恨。我們正在吃的時候，一個太監來說太后在內宮等着，要我們吃罷後到她那裏去。我們到太后宮裏，看見太后正在等我們。見我們來，就站起來叫我問伊文思夫人：

"飯菜好不好？吃得慣嗎？"又說她要讓伊文思夫人看看她私人的房間，這樣或許可以知道我們日常生活的情形。于是她帶着大家到她臥室裏，請伊文思夫人和康格夫人坐下，命太監送茶。她請伊文思夫人在北京多住些時候，到各個廟裏去玩玩。并說：

"中國雖是個古老的國家，却没有像美國那許多美麗的建築。你在中國一定覺得事事都很特別。我現在太老了，不然一定要到各國去玩玩。我雖然在書上看到各國的風情，可是總不如親自到那裏去看看來得好。不過也難説，或許我以後有機會去。就怕我離不開自己國家，這裏差不多樣樣事情都靠我。我們的皇帝年紀還很輕。"于是她又叫我們陪這些太太到宮裏各處去玩玩，尤其是那著名的龍王廟，那是在頤和園湖中央的一個小島上。康格夫人説還有些事情要向太后商量，于是叫教會的翻譯到她面前，就和她講。太后聽她們講了許多時候，很不耐煩，就問我她們講些什麽。要同時聽兩邊的説話非常困難，顧了太后，就没有聽清她們説些什麽，只斷斷續續地聽到她們説"畫像"。于是我就從這兩個字上去推測其餘的意思。可是我還没有開口，教會的翻譯就説：

"康格夫人這次來的目的，是要求太后允許讓一位美國女畫家卡爾小姐來替太后畫像，送到聖路易展覽會去，讓美國人民都能瞻仰太后的儀表。"卡爾小姐是福卡爾的妹妹，福卡爾在中國税關做事已好幾年了。

太后樣子很詫異，因爲她已經很仔細地聽了，再不好意思説聽不懂。于是就回過頭來對我看——這是預先約好的，太后這一動作就是叫我翻譯。我没有立刻翻譯，所以康格夫人就請她的教會裏的朋友再説一遍，恐怕太后没有聽清楚。于是太后對我説：

"這位太太講的話我不大懂，或許你能替我説得清楚些。"于是我就向太后解釋。不過我知道太后不會懂得畫像是什麽樣的東西，因爲一直到現在太后還不曾照過一張相。

　　我得解釋一下，在中國只有人死了才畫像，爲留個紀念，并且給後代子孫祭祀用的。我看得出當太后聽到人家要替她畫像的時候，臉上顯出很窘的樣子。我不願意讓太后在外國人面前顯得無知，就拉拉她的衣袖説以後向她詳細解釋，太后説：

　　"現在就講些我聽聽。"于是我就講了一些。我們講這些話，都是用宮中的一種特別言語講出來的，這和普通的中國話不同，所以客人都聽不懂。太后明白了這意思後，就謝謝康格夫人的好意，答允以後再給她答復。她對我説：

　　"告訴康格夫人，什麽事我都不能一人決定，她一定也知道。凡是有重要事情我總得先和大臣們商量。我做事必須非常小心，免得被百姓指責。并且我也必須遵守祖宗的法則和習慣。"我看出太后這時候不願多討論這件事情。

　　正在這時候，李蓮英進來説游廟的船已經預備好了，這是預先約定的，當宮眷們知道太后對繼續談話不感興趣的時候，就向太監做個暗號，讓他拿別的事情打岔。于是太后向她們告別。

　　隨後，這些客人就坐了太后的船渡湖去游廟。這廟是在一個小島上，島中央有一個天然的洞，據説從没有人進去過。太后相信民間的傳説，説這是龍王的故居——這就是龍王廟名稱的由來。

給太后畫像和照相

在廟裏玩了一會兒，客人們就告別，乘了宮裏的轎子到宮門口，再換上她們自己的轎子。我仍舊像平時一樣回去向太后報告客人說了些什麼話，對于我們的招待是否滿意。太后說：

"我很喜歡伊文思夫人，她真是一個標準的女人。她的態度和我以前看見過的美國女子完全不同。我喜歡和有禮貌的人在一起。"講到畫像的事，太后又說：

"我不懂康格夫人爲什麼要有這種意思。你現在可以告訴我了，畫像究竟是怎麼一回事？"當我告訴她每天必須坐幾個鐘頭的時候，她非常驚奇，說恐怕沒有這樣好的耐心。她問我坐着要做些什麼事？我說只要一直用同一種姿勢坐着就好了。太后說："等到像畫成，我也變成一個老太婆了。"我告訴她我在巴黎的時候也有過一張畫像，也是密斯卡爾畫的。太后一聽，馬上叫我把畫像拿來讓她看看，使她也可知道是怎麼個樣子的。于是我立刻吩咐站在旁邊的一個太監到我家裏去把畫像拿來。太后說：

"我不懂爲什麼一定要我來坐着畫像，能不能叫別人來代替我？"我就向她解釋她們要畫的是太后的像，不是別人的像，所以必須太后自己坐着。太后又問我是不是每次必須穿同樣的衣服，戴同樣的首飾。我告訴她正是這樣。太后又說：

"中國的畫師只要對要畫的人看一會兒，立刻就可以開始畫，并且一會兒就可以畫好。我看外國的頭等畫師恐怕也不能這樣做吧。"當然我又得向她解釋中國畫和外國畫不同的地方，并對她說只要她看過畫像後，就會明白爲什麼要坐這許多時候，她說："我不知道這位女畫家是怎樣的人，她會說中國話嗎？"我告訴她我和密斯卡爾很熟，她是個很懂禮節的女子，可惜不會説中國話。

“既然她哥哥在税關服務這麼久，她怎麼還不會説中國話？”太后問我。于是我就告訴她密斯卡爾本人在中國的時候極少，她大部分的時間是在歐、美兩洲。

“我倒願意她不會説中國話。我現在覺得答允她們畫像惟一不便的地方，就是要讓一個外國人在宫裏住這麼久了。有許多事情我不願意讓外國人知道，可是難保宫裏的人不去搬嘴舌。”我告訴她這是絶對不可能的。因爲密斯卡爾既不會説中國話，而宫中除了我母親和我們姊妹倆之外又没有人懂得外國話。太后説：

“也不要想得太達觀，在宫裏住了一個時期後，他們自有法子熟悉起來的。那麼，要多少時候可以畫好呢？”我説這要看她坐多少次和每次坐多少時間而定的。我不敢告訴她確實要多少時間，因爲我怕她不耐煩，所以我對她説：

“等密斯卡爾來的時候，我叫她盡可能畫得快。”

“我不知怎樣才能婉轉謝絶康格夫人的要求，”太后説，“所以到那時候，就像你聽到的，我對她説我必須和大臣們商量；這樣我可以有時間細想。現在你既然知道這位女畫家，并且相信她進宫後對我們不會有什麼不便當，那麼我自然答應她，而且向來夏天我總是住在頤和園的，離開禁城又遠，她總不能每天跑來跑去。那麼把她安頓在什麼地方好呢？此外還得有個人隨時監視着她。這事很難，我不知要怎麼辦才好。你願意監視她嗎？你覺得你可能做得到在白天的時候使宫裏没有一個人有機會和她講話嗎？那麼晚上誰去監視她呢？”太后在屋子裏走來走去，想了許多時候，最後笑着説：

“有法子了，我們可以把她軟禁起來，不過不要讓她知道。這就要靠你母親、妹妹和你三人各盡各的力。我自己也竭力小心。我命人把醇王（光緒的父親）的花園收拾一下給密斯卡爾住。”

這花園離太后的宫極近，乘車只消十分鐘可到了，這算是頤和園外邊一個獨立的地方。

太后又繼續説：

"以後你必須每天早晨同她到這裏來，每晚陪她回去同住。這是個最容易而且最安全的方法。留心她和別人傳遞信息。這樣一來給你添了許多額外的工作。不過你要知道，我對于這件事情是多麼看重，現在雖然忙一些，將來却可省去不少麻煩。還有一件事你必須非常注意：就是不要讓密斯卡爾有機會和皇帝談話。我之所以要這樣關照你，就因爲皇帝生性怕難爲情，只怕説出話來要得罪她。我預備另外派四個太監專門在畫像的時候侍候，需要什麼東西的時候就可以差他們去拿。"然後她又説：

"那天拉我袖子的時候，我看出康格夫人在注意你，不知她怎樣猜想。不過你不必計較，她喜歡怎樣想就讓她怎樣想吧。本來康格夫人懂不懂你的意思完全没有關係，只要我懂就好了。"我説或許康格夫人會以爲我要勸太后拒絕她的要求。

"那有什麼意思，"太后説，"要不是你熟悉這位畫家，我決不會答應這件事。畫像的事我倒是隨便的，就怕因此而生出許多別的事情來。"

第二天我收到康格夫人一封信，求我不要慫恿太后拒絕密斯卡爾來畫像。我把這信翻譯出來給太后聽，太后聽了大怒道：

"没有人可以用這樣的口氣寫信給你。她怎敢誣衊你對我説了密斯卡爾的壞話？我不是對你説過嗎，在你拉我袖子的時候她很留心地看着。你復信的時候想説什麼就寫什麼，就用她對待你的這種方法回答她。并告訴她，在我們國裏，宫眷從來不能干涉太后的事，并説你也不至于這樣卑鄙會説人家的壞話。如果你不願意這樣説，那你就説密斯卡爾是你的朋友，你當然不會説她的壞話。"

我就照平常的方式復康格夫人的信。

這天，整整一個下午，太后別的什麼都不談，只談畫像的事。後來她説：

"我希望康格夫人不要派教會裏的翻譯陪密斯卡爾來住，如果那樣我就要拒絕畫像了。"後一天早晨，那太監拿了我的畫像回來了。我還没有拿給太后，宮裏的人已經都看過了，有的説非常像我，有的説畫得一點都不好，我報告太后畫像已經拿來了，她叫我立刻拿到她卧室裏。太后細細地看，甚至于奇怪得用手去摸。最後禁不住笑起來道：

"好奇怪，這好像是用油畫的。這樣粗的畫法我一生都没有見過。的確像得很，我不相信中國人會畫得這樣好。你穿的衣服多特別，怎麽頸和臂都露在外面的？我曾聽人説外國人穿的衣服是没有領和袖的，却没有想到會像你所穿的那樣難看。我不懂你怎麽肯穿的。我想你穿了這種衣服一定會覺得難爲情。以後不要再穿這種衣服了，我看了這樣子很不舒服，這也算是文明嗎？這種衣服還是在有特別事情時穿的呢？還是隨便什麽時候，甚至于有男人在的時候都可以穿的？"我説：

"這是普通女人穿的晚服，在聚餐、跳舞、見客的時候都可以穿的。"太后聽了笑着喊道：

"越説越不成樣了，我看外國樣樣都在後退。我們在男人前面手腕都不準露一下，外國人却是另外一種想法了，皇帝總要講革新，如果這種就算是新法，我看還是守舊些好，告訴我，你覺得外國人的習慣怎樣？你覺得我們的比他們好嗎？"我看太后意思很固執，只得説："是。"太后繼續看像，説道：

"爲什麽你的面孔是一邊黑一邊白的？這不自然，你的面孔并不是一邊黑一邊白的。怎麽你的頸子也有一半黑一半白的？"我向她解釋這完全是影子的關係。畫師就依照她所看到的影子的濃淡畫出來的。

"你想這位畫家會不會也替我畫出黑面孔來？這畫是要拿到美國去的。我不願意美國人想象我的面孔是一半白一半黑的。"我不敢老實告訴她，她的畫像一定和我的相仿，所以我就説我關照密斯卡爾照太后的意思畫。她又問我什麽時候開始畫。我對太后説密斯卡爾現在還在上海，康格夫人已經寫信去請她來準備一切了。一星期後我收到密斯卡爾一封信，説馬上就要來北京了。并説太后允許她來畫像，她非常感激。我把這信翻譯給太后聽。太后説：

"我很高興你和密斯卡爾是朋友，這對我方便得很。因爲或許我有什麼事情要關照密斯卡爾，但又不願意讓康格夫人知道，否則她一定要說我是個難服侍的人。你總懂得我的意思的。現在她既然是你的朋友，你和她說起話來是不會得罪她的。我又要說了，要不是她是你的朋友，我是不會答應的。因爲這件事情是違反我們規矩的。"

閏五月的初三，慶王來報告太后，密斯卡爾已經到了北京，現在和康格夫人一起住着，等侯太后吩咐什麼時候可以開始畫像，請太后定出一個日期。太后說：

"先得看看我的曆書，我不願意在一個壞日子開始畫像。明天答復她吧。"第二天早朝後，太后就翻曆書。看了許多時候，說：

"照我的曆書上看來，這十幾天內沒有好日子。"于是把曆書授給我，叫我自己看。最後她決定選閏五月二十日，說這一天是個好日子；于是再翻曆書來決定時間，最後決定晚上七點鐘。這樣我非常爲難，因爲那時候天已經很黑了，于是我想盡方法婉轉地對太后說密斯卡爾不能在那個時辰畫像。

"沒有關係，我們這裏有電燈，"太后說，"電燈光當然也够亮了。"于是我又告訴她人工的光綫總不如白天的太陽光好。我知道密斯卡爾一定不願意在電燈光下畫圖，所以竭力勸太后改一個時辰。

"多麻煩啊，"太后說，"我什麼光綫下都能畫圖，她也要能够這樣才好。"經過了多少解釋，太后才選定閏五月二十日上午十時，這樣決定後，我才鬆了一口氣。當太監把畫像拿來的時候，他把我在巴黎的時候所拍的幾張照相也拿來了，但是我決定不讓太后看見。否則太后一定要以照一個相來代替畫像的，因爲那比畫像快得多，又可以省掉許多麻煩。可是下一天早晨，太后在我屋前的廊下走過的時候，忽然走進我房裏來，看看我的房間是否收拾得乾净。這是她第一次到我房裏來。我窘得很，因爲她是輕易不到宮眷房裏去的。我不能讓她站着又不好請她在我的椅子上坐下，因爲照中國規矩，皇帝和皇后，只可以坐自己的椅子，無論他們到什麼地方，這椅子總是由隨從帶着的。我就要叫太監去搬太后的椅子來，但太后阻止了我，說她就在我的椅子上坐坐，讓我也可沾些福氣，于是太后就在我的椅子上坐下，太監替太后送茶來，我接過來獻給太后。這是宮中的規矩，也表示宮眷對太后的敬意。

喝完了茶，太后就在房裏走走，各處看看，把我的抽屜盒子都打開，看我東西是否放得整齊。忽然她瞥到屋子的一角，說道：

"那桌子上的是什麼畫？"于是立刻跑過去。剛拿起來一看，就驚叫道：

"啊，這些都是你的像。這比你那張畫像好看得多。你早爲什麼不告訴我？"我不知怎麼回答才好。當她看到我被她的問題窘住了，就立刻換轉話題，談別的事了。每當她看到我們不能回答她的問題的時候，她就是這樣子，但是過後她還是要提起的，讓你準備給她個答復。

看了一會兒照相，太后說：

"這些照相的確比你的畫像好得多了，不過我既答應了畫像，總不好反悔。不過假若爲我另外照幾張相，和畫像總沒有什麼妨礙呢。就是有一點討厭，我不能叫一個平常的照相的人到宮裏來。"于是我母親說我的一個哥哥曾研究過照相術，如果太后喜歡的話他可以替太后照。那時候我有兩個哥哥在宮中替太后服務，一個管頤和園全部的電燈，一個管太后的小輪船。照滿洲規矩，官員的子弟，都必須在宮中服務兩三年。他們在宮中非常自由，天天可以和太后見面，太后對這些年輕人也非常慈愛，常常和他們談話。這些人每天清早就到宮中來，工作完畢後就回去，因爲宮中是不許住男人的。

太后聽了我母親的話，非常驚奇，說爲什麼不早告訴她我哥哥會照相？我母親說沒有想到太后要照相，況且也不敢對太后提起這事。太后笑道：

"隨便什麼事你都可以說。只要是新鮮的我都願意試試，尤其是這種外邊人不會知道的事情。"于是太后立刻差人去叫我哥哥來。我哥哥來了之後，她就說：

"我聽說你會照相，現在我要給你做些事情了。"于是我哥哥就跪下——這是宮裏的規矩，凡是太后有吩咐必須跪下聽，皇帝也不能免。

但宮眷時時和太后在一起，常常要聽太后講話，所以太后特準宮眷可以不必跪下，爲的是省掉許多麻煩。

太后問我哥哥什麼時候可以來替她拍照，什麼天氣最適宜。我哥哥說今夜就到北京去拿照相機，太后願意什麼時候拍就什麼時候拍，天氣好壞沒有關係。于是太后就決定後一天早晨照相。她說：

"第一張我要照我坐在轎子裏去臨朝的樣子，以後隨你們要照什麼。"她又問我哥哥要坐多久才能照好，聽到只要幾秒鐘就够了，她驚異不止。于是她又問要多少時候可以看到照相。我哥哥說，若是早晨照的，那麼黃昏時候就可以看了。她聽了很高興，說要看我哥哥工作，并允許他可以選擇宮中的任何一間房子做他工作的地方。又派一個太監去幫他準備一切需要的東西。

下一天天氣很好。八點鐘的時候，我哥哥帶了幾架照相機在庭院裏等侯。太后走進庭院把每架照相機仔細看了一會兒說：

"這真奇怪，怎麼這東西就能把人的相貌照下來？"我們向她解釋了照相的方法後，她就叫一個太監立在照相機前面，于是她從鏡頭望出去，忽然喊道：

"爲什麼你的頭在下面？你現在是頭站着還是脚站着？"我們又向她解釋照好以後就不是顛倒的了。太后因爲親自看過了，很高興，說這東西巧得很。最後太后叫我站着，讓她從鏡裏看我，看過之後又和我換位置，叫我從鏡裏看，能不能看出她在做什麼。于是她伸手在照相機前揮了幾下，我告訴她，她非常高興。

于是太后走進轎子，叫轎夫抬着走。我哥哥就趁行列前進的時候替太后拍了一張，太后的轎子過了照相機，太后問道：

"有沒有照一張？"

我哥哥回答已經照過了，太后說：

"爲什麼不先關照我一聲？我剛才的樣子太板了。下次要照的時候先關照我一聲，我要照個和氣些的相。"

我知道太后是非常的高興。早朝的時候，我在屏風後面聽，猜出太后急于要結束早朝，爲的可以再照幾張相。只有二十分鐘，早朝就結束了，這是很難得的事。

等這些大臣們都走出後，我們從屏風後面出來。太后説：

"趁着天氣好，讓我們再去照幾張相。"于是她走到庭院裏，那裏我哥哥已經架好了照相機，并且又拍好了一張。她説她要拍幾張坐在寶座上好像正在聽朝的相。只消幾分鐘，我們已把庭院布置好了。屏風放在寶座後面，踏脚也擺好，于是她叫一個宫眷去拿幾件衣服來讓她揀，同時我也去揀了幾樣她喜歡的首飾，她吩咐把她見伊文思夫婦的時候所穿的兩件衣服和所戴的首飾一齊拿來。每件衣服照一張，這樣就照了兩張，然後又穿了家常衣服照一張，照好後就叫我哥哥快去洗，因爲她急于要看。又説：

"等一等，讓我去看看你怎樣弄的。"我事先當然没有向她解釋過顯影手續怎樣，何以須在暗房裏等等，于是現在我就盡我的力向她解釋。

"不要緊的，不管怎樣的房子，我要去看看。"太后説。于是我們就一同進暗房，看我哥哥工作。我們搬一張椅子給太后坐下。太后對我哥哥説：

"不要想到我們在這裏，像平常一樣做你自己的工作吧。"她看了一會兒，看到相很快地顯出來了非常高興。我哥哥把底片舉起來放在紅光前面，讓她可以看得更清楚些。她説：

"不很清楚，我可以看得出這是我自己，不過爲什麽我的臉和手都是黑的？"于是我們告訴她，印到紙上後黑點就變白點了。她説：

"真是學到老學不了。這件事情新鮮得很，只希望我的畫像也能像這樣就好了。"太后又關照我哥哥不要在她午睡醒來之前弄好，因爲她要看看怎麽弄法。三點半鐘，太后午睡醒來，草草穿好衣服就到我哥哥剛才工作的那間屋裏去。我哥哥就做給她看，那時候是夏季下午四時左右，所以屋子裏很亮，太陽光也强得很。太后看了兩個鐘頭，看着我哥哥一張張相片印出來。她陸續地看下去，可是第一張照片却一直拿在手裏没有放，等到看過許多，再回來看第一張的時候，因爲露光時間太久，早已變黑了。她不知道爲什麽會變黑，驚叫道：

"怎麽變黑了，是不是壞預兆？"我告訴她印出來後必須還要洗，不然露光多了相就會消失，像剛才這一張一樣。太后説：

"倒是有趣得很，原來要費這樣多手脚。"

印的手續完畢後，我哥哥就把照片浸在藥水裏，再用清水洗。這回太后看到照片清清楚楚地顯出來了，更加驚奇得叫起來：

"多麽奇怪！每樣東西完全和真的一樣。"全部印好後，太后把這些相片都拿回自己房裏，坐在她的椅子上細細地看。甚至還照着鏡子裏的影子比較。這些時候我哥哥一直在庭院裏等候太后的吩咐。忽然太后想起來了，説：

"啊，我竟忘記你哥哥了，這可憐的人一定還在等候。你去告訴他，不，還是我親自去。他已經辛苦了整整一天了，我要去説幾句話使他快樂。"太后叫我哥哥每種印十張，把照相機留在宮裏，明天還要拍。

這以後接連下了十天雨，太后等得不耐煩了。因爲在這種天氣，一張相都不能拍。太后要在朝堂裏照幾張，但這房間太暗了。上面的窗子都用厚紙糊着，只有下面窗子可以透些光進來。我哥哥試了幾次，都不能得到一張好相片。

在這下雨的時期中，我們搬到了西苑，因爲皇帝這時候要到地壇去祭祀。這是每年這時候必須舉行的儀式，因爲下雨，太后吩咐沿着頤和園坐船去。船到西門，我們就上岸，那裏轎子已等候着。于是我們坐轎到西苑門口，再乘船渡過湖，大約有一英里的路程。渡湖的時候，太后看到湖裏荷花正開得好，就説：

"我們在這裏至少住三天。我希望這幾天天氣好，因爲我想在船裏拍幾張照。還有一個好主意，我想扮做觀音來拍一張，叫兩個太監扮我的侍者。必需的服裝我早就預備好了，有時候要穿的。碰到氣惱的事情，我就扮成觀音的樣子，似乎就覺得平靜起來，好像自己就是觀音了。這事情很有好處，因爲這樣一扮，我就想着我必須有一副慈悲的樣子。有了這樣一張照片，我就可以常常看看，常常記得自己應該怎樣。"

抵宮的時候雨已經停了，我們就步入太后的臥室，雖然地上仍舊很濕。太后有一個怪脾氣，就是喜歡在雨裏走。若不是雨很大，她連傘都不用。太監總是帶着我們的傘，但若太后不用傘，我們當然也不能用。每一件事情都是這樣的：假使太后要走，我們也得一同走，太后要坐轎子，我們也必須坐轎子。只有一樣例外，就是當太后走得吃力了，要人搬椅子來坐的時候，我們却必須站着。在太后面前是不準坐的。太后比較喜歡西苑，因爲這比禁宮地方好，而且太后住在這裏面，脾氣也會變好起來。這天太后叫我們早些休息，因爲我們都很累了，太后并說：

"明天如果天氣好，就照預定的辦法照相。"可是使太后大失所望，第二天開始，接連下了三天雨。所以我們不得不多住幾天。最後一天，天晴了，我們照了相就回頤和園。

回頤和園的第二天，太后說：

"現在我們要準備接密斯卡爾來畫像了。"她命令李蓮英關照所有太監不準對密斯卡爾說話，但對她要有禮貌。宮眷也是一樣。并且在密斯卡爾前面，我們不準和太后說話。皇帝也得到同樣的命令。太后命人把醇王的花園準備好，于是對我們說：

"我現在委托你們三人照顧密斯卡爾，我已經有命令叫外務部預備食物了。就是有一點不好，我們這裏沒有外國餐。"她叫我們把我們家裏的爐子帶到醇王花園裏，或許密斯卡爾要煮些什麼東西。又說：

"我知道，要你們天天早餐陪着她到宮裏來，晚上又要陪她回去，白天還要整天看守她，這是一件很難的事。不過我相信你們一定不會抱怨，你們做這些事都是爲了我。"過了一會兒，太后又笑着說：

"我多麼自私啊，叫你們把你們家裏的東西拿來，可是你父親用什麼呢？最好的辦法就是你父親也搬進園裏來。鄉下空氣新鮮，對于他身體倒是很有益處的。"我們立刻叩頭謝恩，因爲這是特賜，以前從沒有人可以住在醇王花園裏的。我們都很高興，因爲這樣我們天天可以看見我父親了。以前我們一月只可以請一次假去看他：

第二天，太后派我們到醇王園裏去替密斯卡爾準備一切。這園子極大，屋子散布在各處極多，不像普通建築那樣聚在一處。裏面有一個小湖，有許多幽靜的小徑，像頤和園一樣，不過比起頤和園來當然小得多。我們選擇了一所夏房給密斯卡爾住，盡力替她布置得舒適。我們的屋子就在密斯卡爾的房邊，爲的是便于照應，又可以監視她，這天晚上我們回到頤和園報告太后我們布置的情形。太后說：

"你們必須非常小心，不要讓她知道你們在看守她。"她似乎對這一點看得很重，在密斯卡爾來的前幾天再三關照。

在密斯卡爾來的前一天，一切都準備好了，太后看了也很滿意，我覺得心裏輕鬆了不少，這天晚上她叫我們早些休息，因爲我們很疲倦了，而且第二天早晨還得好好照料客人。到了早晨，我們每樣事情都草草結束了，連早朝也是這樣，爲的是準備迎接密斯卡爾來。

我正像平時一樣站在屏風後面的時候，一個太監來報告：康格夫人、密斯卡爾和另一位女人一同來了，現在等在應候室。這時候早朝快要結束了。李蓮英也進來報告道：外國太太都來了。太后對我們說：

"我想我們到庭院裏去接她們吧。"當然是普通會見，太后總是在寶座房裏接見的。但是密斯卡爾似乎不是來做客的，所以太后以爲不必行普通的接見禮。

我們走下階梯的時候，看見這些太太們從庭院的門進來，我把密斯卡爾指給太后看，太后目光很銳利地對她注視了一會兒。我們到了庭院裏，康格夫人走上來招呼太后，并介紹了密斯卡爾，太后對密斯卡爾第一個印象就覺得很好，因爲密斯卡爾正在很和善地微笑，而太后又最喜歡看和氣的人，于是輕輕地對我說：

"密斯卡爾好像是個很和氣的人。"我回答她我很高興她這樣想。說實話，我時時刻刻在擔心着太后對密斯卡爾印象怎樣。當我和密斯卡爾招呼的時候，太后看着我們，神色似乎很滿意。後來太后告訴我，她看出密斯卡爾和我重新會面好像很高興，她又說：

"這樣我們就更容易照管她了。"于是太后回自己宮裏，我們都跟着她去。密斯卡爾對我說她自己帶了帆布來。這塊布大約有六尺長，四尺寬。因爲我先曾告訴密斯卡爾，太后要畫大像，不願意畫小像。太后看到這塊帆布，大大地失望，因爲她覺得這樣還太小。我們替密斯卡爾把桌子放好，太后又請密斯卡爾挑選一個位置。我知道密斯卡爾要選一個好位置一定很困難。因爲窗子都是築得這樣低，只有靠近地面的一些光綫。最後密斯卡爾決定把帆布放在門口。太后請康格夫人和其餘的人坐一會兒，她要去換一件衣服。于是我跟着太后走進她的卧室。太后第一句話就問我密斯卡爾有多大年紀了。她説她實在猜不出，因爲密斯卡爾的頭髮已經全白了。我忍不住要笑出來了。我告訴她密斯卡爾的頭髮是生來就白的。太后説她看見過許多外國女人都是金黄頭髮，却没有看到過白頭髮，除非是老太太。又説：

"我看密斯卡爾是個很精緻的人，希望她替我畫張好些的像。"

太后回轉頭去命一個宮眷去拿件黄袍來。雖然太后不喜歡黄顔色，但她覺得在畫像上還是黄顔色最適宜。宮眷拿來好幾件，太后挑了一件上面綉着紫色牡丹花的。鞋子和手巾都是這種花樣，又戴一條藍色的絲圍巾，上面綉着"壽"字。每個壽字中央有一顆珍珠，手上戴一對玉手鐲和玉護指。頭上一邊戴玉蝴蝶和纓絡，另一邊戴鮮花，和平時一樣。這一次太后的確打扮得很好看。

太后從房裏走出來的時候，密斯卡爾已經一切都準備好了，看到太后已經穿戴好，就喊道：

"太后穿戴得多麽好看啊！"我翻譯給太后聽，太后很高興。

太后很舒適地坐在寶座上，一手攔在墊子上。密斯卡爾説：

"這是很好的姿勢，自然得很。請不要動了。"

我把密斯卡爾的話説給太后聽。太后就問我真的好不好，若不好，我就改，我説很好。她又問皇后和其餘的宮眷，她們都説好。其實我知道她們根本看都没有對太后看一下，而她們對密斯卡爾的工作却都極感興趣。

密斯卡爾開始畫輪廓的時候，每個人都張着口聚精會神地看着，因爲她們從來没有看見人家畫得這樣容易，這樣自然。皇后輕輕地對我説：

“雖然畫像的事我不懂，不過我看得出她是個有本事的畫師。她從沒有見過中國衣服和首飾，可是都畫得很得當。試想，假如叫一個中國畫師來畫一位外國太太，那真不知要畫成怎樣的東西了。”

輪廓畫好後，太后很高興，并且很驚异密斯卡爾畫得又快又真。我解釋這不過是一個很粗的輪廓，等她仔細畫起來，就可以看出不同之點了。太后叫我問問密斯卡爾累了嗎？需要休息嗎？并說她很忙，每天只能坐幾分鐘。于是我們陪密斯卡爾和康格夫人同去用午膳，餐後又陪太后到戲院去。

康格夫人告辭後，我就請密斯卡爾到我房裏去歇歇。剛到那裏，太后就差個太監來叫我到她卧室裏去。太后對我說：

“我睡午覺的時候不願意她來畫，這時候她也可以休息了，等我起身後我可以再讓她來畫，我覺得很高興，因爲我看這畫比我預料的好。”于是我把太后的意思告訴了密斯卡爾。密斯卡爾興致極高，她說一點都不覺得吃力，不用休息，願意繼續替太后畫。因爲她第一天來，我不好對她說凡是太后的命令必須服從。于是想盡方法，才使她自動作罷而總算沒有得罪她。太監來替太后擺晚餐了，于是我陪密斯卡爾到廊下，皇后和她談得很熱烈，我就做她們的翻譯。一會兒，一個太監來，說太后已吃好了，叫我們去吃。一走進去，使我大大吃驚，椅子都擺好了，這是以前從沒有的情形，向來除了太后外，大家都是站着吃飯的。皇后也很驚奇，問我可知道什麼原因。我說也許是因爲密斯卡爾在的緣故。皇后叫我去問問太后，如果沒有命令是不敢坐的。太后對我低聲說：

“我不要密斯卡爾說我們野蠻，如此對待皇后和宮眷，因爲她并不知道這是祖宗的禮法。所以你們就坐下吃吧，不要來謝我，要做得自然，好像你們本來就是坐着吃的。”

太后洗了手就到我們桌邊來，我們都站起來。太后叫我問密斯卡爾吃得慣嗎？密斯卡爾說很好，比她自己的那種吃得多，太后聽了很高興。

晚餐後，我叫密斯卡爾向太后道晚安。于是我們向太后、皇后行了禮，并與各宮眷告別。我們帶密斯卡爾到醇王花園去，乘車大約十分鐘就到了。我們領她到她的卧室後，就回自己房裏休息了。

下一天早晨，我們帶密斯卡爾到宫裏去。到的時候，正是早朝的時候。一個外國人當然不能進朝，所以我們就在大殿後廊裏等候早朝結束。這樣我就不能像平時一樣每天早晨去參加早朝。這是一個缺憾，因爲我無法知道每天發生些什麼事情。還有，我在宫裏的一個目的就是要使太后對西方風俗和文明發生興趣，并吐露給大臣們。譬如説，我曾把在法國時所見的海軍檢閲相片給太后看，太后看了很動心，説希望中國也照樣來做一下。太后就把這件事和大臣們商量。可是大臣們又使出他們一貫的拖延政策，回答起來總是"時候長着，慢慢來好了"。因此可見太后即使願意改革，也得和大臣們商量，而大臣們不説反對，却總讓太后拖延。

從我在宫裏這些時候的經驗看來，誰都怕提起新的事情，爲的是怕替自己招惹麻煩。

太后從大殿出來的時候，密斯卡爾走上去親太后的手，太后非常吃驚，不過她并没有在臉上表現出來。後來我單獨和太后在一起的時候，太后問我密斯卡爾爲什麼要那樣，因爲這不是中國禮節。那時候她想也許外國有這種習慣，所以没有説什麼。

于是太后步行回宫，换上畫像的衣服。這天天氣很好，太后坐了大約十分鐘之後，對我説她疲倦得很，不能再坐了，問問密斯卡爾，能不能下次再畫。我説密斯卡爾要在宫裏住些時候的，過一天畫也没有關係。雖然我相信密斯卡爾一定會覺得失望，但我不得不順從太后的意思，否則是可能前功盡棄的。密斯卡爾説如果太后休息，她可以先畫屏風和寶座，等到太后願意坐的時候再畫。太后聽了很高興，説睡過午覺後她願意再來坐。太后讓我每天正午十二點鐘把密斯卡爾的飯開在我房裏，由我母親、妹妹和我三人陪她。宫中晚餐平時總在六點鐘。密斯卡爾的晚餐就安排在那時候，等太后吃罷後，和皇后、宫眷一齊吃。太后并吩咐預備香檳酒或別的密斯卡爾喜歡的酒，因爲她知道外國女人在吃飯的時候一定要喝酒。誰都不知道太后這種思想是哪裏來的，我想一定是她誤聽了人家的話。但若當面改正她，她一定很不高興，她最不喜歡人家説她錯了，只可以以後有機會時再向她提起。

下午密斯卡爾去休息了，太后叫我去，又問我些常常問的問題，就像密斯卡爾説些什麼等等。她最要緊想曉得密斯卡爾覺得她怎樣。我告訴她密斯卡爾説她很美麗，看起來很年輕。她説：

"哦，密斯卡爾在你面前當然是這樣説的。"但是當我告訴她我并没有問，而是密斯卡爾自己這樣説的，她就似乎高興了。

忽然太后對我説：

"密斯卡爾既然能够畫屏風和寶座，一定也能畫衣服和首飾。不必我去坐着。"我告訴她若没有人把衣服穿個樣子出來，這是不能畫的。出于我意料之外，太后説：

"這容易得很，你穿了我的衣服去代替我好了。"我不知怎麼回答才好，只得説也許密斯卡爾不願意這樣。太后覺得密斯卡爾没有理由不贊成，因爲等到畫面孔的時候，太后仍舊自己來坐的。我盡我的力婉轉地向密斯卡爾説。最後決定，每當太后覺得很累而不願意坐的時候，就由我穿了她的袍子和戴了她的首飾代替她。于是只有極少幾個鐘頭太后親自來坐，讓密斯卡爾畫她臉部的表情，其餘都是我代坐的，每天上下午各坐兩小時，直到全部畫成。

皇上的生日

我父親四個月的假期既滿，太后即在六月初一召見他，他那時的健康已增進了不少，然而風濕症仍使他感到非常煩惱，尤其是當他步上朝廷的階梯時更為顯著，因此太后命兩個太監扶他上來。

我父親先謝了太后待我和我妹妹的恩惠，再習慣地除去了帽子跪下叩頭。這是一套例行的公式，當任何官員得到了太后的恩惠時，必須如此地做作一番。

然後他戴上了帽子，仍然跪在寶座前。太后即以他在巴黎的生活情形相詢，又絕口稱讚他如何如何地盡職，見他跪着很吃力，便命令一個太監拿一條褥子來給他墊，這又是一個大大的恩典，因為這褥子是只有軍機大臣才能享受得到的。

太后又對我父親說她不預備再差他到外國去了，一方面他年紀已老，一方面她又要留我和我的妹妹在她身邊，若差我父親出去勢必我們也要跟着一同去。她又因為我們雖然在外國住了多年而尚能保持滿清的規矩而表示快慰，我父親即告訴太后這是因為他時時告訴勿忘本國禮俗的緣故。

太后又問皇帝有何其他話要問，皇帝即問我父親能否講法國話，當我父親回答他不能時，他似乎感到很驚异，我父親接着給他解釋，這是因為他沒有工夫去學習法語。而且他年紀已老了，更不適宜再去學習新的言語。

皇帝又問法國對于中國感情如何，我父親告以向來很好，不過自從庚子年後，使臣的職分更覺煩難而已。太后說這也不過是中國的運氣不好罷了，好在現在一切都已恢復原狀了。接着她又叮囑我父親好好養病，以期早日復原，朝見的儀式就此完畢。

後來太后對我們説我父親自從回國後已蒼老了許多，必須好好調養，不要自尋煩惱才是，她又提起剛才我父親向她叩謝對待我們的恩典時，的確也使她感到興奮。

現在宮中正積極籌備慶祝光緒皇帝的生日，這本來是六月二十六日的事，但這一日恰巧是先帝的忌日，當然不宜有什麼慶祝事宜，所以這慶祝的儀式改在二十八日舉行。這慶祝會在三天前就已開始，過了生日又持續了四天，因此前後共計有七天的熱鬧。在這時期内，大小官員一律穿着禮服，各業一律休息。這是皇帝三十二歲的生辰日，因爲不是逢到二十、三十等的整生，所以沒有什麼大鋪張，然而這已足以使各業稍微發生一些小小的擾動了。在這七天内，早朝一律停止，只有太后一人是例外，她依然如常日一般，不穿禮服，更不是慶祝大典中一個重要的角色。關于這一次的沒有大大地鋪張還有一個原因，那就是太后現在還活着，依滿清的習俗她的地位比皇帝還高，所以這次的慶祝儀式，不宜過分鋪張。在皇帝本人也很明白，所以當太后命令籌備慶祝事宜時，他終以這是散生爲辭，勸太后不宜過分弄大了，待整生時再慶祝不遲。爲了保持一向的習俗，皇上這一舉動當然是很合理的，但當時的習慣是這樣，大家終不免要熱鬧一番，在這時期内，畫像的工作停頓下來了。

二十五日早晨，皇帝穿着黃袍——上繡金龍，外罩棗紅色的外套。當然與常人不同的，他帽上戴的不是一粒紐扣而是一粒很大的珠子，而且只有皇帝才能這樣做。他和平常一樣地到太后宮中請安，然後到廟中向神位、祖先們磕頭，回來又少不得要跟太后磕頭——這是因爲所有的中國人都采用在生日那天，向前輩們磕頭的方法表示感恩和尊敬的意思。之後他即升殿；受百官的敬賀恭維。看數百人在地上參差不齊，此起彼伏地拜賀，的確是一件有趣的事。皇帝亦不覺爲此不凡的景象而失笑。

關于行禮時奏樂用的樂器，也應當有一些説明：其中主要的是一具硬木制成的樂器，底平，直徑大約有三尺，上面是一個圓頂約高三尺，中間完全是空心的，另外還有一根長的棒，也是用同樣的原料制成的。這就是鼓槌，有一專司這職務的官，便用槌盡力槌鼓，這聲音的美妙簡直不是筆墨所能形容的，往常皇帝即位時，亦都用此器，以喚醒百官。除此以外，還有一個用同等硬木制成的虎，背上有二十四片鱗，置與朝中，當司職者刷劃這些鱗片時，便發出一種奇妙的聲音，好像一串連珠炮一般。在滿朝時，這種聲音再加上木鼓的聲音，簡直使人耳朵震聾，在此種場合下往往有一贊禮官頻呼跪下、鞠躬、立起、磕頭等等的命令，可是有了這些嘈雜的聲音，便很不容易聽清楚贊禮官的口號了。另外又有一個木架，高約八尺，寬約三尺，中有一條橫木，橫木上就挂着十二個純金的鈴，當用木條敲擊的時候，就發出一種似銅絲琴而更高的聲音，這架子就安置在殿的右方。左方也有一座架子，與右方相似，不過換上白玉的鈴罷了。它的聲音也是最悅耳的。

行禮完畢，皇帝便回到宮裏去，這時，皇后、嬪妃等早又聚集着向他磕頭了。接着，皇后率領了其餘一批人，跪着呈上一柄如意，這也是一種表示吉祥的東西，有用玉制成的，也有用木制成而中間嵌玉的，這些如意就表示一種幸運的東西，誰得到了它，便能得到許多快樂和榮譽，此種儀式，也有絲竹之聲陪伴，這也是幽雅清悅、不同凡響的。

然後又有一班太監向皇帝磕頭。這是照例不奏樂的，太監們行過了禮又是宮女們，這樣儀式便算完畢。然後皇帝便到太后的宮中謝恩，謝恩畢，太后就帶領全宮的人一同去看戲。

當到達戲場時，太后往往賞賜我們全體許多糖食，這也是這天的規矩。不久，太后回到她自己的宮中午睡，慶祝典禮就算完全閉幕了。

慶祝大典後兩天便到了七月，七月七日又是一個重要的節日。

相傳天上有兩顆星，名牛郎與織女，牛郎是農作物的保護者，織女是紡織的統治者，他們二人本來是夫婦，因爲一些小小的口角，便逼得他們分居，以銀河爲界，只有每年的七月七日，才準他們相會一次，喜鵲就臨時爲他們在銀河上架上一座橋。

這一天的紀念儀式也是相當新奇的，是日，幾隻盛滿了水的盆，安置在日光之下，太后便拿了幾根小針投入每盆水中，針浮在水面上便在盆底留着一個影子，以其式樣的不同而定人的運氣、聰慧等等。太后又很虔誠地焚香以拜二星。

這一月是太后最悲痛的月份，因爲十七日就是她丈夫咸豐皇帝的忌日，又每年的七月十五日就是死難者的節日，所以清早全宮就遷移到西苑預備祭祀。中國人多認爲人死後靈魂仍然留在人世，所以在他們的忌日，他的家屬總要焚燒紙幣，因爲他們深信死者的靈魂，將因此而得到快樂。太后命令和尚百人誦經超度無家的孤魂。午夜時，太后便率領全體宮女坐船游湖，排列了許多荷花式的燈，中間插着蠟燭，意欲使鬼神順光而來。太后更令我們也放燈于水，説鬼神將因此而感恩。有幾個太監甚至説真見到了鬼，這些話大家都很相信。太后雖不會看見什麼，但她説這是因爲她地位太高，鬼神不敢現形的緣故，她叫我們特別留意，一有所見立刻告訴她。當然我們什麼也没有看見，可是有些宮眷竟因此而緊閉雙目，恐怕真的看見了什麼人世以外的東西。

太后爲了咸豐帝的忌辰非常哀痛，終日鬱鬱不樂，而且容易發怒。我們在這幾天必須特別小心。我終不解爲什麼咸豐皇帝死了這許多年，太后還是哀哀不能忘懷。在這一月中誰都不能穿顏色鮮麗的衣服，只好穿深藍和淺藍色的，太后自己則穿黑色衣服，即使手帕也是黑色的。照例每月朔望要演的戲在七月裏也一律停止，也没有音樂，全宮均籠罩在嚴肅的空氣中。

十七日早晨，太后跪在咸豐帝靈位前，哭泣了好久，宮中一律戒除葷腥三天，以表虔誠。我開始宮中的生活，還不過第一年，所以對這忽喜忽憂的變換，覺得很有趣，但見太后這樣的悲痛，我也很覺不安。我當時爲太后所喜愛的人，所以在這悲痛的日子裏，她常常叫我伴着她。皇后也對我説太后喜歡我，勸我最好常和太后在一起，我唯唯而退，當然這是一件不很有趣的差使。當太后哭時，我也得伴着她哭，然而她每每叫我停止，她説我現在還太年輕，不宜悲痛，因爲我還没有知道什麼是痛苦。她對我説：“你總該知道我小時候的生活是很不快活的，父母喜歡我的妹妹，不喜歡我，所以她事事都比我舒服。當我初進宮的時候，大家都妒忌我的美貌，雖然我終于聰明地戰勝了她們。皇帝單寵愛我一個人，不看別人一眼，很幸運地我生了一個皇子，更使得皇上高興，然而從此我的命運便不濟了。在他統治的最後一年，他忽然病倒了，洋兵又攻進城來燒毀圓明園，我們不得不避難到熱河去。當然這件事是大家都熟悉的，當時我還是很年輕，丈夫病危，兒子又小，東宮侄兒，又是一個心地惡辣的人，想謀取大位，然而他不是皇帝的親骨肉自然沒有權利。我當然不希望誰再經歷到我那時的困境。當皇帝處于彌留狀態時，我便急急地抱了太子進宮，問後嗣如何決定，皇帝不答，可是事已危急，我又急道：'你的兒子在這裏。'他聽到了這話，即微微地張開眼來說道：'當然是他繼承我。'我這才放心了，不久他就歸天了，現在雖然事隔數年，回想起那天的情形，還好像是昨天的事。

"那時我雖是悲痛，但覺得還有同治可靠，可是不幸，他不到二十歲竟又死了，從此我的境遇大變，對什麼事都不感興趣。東太后又時時和我作對，不能同處。然而，畢竟她也在五年後死了。光緒皇帝進宮的時候還只三歲，瘦弱多病，更不會走路。他的父母也不敢多給吃東西。你總知道他的父親就是醇王，他的母親就是我妹妹，所以他就好像我的兒子一般。事實上我也就把他當做自己的兒子一樣。然而我已爲他用盡心計，他還是一樣的多病。除此以外，我還有許多苦惱的事，現在說也無益。總之沒有一件事是我所希望到的，件件都使我失望。"說到這裏她又痛哭起來，接着又說：

"人家都以爲太后不知多麼快活。却不知道我剛才所說的那些苦楚，而且我還沒有說完哩，比這再困苦的事我都經歷過了，只要有一點錯處，御史就會指責；然而我總算還很達觀，有許多小事也就不放在心上，要不然的話我早已躺在墳墓裏了。你看這些人是怎樣的小心眼啊。夏天很熱的時候，我要搬到頤和園，他們也要阻攔，其實與他們何干？你在這裏雖還不久，大概也可看出我實際上已做不了主，什麼事都得由大臣們商量定了，再上書給我，若不是重要的事，我總不批駁他們。"

七月的祭祀即告完畢，我們又遷回到頤和園，密斯卡爾仍繼續畫太后的畫像。太后對此似乎已感到不耐煩，有一日她問我這畫像幾時才能完成，因爲到冬天我們都要回宮，宮裏不比這裏，要在那裏繼續畫像似乎是一件困難的工作。我就告訴她這事很容易辦，假使太后感到不耐煩，我就代她坐。

數日後，太后問我密斯卡爾對于這事有没有話，并且説要是她有話，可告訴她這是太后的諭旨，但我總不對密斯卡爾説這種話，所以她也没有什麼意見。可是太監們却使得我很爲難，雖然太后曾嚴厲地吩咐過，對密斯卡爾要有禮，他們仍不在意，當然密斯卡爾并没有覺察到。我恐嚇他們説，假使他們再不痛改，我就要去告訴太后了，然而這也不過一時見效，日子一久，他們又故態復萌了。

八月初，太后常參加菊花的移植工作，這也是太后最喜歡的花。太后每天帶我們到湖西，幫同分枝培栽，我看見這些幼苗只有枝幹而没有根，覺得很奇怪，可是太后告訴我將來就會開出很好看的花來的。在開花以前，我們每天去灌水，逢到大雨，太后必命令幾個太監把花用席蓋好，以防損壞。這是太后的一種嗜好，無論有什麼要事，她總不會忘記，甚至照例的午睡亦願意犧牲，也要親自料理灌漑。對于她的果園，她也常常耗費許多時間去整理，在園裏，她種有蘋果、梨等樹，另外我還注意到太后當春夏之時，常很高興，春夏一過便比較煩悶，冬日則更感不耐。她對于寒冷的天氣是很憎恨的。

正當八月中的一日，太后忽患頭痛。這是我進宮以來第一次看見太后生病，雖然她還照常早起坐朝，然而飲食減退，不久即不支而回到床上。太醫們都被召來，爲太后診脈，這也好像是舉行什麼儀式一般，太醫跪在太后前面，太后伸手擱在一個專門爲她而備的小枕上，由各醫診脈，診畢，各人開了一張藥方，各各不同，太后就選了其中一張煎服，先由太醫及侍者嘗過，再獻給太后。

這時雨量很豐富，天氣炎熱，又很潮濕，所以蒼蠅成群結隊地出現了。太后最恨蒼蠅，平常夏天的蒼蠅雖多，却没有這樣的來得討厭，因此便得想出種種方法來驅除它們。每一個門口有一太監，手執馬尾和竹竿製成的帚去驅逐它們。在宮中，蚊子倒是從來不曾有過，可是這些蒼蠅却真是一種可憎的東西，雖然如此防衛，仍然有少數飛入房中，如飛在太后身上，她必叫喚起來。假如停留在她的食物上，那麼她就整個地拋棄不食，這對于她的食慾很有妨礙，而且使她的脾氣也變得煩躁古怪。每當太后看見她近處有一隻蒼蠅就必命令侍者去捉，我也常常被派到這種職務。然而我也是跟太后一般地痛恨蒼蠅，它不但本身齷齪，而且捉在手中，手也往往爲它所玷污。

太后病後，便愈感煩悶，太醫們終日在旁邊侍候着。只是她吃的藥物太雜，病象非但不見好轉，反而轉劇發熱。太后平素最怕發熱，因此我們必須日夜侍候在側，就是進膳也必須抽空離開才行。太后病時不喜歡任何香味和鮮花，即使平日最喜愛的亦如此。她的神經也變得十分衰弱，因爲她白日不能入睡，便愈覺得光陰遲緩。爲了消磨這冗長的時間，她命令一個識字的太監，爲她讀史書詩歌之類，其中包含的不外乎是中國古代的歷史、詩和中國的博學之類。當太監誦讀時，我們就站在床旁，爲她摩腿，使她平靜，這樣一直繼續到她病愈爲止——大約到十天以後。

一日，太后忽然問我道：

"外國人發熱，醫生大概給他吃些什麼藥？聽説是吃藥丸和藥片的，這究竟是一件危險的事，因爲你不知道這些藥丸藥片是用什麼東西做成的。中國藥都是從草根樹片做成的，而且我能從書上明明白白地查出什麼病吃什麼藥，也可知道他們所開的方子對不對，又有人説外國人都喜歡用刀解剖，其實這種病中國藥都能醫得好。李蓮英告訴我説有一個小太監腕上生了一個瘡，有人叫他到醫院裏去，當然他們是不知道怎樣弄法的，那外國醫生就用刀割開了那瘡，把個小太監嚇得不得了，但是過了兩天竟好了，這倒是一件奇怪的事。"接着她又説：

"一年前有一個外國太太進宮來，看見我咳嗽，就給我一些黑色的藥片，叫我吞下，我當面不好拒絕，只説等一會兒再吃，然而我終于不敢貿然吃下，結果是丟掉了。"我當然回答説不懂醫藥，但她説她曾看見我不舒服的時候服用外國藥。她又接下去説：

"當然我也知道在京裏有許多人是相信外國藥的，就是我有幾個親戚也有贊成用外國藥的，他們都偷偷地不給我知道，但是我肚裏是很明白的。他們自己吃外國藥吃死了，所以我也不去管他們，他們有病的時候，我也不差我的醫生去看。"

太后病愈後，常去游湖，或坐敞輪，或乘火輪，以爲自娛。她往往喜歡乘小火輪到湖的西邊，這是湖的較淺部分，火輪常因此擱淺，太后亦引以爲樂，于是便換敞船到最近的山頂看那些太監們用力從泥中拖起那火輪。太后最喜歡看別人做困苦的工作，太監也猜到了她的心理，當有機會時，便故意作出各種挣扎的動作來以博太后的笑樂，太后也往往靜觀不語；但假使有什麼嚴重的事發生了，或者不小心，那就要受到太后的責罰，所以這也不是一件容易的事。

太后還有一個怪脾氣，那就是好追問。譬如舉個例子：我已經說過太后飯前必吃糖食，吃剩下來的即賞給宮眷們吃，有時候我們過于忙碌沒有去吃，太后必然查出。有一次太后餐畢，走過窗邊看我們在做什麼事，却見幾個太監正在吃她賞給我們的糖食，她當時也不說什麼，只命令將她的糖食重新拿回來，大家以爲她還要吃些，然而我立刻知道事情不對了，因爲太后從來沒有下過這種命令。當她看見糖食幾乎沒有了，便查問是誰吃了這許多，但是沒有人回答——我們當時却十分驚恐。我仔細想了一想，以爲還是從實說給她聽好，因爲她一定早已知道了。于是便告訴她，因爲我們很忙，忘記了太后所賜的糖，被太監們吃了，而且這已不是第一次了。我覺得很高興，太后給了我這樣一個機會讓我對太監們的行爲有所報告。太后接下去說，她假使要給太監們吃糖食，自會賞賜的，她好意給我們吃的糖食，却任意讓太監吃了去，又回過來對我說道：

"你能够說實話，我很高興，我自己也早已看見了。"

她命令將那些太監的工資克扣三月以爲懲戒。然而，我深知太監們自有許多方法挣錢，且數倍于此，這一點懲罰是不會放在心上的。我回到應接室時，一個宮眷對我說：

"你不應該把太監的事告訴太后，他們要想法報復的。"我說，"他們不過是太監而已，能有什麼方法傷害我？"但是她說他們會用最陰險的方法來對待我的。我也知道太監是最惡毒不過的，但不知道他們能有什麼不利的事加在我身上，我想他們總不敢在太后面前說我的壞話，所以我也就漸漸地把這事忘記了。後來我知道他們慣用的詭計之一，是使太后對他們所恨的人發生一種不利的偏見，比如太后告訴某一個太監想要做一件什麼事，他會去告訴另一個人而不告訴我，這樣太后就會覺得我太懶惰，凡事必須要她親自吩咐，而移愛那人了。雖然太后和皇后對我的印象極好，極難為太監的好言巧語所摧殘，然而對太監們仍以不與結怨為是。他們自以為是太后的太監，就不情願聽從別人的勸告，對于宮眷們往往很是無禮，就是在皇后面前也會顯露出這種表情來。

這時康格夫人又請求私見一次，一方面會晤太后，一方面也好看看那畫像已進行得怎樣了，太后當即允準。這次康格夫人帶來兩個親戚，又有密斯肯白爾及一教會中的人。因為這次是私見，所以客人們都被帶到太后的宮裏，太后在堂中接見他們。這堂本來是專門為畫像用的。太后雖屢次對我們說起，她對于畫像已沒有多大興趣，然而對于康格夫人仍很謙恭有禮，并且對她說這像畫得極好。太后今日特別高興，叫我命令太監們把各處的門都打開以供來賓參觀。太后在前領道，并指點他們許多不平凡的設施。最後到了一個寢室，太后即坐下歇息，叫太監拿椅子來請客人坐，雖然這室中有許多椅子，但這些都是她的寶座。雖然外觀上與普通的椅子無異，但是習慣上，無論什麼椅子，只要太后坐過，即為寶座。任何人非得諭旨不能就坐。

這時，太監們已把專給外人坐的椅子拿來，一個人忽然錯誤地坐到了太后的寶座上。我立刻發覺正要去阻止她，太后也對我做了一個眼色，我便走過去告訴她，我要給她看一樣東西，她便自然而然地站了起來。因為太后認為沒有一個人能隨便坐在她的寶座上，所以她希望我能夠請這位客人讓開，但又最好不要讓她知道為什麼緣故。我正翻譯得忙碌的時候，太后又對我耳語道：

"現在她又坐在我的床上了，我們最好離開此地吧。"于是我們引來賓赴席，餐畢，即告別太后，和密斯卡爾一同回去了。我們照例報告太后一切，太后對我道：

"那位太太真奇怪，她首先坐在我的寶座上，後來又坐在我的床上，恐怕外國人沒有看見過不知道那是寶座的緣故吧？他們還笑我們哩，我看我們中國的習俗比他們好得多了。還有一件事——你可曾注意到康格夫人進來的時候，在院子裏給密斯卡爾一包東西？"我答道看見的，但不知包中是什麼東西。于是太后叫我去問問密斯卡爾看，究竟是什麼東西。那時我已經從太后那邊得到過許多特別的命令，所以我也很覺慣常了，一切都依照她所指示的去做。但我又不便直問密斯卡爾，只好自己去探尋出答案來。及至密斯卡爾處，包已不見，無從尋覓，太后的事情又不宜拖延。正在困惑不解的當兒，一個太監跟來說，太后叫我，我至太后那邊，先告訴她密斯卡爾睡着，所以沒有問她，等她起來後再問。太后道：

"我不想讓密斯卡爾知道我要查問她的東西，恐怕她要說我太會疑心，你不必問她，用別的法子查出來。你是聰明人，自然能夠辦好這件事的。"

後來，當我與密斯卡爾一同向宮內走去，以繼續她的畫像時，我注意到她正帶着那包，這對于我是一個極大的幫助是無從否認的。進宮後，密斯卡爾對我說：

"天已將黑，你不必苦苦地坐着了，我現在可以畫寶座，假使你願意的話，你可以看看這本雜志消磨時光。"于是我打開了這包，裏面放着一本美國普通的月刊。我稍微看了一下，即托詞走出，往太后處報信，恰巧這時太后已往湖中，我帶着椅子尋到湖邊，太后看見了，立刻差一隻小船來渡我至輪船，我正要藉此機會報告，太后也笑着說道：

"我已知道了，包內是一本書，密斯卡爾給你看的。"我大失所望，心想這一定是哪一個太監慣會搶先，害我白跑了一趟，然而我從來沒有料到他們會報告得如此的快的。太后這時似乎很覺滿足，又問我是否密斯卡爾知道她要查考這書。

　　正當我要回到密斯卡爾那裏去時，太后又叫住我，叫我以後凡是有外國人來，必須時時接近皇帝，以便她們跟皇帝談話時爲他翻譯，我答道凡有外人進宮時，我總是跟着她們的，至今没有看見她們跟皇帝說過話，太后説她對我説這話的意思是叫我要尊敬皇帝跟尊敬她一樣，必須聽皇帝的命令。我知道太后不是説真話，實際上她是恐怕外國人要跟皇帝談維新等等的事！

秋 天

八月十五日是中秋節又叫"月亮節"。

這名字的由來是因爲中國人都相信月亮不是永遠圓的，只有在這一天月亮才特別圓。夜間月出的時候，宮中的人就齊向月亮跪拜，這跪拜禮大都是由宮女們領導的。其餘的就跟端午節的儀式相同，由劇場演一劇以結束。劇情是敘述月中有一美人，她惟一的伴侶就是一隻白兔叫做"玉兔"，有一天玉兔私逃下凡，變成一個美女，日中有一隻金鷄知道了也下凡變成一個美男子，這二人一見傾心，就十分相愛起來。這時下界有一隻紅鷄，也變成了一個美麗的王子，想奪取金鷄的地位，可是他的面孔仍然是紅的，終于不能同金鷄匹敵。後來月中的仙女知道了，派天兵下來捉白兔返宮。金鷄一人在下界沒趣，遂亦返到日宮裏去。

戲正唱到這裏時，那太監頭目帶了一個年輕人來向太后叩頭。這是宮中少見的事，人人爲之注目。我不認識他是誰，但見那邊廊上有兩三個宮眷私語和笑着，最後她們走來問我這是誰，我回答不認識，我說她們比我先進宮，總該知道他是誰，不過我覺得這人的面孔醜惡極了。同日下午，太后問我是否看見一個年輕人，她說他是滿洲一個大官員的兒子，他的父親死了，他就襲封而且繼承了許多遺產。我很奇怪爲什麼太后對我這樣詳細地談論這一個年輕的男子，我只告訴她我覺得這個人很醜，我看太后鄭重其事地跟我解說不知是什麼意思。數日後，正當我爲畫像的事代太后坐着的時候，我看見太后在房間的另一邊跟母親相語，只見她拿出一張相片給母親看，并且問她這人是否長得體面，母親回答道：

"不很體面。"太后又説："這也不可過分苛求。"我想這事大約是與我有關係的了，太后大概是要我和這人結婚。不知怎樣才能逃過這難關，不過太后決心要我和他結婚，那也沒有辦法，但是同時我又決定，與其要我嫁給一個我所不歡喜的人，尤其是一個陌生的人，我寧願離開這裏。當太后回來午睡時，她說要會會我。她問我願意一輩子侍候她呢還是願意仍舊回到外國去，我回答她，要是她不嫌棄的話，我願意永遠跟着她。于是太后說她很希望我能和那個男子結婚，并問我的意見如何。我說我不願意出嫁，況且父親正在生病，聽見我要出嫁，心裏難受，病不免要加重。太后說沒有關係，她說我既不出洋，就隨便什麼時候都可以回去見他。我又說我願意長住在宮中，不願出嫁。太后道：

"我不要再聽什麼辯護了，我早已跟你母親商量過，可是很奇怪，你的母親反而說最好先跟你商量。因爲你年紀大，跟別的宮眷們不同，要不然我早已代你決定了。"我無言可答，只有繼續哭泣，我告訴她我可不像那一般宮眷們口裏净說不願出嫁，心裏却希望能早些結婚，好早日和這單調的宮中生活脫離。我答應她我願永遠跟着她，甚至不再想到外國去，我又說若不是因爲我的父親到巴黎去，我也決不會到外國去的。太后道：

"哦，很好，我很高興，你到過外國，所以對我很有幫助，假使你沒有去過，反而不能幫我什麼了。"又談了好一會兒，太后說：

"好，讓你再去仔細想想吧，假使你不中意我給挑選的那位年輕男子，還有許多別的人哩。"我知道目前已沒有問題了，雖然我知道她遲早總要把我嫁出去。我覺得下次如再提起這問題，我總有法子可以拒絕的。後來太后也沒有什麼話，一直到一個月以後，我聽說這人已同一王公的女兒訂親了。這樣，在我看來，一切事都已滿意地過去了。

八月二十六日亦是一個節日，因爲滿洲帝國建立時，順治皇帝創業艱難，一日食糧斷絕，皇帝與軍士們只得以樹皮充飢。這一次正是八月二十六日，所以直到現在，滿洲人都以這一天爲紀念日，全國的人民，都摒棄各種奢侈品，在宮中更是雷厲風行，我們在這一日都不吃肉，而以萵苣葉裹飯而食，不用筷子而以手代替，就是太后自己也不能例外，用以警覺人民先祖創業之艱難。

　　八月底，葫蘆都成熟了，這是在早春時候種的，太后每天必定帶我們去看，看着它一天天地長大起來，太后揀其中最好的，即頸最細的，繫帶以爲標記。一日她指指其中一隻對我説：

　　"看見了這個，就使我想起你當時穿西服的情景來，當然，現在你穿這種服裝是要比往日舒服得多了。"葫蘆全熟時便摘下，太后用一把竹刀刮去外皮，再以濕布覆之，乾後就成棕色，作爲裝飾頤和園之用；有一室中陳列有一萬隻之多，式樣各不相同。宮眷們必須定時拂拭，以使光潔，而且必須時時製作新的，以供宮中的需要，對于這工作誰都比不上太后的細心。一日我正在處理這些葫蘆時，不慎將一老葫蘆頂碰落，當時我很惶急，因爲這是太后心愛的寶貝，一個宮眷勸我趕快抛去，不要聲張，因爲太后葫蘆很多，必不能查出，我以爲還是以直説爲妙，即使有責罰也只得承受，可是很奇怪，太后并不曾發怒，只説：

　　"這個已很老了，葫蘆頂隨時可以掉下來，剛才逢到你去拭它，自然要落下來了。"我説自己太不小心，很覺慚愧，而且這又是太后心愛的東西，更是不安。這事就輕易地過去了。諸宮眷等在應接室，正焦急地等着我如何解脱困難，當我把這事告訴她們，她們都説要是她們碰落了，必不能輕易了事，至少也得受一頓鞭杖。又笑着説，得寵的人，總比較好些，這話使我很難堪。後來我把這事對皇后一説，皇后也説我説了實話很好，叫我要當心，現在有許多人正妒忌我呢。

　　九月初菊花漸漸含苞，宮眷們必須天天前往修剪，將每枝上的花苞都剪去，只剩下一顆，這樣才會開出肥大的花朵來。太后也常常親自前往修剪，太后對于這些菊花很是愛惜，不許我們用熱的手去接觸它們，因爲熱手容易使葉皺攏。到九月底十月初，菊花便可開得很盛了。太后有一種天賦的才能，當花尚未有苞時，即能説出花的顏色、類別，她能肯定地説：

　　"這裏開出來的是一朵紅花。"于是我們用一根竹條，寫好了花的名稱、顏色，插在花盆內；同樣，當她指出某處將來會開出一朵白花來，我們又在那裏插了一條竹條，寫明了太后所説的話，這樣我們插立了許多竹條在花盆內。太后對我説：

"你是今年新來的，必定覺得奇怪。但是我從來沒有錯過一回，不信，將來花開的時候你就知道了。"這是事實，後來開出的花果然跟太后所説的一模一樣。我們誰也不明白她是憑什麼看出來的，但是她却從不曾錯過一次。我有一次曾請她解釋，她説，這是秘密的事，所以終于沒有告訴我。

這時的畫像工作進行得很遲緩。一日，太后問我大約什麼時候可以完成，又問在歐洲，對于這一張畫像，應付些什麼酬報。我説照例付錢，但太后不贊成，她説中國的習慣不是這樣，送錢是很醜的一件事，她主張送密斯卡爾一個勛章以爲她工作的報酬。我當時也不好説什麼，只得等以後有機會時再和她説。

在九月中，有一個俄國的馬戲團到北京，當時大家不免都有些關于馬戲團的話談。太后聽見大家都在談論馬戲團，便問我馬戲是什麼，當我們對她解説以後，她覺得很有趣味，説很想看他們表演一下。我母親以爲最好請他們在頤和園表演，那邊地方比較大。她把這一點問太后，太后也立即贊同，并命令預備一切。當各種東西都準備好了，那些馬戲團裏的人和動物就在我們近旁駐扎下來。我們必須自己出錢來喂養這些動物，但是因爲我們要給太后看看一個馬戲團究竟是什麼模樣的，所以這一些額外的費用也算不了什麼。他們花費了兩天的時間，來布置帳幕和其他一切的必需品。在這兩天中，太后接到許多報告，關于籌備工作進行的情形和馬戲的節目。

先一日，太后退朝時，面帶怒容，經我們詢問，她告訴我母親和我，説是有幾個御史上書，阻止馬戲團在宮中表演，説是宮裏從來沒有這樣的先例，請求太后打消這個計劃。她非常憤怒，對我説：

"你看現在我還有多少權力，連想看一場馬戲也要受人阻止。我看還是給他們幾個錢，叫他們去吧。"當然她的話我們沒有不贊同的。但是，她仔細想了一想忽又跳起來説道：

"帳篷已經搭好了，他們也一樣要説話，我決定索性看一場了。"于是馬戲便照原來的意思舉行了。太后和許多宮人看得都很高興，其中有一節是一個幼女在一個大球上跳舞，太后看得最中意，又命令重演了數次。另一個有趣的節目是鞦韆，當然，除了母親、妹妹和我以外，沒有人曾看過馬戲，太后很擔心那演技者會從鞦韆架上跌下來而受傷。對于滑背馬術，太后也感到很大的興趣。可只是要演獅子戲的時候，太后下令停止，說獅虎等野獸帶到宮裏來是很危險的，她寧願不要看戲。于是演技者帶進一只幼象，表演了幾種聰明有趣的動作。這一節戲，使太后特別感興趣，演技者見太后這樣有興趣，便把小象送給太后作爲禮物，太后接受了。可是演技者去後我們再使這象重演，它却再也不肯移動半步；于是我們只得把它放到宮中原有的象房內。這馬戲表演了三次，在最後一次中，馬戲團主人對我說，他很想使獅虎表演一番，而且絕對沒有危險，這很值得一看。我和太后商量後，太后終于同意了，但千萬叮囑不可讓它們出籠。

獅虎帶進時，所有的太監都來圍住太后，稍定，太后即叫他們跑開，她說：

"我自己并不害怕，我是恐怕它進來傷了別人。"演畢，太后賞銀一萬兩，馬戲團始離去。

以後兩天，我們就整日地談論着這馬戲團的好處，後來太后提到這件事時說，她本來以爲是怎樣奇妙的表演，現在看看也不過如此而已。這也是太后的特性，沒有什麼事能够使太后有五分鐘的高興。太后對我說：

"我看外國的東西，也不見得如何出奇，就以這張畫像來說吧，依我看來也并不見得怎麼好，看起來好像是很粗魯的樣子（太后原是不懂油畫的），而且，爲什麼一定要有東西做樣子呢？一個普通的中國畫家只要看過一眼我的衣服、鞋子等東西，就能很好地畫出來了，她似乎也不像一個畫家，不過我這話，你千萬不要告訴她。"太后又接下去說：

"你代我坐着畫像的時候她跟你說些什麼？看她的神色好像有許多話要說，雖然我不懂她的話，你必須時時當心，不要跟她說宮裏的事，也不要教她説中國話，我見她常常指着物件問你中國名字，你不可告訴她，她知道的愈少于我們愈有益。她現在似乎還不知道我們宮裏的事，她要是看見我責罰太監，不知會説些什麼話哩。我想她一定要説我們野蠻的。有一天我發脾氣，我看見你把她引開了，這是很聰明的舉動，須在我發脾氣的時候，不要讓她看見，不然恐怕她要出去議論我。我真希望這畫像能早些完成。冬天快來了，我們也要準備冬裝了，我知道你也需要制冬裝，因爲你除了外國衣服外，還没有冬裝。下個月就是我的生日，照例有一番慶祝，過了生日，我們就要到西苑去了，那時密斯卡爾怎麼辦呢？我想她大概要回到美國使館去，天天到西苑來畫，不過這很麻煩，要走一個鐘頭才行，不像現在十分鐘就到了，就算這樣，到冬天搬進了禁宮她又怎樣呢？你且打聽打聽她到底什麼時候可以完成。”我乘此機會告訴太后説密斯卡爾也跟她一樣想早日完工，但太后坐的時間太少，她不能多畫，儘管她的畫房就在太后卧房的隔壁，太后下午休息的時候，她也不得不停止工作。太后説：

“假使她要我一天坐到晚，那我情願不要畫了。”又補充着説：

“我看你也坐厭了，想叫我再坐，但是我也坐够了。”我當然説，我不但不感到厭煩，相反的我能够坐在她的寶座上覺得是莫大的光榮。我向她解釋，密斯卡爾不希望我常常代太后坐，但太后只是簡捷地説，我只要服從她的命令去做就是了。

後來的十天中，我們就忙着挑選衣料做冬服，又需做禮服，以備我和我妹妹穿了向太后祝壽時之用。太后命令我們的衣服用大紅緞做再綉上吉祥物，護以藍色的雲彩，鑲金邊，又用灰鼠皮襯裏，袖口及翻領用貂皮。太后正在吩咐太監時，我看見皇后向我招手，我出去，皇后對我説：

“你要趕快向太后磕頭謝恩，太后賜你貂領袖的衣服是一個極大的恩典，這在平常是只有郡主才有資格穿的。”于是我入内乘機向太后磕頭謝恩，太后説：

“你正配穿這個，爲什麼我不能把你當郡主看待呢，有好多郡主都不是皇族。凡是對國家有特殊貢獻的人就可以特別賞賜。你對于我比任何宮眷都有用，而且做事很忠心，你大概不會想到我會這樣注意着，其實我處處留心，你可以稱得上郡主，而且我也當你是郡主一樣看待。有時還更好些。”說着，她回身對一太監説：

“把我的皮帽子拿來。”這帽子是用貂皮做成的，綴着珠玉，太后説她賞我的帽子就跟這一樣，不過她的是黃色，我的是紅色而已。我這時真是快樂極了，除此以外，她又賞我們家常衣服兩件，一是羊皮的，一是灰鼠皮的，更加精細的衣服四件，是黑狐皮白狐皮的，周圍鑲着金邊和綉花，另外又有兩件，一件是淡紅色的，上面綉着百蝶的花樣，一件是紅色，綉着綠色的竹葉，還有幾件短的皮外套也一起送給了我們，外加幾件馬甲。

我出來的時候，一個宮眷對我説，我運氣很好，得到了這許多賞賜。她説她從來也沒有得到這麼多的東西，雖然她在宮中已住了很久——將近十年。我看出她頗有妒忌的樣子。這時皇后告訴她們説，我們進宮的時候，只有外國衣服，假使太后不給我們，我們怎麼能自己做呢。這又是另外一件使我和其他宮眷們不睦的事，起先并不介意，後來有一個宮眷對我説，我沒有進宮之前，她也是太后最寵愛的人，這時我告訴她，她沒有權力可以議論我，不管她用什麼方法。皇后在旁也對我們説，她們這樣地對待我，我要去告訴太后的。這一句話似乎很有效，因爲此後她們好像不十分厭煩我了。

太后萬壽

到了九月底，太后似乎很覺煩悶，沒有事做，她説：

"這樣一直等到初一才能看戲有什麼意思呢，讓我們明天看一場吧。"于是她傳諭太監們預備一切，這戲完全由太監主持，不請外面的戲子加入。這裏我必須補充一句，宮中有許多太監是被訓練做戲子以備演唱的，而且事實上他們也比外來的戲子聰明得多。

太后交給太監頭一張她自己選好的戲目，大半都是神仙的故事。次日宮中就演了一場戲。

這天下午，太后回房安歇，我遇見皇帝回宮，只有一個太監跟着，這是皇帝最親信的一個太監。皇帝問我到哪裏去，我回答回房安歇。皇帝説，他好幾天沒有看見我了，這話不由得使我笑起來，因爲每天早朝的時候我總看見他，皇帝説：

"自從畫像開始以來，我已好久不曾有機會像以前一樣與你暢談了，我很怕我的英文得不到什麼進步，因爲你的時間已被畫像的事占去。宮中已没有一個人能幫助我了，你常常跟密斯卡爾在一起使我感到很是無聊。她現在可曾覺察到你是監視她的嗎？"我説我很小心，不走漏秘密，我想她不會覺察到。

皇帝又説：

"聽説她在完成了太后的畫像後又要替我畫，不知這是誰説的？"我回答他這話我還是第一次聽到，當然不知道，我又問皇帝是否喜歡畫像。但是他回答道：

"這話很難説。你總該知道我是不是該畫一張。"

"我看見太后有許多照相，甚至連太監也在裏面。"我立刻明白了皇帝的意思，我問他是否願意用我的小照相機照相，皇帝露着驚訝的神色道：

"什麼？你也會照相嗎？如果這事不要緊，我們有機會時，不妨試試看，不要忘記了，但是我們還以小心爲是。"

他又換了一個題目道：

"現在我們可以談談話，我要問你一個問題，希望你要誠實地回答我，我很想知道外國人對我一般的評論如何，他們以爲我是一個有道德的人嗎？他們以爲我聰明嗎？"我還未來得及回答他又接下去說：

"我知道他們把我當做一個小孩子看待，不過這也沒有關係，你告訴我，我說的對不對。"我回答他有許多外國人曾問起他——關于他的爲人，但是誰也沒有發表過什麼意見，他們只知道皇上的身體很健康。

"假使他們對于我和我所處的地位有什麼誤會，"他接着說，"這都是朝廷守舊的緣故，我沒有機會宣布我自己的主義或有所作爲，所以外間都不知道。我知道現在我所處的地位，與傀儡無異，要是再有外國人問起我，你就告訴他們我現在所處的地位。我有許多關于復興中國的計劃，但是我不能實行，因爲我做不了主。我不信太后有什麼力量能改變中國的現狀，就是有，她也不願意，我覺得現在離開真正革新的時候還遠得很哩。"

皇帝跟着又說，要是他能像歐洲的皇帝一樣，能夠到處去游覽一下，那一定是很有益的。我告訴他，有幾個郡主提議要到聖路易賽會去看看，這倒是很好的，至少他們能夠把中國的國體習俗和外國比較一下。皇帝對于這件事很懷疑，他說他從來沒有聽到這種事情。

我們談了好一會兒，所談的大多是關于外國的風俗習慣，最後皇帝又說他真想到歐洲去考察考察。

這時一個太監來報告我，太后醒了，于是我急急地回到太后那裏去。

接着就到了十月。

第二天就下雪，太監頭目問太后她生日的慶祝是否和以往一樣在頤和園舉行。我從前曾聽說頤和園是太后最中意的一處，所以她立刻說是。于是各方面便跟往常一般料理起來，太監頭又呈上一張王公大臣和滿洲官員妻子們的名單，請太后挑選若干名參加典禮，她一共選了四十五人。這些人便都被太后通知邀請參加。在這時候我一直站在太后的椅後，她回過頭來說：

"通常我并不請許多人來參加典禮，這一回却破例了，因爲我要給你看：她們的各種打扮和對于朝廷上禮教的認識。"

慶祝在十月六日就開始，密斯卡爾這時回到北京的美國使館，我和母親、妹妹重新回到宮裏。一早，太監們就在廊下和樹上結燈挂彩，七時左右即有客人進宮。這時我才完全明白太后對我說的話，當太監把她們引到宮眷那邊去時，她們都默默地沒有話，如像含羞的樣子。後來她們又被引到應候室，因爲來客很多，我們只得到應候室外。客人中也有打扮得很華麗的，但是衣服的顏色大多很古老，不很雅觀，我們稍微敷衍一下，立刻去報告太后。

在這種情況下，太后總是很感興趣的。她開始問我們許多問題，她問我們有沒有看見一個年紀比較大的婦人，打扮得跟新娘一般？來賓之中，只有她嫁給一個漢官，因爲從前跟宮中有關係，所以這次請她來。她說她自己也沒有看見過她，只曉得她是很聰明的一個人，我們說沒有看見，大概她還沒有來。

太后迅速地打扮完畢，即刻坐殿。太監頭帶領這些來賓進來，我們都排列在座後，但見有對太后磕頭的，有請安的，也有手足無措的，總而言之，每人都是局促不安，不知所措。太后對他們致歡迎辭，又謝了他們的禮物。

太后對于屬下的饋贈或服務，不管如何細微總表示很感激的意思，這剛好和她平日的觀念相反。

這時太后看出了她們惶恐不安的樣子，便叫太監頭帶她們到各人的房裏去，并且叫她們只當在家裏一樣不必拘束，且回去歇歇再說。她們狐疑不定，不知到底是立刻出去呢還是怎樣，一直到太后叫我們帶她們去見皇后時才罷。

當到達皇后的宮室時，就進去見皇后。情形比較好一些，不像在太后那邊那樣的惶恐。皇后告訴她們，假使有什麼不懂，或要問宮中的規則時，可以問我們，又說最好每一個宮眷帶領幾個人，因爲在初十的慶祝席上，錯了禮節是不大好的。于是我們每人就負責管理幾個人，教她們如何應付各種不同的場合。

下午太后歇息時，我即到我所負責教導的來賓處。在這中間，我看見一個如太后所說打扮得跟新娘一般的人，我就設法與她交談。這人很有趣，曾受過很好的教育，不像一般滿洲婦女那樣無知，她又能夠寫很好的中國字。我即告訴她們一切必須的禮節，如何對待太后，而且告訴她們必須如此做。

不知我以前有沒有說起過，他們對太后說話時總稱太后"老祖宗"，自稱"奴才"，所有的滿洲家庭中都有這習慣，"你""我"這些代名詞通常是摒棄不用的，以"母親""父親"或者兒女名字的第一字代替。

太后自己對于這一條規則也很重視。

以後的四天中，一直到舉行儀式的一天，這些來賓就終日學習宮中的規則和陪太后看戲。

我們仍舊天天早晨服侍太后，講述隔日有趣的事情，再是先太后而至劇場，立在院子裏等候。太后來時，全體依次跪下——第一是皇帝，其次皇后，再後面是嬪妃、郡主、宮眷等，最後爲來賓。一直到太后走過了戲臺對面的房子才起立。起初兩天均如平常一樣，第三日早晨，皇帝忽然說道：

"太后來了。"皇帝本來是我們的發信人，每次太后來時，皇帝先跪下，于是我們也一齊跪下。這一次聽見皇帝這麼說，我們又趕緊跪下，可是皇帝自己卻依舊立着，向我們笑起來，原來太后沒有來，我們也不禁相顧失笑。我以前從來沒有看見過皇帝因玩了一次詭計而如此高興過。

九日晚上我們通宵沒有睡，因爲十日一早必須及時起身。來賓已先由山轎送至山頂的殿內等候。他們在早晨三時到那裏，然後我們也在破曉時跟着上去，等了好久，太后來了，于是儀式開始，一切與皇帝萬壽時大致相同，可不再贅述。

不過有一件事是新奇的，初十早晨，我們必須每人買一百隻不同的鳥送給太后，太后也必須以自己私有的錢買鳥一萬隻預備作放生之用。殿上挂滿各種巨大的鳥籠，煞是好看。太后先選定下午四時這吉時，率領全宮的人到山頂上，那裏有一個廟，太后先燒檀香木禱告，然後每個太監拿着一隻鳥籠跪在太后前面，太后一一啓籠而放之，祝告所放之鳥，不復爲人所捕捉，神氣很是嚴肅，我們則互相耳語，評論各鳥的優劣，希望把好的留下來養着，其中有幾種鸚鵡，有淡紅的，紅的，綠的，均有鏈鎖着。太監開鏈時并不飛去，太后道：

"多麼奇怪啊！每年總有幾隻留着不肯飛去，我把它們總是一直養到死才罷，現在看啊！它們不願意飛去呢！"這時太監頭來，太后即將所見的告訴他，他立刻跪下道：

"老祖宗的洪福，這些鸚鵡們感激老祖宗的慈悲，情願留在這裏服侍。"這一節儀式就叫做"放生"，這被認爲是一件極大的善舉，一定能得到上天的降福。

一個宮眷對我説，這些鸚鵡不願意飛去，你看是什麼緣故？我説我也不知道，只覺得很奇怪。她説道：

"這一點也不奇怪，這些太監們早已受了他們頭目的吩咐，早就買了幾隻鸚鵡來訓練它們，每天太后午睡時，這些鸚鵡就被帶到這山頂上訓練，他們的目的，不過是要想博得太后的歡心，以爲她的仁慈，已經能感動這些無言的動物，情願留在這裏伴她。"她又接着説：

"最大的笑話是，當太后放了它們，山後早有太監等着捉了賣錢。所以不管太后怎樣禱告，立刻就有人捉去了。"

萬壽期到十三日才完畢，在這時期内，人人都不做事，惟終日看戲娛樂而已。過了十三日，來賓們便接到通知，準備着在十四日早晨回去，他們在前一日午夜向太后請安，次日一早即離宮返家。

以後幾天，我們就忙着準備遷移到西苑去，太后擇定了二十二日，因爲這是最適宜于這次遷移的吉日。這天早晨六時，全體起身離頤和園而去，正值大雪，路上很滑，旅行很感困難。我們當然照平日一早坐轎子，那些不擔任轎夫的就騎馬跟隨在旁邊。一路上稍不留意而傾覆的很多，太后的一個轎夫忽然失足滑倒，將太后掀在地下，一時人馬嘈雜。我立刻覺察到有什麼嚴重的事情要發生了，太監高叫：

"停止，停止。"我聽到有人說：

"看她還活着嗎？"于是人馬立刻停止前進，團團圍住，把路也阻塞住了。這事發生在西門前的石路上，最後我們看見太后的轎停在地上，便都下轎向前奔去，看究竟發生了什麼事。但見許多人正在很激動地談論着，我不禁突然恐慌起來，——因爲當時我們正聽到一種謠言說，幾個革命黨人，正要暗殺太后，當然我們不敢把這話告訴她。及到太后轎邊，只見她安坐于轎內，正對太監頭發命令，叫他不必責備那轎夫了，這不是轎夫的錯，實在是路太滑了。李蓮英說不能這樣，這轎夫一定是不仔細，抬着老菩薩，竟敢這樣粗心。說着，他轉向那些執刑者（這些執刑者拿着竹棒，像這樣的時候，他們總是跟隨着太后的），說道："給他背上抽八十大鞭。"這可憐的犧牲者正跪在污泥的地上，執刑者聽到了這命令，立刻把他牽到百碼以外，執行他們的任務。這八十下鞭子并沒有費去多少時間，最使我奇怪的是，這人受了責罰後，竟若無其事地站起來，好像根本没有挨過打一樣。這時太監遞給我一杯茶，我就呈獻給太后，并且問她有没有受傷。太后微笑着說沒有什麼，命令前隊繼續前進。對于這杯茶，我必須說明一下，原來太后出行必有太監提火爐熱茶隨行，雖然在行程中，這是很難得用到的。

照例，宮妃們由捷徑先趕到宮中迎接，我們在院子內等候了許久，幾乎凍僵了，太后這才姍姍而來。太后一到，我們就跪下，一直到她走過了才起立跟入。太后也說，天氣很冷，叫拿火爐進去。這些火爐是造在可携帶的黃銅爐內的，四周圍涂以粘土，先在户外燃燒，俟烟灰稍除後，再帶入室中。總共有四隻火爐，當它們被帶到室中時，立刻緊閉窗户，毫不通風。不久我即覺得不舒服，先前猶勉强繼續我的整理工作，後來即疲乏欲睡。我只記得我醒來時在一張特殊的床上，詢問我在什麼地方時，便聽得太后在隔壁房中發命令，我才知道一點没有錯。一個宮妃拿來一碗蘿蔔汁，説太后叫我吃的，我飲了覺得稍好過了一些。她還告訴我，太后正在午睡，我聽了便又睡去，再度醒來時，只見太后站在我旁邊，我想起來，却沒有氣力，太后叫我仍舊躺下，静養一會兒，自然會好的。她説最好我能睡在她卧室的隔壁，于是命令太監們準備好了立刻把我搬去。太后每隔幾分鐘總差人來問我病勢如何，想吃什麼東西。宮中的規矩，凡太后有話均須起立恭聽，無奈我體弱，雖時時想立起來也不能够，結果徒然使病勢更加惡劣。

下午太監頭來看我，并且帶來幾盤糖食，他極其和氣，對我説我運氣很好，太后竟這樣關心我，她是照例不管宮妃的事的，可見她很疼愛我。談了一會兒，他勸我吃些糖果，我當然是吃不進，只好叫他留在那兒，慢慢我自會吃的。臨走時他對我説，假使我有什麼需要，可以告訴他。這一次拜訪，使我很覺驚奇，因爲他平素是不管宮妃們的事的，後來才聽説。他是因爲看見太后這樣關心我，所以才如此的。

次日我能够起身了，立刻去見太后，并磕頭謝她在病中關切之恩。太后説昨天她聽説我已大好，很覺高興，她説我不過是受了一些煤氣，不要緊的。

雪停後，太后説要選一間房間作爲密斯卡爾繼續畫像之用，我説最好等密斯卡爾來了讓她自己選擇一間適當的。太后説不能，因爲假使她自己選，她也許會選着她不能到的地方，宮中有許多地方是絶對秘密的。次日我們便一同去選屋子，但看了許多屋子都是太暗，最後我們才在湖邊選定一間。太后説：

"這很方便，你來去坐船坐轎都可以。"後來我打聽得知到宮門口坐轎須三刻鐘，比坐船所費的時間少。我本想回宮後即住在宮内，但最後決定，太后命我還是住在家裏去，每天早上帶密斯卡爾進宮，晚上帶她回去。因爲她住在美國使館内，宮中不能讓她單獨自由出入。我聽了這個決定，心裏很覺高興，不過太后一經説出什麼話，除了服從外，其實也沒有什麼方法。

密斯卡爾看了我們給她選定的書房，不很滿意，覺得光綫太暗。太后乃命令將紙窗換爲玻璃窗，這又使屋内太亮了，密斯卡爾要求幾種帷簾以配光，我把她的話告訴太后，太后道：

"我這還是第一次爲人更改宮裏的樣子，起先我換了窗子，她還不滿足，又要帷簾，我看我們把屋頂拆去了或許才能使她合意哩。"然而，結果我們還是替密斯卡爾裝好了帷簾使她感到滿意。

太后看到所畫的畫後對我説：

"經過了許多的麻煩，我看恐怕仍舊没有什麼出奇的地方。我披肩上的珠子，怎麼會有各種顔色的？有的白色，有的粉紅色，又有的綠色，你把這話告訴她去。"我向她解釋密斯卡爾是照她看見的樣子畫的，她是依照實在光綫的强弱畫的，太后仍舊不很明瞭，問我難道看見過綠色紅色的珠子嗎？我再向她解釋，這是因爲光亮照在珠子上，所以才顯出各種顔色來，但是她仍説她只曉得珠子是白顔色的，以後她就不再問起。

西苑中近太后宮邊有一房間，裏面放着一座寶塔，約高十尺，由檀香木雕成，塔中供着諸神，太后每天早晨朝拜，親自焚香，令一個宮妃叩頭。太后告訴我，這座塔在宮中已有一百多年的歷史了，佛像之中有一個是觀音菩薩，約五尺高，用純金做成，中空，用珠寶做成臟腑形放在其中。相傳觀世音的法力極大，每當太后有不能解決的問題時，即求于觀世音菩薩，據説是很靈驗。太后説：

"當我祈禱的時候，當然是很虔誠的，不像你們女孩子們，匆匆忙忙地磕過一個頭，便算盡了責任。"太后又説，現在許多中國人忘掉了自己本國的教，反去皈依耶穌教，她很覺痛心。

太后對于西苑中傳説着關係中國古老的迷信也很相信，有一次她告訴我，假使看見一個人在旁邊走着忽然不見了，這就是狐仙的作怪，没有什麼稀奇，它們往往變成人的樣子，以達到各種目的。它們在西苑中已住了幾千年，而且一直是這樣的變幻無常。她説太監們都説是妖魔的精靈，其實不然，它們不過是狐仙罷了，對于我們不會有什麼傷害的。好像要加强我的信心似的，有一天就出了這麼一件事：那天晚上火熄了以後，我差一個太監到別處去看看，假使有宮妃還没有睡便給我弄些熱水來，這太監携了燈出去，幾乎立刻就匆匆地回來，面色灰白，我問他什麼事，他説：

"我看見一個女鬼走過來，吹熄了我的燈，回身就走，立刻就不見了。"我説也許是宮中的丫頭吧，但是他肯定地説：

"不。"他説宮中丫頭他都認識，却從來没有見過這個人，這一定是鬼無疑。他又告訴我數年以前，李蓮英這太監頭在太后的後院子裏走的時候，忽然看見一個丫頭坐在井沿上，正想走近問她爲什麼坐在這裏的時候，看見還不止她一個人，再走近些，她們都從容地跳下井去了，把他嚇得不得了，他的從人拿燈來照，却看見井上蓋着一塊大石頭，無論如何不會有人跳下去。我的太監又説，原來在這件事發生的幾年以前，有幾個女孩確曾跳這井自殺，李蓮英所見的不是別的，正是這些女孩變成的鬼。中國人都以爲人自殺了，他的精靈仍舊留在他死的地方，一直等到那裏又有人自殺，他們有了替身，才能到另一個世界投生。我説我不相信這事，我倒很想親自碰到一回這種事，他回答道：

"只要看見一回，你再也不想看了。"

各事都平淡地過去，一直到十一月初一，太后命令説是十一月裏的忌辰很多，原有的戲一律停演，各人的衣服也必須稍稍改換以適合這些日子的裝飾。

照例，初九皇帝又得往天壇祭祀一番。照向來的規矩，三日之内他必須留在自己宮中，除隨身的太監外，不得與任何人交談，就是皇后也不能和他見面。

一切的儀式，也是和其他祭祀禮大同小異，只是多殺了許多猪供在諸神前面，祭畢，將猪肉分給朝中的官員，據説吃了這些祭肉立刻會得到幸福；而得到賞賜的，也認爲是受了太后無限的恩寵。另外還有一個不同點，就是這典禮不管當時的情況如何，必須皇帝躬親主持，不得派人代替，因爲國中死刑的判決，均須由皇帝親筆核準，名單平時存放在刑部，每年終則抄在黃紙上呈給皇帝，在祭祀的時候焚燒，灰上升到天堂裏，使祖宗們知道他們的子孫仍舊很忠心于事，依照着規則盡他們的責任。

因爲這祭祀的儀式是照例在禁宮中舉行的，太后雖然不喜歡那地方，還是命令全體搬到那裏去，因爲她不願有一刻的時間離開皇帝。所以我們就全體遷移到了禁宮裏。儀式完畢後，我們本應該回到西苑，但因爲十三日爲康熙皇帝的忌辰，也必須在那裏舉行，所以我們仍留在禁宮中，康熙皇帝在位六十一年，是中國有史以來統治日期最長的皇帝，太后又對我們説康熙皇帝是中國歷代皇帝之中最聖明的一個，所以叫我們必須至誠地尊敬他。

禁　宮

　　十一月十四日早朝後，太后對我們説，日、俄兩國要開戰了，她很擔心，雖然不關中國的事，但恐怕他們要在中國領土内開戰，中國難保不受損失。當然我們那時也不甚介意，但是第二天太監頭來報告説是五十個太監逃走了。這事使得每個人都很驚駭，莫名其妙。平時太監做完了事本來可以自由出去，但必須在宮門關閉以前回宫。次日，又有一百多個太監逃跑了，太后立刻説：

　　"我知道了，他們一定是聽了我説的話，以爲又要像庚子年的事一樣，所以提前逃了。"照理，太監逃走了，太后應立刻派人追回責罰，但是這一次太后説不必去追他們了。後來太后隨身的太監也逃了一個，這才使太后發起怒來，她説她平時待他那麼好，這就是他的謝禮嗎？得了一些信息就先自跑了。我也知道太后平常待這太監很好，但是他的逃走在我倒不覺得什麼，因爲他是一個慣于在太后面前説宮妃壞話的人。

　　太監逃走的事情，日有發現，最後太后才決定我們住到禁宮去，到明年春天再回來。

　　我問我的太監，爲什麼逃走的人這麼多？他告訴我，太后説得不錯，他們恐怕又要碰到庚子年那樣的事，又説太后寵愛的太監逃走了，也没有什麼稀奇，事情緊急的時候，李蓮英也靠不住，庚子年太后出京避難到西安，他就假裝生病，要是情勢不好，他隨時可以準備逃走，後來總算又跟上了。説到李蓮英，他又告訴我他的權柄極大，曾經害死了許多無辜的人，尤其是誰要冒犯了他或者他對誰發生惡感，他都可能很快地加害于他。最後他又告訴我，李蓮英也吸鴉片，不過大多數人都不知道罷了，他吸得很自由，誰也不敢告他，太后當然也不知道，宮裏對于鴉片是禁止得很嚴的，誰也不能私自帶進來。

自此以後每天有日俄的消息傳來，宮中人人自危。一日太后召集全宮人們于一殿，對他們説，日俄開戰，不關我們中國的事，我們不至于被牽連在裏頭，叫大家不必驚慌，又説先祖會保佑我們，她以後不希望再聽到大家討論這事。然而雖然如此説，她還叫全體宮妃到她宮中，禱告請祖先保護我們，這一望而知太后内心也很不安。太后雖然叫別人以後不要再討論這事，她自己却常説起。一日，太后説她希望每天能够得到一些正確的消息，我就向她建議，可在外國報或路透電中去找尋。太后大喜，叫用我父親的名字訂一份外國報，每天送到我家中，再帶到宮中，由我翻譯給她聽，但我説我父親本來就訂閱這報的。于是我便叫把這些報拿來，每日早朝時我便把各種新聞譯成中文，但電報越來越多，要把它們都譯成中文很覺麻煩，我就建議用口譯法。這畢竟快得多的，而且太后也很感興趣，我不但把戰事的新聞譯給她聽，就是與戰事没有關係的，只要是有趣的，我都譯出來。太后尤其喜歡聽歐洲各元首的動態等，并且覺得外國的各種事情都很新奇。她説：

"我們這裏却不同了，不但外邊的人不知道我們裏面的情形，就連我自己的人也不很知道，也許讓他們知道一些也好，至少對我們的誤會可以減少一點兒。"

我們住在禁宮的時候，密斯卡爾仍舊是天天早晨來畫像，我們已給她一間極好的房間，對于她的工作似乎很適宜，太后也叫我盡量予以方便，因爲她現在已對于什麽事情都感到厭煩，很想早些看那像完成。太后自己不常到那兒去，但一經到了那裏，她就變得很好説話的樣子，使人一看就以爲她到這裏來看畫像是一件非常高興的事。

十一月中的一切事情，好像都是没精打采的，因爲這一月中的忌辰很多，太后説要領我們到禁宮的四周去玩玩，我們先到大殿，這殿與頤和園中的稍有不同。要登二十層大理石的階梯才能入内，石級的兩旁圍有欄杆，也是用同樣的原料做成的，其盡頭處爲一大走廊，有大木柱，漆着紅漆，圍繞在殿的四周，走廊四周的窗户雕刻得極精細，處處顯出一個"壽"字來，地上鋪着磚頭，太后對我説，這些磚頭都是"金磚"，所以雖已過了幾百年還没有壞。這顯示着一種很特別的黑色，一望而知是漆過的，而且很滑，極難行走，設備大略與頤和園西苑中的殿差不多，只不過寶座是用黑色的橡木制的，嵌着各式的玉石。

這殿平日不常用，只有太后萬壽或元旦日才用到它，外人從來没有到過。平日的朝見，都是在宮中另一個較小的殿中舉行的。

看了一會兒，我們又到皇帝的宮中去。皇帝的宮室比太后的小，但十分精緻，共有三十二間，有許多房間雖是不用的，也布置得相當奢華。其次就是皇后的宮室，仍然是很小，共計二十四間，其中三間又專門劃分給嬪妃們用。皇帝和皇后的宮室雖很接近，但并不相通，兩處都有走廊通到太后宮中，所以實際距離却是很遠。又有幾間房間是備作應候室的。除此以外更有若干不用的房間緊鎖着，誰也不知道裏面有没有東西，假使有，又有些什麼東西，甚至太后自己也説從來没有進去過，因爲它們已經封閉多年了。通這些地方的孔道也都封閉不通，我們這次走過，前後好像很少有人來過。它們的形式也是與別處不同，很骯髒，一看就曉得年代已很久了。我們都受到吩咐不要議論這些房子的事。

宮眷們的房間與太后的房間相接，也是异常狹小，幾乎不能轉身，冬天又極冷，僕人們的房間在我們後面，但没有出入口。故僕婦進出必須經過我們的走廊，而我們又必須經過太后的走廊，這也是太后的用心周到，以便時時監視我們。

太后領我們進了她的宮中，稍停對我們説：

“我現在給你們看一樣你們從來不知道的東西。”我們從太后卧室的邊門經過一道約十五尺長的過道，墙上均畫着極其精美的畫。太后對一個太監説了幾句話，那太監就彎下身來，從過道兩端的地下取出兩枝木塞來。這些木塞是安放在墙脚下的洞裏的，這時我才悟到我一直以爲是墙的東西，不過是可移動的木壁而已，這些木壁移去後，就顯出一個洞室，四周没有窗，屋頂上有一個天窗，室的一端有一塊大石頭，上面鋪着黄色的褥子，旁邊有一隻香爐。室中各種東西，看上去都很陳舊，除了這些東西，其他的家具一無所有，這洞室的盡頭，又有如上述過道也有活動的木壁，這樣又通到第二室，如此一層層下去，每一過道隱藏一室，而全宮的墻壁就被這許多秘密的過道，隔成許多段。太后說："在明代，這些密室都是專爲皇帝而備的，尤其是當皇帝要一個人獨處的時候。"其中有一間太后現在用作她的珠寶庫，庚子年太后出走時，將一切珍寶都藏在這室內，後來回來開視時，均未移動，因爲當時那些乘亂劫掠的人，誰也沒有想到會有這樣一個地方的。

回到我們走廊裏時，再看看我們走出來的地方，只見仍是黑色的墻壁，真可謂天衣無縫，實在是個巧妙的隱匿絕招兒。太后所以不喜歡禁宮的原因之一，也就因爲有許多地方，實在太神秘了，連她自己也不知道，她說：

"我從不講起這等地方，否則大家愈發要覺得它們是有特別用途的了。"

在禁宮中，我遇見了太后的兒子先皇帝同治的三個妃子，她們自同治死後，即久居宮中，爲太后做些針黹等工作。當我開始認識她們時，我便發現她們都是受過高深教育的，其中一個叫瑜妃的，更爲聰明絕頂，她能作詩及演奏各種樂器，在當時是認爲中國婦女中教育程度最高的人。她對于西方各國和他們習俗的認識，也很使我驚異，差不多什麼事她都知道一些。我問她們，怎麼以前一直沒有看見她們。她們告訴我，除非太后叫她們去，她們照例是不向太后請安的，不過要是太后住到了禁宮裏來，她們當然也得每日向太后請安，表示敬意。

一天，她們請我去參觀她們的住所，這是與宮中別的房間完全隔絕的。一間小房子，設備也很簡陋，只有少數幾個太監和僕婦服侍她們，她們說她們寧願過這種平淡的日子，所以不與外人交接。瑜妃的房間裏書籍很多，她給我看她自己作的詩，其中充滿着哀傷的情調，也可看出她厭世的心情。她又對我說，希望辦一個女子學校，教婦女們讀書，因爲現在能夠在學校裏學習她們本國言語的女子們實在太少了，她勸我一有機會，立刻向太后提出。但她雖然希望見到外國的新興事業能夠流傳到中國，却不希望請教會裏的人爲講師，因爲他們往往在各種功課中借機宣揚教義，反而使中國人對這運動發生反感。

十一月底，太后允許直隸總督袁世凱的請求觀見，那天恰巧是假日，密斯卡爾沒有來，我因之得跟隨太后。太后問袁世凱對于日、俄開戰的意見，他説日、俄開戰，中國不至于卷入漩渦，但戰端一開，必定不利于中國。太后説她也知道，因爲兩國要在中國的領土內開戰，中國最好是嚴守中立，從前中日戰爭，她已受够了，現在應該趕緊宣布中立，表示中國并不干涉任何一方，以免將來發生糾葛。

太后又問他預料戰爭的結果如何，誰能得勝？他回答這也很難説，照他看來是日本勝的機會多。太后説日本勝利對于中國比較好一些，但她又説俄國是一個大國，兵力又足，結果如何，實在是很難預言的。

太后後來又説到中國問題，説要是中國打起戰爭來，那可不得了，我們一點也沒有準備。沒有海軍，沒有訓練過的陸軍，總之沒有一個方法可以使我們自救。袁世凱擔保太后説，現在尚不必爲這事操心，太后回説時勢逼着我們自新，但她不知道應該用什麼方法，她也很希望中國能像別的國家一樣在世界上占一個顯要的地位。她雖然時常接到革新變法的條陳，然而一直到如今也不見什麼進步。

會晤完畢後，太后即召集高級會議，她報告了剛才跟袁世凱商議的事項後，大家自然都表示要幹一些事出來。他們討論了一些國防等的問題，有一個王公説，他也很贊同維新，但竭力反對采取外國的裝束，外國的習慣和剪辮子，太后很以爲是，説棄了中國的好樣子，而去學習那些不文明的舉止是不對的。跟往常一樣，這會議又是討論了一些不着邊際的問題。

以後幾天也只是談論着日、俄開戰的事，許多中國的軍事官員，被太后召去會談，這是很有趣的事。因爲這些武將們，對于朝廷上的禮節，大都木然無知。在太后面前也不知如何是好，更有許多可笑的提議。有一次會談時，太后説到我們沒有海軍；又缺少海軍人才。一個武官忽然回答説，中國的人才比任何一國多，至于説到船，我們有很多的江船、商船，戰爭的時候都可收來應用。太后大怒，命他退下，説中國人本來很多，只可惜都是像他一樣的庸才，對于國家一無幫助。這人退去後，大家都覺得好笑。太后叫我們不要笑，她一點兒也不覺得好笑，她因爲這種不明事理的人，竟也擔任起軍中的要職來，不覺怒火衝天。一個宮妃問我，太后聽他說起江船爲什麼發怒，我告訴他，一旦戰爭起來，那些船非但無濟于事，反而有礙，她聽了咋舌不止。

大約在十一月底，湖廣總督張之洞到京，太后召見，對他說道：

"你也是中國的一位老將，我希望你發表一些真實的意見。關于日、俄開戰對于中國的影響，不要有什麼顧忌，只管直說，因爲我知道了什麼事要發生，也好早些準備。"他說，不論戰爭結果如何，看來中國對于商務開放的一點，是必須讓步的。太后又告訴他上次會晤的情形，張之洞說我們維新的時間，長久得很，冒昧去做，必然失敗，他建議必須縝密地商量過，才能見諸于事，他以爲維新的事，不可趨于極端。在十年或十五年以前，他自己也是對于新政反對最力的人，但事過境遷，照今日的局勢看來，有許多事，的確需要改良。但中國的習俗不可廢除，惟有西法中對我們有益的東西我們才采用。太后對這一番言論，很覺滿意，因爲她自己的意見也正好與此吻合。

會談時皇帝總出席，但他却從未開口說過一句話，太后照例問他的意見，他只說與太后說的一切都同。

在所有的佛節中，"臘八"是被認爲最重要的。這是在每年農曆的十二月八日，照一般人說，好多世紀以前的這天，如來佛出外化緣，討得了一宗很好的米和豆，他即携回，平均分配給他的許多同道們，後人即將此舉視爲美德而年年紀念他，如是就成了一個獨立的節日。紀念這件事，以爲在這一天能够自製，因此就能得到如來佛的恩賜，所以這天所吃的東西只是把米、穀、豆類混合在一起煮粥，不加鹽或其他調味品，味道當然是不很可口的。

新年前後

　　現在已到了清理什物準備過新年的時候了，各種東西都要取出一一點查過，照相、畫像和家具等更須一一拭净。太后先拿出曆本，揀定一個吉日以便開始整理，最後擇定十二日。我們各人都領到了命令，就在十二日一早開始工作，有幾個宮妃拭洗佛像，掉換帳幔，還有許多工作就讓給了太監們。我問太后各種珠寶是否也需要揩拭一遍，太后説不必。因爲只有她一人是戴珠寶的。

　　各物整理完畢，經太后認爲滿意後，她即開一參加辭歲典禮者的名單，這與歐洲每年最後一天夜半之禮相仿——都不外乎是向舊年告別的典禮。客人們都在兩星期前請好，以便他們有充分的時間準備。太后又命令爲宮女們做新的冬衣，這冬衣與我們平日所穿的惟一的不同點，就是我們平日穿的是鑲的灰鼠皮，而年終所賞則鑲白狐皮。

　　第二件事，就是做糕餅作爲在新年裏祭祀菩薩和祖宗之用，第一隻必須由太后親自做，所以當太后決定開始做餅時，全宮的人就跟着她到一間專門爲做餅而設的房裏去，然後太監拿來各種原料——麵粉、糖、酵母。這些東西，都被混合起來揉成團狀，然後去蒸，這樣立刻使它發漲起來，跟普通的麵包一樣。大家都以爲誰做的漲得最高，他就最得神的喜歡，運氣也就最好。第一個餅發得很高，我們都向太后作賀，她自己也覺得很高興。其後她令我們每人都做一個，我們做後，結果均不甚好。我來了才一年，失敗是情有可原，但是我又奇怪，爲什麼那些老宮妃們，竟也沒有一個能够做得更好些？我問一個宮妃，她告訴我説：

　　“爲什麼不能嗎？這是我故意這樣做的，這樣才能使太后歡欣。老實説，認真做起來，縱然不比她高，也至少跟她一樣，但這不是聰明的法子。”我們每人都做好了一個，剩下的原料就叫太監做，宮妃們當然就替他們做完了。

接下去要做的事是預備盛海棗和各種水果的小碟子，上面插着青枝，預備供在神前。然後又預備玻璃果盤供竈神。相傳臘月二十三日，竈神離開地球上天報告一年來人世間的各種情形，至除夕才重新回到地球上來。供這許多糖的意思，是想把他的嘴粘住，以防他在天上太多話。糖果一經預備好，我們就一同到厨房裏去陳于專爲敬竈神而用的桌子上，太后轉身向厨子頭目説：

"小心，竈神就要上天報告你在這一年中偷了多少東西，而且就要降罰于你了。"

次日，又有另外一個節目，那是寫出各種新年的祝詞，所以一早我們就隨太后到大殿上。太監早已在那邊預備好大張黃色、紅色和淡綠色的紙，太后拿起一枝大筆開始書寫。有些寫"壽"字，有些寫"福"字，寫累了，就隨便叫一個宮妃或書記者替她完成，寫完後，就分發給客人和官員們。誰得到了太后親自寫的就算是莫大的恩惠，這些事在新年前幾天就做完了。

新年裏各總督和大官都要送太后禮物，太后一一把它們看過，有心愛的就放着用，沒有用的，就鎖在庫內，或許永遠不再啓視。這些物品中包括細小的用具、珍寶、鑽石、綢緞，總而言之，各物都有——甚至衣服。直隸總督袁世凱所送的是一件黃緞袍，用各種顏色不同的鑽石、珠子圍成一朵牡丹花，葉子是用綠寶石做成，這的確是一件奢侈的東西，價值也可想而知，但是美中不足的一點，就是太重了，穿了不很舒服。太后看見這一件衣服很高興，元旦日就穿起來，以後她就藏了起來，雖然我勸她應該穿這件衣服，因爲它實在是最華麗的一件。有一次太后接見一位外國的外交官，我勸她穿這件衣服，她沒有聽從，也不説明理由，所以外人很少知道它。

另外還有一件貴重的禮品，那是兩廣總督所送的四袋珍珠，每袋不下千餘粒，大小一般，式樣相同，假使在歐、美市場上，不知要值多少錢。但太后多的是珍珠，所以并不十分注意，只説了一聲尚好。

　　皇后和宮妃們也每年都有禮物送給太后，大都是自己手製的東西，如鞋子、手帕、衣領、袋等。我母親、妹妹和我送的是我們從巴黎帶來的鏡子、香水、肥皂和各種化妝品，太后收了很是歡喜，因爲她是極愛虛榮的。太監和丫頭們則是送各種糕餅點心。

　　禮品多得堆滿了幾房間，然而在沒有得到太后的命令之前，誰也不能輕易移動。

　　宮妃們自己也常常交換禮品，每每引起許多有趣的紛擾。這一次我收到了十種或十二種的禮物。當輪到我送禮時，我決定就用幾件她們送給我的東西。使我奇怪的是第二天一個宮妃送我一條綉花的手帕，這東西我一看就看出正是我上次送給她作爲新年的禮物的。我這樣一說起，她也說道：

　　"我也正在奇怪，你怎麼把我送給你的鞋子還我了。"當然大家都好笑起來。同樣有趣的事又發生了不少。我們比較各人所得的禮品，大半都得到了自己送掉的東西。要解決這件事，我們把它們聚成了一堆再均分之，結果各人都很滿意。

　　新年前一星期即停止早朝，將印封置，一直到開年再拿出來用，太后不理事。大家也都很閑暇，我們可以看出太后對于自己由忙亂歸于寧靜也覺得很高興，我們也無事可做，但覺悠閑得很，一直到除夕。

　　三十日早晨，太后就到各處敬神及祭祖宗，儀式完畢後就陸續有客人前來。至中午已有五十餘人，主要的是：皇郡主（太妃的嗣女），醇王福晋（光緒帝兄弟的妻子），洵、濤二貝勒之福晋（皇帝弟弟的妻子），恭王福晋和慶王家人。這些婦人都是皇宮中的熟客。次日又有許多郡主來。這些不是皇帝的親屬而是先世得有封號的，又有滿洲人員的女兒和許多我不認識的人。

　　中午時，客已到齊，見過太后後即被領至各室休息。下午二時，大家齊集大殿上，由皇后率領，依等級高下排列成行，向太后磕頭。這就是以前說到的辭歲典禮，實在就是在新年前向太后的最後一個惜別。一切禮節都完成後，太后給我們每人一隻用紅緞做成而綉金的小錢袋，裏面放了一些錢，使我們每一人能够在新年中留下一宗準備金以備將來之用。這是一個古老的滿洲風俗，而且一直保持到現在。

夜晚有音樂及各種享樂，通宵達旦，誰也不想上床睡覺。因了太后的提議，我們就開始骰子戲。太后賞我們一些錢，最多的有二百兩，太后叫我們用心，都要贏錢。當然我們是特別當心，誰也不敢贏她的錢，太后玩厭了，便停下來説：

"現在我把全部贏得的錢放在地上，大家來搶吧！"我們知道太后想借此作樂，便盡力搶奪。

夜半，太后搬進來一隻燃着木炭的大銅盆，太后從一枝早已放着備用的常緑樹上摘下一張葉子抛入火中，我們也照她的樣子做。又加入了大塊的松香，使滿屋子都芳香起來。這也是一件以爲吉祥的事。

接着，又要預備做餅和餃子以備元旦吃用，因爲在元旦日是不能做飯的，就把這些東西代替了飯。這些餃子用麵粉制成，中心包以細肉。有幾個就剥蓮子，作爲太后明天的早餐。

將近天亮時，太后説累了，想回去歇歇，但并不想睡覺，所以我們仍能照常談笑。後來到太后房中一看，只見她正在熟睡，于是各人回到自己的房裏歇息。太后一醒，我們就捧着幾盤蘋果（表示平安）、青果（表示常青）、蓮心（表示更新）、到太后卧室去，太后也明瞭我們的意思，祝我們幸福。太后問我們睡過沒有，當她聽説我們沒有睡過，便連連説對，太后自己本來不想睡覺，只要稍微休息一下，但後來却不知不覺睡去，她自己以爲這正表明她已年老了。我們等候太后梳洗完畢便向她拜年，接着又向皇帝和皇后拜年。白日沒有事好做，我們便伴太后看戲。戲臺就搭在院子裏，太后的位置正靠近她給客人和宮妃們用的走廊。戲正開演時，我覺得很疲勞，不知不覺就靠着一根柱子睡着了，等到突然醒來，覺得有什麽東西掉在我嘴裏，原來是一片糖，我就立刻吃掉了。當走近太后時，太后問我糖好吃嗎？叫我不要睡了，多多享樂吧。我從來沒有看見太后這樣快樂過，她跟我們開玩笑時，就簡直像一個孩子一般，使人不相信她就是我們尊敬的太后。

來客也似乎盡情地作樂着。傍晚，戲完畢後，太后命太監們奏樂，她自己親自唱了幾支歌，我們也和着她唱。然後太后命太監們唱，有些是很老練的歌唱家，唱得很好，也有些根本不會唱，引得大家大笑。太后很感興趣，只有皇帝一人似乎無聊得很，什麼事都不高興。後來在外面遇到了他，我問他爲何鬱鬱不歡，他只用英語回答道：

"新年快樂。" 微笑而去。

次日，太后很早就起身，往大殿上敬財神，我們也跟着她參加這儀式，如此數日，毫無事情可做，終日賭博及搶奪太后所贏的錢，這是一件很有趣的事。有一次正在搶錢的當兒，一個宮妃忽然哭叫起來，說我踏痛了她的腳趾。這使得太后很憤怒，命令這宮妃監禁在她的房裏三天，說她這一些小事情都不能忍耐，實在不配享樂。

正月十日是皇后的生日，我們問太后是否需要送禮，她說隨便送些什麼東西好了。雖然如此說，在送給皇后之前我們必須先向太后稟明，求得太后的同意。我們必須小心選擇，不能送太后認爲太好的東西，而且這又很難決定，因爲太后對于很普通的東西，也可能覺得非常珍貴，在這種情形下，太后就會把我們的禮物留給自己，叫我們另外再送別的東西。

慶祝儀式大致與皇帝萬壽時同，不過比較簡單些，我們獻上如意，向她磕頭，她本來可以坐在寶座上接受，但爲了尊敬太后的緣故（因爲我們是太后的隨身宮眷），她立着收受，皇后在各種情況下，對于我們好像都是彬彬有禮的樣子。

這一天跟皇帝萬壽時一樣，皇帝、皇后和嬪妃同桌而食，平日我們都是分桌吃飯的。只有這兩天是例外。太后從她的宮眷中選出兩人服侍皇后，我也是其中的一個，覺得很高興，因爲我正想看看皇帝和皇后在一起時是什麼神情。我走到皇后宮裏報告她我是奉太后的命令來服侍她的，她只說：

"很好。" 于是我們一同到餐室內，招呼擺席，安排桌椅。出乎我意料以外的，他們食時很是自由自在，不像太后那樣的嚴肅。我們也分得了一些酒食加入他們的談話，宴席開始就有一個美麗的儀式展開在我們眼前，皇帝與皇后坐定後，嬪妃就起立敬酒，先敬皇帝再敬皇后。席終，我們回去把一切告訴太后，我們知道太后差我們去不過是要監視他們，所以沒有什麼有趣的事告訴她。太后問我們皇帝看來是不是嚴肅而沒有表情，我們答道：

"是的。"

新年到正月十五日的"提燈節"便算完全過去了。這些燈都有一定的形式，代表動物、花草、果物等等，係用白紗做成，再漆上各種顏色。有一燈為龍形，約長十五尺，結在十根柱上，由太監十人執住，龍前又有一太監拿着一個燈球，表示一粒大珠子，謂之龍戲珠，儀式在音樂聲中完成。

提燈後又有花炮，這些花炮代表中國歷代以來美麗的景色，葡萄藤、山藤花和許多其他的花，實在是很醒目的。近旁有一間可以活動的木屋，給太后和其他宮中的人歇息，使他們不至于站在陰濕的空氣裏看燈。這樣不停地玩了幾個鐘頭，放掉了幾千個鞭炮，太后似乎很愛聽這聲音。最後圓滿結束，我們也就盡興而歸。

第二天來客一一告別回去，我們又重新開始回到正常的生活中。

照例客人走後，太后對于他們的衣飾的好壞，禮節的生疏，又有一番批評，但是她說她反希望他們這樣，因為她不願意外人太明瞭宮中的情形。

不久就是春天了，農人又要忙着種稻，當然又有一個典禮要舉行。皇帝先到先農壇祈禱五穀豐登，又在壇旁親自種了這春季的第一粒穀，這是做給農夫們看的，表示種田并不是一件卑下的事，連皇帝自己也不恥耕種。這真是一個公開的儀式，誰都可以參加，農人也到得不少。

同時，皇后又親自監視蠶卵的孵化，蠶子出來後，又親自采集桑葉喂養及看護，一直到它們吐絲作繭為止。每天要采集許多桑葉，日喂四五次，夜間又命幾個宮女喂養及看守。它們長得非常迅速，每天都比前日不同，一到長大後，食量也劇增。所以我們天天忙着替它們采桑葉。

皇后只要把它們拿到亮處一照就能知道什麼時候能吐絲，肚子透明的，便表示預備要吐絲了，就把它們放在紙上。吐絲的時候它們不吃東西，所以這時我們的主要工作就變爲看守它們不要讓它們跑掉。大約吐過四五天，肚中的絲吐完了，它們就皺縮起來，好像死了一般。這些皺縮的就被皇后檢驗過，放置匣中靜待它們變蛾。再放在厚紙上讓它們産卵。

假使聽任它們，那麼它們就用絲把自己包裹起來，一直到它們完全被絲包圍成繭子爲止。要知道它們是否已把絲吐完，需要拿起繭子在耳邊搖幾下，假使絲已吐完，就可很清楚地聽得繭身撞擊繭子内的聲音，即放在沸水裏把它們泡軟，當然裏面的繭子是死了。用針挑出絲頭再繞在軸上即可將絲分散，而供紡織。留下少許的繭子，等它們變蛾鑽出來在厚紙上産卵，然後把它們再放在陰冷的地方，一直到明年春天再使它們孵化。

絲完全抽好了，我們便拿給太后看，等着接受她的稱贊。這時候，太后叫一個太監拿出幾束舊絲來，説是她小時候在宮中做的，這些絲還是跟現在新紡出來的一般好，雖然離做成的時候，已好多年了。

這件事也是和皇帝的耕種抱着同一個目的——給人民一個好的榜樣，使他們對自己的工作更加勤奮。

悲憤中話義和團

今年的春天特別熱，太后很想回到西苑去，但是日、俄已經宣戰了，還是以暫時住進宮中爲宜，待時局安定些再說。太后對于戰争很覺憂慮，大部分的時間都在向諸神祈禱保佑，我們當然也時時跟隨着她祈禱。各種事情都變得單調乏味，到二月初，太后再也耐不住禁宮中的寂寞了，說不管怎樣，她是必須搬到西苑去了，好趁此讓密斯卡爾把拖延了好久的畫像來一個結束。于是在二月六日我們便到了西苑，一進西苑，耳目爲之一新，四周都是綠得可愛，許多樹已開始放青了。太后帶我們繞着河游行，我們都是精神十足，太后說我們就好像從牢籠裏放出來的野獸一般。她今天好像快活多了，但是她說假使她到了頤和園又不知要怎樣快活哩。

密斯卡爾被召到宮中，太后接見，想看看所畫的像。又問我大概什麼時候可以完成，我告訴她假使她肯多坐一會兒，就完成得快些，太后思考良久，才答應每天早朝後坐五分鐘，但她說明她是只爲畫臉而坐的。這樣坐了兩個早晨，第三天便推病不肯坐了，我告訴她假使不坐，密斯卡爾就不能畫，她聽了似乎很生氣，但終于又坐了幾天，讓密斯卡爾畫完了臉，這時她說不管畫能不能完成，她無論如何不願再坐了，她對于畫像的事，不願再做什麼事。我只得代她坐，以完成其餘各部分——太后的衣服，珠鑽等等，這樣，畫就一步一步地趨于完成了。

當太后聽說畫將完成時，也覺得很高興。我乘機又向她提出報酬的問題，太后問我是否必須付錢，又問付若干，我告訴她密斯卡爾是一個職業畫家，她要是不替太后畫像，別處也有許多地方要請她畫，也能賺很多的錢，所以報酬必須豐厚一些。太后對這似乎不很瞭解，她又問我是否能擔保密斯卡爾和康格夫人不會因她付錢而生氣。我告訴她，在美國、歐洲等處婦女們自己畫畫、教書，或做其他職業養活自己是很普通的事，她們不但不覺得卑下，反而覺得很光榮。太后聽了越發覺得奇怪，問我密斯卡爾的哥哥爲什麼不養她，我說她自己不願意依靠她的哥哥生活，而且她的哥哥自己也有家室要他負擔。太后說所謂西洋的文明，原來是這樣奇特的。在中國，父母死了，做兒子的就應當養活他的姐妹們，一直到她們出嫁爲止。她又說中國的女子要自己工作求生，那是一定要被人家議論的，然而太后仍說讓她跟軍機大臣商量商量看，我這才放下了一半心事。

二月十二日又是一個有趣的誕辰日——花朝。早朝完畢，我們隨太后到園裏，這時太監早已拿了很大的紅、黃綢圈等在那裏了。我們立刻把它們剪成二寸闊，三寸長的許多小條，當我們剪得足夠應用時，太后取一條紅綢、一條黃綢結在一朵牡丹花的幹上（在中國，牡丹花是被認爲百花中的皇后的），于是所有的宮眷、太監、丫頭們紛紛拿了紅黃的綢帶，照太后的樣子結在各種樹木花草上。這事費去了整個的早晨，滿園就變成了一幅美麗的圖畫，宮眷們華麗的衣服和碧綠的樹木、美麗的花草交相輝映，越發覺得好看。

其後，我們又一同到戲場裏去，所演的是各種樹神、花神大家祝壽的事，因爲中國人以爲一花一木都有特殊的神，樹神爲男，花神爲女。各種服裝都很鮮艷，又製的與花木的顏色相仿，如扮荷花者所穿的衣服係粉紅色的綢做的，表示荷花，外套用綠綢做成，表示荷葉，當舞動時就好像一朵真的荷花被風吹蕩着一樣。其餘的裝束也都如此。布景爲一山林，四周圍繞着大山石，從石穴中鑽出許多小仙人，手中都拿着酒杯。這些小仙人就代表金銀花、石榴花等的小花。後面的更是精采，非筆墨所能形容，那些神仙們聚集着喝酒、唱歌，更有各種樂器伴奏，温柔悦耳。最後更有一個極恰切的場面；一條彩虹由天而降，停在山石上，那些神仙都跨上去騎在虹上，于是虹又上升，穿過雲層，把這些仙人都帶回到天堂裏，這戲就結束了這一天的一切儀式。我們看完了便一齊回宮。

二月十四日（即西歷一九〇四年三月二日）是我進宮一周年的日

子，要不是太后提醒我，我早已完全忘記了。太后問我在宮中一年來是否快樂，還想念巴黎嗎？我誠實地告訴她在法國固然快活，但終不及宮中，宮中的生活很有趣，除此以外我能在自己的本國與自己的親戚朋友們共處，自然而然的使我不想再到外國去了。太后笑着，說我總有一天會覺得厭倦而逃到外國去的，她說惟一的方法就是趕快把我嫁出去。她又問我爲什麼不願出嫁，是不是怕婆婆，還是有別的原因，要真是這樣，她叫我不必怕，有她在誰也不敢把我怎樣。她又説，就是我出嫁了，也不一定天天留在家中，仍舊可以像以前一樣到宮中來。她又接着説：

"去年我跟你提起這問題時，你無論如何不肯，我答應你再想想，因爲你終究跟別的宮眷有些不同。但不要以爲我已忘記了這件事，我時時在注意替你選擇一個好丈夫呢。"我只是像以前一樣的回答她——我不願意出嫁。只要太后願意，我總希望在宮中侍候她。太后説我太固執了，我這思想總得慢慢地轉變過來才是。

二月下旬，密斯卡爾畫像很勤，已快完成了。太后照例又檢查她的曆本，擇一個吉日來接受這畫像，最後決定爲一九〇四年四月十九日，就通知密斯卡爾。密斯卡爾很鄭重地對我説，要在這一天完成，無論如何來不及。于是我把密斯卡爾的話轉告太后，説還有許多小地方要添加修飾，又建議最好把期限寬放一些，但太后堅持要在四月十九日四點鐘全部完工，我也就不便再多言。

完成前一星期，太后最後一次再去看那像，似乎很覺驚喜，但仍嫌面孔一半暗一半白不好，我又像以前一般解釋給她聽，説那是影子，但她堅持叫我告訴密斯卡爾叫她把兩面修得一樣。這使我和密斯卡爾引起了一場熱烈的爭論，但最後她也覺得與太后違抗也沒有什麼好處，便答應再稍加修改。太后見畫像下有幾個英文字，問我是什麼意思，我説是密斯卡爾的署名。太后説道：

"我知道外國人做的事都是奇奇怪怪的，但却從來沒有見過這等奇怪的事，我的畫像上要寫她的名字。人家一看就以爲這是密斯卡爾的畫像而不是我的。"我又不得不告訴她説，這是外國畫家的習慣，每畫好一張像，必定把他們自己的名字寫上去，無論是畫像也好，別的東西也好。太后說也只好由她，算她對吧，但她對幾點地方還覺得不滿意。

密斯卡爾日夜不停地工作總算在規定的時間內完工，太后因之特地請了康格夫人及其他外交夫人來看畫。這是私見，所以在一個小殿內舉行。朝見畢，太后就叫我們引她們入畫室，太后與她們告別了，就回到自己房中去，令皇后陪客權充主人，各人贊賞不已，說真是稀世的好東西。觀畢便招呼她們坐席，皇后坐了首席，叫我坐第二位。來客都坐定後，一個太監來報告說皇上身體欠佳，不能出來。我把它譯成西語，各人似乎都很滿意。其實，我知道皇帝并沒有病，只是我們都把他忘記了罷了。因此來客們沒有見到皇帝便告別了。

我把各種情形告訴太后，太后問我客人們對于畫有什麼批評，我說她們都極口稱贊不止，太后道：

“她們自然是要稱贊的，因爲這是外國人畫的啊！”太后對于這畫仍不很喜歡，有些地方她總認爲不滿意。密斯卡爾經過了許多困難才作成這畫，我很爲她感到失望。太后又說密斯卡爾畫的時間太長了，又說怎麼沒有人提醒她去請皇帝也去看畫，她對于太監頭沒有提醒表示很憤恨。又說，她一想到這事立刻派太監去請皇上，而皇上推說有病，大概那些客人們都在猜想皇帝遇到了什麼事了。我告訴她說，我同來客們說皇帝有病不能來，他們似乎都不很疑心。

次日，木匠已把畫架做好，裝好後，太后令我哥哥照一張相。這照相照得很好，甚至于太后說那畫反而不及它。

畫像既完成，數日後，密斯卡爾即告辭，得到了一筆可觀的酬金，此外還有首飾等其他東西。密斯卡爾在宮中時我們談得很投機，已成爲很好的朋友了，這次她驟然離去，使我覺得很寂寞，太后也注意到了，問我：

“我想現在你很牽挂你那畫家朋友吧？”我恐怕她說我忘恩負義，不敢說是，而且我知道她不願意我對外國人太親熱了，所以我就說我對于相熟的朋友常是念念不能忘記，我想過幾天就沒有什麼了，太后很覺滿意。說她倒一點不覺得什麼，説我假使到了她那樣年紀，對于一切事也自然會比較達觀。

密斯卡爾離宮後，一天太后問我：

"她曾問起過一九〇〇年拳民的事嗎？" 我對她説，庚子年我正在巴黎，所以對于這件事我自己也不很清楚，當然也沒有什麼可以跟她説，而且她也并没有向我問起。太后説：

"我最恨那一年的事，所以也不希望有外國人向我們問起這些事。你知道嗎？我常常自以爲是世界上最聰明的人，誰也不能和我相比，雖然我曾看過中譯的關于維多利亞女王的許多事迹和生活，我仍然覺得她的生活趣味和事業還不及我的一半呢。我的生命尚未結束，以後將要做出些什麼事來，也没有人能够料到。也許有一大我能做出一番不尋常的事來，教洋人吃驚，或者做一些跟我已經完全相反的事。英國是世界上的強國，但這不是維多利亞一人造成的，她有能幹的人在國會裏做着後盾，凡事他們都能替她商討出一個最好的法子來，她只要在命令上簽一個名就行了，又不用她説話。但是我呢？我有四萬萬的人民，個個人都要靠我一個人判斷，雖然我有軍機大臣可以商量，但他們也只不過在無關緊要的時候説幾句話，逢到重大的事，還是要由我決定，皇帝他知道些什麼？我的事業一向是很順利的，但都做夢也沒有想到庚子年拳民的事會給中國帶來這樣嚴重的後果，我一生中就只做錯了這一件事，我本可以下諭停止拳民的活動，但是端王、瀾公二人極力擔保説：他們是天上派下來的，可以解決中國的一切不如意的問題，驅逐洋人。當然他説的大半是指傳教的事。你是知道的，我很恨耶穌教，所以我也不説什麼，且看後事如何，我也很知他們做得太過分了。一天端王帶領拳民頭兒到頤和園，在大殿的院子裏召集了全體的太監，説要檢查他們的額上有没有一個十字。他説：這些十字常人是看不出的，只有我才能看出。他到我宮裏來説拳民頭兒正在宮門口，他已查出了太監中有兩個人是信耶穌教的，該怎麼辦。我當時大怒説：我没有命令，他没有權力任意把義和團引到宮裏來。但是他説這頭目的法力極大，可以殺盡洋人，不畏槍炮，有諸神一直保護着，端王説他已親自試驗過，有一個拳民用槍打另一個，子彈打中了他却并没有受一些傷。端王代我出主意，説最好還是把拳民頭兒認爲是基督徒的兩人，交給他去辦，聽他自由處置。後來我聽説這兩個太監，就在園子近旁被他們殺了。第二天這拳民頭兒又由端王、瀾公帶着進宮叫太監燒香，表示自己不信洋教。端王又出主意説，最好每天讓拳民頭兒進宮教太監們各種法術。他説在北京的人差不多都是拳民了。第三天太監們都換了拳民的裝束，使我大吃一驚，他們穿着紅馬甲、紅包巾、黄褲子。我看見我的侍從們，也都脱下了宮衣，換上這種奇异的裝束，心中很憤恨，瀾公又送我一套拳民的衣服。那時候榮禄做軍機大臣，因病請假一個月，我天天派太監去探望他。這天太監回來説，榮禄病已好了，第二天就要進宮。當時他還有十五天的假期，忽然就想來見我，我知道他有話要跟我説，我也急于要同他商量拳民的事。榮禄聽了宮中的事，很是憂慮，他説這些拳民都是不中用的，他們都是革命者和煽動者，他們鼓動人民殺洋人，恐怕這會給國家招來禍患。我當時就説他的話也許是對的，問他應該怎麽辦？榮禄説他願意去跟端王説。第二天端王見我，説他昨天跟榮禄關于拳民的事大争，他説現在北京已成了義和團的世界，我們要跟他們反抗，他們就殺盡北京人，連宮中也不能免，他們已定好日子殺盡外國的代表，董福祥這一個保守的將軍，已和一個拳民商量好，答應幫助攻打使館。我聽見這話大驚，知道事情壞了，立刻差人叫榮禄來，又留住端王。榮禄面色憔悴，我告訴他端王的話，他更憂慮，請我立刻下諭：説拳民是一種秘密組織，百姓不可輕從，飭九門提督，立即清除京内的拳民。端王聽見這話大怒：説這道諭一下，拳民立刻殺進宮來，一個也不能幸免。我當時聽了這話，心想一切由他一個人去辦吧。端王離宮後，榮禄就説端王喪心病狂，必定闖出亂子來，又説端王此去，必定幫助拳民攻打使館。拳民們都是烏合之衆，又没有讀過書，以爲世界上的洋人只有在中國的這一些，把他們殺了便算斬草除根了，却不知道外國是如何强大，中國的洋人被殺了，立刻會有千萬個來復仇的。榮禄又肯定地説一個洋人可以毫不費力地殺死一百個拳民。

他請求我立刻命令聶將軍帶領部隊防守使館，我立刻答應了，聶將軍後來就被拳民們殺死。我當時又叫他告訴端王、瀾公，說事態嚴重，不可妄動，最好還是依從榮禄的意見。可是情形愈來愈糟，只有榮禄一個人反對拳民，但他一個人又怎麼敵得住這許多呢？一天端王和瀾公進宮，叫我立刻下諭，叫義和團先殺使館裏的洋人，再殺剩下來的洋人，我聽了大怒，立刻拒絕。商談了半天，端王說事情不能再躭擱了，義和團已準備明天攻使館，我愈發憤怒，叫太監把他逐出。當他離宮的時候，對我說：不管你願意不願意，我總是要代你做的。以後的事你也知道了，他私自發了命令，害了無數生靈，後來他見計劃不成，又聽說外國兵已離北京不遠了，便叫我們一同離開京城。”太后説完了，不覺痛哭起來，我對她說我也覺得很痛心。她說：

“你不必爲我過去的事痛心，但是我的聲名却完全毀了，你應當爲我的聲名可惜，這是我一生中惟一的錯誤。不過因爲一時的不當心，使我鑄成了這大錯。以前我是一塊潔白無瑕的美玉，人人都稱贊我對于國家的豐功偉績，但自從這事以後，美玉上就有了污點，終生不能洗除。我時時爲這事懊喪不止。我平日極有主意，這一次却聽信了端王，使他闖出了這許多禍事。”

三月底太后在西苑住厭了，全體又搬回到頤和園。這時天氣極好，我們都乘船而去，及抵園中的水門，只見各物都很可愛，桃花盛開，太后能夠重新回到這裏，不覺高興異常，連戰爭的事也都忘記了。

結束了二年的宮中生活

我在宮中第二年的情形，就和第一年相仿。各種節日也和以前一般的慶祝，每日的早朝由太后主持，早朝後就是游樂的時間了。在各種工作中，太后對于她的菜園有很大的好感，親自監督培植各種不同的種子。每當蔬菜成熟時，每一個宮妃都分得了一把小剪刀，終日采集。太后似乎很喜歡看我們在田裏工作，當她高興時也親自前來幫助。太后又有賞金賞給工作最努力者，以爲鼓勵，所以我們都盡心去做，一方面可得賞金，一方面又可博得太后的歡心。太后又喜歡養鷄，每個宮妃分得數隻，各自照顧，所生的蛋在每天早晨送給太后。我常不解爲什麼我的鷄所生的蛋，比任何宮妃都少。後來有一天我的太監告訴我，他看見另一個太監從我鷄籠中偷取鷄蛋，討好他的主人，幫她的主人獲得最高的記錄。

太后最痛恨宮妃們把錢濫用或浪費。一次，太后叫我把她房裏的包裹打開來，我正要用剪刀把繩剪斷，太后立刻阻止我，叫我把它解開。我費了許多時間，才把它解開，太后又叫我小心地把紙折好，和繩一同放在一隻抽屜裏，以便要用的時候可以立刻找到。太后又常常給我們錢作零用，要買東西時如花、手帕、鞋子、絲帶等，都可向丫頭們買。這些都是她們在宮中自己做的，每一件交易都須記在一本太后特發的小筆記簿上。每月底，太后查看我們的簿子，有的她認爲過于浪費的便受責罵，反之，她以爲節儉的就夸獎幾句。因之在太后的管理下，我們都被訓練得很知節儉，以爲持家之道。

這時我父親的病日見嚴重，請求太后開缺養病，太后不準，又賞假六個月。我父親很想到上海找他的顧問醫生，但太后不以爲然，說她的御醫比什麼洋醫生都高明，于是御醫們就爲父親診視，各各開了幾張不同的方子，吃了雖覺稍好，仍因風濕症嚴重，不能痊癒。我們因而又請求太后準許父親往上海找他自己的醫生，因爲他對父親的病情比較熟悉。太后仍是不準，叫我們稍微忍耐一下，中國醫師雖慢，她相信結果一定醫得好的。事實上，太后是恐怕父親到了上海，我們也要跟他一起去，這是她極不願意的。這樣我們就決定暫時仍舊留在北京，除非父親的病有了更險惡的症象。

又到外國使臣游園的日期，照例第一日招待公使參贊及他們的隨員們，第二天招待他們的夫人等。這一年來的人很少，但其中有幾個是初來的。有五六個婦人隨日使伊集院夫人來，太后很喜歡伊集院夫人，說她很有禮貌。她照例地送了禮，我們就招待午餐，又向她指點了宮中的一切設施，然後她們告別回去。我向太后報告一切，她又照例地問了許多問題。這些人中間有一個婦人（照我猜想起來大概是英國人），穿着沉重的雜色而有着很大口袋的旅行衣，她兩手插在袋中好像怕冷的樣子，戴着一頂和衣服同等質料的帽子。太后問我曾否注意到這穿"米袋"布衣服的人，她說穿着這件衣服難道也好進宮嗎？太后很想知道她是誰，又是從哪裏來的。我回答她這人一定不是使館裏的人，因爲使館裏的人我都很熟悉。太后說不管她是什麼人總是沒有禮貌，在歐洲的皇宮裏也未必見得能穿這種衣服。

"我一看就知道，"太后補充着說，"是否這些人對我表示尊重或以爲我不很留意。外國人好像都有這觀念，以爲中國人都是笨伯，所以他們不必像在歐洲社會裏那樣的留意。我想將來最好規定一下，在各種不同的儀式下，應該穿些什麼衣服。下請帖的時候也該鄭重地考慮一下，這樣我也可以跟別樣的事情一樣查出他是不是教會裏的人。我希望接見到中國來的高貴的洋人，却不願意接見一個平常人。"我說可以參照日本的方法，那就是，發出適當的請帖，下角說明什麼時候穿什麼衣服。太后覺得很合用，中國也可以照樣試試看。

逢到天氣晴朗的時候，太后總歡喜在戶外看太監們工作。太后對于早春時移植荷花，有很大的興趣。把老根切去，再把新生的球莖種在新鮮的泥土裏，荷花雖是長在湖的淺處（湖西），但太監們有時也必須走到深水處，以便切去老根，培植新根，有時水一直没到他們腰部，太后坐在她心愛的橋上（玉帶橋）數小時之久，監視太監們工作，對于種植新的球莖，還時時有所指點。這工作大約三四日完成，所有的宫妃們都隨侍着她，或爲太后做墊褥的繐或做其他工作以消磨時間。

正是春天的時候，袁世凱又來拜見太后，討論日俄戰争的事情。他告訴太后，戰争進行得很激烈，恐怕中國要變成主要的受害國。太后聞言大驚，説有一個御史正在向太后建議送日本糧食，假使這會引起什麼事，那就不合算了。她決定不送了。

我還是照舊天天爲太后翻譯關于戰争的消息和電訊。一天早晨，看見一條關于康有爲（一八九八年維新運動的領袖）從巴達維亞到新加坡的新聞，我就一同譯了出來。不料太后聽了這消息大驚，使我也驚訝不止，不知是什麼緣故。太后告訴我他是中國的禍首，皇帝以前一向是很尊重中國傳統的習慣的，但自從遇見了康有爲，便想維新，甚至宣揚基督教。

"有一次，"太后接下去説，"他竟勸皇帝派兵圍困頤和園把我監禁起來，一直到新政施行了再釋放我，後來幸虧軍機大臣榮禄和直隸總督袁世凱忠心，使我揭破了他的陰謀。我立刻趕到禁宫中，那時皇帝也在那裏，我就提出這事責問，皇帝也就俯首認錯，仍舊願意讓我代替他聽政。"

（這事的結果當然是皇帝下了一道詔書，請太后爲中國的執政者，當時是一八九八年。）

當時太后就下令逮捕康有爲和他的同黨，但是他早已逃跑了，以後也就一直没有聽到他的消息，直到今天我向太后翻譯了這段新聞爲止。太后急想知道他現在在什麼地方，又在幹些什麼事，她又對于列强之保護中國叛徒表示非常憤怒，説爲什麼他們不肯照太后的意思，稍稍替她盡一些力捉住他。太后又叫我時時留心，一看到這個人的消息，立刻翻譯給她聽。但是我決定以後永遠不再向太后説到這事了，所以她後來也就漸漸忘記了。

有一次到西苑去玩，太后指着一大塊荒場說：從前這裏本來有一所大殿，不幸在庚子年燒毀了，她又說這倒不是外國兵來燒掉的，是因爲自己失慎。她又說她先前本來嫌這殿的樣子不好看，現在正計劃在原地重新建造一所大殿，因爲現在的大殿，在新年裏外國人來賀年的時候，還是覺得太小，容納不下。

因此她就命工部照她的意思，打起圖樣來。以前宮中的房屋，都完全是中國式的，這一次卻也稍稍參照西式，而且不論什麼時候開工。于是一切圖樣就照着太后的意志，開始設計了，這是一幢木頭的模型，各物齊備，即窗格、天花板和嵌板上的雕刻也無不完備。然而我知道太后永遠不會對一件事完全滿意的，這次當然也沒有例外，她各方面打量了一番，便說這間屋子要大些，那間要小些，這個窗移到那裏去等等，于是模型不得不帶回去重做。做好了再拿來時，人人都稱贊比上次的好多了，太后也覺得很滿意，接着要做的就是定名，商酌了好久才決定叫"海宴堂"。

建築工程就立時開始，太后對于工作的進展也很關切，殿內的一切設備早已決定完全采用西式，當然只有寶座仍舊是滿洲的風格。太后參照着我們從法國帶來的目錄單，一一比較着各種家具的樣式，最後才決定選用路易十五式，但各物都須漆有皇家特有的色澤——黃色，帘、毯等的顏色也必須如此。太后一切都選擇定了，我母親就請求把這些東西作爲她送給太后的禮品。太后允準了，我們立刻通知巴黎一家我們以前一向定制家具的店送貨。家具到時，工程已完成，于是立刻安排起來。太后檢驗新殿，當然又指出許多缺點來，說這試驗的結果，并不很好，西式的終究不及中式的來得莊嚴宏偉，然而一切都已做好了，雖有缺點也無法糾正了。

夏天我比較空閑，每天能有一個鐘點的時間替皇帝補習英文。他很聰明，記憶力又驚人的強，所以進步很快，然而他的發音卻不很正確。不久他就能夠閱讀一般學校英文讀本中的短篇故事了，而且能夠默寫得很好，他的英文字寫得非常漂亮，對于古字、美術字等尤爲擅長。太后見皇帝這樣學習，也很喜歡，說她也想學，想來不久也可以學會，但是只上了兩課，她便沒有耐心再讀下去了，以後也不再提起這件事了。

這些工作使我有很多的機會和皇帝談話。一日，皇帝對我說我從前曾答應替他勸太后推行新政，似乎并不見有什麼效果。我告訴他我進宮以來已有許多事情完成了，并且以最近新造的大殿爲例。皇帝聽了說：這些事皆不足道，也就算了吧。到適當的時候（假使能够有這麼一個時候到來）他一定有用到我的地方。但又好像對這一件事沉吟不定的樣子。他又問到我父親的情況，我說除非他的病會好起來，我們隨時會有出宮探視的必要。皇帝說他當然不希望我們離宮，但他相信這自然是不合理的，他又說他知道我在外國住過多年，當然在宮中住不久的，我要離去，他也沒有方法阻止我。

太后每月允許我出宮兩次探視父親，這樣一切又很平常地過去。一天忽然一個宮女來對我說，太后又在爲我準備婚事了，我當時并不介意。但不久太后忽然對我說，她爲我選了一個好的丈夫，就是某王爺，一切都已爲我準備好了，說罷似乎等着我回答。我告訴她，父親病不好我很不安，請太后把這事稍微擱一擱，太后聽了大怒，說我忘恩負義，我不能回答，太后也不說什麼。我竭力想把這事忘記。

第二次回家我就把一切告訴父親，父親仍是極力反對，叫我回宮後去拜託太監頭李蓮英，告訴他我現在的情形，只有他才能使太后回心。因之我回到宮裏便拜訪李蓮英，但他起先不答應，說我不應該拂了太后的意思，經我再三懇求說，我并不想結婚，只願意永遠留在宮中就像現在一樣，他才允諾竭力爲我設法。後來我就再也沒有聽見太后或李蓮英說起這事，大概他已去向太后疏通好了。

夏季很平淡地過去，轉瞬已到了八月，這時竹子都已長成砍下。當然又有許多宮妃幫同着砍，我們的工作是在砍下的竹上刻字畫，太后也幫助我們，這些都是預備將來做太后茶園裏的桌椅等東西的。秋天傍晚的一段時間中，太后常爲我們講述中國的歷史和詩文，每隔十天考試一次，測驗我們是否記得，優勝者并有獎賞。許多年輕的太監，也跟着我們一同聽課，他們回答的問題有時很令人發笑，太后高興時也跟我們笑，不高興時便責備，以警戒他們的愚蠢和不用功。但這些太監平日受慣了責備，所以也并不在意，轉瞬就忘記了。

太后七十大慶的時候近了，皇帝建議大大地慶祝一番，但太后不答應，說是戰亂期內，恐怕人家要說話。這一次萬壽與往年不同之點，只有太后大頒慶典，各官進封、升級及加俸，太后又賞我和我妹妹郡主銜，這是只有宮中的人才能享受到的，而且是太后的特賞，外廷的人由皇帝封賞。慶祝大典本來擬在禁宮中舉行，但太后不願，諭令到十月十日萬壽前三天始遷到宮中。這又造成了許多不必要的忙碌，因為這樣一來，頤和園和禁宮兩處都要布置了。這時人人都很忙碌，十日前又下大雪，更增添了許多麻煩，但是太后興致很好，她最喜歡在下雪時出游，而且希望在山邊照幾張照片。因此我的哥哥就帶了照相機進宮替她照了幾張很好的相片。

七日，全體移到禁宮，慶祝儀式遂開始，宮中布置得極美麗，院中搭了玻璃棚蔽雪，天天演戲。十日的慶祝典禮與以前大體相同，各種儀式都正常地進行着，禮畢便回到西苑。

在西苑我們得到了父親病重的消息，他向太后奏了病狀，太后就派太監前往探望。當她知道了實情，便允準他往上海找外國醫生診治診治看，她說我母親必須伴他前往，但以為還沒有嚴重到要我們也跟着去的程度。我當即要求太后放我們同行，因為這是我們的責任，而且父親的病勢很可能轉危而生命不保。她起先盡力阻擋，但後來看見我們堅持要去，便說：

"他是你父親，我當然也知道你應當去，但必須時時記住可能回來的時候立刻就回來。"太后又堅持為我們做衣服及準備其他事情，一直到十一月中才放我們走。我們當然也沒有辦法，只得等着。

各物都準備好了，太后又在曆本上選定十三日吉日出發，所以我們在十二日就離宮回家。我們向太后叩頭謝她兩年來在宮中對待我們的恩寵，人人都哭泣不止，太后也哭，接着又向皇帝皇后話別，皇帝只搖着頭用英文祝我們幸福。大家見我們就要離開，都是依依不捨的樣子。我們侍立好久，太后説，多等也沒有意思，還是早些走吧。在門口太監頭又來送別。我們進了馬車直回家中去，我自己的太監又伴送我們到家裏，家中一切都已準備好，次日我們遂乘火車至天津，正好趕上這一季最後一次赴滬的船。

既到上海，父親立刻找到了他的醫師診療。這一次的旅行似乎對父親很有益處。不久，我懷念起宮中的生活來，雖然上海有許多朋友時常邀我參加宴會跳舞，我總不覺得快樂，每一件事都好像跟我在北京一向所接觸到的不一樣，我只想早一些回到太后那邊去。我們走了兩星期後，太后就特地差一個人到上海來看我們，帶來許多禮品和給父親的藥，我們都覺得很高興，他告訴我太后很想念我們，希望能够早些回去。這時我父親的病已有轉機，他便説我已沒有再留在上海的必要，勸我還是回到太后那裏，重新在宮中做我的工作。于是我就在新年裏一天的早晨動身了。這時河正凍結着，我只好乘船到秦皇島再坐火車回到北京。這旅程很苦，所以到了北京，就覺得輕鬆得多。太后已派我的太監在車站迎接我，立刻引我到宮裏去。遇見了太后，我們都歡喜得流下泪來，我告訴太后父親的病已有起色，我也很希望能永遠到宮中服侍她。

我重新接管了我的工作，但這時已沒有我的母親和妹妹跟我談天了，感到什麼事都有些不慣。然而太后仍舊待我很親昵，我仍不很快樂，却又想回到上海去了。我在宮中又很平淡地度過了許多時日，一直到二月（一九〇五年三月）我接到電報説父親病勢轉劇，已在危險狀態，叫我立刻到上海去。我把電報給太后看，等候她的決定，太后告訴我父親年歲老了，比年輕的時候自然不容易復原，答應我立刻去。我又向宮中各人話別，大家都希望我能很快地再回到宮裏。然而這一回却不可能了，我見父親的病象十分危殆，終延至一九〇五年十二月十八日逝世，我們戴孝百日，終于不能再回宮中了。

在上海我交了許多朋友，覺得在宮中兩年的生活，仍不能鑱除我在歐洲的一切習慣，我本來生長在外國，在外國讀書，遇見了我的丈夫後，益發使我注定爲美籍華人了。然而回視宮中兩年跟太后一起的生活，仍然使我神往，這是我少年時代最快樂最有爲的時期。

我雖不能勸說太后實行維新，仍希望能看到中國能自强起來，與世界各國并立。

裕德齡集

（二）

[美] 裕德齡 著

顧秋心 等譯

荆楚文庫編纂出版委員會

長江文藝出版社

珍愛文庫

光緒泣血記

目　録

序

　　光緒，一代天子，是被世人誤解最深的中國皇帝之一。在一個兇惡的預兆下，在一塊被迷信籠罩着的土地上，他出生了。無法逃避的舊禮教和舊習俗束縛了他，使他的一生成爲一幕幕人生的悲劇。在宮中做慈禧太后女侍官的年月裏，我有幸能很好地瞭解光緒，得到了許多關于光緒的不幸遭遇以及他對政治改革先進思想的第一手資料。當然，這只是個人的觀點，一個贊賞光緒的仁慈、博學和聰明的女人的觀點。但是我堅信，如果光緒不曾被一八九八年的政變所挫敗，那麼中國今天會成爲一個强大的帝國，溥儀也不會成爲日本人的傀儡，在中國大地上也不會出現軍閥的混戰。

　　我記憶中的這位温和、文雅的皇帝曾傾注了他的全部心血想爲他的臣民做好事，但是中國的舊禮教戰勝了他，于是他早早地死了，成爲中國歷史上最大悲劇中的犧牲者。

　　如果在這篇叙述他的一生的故事中，我能消除世人對這位滿洲皇帝的誤解，那我將感到非常滿足，因爲這位善良可愛的人物，一位真正的偉人終于得到了公正的評價。

德　齡

譯者序

　　德齡是中國讀者比較熟悉的作家，她的著名作品《清宮二年記》和《童年回憶錄》的中譯本自從一九四八年出版以來，已經多次重印。這次翻譯的兩本著作《德齡憶慈禧》和《德齡話光緒》是分別以慈禧太后和光緒皇帝爲核心來描寫清宮生活的内幕，揭露清廷内部各類人物之間勾心鬥角的情況。德齡曾經作爲慈禧太后的貼身女侍官將近三年之久，而且深得慈禧太后的信任。她和光緒皇帝也是好朋友，光緒常把自己的抱負、自己的不幸遭遇和内心痛苦向德齡吐露，所以德齡寫這兩本書是有着其他人無法比擬的優越條件。另外，她從小在外國長大，對中國發生的一切事情有她獨特的見解，不受中國傳統觀念的影響，所以她的作品讀起來別有一番風味。她善于分析各類人物的内心活動，描寫細膩，文字優美含蓄。爲了保留原著的風格，我們的翻譯工作力求忠實于原文。但是，由于作者的立場所決定，在涉及義和團暴動的章節中，有部分描述表明作者對義和團的認識有一定的片面性，我們對一部分過于醜化義和團形象的字句略作了删改。另外，書中有些人物的姓名無從查考，只能音譯。

　　由于譯者水平所限，譯文錯誤和不妥之處在所難免，敬請讀者批評指正。

譯　者
一九九一年六月

奇怪的徵兆

　　咸豐皇帝的親兄弟醇親王坐在桌旁孤獨地熬夜，桌上燃着兩支紅蠟燭，也許在隨風搖晃的燭火中可見到些預兆。打在房上的雨點也會顯出某些徵兆。但是，無論它們是凶兆或吉兆幾乎都無關緊要，因爲王爺的房子設計得很巧，任何邪惡的鬼怪——它們必須直綫行走，絕不能從這些門走過。屋外，雨點滴滴答答地打在墙上，風吹着屋檐發出颯颯的響聲或嗚嗚的呼嘯，此時，醇親王對所有這些都毫不在意。

　　他的確没有考慮這些事情。

　　他的雙眼緊緊地盯在那兩支燃得很亮的蠟燭上，他正等待着一種預兆。身着富麗長袍的醇親王個子很高，身材瘦長，儀表堂堂。他正期待着對面房間的消息，因爲他極寵愛的福晉正在待産——如若是男孩將成爲"嗣子"，如若是女孩將會是"明珠"。當然，他希望是兒子，如同中國所有的父親一樣。在他坐守熬夜時，他仔細地研究着燭芯，以便獲得一種預兆，得知他孩兒未來的命運。

　　中國蠟燭的燈芯屬一種耐燃的材料，在蠟燭消融時也不會完全燒毀，而是在火焰中殘留一截黑梗。看守者或僕人時時剪去燭芯，使火焰燃得更明亮。兩支蠟燭旁都放着盛有水的小碗，燭芯的殘餘部分就丢在裏面，以免房間裏充斥着燃過的燭芯散發出刺鼻的臭味。

　　醇親王嘆了口氣，剪去燭芯，并把燃黑的殘芯分別丢入水碗中。他注意地觀看第一截黑梗在觸水時所呈的形狀，然後搖搖頭。什麼事也没發生，那截燈芯僅在浸透水後沉入了水底。

　　但是，從左邊的那支蠟燭剪下的燈芯并没有馬上下沉。他注視着，簡直入了迷。在燈芯擊水時，升起了一縷紅烟，這是因爲不小心把燭芯剪得離火焰太近了。那縷輕烟升起後便彌散在空中消失了，那截黑梗在水裏開始膨脹。醇親王懷着極大的興趣端詳着它呈現的形狀，試圖發現它能使人想到的某種東西。果然他已有所發現，打算等孩子出生以後就請占星家來，那位先知者將會解説這一形狀的含義。醇親王悄聲自語：

"它呈一種真菌生長的形狀，就像我打獵時在樹節上所見的一樣。"他睜大着雙眼，大爲驚異，并且還有點害怕，因爲在他注視着那一小段黑燈芯時，它突然炸裂開來，無數黑色的微粒在水面上散開，然後一一沉入水底。這是一種奇怪的兆頭。醇親王本想馬上派人去請占星家，但是他却没有。

他默默地坐了好一會兒。僕從們躡手躡脚地走了進來，脚步那麽輕，直至站在他身旁，他才覺察到。他抬起頭來，看見僕從們關切的臉色。一個僕人端着裝有茶具的托盤，另一個站在旁邊準備伺候主人。他剛想叫僕人離開，突然意識到自己還得耐心等候，于是，同意給自己上茶。

站在托盤旁的那個僕人静静地倒茶。

醇親王的頭腦裏還在不停地考慮着菌狀燈芯的問題：怎麽會突然裂開并且那麽奇怪地沉下去？

他慢慢地呷着茶，喝完後便揮手讓僕從離去，待只剩下他一人時，又坐下繼續沉思。

因爲醇親王屬皇族血統，他的兄長曾是統治"中原王朝"的皇帝，所以他房間裏高聳的圓柱上黄龍纏繞，屋裏還陳設着許多昂貴美麗的珍寶。但是，此時醇親王幾乎没有留意這些東西，他的心裏充滿了對院子那邊房間裏處于陣痛之中的王妃的挂念。

他試圖想象她待産的那個房間。有時，他以爲自己聽見了她痛苦的呻吟，發現她可愛的面容在分娩疼痛的折磨下改變了模樣。在這樣的時候，他的額頭和臉頰上冒出許多小汗珠，他的眼睛睁得大大的，飽含着痛苦，似乎他與他的愛妃一同在受苦。

雨水像一堵有聲的、漆黑的墙隔在醇親王和他心愛的人之間。傳送消息的使者似乎不會來了，因爲他必須穿過院子，雨水會淋濕他的衣袍。時間一小時一小時地慢慢過去。醇親王知道灾難還不曾降在王妃身上，不然，那樣的消息定會即時稟報給他了。

親王煩躁不安，企圖翻閱喜愛的詩篇以減輕焦慮。可是，他往日十分喜愛的詩句都未能使他高興起來，他只是慢慢地翻着詩集。時辰過得既慢又乏味。最後，他嘆息着躺在靠墙的炕上。意識到自己的每一根神經都高度緊張不安，而且兩手緊握成拳，以致指甲都深陷在手掌裏，所以他努力迫使自己的身體放鬆。爲了避免緊握手指，他效仿好些既不幹活，又要保持手指靈巧的出身高貴的人，在一隻手裏嫻熟地玩着兩顆核桃。漸漸地，疲乏勝過緊張，他的雙眼閉了起來。他的手垂在床邊，手指鬆開，那兩顆核桃便掉到地上。

實際上他已進入夢鄉。夢中他看見很小一點火焰（一個極小的火舌，或許像幼龍的舌頭）正在形成。火焰蔓延開來，把周圍的暗處都照亮，直到醇親王看見一座房子的一角。他猛然意識到就是那座房子在燃燒。隨着火苗越升越高，他看清了那是個有黄色屋頂的建築。

嘈雜的人聲把醇親王從夢中驚醒。他茫然無知，一下坐了起來。他發現不少人跪在房間裏，最初他還不知其意，直至聽到：“大喜！大喜！王爺得了一個阿哥。”

預兆的解釋

醇親王急切地從炕上跳下來，立即要到王妃和剛生的兒子那裏去。他明白，派人來請他以前，一切都已準備妥當，接生婆已做完必要的工作。他急匆匆地穿過院子，但是，到了門前，他忽然感到一陣羞怯，就連自己也感到很奇怪。這個男孩是他的第一個孩子。他在門前停了下來，但最後還是進去了。在房裏，他發現自己的羞怯感有增無減，因爲自從上次他看見這房間以後，它已變得非常陌生——好像這是來自异國他鄉的某個人的房間。每一件東西看起來似乎都不真實。甚至炕上的王妃那消瘦、扭曲的臉也是陌生的。她轉過身來看他時動作那麼慢，笑得那樣無力。他遲疑了一下，然後踮着腳尖走到她的炕前（這位親王以前從不踮着腳尖走路，甚至在宗廟裏都未曾這樣）。他小心地伸出手來，撫摸王妃的手。他的話聽起來十分痛楚，又帶有極其炫耀的口氣。

"老天保佑，"他低聲地説，"我們的運氣確實好極了。"

"的確我們幸運極了，"她説，"我非常高興能爲王爺奉獻一個男孩。"他拍拍她的手，輕輕地撫平她的眉毛。

"我們的兒子應是偉大而傑出的人物，他的一生中將會創立豐功偉業，因而他的名字會被人們廣爲傳頌。"

"他應像他父親那樣會寫詩，"她回答説，"而且他還會騎着快馬去狩獵。"

"他將是名畫或細瓷品的收藏家，"醇親王説，"他將成爲父親的驕傲，母親的光榮。"

"但是最重要的是，"他的王妃回答説，"他必須滿懷孝敬之心，決不給其父親的家族帶來恥辱和痛苦。"

于是，他們相互交談了好久，預言兒子的偉業。王妃的眼裏流露出驕傲，醇親王的眼裏除了驕傲之外還有希望。但在他的希望和驕傲之中還隱匿着對那根突然裂開的燭芯的記憶，以及對那場夢中火花的記憶，當火在熊熊燃燒時，雜亂的脚步聲把他驚醒，他才得知貴子已出世。對這些徵兆醇親王深感憂慮，但因爲他非常疼愛王妃，所以決不讓她知道這種憂慮。

醇親王無法静静地站着，因此走來走去，而且還邊走邊講話。最後，他坐了下來。他剛坐下，接生婆就抱來一個絲毯裹着的笨拙的大包卷。她用雙手將它捧在醇親王眼前。

"王爺，" 她驕傲地報告説，"你的嗣子在這兒呢！" 醇親王俯首看着兒子，細細地端詳他的小臉蛋。孩子兩眼仍閉着，只微微地皺了皺眉頭。父親極想知道此時此刻兒子的腦子裏在想什麽；或許人初生卜來時并不那樣聰明。他把嗣子看够之後，這次探視便告結束。

現在該回到他自己的房間了，以便派人去請那位占星家，他是瞎子，以 "張瞎子" 這名字馳名全 "中原王朝"；還要請那位先知者，人稱 "劉鐵嘴"，因他所預言的事總能實現而得名。醇親王極信任張、劉二人，他們不怕講真話。

孩子出世的消息已由信使傳給所有想知道的人。現在拂曉將至，親友們很快會接踵而來表示祝賀——不過，在很長一段時間内他們不得進入王妃的房間，也不得見到初生王子的模樣。

但是，在祝賀的人到達之前還有一段時間，醇親王急忙派人去請張瞎子和劉鐵嘴，以便盡快地瞭解那些徵兆的含義。

張、劉二人很快就來了，因爲他們一直在等着召見。然而，倒是醇親王自己現在幾乎害怕問及那個徵兆的含義，也害怕要他們解釋金頂房屋着火的夢。但是，這是必須解釋的。于是，在醇親王講述時，劉鐵嘴聽着，兩眼直盯着王爺，張瞎子兩眼什麽也沒看，只用他的雙耳全神貫注地聆聽恩人的講話。

"我看見剪下的一根燭芯結成真菌狀的一小塊，它在碗裏形成，然後破裂爲許多小顆粒下沉了。" 劉鐵嘴從不害怕講真話，聽後立即作出解釋。

"王爺，我擔心那是個凶兆，"他說，"因爲，大人，您瞧，那一菌狀物并未完全成形。它被剪下，然後破裂開來，這位嗣子也一樣，在立嗣之前將會早逝，而且没有人能説出在哪一時刻。"

醇親王的眉頭皺起了，臉頰和前額上又冒出許多汗珠。但是，他仍然聽着，因爲按劉鐵嘴的方式，他還要細細地闡述，即便是凶兆，也能説出逢凶化吉的道理。

"那我在夢中所見的火焰又是什麼兆頭呢？着火的房子呢？"親王問。

"王爺，我以爲，"劉回答説，"那是指厄運、毁滅、灾禍和痛苦。"醇親王的臉上露出擔憂的神色，額上的皺紋更深了。

"但是，"劉鐵嘴急忙説，"每一個凶兆都有其好的含義。因爲熊熊大火也許意味着這位嗣子將會成爲聞名于世的奇才，還有財産豐富的資源和遼闊的領地之意。"

至此，醇親王的緊張情緒才稍有緩和。劉鐵嘴説完後，現在該張瞎子述説他在天堂所瞭解的情況。在張看來，舉足輕重的不在于徵兆本身，而在于嗣子出生的年、月、日和時辰。

"嗣子是什麼時辰出生的？"張瞎子問，話音出自于兩眼毫無任何表情的人，聽起來很奇怪。

"在辰時。"

張點點頭。

"今天是虎日，"他説，"小王子既屬龍又屬虎，龍虎常鬥，世人皆知嘛。大人，這就是説他的人生既無坦途也無舒適安樂，這意味着既有反對他的鬥争也有爲之而進行的戰鬥——而且就連他自己的内心裏也將充滿矛盾。"

他的預言似乎和剛才劉鐵嘴所説的非常吻合。這兩人對王爺説的話好像事先已取得一致意見。好一會兒都没人講話。後來張瞎子站了起來，摸索着走到王爺面前。他第一次感到有點猶豫不决，另外還有點害怕。

但是他還是用手勢比劃着請王爺靠過來，對着他的耳朵低聲説道："這位嗣子可能會成爲天子，即'中原王朝'的皇帝。這就是你那場夢的含義。"

醇親王抬起頭來，大吃一驚。

"説這樣的話是大逆不道，"他氣吁吁地説，"因爲已經有個年輕人在位，那就是我去世的兄長（已故咸豐陛下）之子。"縱然是當今天子的叔叔説到他的名字都是不合適的——那個名字是同治，攝政皇太后慈禧那未成年的兒子。

"那仍然是可能的，"張瞎子堅持説。

"不可能，"醇親王説，"他們屬同一代人。"

自遠古以來，承襲王位的人應是當今皇上的下一代，這一直是中國歷代王朝的慣例。咸豐帝之子同治純粹是個孩子，還在玩騎馬射箭之類的游戲。他是一個强悍的少年，具有他母親的那種不屈不撓的精神。他母親小名叫"蘭兒"，因皇上的第一個妻子没生龍子，所以選她爲妃。要是同治（他父親已死于熱河，留下這孩子在他母親指導下執政）發生任何不測，那簡直是不可想象的！

"那是大逆不道，"醇親王悄聲地説。

"我僅講出我所知道的，"張瞎子堅持説，"王爺，大家懂得：只要那位不可提及其名的皇上在位，這個謙恭的人就没有希望。"

"如若皇上得知，或者他的母后僅僅懷疑你所説的話，那麼，你、我以及我全家人定會在劊子手的大刀之下掉頭。"

"王爺您忘了，"張瞎子回答説，"王爺也屬皇室。我必須再説一遍，我講的那件事是可能發生的。"

"作爲皇帝統治這樣一個幅員遼闊的國家，他肩負着重大的責任，而我的兒子不配有如此高的榮譽。"

"凡是命中注定的事一定會實現，您、我以及所有的人都不能將其改變，"張瞎子回答説，"我們必須籌劃如何保護王爺的嗣子，他可能成爲……"

“不要再説了！”醇親王厲聲地説。

張瞎子慢吞吞地坐下，嘴裏還悄悄地嘀咕着，然後抬起他無視力的雙眼。“王爺，百日之内，”張説，“任何生人不可去看嗣子的面容，也不可到嗣子的房間裏去。百日之内，他在世上的生命是很不可靠的，隨時有被奪走的可能。需要那一百天的時間才能肯定他的歸宿。在那些日子過去以前，任何瑣事都可能折斷他細細的生命綫。不過，以後就没有危險，除了來自某些人的危險外。”

“哪些人呢？”醇親王驚訝地問道。

“是那些連自己都没認識到會對嗣子産生邪惡影響的人。您卑微的僕從這樣説是指龍人（生于龍時者），或虎人（生于虎日者）絶不可以見到嗣子。因爲他們會引起衝突，這是首先必須避免的。另外一點：嗣子不可接觸紅色。”

這實在是個希奇古怪的要求，因爲在中國許許多多東西都是紅的。實際上，那是種遍及中國的顔色。到處有紅燭。小孩出生時，染紅的蛋作爲禮物送出。嬰兒總是穿着紅衣服。這種顔色是全國人人都喜愛的。惟有皇族不把紅色用作主色，而是選用黄色作爲皇族的標志。

“我兒必須避免紅色？”醇親王重複一遍。

“是的，因爲他出生的年、月、日以及時辰使紅色與之有衝突。”

醇親王仔細地推敲其含義。穿紅衣服的人必須避開或者更換衣服。嗣子房間裏的氊毯須用另一種顔色。這一限制聽起來簡單，在當時則一點也不簡單，因爲完全禁用紅色很可能引起整個家務的混亂——而且還會破壞每個來賓的計劃。但是，在諸如此類的問題上，張瞎子的話就是法律，甚至對皇帝的兄弟也如此，如果他愛兒子的話，就勢必欣然服從。

“王爺，還有一件事，”張瞎子繼續説，“就是剃頭的事。王爺知道這一風俗：新生兒從出生之日起滿周月就得剃頭。這一天對大多數男孩來説是可怕的日子。這也是不吉利的日子，因爲在滿周月時，會發生許多不測之事，因此，必須在整整兩個月以後才能給嗣子剃頭。”

直到這時，醇親王才真正變得嚴肅起來。越來越明顯，他的這位嗣子是個多灾多難的人，有奇怪的星占勾畫出他的未來，還有奇异的規定駕馭其生活。醇親王真有點害怕了。但是，即使如此，他仍然打算堅持在嗣子人生第一月的最後一天舉行剃頭儀式。眾所周知，如若讓孩子不幸地蓄着出世以前的頭髮生活，也許會釀成惡果，對此醇親王也有所聞。這種頭髮是緊密聯繫小孩和未知世界的記號，厄運會因此把小孩引入那個世界中去。可是，張瞎子建議撇開這一古老的規矩，這好像他宣告了星辰已改變其軌迹———一個王朝的滅亡。

整整兩個月以後，嗣子纔可以剃頭。就連這一點醇親王也聽從了，因爲人們認爲張瞎子的神算絕對不會錯。

由于有不祥的預感，醇親王的心情很沉重。

人們可能想知道，小王子在搖籃裏是否騷動不安，感到害怕。幸而這個孩子不能預見未來——他父親也没有預見未來，否則，在孩子遭遇任何不幸之前，這位父親就想了結他的一生。張瞎子還有另一個禁令，它充分表明這個嗣子未來的悲哀。

"王爺，請聽着，"他説，"嗣子不可有狗、猫或其他愛畜。因爲狗要叫，會打擾嗣子周圍的寧静，而猫則常與惡魔結伴，這是人人皆知的。"

于是，從一開始，醇親王的嗣子就不準與動物接觸，儘管動物是孩子們最早的朋友，對他們來説非常重要。那些常常伴隨他的人認爲這就把他隔離起來了，因而内心對他十分同情和憐憫，這些情緒逐漸在他周圍造成影響，以致在某種程度上決定了他未來的命運。他的房門上方挂着一面鏡子，作爲一種加强的祛邪手段，以使邪惡的鬼怪不能進來——據説鬼是不敢看自己的影像的。

醇親王心情沉重。

他過一會兒還得去皇宮，因爲他的兒子是皇族的子孫，要祈求皇上給他的男孩賜名。

祈求賜名

天大亮時，醇親王要完成一項他喜愛的任務。他必須去皇宮參拜，在那裏太后慈禧（他妻子的姐姐），當時才三十出頭，就對中國施行強權統治。她的兒子同治固然是皇帝，但年僅十五歲。如若他的年紀比現在大一倍，她母親無論如何仍會掌權，至少是間接地掌權，因爲即使身爲皇帝也必須服從他的母親。

許多年前，慈禧在那時候可能已經預見到她將在陰謀、悲痛和對抗之中艱難地生活，因而竭盡全力以加固她在宮中的地位。她的妹妹與醇親王的婚姻就是慈禧直接籌劃的。她通過咸豐陛下，醇親王必須服從的皇兄來安排這椿婚事。醇親王婚後隨即就寵愛慈禧的妹妹，這純屬偶然和僥倖，因爲即使不那樣，醇親王也別無選擇。

醇親王在去紫禁城的途中，就知道關于他好運的消息已領先一步傳到那裏，但總是不忘張瞎子對他那些不能聲張的密語——他的這位嗣子可能會坐在中國的龍座上。那天早上，他要去見的那個少年，現在正榮踞于那個高貴顯赫的位置。他幾乎感到自己犯有某種叛逆罪，雖然僅限于思想上。

他進了紫禁城門，那兒人人稱他爲七爺，因爲他之前已經連續有六位醇親王。那些膽大的太監（因爲他們的品位極高，可以和這樣顯赫的人物講話）見他滿面春風，也喜氣洋洋地向他微笑。

"恭賀王爺！大喜降臨貴府。"慈禧太后在沒有寶座的覲見殿裏等着他，一路上太監們對他笑臉相迎，道賀聲不斷。作爲小王子的父親真是了不起！人們的祝賀使他感到非常快樂，幾乎使他忘記了那些令人生畏的預兆。總管太監安德海對他深深地一鞠躬，笑着祝賀他説：

"皇太后對好運降臨貴府十分高興，她已傳旨説：王爺將是她今早賜見的第一人。"這確實是極大的榮譽，儘管他的嗣子是太后的侄兒。醇親王的内心無比高興。陽光明媚地照射着紫禁城裏許多金色的屋頂，也照着太監和宮女們華麗的衣袍，并使醇親王一路上踏着的卵石更加光亮。他碰見的一張張笑臉似乎是陽光的投影。

他到達覲見殿後，經過多次跪拜和叩頭才得以謁見太后。

那時候太后是中國最美的女人之一。其美貌實際上只有醇親王的妻子才能匹敵。她早就懂得王權的榮耀，長久以來，從她進宮起，就一直對此懷有野心。她已成功地懲治了密謀反對她兒子繼位的叛逆者。她鎮壓了太平天國的暴亂。她還制服了衆親王和一些實權人物（宮中大臣和地方官員），以便一意孤行——而她的做法大部分被證明是正確的。她炯炯的目光露出傲氣，這種傲氣構成她高貴的舉止。她有權驕傲，因爲她是勝利者。

醇親王磕頭時，太后説：

"恭賀醇親王！恭喜大福。"

醇親王回答説：

"臣衷心感謝太后。"

接着，同治皇上也表示了祝賀，他坐在他母親左邊金黄色的寶座上。同治年僅十五歲，是個英俊少年。他身體健壯，意志堅强，眼裏顯出智慧之光。

醇親王用眼角飛快地瞄了他一眼，内心明白，只有這位天子賓天，星占家的預言才能實現——其内心深處不寒而栗。

"醇親王，嗣子已算命了嗎？"太后問。

"回太后，算過了。"醇親王知道太后要瞭解所有的細節，便接着説道："不過，現在并不樂觀。嗣子非常嬌弱，還需精心加以照料。"

他解釋了限制紅色的問題。他還講了菌狀生成物的徵兆以及夢見燒房子的徵兆。不過，一個内在的聲音在警告他絶不可説出着火的屋頂是黄色的。太后一生非常迷信，對這一預兆的解釋，可能會比劉鐵嘴或張瞎子更令人害怕。醇親王尤其得小心謹慎，決不可提到張瞎子曾預言其嗣子可能成爲天子的事。

"我們必須非常小心地照料他。"太后十分關切地説，因爲這個孩子是她的侄兒，她妹妹的兒子——她妹妹是惟一不爲她所厭惡的家人。"鎖還未選定嗎?"

"回太后，還没有。我在恭候太后的恩寵。"

鎖是一種貴重的金屬裝飾品，繫在新生兒的頸上。它標志着人生飛逝，還表示人類試圖用鎖把新生兒繫在人世使其不夭折。漢滿家庭都有使用這種鎖的習慣。但是，太后説到這位侄兒時，降旨説他的鎖將在宫裏製作，要用鑲飾着寶石的純金制成。她還傳旨贈給醇親王極其貴重的禮品，以慶賀他喜得嗣子。她對自己的親生兒子的關心也莫過于此——衆所周知，她是多麼愛同治。在場三人（太后、皇帝陛下和醇親王）都不可能真正預見未來。因爲無論太后多麼相信迷信，也無論她多麼相信命運，倘若她得悉張瞎子那大逆不道的耳語，其大意説醇親王之子可能成爲天子的話，她仍會認爲自己有親手改變命運的能力。過去她曾這樣做過；將來她還會這樣做。

當然，太后没有猜到新生王子的人生與她自己連接得何其緊密，而且是何其不幸地連在一起。

但是，今天早上，任何事都不可能破壞這個喜訊給皇宫帶來的快樂（這種快樂表現在皇太后挑選貴重禮物以及宣布采取防範措施保護新生王子）。現在該她爲嗣子賜名了。

"我們將把他叫做載湉，意爲'農民的田地'，因爲有'土地'的含義，更有利于把這個柔弱的新生兒綁在人世上。"

當然，絕非這個名字使他名載史册。

光榮的奶媽

　　爲嗣子或"明珠"的誕生作準備，是件極其複雜的事。實際上，至少在孩子生前兩個月就着手進行了——絕不會比這更遲，因爲需要選擇這樣的婦女做奶媽，她的孩子的年齡和她即將去哺乳的孩子差不多大。

　　管家，在地位低于親王的家庭中類似于"頭號男僕"；或者謚達，滿族詞意爲隨從人員（一種文雅的用法，意指太監，因爲住在宮外的皇族也有太監伴隨）。他擔負選奶媽的任務。一位親王的嬰兒至少總有兩個、最好三個奶媽。這是漢人或滿人的想法：母親懷孕後，生小孩時曾經受很大痛苦，她已盡本份，其後需要的是休息和恢復其體力。因此，上層人家的母親都不給自己的嬰兒哺乳，而讓奶媽來承擔這一任務。

　　早在預産期前，謚達就必須去鄉下調查，尋找合適的奶媽。他們通常在農民中進行選擇，認爲農民的妻子離土近，身體健康，没有城市婦女所沾有的某些惡習。這些有可能被選作奶媽的人自己應有嬰兒，她們的孩子比她要哺乳的嬰孩最多只能大兩個月。奶媽必須愛乾净，還要模樣標緻——要愛乾净，其原因很明顯；模樣要標緻，因爲，人人皆知，孩子的模樣往往可能長得像給他哺乳的女人。容貌醜陋的奶媽會使孩子長得醜。由于同樣的理由，還要仔細地考查奶媽的性情，詳細地詢問她的丈夫有關她的行爲品質問題。能選作親王孩子的奶媽是一種榮譽。不過，這種榮譽之中却含有某些犧牲。那位奶媽必須長期抛家，離開她的親生孩子和丈夫。

　　爲什麼那位可能成爲奶媽的女人必須抛離她的親生孩子呢？主要原因是：過去，奶媽曾把她們自己的孩子帶到雇主家，後來被有生以來首次發現的豪華衝昏頭腦，于是爲讓自己的孩子過上幸福生活，吃好穿好，享受榮華富貴，曾有偷樑換柱之事，將她的親生孩子換成主人的孩子。

奶媽受雇用後，必須丟棄她們所有的服裝。然後，新主人會讓她們穿上華麗的衣袍，這在新生兒的眼裏既清潔又是一種撫慰。

在選擇時，要對奶媽進行周密的考查。

專門請來醫生，全面檢查她們是否可能有傳染給小孩的病。她們還要服藥，以確保除去從家裏感染上的疾病。

醫生還要爲奶媽的部分食物開處方。她們必須吃這類食物（不管其愛好與否）而不能吃其他的食品。爲了保證她們執行醫囑，還要另雇女僕，她的主要職責（在諳達的指揮下）是督促奶媽照囑咐辦。

嗣子的母親沒有給她的孩子哺乳，根本沒受勞累，她仔細地察看着奶媽的一舉一動。例如，她得到某天當班的奶媽表現不令人滿意的報告，她就會把那奶媽叫來嚴加訓斥。

"你怎麼搞的？今天幹得太差勁了。"

如果發現奶媽吃了任何一種禁忌的食品或飲用了禁酒，她就大禍臨頭。然而，大多數奶媽都小心翼翼地遵從，因爲她們除了從王府獲得豐厚的薪金之外，還有一個嚴格遵循的慣例：孩子滿月時就有禮物送給奶媽，孩子滿兩周月時，還有更豐厚的禮物，如此等等，直到孩子不再吃奶爲止。不過，犯有過錯的奶媽不會被遣返回家，因爲人們相信，一旦她給孩子哺乳了，就成爲孩子的一部分，嬰孩就會如饑似渴地想念她。而且，那位奶媽也不會受諸如挨竹板之類的懲罰，因爲這會對她的性格和神經系統產生有害的影響——所有這些都會殃及小孩。

因此，惟一的處罰是取消禮品。孩子的母親立下這一規矩：

"你們必須認真服從，不得違反醫生的指示，否則，孩子滿月時就沒有禮物給你們，孩子滿兩月時禮物較薄。"

這類禮物通常是鑲有寶石的耳環或其他價值大小不等的裝飾品，主要取決于孩子父親有多少私有財產。偶爾這樣失去禮品的奶媽也實在太漫不經心了，幸而她們碰着這樣的時機有限，因爲在有嬰兒的家中，每一個人監視着另一個人。女僕監視着照看嬰兒的奶媽。諳達監視着女僕，以保證她們監視奶媽并不與之合謀做出不利于嗣子的事，不爲奶媽提供禁止的食品和娛樂活動。因此，奶媽幾乎難得有失去禮物的可能性。

至于小載湉，因爲慈禧對他的深切關懷，所以得到异乎尋常的細心照料。太后就奶媽哺乳的事提了不少問題。而載湉的父親不能將張瞎子的預言從腦子裏排除，醇親王雖不情願隱匿不忠的思想，尤其是對他的親侄子同治陛下，但對一位父親而言，兒子畢竟比侄子更親，倘若他對兒子不懷有秘密希望，這倒反而不合乎常情了。或許他本人没有意識到對嗣子的極大奢望——當然他不會承認，甚至對自己也不會承認。

因爲早準備好了，所以醇親王對載湉關懷備至。當然，除了通過孩子的母親以外，他没有直接擔負照料小孩的責任，父親一般很少敢于闖入母親、女僕和奶媽的神聖領地。然而，偶爾他也介入，只表現在關心奶媽的模樣是否標緻這點上，因爲在嬰兒生命的初期，來訪者説："他看來像其父！" 或 "他看來很像其母！" 這種情況不常見，更爲常見的是聽見這樣的話："他看來簡直和奶媽一模一樣！"

就連親王的宮邸，即王府（漢語的説法，包含類似 "小宮廷" 或類似 "次于皇宮的地方" 之意，從而把親王府和皇宮區別開來）都必須裝飾和諧，不能讓任何一種刺人的標記妨礙嗣子安寧、幸福地成長。

奶媽選好後最初的三四天内，她們地位平等，在這期間，嗣子的母親非常細心地察看每個奶媽。她還與女僕和諧達交換意見。

然後，在母親滿意地發現奶媽的一切情況以後，就把她們叫來，奶媽來見她時，必須穿戴選上時發給的全部裝束。她們的衣服，從漂亮的鞋子到皮上衣，都經過精心挑選——以保證不讓小孩有不舒適感覺。

當三位奶媽站在嗣子母親的面前時，她就要做出最後決定，她的選擇取决于她親自觀察的情況和奶媽們的品行。接着，她就宣布决定。她指着首先選中的奶媽説：

"你將是大奶媽！"

然後，她會指出哪個是二奶媽，哪個是三奶媽，她的選擇是不可改變的。這種做法在中國是司空見慣的，奶媽們競相争奪首選者，因爲大奶媽頃刻間就成爲最重要的人物。她有可能，而且往往確實成了霸主。

她的新地位使之有了統轄府裏僕人的權力，支配府中的每個人，實際上只有孩子的母親除外。也許她要茶——如果準許她喝茶，她想叫誰誰就得把茶端來。這樣的事通常要二奶媽或三奶媽去做。

于是，這家庭就變成一種封建體系，每個人都管着另一個人。那位母親管大奶媽——只要那位奶媽小心謹慎不使她心煩意亂，而大奶媽則管着其他每個人。諳達也受頭號奶媽管，但他可施小計而占上風，向王子的母親告黑狀。同樣，女僕們，尤其是討諳達喜歡的女僕，也可在他的耳邊進讒言，因而都有一些各行其是的辦法。儘管她們表面上最奉承大奶媽。在這樣的家庭裏，甚至連那母親的婆母，傳統上主宰家務、主宰家中一切人和事的人物，通常在那六年的時間內，也只得屈尊迎合大奶媽。

要是有人打算問小王子，而他又能回答的話，他就會立即并徹底地解答誰才是家中真正的主人這個問題。

可是，小王子當時甚至不知道真正主人的名字叫載湉。

三朝睜眼

数字在古老文明的中國含義極廣。在所有各種各樣的數中，三位于最重要之列。該數是富足的象徵，從中産生這樣的概念：吉祥、昌盛、長壽和健康。

例如：新娘婚後第三天必須回娘家探望父母，以便使其父母瞭解她是否幸福。第三天在新生兒的生活中尤其重要，稱之爲"三朝"。

當載湉的人生第三日來臨時，"小宮廷"裏人人皆知將會舉行一整天的儀式，其間會發生許多重要的事。在這一天，諳達、僕人和奶媽都特別忙，王妃也很忙，甚至小王子的父親也如此，在那天的二十四小時內，他要盡其主人之責。不等到第三朝，僕從和木匠就得提前在院裏忙碌着，院子的四周有許多典型的中國住家式的房屋。許多單獨的房間很大，但沒有一個大得足以容納第三天要來的所有客人。

木匠的任務是把整個院子變成一間很大的房間。這需搭一個席棚以遮蓋整個空地，爲此要豎一些柱子以支撐草席。席子本雖難看，但經匠人精心裝修好以後，那席棚看起來幾乎像皇帝的議政殿。草席被飄帶和各種角燈點綴着。各色彩旗（紅色除外）在微風中飄拂。從敞開處照射進來的陽光，在院子的地面上留下斑駁的光點和暗影。

一般説來，在三朝的儀式中，院子裏的鵝卵石地上要鋪紅色的地毯。但張瞎子曾斷言紅色有礙載湉的幸福，因此鋪在醇王院裏鵝卵石上的地毯是鮮艷的橘色，質地很厚，富麗華貴。地上到處安放着方桌，每張桌能坐八個人。桌上擺滿食品，爲要款待各方來賓還得額外編增僕從。

醇親王地位顯赫，因此，在這一天只接待要員。賓客在黎明時就開始到達，都是朝廷大臣、宮廷官員和各省總督。

那時日本人力車尚未傳到中國，因此，載客的交通工具不少仍是轎子，轎上有表明轎主官銜的彩色標志。北京的馬拉大車也很普遍……那些難駕馭、顛簸的車輛對夫人小姐們來説是艱難而又不舒適的，但其堂皇的氣派，頗受官員們的青睞。醇王府外轎子和大車在晨曦中陸續聚集。平民百姓只能在遠距離處站着看稀奇，他們從到達的車轎判斷出：這位醇親王的確是了不起的人物，其嗣子也如此。他們依據有重要官銜標志的轎子數目，依據無數的、一直不斷到達的北京馬拉大車以及下車人穿着五顏六色的衣裳，就可以識別這一點。這時還響着僕人、轎夫和駕馭北京大車的車夫們尖刺的吆喝聲。他們決不壓抑自己的聲音，這些人都敏鋭地意識到自己的主人極重要。每一班僕人都企圖在別的主子的僕從前逞威風，從而造成許多口角，高聲的喧嘩和吵鬧聲更爲這一場面增添了聲色。

主人們（乘轎的和坐車的）傲慢地從轎子上或車上下來，走向醇王府大門。那裏有僕人迎候每位客人，而來客會鞠着躬説：

"我專程來祝賀醇王妃喜生嗣子。"

當然，没有人能見到王妃，即便她没有嗣子作爲其回避的理由，要見王妃無論如何都是有違慣例的。但來客的每句話都認真地傳給王妃。當客人被邀請進來以後，僕人便急忙去向王妃稟報。

"某親王到。他祝賀嗣子的誕生。"

祝賀詞在措詞上大同小异，川流不息的僕人帶着賓客的話來到王妃面前，一字不漏地向王妃復述。她莊重地聽取每一句賀語，好像每位來賓親臨她面前祝賀一樣。

客人們來到席棚蓋着的院子，受到醇親王的歡迎，并被指引到與其身份相當的席位。桌上擺着豐美的食物。醇親王和所有的高官重臣一樣，以其精美的食物爲榮。他的席桌上山珍海味，可謂應有盡有。

按照慣例，客人們除了帶其他禮物之外，還帶來食品。這種食品種類繁多，每位來客都試圖以新奇取勝，超過他的鄰座。在這種禮儀之後，如何處置如此多的食品就成了諳達和其他僕人必須解決的問題。首先揀最好的送到男主人和女主人的面前。然後，就是侍從的好運了，他們可在他們自己的住處或厨房裏大飽口福，直至實在吃不下爲止。在這以後，饋贈的食品幾乎未見減少，侍從的眷屬、侍從家的僕人以及僕人的眷屬即可得到剩下的部分。雖然醇親王曾作出表示要把食品散發給庶民百姓，然而等在府外的窮人遠道趕來盼望分享，結果却什麽也沒有得到。

來客們不僅帶來食品，還給嗣子帶來禮物。這些都是綢緞之類華麗的衣料，將由醇親王的裁縫爲載湉縫制絢麗的衣服。綢緞有各種各樣顏色，取自精心喂養的蠶繭，并用最好的織機織成。每位來客無不爲自己昂貴的禮品而得意。務必小心的是那些生于龍時和虎日的人送來的禮品不能與小王子接觸。不過，這些禮物同樣被笑納，如果斷然拒絶，對送禮者便是莫大的侮辱。

關于這種禮物有一種奇怪的習俗。當孩了很小時，父母親擔心他會夭折，便竭盡全力（以象徵的方式）確保孩子成長。前面提及的挂鎖能把他拴在人間，使其免于死亡之灾。在許多家庭還有一種組合的禮物以進一步確保小孩的長命。這就是一種"養父"的禮儀。生父要挑選一百個朋友，他們本身配得上做嗣子的父親，并且把嗣子看得像自己親生孩子一樣嬌美和珍貴。每一位被選上的"養父"將一小塊絲綢贈送給那位生父。然後用這一百塊絲綢爲嗣子拼做一件披風，其含義是：由于有一百位父親希望他繼續健康幸福，這位嗣子就不會早亡。但是，對載湉却沒有照這一習俗辦，因爲（不管醇親王多麽希望這樣做）他沒有一百個地位極高的朋友足以做載湉王子的"養父"。小載湉三朝的儀式是十分重要和非常精彩的。在這樣的場合，還可聽見各種方言的喋喋閑談；因爲這些大臣和總督來自許多省份，在同鄉面前講着各自的方言（這些方言猶如不同的語種，差別很大），不過，必要時，所有官員自然都會講官話（北京方言）。

賓客們進餐真是開懷暢飲，盡情享用。川流不息的僕人來往于席間；一些僕人先把來客引去見醇親王，隨後，再將他們安排到合適的席位；另有些僕人把客人們的祝詞通報給載湉的母親。不過，這樣的儀式到某個時候總得結束。這種宴會或任何正式的酒席結束時都按一定的慣例行事。所有的菜肴（大多數中國宴席至少有二十道），一道比一道更鮮美、更豐盛，在最後四道菜之前，都不得上米飯。因此，飯碗端來時，賓客們就明白宴席快要結束了。實際上，飯碗就意味着："朋友們，你們已經吃飽，該回家去了！"然而，這并非一個嚴格的、必須迅速執行的規定，由于這些客人都是主人的親朋好友，很可能對飯碗的出現視而不見。另一個慣常做法是以明確的方式提醒客人。宴席通常在天黑以後才結束，殷勤的主人絕不會讓客人走到門外而不用燈籠爲其照路。因此，如若客人們忽視了飯碗的暗示，領班的侍從就會對其下屬高聲吩咐：

"備燈籠！貴客要走了！"

或許客人們并沒想到要離去，而是在想下一道菜是什麼，或者還想對最親密的朋友主人再説點什麼，以證明自己學識淵博；如有客人竟不顧燈籠的暗示，尤其是在衆人目睹燈籠已送到餐室以後，仍不願離開，那確實顯得有些無禮了。因此，燃着的燈籠就是一種不斷的提醒，似乎在説：

"請快點結束，我將照着你到門口。"

人們認爲小孩在"三朝"之日會第一次睁開眼睛。因此，雖然醇親王十分殷勤地招待着客人，然而在那一整天都心事重重，因爲他始終期待着嗣子首次看見他來臨的這個世界的消息。看見世界的第一眼極其重要，所以在"三朝"的那天，母親、奶媽和諳達都踮着脚尖去看，哪一個會首先發現嗣子睁開眼睛。在這一奇迹出現時，觀看者的首要任務是立即通知醇親王，然後他急忙趕來，站在適當的位置，以便兒子能看見他自己的父親——世界一切景象中之第一景。不能讓他看見任何陌生的東西，而應該讓他看見與其本身密切相關的東西，以免使他受驚。那麼，除了男孩的父親之外，還有什麼比他更親近的呢？

母親在後面徘徊，她是她兒子可能看見的第二個人。這種習俗基于一種孝道行爲。兒子對父母承擔着義務——一種超出對其他任何人（除君王外）所擔負的義務，而且在他睁眼的那一刻就打上這種深刻的烙印。這象徵着他未來一生的準則：絕對服從他的祖先。

醇親王正在等待這一召喚，表面上，他在聽大臣們的夸夸其談，諸如：朝政應推行什麼改革，全"中原王朝"的事務進展如何，何種厄運會降臨于新生嬰兒，某人如何在雠家吃飯而得了病等等，人們會發現并討論的、世上的一切問題。他彬彬有禮地回答了每一個問題，不過，他的思想却和嗣子在一起。當然，他明白大多數賓客的到來是因爲他們需要自己的交情，需要皇太后的妹夫在宮中的影響，而對載湉的幸福則關心甚微，但醇親王還是接納這些空口的應酬話，因爲這是習俗，如同許多有教養的人接受那些看來極其愚蠢而又揮霍無度的其他習俗一樣。

消息終于傳來了。一個僕人瞪着眼睛，面帶急切的神情向醇親王跑來。

"王爺！王爺！嗣子已睁開一隻眼啦！"

醇親王迅速地向客人表示了歉意，急匆匆地到載湉那兒去。小傢伙已睁開右眼，一本正經地向四處張望。人們自覺地從他躺着的地方散開，以便讓他首先看見自己的生父。不幸的是載湉隻睁開一隻眼睛。這似乎表明他不太聰明，如若他睁開雙眼，他會顯得更聰明一些。

醇親王凝望着兒子。兒子也回望着他。接着由母親來看兒子。不久，孩子的另一隻眼睛才睁開，于是，"三朝"這個儀式便結束了。載湉首先只睁開一隻眼，此後這一事實在他家成了永遠的話柄——當他做錯事、判斷有誤或碰上霉運時，那些知情的人就會想起來，精明地搖着頭對另一個人説道："這真正并不是他的過錯，他在三朝那天只睁開一隻眼！"

當睁眼的消息傳到遲遲未離去的客人時，"三朝"才真正結束。客人們紛紛準備離去，因爲現在再没有藉口可留在這裏了。每位客人把給僕人的錢裝在紙包裹（這樣的賞錢從銀元到銀元寶，取決於施主的慷慨和虛榮）放在飯碗旁。待僕人們打掃餐桌時把錢拿走。這種錢通常裝在紅紙包裹——不過，因爲載湉忌諱紅色，所以留給醇親王僕人的錢就裝在形狀、大小和顏色都各不相同的紙包裹。

快樂的四年

在隨後的歲月裏，的確没有發生任何意外事情干擾載湉的平静生活。他是個體弱、嬌生慣養的男孩，并且從最初有意識起，從他開始對事物有反應起，他的舉止就與一般孩子不同。他開始發音的時候，就用那種只有一個作爲母親的人才能理解的言語，自言自語，久久不停，没人答理，他也毫不介意，似乎獨自一人悠然自得。

他愛花鳥，并對花鳥講話，其中有些話像傳奇似的，被一些熟識他的人流傳下來。例如：在他長到會觀察事物的時候，當一隻鳥出現在院子裏，他就會全神貫注地觀看并詢問：

"你昨天也在這裏嗎？"

有人認爲鳥兒回答了他的問話。載湉王子無論得到什麽回答似乎都很滿意，因爲他繼續在講，好像那隻小鳥確實已作了可理解的回答。

"我想我不會認錯，因爲我曾仔細地注意到你羽衣的顏色。現在，爲我唱支歌吧！"

小王子專橫地發出這樣的命令，好像他根本没有想到要遭到違抗——而且當鳥兒確實唱歌時，旁觀者無不信服這個小小的動物已對他們的小主人作了回答。他往往與鳥兒不斷交談直至它飛走。如果另一隻鳥兒飛來，對載湉來説則很清楚：第一隻鳥有重要的事要離去，派了另一隻來代替，以取悦於小王子。

但當他與花兒談話時，旁聽者盯着載湉所做的一切，結果不少人給弄得莫名其妙。載湉常與花兒長談。可是，在這樣的情況下，即使旁聽者憑藉最豐富的想象也不可能認爲小王子已獲得答復。因此，當他對所得到的回答似乎感到滿意時，他們就比以往任何時候更相信他的奇異之處。他身上存在着某種超凡脱俗的東西。在他人生的頭一年裏，他的父親經常擔驚受怕，認爲無論用什麼辦法將他繫在塵世，他還是隨時都可能去往天國。但是，載湉總是很幸福的。人人都嬌慣他，這不僅因爲他是親王的兒子，親王惟一的孩子，而且因爲他本身就是一個王子。

他也是個漂亮的孩子，將來一定會成爲美男子。他有一雙洞悉事物的，非同尋常的大眼睛，對所見的一切充滿特殊的好奇心。當他長大成人以後，大家認爲，他能通過直觀而瞭解人們的思想。

最初那四年是載湉快樂的歲月。他要啥有啥。在諳達極小心地注視下，他和小馬、小狗一塊戲耍。因爲三年的危險期已過去，現在他已能這樣做了，而且只要天氣允許，大部分時間都在戶外玩。他雖對一切室外運動都感興趣，但最愛好的則是騎馬。假如允許的話，他一定已成爲一名出色的室外兒童運動員，不過，隨着時光的流逝，他還得學習，成年以後，還必須使自己順應家規，這些都不允許他花費過多時間在玩耍或娛樂上。

他十分靈巧，能同樣熟練地使用雙手。比如吃一塊餅時，他總是將其掰成兩片，一隻手拿一片吃，并且兩片都吃得正好一樣多——可是絕不狼吞虎嚥，因爲他知道家中十分富裕，他的需要總能得到滿足。

四歲時（他經過周歲紀念日，第二個、第三個生日紀念日等無數的禮儀以後）他就開始學習讀書和寫字。每天他得學十個漢字，學得非常仔細和透徹，以致他絕不會忘記。他從不逃避學習，而且他的學習方式也頗爲獨特。不久，他對繪畫和剪紙很感興趣。後者大大有助于他學認字，因爲，在教師要他注意每個字的筆畫，保證連最細微之處也要掌握時，他認真研究那些字，并用紙把它們剪出來。他把字剪好以後，又將它貼在紙上，并深深地刻印在記憶之中，隨後，爲了把它們記得更牢靠，他用墨汁或蠟筆把字描繪出來，再一次進行研究。

他對繪圖（鳥類、花卉、動物和人）感興趣，尤其喜歡在游戲室的墙上複製這些圖畫，不多久整個四面墙上，凡是他畫筆能够達到的地方，全爲他的畫所覆蓋——他正在學的字和所有東西（除載湉以外，誰都不知道是什麼）的大雜燴。這有損房間的外觀，使醇親王頗傷腦筋，于是他勸導兒子説：

"你幹嗎在你漂亮房間的墙上畫滿畫？你應該保持墻壁的清潔，把你的功課做在紙上。"

"可是，父親，"載湉會説，"我把字和圖畫在墻上時，我更高興。"

當然，他有自己的方式。醇親王當時比較安心，因爲看到兒子很快就把够得着的墻壁畫滿，看他再能畫在什麼地方。但是，當這部分墻上畫滿以後，載湉想出了一種方法，無需他人相幫，就能擴大畫板的面積。他只是把椅子拉到墻邊，坐在上面畫，直到把那一高度四周的墻畫滿爲止，然後他站在椅子上，繼續在更高的墻上畫。當椅子太低達不到目的時，下一步是把東西堆在椅子上以擴大他够得着的地方，從而爲看護他的人增添一種新的懼怕——他會跌下來傷了自己。因爲他受到這樣精心的照料，所以他有如此多的稚氣的習慣被人們口頭流傳下來。

他從不厭煩作畫。他常常忙于作自己喜歡的圖畫，并且當右手感到累時，他就把毛筆或蠟筆換到左手繼續畫，絲毫不因這種改變而畫得稍差。這種擅長左右開弓的能力不是隨歲月的流逝而減弱，却是隨載湉的成長而增强。

就在載湉人生第四年的某個時候，醇親王對將要發生的事得到了最早的暗示。消息傳來（必定同樣迅速地傳遍全中國）説同治皇帝已重病卧床不起。一陣不安揪住醇親王的心，他馬上想起張瞎子的預言。他心驚膽顫地等待着從侄兒同治病床傳來新的病情報告。

這時，對同治的病因還未聽見任何謡傳。在人們頭腦裏，根本没有這種想法：皇帝陛下的病并非一般的病症。載湉本身就經常生病，全是孩子們常患的病，并且幾乎不犯難就長大了。同治當時十九歲，確實不必爲其擔憂。但是，接着一份病情報告書，説皇上的熱度還在增高，這對宫裏日漸增長的不安作出了暗示。

醇親王的焦慮與日俱增。

後來傳來令人畏懼的布告：皇上突然患了可怕的天花。即使如此，因爲同治是個身體强健的年輕人，因此幾乎未引起憂慮。天花没有被看作一種致命的疾病——誠然危險，却能治愈，儘管這種病可能使皇上那漂亮的容貌上留下麻點，十分令人沮喪。

就連醇親王自己都不相信神明正在書寫其嬌生慣養的兒子之命運。難道劉鐵嘴和張瞎子的預言就要實現了？

傑出的繼承人

同治皇帝十九歲時死于天花。不管歷史對此如何評説，慈禧誠然悲痛欲絕；作爲母親，她真心實意地深愛自己的兒子。同時，她也認識到自己對王朝及其百姓應盡的責任。儘管她極度悲傷，心情沉重，還得參加籌備整個葬禮，但她明白"中原王朝"的寶座絕不可空缺無人，當務之急是立即擇立同治的繼承人。

或許慈禧没有意識到，她在打算按自己的主意進行這次選擇，如同她對一切事情總是隨心所欲一樣。她立即召集所有的皇族成員來宫，表面上是爲徵求他們的意見，她甚至有言在先，保證要照他們的意見辦。不過這些皇親國戚事先就明白，他們之中没有人膽敢違抗她的意願，他們也懂得太后要給自己的兒子選擇一個繼承人是她的特權。嗣皇帝必須屬已故皇帝的下一代，這是先朝祖制中不成文的律法之一。使人懷疑的是，就在召集皇族成員的那一天，她是否已有破壞這一慣例的想法。

皇族應太后之召匆匆趕到。誰都不能對朝廷詔書置之不理，就連太后至親的親貴也不例外。這是悲劇性的事件，前來者幾乎没有意識到將要書寫一段非同尋常的歷史，也許整個歷史進程會因這次皇族會議的決定而改變。

喪失兒子的皇太后，滿臉悲戚，看見皇室所有人已到來。就低聲地對他們説：

"大家都明白這次開會的目的，現在整個中原王朝都知道同治皇帝已駛龍賓天，我們必須擇立繼位者，要你們都來共同商議。"

的確，全中國都已知道所發生的事。同治之死猶如一枚炸彈在中國爆炸。舉國哀悼，并且都想知道誰會繼位。凡是那些瞭解承嗣的不成文法的人看來，擇立之事不容置疑。咸豐家族的六王爺恭親王（因與外國人的外交接觸而著名，鴉片戰爭時，咸豐帶領朝廷一班人逃往熱河，留在北京與外國人談判的就是恭親王）有一個孫兒叫溥倫。他雖年輕，大約與同治同歲，但却屬承嗣的一輩，有資格繼位。按常情，他應該當選爲同治的繼承人。

溥倫沒有立即選上，這便是對皇族的一種預示：太后心裏已另有人選——不過，大家都知道在可承嗣的一代中沒有另外的人可當選。

全體皇親國戚靜靜地站在太后面前，恭聽她的講話。

"我們都很瞭解，必須挑選下一輩人來繼承馭龍賓天的君王。可是我不打算在那些人中進行選擇。"

大家聽後都給嚇呆了。表面上他們與皇太后共商嗣立皇君之事，實際上則什麼也不能説。

"太后英明！"便概括了他們的回答。她是否感到徵詢無人敢提的意見是自相矛盾，這似乎并不明顯。對于她的選擇可能出現明顯的异議，她根本不予理睬。

皇宮沒有秘密，所以，大家都知道太后不喜歡溥倫王子。但是，如果説她已選定另外某個與同治同輩的人，是出于她個人的野心，出于她希望繼續做攝政王垂簾聽政（而立溥倫她就不能這樣做，因爲溥倫已到當政的年齡）那是不真實的。由于她對兒子同治偉大的愛，她進行選擇的方式必定會被所有公正的、懂得母愛的歷史讀者所理解。

她希望兒子那一代能繼續當政，好像他并沒有死一樣！或許她以此欺騙自己，企圖從另外某個人的身上捕捉她已故兒子的身影。但是，爲何作出這樣的選擇，她解釋得極簡單明白。

"繼續我兒子的統治是我的願望，"她對皇族們説，"對我而言，一定要認爲他好像并沒有馭龍賓天，而仍然活着。正因爲如此，我現在做出的決定可能會驚動全國，在我們自己人中也會引起驚惶失措。但是，把進行這樣選擇的道理解釋清楚以後，人們就會理解，這是最好不過的了。首先，我打算擇立的孩子是我的至親。其次，他將代替我兒子，與任何可能榮踞其位的人差不多。這位小王子是我妹妹的兒子，因此是我自己姨侄。他也是咸豐皇帝的侄子，所以，由于聯姻，他更是我的侄兒，那麼，肯定任何人也沒有他和我更貼心。除此以外，爲了使這一聯繫更緊密，我打算過繼載湉王子爲我自己的兒子，從而使我成爲他的母親。"

人們極易想象，載湉的母親聽見這些話以後有何感想。總之，太后就這樣輕而易舉地奪去了她的兒子。此後他得永遠住在皇宮裏，遠離他的親生父母，遠離那間漂亮的房間，他曾在那裏愉快地識字寫字、閱讀中國古文和繪畫。醇王福晋雖然因爲有不吉祥的預兆而擔憂，却又無可奈何；皇太后的意願就是法律。親屬關係決沒有所有皇族結成的關係那樣强而有力。

許多皇族的臉上露出不贊成的神色，甚至這點也必須掩飾起來不能讓太后發現。歷史未記載，此刻是否有人敢于高聲抗議這種違反繼承法的行爲。太后環視了聚集一起參加這個嚴肅的秘密會議的人，沒有發現任何人反對。她繼續説：

"爲了永遠紀念我兒，這一嗣承將用一個表示‘光之繼續’的名字命名，我兒之光繼續普照中原王朝；反對這種同代嗣承的人必須冷静地仔細考慮，這并未破壞傳統，因爲承嗣者和被繼承人事實上將被當做同一個人，好像他是同治皇帝的再生。"

太后對于自己要做的任何事總能找到理由，并且能措詞得當地表達出來。

"因此，我宣布，"她慢慢地接下去説，"咸豐皇帝家族中七王爺的兒子將繼承中國的王位，其年號要按我的願望，以便我兒之‘光’永存。那就是‘光緒’。"

就這樣，她説過年號以後，應驗了張瞎子和劉鐵嘴的預言。當時沒有人反對，待到召見結束以後，消息一傳開，高級官員、朝廷大臣中提出了尖鋭的批評。但是沒有人膽敢公開抨擊，除非他想找死。所以，這些尖刻的譴責對太后毫無影響。

天　子

　　從敕命發布起，載湉即位的準備便按照古老的常規順利進行。必須擇定吉日吉時，星占家用複雜的算術方法得出正確的時辰，并且非常碰巧，午夜被他們選爲承嗣登基的時刻。

　　舉行皇帝登基的儀式是極其隆重和重大的事件。根據皇詔，甚至在即位以前，載湉就是皇帝了。由于他本是皇族王子，已有許多榮耀歸屬于他。作爲嗣皇帝，他理所當然地有權享有更多其他的榮耀。

　　轎子（所謂“御用馬車”）和一長隊隨從（全部是品級最高的太監）去把載湉接到皇宮來。醇王福晋既自豪又高興，因爲她的兒子將要成爲大清王朝的統治者了；同時她也很憂傷，因爲她就這樣永遠失去了兒子。在“中原王朝”，哪怕在最低層的庶民中，孩子一旦過繼出去，便永遠離開他的親生父母，彷彿他們當初就不曾生他一樣，此後他便永遠屬于他的養父母了。因此，醇王福晋明白，小載湉這一走，就再不能回來了，這是不可改變的。她再也不能將他抱在懷中，因爲他已是皇帝，這樣做不成體統。當她再見兒子時，她必須像應召去見一個皇帝那樣對待自己的兒子，要不斷地跪拜磕頭。因而，她深受感情的折磨，一方面爲兒子獲得至高無上的榮耀而感到高興和自豪；另一方面則因失去親生兒子而悲痛，但同時因爲是她的親姐姐過繼他，尚可得到一些寬慰。

　　這隊人馬非常有氣派地來到醇王府，傳旨要載湉準備去紫禁城。現在是醇王福晋向兒子傾注母愛的最後時機。在爲兒子準備這一重大人生旅程時，她的内心如亂麻一團。最後一刻的憐愛，獨自泪如泉涌，爲孩兒未來的健康幸福默默祈禱。迄今爲止，他得到精心的撫養。如若可能，他會在皇宮受到更加嚴密的保護。但是醇王福晋再不能將慈母之愛給予兒子了。

　　載湉不願在半夜裏從熟睡中被喚醒，即便是去當皇帝；他對當皇帝的事一竅不通。他寧願睡覺，于是邊哭邊蹬着脚，以一個嬌慣的孩子能想到的一切方式抗拒着。奶媽和他的母親安撫着他，對他講天子不應有這樣不體面的舉止。對此他回答説，如果不讓他稱心地睡覺，他就寧願不當皇帝。

　　他終于穿戴完畢準備出發，由他的父親伴隨着，踏上去紫禁城的路。醇王福晋對他作最後的辭別，因爲女人（除了太后以外）不能參加登基大典。因此，這是她最後一次在自己的家裏見到兒子。惟一與他同去的女人是大奶媽，她曾是皇太后下旨雇用的。由于親王家的皇族轎子不能讓地位低下的人乘坐，另爲奶媽送來專門的小轎。這乘轎排在隊伍的最後。這支隊伍由大臣、御史以及其他官員組成，他們各坐在自己那有相應標識的轎子裏。

　　他們熱情地簇擁着小載湉，把他抱進御轎裏。然後轎夫們輕輕一晃把轎子抬在肩上，如果他們有任何閃失，哪怕過失再小，也要受到責難。這天晚上抬送載湉是全中國最不可大意的任務。至于他自我感覺如何，是否意識到自己的高貴價值，人們可根據這隊人進入紫禁城後，把他從轎上抱下來時所發生的事來判斷。轎帘揭起後，伺候他的太監們朝轎裏望去，發現他平静地睡着了。就這樣他補償了那天夜裏所欠的睡眠！

　　但是，他必須在指定的時刻當皇帝，太監們便把他叫醒。他看見這些醜怪的陌生人，感到害怕，蹬着脚并大叫要回家去。當然，作爲未來的皇帝，他表現得太蠻橫。他哭呀踢呀，不過，毫無用處。登基大典不可延遲。執行太后的懿旨不得有誤。最後，他被抱出轎來，送到將舉行登基典禮的大殿。

　　詔書發布以後，爲他專門做了一頂相當于皇冠的“官帽”。帽頂上有一顆梨形的大珍珠。這頂“官帽”漂亮別致，僅在即位時戴一次，然後擱置起來，成爲滿族人的一件無價之寶。

　　載湉被帶到要舉行登基大典的大殿後，穿上已迅速爲他趕制的皇袍。隨後他被抱上御座。在大典進行中，只有皇族，且只有男性的皇親國戚

（慈禧太后除外）才能出席。對于這一儀式載湉非常不喜歡，不過，鑒于他只是個幼小的孩子，單獨一人在許多陌生人中，又對這些人的行爲簡直感到不可思議，因此，他那時的表現該算是極好的了。他一定在思考，幹嗎這些老人把他放在一張特殊的椅子上，把一個重物放在他頭上，給他穿上不習慣的長袍，對他講一些怪事，然後都對他三拜九叩呢？如果所有的男人都跪拜叩頭，那位似乎在指導一切的高貴的夫人爲什麼不叩拜？

載湉，從此將不再是載湉，而是光緒，現在已成爲天子，整個中華王朝的統治者了。

在每個皇族成員表示祝賀和行叩頭禮時，許多宮廷大臣一直耐心地等待來自舉行登基大殿的消息，他們將應召進來并立誓效忠新皇帝。他們必須來到皇上的面前跪拜并用頭觸地，以表示對他的崇敬。

一開始光緒非常反對登基大典，但到大典結束前，他已完全清醒了，并對進行中的一切漸漸産生濃厚的興趣。或許他已經認識到這些都與他有關。所有的孩子都會裝模作樣，光緒也不例外，他已開始進入角色。故事傳說，雖然他在登基時舉止幼稚，但當大臣進來時，他的一舉一動儼然是一位皇帝。這使那些曾私下不贊成太后擇立光緒的大臣感到無比驚異，因而增添了對他的希望。當這一切在進行時，太后一直在仔細觀察她選中的這個年輕人。

"他體質很弱，營養不足，"多年後她説，"他面孔蒼白瘦削，大大的眼睛顯得真像是挨餓的樣子。可以説那孩子直到來宮以前，從來就沒有吃够過。爲此，無論怎樣嚴厲地責備其家人也不過分。他們很富足，可是竟讓孩子挨餓！"太后不能理解醇親王福晋是如何在醫生的告誡下對光緒進行悉心照料的。在太后看來，只有一種方法哺養孩子：他們要什麼就給什麼。要是對他們無益，他們絶不想要。一個簡單的信條，却有助於治療胃疼！

最後，禮儀結束，清掃登基大殿時，太后吩咐侍從把光緒帶到他自己的宮裏。雖然他年歲幼小，却不能因而忽視他現在已經當上皇帝這個事實。無論四歲或四十歲，他的地位使他有權住進紫禁城中最好的宮殿，僅次于他養母慈禧的宮殿。太后有一個非常奇怪的思想。她不是作爲養母而是作爲養父來領養光緒！一開始，她堅持要光緒稱呼她"親爸爸"，這有兩點理由。儘管她的確希望有某個人代替她的兒子當政，因而嗣立一個與同治同輩的男孩，但她已做過同治的母親，出于對同治最深切的愛，不希望任何人取代她的親生兒子而叫她母親。這種奇怪的、自相矛盾的做法是難于解釋的。她要成爲光緒的養父還有另一個理由：她從來就希望自己是個男人。她能像男子一樣地治理國家，爲此她一直感到自豪，讓皇帝叫她"親爸爸"至少可聊以自慰。甚至光緒長大成人以後，仍稱慈禧爲"父親大人"。

新皇帝被送到自己華麗的宮中。昨天，他還把醇王府裏的游戲室看作一個很大的地方，一個小孩站在裏面就不易被看見。可是，那間游戲室與光緒的寢宮相比，就顯得非常之渺小。大奶媽也安置在他的宮裏。這裏還有挑選出來伺候他的太監，以便對他進行無微不至的照顧，因爲，他不是至尊至貴的皇帝嗎？

太監及其他隨從遵照太后的懿旨，要使光緒從現在起就牢記自己的顯赫身份。

"皇上，您的行爲應如此這般，"他們對他解釋説，"因爲您現在是萬歲爺。"

"萬歲爺"是僅適用于皇帝的稱呼，意思是永存不朽。慈禧太后的臣子屢屢向她呼喊"萬歲、萬歲、萬萬歲"，表示她有無窮的歲月，是祝願永生的意思。

不久，光緒就懂得他確實是主人。對于那一教導，他早在自己家裏就已經入門，他的話曾經就是一家的法律。

他問道："我真是萬歲爺嗎？"

"是的，皇上想要什麼？"

"我想吃點什麼東西。"

"可是，皇上，現在是夜裏。到早上時，將有豐盛的食物。"

“我是不是萬歲爺？”

“陛下，當然是。”

“那麼，給我拿食物來。”

因爲他們不敢不服從這位小專制皇帝，便送來大奶媽說適合他吃的食品。但是，爲了安撫，太監哄他說，在他執政的第二天，將有一百碟的正式大餐，這是皇帝的日常膳食。光緒對一百這個數字并無特殊的概念，但隨從臉上的表情，以及他們保證的語氣都表示今後的膳食是非常豐富的，這使他充滿欣喜的期待，因而在第一夜裏，他也就滿足于他們送來的食品了。

最後，在屬于他的那個大宮殿裏，他疲倦地睡着了。天亮時，他仍在夢鄉，完全忘記了他是這一切富麗堂皇的統治者。

他終于醒來，接受了對皇帝的早朝，睜大驚詫的眼睛看到許多跪着的人物對“天子”叩拜。後來他想起許諾給他的食物。他提醒隨從記住這一事實：他是皇帝，是萬歲爺，而現在他很餓。

早餐早已準備好了。太后曾傳下周密的指示，皇上醒來時早餐就必須準備好。侍從迅速行動起來，在皇上穿戴好以後，餐桌就擺好，一些食品盛在盤裏，一些盛在杯裏，另外還有些盛在蒸碗裏，端進來後，各道菜都按一定的秩序放在桌上。光緒驚奇地睜大眼睛注視着所有這一切準備。他很難理解所有這一百道菜都專門爲了取悅于他而準備的。

他朝這些食物看了一會兒，真比他有生以來曾經擺在他面前的食物還多。隨後又看了看一本正經的侍從。最後確信萬歲爺可隨心所欲，于是他登上桌子，在上面爬來爬去，碰翻了杯盤碗盞，隨心所欲，真是快活極了。

“陛下，萬歲爺不可這樣，”驚恐的侍從叫道，“如果親爸爸看見你在桌上爬，她會不高興的。”但光緒根本不理會。

這小孩就這樣開始行使他的皇權，任何人都對他毫無辦法。侍從害怕他會折騰出病來，意識到必須采取措施才行，因此稟報給太后。她隨即到來，看見新登基的皇帝頭上已没有皇冠，他的皇袍流湯滴水的——

簡直是一個飢餓的小男孩。她進屋時見到的情景令人發笑，她既惱怒，又忍不住笑了起來。太后完全不知所措，這也許是她一生中頭一次碰見這樣的情況。光緒對她也像對其他人一樣不予理會。他或許是第一個拒不服從而未被殺頭的人。

凶　兆

　　載湉成爲光緒帝以後，醇親王回到王府，回到失去兒子的醇王福晉身邊（她失去了兒子，確實好似她已經死去一樣），心懷許多不祥的預兆。而今張瞎子和劉鐵嘴的預言已成現實。而且張瞎子曾建議過另外一些事情。他談得不那麽詳細，不過，連連搖頭，并以令人悲傷的表情曾預言這位年輕人的生活絕無坦途可言。劉鐵嘴也贊同這一預見。

　　他們的預言在短期裏似乎并不真實，光緒的父母漸漸地又抱有希望。醇王福晉只有在皇太后召她進宮時才能見到兒子，她受到皇上賜見時，彼此之間好像并沒有血緣關係的人一樣。她再也不可能把他抱在愛撫的懷抱裏了。他現在是四億五千萬人的統治者。在他即位以後，她很可能後悔，要是過去和他生活在一起時，給他更多的慈愛，而不將他經常交與奶媽照管那有多好！

　　她等着瞧會出現什麽樣的情況，并一直生活在這樣的期望之中：由于她獻出兒子，做出了如此巨大的犧牲，願他在顯赫的皇位上能獲得一些幸福。後來的事實證明他當政初期雖有一段安寧和幸福但却是短暫的，好似一場暴風雨來臨前的寧静。

　　接着倒霉的事接踵而來。

　　中國出現了饑荒，有四個省（直隸、河南、江蘇、山西）受到可怕的影響。在中國，饑荒常常由兩種情況引起：雨水過多或奇缺。這一次是天旱所致。各地莊稼欠收。稻米是中國平民的主食，因乾旱而秧苗枯萎死去。顯然必須趕緊采取措施，減輕灾難。著名的政治家李鴻章負責救灾。在那時，如果某一地區遭受饑荒，通常的做法是將灾民遷出灾區，把他們分散到富裕的省份去。這樣大批地輸送人員需要很多時間。許多人又不願離鄉背井，他們熱愛家園，他們尊敬的祖輩就埋葬在這裏。并且大批灾民正在挨餓，時間極其寶貴。無論怎樣急切需要，搬遷的速度仍然很慢。據估計在因乾旱和飢餓而荒蕪的四省裏，有九百多萬人死去。這一切都發生在光緒當政的初期。在中國，如同其他各國一樣，把重大灾害的責任歸罪在政府首腦的身上。人們抱怨説光緒倒霉。他們并不因政府行動失誤、措施不力而責備他，顯然對那些迷信的人來説，他們僅因爲光緒是倒運的皇帝而責怪他，他們只見荒蕪的土地，只記得無數餓死的人，以其迷信的心理認爲：確實光緒完全不配當皇帝。

醇王福晋常常爲這種霉運而憂傷。對于所發生的一切，她當然没有理由責備自己四歲的兒子，但是聽到在中原王朝到處流傳的議論時，她簡直不能容忍這種想法：因爲灾害，兒子會受到數百萬中國人的譴責。那好似大量的鮮血濺在小兒子的心靈上——因爲，儘管她受過教育，但也迷信，在這個國家裏甚至地位最高的家庭裏也盛行迷信。張瞎子那預言以及她對光緒未來的憂懼使她不寒而栗。

在那四省裏所剩很少的莊稼也爲遮天蔽日的蝗蟲所毀，蝗蟲對于飢餓、乾旱、百姓的迷信或孩子皇帝的職責一無所知。這是一場徹頭徹尾的嚴重的自然灾害。此外，醇王福晋還聽見一些流言蜚語，這使她感到憂慮，差不多像她兒子即位後的厄運使她憂愁一樣。這涉及人際關係，對她來説，人際關係就像朝政的事務一樣重要。毋庸置疑，這些在她的思想上造成了更大的陰影。

全國都風聞西太后慈禧和東太后慈安的不和。後者是咸豐的皇后，但未生龍子，因而咸豐下詔將出生高貴的女孩送入宮中，準備選一個妃子爲他生皇嗣子。慈禧被選中，有幸生了兒子同治。慈安因慈禧美貌而幸運，一直憎恨她，并把許多已發生的事情，包括他們共同的夫君咸豐帝之死，也怪罪于慈禧。其實，鴉片戰争使咸豐最後的日子十分悲傷，使中國喪失無數性命，也險些使咸豐喪失皇位，結果朝廷被迫逃亡熱河。慈禧被封爲貴妃以後，皇后和貴妃之間的關係總是十分緊張。當初，慈安被迫協助丈夫選妃，曾試圖勸説他選一個樸實、不太聰明伶俐的女人。從那時起，她們之間就存在那種緊張關係。咸豐藐視慈安而娶了慈禧，因而慈安對她的敵手一直耿耿于懷。

現在光緒來到宮廷，這種關係變得更爲緊張。慈安總是在尋找令慈禧煩惱的事——不過，總是盡可能小心謹慎地在其中扮演隱蔽的角色，因爲她畏懼慈禧太后。她發現光緒可成爲她製造宮裏新糾紛的工具，并且她利用這一工具的方法非常簡單。

光緒很快意識到有幾種食物，雖然他非常喜愛，但是對他沒有益處。這些食物不再給他，他也贊同這樣的做法。但是慈安，這位東宮皇太后，知道皇上愛好某些禁用食品，她常常準備好這些菜肴，等候他的到來，那時他可以盡情享用。

光緒這樣早就學會毅然忍受剝奪他愛吃某些食品的權利，因爲他知道，到慈安那裏，他就可以不顧一切後果地享用這些食品。光緒雖然是個孩子，他却能充分地利用這個條件。結果他常常生病，但這并不能阻止慈安，一有機會她又讓他貪食。不管慈禧的一切監視，光緒仍能從慈安那裏得到禁忌的食品。漸漸地，醇王福晉也耳聞這類謠傳，更爲兒子的安全擔憂。她非常清楚，兒子的身體本來就虛弱，現在她既不能見他，也不知他怎樣進餐，心急如焚，憂慮倍增，以致醇親王都開始擔心她的神志是否正常了。

接着，灾難一個一個接踵而來。

平静了一段時間的回民又掀起一次暴亂。自從一六四四年滿族人當政以來，回族常常在製造麻煩。從一開始，他們便憎恨滿人，所有的滿人深知，除非把回族消滅或驅逐出中國，否則他們絕不會完全屈服。這次暴亂在雲南興起，回族的頭領們企圖舉行反朝廷的武裝暴亂。所以，回族人公開宣稱他們的目的是推翻清朝，他們也掠奪百姓的錢糧物資。像以往一樣，遭殃倒霉的仍舊是窮苦百姓，雖然這次暴亂輕而易舉地被鎮壓下去了，但是，迷信的百姓又歸罪于光緒。有損他的謠傳不斷產生，而且越傳越多。成千上萬的普通老百姓成爲戰爭的犧牲品，地方官吏爲了與百姓合作，也時常抱怨小皇帝那人所共知的霉運。

回族暴亂平定以後，有了一段和平時期，似乎光緒的霉運會從此消失了。但是好景不長。下一個麻煩出在法國。法國要求對其開放中國南部的海豐和海南。中國政府甘願對其要求作出讓步，并公布了這一事實。可是朝廷的這一舉動遭到另一次暴亂的阻擾。一伙非正規兵，或者説散兵游勇，自稱黑旗軍，與政府毫無關係（除了他們可能受政府在職的地方官吏的支持和唆使以外），向法國人進行了勇猛的進攻，殺死很多法國人。法國因此要求賠償。戰爭迫在眉睫。中國絕非好戰之國，從不備戰（不論是侵略戰爭還是防衛戰爭），在此情況下，慈禧太后只能明智地做了她惟一能做的一件事。爲了避免公開的戰爭（因爲公開開戰無疑會使中國付出很大的代價），所以將"議和"這一問題提出仲裁，結果是與法國簽訂了喪權辱國的和約。

更多的罪責落在幼年光緒的肩上，加重了其厄運的壞名聲——給小皇帝的父母，尤其是他的母親，帶來更沉重的精神負擔。

這個問題剛解決（其解決辦法使中國人非常反感），朝鮮又突然製造麻煩，實在令人震驚。幾個世紀以來，朝鮮向中國年年進貢，歲歲來朝。凡是涉及朝鮮的任何爭端，總是由中國出面調停。過去，朝鮮經中國默許才作爲政府存在，她猶如中國的一個省份。

這一次朝鮮并沒有預先發出通牒，她利用了中國内部不穩定的狀況，不再承認中國的宗主權。她堅持要有獨立自主、與鄰國直接交往的權利。眾所周知，日本是釀成這一獨立浪潮的主謀，但未經證實。即使當時找到了確鑿的證據，也無濟于事。當朝廷在磋商對策時，日本已斷然公開支持朝鮮，直接與朝鮮簽定了盟約。如果宣布這一盟約無效，日本就會成爲中國公開的敵人，對日本的敵意，中國早就有所覺察，只是沒有公開化罷了。

實際上中國從此失去了朝鮮。

現在對光緒的怨聲已上升到頂點。要對以前的屬國朝鮮開戰已不可能。在爭執中，日本顯然會采取反對中國的立場。對此實在毫無辦法。

這些震撼世界的事件，對遠東的歷史、甚至遠東的今日都產生了如此重大的影響，却被光緒的父母當作是私人的麻煩，這是非常奇怪的。

這些事件斷送了數百萬人的性命，一夜間改變了中國的版圖，却僅僅被認爲是他們影響了光緒的健康和幸福，認爲其重要性還不如慈安不正當地給光緒提供食物，這確實令人啼笑皆非！醇王福晉雖是皇族一員，却更是一位母親。此外，所有這些政事軍務對她而言都是模糊而遥遠的。皇族成員中只有極少數人才真正具有治國之才，或者對社稷大事真正有興趣，其中大多數人認爲清朝是屬于他們家族的，就像他們的家庭是由自己的家人所擁有那樣。

這些結果，只要關係到光緒，又爲醇親王及其福晉增添了焦慮，因爲他們看見張瞎子和劉鐵嘴的預言正在逐漸而又不可避免地應驗。十分明顯，開初他當皇帝就不吉利，接着而來的宮中傾軋和不幸也就在意料之中。但是没有人能猜出，其他的不幸會以何種形式出現。

人們并不認爲：光緒僅僅是小孩，慈禧太后實際上才是真正的統治者。光緒被當作王權的象徵，他就是皇上，不管其年幼與否。假如他未曾從游戲室應召來宮，成爲中國的君主，對于清朝政府來説其結果仍然一樣。但遭受灾難的人不能認識到這點。

這些事件迅速而接連不斷地發生。醇王福晉幾乎因憂慮而精神失常。等着皇太后下詔召她進宮，這是她能見兒子的惟一方式，即使見到兒子也總是有許多其他人在面前。日復一日地，她等待着，希望能得到懿旨，準許她見孩子，并允許她瞭解這一切麻煩正如何損害他的健康。可是，慈禧并没有發出這樣的懿旨，顯然完全忘了醇王福晉對光緒理所當然的關心。或許，慈禧不應因對醇王福晉考慮不周而受到責備。她攝政期間頻繁的騷亂使她的思想没有閑暇。她是惟一能處理好社稷事務的人。她必須采取措施解決饑荒問題、與法國的糾紛問題以及與朝鮮和日本的更大的糾紛問題，她希望與他們盡量少發生麻煩。

雖然她的大臣們總是藐視其他國家的力量，對她夸口説，只要與任何國家交戰，中國都能輕而易舉地戰勝那個國家。但是太后十分精明，不輕信這些勸諫者。事實證明他們往往是觀點狹隘，缺乏洞察力和治國才能，因此她感到自己有理由不采納他們大部分的意見——她這個習慣

始終没改，直到她臨終之前，還是如此。她坐朝時宣大臣和謀士站在其
御座前，僅僅因爲從大清統治中國以來就有這樣的慣例。

醇王福晉，不再等待詔書，似乎太后的詔書絶不會下達，也許還意
識到她自己生存的日子不長了，終于送上一道奏摺，感到自己這樣做無
可非議，因爲她畢竟是皇上的生母，是太后的親妹妹，最受寵愛的妹妹。
她還懇請皇太后取消在宫裏賜見的禮儀，恩準她單獨會見兒子。

太后對這一祈求考慮了一些時候，最後決定準其所請。許多個月來，
醇王福晉第一次來到皇宫，獲準單獨面見光緒。小皇帝看見自己的母親
十分高興，竟放聲大哭起來，讓自己至少享受一次做一普通小男孩而不
是皇帝的特權。母子重逢的快樂是没有止境的。多年後我曾斗膽問他那
段往事。對于母親他只有模模糊糊的印象，他只記得那次探望使他非常
高興，却完全記不起那時他們的詳情。誰想到：這竟是他們母子之間的
永別！醇王福晉回家後不久就歸天了。

皇帝的日常生活

醇王福晉那次來宮探望兒子，是自光緒登基以來第一次，也是最後一次完全單獨地見到他。没過多久，光緒問王商（一個侍候他的太監）説："我可以再見醇王福晉嗎？"

自從敕命（太監們對光緒仔細地解釋過）發布以後，他已成爲慈禧太后的養子，不再是醇王福晉的兒子，不能再稱她爲額娘。從此，對于他來説，她將永遠是"醇王福晉"。他們没有明白地告訴他醇王福晉已死去。王商盡量小心翼翼地向他解釋説：

"皇上，不能見到她了。醇王福晉將永遠不再回來。她已和她的祖先一塊先走了，不過，你不必難過，她現在非常快樂。"

甚至太監也覺得光緒十分可憐，想消除他的不快。在侍候他的三四個太監中，王商是他最好的朋友，他對光緒的關心可以説是盡心盡意。如見光緒跌倒，就將他攙扶起來，對他不懂的事，耐心地加以解釋，散步時牽着他的小手。大約就在這時候，全國鼎鼎有名的李蓮英已成爲慈禧太后的總管太監。光緒初次見到他時，他們之間幾乎立即就有一種厭惡之感。李蓮英把光緒視爲對其野心有妨礙的人。光緒竟當面對李説：

"你的面孔怎麽這樣醜？我怕你。快走開！"

在小傢伙毫無顧忌地説出心裏話以後，李蓮英行叩頭禮時，醜臉上露出一絲冷笑。倘若光緒知道宮中的陰謀，熟悉野心勃勃的太監們，尤其是李蓮英的慣用伎倆，他一定會發現李蓮英對他已經産生了憎恨。當李蓮英離開以後，王商温和地對小君王説：

"皇上不應該那樣對李蓮英説。他是太后的總管太監，他處于有權的地位，也許有一天會加害皇上。"

"王商，他怎麽能害我？我是萬歲爺，他只是一名太監。就像我對他講的，他很醜嘛。"

"有許多事，即使皇上已經看見并瞭解是真的，但是，却不能講。"

光緒不爲此事煩惱，根本没有意識到他已經爲自己樹敵。李蓮英口頭上説得好聽，背地裏却離間光緒和慈禧。毫無疑問，當時慈禧愛光緒，無异于她愛自己的兒子同治。

光緒的日常生活很少改變。他每天早上大約六點鐘醒來，王商來幫助他洗漱穿衣，另外還有兩名太監被指派爲皇上的貼身侍從，輪流協助王商。光緒對準備早膳的工作很感興趣。他甚至覺得穿戴也很有興趣，因爲給他穿衣服時，太監們過于小心謹慎，他常常穿一件淡藍色的長袍，外面罩一件梅紅色的馬甲，從肩一直罩到臀部。頭戴一頂黑色便帽，頂上綴有一個紅色的絲結，結子的下面垂着一根紅纓。帽子上用金綫繡有許多"長壽"的字樣——這是除特殊的儀式外，他衣着上惟一使用御用的顏色（黄色）的地方。一顆大珍珠嵌在帽子前面的正中。他脚上穿着白底黑色的緞靴。

穿戴完畢以後，他急着要用早膳——牛奶、米粥和有點類似英國小松餅的甜餅——他獨自一人進膳，顯出皇帝的威嚴。他的侍從絶不會忘記，或者也不讓他忘記，他是皇帝，没有人地位高得能和他一同用膳。一個正在獨自用餐的小男孩就是光緒，因爲侍候他的太監動作輕緩，而且態度十分嚴肅恭敬，所以他幾乎感覺不到他們就在身旁。

早餐完畢以後，他的第一項任務是去太后處請安。這是絶不可忽略的。這是他今後一生中，以至成年以後都必須遵循的慣例。這也是必須遵守的二十四孝中的又一條。

王商帶着皇上到慈禧的宫裏。光緒將面見慈禧太后并請早安。她將詢問他的健康，而他總會彬彬有禮地答復。在這方面他受過嚴格的訓練。太后總是起得很早，這時候她已經穿好衣服，準備去上朝了。太后的坐轎抬來以後，她坐上去，由太監抬走，同時，光緒走在她的後面，緊緊拉着王商的手，從不被李蓮英所重視，而李蓮英，不管太后的旅程多麼短，總是作爲太后的大總管陪伴着她。他們一行人沿着宫廷那彎彎曲曲的道路來到勤政殿。太后的御座就設在那裏，光緒坐在太后左邊的一個較低的小的御座上，有一張腳凳爲他墊腳，當他的腳在這張凳上擱好以後，早朝就開始了。

據説光緒很快就學會接見執行公務的高官大臣，他静静地坐着，臉帶嚴蕭的表情。一個這麼小的孩子有這樣的表情，看來一定是不可思議的。

當太后示意退朝後，官員叩過頭正在退離，此時光緒盡力要做的是控制住自己，直到那些官員全部離開爲止。他想立即站起來從這裏跑開。一開始，他似乎就不喜歡這拖拖拉拉的禮儀，在他當政的整個時期他都有這種情緒。

退朝以後，開始學習。光緒有很多老師：教弓箭的老師、教文學的老師、教劍術的老師和教圖畫的老師。他愛好所有這些學業。他首要的任務是熟識漢字，閱讀古典著作（中國歷代名家的詩）以及努力作畫。在宮裏，他最爲崇敬的老師是翁同龢，多年以後，光緒通過他才與大改革家康有爲取得初次聯係。這兩人對他的一生有重大的影響。翁教書的方法有別于其他教師。其他教師都屬于那種在中國隨時可以見到的，他們也許會對學生的進步稍加稱贊，而後又説幾句貶低的話來抵消剛才對學生的嘉許，以防學生驕傲自滿而在以後的學習中懶惰起來。翁同龢則相反，對光緒一直很同情。他總是忠誠可靠、盡心盡意地指導他的小皇上，該稱贊的則稱贊，毫不吝惜。翁同龢也許是宮中（至少是與皇帝陛下密切接觸的那些人中）絕無僅有的不謀私利的人。

光緒和翁同龢間這種相互敬愛之情導致一種奇特的情形。有一次，光緒和翁同龢一起學習，一個太監（很可能是李蓮英，因爲這種行爲十分符合他的個性）路過，看見這位教師正坐在小君主的面前。爲了使翁同龢和皇帝陛下都爲難，這個太監立即向慈禧稟報説：

"翁同龢不成體統，對皇上不够尊重。剛才我看見他竟坐在皇上的對面。"

太后向來是個極拘泥于宮中禮儀的人，立即下令將翁同龢帶來受訓。

翁來後并未作任何解釋，因爲他知道，他能提供的惟一解釋也許會使皇上受斥。他俯伏在太后脚旁的鵝卵石上，接受苛斥。回去後，他也没有向光緒報告所發生的事，不過，光緒幾乎立即得到了這個消息，因爲爲了顯示自己而愛搬弄是非的人，在中國的皇宮裹比其他任何地方都多。光緒聽説以後，馬上命王商帶他去見太后。

他拉着王商的手就走。太后準其覲見。他進去以後，隨即跪下，把他的頭擱在太后的膝上，世界上的人敢于那樣做的惟有光緒一人。

"我兒，什麼事？"她問道。

"親爸爸，"光緒説，"孩兒求您原諒翁同龢一次。我知道，他因坐在我對面受到責罵，但是這堂課很長，我想他一定累了，所以我命他坐着講。他還立即叩頭謝恩的。請您饒恕他好嗎？"

這是光緒特有的一種姿態。他總是十分民主，常用這樣的行爲破壞皇族傳統。也許，在西方人看來，這似乎非常簡單，然而，對于有許多古老的習俗的中國皇帝來説，這簡直是有瀆聖賢的。太后恩準饒恕翁同龢，因爲她不能拒絕兒子的任何請求。雖然她表面上寬赦了翁同龢，但後來的事件證明：自那以後，她永遠對那位仁慈的老人存有戒心。

教光緒學書法，有一套特殊的方法，那位善于使用毛筆的教師首先把那些字工整地寫在一張卡片上。上面覆着一張透明的紙，然後要求光緒用毛筆描這些字，直至他寫好爲止。每天他要記住十個像這樣的字。書法練過以後，他還要讀一定篇幅的古籍。然後，在午餐前，他還必須作畫，圖畫課結束後再睡一會兒。他睡覺的時候，任何人如果膽敢高聲喧嘩，吵醒光緒，那肯定會吃苦頭！

吃過午飯以後，光緒就在庭院裹玩耍。他有一匹小馬，長長的尾巴，一雙明亮的、善解人意的眼睛，這個小動物一定懂得它馱的是至尊至貴的小皇上，因爲它對光緒總是非常温馴的。皇上的馬鞍是做得最精緻的，它像馬鐙和馬繮一樣，上面綴着綠玉寶石。光緒愛騎這匹小馬。不過，他騎馬時也没有其他孩子那樣的自由，因爲小馬雖温馴，但在他騎乘的時候，他的周圍簇擁着太監，抓住他的胳膊和腿，確保他不摔下來，同時還有兩名太監牽着這匹小馬，以保證它不會馱着皇上奔跑。人們想知道，要是允許他像別的孩子那樣自由馳騁，他會有什麼樣的感覺呢？

光緒騎馬玩膩以後（他極易厭煩任何艱苦的事），接着便是學箭術，西方世界對于這種箭術課或許根本不了解。中國箭術中使用的弓和箭大約介乎于弓箭和彈弓之間的東西。弓與眾所周知的普通弓差不多，但都用一種小型的硬泥丸或淬火的鋼彈取代箭——泥丸用于練習，如要殺傷，就用鐵或鋼的飛彈。在弓弦的中間有一個小的杯形物，其大小正適合裝飛彈，飛彈由射手的拇指和食指夾在杯形物裏——對左右開弓的光緒來說，他隨便使用哪隻手都一樣熟練。向後拉弓時，簡直和裝上箭的一樣，一鬆手，彈丸就發出尖銳的嗚嗚聲，以驚人的速度命中。要用鐵球或鋼彈進行謀殺，也并不難。不久，光緒成爲一個水平很高的射手，如同他能很快掌握其他感興趣的任何事一樣。雖然他處于宮中那樣的環境，那裏始終以爲天生的智力無關緊要，但光緒有一個非凡的頭腦。譬如説皇太后，宮中大多數人都認爲她是全世界的主宰。如果他們聽説法國和英國，就會把這些國家看作是大清王朝的屬國，或者像江蘇、廣東那樣邊遠的省份。光緒十歲或十二歲時，他的見識就超過宮中除太后以外的任何人。

他大概在傍晚六點左右吃晚飯，飯後他可以像普通小孩那樣玩耍，直到八點才睡覺。

通常他在自己的宮中玩，太監們拿出許許多多的玩具——一些是他的親生父母送的；一些是太后賜的，太后每天賜予他很多的玩具，他甚至來不及玩，同時她還命工匠設計更多的其他玩具；還有一些玩具是大臣和各省總督送來的，每次他們來宮都少不了給皇上和皇太后送禮。

太監們和光緒一同玩耍，彷彿他們自己也是小孩，因爲在玩耍的時候，準許他們跪下參加他創造的游戲。他們在光緒的面前跪着是完全可以的，不過，絕不準他們坐着，甚至在跪着時，也不準他們坐在腳後跟上！

有時候，有所不同的是，太后在他玩耍的時間派人召光緒去她面前玩，因此光緒童年時常常有這樣的情況：晚飯後他在太后宮中玩耍，與此同時太后獨自在桌旁玩紙牌，或者和她的女侍一起打紙牌、擲骰子。

皇上在自己宮裏或在慈禧太后面前玩耍時，那些游戲常常使他想到自己的親生母親，他就會中途停止并問道：

"醇王福晋在哪裏？她爲什麽還不來看我？"

每次光緒問到這個問題，翁同龢或王商都小心地進行解釋，而太后則把紙牌或骰子握在手中，等候她難以親自作的答復。他們對他說："醇王福晋將不會回來了。她已快樂地去西天了。"

光緒從不進一步問到西天的情況。對于他，那是一個人們常去，但由于某種原因又不允許返回的地方。因此剛才的回答暫時似乎使他滿意，不過，他深切地思念他的母親，這是毫無疑問的，光緒深深地眷念着生母，太后心裏酸溜溜的，真有些妒忌她那已故的妹妹。她從來就希望在一切事情中領先，即使是在别的女人的兒子心目中也要居于首位。

最後，游戲完畢，王商會指導光緒對他的"親爸爸"道晚安。然後他就牽着皇上的小手并把他引回到他自己的宮中。經過緊張的一天以後，到這時候，他已非常睏倦。在那裏，他將單獨和奶媽在一起，直到睡着爲止。

小朝廷

一個孩子七歲的生日是很重要的，對于一個皇帝那就更不得了。人們認爲某些生日比另外一些生日更爲重要。小孩長到七歲的年紀，可稱已經完成一件大事，因此有理由希望他活過正常的壽數而不會夭折——當然，要是他平安地過了十二歲，他的生命就更有把握。所以，七歲和十二歲這兩個生日是最要緊的。光緒七歲生日那天，早上醒來，他立即意識到與往常不同，好像將要發生什麼有重大意義的事情。這是從王商以及伺候他的其他太監的行爲中看出來的。

"皇上，今天是您的生辰，"王商説，"您將會碰到許多令您驚喜的事情。"

等光緒一穿好衣服，翁同龢就嚴肅地對他講了一些適合七歲男孩的哲理，另外還引用了一些箴語和格言，包括孔夫子説的話，其內容大致如下：

"七歲男女不同桌。"

後來光緒可笑地引用了這句話。但是在聽的時候，他還是像以往習慣那樣認真嚴肅，把這句話記在心裏，并不回答。他格外操心穿着問題，因爲今天他將首次獨自上朝聽政，不是作爲太后的從屬，坐在左邊較低的凳上，而是堂堂皇皇地坐在太后所坐的寶座上，接受通常屬于太后的所有榮耀。而且他要裝束成將要扮演的角色。自從他登基後三年來，第一次穿最富麗堂皇的衣袍。他穿着金色龍袍，脖上挂着一串項鏈，頭戴一頂皇冠——用黑色緞子做的，帽檐兒四周綴有紅纓，頂上有一個紅絲結。總之，一整套皇帝的服飾，只是比起一般的來要小一些。

這天早上他將坐轎去上早朝。但是去之前必須拜見慈禧太后，還要向她磕頭，在他七歲的生日，向她表示祝賀！中國有個奇怪的風俗：孩子過生日時，他的父母并不對孩子表示祝賀，而孩子則應感謝父母的養育之恩，使他順利地成長到那一年紀。太后以光緒親爸爸的資格接受感謝之後，接着講話，這些話没有什麽特别之處，完全是皇宫歷朝傳下的老一套。

"你今天已經七歲了，比去年這時候正好大一歲。七歲這個年紀在你一生中是重要的年紀。從今天起，你必須下決心，比從前更加努力學習，這樣才能使你有更好的智力和學識來統治、管理你的臣民。你務必小心謹慎地行事，使你的統治英明而有成果。"

光緒不太注意聽太后的這些話，因爲宫中各處正在進行許多活動。太監不斷來太后宫中，送來的禮物在托盤裏堆得高高的，因爲今天是光緒陛下七歲的生日，這消息當然早已在全國廣爲傳播。數周、乃至數月以來，許多官吏、大臣及各省總督預先就耗費大量金錢，購買合適的禮物送給小皇帝，或者雇著名的能工巧匠，趕制禮品，這些禮品都是各種各樣的玩具。那些前來參加皇上首次正式賜見的官吏們，在他們到來之前，事先已差人送上禮物。

每兩個太監各捧着一個裝着玩具的托盤，通常成雙成對走在一起，按照中國人的風俗：只送一件東西作禮品被認爲是不吉利的。自從外面院子接到傳話説小皇帝在太后皇宫裏那一刻起，堆着玩具的托盤由太監捧着，形成一個長長的隊伍，川流不息地在光緒面前經過，讓他過目。

相比之下，光緒對堆積如山的禮品更感興趣，而對這些禮品來自何人、他們是什麽長相則不聞不問。對于他來説，總督和大臣只不過是毫無意義的稱號。但是那些玩具却有豐富的含義，并且每盤玩具都必須先給他看過以後，才送到他的宫中，待他下朝以後再細細地觀賞。

送禮品的隊伍似乎没有盡頭。光緒本人對這種場面漸漸感到厭倦。好不容易才挨到最後一盤禮品送來過目後，又送去光緒的宫中。這麽多的禮品暗示了前來朝賀的人數之多。太后催促光緒，趕快去上朝。他乘坐御輿到了那裏，下來後便登上了寶座。

這個儀式極其簡單。在大臣和總督們對他磕頭，恭賀他的誕辰的時候，他的任務就是端端正正地坐在那裏，盡可能顯出一個七歲小皇帝的聰穎和派頭來。他在朝裏只接見國務大臣——軍機大臣、各部的尚書老爺等等。僅是一些地位極高的官員纔可以走到近前見皇上，地位較低的官員在殿外，按等級站成一排又一排，不停地向皇上磕頭，不斷地吟誦祝詞。光緒只是端坐靜聽。王商則充當司儀之類的角色，儘管這些官員在宮中的時間已長久，對這些程序爛熟，幾乎不需任何解說。

所有的官員朝賀和磕頭大約需要一個半小時，在這期間皇家樂隊奏起柔和優美的音樂，不過仍能聽見大臣們那抑揚頓挫的祝賀聲。

衆大臣完全退出以後，皇上還得接見一批皇親國戚，包括他們的孩子。自從進宮以來，他和孩子們的接觸很少，對他們的興趣必定很濃，但是他絲毫不可有損皇上的尊嚴。他只能乾瞪着眼看着他們，至于他腦海裏在想什麼就不得而知了。

當皇親國戚接見完畢時，那些年長的皇族由太監引到劇場。在這樣的重要的日子裏，演出從黎明一直持續到黃昏，這些戲都由太監充當演員，大部分的劇本則是太后自己編寫的。那些孩子們仍然留在殿裏，敬畏地望着他們的小皇上，這時宮裏三千多名太監也前來叩頭祝賀。

待他們朝賀以後，這儀式才全部結束。

現在光緒又乘上御轎回到慈禧的宮裏，一群孩子在轎後尾隨着。這些孩子的年齡幾乎和光緒一般大。

光緒還有一個任務就是告訴慈禧剛才上朝時的一切情況。他的匯報既奇怪、而又簡短得體。

"親爸爸，"他對太后說，"我甚至没動一下。"

慈禧聽後很高興，一個七歲的小孩在一個半小時的接見中一動不動，她爲此而自豪。這個孩子正在初露其做皇帝的能力！太后想在光緒七歲的生日那天，讓他隨心所欲，只要不損害他的尊嚴，因此，她朝王商點頭示意（他知道下一步幹什麼），繼續進行早已籌劃好的安排。王商立即懂得太后微微點頭的意思，便對光緒說：

"皇上願意去看戲嗎?"

　　光緒剛從令人疲乏的接見中解脱出來，面對着前所未見的這麽多的孩子，他顯出了十足的孩子氣。現在他最大的願望是和這些孩子們一起玩，和他們親熱。因此，他高興得拍起手來，迫不及待地表示贊同王商的建議。"好啊!"他説，"我們都去劇場痛痛快快地玩吧。來啊，我們一起玩!"他極想混到那些孩子中間，和他們一起到劇場去。但他即刻受到王商的勸導，因爲王商很快就瞥見太后不贊成的眼色。

　　"皇上不應有失尊嚴，"王商説，"您一刻也不可忘記您是皇上。"

　　這使光緒非常失望，但是他已習慣自我否定。他還是毫無异議地接受他的長輩和訓導者的規勸——頃刻之間他又成爲皇帝，擺出一副萬歲爺的架子。他在前面朝劇場走去，尾隨着大約十幾個孩子。這座戲樓裝飾華美，舞臺設在所謂的"廊檐"下。光緒和孩子們在劇場狹小的院子對面的廊檐下觀看。

　　光緒一直坐着看戲，孩子們則鄭重其事地排成横排站在他的身後;他的生日宴席正在鄰近的房子裏準備着。當然，那一定是每席一百樣菜。孩子們得知這次他們將準予與光緒一同進餐，因而内心裏，對他們正觀看的戲目漸漸感到無趣。整個演出中，僅有一次，光緒忘却了自己的身份。

　　劇中有一場非常滑稽，光緒哈哈大笑着拍起手來。但是他立即想起自己的身份，看了看王商。王商這次并没有責備他。光緒説:

　　"王商，我懂。你經常勸導我:一個人高興時不應大笑，生氣時不應提高嗓音。從此以後我一定記住。"

　　的確，光緒記住了，不管他有什麽感受，他都將它遮掩在皇帝的尊嚴之下。這向來就是宫中的規矩。宫中没有一個人準予我行我素，不受約束，他們都是傀儡，他們都是同一個大舞臺上的演員，惟有慈禧或許能比任何人更接近自己的本來面目。

　　在看戲的時候，有一個太監來啓奏説，酒宴已經準備好了。當他向擺有酒宴的便殿走去時，那班小朝臣都自動退後爲他讓路，一到那裏他立即就座。至于怎樣舉行這一酒宴，事先光緒已得到正確的指教，當孩子們站在周圍，眼睜睜地盯着食物垂涎欲滴，光緒極威嚴地說道：

"我準許你們和我一同進餐。"

孩子們立即蜂擁到桌旁，吃了起來，不過，在皇上面前，他們沒有一個人可以坐下。太后前來觀看這次酒宴，這是她一生所見過的許許多多御宴中最特殊的一次，在場的有小皇帝和他的小伴臣，而且她對光緒的舉止感到很滿意。孩子們一邊吃，她在一邊仔細地審視，依據他們的行爲判斷其教養，猜測他們的年紀，以定奪他們中哪兩個可留在宮中做光緒的伴臣，因爲從現在起他應有同齡人做陪伴。顯然，選擇這些孩子必須慎重，如果選得不好，會造成嚴重影響，致使宮中不和。

太后決定要個女孩，她這樣做就打破了"男孩和女孩不可在一起玩"的慣例。不過，她總能爲自己辯解，藉口說在這種情況下，她所以這樣做，是因爲沒有兩個男孩和光緒同歲。他們的年紀不是太大就是太小，都不合適。

她選定的女孩叫沁鳳，太后弟弟桂都統的女兒，因而是太后的侄女。一開始，她就立足于爲將來作安排，要使她的娘家越來越牢固地控制大清的王權。毫無疑問，她策劃着將來某一天要讓沁鳳成爲光緒皇帝的皇后。如若不是立她的姨侄做皇帝、又使她的侄女做皇后，她怎能確保自己的家人牢牢地保住皇位？她觀看生日酒宴的時候，內心裏就悄悄擬定了這個計劃。這是光緒小朝廷。光緒打扮得像任何一個皇帝一樣，他的臣下（"小皇室"成員）穿戴得像他們的父母一樣，以對太后表示崇敬，好像慈禧的朝廷已經縮小成爲小人國的朝廷了。

宴會終于結束了，慈禧對光緒說：

"我已經從恭親王的家中選了個男孩做你的同伴，我還選中了一個與你年齡相仿的女孩。他倆將留在宮中陪伴你。"

光緒看起來很失望。

太后指着沁鳳，一個很漂亮的小女孩，儀態端莊，舉止文雅，在這次酒宴上并不特別引人注目。

"我已選定沁鳳，你的表姐。"

　　光緒不曾注意沁鳳，直到此刻，她只不過是這些孩子中的一個而已。他看着這個小女孩，雖然他有很強的自制力，但是很明顯，他不希望這個女孩做他的陪伴，立刻就表現出不喜歡她。這種厭惡感從不改變，并且隨着歲月的流逝在增長。與此相反，沁鳳却一直喜歡光緒。

　　太后對光緒講的時候，他看着沁鳳。

　　他怎麼能在既不得罪沁鳳，又不觸怒他的親爸爸的情况下，表明自己不願意要這個女孩子做伴呢？這時候，他表現出了自己日益增長的政治家的天賦，他簡單地説道："可是，親爸爸，孔夫子説，七歲以後，男女甚至不可同桌吃飯，而今我已七歲了。"

　　太后肯定對他那外交官似的回答感到高興，雖然她已經從光緒的臉上洞悉：他立即表現出不喜歡沁鳳，但是，她決不容許她的決定受影響，她相信自己的選擇是對的，從現在起就不可以改變，沁鳳一定要是光緒的陪伴。因此她又一次這樣告訴他。他明顯地不想再糾纏這個問題了，于是就像在任何其他情况下一樣，轉而進行其他的例行活動了，不過太后并不誤解爲他已經忘掉這件不快的事情，或者毫無怨氣地聽天由命了。

　　一開始，沁鳳説的任何一句話都不可能是對的。光緒問她一個問題，她還來不及開口，光緒就把嘴唇輕蔑地一撇，告訴她，她的回答不能令人滿意。有時候，她忘記光緒對她的討厭，提出一些自己的見解，結果反而招來了更刺傷她的答復。

　　太后認識到這一切，但是不顧這種厭惡的情緒的存在，她擬定的計劃決不可因人爲的原因而束之高閣。爲了成爲咸豐的妃子，她自己不就做出過犧牲？爲了成爲咸豐兒子的母親，不是捨棄了自己青梅竹馬的情人榮禄？她懂得個人的犧牲，從未想到任何皇族成員在需要做出她那樣的犧牲時，還會猶豫不決。光緒并不是捨棄一個愛人，只是被要求接受某個人做陪伴。

　　于是，沁鳳成了宮廷成員，她將留在那裏度過餘生。

兩種不同的教育

太后總是設法擴大她的家族在朝中的權勢，只要他們的權勢不至于危及她個人。但是，在朝中也確有人比她還有心計。

宮中的侍從之間就互相勾心鬥角。例如，太監，他們的精明、陰險是不亞于其他任何人的；當然，他們的影響是必然受到一些限制。但是，也不要忽視，他們中有些人的作用却影響了中國歷史，李蓮英和王商就是例证。

光緒同時接受着兩種不同的教育：一種是壞的，來自太監們；一種是好的，來自他崇拜的老師翁同龢。這兩套教育同時并進，使光緒感到困惑。

太后希望光緒和沁鳳親密相處。根據她私下窺測（太后從不耻于從下人那裏獲得關于宮中發生的各種事情的信息），他們倆是按她的意願做了，她的願望滿足了。

一天早晨，太后通知光緒帶沁鳳到花園去，并教給她射箭的技藝。在這項運動上，對于滿洲女孩子，雖然不像對年輕小伙子那樣有那麼高的要求，但也必須有一定的熟練程度。憑以往的經驗，沁鳳知道光緒肯定會冷落她，所以不願意跟他到花園裏去。但是她知道她還必須去，因爲對太后的懿旨，哪怕是微不足道的想法，都是不能違背的。于是她無可奈何地來到了花園裏。

按理說，光緒是有義務把他從老師那裏學來的射箭本領傳授給沁鳳的，但是他却沒有這樣做。他對她一點也不關心，似乎根本沒有注意到她的存在。無疑，她是感覺到這種冷淡的，在那些正在會心微笑的下人面前，她感到有失身份。但是她膽怯，沒有勇氣走上前去維護她的權利，而只是守着光緒的後背，期待着他能注意到她。

太后在自己的宮裏召見一個侍候光緒的太監，問他：

"萬歲爺教沁鳳射箭技藝了嗎?"

"是的，太后。"太監回答，"他們在一起玩得很好，皇上耐心地指導小公主，他們在一起很快樂。"

"皇帝今天射箭成績好嗎?"

"是的，太后。"

"沁鳳成績也好嗎?"

"是的，當然沒有萬歲爺的分數高。"

于是太后讓這太監退下。

隨後，光緒向太后報告來了（每當他學習或游樂一段時間後，總要向太后報告，以便她能掌握他各方面的成長情況）。

"你今天得到好分數了嗎?"

"不，親爸爸，我今天的成績糟透了。"

"那麼，沁鳳的分數高嗎?"

光緒絲毫不懂撒謊在策略上的重要性，他說:

"不，親爸爸，她一分也沒得，我沒讓她得分，我不喜歡她，什麼也沒有教她。"

這樣，太后知道了，她派去侍候光緒的那些太監非常善于用撒謊來維護他們的主子，或者，說得更確切些，維護他們自己的利益。

不久，太監們發現（正像他們能發現每一件事情那樣），光緒說出了有關沁鳳的真實情況。撒謊的太監并沒有受到懲罰，因爲太后很理解，在那種場合下，他是不可能批評自己的皇上的。至于那太監，他一聽到發生了這件事，就立即跑到光緒那裏，一邊叩頭一邊說:

"萬歲爺不應該說沒有和沁鳳一起玩，當老佛爺問起時，應該說是一起玩的。"

"那是撒謊。"

"是的，陛下，但是撒謊能避免不愉快和誤解。沁鳳可能也說的和我不一樣，但是她可能是由于不能與萬歲爺唱反調。我告訴老佛爺依照她的懿旨與沁鳳玩得很好，這能使她高興，又沒有什麼壞處，要不是萬歲爺告訴她另一番景象的話，她可能會爲此感到更快活。"

這些太監就是這樣教導光緒理解撒謊在人際關係上的意義。這使他非常困惑。于是，像往常遇到疑難問題時那樣，他去找翁同龢。

"太監們要我説假話。"

翁同龢是一位非常聰明的謀略家，他不可能去告訴光緒不要理會太監們的勸告，因爲他們是太后安排在他身邊教育他的。但同時，翁同龢又不能容忍做假。于是他説：

"太監們是很聰明而且忠于太后的，應當受到尊敬，因爲他們是太后的，而不是別人的僕人。但是，在做每件事之前，最好想一想孔夫子的教導，這是一個有身份、有地位的人必須做到的。"

可以看出，他既沒有真正去責備太監們，也沒有教光緒不去理會他們的勸告。

他只是履行了他在宮中的職責，那就是，教育光緒去信奉一位更偉大的導師；而偉大的孔夫子是不容許人説假話的。

儘管翁同龢在教育光緒的時候是如此的細心、謹慎，他也非常清楚，他不可能完全抵消太監們的反面教育；而且，不可避免地，他們的某些教育會對皇帝的一生產生嚴重的後果。在沁鳳進宮的同時，恭親王的兒子被指派去做光緒的伴讀。選出這樣一個男孩子去伴讀是出于一種卓越的心理分析，他成爲光緒學習中的一個競爭對手，以此來激勵光緒更加勤奮學習。但是這種思想或多或少地受到傳統觀念的抵制，因爲按規定，任何人在任何方面都不準許超過皇帝。例如，如果翁同龢想提個問題，他首先必須確信這課程是兩個學生都已學過的，他必須先問光緒，因爲另一個學生級別不夠高，不準許在任何方面領先皇帝，即使是回答問題這樣的小事也不例外。

如果光緒答對了，當然就沒有理由再用同樣的問題去問王子。如果光緒答錯了，則王子也必須答錯，或保持沉默，儘管他可能知道正確的答案。由此可見，所謂"競争"的成分真是微乎其微的。舉例説，學習經典書籍，其中某些部分是必須每天背誦的。因爲慈禧特別希望光緒對她無限忠誠，所以他的學習從“二十四孝”開始，這裏許多内容對西方人說來是非常不可理解的。

第一篇是以寓言的形式表達的。有一位父親生了重病，他的兒子爲此非常痛苦，渴望能想一切辦法來減輕父親的病痛。

時值隆冬，所有的江湖都已凍冰。可是偏偏有一位醫生說他的父親必須吃魚。那時候既没有魚，也没有方法去捕魚。兒子一向熱愛父親。于是他想出了一個辦法。他走到冰上，脱光衣服躺下。由于感動了神仙，使他身體的熱量倍增，化開了冰，捕到了魚。

還有許多別的内容，光緒都得學習。

兩個孩子一起朗讀，王子站着，光緒坐着。剛讀完，他們就要接着進行背誦。他們背對着書，靠記憶把書中的内容復誦一遍。用這樣方法來鞏固學習，在中國是很普遍的。這樣，即使是經典著作中最難的章節也不可能記不住。在朗讀的時候，他們兩人一起大聲地讀。人們認爲，讀得越響，記得就越牢。不過，王子的聲音不能像皇帝一樣大，而且在速度上要稍稍滯後一丁點兒，只要不至于讓人感到他們平起平坐就行。光緒記憶力很強，也很愛學習，因此，爲保證他領先于他的伴讀，對王子和翁同龢來說都没有任何困難，也不需要耍多少手腕。

這種學習模式同樣地用到漢字書法上。誰也不是真正把所有的漢字都學了，這要花好多年的時間。學生只要把老師指定的當天作業寫完後，就交給老師。于是老師就給學生改，正像世上所有的老師給學生改作業那樣。老師用一枝紅毛筆來標出寫得不正確的地方，但是老師必須保證王子作業本上的紅筆記號要比皇帝的多。

就這樣，宮中的每個人都得用這樣或那樣的方法策劃、哄騙光緒（不必意識到他們是在幹什麽），因爲這是規矩，皇帝必須永遠是第一。

一方面是他的老師和伴讀對他的回避和隱瞞，這一切都被認爲是爲了他好；另一方面是下人們的謊言，要追究他們的動機是什麽，那是非常非常困難的。在這種情況下，他居然還真的受到了良好的教育，這不得不歸功于經驗豐富、深謀遠慮的翁同龢。

定　親

　　過了幾年，中國又開始昌盛起來。暴亂一個一個平定了，豐衣足食取代了饑荒。既沒有戰爭，也沒有關于戰爭的謠言，一直到光緒長到十歲。這段時間裏，他確是比較快活的。這或許可以說是他的幸運，因爲在以後的日子裏，他的命運將變得非常不佳。當然，在他的生活裏，學習的時間是很多的，因爲，作爲一個皇帝，要能很好地擔負起肩上的重任，那就要求在學習上永不滿足。慈禧時時刻刻注意着他的進步。當他不在她面前的時候，時刻跟隨着他照顧他的那些太監們就要隨時向老佛爺報告情況。

　　光緒遇到的事，他說的話，或別人對他說的話，沒有一件不會傳到太后的耳朵裏。她對她這個"兒子"的鍾愛幾乎不亞于同治活着的時候她對同治的鍾愛。她希望光緒有一個強盛的國家，她感到特別高興的是光緒和她是同一個血統。她一直在爲他的前程規劃。

　　有一天午飯後，她回到自己的宮裏，就派人去找光緒。光緒到她面前跪下叩頭。

　　"我來了，親爸爸。"他說。接着，一席對話開始了。以這種方式開始對話，那是過去無數次的老慣例。

　　"我非常高興你當萬歲爺，"慈禧笑着說，"你是知道的，我很愛你，并且希望你幸福。"

　　光緒猶豫，他知道一定有什麽重要的事情要談了，而且要談的是什麽事他心裏可能有點數。

　　"親爸爸總是把我的事放在心上。"光緒說。

　　"我爲你安排了一件重要的事情，"慈禧說，"你一定知道，皇帝是很早就定親的，你早該定親了。"

光緒不做聲。但是現在他明白了，因爲他的老師已經讓他對這件事有思想準備。太后繼續説：

"一個皇帝的首要任務就是結婚，并且有盡可能多的兒子。當然，在幾年之内，你還不會結婚，但是你的皇后必須現在立即選定。本來我早就該給你選好了。但是因爲我特别慎重，所以花了很多的時間。我去瞭解、并研究了所有與你年齡相仿的合適的年輕姑娘。現在是該做出決定的時候了。"

光緒仍舊跪着，眼睛俯視，等待着。

"我替你選的準備做你的皇后的姑娘長得并不漂亮，但是孔夫子説過，一個女人太漂亮并不好，因爲一個女人如果太漂亮了，她一定有某些缺陷。"

慈禧把準備好的一席話閃電般的向光緒襲來，以致于她忘了一個事實：她本身就是一個非常漂亮的女人。

"我已經選定了。"慈禧説。

光緒仍舊不做聲。

"在一批合適的姑娘中，我找到了一個最理想的，是所有這些姑娘中最適宜做你的皇后的——她就是沁鳳。"

光緒從第一次見到沁鳳後，就一直不喜歡她，于是他呆若木鷄地跪着，他知道，這樣比用任何其他方式來表達他的感情更爲合適。慈禧由于已經做好了選擇，心裏很高興。她注意到光緒没有説話。

"爲什麼你不説話？"她問。

在宫裏，什麼事都得按太后的旨意辦。長期的宫廷教育使光緒不會忘記這一條慣例。最後，光緒只好抬起頭，含着眼泪按照他認爲太后所希望于他的話作了回答：

"您一向是聰明的，而且您的智慧給我帶來了極大的幸福，親爸爸，我知道您爲我做了最好的選擇。我誠心誠意地聽從您的意見，讓您高興。"

雖然他還不知道今後會發生什麼情况，但是他明白，今後他的命運將要莫名其妙地與一個他非常厭惡的女孩子結合到一起了。不過這種方式的定親，在中國不是個別的，相反的，這倒是符合常規的，因爲，從皇宮到最低層的家庭，婚姻都是由父母做主。

雖然太后明白，光緒是由于不敢反抗才這麼説的，但她仍然很高興，就把這口頭上的好聽話姑且作爲他的真心話了。

"我很高興你同意我的選擇，明天早晨我就要下定親詔書，并發送到沁鳳家裏。現在你可以走了。"光緒傷心地回到自己宮裏，太監們想法安慰他。

"萬歲爺不必爲此太煩惱，她畢竟只是您的皇后，而且幾年内還不會結婚。以後您可以根據您的意願娶很多的妃子。"

但是光緒心裏還是不痛快，也知道除了他死去，或是沁鳳死去，他的苦悶是無法消除的。他大發脾氣，趴在炕上大哭，兩脚使勁地踢着炕。

第二天早晨，太后將聖旨下達都統桂祥家。定親可不是一件小事，這道聖旨只算是個開頭。在都統桂祥家，當聖旨到達的時候，全家都跪下來叩頭，就像是太后親自駕到一樣。聖旨説，在幾天内，一旦選定黄道吉日，就舉行定親儀式。使臣回去以後，皇室定親的車輪就開始轉動了。首先要從皇族家庭選兩名公主引導儀仗隊到都統家。這兩名公主必須是已婚的，而且她們的丈夫還活着，因爲她們是去宣布一樁即將到來的婚事。這涵義是：她們自己的幸福被引導到一對新人身上。這兩名公主必須有兒子，而且，如果她們的年齡够大的話，還應該有孫子，這樣她們的先例將促使未來的婚姻結出豐碩的果實。

太后精心地挑選了兩位公主，從婚姻和子孫後代方面講都是很合適的，并且向她們講明了任務。

然後就着手準備送給沁鳳的定親禮物。兩隻完全一樣的金戒指給未來的新娘一隻手一個，戒指上刻着雙喜字。另外還有一個一尺半長的綠玉做成的"如意"。它的形狀像一把一頭爲弧形的小刀，兩側傾斜至端點。"如意"的意思就是"願你萬事如意"，這是定親的真正標志。再下面就是一對一尺見方的黄緞子枕頭，鑲嵌着銀絲，用藍色陰影勾畫出圖形，還繡上表示吉祥意思的八個字，如"長命百歲""萬事如意"等。又選配了做各種袍子用的綢緞，都經太后親自過目。這些珍貴的絲綢并不是在宮裏做成衣服，而是直接把料子送到未婚新娘家。

還有新娘頭飾用的珍珠。

當有關訂婚儀式的各種事項都準備就序後，就從紫禁城門向百姓發出通告，儀仗隊到都統家要經過的那些街道，在儀仗隊往復的時間，一切交通都須停止。百姓可以站在路邊觀看，但在儀仗隊經過時不準走動，或有什麼別的舉動。

黃道吉日選定了。

兩名皇族公主按照規定組織儀仗隊。這是一個非常長的隊列，首先是公主自己，伴隨着馬隊和侍從作爲前導。隨後是一頂八人抬的敞篷轎子，上面放着裝有如意的玻璃盒，每個人都能看到。

這頂轎子後面，還有一頂八人大轎，放着裝有戒指的玻璃盒，第三頂轎子裝的枕頭，後面四頂分別裝着給沁鳳的衣服和綢緞。儀仗轎隊中的第八頂，也就是最後一頂，裝着做頭飾用的珍珠。

當儀仗隊到達桂祥都統家的時候，全家人（除了沁鳳，她在整個儀式中必須呆在屋裏，靜靜地坐在炕上）都到庭院來迎接，并且跪下叩頭，因爲一切榮譽都是太后所賜。自從第一道聖旨下達後，都統家的賀信雪片似的飛來，然而，面對這一切，沁鳳總是説：

"可是他不喜歡我，這件事不應該辦。"

但是，就像比她小一歲的光緒一樣，她也是什麼都不懂。當然，對于將來要成爲皇后這件事，她也是很激動的。

儀式在庭院裏完成後，兩位公主被迎進沁鳳的屋裏。她正盤腿坐在炕上，兩手放在膝蓋上，眼睛向下俯視。即使公主進來的時候，她也不抬頭，否則不符合傳統規矩。

兩位公主拿起戒指站在她的兩邊。幾乎在同一時刻，她倆抬起她的手，把戒指戴在她中指上。然後她的手又落回到膝蓋上，似乎它們是沒有生命的；她仍一動不動地坐在原位。這儀式必須完全遵照古老的傳統，不得有一點偏差。下一步就是要將如意放到沁鳳膝蓋上，標志着兩個生命結合到一起。

當所有的綢緞以及兩個枕頭和頭飾上用的珍珠放到她面前的時候，她的頭仍然低着。

定親儀式對沁鳳來説就算結束了。從這時候起，一直到她真正成爲光緒的新娘，她必須隱居在娘家。在一般中級家庭，甚至在一些高級官員的家庭裏，訂了婚的女兒如果由于某種原因需要出去，那她首先要徵得未來的婆婆的許可。這不僅僅是對今後要當皇后的才有這樣要求。接受了如意這個禮品，她就成了傳統習慣的囚徒。

兩位皇族公主向她祝福以後，就離開了。從這時起，全國各地給都統家來的賀信堆積如山。在都統桂祥家，惟一感到這些祝賀不適宜的人就是沁鳳。

皇族公主回到紫禁城向慈禧作了匯報。整個儀式在光緒這兒結束，他必須獨立地上朝接受全體大臣的祝賀（他對此肯定是無比的懼怕），但他一點也不想求大家免了，也不想去向太后叫苦。這些都没有希望，也没有用處，因爲他的命運已經被判決了。

于是他坐上了自己的寶座，那寶座很可能將來還得與他所厭恨的沁鳳分享。大臣們進入大殿，臉上帶着歡笑（真心的或假意的）祝願天子萬壽無疆，永遠幸福，并祝賀他與沁鳳的訂親。他看着大家，臉上毫無表情。

大家明白，指定作爲皇后的只能是沁鳳，而不可能是別人。他們也相信，慈禧太后是永遠不會錯的。光緒容忍着，他只想能逃避這個場面，讓他獨自一人去承受痛苦。

朝見終于結束了，他看着大臣們離去。最後他終于能回到自己宮裏，躲開了這些人的眼睛，除了他的親密朋友——翁同龢、王商和其他太監。他趴到自己炕上，不怕羞地哭起來。大家都百般地安慰他。

他們對他説，等時候到了，結了婚，就算是皇后，也還得服從他。在他們那些安慰的話中，有人還提醒他這一點：要過好幾年光緒才會見到沁鳳，那時候，彼此都長大了，他也可能會喜歡她的。光緒只説：

"在所發生的這些事中，惟有一件能使我高興，那就是我可以幾年不看見沁鳳。"

重重冤仇

李蓮英在老佛爺的朝廷裏當總管太監差不多有半個世紀。光緒即位的時候，他也已經當了好多年總管太監了。

李蓮英讎恨光緒很可能是出于妒忌，但是，不管是什麼原因，這種矛盾在光緒即位後表現更爲明顯。這種讎恨雙方都有。但是由于有翁同龢的教導，光緒比較注意策略，一般他總是小心謹慎，不輕易得罪這位總管太監，因爲他的權力僅次于老佛爺。但有時候，光緒的忍耐到了極限，這樣，他們之間的矛盾就成爲朝廷裏一件非常令人頭痛的事。一有機會，李蓮英就要稍稍對光緒表示一些怠慢。但是他非常有心計，這種怠慢既明顯，讓人能够感覺到，又使人抓不住把柄。李蓮英很聰明，而且是個搞外交的能手，不過他對小皇帝的權力有些低估。光緒還是個孩子，他考慮問題非常單純，在他的親信面前也并不掩蓋他對李蓮英的厭惡。所以，關于這方面的閑話就經常傳到朝廷。

這種矛盾對中國今後的歷史產生了極大的影響，但是老佛爺顯然還不知道這種矛盾。這是一件奇怪的事，因爲按理説，傳到宮中的事，没有一件老佛爺會不知道的。她的密探系統是非常厲害的，通常哪怕是宮裏的花開了這樣的小事，她也没有不知道的。

在燈節到來的時候，矛盾發展得更尖鋭了。燈節在中國舊曆新年的兩周以後，也是人們歡慶新春的最後一個節日。這一天，全中國的人，上至帝王，下至平民百姓，都要舉行燈展。窮人花幾文錢買那種最簡單的燈籠，而官宦人家則往往花幾百兩銀子去買設計複雜的高級燈籠。大部分燈籠都是做成魚、貓、馬、鳥或神話中的動物形象。這天，從白天到夜裏，全國各地都有燈會，把大地照得通亮。燈節的意思是預祝來年是個豐收年。

這個節日在朝廷裏顯得格外重要，因爲朝廷的行動影響到全國。老佛爺在禮儀上從來是一絲不苟的。如果朝廷在慶祝燈節禮儀上出了差錯，則中國就可能出現灾難。老佛爺是很迷信的，所以在儀式上不準許有任何差錯。

在紫禁城中有一個專用的廟。在那裏，老佛爺爲自己專門供了一尊菩薩。每到燈節，對這尊菩薩的祭祀是老佛爺最關心的。祭品是形狀像金幣或銀幣的餅，甚至做成元寶形。老佛爺通常命令將麵點做成扁平的錢幣形狀，下面大，上面小，叠起來構成一個錐形塔，放在菩薩脚下，高度幾乎到達菩薩的頭頂。錢幣形狀象徵財富。祭祀的形式是默禱菩薩保佑國家繁榮昌盛。麵點的香味飄進菩薩的鼻子，表示老佛爺祈求菩薩接受她的供品。在中國各地，凡供有家神的家庭都要進行類似的祭祀。

麵點一直留在菩薩脚下讓她吸取香味，直到乾硬不再有味時才拿走。

當供品被認爲已經被菩薩接受了，老佛爺就命李蓮英挑幾塊好的給光緒送去，因爲這雖然是作爲祭品，但是做得非常美味可口。李蓮英不願意看到光緒這樣受尊敬，再則，他知道，光緒是不敢到老佛爺面前去訴説他的錯誤和缺點的，因爲他在老佛爺心目中占有相當的地位。于是他按照吩咐，挑好了餅，但是不是拿給光緒，而是拿到自己的住處，與小太監們一起分吃了。

這種做法，對于一個人，特別是對于作爲皇帝的光緒是非常不尊重的。但是，如果李蓮英認爲，宮裏沒有一個人有膽量向老佛爺報告他的過失，那他却錯了。在宮裏真的沒有秘密，涉及皇帝的事當然不可能保密。雖然李蓮英可以威脅別的太監，凡是他做的涉及其他人的事都不許向太后泄露，但是，這一次，他却過高地估計了他的權威。

有人把李蓮英藐視光緒的情况告訴了光緒。

翁同龢勸光緒不要去理會這件事。

"萬歲爺，"他說，"不要忘記，李蓮英是老佛爺親信的太監，在她的心目中有很高的地位。讓李蓮英丟面子會使老佛爺不痛快；而我們誰也不願意老佛爺不高興。"

但是，這次，光緒深知作爲一個皇帝應該受到尊重，他立即跑到老佛爺那裏告訴她，他得到通知說讓李蓮英把菩薩脚下的餅給他送去，可是他没有得到。太后感到非常爲難。如果她不采取一些措施來保證她自己所選的皇帝受到必要的尊重，這將降低她自己在朝廷的威信。她没有別的辦法，只好把李蓮英找來責問。李蓮英一到，看到光緒和太后在一起，立刻意識到發生了什麽事，于是他敏捷的思想迅速搜索爲自己辯解的理由。

老佛爺狠狠地責備了李蓮英，最後命他說清楚爲什麽要怠慢皇上。

李蓮英鄙視光緒的事，除了太后，宮裏每個人都知道。她怎麽也不能相信她所寵信的太監會不喜歡她如此疼愛的人。

這總管太監立即向光緒叩頭認罪。

"奴才得罪萬歲爺了，我把餅拿回住處，滿想立即給陛下送去，不料正好遇上一些重要事，都是與老佛爺的起居有關。凡涉及老佛爺安適的事，我一向都是全力關注的，當然我就首先去處理這些事，我一頭扎進這些事，就忘了給陛下送餅了。"

狡猾的李蓮英，他摸透了老佛爺的心。太后只看到了李蓮英的忠誠，就減輕了對他的責備。光緒雖然年輕，但也明白他又一次受到李蓮英的侮辱。他竟當着老佛爺的面厚顔無耻地說這種藐視皇帝的話，因爲他的話實際就是這樣的意思："當我有別的工作的時候，光緒的事就排不上日程了。"

光緒并没有告訴太后李蓮英在撒謊，他是故意把餅給小太監吃了。他知道，即使他講了，李蓮英也會想出辦法來辯解的。小皇帝就對太后說李蓮英的解釋他滿意了。然後，就回到自己的宮裏，把一切經過告訴了翁同龢。

翁同龢是個有學問的人，李蓮英不敢觸犯他，也不能像控制其他來到宮裏的官員那樣去控制他。在另一個地方，我講到李蓮英爲自己斂財，使他成爲連他自己貪婪的夢想都没有想到的大富翁。他的錢財是從那樣一些官吏的身上刮來的，有的是想討老佛爺喜歡而得到信任，有的是有求于老佛爺，有的是想覲見老佛爺。李蓮英是老佛爺的典禮官，實質上是她朝廷裏的頭。任何人想從老佛爺那裏得到什麼，首先必須與李蓮英商議。如果他們想達到目的，首先要向李蓮英上貢，數量達到幾千兩銀子之多。與老佛爺見面五分鐘要花一萬兩銀子，這幾乎是酬謝李蓮英搭橋的標準價格。

然而翁同龢的地位却完全不同了，由于他是皇帝的老師，所以他已經有了很高的官階。他本人沒有需要討好李蓮英。他已經得到了一切能賜予他的榮譽。他并不需要通過誰的作用去見老佛爺，因爲朝廷慣例對他的責任早有明確的規定。因此，他幾乎成了朝廷中惟一完全不需要依靠李蓮英的人。也就因爲這個原因，所以李蓮英恨他。

李蓮英把對翁同龢的雠恨也加到了光緒的身上。他那陰險的心不斷地謀劃着如何使他們兩人難堪，而又不損害自己；關于這一點，光緒和翁同龢心裏都明白。光緒爲自己的軟弱無能而煩惱，他常常想行使他皇帝的權力來懲治這個總管太監，但是翁同龢和光緒親信的太監王商都竭力勸光緒不要過于計較李蓮英的敵意。

"他的敵意，不管怎樣，不可能對你有多大的損害，"翁同龢説，"但是他的友誼對你却是非常有用的。"

"但是，"光緒説，"他只是宮裏的一個僕人。"

"是的，但是他是你親爸爸喜歡和信任的人。任何使他難堪的事都會使太后感到難堪，所以他的地位是很重要的。"

"必須想個辦法迫使這個僕人以應有的禮貌對待我。"

"只要可能話，最好的辦法就是不去理他。如果試圖去反對他，那只能使他更高興，因爲他掌握了太后的耳朵，能使太后聽信他，因此他相信最後勝利必定屬于他，而我們却是注定要失敗的。那時候他就要享受他勝利的快樂。不去理他，就會挫傷他的虛榮心，他的虛榮心是很强的。"

但是在後來的幾年裏，光緒和李蓮英之間的矛盾越來越嚴重，光緒的兩個好朋友勸説光緒不要讓他們之間的裂痕公開化的工作更加困難了。

如果裂痕真是公開化了，那麼現在就很難說可能發生什麼情況。老佛爺
被迫在她喜歡的太監和養子之間選擇一個。和平共處代替了公開決裂，
這一事實當然影響到中國歷史的進程，因爲，如果由于光緒的堅持，李
蓮英被處死了，那麼後來發生的那些改變中國政治面貌的事件就有可能
避免。一個僕人，他的影響竟能如此深遠，真是令人啼笑皆非。

在燈節以後不久，大約是開春的時候，十二歲的光緒要到天壇去第
一次獨立主持祭天儀式。每年春天，皇帝必須在祭天儀式開始前齋戒三
天，爲了這感人的儀式做好自身的準備。在聖地範圍內，另有一個廟，
裏面有一尊鍍金的菩薩，是專供皇帝禮拜的。在儀式開始前，皇帝要到
那裏先集中祈禱一段時間。當然，他事先已經接受了仔細的訓練和指導。
這是他第一次真正爲自己的百姓做一件重要的事情，而且整個過程要非
常嚴肅、隆重。老佛爺考慮到他終究還是個孩子，所以挑選了一些重要
太監，包括李蓮英，和他一同去，以便幫助他、指點他如何行動。

這個差使使總管太監非常高興，因爲老佛爺不陪伴光緒一起去，當
遇到他可以插手的事情時，這對他就是個絕好的機會來強調光緒的無能。

于是他開始仔細注意光緒的每一個動作，當光緒偶爾出現差錯的時
候，他非常溫和地予以糾正——當他有意識以恩賜的態度表示關懷的時
候，他是裝得多麼的溫和！

光緒走進那鍍金菩薩的廟，李蓮英陪同一起，醜陋的臉上帶着假笑。
不消說，李蓮英是朝廷中最醜的太監，説不定還是中國最醜的男人。

在菩薩面前祈禱，有一件事是至關重要的，那就是必須絕對地專心。
這座廟是個聖潔的地方，外界的影響不能滲入這神聖的地區。光緒沒有
穿常規的禮服，而是更換了特製的衣服，那是專爲到這個廟來禮拜而準
備的。

光緒知道他必須全神貫注，而且事先也作了充分的思想準備。可是
這裏一切對他是那麼新鮮，他無法控制自己。按規定，在祈禱的時候，
他應該目不轉睛地注視着菩薩。但是他被那五彩繽紛的裝飾吸引住了，
情不自禁地左顧右盼。李蓮英本來就挑剔地注意着每一個細節，這時候，

他抓着機會説話了：

"萬歲爺必須懂得，這是一個非常嚴肅的時刻。這是萬歲爺第一次主持這個特別重要的祭祀，應該全神貫注地祈禱，必須目不轉睛地看着菩薩，應該意識到萬歲爺已經不是一個孩子了，而是一個尊嚴的人，大清帝國的皇帝。"

光緒很清楚李蓮英的真正意圖，但是他遵守翁同龢和王商對他的忠告，他什麼也沒有説，而且不去理會李蓮英。他滿腔怒火，不過他意識到他必須息怒，爲第二天的大典做好充分的準備。這個典禮是一年中最重要的一個，甚至比在宗廟裏祭祖的典禮還重要。

每年春天，正當大地開始蘇醒的時候，就要求雨，讓土地濕潤，幫助莊稼生長。要祈求上蒼降福于中國農民，使他們獲得豐收，以報償他們一年來的辛勤勞動。這種典禮持續時間比較長，由帝國的王爺和大臣們參加，在土地廟進行。皇帝還要親自去完成一項儀式，那就是他要去親自耕地。皇帝穿着盛裝，由朝廷官員陪同，在正在翻地的犁旁一同前進。他親自參加扶犁這一行動向農民顯示了體力勞動并不低賤。每年春天，皇帝必須是開犁的第一人。這個儀式是公開舉行的，這是一年中惟一的機會讓老百姓見到自己的皇帝。

全部儀式結束後，光緒把一切詳細經過都向太后匯報完畢，但是對李蓮英的行爲隻字不提。李蓮英也做了匯報，對皇帝輕描淡寫地夸了幾句。太后也未加評論。是否她已經覺察到皇帝與李蓮英之間的矛盾，以及這個矛盾中間的矛盾（就是翁同龢和李蓮英之間的矛盾）？她沒有表示。

回到宮裏後，光緒對翁同龢説：

"總有一天我要向這個傲慢的僕人報仇，他畢竟只是個僕人。有一天，在李蓮英與我之間沒別人時候，我將要看到他受懲罰。"翁同龢對他非常瞭解，運用一些他精通的哲學原理來回答光緒。

"老佛爺與萬歲爺是母子關係，盡孝的要點在于時刻不要忘記尊重父母的心願。所以，即使陛下心裏想幹什麼，也必須尊重太后的意願，愛她之所愛，包括這個傲慢的僕人。"

　　但是翁同龢并没有注意到這樣一個事實：光緒并不完全贊成所有的舊傳統、舊習慣，他有他自己的想法，而這些想法往往是違背傳統規矩的。光緒決定保留自己的意見，等待時機。

　　即使是翁同龢，也没有辦法使時光倒流，顯然未來是幸福的。

葉赫那拉氏族

歷史告訴我們許多危及當時時代的"灾禍"的例子，"葉赫那拉禍"却未曾聽說過。這個民族起源于什麼時候，無法查証，只知道滿族入關一段時間後，他們開始發展起來。老佛爺——慈禧太后，屬于葉赫那拉氏族。由于他們被認爲對國君不忠，所以他們很不受重用。説他們不忠是有充分理由的。葉赫那拉氏族是滿族的第三分支黃旗的成員。各旗的情況是：黃帶；白旗——皇帝手下最高的大臣；黃旗——最高級的武官；藍旗——由普通政府官員組成；紅旗——由其餘的氏族，包括普通士兵組成。

各種旗人中，黃旗的人是最不安分的，而在黃旗人中，又數有野心的葉赫那拉氏族人最不安分。

在一六四四年，滿族進關後不久，葉赫那拉氏族中一名成員被指控爲了他個人和氏族的利益而謀反。這恐怕是自然而然形成的後果，因爲一開始，滿洲人對中國并不重視，讓滿洲皇帝的一個兒子坐這個皇位。葉赫那拉氏族想把這個皇位給自己要來，可能是氏族中某些有野心的人看出，通過這個新的附庸國，可以有機會去控制日益上漲的滿洲皇族勢力。但是這個陰謀未能得逞，因爲一位皇族成員被安置到中國的皇位上，這樣就有效地破壞了葉赫那拉氏族的計謀。葉赫那拉氏族不守本分的實質在他們企圖奪取中國皇位的過程中作了充分的暴露，所以，從此，他們就處于可疑的地位，因而有人指控葉赫那拉氏族中有人謀反，皇帝自然就很容易相信。

被指控謀反的人聲稱自己無罪，但是完全無用。人家控告他，并找到了他謀反的罪證。他被判處火刑，要被綁在柱子上燒死。他至死喊冤。火焰慢慢地燒着他，當他要死的時候，這個葉赫那拉氏族的無名氏發誓，將來一定要報仇。

"將來總有一天，葉赫那拉將向皇族報復，總有一天要讓他們在我們的手裏受苦，他們會遭殃的。"

這種"詛咒"一直未被遺忘。這是很自然的，因爲按傳統概念，家庭中任何一個人受到恥辱，那麼這種恥辱將波及全體家庭成員，而且代代相傳，永無終結。所以，即使慈禧太后，在懲罰謀反的臣民時，也總是要用下面的這種古老的傳統語言：

"我能殺了老虎而留下虎崽嗎？我能砍掉大樹而留下樹根，再從那裏發芽生長嗎？"

這種恥辱使葉赫那拉氏族聲名狼藉，人們都相信，葉赫那拉氏族幹不出好事來。當咸豐娶慈禧做妃子的時候，雖然慈禧是屬于那被排擠的葉赫那拉氏族，但是却沒有引起任何波動，因爲她僅僅是做妃子，是處于很不重要的地位。當然，誰也沒有預見到她會成爲中國的最大統治者。當她生了一個皇子以後，皇室家族開始回憶起那詛咒，并且擔心，在這種奇特的、扭曲的命運下，那詛咒是否會付諸實現？當咸豐死後，慈禧當了太后，他們幾乎認爲那是確定無疑的了。慈禧本人對這一切是怎樣考慮的呢？在慈禧作爲太后的一生中，那個詛咒起了多少作用呢？是否她在蓄意尋找機會去實現那個被遺忘了的葉赫那拉氏族人的誓言呢？那就不得而知了。雖然皇室家族是相信她在蓄意謀劃報復他們，但是慈禧太后從來沒有談到過這件事。

一方面，我們理解出于那詛咒而做的一切明顯是有所意圖的事情。但另一方面，太后對她自己家族和自己氏族中某些成員却非常苛刻。他們在朝廷裏沒有地位。某些會議，按規定是由皇室成員參加的，却不包括葉赫那拉家族，這似乎是爲了拆穿那種謊言，說慈禧爲了支持她氏族中那個受辱的成員而庇護那些反對皇族的人。

光緒險些被算作葉赫那拉氏族的成員，因爲他的母親是慈禧的妹妹。但是由于他是咸豐弟弟的兒子，因此，按照滿洲規矩，他逃脫了這種危險。但是人們沒有忘記他身上有那種受恥辱的氏族的血液。當他被選爲皇帝的時候，當然就出現了許多指責，不知道"理事十大臣"關于這事是怎麼記載的。

"十大臣"是一些年老的退休官員，一共十人，組成一個監察團，參與朝政。他們的任務是諫議，他們可以根據需要對皇上進行溫和的或嚴厲的批評。他們的身份可以被稱作"皇上的監察員"。他們的職責是監督、批評和權衡任何可能出現的越軌事件，不管是公務上的、政治上的、還是社會上的。有一種已經流傳了好幾個世紀的有關這十名聖賢的特殊傳統，他們可以給皇上上疏，可以對有爭議的事情發表自己的見解。當然，皇上并不是必須聽取他們的諫議，慈禧就常常撕毀那些奏章，只有那些使她感到滿意的，她才接受。

"十大臣"也是朝廷的史官，他們以一種奇妙的方式來編寫歷史。每天他們注意觀察朝廷的工作，特別是注意統治者的行動。每天結束的時候，他們把各自觀察到的事情寫在一張紙上，扔進一個帶有槽口的大盒裏，這盒子是保存在御史院的屋裏。"十大臣"的每個人都不知道別人寫了投到盒裏的是什麼内容。

在這一任統治者活着的時候，誰都不準打開這個盒子。只有等他死後，資料已經匯集完畢，一切都成爲他統治時期的歷史時，才把盒子打開。無疑，由于有了這種優越性，他們就可以願意怎麼批評就怎麼批評。

當老佛爺選沁鳳做光緒的妻子的時候，是否也考慮到了葉赫那拉氏族的詛咒，誰也不知道，除非她自己説過什麼，傳到"十大臣"那裏，被他們記載下來。但是沁鳳確實是葉赫那拉氏族的後裔，因爲她的父親都統桂祥是老佛爺的弟弟。自然，對老佛爺選擇沁鳳的批評，主要是關係到那古老的詛咒，因爲沁鳳將來會成爲皇后，這是連老佛爺都沒有獲得的稱號；當然，老佛爺實際的稱號和官階都給她帶來了更大權力。

對這種選擇的指責，另一個原因，不必過于強調的，就是沁鳳的娘家有蒙古血統。在滿清入關之前，蒙古族曾被滿族征服，所以兩個民族之間有齟恨。爲了保證滿蒙兩族人民和平相處，訂了一個滿蒙通婚的古老的條約。條約規定，如果一個中國皇帝生的女兒不止一個，那麼必須嫁一個女兒給蒙古王子；但是滿洲王子却很少娶蒙古姑娘，雖然按規定這是容許的，但是一般不鼓勵這樣做。沁鳳的母親是個蒙古女子，這就使有的人抱懷疑態度，因爲這樣一來就會使皇上與蒙古族的關係過于親近。

選沁鳳的時候，由于她的蒙古血統遭到强烈的反對，其實真正的原因却是因爲她是葉赫那拉氏族的成員。是否慈禧惟一的目的就是讓皇族失去對中國的統治權以實現葉赫那拉氏族的詛咒？還是她根本不關心那詛咒，就像她經常不關心葉赫那拉氏族和她自己的家族那樣，而選沁鳳只因爲她是她的外甥女？

老佛爺有没有預見到清朝的滅亡？

她，作爲葉赫那拉氏族的一個成員，實際統治了大清帝國，而迫使皇族按傳統習慣坐在帝座上當傀儡，她是否爲此感到光榮？

恐怕没有一個人能知道這些問題的答案。慈禧的史官爲她準備的備忘録至今没有被匯編成文。

不祥的預兆

訂婚儀式後，光緒變得憂鬱和多慮，不像過去那樣是一個生活中充滿歡樂的快活孩子。他幾乎像是已經看到了他的不幸的未來。他的圓潤而歡樂的笑聲現在很少聽到了，而對待學習却是异乎尋常地嚴肅認真。老佛爺相信這種勤奮學習的新現象的出現，是由于他越來越意識到作爲皇帝肩負責任的重大。再則，也可能是因爲他意識到必須服從命運的擺布去和老佛爺選的姑娘結婚。自然，老佛爺對自己所做的選擇是非常滿意的，而且相信他們兩人在一起會非常快活。她認爲，光緒不喜歡沁鳳是一種孩子氣的怪思想，所以就不再去思考這件事情了。但是這種厭惡却成了小皇帝的心病，而且隨着歲月的消逝，婚期越來越近。

如果嚴格按照傳統習慣的話，光緒應該在十八歲那年結婚。可是老佛爺和占星家一商量，發現這一年不是個吉利年，于是只好不管傳統習慣，把婚期延到他十九歲的時候。按照傳統習慣，從訂婚到結婚，這段時間裏，光緒和沁鳳是不見面的。在這一時期，國家安寧，辛勤的農民用自己的勞動換得了豐收，既沒有洪水，也沒有饑荒，一切都是這樣的寧靜和繁榮，似乎他統治期早年的那些恐怖陰雲已被驅散，他誕生時那些不祥的預兆似乎也都烟消雲散了。他的父親醇親王不再提起它們了，也許他也把它們忘了，他的兒子不是當上皇帝了嗎？一切不是都平安無事了嗎？

占星家嚴肅認真地研究了星相後，爲光緒的婚期選定了一個黃道吉日，并且報告了老佛爺。于是一道皇帝即將大婚的詔書發到了全國各地。對這件皇族生活中最重大的事件的慶祝活動必須辦得十分壯觀，于是每個人，一直到最小的太監，立即投入緊張的準備工作。傳統禮儀中的每個細節都不能疏忽，否則就會受到指責。老佛爺在許多情況下是蔑視傳統習慣的，但是這一次她却沒有理由這樣做。

大批的木匠、裝飾家、畫師都來工作，皇宮成了一個熱鬧的蜂窩。許多庭院裏都張燈結彩，裝飾得富麗堂皇。建築物之間的空地都搭起了席棚防風防雨。石板地上都鋪上了厚厚的毯子，以消除人群走動時的噪聲。太和殿是新婚夫婦接受皇族和大臣們祝賀的地方，其裝飾之豪華絢麗絕非筆墨所能形容，簡直是一個五彩繽紛的仙境。天花板上懸挂着絲綢的彩飾、大角燈、鮮艷的飄帶、珍貴的織錦。天花板用五顏六色的絲織成的彩帶覆蓋，以産生陽光和雲彩的效果。稀世珍寶豪華地擺設在鑲嵌珠寶的烏木桌子和架子上，并有從紫禁城中各個花園采集來的奇花异卉作點綴。皇帝、皇后的寶座是用景泰藍鑲嵌的烏木制成，上面鋪着黃織錦緞的墊子。

皇帝結婚對帝國的每個人都是喜事。按古老的傳統，對充軍的官吏和輕刑犯人都要實行大赦。這時候，"三法司"就有責任去審閱所有充軍官吏和應得到大赦的犯人的檔案，并且把名單上報老佛爺請求批準。最後，下詔書宣布被釋放人員的名單。即使是牲畜、魚、鳥也不會被遺忘。在結婚的那一天禁止屠宰。在市場上出售的活魚由朝廷差役買下放回到它們出生的江湖中去，對鳥類也是如此。這真是一個全國上下同慶的日子。在婚禮的前一天午夜十二時，從桂祥都統家到紫禁城的大街小巷，凡是婚禮隊列要經過的地方一律戒嚴，路上要撒上厚達二寸的黃砂或稱"金砂"以顯示帝王的色彩。

最後，一切都準備就序。木匠、裝飾家和畫師都完成了他們的任務而離去了。到了喜慶日的前夜，萬籟俱寂，一輪淡黃色的月亮挂在天空。寂静的空間惟一的聲音就是遠處的狗叫。明天將怎麼樣？

最引人注目的庭院和入口處的裝飾都是由紙張之類的材料構成，特別要注意防火的問題，所以設了許多崗哨守衛。老佛爺曾嚴肅命令要高度警惕。是不是她有什麼不祥的預感或是見到什麼灾禍的先兆，才使她如此謹慎？是不是她怕事情不順利，心裏有恐懼？

在那關鍵的一夜的前幾個小時，不知道怎麼就發生了一場嚴重的火灾。

　　這火灾是在那婚禮隊列進入紫禁城必須經過的一個大門那裏開始的。那裏剛立起一個大的花飾。幸好就在門裏面有一堆大大小小的地毯準備明天鋪庭院用的。在那個時代，還沒有消防隊之類的組織，也沒有可用的水源。但是由于宮廷太監的動作敏捷，把懸挂彩飾的柱子拉倒，彩飾和飄帶都隨之而掉下，然後迅速用毯子壓上，終于把火勢控制住了。這事引起了很大的震動，沒有多久，關于不祥預兆的迷信謠言就傳遍了各地。

　　當發生大火的消息傳到老佛爺那裏的時候，頃刻間恐懼攫住了她的心。但是她是個堅强的女人，立刻就恢復了鎮静。大火很快撲滅了。她命令立即召集木匠、裝飾家和畫師，把所有損壞部分立即修復，必須做好一切準備，保證婚禮按原計劃進行。黃道吉日和吉祥時辰不能因爲這一點小事故而輕易錯過。她的話就是法律，必須照辦。

　　關于不祥之兆的消息迅速傳到醇親王耳朵裏，在他兒子結婚的前夕竟發生這樣的事情，實在使他驚訝得目瞪口呆。馬上他爲皇帝的前途感到非常驚恐。壞消息傳來後不久，他就把兩位厄運預言家召來，兩人立即前來聽候吩咐。醇親王立即請他們進來，對他們説：

　　"現在我明白了我那火燒皇宮的噩夢的意義，你們大概記得我兒子誕生那天我做的夢吧？那時候你們無法剖析我那個夢的預兆。老佛爺對皇帝的新娘作了一個很不明智的選擇。我敢肯定，這個沁鳳就是造成這場火灾的原因，而且她會給大清帝國帶來灾難。"

　　兩位預言家回答："我們已經給未來的皇后算了命，而且很遺憾地告訴您，她與皇上完全不相配，正如您所説的，她會給大清帝國帶來灾難。"

　　這預言的準確性在以後年代裏得到了充分的證明。在沁鳳，或者後來稱爲隆裕皇后的統治期，帝國衰敗了，她也被迫退位了。

　　火灾發生在早晨大約六點鐘的時候，正好是婚禮開始前的二十四小時。失火原因一直不清楚。但是人們有很多種不同的説法，有的説是妖怪，有的説是惡魔，有的説是陰間的鬼魂作怪。

失火的消息傳到都統桂祥府裏的時候，正是新娘在與父母最後一次一起進餐，并且聆聽父親對她進行最後一次關于孝道和四德的教育。頓時大家都驚呆了，差一點忘了向祖先牌位祭拜和告別的儀式。如果真的忘了，那將是一件嚴重關係到全家命運的大事。誰忘記了祭祖，厄運就會降臨到誰的頭上。

沁鳳非常痛苦，哭道："我深知祖先的傳統美德，我知道這次的不幸事件應該由我來承擔責任。我希望，將來如果有禍，請任何妖魔鬼怪都把它降到我的身上，而不要危害大清帝國。"

她的父親安慰她説："不要苦惱，我的女兒，這不是什麼大事，可能有人不小心掉了一個火種，這與你的前途和大清帝國的前途沒有任何關係。上天賜福予我們，讓我們的女兒被選爲大清帝國的皇后。"

這些話使沁鳳稍稍感到寬慰，于是她向祖宗祈禱，并告訴他們她即將結婚。在訂婚後的那些年裏，她一直在揣摩光緒變成了什麼樣的人了？他對她的感情是否有變化了？她希望與他在一起能生活幸福。因爲她還年輕，她不讓自己太煩惱，而是帶着快樂的期望向前看，做着美麗的夢，夢想自己當了皇后要做什麼。

皇帝的婚禮

　　沁鳳的喜慶日天氣晴朗，没有一絲雲彩。對一個新娘來說，這真是一個最理想的日子。空氣清净，和風輕輕送來了鳥語和花香，她醒得很早，静静地躺在自己的炕上沉思。這是她的婚禮日，是自從舉行訂婚儀式以來她一直盼望着的，她就要成爲皇帝的新娘了！早先的不愉快幾乎都忘了，她相信她一定會幸福。都統桂祥的夫人來到女兒房裏，這一天她心裏有些傷感，她即將失去她心愛的女兒沁鳳，今後再見到她的機會將很少。她再也不能摟抱她了，因爲禮教不允許任何人去摟抱皇后，即使是自己的母親也不行。她坐在女兒的床沿上悄悄地落淚。但這僅僅是一會兒的工夫，因爲悲傷中融合着歡樂。就在這一天，她的女兒要變成皇后了，她也會爲此而感到驕傲。她俯身到炕上去撫摸她的孩子，女兒起來用雙臂摟着母親的脖子，似乎不願意離開她母親。

　　"起來吧，女兒，今天你必須早早準備好，等候着花轎。"

　　不久，一切都處于忙亂之中。許多臨時的緊急事情要處理，一切都得準備妥帖，向新娘賀喜的賓客開始陸續到達。必須爲他們準備宴席。而賓客又是整天絡繹不絶，直到深夜。新娘的父親必須時刻陪着客人；新娘必須嚴格回避，直到花轎來把她接到紫禁城。

　　應付這種場面對新娘的父親來說是很不容易的，他必須對前來賀喜的客人一一打招呼，把他們請到宴席上。通常每桌坐八人，主人必須到每桌去答謝，坐一會兒，吃一些東西。

　　沁鳳必須永遠離開她娘家的時刻來到了，她必須離家去做皇帝的新娘了。從她訂婚之日起，直到這結婚的日子，她一直想着自己的未來。關于那不祥的預兆，雖然經常有人議論，但是她全然不在意。她知道在她的前面有偉大的事情等着她，她對自己的未來充滿了青春的樂觀。

消息傳來，迎親的隊列已經離開紫禁城了，所以最後的準備工作刻不容緩，以便花轎一到，新娘可以立即上轎。當沁鳳打扮好以後，她簡直成了一幅五彩繽紛的圖畫。她的衣服是皇家的黃緞子做成的，上面密密地繡了許多鳳凰——一種神話中的五彩鳥，用來作爲皇后的標記。袍子的邊緣是密密的珍珠流蘇。她脖子上掛了三串珍珠，每串一百零八顆大珍珠。一串垂直掛下，一串是從右肩下來跨越胸部到左臂下，第三串則是從左肩到右臂下。她的頭飾密密地裹了許多層珍珠和寶石，并裝有珍珠流蘇掛到臉上。在真正結完婚以前，新娘的臉是不讓別人看見的，這種流蘇就起了遮蓋的作用。她的頭必須端莊地、謙遜地低下，這樣使得流蘇不會碰到她的臉。她的滿洲鞋是黃面白底，鞋底裝有約四寸高的木臺，把腳從地面高高墊起。每隻耳朵都掛有由兩顆大的梨形珍珠做成的耳環。許許多多嵌有珍貴的寶石、珍珠的戒指和手鐲戴在她的手指和手腕上。她手裏拿着一個金花瓶，裏面裝着萬年青葉子，象徵着長壽和人丁興旺；兩顆海棗象徵和平和融洽；兩顆橄欖象徵着繁榮昌盛；兩顆蓮子象徵虔誠善良；兩顆龍眼果象徵頭兩個孩子是兒子。在花瓶口上繫一塊紅綢子以避邪。使惡鬼不能進來破壞新人未來的幸福。

迎親隊列到達了。但是在讓他們進入桂都統府第之前，還要進行一項古老的傳統儀式。在訂婚的時候主持儀式的兩位公主，在結婚典禮上仍舊要擔負同樣的任務。進門必須經過三次請求，每次都要奏樂和吹嗩吶。迎親隊進門後，就三次邀請新娘上轎。前兩次都會遭到桂都統的拒絕，表示都統不讓女兒離開娘家。兩位司儀公主就立即跑進新娘臥室，分別站在沁鳳的兩側，三次詢問：“新娘請上轎好嗎？新郎官已經等得不耐煩了。”等問到第三次，她就接受了，于是在伴娘的攙扶下，起來走進花轎。這時候，新娘的父母站在花轎兩側，爲她祝福。這樣，在新娘這一方，儀式就算結束了。

沁鳳的轎子是嚴密遮蓋的。她從轎門進去，等她一坐定，門立刻關上，并用一把金鑰匙鎖好。鑰匙由一位司儀公主帶給新郎。

在熱鬧的音樂和嗩吶聲中，迎親隊列帶着他們珍貴的新娘起程返回紫禁城——這是最值得紀念的旅行。隊列在鋪着"金砂"的街道上繞着彎前進，奏着音樂，帶着旗幡。隊列中還有許多官員，穿着美麗的繡袍，帽子上裝有彩色的流蘇，一根長長的野鷄毛從帽頂挂下，垂在後背；有穿着色彩鮮艷制服的士兵，還有許許多多的轎夫，他們的轎子用不同的顏色裝飾以表明他們主人不同的身份。如此歡樂、華麗的隊列，穿戴如此豪華的行進者，色彩如此鮮艷的轎子和北京車，旗幡在微風中飄揚，這種景象即使在富有魅力的北京也是罕見的。這如花般的王國的全部豪華和顯赫，她的宏偉，還有她的神秘，以後不會再被人看到了，因爲大清帝國的日子不長了。

隊列緩緩地向帝國的心臟——龐大的皇宮前進。北京的皇宮是由一圈長一里半、寬一里的外墻包圍着。路上，沁鳳有充裕的時間思量她生命中這一最偉大的事件——婚禮日。她被鎖在轎子裏不能出來，一直要等到把鑰匙交給皇帝，她未來的丈夫，然後他來開門，歡迎她到他的宮裏。此刻她在想什麽呢？

這是個好天氣，陽光燦爛，天空晴朗，微風拂動沿街的樹木花草，除了隊列的噪聲外，一切都在寂静中，因爲百姓是不準觀看皇族的。

光緒這方面怎麼樣呢？信使向他報告新娘已經離開她父親家了。由于隊列還要走幾里地，所以他也有充裕的時間來思量他未來的皇后。他回憶他是在幾年前最後一次見過她。他對她的厭惡并不隨着時間的消逝而有所緩解。他不是以一種愛人的喜悦等待着她的到來，只是因爲命運和老佛爺的懿旨使她必須成爲他的妻子，他以他能够調動的理智來看待他的未來。

迎接新娘的一切工作都已經準備就序。頭天晚上的火警大概不會再發生。光緒穿着皇帝的禮服——一件黄袍，前胸和後背都用金綫繡滿了龍，他的帽子覆蓋着黄色的絲流蘇，帽頂有一顆大珍珠。

當通報迎親隊列快要到達的時候，通向皇宮的大門打開了，每個人都按規定各就各位迎接新娘。隊列的前面是一群吹鼓手。花轎進入宮門，在太和殿前面的院子裏停下。在新娘下轎之前有一種儀式要進行。傳説可能有某些鬼魂在旅途中跟上了新娘，所以新郎必須拿起弓在花轎的左、右、上三方各射一箭以驅除鬼魂。箭用很軟很輕的木材制成，考慮到新郎可能不是一位好射手，會射中轎子。

然後，皇帝要走到轎子那裏去解放他的新娘。司儀公主把鑰匙遞給他，他打開門鎖，然後站在一旁。司儀公主攙扶沁鳳出來，此時她必須非常端莊、謙遜，眼睛向下，頭向前低。她一下轎，光緒就站到她旁邊，兩位公主一人一邊把着她的胳臂扶她走。他們走到太和殿，那裏有一張漂亮的鑲着珍珠的烏木桌，上面有一對紅色的"幸福蠟燭"，在皇帝面前的那一支上面盤着一條金龍，在皇后面前的那支上面有兩隻金鳳凰。當兩位新人站到桌子前面的時候，兩支蠟燭同時點亮。按習慣，光緒站在左邊，沁鳳站在右邊。

這時候，樂隊就奏起柔和的樂曲，新郎新娘站着等樂曲奏畢。兩位新人并不知道凶兆的幕布沉重地罩在他們無辜的頭上，他們先三叩頭祭天地，再三叩頭求祖宗保佑。

儀式進行到這裏，老佛爺悄悄地從側門進來，坐在自己的寶座上。她一坐下，新郎新娘立刻又向她三叩頭感謝她爲他們定親，使他們幸福。官員和皇族都不準參加這個儀式，這裏只準有侍從和三位主角：老佛爺、光緒和沁鳳。

叩頭完畢後，司儀公主把攢在一起的紅綠絲巾給新郎新娘各執一端，由公主拿兩支紅色"幸福蠟燭"開路，領他們入洞房。入了洞房，就把兩支蠟燭放到一張和太和殿中那張相同的桌子上，蠟燭就燒到熄滅。哪支蠟燭燒的時間長，就象徵着哪個人的壽命比另一個長。

在洞房裏，新郎新娘坐在新婚床上，由侍從送上"長壽酒"。酒裝在高腳杯中，酒杯柄上繫一根紅絲帶。先由公主把酒杯送到他們嘴唇，兩人各呷一口，再將酒杯交到他們手裏，再各自呷一口，最後交換酒杯後再呷一口。長壽儀式到此結束。

繼續坐着，又送上來"子孫餑餑"，這意思就是祝願他們多子多孫，他們必須一動不動地坐着，由別人喂他們吃。

　　到此，冗長的滿洲婚禮就結束了。于是全體退出，留新郎新娘在自己的屋裏呆一會兒。然後兩人一起共進第一餐。這實際是一桌盛宴，但是是在臥室中用的。這是一桌製作非常精緻的宴席，食用時必須非常得體，由兩位司儀公主進行監督。全國各地的山珍海味、精美食品都爲這種特殊用途送來。桌上擺滿了精美食品，新郎新娘吃得少，并不影響隨從人員大吃，前者吃得越少，後者越可以痛快地吃。宴會要持續幾個小時。最後結束了，終于就剩下他們兩人單獨在一起了。第二天早晨，皇帝皇后再次到太和殿去接受皇族和大臣的祝賀，不僅是北京的，而且有來自全國各地的。皇室的成員凡是能來的都聚集到這裏了。他們站成好幾排，等皇帝皇后一起走進大殿，坐到各自的寶座上。立即，全體一致跪下三叩頭，祝賀皇帝皇后的美滿婚姻。與此同時，朝廷的官員都聚集在外面院子裏，用同樣的禮節向新婚夫婦祝賀。這些太和殿內外的叩頭都是跟隨着音樂節奏，所以動作非常協調，這真是一個五彩繽紛而有趣的場面。

　　當皇族和官員退下後，數千名太監接着前來行同樣的叩頭禮。

　　這是光緒與沁鳳婚禮的最後一個儀式。現在他們自由了，可以回到各自的宮裏在自己的房間休息。指定服侍新皇后的宮眷都聚集到她身邊，以後她們就是她的私人扈從。于是她登上她的八人大轎，由宮眷們護送回自己的宮裏。皇帝也回到他自己的宮裏。

　　帝后分別住在各自的宮裏，這是沿襲幾世紀來的老傳統。這兩座宮殿必須緊挨在一起。皇帝不管有多少嬪妃，他必須獨自居住。這樣安排是有道理的，這樣皇帝可以根據自己的喜愛召喚皇后或任何一個嬪妃，以保證在同一時間，在皇帝的寢宮只有一個女人，免得給皇帝造成麻煩。

　　還有一種奇怪的傳統，皇帝的嬪妃來去情況都要詳細寫入一本專門記載皇帝的婚姻生活的冊子裏。對所有到皇帝這裏來的女子都要詳細記載她入宮的日子、時辰和她回去的日子、時辰。這樣做的目的是：如果皇后或某一個嬪妃懷孕，就有據可查。由于現在還沒有嬪妃，所以惟一的記載就是新婚之夜的情況。

　　這群太監僕人以及白天在皇宮裏供使喚的差役無所事事，所以他們以極大的興趣注意着皇帝皇后的出入。

　　一天一天地過去，不見皇帝召喚少皇后，這就引起了許多議論，大家對這種特別反常的行爲作了許多胡亂的猜測，到處流傳。必須記得，當還是孩子的時候，光緒就非常討厭他這個新娘，隨着時光的流逝，兩人的感情并沒有任何進展。歷史記載：他們從結婚以來，就像陌生人一樣。除了在傳統的禮儀場合無法回避外，他們從不交談。

　　沁鳳夢想的幸福未能實現，她所憧憬的美妙仙境也成了泡影。惟一留給她的只有前途渺茫的歲月。她沉着地接受了命運的擺布，用不需要愛情的傲慢來掩蓋她破碎的心。

傀儡皇帝

光緒和沁鳳（結婚以後就是少皇后）的關係使整個朝廷都感到迷惑和困擾。老佛爺尤其感到煩惱。她不明白爲什麼光緒不召見他的妻子，而且涉及這個問題的事，皇后不願意別人多問。

老佛爺可能知道皇帝、皇后之間有這種奇怪行爲的原因，但是表面看來他們倆都很快活，所以老佛爺也不知道怎麼考慮這個問題。但是她對他們進行嚴密的監視，并且開始對光緒的行爲感到驚訝。

少皇后爲光緒對她的態度深深感到憂鬱，但是把這種情緒向某個人表達，這是不可能的。因此，我們只能作些猜測，因爲少皇后從來不提起這件事。

實際上，她是非常痛苦的，但是對周圍的人，她表現得很坦然，而且在整個宮廷生活中，她掩飾得如此巧妙，以至于誰也不會想到她的實際生活是多麼陰鬱和沉悶。恐怕惟一能意識到她的痛苦的就是這個造成她痛苦的人——光緒本人。舊禮教强制他把自己與少皇后結合在一起，使得兩個人都過着悲慘的生活，他爲此感到痛苦。當然，他知道，這不能責備她，而且在他心靈深處，他還很憐憫她。不幸的是兩個人都很倔强，這就使他們長時期沒有機會來更好地互相瞭解。

除了在覲見和一些禮儀中，少皇后必須出席外，他們兩人從來不在一起。而在這種場合，少皇后總是高興地微笑，甚至與光緒互相打招呼。但是多數時候，他們總是有意地避免眼光瞥到對方。

在這不幸的婚姻中，流傳着這樣一件事。事情發生在一次慶祝活動中，可能是歡度新年。這時候要求皇帝、皇后在宴會桌上坐在一起。他們稍稍地交談了一會兒。光緒相當和藹地對他的皇后微笑。然而，她做了一件不能寬恕的事，這件事使得他們之間再也不能有真正的理解了。

她從桌邊站起來回她自己的宮去。光緒喊住她：

"請等一下，我還想跟你談談。"

少皇后連頭都沒回，儘管她不可能沒有聽見。光緒在後面看着她，感到迷惑和吃驚。從那時候起，除了宮廷禮節需要外，他再也不招呼她了。在她這方面，一點沒有緩和，除非當她是獨自一人的時候。但是，對宮裏的任何人來說，獨自一人的時候總是極少的。她的態度常常表現得近乎歡樂，實際上是爲了掩蓋她受傷害的自尊心。這自然使老佛爺感到大惑不解。當她被選中做妃子後，她對她自己的丈夫咸豐也沒有很深的感情，但她是十分謹慎地，一絲不苟地按傳統要求去做。他們之間從來沒有出現過明顯的不和。

必須采取一些措施來緩和朝廷的緊張氣氛。于是老佛爺計劃給光緒選妃。皇室有一種奇怪的傳統，這就是：在皇后來到皇宮參加結婚儀式前，應該有兩個或更多的（四個比較合適）嬪妃已經被選中并帶到宮裏。但是，對光緒，老佛爺忽視了這一點（她當了太后以後，已經對許多老規矩不予重視了）。至于爲什麼有這樣一種傳統，那在久遠的年代裏早已被人們遺忘了。可能是這個原因：如果在結婚以後再來選妃，可能會引起新皇后的不快。但是如果這件事發生在她當新娘以前，可能不會太損傷她的感情。不管怎樣，那是中國式的解釋。如果按傳統規矩處理，那麼在沁鳳來到宮裏成爲皇后以前，光緒早該有妃子了。

爲了頂住批評，老佛爺强調當時在滿洲貴族中沒有光緒中意的姑娘。但是真正的原因是：她非常喜歡這兩個年輕人，希望他們結婚後能單獨在一起過幸福生活。然而，像很多好心的人那樣幹了事與願違的事，想使他們幸福，結果反而傷害了他們。

老佛爺想，選妃子至少是一種轉移，也許能打開結婚造成的僵局。于是一道聖旨下達了，命令所有貴族家庭的合適的女兒，年齡在十四歲到十六歲的，都要到皇宮裏來聽候挑選做妃子。

就像一切涉及皇帝的其他事情一樣，這次選妃的儀式也極爲隆重。在指定的日子，老佛爺帶着她的朝臣，一起聚集在大殿。然後，老佛爺、皇帝、皇后各自就坐，六名年輕漂亮的姑娘被引進覲見。

女孩子輪流走上前，叩完頭，然後站在帝后面前供他們審視。選妃子是一件非常重要而嚴肅的事情，但是一切工作都比較不拘禮節地進行。當司儀官把姑娘領到帝后面前的時候，他們就走下寶座和姑娘們混在一起，就這樣仔細地審視她們。光緒對她們很和藹，但是并不顯得對這事有一點興趣。而少皇后則聰明地掩飾着自己，緊緊地注視着她的皇上。雖然她受過很好的"四德"教育，其中包括對待丈夫納妾的問題，但是她畢竟是有感情的人，她用妒忌的眼光看着這些年輕姑娘。在她的內心，她喜歡她的英俊的丈夫，雖然他們之間好像陌生人一樣，她也不願意看到其他女人插入這個家庭。使她有這種想法的另一個原因是：這些姑娘都非常有魅力，而她却是長相平平。

老佛爺用敏銳的眼光仔細地審視着這些女孩子，覺得她們都是一樣的漂亮。她清楚地記得她被帶進宮裏變成咸豐的妃子的那一天，她也沒有忘記在那值得紀念的日子裏她自己的感受。這些回憶使她對眼前的這些姑娘感到更親切，同情她們，理解她們現在心裏可能在想什麼。她對她們很和藹，這大大地解除了她們心裏的恐懼感。

覲見結束了，姑娘們都回到自己的家裏等候最後的決定。一旦選定，就有一道詔書下來宣布中選者的姓名。

當全部離去後，老佛爺就問光緒，他看中了誰。光緒回答：

"親爸爸，她們都很可愛，但是她們中沒有一個人像我夢想的姑娘。請不要爲我從中選擇吧，讓我再等待一段時間吧。"

老佛爺寬容地笑了。

"那我們以後再選吧，也許會遇到你夢想中的姑娘。"

到了該光緒親政的時候了。老佛爺在心靈深處是不大願意放棄她的統治權力的，但是她也不敢太藐視傳統的規矩，所以她就下了一道詔書。在詔書裏，她説光緒已經成年，而且結婚了，她説自己已經年老，沒有很多的精力來處理繁重的國事。她贊揚光緒卓越的才華。她宣布自己退出大清帝國的權力寶座，由光緒親政，并擁有絕對的權力。她告訴她的臣民，她將隱居在頤和園，在和平、寧静中安度她的晚年。

光緒的積極性被激發起來了，他終于真正成爲中國的統治者。他將獨立聽政，獨立處理帝國的事務，并且要爲他的百姓做許多大事。

但是老佛爺找到了一些藉口要留在紫禁城裏，并且告訴光緒，每一次上朝後要立即向她詳細報告所發生的每一件事。

光緒進行了第一次聽政。他聲明他的執政政策將和他的皇姨完全一樣。他聲明他對她聽政的每一件事都完全同意，并保證完成她引退前已開始的任何一項工作。官員們聽到他的聲明後都很高興。

光緒的第一次聽政很成功，以後的幾次也是這樣。因爲完完全全按照老佛爺的模式進行的，老佛爺自然是非常滿意。對光緒以及他的統治，她挑不出什麽毛病，一切就像她没有退位時一樣。

光緒掌握了統治權。

他現在是中國惟一的統治者。

老佛爺引退了——但是她仍在幕後操縱着大清帝國。

喋喋不休的議論

作爲皇帝的教師，翁同龢的任務已經結束，并且離開了朝廷。但是光緒與翁同龢之間的友誼却與日俱增，這友誼深厚而持久。老佛爺知道這位學者對光緒的影響很大，甚至比她自己對光緒的影響還要大；而且還有這樣一些流言蜚語，説她妒忌翁同龢，翁同龢不會聽不到這些，但他總是小心謹慎地避免觸犯她，因爲他不願意拿他的腦袋來冒險。

但是老佛爺并沒有禁止翁同龢來上朝，他每天早上都來，并趁此機會與光緒交換觀點。這些會見當然都被報告到老佛爺那裏，她等待着，看會發生什麼事情。光緒終于成爲大清帝國的惟一統治者，對此翁同龢感到非常高興，他對他的學生寄予極大的希望。

但是有一件事情使這位學者犯愁，由于他是一個有强烈愛國心的人，他擔心在光緒故世後（當然，誰都希望這事是在遥遠的將來），中國皇位會沒有繼承人，因爲光緒從不召喚皇后，因而生一個皇子的可能性看來是不存在的了；這件事讓他非常操心，以致在某種程度上冲淡了光緒親政給他帶來的喜悦。他試圖悄悄地尋找出身高貴家庭的，各方面合適的姑娘給光緒做妃子，但是老佛爺已經排除了這種可能性。

正好在這時候，廣州的一位道臺長叙來北京，他是翁同龢的老朋友。他有兩個女兒，一個十六歲，一個十七歲。翁同龢立即閃出這樣一個念頭：讓這兩個姑娘做光緒的妃子。但同時，他又意識到老佛爺内心對他有反感，所以如果由他直接建議老佛爺選這兩個姑娘的話，不僅是愚蠢和冒失的，而且可能導致失敗。

要避免這種困難，通常要采取些策略。所以翁同龢想找皇室中某個老佛爺能信得過的人，通過他的幫助來實現自己的計劃。翁同龢是想把妹妹先引見。最後皇室中的一個成員向老佛爺提了這件事。實際上，老佛爺也在爲了以後没有人接皇位而憂慮。老佛爺對長叙的兩個女兒很感興趣，最後就召見了她們。

這次接見，老佛爺、少皇后和光緒都參加了。光緒立刻愛上了那妹妹，這正是他夢想中的姑娘。憑着一個女人的直覺，少皇后馬上注意到長叙的小女兒引起了光緒的興趣。皇后頓時惱怒萬分，這正是宮中任何人都清楚地看到的，并且成爲人們無窮無盡閑聊的題材。

少皇后妒忌的目光，老佛爺也許看到了，也許没有看到。如果看到了，她也不當一回事，不管什麼事情，只要能使光緒高興的，她都滿意。她命令把兩個姑娘留下，或者，確切地説，把她們帶回宮裏做妃子。即使是最低等的太監也覺察到光緒愛上了那個小女兒，而她也深深地愛上了皇帝，就像皇帝愛她一樣。光緒立即下了這道重要的詔書。

占星家選定了迎接兩個姑娘進宮的吉日。于是兩頂花轎就派去接她們。整個過程和皇帝娶親時一樣，所不同的是：皇后進宮所乘的轎子有皇家的黄色披挂，轎子的側帘上綉有彩鳳。妃子是二夫人，没有特殊地位，不能像大夫人一樣尊貴。這兩個姑娘的轎子是橙色的，轎簾上没有綉任何標記。在儀式方面，也不同于結婚儀式，不進行祭祖和祭天地。這兩個姑娘只是坐着轎子進宮，接受大家的慶賀，就成爲皇上的妃子了。皇上封她們爲瑾妃和珍妃。

光緒非常愛珍妃，這是誰都知道的。那麼光緒現在將怎麼辦呢？這是人們閑談時感興趣的内容。儀式一結束，光緒幾乎立即就召見珍妃。珍妃來皇帝這裏進晚餐。有一名太監專門負責記載皇帝的結婚生活，這件事自然就及時地被收進記録。

爲了保密，不讓別人知道什麼時候，哪個妃子到皇帝這裏了，所以宮裏規定給每個妃子一套獨立的庭院，這樣，皇帝要召見哪個妃子是很方便的。按規定，光緒不應該到妃子的住所去，但是光緒却没有遵守制度。人們紛紛議論，説光緒經常到珍妃的住所去，而不是把珍妃召到他的住所。

但是，第一天晚上……

老佛爺經常從她的太監探子那裏得到信息，知道光緒與珍妃在一起非常快活，她也很高興。太監及時地在結婚生活記錄册裏記下了這樣的事實：她整天在光緒的寢宮裏。按理，她應該在天亮前離開他的寢宮，但是她没有這樣做，因爲光緒不讓她走。珍妃的責任，除了侍候光緒外，還要侍候老佛爺，所以第一天早晨，她穿好衣服就到老佛爺那裏去，在那裏，她見到了她姐姐和少皇后。她姐姐是個不活潑的姑娘，長得胖，大圓臉蛋，外表顯得笨拙。她來到宮裏不久，宮眷和太監們就給她取了個外號"月餅"。一開始老佛爺聽到這個名字的時候不太高興，但是後來她自己也公開地叫她爲"月餅"了。珍妃第一夜與光緒在一起後，來到這裏，見到皇后和"月餅"，氣氛有些緊張。"月餅"雖然笨，但她還是意識到光緒不會不知道有她這個妃子。在第一次的重要會見中，他就對她表示冷淡。她擔心以後會總是這樣，她對皇帝偏愛她漂亮的妹妹很妒忌。但是珍妃也比較懂得策略，她的聰明與她姐姐的愚蠢正好是個對比。她清楚地知道，她，作爲一個妃子，是没有什麼地位的，所以她注意避免一切可能發生的矛盾。

于是她盡可能和藹地，有禮貌地與皇后説話。皇后完全没有理睬她，似乎根本就没有聽到她的話，這使珍妃很傷心。一有機會，她就和她姐姐説這件事，可是她發現她的姐姐對她也是一樣冷淡。三個女人之間還可能發生什麼事，誰也不知道。因爲還没有等到發生公開的破裂，光緒就來上朝了。他毫不掩飾對新妃子的寵愛。少皇后氣得臉通紅，瞪着眼睛看着珍妃；"月餅"妒忌地看着妹妹。但是光緒没有理睬她們，公然站到他愛妃的身邊。當最後大家都來服侍老佛爺的時候，老佛爺可能感覺到這三方面的敵對情緒，這使她感到很好奇，但是她并没有問什麼。

早朝結束後，光緒又破了常規，因爲她的寵妃没有回到她自己的住所，却回到了他的宮裏。

"我希望當我公務完畢回宮的時候，你能在這裏迎接我，"他這樣向她解釋。

珍妃在光緒那裏一連呆了三天没有回自己的宮。這三天，宮裏議論紛紛。少皇后非常氣惱，因爲她聽到宮裏的議論，知道誰都發覺她除了第一夜與光緒在一起外，再也沒有被請回去過。她當然不能要求看一看皇帝的結婚記錄。但是她可以派她的太監探子去探出真情（每個人都有這樣的探子，只要他的級別夠資格使喚太監和宮女）。情況是這樣：那太監記下了珍妃來到光緒宮裏的時間，可是記載她離宮時間的地方，却使人吃驚地空着。一連三天，這一欄都是空白。"月餅"也有她的探子。她倒并不關心光緒。但是光緒對她妹妹如此鍾情，而對她如此冷淡，這却大大地損傷了她的自尊心，所以她也要設法到結婚生活記錄裏去查找真情。

就是老佛爺，她也經不住好奇心的驅使，想去瞭解那記錄。到第三天末，人人都興高采烈地、喋喋不休地議論。但是光緒和珍妃都不在乎。她說：

"少皇后和我姐姐都恨我，但是我不在乎，只要有您愛我就行。"

"我是萬歲爺，是皇帝，我的話就是法律。不用怕。"

那些侍候光緒和他的寵妃的貼身太監常常樂滋滋地向別人透露趣聞，其中最引人注意的是：光緒一時興來，竟放蕩不羈地用自己的筷子給他的愛妃喂食。愛忌妒的"月餅"第一個聽到這故事，她就想辦法讓它傳到老佛爺的耳朵裏。老佛爺聽了感到非常有趣，她大笑着給別人講這件事。

"即使是一個皇帝，"她說，"有時候也會忘記自己的尊嚴！"

皇帝不讓珍妃離開他而長時間寂寞地獨居自己的宮裏。他什麽時候想她，就去看她，也不管這是違背傳統規矩的，就是說，全國上下都應該侍候皇帝，而不能讓皇帝自己到別人那裏去。但是一涉及珍妃，他顯然忘了自己是皇帝，可以命令任何人做任何事，而且任何人都必須立即服從。

光緒不在珍妃住處的時候，珍妃就到他那裏去——結婚生活記錄裏記了許多這樣的條目。宮廷里人們經常興高采烈地議論這件事。最終是否能生一個皇子？少皇后今後還會得寵嗎？光緒對"月餅"將怎麽樣？

少皇后没有得寵。

對"月餅"光緒也没有交往。

少皇后對珍妃的憎恨正在惡性地發展着，這方面她已經無法掩飾自己了。上早朝的時候她乾脆不理睬珍妃，似乎她根本不存在似的。

"月餅"變得又酸又苦，她越來越恨那比她幸運的妹妹，并且經常挖苦她。所有這一切，包括老佛爺對珍妃的逐漸發展的厭煩，都不使光緒對珍妃的寵愛稍有收斂；翁同龢爲他的皇上獲得幸福而産生的喜悦以及宮裏喋喋不休的議論也都没有受到影響。

娘娘廟

光緒和珍妃經常不回避地在一起，珍妃到他宮裏就留下來不走了，這更使少皇后和"月餅"感到難堪，也使她們的嫉妒無限地發展。少皇后出于嫉妒，通過她的探子來打聽每天在光緒宮裏發生的事情，聊以自慰。而"月餅"則用自己的笨方法處處設法破壞自己的妹妹在宮裏的地位。使人感興趣的是這個女人究竟敢把珍妃傷害到什麼程度。

光緒對珍妃是百依百順，他們的愛情故事可以説是從歡樂到歡樂，而且每天達到一個新的高度。不久就發生了珍珠斗篷事件。

自從光緒成爲真正的皇帝以後，國庫，包括裏面儲藏的錢財、寶石、珍珠、貢品——總而言之，一切可以稱之爲財富的東西都轉爲他所有了。老佛爺當然也是密切注視着國庫，正如她對光緒執政中的每一件事密切注意一樣。但是她并不知道珍珠斗篷。按常規，人們都知道，太監向來是陽奉陰違，自私自利，所以爲什麼老佛爺没有從太監嘴裏知道這件事，使人感到意外。的確，宮裏除了少皇后和"月餅"外，每個人都喜歡珍妃，并且忠于她。

光緒命令從國庫拿珍珠給他的愛妃做一件珍珠斗篷。他是否應該這樣做，引起了議論。當然，按常規，使用一些珍珠，不管是幹什麼用，算不了盜用國庫，因爲這種珍珠并不珍貴，是很容易得到的。做斗篷大概用了上萬顆珍珠，連成類似魚網的結構，縫到布上。斗篷做得非常精緻，特別適合于珍妃。

但是她本能地感覺到把這斗篷穿着到老佛爺面前是不合適的，所以她把它留着專供光緒娛樂，只有當她在他宮裏，或是侍從們不在，只有她和光緒在御花園的時候，才穿上它。

關于珍珠斗篷的事又成爲人們議論的新内容。一些愛搬弄是非的人大肆宣傳，説這斗篷比老佛爺所擁有的一切東西都美。在宫裏，任何人，不管他有多高的官階，都不準許擁有比老佛爺的還高貴的東西。少皇后和"月餅"都知道這一點。

"月餅"想趁機給她妹妹來個致命的打擊。她的探子把關于珍珠斗篷的故事告訴她，她又去告訴少皇后，少皇后考慮了一下，就去告訴老佛爺。

"珍妃太突出自己了，她有一件珍珠斗篷，是用皇家國庫的珍珠做成的，比太后老佛爺所有的一切都高貴，誰都知道這是不允許的。"

斗篷是按珍妃的要求做的，是套在夏裝外面的一個薄披肩，所以不是一種合乎禮儀的服裝。不知光緒有没有意識到他讓她的愛妃做這麽一件服飾是違背章法的。但是即使他知道，他也不會爲了要做到合理而拒絶她任何要求——再則，對于皇帝，他的事没有什麽不合理的。

少皇后仔細地選好適當的時間去做她的報告。她去見老佛爺是當光緒不在自己宫裏，而在聽政，并且保證幾小時之内不會回來。少皇后講完她的故事，老佛爺説話了：

"我早知道你恨珍妃，也知道'月餅'妒忌她妹妹。對'月餅'，我就不去説她了。但是對你，我該告訴你，你的位置就在你丈夫旁邊，誰也不能取代你。雖然珍妃常常和他在一起，但是對你來説，就好像不存在一樣，大不了你把她看成是他的一本書、一個家具或他的一匹坐騎，你應該勉勵自己不把她當回事，而且盡可能對她和顏悦色，這樣人家才不會説皇后器量小。"

少皇后低着頭没有回答。她臉頰上升起了一層淡淡的紅暈。老佛爺看了她一會兒，繼續説：

"我們都很擔憂，皇帝至今没有一個太子來繼承皇位，我不明白這是怎麽一回事。"

少皇后的臉更紅了。是不是老佛爺不知道光緒再也没有召見過她？雖然觸到了痛處，但是少皇后相信她畢竟已經達到了她的目的，老佛爺一定會對珍妃采取一些措施。珍妃在宫裏没有地位，但是她敢擁有比老佛爺還精美的東西，因此，她可能被斬首。

少皇后剛離開老佛爺，就有忠于珍妃的太監把這情況飛報珍妃。大家相信老佛爺一定會下令立即調查，緊接着，可怕的懲罰就會降臨到珍妃頭上。但是珍妃并沒有被嚇倒，她知道該怎麼辦，也沒有打算告訴光緒。她找來太監們幫她的忙，迅速從斗篷上拆下全部珍珠，并把它們放回那錦緞口袋裏，當初光緒就是從那裏取的。

相當一段時間，珍妃没有告訴光緒發生了什麼事。最後光緒開始懷疑爲什麼珍妃不再穿珍珠斗篷了，就追問她。這才弄清了事情的始末。顯然，在宮裏有占顯赫地位的人讎視他的寵妃。他警告她必須非常小心，不要出錯——提醒她，她在宮裏没有地位。她回答，没有地位她不怕，只要光緒一直愛她就行。

但這也引起了她的思考，她必須采取一些措施來提高她在宮中的地位。在老佛爺的經歷中就有這樣的先例。但是當老佛爺指責少皇后和"月餅"忌妒，并提醒她們珍妃在宮裏没有地位的時候，奇怪得很；她竟忘了當初她成爲咸豐的妃子的時候，她的地位和現在的珍妃的地位完全一樣。但是有一點不同，在慈禧進宮前，咸豐已經有許多嬪妃了，但是慈禧進宮後，他把她們全忘了，一直忠誠地寵愛着她。那是很多年以前的事了。但是，可能老佛爺不願意去回憶。

珍妃曾聽説，老佛爺因爲光緒身後没有人來繼承大清帝國的皇位而感到失望。她意識到，提高自己地位最可靠的途徑就是使自己成爲太子的母親。但是一年過去了，并未盼來一個後嗣，這使得這位寵妃很憂慮。她決心要行動起來，她就去向人打聽。

人家告訴珍妃，就在正陽門外，有一座廟。這座廟是由一些尼姑掌管的，廟裏只供了一位女菩薩，她的偶像是這個廟的主宰。這是一座很古老的廟，據説它的年齡與北京的年齡相仿，自從建成以後，香火一直不斷。

尼姑們做了許多小的泥娃娃，站在菩薩祭臺周圍，有男的，也有女的，多數是男的。所有的女人都希望給她的丈夫生個兒子。女娃娃戴着手鐲，頭髮在頭的左側做成一個髮髻。男娃娃除了有一條腰帶外，通常是全身裸露，頭是剃光的。男女娃娃分別站在祭臺的兩側。想要孩子的婦女并不一定要親自到廟裏去，當然親自去是更好，她們也可以派人代替她們去。

珍妃是個皇妃，没有準許，她是不能離開紫禁城的。如果要求批準，則必須説明出去幹什麼，這樣會使她自己陷于不必要的狼狽處境，甚至她的計劃還可能壞在忌妒的少皇后和"月餅"手裏。所以珍妃就選了一名親信太監，派他去廟裏，教給他如何祈求。

太監按規矩來到廟裏，他隨身帶了一根一尺來長的黃繩子。這繩子是用來給没有孩子的妻子或皇妃"拴娃娃"用的，從字面上講，就是抓住孩子的意思。這與西方人用套索拴住孩子的傳統有相似的意思。

這時候，那太監代替皇妃跪在大慈大悲的觀音菩薩前面祈禱：

"大慈大悲的觀音菩薩，請聽我説，我是替光緒的妃子珍妃來祈禱的，她希望爲皇帝生一個後嗣。她今年十七歲，祈求菩薩降恩予她，我是替她來選孩子的。"

這太監不管得到的是什麼答復，他都滿意，因爲他從菩薩脚下的男孩子中選了一個泥娃娃。人們不知道他選中某一個根據是什麼，因爲所有的泥娃娃就像一個豆莢裏的豆子一樣，完全一模一樣。如果碰上哪個婦女想生一對雙胞胎，那麼她就挑兩個泥娃娃——這是對觀音菩薩權威的一種相當盲目的信仰。這太監把繩子圈在泥娃娃的脖子上，從而萬無一失地把他抓住了（或者説，這個孩子就被要來了），然後再次向觀音菩薩祈求。

"聖明的菩薩啊，請不要忘記，讓這個孩子到珍妃那裏去吧，她是光緒的妃子，就住在紫禁城光緒皇帝的宮裏，緊靠着御花園。千萬不要搞錯，要讓珍妃，而不是少皇后或'月餅'來懷這個孩子。"

然後，太監把泥娃娃藏在自己長袍裏，帶回去見珍妃。珍妃必須把他接過來放到自己的長袍裏，或者放在自己的枕頭底下。

誹　謗

　　時間不斷地飛逝，大清帝國皇位繼承人還是没有産生。據説光緒并不爲此感到不安。當到了需要繼承他的皇位的時候，自然會有辦法找到繼承人的。這一點光緒很清楚，就像他自己就是被老佛爺選中捧上寶座的。

　　老佛爺現在相信光緒是有能力統治的，并且他是在努力貫徹老佛爺的政策。于是她宣布她打算退居到離北京大約十七里的頤和園去作無限期的休養。自從光緒即位後，她曾到頤和園去過幾次，但是每次只停留兩三天，而這次，她想春天去後，就在那裏一直住到秋天，甚至更長的時間。

　　搬遷是非常簡單的事，不需要太后操心提前很多時間做準備。她只需表達一下她的願望，就有幾千名太監去替她付諸實施。她只需離開她在紫禁城的宮殿，等她到達頤和園中她選定的住所時，所有她最珍愛的財寶已先于她到達了。她坐在轎子裏旅行是這樣的舒適，就好像她根本没有在運動。

　　但是這裏又出現了複雜問題，光緒自然必須留在紫禁城，少皇后和"月餅"對珍妃嫉妒的問題，現在老佛爺不能再眼開眼閉了。當宮廷裏的人知道老佛爺要退居頤和園後，又是議論紛紛。每個人都意識到珍妃將會處于一種非常窘迫的局面——那是需要用極高的手腕來對付的。

　　當老佛爺的計劃一宣布，少皇后就一邊對老佛爺叩頭，一邊説："太后要長期退居頤和園，身邊没有真心愛您的人去侍候您，那是不行的，所以我覺得我有責任陪伴您一同去。"

　　聽了這話，"月餅"馬上理解，現在該輪到她來製造麻煩了，她接着説："我也是這樣想，太后老佛爺，我惟一的希望就是能侍候您。"

　　珍妃聽了少皇后和“月餅”的話，馬上意識到她必須有所表示。她最大的願望當然是和光緒在一起，但是如果她這樣說了，會被認爲庸俗；如果不這樣說，又會傷了光緒的感情，也違背了她自己的願望。顯然，兩者必居其一。于是“月餅”剛一說完，她馬上對老佛爺叩頭說：

　　“在您退居休養的時期，侍候您也是我的責任。有誰能比我們三人，皇后、瑾妃和我更愛您，更能侍候好您呢？”

　　一般來說，任何人，即使是皇后，來向老佛爺提這類建議是不合適的，應該由老佛爺自己決定誰陪她上頤和園，誰留在皇帝身邊。但是人們可以看到，少皇后提這種建議是顯示了對老佛爺的關懷，意在打動老佛爺的心，所以這種冒失是可以諒解的，它不會使老佛爺生氣。

　　她確是沒有生氣。她考慮了一會兒，就說道：

　　“你們三人說得都對，但是也不能讓皇帝獨自一人留在紫禁城，他朝政繁忙，需要放鬆放鬆。”

　　聽了這話，少皇后又抓緊了一個獻殷勤的機會，她答道：“這也是，但是首先要考慮太后老佛爺。他年輕，自己可以調整，我覺得我們三人都應該陪伴您。”

　　據說，當少皇后說這些話的時候，那雙幸災樂禍的眼睛一直盯着珍妃，而珍妃始終謹慎地保持沉默，因爲她已經表過態了。

　　老佛爺把這問題仔細地考慮了一番。

　　“你們三人都得留在皇上身邊。”她最後說，但神色中表現出似乎還可以進一步研究。

　　少皇后又叩頭。

　　“或者請允許我們現在先和您一同去，然後我們再回來。以後，等您在頤和園安頓好了，我們就將到那裏永遠陪伴您。”

　　“月餅”再次附和了少皇后，珍妃再也沒有選擇的餘地，只得又重複了她剛才的建議。

　　老佛爺最後作出決定。

　　“珍妃留下。”她說，“你，沁鳳，還有你，瑾妃，和我一起到頤和園去。"這次老佛爺的表情是堅決的，不允許再討論了。她是否有意要看一看這種場面？少皇后發怒了，但她竭力掩飾了自己的情緒。"月餅"用威脅的眼神看了她妹妹一眼。少皇后想起，以後，由于某些禮儀的需要，她還有機會回紫禁城的，這將給她提供最好的機會去羞辱珍妃。這樣想着，她的怒氣稍稍地消了一些。老佛爺和她的扈從們去頤和園了。留下光緒和珍妃單獨在一起。這時候離他們幸福生活的末日不遠了，雖然當時他倆誰也不知道。他們那種盡情的歡樂在後世傳爲佳話。

一連好幾天，他們彼此陶醉在幸福生活中，沒有處理任何朝政。他們一起住在宮裏，他們手拉手地在御花園裏散步，全然不考慮這種行爲是否違背宮廷禮儀或使老佛爺生氣。在逢迎老佛爺方面，光緒是非常小心謹慎的。他每天要一次到兩次派太監信使到頤和園向太后報告朝廷內一切正常，請老佛爺放心。

關于光緒和他寵妃的幸福生活的故事，幾乎每個小時都有信息傳到少皇后和"月餅"那裏。信息就是通過那些信使以及少皇后設置在紫禁城內朝廷各有關部分的大量太監探子傳遞的。嫉妒使少皇后失去了理智，她決心利用她的權力來做一切能傷害珍妃的事情，不管那是公正的還是不公正的。

有一次，宮外的戲子進宮演戲，她找到了報復珍妃的第一次機會。從外面雇戲子進宮，這本沒有什麼錯誤，也不是什麼少見的事情，因爲過去，當老佛爺對由她自己編劇，由太監們演出的戲看膩的時候，也曾這樣做過。所以光緒從宮外雇戲子進來，也只是遵循老規矩。戲臺是在地處紫禁城中心區的一座建築物的正面，光緒是從院子對面的一個窗口觀看演出。演員必須先進來叩頭，然後帶着他的班底（如果有的話）去演出。演完後再叩頭，然後才離去。演員是不準許和皇上說話的。

有一個演員，光緒一向對他特別欣賞，他在當時就像現在的梅蘭芳一樣出名。他扮演女角表現出特殊的技藝和魅力。他既是個很好的歌手，又是個卓越的表演家。光緒一次又一次地召他回來。這一切情況當然都由信使傳遞給老佛爺，并且由信使和探子帶給了少皇后和"月餅"，她們兩個時刻在尋找機會惹事。

少皇后不做任何調查，就斷定是珍妃喜歡這個年輕戲子，這才使他接二連三地到紫禁城裏演出。這樣，她就找到了一個很好的理由來侮辱珍妃。因爲在中國，戲子在社會上的地位屬于最低階層。

少皇后散布謠言説，珍妃傾心于這個年輕漂亮的戲子，她竟公開地在光緒背後向他表示鼓勵（只要她願意，她是很容易做到這一點的，因爲看戲的時候，她坐在光緒背後）。

少皇后非常懂得策略，她不把她的懷疑告訴老佛爺。在這方面她是非常謹慎的。但是她想，嫌疑的種子應該播在那些能對珍妃造成最大傷害的地方。

她很容易地找到了一個理由回紫禁城去，并且，很自然地被邀請去看戲。她把到達的時間算得很準。她作爲皇后，在光緒的旁邊就座，而珍妃則坐在他們的後面。少皇后很明白，什麼事都不宜開門見山地説。但是東方人是擅長旁敲側擊藝術的。少皇后先與光緒談了幾句，突然停止了，眼睛盯着那漂亮的戲子看了一會兒，這種舉動使光緒吃驚地看着她。然後她故意轉過頭去看珍妃，用眼睛説出了她不敢在光緒面前説的話。然後她又久久地、意味深長地盯着光緒，使光緒忍不住提出這樣的問題：

"你爲什麼這樣看着我？"

"我在想那個戲子到紫禁城裏來有多頻繁，我還發現他長得很漂亮。"

"我喜歡他，他是一個傑出的演員。爲什麼你關心這件事？"

"有三種人必須提防的：算命的、説媒的和戲子。我是想着你有一個年輕而漂亮的妃子。"

這話的效果是可想而知的，光緒勃然大怒，珍妃氣得臉白一陣紅一陣。這是必然的，因爲不管是男人和女人，如果他是完全清白的，決不能容忍別人如此加罪于他。而這少皇后既已播下了嫌疑的種子，她立刻找個理由離開了。

皇帝召來那個年輕戲子的次數更多了。珍妃意識到，如果她不想辦法緩和一下少皇后和"月餅"對她的讎恨的話，她將面臨着她們的毒害。所以她勸阻皇帝，但是面對着皇帝繼續召見這個戲子的決心，她也無可奈何。

有一天，演一個新劇本，光緒對演員的服裝不滿意，他命令宮廷裁縫給演員做一件他認爲更合適于所扮演的角色的袍子。這本是很平常的事，朝廷成員在饋贈禮品方面沒有什麼限制。光緒對任何一個他喜歡的人贈送任何禮物，這完全是他權力範圍内的事。老佛爺本身就經常給別人贈送禮物。

服裝做好了，并且送給了戲子。

戲子穿上這件袍子的時候，正好少皇后與皇帝坐在一起，珍妃坐在另一個地方。少皇后突然身子前傾，目不轉睛地研究戲子的衣服。雖然隔着一段距離，她盡可能地仔細觀察。然後她又轉過頭去對珍妃穿的袍子仔細地觀察。而她的袍子正好與戲子的袍子有某些相似之處。她沒有説什麼。她本來沒有什麼可説的，但是她又一次找到了攻擊珍妃的武器。

她又回到頤和園。謠言又開始傳播了。這次她們是更刻薄更邪惡。謠言説珍妃對她所傾心的無名戲子竟無恥到從自己的身上脱下一件袍子送給他。少皇后在"月餅"的挑唆下，在謠言中添油加醋地説珍妃有好幾次鬼鬼祟祟地把皇家餐桌上的食物送給戲子。所有這些謠言都沒有任何事實根據，但是它們都在朝廷裏流傳了一個時期，最後到達老佛爺耳朵裏。

現在，少皇后和"月餅"心裏有把握，最終她們一定能傷害和羞辱皇帝的寵妃。光緒在無意中給她們提供了把柄。

在那些日子裏皇宮裏還是很守舊的，人們從來不照相，也不準許畫像，這些都被認爲是不吉利的。特別是，按通常習慣，家庭裏的人只有死了才畫像，所以如果一個人在生前就畫像，這意味着他不久就要死了。

光緒對照相倒很感興趣，因爲他思想比較開放，不喜歡守舊。他知道，戲子，作爲一種職業，他一定有許多自己的劇照散布在各處商店的櫥窗裏。他對照相很好奇，所以有一次在宮裏演完戲後，他就跟戲子説話了。

"你有些你自己的照片嗎？"光緒問道。

"是的，陛下，我有很多，如果陛下允許的話奴才將獻上一批，請陛下垂顧、挑選。"

光緒很高興。

"給我送來吧。"他命令道。戲子就去拿了很多很多的照片給光緒。那些太監、探子爲了少皇后的需要積極活動。從這些照片裏，他們又看到了機會，他們爲了自己的利益，又在所謂"珍妃從自己身上脱下袍子來送給戲子"的故事上添了一把火。

有一個太監幹了一件非常卑鄙的罪惡勾當。

他從光緒挑選的照片裏偷了一張，拿去給少皇后，説："您瞧，皇后主子，這是那戲子的照片，是在珍妃的居室找到的。"

這次，少皇后就這件事給皇帝説明了，而珍妃居然不爲自己辯護——因爲否認任何事情只能使她顯得罪行更重，而她什麼也不説，事情也是一樣的糟糕。

"這個戲子在紫禁城外名聲很壞。"少皇后説。光緒臉都氣白了，他拒絕聽。

"他在宮裏的時候遵守宮裏的規矩，他在外面做什麼與我無關。"

"陛下有個漂亮的妃子。"少皇后把這話又説了一遍。

少皇后走後，珍妃與光緒談這件事。

"我不能否認任何事，"她説，"否認又有什麼用呢？您知道那些都是謊話，那都是對着我來的。但是當一個人一旦像我這樣被指責的時候，那就只剩一條路可走了。"

光緒很明白，珍妃指的那條路就是自盡，雖然她沒有直説。

"我請求您，我的主子，"珍妃道，"下命令讓我去隱居吧。"

她這裏指的是一種古老的傳統，它規定，如果一個丈夫這樣命令他的妻子，那麼她就要獨自到一個孤立的住處，在那裏她見不到任何人，任何人也不能去看她，她不能與她所愛的，并且也愛她的男人在一起。

在多數情況下，被命令去隱居就是終身囚禁。而光緒知道，珍妃的意思還不僅止于此。會有這麼一天，她的看守人到她的隱居地的時候，會發現她已經上吊或吞金自盡了。

光緒斷然拒絕考慮她的意見，并決定對她嚴加監護，以免有機會自盡。

少皇后把關于袍子和照相的故事灌輸給她的太監隨從們，并通過他們傳遍了整個頤和園。他們未敢直接傳給老佛爺。

但是經過不長的時間，這故事終于傳到了醜陋的總管太監李蓮英那裏。他是老佛爺最信任的人，他的話老佛爺最愛聽。所以，對于他，没有不敢的事情。他没有忘記過去對光緒的讎恨（他知道是互相之間的讎恨）。他必然會得意地咂着嘴，計劃着利用少皇后和"月餅"提供的材料對光緒和珍妃的幸福生活做最後一次的打擊。

陰雲的擴散

在對珍妃的誹謗還僅止于猜測的程度的時候，在中國發生了一些事，這些事的背景涉及個人的問題。

在河南省的文人中，有一個人，不知他叫什麼名字，他開始着手幹一件事，但還沒達到什麼滿意的效果時，就告吹了。事情是這樣的：

中國對于基督教傳教士把"洋鬼子宗教"傳給大清帝國這件事是非常反感的。

這個文人就開始煽動群衆起來反對傳教士和中國的基督徒。在那個時候，中國基督徒的人數還很少，而且大部分是爲了混口飯吃而幫傳教士幹些瑣碎工作，名義上算是基督徒。在中國，基督徒和非基督徒之間經常發生衝突和辯論，經常有反基督教活動。這就讓這文人有機會點燃那後來引起大火的火把。

這個人經常鼓動河南的中國人起來反對那裏的傳教士，反對中國基督徒，只要一經發現，就把他們殺掉。那裏有許多國家的傳教士，這樣一來，自然立即就使中國與許多歐洲國家產生外交上的糾紛。他們都要求懲罰肇事者和賠償損失。中國過去有過沉痛的教訓，知道外國是永遠不會滿足的，每次發生外交糾紛的時候，中國總要喪失一部分領土。

這次，光緒滿心以爲外國人的報復將采取戰爭的形式，翁同龢也是這樣認爲。

這裏需要説明一下，有這麼一個階層，他們對中國歷史中的這個紀元起着重要作用。中國政府曾經派一些屬于上層社會的中國人到外國去留學，學習他們的制度、禮儀等。這些人像梁登穎、唐紹儀等等，被稱爲歸國留學生。他們一回國，就與舊文人發生分歧。舊文人們聲稱，中國建設到今天這樣的文明程度，靠的是筆而不是劍。他們把歸國留學生視爲中國的叛徒，經常鼓動反對情緒，説他們是在從事把中國出賣給洋人的勾當。由于舊文人的煽動，總督曾多次將這些受過良好教育的人逮捕入獄，這種做法并不是來自朝廷的意圖，而是他們擅自決定的，理由是：爲了防止這些歸國留學生做出嚴重危害國家的事情，不得不盡快將他們逮捕。這些情況傳到老佛爺的耳朵裏時，她命令將他們都釋放了，但是在處理國家大事方面，她却沒有重用他們。光緒由于翁同龢的教導，懂得很多新事物，他把這批歸國留學生都集中起來留在自己身邊，以便協助他研究與他們的敵人鬥爭的方法。所以，當殺傳教士的事傳到皇帝的耳朵裏的時候，光緒就有許多身居要職的人幫他出主意。他們進行了一次長達三小時的秘密會議，翁同龢出席了，李鴻章也出席了。許多年以後，李鴻章在美國人心目中成爲一位著名的政治家。李是有遠見的，他勸光緒不要忘掉這樣一個現實：中國抵抗外國入侵可説是毫無準備，即使是他們中最弱的，中國也抵抗不了。

"皇上是知道的，每次和鄰國發生衝突，中國就要喪失一部分領土，因爲她沒有能力保衛自己。現在該是中國和外國平等的時候了，除了文人的筆以外，她還需要一些更强有力的東西。她需要陸軍、海軍。應當撥款立即建立一支海軍，軍艦可以從外國買進，我們的人可以訓練後當船員。"

這時候的中國，還没有真正名符其實的士兵。幾個世紀以來，實際上是從滿洲人登上皇位以後，也就是一六四四年以後，有一些滿洲土兵，但是相對説來，他們不起什麼重要作用，他們只是站在權貴們的家門口防止小偷進來；他們穿的制服是奇特而不切合實用的。他們完全可能成爲很好的士兵，可惜的是他們對戰略、戰術和現代武器一無所知。李鴻章希望把他們動員起來，請外國教官給他們有效的培訓。

光緒一旦決定要幹什麼，他決不拖延。他立即下了一道詔書，命令立即建立中國的海軍。從英國購進了幾艘巡洋艦，并且很快配備了中國水手，由吳、陳兩位將軍擔任艦隊司令，他們都是由外國教官訓練出來的真正的行家。

購買戰艦的事引起了日本的敵視和疑慮，他們時刻警戒着，并且找藉口來給中國製造麻煩。

有一個朝鮮政治家，名叫金玉鈞，正在上海訪問。這時候正是朝鮮背叛中國後不久，大家自然對他很反感。有幾位漢族和滿族的守舊派官員去訪問他，譴責他背叛中國。

"幾個世紀以來，你們朝鮮一直是中國的屬國，"他們對他說，"如今，你和那些跟你一樣的人把它賣給了日本。現在你實際就是日本人了，而你居然還公開到上海來，在我們面前炫耀你的背叛。"

有這樣的議論，不過歷史上沒有記載，也沒有公開流傳，說當中國和朝鮮發生矛盾的時候，朝鮮脫離中國與袁世凱有極大的關係。據說，他與一個朝鮮婦女之間發生了一些醜事，因而與他們的人民產生了抵觸。由于他是個有地位的人，這樣侮辱朝鮮人的醜事就被作爲一種藉口，他們提出一定要擺脫作爲中國屬國的地位。不管這種說法是真是假，反正朝鮮是脫離中國了。

而金玉鈞使事情變得更糟了。日本正在尋找藉口來積極反對中國，譴責金玉鈞的人正好在這一關鍵的時刻將他暗殺了。憑藉日本人在朝鮮的勢力，這時候他已經是一個日本政客了，這給日本人提供了藉口。

日本欣喜地抓住這個藉口就對中國宣戰。

打了好幾"仗"，出現了許多鬧劇，因爲中國根本沒有實力，而日本却非常强大。"仗"是在海上打的，日本很快就俘獲了好幾艘中國用高價買來的巡洋艦，一下子就把中國置于悲慘的境地。

幸虧，還有其他方面的力量幫助了中國。對中國感興趣的國家太多了，如果日本在中國的勢力太强，就會威脅到他們。外國列强在中國東吞蝕一塊，西割去一塊，形成了各自的勢力範圍，不願意受到侵犯。于是他們對日本的侵略行動提出公開抗議。而日本本來希望再等待一個更合適的時機，就假惺惺表示同意休戰，而這對中國人來說相當于一種不流血的潰退。

日復一日，光緒案子上的奏章堆積如山，這些都來自朝廷的高級官員，提醒他該做哪些事。光緒非常信任和依靠他的大臣們，因爲他自己缺乏經驗，也缺乏對外面世界的瞭解，所以很多事情他不可能自己先想到。他的參謀都是很有才幹的人，如果光緒真能依靠這些有遠見的大臣們的幫助，走自己的道路，他就可能完全改變今天中國的歷史，而且中國可能至今還是一個帝國。

但是他無權來實現自己的計劃。

他對他的參謀的建議非常重視，幾乎每條都下詔書，而且始終如此。他的每一個行動，都被如實地報告給老佛爺。她的眼睛總是仔細地注視着每一件事情，甚至還帶着忿恨情緒，因爲他采納歸國留學生的意見，却不去徵求她的意見。但是光緒國務太繁忙，根本沒有考慮到這一切將會把他引向何處。《馬關條約》的簽訂標志了日本的"勝利"，條約是在列強的干預和仲裁下簽訂的，滿足了日本所提的一切要求。與那些列強相比，日本獲得了插足中國的條件。這實質上使它完全掌握了對中原帝國的統治。

自然，大家對朝廷有很多批評。但是，其中有些批評是多麼的不公平，有些中國政治家對外交事務是多麼的無知，只要用一個事例就可以說明問題。這件事是被嚴肅地記載在政府的檔案中的。有一位中國的高級官員，他提了這樣一個建議：與日本交戰的時候，中國士兵可以每個人手持一根長竹竿作爲武器，日本人來的時候，大家用竹竿打他們的背，就可以把他們打倒。這位大臣相信，這是個有效的辦法，因爲日本人"没有膝蓋"，一旦摔倒，就再也不可能爬起來反抗了！這就是這位大臣對那種他完全不了解的西裝褲子的反應。

但是士兵們并沒有用竹竿武裝自己，某些守舊派的大臣認爲，這就是中日戰爭中，中國打敗仗的原因之一。

光緒開始遇到困難了，這種困難注定要產生一個最大的悲劇。

康有為

中日戰争是一場鬧劇性質的戰争，中國方面人員損失倒不多，但是割地和賠款都非常可觀。此外，她在國際上損失了聲望，這是她永遠不可能忘記，也是永遠無法挽回的。

這時候，由于《馬關條約》的簽訂而停戰了，接着就要執行一條奇怪的成規。爲了便于理解，對它執行中的某些細節還需要解釋一下。

關于這條成規的作用，最能説明問題的是皇宮裏太醫的例子。當一個皇帝死了，儘管他的死是當代醫術無法挽救的，或是由于年老而死的，作爲一種傳統，必須立即下一道詔書來加罪于太醫，撤銷他的一切官銜，并將他驅逐出皇宮，以此作爲新皇帝統治的開始。這是一種慣例，而且通常是立即執行的。這種傳統習慣追溯起來已經有好幾個世紀的歷史了。但是一旦新皇帝登基，第一件事情就是下大赦令，恢復太醫的官銜，讓他回宮！太醫們把這種事看得很平常，因爲這只是一種表示，也是中國的繁瑣儀式的一部分，是在長期的改朝换代過程中逐漸形成的。

凡是發生了什麽麻煩的時候，通常總要找一個替罪羊。中國有一種説法，大意是這樣："如果我想爲你做一百天的好事，前九十九天我都幹得很好，可是在第一百天上出了一點小錯，那就會前功盡棄。"

所以，雖然光緒的統治使中國相當長一段時間内保持繁榮、昌盛，可是鬧劇性的戰争造成的損失，把一切好處都抵消了。但另一方面，大臣們，特别是朝廷自己，對發生的事却没有責備皇帝的意思，至少是没有公開的或官方的責備。但是還必須有人承擔責任，于是老佛爺自己决定找一個人公開承擔對日戰争失敗的責任。

當老佛爺决定把李鴻章抛出來作爲朝廷方面的替罪羊的時候，光緒感到不滿意。他知道金玉鈞的被刺不是李鴻章的錯誤，他也知道袁世凱在朝鮮的行爲與李鴻章無關，因爲那時候這位著名的大官正以顧問的身份在輔助皇帝。

　　然而必須有一個重要人物來承擔一種類似替皇帝贖罪的義務。老佛爺命令光緒撤去李鴻章的官衔，讓李鴻章脫去黃馬褂（那是由于他對朝廷有特殊功績而被賜予的，就像美國給有功人員發的榮譽勳章），除去他帽上的雙眼花翎。大部分高級官員都有花翎，但是帶"雙眼"的却是少數，那是賜予最傑出的政治家的。李鴻章擁有這種象徵對皇帝有特殊貢獻的雙眼花翎已經好多年了。

　　三十年來，所有中國和列强簽訂條約的時候，都有李鴻章參加。1861 年，他協助恭親王處理鴉片戰爭問題時，靠他的智慧爲中國爭得了面子，避免了大量領土的喪失。由于他對朝廷的忠誠，由于他與外國簽訂條約時爲中國爭得利益，所以他被連續提升，每次升一級，在所有得到雙眼花翎和黃馬褂的人中，李鴻章是最當之無愧的。

　　光緒降旨剝奪他的一切官衔和革去他的一切職務，李鴻章泰然處之，因爲他懂得那古老的規矩。

　　在被剝奪官衔之前，李鴻章曾被派往日本去進行馬關議和。當時有一個日本的愛國者曾企圖刺殺他，但是他没有受到傷害，只是經受了一場虛驚。所以當事情全部結束以後，光緒向老佛爺建議立即恢復李鴻章的官衔，引用日本人企圖殺他的事例説明他爲朝廷工作忠心耿耿。

　　老佛爺對光緒的建議并没有表示反對，但這是光緒登基以來第一次與她意見不一致，這是她與皇帝之間產生裂痕的開始，而且隨着歲月的流逝，裂痕越來越大，到了不可彌補的程度。

　　由于老佛爺同意恢復李鴻章的一切權力，所以裂痕并没有明顯表露出來。她可能不同意光緒的行動，不過她并没有表示出來，可是兩人之間不和的種子已深深地播下了。

　　可能除了李蓮英之外，朝廷中没有人注意到這情況。李蓮英一向讎視光緒，所以任何事情不會漏過他的眼睛。

　　在官衔恢復後不久，李鴻章受到光緒的單獨召見，當然，他對皇帝給他的貶黜沒有表示出不滿情緒。

"陛下，"他說，"臣有罪，如果臣有更高的智慧，就可能避免對日戰爭中的損失——或許可能完全避免戰爭。一個更好的政治家肯定能保衛我們的國家不受侮辱。"

儘管朝廷上下做了很大努力，但是中國還是大大地丟了面子。而日本又故意對每個訪問日本的人就這件事大肆渲染。日本將俘獲的一艘戰艦放在內海，以便人人都能看到中國失敗的這個見证。

當我父親出任戰後第一任駐日大使的時候，那艘戰艦還在那裏展覽，我見到了它。我們乘着一艘挂有我父親的龍旗的法國船從它旁邊駛過，有一個同船的德國人譏諷地對我父親議論這件事。

"任何人只要從欄杆上望出去，看到那艘還沒有像樣地打一仗就讓敵人俘虜了的戰艦，就可以知道你的國家蒙受到什麼樣的恥辱。你現在坐着外國船從這艘戰艦旁邊駛過，船上驕傲地飄揚着標志你的尊嚴的龍旗，你應當感到羞恥。"父親當時怎麼回答，我記不得了，但是他的回答肯定會使那個德國人老實，因爲我父親有很好的口才，而且他對中國的遭遇本來就憤憤不平。

李鴻章的官職恢復以後，他就每天和翁同龢一起輔助光緒研究國策。他們三人試圖找出一種對中國最有利的方針。與日本的那鬧劇性的一仗徹底暴露了中國的無比軟弱。她以大而笨拙著稱，人力超過世界上任何國家，但却是世界上任何國家，哪怕是最小的國家的獵物，因爲她完全沒有自衛能力。

光緒迫切地希望使中國在世界上大國之間獲得她應有的地位（或者是他認爲適合于她的地位），爲此，他非常仔細地聽李鴻章和翁同龢對他提的建議。

"我們必須建立新的海軍和强大的陸軍，"這是光緒計劃的核心，"但是這次我們要的是真正能打仗的海軍，陸軍必須按照世界列强的陸軍建軍方案來建立。"

李鴻章是一個保守派的政治家，他知道自己對于建立這樣的海軍和陸軍是不能勝任的。沒有一個先例可供他遵循，而在這塊土地上，先例決定一切。李鴻章是這樣，翁同龢也一樣。他深謀遠慮地提出了一個建議，就是從朝廷外聘一位熟悉外國軍事的人來做光緒的參謀。

李鴻章和翁同龢都不知道哪裏有這樣的人物。在光緒的指示下，他們開始去物色這樣一位能成功地輔助光緒的人物。翁同龢在朝廷外有很多朋友，經常有國家各部門的、地方政府的或省政府的許多官員到他家來做客。

有這樣一位常客，名字叫康有為，他的名字將注定在中國歷史中占重要的位置。康有為是個不平常的人物，初看起來，他的特點會引人注意似乎是不可思議的。他只是一個普通的官員，他的官階大約相當于市長，不僅如此，他實際上還不是市長。他只是夠這個官階，目前正在北京等候委派到某一個地方任職。所以，他不僅是一個小官吏，而且是一個沒職務的官吏。

再則，他的名氣并不大，只是基于他是一個卓越的歷史學家。這個人學問很深，他瞭解世界上每一個重要國家的歷史，特別是那些擁有強大的軍事力量，能够侵略別的大國的國家。他雖然沒有到過那些國家，但是他從書本上瞭解它們，而且瞭解得很透徹，能流利地叙述。在世界歷史中，沒有一個重要日子他不知道。歷史是他的寵兒，他的癖好，他的專業。他的官職對他來說毫不重要，即使他被委派到某一個崗位上任職，他還將繼續當他的歷史學家。

翁同龢常在他的私邸接待這位低級官員，一談就是好幾個小時，他學識的淵博以及對外國事務的知識的豐富給翁同龢留下了越來越深刻的印象。翁同龢對康有為的信任，更多是由于他本人也是一個學者。自然，對于有相似觀點的人，他會感到志同道合。

有一天，他直截了當地對康有為説：

"必須安排你與皇上見一次面，以便他向你瞭解一些外國的情況。你要給他講的可能正是他需要聽的。"

"我是一個很小的官，"康有為答道，"對我來説，夢想見皇上簡直就是一種褻瀆的行爲。"

"你會發現," 翁同龢説,"皇上是很平易近人的,你會喜歡他的。他一點也不專制,我會幫你安排好的。"

"那我將誠惶誠恐地等候着。"

翁同龢越想,越覺得他這主意出得好。康有為是個小人物,這不錯,但是他有學問,中國正需要一些有學問的人來輔助處于困境中的皇帝。翁同龢由于終于找到了合適的人才而非常興奮。

他把他物色的人物向光緒推薦,贊揚他對國外政治體制方面知識的豐富以及他各方面的博學多才。

光緒很快就作出決定,當遇到重要事情的時候,他從來不拖延。

"建議陛下給康有為一次單獨會見的機會,聽聽他是怎麼講的。"

"我要見他。我下詔單獨召見他。" 皇帝説。值得注意的是,光緒并没有把這次的單獨召見報告老佛爺。這小官吏與皇帝立即談得情投意合。于是康有為進入了中國歷史的重要篇章。

列强的宰割

如果中國以爲給日本二萬萬兩銀子的賠款後，事情就了結了，那麼很快就會發現這是錯誤的估計。除了美國這一個例外，列強的行爲恐怕在歷史上可算得最可恥的了，因爲他們利用一些根本站不住脚的藉口，就趁機插足進入中國，掠奪一切他們有可能掠奪的東西。老佛爺把這種處境描繪得十分貼切：

"中國變成了一個甜瓜，每個國家都想從這裏切得一片。"

他們製造的某些藉口顯得十分可笑，雖然没有給中國帶來大灾難。

爲了準備對日作戰，中國向英國租了一條船來運送軍隊。這隻船被日本人俘獲了。這是一條極不起眼的船，否則，英國也不會願意租給中國。事後他們一定很慶幸失去了這條船，因爲這是一個有利可圖的損失。隨着事情的發展，他們獲得了無法估量的利益。英國從那小小的損失索取了足够購置幾個艦隊的賠償。英國把索取賠款的事留給日本，他們寧願要領土，要求在山東半島上劃出一部分地區作爲租借地，威海衛就是掠奪的領土的一部分，準備日後作爲在遠東的海軍基地。

德國也不費吹灰之力找到了藉口要求在膠州灣和山東省索取領土。他們的要求涉及以前一個老問題，那是在第一批基督教傳教士來中國後一直困擾着中國的。中國，作爲一個整體，過去和現在都不需要基督教，認爲有她自己的宗教就足够了。但是這并不能抵制外國傳教士，他們希望看到中國有基督教，不管她願不願意要它。結果有不少中國人信奉了基督教，而那些不信基督教的中國人對他們就讎恨和厭惡，雙方經常發生衝突。那些派出傳教士的國家對任何地方發生的這類衝突都不感興趣，他們的態度是：傳教士到一個新地方，就靠他們自己去闖。但是對中國却是例外，因爲中國這個"甜瓜"太甜了，因此，對任何抗議傳教士的示威行動，他們都不會輕易放過。有幾個來自德國的傳教士在山東傳播福音。那時候，發生了一起暴亂，有兩名德國傳教士被殺。但這件事與中國政府沒有任何關係。

這件事正好發生在對德國的要求最有利的時刻。爲了這死去的兩名傳教士，他們不僅得到了巨額賠款，而且獲得了領土租借權。德國提出要求，并且最後得到了青島，擁有青島一直到第一次世界大戰，要不是德國是戰敗國，還會繼續保留對青島的占領。德國把青島建成一個德國式的城市，把它建設得很好，禁止砍樹、修整道路、創辦學校、建造漂亮的建築，但是没有一件事情是爲了中國。德國自己是真正的受益者。大戰中，青島從德國手中轉到日本手中，到一九二二年，根據《華盛頓條約》，由于美國的影響，青島被歸還中國，這是中國感激美國的諸種原因之一。俄國在瓜分中得到了旅順港，在中日戰爭中，俄國是以中國盟邦的姿態出現的，因此在外交上提出給它旅順港作爲友誼的報酬。俄國宣稱它爲中國爭回了遼東半島，要不然，它可能落入日本手中。所謂友好行爲的詳細情況究竟如何，模模糊糊，搞不清楚，但是它的確很容易地得到了旅順港，以後在日俄戰争中又落到了日本人之手。法國瓜分到的是厦門南面的廣州灣，藉口也不難找：它的某些傳教士受到了凌辱或被殺害了。就這樣，中國被迫爲了她并不需要的一種宗教而付出了巨大代價。意大利想獲得三門灣，但是没有得逞。

外國列强采取了一系列急風暴雨式的措施，甚至都没有和中國商量，就占領了中國的大部分海港。

這期間，光緒被折磨得幾乎無法忍受了。他不能看着整個中國被列强瓜分掉。那高喊爲世界謀求和平、爲人類謀求幸福的宗教，却是全副武裝地來進行領土掠奪的工具。難怪中國不歡迎基督教。

光緒與康有爲、翁同龢和李鴻章經常接觸。皇帝現在迫不及待地想建立一支真正的陸軍和海軍，但是李鴻章看出了這是不可能的。

"一支陸軍或海軍是不可能一夜之間就建成的，陛下。"他提醒皇帝說，"建立海軍需要時間，動員和訓練陸軍也需要時間，可是外國列强現在就要提條件。外國人如此蠻不講理，我們除了同意他們的條件外，別無他法。也許將來有一天我們會收復失去的領土，恢復我們的聲譽，但不是現在。當務之急是不要去想那些海港的問題，而是集中精力把我們的國家元氣恢復起來。我們要從內部開始建設。在內部建設陸軍，當我們自信它已經強大到可以面向世界的時候，我們再采取行動。在我們這一代是不可能的了。建設軍隊不是那麼容易的。鞏固我們國家的國防要指望下一代，在這同時，我們只能希望盡可能少喪失國土。"

顯然，李鴻章是期待着有一天中國軍隊會把外國人從中國領土趕出去。雖然，不管是李鴻章還是朝廷的其他重要成員都沒有明確説出這意思。如果他們這樣説了，而且公之于衆，那麼外國爲了進一步鞏固他們在遠東的地位，他們將會掠奪更多的領土。

在整個這段時間裏，中國處于被分解狀態，少皇后和"月餅"陪伴老佛爺在頤和園，一切事情的進展隨時都有報告送達老佛爺。顯然，對于所發生的一切事情，她并不責備光緒，因爲，像李鴻章一樣，她知道，如果不答應外國的條件，那些國家就會用武力達到他們的目的，那後果就是使中國生靈涂炭。

光緒和他的珍妃留在紫禁城，可説是自由自在，無人干擾。他們倆的戀愛故事中充滿了表現愛的忠誠的小插曲。光緒在面臨他統治期中最嚴峻的考驗的時候，美麗的珍妃是他的一大安慰。她非常謙卑、恭順，爲自己沒有提任何要求。她的爲人使光緒非常感動，因而更加愛她，喜歡她。

在宮裏，有一些太監是專門負責記録皇宮中成員的生活瑣事的，其中一件事就是他們要負責通報生日。皇宮中的某個成員的生日到來前十天，太監們就向光緒提出了。通常，遇到重要人物過生日，宮裏就要舉行慶祝宴會，有時這種慶祝活動要持續好幾天。在這種時候，特別是對那些在過去一年中爲朝廷或皇上做出貢獻的，皇帝就要額外賜予封號。例如，老佛爺本人就有許多不同的封號，每一個封號都表現了她對帝國做的貢獻或她爲她的主子的歡樂所做的貢獻。很少有人知道老佛爺一共有多少封號。

對珍妃的生日是不應該舉行正式慶祝儀式的。按規矩，妃子過生日只能舉行非正式的慶祝活動，只有宮裏的人參加。光緒想爲珍妃舉行生日慶祝活動，但是她立即提出了不同的意見，她説：

"請不要爲我舉行慶祝活動，也不要給我封號，我真的没有爲萬歲爺做過什麽事，再則，眼下正是國難當頭，舉行任何慶祝活動都是不合適的。您没有忘記我的生日，我已經感到非常幸福了，請不要再爲我做更多的事了。"

她説得非常誠懇，没有使人感到她是在做自我犧牲。要知道，像這樣的慶祝活動，對于當事人的幸福和聲望是有很重要的意義的。光緒深刻體會到他的珍妃確是做了自我犧牲，他知道這是她的忠誠促使她這樣做的，所以他深受感動。

維　新

中國的百姓當然不甘心白白斷送大片領土，于是他們就經常在一起議論紛紛。許多激進派的領袖開始散發煽動性的小冊子，在那裏面，他們號召人民起來推翻清王朝，要他們把皇位還給漢族。對這種宣傳活動，朝廷關心的就是立即把犯罪分子逮捕并處斬。攻擊朝廷屬于叛逆，該得的刑罰，按照古老的傳統，在各種法律書籍中都有規定。

對每一種罪名，都有相應的刑罰，只要查一下刑法，就可以判罪。所以當一些漢人散發革命小冊子的事傳到朝廷後，刑部立即建議光緒按常規處理。

但是，經翁同龢推薦而進入朝廷的康有為，他的權力一天比一天大（不是通過他自己的要求或策劃而得到的，只是由于光緒特別看重他而賦予他的權力），他建議皇帝對舊傳統做一個較大的改革。

"您可以把散布反朝廷言論和煽動顛覆滿清王朝的人殺掉，"這位學者說，"但是，即使把他們全殺了，也并不能證明那小冊子裏說的都不是真理。您可以強迫人民服從您，但這并不能得民心。所以，皇上，不要采取任何鎮壓革命的行動。"

"那麼朝廷是不是聽任革命者爲所欲爲呢?"

"不，皇上，這就需要用您的實際行動來證明革命者的論點是錯誤的。您必須立即着手建設中國。如果您能把國家建設到前所未有的繁榮昌盛，給百姓帶來新的幸福，如果您能向百姓證明您所做的一切始終是爲了他們，那麼中國的革命家就不可能再造輿論來反對您了。"

"我是皇帝，老百姓會聽我的，"光緒說，"我必須立即下詔。首先應該幹什麼呢?"

"把世界上重要國家的歷史資料都買來，并且立即譯成中文。"于是，皇帝按此頒發了詔書。康有為和翁同龢一起與皇帝商議着擬定了一個改革的計劃。其内容的革命性正如他們的反對者所提的那樣，并且就此頒發了一系列詔書。通常，處理一些朝廷日常工作，一天最多發二三道詔書。而現在，每天要發許多詔書，内容涉及朝廷各方面的工作。關于外國歷史的問題，康有為以日本爲例，要求光緒和所有大臣都必須熟悉外國歷史。

"我們把日本稱爲倭奴，"他説，"他們的國土只是一群島。中國幅員遼闊，與它相比，好比大象與老鼠。我們人口也比他們多得多，可是日本不僅打敗了我們，還使得我們在世人面前丢醜。"

這論點使光緒信服。康有為的其他觀點，光緒也都信服。于是康有為的聰明才智越來越受到光緒的器重。就在這時候，發生了一件荒謬的事。開始，光緒把所發生的每一件事都向老佛爺報告。他每天派出信使，連極瑣碎的事都向老佛爺詳細報告。這樣，她雖然引退，手却仍然插在朝廷裏。

現在光緒仍然派這樣的信使傳遞詳細的報告，但是報告内容只涉及那些日常事務，在老佛爺看來是一切正常，報告中删去的内容長期以來老佛爺一無所知。對于他的維新活動，老佛爺不知道，光緒也采取一切措施防止老佛爺知道。老佛爺很少提問題，因爲在她看來，接到這樣的報告是正常的。她并不知道，過去一天三四張詔書的局面已被當前每天不下十張詔書的局面所取代。那些未送到她那裏的報告是涉及那些會引起她强烈反對的事。而她的反對就意味着光緒的失敗。

光緒是如此勤奮地工作着，他與康有為的合作又是如此緊密，以致他們經常在一起工作到深夜。光緒被已經完成的改革所激勵，更加渴望進行更多的改革，在一天的時間裏所能做的工作遠遠滿足不了他的雄心，可是他又不願放走他現在已經緊緊依靠、不能分離的輔助者。所以有一夜，他再次破壞了老傳統，竟把康有為留下，在紫禁城的神聖禁地給他安排了一個住處。

御史立即給皇帝呈上一個長長的奏章，提請他注意，祖宗規矩是不準許外人在紫禁城裏過夜的。御史勸諫皇帝是無可非議的，因爲這正是他們的職責。但是皇帝不一定要聽從他們。他可以根據自己的意願，接受意見，或不予理睬，甚至可以不加任何批示就把奏章撕毀。

對于"不準外人留宿紫禁城"的奏章，光緒的批示是："歸檔！"光緒以極大的熱忱在進行國家的改革，而那些大臣、御史、總督以及其他所有官員對他置祖制于全然不顧的做法大爲吃驚。這期間光緒批閱奏章時，"歸檔"二字是用得最多的批示。御史們的奏章不斷地呈給皇帝，并都在這裏歸檔。而光緒同康有爲、翁同龢以及李鴻章一起則在竭力尋找使中國擺脫混亂狀態的出路。

在光緒下的詔書中，有一道（由于某種原因，後來未能實現）允許選定一個日子，大家把辮子剪掉。開明的中國人都恨這種所謂忠誠的標記，而且常常這樣議論："奇怪的類人動物，頭上都長一根尾巴，永遠遭世人恥笑。"我們不知道這著名的詔書後來命運到底怎麼樣。無疑的，還有許許多多屬于另一類型的人，他們對于有人想把中國這樣一個大國搞得底朝天感到迷惑不解。

最使人感到意外的是在數不清的詔書一個接着一個狂熱地頒發，許多人處于迷惑不解的情況下，老佛爺居然對此一無所知，甚至她的探子都沒有向她提供這類信息。然而，這又是這樣一個國家，這樣一個朝廷，在這裏通常是無法保守秘密的。是翁同龢的善于保守秘密和光緒的渴求保守秘密這兩個因素起了作用。但是一旦老佛爺對此有所發覺（這是不可避免的），那麼光緒的所作所爲將使他自己與老佛爺之間形成多麼深的鴻溝！

在光緒所頒布的詔書中，有些是反映了非常激烈的政策。下面舉些例子：

廢除科舉制度。

取消一切繁瑣的、無用的傳統禮儀。

聘請世界各國的技術人員到中國來擔任指導。

建立平民學校，廣泛傳授國際知識。

停止排斥基督教，等候皇帝對其親自研究。

最後一條是根據康有為的建議頒發的，專門爲光緒將《聖經》翻譯成中文。他對此非常感興趣，要不是受條件限制，可能他早變成一個基督教徒了。

最後的詔書

光緒滿腔熱情，希望盡快將他與康有為、翁同龢和李鴻章一起制定的計劃付諸實現。

第一道詔書就是命令剪辮子。這本身就是對舊習慣、舊傳統的宣戰。康有為相信這一定會激怒很多人。中國人習慣留辮子，但是最初是出于什麼原因，恐怕都記不得了。他們是一些喜歡沿襲舊習慣的人，留辮子也是一種舊習慣。光緒的追隨者是如此的積極，他們幹了一些在西方人看來是很可笑的事。他們中間有些人跑到市場把他們能找到的剪刀都買下來。雖然大部分人都會立即服從聖旨，但是還必須有一些以剪刀武裝的人員去強制那些遲遲不執行聖旨的人剪辮子。

康有為建議，這道詔書暫緩頒發。

"我建議，皇上，"他說，"應該把爲實現您的計劃所需要的全部詔書都寫好，連同最後一張詔書一起發下，使全部計劃立即生效。"

光緒采納了這個意見，并且因爲急于要維新，連同最後一道，他一共準備了二十七道詔書，其中最重要而且最激進的有以下一些：

關于采用西方議會制度的詔書。

關于把中國衆多的廟宇改建爲學校的詔書。

關于藉助鐵路系統、水路及通訊系統實現國家對外開放的詔書。

在光緒和他的顧問們心靈深處，有一種無法消除的擔憂，那就是老佛爺。光緒并沒有提到她，但是他肯定意識到，她對把整個中國真正裏外翻了個兒的做法會強烈地反對。對光緒的詔書，即使是分量最輕的那一道，老佛爺都會認爲是對一切傳統規矩的反抗，而這些傳統規矩正是滿清法律的基礎。她甚至可能把這事看成是叛逆。

當所有的詔書都準備好以後，康有為就試圖找出一種解決問題的方法：或是將老佛爺圍困起來，或是使她同意光緒的想法。至于他自己，對任何人（特別是對光緒）提任何建議都會被認爲是批評老佛爺，按叛逆罪被斬首。最後他決定把這事情交給翁同龢，他比光緒的哪一位顧問都瞭解老佛爺，再則，他處理朝廷的事較其他人更懂得策略。但是，即使是翁同龢，雖然他深得光緒的鍾愛，也不敢公開説出他心裏的話。

但是中國的迂回法往往會提供無窮無盡的條件，所以翁同龢對光緒説：

"太后不會同意我們的計劃，真不知該怎麼辦才好。必須想一個辦法，防止計劃在實施前遭到破壞。"

光緒沉思了一會兒，這顯然是他的責任。

"我把兵部的袁世凱召來，我和他密談，所以你、康有爲和李鴻章都回避一下。"

在那時候，袁世凱對皇帝至今爲止所做的一切都表示贊同。曾經請德國軍官做兵部顧問，并且按"外國方式"訓練部隊。袁世凱來到光緒這裏，光緒對他絕對信任，心裏所想的一切，無一對他保密。于是光緒就直截了當地進入正題：

"那些我認爲對中國的前途至關重要的詔書，太后可能會反對。所以我希望我的計劃不要讓她知道。爲此，只有一個辦法：不能讓太監把這裏的事傳給她。頤和園的人不準出園，以免聽到外面的事情後傳到太后耳朵裏。所以我命令你，帶上足夠的兵力去包圍頤和園，嚴禁任何人出入，直至詔書頒發的當天十點鐘以後。"

袁世凱對光緒詔書中的一切細節都表示贊成，并同意爲了使老佛爺暫時與外面隔絕，他將去做這惟一能做的事。在那時候，袁世凱確是熱情地信任和支持光緒的目標和計劃的，這是無可懷疑的。但是當他離開光緒準備去執行命令的時候，思想發生了變化。可能是他想起了許多年來老佛爺兇暴統治的事實；可能他怕老佛爺而不怕光緒；可能……但是誰也無法知道。

袁世凱没有派兵去包圍頤和園。

他只帶了一個侍從，騎馬奔馳九十里去天津拜見現任直隸總督榮祿，是在慈禧執政初期帶着她的新生兒從熱河回京途中遇險時曾騎馬趕去救援的人；袁世凱想效法他。

在老佛爺的童年，在那誰也想不到她會成皇妃的遙遠年代裏，榮祿曾經是她的情人。他的一生始終對她無比忠誠。現在袁世凱正日夜兼程趕去拜見的，就是這個榮祿。

袁世凱很懂得，要不是説話非常謹慎的話，他很可能被指控爲叛徒而被斬首。所以他仔細地推敲着措辭，要做到既沒有批評光緒的意思，也不得罪老佛爺。

袁世凱只是向榮祿報告光緒要他做什麼，并且告訴了他那些詔書的内容。袁世凱剛開始講述，榮祿就意識到，不管這個人用什麼方式説他所要説的，他總是犯着背叛的罪名。爲了擺脱自己聽這種陳述給自己帶來的牽連，他采取了一種奇特的策略。他閉上了眼睛。當袁世凱在講述的時候，他似乎睡着了。袁世凱添油加醋地夸大了他的使命，把光緒的所作所爲説得比實際情況嚴重得多，甚至説詔書的内容包括暗殺老佛爺。當袁世凱講完後，榮祿睜開眼睛説：

"真抱歉，我太睏了，你説的話我一點兒都没聽到。"

袁世凱對這種托詞一點不在意，他看出榮祿對他的報告聽得一字不漏。他直截了當地問：

"這道詔書要服從嗎？"

"我們必須明白，我們的首要任務就是一切爲了我們的皇上。聖旨必須服從，但你對老佛爺也要盡責，因爲詔書裏并沒有規定不可以把所發生的事情以及軍隊出現在頤和園門外的原因告訴老佛爺。"

這對袁世凱來説是太簡單了。他立即騎馬回北京，就像他來天津的時候一樣快。雖然已是深夜了，他直接到頤和園要求見李蓮英。他破例地在黄昏以後要求進頤和園去見老佛爺。他説服了李蓮英，説他有非常重要的使命。他被放進去，并直接領到老佛爺那裏。這時候，他已經把故事編得更圓滿，使老佛爺絕對沒有聽不懂的可能。就是説，光緒要求把她刺殺，這是毫不含糊的。

這就是她妹妹的兒子，是她像對自己的兒子一樣愛護，并用來代替自己兒子的地位的孩子！

這打擊幾乎使她失去理智，她簡直不能相信這是真的。這以後，不管光緒怎麼解釋他絲毫没有要傷害她的意思，她也是不會相信的。由于認識到這一點，所以在多數情況下，光緒都保持沉默。他告訴其他的人，他原意打算怎麼幹。可是他却從不在老佛爺面前爲自己辯解，因爲他知道，想說清楚是根本不可能的。

老佛爺仔細聽着袁世凱所講的一切，他講了許多他如何受命帶兵强行進入頤和園刺殺老佛爺。老佛爺越聽越相信他所說的一切都是事實。

老佛爺不害怕，十分堅定。雖然她心裏怎麼想誰也不知道，她曾因爲能够擺脱繁忙的國事，在頤和園安度晚年而感到快活。但是現在，這一切都結束了。她曾鍾愛的光緒（現在她十分痛恨他）已經背叛了她。她果斷地行動了。她直接命令她的轎夫和隨從立即準備回紫禁城。

光緒正在酣睡，大概正夢見他爲中國做的那些傑出的改革，忽然被他寵信的太監王商叫醒，告訴他在頤和園發生的一切事情；告訴他袁世凱的叛變以及老佛爺向紫禁城的挺進。皇帝幾乎要暈了，没有想到袁世凱竟會如此卑鄙地出賣他。一切都完了，他的做一個現代化國家皇帝的美夢也破滅了。他知道老佛爺絕對不會同意頒發那些經過他如此周密思考和辛勤勞動而作出的維新計劃，知道她會把任何改革都看成是危害滿洲皇位的，也知道他自己將逃不過這一關。現在，他除了坐等着她來到紫禁城外，別無他法。

珍妃爲她萬歲爺的安全非常憂傷和恐怖。她勸他說：

“不管發生什麼事，你都必須記住祖宗的規矩。如果你說什麼話或做什麼事得罪了老佛爺，那你會喪生的，而你的生命對于我是多麼可貴啊！你已經盡了最大努力要爲你的臣民做一個好皇帝，可是老佛爺不成全你，至少眼下是這樣。你還很年輕，而老佛爺不會永生；以後還會有機會的。忍耐一下吧，一定要注意謹慎。”

"不要怕，我會謹慎應付的。"在忙亂中，他并没有忘掉他的两位顾問。消息傳出，老佛爺已經在來紫禁城的途中了。他派出最快的使者去通知康有為和翁同龢立即離開北京，以免喪生。他深知老佛爺對康有為和他的朋友的深惡痛絶，一定會要他們的腦袋，所以他特別命令他們必須離開中國。光緒在安排這兩位可靠的、親密的顧問離開時，就像他在從事中國的維新事業一樣的迅速、果斷，從而使他們都得救了。老佛爺撥款懸賞拿他們的人頭，一直到她死。

消息傳來，老佛爺已經離宮門不遠了。光緒走到庭院裏跪在石板上迎接她。很多人感到奇怪，爲什麽皇帝要這樣，而不是去打一架來保衛自己的權力？那樣是違背祖訓的。祖訓要求他服從父母的願望（不管是親生父母還是養父母），這種祖訓就像攻不破的堡壘一樣。

但是，即使他想反抗，也沒有能力，因爲他手下沒有足够的兵力來戰勝袁世凱集中在城裏的、由外國軍官訓練的部隊。他一聽到老佛爺啓程回紫禁城的消息，就知道袁世凱出賣了他，一切都完了。

如果那二十七道維新的詔書已經頒布而生效，那麽即使老佛爺來也無可奈何，因爲詔書一旦頒布，就不能取消。無疑，這將會改變中國歷史的進程。但是光緒還是改變不了自己的命運，因爲他落入了自己所設的陷阱中，他真正的生命也就在此結束了。

光緒跪着的時候，心裏想着珍妃對他說的話。當老佛爺到達的時候，他已經有充分的思想準備去迎接命運爲他安排的一切。

老佛爺和她的隨從進入紫禁城大門。當她從轎子裏走出來的時候，光緒可以看出她臉色灰白；在旅途中，她有充裕的時間，想了很多。

"親爸爸，吉祥。"

她冷笑了一下，沒有說什麽，徑自走進光緒的内宮，他跟在後面。到了那裏，她回過頭來對他說：

"你知道祖宗家法對企圖謀殺父母的逆子處以什麽罪名嗎？"當光緒聽到這種話的時候，非常吃驚，就問，這話是什麽意思，而她答道：

"你最清楚了。"

"如果我有這種思想，我應該受千刀萬剮。可是我從來没有這種思想。"

光緒説什麽都不中用，老佛爺怒不可遏，根本不聽，決心按她考慮好的計劃執行。

"自從你學了洋鬼子的歪門邪道，你竟忘記了孝道。兒子是不準許違抗父母的。"

"我尊重祖訓，也明白孝道，但是我不能讓那捏造的罪名强加于我。我只有一個願望，就是做些有利于百姓的事，因而感到非常需要維新……"但是她阻止了他，不讓他再説下去。

"我們祖宗制訂的規矩必須遵守，你頭腦裏那些新思想會危害國家的。你不適宜于做統治者，你明白你應該怎麽辦。"

光緒非常明白她的意圖，他跪下叩頭。

"由于我太軟弱而無能，我要下一道詔書，請求您再次臨朝掌管朝政。"

光緒知道，如果他敢于反對老佛爺，她就會命令他自盡，所以他非服從她不可。于是他采取了擺在他面前惟一有利的方針：及時讓位。這樣，他就可以等待時機，尋找另一次機會，因爲他心裏明白，他所做的事情是正確的，并決心在老佛爺歸天之後來實現他的改革計劃。他知道，目前保守派的人數比維新派多，在這種關鍵時刻，他們的觀點不能不考慮。如果他不這樣做，那麽他的維新連同他本人都會一起完蛋。

不幸的是，他這樣做使很多人誤認爲他是個弱者，是個無足輕重的人物。實際恰恰相反，他是個堅强的、目光鋭利的勇士，可惜的是他做了他那個時代的犧牲品，做了劉鐵嘴和張瞎子所預言的那個伴隨他的出生一起到來的凶兆的犧牲品。

詔書發布了。老佛爺重掌朝政大權，而光緒呢，從這一天開始，一直到死，成了一個真正的囚徒，被那目光鋭利的、用她的鐵腕統治中國近五十年的著名的老婦人嚴密地監視着。

聖上的怒火

全中國惶惶不安。

關于一八九八年政變的消息不脛而走傳遍全世界，傳播速度之快使人吃驚。由于這件事涉及老佛爺和萬歲爺光緒，所以大家除了竊竊私語外，誰也不敢公開談論。但是誰也無法阻止竊竊私議。私下的議論傳遍了政府各部門。政治家見面互相議論，預測事情發展的前景。維新派爲了光緒不可能再有機會來實現他的理想而感到憂傷。保守派則慶幸老佛爺終于出來制止新思想在大清帝國取得立足之地。

一直到政變以後的好多天，只要街上有人聚在一起，不用問就知道他們在談論什麼。從最上層的人，到最底層的，除了議論光緒的命運外，沒有其他話題。大家都在猜測他今後的遭遇。他們懷疑，難道他真的會圖謀殺害老佛爺嗎？大家猜測老佛爺是否會命令他自盡。大家關心，他改良中國的計劃是否有某些部分以後有可能實現。

在朝廷裏，一切都是亂糟糟的。老佛爺滿腔怒火，總想找些事情或找些人來出氣。宮裏每個人都小心翼翼，走路都踮着脚，説話也不敢出大氣。老佛爺把一切變動都列爲禁忌。傳説光緒被囚禁了。這話有部分正確，因爲當光緒仍然接受大臣們朝見時，老佛爺和他坐在一起處理國事。退朝以後，光緒就回瀛臺，那是紫禁城裏的一個小島，他今後生命中的大部分時間注定要在這裏消磨掉。每當他遇到一個願意聽他説話的朋友時，他就要講講他那夭折了的計劃，并且否認他有傷害老佛爺的意圖。他説這樣的事他從來沒有想過。他很痛恨袁世凱和李蓮英。李蓮英一貫恨他，遇到與老佛爺有關的事，李蓮英似乎有無限大的權力。老佛爺做的事情中，有許多都是受李蓮英的影響。光緒希望有一天能找機會向袁世凱和李蓮英報仇；他們兩人也知道光緒的心思。但是光緒除了效忠老佛爺，等待機會外，也沒有別的辦法。他就是這樣盡可能地做一些補償。但是他又忍受着蔑視和譴責，而且，除了在上朝的時候，爲了國家，還把他當皇帝，在別的時候，誰都沒有把他放在眼裏。

少皇后最初同情光緒失去了權力和地位，陪他一起承受痛苦。可是後來，她想起了珍妃曾從她這裏奪去了光緒的愛，其實她從來沒有在光緒心目中占有地位，但她還是這樣認爲。現在，少皇后看到她報復的機會來了，便趕緊抓住不放。很長一段時間，她不敢向老佛爺說任何事情，因爲太后對任何事情都是火冒三丈，不管有沒有錯。但是少皇后的妒忌心理勝過了她對老佛爺的懼怕，所以最後，她鼓起勇氣去見老佛爺。

"我對所發生的事感到很憂慮，"她開始說，"但是我敢肯定，這事真不能怪罪于萬歲爺。"

"我知道。"老佛爺回答，"這是康有爲、翁同龢以及皇帝的其他顧問出的壞主意。"

"是這樣。"少皇后說，這時候"月餅"退到後面，等着看事情怎麼發展，"但是事情不僅于此，康有爲、翁同龢以及其他顧問應當受到譴責，這是毫無疑問的。但是，我聽到可靠消息，在這可怕事件中，還有更重要的人在背後活動，其作用甚至比翁同龢還要大。這人的名字沒有提到。"

"這是真的嗎？"老佛爺問。"我并沒有懷疑其他人。告訴我，你指的是誰？"

"珍妃。"少皇后回答說，"我聽說每件事都是她計劃的。搞革新就是她的主意，爲的是廢除老佛爺所做的工作，使她自己在朝廷有更大的勢力。謀害老佛爺也是她的主意，由于她煽動萬歲爺，才引起這場事變。我還知道，她的計劃遠不止于此，她打算，如果老佛爺被殺，就把太后宮裏的其他人也殺掉，她想除去我、除去她自己的姐姐以及每一個忠于老佛爺的人。"

老佛爺早就感覺到少皇后對珍妃的妒忌，關于這一點，老佛爺是深有體會的，因爲當她成爲咸豐的妃子以後，她就明白了妒忌能引出多深的讎恨。但是她的氣還没有消，仍然到處發泄。

"是的，"她最後説，"我相信你所説的情況。命令珍妃來見我。"

珍妃被召來了，她意識到，多麽深重的灾難已經降臨到她主子的頭上了，但是她從來没有想到過她可能爲此而受到譴責，因爲她在任何事情上都是光明磊落，與"叛逆"的罪名根本沾不到一點邊。因此，從她自己的角度，她坦然地來到老佛爺這裏。她叩過頭，并説萬歲爺遭到這種不幸，她非常憂傷。在她看來，宮裏的一切没有任何异常。老佛爺的侍從們也都以正常的禮節對待她。在那時候，老佛爺可能對自己聽到的情況還不十分有把握，所以只是對珍妃説：

"在没有下令叫你離去之前，你就和我們在一起。"

這顯然是要把光緒的寵妃與光緒分開，并且讓她永遠在老佛爺的身邊侍候。她没有反對，她也不敢反對。另外，她還存在着這樣的希望：也許和老佛爺一起只是一個短時期。她知道，不管光緒遭到什麽樣的不幸，她總是會和他在一起的。但是，三天過去以後，到了第四天，情況開始明朗化了。她意識到，她們是故意將她和她所愛的人分開，并且她也真正體驗到少皇后和"月餅"對她的讎恨。當少皇后誹謗珍妃以後，"月餅"也走上前去附和。

"太后，"她説，"我也聽人説珍妃是個叛逆。"

但是少皇后并不滿足于僅僅將相愛的人分開。她要盡一切可能來陷害珍妃。老佛爺做得不够狠，不能滿足少皇后的妒忌心的需要。不過在這時候，她也不敢做得太過分。但是，想幹壞事，在宮裏始終有一個得心應手的工具，那就是李蓮英。于是少皇后去找李蓮英，因爲她知道李蓮英對老佛爺影響很大，所以她把對太后説的話全告訴了他，并且還添油加醋地編造了許多謊言，連李蓮英這樣一個喜歡欣賞别人痛苦的虐待狂都不敢相信。

"必須將珍妃除掉。"少皇后對李蓮英説。她知道李蓮英恨光緒，她希望藉助于這種恨，使這個太監到老佛爺那裏去游説，促使老佛爺除去珍妃。

李蓮英有這樣一個機會對另一個人泄私憤，非常高興。于是他立刻就去見老佛爺，并且在少皇后和"月餅"的誹謗上又添加了他自己的一份重量。他照例在太后寶座後面彎過身子湊在太后的耳朵上説：

"太后，有人告訴我，萬歲爺發難是珍妃一手策劃的。"

然後，他又一本正經地把老佛爺已經從少皇后那裏聽到的故事重複説了一遍。老佛爺分析，李蓮英沒有理由去妒忌他的主子和珍妃，所以他的話是可靠的。現在，她對珍妃的叛逆是深信不疑了。

"召她來見我！"老佛爺命令道。

作爲一個妃子，珍妃在宮裏的地位實際上和傭人差不多。按照中國的習慣，當傭人受到責備時，他或她不能否認自己有錯，不能作任何回答，珍妃來了，跪下叩頭。

"你策劃要謀殺我？"老佛爺訓斥道。

珍妃沒有回答；她不能回答。如果她否認任何事情，甚至于僅僅是説了話，那她就算犯了祖宗家法。所以她保持沉默。

"你也打算害死我，"少皇后説，"甚至你還忘了骨肉之情，還要殺害你的親姐姐。"

珍妃仍舊不説話。

當珍妃沉默不語的時候，她們你一句，我一句，把造成光緒不得不退位的一切罪名都加到珍妃頭上。李蓮英對此非常滿意，看着珍妃灰白的臉。最後，他提醒老佛爺注意這麽一個情況，這實際上是一種惡毒的陷害。

"她不回答，"李蓮英説，"她什麽也不説。她的沉默説明她承認自己的罪行。"這時候，珍妃打破了傳統的約束，説話了。

"對萬歲爺的遭遇我非常憂傷，"她説，"但是我沒有參與這件事。從來沒有要殺害任何人的計劃，如果有的話，那萬歲爺一點都不知道，我，他的卑賤的奴僕，也沒有聽説過。"

"你怎麽敢頂撞老佛爺？"李蓮英喝道，他剛才還在請老佛爺注意她什麽都沒有否認，現在却又抓住她否認有錯這行動給她扣上抗上的帽子。

"太后，珍妃應該受到鞭笞。"

李蓮英指的就是用竹鞭抽打。這種懲罰通常是用來教訓婢女的。

"對！"老佛爺說，"她應該受到懲罰。"老佛爺看看少皇后。

"打她的耳光！"她說。

少皇后得意洋洋地走到跪着的珍妃身邊，舉起手痛痛快快地打她的耳光。這是最大的羞辱，强調她在宮中的地位與傭人一樣。這時候，傳統家法又在珍妃身上發揮作用了。當傭人被主人或女主人打耳光時，她不能反抗，甚至不能躲閃。珍妃跪着，俯視着地板。她已經否認了同謀犯的罪行，再没有什麼可說的了。當她沉默的時候，被認爲確是有罪行，無可辯駁；而當她否認的時候，她又犯了抗上的罪名。她無路可走，也不想躲避少皇后的巴掌，這是這個人非加給她不可的侮辱。

在龍座後面，李蓮英的醜臉露出了滿意的微笑，他接着說：

"這不够，還得打，她這樣大膽地謀反，死有餘辜。"

"再給我打！"老佛爺吼道。

少皇后遵命。

"再打！"

宮裏過去還没有見過這樣蓄意的陷害，這還是第一次。珍妃知道，這是她末日來臨的開端，等把她侮辱够了，就該她死了。很明顯，她是不可能再見到她的皇上和主子或再與他在一起了，所以她願意死。

她跪着，她的親姐姐"月餅"顯然滿意地看着她，老佛爺則命令少皇后打她的耳光，龍座後面的李蓮英則一個勁兒地說對珍妃所犯的嚴重罪行，這種懲罰太輕。

珍妃看出，老佛爺在盛怒之下是不會憐憫她的，并知道她是非死不可的。大清帝國的統治者是不會有錯的。

最終的侮辱

政變發生後，一連好幾天，光緒陷入極度的失望之中。大變動以後發生過什麼事，或者現在正遇到什麼事，他都不知道。惟一使他感到極大寬慰的是他的顧問都已逃走，躲過了老佛爺的暴怒，因爲要是他們被抓住，那是非殺頭不可的。在這個不幸事件中，李鴻章充分表現了他的外交家的才能。在起草變法詔令的時候，他做的工作比起康有爲和翁同龢來一樣也不少，但是他表現出一種鎮靜、清白無辜的神情，這樣一來，一切責難全加到那兩個人身上了。他在朝廷的地位幾乎沒有變化，而大家也就忽視了他也是光緒的顧問，也應該知道所發生的一切事情，否則他完全有可能因爲沒有當好老佛爺的參謀而受指責。實際上，李鴻章參與變法工作的深度與那兩人一樣，但是他非常注意讓自己隱蔽在幕後，他的聰明、謹愼使他逃脫了老佛爺的鐵手。

在瀛臺這個島上，光緒實際上是個囚徒。一連好多天過去了，他無法獲得外面的消息。他只知道珍妃被老佛爺召去，已經好多天沒有回來了。他爲她的安全萬分擔憂。單就她與他緊密相處這一事實就使她難逃干係，而且他知道，只要老佛爺一時心血來潮，就可能將她斬首。他非常清楚在少皇后和"月餅"的心裏埋藏着對珍妃的讎恨。他萬分恐懼，却又一籌莫展。

于是他開始考慮計劃。

有許多太監是忠于光緒的，但是他們隨時都有掉腦袋的危險，所以他們必須成爲第一流的策略家。一貫忠于光緒的王商想出了一個辦法。在一群負責監視光緒的太監中，他被指定爲頭領，但是他絕不能讓人懷疑他對老佛爺不忠。所以，策略性的，他是以看守光緒的獄卒的身份接受了任務。

"太后，我將把這工作當成我終身的使命。"他叩完頭，跪在地上等候老佛爺的吩咐時說，"我保證，像康有為、翁同龢之流再也沒有可能接近萬歲爺。"

這樣，看起來，他是老佛爺不斷摧殘光緒的幫手，但是私下裏，只要一有機會，王商就向光緒表忠心。他盡可能地準備了一些信息通道，以便這位被囚禁的皇帝能瞭解外面的情況。光緒爲了珍妃的安全愁得簡直要發瘋，王商就派了一些可靠的人當探子到老佛爺那裏去搜集關于珍妃的消息。不久，光緒得到了關于她的消息。説她被囚禁在紫禁城中一個邊緣地方。光緒自己則在西苑的一個小島上。所以他想到她那裏，不僅要越過獄卒的防綫，還要渡過一段水域。

白天，光緒由太監看守着，坐船去上朝；晚上，他回到囚室後，小船就停在對岸，因此排除了他到心愛的女子那裏去的一切可能。

他開始尋找能到珍妃那裏去的辦法，這就需要王商以及其他忠于他的太監使出他們的一切本領。一般説來，用船是不行的，因爲在寂静的夜裏，不管是用篙撐還是用槳劃，都會有聲音驚動守衛人員，告訴他們有意外情況發生。這就得讓王商想法解決這個難題。他找到了一隻船，但是由于篙和槳都不能用，他就用了兩根繩子，一根拴在船尾，另一根拴在船頭。太監們分駐在水域兩側，一側是囚室所在的小島瀛臺，一側是大陸。等到夜深人静的時候，將船悄悄地拉到瀛臺。等光緒登上船後，對岸的太監就拉繩子，瀛臺這邊的太監就漸漸放鬆繩子，這樣，他就能絶對無聲地從他的小島囚室去到大陸。太監們這樣幫助他，要是被發現了，就得掉腦袋。因此，他們的首要問題就是要想盡一切辦法不被抓住。光緒把一切細節都交給王商去辦理了，他沒有辜負光緒的信任。

爲了找到囚禁珍妃的地方，王商費了很大的功夫。幸運得很，這是在紫禁城中一個偏僻的地方，已經有十來年沒有被人使用了。沒有任何人在這附近居住。他甚至無法走到庭院裏，因爲這裏荒蕪得太久，長滿了野草。她的食物是最粗劣的，由那些冷嘲熱諷的太監給她送去。她的衣服也是最壞的，僅能勉强禦寒。囚室又冷又潮。她沒有被折磨死，真是個奇迹。她以極大的毅力忍受監禁，没有提任何問題，雖然她心裏總是在惦記着不知光緒怎麽樣了，她還能不能再見到他？那些太監除了用粗魯的語言去諷刺她外，什麽也不會給她。

她的窗上裝有鐵栅欄，她的門上裝了三把鎖：頂部、中部、底部各一把，由一根鏈條把三把鎖串在一起，其實，任何一把鎖都能把她牢牢關住，三把鎖只是更能表明，她想逃跑是毫無希望的。

光緒到她那裏的時候，正趕上是個多事之夜。那些鎖又使他的一切努力都成爲徒勞。他只得隔着鐵栅欄和她説話。一夜又一夜，他來了又回去。誰也不會知道這對情侶隔着鐵栅欄互相説了些什麽，但是，雖然悲傷，畢竟這是一個喜悦的相會。不需用任何語言，就可以證明他們仍舊彼此相愛，否則，光緒就不會爲了到她這裏來而讓那些忠誠的太監冒生命危險。珍妃和光緒互相講述并補充所發生的事情，并且在誰是使他們分離的罪魁禍首這個問題上取得一致看法。光緒對少皇后的憎恨已經發展到水火不相容了。他計劃着等待老佛爺歸天後在一個適當的時間要對她報復。他年輕，而老佛爺已經老了，他當然要盼望老佛爺比他先死。少皇后將第一個嘗到她的刻毒給她帶來的苦果。

他要把她打入冷宫。

"冷宫"實質上是一種中國的設施，專門用來懲罰皇帝的后妃的。它可以是紫禁城内任何一所破舊的、陰濕的、可怕的房屋。那違抗了丈夫的罪犯就可以根據她丈夫的意願而被關在這裏。她得到的食物和衣服都將是最粗劣的，并且一天三次太監要來提醒她不要忘記自己犯的什麽罪。這些太監會指着她的鼻子謾罵，并且不厭其煩地訴説她的罪狀，她是由于這些罪狀而被關起來的。她永遠不能離開她的囚室，而且在太監訴説她的罪狀并嘲諷地指出她現在的處境的時候，她不能答話。她不僅要忍受這些耻辱，而且，由于這是皇帝的旨意，她必須跪着迎接對她被貶及給予永無終止的懲罰的口頭詳述，就像所有的人跪接聖旨一樣，而且還要叩頭，就像真的在皇帝面前一樣。光緒就是打算有一天用這種方式來懲罰少皇后。然而，他是注定了無法實現他的計劃。

接着，他就計劃，如果有一天他的權力恢復了，他就要將李蓮英和袁世凱斬首，可是在王朝覆滅後，李蓮英作爲中國幾大富翁之一，一直在北京生活，直到壽終；而曾經背叛過自己的皇上主子的袁世凱則變成了中國第一任大總統。

西方人通過所有這些事情感到對光緒的勇氣難以理解。老佛爺將他廢黜了，他爲什麼不號召朝廷裏所有忠于他的人都起來，反過來將她廢黜，重新取得政權呢？那是不可能的。光緒的無權到了什麼程度，這只有知道舊的政治體制的中國人才能真正理解。這種傳統一直保留下來直到幾年前，一個人的父母仍然是他的主宰，即使他本人是皇帝也不例外。這是一條銘記在每個中國人心裏的法律。雖然光緒看到他心愛的人遭到如此殘酷的虐待而焦急萬分，願意盡一切力量來解救她，但是他也無法反抗老佛爺的權威。

他從瀛臺到珍妃囚室的夜間行動差不多持續了兩年，這就像兩個憂傷的幽靈的聚會。他們通過鐵柵欄互相傾訴愛情，纏綿地愛撫着對方的手。珍妃是晚清歷史上最典型的悲劇女子。她是殘酷的、非正義行爲的犧牲品，她爲了忠于她所愛的人而付出了最大的代價。

絕望者的希望

皇族不願意參與這件事，因爲他們不清楚老佛爺的思想究竟會向哪個方面發展。儘管現在老佛爺對光緒恨之入骨，想盡一切辦法去羞辱他、折磨他，但是她對光緒的態度也可能發生變化。到那時候，那些反對光緒的人就可能在她面前失寵。

她完全可以將皇帝斬首，要不是有這麼兩個原因，可能她已經這樣做了。一個原因是外國勢力和他們對中國的關注。因爲光緒實際上并沒有犯什麼罪，他只是想拋開傳統的習慣、制度；另一個原因更隱晦，而且更帶有東方色彩，她讓他活着，以便他看到他爲自己所做的一切受到懲罰。

最後，皇室成員看出，老佛爺不會對一個曾經企圖違抗她的意願的人發慈悲。于是他們開始了一種典型的中國式的行動，就如一句中國成語所說的："墻倒衆人推。"

皇室成員現在開始利用他們的勢力想盡一切辦法去侮辱和折磨光緒。他們中最積極的就是那個放蕩的皇室成員端王。他希望看到光緒被進一步推入絕望的深淵，他要表現自己對老佛爺安全的深切關懷。他是個喜歡對別人阿諛奉承的人。雖然老佛爺是個精明厲害的人，可是她也一貫喜歡聽逢迎話。這樣，端王就漸漸地取得了她的信任，以至于後來他對老佛爺的影響不亞于總管太監李蓮英。他們兩人很相似，特別是他們都是虐待狂。

"太后，千萬要注意不能讓光緒重新得勢，"這是他建議的中心思想，"有一個辦法可以保證做到這一點。"

"什麼辦法？"老佛爺問。

"選一個太子。"

　　大清王朝已經有好幾代沒有立太子了。乾隆的兒子嘉慶曾經立了最後一個太子，那就是他的親兒子道光。嘉慶差不多到中年以後才登皇位，他當了很多年的太子。在他年老的時候，他常常產生許多幻覺，其中有一個可怕的幻覺，就是他的兒子與他當年不同，急于要當皇帝，爲了自己能快些當皇帝，這小伙子可能用暴力幹掉自己的父親。于是這位皇帝就下了一道詔書修改滿洲法令，從此以後不立太子，從而有效地防止過早地產生野心。

　　皇位就變成不一定是世襲的了，皇位繼承人往往是選出來的。要改變這種情況，老佛爺必須修改滿洲法律，這樣就一定會遭到御史的反對。

　　但是，這樣做能給已經抬不起頭的光緒再添新的恥辱，所以她決定立一個太子。在這方面，她成全了端王的計劃，因爲端王提出立他的親生兒子爲太子。老佛爺同意了這件事，于是這個十六歲的孩子，大阿哥，就來到宮裏。

　　在大阿哥進宮不久，閑話就像往常一樣傳來傳去，傳到了光緒的耳朵裏，他感到，他受的恥辱已經到了無以復加的程度了，看來這是在端王的慫恿下老佛爺想出的另一個進一步貶低他的辦法。除了流放，這是可能給他的最大的恥辱了。

　　恰好就在大阿哥進宮之前，光緒去看珍妃，并把聽到的一切告訴她。她萬分擔憂，現在老佛爺有權將他徹底流放，把他壓到最低地位，直至把他殺掉，免得擔心將來遭報復。

　　"你不要再來看我了，"珍妃説，兩個相愛的人的眼泪在囚室的鐵栅欄上流在一起。"如果你被發現了，這正是老佛爺最需要的藉口，于是她就可以對你爲所欲爲了。"

　　珍妃并沒有説她自己也可能被斬首，她沒有責怪老佛爺，但是光緒知道，這種事是完全可能的。他們的相會充滿了痛苦。

　　"對我來説，我并不怕死，"珍妃説，"在我們相愛中，我已經擁有了最美滿的一生。如果死亡能結束這種痛苦，那我樂意去死，只要我能知道在我死後你能平安無恙。使我繼續活下去的惟一原因就是擔心你，你千萬不要再來看我了。"

最後，光緒同意不再看她了。可是，據說，他幾乎立即忘記了諾言，又去看她了，不過不如原先那麼頻繁。

大阿哥來到宮裏了。

他是個漂亮的小伙子，穿戴非常華麗。但是，他恐怕是宮裏所有年輕人中表現最不好的一個。

他爲自己成了重要人物而得意地昂着頭。宮裏有許多女人，其中多數是宮女，而他是惟一的男人，自然會吸引大家的注意力。光緒一向不注意宮裏的女人，有了珍妃後，他誰也不喜歡了，珍妃成了他的寵妃後，他心裏再也沒有地方容納別的女人了。

但是大阿哥却不同，那些毫無顧忌地圍着他轉的宮女們的笑聲和逢迎使他得意得忘乎所以。在這個英俊的皇太子面前，女孩子們失去了理智，而他則根本沒有理智可失。

關于他與宮女之間的曖昧事情，老佛爺睜一隻眼閉一隻眼，因爲她不願意承認在立太子這個問題上她犯了個大錯誤，于是這些事臭名遠揚，成爲大家喋喋不休的閑談資料。

但是，終于有那麼一天，發生了一件事，使老佛爺不能不聞不問了。有幾個宮女被送出宮去了，但是值得注意的是，老佛爺沒有因爲見不到這些宮女而追問。她對這件事只裝不知道。就在這一天，有一個宮女犯了家規而要受到鞭笞。這種處罰通常是公開進行的。這個宮女被帶來俯伏在鵝卵石地上，她的左右各站一個手持竹鞭的太監。宮女脫光了衣服，兩個太監從兩側輪流抽打；盡可能地利用他們所掌握的技巧，使鞭鞭都打在同一個地方。剛要開始施刑，就發現這個宮女穿的是大阿哥的内褲。她的這件服飾是如此引人注目，以致這件事很快地傳遍了整個皇宮。當時老佛爺也在場，她無法再保持沉默了。即使這樣，她仍然把大阿哥留在宮裏，因爲如果承認她的錯誤，就意味着她所采用的這種侮辱光緒的辦法遭到失敗，從而會使光緒感到高興。

大阿哥留在宮裏差不多有兩年的時間，光緒一直準備着哪一天會下來一道聖旨將他趕出紫禁城而讓大阿哥接皇位。在這期間，光緒和珍妃都是囚徒，光緒仍舊經常去看珍妃，用兩人的生命作賭注，換取鐵窗兩側的短暫交談。在這期間，端王不斷地擴大自己的影響，使得老佛爺對他言聽計從。關于血腥的義和團暴動，端王要負主要的責任。

義和團

　　拳民的組織叫義和團，他們相當于太平軍組織的繼續。他們的初始宗旨是推翻清廷，但是采取一種奇特的、迂回的方式。這是一種走江湖的藝人組織，他們是演雜耍的，用刀劍表演武術，當貧民群衆投來銅幣的時候，他們叩頭謝賞。太平軍失敗後，他們開始發展組織，聲勢浩大，幾乎達到顛覆清廷的目的。端王是一個放蕩的人，皇族的一個墮落分子。他和他們關係密切，甚至參加他們的江湖演出，這樣使他們顯得更有權威。

　　端王受到載勛王爺的幫助和支持，後者也是一個放蕩漢。他們兩人利用自己的影響去説服老佛爺建立一個强大的義和團組織。開始，老佛爺不聽他們的話，但是逐漸地被他們説服了。她同意讓他們選一個拳民小組來見她。這些拳民在院子裏進行了一場神奇的表演。

　　拳民有一種信念，是經端王和載勛王爺精心培育的，就是説，他們什麼都不怕：刀槍不入，烈火不傷——什麼武器都能抵擋。端王響亮地宣稱，拳民有天神賦予的法力，他們受天神的囑咐，要起來把一切洋人趕出中國，以對抗光緒那種把中國交給洋人的措施。老佛爺一貫恨洋人，因此，端王的這番話很容易地就把老佛爺説服了，因爲這正符合老佛爺的願望。

　　端王帶着他的拳民去見老佛爺，并且要在老佛爺面前顯示他們的威力。他們手持刀劍進行表演，實際這是一種步調配合的演習，看起來，他們猛烈地揮舞着刀劍，一會兒刺，一會兒戳，真能把挨打的一方殺死。其實，每一個動作都經過無數次的練習，他們躲閃得非常熟練，根本不會有危險。也許老佛爺聽説過這類雜耍表演，因爲表演結束後，她似乎無動于衷。

表演結束後，拳民們脫去上衣，用畫了符的紙裹住上身，然後用火點燃，使紙在肉體上燃燒。

"請看，太后，"他們說，"我們有火神保護，所以火不能燒傷我們。"

他們是抹了什麼防護劑，還是強忍着痛苦，這就難說了。但是老佛爺還是沒有說話。然後，拳民們拿起巨大的磚塊，像砌北京城墻的那種磚一樣，向自己的背部胸部猛力砸去，這力量能把公牛擊倒，可是他們却沒有受傷。

"請看，太后，如此沉重的捶擊都不能傷害我們。"

老佛爺開始感興趣了。

拳民叩頭，用力把頭在堅硬的地面上撞擊，以致于額頭的皮都撞破了。

"請看，太后，"他們說，"我們絲毫没有感覺。"

現在，她提了一個問題。

"你們這些看不見的法力來自何處？"

"來自天神。"他們回答，"天神授意我們協助太后把洋人趕出中國。"

這話深深地打動了太后的心，而且聽起來也有一定道理。自從立大阿哥爲太子後，外國使節彼此都在議論，這種議論傳到了朝廷。

"滿清不準許立太子，這是一條法律。太后究竟想對光緒怎麼樣？"

外國人都知道，在光緒的統治下，中國會變得對他們更有利；而且，由于皇帝發起變法維新，這也會給中國人自己帶來好處。老佛爺最痛恨外國人的議論。

"我們做什麼，與他們有什麼相干？"這正是她最氣憤的地方，"我們與他們沒有關係，爲什麼他們總要干預我們的事情？"

當義和團的表演正在進行的時候，光緒什麼也沒有說，他知道，如果他去參與那些目前已經遍及全國的政治爭論，那只會害了他自己。當拳民走後，他向他的親爸爸叩頭。

"這些拳民都是騙子，"他說，"他們耍花招愚弄我們，我這樣說不是爲了我自己，因爲我也知道，我已經没有權力來考慮這些問題。但是如果您相信了這些江湖騙子，我們國家會遭殃的。我懇求您，親爸爸，不要聽端王和載勛王爺的話。"

説這一席話的時候，端王和載勛王爺都在場。光緒的話一結束，他們就拿出準備好的答復。

"太后，萬歲爺仍然同情和偏向洋人，他的態度表明他不希望把洋人趕走。"

老佛爺已經準備相信一切，不聽光緒的話。

結果如何，歷史都有記載。光緒冒着生命危險告訴老佛爺，即使讓義和團去對付洋人是正確的，合適的，但是到頭來，他們會不受控制。我們給了他們權力，而他們會反過來奪取我們的權力。老佛爺不應該容許在大清帝國內有任何事情超越您的控制，所以不宜讓他們發展并聽任他們宣揚那種荒唐的所謂刀槍不入、不可戰勝的神話而最終同意他們放火焚燒外國使館。

在那些使館遭圍攻和北京遭襲擊的黑暗日子裏，光緒在力所能及的範圍內竭力勸説老佛爺與外國大使達成一些協議。曾經作爲太后少年時代的情人的榮禄也是這個意思，但是她一概不聽，因爲端王和載勛王爺不斷給她帶來義和團勝利的喜訊來證明他們真是刀槍不入的。説也奇怪，連拳民自己也相信他們是不能傷害的。因此，當八國聯軍強攻拿下北京城的時候，他們故意用自己的身子去承受子彈，而後像蒼蠅一樣地死去。

老佛爺對此一無所知。光緒聽到了，并告訴她，義和團的宣傳已證明是假的，但是她對光緒的一切都不信任。于是對使館的瘋狂襲擊繼續着，一天又一天，一周又一周，使館忍受着射擊和饑饉之苦。援軍企圖進城解救，可是遭到從北京調去的大批拳民四面八方的阻擊和騷擾。

最後，當聯軍拿下北京城的時候，正如光緒所預言的那樣，義和團自己控制不了自己的拳民，在緩慢撤退的過程中，邊走邊搶。北京城晝夜火光通天。最後，老佛爺看到，一切都無可挽回了。消息傳來，聯軍要一直打進紫禁城，俘虜她和她的朝廷，她變得驚慌失措，決定逃亡到内地去躲避洋人的報復。她的許多太監都已經逃跑，朝廷只剩下一個空架子。她知道，即使是把剩下的爲數不多的人全部帶走，想快速行動也是很困難的。她希望帶的人越少越好。這裏，李蓮英又找到了滿足他虐待狂欲望的機會。

"珍妃怎麼辦呢，太后？" 他問，"她會成爲我們的累贅。"

老佛爺似乎没有注意，聯軍的炮聲在她耳朵裏隆隆作響，她還聽到了那毀滅北京的大火的怒吼聲。在她一生中，她還是第一次懂得什麼是害怕，對不可預測的命運的害怕。她恨外國人，同時又怕他們以及他們那厲害的槍炮。她意識到她已經犯了一個可怕的錯誤。

李連英又問：

"珍妃怎麼辦？她是個危險人物，不能讓她留下。"

在一片混亂中，光緒正在計劃和他的珍妃一起逃跑，他盼望在驚慌中人們會把她忘掉。聽到李蓮英的提示，他大吃一驚。難道厄運的預兆還在對他起作用？

"把她帶到我這裏來！"

珍妃來了，她的美麗的臉龐現在顯得虛弱和憔悴，光緒不由自主地向她走去，一貫忠于他的王商立即制止了他。老佛爺一見到這個女人就勃然大怒，過去她真誠信任的這個女人就是給他們招來這許多麻煩的禍根。她轉過頭去看看李蓮英。

他説："太后，現在時間很緊，把這個女人交給我吧，我知道怎麼處理她。"

老佛爺一點頭，李蓮英就一把抓住珍妃，把她拖到一口深井旁邊，推了下去。光緒驚呆了，但是一切都幹得那麼快，他來不及去制止這種卑劣的行爲。他奔到井邊想讓自己也投進去。幾個太監抓住了他，强行把他拉回來參加到逃亡的朝廷裏。

這最後的悲劇使光緒的心碎了。

夜色吞没了正在向西安倉皇逃亡的朝廷，這對老佛爺來説（對光緒也是一樣）是走向滅亡的開始。

逃 亡

逃亡開始的時候，那些太監還像往常一樣，大模大樣地發號施令，好像朝廷是在作一次愉快的旅行。光緒深知朝廷所處的困境，教育太監不要忘記，我們是外國人追逼下的逃亡者，講排場是不合適的。

光緒的忠誠的僕人王商非常擔心他主子的安全。

"這樣的行程對皇上是很危險的，建議皇上不要穿龍袍，而穿和我們一樣的衣服乘車，這樣就不會被認出來。"

"不，"光緒帶着憂傷的微笑答道，"我還是皇帝，我會像你們一樣乘車，但是我還得穿上天子的龍袍。"

就這樣，他乘着車，開始逃亡的旅程，不考慮朝廷任何的標志和排場。他坐在車夫旁邊，與他聊天，好像他們是平等的——無疑，這是第一個與平民自由交談的滿清皇帝。

去內地的行程持續好幾周，但是這次沒有黃沙鋪地，也沒有先行部隊通知百姓回避，不讓他們用好奇的目光凝視皇家的顯赫。

一路上，百姓爭相擠到隊列旁邊。老佛爺當然是不會被認錯的，百姓看到她就後退，出于尊敬和懼怕。他們擁到隊列的其他部分，問了很多問題，也帶來很多禮物。

在這些人中間，有一個抱着嬰兒的婦女，她送來了鮮雞蛋和糕點。在她看來，光緒和太監沒有什麼不同，因為內地的百姓沒有見過天子，他們不認識皇帝龍袍上的標記。

這婦女獻上她給光緒的微薄的禮物。

"這些東西給皇上是太少了，"她說，"但是我只有這一些，您說皇上和太后會接受嗎？"

光緒對跟隨他的太監說：

"付給她錢。"

這婦女聲明道：

"我不是爲錢，是孝敬皇上的，我不要錢。"

光緒對她微笑，問了一些關于她懷中的孩子的事情，然後繼續上路。

等光緒離遠了，聽不到他們説話的時候，一個太監問這個婦女：

"你知道你剛才在和誰説話嗎？"

"我想他是朝廷的一個隨從吧？"

"他是皇上！"

那婦人差點把嬰兒掉到地上。

"看看，"她喘着氣説，"我，一個卑賤的百姓，竟和皇上説上了話！"

一路上都是這樣，光緒雖然忘不了他自己的悲劇，却因爲得到百姓的愛戴而深感欣慰。老佛爺，由于受到使他們全部陷入困境的大灾禍的打擊，對光緒的一切打破常規的行爲未加指責。皇帝在自己的百姓中走動，好像自己就是他們中的一分子，和他們談話，盡可能地瞭解他們，這是他第一次不依靠那些逢迎、討好的大臣的安排而深入到老百姓的心裏。只要他還有機會，他知道他能爲自己的百姓做些什麽。

他也不準許搞那些浮夸的排場和禮節。

"我們是在流亡，就像森林中被獵人追趕的動物，我不應該拘泥朝廷裏的那些規矩。"他説，"我希望和我的百姓平等相待，瞭解他們的困難和憂慮，和他們同歡樂，共患難。"

他深刻地感覺到，正是由于那降臨到朝廷的灾難，才使他有可能和他的百姓打成一片；他也知道這種可能以後不會再有了。

在這兩年中，光緒與他的百姓住在一起，談在一起，成爲他們中的一員。他的抱負又被激發了。如果有朝一日他能重新獲得政權，他覺得他將懂得如何在理解的基礎上去統治他的百姓。

老佛爺思考着，觀察着，但是不加干涉。或許她在猜測他心裏想着什麽，并且爲自己的前途做着嚴肅的規劃。這時候，她内心肯定有矛盾。雖然，爲這場降臨到他們頭上的灾難，她嚴厲地責備了光緒，雖然她不能忘記，也不能原諒那件事，她認爲那是對她一生中的一次背叛，并且已經把責任加到他的頭上，但是人們還是不禁要懷疑，難道她不曾多次從那憂傷的、消沉的、被她親手奪去了他的統治權和他的愛情的皇帝身上看到了那個她曾經如此疼愛過的男孩，那個至今還叫她"親爸爸"的男孩？

龍　座

　　經過兩年的流亡，朝廷又回到北京。在這兩年裏，中國的最大政治家之一的李鴻章爲與列强簽訂和平條約付出了辛勤的勞動。列强的貪心似乎是永遠無法滿足的，但是最後終于以著名的《辛丑條約》的簽訂而告結束。這是一個最可耻的喪權辱國的條約，巨額的賠款中國至今還没有償清。李鴻章當時已經是個老人，簽訂和約的緊張工作，加上國家的奇耻大辱對他身心的摧殘，使他在條約簽訂後不久就去世了。

　　朝廷回京的準備工作正按着常規積極進行，就像迎接一位凱旋的英雄一樣。光緒對這一切都不贊成，因爲這次返回是：一種耻辱，而不是勝利。再則，返回北京的旅程對他來説是一個傷心的旅程，因爲它將把他帶回到他寵愛的珍妃被害的地方。

　　最後，朝廷一行人到達了北京紫禁城城門。透過龍輿的帘子，光緒看到許多外國人站在城墻上。這對于一位尊嚴的滿洲皇帝是一種心靈上的耻辱，但是外國惡魔强大，又處于勝利者的地位，又有什麽辦法呢？光緒鼓起勇氣回到了自己的宮裏。這裏，熟悉的環境使他想起和珍妃在一起度過的幸福日子，他悲傷得心都要碎了。

　　歸途中，老佛爺特別安静。她現在有一本難念的經。她不敢像以前那樣再把光緒囚起來，怕外國人知道後又會引出很多麻煩。但是她把他嚴密地監視起來。大阿哥和他的父親端王一起被流放了，所以光緒再次被確認了他的皇帝的地位。

　　但是，這位天子知道，他仍然是個傀儡。然而他心裏仍堅定地抱着這個信念：老佛爺不會永遠活着，他終有一天會成爲一個名副其實的皇帝，那時候他就可以按自己的計劃給百姓做一切該做的事情。

　　歲月慢慢地消逝，光緒大部分時間都在孤獨中生活，回想着與可愛的珍妃在一起時的歡樂往事。他告訴忠心的王商，他有時彷彿感覺到他那失去的人兒真的來到他面前。王商瞭解光緒的思想，他提議去請一位法師來招魂。光緒有些懷疑，但還是同意去召法師。

招魂的那夜是個暴風雨之夜，光緒坐在他喜愛的椅子上，法師蹲伏在地上，室內惟一的亮光是那支綫香頭上小小的閃爍的火星。除了風雨聲和皇宮屋頂四角挂的銅鈴的嗚咽聲外，一切都是那麽寂靜。

在這寂靜的皇宮裏能出現什麽奇迹？一切都還只能是臆測。但是光緒的悲哀的眼神却消失了，顯得非常安詳。

至于老佛爺，却是非常的不安。羞恥和屈辱深深地刺痛了她的心，使她幾乎喪失了信心。

李蓮英長期以來一直在想盡各種辦法打擊光緒，現在，老佛爺心中的陰雲使他看到他等待已久的機會終于來到了。

"萬歲爺健康情况不佳，"他狡猾地對太后説，"奴才願意侍候他，使他恢復健康。"

老佛爺完全明白他這話的意思，也可能還有些拿不準。我們還是寬容些，承認她拿不準吧。李蓮英侍候光緒一段時間以後，皇帝的病就變得非常沉重。皇宮的太醫來了，但是診斷不出是什麽病，也没有辦法治療。當然，光緒明白，他是中毒了——毒藥放在食物中，由他的老冤家李蓮英送來。除了老佛爺，或者除了她采取不干涉的態度，默許李蓮英的行動外，誰也不可能去幹這種事。光緒知道他快要死了。按傳統規矩，他必須穿上送終的龍袍，這樣，他的靈魂帶着皇帝的標記進入天堂的時候，就能被立即認出來。

皇帝將死的消息傳遍了整個皇宮。

消息傳到老佛爺房裏，她正像一座石雕一樣坐着等待——等待着那個叫她"親爸爸"的，很久以前是個小男孩的人的死訊。她等待着，却并不知道連她自己那顆冷酷而衰老的心也挺不多久了。她比那個她又恨、又愛的兒子只多活了一天。

消息傳到少皇后那裏，這個悲傷、痛苦的女人長期以來一直疏遠她的丈夫。可能她忘記了那些痛苦的年代，最後只記得那個在御花園裏玩耍的小男孩。不管怎樣，她飛速地來到他床邊，跪下請求他的寬恕。

　　光緒看到少皇后進來，聽到她對自己過去的那些殘酷行爲的懺悔。他没有説話，只是閉上了眼睛。但是守護在旁邊的那些人看到，在他臉上掠過一絲難以形容的歡樂的微笑，這種微笑是他過去常常用來賜給珍妃的。

　　他再没有睁開眼睛。

　　天子到天堂裏去即位了。

智慧文库

皇室烟雲

目　録

金沙鋪道

中華帝國的一條彎彎曲曲的鄉間道路兩側撒滿了飄落的桃花瓣，好像鋪上了粉紅色的地毯，香氣彌漫了整個空間。一條鋪着金光閃閃黃沙的官道伸向遠方，傳來了低沉的馬蹄聲和人的腳步聲。

穿着華麗的長袍、頭戴飾有黑貂毛辮滿洲帽的警衛是這列閃光的馬隊的前鋒。他們的坐騎都是最好的蒙古種小馬，它們的毛平滑光潔，鬃毛長而亮，就連那笨重的腳鐙也被鑲嵌着珠寶，或刷上各種顏色的漆，在陽光下面閃閃發光。

在小馬揚起的塵土後面，有一頂由十六名太監抬着的金光閃閃的大轎，轎子的兩側雕有象徵着皇室尊嚴的龍。轎子裏坐着的是身子筆直，一動不動，像一座塑像似的被人從一座廟抬到了另一座廟的，統治中國四億人口的慈禧太后。在後面陪伴御轎的另有八頂刷紅漆的轎子，每頂由八名太監抬着，裏面坐着的是太后的女侍官們，其中有我的妹妹和我，她們是陪伴太后去作一次有趣的回憶過去的旅行的。

周圍一片寂靜，只有大金轎的轎杠在轎夫的肩膀上發出吱扭吱扭的聲音。李蓮英，這個有名的總管太監，太后寶座邊的惡魔，不時地對隊列中的某個人吼叫着發出命令。他是這次旅行的禮儀總管，旅途上的一切細節都由他仔細規劃過。

從頤和園大門到曾寫下了無數歷史篇章的熱河行宮大門之間，伸展着一條鋪着濕潤黃沙的大道。沒有一個普通百姓可以涉足這條皇家官道，一個出身低微的人想靠近前去偷眼瞧一下路過的統治者都是不允許的。

大路曲曲折折延伸到前方遠處的青山，人們不禁要猜疑，太后爲什麼要在五十年後還要來回訪她第一次獲得勝利的場所呢？那時候，她是蘭兒，是咸豐皇帝年輕漂亮的妃子。咸豐皇帝一死，她就陷入了一場陰謀奪權的鬥爭，兩名極有權勢的大臣企圖奪取她幼小的兒子同治的皇位。

缺乏政治鬥爭經驗的慈禧要設法智勝兩個大陰謀家怡親王和蕭順。她心裏既害怕，又恐懼，怕刺客的刀劍落到她兒子身上，于是她踏着這同一條路逃離了熱河。在鬥爭中她得到了禁衛軍頭領榮祿的幫助。榮祿曾是她成爲咸豐寵妃前的情人，以後他當了官又一心一意地侍候她。于是，當代最偉大的統治者之一的蘭兒與禁衛軍頭領榮祿之間的愛情就只能彼此悄悄地埋在心底。

現在，差不多半個世紀以後，太后正在返回熱河，那是她的權威開始樹立的地方。這些年以來，榮祿死了，她疼愛的兒子同治也死了。可以説，在這些過去的日子裏，只有惡魔李蓮英還繼續留在她的身邊。

離開紫禁城，這個充滿野心的地方，越來越遠了。太后的隊列正在沿着黃沙官道上前進着。

隊列向着前面的青山蜿蜒前進，偶爾在有廟宇的地方停下來休息一下，那裏的主人已準備好對太后的迎接，然後再前進，最後終于來到了行宮的廣場上，一個絕望的地方。

那些宮殿全部覆蓋着黃色琉璃瓦。柱子上，傳統動物龍一條接着一條盤旋而下。這地方的建築，比起紫禁城和頤和園來還是顯得粗獷，可能是滿洲人的手比較笨重。

這是一個由宮眷、太監和宮女組成的安靜的隊伍，他們緊跟着太后快速地走着，因爲太后經常在宮殿之間來來往往，行動也是非常敏捷的。她顯得有些急躁，迫不及待地要去看看每樣東西，去再訪所有她身爲年輕新娘時所到過的地方。

她説話聲音很小。緊跟在她後面的我聽到她説：

"這是我兒子同治當年舉行加冕典禮時的寶座。我記得非常真切，彷彿看到他穿着皇帝的黃袍坐在那裏。"

她説得非常輕，回憶着那決定命運的加冕典禮，那是她後來連續三次攝政的開端呀！這一切都好像是昨天才發生的事，而她現在正在重歷這一過程。她長時間地注視着她的幼小的兒子接受加冕時所登的寶座。

隨從們，從宮眷到最卑微的太監一個接一個地跟在她後面，像一列裝飾着皇家服飾的豪華列車。可是她連瞧都没有瞧他們一眼，徑自向別的宮殿走去了。

她指給隨從們看咸豐皇帝死後停靈的宮殿，那時爲了等待擇吉日作他最後一次長途旅行回北京。太后描述得這樣真切，使人彷彿真的看到咸豐躺在那裏，把自己身上的重擔全部轉移到當年的蘭兒（現在小聲説話的老婦人）脆弱的肩上。

在這之前，太后曾告訴過我許多關于她一生中的故事。現在她指給我看她曾經生活過的最浪漫的部分——而我却感到非常傷感，但當我們結束了對熱河的舊地重游而回到北京時，一切又都過去了。當頤和園大門在我們身後關上時，旅行就算正式結束，這好像歷史的記載又翻過了一頁，而那一頁以後永遠不會再有人去打開了。

太后坐火車旅行

　　太后變得非常好動。我想可能是熱河之行產生了這種影響，在這之前，自從她爲了逃避拳民之亂而遠奔西安以後，她没有離開過頤和園和紫禁城，總是往返于這兩地之間。此外，她可能對所有的宮廷禮儀以及每日的早朝等等都感到厭倦了。不管是什麼理由，她就是渴望着去做些新鮮事。我也猜想，她的不安于現狀也許像我對我滿洲血統的好奇和猜測一樣。至少，關于此事，我受到過各方面不指名的譴責，可能我妹妹和我都表示過很想去東北的奉天，因爲我們的祖先就是在一六四四年從那裏入關的。

　　不管怎樣，太后決定要去奉天旅行，看看祖先們的宮殿，而且對太后來説，她決定做什麼就等于她一定要做什麼。她立即下令爲她準備好去奉天的一切事宜。也像在熱河行宮一樣，在奉天的皇宮裏也有許多留守人員負責日常的管理工作，但還是派了一批人先行去檢查一切準備工作是否像頤和園和紫禁城一樣符合皇家的規格。

　　顯然，這樣遥遠的路程，要坐轎子是不行的。再則，外國鐵路部門已經以非常高的價格賣給她一列"御用列車"。這倒不是鐵路部門敲詐她，而是許多中介人員插手了這一買賣，層層回扣，以至價格升高到幾乎可以供一個不大的王國的全年開支。李蓮英也像往常一樣得了不少好處，誰也説不清他究竟得了幾千兩銀子，或貪污了多少。而這一列車她却至今還没使用過。她常常對許多事情感到好奇，現在她迫切希望體驗一下坐火車的感受。她很少離開北京，現在該是她看看她自己統治的國土的時候了。也許她早就應該看看她的百姓了，但是這是不可能的，因爲按傳統規矩，平民百姓連看她一眼都是不允許的，這樣她當然也就見不到他們了。每當她經過大道的時候，路上總是空無一人，甚至連小街上也是空的。但是我妹妹和我都知道，百姓往往在自己家裏的紙窗上捅個小孔，從那裏偷看過往的皇家隊列。

但他們仍然看不見太后和她的任何一個宫眷，因她們所乘坐的轎子幾乎是被蓋得密不通風的。我常常拉開帝子向外看去，但只能拉開一點點，否則，若讓別人看見了我，我將受到嚴厲的批評。

在旅行開始之前，一切準備工作都必須做得盡善盡美。首先，太后必須下一道旨意説明某日她的火車要從北京開往奉天。這對于鐵道部門就是一道法令，因爲只要太后的火車一上路，那麼別的火車就不準在這條綫路上開動，違者論處。鐵路部門必須派專人護送。太后需決定朝廷裏哪些官員應隨她同去。我和慶善共同接受了一項任務，那就是注意每一個細節，或者説列出一個清單，使每件事該怎麼做都有章可循。

但是首先要忙起來的就是工人。火車共有十六節車廂，用以裝載隨從、官員和物資等等。由于這列"御用列車"是第一次使用，所以對每一節車廂必須進行一次徹底的快速檢修，十六節車廂必須全部刷成黄色，只有機車除外。我想，如果太后想到的話，她肯定要把機車也刷成黄色。但她畢竟没有想到這一點，所以我們也就失去了讓一臺黄色機車拉着我們跨越中華大地的實地經歷！現在想起來還覺得遺憾。

太后一旦決定出游，就向她的一些大臣徵詢意見，她給這些大臣極高的俸禄。但就我在清宫的這幾年看來，她很少采納他們的意見，特別是當他們的意見違背她的意志的時候。太后一發話，這些大臣就忙着上奏章，這些奏章的内容大致是：

"在中國歷史上，還從來没有一個皇帝乘火車旅行過，這是非常危險的，特別是太后年紀大了。再則，太后身負重任，長期離開紫禁城是不合適的。微臣希望太后放棄原定計劃，不要被外國影響所左右。"

所説的"外國影響"就是指我妹妹和我。

在啓程前的二十天準備階段，奏章每時每刻不斷地呈上。太后收到奏章後，她的態度始終如一。她把奏章撕得粉碎，隨手扔掉——這是她處理不合她心意的奏章時一貫采用的辦法。她説的話也很嚴厲：

"別的皇帝沒有乘火車旅行過，那又怎樣呢？要是那時候有火車，或許他們也這樣做了。我也不怕危險，我敢于面對危險。再則，他們有什麼權力説我老了……"

這話我聽來很新鮮，因爲我知道她已經快七十歲了。她和其他女人一樣，不論是臉還是手指，都顯示出她的真實年齡。她從不承認自己老了，而且有人暗示她看起來的確老了，她會非常氣惱。

"……爲什麼他們强調我身負重任而不該離開北京呢？"她繼續説，火氣越來越大。"那個笨蛋沒有看到我們是走到哪裏，朝廷就跟到哪裏，照樣處理朝政嗎？那年拳民鬧事，我們不是也帶着朝廷到西安去躲避洋人嗎？我怎麼養了這麼一批笨蛋來勸駕？"

啓程的吉日吉時選定了，每個人都在興奮地準備着，從李蓮英到最卑微的宮女，從最高級別的大臣到最低級的鐵路工人，從太后到皇室最小的宮眷。

當然，還得爲太后準備這樣一條路：從紫禁城的大門到乘火車的地方。就像去熱河的路上一樣，這條路也鋪滿了黃沙。沙子是預先浸濕的，爲了避免塵土飛揚。這樣，這條路看起來就像退潮後的海灘。我緊跟在太后的後面，從紫禁城經過中華門、前門，沿着前門大街直奔永定門，永定門的大門就在火車站旁邊。太后的轎子（當然是黃色的）由十六名轎夫抬着，宮眷們的轎子每頂八名轎夫，一行人直奔火車站，列車上爲太后的轎子準備了一節專用車廂。在我們左邊矗立着美麗的覆蓋着藍色圓頂的天壇，右邊是先農壇。

最後我們到達了永定門，穿出城墙，就看到御用列車在前面等我們。多麼壯麗的景色，十六節車廂，除了輪子外，全部新刷上了光彩奪目的金黃色油漆，僅僅是二十天的準備時間，這些油漆工幹得多出色，任何一個人都會夸獎中國油漆工的辛勤勞動。對于我們一班人，登火車都是通過臺階，太后登車則有一個特殊的方法。不過太后這時候是眼花繚亂應接不暇了，因爲這是她第一次見到御用列車——在這之前，她連普通的火車都沒有見過。火車向前移動了一點，她懷着極大的興趣看着輪子——她竟忘掉了帝王的尊嚴，彎下腰去看車底下的輪子，并且接二連三地提問題。爲什麼引擎裏有蒸汽出來？蒸汽是怎麼産生的？是什麼力量推動火車？爲什麼它必須在軌道上而不能在地上行動？說她是個真正的皇帝，還不如說她像個小孩。火車一會兒後退，一會兒前進，直到太后滿意地認爲真的一切都弄明白了，這才下令登車。

一條跳板從地面架到車廂門口，板上鋪着黃色的天鵝絨。李蓮英走在前面扶着太后的手臂，其他的太監也在旁邊幫忙攙扶，怕她在斜坡上滑倒。等她一走進車廂，跳板就撤了。要太后下達命令後火車纔可以啓動，這是常規，當然在某些特殊情況下，需要緊急停車，那又作別論。她還定下了一條奇特的規矩：火車不準鳴笛，也不準打鈴。

這次上奉天的旅行比起那次坐轎子去熱河的旅行是遠多了。太后生平第一次用上了真正現代化的交通工具。在她年輕時代，這樣的火車會被看成是怪物，是魔鬼在驅使它，拖動它。現在她接受了她年輕時認爲不可能的事實——在鐵軌上旅行。

但她還是隨身帶着轎子，因爲她擔心這個可疑的現代化運輸工具説不定在某個關鍵時刻會出毛病。

火車員工

　　有一個小小的習慣，那是在太后上車前必須遵循的一種傳統，同樣，在她進入一所房子前，也必須遵循這種傳統，那就是：她永遠必須是第一個進入的人。如果屋裏原先已有人了，那麼他必須在太后進去之前出來，讓太后先進去，其他隨從再跟着進去。因此，當太后要進去以前，火車員工全體必須下來，在火車的另一側看不到太后的地方跪叩，等候太后進車。太后是個不願浪費時間的人，所以只有極短的一刻火車冒着烟，蒸汽燒足了，而車上却沒有工作人員。然後，太后在自己的車廂裏被安頓好後，員工們就回到各自的崗位，等太后一發話，火車就啓動。

　　在準備工作中遇到了很多困難，慶善爲了把每件事都處理妥善，簡直忙瘋了，累垮了。首先是火車員工的問題，太后堅持要讓太監來駕駛火車，這顯然是不可能的，因爲長期以來太監都是幹的婢女或侍從的工作，他們對火車真是一竅不通。

　　最後慶善終于説服了太后放棄原來的意見，她最終決定，讓火車員工離得很遠，以免破壞男人不得侍候她的傳統規矩。

　　然而，還有些事就不那麼容易解決了。有一件事太后非常嚴肅，我却覺得有些可笑，她要火車員工上至司機，下至清掃員一律像太監一樣戴上滿洲官帽，穿上朝靴，以及其他一切標志王權的東西。試想，負責燒爐子的司爐，整天和黑煤打交道，却戴滿洲官帽，活像一隻蘑菇，還穿上黑緞子的朝靴和比彩霞還美麗的錦袍，這有多麼可笑！最後大家還是照穿不誤，因爲太后的話就是法律。機車由三位司機共同負責駕駛。在中華帝國，凡是承擔重要任務的人都應受到重視，因此配備了三位司機。第一司機是真正操縱機車的，按正常情況，他應該坐在駕駛室的司機位置上，但在御用列車上，除了太后是誰也不準坐的，所以他只好在操縱杆旁邊站着。二號司機負責觀察鐵道前方，如果看到什麼不正常情況，例如一頭牛正在跨越鐵道或其他類似的重要情況，他就報告一號司機。通常，二號司機坐在駕駛室右側，但是現在他不能坐，于是他只好蹲着或跪着。這一切都是爲了維護傳統和太后的尊嚴。三號司機是後備。需要時他就頂替一號司機或二號司機。如果一號司機需要休息，就由二號司機頂替，二號司機的任務再被三號司機頂替。

再就是司爐，他們一共是四人，負責燒火，當然也是戴着官帽穿着朝服。一號司爐是真正燒火的。二號司爐是一號司爐的助手，他什麼也不幹，只在一號司爐需要休息時他去頂替。三號司爐從煤堆底部把煤送到一號司爐够得着的地方。四號司爐在煤堆頂上，他用一把短柄鏟把煤堆的煤鏟下來送到三號司爐够得着的地方。現在的問題是四號司爐站在搖搖晃晃的煤堆頂上要保持平衡顯然是不可能的。就這樣他也不能坐，因爲這是祖宗的規矩。所以他采取了折中辦法，既不站，也不坐，但兩種都有一點：他蹲坐在自己的腳後跟上，按自己覺得最合適的方式幹。就這樣，每件事都按宮廷禮節做到了，但這是很費勁兒的。我多次到駕駛室去參觀（當然是當我確信没有人去向太后報告的時候），我感到這些人員工作得一點都不愉快，因爲限制條件太多了。一切都不如駕駛一列普通火車那麼順手。首先煩人的當然就是那滿洲官帽和長袍，其次是那不準坐下的規矩，再就是不能發任何信號，因爲鳴笛和響鈴都會驚擾太后。

再看司閘是怎麼工作的。

自然他們是不準進入黄色車廂的，更不能在車廂頂上跑，尤其是太后的車廂頂上跑——那是嚴重的褻瀆。那麼當火車進站的時候，他們怎麼閘車呢？初看這是個難題，實際很簡單。火車的速度從不高于每小時十五至二十里，估計也就十五里左右。當需要閘車時，必須先有個人跳下駕駛室，奔到煤水車的後部，（那地方是專留給火車員工休息用的）通知司閘準備閘車。火車當然已經減速了，但不能及時準確地停在司機想要停的地方。當車速減到一定程度，司閘就跳下火車往後跑，或是等着後面的車厢過來，然後再跳上去撬動車閘。這種做法當然也破壞了規定了。但司閘們始終眼睛向下看，像忠心的奴婢一樣，車也停住了，于是大家也就滿意了。

機車前面插着兩面大清帝國的國旗黃龍旗——黃底子旗中心有一條龍，張着大嘴對着旗的内上角一顆大珍珠，意思是龍（表示皇帝）始終追求着珍珠（表示完美）。通常，火車進站時，站上有一名員工搖旗打信號。不過當太后的車經過的時候，打信號的人起碼也得是地方行政長官。至于他對打信號的事一無所知，那也没關係，因爲從北京到奉天這條路上只有這一列車，除了在很遠的地方還有一列拖着十個車厢的普通列車，裝載着兵丁，據説是爲了保衛太后而設的。

這一切對火車員工來説是非常辛苦的。北京到奉天，通常是一夜的旅程，我們走了三天，因爲太后常常爲了某些事情要停車。所以員工們根本没有休息的機會。

就是他們有時間休息，他們也不能坐下來！

不過，也像其他問題一樣，這個問題也得到了解決。司機、司爐和他們的助手以及司閘（在車上值班的有六名）需要吃飯或睡覺的時候，可以到煤水車的後面部分。吃飯的時候，他們必須站着或蹲着。不過蹲對員工們來説倒不算什麼爲難的事情，因爲在他們的一生中，大部分時間是坐在自己的脚後跟上過去的。

但是還得睡覺！

一個人不可能站着睡好覺。即使是中國的工人，也很難蹲着睡覺，因爲火車一晃就會使他們摔倒。這個問題解決得很巧妙，恰似在宮廷中那樣。例如我，在太后跟前是不準坐的，除非是太后特别賞賜。當我在太后卧室值班，即使她睡了，我也不能在椅子上坐一坐。但是我可以坐在或躺在地板上（這是我自己發明的，好比睡在一個變相的軟墊上）因爲這樣，我比躺在床上的太后的身子低。

這列車的機車有一個比普通機車大的駕駛室，否則它容納不下七個人，儘管其中有的人實際上并不在工作。至于分配給火車員工的車厢，那是在煤水車的後部，爲了防止失禮，已經采取了措施，那裏既没有板凳、椅子，也没有桌子。

火車員工怎麽能保持他們華麗的袍子不受玷污呢？不必要，如果一件袍子被煤灰弄髒了，就被扔掉，換上一件新的，因爲没有人會去穿被一個窮工人穿過的東西。新裝的費用由國庫支付。工人自己也不想保留髒了的袍子，因爲除了在御用列車上，他再用不着它，若在别的場合用它，朋友們會説他不配穿它。

太后在出發前，對關于火車爲什麽會跑的問題察看了每樣東西。當然她没有進駕駛室，但是她向每個人提問題，并且反復地讓火車前進和後退，直至她滿意地認爲她這次旅行不是拿自己的生命當兒戲。

太后對她所聽到和看到的事情記得那麽清楚，實在使我吃驚。幾個月以後她還能把整個火車及整個旅程講得很清楚，甚至連極不重要的細節都描述得很精確。

鐵路官員

　　第二節車廂，不管從哪方面講都是極不重要的一節車廂。我們可以跳過車廂往後看。這節車廂裝載着員工們的箱子、籮筐和籃子。這又是一個忙碌的地方，因爲員工們在這裏脫去被煤烟弄髒了的袍子，換上新裝。我不知道他們是在什麼時候換衣服的，因爲我多次經過這裏都沒有撞上尷尬的場面。我倒沒有什麼顧慮，因爲我是經過太后特許可以自由走動的。

　　在火車員工的車廂後面有一節車廂裝載着非常特殊的一群人，這些人是鐵路官員。他們的毫無價值正好引起了我們的興趣，因爲他們代表了大清帝國裏一個非常特殊的階層。

　　這些鐵路官員實際上不幹任何公事，他們的職務就是享受特權。

　　他們伴隨御用列車的理由有兩條：第一是太后希望她的人員得受到各方面的保護；另一條是他們也想趁機撈些外快。當然這是去奉天的御用列車上的一個特殊群體。

　　這群鐵路官員的頭領叫孟福祥，穿着極爲豪華的公服，是一個外表高傲自大的中國人，自認爲是個重要人物。京奉綫上的大部分收益都歸他所有。他基本上不管事，也許這倒是我們的運氣，因爲他對鐵路運行一無所知。但是他精確一切斂財的方法。

　　首先是要安排這些官員的任務。我曾提到過機車員工的規模，那是三名司機，四名司爐。司閘是屬于另外一群。官員們必須監督他們的工作。孟福祥把他手下這一群人分成幾組，每組兩人。有一組的任務是站在駕駛室中三名司機和四名司爐之間，監視他們是否操作正確，儘管操作錯了他們也不懂！

　　官員們隨意發出命令，這些命令都能被執行，至少能使官員們感到滿意。也就是説，當某個官員囑咐司機或司爐幹什麼，他們就隨便幹些什麼，表示他們已聽到命令了。至于做得對或錯，都無關緊要，因爲這些官員什麼都不懂。

官員們關心的是在御用列車上，不管是一號、二號還是三號司機都沒有在任何地方坐下。他們要保證沒有人坐下，包括那跪在煤堆頂上用短柄鏟把煤送給二號、三號司爐的四號司爐。他們還要保證沒有一個司閘在任一節黃車廂頂上走動。儘管如此，他們的工作也夠辛苦的，因爲他們也不能坐下。

下面我們來叙述關于官員們的工作的一兩件小事。

孟福祥也有兩個助理——一號助理和二號助理。至于助理如何去協助一個本人都沒有工作的人去工作，這是不可思議的。這兩名助理又都有各自的助理，所以這是一個龐大的集團。這種現象説起來也很簡單。每當一個人得到了一個享有特權的工作，可以從中撈到大筆錢，那麼他就要把盡可能多的男親戚安排在自己身邊，把他們都列入工資單，這種傳統是由來已久的。所以要指望這批人能做出些事來那是不可能的。

孟福祥（好幾年前就死去了）是鐵路局的局長。凡是與錢有關的事，都要經過他的手。這一職位是朝廷任命的。如果我們能逼迫總管太監李蓮英説出真情，那麼他也得承認孟福祥爲了謀求鐵路局局長的職位，曾給過他大量的銀子。

這個領導集團是非常無能的，從下面的事情就可以看出。太后爲了急于想瞭解有關火車的每一個細節，就把孟福祥召來詢問。

孟福祥進來，叩了頭，回答問題時眼睛始終向下看。

"火車是怎麼走的?" 她問

"太后……太后……" 孟福祥訥訥地説，"那是鐵路員工使它走的。"

"我知道，但是他們是怎樣使它走的?"

"奴才該死，奴才不知道。"

"在上一站，" 太后接着問，"由于某種原因，我們要車退回去，立即回答我，怎麼使輪子倒轉?"

"我……我……嗯……他們就是這麼幹的，是司機幹了些什麼。"

"如何使行進的車停下來？"

"太后，六個人跳下車抓住車廂後面的輪子，靠他們全體的重量迫使車停下來。"

這答復可能比孟福祥實際想的還要正確些。實際上他想的是闡工們抓住了火車迫使它停下來。

這樣的鐵路官員，他們是憑什麼資格上去的？坦白地説，就是憑錢。他們是用錢買的官職。按説，這也不是他們的錯。例如我哥哥勛齡，他是鐵路監督。但是他監督什麼？我不知道，他自己也不知道。他之所以够格就是因爲他畢業于法國的一所陸軍軍官學校！

看來太后是被所有這類偽裝所蒙蔽了。蒙蔽她的不僅有她自己的官員，還有鐵路官員。但是反過來，她也有偽裝，那就是有一些她必須强制自己忍受的事情，例如，她必須强制自己接受宮中無窮無盡的禮儀。不過根據我跟隨她這些年的經驗，我肯定她心裏明白這些官員都是些什麼貨色：腹中空虛，善于吹拍，自高自大。

聽着太后與孟福祥的對話，我們知道太后有兩種心態要處理他：或者將他革職，或者取笑他一番。但是她知道，如果將他革職，接替他的可能是個更不學無術的人；要是取笑他吧，太后還没有忘記應該維護自己的尊嚴。

坐火車旅行雖然是一種休假，可是也不能盡情地享受。女侍官們還是比較幸運，因爲她們自己有一節車廂，遇着有趣的事，可以放聲大笑。

朝廷官員

我懷疑，朝廷官員有什麼重要性，因爲他們光是站着，什麼也不幹。他們沒有一個人敢冒險陳述自己的意見或説些什麼事情。他們應該就關于朝政的事向太后進言，但他們都怕她。所以他們只和她説些他們估計她願意聽的事。（我想起我父親説過，在中日戰爭時，朝廷官員經常向太后報告中國軍隊在各條戰綫上都打勝仗，因爲他們不敢説別的。）

自然，朝廷官員也有一節車廂。奇怪的是，從最高的官員到最低的官員全部擠在一節車上，而總管太監李蓮英却獨自有一節專用車廂，其裝飾的豪華程度僅次于太后的車廂。朝廷官員的車廂爲了不與鐵路官員的車廂相混淆，特地在車廂兩頭的門旁標上“内務府”的字樣。除了太后的車廂，所有的車廂都有標記以防混淆。太后的車廂兩側各有一條藍色的飛龍，在金黄色的襯底上顯得格外明亮。

這些官員都把自己看得非常重要。事實上絶無重要可言。我説這話是坦率而不含糊的，儘管我哥哥勛齡也是其中的一員。他英俊瀟灑，與他的服裝很相配。如果真把他放在合適的崗位上，他一定能很好地發揮作用。可是現在，他除了英俊和瀟灑外，什麼也不是。

慶善是内務大臣，他公開的職務是負責安排一切。他的官銜聽起來很重要，但實際并不是那麼回事。在美國或別的地方，内務部長或與此對應的頭銜確是一個重要的官職。慶善，穿着一身華麗的服裝，充其量也只能算一個高級男管家。他的“内務”就是“内宫事務”。這就是説，他和皇上很接近，哪裏有需要很容易插一手，順便也盡可能地撈一把。

不管怎麼，他穿得非常講究，而我在這一章裏恰恰就是要講朝廷官員的服裝。服裝是比較統一的。慶善戴着那一般的“蘑菇帽”，上面飾有標志一品官的紅珊瑚頂子和孔雀毛。當然他還不够資格戴“雙眼”孔雀毛，那是聖上特賜的，從有滿清歷史以來，大約只給過三四個人，其中有著名的李鴻章。

慶善穿一身齊腰長的深紫色綢馬褂，裏面是一件齊脚的藍袍。馬褂上有"福、禄、壽"等字樣，與馬褂同一個顏色，是隱花，靠織的紋理不同來顯示的，所以看起來不是很明顯。藍袍上也有字，設計得和馬褂相匹配，也是用不同的紋理來顯示的。慶善穿的鞋是黑緞子的。這整套服飾是非常漂亮的。

當官員遠離朝廷外出時，在他們的腰帶上要繫上兩條白色的絲帶，上面分別繡上"忠""孝"二字，表示官員離開朝廷時仍不忘對朝廷的忠心和順從。在現在的具體情況下，官員們仍和朝廷在一起，但畢竟是在旅行，所以我們仍看到了這兩根白絲帶。這兩條白絲帶像兩條飾帶，每一條上還有一個口袋，都有精美的刺綉。這種口袋沒有統一的顏色和格式，全按佩帶者的意願設計，因此可以設計成各種奇異的式樣和采用各種鮮艷的顏色。這種口袋純粹是裝飾品，從來沒有人用它來裝東西。

腰帶是用藍色絲綢編成的，非常漂亮。腰帶上的結或帶扣的設計全根據佩帶者的喜愛，這又是一個用裝飾來炫耀的機會。每個官員都想在設計的創造性上勝過別人。最簡單的設計就是一個金的、銀的或銅的扣子，按佩帶者的喜愛選擇雕刻方式。慶善的扣子是由一塊純绿玉制成（這和我父親的很相仿），按他的或許是製作它的工匠的喜好雕刻而成。慶善所佩帶的腰帶至少值一千兩銀子，在那時候約折合七百五十個金元。他還戴一隻翡翠戒指，價值與腰帶相仿。他的全套裝束值五千兩銀子，約折合三千八百金元——還沒有人知道他箱子裏有多少套像這樣的，供他更換的服飾。爲了當個内務大臣，即使要送給李蓮英極高的賄賂也是值得的。

慶善的孔雀毛插座也是玉制的，很像現在的烟嘴。

雖然我哥哥是公爵的兒子，而且是要繼承這個爵位的，但他的服飾和慶善的却没有什麼不同。慶善雖然是個一品官，却没有爵位，可是只要李蓮英許可，他可以管宫中的一切事情。他的權力，不管在哪方面都比我哥哥的大。自然，光緒皇帝的兄弟們權力也沒有慶善大。我真不知，一個爵位包含着什麼實際的價值，它只能用來炫耀自己的身份，使普通人對之刮目相看。

我哥哥的服裝與慶善不同的僅在那腰帶扣上。它是用 24K 的金子制成的。它有三個金環連成一條鏈條，腰帶的兩端就接着鏈條的兩端。鏈條很重，也很光滑（除了刻花的地方），每個環節上都刻上許多圖案。我哥哥喜歡卍字，是象徵長壽的標記。最後，鏈條上還鑲上了綠玉。白絲帶上的口袋繡得像古老的織錦，是用各種顏色的綫交織而成。我哥哥認爲他自己是很值得驕傲的，因爲他受過外國教育，所以他比慶善強。

一副夾鼻眼鏡使他顯得格外英俊。他近視度很深，不戴眼鏡什麼也看不清。我記得我們剛進宫時，他的眼鏡引起了多少人的好奇。雖然中國人幾世紀前就知道眼鏡，可是他們從未見過我哥哥這樣的眼鏡。我們第一次在宫裏受太后接見時，太后賜予我哥哥一個很突出的位置，我哥哥在衆官員的審視下就了座。有一個官員好奇地看着他那條細金鏈條，一頭拴在眼鏡上，另一頭扣在馬褂扣子上。我哥哥是個很幽默的人，他看那個官員看看他，就故意一皺眉頭使眼鏡掉下來。另外一個官員氣喘吁吁地趕上前去伸手想把眼鏡接住。當他看到眼鏡掉到鏈條的長度時，就不繼續掉了，他顯得很驚异。

"噫？"這官員説，眼睛鼓得大大的。"告訴我這是怎麼用的？"

我哥哥友善地把眼鏡給他。他拿起眼睛試着往自己頭上戴，可是怎麼也不行。道理很簡單，我哥哥的鼻梁是非常高的，而這位官員的鼻子幾乎沒有鼻梁。

勛齡的眼鏡常常引起他同輩官員們的好奇。當我們乘着那列奇特的火車從北京到奉天時，這種好奇心一直也沒有減退。

我們這次旅行是屬于一種愉快的旅游，所以太后帶的官員并不多，主要的人物就是慶善和我哥哥。但是他們每人都有一定數量的助理。慶善有五個或是六個，包括助理和秘書。因爲大家都沒有什麼事情，所以助理没法爲慶善效勞，秘書也没有任務。不管怎麼説，這些高級職位純屬照顧性質，都讓慶善的家族成員占滿了，他們非常懶，不願意工作，完全是依靠家族關係而强讓慶善任用他們的。每一個有重要職位的中國人，受習慣勢力所迫，都不得不盡可能地任用自己的親屬。

我哥哥也有一定數量的助理和秘書，他們也都只是站着，没有事。對他們的要求也就是站着不坐下就行。可以想象我們的家該有多大。我兩個兄弟都有助理和秘書。我父親的助理和秘書比他倆的總數還要多。因此，不管我們有多少房子或是租了多少房子，對每個人來說還是覺得不寬敞。在這種情況下，我父親和兄弟不得不額外拿出一筆錢來養着這些食客。

不管怎麽，有了這批官員的點綴使得朝廷顯得華麗壯觀，尤其在我們這次去奉天的旅途中。

慶善和我哥哥被稱作"官員"，這是正確的。他們的助理和秘書，出于禮貌，也作爲"官員"對待。我想這樣也對，因爲他們完全一樣，只有在朝見太后的時候才表現出明顯的差別，那就是慶善和勛齡的位置更靠近太后。這裏就顯出爵位的作用了，我哥哥的位置比起慶善來總是離太后近些。這令人費解，但却完全符合中國的規矩。慶善是宮廷的總管家，他有一切所需的權力，而勛齡則有些像是太后的私人副官，所以他的地位比有更大權勢的慶善還要高。

太后常常命令停車，在多次停車中，太后對這些朝廷官員就看得更清楚了。雖然表面上太后對他們似乎不甚注意，實際她對他們中每個人的姓名、官衔和個人歷史都瞭解，甚至是他們服飾上的細節都躲不開她敏鋭的眼睛。

"他們很鮮艷。"她説這些官員。他們的虛榮和奢華使我們的假日過得更歡樂了。

鸞　輿

現在我們來談談太后的"鸞輿"——這樣稱呼它，它實際上不是車，而只是一頂轎子。在各種典禮上，這轎子都是最重要的，因爲它是太后的家，即使太后沒有坐在裏面，也得畢恭畢敬地對待，就像對待任何太后擁有或使用過的東西一樣。

它有一節專用車廂。

它停放在約一尺高的平臺上，因爲不能讓它接觸到普通人踩過的車廂底板，以免玷污了它。如果太后要用它，就像這次去奉天時，半路上太后想用它，那麼火車必須停下來，在她的車廂外面架起一座平臺，在平臺與車廂門之間架上跳板，使太后能盡可能平穩地從火車走上鸞輿。

多麼華麗的轎子呀！確是值得用一節車廂來裝載它。

如此美麗的東西該如何來描繪它呢？

轎子裏面挂着黃色的織錦把轎子內壁完全覆蓋住。李蓮英隨時爲她準備好轎子。當太后要進去時，周圍擋上屏風，以免別人，包括抬轎的太監偷看她。然後撤去屏風，轎夫們才抬起這頂珍貴的轎子。如果由于意想不到的原因使轎夫失足把太后摔倒了，那麼處斬十六名太監的命令會立即下達。不過據我所知，這種事情從來沒有發生過。因爲太后的轎夫是全中國最優秀的，他們的脚是最穩的。他們也以自己的工作爲驕傲。他們的服裝真是美得很。他們戴通常的蘑菇帽子，但沒有裝飾品。他們的馬褂是鮮紅的，下面的褲子是藍色的。他們的靴子是黑棉布的，沒有鞋跟。他們抬太后的時候走得很平穩，不像其他轎夫抬一般人那樣粗手粗脚。

他們侍候太后都非常小心，因爲誰也不願意讓自己腦袋落地。

太后從轎子前面的門進去，轉身坐在一間像個小屋似的非常舒適的椅子裏。椅子兩側有靠手，上面鋪着黄緞子，緞子下面有棉墊。太后一坐定，李蓮英就上去替她把一個類似小門的裝置繫在椅子兩側靠手的上方。這小門是一塊帶有墊座的平板，横跨在太后前方。太后如果願意，可以把身子向前倚，把胳臂擱在小門墊座上休息。

横在她前面的這墊座靠手有幾寸厚，有軟墊的頂部是可以向前翻開的。裏面原來是個化妝盒，它的長度和靠手一樣，從轎子的一側延伸到另一側。化妝盒裏有她的粉撲，有小玉棍，那是她用來按摩臉部去皺用的，以及各種各樣的御用化妝盒所應有的小零碎物品。再有，當靠手翻開時，就變成一面狹長的鏡子。所以在旅途上太后完全可以秘密地打扮自己。

她的秘密是絕對可以保證的。當她外出的時候，誰也不敢看她一眼。當然實際上人們常在自己家裏的紙窗上挖個小洞來偷看她——關于這一點，除了太后本人外，誰都知道。她不會相信居然有人敢偷看她。爲了更好地保密，轎子兩側的窗上都按一種特殊的方式裝上帘子。左右兩側的窗上都有裏外兩層窗帘垂直掛下。裏層窗帘是黄綢，裏面墊棉花。擋上這層窗帘後，外面的人看不到太后，太后也看不見外面。爲了使太后能看到外面，外層窗帘是用黄絲織成的薄紗做成的。如果她不想透過紗帘看，她還可以身子稍稍前傾，把紗帘拉開一條縫，從縫裏望出去，這樣，即使是目光最銳利的人也只能看到她的指尖。

在轎子的前面兩個角上擺着一對金花瓶，這花瓶做成專門適宜于放在角上，高度正好和太后坐着時候的高度一樣。花瓶的工藝十分精緻。根據季節的不同，在花瓶裏插上不同的花，香氣撲鼻，使太后感到很舒服。

整個轎子內部，除了窗帘和地板以外，全用黄緞子幔上。黄幔上織出連續性的圖案，像當今用的墙紙似的。這種圖案叫"八寶"，每組由八塊組成，每塊約二寸見方。我記不清這八塊排列的順序了，但是轎子內壁，圖案是水平排列，連續展開。這些圖案是用不同顏色的綫織在錦緞上，如果放在你眼前仔細看，你會驚嘆繡工們花了多少辛苦的勞動！

即使是用最廉價的勞動，我想這也能值七千兩銀子——而且她還有兩頂這樣的轎子，這次乘火車出游只帶了一頂。

現在我們來看看"八寶"是什麼，如果我們把它用西方慣用的標記來比較一下會是很有趣的。

1. "和盒"，這是一種象徵豐盛的盒，與西方的"富饒角"可以比擬。它的圖形當然是一個盒子，而不是一隻角。它是用鮮紅的綫織入錦緞，形狀與實物惟妙惟肖。

2. "鼓板"，表示有條不紊的意思。用兩塊竹板做成，是一種用來打拍子的中國樂器。與它最相似的就是西方音樂教師用的節拍器，可是它們的形狀却完全不同。兩塊板用繩子拴住，使用的時候用手抓住一塊板，用手腕的力量一甩一甩，另一塊板就撞擊手中那塊板而發出"嗒嗒"聲。中國的音樂教師就用這樣的工具來打拍子。在太后的錦緞上，鼓板顏色是紅褐色。

3. "龍門"，是一個小牌樓，是用兩根直立的柱子頂上架一條橫梁做成的，很像足球場上的球門。這個圖形是有意用光譜中的全部色彩織成，鮮艷極了。我現在想起來覺得驚奇，織工們是怎麼織的！龍門的意思是表示神靈。

4. "玉魚"，表示富裕的意思。這就是兩條魚，可能表示一條雌一條雄。象徵"多子多孫"的意思。兩條灰色小魚還帶着鱗片，是用光閃閃的銀綫織成，栩栩如生，使人們真感到眼前是閃着銀光的活魚。

5. "仙鶴"是鶴的一種，象徵"長壽"。人們如果感興趣的話，可把仙鶴與那種能帶孩子的鶴作一聯想。我認爲孩子這一思想就表示長壽，因爲孩子是生命的延續。這兩寸大的鶴真是美麗極了，我不知用什麼詞才能把它描述出來。它一身純白，只有頭頂是鮮紅的。

6. "靈芝"，這在英語中沒有相對應的名稱，只能説是一種類似蘑菇的東西。這個圖形表示宗教，特別是佛教，在人世間的威力。太后是信佛教的，所以這也象徵太后在當代世界上的威力。實際上太后就是皇帝，是"天子"。這個圖形的顏色類似于橡樹皮。

7. "磬"，這個圖形像一個小的盤形鐘，像一個沒有底邊的等腰三角形，開口朝下。這種磬是在中國音樂中用的，它有些像外國的節拍器。真正的磬是用金子做的，當用一根一頭帶硬木槌頭的棒槌輕輕敲打時，會發出非常美妙的聲音。不過敲的時候必須敲得很輕，作爲"八寶"中的一個圖形，它是白玉的。

8. "松枝"，這就是針葉松，象徵着"偉大的統一"，顔色當然是綠的。

想想織工們下的功夫，你就能明白爲什麽單對太后轎子的内部幔帳我就敢估計七千兩銀子。可是織工們爲皇上工作可不會想到金錢和時間。一項任務可能一周完成，也可能好多年完成，某個織工也可能在工作中眼睛累瞎了，需要換別人來頂替，但是工作總是要完成的。

轎身是用藤條編的。有兩根長棒固定在轎子兩側，各向轎子的前方和後方伸展一段距離。兩根棒一共有四個端頭，每個端頭有兩名轎夫侍候。另外兩根棒與前兩根垂直交叉，分別架在轎子的前端和後端，也同樣伸展到轎子以外幾尺。這四個端點每點各由兩名太監侍候，總共十六人侍候。

轎子的外表全部用黃色綉幛覆蓋，四面都用藍綫綉上一條龍。轎頂是圓形的，四角有突出的檐，頂上有一個像柚子那麽大的黃球。這球是空心的，但却是黃金做成的。

顯然，這鸞輿的設計可能是很陳舊的，但它確是設備齊全。因爲不管誰乘着它外出，一路上都可以打扮得漂漂亮亮，但是只有一個人敢走進這頂轎子。至于那八寶圖形，那只有皇帝和皇后可以使用。考慮了這一切，也許就不難理解爲什麽鸞輿要占用整整一個車廂。

接　駕

太后不管到什麼地方，都要帶着她的樂師，儘管帶着他們會增添很多麻煩。當然對太后也没有什麼麻煩，這正是慶善和我應該負責解決的問題。我對她這個樂師班的成員很感興趣，而且不但是要瞭解他們每個人及其習性，還打算去擺弄每一種樂器，至少達到過得去的水平。有些樂器非常古老，而多數古老樂器都帶有一段美麗的傳説。我曾發誓一定要太后對我講講這些傳説，因爲太后知識淵博，知道的事情很多。同時我也決定自己也盡可能地去多瞭解一些。太后離開自己的住所或皇宫的時候，從來都是帶着樂師班一起走的，所以他們跟隨她去了熱河，去了奉天。

每當太后興致一上來，就要樂師們爲她演奏。她下火車以及她回來的時候，他們都得奏樂。當她準備乘轎子出游的時候，她進轎時樂師們要奏樂，然後他們必須悄悄地收拾起樂器，趕緊抄小路提前趕到目的地以便用音樂迎接太后。他們的行動必須非常迅速，因爲太后一路上蜿蜒行進，慢得像蝸牛；所以太后一行人就像是個出殯的隊列。

樂師一共是十二人，當然他們都是太監。他們一律戴着有紅流蘇的蘑菇形帽子，穿着深紫色無花紋的馬褂，袍子是裹紅色的，有些像紅漆。自然，每個樂師還有一個助手，因爲樂師們都很忙，確實需要幫手。例如，當太后走出火車上轎的時候，宫廷隨從都要在她面前跪下。光緒離太后最近，其他人員按官階的遞減逐漸往後排。樂師們也要下跪，但是他們叩完頭就馬上起來。樂師們叩頭的時候，手裹不能拿着樂器。平時樂器是挂在特製的架上備用。架子有兩根約五尺長的立柱，頂部和中部各有一根橫梁。中部的橫梁上有四個挂鈎，頂部橫梁上有三個挂鈎。挂鈎的數目少于樂器的數目，這是因爲考慮到總是有一部分樂器在使用着的。中國人是很懂得節約時間的。暫時不用的樂器就挂在規定的挂鈎上。

當太后進入了轎子，或登上了火車：或者離開了剛才樂師向她行叩頭禮的地方，他們趕緊收拾起樂器趕到旅程的下一站去迎接她。這一種莊嚴的禮儀叫“接駕”。

我發現，這些樂器以及與它們有關的典故都是很有趣的。就像描述八寶一樣，我將詳細描述它們，因爲它們中有好多種樂器是當今世界各國流行的各種樂器的始祖，儘管在形狀和大小上發生了變化。

有一種叫磬，或叫盤形鐘。前面講到的“八寶”圖形中的磬正好是這種真實磬的雛形。這種磬爲任何一首樂曲打拍子，它的聲音非常美妙，但它本身没有專門的韻律，西方人要學習欣賞它，是憑感覺，而不是憑聽覺。這鐘發出一種非常甜美，類似歌唱的聲音，它給人的感覺好像是微風拂過無葉子的樹。

有一種樂器叫“鼓樂”，它是一面奇特的鼓，直徑大約有十二寸，中心的圓孔直徑大約是三寸，鼓頭是用白猪皮包的，鼓尾是空的。猪皮從鼓頭一直包下來一段距離，在那裏用稱做“蘑菇釘”的圓頭小鐵釘將猪皮在鼓身上釘一圈。鼓的其餘部分有黄緞子的鼓衣覆蓋着。鼓衣上也是用彩色絲綫繡上各種花樣。這些花樣幾乎表示了古今所有的不同樂器的形狀。在別的地方，鼓是鼓手自己帶着的，用繩子挂在自己脖子上，使鼓正好貼着鼓手的肚子。宮廷裏的鼓手就不同了，他的鼓由助手背在背上，鼓手跟在後面用小細棒打鼓點。鼓發出的聲音像輕輕敲擊木頭的聲音，或者説像啄木鳥正在工作。這種樂器協助磬來控制節奏。

我覺得“九響”是所有這些樂器中最有趣的一種。它是用來發出中國人所熟悉的全部音階的。這也是一個架子，和我前面講到的挂樂器的大架子差不多，不過那個大架子高五尺，長八尺，而且底下的腳是向外張開的，這樣能使架子站得很穩，即使刮起最大的風來也不會倒。而這個架子却只有十八寸高，一尺寬。它頂部有一橫梁，上面裝有一個鈎子，可用來挂在大架子上的某個鈎子上。在頂梁的下面，又均匀地裝上兩條梁，一共三條梁。每條梁上有三個小鐘，各能發出不同的音調。演奏時是用一端裝有硬木槌的棒敲打的。九響能發出九個音符的聲音，這九個音符的名稱是"工、四、上、尺、五、一、六、凡、合"。至于這九個字的意義是什麼，則因爲年代久遠，已經失傳了。我知道這種中國音階和每個音符，但我不知道這九個字的意義和相應的英語翻譯。

"笙"是最古老、最奇特的一種中國樂器。它看起來像一把茶壺上面裝有一個噴嘴。它的頂蓋部分却與普通茶壺不同，而代之以二十四根長短不同的細竹管，每根管的側面都有小孔。演奏者吹噴嘴，并用手指按諧振管上的小孔，使能發出美妙的音樂。手指的動作必須非常快。與這種樂器最相近的近代樂器，我想該數蘇格蘭風笛。我曾向太后詢問關于笙的問題，她告訴我，這是至今還流傳的極少幾種古老樂器中的一種。有好多與笙性質相似的樂器，但它們的諧振管比較少，它們都是笙的變種。中國人關于笙有一種迷信的傳說；他們相信一個人長期吹奏笙就會得病，因爲它要消耗很多氣息。宮中有一個太監，他接受了學習和演奏笙的任務後，終于病倒了，咳嗽得很厲害。這一事實似乎能證實那種迷信的説法。當然這可能有一些關係，因爲中國人不是一種肺功能很強的種族，特別是那些不從事體力勞動的人，因爲他們很懶，從不鍛練，除非强制他們去做。

"嗩吶"實際上是一種低音號角，它的別名叫"犀牛"，它本身還彎了一個圈，所以稱它爲"角"，似乎是個錯誤。不過它雖然彎了一圈，體積還是非常小，完全可能用一隻犀牛角制成。它可以用化學方法軟化後彎成一圈，然後再硬化成適當的形狀。這種號角也是用來控制節拍的，很像西洋樂器中的低音號或低音鼓。

"堂鑼"，是一種小鑼，是磬的雛形，聲音比較柔弱，有些像清晨剛睡醒的小鳥的唧唧聲，可能在很久很久以前人們就是受到這種啓示而設計出這種樂器的。

"鐃"是銅制的。在西洋樂隊裏，演奏者兩手各抓一片互相撞擊發出鏗鏘聲。中國人演奏時却不是這樣。他們把一片挂在大架上，一隻手拿著另一片去撞擊挂著的一片。這種樂器的作用是引起人們注意，而且當太后出現時，這是第一個發出聲音的樂器，這也是對跪着朝臣們的一種信號：太后來了，快低頭。

"喇叭"是用兩根銅管制成，與現代樂器没有什麽差別。

"風琴"是一種"風樂"，無疑的它是箏的前身。這種樂器即使帝國的中國人也認爲是很古老的。演奏時不是用手指去撥弦，而是用小木槌敲的。它之所以被稱爲"風樂"，是因爲它發出的聲音像風的颯颯聲。它的歷史，追溯起來，大約相當于笙的年代。

"琵琶"是一種曼德琳，但是比西方的曼德琳稍大些。它的空箱體没有開口處。它有六根弦。它不用通常的"撥子"撥弦，所以演奏者必須有長而堅硬的指甲來代替撥子。

"笛子"是一種輕巧的管樂器，有五個音符；比簫稍粗些，發的是低音。

樂師助手必須確切瞭解什麽時候誰該用哪種樂器。這就是説，要求他們對中國音樂的瞭解要有和他們的上司一樣的水平，因爲他們的任務就是把正確的樂器遞給演奏者，把用完了的樂器挂回大架上。

音樂的效果，從總體來説還是不錯的，只是樂師們像機器人一樣，臉上没有任何表情，我不相信他們會帶着感情演奏。

但是在太后的心目中，她的樂師是世界上最優秀的。

整個樂隊色彩鮮麗，再加上每件樂器，包括那個大架都挂上亮黄色的流蘇。

樂隊在各種可能的場合爲太后演奏。火車停的時候，他們就在車窗外演奏。我曾見她在房間裏或在戲院裏一坐就是幾個小時，閉着眼睛聽音樂。她看上去好像是睡着了，但是如果樂師們没有接到命令而自動停止演奏，她就會驚醒，使那些以爲她睡着了的人嚇一跳，特別是那些樂師們，因爲他們都是普通人，只要太后一點頭，就能叫他們腦袋落地。

太后的衣橱

在裝載太后衣橱的車厢裏，我們被它的五彩繽紛的場面驚呆了。要詳細説明究竟有多少件服飾，那是不可能的。就是太后本人，儘管有超人的記憶力，也不知道她到底有多少袍子、鞋、項鏈等等。但是到奉天的旅程預計爲時不長，所以只帶了暮春到初夏（我們動身的時候正是四月）的服飾。就這樣，這些衣服還裝滿了一車厢。現在長話短説，她隨身帶了大約兩千件袍子。鞋就沒有那麼多了，大約三四十雙。因爲太后很少活動，所以一雙鞋能穿好幾天。袍子是放在托盤上，而不是放在箱子裏，每個托盤放三件袍子。通常每隔幾天太后就要查看一次衣服，這時候就由太監把衣服從裝衣橱的車厢送到太后處。每兩名太監抬一個托盤。這樣，抬托盤的太監行列就長到望不見盡頭。不過太監人數是够用的，因爲這次太后出游隨身帶了一千名太監。托盤是沒有把手的，抬的時候不準許退着走，所以後面的太監面向托盤，兩臂前伸，前面的太監背向托盤，兩臂後伸。試想太后想看看自己的東西的時候得引出來多長一個隊列！

當然，有一些袍子從來也沒有穿過，因爲不管她如何地勤更換，也不可能穿遍所有的衣服。但是有幾件袍子會引起她的傷感，因爲那是她做年輕新娘時穿的。這些袍子她常常要翻出來看看，并對着它們沉思。每當她注視這些爲一個更年輕更低微的女子做的舊衣服時，我總要仔細觀察她。我真想知道，她追溯往事的時候，思想回到了什麼地方。這種時候，她眼睛出神，誰也闖不進她的思緒中。即使我對她説話，她也不理我（我現在回想起來，我還真的常常在這種時候和她説話）。

穿戴這個問題在大清帝國裏是涉及法令的大事。衣服是按照季節來更換的，按這樣的順序：冬，春，夏，秋。每季有相應的季花。冬季的花是一種黃花叫"臘梅"。我們稱之爲"黃李花",雖然實際上它并不是李花。春季的花是牡丹,夏季是荷花,秋季是菊花。在一定季節裏,宮眷和官員夫人們袍子上必須繡有相應的花。不這樣,不但顯得不合時令,還要按抗旨罪論處。

另外,衣服的式樣也不同。在冬季,衣服用毛皮鑲邊,或全部用毛皮覆蓋。這樣,在冬季的不同時間裏,根據氣候,又分成四種不同的毛皮衣服。按時間排,四種毛皮的順序是:白貂皮、松鼠皮、狐狸皮和紫貂皮。

當太后第一次感覺到冬天的氣息時,就要發一道詔書。詔書通常是前一天晚上發出,内容是"明天穿皮衣"。當然按朝廷詔書的寫法,這封詔書絕對不可能只有五個字,不過這五個字確是代表了詔書的中心内容。每個官員都必須有一個龐大的衣橱,因爲詔書下來後的第二天早朝時,他必須改穿皮袍子。這詔書立刻通過不同的途徑,包括在報上發公告,迅速傳遍全北京,并通過電報傳到全國各地。于是全中國就按照太后的一時興致都換上了裘皮袍子。

隨着時光的流逝,在更換松鼠皮、狐狸皮、紫貂皮衣服時,上述過程又都各重複一次。但是只有一品、二品官可以穿紫貂皮。那些較小的官員則仍穿狐狸皮。

對于季節服裝的問題不能掉以輕心,這是幾個世紀以來根深蒂固的傳統。有時候遇到這種情況:春天到了,更衣詔書也下達了。但這時候的實際氣候并不適宜穿春裝,這時候就要穿一種所謂"隔季"的中間服裝。如果寒冷的氣候一直維持到晚春,而這時候應該穿用薄紗制成的夏裝了,但是我們還真的穿了紗衣了,不過這是面子用薄紗而裏面卻鋪着錦花的紗衣!這樣我們既沒有抗旨,卻也不挨凍。這是常規,太后自己也是這樣做的,不過她的衣服裏面鋪的是絲綿,而不是棉花。

四月是春季開始的季節,所有的宮眷都必須帶上玉首飾——髮卡、耳環和戒指。

由此,你可以看到,在大清帝國,服裝的問題是何等的規範化!中國婦女和其他國家的婦女一樣，很注意自己的外表，都喜歡時髦。所以冬天一到，婦女們就都穿着織有臘梅花的服裝，有的甚至是刺綉的，根據穿着者的經濟條件而不同。即使是窮苦家庭的婦女，也盡可能地要跟上時尚，所不同的是她們的服裝價格比較便宜。到春天，就要穿上綉有牡丹花的棉袍。穿得最漂亮的婦女看起來自己就像鮮花一樣美麗。袍子的顏色沒有統一的規定，但通常都選明亮的顏色。到夏季，袍子都由薄紗做成，上面都帶有荷花。到秋季都用緞子，綉的是菊花。

有錢的官員們的妻子穿戴得像彩虹一樣美麗，即使經濟條件差一些的官員妻子，也不甘心穿得太差。婦女都是喜歡打扮的，即使在中國也是如此。但是西方婦女沒有忠實地遵照某一種模式的習慣。

聯繫到服裝，我非常清楚地回憶起在某次太后生日的前夕的事情。我沒有合適的袍子，或者確切地說，我有一件很漂亮，我非常喜歡的袍子，但那袍子鑲上了紫貂皮，而那季節又不是穿紫貂的季節。如果穿着紫貂皮袍子去參加太后的生日典禮，那將被看成是破壞禮儀和抗旨的行爲。那時候快到冬末了，天氣非常冷——我從太后那裏得到了啓示。那天我照例站在太后旁邊（由于我的任務很繁瑣，所以我通常都隨時站在太后身邊）。她忽然打了一個寒戰，并且説："天氣變得很冷了。"

頓時我看到我的機會來了。這倒不是我對自己的勇敢夸口，因爲這種行爲弄不好是要被論罪的。我説：

"是到穿紫貂的時候了，老祖宗（宮眷們都這樣稱呼她）。是不是該發個詔書讓大家明天穿紫貂服？"

這建議很快被接受，詔書也立即發下了。

第二天，全國都穿上了紫貂，于是我的衣服就不顯得不入時了。我不知道高級官員和他們的妻子是否欣賞我這個行動，但是我終于穿上了紫貂服了。我也無法考慮這對別人會帶來什麼不便。

在宮裏的時候，每天有大量的服裝帶進宮來讓太后審視，因爲太后的裁縫從來不閑着。但是這次她去奉天時却沒有帶着裁縫。還有那些專門替她設計鞋的老婢女（她們在宮裏好多年了，是一些神秘的人物）她也没有帶去。想想這車上裝載了這麼多的衣服只是爲了一個季度使用的，那麼你不難想象太后的御衣庫該有多麼龐大了。

　　說到太后的衣服（除開她送給我的那些），還有一個悲劇，它們在太后死後必須燒掉，事實上也正是這樣做了。這是一種中國風俗，佛教徒相信。這樣，死者到陰間就有相應的衣服穿了。但是飾有毛皮的衣服不能燒，迷信的説法是：如果燒了帶毛皮的衣服，死者到陰間就會變成有那種毛皮的動物，誰願意到陰間去變成銀鼠、灰鼠、狐狸和紫貂呢？

宮廷烹調術

　　在火車上，太后的烹調設施比起在頤和園或紫禁城的來，當然是要簡化得多了。但不管怎樣，烹調所需的地方總是要考慮的，爲此留出了四節車廂來裝載厨師、爐子和食物等。設想在五十隻爐子上由五十名厨師準備一百道主菜和一百種甜食，還有二十名二類厨師和許許多多更低級的厨師做助手，你對這龐大的隊伍可能多少有些概念了。關於中國人的膳食問題，至少可以寫一本書，我在這短短的幾頁裏要把問題講清楚，自己感到缺乏信心。

　　太后很注重吃，那些一等女侍官也一樣！所以食物總是足夠的。我對這些豪華的食物却感到厭倦了，特別是我們平時在家裏也經常吃這類食品，當然從質量和數量來説都比不上宮廷食物。

　　宮中有一種不知是多少世紀以前流傳下來的習慣，規定一次"大餐"每頓必須有一百道菜。當然太后每次最多只能吃三四樣，其他的隨便挑一些嘗嘗，剩下的要不是讓貪嘴的女侍官和太監們吃了，那就都得浪費掉了。

　　通常太后都是一個人獨食，不過有時候她也叫我陪她一起吃，當然是站着吃而不是坐着吃。餐桌是由許多個頭接尾連成一串，這樣才能擺下那一百道菜。太后坐在桌子串的一頭。當她想吃某一碟菜時，就招呼張德（他當時是御前太監，太后死後他升任總管太監），他就按着一套繁瑣的禮節把碟子送到太后跟前。太后用罷餐，我們其餘的人就可以隨意吃那些剩菜，其中大部分是太后沒有動過的。

　　御膳是這樣做出來的：有一節車廂專用來放爐子，這些爐子一個接一個在車廂裏排成兩列。爐子是用全白的陶瓷製成，大小相當于現代的商用油爐。它們裝在墊有鐵板的鐵架子上，這樣不會燒着別的東西。鐵架也是漆成白色的。多數食物都要製作很長時間，例如，蒸北京鴨，需要用慢火蒸三天。太后吃飯時火車停開，做飯時火車可以開，因爲我們的車開得很慢。

每隻爐子有它的一類厨師，他只負責做兩道菜。這就不難理解每一個厨師對自己的專業掌握得那麼熟練。與這一節車厢完全隔離的一節車厢是專爲切菜工準備的，他們大約有二十人，他們的專職任務就是把菜切得碎碎的，這樣用筷子夾起來很方便。他們的工作是又繁瑣又勞累。例如，吃豆芽，中國人常常是在發得很嫩的時候就食用，用前需把長出來的小根摘掉。這個工作就交給一個切菜工去完成，他必須非常仔細，既不能遺留一點根，又不能浪費了豆芽。所有的肉和蔬菜都是用類似的細工處理的，就是説要切得很碎。

再回來説爐子，它們像兩排嚴陣以待的衛兵。

燃料是用煤球，它的大小和高爾夫球差不多，是將煤碾成粉後壓製成鐵球狀。具體的加工過程我不知道。點火是用紙片和碎刨花，這些東西用得越少越好，以免冒大烟。將這些東西放在爐箅子上（在爐筒的前下方有個爐門，爐箅子就在爐門之上），上面再放煤球，然後澆上煤油，就可以點火了。這些工作由三類厨師幹，他們也有五十人。實際上他們不是以一類、二類、三類稱呼的，雖然這種稱呼説起來也符合他們的身份。他們是以“大師傅”“二師傅”“三師傅”相稱。一類厨師除了做他的拿手菜外什麼都不幹。二類厨師在他旁邊侍候，給他遞所要的東西，如醬油、香料等等。他對烹調的知識必須和一類厨師一樣豐富。三類厨師點爐子的時候，一類、二類厨師就在旁邊瞪眼看着，他們認爲這種勞動是低微的，所以不屑伸手去幫一把。

火點起來後，就要考慮有煤氣中毒的危險，旅途中曾有幾個太監被薰倒過。不過火車窗户大部分時間是開着的。爐子頂部有個圓孔，開始點火時，煤球還沒有點着，爐子還冒烟，這時用一個像喇叭筒似的烟囱，大頭插進圓孔，等煤球燒到亮紅，烟也沒有了，這時才把烟囱拿走。爲了加速這一過程，三類厨師彎着腰用一把蒲扇在爐門口使勁地扇，一爐煤球點着後可以燒很長時間。

五十個爐子，每個三位厨師，除此之外還有許許多多太監來回拿東西、端菜，這厨房真是個熱鬧場所。不僅如此，工作時動作整齊得像在部隊裏操練一樣。五十個三類厨師同時點火，同時裝上烟囱，等煤球燒紅又同時移去烟囱；五十個三類厨師同時扇火，動作協調得像船夫們劃舢板。由于所有的厨師都穿着太監們穿的正式宮服（只是厨師還多一副白袖套），厨房車也是一個色彩鮮艷的地方。另外，我還没有見過哪個厨房乾净得如此一塵不染，那地板乾净得簡直可以吃下去。

每天有兩頓"正餐"，正餐就要保持一百道菜的規矩，還有兩頓小餐，那就簡單多了，二十到五十道菜就行。

宮廷裏，即使在火車上也一樣，餐桌上的菜實在太多了，我只能稍稍提一提，因爲我也記不得那麼多。而且中國的烹調，從古到今，總的說來是一門大學問。

北京鴨是太后喜愛的菜之一。它先放在一個陶瓷沙鍋裏，然後把沙鍋放到一個密封的蒸鍋裏蒸三天。這樣蒸出來的鴨子就不需要用刀切了，即使是最不會使用筷子的人，也能根據需要用筷子輕易地夾下一塊鴨肉來。太后有時候也吃鴨肉，但多數時候她吃皮——那確是非常鮮美的。

這裏是在太后桌上可以看到的一百道菜中的另幾道：

除了北京鴨，她還喜歡吃烤鴨、烤乳豬、烤子鷄、烤豬肉，烤羊羔那就更不用説了。所有這些菜肴西方人都不陌生，不過他們的烹調方法與宮廷裏不同，總的説來，與中國人的做法都不同。在這些烤味中，太后最喜歡的是炸豬皮。它是把皮切成小塊後在豬油裏炸，這種炸豬皮吃起來非常脆，所以叫"響鈴"。這名字的來源當然不難理解，因爲炸豬皮吃的時候發出清脆的聲音，使中國人想出了這樣一個好聽的名字。從豬肉這一道菜裏，又派生出好幾道菜，其中太后喜歡的另一道菜叫"櫻桃肉"。這道菜裏用的豬肉是仔細切成丁，然後把肉丁放入一個白色陶瓷的平底沙鍋裏。在有新鮮櫻桃的季節裏，就把新鮮櫻桃去核，按比例投入鍋裏。在没有新鮮櫻桃的時候，可將櫻桃乾用水泡軟後用。加上一點水後，用慢火煮。櫻桃肉的汁特別鮮美。

另一道菜叫"肉末"，它就是用猪肉或羊羔肉剁碎，加上各種蔬菜，其餘做法與櫻桃肉完全一樣。

在各種蔬菜中，豌豆是太后很喜歡的一種。中國人吃豌豆都是吃很嫩的，豆粒大小像珍珠，稱爲"綠珍珠"。皇帝和高級官員家庭都不吃胡蘿蔔，認爲那是窮人吃的，或是喂牲畜；而太后却非常喜歡吃蘿蔔，但是宫廷做的蘿蔔是沒有蘿蔔臭味的，也不做成咸蘿蔔，而是用它來做湯，很像美國的西葫蘆湯。竹笋和薑芽都是吃非常嫩的，這兩種蔬菜不管在正餐中還是在小餐中都是常用的。

太后特別喜歡吃蘑菇。中國有七種可食用品種，其中有些來自蒙古。蒙古蘑菇頂上有一個紐扣樣突起，下面是傘狀。蘑菇用得很多，只要可以用的地方幾乎都用。山東白菜，也是極受歡迎的，它差不多是純白色的，非常甜嫩，吃多少也吃不厭。

現在我們來介紹幾道西方沒有的菜。有一種菜或許可以把它稱爲菠菜，但它不是菠菜，只是樣子像菠菜。它的葉子是綠的，但煮了以後就變成紅色，像紅甘藍，吃起來味道也有些像紅甘藍，它的名字叫"莧菜"，是非常好吃的一種菜。

"金針"這種菜據我所知西方也沒有。它長在矮樹叢中，看起來像支即將開放的花蕾。

"萵笋"是色拉萵苣的中國品種，但吃法和西方不同。葉子是不吃的，萵笋芽等長大後才吃。它是做某一種湯的主要原料。

四川省有幾種宫中食用的珍貴食品。例如"銀耳"，需二十五兩銀子一盒，但四川省的官員大量給太后上貢，派出大批人專門去搜集最好的品種。它也是一種菌，是長在松樹上的，是非常稀少的東西。銀耳都是裝盒的。盒子本身也值好幾兩銀子，因爲盒上都有精美的刺綉和雕刻。爲了運輸方便，銀耳都是曬乾的。銀耳雖屬珍品，但本身沒有什麼味道。食用前用水浸泡四小時，然後放在濃鷄湯裏煮。

"猴頭"也是一種菌類。它的大小像個網球，也是非常稀有的。它産在四川省，主要輸出是供應太后享用。這種菇泡到水中後漲得很大。由于它的形狀像猴頭，所以有這個名稱。這個名字恐怕也説明某些地區的中國人是喜歡吃猴頭的。它們輸出時是成對地裝在盒子裏，盒子用錦鍛包裝。猴頭的吃法很多，可以切片煮，可以根據不同的季節與不同的肉類一起煮，特別是羊肉，也可以用來做湯。

"髮菜"也叫"頭髮菜"，由于它長得很細很長，所以有這個名稱。這也是一種菌類，不過我記不得它是長在哪種樹上的了。它只適宜于與猪肉餡一起燒，很像匈牙利的牛肉炖菜。

海鮮中有鯊魚翅、魚唇、魚肚、燕窩、海參——這裏只提及少數幾種。用鯊魚翅做的湯大家都知道，它的味道與燕窩湯差不多。魚唇與它的名字很貼切，我不知它來自哪種魚，但知道是魚嘴外面部分的軟骨。味道十分鮮美。

燕窩這名字是什麼意思？因爲它來自一種燕子的窩。燕窩的價值非常高，一方面是由于它非常稀少，更主要的是因爲采集它的時候有危險。采集者要冒着生命危險爬到高高的峭壁上。燕窩的主要成分是某種海藻和稱爲銀魚的小魚，燕子把它們吃下去，回到巢裏再帶着唾液把它們吐出來。當然吃之前要仔細清洗和處理。當你吃着這美味的燕窩湯時，你早就忘了它的來源了。

魚肚是取自于中國的"大魚"，我不知這魚的實際名字叫什麼，也不知道西方有没有相應的東西。它買來的時候是已經加工成片狀的，略帶黃色。做的時候用猪油炸，我很喜歡吃。其實我每樣食品都喜歡。魚肚還有一種用法，經油炸以後，它的體積膨脹得非常大，用它來做湯，它會像海綿一樣吸足湯汁，這是最好的吃法。

海參是一種黑色小動物，滿身是刺，乾的時候還不到兩寸長。把它切成小塊放在肉湯裏煮。它最初是産在朝鮮海岸。中國人認爲海參吃起來很吊胃口。可是我不得不承認，有些東西我還是不喜歡吃，海參就是其中一種。它的樣子已經讓我够驚异的了。

另一道太后特別喜歡愛的菜就是炖鴨舌。每次上三十個左右，放在一隻專用的黃瓷碗內，下面用鴨肉襯底，鴨舌鋪在上面。太后還喜歡吃腌鴨掌，其中只有鴨蹼部分是美味的。鴨胗和鴨肝也有各種烹調法。太后是太喜歡鴨子了，除了它的嘎嘎叫聲不能吃以外，什麼都捨不得扔。

去奉天的旅行真是考驗廚師天才的地方。由于場地緊張，不便搬運很多食物，于是引伸出一種食品：用鴨腸子做成腸衣來灌注香腸。腸裏用的是白色雞肉，剁得越細越好，加上很多香料，用醬油拌勻。這種香腸只有像嬰兒的手指那麼粗，吃起來十分可口。

太后餐桌上還有很多水果，因爲太多了，我不能一一列舉。這裏我只介紹兩種瓜。一種叫西瓜，意思是來自西方的瓜，可見這種瓜不是在中國土生土長的。另一種瓜叫"東瓜"（指冬瓜——譯者），意思是來自東方的瓜，説明這種瓜是在中國土生土長的。這兩種瓜太后的吃法是獨一無二的，這使人想起來有點像前面提到的"八寶圖形"。它們是被用來做"八寶蔬果"的。

它們的做法如下：把瓜順長軸二至三寸處截斷。把瓜瓤挖去，變成一個"瓜盅"，加入這些珍貴材料：雞肉餡、火腿末、蓮子、松子、龍眼、胡桃仁、杏仁等，然後把剛才截下的那段蓋子再蓋上，用竹釘把蓋子釘在瓜身上。整個瓜盅放入籠屜蒸幾個小時。

這樣做出來的瓜盅味道真是好極了。

我對太后的食欲一直感到驚奇。當她在庭院裏散步的時候，常常就命令把爐子搬出來，讓廚師當着她的面做飯菜。在去奉天的那輛奇特的火車上，每當她感到餓了，甚至稍稍有一點餓，她就要下令停車備餐。

于是五十名一類廚師就吆喝着讓五十名三類廚師點爐子。這時候太后仍自己眺望窗外景色，窗外照例一個人也沒有，因爲早有命令老百姓不許偷看皇家列車。五十名三類廚師忙着點火，扇扇子，一直到煤球燒紅才算完成任務。

然後五十名二類廚師開始向一類廚師傳遞原材料、醬油、調料。接着是一個龐大的太監隊列向太后送食盤。可是，常常飯菜準備好後，太后又覺得不餓了，于是這些食物原封不動地再送回去。雖然沒有用餐，太后却能在這段時間裏觀賞了她統治的國土，再說，還有那麼多張饞涎欲滴的嘴在等候着被太后擯棄的美食呢！我也是其中的一個，我也總覺得吃不够。

如果我關于宮廷美食的這一番叙述把你的饞蟲勾起來了，那麼讓那低級動物海參來幫你解饞吧。

光緒皇帝

　　光緒皇帝因一八九八年政變而出名。政變的結果是慈禧太后強迫他退位，并使他以宮中一名囚徒的身份度過了餘生。這次他也陪着太后上他未去過的奉天。他像一個逃離了學校的孩子。他已三十多歲了，但看起來不過二十來歲。他是太后妹妹的兒子。太后的妹妹是嫁給咸豐（慈禧的丈夫）的弟弟的。光緒出生後不久，他的生母就去世了，于是他就成了太后的乾兒子。所以即使沒有一八九八年的退位，他也是事事都聽命于太后的。實際上，只有那些關于國家的一些典禮和祭祀之類的詔書用光緒的名義簽發，其餘一概由太后親自簽發。

　　光緒的妻子隆裕是太后的弟弟桂都統的女兒，在太后執政期間，她被稱爲少皇后。所以光緒和隆裕是表兄妹。這是一樁由父母之命、媒妁之言定下的婚姻，配偶雙方都不滿意，他們後來變得像勢不兩立的敵人。

　　光緒一生中惟一真正的愛情是他對珍妃的愛情。這種愛情遭到了殘酷的摧殘，因爲珍妃被太監們推進了紫禁城的一口井裏。事情是發生在一九〇〇年太后爲躲避八國聯軍而逃亡西安的前夕。珍妃之所以受到這種殘酷的待遇是因爲她被看作去西安的一個不必要的負擔，更重要的是因爲太后恨她。太后懷疑一八九八年的政變是她慫恿光緒搞的。珍妃的姐姐瑾妃仍是光緒的妃子，看到她常常使光緒想起他所愛的珍妃。瑾妃和我們一起去奉天，她和少皇后隆裕坐同一節車廂。

　　光緒當然知道他爲什麽也被帶到奉天。他知道太后不信任他，要看管着他，所以在去奉天的途中，就像在別的地方一樣，他仍是朝廷的一個囚徒。太后擔心，如果把光緒留下，某些外國勢力會控制他而顛覆她的朝廷。她太看重自己無限的權力了，所以不敢冒這樣的風險。但是光緒不在乎。他知道他不可能獲得真正的權力，特別是太后還在世的時候，他就得聽天由命。所以他就在旅途中自娛自樂。他把我看成是他的朋友。在旅途中，每當火車停下的時候（那時候太后準許我們下車自由活動），他總找機會和我說話。他向我瞭解其他國家的火車，以及其他國家君主的習慣。

"如果我是一個真正的統治者，"他說，"擁有老佛爺所擁有的一切權力，那麼第一件事我要做的就是微服周游世界，像你曾告訴我有些外國統治者所做的那樣。我不願意任何人瞭解我的身份。我非常希望能跨洋過海，這肯定是一件很有趣的事。當然，首先我得訪遍在中國通火車的每個地方。我喜歡這樣。當我們必須回去的時候，我會感到很遺憾。"

我很理解這個可憐的囚徒的感情。回到紫禁城和頤和園，他就是一個囚徒。他還不如某些有權勢的太監有那麼多自由，他在宮裏的地位，充其量也和一等女侍官差不多。他那雙又大又有神的眼睛，每當想到自己的處境的時候，就變得很憂傷。他知道，要是他不受太后控制的話，他可以爲國家做很多事情。他看起來似乎是個弱者，但是母親管住兒子，不管是強是弱，這是傳統。傳統迫使他服從太后的意願。我常常感到，如果給他自由，他會爲中國做很多偉大的事情。他是一個思想進步的人，對改革有很多想法。他可能會影響今天這個不幸的中國的歷史。

他穿的旅行的袍子很特別。料子是天藍色的鍛子，上面用金綫綉了一百個"壽"字。他的衣服很合身，穿了更增添了幾分稚氣。他的黑綢馬夾没有袖子，上面也用金綫綉了許多"壽"字。露在馬夾外面的藍袖子使他的樣子顯得古怪。不知由于什麼原因，他不喜歡戴珍寶，除了朝廷禮儀有規定的情況外，一般他都不戴。他惟一的裝飾品就是在他的黑緞子瓜皮帽的前額處鑲了一顆雀蛋大的珍珠。這顆用黑帽子做襯托的白色珍珠在他那張憂傷的臉上顯得格外光彩奪目。在帽子頂上還有一個用紅絲打的結子，并有一條大約一尺長的流蘇從帽子後面挂到背上。

他穿黑緞子的靴子。我常想，要是他穿上軍隊的制服，將有一副多麼英俊的儀表。

這位不幸的、實際上被廢黜了的皇帝還必須遵循一系列宮廷禮節。

吃飯的時候，他的桌子上也要保持一百道菜，和太后的完全一樣，因爲是一起做的。他獨自一個用餐。少皇后和瑾妃是在太后用罷餐後到太后的車上和我們一起吃——顯然這對少皇后顯得有些怠慢，但太后對此完全不關心。

可憐的光緒！儘管被愁雲籠罩着，他還得自尋快樂。他怕太后，做什麼事都得小心翼翼，以免觸怒了太后。他説話必須非常謹慎，因爲他從來不是獨處的，即使在睡覺的時候也總有一幫太監在監視他，尋找是非，好向太后去報告，獻殷勤。實際上，在紫禁城和頤和園裏，他倒能找到一二分鐘真正屬于自己的時間，因而有較多的機會來耍弄他獨特的幽默。例如，我們都得上早朝，這實際上是到太后的宮裏向她請早安，祝她健康長壽。在那裏我常常有機會能與光緒稍稍交談。但是有一次情況却不同了。每當太后馬上要到達朝堂時，就有人喊：

“來啦！”提醒大家擺好跪叩的姿勢。就在這個特別的早晨，光緒回過頭來向我喊出了這兩個字，我趕緊跪下，却沒有注意到他并沒有跪下。原來這是光緒在和我開玩笑，太后根本就沒有來，這使我顯得很尷尬。

可憐的皇帝！大家爲此大笑，可是我却爲他痛心，他居然用這樣無聊的玩笑來取樂。他確是沒有什麼機會來取樂，因爲不管他走到哪裏，他總是一個囚徒。夜裏，爲了讓太后安睡，火車停開。這時候在我們後面一節車廂裏的皇家衛隊就會在黑暗中輕輕走來，悄悄地把兩側飾有巨龍的車廂包圍住。他不能離開，別人也不能接近他。他是處在他獨自一人的世界裏，與別人完全隔絶，只有在夢鄉中他纔可能逃脱悲慘命運的束縛。

他是我所認識韵最悲慘的人，也是最可愛的人。

但是他很欣賞奉天之旅。

女侍官和宮女

在去奉天的旅行中，太后帶了八名女侍官和十六名宮女專供她使喚。誰也不拿工資。女侍官都是高級滿洲官員的女兒，而宮女則是選的滿洲士兵的女兒中最漂亮的。我相信，在女侍官和宮女中間，宮女的境況可能比女侍官還要好些。

做女侍官的開銷是很大的。我父親不斷地給我們錢。我和我妹妹每人每月要給膳房交一百兩銀子的賞錢。另外，太后常常賞賜我們禮物，對送禮物來的太監也要給賞錢。太監們都是極精明的生意人。如果太后送給我們好幾樣禮物，太監每次只給我們送來一樣，這樣他們就能得好幾筆賞錢。要給賞錢的地方很多。旅途中，還有侍候我個人的太監，他們替我收拾臥室、化妝品等，我也得給賞錢。我想，即使我們在頤和園和紫禁城工作，我們所給的賞錢每天少說也得三十兩銀子，折合金幣二十二元五角。此外還經常有些額外的開支，這些都得我父親負擔。由于沒有生意頭腦，所以對于我父親爲讓我們留在宮中要支出多少錢我根本沒有概念，但我想肯定是一筆很大的數目，因爲我們還要給太后送禮，而這些禮品都是很貴重的。

在女侍官中，大部分都是大官的女兒，其中我和我妹妹容齡就是裕庚公爵的女兒。我父親多年來一直任太后的駐外大使。說實在的，我倆是太后主要侍官，因爲我們受過外國教育，所以她對我們也格外重視。

當時任軍機大臣的慶王的兩個女兒也是女侍官。還有順王福晋，她是少皇后隆裕的妹妹，太后的侄女。太后通過這種辦法，就是讓這女孩做她的女侍官，來爲自己的家族盡一些力。看來太后似乎很關心自己的家族，可是事實正好相反。由于某種奇怪的原因，她非常不喜歡她的家族。她從來沒有把他們放到能掙很多錢的重要職位上。所以她的親屬們都窮得可憐。她特別憎恨溥儀的的家族（溥儀現在在滿洲當日本的傀儡），凡是與他家族有關的人她都采取不同的方法去難爲他們。她常常鄭重其事地派太監給她的家族送禮。雖然這些禮物只能使他們更窮，他們也得叩頭表示感恩。任何高級官員收到皇上送的禮，必須給太監賞錢，這是規矩。三四等太監通常收二十五兩銀子，再小一些的太監也要收十兩銀子。每當送禮的時候，總是有一大幫太監隨挑夫們一起去，這些人都要賞錢。

太后給她的家族送禮物是送得太頻繁了。由于他們付不出賞錢，于是不得不安排一部分人陪着太監閑聊（太監對他們的景況瞭解得一清二楚，也習慣于這種做法了），另外一些人則匆匆忙忙找一些值錢的東西從後門出去到當鋪裏去抵押一些錢來支付賞錢。這樣，太后通過不斷的送禮，把自己的家族搞得越來越窮了。我覺得太后應該知道這種情況，我不明白她爲什麼要如此惡意地對待自己最親的親戚。這些人都有爵位，但他們又沒有錢來維持必要的排場，所以他們的一生就是爲了維持空的、不必要的排場而苦苦挣扎。太后花錢是大手大脚的，她完全可以在不縮減自己的膳食和不節省朝廷開支的情況下使他們生活得好一些。她偏要難爲他們，完全是因爲她的性格裏有一種奇特的、殘忍的怪癖。

女侍官中還有一位公爵夫人元大奶奶。她是一位寡婦，她的丈夫是太后的侄子。她的命運非常悲慘。當她與太后侄子的婚禮一切準備就緒的時候，她的未婚夫却死了。按照中國的傳統，雖然沒有結婚，她也得算是寡婦，必須到男家去。她永遠不能再結婚了。由于她的"丈夫"曾經是一位公爵，所以她就自然成了公爵夫人了。她是在十八歲的時候守寡的。我在宮中的時候她大約是二十四歲。對她来説是沒有快樂可言了。她永遠不能和男人説話，永遠別想過一種幸福、正常的生活。她必須留在宮中一直到死。她不太聰明，不過我覺得這對她來説倒是一種運氣。

另外三位女侍官都是皇族成員。

我們的任務很輕鬆的。主要是侍候太后，通常兩人一班。我們和太后聊天。輪到我值班時，我一般都是聽她講，問到我的時候我才説。有時候她獨自玩紙牌，我就幫她看着，有疏漏的地方提醒一下。當她需要玻璃杯、烟袋或其他類似的小東西的時候，如果解決起來很容易，就由值班的女侍官幫她解決。如果是比較費事的，就交給宮女去辦。宮女什麼粗活都幹。

如果讓我說的話，我們八個都長得不錯。我們都戴一樣的頭飾。但是必須非常注意的是我們的袍子顏色不能相同。如果我們中有一個人穿了粉紅色的袍子，那麼別人必須穿別的顏色，不能再穿粉紅色的了，即使深淺不同也不行。當我們都在一起的時候就非常好看，因爲我們都年輕、美貌。

當太后睡覺的時候，我們中間必須有一個人值夜班。我們輪流值班，和太后閑聊，直到她睡着。這不需要多長時間，因爲，很幸運，太后從來沒有患過失眠症。晚上值班的女侍官必須坐在地板上，或倚在墙上，并且不能大聲呼吸以免驚醒太后。當我值夜班的時候，我就有很多機會來思考宮中生活的空虛。我懂得了爲什麼太后這麼個嚴格的人物所堅持要執行的那些規矩會使愛民主的光緒感到如此煩惱。不過我那時候沒有意識到，當我坐在太后床邊的時候，我實際上是坐在中國歷史的篇章上。

宮女的車厢緊接在女侍官的車厢後面，她們沒有婢女或太監可供使喚。

旅途中八位女侍官有四名太監和四名宮女幫她們整理床鋪和管理化妝品。宮女和太監住在不同的車厢。車上沒有洗澡設施，即使太后要洗澡也困難。幸虧旅程不長。太后想洗澡的時候就得命令火車停下，哪怕是象徵性地擦洗一下。可悲的宮廷生活！所有的權力都在火車上，却解決不了洗澡的問題！

太監幫女侍官們照料衣服，晚上也值班以使我們招呼他們幹些什麼。不過他們只有在我們招呼時才能答話。他們有時候也與宮女說話，但是如果太后聽說他們很親密，那就大禍臨頭了，宮女要被當衆用竹鞭抽打，太監則要被斬首。

我們實際上并不生活在自己的車厢，只是要拿什麼東西的時候才回去，再就是夜裏在那裏睡覺。其餘的時間裏，我們必須呆在太后叫得着的地方。那些來值班的女侍官們都呆在太后車廂一端的一間小屋裏。當然我們不能坐下，但是可以躺在地板上的墊子上，或者倚在墙上。

在太后的特許下，只有光緒、隆裕、瑾妃和女侍官可以在自己的車廂裏坐下。雖然去奉天的旅行中看到很多有趣的的事，可是也真够纍人的。

火車的其餘部分就全擠滿了太監，我不知道他們是怎樣安排住的。說實在的，他們真是擠得像沙丁魚。

他們不懂沙丁魚，我就對一個太監說：

"你們擠在一起像小魚！"爲了説明我這話是什麽意思，我就向他們介紹沙丁魚是怎樣裝罐頭的。我的話很快就傳到別的車廂，傳到所有的太監那裏。不過這當然也沒有什麽關係，因爲李蓮英自己有一節車廂，但是其他的太監不太喜歡"小魚"這個名字，他們寧可要那個通常在北京稱呼太監的外號——"烏鴉"。他們所以被稱爲烏鴉，是因爲他們嗓子發出的聲音特別尖。

一千名太監穿着宮服擠在只能容納四百人的車上！光緒和隆裕的轎子專有一節車，但是沒有哪個太監敢登上那節車。而罩着黄緞子幔的太后的轎子的車廂當然更沒有人敢登上了。

不過太監們的困難和我毫不相干，我只是覺得很好笑。

士兵們的車我們只有在停車舉行某種禮儀時才看到。

最主要的車自然要數太后那節車了，因爲它是朝廷，太后就是大清帝國。

旅行中的小朝廷

太后那節車上，第一間小屋就是她的臥室。

她那節車不管從哪方面都盡可能裝備得和她在紫禁城中的宮殿和住處一樣。臥室位置在車廂的前端。臥室中惟一的家具就是那張漆得亮光光的柚木大床。在這張大床的上方有一個遮篷，從那裏挂下一個藍綢的大床帷，上面綉着沙果花，因爲沙果是象徵春天的。除了大床外，還有一樣不可缺少的小附件，那就是放在床前的柚木墊脚凳。這墊脚凳是一定要的，爲的是坐在床沿上時把脚墊高些能比較舒服。春天明媚的陽光從窗戶射進來。每兩個窗戶之間的壁上挂着古今中國名畫家的畫。畫下面有架子，上面放着各種梳妝用具。窗戶上也挂着黃綢窗帘。

小朝廷就在臥室的後面，有隔板把它與臥室隔開。這小朝廷你無法想象它有多豪華。爲了使它漂亮、舒適，又能舉行各種朝廷禮儀，設計時是不惜任何代價的。四隻栽着花卉的陶瓷花盆放在房間的四角，花盆底下都墊有架子。一隻花盆中是太后最喜歡的牡丹花；牡丹花在中國被稱爲花中的皇后。另一隻花盆中是天竹，是一種非常美麗的灌木，長着綠葉和小紅果。第三隻花盆中是迎春花，金黃色的。第四隻花盆是純白的梨花。選擇這四種花，一方面因爲它們都是春季的花；另一方面是它們容易栽培，只要在花盆裏裝上土，澆少量水就能長得很好。

小朝廷的地板上鋪着藍色的天鵝絨的地毯，上面用金綫綉着牡丹和鳳凰。

這裏的窗户間距很大，這樣，窗户之間有足够的地方可以搭上架子，架子上陳列着太后最喜愛的百看不厭的古董。窗帘是黃綢的，飾有金色的流蘇。窗户之間還有一些太后所喜歡的中國藝術家的畫。這些畫的内容往往是中國歷史上的傳奇故事。栽着四種春季花卉的花盆表面非常光滑，并畫有風景畫，畫中的人物往往出自中華帝國的傳説。除了四個花盆外，還有一些小花瓶，都放在特製的架上。花瓶裏裝上水，太后在水面上放一些她喜愛的花朵，這些花朵都摘去了梗，是飄浮在水面上的，使房間裏既美觀，又芳香撲鼻。

這個車厢的其餘部分就是兩間小屋，一間是給不當班的女侍官休息用的。在這後面還有一間小屋，屋裏有個炭爐，張德（就是在餐桌邊侍候太后的那個太監）和幾個小太監在這裏燒水供太后沏茶用的。太后喜歡好幾種品種的茶，其中有茉莉花、蓮花以及一些至今宮外人都不知道的名茶。

整個列車上最重要的地方當然就是這個小朝廷，在這裏所有的朝政大事在這中國自古以來惟一的旅行火車上運轉。

在小朝廷與女侍官休息室之間的隔板上方，伸出一個遮篷，下面就是太后的寶座。這個寶座比她在紫禁城裏通常用的寶座都小，但是它却非常精美。它是用上等的烏木制成的。嵌有翡翠和珠寶。寶座後面的插屏可以説是寶座的一部分，兩者從未分開使用過。

在隔板與寶座之間有一張小躺床，這是太后需要小憩的時候用的。

當太后第一次走進她的車厢準備開始旅行的時候，我正好和她在一起。她一下愣住了，因爲雖然這個小朝廷在設計上各方面都和她其他許多朝廷一樣，但畢竟由于地方所限，比其他朝廷要小得多，這種變化使她感到一時不能適應。但是她很快就定了神，命令太監查看清楚寶座是否面向前方，這樣她可以朝着機車的方向前進。關于如何安放她的古玩，她也作了一些指示，然後就命令開車。她看來對每件事都很滿意。雖然她那時候已經快七十歲了，却還是像小孩得了新玩具一樣高興。這裏，在這個移植的宮殿裏，她顯示了她的權威。她只要輕輕哼一聲，整個國家就在她脚下動開了。

我曾在別的國家裏有過多次乘坐火車的經歷，我以爲我對這次旅行的準備是充分的。但是當旅行途中發生了一些意想不到的事件時，我不得不承認我疏忽了一些可能發生或必然要發生的事件。世界上最好的司機也不可能在啓動時使火車一點也不晃動，至少我們的司機做不到這一點。

太后坐在她的寶座上盡情地享受着這次旅行，我們都在她周圍站着，火車啓動了。她的許多架子上放着各色各樣的小玩意兒，火車剛一開動，就都被震下來了。我的心頓時幾乎沉到了腳底下。一個司機居然敢搖晃太后！我想她心裏必然是這樣想的。我和慶善曾經花了很多心思裝備這些架子，就在這第一下啓動，架上的東西都乒乒乓乓地落到地上。我馬上要看到有人將爲此而被砍頭，而慶善也不敢保證這被砍頭的不是他自己。唉，我曾爲了替太后布置這些小玩意兒而感到多麼自豪。想不到今天要落到這個下場！

其餘的女侍官、太監和宮女們忘掉了一切，一擁而上，有的想去接住掉下的東西，有的要去攔住那尚未掉下的東西，一時間朝廷的尊嚴完全消失了。那些曾經勸過太后不要旅游的大臣們，要是看到小朝廷這一片混亂的景象，一定會說："我們早就説過了！這是個凶兆啊！"

我等着，準備接受太后最嚴厲的懲罰。我心驚膽戰地偷眼看她一下，出我意料之外，她竟在笑。多少年來我未見她這樣笑過。這心裏一下子輕鬆，以至差點要暈倒了。我的兩腿劇烈地打顫，我想要是我們都站着發抖，看着那些東西掉下來，那可能就要招來大禍了；倒是我們這一番力挽狂瀾的狼狽樣子把太后逗樂了，真算是好運氣啊！

太后指點着頓時醒悟過來的太監把架子上東西重新安排得穩當些，所有的珍奇古玩也都恢復了原位，這時火車正邁着蝸牛步向天津進發。但是我們還忘掉了一件事，那就是在小朝廷四角上的四個花盆，那些墊花盆的架子都刷了漆，非常光滑，花盆也是非常光滑的，有兩個已經滑到架子邊上，另外兩個已經一起滑到地上。太監們及時把未滑下的兩個花盆擋住了，掉下的兩個由于地毯很厚而沒有打破。出現了奇迹，花盆中的土因爲很硬而居然沒有掉出來弄髒了地毯。

當一切都安排妥當，我們就又安定下來準備長途旅行。

我們還沒有來得及介紹這火車上除了太后以外的頭等重要的旅客，

這就是她的狗。它的名字叫"海龍"因爲它長得有些像海獺。它是一隻北京哈巴狗，它的深棕色的毛又長又亮。它個頭很小，有彎彎的腿，塌鼻梁，而一對眼睛却大得出奇。它的品種大概屬于中華大地上最優秀的，太后非常寵愛它。它必須睡在朝廷那間屋裹，有一個專職太監侍候它。它睡在一隻籃子裹，有嬰兒搖籃那麽大。籃子裹鋪上鮮紅的綢子。

它的項圈是皮做的，外面覆蓋着紅綢，脖子下挂着三個鈴，中間一個大的，兩邊兩個小的，不管狗走到哪裹，都會發出音樂般響聲。在項圈的背面，正好在兩隻耳朵後面，有兩個用絲綫做成的彩球，一紅一綠。拴狗的皮帶大約有幾尺長，沿皮帶挂了許多小鈴，所以太監領着狗出去散步時，不管走到哪裹，人們都知道，因爲皮帶一動，鈴就能發出響聲。

看狗的太監負責給狗做飯：肝泥、肉汁拌飯。做完以後送給張德，張德再送給太后檢查。她對狗食像對待自己的膳食一樣重視，如果她覺得不合適，就要退回厨房，并讓張德傳達她對厨師的訓斥。

每當火車停的時間較長，我們大家可以下車活動的時候，狗要也下車活動。我至今彷彿還看到那管狗的太監把狗放在籃子裹帶下車，然後按一定的禮儀把籃子放到地上，小心翼翼地把狗抱出來，拴上皮帶，帶着它溜達，一路上鈴子叮當作響。我懷疑這狗知不知道它自己的重要性。一旦這狗發生了一些什麽問題，那麽毫無疑問，整個朝廷的日程將被打亂。

當然，即使在北京也没有一隻狗能享受這樣優厚的待遇。

在旅途中

　　每樣東西都被安放穩妥，再也没有東西會掉下來了。我們便繼續向奉天慢慢前進。所有的女侍官、張德以及他的隨員都和太后在一起。下午，火車向豐臺開去，這是出了北京後的第一站。火車慢慢地爬行着，爲了讓太后没有絲毫不自在的感覺。計劃是這樣：在豐臺吃晚飯，在太后休息之前趕到天津。雖然太后睡覺時并不離開火車，但是慶善覺得讓太后在村子裏過夜總不太合適。

　　火車在豐臺停下，晚餐擺上來了。從北京到豐臺按常規是半個小時的路程，這回却走了兩個小時，但是對太后來说，時間并不重要，因爲不管她到哪兒，朝廷就跟着她到哪兒。至于我們的列車占用了從北京到奉天的整個鐵路綫，這事對她來说是無關緊要的。

　　當我們停在豐臺車站的時候，看到這地方由于閉塞，顯得非常荒凉。老百姓是不準靠近來看御用列車的，我不知他們心裏是怎麽想的。這對他們來说好像天上的神仙正在經過這裏，太后的權力正是從天神那裏獲得的。

　　由于正好是春天，當地官員把從白河裏抓來的鯽魚隆重地奉獻給太后供餐用。這一切太后都没有看到，因爲豐臺的官員官職都太低，不足以引起太后的注意。當然，地方上派了許多官員到車上來侍候，但是没有太后的特許，誰也不敢靠近太后。我看到他們了，穿着鮮艷的服裝，又害怕，又激動，忙得團團轉，可是什麽忙也幫不上。不過他們帶來了鯽魚，這魚必須在上竈以前一直保持鮮活。實際的操作是這樣的：把正在游的活魚拿來讓客人挑選，選好了立即拿去剖肚，如果客人願意的話，還可以當面宰殺。太后當然不願看殺魚，我也一樣，不過我倒是代表太后去看了正在水桶裏游的活魚。

魚很快做好送到老佛爺面前。她夾了一小塊嘗了一下，表示很滿意，就命令再送回廚房，把魚刺去掉，魚肉剁碎，加入適量的豆腐一起煮。

關于鯽魚，還有一個迷信的傳説。由于魚骨的特殊結構，在魚鰓的下面頭的兩側各有一塊骨頭，中國人稱之爲"小仙人"。這是一塊略似扇形的骨頭，稍有些軟。但是這扇形骨的底部比較寬，所以能立起來，像隻小帆船。傳説，如果誰用筷子把骨頭夾起來，然後扔到桌面上，如此扔三次，如果骨頭能立起來，就表示他能交好運，并能心想事成。這就像西方用鷄胸骨來占卜一樣。太后把這骨頭扔了兩次，都沒有站起來。儘管她對"小仙人"的效驗不十分相信，她也顯得有些失望。第三次試驗中，"小仙人"站起來了，她非常高興。不過，因爲她是太后，即使第三次試驗失敗了，她仍會繼續不斷地試，一直到成功，結果仍是令人滿意的。我也不知道她爲什麼這樣，只知道她對每件事都是堅持到底，直到達到目的爲止。

當拌着豆腐的鯽魚又從厨房端回來的時候，太后一嘗，贊不絶口，于是把她吃剩的叫我拿去吃。這被認爲是十分榮耀的事情。當太后把吃剩的菜或喝剩的茶賞賜給她朝廷中的某一個人時，這就是一種信號，表示她很喜歡這個人。這鯽魚嫩豆腐我吃了，味道確是十分鮮美，關于太后給朝廷成員賞賜她吃剩的食物這件事，我是非常謹慎對待的。如果她沒有命我吃她剩下的東西，那我只能把盤子從她手裏接過來遞給桌旁太監。如果她命我吃或喝她剩下的東西，那我就要叩頭謝恩，并把賞賜的東西吃掉或喝掉。如果違背了，那就是不可饒恕的抗禮行爲。記得有一次，一位女侍官從太后手裏接過一個茶杯，杯子裏還剩一點茶，她也沒有想一想太后并沒有命她喝，就叩頭謝恩把茶喝了。我忍不住笑了，因爲我從肩頭上望過去，看到太后也正在微笑。她不想提醒這位女侍官，以免使她難堪。但是我的笑使這位女侍官非常生氣。以後她找到一個機會責備我説：

"你覺得你很聰明，可是你也不該譏笑你認爲比你笨的人，特別她們在朝廷的時間都比你長得多。"

在豐臺進晚餐真是一件麻煩的事情。常規的一百道菜當然是一道不能少，因爲晚餐是大餐。食物用大食盒裝着。因爲食盒很大，一般的車廂門都通不過，只有太后的車廂是特別設計的，它的門比別的車廂門都大。于是太監們只得在站上從厨房到太后車廂的門排成一列，傳遞食盒。每個食盒裝幾碟菜，冒着熱氣。食盒是黄漆的，與太監們美麗的宮服在一起構成了一個五彩繽紛的隊列。遺憾的是只有那些笨頭笨腦的地方官能看到這一切，普通老百姓是看不到的。

餐後，太後命令繼續前進，于是火車慢慢地向天津爬行。當太后準備休息的時候，火車停在一個鄉村裏，大家把太后的卧室準備好。這時候，列車上亮起了電燈，太后很爲自己能用上現代化的電燈而自豪。在頤和園和紫禁城都有自己的發電廠。緊跟在我們後面的士兵們的車廂悄悄地停下來了，士兵們準備着保衛御用列車，特別是要仔細守衛那節載着不幸的光緒的車廂。寂静籠罩着大地，連遠處村莊閃着燈光的地方也没有一點聲音。太后經過的時候村裏如此寧静，使人產生一種肅然起敬的意識。

第二天一早，我們繼續上路，天正下蒙蒙細雨，只能使過路行人的衣服稍稍濕潤一下，但不能濕透。在中國，春季常常下這種細雨。

這正是清明的時候，人們都去爲祖先掃墓，祭奠他們去世的祖先的靈魂，所以儘管下着雨，人們照樣外出。我看到他們在遠處跪拜，但是他們不敢看我們，因爲這是明令禁止的，但我相信他們一定從胳臂下面悄悄地偷看我們。關于清明節掃墓的問題，我和太后之間有過一次難忘的談話。在中國的這一地區有很多墳墓。死者的後輩就在清明這一天到這裏來祭掃。太后從車窗望出去，看到了他們，便沉思起來。太后表情一憂鬱，就使得大家心裏都很緊張。這時候就需要有人想些辦法分散她的注意力，讓她從傷感的情緒中解脱出來；這任務往往是落在我的肩上。但是這次我不知道她在想什麽，只聽她慢慢地説：

"這是很可悲的。"她指着那些没有人祭掃的墳墓説，"這些人死的時候很窮。他們的後代也太窮，所以没有錢來掃墓。當我們死的時候，我們大家都是一樣的。我們一走，生命就結束了，不管他是皇家的血統還是最卑微的平民百姓的血統。那些無人照看的墳墓都是屬于很窮的家庭的，要不是村裏的慈善家出錢，恐怕連墳都築不起來。那些荒蕪的墳墓看來很孤獨，那裏的死者的靈魂一定很悲哀。"

她指的是那些人的墳，他們死的時候很窮，是由他們生前所在地的官府替他們埋葬的。說到掃墓，有很多不同的習俗。非常有錢的人家爲祖宗獻祭時，花很多錢辦一桌酒席放在墳墓前的桌子上，兩個小時以後，便把席撤下，自己享用。

經濟條件稍差些的人家則帶着一串串的紙錢到墳邊去焚燒。他們認爲死人在陰間也要用錢，他們就通過這種方法把錢送給死者。不過他們不燒真錢，因爲真錢他們自己要用。

至于窮人，他們根本沒有錢買紙錢，就采用另一種辦法：他們捧些新鮮泥土放在錐形的土墩頂上，泥土裏插上一枝帶葉的柳條。所以用柳條是因爲柳樹是一年中發芽最早的樹。這只是表示子孫後代沒有忘掉他們的祖先。至于連柳條都沒有的掃墓者，那就只好獻上一捧新鮮土來自我安慰了。還有乾脆就不來掃墓的，那就是非常窮的了。正是這些無主的特別令人傷心的墳墓打動了太后的心。

著名總督袁世凱

當御用列車慢慢地開進天津郊區時，已經雨過天晴了。太陽光亮得耀眼。天氣似乎也在熱情地迎接太后到天津站，難忘的一站，我也永遠記得它。

一個專用的水泥站臺正好建立在天津站的鐵軌旁，以便太后在此下車。自然，她不能用其他人用的站臺。袁世凱，一個中國歷史上著名的人物，是天津省的總督，是他下令建造這個專用站臺的。站臺有好幾節車廂長，用席棚覆蓋着。席棚上掛着彩旗、橫幅和燈籠，非常好看。凡是估計太后可能走到的地方都鋪上了黃氈——雖然袁世凱不會想到太后真的能下火車。

多麼華麗壯觀的歡迎場面！由于氈毯必須鋪到太后那節車廂的門口，所以司機停車的地方必須非常準確，而且停車時還得盡量減少震動。我向外望時，正好在停車的地方看到了這鮮麗的景色。

穿戴艷麗的官員們排成一長列，他們的服裝是根據不同的官階和擁有不同的財富而有所不同。他們跪在站臺外側的邊緣。比他們跪得稍稍前一點的是袁世凱。火車慢慢地開向站臺，這一大群人一動不動地跪着，顯得十分莊嚴肅穆。他們的頭都低着，誰也不敢抬頭看。他們中有些人戴着孔雀毛。太陽光從席棚對面的縫隙裏射進來，照在絢麗的孔雀毛上，光彩奪目，十分好看。他們看起來好像是中國傳奇故事圖畫中的人物，變成了活人來向太后致敬。我懷疑太后難道真的在乎這些爲她而展示的豪華的禮儀嗎？太后心裏肯定明白，這些官員大部分都是沒有什麼才幹的，因爲他們的職位或者是花錢買來的，或是靠人情關係獲得，或是家庭世襲的，他們來迎接太后，無非是爲了自己的利益。他們中間沒有一個人，包括袁世凱，不是自私到極點的。

袁世凱這個人命裏注定要當中國的第一任大總統，雖然在當時我們誰也沒有料到，連他自己也沒有料到。看到他，使我想起了使他發迹的一系列往事。中日戰爭使中國喪失了高麗，爲這件事，他是應該受到懲罰的。他是這樣一種人，只要他一動或一拂袖子就能給人帶來麻煩。那時候，高麗局勢緊張，他是被派到高麗當外交大臣的。可是他在那裏不好好辦正經事，却侮辱了日本人，日本就藉口對中國發動戰爭，其結果就造成了今天的中國歷史。袁世凱還有一件給朝廷造成悲劇的事情。這個像大公鷄那樣華而不實的人，在一八九八年的政變中，他背叛了光緒，投向太后，使光緒實際上失去了皇位。那時候袁世凱迫不及待地在太后面前撒謊。這是在太后把治國大權交還給光緒，自己到頤和園頤養天年的時候，光緒爲了急于搞維新，就把袁世凱從天津調回來，命他帶兵去包圍頤和園，目的是使太后不要出頤和園，這樣等到他把維新詔書一發，大局已定，太后再想干預也沒有辦法了。袁世凱表面上接受命令，却從中看到了一個使自己發迹的機會，他跑到太后那裏告訴她光緒命令他去暗殺她！這真是一派胡言！可是太后相信他，于是采取了一個致命可怕的行動。她連夜趕回了紫禁城，把光緒從床上叫醒，逼迫他立即寫退位詔書，把權力歸回給太后。在當時，以及以後，皇帝沒有作任何辯解，他知道即使他申辯太后也不會相信。光緒當然永遠不會原諒袁世凱，由于他的叛變，光緒已經被囚禁了六七年，而且以後將被終身監禁，直到生命終結。

而現在，囚徒光緒正站在太后身後，接受天津站的接駕儀式。我常常和光緒談起政變的事，知道他對一些歷史事件的觀點，所以我現在還懷着極大的興趣屏住呼吸等待着結果。

火車停了，老佛爺邁着莊嚴的步伐走上月臺，接受袁世凱和一般官員對她行叩頭禮。袁世凱低着頭在太后脚下行叩頭禮。光緒站在太后後面，臉色死白，嘴唇縮成一條綫。我從來沒有在一個活人臉上看到過懷有如此深刻讎恨的表情。如果光緒手裏有權的話，此刻這位著名總督的腦袋早就滾在太后脚下的地毯上了。光緒臉上的表情表明他意識到無恥叛徒正在他面前跪着，但他却不屑瞟他一眼。

請安完畢後，老佛爺與袁世凱之間有一段對話。作爲接駕儀式的一部分，袁世凱帶來了一個有二十來件樂器的軍樂隊，隊長是個滿洲人，他曾被袁世凱送到德國去受教育，是一個有修養的音樂家和作曲家。他用西洋音樂訓練他的隊員，這次接駕奏的就是西洋音樂。由于袁世凱本人是武官出身，所以他使接駕儀式盡可能地軍事化，還帶了一大隊士兵參加。我不知道他們真正起什麽作用，因爲他們都挺直着身子跪在背着太后的火車另一側，太后根本看不見他們。

火車一停，樂隊就開始奏樂。按常規，他們應該奏中國國歌；但是那時候中國還沒有國歌。所以當我們下火車走上站臺的時候，我們聽到的是《馬賽曲》，那是法國國歌！由于有了這次經歷，後來我向太后建議，請她下詔創作中國國歌。我的建議得到太后的贊賞。太后被這新鮮的樂隊吸引住了。她命李蓮英把那樂器一樣樣遞給她仔細觀賞，并且提了許多很有意義的問題。

接駕大典的第一個節目過去後，接着就是獻禮，每個官員都傾其所有去買最好的禮物來獻給太后，而跪在站臺上的官員有四十來名。袁世凱首先送上他的禮物，并用他慣用的吹噓口吻對太后説：

"這兩隻鸚鵡是我特地從印度買來獻給太后的。"

他對一個下人做了個手勢，于是一對站在栖木上的漂亮的紅嘴綠鸚鵡便被帶到老佛爺面前。這閃閃發亮的栖木是鍍金的，兩端各有一個白玉杯子盛着喂鳥的食物和水。太后對這件禮物非常喜歡，命李蓮英把栖木拿近一些讓她仔細看看。這時候，一隻鳥突然叫道：

"老佛爺！吉祥！"

這使我們非常吃驚。但是我們還沒有定下神來，另一隻鳥又叫道：

"老佛爺！平安！"

袁世凱大概花了不少時間訓練這兩隻鳥，讓它們在適當的時候喊出這兩句話。後來我知道袁世凱原打算把這兩隻鳥送到北京去上貢的，後來聽説太后要經過天津，就把它們留下了。

這本是一副低賤的諂媚的嘴臉，可是它贏得了太后的歡心。這時候光緒臉上的表情一點都没有變，而且好像什麽都没有聽到。

每個人都帶了食物來送禮，當然食物都是生的，因爲除了太后的御膳房外，哪個膳房也没有資格來爲太后烹調。這麽多食物是够我們這一大群隨員吃好幾天了。

四十個官員中有：掌握軍權的總督袁世凱、内務長官、財務長官和司法長官。這四名是天津道最高級的官員。再下來就是道臺。一個道臺的官階相當于美國一個大城市的市長，但是實際工作却和市長不同，因爲市長是要接觸平民百姓的，而且是屬于地方官，而道臺是不屑得管平民百姓的事的。有七名道臺專管造幣廠，造幣廠是製造銀幣的。還有一位道臺專管宗教事務，他們的任務是監督各種宗教活動是否按規矩進行；他們還管寺廟的維修工作。這些官員簡直什麽都不幹，穿着豪華的衣服，拿着豐厚的俸禄，收受許許多多的賄賂，還自以爲了不起，把一切工作都交給下屬去幹。

老佛爺非常喜歡袁世凱的樂隊，決定把它帶到奉天去。太后委派我負責樂隊的事，當她想聽演奏的時候就由我去聯繫。樂隊隊長是一位很優秀的鋼琴演奏家，他德語講得很好。他的樂隊中西樂都能演奏。不過他們奏中國曲子時聽起來很特別。于是這樂隊就登上兵車離開天津。

在野外

我們把很多繁瑣的儀式都簡化了，然後就離開了天津。老佛爺幾乎總是讓各種禮儀糾纏着，這也是宮廷生活的一部分。這次離開北京，緊張的生活稍稍得以鬆弛，不過太后對必要的尊嚴是從來不放鬆的。在這次旅行中，每個人都像過節一樣，希望在精神上得到些享受。

太后把她的主要精力都放在狗和鸚鵡上。我曾見到過鸚鵡遇到狗或狗遇到鸚鵡時的情景。在這次旅游中它們一起生活在小朝廷裏，我要等着看熱鬧了。但是這狗對鸚鵡一點都不感興趣。這條狗是一個很笨的動物，我真不知道太后爲什麼那麼喜歡它。那兩隻鸚鵡雖然長得美麗，也令人失望。它們吵得厲害，白天它們不停地尖叫着"老佛爺吉祥！""老佛爺吉祥！"除了太后，我們都聽得煩了。太后倒對這叫聲很感興趣。看來袁世凱也只教會了它們這兩句祝詞。

太后隨身帶了四名醫生，可是幸運得很，整個旅途中我們沒有用過他們。

和我們一起來的還有一位非常重要的太監。他有非常豐富的關于草藥和花卉的知識。他大部分時間和張德一起呆在那間煮開水的小屋裏。當太后沿路看到不認識的花草時就召他來詢問。他把空閑的時間都用來熟讀關于草藥和花卉的書籍，所以對所提的問題都能對答如流，不過我不敢肯定他的回答有多少是正確的。雨過以後，天轉晴了，越靠近滿洲，氣候變得越暖和，真正嗅到春天的氣息了。我們越遠離那色彩鮮艷而枯燥的朝廷，我們的心情就越感到輕鬆。

"春天真可愛，"太后對我說，"它使我重新感到年輕，因爲春天是年輕人的。"

然後她背了一首唐朝著名詩人李白的詩（這應是孟浩然的詩——譯

者）：

“春眠不覺曉，處處聞啼鳥。

夜來風雨聲，花落知多少？”

李白是太后非常喜歡的詩人，李白的詩她差不多都讀過。她也精通中國歷史和傳奇小説。她能把孔夫子的許多著名論點應用到日常事務中去。太后雖然年齡大了，對一些事情的興趣却并不减退。這次她回到自己的祖先葉赫那拉氏族的出生地（這也是我的祖先的出生地）自然感到格外的興奮。我知道乾隆皇帝在當政時期也回到過滿洲，不過除了這位英武的統治者以外，太后就是第一個回到故土的滿洲皇太后。我相信她是懷着迫切的心情期待這一時刻的到來。

離開天津的第二天，我們正向山海關前進，那個懂得草藥花卉的太監一直侍候在太后身邊回答她的各種問題。

不久我們來到一條寬大的水色碧綠的運河。當然，河裏一條船也没有，因爲這裏靠近太后所經過的鐵路。老佛爺對這條運河非常感興趣，因爲這裏的風景有一種使人感到愉快的格調，特別是事先還作了一番整理和裝點。在中國通常人口稠密的地方都缺少樹木，因爲中國人都砍樹木來當柴燒。但是沿這條運河的兩岸却栽了好多樹——桃花盛開的桃樹，中間夾雜着垂柳，景色非常宜人。

老佛爺堅持要下火車來散散步，每個人都跟隨她下了車，但是只有老佛爺和女侍官們可以自由走動——這對于在火車上站立了好幾個小時的人來説是非常需要的，其餘的人必須蕭立致敬。當然太監們可以自由走動，因爲太監不能算作真正的人；但是官員們必須蕭立致敬，只有當太后有問題要問他們的時候，他們纔可以走向太后。

她朝運河看了很久，然後小聲地説：

“要是我們把游艇帶來，該有多好！”

太后有兩隻游艇供她在頤和園下邊的昆寧湖中游玩。它們又大，又笨，需要許多太監一起用篙撑才能走動。這兩隻游艇能裝滿一臺平車。但是我肯定，如果太后早知道有這麽一條運河，她一定會帶一隻來。如果時間允許的話。她也會派人回去運一隻艇來。她對我說她常想坐着船在運河裏前進，而讓御用列車（那是她的專用玩具）在岸上慢慢地跟着。但是做不到。當然要是能做到的話，需要花費多少勞動力她是不考慮的。

我們的右邊是遼東灣，岸上就是北戴河和秦皇島，但是這兩個地方我們一處也没有去。太后急于要進入滿洲，并且特別對山海關感興趣。在這裏，把中國本土與滿洲分割開的萬里長城到了盡頭，它那古老而灰白的頭在此地延伸入海中。

我們到達了山海關，在叢山峻嶺的脚下；山上，長城像一條巨蟒一樣蜿蜒萬里。

在山海關，老佛爺决定坐着轎子在城裏走一圈兒。本來山海關不是一個漂亮的城市。但是因爲幾星期以前就打過招呼老佛爺要來，所以當地官員把城市好好整頓了一下。一群普通官員來迎接我們，但是因爲他們的官階都太低，没有一個能引起老佛爺的注意。這些人的作用只是給自然風景增添了些顔色。

原來很骯髒的街道現在鋪上了新鮮的黄沙，但是由于時間緊迫，破舊不堪的城門就來不及維修了。游完城以後，太后下令把她抬到城後面的一座小山頂上，從那裏我們可以看到長城伸展到很遠的地方。女侍官們也都被抬到山頂上。本來我們没有轎子，但這類事情一般事先都有準備，所以我們也坐上了爲我們準備的轎子。

太后沉思地看着長城。

"當時築長城，"太后説，"是爲了把我們擋在外面，可是現在，我們却是從裏面來看它了。"

確是這樣，滿洲人現在已經没有自己的種族概念，滿洲真正變成了中國。

"在一六四四年，"太后繼續説，"吴三桂將軍派軍隊駐守山海關。明朝末代皇帝怕叛軍把他推翻。北京形勢非常緊急。所以，雖然這城墙築起來是爲了把我們和蒙古人擋在外面，我們却被請進來幫助中國皇帝，吳將軍就是在山海關迎接我們的。有人説我們是入侵者，但是我們并没有入侵，我們是被請進來的。"

老佛爺看了很久，就下命令要下去到海邊，那裏是長城的終點。我不知道老佛爺爲什麼對這個具體地方要作如此仔細的研究。

"在過去，長城入海的地方是很大的，好像要把海和滿洲人一起擋在外面。可是現在長城被破壞了，我不知道在山海關還有没有人知道爲什麼要築長城。"

爲建築連通關裏關外的鐵道，在城墙上打了一個洞，城墙上許多磚石被拆下來了，其中一部分被當地老百姓用來蓋住宅。

這裏是滿洲人入關的地方，太后現在離這邊界這麼近，我不知道她心裏有什麼感覺。墙的那一側就是故土，只要通過一個墙洞就到了滿洲。遼東灣的水冲刷着城墙的終點兩千年之久。太后的眼睛一會兒注視着碧綠的海水，一會兒又向上眺望那彎彎曲曲的長城，它像一條巨蟒圍抱着古老的山丘。然後大家轉身面向滿洲地界。當她命令起轎回車站時，她的聲音非常低沉，她的眼神裏透露出一種表情，似乎看到了遠方的一些什麼東西，那是我們其餘的人都看不到的。

登上火車，老佛爺就命令開車。

火車慢慢地開出車站，經過城墙的缺口。火車頭在滿洲，我們還在中國。然後一節車接着一節車都離開了中國，到了我們的家鄉，真正的故土——葉赫那拉氏的出生地，太后的祖籍。這裏培育出第一代滿洲英雄努爾哈赤，他是咸豐皇帝（太后的丈夫）的祖先。我父親也是努爾哈赤的後裔，王族家庭有很多分支，我的家庭就是其中的一支，這裏可以明顯地看到時間造成了事物奇异的倒轉。老佛爺的家庭歷史没有什麼重要性，只是她個人倒真正完成了一些偉大的事業；我的家庭是努爾哈赤的後裔，而我現在却有幸在侍候老佛爺。

老佛爺回故鄉

我們一進入滿洲，似乎覺得空氣都變了。鄉村確是和城裏有些不同。火車好像在加速了，似乎它也厭倦了那種慢條斯理的蝸牛步。滿洲著名的高粱剛剛長出地面。再過幾個月，從山海關到高麗這一帶將被一層濃密的高粱地毯所覆蓋，一個人騎着馬在高粱地走一天都不會被發現，當然他也看不到別人。

鐵路兩邊都是矮房子，到處可以見到各種牲畜把肚皮泡在泥漿水裏。沿綫還可以看到被野草覆蓋的墳墓，墓前都没有墓碑。這裏是一片平原。火車前進的時候，一會兒駛近，一會兒遠離遼東灣的海岸綫，所以海岸綫在我們眼前一會兒出現，一會兒消失。這裏的田野散發出一種粗獷的氣息。很久以前，我們的人民曾在這塊土地上游牧，他們努力工作，從土地和狩獵中獲得生活的必需品。

火車經過零零星星分布的城市，有些出現在遠處的地平綫上，像雪崩似的從一個峭壁傾瀉下來。

現在，鐵路綫兩邊漸漸出現一些小山了，而在左邊的遠方却有一條大山脈，隨着我們火車的前進，離山脈越來越遠，山的藍色也變得越來越深。過了新民以後，景色越來越荒涼，不久就聽説我們將停地奉天外面的一個地方叫作皇姑屯，後面的路程就坐轎子。

這一段旅行非常枯燥。

最後我們終于到達了火車旅程的終點。照例這裏也專爲太后建了一個水泥站臺，和天津那個站臺基本一樣。這個站臺是奉天總督槐陶浦建的，奉天的高級官員都來參加了接駕儀式，儀式的内容與天津站的完全一樣。太后不願意在這裏浪費時間，急于要結束這個儀式。于是她的轎子被抬到站臺上，她一走進轎子，轎夫們就抬起轎子起步走了。

　　光緒、少皇后和瑾妃的轎子緊接在太后轎子的後面，再後面就是女侍官的轎子。在我們後面跟着一群無所事事的太監，夾雜着數不清的奉天官員。所有的人都穿着禮服，整個隊列有二三里長。隊列的色彩非常鮮艷。我跟隨着我父親，以後又作爲朝廷成員，曾在許多隊列中擔任過小小的角色。但那些隊列沒有一個比得上這個這麼漂亮。

　　大約半個小時以後，我們來到了一垛古城墻角上的一扇大門。我不知道這城墻建于什麼年代，不過這不重要。城墻上的碉堡在某些方面很像中國的建築，這是因爲乾隆在他統治期間曾對奉天進行過一番改造。

　　我們進了門，實際上那是兩道門，其間稍有一些距離，去奉天宮殿必須經過這兩道門。這裏，除了我們這色彩鮮艷的隊列外，又添上了新的顏色：地面上都鋪了黃沙。駐守奉天的士兵現在改成了保衛太后的衛隊。他們跪在離官道兩邊很遠的地方。在他們與官道之間，還有一些官員，他們或是因爲官衘較小，或是因爲在奉天有任務脱不開身，未能到車站在太后下車時接駕，所以就在這裏接駕。士兵們是不準許在太后眼皮底下帶武器的。這就造成了一個很爲難的處境。他們的任務是保衛太后，但一旦有什麼情況需要他們挺身而出的時候，他們只能赤手空拳對付敵人。

　　我穿過門的時候注意到很多又黑又破的磚頭已從城墻上掉下來，或者被硬扒下來，在裂紋處長上了野草甚至于小樹。我對這裏沒有什麼特殊的感情，雖然我的祖先是從這塊土地上發展起來的，可是那是太久太久以前的事了。我們長時期生活在中國本土，那裏已經變成了我們的故鄉。這塊土地上的我們的祖先，對我們説來真像陌生人，一點感情也沒有。

　　我們往下看去，只見兩列穿着制服的士兵都低着頭。還有那跪着的官員們，他們的服裝是多麼華麗呀！我們這一群，坐着黃色和紅色的轎子，由服裝鮮艷的太監抬着，在陽光下，我們真像幾條彩虹一樣光彩奪目。我們在寂靜中前進，即使是轎夫的脚踩在濕潤的沙子上，也沒有一點聲音。我們好像是木偶，或者像古老建築裝飾上雕刻的人物，在某種奇迹下活過來了。在奉天，一百多年來没有見過這樣的隊列，而現在也只有當官的能見到它。城裏的居民一個也見不着。當然，我們也知道，有無數雙眼睛正從各個有利的角度在偷看我們哩。

最後，我們終于來到了奉天皇宫的大門前，在這裏又要舉行一定的儀式。太后不能先進去，因爲必須有人在場迎接太后。于是主管禮儀的總管太監李蓮英向太后的轎夫做了個手勢，他們就在黄色的官道上停下來，位置正對着三扇宫門中最大的中門。

轎夫們必須肩上抬着轎子一動不動地站着。轎子不能觸地。轎夫們都屏着氣幾乎不敢呼吸。

光緒、少皇后、瑾妃和我們女侍官一起組成了皇室家族。我們下了轎從兩側小門走進去，就到了一個很大的庭院。再經過這個庭院進入第二個庭院，最後來到第三個，也是最大的一個庭院。我們帶了兩個樂隊來，一個西洋的，一個中國的，在這次接駕儀式中，西洋樂隊當然派不上用場。

在院子裏及各宫殿之間來回忙碌的太監們是幾個星期之前就被派來做接駕準備工作的。這裏的一切和北京如此地相像，我真得擦亮眼睛看清楚是不是我們又回到了紫禁城了。除了宫廷建築的布置有些不同外，簡直與紫禁城没有什麼兩樣。

中樂隊很快搭起了樂器架。樂師們從自己助手那裏接過來相應的樂器——鐃、鈸、銅鑼和小鼓，當然還有那能發出九個音符的九音鐘。當一切都準備好了，便派一個太監去通知李蓮英，他和太后一起在宫門外等着。

消息傳來，太后已經啓轎了。

樂隊忙奏起樂曲，光緒跪在鵝卵石地上，這樣當太后下轎的時候，他便是離太后最近的了。在他的後面是少皇后和瑾妃，在后妃的後面便是八名女侍官。太監們原來還在庭院裏忙碌，聽到消息便原地跪下。于是整個庭院裏，所有宫殿的地面上都是彩色斑點。奉天的官員們并不進入庭院，因爲這次接駕儀式特別隆重，只有皇室的人能參加。

　　當我想起這次奇特的帶些悲劇色彩的回鄉，我説不清楚有一種什麼樣的感情。我不知老佛爺是怎麼想的。如果這引起了她的傷感，那麼我們在奉天的第一天將會變得非常艱難。她的思想一定會非常雜亂。

　　宮殿已被裝修一新。這些宮殿與北京的非常相似，這是因爲乾隆皇帝曾經對這裏的舊宮殿進行過一番改造。誰要是不注意的話，真會忘掉自己是在什麼地方。

　　太后的轎子在莊嚴肅穆的氣氛中通過了神聖的中門，在古老庭院的鵝卵石上前進。大家都静静地低頭跪着。轎夫們小心地把太后的轎子落下，然後忙退到後面跪下，陽光燦爛的地面上又多了一塊彩斑，于是太后走出轎子。

　　她站了很長一段時間，環視周圍。什麼東西都逃不過她的老眼睛。我感覺當她站着的時候，一些往事掠過了她的心頭。我們屏着氣息等待着，看一會兒將要發生什麼事。她走了幾步，又停下來，仔細觀察。

　　地面的彩斑没有一塊在動，在太后下命令之前是誰也不敢動的。肅静、色彩、没有運動，只有老佛爺自己用小碎步走了幾步，她又到了皇宮了，此刻似乎她自己也不知道該幹什麼。

　　然後她向李蓮英打了個手勢。

　　“停止奏樂！”她命令道。

　　我不知道她爲什麼要樂隊停奏，不過我也感到它吵得厲害，雖然按傳統禮儀這是神聖而莊嚴的，但對現在的氣氛不合適。樂隊突然停下，好像一個人被扼着喉嚨。樂師們把樂器放回架上，誠惶誠恐地跪下叩頭，生怕他們得罪了太后，或是他們奏得不好，太后不愛聽。

　　然後太后説道：

　　“我第一次站在真正屬于我們自己的土地上，讓我們開始執行日常的朝政吧。”

　　她説得如此簡單，好像她是超越在感情、傳統和時間之上。

太后的寝宮

我們到達奉天皇宮的時候實在太累了，它給我們的第一個印象就是疲勞。但是這沒有關係，我們要在這裏停留一個多星期呢。明天我們就要恢復一切工作了。我打算向老佛爺提很多問題，除了她之外，再沒有人知道這地方的歷史了。我的父親倒也知道，但是他沒有和我們在一起。

那些被事先派來爲太后做安居準備工作的太監，他們的工作效率真使我吃驚。

現在太后的第一需要就是小睡一會兒。我們是中午下火車的。經過一套煩瑣的接駕典禮後，現在已是下午三點鐘了。這時她希望立即帶她去寢宮。她做了一個手勢。原來地上的大色斑（跪着的太監）現在分散成了小色點，各自忙他們的日常工作去了。皇帝也被領到他的住所，離太后的寢宮很近。再遠一些是少皇后和瑾妃的住所。

太后的寢宮與北京的不一樣，但是初看還看不出來，因爲太監們把每樣東西都布置得很巧妙。寢宮的主要部分是一個正殿，它比頤和園裏的那個大些。它的兩邊有兩個 "L" 形的側殿。這三部分互不相通，有走廊相連，實際上是三個獨立的建築，只是連在一起構成了一個長方形。要從一個殿到另一個殿必須走出外門，循着走廊走進另一個殿的大門。

我們先走進正殿，它兩面向着側殿，一面向着庭院。老佛爺看來對太監們奇迹般的工作很滿意。主殿由三個房間組成。中間一間放着太后的寶座。一側的一間是供太后拜佛用的，裏面供着她私人的菩薩。再有一間就是她的臥室。

我們的眼睛首先落到第一個房間中間的一張桌子上，桌上放着一副太后心愛的骨牌，那是她最後一次在頤和園看到的那副。這是太監們的天才，他們想到太后可能會用到它而像變魔術似的把它帶到了這裏。在卧室門邊的一張桌子上放着她的文房四寶——筆墨紙硯。有一套她喜歡的烏木寶座和烏木屏風也安置在這屋裏。房間的四壁挂滿了中國畫家的畫。這個房間雖然也是那麼輝煌，却比不上熱河的寢宮。在熱河，墙上挂的是非常富麗堂皇的古代織錦。在熱河，房柱的木材也比較名貴，從柱頂盤旋到柱底的龍是用純金做的，天花板上也有同樣的裝飾。在熱河，門把和窗上拉手都是景泰藍的，而在這裏都是用比較便宜的材料。不過，依我看來，這裏的一切倒更適合于像滿族這樣粗獷的民族。我感到與漢族雜居幾個世紀，使我們也變得柔軟了，使我們失去了原先的粗獷氣概。從各方面看，熱河的宮殿都比奉天的宮殿來得富麗堂皇。

但是太后還是感到很滿意。

當老佛爺示意她要睡兩三個小時後，女侍官們都退回自己的寢室，那是在寢宮的兩個側殿裏。

我也累了，不過這個新的經歷使我很興奮，所以我在走廊裏徘徊着，四處觀察，我没有離開走廊去看皇宮範圍内的其他地方，因爲不能預計太后什麼時候會突然醒來而要我去侍候。但是我站在側殿的走廊上努力往遠處看，我看到了無數的庭院，每個都被四周的宮殿包圍着，宮殿之間都有走廊連接，所以整個皇宮變得像一座迷宮。這對我當然并不新鮮，因爲這和紫禁城中的情况相似，只有熟悉環境的人能在整個皇宮内隨意往返而不迷路。

我自己的庭院裏鮮花怒放，有白丁香和紫丁香，花香是如此的强烈簡直要把我薰暈了。不過鮮花確是把庭院裝點得非常漂亮，我想我會慢慢習慣這漫天的香氣的。只要我們在這裏，不管是白天還是黑夜，這種香氣總是侵襲着我們的鼻子。

最後，我意識到我也需要睡一會兒，于是就進了我的卧室。我剛閉上眼睛，就有一個宮女來叫醒我，説太后説不定什麼時候就要醒了，讓我趕快準備好去侍候她。

這以後不久，就是晚餐時間了，我們又照例經歷了一套煩瑣的儀式，按傳統規矩，一百道菜又端上來了——不管是在頤和園、紫禁城或是在御用火車上，這些都是一成不變的。晚飯後，老佛爺玩了一會兒她自己設計的骰子游戲，一直到睡覺。這頭一夜是另外一名女侍官值班，我又回到我的走廊去看奉天宮殿，盡情地看。當我聞着令人窒息的丁香花香味時，我看到了一個奇异的景象。

奉天皇宮裏没有電，這一點被忽視了。又不能用煤油燈，因爲太后最討厭煤油的氣味，那就只能用蠟燭了。

蠟燭很大，每個走廊點十支，它們的裝點方式是我從來没有見過的。過去，我見到的蠟燭或是插在燭臺上，或是放在桌子上，可是我没有見過蠟燭是如此懸挂的。蠟燭是紅的，約有一尺半長，裝在容器裏，一種奇特的牛角籠裏，籠壁非常薄，幾乎和玻璃一樣透明，容器的大小正好能裝進蠟燭。爲使蠟燭點燃，通風問題是如何解決的呢？這個我不知道。但是太監們是很聰明的，他們會解決。燭籠的頂端，從三個點引出三條鏈子，這三條鏈子匯合起來挂到一個挂鈎上，挂鈎再挂到走廊的橫梁上。蠟燭的光非常奇异，我可以在我的走廊上看到，整個奉天皇宮是用這種牛角燈籠照明的。這種照明的效果使人有一種不安的感覺，引起一種恐怖的情緒。我覺得這些宮殿的歷史好像一些無形的動物從黑暗的深淵裏爬出來，悄悄地潛進我的心頭。我有些打顫了，心想這會不會是一種什麼凶兆，預示着厄運將來臨。

在太后的房裏也點着大蠟燭，裝在同樣的牛角籠裏，不過牛角籠是裝在烏木的燭臺上。烏木桌臺上的雕刻很新奇，龍像通常的裝飾一樣沿着燭臺的柱子盤旋而下，但它們不是用金子做的，而是刻在木頭上，所以顏色和背景是一樣的，你必須仔細看，或是用手指摸，才能覺出它們的輪廓。我不知道這地方這種衰敗的氣氛有没有影響老佛爺的情緒；如果有，她應會有所表現。可能這種氣氛還没有開始影響她。畢竟她是又老又累，而我比較年輕，也比較富于幻想。

我已經後悔到這裏來，迫切希望回北京去。我知道這只是一種不正常的情緒，也許到明天早晨就一切都過去了。

但我總感到有一些看不見的靈魂在這昏暗古老的地方到處飄蕩。當然，幾個世紀的帝王生活是在紫禁城裏過的，那裏也有靈魂，如果到處都有靈魂的話，不過它們是習慣于受到驚擾的。而這些靈魂是幾十年没有受到驚擾了。我感到它們一定會對我們的出現産生反感，因爲我們是入侵到這些宮殿裏來的，而實際上，這地方對我們來説應當像家一樣溫暖。

這是一種奇异的感覺，它不斷地襲擊着我。我看到巡游的太監們在庭院裏來回走動。他們的身影在奇异的燈籠下晃動，更增添了幾分恐怖氣氛。這一切也許都是這地方的奇特所引起的。太監雖然在準備工作中做了許多努力，却未能把氣氛改變掉。北京皇宫的許多隨身用具雖被搬移到這裏來了，但是還很不够，日用品的搬移只是對古老宮殿起了一個表面覆蓋的作用，在這虚飾下面，歷史的塵土仍在擾動，并誘發出怨恨的氣氛。

我哆嗦着進了屋裏。

我妹妹和另外兩個和我們住在一起的女侍官都睡着了，根本没有被恐怖或不安所驚擾。我怕得幾乎不敢去吹滅蠟燭，雖然我也知道我這種情感是愚蠢的，什麼事情可能發生在我們身上呢？可能什麼也没有。我知道太后在寢宫的正殿裏睡得很安穩。如果在太后的高貴的心胸裏都没有恐懼，那麼我，作爲她的第一女侍官還有什麼可害怕的呢？于是我上了床，我相信這一夜我將不能合上眼。

實際上，我是的的確確睡着了。

一會兒，一個宮女來摇醒我，告訴我已經是早晨了，讓我趕快穿好衣服去侍候老佛爺。

在陽光的照耀下，我的不安的感覺完全消失了。我不相信我曾那樣恐懼過。一切都没有了，除了那奇异的蠟燭籠子和那丁香花的濃郁的香味。

歷代皇帝的遺物

在奉天宮殿裏的第一個早晨，老佛爺顯得很憂鬱。等這一天過去了，我們才知道她沉思的原因，因爲她向我們復述了歷史，關于滿洲人的歷史和關于她個人的歷史。她幾乎一直没有笑，今天她臉上的表情比任何時候都嚴肅。她告訴我她昨晚睡得很好，可是她看起來非常疲倦。

我們從她的住處出發排了一個長長的隊列，像往常在紫禁城那樣：宮女拿着各種化妝品，太監背着黃色的屏風以便太后需要時可以在它後面休息；還有一隻供她坐的凳子。這個長長的、五彩繽紛的隊列跟着她到每個地方，帶着所有她可能用到的東西。如果她想寫個詔書，紙墨筆硯就在手邊。如果她想梳頭，只要表示一下，被她認爲世界上最好的理髮師就會帶着工具出現在她面前。如果她要粉或其他化妝品，只要打個手勢就會送到她面前。

"有四棟房子我們必須去看的，"她對我們大家説。不過我願意認爲她是專對我一人説的，因爲她曾對我説過，將來有一天我會向世人介紹她的情況，她希望我講真情，并按照我所見到的説。"在它們那裏陳列着我們歷代皇帝光榮的遺物。"

她帶我們去四個展廳，那裏陳列着八位皇帝的遺物。光緒是中國歷史上第九代滿清皇帝，但是他的東西没有被送到奉天宮殿來，因爲按規矩，只有皇帝死了，才把他的遺物送來陳列。這個規矩是中國第一代滿洲皇帝所創建的。它規定皇帝死後應把他心愛的物品送到祖宗的宮殿裏陳列，那裏有滿洲士兵守衛着，并有高級官員負責管理。所以滿洲皇宮實際上并不空虛，也并不冷落，倒是皇帝自己把它冷落了。

我們走進第一個展廳。這個展廳裏放的是頭兩代皇帝的遺物。太后滔滔不絶地給我們介紹了這些遺物，并介紹了兩位皇帝的歷史，説他們是何等英明的兩代皇帝。但是我們可以看出，畢竟這兩代皇帝離現在的年代太久遠了，在太后心中似乎没有什麼深刻的印象。這裏收集的遺物有他們穿過的華麗的袍子、他們一直不離手的白玉拇指環和他們用過的碟子。看着這些他們如此熟悉的用物，不難刻畫出當時的情景。

當我們在這四個展廳中走了大約一半的時候，我們來到了乾隆遺物的展室，對這一部分我們是最感興趣的，這部分幾乎成爲顯示滿洲人過去的財富和光榮歷史的寶庫。

在乾隆的展室裏有一張與真人一樣大的乾隆的畫像引起了我們極大的興趣。如果畫師没有夸大的話，那麼可以看出乾隆是個很魁梧的人。從歷史記載來看，畫師的畫是真實的。畫上的乾隆騎着一匹高大的白馬，筆挺地坐在一個蒙古馬鞍上，他的脚鐙是純金的，鑲嵌着寶石。他穿一身皇家獵裝，一件黄色緊身上衣，繫一條飾有珠寶的黄絲腰帶。他的頭盔非常威武。這是一頂尖帽子，兩邊有耳罩可以在下巴下扣住。帽子頂是黄緞子做的，垂下一條鮮紅色的流蘇，至于帽子本身則像一條自上而下盤旋的蟲子，帽子上飾滿了名貴的珍珠。他的靴子是黑緞子做的，没有裝飾品。他坐得很挺，看起來特別年輕英俊。我想象他是個嚴格的人。我知道他是一位了不起的獵手。

馬鞍上還有幾個純金的扣子。馬的挽具是一個皮圈，套在馬脖子上，有兩根繮繩從馬脖子下面挂下來一直到馬肚子下面的肚帶上。馬具上也繫着紅流蘇。

使這幅畫如此吸引人的，還有另外一個原因。在畫的下面有一個玻璃盒，裏面放着畫上所有的附件和飾品，這樣更顯出了畫像的真實性。盒子裏有乾隆專用的馬鞍、有獵裝、有純金的馬鐙、有鞭子。這鞭子一頭是用皮編成的辮子，約兩尺長，鞭子上還有一個白玉握手，握手上對穿地鑽了兩個孔，穿上一條皮帶，以便把鞭子套在手腕上。他的弓和箭也在玻璃盒裏，箭頭和弓都鑲着白玉。

在第三個玻璃盒裏是乾隆的純綠玉的拇指環，還有一個用同樣美麗的綠玉制成的華麗的鼻烟壺。盒裏還有各種他喜愛的樂器，因爲他是一個興趣廣泛的人，并且是一個音樂愛好者。另外，他這半個展廳裏還放了許多瓷器、景泰藍和青銅器。同樣的，乾隆也離我們太遠了，不能太深地打動我們的心，對老佛爺也一樣。不過老佛爺在這裏是以一個皇帝的身份爲自己的祖先感到驕傲。

現在我們要看她扮演另一個角色了，因爲我們現在到了第三展廳。[①]整個朝廷變得蕭静，因爲這個展廳的遺物會引起太后回憶起自己痛苦的一生——它的艱難歷程，它的憂傷和它的悲痛，因爲這是老佛爺的丈夫咸豐皇帝的遺物陳列廳。咸豐皇帝從十七名漂亮的姑娘中選中了她做妃子。他非常疼愛她。但是我們這些人中間，只有太后和李蓮英知道咸豐。李蓮英那時候還是個小孩。當然我們，特別是我，也知道一些咸豐的事，因爲太后和我講過許多關于她過去的事。

老佛爺恍恍惚惚地走着。當她一個一個地看着玻璃盒的時候，她眼裏没有眼泪。很特殊的，她丈夫的遺物少得可憐，不過我們多數人都知道其中的原因。他的一生都沉溺于奢侈的生活中，喜歡賭博，喜歡漂亮的女人，喜歡飲酒，對朝政一點不關心。清朝的衰落可以説就是從他開始的。當然我們在看別的展廳時講很多話，提很多問題，可是在這裏誰也不説話。這個地方很特殊，可以説是屬于太后自己的。我不知道她想做什麽，因爲在她木然的臉上什麽表情也没有。

最後，她身子稍稍轉向我們，可能她意識到她應該解釋一下爲什麽咸豐皇帝的陳列品那麽少。現在她又以咸豐皇帝愛妻的身份來作解釋了。她知道他的弱點，她原諒他。

"你們知道，"她輕輕地説，"咸豐皇帝不是一個藝術家。他不熱衷于收集美麗的東西。他是一個熱愛自然的人，他喜歡生命，不喜歡没有生命的東西。他是一個偉大的統治者。"

我們都知道她的最後一句話是不真實的，但没有人能够説什麽。但是我注意到，李蓮英，他是知道咸豐的，他把身子稍稍靠近太后一點，

---

① 咸豐、同治是第七、第八代皇帝，似應在第四展廳。——譯者

似乎如果我們要反駁太后所説的話（當然這是絶對不會發生的事），他就要站在她一邊維護她。老佛爺很快地掃視了屋裏少得可憐的陳列品後，無可奈何地抬起了驕傲的頭。這個祖宗遺物廳裏東西雖少，至少也説明了曾經存在咸豐這麽個皇帝。

她轉身走到陳列廳的另一側，而且變得比原先還要沉默，因爲這裏陳列的是她的親生兒子同治的遺物。同治是中國的第八代滿洲皇帝，他十九歲的時候死于天花。有好幾個玻璃盒裏顯示了同治喜歡的很多東西，也顯示了他的皇額娘關心他，要他成爲人們永遠記得的不朽的皇帝。

現在她變成母親了。她的眼睛落到一塊方玻璃下面的金碗上，這是當同治還是嬰兒的時候用它來喂食的。在這旁邊還有一杆銀秤，那是太后用來秤給同治吃的食物的。另一個玻璃盒子裏是一件黄色的小登基袍，上面綉着龍，這是那個不知道自己肩負什麼重任的小孩子登基時穿的；那個孩子是在咸豐皇帝死後她冒着被刺殺的危險從熱河帶出來的。咸豐皇帝死後，太后掌握了全部國家大權。那黄色的小黄袍啊！還有那鑲着珍珠的藍鍛子的小領口！它們是多麽小啊！還有他喜歡的青銅玩具，特別是兩個青銅鼓，敲起來聲音的優美是無可比擬的。但是現在，它們都永遠不再發聲了。

還有兩隻盒子裝滿了他的玩具，有小弓小箭和啞鈴等。但最引人注意的是一隻石膏的小白兔。太后對它看了很久，然後命令把盒子打開，她把它取了出來。這隻石膏小白兔背上有一根繩子。當你拉繩子的時候，小白兔眼睛會動，而且還會伸出紅紅的舌頭。太后把那根繩子拉了好幾次，但她什麼也不説。後來她説了："這是多少年以前的事了。這是他最喜歡的玩具。"

當老佛爺看到她兒子的遺物時，她悲痛的心情在臉上充分表現出來了。這時候我想起了有的歷史學家告訴世人説她爲了想獨霸中華帝國的大權而把親生兒子毒死。我多麽希望那些編這種故事的人能像我今天一樣看到太后的表情。可憐的太后，幸虧她没有聽到這樣的故事。

當我們離開這個最最悲痛的宮殿時，她手裏拿着那個玩具，這是我第一次見到她自己拿着東西。

看完了這些充滿了對往事的回憶的展廳後，又來了一件使人傷感的事。太后休息了，帶着她的回憶獨自就寢了，只有值班女侍官在她臥室裏陪着她。這時候光緒皇帝把我叫到他那裏去，對我説：

"不會有東西會讓世人想起光緒皇帝，因爲他什麼也沒有，以後也不會再有。"

他的話使我感覺到一塊烏雲突然擋住了太陽。

狐仙塔

"我們今天必須去看看'狐仙塔',"在參觀完了遺物陳列廳的第二天早晨,老佛爺説。"我早就聽説過狐仙的故事了,很想在回北京之前去看看他修煉的地方。"

"是怎樣一個故事呢?"我們問太后。

她笑了一笑,答應給我們講這個故事,這就是九千年狐仙的故事:

"没有人,甚至連玉皇大帝恐怕也不知道,這狐仙在化身爲狐狸之前是一種什麼動物。但是誰都知道他活着作惡多端。在剛變成狐狸的時候,他有九條尾巴和一個天賦的隱身術。最後他失去了八條尾巴,但是這個隱身的本領還保留着。他的九條尾巴每一條都是一種罪惡,能促使他幹壞事。這九種罪惡是:酗酒、魯莽、欺騙、壞脾氣、復仇心强、貪食、貪財、貪色及暴虐。最後他的罪行觸怒了玉皇大帝,玉帝立刻把他召來對他説:'你必須變成一隻好狐狸,要做到這一點,我們想惟一的辦法就是割掉你的一條尾巴。'這狐狸對自己的九條尾巴都非常喜歡,不知道捨去哪一條痛苦最少。玉皇大帝不容他選擇,就把他那條酗酒的尾巴割掉了。然後玉皇大帝對他説:'現在給你一千年的時間去修煉,在這一千年中你要變成一隻好狐狸。'狐狸答應了。但是一千年時間過去了,這狐狸幾乎和原來一樣壞,只是有一樣改掉了,一千年中他没有一次喝成醉鬼。于是玉皇大帝又割掉他第二條尾巴,又給他一千年時間去修行贖罪。但是這狐狸還是改不了惡習,只是在兩千年間他没有喝醉過一次,在一千年間他没有搞過一次欺騙。他還有七條尾巴,還有七種罪行,所以懲罰還得繼續。八千年過去了,八條尾巴割掉了,可是狐狸還没有完全變好。于是玉皇大帝對他説必須割去他的最後一條尾巴,這樣他才能變好,因爲他的罪行都被割去了。

"但是這狐狸有很大的虛榮心，這倒不能算是一種罪行，他懇求玉皇大帝保留他的第九條尾巴以免破壞狐狸的美貌。狐狸説：‘我願意幹玉帝派給的任何任務，只要能維持我的美貌并保留我最後一條尾巴。’玉皇大帝對這個問題想了很久，最後對他説：‘你必須終生苦修來贖回你九千年中所犯的各種罪行。爲此我下旨封你爲健康之神。你到人間去爲百姓治病直到世界末日。’狐狸表示願意，于是他的最後一條尾巴保住了。這條尾巴的罪行是貪色，可算是九種罪行中最輕的一種。于是這個狐狸有了個頭銜叫做青狐大仙。這是一個光榮的稱號。從這天起，青狐大仙就一直爲百姓治病。這狐仙塔就是爲青狐大仙修的。有病的人都到他那裏去求藥，吃了他的藥，病就好了。"

我們對這個故事都很感興趣，但是我們中間沒有一個人明白真正的意義，爲什麽玉皇大帝割他每條尾巴的時候要相隔一千年？

但是我們都很想去看看狐仙塔，它屹立在奉天城墻的東北角上。我希望我沒有記錯，因爲我不管到哪裏都不大會認方向，而奉天又特別的亂。

太后要去游狐仙塔了，照例命令又下去讓百姓回避。照例路上又鋪上濕潤的黄沙，于是長長的行列又開始行動了。路上我一直在想，同樣是神話，爲什麽中國神話與世界各國的如此不同？也許這方面的專家能説明這個問題。我對于狐仙塔的故事沒有什麽特別的興趣，只是聽聽取樂而已。

我們到了狐仙塔，可以看到，對中國平民來説，拜狐仙可不是取樂的事，而是非常嚴肅的事。人們相信故事中的狐狸變好了，可能是因爲他們有了這種信仰，有很多人的病真的治好了。

這塔實際上是一個廟，我們慢慢地走着穿過它。在一面墻上有一個牌位，上面有一個華蓋，垂下兩條綢巾，牌位上寫着"青狐大仙"四個字。牌位下面是一張桌子，上面不斷地有點着的蠟燭和香，這都是那些善男信女們在拜仙的時候供上的。

墻上有一根繩子，上面串着很多黄色的紙條，紙條上寫着各種藥名，那些藥都是吃了無害的。紙條都編了號。

桌子上有一個高高的筒，筒裏放着許多竹簽，每個竹簽上都有字。

病人來到廟裏，拿起籤筒，再從香爐裏冒出來的烟上面繞三圈，這樣籤子便"通神"了。然後病人跪在青狐大仙的牌位前繞着圈搖動籤筒，使籤子逐漸向筒口轉動，最後跳出籤筒。

如果一下子所有的籤子都掉出，這就表示糟透了，病人的情況很危險，没有希望了，他或她或是很快死去，或是終生不愈。

所以搖籤筒的時候必須非常仔細，保證只有一根籤子跳出來。廟祝的任務是站在一旁指導病人如何求籤，并且接受病家的捐贈。捐贈的方式有兩種，或是捐款給廟宇作修繕用，或是給廟祝贈送食物。有了廟祝的指點，病人就很快掌握了搖籤的方法以保證只跳出一根籤子。

當病人跪在狐仙牌位前成功地搖出一支籤後，他就把籤筒放回到桌上香爐旁，仔細地看籤上説什麼。如果他自己看不懂，廟祝就幫助他。籤上都編有號，與墻上掛的紙條上的號一一對應。從籤上的號找到墻上同樣號的紙條，紙條上的藥方就是狐仙給病人開的藥方！這張紙條就給病人，然後在原處補上一張完全相同的紙條。病人拿到藥方就急忙到藥店去買藥，可能就是離廟宇最近的一家藥店，藥店主人可能是受到廟宇的特別照顧的。每張藥方大約包含十種草藥，這些草藥全都是無害的。由于病人虔誠地相信大仙能治病，所以這草藥吃下去，可能真的病就好了。

太后也信這種事，我可不大相信。

"試設想，太后，"我激動地説，"如果藥方錯了，錯的藥給病人吃下去了，病人的病不是好了，而是更重了，那怎麼辦呢？"

"你怎麼能這樣説呢？"她説。

頓時我意識到我做錯了，因而感到非常害怕。我非常珍惜太后的寵愛，我不願意因爲得罪她而失寵。我還没有來得及叩頭謝罪，她就繼續説：

"你怎麼能想大仙有開錯藥這種事呢？"

太后非常認真。她告訴我，我得罪了大仙，叫我對那看不見的靈魂叩頭請求寬恕。我當然照太后的指示做了。太后繼續嚴蕭地說：

"大仙的法力無比，如果一個人已經到了死亡的邊緣，只要小心地把大仙牌位下燒的香頂上那尚沒有掉下來的香灰小心地取下來，拿回家去用開水冲了給病人喝下去，病立即就痊癒了。"

狩獵園

這天老佛爺又承擔了一個新任務,她決定帶我們去看滿族的古狩獵園。這狩獵園大約坐落在奉天的西邊。狩獵園的面積約十里見方,坐轎子去要很長時間。這裏的樹長得很高,屬于常青樹類型。在中國我所熟悉的地方是很難看到這麼多樹的。這園子的歷史是非常悠久的了,它大約建立于滿洲人進關以前。他們的很多歷史與這地方有關。想到這事就使太后非常興奮,我也很驚奇她居然知道那麼多關于百姓的事。

老佛爺對滿族語言幾乎一無所知,我也一樣。我父親懂得滿語。一般在朝廷裏需要有四五個人懂得滿語,以免它失傳。所有的朝廷文件都用漢滿兩種文字書寫,但是太后只能看懂漢文。

話再說回來,太后對這件事情的興趣使我們也非常興奮。

在狩獵園要舉行一個祭祖儀式,在我們出發之前太后就和我們說了。

"今天是去參觀狩獵園的一個很合適的日子,因爲在滿族强盛起來以前,我們有一位頭領也是在這一天在戰爭中失利了,以至于不得不吃野菜包冷飯。等我們到達狩獵園後我給你們講,因爲這件事情發生在很久很久以前,也是在像狩獵園一樣的密林中。"

她把她的親信人員,包括光緒、少皇后、瑾妃和女侍官們都招呼到一起。這事涉及滿族的過去。和宮廷中日常的表面的禮儀不一樣,這種差別顯得對她很有吸引力。這使我感到很奇怪,太后難道還沒有厭倦那些沒完沒了地糾纏着她的禮儀嗎?甚至在睡覺的時候也不得輕鬆。當然她從來沒有一刻屬于自己的時間,所以沒有一刻能擺脫各種禮儀。這次參觀狩獵園實際上是爲了舉行一種禮儀,所不同的是這個禮儀在另外一個地方舉行,這地方對我們來說是很陌生的,但是對我們的祖先却是很熟悉的。

到了狩獵園後，我們就直接去到一座宮殿。這座宮殿已經維修過，它的歷史至少不會短于奉天皇宮。這個地方是以前的皇帝來打獵時等候園裏工作人員釋放動物的地方，也是他們追捕獵物後在這裏稍事休息的地方。它比一般的宮殿小，只有三間房間。即使是這個宮殿也有它的遺物。老佛爺一跨進來就迫不及待地向我們解釋每樣東西，好像她過去曾多次來過這裏，我知道這當然是不可能的。我想這時候如果有一個非常熟悉她的民族歷史的人在，那麼每件事都會變得很清楚了。太后常常有很豐富的知識，她也因爲常使我們感到吃驚而非常得意。她也具有女性所特有的虛榮心。

狩獵宮的墙上畫滿了過去皇帝打獵的圖畫。太后領頭在前面走，走完了三個房間，一邊走，一邊向我們解釋墙上的圖畫。

"皇帝經常去打獵，就像他們聽政一樣重要，"她説，"他有很多隨從。滿洲人不用獵犬。將要被打的獵物是裝在籠子裏送到園裏的，最常見的是老虎和豹。皇帝從城郊的宮殿來到這裏是經過了一個艱苦的旅程，所以他先要在這個宮殿休息一下。同時，下人們替他準備好坐騎、弓箭，檢查好他的矛，稍有疏忽就會危及他的性命。

"你們要知道，那時候的滿洲人是非常勇敢的。皇帝要統治國家，他的武功至少不能低于他的百姓。他面對一頭老虎或一頭豹時，必須和他任何一個朝臣一樣面無懼色。在小動物中，貂是最難打的。它是一種跑得很快的動物，要想打到它必須有很高超的箭法。當離虎豹很近的時候，皇帝又急于想顯示一下自己的威力，他就用矛。

"當皇帝充分休息過，他就宣布他已準備好，站起來跨上獵馬。信號一發，老虎和豹就被從籠子裏放出來。這時候，隨從人員就大聲喊叫來恐嚇它們并使它們發怒。那些動物立刻竄到樹林裏，穿着鮮艷服裝的隨從人員就拍打樹幹把動物往皇帝這邊驅趕。他們驅趕的方法是在樹林裏跑來跑去，并且放鞭炮。動物跑出來以後，皇帝應該很快地連續射三箭。如果三箭都中了，就表示皇帝的箭術技藝非常高。但是即使只射中一箭或兩箭也算是很不錯的了。有時候有強弓的話，皇帝一箭就能射死一隻老虎或一隻豹。但是如果他只是射傷了動物，那麼皇帝必須騎馬靠近獵物，然後用矛把它殺死。"

太后又依次指向狩獵宮裏的好幾樣遺物。那裏有一支矛，上面刻着"某年某月某日某某皇帝親手殺死了一隻老虎"。不遠處還有一張弓和箭，上面都粗糙地刻着殺死一隻豹或其他什麼動物的皇帝名字和日期。

我注意到有兩條生了銹的鏈子從天花板上掛下來，末端繫了兩根繩子，已經朽得似乎一口氣就能把它吹斷。兩條鏈子相距大約一尺寬。我看不出它們有什麼用處，就去問太后。她笑了一下，她的眼睛變得更亮了。

"我知道它的用處，"她説，"這裏面還有文章哩。"

她領我們從後門出去，我們看到了一個像庭院似的地方，裏面立了許多木樁，大小、形狀、高度都不同。

"那些都是弓箭手的靶，"她説，"皇帝和他的隨從獵手到這裏來練習，向那些杆射，連續快射三箭，然後休息，之後再射三箭，就這樣練習，一直到他們的好箭術聞名全世界。"

然後她回到宮裏，回到掛着兩根繩子的地方。

"爲了教導弓箭手在拉弓的時候肩膀應放在什麼位置，就讓他們站在兩根繩子下，用繩子把肘彎連肩膀一起吊起來。這樣他的肩膀就不能下垂。這樣吊好後，弓箭手就不可能用不正確的姿勢來射箭。于是把弓箭給他們，讓他們對着後院的木樁練習，轉着不同的角度快射。"

然後，她領我們去看一匹非常奇特的木馬，在中間屋的一側。這馬也有馬鞍和馬鐙，馬鞍上鑲嵌着一些發亮的東西，但不是寶石，想必是原來的寶石被換掉了。太后又開始向我們解釋了：

"當皇帝走近一頭被射死的動物，忽然發現它實際上并沒有死，有時候，那動物跳起來撲過來，他必須能够飛快地跳上馬背。所以他在行獵前要花好幾個小時來練習登這匹木馬。"

老佛爺因爲能講述這些不平常的故事而感到多麼的自豪！顯然這是和我們熟悉的宮廷生活完全不同的一種生活，然而漢族皇室豪華的日常生活把滿族的剽悍性格都軟化了。太后把這些新鮮事情給我們一一指點、解釋後，她突然又回到了我們出發前的話題。

"也是在這樣一個森林裏，當滿族還只是一個小部落的時候，我們很早的一位統治者被敵人圍困了。他爲了想把各氏族統一成一個大部落，正在與周圍各氏族進行着一場全面戰爭。他可能已經預先看到了滿洲部落越來越變得強大。但是他遭到了反抗，所以他不得不和周圍的氏族展開激烈的流血戰爭。他被圍困在像這樣的一個林子裏，他不願意投降，他要打到只剩下最後一個士兵。但是糧盡了，這位統治者不得不吃野菜葉子卷冷飯。從那時候開始，滿洲人爲了紀念那位領袖的英勇不屈的精神，每年這一天都要進行一種吃憶苦飯的儀式來重溫吃野菜卷冷飯的生活。"

說到這裏，太后向太監打了個手勢，食物就端進來了。我很高興我們的菜單作這樣的變化。但是我們沒有吃米飯，太后解釋道：

"然而，這畢竟只是一種禮儀，" 她說，"而且很久以來人們就習慣用別的東西代替米飯了。"

我們盤子裏裝的是山東白菜的寬葉子。等太后先動筷後，我們也夾起一些碎鴿肉放在白菜葉子上卷起來吃，味道很鮮美。可能在野外呆了幾個小時使我們的食欲增加了。碎鴿肉的味道那麼鮮美，使我不禁要問，這算是什麼東西呢？這是代替米飯的，肯定的，是一種愉快的替代。

就這樣，這一天，就像那天去狐仙塔一樣，太后又度過了一個愉快的節日，對我們大家也是一樣……

痛苦的回憶

太后到了奉天以後，又想再走遠些，到長白山和松花江，那裏是滿族的搖籃。但是我們終究沒有超越奉天，因爲受到了一些阻礙。最大的障礙來自太后的迷信黃道吉日、預兆、凶兆等説法。

她在奉天呆了幾天以後，非常希望再繼續往遠處走一走，但是首先她要把朝廷的占星家找來問一問，離現在最近的宜于出游的是哪一天。占星家認真地推算着，我迫切地等待着。我是多麼想去看看傳説中我們的人民真正生長的地方。傳説在有一天黎明，一位處女在一條波光閃閃的河流游泳，她的前面有一顆熟透的櫻桃在漂浮。她游上前去把櫻桃抓來放到嘴裏。這以後不久，她就成爲第一個滿洲人的母親。

最後，占星家算出的結果給了我們一個沉重的打擊。

"太后，"他對老佛爺説，"往北方旅行的最近的黃道吉日是十七天以後。這是根據太后出生的年月日和生辰八字算出來的。如果要在這一天之前出行，那就會遇到灾禍，這是我從星相上看出來的。"

太后想了一會兒。

"没有時間了，"她説，聲音中表現出一種深深的遺憾（我想如果有一種什麼奇遇使出游成爲可能的話，她會無窮無盡地去繼續旅游的），"因爲光緒帝必須回到紫禁城去主持祭祖儀式。"

我看到光緒聽到這話以後右肩稍稍聳了一下。他不相信燒香拜佛，也不贊成對死人和已故的祖先花很多精力去祭拜。在以後，他對我説了他的這種思想。

"我們應該把花在愚蠢的燒香叩頭上的時間用在建設一支强大的陸軍和海軍上。你還記得老佛爺在狐仙塔對你做的事嗎？你相信嗎？"

他指的是老佛爺責備我懷疑狐仙可能開錯藥方的事。

"是的，老佛爺要我叩頭謝罪，"我老練地回答，"除此之外我再没有別的辦法了。"

"這一切是多麽愚蠢，"他説。他知道我，也許包括朝廷的其他人都不會把他的話傳給太后的。"去年祭祖的時候，我開了一個玩笑。當儀式結束後，我站起來行了一個禮，并説：'我向你們行個外國禮。'我用右手觸着我的額頭。有太監在旁邊聽着。也該我倒霉，就在那天晚上，太廟裹一隻香爐打翻了，把太廟燒掉了一角。幸虧搶救及時，把太廟保住了。太監們都是很迷信的，他們告訴李蓮英，李又告訴了老佛爺，于是我又遇到麻煩了。李蓮英告訴老佛爺説我向祖宗行的禮就像外國士兵行的軍禮。太后説祖宗因此而生氣了；我想祖宗是不會因爲我行外國禮而生氣的。"

太后得知她不能去北方，因爲那個方向在十七天之内是對她不利的，于是朝廷上下籠罩了一片陰雲，這種低沉的情緒一直維持到我們離開奉天。

第二天，低沉的情緒更濃了，因爲這天是太后的兒子同治的生日。同治有那麽多心愛的東西保存在奉天。這天没有舉行什麽儀式，朝廷没有提供祭品，因爲那是只給祖先用的。所以對同治的生日惟一能做到的就是整個朝廷保持沉默。太后什麽話也不説，也不出去。我們大家感到如果太后心裹有不痛快的事，那我們就要倒霉了。我是最危險的一個，因爲這天輪到我值班陪伴老佛爺。還好，没有發生什麽重大事情，只是她開始給我講述關于同治的事情。

"他長得非常英俊，"她輕輕地説，"而且一直很孝順。我記得很清楚當第一批柿子成熟了，太監告訴同治可以吃了，可是他不吃，因爲按規矩，任何樹上的第一批果子應該首先用來孝敬父母。他帶了兩個柿子給我。我問他爲什麽不吃，他回答説等我吃了以後他再吃——他是非常喜歡吃柿子的。他那時候才只有十歲呀。"

她沉默了一會兒。

"我在給他選妻子的時候犯了個錯誤，"她繼續説，"我怎麽知道她的美貌只是表面的虛相呢？她確是非常漂亮，但是她恨我……"

她没有告訴我爲什麼，但是我聽到過有關這方面的故事。同治的第一個妻子知道老佛爺與榮禄年輕時談戀愛的事。榮禄是在咸豐死後被太后提升爲軍機大臣的，雖然他一直連她的手都没有碰過。同治的第一夫人很不滿意自己丈夫的母親對丈夫以外的第二個男人（就像榮禄）有好感。

"她自殺了，"太后説，"我倒解脱了。"

關于這件事，我也聽説過，由于憎恨同治的妻子，太后在同治死後曾暗示他的妻子説，一個好妻子應該陪伴她丈夫一同進墳墓。不管怎麼説，同治的妻子自殺了，陪伴她去的還有同治未出生的兒子，這個孩子的出生可能會威脅到老佛爺的權勢。聯係到這件事，我想起了有四位中年婦女，她們好像是另一個世界的人，她們住在紫禁城的一個偏僻地方的庭院裏。她們曾經是同治的妃子。太后把她們從自己眼皮底下趕走，因爲見到她們就使她想起自己的兒子。

"如果我的兒子還活着，他會成爲一位偉大的領袖——今年五十六歲。"

他生于 1847 年，1861 年登基。難怪在遺物宫裏的登基袍那麼小！

當老佛爺處于這樣一種心情的時候，那就會有一些非常悲哀和可怖的事情要發生。她似乎不想看見任何人，除非有事惹她生氣了，這時候即使是極小的事也能使她怒火萬丈，而且永遠不會忘記。她的憎恨是持久不減的。如果她正在給我講一件非常貼心的事，就像講她兒子的事的時候，我惹她生氣了，那她將永遠不會寬恕我，即使我在她脚下跪一輩子也没有用。但是我能理解她心情的背景是什麼。她的生活曾經是很不幸的，而且充滿了艱險。在她是一個年輕姑娘正與榮禄談着戀愛的時候，她被送進宫去做了咸豐的妃子，迫使她離開了自己心愛的人。咸豐是一個浪蕩子，一個懦弱的人，并且非常好色。他給老佛爺的一切就是一個兒子同治，而他又死得那麼早。

很多不同的心情——懷念、挫折在她心頭交織。朝廷處于恐怖和顫抖中，這是不奇怪的。那天，正好我有機會，我跑到展示同治遺物的宮殿去。那隻眼睛會動、會伸舌頭的玩具兔子沒有送回玻璃盒裏。我想是太后把它悄悄藏起來了，以便私下裏可以看看它。

當夜幕降臨古老的宮殿的時候，悲傷、憂鬱的氣氛更濃了。好像要加重占星家的預言，一陣風悲鳴着、呼嘯着從北面吹來。當我給太后值班結束的時候，我回到了自己的走廊。紫色和白色的丁香在風中搖擺，它們的香氣更濃了，它們有些使我想到了死。

然後，太監們，在昏暗中只看到一個個影子，開始逐個地點燃那些奇特的牛角燈的蠟燭。鬼火樣的光升起來了，風吹得火焰搖晃，然後又沿着屋檐吹到檐口，一個一個地吹過了傳説中的動物，它們靜靜地張着黃色的大嘴，好像要撲到我們身上來。

宮殿似乎比任何時候都昏暗，時間一小時一小時地過去，我們似乎越來越感到處境的不安。這時候，在這不吉利的氣氛中，一個老婦人正對着一隻玩具兔子在沉思。

御劇場

在皇宮裏，這是一個慣例，就是每月的初一和十五要演戲。一般劇本都是由太后親自編寫。演員都是太監。由于同治的生日勾起了太后的憂思，幸好第二天就逢到該演戲的日子了。通常劇本由太后選定。大部分劇目都是已經演過很多次的。那些她自己編的劇常常在宮裏演出，我們都記熟了。有時候不選太后自己編的劇，就從傳統劇目中挑選，那些都已經流傳了好幾個世紀，已被改編成各種方言。

要使太后情緒轉變過來，這是當務之急，所以當我知道又到了常規演戲的日子，我心裏很高興。

"太后，"我說，"今天是演戲的日子，讓老祖宗看一出充滿歡樂、没有悲傷的戲該是一種心靈的享受。"

太后點點頭。

"好主意。"她説。

"今天打算演什麽戲？"我緊跟着問。

"你喜歡什麽就演什麽。"她説。

這是很不平常的。女侍官或宮中其他人很少有機會能爲太后選劇目的。獲得這樣的機會是一種榮譽，但是這也是一種風險——劇本必須選得合適，否則，太后不高興，事情就更糟了。她的情緒已經把朝廷生活驚擾得够厲害的了。我們不久就要回北京，我們都希望能帶着美好的回憶離開奉天。

我不能拒絶選劇本，因事情是我提起的。我想了很久，最後選了一齣很古老的戲《四郎探母》。

關于演劇的事早就有所安排，服裝必須合適。這事并不像我們想像的那樣困難。朝廷有十二個御裁縫專門負責製作戲裝。這十二個人一個也没有跟我們出來。但是我們把能想得到的戲裝都帶出來了。有一個太監帶了一群助手專門負責這些戲裝。

皇宮裏有一個劇場，這是非常古老的，只是個一層建築，比起頤和園的三層建築來顯然是差多了。頤和園的劇場是太后精心設計的，有可以升降的舞臺，有些像現代的電梯。這樣，當一幕劇演完，舞臺立即被提上去到觀衆看不見的地方，下面一個舞臺就升起，下一幕的演員早在臺上各就各位準備好了。

在奉天，就得采取一些必要的權宜措施了。太監們一向都是很伶俐的，只要太后一聲令下，就開演了。我告訴太后我選了個什麼劇，太后居然很滿意，使我心上一塊石頭落了地，在去劇場的路上，太后還給我講這個劇本的情節哩！因爲劇是我選的，當然表示我是知道劇情的，但老佛爺總認爲她能講出一些新的內容來，如果我不是熱心聽的話，那將是極大地違背了朝廷禮儀。

她一講起故事來，情緒就變得非常好，成爲一個快樂的健談者，可是我們誰也不願意聽同一個故事左一遍右一遍地講。

我們在劇場坐下了。太監們已經權宜地把屏風立起來圍成包廂，盡可能使劇場氣氛接近頤園劇場。柱子上的金龍一圈圈地繞着柱子，顏色很鮮亮，和頤和圓的劇場差不多，所以使人不太注意有什麼异樣的感覺。但是太后故事沒有講完，劇就不能開演。

"很久以前，"她說，"在滿洲入關前的好幾個世紀，漢族和滿族經常打仗，雙方都把邊疆防守得很嚴。滿洲人想進入中國地界，沒有滿洲太后的許可是不行的。她有一面白底紅邊的令旗，旗上有一個'準'字。凡許可進入中國地界的人，太后就給他一面令旗，表示他是皇帝的使臣。這令旗雙方的邊關人員都認可的。這事很重要，必須記住。那時候有個年輕的中國官員叫楊四郎，他想征服我們的土地，把它并入中國版圖。他仔細地製定了一個三年計劃，他甚至還學滿洲語，直至他的滿語說得和滿洲人一樣好。你知道，我們剛進中國的時候都要用翻譯。于是這個年輕人認爲他已經準備好襲擊了。可是不知什麼地方出了錯，進攻一開始，他就打了敗仗，他自己也被俘虜了。

"他被帶到滿洲太后那裏。她非常驚奇地非常高興地看到他長得很英俊。她想把他留在宮裏作爲人質。她有一個非常漂亮的女兒，這位公主愛上了楊四郎，他也愛她。楊四郎非常勇敢，他問太后他能不能與公主結婚。太后同意了，但是告訴他，他以後永遠不準再回中國。他說他非常愛公主，回不回中國沒有關係。這是滿洲皇族第一次與漢族通婚。

"兩人結婚後生了一個非常漂亮的兒子。這以後不久，公主開始注意到楊四郎總是悶悶不樂。她知道他犯了思鄉病，她最後問他的時候，他也承認了。他說他的父母都老了，他想回去看看他們，只要能在他們去世之前看一次就行。公主想幫他實現這個願望，雖然她也知道，除非出現奇迹，這個願望是無法實現的。過境令旗是不會給他的。他曾計劃要征服滿洲，現在他又在滿洲人中間生活了那麼長的時間，他們的秘密他都知道了。如果讓他回去，他會把這些秘密都告訴中國人，于是滿洲便會被打敗而成爲中國的附庸國。但是他告訴他妻子，如果準許他回去，他將盡快趕回來。他對她的愛是如此的深，他不能在外面呆得長的。于是公主答應幫他想辦法。

"太后全心全意地疼愛自己的外孫（公主和楊四郎的兒子）。每天早晨她總要問小傢伙最希望得到什麼，只要辦得到，她一定給他。這天早晨，孩子的母親告訴他要那白底紅邊、中間有一個'準'字的旗。太后很吃驚，但是她遵守諾言，把令旗給了她外孫。公主又把旗給她丈夫，并要他答應在天亮前趕回來。如果他做不到這一點，他將被抓住，那麼倒霉的事便會落到頭上了。他答應了。于是他把自己打扮成一個滿洲士兵（他平時在宮裏一直是穿中國袍子的）。他騎着馬，舞着旗飛快地越過了邊疆。他沒有受盤問就過境了。他的父母看到他高興極了。可是要分別却難了。他的父親講了又講，他的母親又講又問，不知不覺已經到了早晨。幸虧他父母住得離邊界不遠。楊四郎快馬加鞭趕到邊疆，揚着小旗。但是守衛人員把他攔住了，盤問他，并且發現了他的真正身份。他們稱他是叛徒，把他綁起來送到太后處。太后非常生氣，下令把他斬了。

"但是他的妻子，太后的女兒爲他求情，她說如果沒有他，她活着也没有意思了。她請求太后再等一等，想一想。如果她的女兒是中國的一個囚徒，而不能獲準回來看望母親，那麼她會感到怎樣？她的懇求感動了太后，于是楊四郎獲得了寬恕。"

老佛爺終于把故事講完了，于是就下令開演。在演劇的過程中，太后還給我們講了些我們早就知道的事情。

"演員們都是很迷信的，當他們演戰神關公的時候，怕得罪他，便要先從關帝廟裏把他的畫像拿來放在桌子上叩頭禮拜，然後把畫像揣在懷裏，以此求他原諒，并保演員一生平安。"

劇繼續演着，當演到戰争的場面時，聲音吵鬧得厲害，布景很具真實感——當代的服裝、中國的劍和滿洲的矛。一位瘦小的太監扮演楊四郎的母親演得非常逼真，她的健談差點葬送了兒子的生命！

返　程

当我们知道我们不能再到奉天以外的满洲去以后，心上总像压着些什么东西。我们都被一种不安，甚至是恐怖的阴云笼罩了，似乎觉得不立刻回北京就会发生什么可怕的事情。谁也说不清这种恐怖心理是什么。我们甚至感到可能有某种厄运使回中国的大门关闭，我们将被迫永远留在奉天。

奉天不再是什么新鲜事物了。

老佛爷忽然宣布：

"后天我们就要回北京了，光绪皇帝要去主持祭祖仪式。另外，我们的蚕也快要吐丝了。"

这个懿旨给了我们多大的安慰啊！后天这日子又显得多么的远。那种似乎有什么厄运在我们头顶上盘旋的感觉十分强烈，我们似乎在与厄运赛跑，我们可不可能两天内在它降临之前离开奉天？我们感到非常紧张，太后也表现得很急躁，而时间好像过得特别慢。

"我们必须赶快回去，"老佛爷告诉我们，"我们在任何地方都不停车接受接驾礼仪。"

太后好像有一些哆嗦，也许这是我们的想象，但除了我，也许还有别人在这么想象。在满洲好像有什么东西对我们有敌意。

好容易两天过去了，照例又有一批官员来送行，但太后好像被什么外力驱赶着一样，匆匆地越过去了。御用列车已准备好出发。和来时一样，回去的路上，所有别的火车都停止运行了。

我们都上了车，太后挥手示意开车。

我以为车不会马上开，便站在车窗边往后看，怕有什么意外事情阻挡我们前进。要是始终得留在这里，那是太可怕了。

"不要往後看，那樣不吉利，"太后嚴厲地對我説。于是我回到了自己的位置。

火車開了。往滿洲開的時候，太后希望車開得越慢越好。現在我們開得快多了，當然比起正常的火車來還是慢得多。火車有些搖晃，這在來的時候是没有的。田舍、村莊飛馳而過。太后什麽話也不説，也不往後看，但是我在想，難道她思想裏也没有回想奉天嗎？現在那些穿戴華麗的官員們已各自忙着自己的公務了，遺物陳列宫已經關閉，那些躺在玻璃盒裏的咸豐和同治的遺物她以後再也看不見了。

當我們看到去山海關的路暢通無阻，我們大家不由得都鬆了一口氣。現在再没有什麽事情阻止我們前進了。車幾乎都没有減速，站臺上有許多官員對飛馳過去的火車叩頭。太后知道他們在那裏，但却不屑瞧一眼他們美麗的官袍。

我們繼續前進，連吃飯都是匆匆忙忙，似乎除了回紫禁城外，幹什麽都没有時間了。我們迫切希望在我們遠離的兩周内，中華帝國平安無事。假日的心情已没有了，這種心情在我們開始旅行時是多麽使我們激動。就我自己來説，我再也不想看見那牛角的燭臺，也再也不要聞到那使人窒息的紫丁香和白丁香的香氣了。

李蓮英來到太后跟前。

"太后，再過幾分鐘就要到天津了，"他帶着他一貫阿諛的假笑説，"將要有一個簡單的接駕儀式。"

太后斷然地説：

"火車不能停，但是快到的時候你告訴我一聲。"

車到天津郊區了。太后知道袁世凱和一班官員都在站臺上歡迎她。她對一些禮儀一般都是很注意的。如果經過天津時車速稍稍放慢，使跪着的官員們知道太后注意到他們了，這就足够了；但是太后的表現還進了一步。

"他們在車哪一側？"她問李蓮英。

"在左側，太后。"他回答。

當車速減慢的時候，太后起身站在窗邊。我正好在她身後，就從她的肩頭凝視外面。恰像來時一樣，那些官員都在，有士兵、道臺，以及儀仗隊的東西一應俱全。袁世凱跪在彩色隊列的前面。車經過他們的時候，太后微微笑了一下。當然下面的官員們沒有看見這笑，因爲他們都低着頭。但這笑裏包含着甜蜜、親切，也顯示出非常疲勞，這將使我永遠忘不了。

曾傳過話，袁世凱的西樂隊還歸還給他，但太后自己恐怕把這件事忘了。在我們後面的一節軍隊車廂上的樂隊應該卸下去。

跪送的官員們長長的隊列過去了，剩下的只是田野和一大片墳頭。太后回到她的寶座以後，火車又恢復了正常速度，搖晃起來。我們似乎在逃離某些東西。那些在我們起程去奉天的時候曾使我們那麼快樂的事情現在突然使我們變得害怕起來。

這樣，火車一直開着，在豐臺連看都沒有看一眼。火車在太后第一次上車的地方停下來了。這裏有一個隆重的接駕儀式。所有那些曾上奏章勸阻太后出外旅行的官員也都來了，很驚奇地看到太后平安地回來了。她看也不看他們。畢竟她熟悉這些華而不實的禮節已經有五十年了。要不是爲了她的權力，她對這一切早已厭倦了。我有時候想，如果她有機會從頭做起的話，她會不會改變她過去的所作所爲？生命給了她權力，但是沒有給她歡樂。

轎子似乎走得很快，雖然轎夫們仍舊是小心翼翼的。黃沙在我們脚下飛馳而過。兩星期前我們興高采烈地踏上這一條路，現在轎子又把我們從這條路抬回來了。紫禁城的城門已爲我們打開，我們進了城。

但是旅行似乎還沒有結束，太后是不甘心就此安定下來的。這裏是朝廷中最最神聖的地方。可是她討厭它。我在想是否我們的旅行使她不再想繼續旅行了。我知道她是一直憎恨紫禁城的……

"這太古老了，"有一次她解釋道，"這裏除了龐大的建築物以外什麼也沒有，空得只有房子裏的回聲。雖然有個御花園，但是沒有花，也沒有溫和的微風。這地方冷冰冰的，沒有熱情。"

最後老佛爺似乎明白了爲什麼旅行還没有結束。

"光緒皇帝不需要花四天的時間來考慮祭禮的事。明天早晨我們到頤和園去。"

她找來了占星家，問他明天早晨哪個時辰離開這裏最吉利。

第二天，正好是吉時，我們坐轎子去頤和園。

當我們離開頤和園去奉天時，正逢早春，現在，僅僅兩星期以後，大自然却創造了奇迹，頤和園變成了一個百花怒放、非常迷人的地方了。

太后最喜歡的牡丹花到處都在向太后點頭表示歡迎。没有隨我們同去奉天的太監們都在這裏高興地歡迎太后回來。在皇宫下面，小山脚下，昆寧湖在太陽下閃着金光。不時地有一些小魚躍出水面，又掉下去，在它們落水的地方激起一圈圈波紋。

太后的眼睛閃着光。

"這裏很可愛。"她説。

"這裏非常安詳，老祖宗。"我回答説。我不明白，爲什麼僅僅在兩個星期以前，這地方使我感到厭倦，而現在這好像變成了一個避難所，使人感到親切。

"這裏有很多空地方可以散步，可以鍛煉，"她説着抬眼望着我們剛過來的方向，"現在，這才是我們的家。那個地方離我們那麼遠，那是外地。我們回來才幾個小時，我就感覺到我們去奉天像是一場夢，現在夢該醒了。滿洲不再是我們的了。那地方對我們不合適，我們以後再也不回去了。"

幸虧她不是先知，不能看到以後在溥儀身上發生的事。不過那時候她根本没有猜想到溥儀會是她的接班人。

桑葉的奇迹

我們從奉天回來的第二天，蠶還沒有吐絲，老佛爺把我們帶到那所養蠶的房子裏，并給我們講了關于桑葉的奇迹。

"蠶這個怪物是在兩千多年前被發現的，"太后説，"是一個年輕姑娘發現的。她看見一條奇怪的白蟲，感到很有興趣，就把它抓來關在一個盒子裏。然後她去玩其他的玩具，就把這盒子忘了。五天以後，她想起來了，去打開這個盒子，蟲子不見了，但盒底平平地鋪了一層白色的非常好看的東西。她扒開絲玩起來，她的父母看見了，覺得很奇怪，問她是什麼動物吐出這樣的絲。她告訴了他們。于是他們又找到了這種蟲子，或卵，可是不知道用什麼東西來喂它們。最後，他們問她是在哪裏發現那蟲子的，她指向一棵桑樹。從此以後，中國到處都種起桑樹來喂這些白蟲——蠶。同時又建起了許多廟，養蠶的人都到廟裏去拜祭這個女孩子的神靈，求她保佑他們工作順利。養蠶的人都供上了女孩的畫像。她成爲一位偉大的中國女英雄。她就是嫘祖。"

聽完老佛爺連説帶講的一席話，我也承認嫘祖確是中國歷史上的一位英雄。

老佛爺把我帶到四五間大屋中的一間，那裏的蠶開始吐絲了。她給我看蠶的卵。

"這現在只是一些卵，"她告訴我，"看它們是怎樣散布在那張厚白紙上的。把這些卵稍稍溫暖一下，它們就會孵化。但是如果在桑葉長出來以前蠶就孵出來了，那麼它們就吐不出好絲，因爲没有東西喂它們。有時候桑葉已經長出來了，但因爲還在早春，卵不能孵化。于是養蠶的那些女孩就用紙將卵包好揣在懷裏，用自己的體温來暖和這些卵……"

我聽得直打哆嗦，想象着自己揣着蠶卵睡覺。不過我發現，宮裏這些養蠶的女孩（她們都是滿洲士兵的女兒）的確很愛蠶。她們經常把蠶帶到自己的床上，放在帳子裏，就讓它們結出繭子來做裝飾品。

太后打斷了我的思路。

"看見没有？這裏的卵正在孵化。大約十四天以後就要給它們喂食了。"

對我来説，它們只是一些會爬的東西，樣子很討厭，白得髒兮兮的。它們還不到一寸長。很多條蠶放在同一個盤子裏。它們長得多快呀！我一有空就去看它們。你可以真正看到它們長，第一天早晨它們是一寸長，第二天早晨就長到一又四分之一寸長。等長到二寸長的時候，它們就要分開了，僅僅幾天工夫就要從一隻盤子分裝到兩隻盤子了。再長大些還要分盤。這些盤子是用竹子編成的，直徑約有二尺，周圍有大約一寸高的邊。底是用細竹絲辮子盤成的。

"大約十四天以後便要給它們喂食了，你仔細觀察！"太后説。

老佛爺雖然看到這種怪蟲無數次了，可是現在還像小孩似的興致勃勃地觀看。只要朝廷的事不太忙，她就過來看它們生長。

大筐大筐的桑葉被抬進來。每一盤蠶由兩個女孩負責飼養。一個女孩先用温水把桑葉一張一張仔細洗乾净，另一個女孩就把每張桑葉擦乾。然後把桑葉鋪在盤子裏。這些蠶一刻也不耽誤，馬上爬到桑葉上大吃起來。你可以看到它們的嘴在動，也可以看到被它們啃出來的桑葉上的洞越來越大。每天喂兩次桑葉，早晨一次，黃昏一次。喂食的第一天早晨，我去看盤子，裏面已經没有葉子了，只剩下些脈絡。但是還有幾條貪食的蠶爬在脈絡上吃。

關于蠶吃桑葉，還有一件怪事，你能聽到它們吃食的聲音。在一個大屋裏，幾千條蠶在工作，無盡止的咬啃，那聲音有些使人毛骨悚然。

每天早晨，由于各種原因，總會有幾條蠶死去。但是誰也不敢在其他蠶面前提起"死"字。誰也不能説"壞""不好"或類似這種意思的字眼，否則將來蠶吐出來的絲會像這些字所形容的一樣。養蠶人信形象的影響。例如養蠶的女孩子們都在自己的頭上扎上帶子，使頭髮平整光滑。這就是給蠶做了一個榜樣，它們看到了，它們以後吐的絲也就平整光滑。還有，女孩子們在腰裏繫上腰帶，這樣，她們的體形就能影響蠶子的形狀。在蠶兒們正在工作的時候，那些女孩不但不敢說壞字眼，還要經常誘導它們，哄着它們以期最後它們能吐出最好的絲。

兩條外形完全相同的蠶能吐出不同的絲，一種是純白的，一種是金黃色的，後者質量較高，容易染色。

"現在是該蠶兒們吐絲的時候了，"一天早晨太后對我説。于是關于蠶絲的問題她又給我們上了一課。當太后給我們講解每件事的時候，這些養蠶的姑娘繼續忙着她們的工作，她們中有的人專門從事這工作已好多年了。"每隻盒子裝四條蠶，就是説要給它們準備房間，"太后説，"每條蠶占據一個角。你可以觀察它們吐絲。"

我看了，非常有趣。它們終于停止進食了。看起來它們吃得太多了，因爲它們變成了又胖又難看的白傢伙。它們每四條裝進一個小盒，蓋上盒蓋，放五天。然後把盒蓋打開，可以看到每條蠶在自己的角裏做了一個繭子，是可愛的白絲或金絲的。兩類繭子要分開，不要混淆。有時候會發現有的蠶不做繭子，那就簡單地把它弄死丢掉。蠶兒把自己包在繭子裏，還繼續工作。最後把繭子從盒子的四角取下來，這裏就要進行最殘忍的一幕了。把繭子扔進沸水裏面，泡一段時間，找到絲頭就抽絲，一直抽到完，繭子裏的死蠶蛹（此時已成一個硬殼）就扔掉。這樣操作完全是手工的。我也想試試，可是抽不出來。這是需要一定的訓練的。從這意義上講，抽絲也是一種技工幹的活。但是我對蠶的傳種的問題感興趣。我問太后：

"太后，怎麼取得新鮮的卵呢？"

"我們留了一些繭子，"她説，"你看，在繭子裏面進行着奇怪的變化呢。蠶蛹變成了蠶蛾，到適當的時候，蠶蛾便咬破繭子鑽出來了。或者也可以把繭子剪開幫助蠶蛾早些出來。"

我們所在的一間屋裏，這種魔術似的變化正在進行。我仔細地看着盒子角上的繭子（這就是被留下的繭子），看到上面有小洞。蠶兒吐絲把自己包起來，蠶蛾又咬破繭子鑽出來。現在應該把繭子移到盤裏了。蛾子一個個地伸出它們多觸角的頭爬出來。它們是很奇怪的蛾子，不會飛，而且樣子很難看。

雄蛾子和雌蛾子都爬出來了，它們對周圍的世界一點也不感興趣，盤子就是它們的世界，它們都不用研究它。它們在盤裏交配後，雄的就死了，雌的則留下來完成它產卵的任務。死了的雄蛾子都被扔掉了。某一天，許多雌蛾子都在盤裏產卵了。第二天盤裏有許多卵。產卵後死了的雌蛾子迅速被清除出去。

"這樣你看到了生命的循環，"太后説，"它們活着，在幾周之內幹完它們畢生的工作，然後死去。對它們來説，幾周的時間就相當于我們從出生、成長、衰老到死亡這麼長的時間。"

我還在議論着把帶着活蠶蛹的繭子投入沸水這種殘酷行爲。

"爲什麼不把繭子剪開把蠶蛹拿出來？"我問。

"那樣不行，"她回答，"那樣會把絲剪斷。沸水能把絲散開而露出絲頭。"

在我們觀察蠶兒工作的那幾天，太后做了一件使我至今忘不了的事。她一邊給我解釋，一邊拿一條蠶放到她的粉撲兒上，然後和我一起看這小傢伙工作。在短到使你不能相信的時間裏，它就用金黃色的絲鋪滿了粉撲兒。關于蠶還有一些迷信的説法，它們在盒子裏的五天必須保持安静，不能受到干擾。它們不喜歡別人對它們尚未完成的工作品頭論足，如果那樣，它們就會吐出壞絲來表示抗議。因此在説到它們的時候必須非常恭敬。

養蠶人對蠶就像忠實的信徒對待天神——太后尤其是如此。

朝廷的工匠

太后對她的手藝工人是非常自豪的。她差不多對他們工作的每個細節都感興趣，我正好也是這樣，所以當她去檢查他們的工作時常常帶着我。單是裁縫這一行就可以寫好幾本書，其他像繅絲、甚至爲太后做鞋，要寫起來都要寫幾本書。

"跟我來，"一天早晨她對我説，"我要讓你看一些非常美麗的東西。你可以看到當蠶兒走完了它的生命過程後，它們吐的絲又怎樣了。"

我急于想知道，因爲太后有非常好的口才（她講的很多有趣事情在我的書中都已省略了），聽她講也不失爲一種很好的享受。

"我們先到染絲工的庭院去看看。"

染絲工的庭院在萬壽山背面。頤和園就是依着萬壽山建築的。染絲工大部分是滿洲士兵的女兒，她們中有些人已經把畢生精力都放到這一工作上了。她們可以出去結婚，但如果出去了，就不能再回宮裏來了。她們中不少人願意留在宮裏。在那裏她們的生活都有着落了，也不用擔心將來的養老問題，只要能讓太后高興就行。但是要使太后滿意也很不容易，因爲她對各行各業的工作都瞭解很多，不亞于手藝工人本身。

染絲工的庭院有些像太后的私宅，它三面都有房子，中間是正廳，兩邊有兩個側廳。女孩子們都住在側廳，在正廳工作。絲束經過不同的染色過程後，都掛在竹竿上曬乾。每種顏色的深淺色絲都是有用的。以綠色爲例。在竹竿的一端（竹竿是架在兩個直立的三角架上的，架子并不高，以便矮個兒的女孩也能够着），挂的絲束是深綠色的，挨着它下面的一束是稍稍淺一些的綠色，一直排下去，到最後一束的時候，絲的顏色差不多接近白色了。先是深綠，然後淺一些，再淺一些，隨着染缸裏的顏色水越來越稀，染出的絲就越來越淡。在這一階段，染絲工的任務是保證每一束絲都能在春天的陽光下充分曝曬。這些絲就在陽光下放射出美麗的光彩。

我記得我們第一次來參觀這個曬場的情況。

一長排綠色的絲束挂在竹竿上。太后直接走到竹竿一端綠色最深的那束絲那兒。手藝工人們都跪着，等候她有什麼指示或對改進染色有什麼建議。她的建議當然像聖旨一樣威嚴。她雖然老了，眼力却非常好。她招呼一個女孩子過來。

"這地方應當還有一檔顏色，"太后説，"你看這第二束絲比第一束顏色淡了許多，在這兩束之間應該還有一束。"

仔細看過後，我也能看出來，確是少了一檔。這女孩子幹這工作已經好幾年了，這次出了錯。經太后一提醒，我們大家，即使是最笨的女侍官也看得很清楚。少了一檔綠色太后就能發現。她對每件事都很細心。和她一起在頤和園裏散步真受啓發。有什麼事情錯了，她立刻就能看出來，如果不立即改正，那麼負責該工作的人就倒霉了。

多麼絢麗的曬絲場啊！那是彩虹的所有顏色在太陽底下閃閃發光。

一排一排的絲束排滿了曬絲場，排與排之間都留有相當大的空隙，爲的是使每一束絲都能充分曬到太陽。這些絲束還必須經常翻轉、移動，爲的是絲束的各部分都能受到適度的太陽的愛撫，既不太多，也不太少。一切都要做得非常恰當。除了實地操作的染絲工以外，也只有太后知道怎麼做是對的。

當各種顏色都呈現在曬場上，那真是一幅美麗的景色，就連那曬絲的架子也被打扮得非常漂亮。手藝工人們又總是穿着節日的盛裝，所以在染絲廠工作真像是在一個喜慶的節日裏在彩色的海洋中沖浪，那裏人們衣服的豪華鮮艷真是一個賽過一個。

絲束曬乾以後，就從竹竿上拿下來繞成綫軸，隨裁縫選用。

"現在，如果這些鮮艷的顏色已經使你們飽了眼福了，"太后説，"那麼我們就去替我做鞋的那個院子去看看。"

關于太后的鞋，又有許多可寫的。有兩名太監專職看管太后的鞋，就像看守皇帝的珠寶庫似的。說實在的，在太后的鞋上鑲了那麼多寶石，她的鞋庫也真像珠寶庫似的。有一間大房間，靠墙從地面一直到天花板全是架子，架上就放着太后的鞋。這些鞋都編上了號，鞋號和設計都編成文件歸檔。所以當太后心血來潮忽然想穿哪雙鞋，只要說出號碼就行。

除了看管鞋子的兩個太監外，還有一些制鞋的婦女，她們的工作也像太后的其他工匠的工作一樣，有趣得使人入神。有兩位年紀大的領頭的制鞋工，她們是老處女，幹這工作已經有很多年頭了。除此之外，還有八名女孩，她們是優秀的設計師，負責在正式投入製作之前設計圖形。這項工作非常傷眼睛，因爲她們用的綫都是非常細的，所以製作時工件離眼睛極近，而且工作場所往往光綫不足。那時候人們根本就不懂得注意光綫。

我們去到製鞋的那個庭院。一個太監事先去通報太后將駕到，以便大家做好準備。

製鞋的作坊在平臺下面。女孩子們住在兩個側廳，工作是在正廳。兩位老姑娘負責全面照顧，她們監督每一步做法，檢查每個針法是否正確。關于這方面，太后向我們介紹了很多。

"給我做一雙鞋大約需要一個月，"老佛爺説，"這是一個很長的過程。這些姑娘都是優秀的藝術家。她們先在白紙上設計鞋樣。設計時要仔細考慮很多問題。首先確定跟的高度……"

于是她就向我解釋這跟——或者稱爲滿洲高跟。它是在鞋底的中心，而不是在鞋跟上。這樣穿鞋的人就像踩着小高蹺走路。跟的高度大約在三寸到五寸間，形狀也略有些變化。鞋跟上必須有裝飾品，通常是各種顏色的玻璃珠，這樣在太陽下它們就會閃光，像鑽石似的。鞋跟底下要墊好多層布，當然這些布都是用綫納在一起的。這布墊的作用就像現代的膠皮跟一樣，是減少震動的。

鞋的主體部分就更講究了。鞋上綉着各種圖案，從鳳凰到花卉。鞋面是用緞子做的，用絲綫綉花。這種絲綫非常細，這就可以明白制鞋工人的眼睛爲什麼後來都不好了。

　　我們進入鞋"廠"的正廳。我看了工人們用的各種工具。太后命一名領班把設計好的鞋樣拿來給她看。我驚嘆設計者的精巧手藝。有些圖樣畫得那麼逼真，簡直能使我感到可以從紙上拿下來穿上。鞋樣上的花樣顏色和最後制成後送太后審視的鞋完全一樣。太后看過後往往叫送到鞋庫去，而且以後可能再也沒有要來穿過。但是如果某一雙鞋她特別喜歡，她就記住了，以後在某種場合下她會命令取這雙鞋來。

　　在正廳裏，工人們坐在像織布機一樣的繡架前面。一間屋裏有很多臺這樣的繡架，每臺都有一名工人使用。架上緊緊地繃着一塊塊緞子，每塊緞子約兩尺高，三尺寬。從緞子的頂部到底部布滿了花卉圖案。我們站在那裏看，就可以看到鞋子在工人們靈巧的手指下漸漸成型。在太后面前，繡工們不敢抬起頭，實際上爲了看清那些精細的圖形，她們的頭必須低得幾乎貼近那些緞子。鞋的輪廓已經畫出，要繡什麼圖案也已經選定。比如說，要繡李花，那就要用軟白紙把李花圖案按原設計樣一絲不差地剪下來，移到鞋面的適當位置上，再用細絲綫把它固定好。這一切都做好之後，就把一盆真正的李花放在繡工身邊，以便她模仿真花的顏色進行刺綉。

　　不管真花的顏色深淺變化如何細微，她都要把它模擬下來。刺綉的方法是用一根極細的針配上合適的綫沿着花樣的邊緣一針一針地綉，每綉一針就要抬頭看看真花，看她所用絲綫顏色深淺的變化是否正好和真花完全一樣。

　　固定在布料上的白紙花樣必須用絲綫完全包住，一點都不能露出來。綉好的花像浮雕似的突起在緞子面上，非常逼真，好像能從緞子上拿下來似的。

　　這些製鞋工差不多都是一輩子幹這同一件工作。我很懷疑她們究竟快活不快活。不過她們好像快活。就這個問題我問了一個領班，她說她很快樂，她喜歡做漂亮的東西。這也是學習藝術的一個機會，這些工人們都爲自己的技藝而感到非常自豪。不過這也沒有什麼關係，只有太后能看到她們的工作，而且很多鞋都是送到鞋庫裏，除了那兩個管鞋的太監外，誰也看不到。

這些女孩似乎對結婚和生孩子都不感興趣。那些緞子就是她們的丈夫，那些絲綫就是她們的孩子，這兩樣她們都喜歡。但是即使是這樣，把自己的整個生命都投在一件工作上，這種生活方式也是很奇怪的。當她們年紀大了，眼睛看不清幹這種細工了，她們就呆在宮裏，什麼也不做，一直到死。她們年輕時幹的那些工作足以抵償老來的消費了。

這一點我也能理解，我也很佩服她們年輕時能用一塊緞子和幾束絲綫做出如此神奇的産品來。

一塊緞子上有好幾雙鞋樣。當第一雙綉完後，就要把緞子的位置挪一下，使第二雙鞋的位置近在手邊。或許這雙鞋設計的花卉是荷花，那麼也一樣先要用軟紙把荷花的圖案剪下來，然後把新鮮的荷花放在綉工旁邊做樣子。

當所有的工作都做完了，就是說：鞋面綉完了，鞋跟釘好了，鞋面也縫到鞋底上了，最後還要對鞋進行裝飾。太后最喜歡各種大小不同的珍珠。幾乎每雙鞋都挂有珍珠串。珍珠串是用絲綫把珍珠串起來構成的，在末尾打上結。我在宮中這幾年還沒有看到過一次絲綫斷了或珍珠掉下來了。

當然，幾乎沒有這樣機會，太后一雙鞋最多穿一天到兩天，她路又走得少，其餘的時間裏，鞋都是靜卧在鞋庫裏。有的鞋上有五百來顆小珍珠，有的鞋不到二十顆，有的一顆也沒有。不過後面這兩種情況是比較少的，因爲太后非常喜愛用小粒珍珠做飾物。我很奇怪，不知從哪裏能弄到這麼多珍珠。如果由于某一種原因，有一雙鞋必須扔掉，那就把珍珠拆下來送回給製鞋工人以後再用。

有時候像綉花似的，把珍珠直接釘在鞋上，這樣做出來的鞋也很美麗。我第一次進宮的時候，我曾公開表示很喜歡這種鞋，于是太后立即把我喜歡的那幾雙鞋作爲禮物送給我。以後我就改變了這個壞習慣，因爲我不希望讓太后認爲我要她把所有的鞋送給我。不過她確是給了我好多鞋，有幾雙我至今還保存着。

　　我這裏是一般地說了些關于鞋的情況。鞋和衣服一樣，也有季節性。例如冬天太后的鞋就比較重，綉的花也比較厚實。鞋裏墊上絲棉，鞋口滾上白貂皮和紫貂皮。

　　太后的工匠基本上都住在昆寧湖對面的石寺山後面。這一面的山開成許多平臺，每個平臺給一個工種的工匠。養蠶工有一個平臺，染絲工另有一個平臺，製鞋又有另一個平臺，頤和園的這一部分是一個小城市，它整年都是一個熱鬧的工業區。但是這裏的工作與中國大地別處的工作相比，儘管是同樣的工種，却大不一樣。因爲宮廷裏要求的數量和品種都很多，而且工匠的水平是最高的，每件工作都要經過好幾年的學習和訓練。製鞋工的領班是在綉花架前經過好幾年的訓練後提升的。經過這麼多年的發展後，她們的助手就來填補她們的空缺。當她們老了，不能工作了，那麼再從她們的助手裏再選出接班人，所以製鞋這一行業有些像一個家族，只是她們的成員之間沒有什麼血緣關係罷了。

　　我在宮裏的日子裏似乎還沒有哪一天不給太后送鞋讓她檢查和評定的。宮廷裏裁縫做衣服也是這樣。不過宮廷裁縫都是太監，而且他們的工作性質稍有些不同。一切都決定了老佛爺的喜愛。製鞋工做了許多新設計，製了很多鞋，但只有極少數太后特別喜歡的才有機會被她穿，其餘就都浪費了，它們一排排靜臥在鞋庫的架上，都是非常美麗可愛的。

　　宮廷裏不像別的國家那樣穿長襪，他們穿短襪，這短襪也是由製鞋工負責製作的。太后穿襪子也有怪脾氣，她一天穿一雙，然後就扔掉。襪子是用白綢做的，完全按照脚的形狀大小剪裁，穿起來非常服帖。脚背和脚底各有一條拼縫，但是拼縫上都綉上特殊的花樣，所以縫就看不出來了。做拼縫時用各種顔色的絲綫，常用的花樣是蝴蝶和蝙蝠。襪口稍稍張開，這樣穿起來就很方便。襪口的高度一般在鞋口上面幾寸。褲脚拉下來包住襪口，然後用一條約三尺長的各種不同顔色的絲帶一圈圈地扎緊。這樣襪子就不會亂了，褲腿也不會從綁帶裏脫出來。

　　因爲這些工作都是要依靠工人的雙手，所以製作鞋襪的女工就不再幹別的事了，雖然她們在宮中的地位和宮女差不多，但是她們有太監侍候，她們的伙食很好，是御廚房做的。太監除侍候她們吃外，還負責收拾她們的臥室。所以她們除了做鞋襪以外，什麼事都不做。這樣才能保護好她們纖小靈巧的手指。

太后告訴我，培養一個製鞋手藝工人到能够設計，需要三年的時間，我很奇怪，如此複雜、如此精巧的工作她們怎麼能三年就學會。她們的眼睛整天離綉物那麼近，我擔心她們没等學到精通眼睛就瞎了。

這一切是多麼繁瑣！頤和園就是由許多同樣繁瑣的工業組成的一個群體，所有一切都取决于太后的興致。工匠們的待遇確實不錯，但她們不能有自己的意志，從這個角度講，她們也好像是一群囚徒。

但是她們大多數是快樂的囚徒。

不管多久，只要有一次太后表示對她們所做的鞋襪很喜歡，她們就心滿意足了。

聽了太后對宮廷工業的一番叙述，我覺得她能做一位優秀的企業家，她對各種瑣碎的事情有驚人的記憶力。

御狗屋

有一天，我們正在準備一次重要的早朝的時候，一個太監激動地跑進來向太后報告。

"太后，"他說，"黑玉下了四個崽！"

太后的眼睛閃光了，因爲養狗是她的癖好，至少是她許多癖好中的一種。她對狗有很多講究。她有很多關于如何照看和飼養狗的書，她的狗有最長的家譜。

太后問我喜不喜歡狗，我告訴她我喜歡。我對她飼養的這些動物特別感到好奇。我知道它們都是北京哈叭狗，但有不同的顏色。

"早朝後我們到狗屋去看看那些小狗。"她說。

因爲太后喜歡的事都是很有趣的，所以儘管早朝是決定帝國命運的大事，我心裏却一直想着我們將要去看的狗。我很久沒有去狗屋了。我早就養成了這樣的習慣。到哪裏都要跟着太后一起去，因爲她能給我講很多有趣的事。

大臣們都在院子裏跪着叩頭，一個個報着自己的名字。他們都穿着華麗的服裝。可是這天早晨這些一點也沒有引起我的興趣。我相信太后也沒有多少心思聽朝，而是急于要去看那些狗。

早朝結束後，爲了走路方便，太后換了一身便服。我們沿着萬壽山，一直往狗屋走去，狗屋就在曬絲場的附近。路上，太后預先給我們介紹了一些狗的情況。

"它們都有很長的歷史，"太后對我說，"它們都叫哈叭狗，這是這種品種的滿洲名字。它們都是作爲寵物來飼養的，我們進入中原以後，這種狗就被稱爲北京狗。"

我們到達了狗屋，那是一個很大的竹籠子，像個院子似的。飼養狗的是四名太監，其中一名是領班，其餘三名是他的助手。他們把狗訓練得很好。我們快到狗屋的時候，值班的太監喊道：

"老佛爺來啦！"

這一下引起了多大的騷動！那些狗都在籠子裏亂跑，大聲地叫。顯然是很高興見到太后。太后對此很高興。海龍也隨我們去了，這個笨傢伙今天第一次表現出有些智慧。我們走近狗屋的時候，它立起身子好像在說：

"我比其他狗都強，因爲我是太后所喜愛的。"

但是它的驕傲的姿勢未能維持多久，也許這對它來說是太困難了。

我們還站在狗籠前，值班太監把狗從籠子裏放出來，并喊道：

"打滾！"于是狗們就活躍起來，比較大的狗就開始在院子裏翻起筋斗來，叫着，并且伸出舌頭。于是太監又說：

"站住！"一聲命令相當于軍隊中的集合令，所有的狗像太后的隨從一樣排成一列，它們突出的眼睛帶着聰明的眼神悄悄地偷看太后。由于它們的頭毛很長，人們不容易看到它們的眼睛，但在有太陽的時候，它們的瞳仁在太陽光的照射下像黑暗中的小電珠一樣閃閃發光。當所有的狗都排好，而且完且安靜下來後（它們叫或保持安靜完全聽命令），太監喊道：

"起立！"于是所有的狗都直起身子用臀部坐在地上待命，紅舌頭仍伸在外面。當然也有幾隻狗比較笨，試了好幾次才站起來。太監等它們都起來以後，又尖聲地喊道：

"給老佛爺拜拜！"這些狗全叫起來，兩條前腿上下舞動。給老佛爺作揖，這情景真使人發笑。

于是太后用責備的眼神看看海龍，它什麼也不會，只會跑來跑去使脖子下的小鈴發出叮噹聲。它像宮廷裏的小醜。

如果太后想對某一條狗仔細看看，她便指出來，于是太監把狗舉到她面前供她審視。于是她會說："它的眼睛太髒了，你們得好好照料它。"或者說："它的後腿長度不規範。"或者，"它的身體太長了。"任何時候如果她對狗，尤其是小狗，作出這樣的評論，那就意味着一道"驅逐出境"的聖旨，那條狗必須拿走。剔出去的小狗并不是被殺了，而是讓太監拿到市場上去賣。因為這狗是來自皇宮，所以可以賣個好價錢。

太后叫我看一隻她很喜歡的小狗，這是黑玉生的四隻裏的一隻。

"看到這隻了吧?"她說，"這是四隻裏最好的一隻。它的毛色很純。它的媽媽就是黑玉，"她指着籠子裏一隻漆黑的母狗，"它的爸爸是烏雲蓋雪，"她指着另一條公狗說。那狗全身烏黑，只有四條腿是白的。這不難看出它的名字的由來。"其餘的三條狗都不好。這條狗的後腿没有前腿長。這條的身子有一些長。這條狗的尾巴向後卷，而不是向前卷。"她剔出了黑玉的三隻美麗的小寶貝。我告訴她我想要其中的一隻，她就把它給我了。她留下的是四隻小狗中惟一的公狗。她立即給它取了個名字叫"斑玉"，因為在它的額頭中間有一塊白斑。

"七天之後，"太后說，"這些小狗就要睁眼了，十天就要給它們割尾巴了。"

她指的是割去小狗的尾巴尖。她相信尾巴尖割去後，尾巴就會向前卷而不會向後卷了。尾巴向後卷的狗被認為不是好品種。

"一窩四隻小狗中，通常很難挑出兩隻以上好的，雖然是同一父母生的，却總會有些毛病或是腿太短，或是身子太長，或毛色不好，它們都是次品。"

現在她告訴我如何使狗的耳朵在頭兩側垂下來。"小狗一生下來，就用一塊膠（像口香糖的膠）將一個重物，例如一塊小鵝卵石，粘在内側耳尖上，重物就使耳朵下垂。重物一直要挂到狗長大以後才取下來。以後耳朵就像所要求的那樣總是下垂的了。"

"喂食時特別要注意，"太后解釋道，"哈叭狗在成長過程中不能喂太多的水。否則它會長得太大，使它變得很難看。喂狗的食物要像喂養孩子一樣經過精心挑選。"

太后給狗屋裏的狗都取了名字，并且每一個她都記得。有四隻狗叫作龜殼狗，因爲它們的毛色很特別，是白、黑、棕三種混合的。有兩隻公的，兩隻母的，老佛爺給它們取的名字是"秋葉""琥珀""茉莉"和"柿子"，每一隻龜殼狗看來都和它們的名字很相稱。

還有另外一窩四隻狗叫"袖珍狗"，因爲它們非常小，她的狗都屬于北京哈叭狗這一類。在飼養上搞些花招，就能培育出不同大小和不同毛色的狗來。太后向我們解釋，這是很高深的技術。袖珍狗小到可以放在一隻小手的手掌上，即使長成了也不會變大。所以稱爲袖珍狗是因爲小到可以放在袖子裏。有一隻袖珍狗叫"銀針"。因爲它的灰白頭毛看起來很像針。另一隻叫"雨點"，因爲它的背好像是被雨淋過的；還有一隻叫"風"，因爲它非常活潑；第四隻叫"月光"這是形容它那灰白的毛色。

有一隻狗，像個外來的流浪者，和其他的狗都不一樣，它的毛色是黃黑相間，它各種指標都不錯。太后花了很多時間試圖找一頭毛色相同的狗和它配對。但一直到我離開宮廷，這件事還没有做成。太后失敗的事并不多，這件事却是其中之一。她給這條狗取名叫"老虎"。

所有這些狗都有長長的頭毛擋着眼睛，它們的腿又是如此之短，如果把一隻袖珍狗放在桌子上，那看起來真像一個白色的絨球，既看不見腿，也看不見眼睛。只有當它伸出紅舌頭來的時候，你才相信它是個活的東西。太后的狗身上的毛勤梳洗，勤整理，比我們人類還講究。一隻長成的北京狗大約有一尺長，前腿大約三寸長，後腿比前腿略長。一條標準的哈叭狗應是弓形腿。但因爲它們的毛都很長，誰也看不清它們的腿是怎麼成弓形的。

太后很少有走到萬壽山而不去看看狗屋的。二十多條狗的名字她一個都不忘，而且都是那麼貼切，我不知道它們的後代現在都怎麼樣了。

皇室的奢華

太后年輕的時候是一位非常漂亮的姑娘，進入老年後風韻猶存。她對自己的姿色很自豪。每天她都要戴上許多珠寶首飾，它們的真正價值常人連猜都不敢猜。

她的珠寶首飾并不是都有用的，有些在宮廷最豪華的典禮上也是不需要的。當我知道這情況後，我總在想，那些沒有被她選用的鑽石和衣服等值多少錢？

有一天，一個偶然的機會使我看到了太后對自己的飾物的感情。

這天早晨，總管太監李蓮英進來報告：

"老佛爺，張之洞送來一封信，還有禮物。"

太后的臉容光煥發了。她喜歡接受禮物，正像小孩子喜歡接受玩具一樣。差不多每天都有精美的禮物送進宮裏，或是鑽石，或是嵌有寶石的外國禮物。她的寶庫裏塞滿了大臣、總督或是外國大使送的禮物。我想没有一個人能估出來這些財寶的總價值。她的很多首飾來自國庫，有時候太后派人到世界各地去搜集她想要的珍寶。大部分珠寶是以禮物的形式送進宮來的，這部分禮物當然就成了她私人的財產了。給個人送禮物的時候，禮物必須是成對的，這表示送禮的人費了很大的精力和金錢爲太后的禮物配成了對。

説到武昌總督張之洞，就使我想起了我的童年和在沙市的家，特別是我父親離開沙市到武昌去任湖北省的布政使的時候。我們在武昌時，我常常到張之洞的家去，我知道他有收集珍奇物品，特別是美玉的癖好。他收集美玉都是收集未經加工的天然礦石。他從來不爲自己的妻妾做首飾，而是把最好的玉放在精緻的玻璃盒子裏，經常看看它們作爲一種享受。我知道這天早晨張之洞送來的禮物一定是美玉，因爲這是他最熱愛的東西，而且他錢很多，可以買任何他想要的東西。

我記得很久以前有一次我們到他家去，他收了一船的生玉礦，讓他的玉工給他加工。從一塊一尺長幾寸厚的礦石裏，他可以找出一大塊無瑕的美玉，可以用它雕琢出罕見的珍品。

太后招呼李蓮英：

"把禮物拿進來。"

送禮的差官只是個小人物，他不能直接見太后，而是由李蓮英替他呈獻給太后。禮物是幾個非常精緻的小盒子。盒子的大小、形狀正好適合各種不同的禮物。這些小盒又各自放進一個大一些的盒子，這盒子帶一個玻璃蓋，可以從蓋上看到下面的精品。

第一件打開給太后看的禮品是一對玉耳環。太后的首飾，不管從富麗、顏色還是價值講都是無與倫比的。可是我，作爲太后首飾庫的保管員，知道太后的首飾裏，玉的純度和精美沒有一樣能比得上這一對耳環。我從太后臉上看出，她和我想的一樣。這一對耳環的玉是最純的綠玉，雕成新月形，約有一寸長。太后看到了，不禁伸手把它拿起來到亮處去看。

"看，"她説，"它們完美無缺，任何地方都沒有一點瑕疵。"

這裏還要説一説，中國人喜歡玉器非常光滑，任何附加的雕琢都被看成是爲了遮蓋缺陷。但這副耳環是完美無缺的。

"我的首飾庫裏沒有一樣東西能比得上它。"太后説。

我似乎已經看到它們被戴在太后耳朵上了。

"老祖宗要不要馬上戴上？"我激動地問。

她在回答我之前轉身對着鏡子久久地看着自己蒼老的臉龐。

"不，"她回答，"今天我的臉色不太好，改天再戴吧。"

然後她接着看張之洞的其他禮物。這是一對手鐲，顯然和耳環是來自同一塊玉，因爲這對手鐲也是完美無缺。拿到亮處看，這四塊玉都是完美無缺。誰也不敢對這兩件禮物估價。單是玉本身就值好幾千兩銀子，再考慮張之洞是花了多少精力，經歷了多大困難才獲得這寶玉，這樣，它們的價值就更無法精確計算了。太后拿着手鐲久久不放，似乎這美玉的滑潤使她皮膚感覺很舒服。然後她不無遺憾地把它們放還原處。

"我今天不能戴它，"她重複地說，"今天應該戴的是粉紅色的珊瑚，這顏色與我疲倦和勞累的容貌不協調。"

我們立刻感到太后說的是真話。顯然多年來她對于如何選擇服飾的問題做過很多研究。她認爲，寶石是陪伴年輕美貌的姑娘的，像她當年做新娘時那樣，而不是陪伴像她現在這樣的老婦人的，但是當她特別高興的時候，或是覺睡得特別好的時候，她身體裏好像注入了生命之水，使她能把失去的青春又揀回來，儘管她臉上的皺紋還是不可能完全掩蓋起來。

"我要給你們解釋其中的道理，"她繼續說，"你們記得幾天前肅王妃來宮裏的情景嗎？"

我們都記得，我們曾對她的儀表竊竊私議過，她的穿戴顯得刺目，可是我們誰也說不出是什麼原因，太后不但注意到了，而且馬上找出了原因。

"肅王妃已經不年輕了，"她解釋道，"她臉上有皺紋，顯出老相。她來宮裏的那天更顯得老，她還戴了玉首飾。玉首飾適合于快樂的性格。它適合于有生氣、年輕和歡樂的人。如果老年人或疲憊的人戴了它，不但戴它的人顯得年齡更老，而且玉首飾也顯得不那麼光彩了。這是因爲不僅玉首飾能勾畫出疲憊引起的皺紋，而皺紋又進一步減弱了玉首飾的光彩。儘管肅王妃的玉耳環是非常精美的，但她的臉在兩個耳環中顯得像一塊朽木。"

她說這話不是批評肅王妃，而是表達她對戴玉首飾的觀點。

張之洞送的禮物被送到寶庫了，當哪天太后精神爽快歡樂的時候，她會想起它們來，雖然她認爲不適合戴它們，她也會到那裏去看看，愛撫玩弄一番。張之洞是個有卓越的審美觀的人，他的禮物選擇得很聰明，他是個細心的人，他選擇美玉作爲禮物有兩點理由：其一是因爲不久就要到夏季，是戴玉首飾的時候；其二是他知道玉首飾是給年輕人戴的，他送給太后含有贊美她仍然年輕的意思。他除了用這辦法外沒有更恰當的辦法來表示這個意思。但是太后是非常聰明的，不管總督説什麼話她都不會輕易聽信的。

太后在選擇衣服的時候也是非常注意的，她很懂得色彩的協調。這已經是不止一次的事了，當女侍官們侍候太后舉行某些重要的早朝的時候，太后會對我們中的某一個屬聲地説：

"你的衣服選錯了，趕緊去換掉，換成藍色的，你的衣服使人看了心煩!"

可憐的女侍官，她一點也不明白這是爲什麼，太后不得不再作説明：

"當人們處於不快樂的情緒的時候，像你所穿的那種亮紅色衣服會刺激神經，所以對你完全不合適，而且使我們看了不舒服。"珍妃的姐姐瑾妃往往在這方面最容易得罪人。如果沒有人給她指點，她常常會選錯衣服。如果她沒有聽從勸告，太后就會叫她回自己房間去換衣服，并且明確地指定換哪件，因爲我們所有人的衣服太后都知道，而且都記得。由此可以證明，她在穿戴問題上花了多少心思去研究衣服合適不合適以及如何選配飾物。據我所知，她常常花好幾個小時去選擇自己的衣服、頭飾、鞋，并且選擇相應的珠寶來配合它們，而且我知道她的選擇總是很正確的。

湖上宮殿

　　這一天，整個朝廷的人都知道太后特別高興。我們可以看出她的眼睛非常明亮，嘴唇上露出微笑，歲月似乎倒流了，使她重新變得年輕了。她情緒非常好。這也沒有什麼特別的原因，只是近幾天來朝政處理得特別順利，今天又沒有什麼重要事情。是的，在這樣的日子裏，太后可以戴上張之洞送的她特別喜歡的禮物了。但是可能此刻她已經忘記了。

　　"今天我們到昆寧湖去，"她告訴我們，"我想今天一天都在水上過，中午飯也在那裏吃。"

　　女侍官們一聽也都高興地商量起來。

　　"我們必須非常小心，"我們互相關照着，"不要惹惱了太后，如果我們都快樂歡笑，而太后的情緒也能一直保持，那麼今天將是一個快樂的日子。"

　　乘着太后的游艇在人工湖昆寧湖上游玩，這也是一件不常有的事。這是一隻很大的船，用櫓或篙使它行走。它屬于一種屋形船，有一間主舵房，其裝飾之豪華不亞于太后的任何一處宮殿。船頂漆得看起來像黃色的琉璃瓦，這裏沒有用真的琉璃瓦是因它分量太重。四位女侍官（我就是其中之一）陪太后在大船上，這是一種皇家的野餐。

　　朝廷一行人立即趕到大船所在的船塢，那些陪伴太后的人（四位女侍官和那些搖船的太監）登上了船艙，那裏太后舒適地坐在她的寶座上。她的嘴邊依然挂着微笑，她的眼睛仍在閃光。燦爛的陽光增加了她的快樂情緒，我們也是一樣。太監們把船穩穩地搖過兩扇高大的塢門。我們經過一條小河來到了昆寧湖寬大閃光的湖面。湖中的魚今天也顯得特別高興，它們不時地以飛快的速度躍出水面，帶起一圈圈銀色的浪花，然後又落入水中。在寬廣的湖面上，我們可以透過隨風飄動的荷花梗看到綠色的湖底，看到擺動着扇形尾巴的各種紅色金魚。陽光暖暖地照着我們，給我們注入生氣。從船上看，沿着萬壽山展開的頤和園真像一個仙境。許多花在風中點頭，好像在招呼我們，它們發出撲鼻的香氣。太陽照在皇宮建築的黃色琉璃瓦上，反射出金光。

我回頭看看跟着我們的船隻。有一條船是專給未值班的女侍官的。這條船有一個鮮綠的屋頂，而且總是緊跟着太后的船。我沒有到那條船上，因爲我總是跟着太后的御船上。

除了女侍官的船以外，還有兩條烏篷船，船上載的是皇家樂師，他們被分成兩組，兩條船之間稍有一些距離，一左一右地和我們同步前進。樂師們柔和地吹奏着他們的古樂器。在水上，音樂的聲音有一種慰撫的作用，非常迷人。除了樂師的船外，還有兩條膳房的船，那裏，膳房太監正在準備太后的午餐，那是很費工夫的。

李蓮英，像往常一樣，仍是這次游覽的總指揮。張德、伺餐太監，加上他的助手們今天在御船上值班。太后舒適地坐着，其他人都站着。

"這裏很舒適，"老佛爺柔和地説，"任何時候都應該安排一定的時間來享受生活的樂趣。"

從她臉上的表情可以清楚地看到她是在享受這裏的每一秒鐘。

大船裝飾得喜氣洋洋，從桅杆上飄下幾條彩色的飄帶在船尾擺動。那飄帶非常長，一直拖到水面，隨着船行走的痕迹飄浮。當太陽照射到它們的時候，它們發出像彩虹一樣的光芒。水波的聲音加上船尾搖櫓的咿呀聲與太后的樂師奏的輕音樂交織成十分優美的樂曲。後面女侍官的船靜靜地跟着，似乎她們怕吵聲會破壞這白日的寧靜。

只有太后在説話。

"繞過湖，我要去看看種荷花的工人在怎樣工作。"

現在我們差不多是在昆寧湖的中心，我們在閃着銀光的湖面上漂蕩，沿着湖的周圍是翠綠的荷葉。荷葉伸出在水面上，鋪得不是很密實。船經過時，荷葉被壓下去，船過後，荷葉兜滿了水又挺起，彈出許多水珠，好像女孩子因快樂而哭泣的泪珠。

整個景色鮮艷迷人。山上是黃色的宮殿，它們下面是銀光閃閃的湖水，周圍是一片翠綠，湖中心是穿着鮮艷的服裝的老佛爺。她在船上高興得像一個快樂的孩子。

依照太后的吩咐，我們從荷葉叢中穿出，到了岸邊，這裏有上百名太監正在種植荷花。他們穿着藍色的工作服，他們的褲腿一直卷到臀部。正好高出水面，他們在水中一俯一起地工作。俯下身的時候是爲了把去年的老荷梗拔起來。拔起後身子又直起來，把靠近老荷梗根部的嫩芽摘下來，把老荷梗扔掉，把嫩芽埋入泥中，這時候身子又彎下去了。

"荷花的各部分都有用，" 當我們停留片刻看植荷工人工作的時候，太后向我們解釋，"根、莖、葉可以做藥，荷葉比紙還乾净，我們用它來包食物。花和藕都可以食用。"

在她的吩咐下，太監送來一些藕給我們品嘗。藕的味道很鮮美，有些像梨。在太陽升到天頂以前，我們游了湖，吃了藕，觀賞了穿藍色工作服的植荷工一俯一起地工作。

"現在，" 太后説，"我們該把船停到湖心吃午飯了。"

我們的船慢慢地穩穩地把我們帶到湖心。湖水拍打着船身發出悅耳的聲音。李蓮英吹起號角，這就是告訴膳房船太后要用午餐了。兩隻膳房船就向我們靠過來，一邊一隻，用小跳板架到大船上。太監們一切都準備好了，食物立刻就要送上。

食物全是用金盤或銀盤盛的，太后用餐是用的銀筷子。太監們并不是端着盤子走的，而是排成兩排傳遞。從太后寶座所在的主艙房到兩隻膳房船各有一排。太監們的手上都戴着布套，因爲他們的手是不準許接觸盤子的。太后首先吃甜食，大都是一些硬殼果、水果和糖。她吃的時候，我在一旁跟她閑聊，爲的是使她高興，保持歡快的情緒。當她吃甜食的時候，其餘食品都在桌子上用蓋子蓋着保温。最後太后看了我一眼，我知道這是信號，我也向張德使了個眼色，他就下令了：

"揭蓋!" 于是原來站在桌子後面的太監們一起前來用戴布套的手把蓋子揭開，然後又一起回到原來的地方，動作整齊得像一隊士兵。整個這段時間裏，樂隊都在奏着柔和的樂曲。

我不禁想道：

我知道漂洋過海是什麼滋味，因爲我經歷過，我也知道大船在脚底下搖晃的時候是什麼感覺，太后倒好，作爲世界上最大統治者之一，居然把自己的水上旅游圈在一個小小的人工湖裏。這倒好像她和我們這些人——她的朝廷是一群在一個小池塘邊玩耍的孩子，遠處窗户裏有一個保姆在守着他們，看他們有没有摔倒，會不會溺水。

我遥望着遠處的皇宫，感到這個比喻很確切，那些頂着黄屋頂的宫殿代表帝國的尊嚴，帝國實際上就是監護太后的保姆，太后就像在船上玩的孩子，一個非常嬌貴的孩子，有許多教師、輔導員、管家婆在照看她，不讓她受到一點損害。

太后吃罷飯後，輕輕地舒了一口氣。

"我今天非常快樂，"她又説，"這使我想起了孔夫子的一句話：樂極生悲。一個人不可能不付出悲痛的代價而享受真正的快樂。這就是説：今天，一個小時之後或者是明天，將會有小小的灾星臨頭。"

這思想并不使她吃驚，倒是使我有些迷茫。不管有什麼"灾星"，她打算把今天的快樂享受個够，因爲這樣的機會對她來説是很少的。

太　醫

　　我們一直在湖上逗留到黃昏，這期間我找到一個機會向太后詢問關于"灾星"的問題。她笑着告訴了我。

　　"這是一種古怪的小信仰，"她說，"一個人不能太快樂，否則就會有一種看不見的小精靈來到你身邊，力圖使你不快樂。這就是小精靈來到世上的任務，使人們知道世界上還有悲哀和痛苦。如果你感覺非常好，這灾星就盡一切力量使你感覺不好。如果你感到很得意，他就讓你情緒低落。如果一切事情都順利和協調，那麼他就要製造障礙，使事情變得矛盾重重。"

　　想起了在奉天狐仙塔的教訓，我嚇得不敢再問她是否真的相信有"灾星"這樣的東西存在。但是她猜到了我的心思，主動地給我作了進一步的解釋。

　　"我也不知道有没有這種小精靈，但是很可能是有的。有很多東西我們看不見，但是我們不能懷疑它們的存在。常有這種情況，我們正高興的時候，突然令人吃驚地發生了可怕的事情，把一切都搞亂了。顯然這是灾星在作怪！"

　　由此可見，她對小精靈的存在也是半信半疑，這種精靈既不是好的，也不是壞的，可能是兩者的混合體。這時我認識到我不去嘲笑或懷疑小精靈的存在是對的。老佛爺說了，今天的快樂會帶來什麼事情，可能就在明天。

　　在湖上整整一天太后的情緒都非常高。太陽下山的時候，天氣有一點冷，這時候太后下令回宮。我想這小小的凉意可能就是"灾星"在準備做壞事。但是那天夜裏没有發生什麼事。

　　可是第二天早晨，我們大家都記起了太后的話了。這天早晨下起了傾盆大雨，雨點打碎了皇宮屋頂上的琉璃瓦，西山頂上雷聲轟鳴。閃電在陰暗的天空中劃出一道道亮光。朝廷上下驚恐萬分。我自己的住所與太后的住所只隔着昆寧湖的一個角，雖然這天不是我值班，但是我被太后緊急召見。我意識到一定發生什麼可怕的事情，因爲頤和園的氣氛昨天還是陽光花香像仙境一樣美，今天却變得一片陰暗。雨從萬壽山邊的一個高大建築物上冲刷下來，形成一個銀色的瀑布。許多屋檐下面，太監們像影子一樣（就像在奉天皇宮夜裏燭光下的影子）來回移動。整個朝廷因恐懼而顫抖着。

老佛爺夜裏受凉了，有些咳嗽。她一有病，脾氣就很壞，而我們誰也不會忘記，我們的生命，我們的一呼一吸，都決定于她的最輕微的意願。我敢説，我們所有人都把她看成是威脅我們安全的可怕的老惡魔。至少我有這種印象。我是從其他女侍官，住在她附近的太監、光緒皇帝、少皇后以及其他和她非常接近的人那裏獲得這種印象的。但是我有足够的自信我能掌握她。她對我很有好感，并且常常給我一些別人享受不到的特權。她喜歡和我説話。有時候我能安慰她，使她忘掉不愉快的事情。由于這樣，現在我被召去了。我急匆匆趕到太后的住處，進屋後照例先叩頭。她命我起來。并且發出了一條超乎尋常的命令。

"把你的手掌放在我的額頭上，"她命令道，"看我是不是發燒。"

她的樣子有些可怕。用我的裸手掌去觸摸她的皮膚，這是一件多麼不尋常的事。我的手在顫抖，我認定了她有一點燒。

"是的，太后，"我説，"是有一點燒。"

我不用提咳嗽的事，因爲她一直在咳嗽，這使她很煩惱。李蓮英假笑着侍候在一旁，他顯然非常關心太后的健康。老佛爺看着他尖聲地説：

"傳太醫。"

李蓮英當然早已派人去請太醫了。太醫一共有四人，他們的官階極高，都是一品，和我父親一樣。他們是專門培養來爲朝廷服務的。因爲是一品官，他們帽子上都有珊瑚頂子和孔雀毛，當然還有非常鮮艷的朝服。我很慶幸我被召來了，我急于要看看太后將怎樣做。

　　太醫不一會兒就來了。太后坐在一個較矮的御座上，輕輕地咳嗽。雖然醫生看病需要對病人各方面仔細觀察，但太醫不敢對她看！他們是這樣看病的：在太后的左右兩邊各放一張小桌子，每張桌上都有一個軟墊。太后坐在御座上，每條前臂擱在兩張小桌上。四位太醫叩完頭後分別跪在太后的兩側。女侍官幫太后把手腕露出來。兩個手腕上各蓋一條極薄的手帕，因爲任何男人的手都不準直接觸到太后的玉體的。兩位太醫左右各一，用指尖觸那蓋着手帕的手腕。另外兩位太醫跪在剛才那兩位太醫的旁邊。他們的任務是復核前兩位太醫的診斷。後面兩位太醫也沒有摸脈，他們如何能復核前兩位太醫的診斷呢？難道他們之間有別人不知道的心靈感應嗎？我一點也不明白，于是這四位太醫來回搖晃着身子考慮，不敢看太后一眼。按理看病還要看看舌頭，但是要看太后的舌頭，他們連想都不敢想。他們一直竭力地把頭偏到一邊，以免不小心看到她。

　　我想他們可能要在這裏呆上幾個小時，西醫看病的情況我知道一些。他們檢測病人的脈搏只要很短的時間，而這四位簡直要在太后的手腕上睡着了。太后也不耐煩地皺着眉頭，而且不停地咳嗽。這四位太醫不時地偷眼彼此窺望。這是一個很奇特的場面：在一間布置豪華的房間裏，年老的太后端坐在黃色的御座上，後面是那不可缺少的鮮艷的屏風，四位穿戴豪華的太醫跪在太后脚下通過薄絲手帕給太后摸脈。我一定是表現出吃驚的樣子，因爲我看到太后的眼睛，她在微笑。她知道我從來沒看見過這種場面。

　　最後四位太醫一起叩完頭站起來了，從太后面前退去。老佛爺嚴肅地對我説：

　　"跟他們去看看！"

　　從她的表面，我感到她不太信任他們，他們進到隔壁一間屋子裏。那裏有四張桌子，每人在一個小桌子前坐下，開他們各自的藥方。

　　後來太后告訴我他們爲什麼如此小心，那麼怕出現哪怕是極小一點的錯誤。如果太醫爲皇室成員治病，特別是爲皇帝治病而沒有治好，太醫們都要受處分。很久以前，有這樣的制度，他們必須被殺頭，或被命令自殺，儘管皇帝的死根本不是他們的錯誤。現在，病人死，太醫受處分的制度依然流行，不過現在變成了一種形式，除非病人的死真是由于太醫的錯誤。

處罰的進程是這樣：太醫先摘下勛章，摘下帽子上的珊瑚頂子和孔雀毛，然後他們就被當成流放犯。他們這種狀態一直維持到新皇帝登基。新皇帝登基後就恢復他們的官階和特權，撤銷他們的流放令，于是他們又恢復太醫的職位！

所以這就不奇怪了，那四位太醫爲什麼如此小心翼翼。

現在四位太醫都把藥方交給李蓮英。他們并不親自把藥方送給太后。他們根據診斷，開出各自的藥方，工作就算結束了，李蓮英帶着四張藥方去見太后。這時候，太后已經把那位通曉中草藥的太監找來了，又找來了一位朝廷筆錄員，還有一位侍從給她搬來很多的醫藥書。太后拿起四張藥方，在手裏轉來轉去地看，她一會兒皺着眉頭，一會兒對着藥方沉思。

"我不喜歡這一張，" 她厲聲地説，"這張藥方沒有什麼價值，我知道它刺激心臟。這味藥是幹什麼用的？"

那位熟悉中草藥的太監看了一個太后所指的藥名，立刻從書中找到了答案。

"這是清血的，太后。" 他報告道。

"好！" 她説，"把這味藥記下來！還有，這種藥是什麼作用？"

她指着另一個藥名問太監。太監又看了一下，答道：

"這是清腦的，太后。"

老佛爺對筆錄員點頭示意，筆錄員又把這味藥記下。四位太醫每人都開了十二味藥，但沒有兩張藥方是相同的。太后讀着每張藥方，她選滿了十二種藥，筆錄員一一給她記下，這就形成了第五張藥方，它與其餘四張藥方不同的地方是它是從其他四張藥方中每張取幾樣拼湊而成。但是太醫們要對這第五張藥方負責！我對此感到驚奇。

"現在," 太后説, "去看看那些愚蠢的太醫配藥。"

于是我就跟着四位太醫到那離太后住所有兩個庭院距離的藥房去。藥房是一間很大的屋子，裏面有許多架子，每個架子上都放着白底藍花的瓷罐，上面都有蓋子。每個罐上都貼有紅紙條寫着藥名。每一隻罐子裏大約放十二種藥。現在太醫們讀着第五張藥方在一起商量，至于原來的四張藥方早被銷毀了。他們雖然與這些藥罐子打了幾十年的交道，還是非常仔細地選草藥，一個小天平秤準了分量，每選好一樣就用軟紅紙包好。全部選好後，太醫們，如上我這個奉命監視他們的人一起回到太后住所的庭院，那裏已經架好了一個熬藥的爐子。點上了火，爐子頂上有一個銀制的藥罐，是用來熬藥的。不遠的一張桌子上有一隻玉杯，底下墊一個金碟，都是從太后那裏拿來的。這杯子就是準備盛藥的。在同一張桌子上，離玉杯遠一些，還有四隻白底藍花的小瓷杯。

太醫嚴肅地把藥一包包倒入銀罐裏，然後加上凉水。于是四個人一起站在旁邊等候水開。水開後就把藥罐拿下，稍稍冷却後再放回火上，燒開後再拿開，稍冷後再放回去，如此三次。

現在用一個銀的過濾器將藥液過濾到太后的杯子裏，雖然過濾器的網眼很細，但仍不免漏過去一些渣滓，所以要反復多次過濾，直到藥液完全清澈。太醫把四隻瓷杯都注滿了藥。

一切都準備好後，太后就令四位太醫進去。捧着玉杯金碟的走在前面，後面跟着四位太醫，太醫叩過頭，跪在太后脚下，嚴肅地端着各自的瓷杯，然後像士兵執行命令一樣整齊，一起把各自杯裏的藥喝了。我看着他們的臉，身子挺得直直的，惟恐自己控制不住大笑起來。我知道藥很苦，但是太醫們控制得很好，沒有表露出苦的表情。

太醫必須在太后之前先喝藥，以表明藥是無害的。幾世紀以前可能就有這樣的習俗，醫生要先喝藥以證明藥無毒。現在倒不怕藥有毒，因爲現在太后用的藥就是以前用的老藥。

太醫喝藥的時候，太后幾乎是在對我微笑。

"他們喝的時候好像這藥一點不苦，" 她説，"但是我知道這藥非常苦。"

太后開始喝她杯中的藥。她不喜歡這藥，但是因爲是她召來太醫給她看病，并且把藥替她熬好了，她必須喝。太醫們一直跪着，直到太后把藥喝完，然後他們就退下了。我敢肯定他們一定非常願意離開這嚴肅的朝廷。

由于我缺乏關于朝廷禮儀的知識，幹了一件蠢事情。類似今天這件事以前也發生過，不過那次是我單獨和太后在一起，而那件事沒有引起我的注意。那一次的事情是有人給太后送來一些粉紅色的花卉，那花盆是交給我，由我呈給太后的。

當太后看到它們的時候，説：

"放在那裏吧。"

她指着屋裏一角的一張桌子。我按她所指的地方放好了花，她也就不再注意這件事了。可是我發現，在花的後面有一塊嵌板顏色與花不協調，所以我對太后説：

"太后，我把花放在別的地方行嗎?"

她有些吃驚，這是我後來回憶起的。

"爲什麼?" 她問。

我請她注意顏色不協調的問題，可是沒有注意到她一點也沒有笑。

"你願意放在哪裏就放在哪裏吧。"

我把花挪了一個位置。太后承認現在和房間的色彩比較協調了。于是那件事就這樣過去了。

我已經忘掉那件事了，顯然太后也忘掉了。直到後來我才知道我這樣做等于犯了罪。我是在這次犯了一個類似的錯誤後才發現這個問題的。這件事發生在四位太醫從四隻瓷杯喝藥的那天。

就在這天的黃昏，天還下着雨，太后在屋裏悶得發慌，咳嗽也使她煩惱，每件事她都不稱心。

"我想沿着長廊散散步，快準備，并通知其他人。"

因爲之前太后曾讓我摸她的額頭試試是不是發燒，所以這次我想雖

然她没有説，我主動摸摸大概也没有關係。我發現她有些發燒，我非常
關心她，也爲她擔心。

"太后，"我説，"您還有些發燒，您最好不要去散步了，那樣會使
您又受凉的。"

她顯然很吃驚，雖然那時候我并不明白爲什麼。她遲疑了一下，對
我皺了一下眉頭。最後她靠到椅子上説：

"很好，那我們就玩紙牌吧。"

當然這一次其他女侍官都聽到了這件事，當我下班回到女侍官房裏
的時候，有一位在宮裏呆了好幾年的女侍官對我説：

"你知不知道你犯了很大的罪嗎？"

"不知道，是什麼樣的罪行？"

"太后要出去散步，你要她留在屋裏，這就是故意違反聖旨。你知
道這該當何種處分嗎？"

我緊張起來了，雖然太后没有向我提犯罪的問題，但她會認爲我有
罪，説不定在什麼時候她就給我處分了。

"我不知道，"我説，"是什麼處分？"

"殺頭！"

這下我真的害怕了。老佛爺没有説什麼，但她可能已經下令明晨將
我斬首。

"我只是爲她擔心，"我告訴那位女侍官，"我不是想違旨。"

"是啊，小心吧。現在你正得寵，可是哪一天你失寵了，她又記得
這件事，那麼你就要腦袋落地了。"

我對她們都很生氣，我想立即知道什麼厄運將會落到我頭上。我紅
着臉走到太后跟前。她看到我進去很吃驚，因爲她没有召喚我，我應該
不敢在没有召喚的情況下擅自去侍候她。我雙膝跪下。

"你怎麼到這裏來了？"她問我。

"我來向太后請罪，"我説，并開始哭起來，"我不知道我勸太后
不要出去散步是犯了大罪，而且將要被斬首。"

"站起來!" 她説,"是誰告訴你的? 哪個女侍官?"

"有一個人告訴我," 我回答,"其餘的人都同意她。"

她立刻把女侍官們都召進來,説道:

"不準再困擾德齡了。只要她是關心我的安康,就不該受到批評。如果誰再提斬首的事,我就要治她的罪! 現在你們都走吧!"

"那麽我不會被斬首了?" 我問。

"當然不!" 她回答,"人有智慧就應當應用它。不過根據傳統習慣,你確是犯了罪,它的處分就是斬首!"

寬容與公正

這是早朝時間。慶親王對太后説：

"調查廣東總督犯罪事件的報告已經到達。百姓向朝廷控告他達十四次之多，太后派出的調查組已查明，控告的内容屬實。"

這是一個可怕的結論，我雖然在太后寶座後的屏風後面，看不見太后的臉色，却看到她的背突然抽動了一下，説明這報告使她震驚。我對這件事也很關心，因爲這位總督是我父親的一個朋友。關于控告他的那些罪行，我也聽到很多。他身爲廣東總督，可是對于他統治下的百姓的疾苦他却一點都不關心，他的百姓曾十四次向朝廷控告他。百姓控告他的罪行非常具體：

1. 盜用公款。

2. 掠奪廣東富商的錢財。

3. 到民間的酒樓去吃喝。

4. 强搶民女做妾。

5. 在一次外出旅行中，路上有一個老乞丐因爲過馬路没有及時讓路，他縱容他的騎兵將老乞丐毒打一頓。

6. 將各地上貢給朝廷的禮物據爲己有。

上告的内容還有好多條，不過從這幾條可以看出問題的性質。頭兩條罪行是很明顯的。至于第三條罪行就需要作些解釋。官階高的官員是不準許到普通的飯店酒樓去用餐的，當然更不能到烟花樓去玩。普通的飯店酒樓是供平民百姓使用的。高級官員的行動大家都很注意。高級官員到普通酒樓去吃喝，店家首先看不起他們，要議論他們，儘管他們可能花了很多錢吃喝，給店家帶來可觀的利潤。高級官員、皇室的近親都要求保持自己身份，不能和平民百姓混在一起，這界綫是非常嚴格的。

第四條也是清楚的。當然，總督要多少個妾都是無可非議的，問題在于他以什麼手段獲得給他做妾的女孩子。

就在慶親王向太后宣讀調查報告的時候，我還在默默地回憶。當太后派出一個調查組去廣東的時候，我父親感到很不好受，因爲他也被指定爲調查組的成員，而這位廣東總督是我父親的一個很好的朋友。自然我父親從不懷疑他會犯什麼錯誤，當他聽到有這麼多人控告那位廣東總督，他感到非常吃驚。幸好，雖然我父親不能違抗聖旨不參加調查組，但他不是調查組的主要負責人，只是一個一般的成員。作爲一個調查組的成員，已經使我父親很難受了，可是當他調查完畢回來的時候，真感到痛心極了。他在家裏告訴我們，百姓控告的內容都是真的，而且還有許多未被告發的罪行這次也都調查出來了。

"我還是不能相信！"他一遍又一遍反復地説。

太后也不信，她公開地和慶親王討論，我每個字都聽清楚了。

"我不明白，"她説，"一個人家庭出身如此好，有如此高層次的社會關係，又如此得到皇上的信任，居然會幹出這樣的事來，這真令人難以相信。如果一個人頭腦沒有毛病，心又能放在正中，我不相信他能幹出這樣的事來。"

所謂一個人的心放在正中就是指他誠實、正直、可信和有男子氣概，對每個人都仁慈。

太后又討論那總督縱容他的騎兵用鞭子抽打一個可憐的乞丐的問題。

"這個總督，"太后説，"他有他可能得到的最高的官階，又有作爲朝廷代表的地位，這兩點應該能使他待人寬容、仁愛。他應該命令他的隊列停一停，讓老乞丐平安地過馬路。要是那騎兵沒有鞭打那老乞丐，説不定他們會從他身上踩過去。如此傲慢的態度不像出于一個高級官員之身。"

至于説到將貢品據爲已有的問題，在正常情況下，某一省的官員在省內發現一些特別美麗、特別有價值的東西，譬如説一塊稀有的美玉或是一對美麗的鳥，他們就要把這作爲貢品，獻給皇上。這些禮品都要經過總督的手，因爲小官無權直接上貢。省屬的一些縣城裏的官員們也可能會發現一些極有價值的東西，他們就把它們匯總到一起等候運輸到紫禁城。當這些東西標上標籤指明是貢品，那就誰也不準去碰它或挪動它，當然也不能拖延運輸的時間。這位廣東總督，他無視傳統的規矩，居然把許多珍貴的貢品扣留下來了。那些贈送禮品的官員們開了一張清單，很長很長的清單，經太后派往南方的調查組一一核對，證明每一項控訴都是正確的。

我不知道面對自己所信任的人的這種不忠實行爲，太后將怎麼辦。我知道她很仁慈，這從下面的事例中可以得到證實。幾個星期以前，一年一度的黃河泛濫造成兩岸居民處于饑饉和瘟疫之中，很多人淹死了，幾千人無家可歸。本來朝廷每年都準備了一筆救灾款項，這樣做已經有幾個世紀了。可是這一年灾情嚴重，準備的款項不夠用。老佛爺心裏非常着急，又考慮，又和大臣們商議。按常規，決定一件事要拖延很久，先是官員們討論，有的反對，有的有不同意見。等意見統一後，還要上奏章等候批示，許多複雜過程使時間拖延很久。這次太后當機立斷，她打破了傳統，直接下令從國庫撥巨款救灾。這種做法的合法性可能在以後要出現問題，但這樣可以把事情很快定下來，錢也可以很快拿到手。

"爲了保證有足夠的錢，"太后説，"我個人的金庫也可以動用，直到救灾問題圓滿解決。"

對西方人來説，這一切似乎都不足爲奇，她只是做了她應該做的事。但是在中國人心目中，她對救灾的事完全可以不操心，假如已經成立了救灾的機構，那麼，作爲天老爺的代理人，她不應該讓這些小事來使自己煩惱。

知道了這件事，并瞭解了她的仁愛之心（按照中國人的理解），我不知道她將對這位不忠實的總督采取什麼措施。

最重的處罰當然是斬首。其次是命令罪犯自盡。這兩項處罰都是用于那些犯叛國罪的罪犯。竊取朝廷珍寶的罪還不夠斬首或自盡，于是頒發了詔書，立刻通報到全國：

“罷免廣東省總督的官職，摘除珊瑚頂珠和孔雀翎，没收其全部家產，并發配黑龍江，永遠逐出朝廷。他的後代再不能在朝廷裏任職。”

這聽起來似乎是個較輕的處分，且事情是發生在三十年前。但這道聖旨到現在還在發揮作用。總督被發配到黑龍江，所有充軍的犯人都在那裏。他的家庭頓時變成赤貧。全中國都知道他們的困境，而這個家族不久前曾是多麼繁榮和有權勢。“丢面子”的悲劇比斬首還難以忍受，因爲昔日的總督許多年將過着流放的艱苦生活，并且知道他的家屬也在陪他一起受苦。

清朝滅亡以後好幾年，我在上海一家服裝店選購了幾件衣服，我留下姓名地址以便店員給我送貨到家。有一位店員看了我的名字，就知道了我的身份，他就告訴我關于他自己的故事：他的家庭在貧困和耻辱中生活了多年，每個人都指着鼻子罵他們。他們的命運真是苦不堪言，這個我不知道姓名的店員就是被老佛爺貶黜的廣東省總督的兒子。太后的公正的處分産生了多麼久遠的影響。

當荷花迎朝陽的時候

太后執行完對廣東總督的處分後，情緒一直很低落。她没有笑容，臉陰沉得可怕，我不知道她在想什麼。那時候我還不知道她的處罰有那麼嚴重和那麼久遠的影響。這天朝廷裏一片陰沉。太監、宮女和女侍官走路都放輕了脚步，説話也只敢竊竊私語。太后的痛苦是顯然的，她不時地看看我，幾次動動嘴想説話，却是什麼也没有説。

夜幕降臨的時候，煩躁的情緒潛入她的心頭。她對任何小事都不耐煩，表現出老年的暴躁。但是到晚飯後，在太后的卧室裏，這天夜裏輪到我值班，她説出了她的心裏話，她提了一個使我大爲吃驚的問題：

"你挨過打嗎？"

我不能立即回答。我怎麼可能挨過打呢？只有宮女、太監、奴婢才會挨打。當我的女傭人得罪了我，我倒曾打過她們，但是她們是奴婢。我打了她們後，她們還要叩頭謝恩，并保證今後不再惹我生氣，我認爲這是理所當然的。我的父親，别説打，連舉手嚇唬我的時候都没有。他幾乎没有責備過我。

"没有，太后，從來没有過。"我回答，我不知道後面將發生什麼事。

"我被迫去處罰一個我的官員，這事使我心裏很難受，"她解釋道，"貶黜一個一向對朝廷如此忠誠的人，這不是一件好事。但是他犯了錯誤，犯了錯誤就得付出代價。如果我不處罰廣東總督，那麼别的總督也將跟在他後面幹同樣的壞事。這是法律。對他的處罰是公正的。但是我，僅僅是執行了法律，却也要感到同樣的痛苦，這是不公平的。你知道嗎？有一種説法，那是在父親由於某種原因不得不打兒子的時候用的。"

我没有聽到過這種説法。

"那是什麽説法，太后？"我問。

"父親説，'我打你一次就好像打了自己十次；我打你十次就好像打了我自己一百次！'這就好像我真的打了一位忠心的官員，因爲我所承受的痛苦不亞于他。

"我爲我所做的事感到悲傷，但是我必須設法讓自己從這個傷感的情緒中解脱出來，免得總是念念不忘，因爲將來還會對別的官員做別的處分，如果我總是這樣想不開，那我的壓力就太大了。"

我注意到太后把那總督的所作所爲稱之爲"錯誤"。這使我想起太后對自己做錯的事也常常主動承認錯誤。當然她從來沒有向誰道歉過。可能有這種情況：太后叫我去做某件事。我感到這件事不對，但是照樣做了，因爲誰也不能不服從太后。後來發現這件事是做錯了，但是誰也不説。過幾天我就把這件事忘了。但是以後太后會提醒我這件事，會對我説：

"這是我的錯誤。"

于是我同意了，你可以確信我内心本來就是這樣想的。

太后用什麽辦法使自己忘掉被貶黜的總督的苦境呢？她想出了一個主意。

"明天荷花蓓蕾要開花了，"她説，"我們必須早早起身，在早餐前坐敞篷船到昆寧湖上。"

于是太后預期着第二天早晨的快樂，一夜睡得很好。我也竭力抑制着自己的歡樂情緒過了一夜。第二天，在太陽升起前我們坐敞篷船到了昆寧湖。太后坐在龍椅上，龍椅的位置高出船面的其他部分，這樣女侍官們就可以在其他部分坐下。船夫用篙將船撐到昆寧湖的東站，那裏荷葉密密地鋪在湖面像一條綠毯子。

太后輕輕地説：

"停船。等等，看，聽！"

眼前的情景非常奇异。遠望東方，太陽還没有升起，但是天空已被染成淺紅色。灰色的夜幕慢慢地落入西方，幕落之處出現了一片霧和雲。

鳥很多，但是都不叫，似乎它們也被這清晨的魅力所迷住了。有幾隻鳥飛得很低，就在我們頭頂上，它們的翅膀扇動着凉爽的空氣。在我們前面，荷花苞在微風吹拂下前後擺動着。細小的水波拍打着它們，使它們一會兒把頭低入水面下，一會兒又抬起頭來，它們灑出的水珠在晨曦中像明亮的眼睛。

一種奇特的寂靜籠罩着萬物。頤和園没有燈光，似乎還在沉睡。我們離開頤和園的宮殿好像是去偷偷地幹一件秘密工作。但是太后的臉色很平静，她知道將要發生什麼事。她表現得出奇地平静，陷入了沉思中。她的眼睛在寬廣的荷花墊上來回地掃視，偶尔也抬頭看看那正在發亮的東方。

"注意，"她輕輕地説，"當太陽升起的時候，花苞就要開放了。"

我知道我們就要看到一個奇迹了。我審視着簇擁在綠葉叢中的花苞。我以前也常看花苞，守着它們從小慢慢長大。這些花苞很豐滿，充滿了生機。

灰色的天幕揭開了，水波不再蕩漾，好像它們也在静候着奇迹的出現。天空逐漸變亮，照亮了我們燦爛的服裝。

我想起了昨天的早朝，不禁看了太后一眼。無疑她已經忘記了那廣東總督了，她整個注意力都集中在那正在冉冉升起的太陽和那豐滿的荷花蓓蕾。

現在我們可以看到太陽的大紅盤的頂部，現在太后也用耳語説話了。

"注意！"她説。

所有眼睛現在都集中在那一片荷花上。我想我們眼睛張得很大，而且越張越大，就像荷花蓓蕾一樣地不停地漲大。蓓蕾在不停地摇晃。在我們視野所及的範圍内，蓓蕾有幾百朵，幾千朵，你不可能掃一眼就把它們全看到。

太陽升得更高了。

荷花蓓蕾在漸漸變大。當太陽升起、蓓蕾展開的時候，荷花的清香撲鼻而來。晨曦從東方升起，劃過我們的頭頂。花苞像剛睡醒的嬰兒的小手，它們擺動頭就像嬰兒的手在舞動。綻開的花瓣像嬰兒的粉紅色的手指頭。我拉長了耳朵細聽着，由于視覺的錯覺，好像看到一大片的花苞正在抖動。我想我聽到了蓓蕾綻開的聲音。

花香越來越濃了。

鳥兒飛快地飛過，只聽到翅膀輕輕地在扇，像無數的白色的扇子在輕輕扇着剛睡醒的孩子。

太陽越來越亮了。

現在我們可以看到荷花的粉紅色的花心。有一段時間花苞停止了漲大，好像是在等待。它們的清香彌漫了清晨的空氣。

"這真是一個奇迹，"太后説，"生命的奇迹。在這種時候，人們會感覺到自己的生命與一切有生命的東西緊密相關。"

太后説話的聲音又低沉又柔和，她知道這時候大聲説話與眼前的景色不協調。我們根本没有去傾聽太后説的話，因爲我守着蓓蕾開放，緊張得呼吸都屏住了。我看到我的女侍官伙伴們也都睁大着眼睛在"聽"蓓蕾開放的聲音。

它們仍然保持着半開放的狀態，好像在等候什麽——把寧静緊握在粉紅色的小手裏。

這時候太陽的光芒已劃過了北京城的屋頂，射向了西山，掃過頤和園的宮殿。最後太陽越升越高，昆寧湖像被一條銀色的毯子覆蓋着。

太陽已經升起了。

奇迹也已出現了。

隨着太陽的升起，小手似的荷花大大地張開，花瓣躺在緑荷葉毯子上，好像在獲取生命的痛苦歷程中已經累得精疲力盡了。

在一些粉紅色的荷花中有兩朵白荷花。這是太后首先發現的。白荷花是非常罕見的。她輕輕地對我説，聲音裏充滿感情，好像她的心已被這奇迹緊緊抓住了。

"我們應該把這兩朵白蓮摘下來，在早餐前把它們送到觀音菩薩前面的花瓶裏。這種珍稀的東西只有菩薩能享用。"

我還在想着總督，但我竭力地把這事排除出我的思想，而看着太監們替太后摘白荷花貢獻給大慈大悲的觀音菩薩。

老佛爺的梳妝檯

遠在西方人掌握某些美容技術之前，太后已經知道了很多美容訣竅。每當上早朝之前，她總要在自己的化妝室裏打扮一番。我跟着她也學到了不少經驗，因爲太后總是對自己的容貌很注意。

當她坐在她的新月形的梳妝檯前面時，我就站在她的身後。這梳妝檯是太后自己設計的，非常實用。鏡子不是像現代式裝配那樣凸出的，而是由許多面鏡子拼接起來的，工藝如此細緻，若不仔細看的話，你都看不到拼縫。太后坐在梳妝檯前不需動地方就可以從各個不同的角度看到自己的形象。

太后總是盡可能使自己打扮得漂亮些。

首先是她的粉。她見我很感興趣，就向我解釋：

"我對我的形象很注意，每樣事情都要做得最好。你知道，寡婦是不準許用粉和胭脂的。但是處于我的地位，爲了使膚色與衣服顏色協調，我還不得不用它們，就顧不得傳統的規矩了。這是擦臉的粉，用的時候將它輕撲在臉上。它是米粉和鉛的混合物。所用的米是新鮮的白米和陳米的混合物，或不用陳米而用一種經過某種處理後顏色略帶棕色的米。粉裏含有極少量的鉛爲的是防止粉剝落。你可能會對製粉的過程感興趣。首先要選好米的顏色。選定後把米放入磨子裏略略碾一下。這樣出來的米只是稍稍碎一些，然後小心地把糠皮去掉，再放入一個更細的磨子裏磨，磨好後過篩，篩出的粉放入一個比前一個更細的磨子裏磨。這樣磨出來的粉就非常細了。爲了能和膚色匹配，適量摻入棕色的米粉（加工過程與白米粉一樣）。然後摻入鉛。我聽說劣質的粉含鉛量很高。這種粉擦了有時會使臉變黑。試想如果我帶着一張黑臉去聽一個極重要的早朝，這成何體統！你説對嗎？"

太后很會開玩笑，不過我并沒有因此而笑。雖然想起來沉着、嚴肅的太后帶着一張黑臉接見群臣，那確是很可笑。我不敢笑，因爲她可以從鏡子裏看到我笑，那就會强迫我解釋爲什麼笑，那我可就要倒霉了。

我仔細看着她用剛才向我介紹的粉撲臉。

"我的胭脂，"她又解釋道，"那製備起來更費事。這是用玫瑰花瓣製成的。不是什麼樣的玫瑰花瓣都能用，只有顏色正好，合適的花才能用。如果一個花瓣上有深淺不同的幾種顏色，那麼顏色不合適的那些部分必須摘去。這是一個技巧很高的過程。需要有專門知識……"

關于這一點，我很能理解，我可以想象到那些太監小心地挑選玫瑰花瓣中顏色合適的部分的時候，工作是多麼辛苦。

"當花瓣都選好以後，"太后繼續説，"就要將它碾磨成稠漿，仔細濾去所有的雜質。下一步就是做胭脂過程中最重要的一個部分……"

我以前常看到她梳妝檯上有一些紅色的絲綿墊子。現在她拿起其中的一個，用一把小的金剪刀剪下一塊。

"然後我們把當年新的白繭子的絲綿剥下來，做成一塊塊絲綿墊，其大小正好和我的胭脂盒一樣。這些墊就浸入剛才做好的玫瑰漿中，直到完全浸透後，然後把大批的絲棉墊鋪開在太陽底下曬乾。等徹底曬乾後，就送來給我，這就是我用的胭脂。"

她把剛才剪下的一小塊絲綿墊浸入一杯溫水中，然後伸出左手掌，將那塊紅絲綿在手掌上擦。顏色把她的手掌染紅了。她繼續擦，直到手掌上的紅色已足够滿足她的需要爲止。然後她小心地，一絲不苟地把手掌上的紅色擦到臉上，使紅色的深淺恰到好處。臉擦好後，她又把胭脂抹在下嘴唇的中間。中國婦女不把胭脂抹滿整個嘴唇。

當太后都準備好了，皇室理髮師就來了。這位理髮師被譽爲全國最優秀的理髮師，太后非常贊賞他的手藝。他給太后梳頭必須非常小心，如果把太后的頭髮梳落下來了，他就要受到處分。不過這種情況是很少的。有時候他真把頭髮梳下來了，因爲梳頭時旁邊總有一個宮女在侍候，他就把梳下的頭髮悄悄遞給宮女，不讓太后發現，從而避免了一頓嚴厲的責備或更壞的處分。

"灰色的頭髮與皇家的頭飾不協調，"太后告訴我，"這倒不是我愛虛榮，但是我們應該打扮得盡可能使自己好看一些。爲此，我把我的頭髮染了。"

我看着太后染她的頭髮。

在她的梳妝檯上，有幾瓶黑色的黏性的東西。當她把頭飾卸下後，她就輕輕地梳頭髮，把頭髮梳光，然後用一把小刷子把這黑色的黏液刷到頭髮上。頭髮確是染黑了，但同時把頭皮也染黑了。看着她竭力想染黑頭髮而不染黑下面頭皮的可憐樣，我爲她感到遺憾。我可以看出她對努力的結果表現得很不耐煩，根據多年的經驗使她知道她不會成功。多少年來，自從她頭髮變灰後，她的頭皮就被染髮劑染黑了。還好，我們住在巴黎的時候，我母親有幾個朋友，她們用西洋染髮劑。我立刻決定要幫助太后，也沒有好好想一想，如果失敗了將受到何種處罰。

"要是我能找到這樣一種染髮劑，"太后說，"它既不會傷害我的頭髮，又不會染黑頭皮，那有多好。"

"我可以爲太后找到這種染髮劑。"我熱心地說。

她微微地笑了。

"你去過的那些國家總有些神奇的東西，"她說，"我聽說他們能按自己的意願隨便改變頭髮的顏色。"

我試圖向她介紹關于法國染髮劑的知識，但發現我自己對這方面知道得太少了，我只知道那些染髮劑的效用。

"從法國索取染髮劑大約需要一個月的時間，太后老佛爺。"我說。

"一個月的時間對于生命來說是太短了，"她回答，"如果你真的相信我能用好它，那我願意試試。"

我立刻派了一名太監到我家裏去找父親，請他立即打電報到巴黎訂購幾種不同品種的染髮劑來。

父親寫了個回條給我：

"我當然可以照辦。但是我警告你，你不要到宮裏去講得太多，不要表現得你比宮裏別的人知道的事都多，尤其是在太后面前逞能，那是非常危險的。假如你能忘掉關于染髮劑的一切事情，那會更好一些。我真替你擔心。如果你出的主意損害了她的頭髮，那麼毫無疑問，你將被砍頭。"

我的父親看起來有些守舊。我一點也没有怕被殺頭的恐懼，因爲我覺得那些染髮劑是不會出毛病的。只是到很久以後，我才意識到我是多麼幸運地躲避了一場灾難。

染髮劑如期送達，我把美麗的盒子給太后看，并解釋道：

"這些指南是用法文寫的，它們是必須遵循的……"

"我不需要法國人來指導我！"她厲聲地説。

我又得解釋很多來説明"指南"是什麼。

"我來翻譯這些指南，看它説些什麼，"我對太后説，"它説首先頭髮必須徹底泡濕，然後吹乾。"

"我可以試試。"她立即回答。

這是一個可怕的任務。老的染髮劑必須洗去，頭皮必須洗乾净……而我從來没有幹過這種活兒，只怕幹起來笨手笨脚。但是太后表現得很有耐心。等到這一切都做完後，我想起父親的擔憂，又開始害怕起來，但是我已經走到這一步了，也只好決定繼續幹下去。

有一種液體染髮劑基本上是白色的，我不知道它是什麼，但是用户指南上説得很明白，我必須信任它。于是我將這白色的東西涂到太后的灰頭髮上。啊，奇迹出現了！她的頭皮依然又白又細，可是她的頭髮頓時變得和我的一樣黑了。她對這看來神奇的事情却保持極冷静的態度。

"這就證實了我們常常聽到關于外國人的傳説，"她説，"他們幹事情都是反的，他們用白色涂料使東西變黑！"

但是她對染髮的效果滿意極了，她送給我一件她作爲姑娘時穿的衣服，這衣服上繡有蘭花的圖案。這種衣服除了太后外，宮裏誰也不敢穿，因爲太后的小名就叫"蘭兒"。我只好把它放在一邊。我現在還保存着它，雖然它古老得已經有八十多歲了，但看起來依然鮮艷可愛，像當初

新的時候一樣。要不是我表現得太謙虛的話，我將會得到許許多多那樣
美麗和古老的衣服。

"我聽説，"太后説，"很多人都缺乏自尊心。她們打扮自己只是在
有人看到她們的時候。在這種場合，我當然也是很小心地打扮自己；但
在當沒有人在旁邊的時候，我也一樣打扮自己。一個人如果穿得好一些，
使自己總處于一種最好看的狀態，那麼自己也會感到很舒服。如果我是
完全一個人獨處的話，我仍然會把自己打扮得很漂亮。"

這看起來很奇怪，一個人這麼老了還這樣注意自己的容貌，但是臉
上的皺紋和蒼老的痕迹是沒有辦法遮蓋住的。不過太后，如果她休息得
比較好，或是在某一種合適的光綫下，或是從某一個合適的角度去看，
她還是很美麗的。我不知道她做了多少工作來成功地保持自己永遠年輕，
但是我知道她采用了很多技巧。

晚飯後，她坐在她的座位上，周圍圍繞着她的親密的宮眷們，她和
我們聊着天。這時候，她的皺紋就不明顯，因爲她是花了很多的力氣才
使皺紋消失的。她用鷄蛋白，不是涂在整個臉上，而僅僅涂在易出皺紋
的地方，這樣蛋白能使皺紋展平。當然，如果把蛋白涂滿整個臉，她就
不能笑了，而且説話也會有困難。看到她小心地挪動那薄薄的下嘴唇來
説話，任何時候都得注意她的嘴不要動得太多或張得太大，以免蛋白膜
破裂而失效，你會覺得她的樣子很可笑。在就寢前，她讓蛋白膜在臉上
保留大約一個小時，然後用肥皂和清水把它洗去。

她的肥皂質量不太好，那是太監們用玫瑰花瓣加上油脂制成的。油
脂的名字我不知道。這肥皂香氣很好，但效用不高。但是對于肥皂，她
不像對別的外國貨那樣忌諱。我勸她用幾種法國香皂，她很喜歡。但是
不管法國香皂如何香，她還是認爲不如她自己的香味好，因爲在玫瑰香
皂裏，他們加入了多種香料，但是那只能增加香味，并不能提高效用。
在就寢前，她除去蛋白膜，然後在臉上涂上一層她自己配製的潤膚液。
這種潤膚液的製備方法如下：

一個雙層的容器（有些像過濾器似的）是用來蒸餾的。把它放在文

火上，在底層容器裏放少量的水和酒精。在裏層容器裏，根據需製備潤膚液的多少放入一定量的金銀花瓣。當水和酒精產生的蒸汽通過金銀花時，就像現代的咖啡壺中的水通過咖啡一樣，把如此產生的混合體倒出來放到另一個容器中。潤膚液中包含酒精、水和金銀花汁，再摻入香精。這種潤膚液是一種很好的收斂劑，它使受蛋白的作用而變得過敏的皮膚得到安撫。

這種收斂劑她是在睡前使用。

早晨，她一起床，一個太監就送來羊脂，這是從羊肉湯裏取出的，使用的部分是羊湯表面薄薄的一層蠟狀油脂。太后用指尖挑起一點放在手掌上，手掌的熱使它變軟。然後將它小心地抹遍臉部，以此來清洗臉部。當她確信昨夜的潤膚液已被全部清洗掉後，她再在臉上施以粉和胭脂。這就是常規的工作了。

她的手也要用羊脂處理，但這是女侍官的任務。她們把羊脂放在手掌裏稍稍加熱，然後小心地用它清洗她的手。她的手雖說有皺紋，却是特別的柔軟和嫩滑。除去手上的油脂不是擦，而是輕輕拍。這需要用很長的時間，必須非常有耐心才行。我們都做過這種事。

關于美容，她有很多主意。其中之一就是每隔十天服用一次珍珠粉。將一定量的小珍珠碾成粉，裝在一個小勺裏。服用珍珠粉成爲朝廷的日常事務，每十天一次，像時鐘一樣有規律。一個太監專門負責碾磨出數量足够的珍珠粉，帶到太后跟前。

通常有幾名女侍官熟悉這一套程序。

小勺給太后後，她伸出舌頭，將珍珠粉倒在上面，這時熱茶早已準備好，她立即飲一口熱茶將珍珠粉吞下。

"珍珠粉是很重的，"她說，"像我這樣服用少量，有助于保持青春。它能使皮膚發亮而使人變得年輕。如果服用量太大，或服用太頻繁，那就會對身體造成極大的損傷。"

我不知道這珍珠粉對太后保持青春真能起多少作用。我只知道她服用得很認真。

她除了用蛋白去除皺紋外，還有許多別的辦法。其中之一就是用一根小的玉棍，它有一個金柄，把它在臉上反復滾動。這玉棍觸感很好，又軟又涼。她用它熨臉花很多工夫，一面熨，一面照着鏡子看效果。有一次我拿起小玉棍在我自己臉上試驗，她過來了。她倒不是因爲我動用她個人的化妝物品而生氣，而是對我的好奇心生氣……

"那東西對你沒有用，"她尖厲地說，"年輕人用不着玉棍、珍珠粉和羊脂。"

"太后，我只是想知道綠玉觸在臉頰上是什麼感覺。"

她笑了。

"你可以把這棍拿去，"她說。這是我又一次領賞。但是她給我這棍不是爲了給我榮譽，而是因爲我把它放在我的臉上用過了，再給太后用就不合適了。我得經常在太后面前抑制住自己的好奇心，否則我在宮中兩年時間裏，我得到的禮物將多得使我不堪重負，而且有些禮物是非常貴重的。

太后很自豪她的女侍官們都非常美麗。她不但不妒忌她們，而且喜歡她們的美麗。她不願意她的女侍官中哪怕有一個人長得很醜。所以她自己在竭力追求美容。另一樣東西她相信對青春常駐是有幫助的，那就是人乳，所以她每天早晨要喝半杯人乳。

那麼怎樣得到人乳呢？

從剛當上媽媽的滿洲士兵的妻子那裏獲取。這樣的女人要特別仔細地挑選。有時候遇到一名長得特別漂亮的，那麼就把她調到宮裏，而另雇一個奶媽去哺育她的孩子。這些選來的婦女得到極好的待遇。她們的伙食是最好的。她們生活上的各種需要都得到極好的照顧。每天擠奶的時候有一名女侍官負責照應。

太后對人乳的信念造成一部分外國客人極大的誤解。總有相當多的年輕媽媽帶着自己的新生嬰兒在宮裏。這些嬰兒想要什麼就馬上要得到，得不到就大哭大鬧，連老佛爺的權威都無法制止他們的哭聲。往往在有客人的時候，孩子的哭聲也不斷，于是他們互相會意地使眼色，有時在没有人看見的時候，還互相點頭示意。

事情是這樣的，在咸豐剛去世不久，宮裏出現了一個嬰兒，那時候太后還年輕（她早在年輕的時候就熱衷于喝人乳），于是外面流傳一個故事，說太后與安德海（李蓮英之前的總管太監）有一個私生子。

所以到今天，雖然事情已經很清楚太后不可能是那些啼哭的孩子的母親，當然不可能是一起哭着那麼多嬰兒的母親。但是客人們仍然懷疑，編造了好多關于朝廷裏的謠言在外面傳。我想，一旦太后喝人乳的事情被大家知道了，說不定會編出更多的謠言傳得更廣。這事我也能理解，因爲一開始聽到太后喝人乳，就使我産生一種感覺，太后好像吸血鬼似的從人身上榨取乳汁。以後逐漸習慣了，就能接受了，就像我接受太后所做的其他許多無害的事一樣，但第一眼看到時往往也很吃驚。

誰能說乳汁是不起作用的呢？總之，母乳對于在人生道路上剛起步的嬰兒是非常有益的，那麼爲什麼在人生道路的另一極端——暮年的時候用它就會使人産生不安的感覺呢？特別是，如果她相信母乳有效，這種信念哪怕只能給她一點點安慰，那也能幫助她在人生的道路上追回一些時間。

皇室的花卉

　　太后非常喜歡花卉，她有許多太監園丁，他們都是養花的能手。不管什麼新品種，只要太后能培育出來，他們就一定能侍候好。她常常親自到花園裏，用一把金剪刀把美麗的花朵剪下來，或是修剪掉一些快要凋謝的花。

　　我記得有一天夜裏，大約是清晨三點鐘左右，頤和園遭到了一場暴風雨的襲擊，太后頓時驚醒過來。

　　"啊，我可憐的菊花，"她說，"大雨要把它們打壞了，快去叫太監。"

　　這天是我值班，值班的太監都在室外走廊裏。我急匆匆地過去對一個太監說：

　　"太后叫你們趕緊到花園裏把園丁叫醒，讓他們把菊花用席子蓋上。"

　　太監急忙地去了。

　　幾分鐘以後，他回來了。

　　"他們已經把菊花蓋上了，"他報告道。

　　園丁也知道太后愛花，所以不等吩咐，便主動把花蓋上了。這使我對太監有了新的崇敬心。

　　第二天早晨，風暴過去了，太后很高興，決心在燦爛的陽光下走一走，看看她心愛的花都怎麼樣了。常規的隨從人員都穿着節日的盛裝跟在她後面，形成了一個長長的隊列。太后比我們任何一個人都能走，走得又遠又快。

　　"你們知道嗎？"她說，"光是在頤和園我們就有一萬盆菊花。"

　　這是她給我們介紹花卉的開場白。她珍愛任何一種美，這也是她爲什麼喜歡把自己打扮得很美的原因。光是一種菊花大約就有一百種不同的品種。以前這一百多種菊花的名字我都知道，現在都忘了，只能記得少數幾種。

園丁們花了許多時間和精力在花卉上，因爲這些都是皇室的花卉。牡丹被稱爲花中之后，但是人們不知道怎樣稱呼華麗的菊花。當然，它們的名稱是很有趣的。菊花在八月份開放。通常，不同的品種在不同時間開放。但是園丁們對自己的行業非常精通，他們只要適當地控制溫室的溫度，就可以使不同品種的菊花在同一時間開放。

菊花種子是種在花盆裏，這種花盆在頤和園裏到處都有。等到長出蓓蕾的時候，那就必須把多餘的部分修剪掉，只留下一個。這樣，這個蓓蕾才能從泥土裏吸取足够的養分。如果養分被許多蓓蕾分用，那就一個也長不好。當菊花秧再長大一些，就得移植，此時一個盆栽一枝。等到秧再長大到一定大小時，就要從花盆移出，種到菊床上。像這樣的菊床頤和園裏到處都有。菊花需要很大的濕度，但是下雨的時候必須把它蓋好，因爲雨點能把嬌嫩的花瓣打壞。

有一種菊花品種叫"丹鳳朝陽"。這是一種非常華麗的花。在靠近花心處的花瓣是淡紫色，越往花瓣尖端，紫色越深，最後變成黑紫色。它的花瓣很窄，而且稀疏得像嬰兒的頭髮。這種花是很稀少的。

"龍須"是白色的，花瓣不僅很細，而且直得像針。這種花很大，有餐桌上的碟子那麼大。

有一種菊花叫"雪球"，是白色的，它的花瓣是卷的，向外向下卷，一直卷到花瓣尖碰到下面的花梗。整體看起來好像一根棒上頂了一隻球。這種花是太后經過許多試驗後培育出來的。這種花可以吃。把花瓣小心地摘下來，用冷水洗净，等乾了再在用明礬處理過的水中洗滌。下一步就是從厨房搬來一隻盛有滾開的鷄湯的銀火鍋，火鍋上蓋着蓋兒，使香味不會跑掉。火鍋放到桌上太后身邊。然後端來一盤生魚片，魚片切得非常薄，并已去掉魚刺。

現在把火鍋蓋打開（太后監督着每一步動作），把生魚片倒入鍋中，立即把蓋子再蓋上，浸泡大約五分鐘，再打開蓋子把菊花扔進去，再蓋上蓋子燜五分鐘。等再開蓋子的時候，就可以吃了。這湯鮮美極了，雪球的鮮味和香味都進入了湯中，又好吃，又好聞。

雪球還有另外一種用途。太后把雪球的葉子摘下來在手上擦，叫女侍官們也照樣做。把葉汁擠出來涂到手和手腕上，剛開始時一點也不好看。等葉汁慢慢乾掉，只留下了斑痕，然後用温水洗净。這時手上還留下了白菊花的清香味，可以説也留下了它的顔色。

太后爲培育花的新品種做了許多試驗。令她失望的是她始終未能培育出一種綠色的花。她試了許多方法，但只有一種方法可以説接近于成功。她又用雪球做試驗。遠在開花之前，她用一種蔬菜的綠色染它的根。結果還是令人失望。花倒不再是純白的了，但是綠色是如此之淡，幾乎看不出來。

另一種皇家花園裏的花，也是菊花，叫"金鈴"。它的花瓣很長，而且是卷的，很像人們用來點火的紙捻。這種花是鮮明的金黃色。

"彩虹"是一種很珍稀的菊花，非常難培育，它非常嬌嫩，所以很少能長到成熟；即使那少數成長起來的，也會很快枯萎、死去。它的名字來源于它的顔色。花瓣的尖端是粉紅色，花瓣的中部像龍鬚或雪球一樣白，而靠近花心部分則是淺綠色。當太陽照在花上的時候，它艷麗的色彩使我們感覺到再没有比彩虹恰當的名字了。

"玉帶"也是一種白菊花，但是它的花瓣和它們不同。在花心兩側的花瓣都向花心彎曲，花瓣的尖端在花心之上互相勾搭。雪球的花瓣尖在花梗處相聚，而玉帶則在上面相聚。宮廷裏没有一個人知道這花是怎麼培育出來的，或是在什麼地方培育出來的。

恐怕皇室花卉中最珍奇的花要算是墨菊了。這種花的暗紅色非常深，初看起來好像是黑的，除非從上看下去才能看出一些紅色。我小的時候常常玩一種"黑鬼"娃娃，頭髮又直又長，我們稱它爲"醜八怪"。墨菊非常像那一種娃娃。

太后發現，花除了供人鑒賞外，還有很多用處。她相信，花的美并不全是肉眼能看到的，她希望它們有別的有價值的性能。這就説明了她發現雪球能做湯的道理。除此以外，她還用幾種玫瑰花做成果醬。我發現這種果醬非常可口，它保留了玫瑰花的香味。

太后非常喜歡喝好茶，但她常常要設法做進一步的改進。她常常試驗用不同的花投進她杯子裏的熱茶。她常常以這種方法使用金銀花，而且喝茶的時候，茶的表面往往漂着幾片花瓣。

荷花瓣攪入蛋和麵粉調成的糊中炸，可以做成一種甜食。玉蘭花也可以用同樣的方法吃。

關于太后的花，有多少工作要做呀；特別是菊花，本身是一種秋季的花，但她能使它整個冬天在溫室裏開放。園丁太監除了侍候花，什麼別的事都不做，然而他們還是一天忙到晚。還要防治好幾種病蟲害，因爲這些園丁不知道用農藥。菊花的主要蟲害是一種小青蟲，它們在第一個蓓蕾開始長大時就活動起來；它們的繁殖力非常強。當蓓蕾開始長的時候，有幾個太監不做別的事，專門捉蟲，防止它們侵蝕花瓣。他們在花叢中走來走去，一隻手拿一隻杯子，另一隻搖晃蓓蕾，有時候甚至一瓣一瓣地檢查，務必做到不漏掉一條蟲。

這真是需要很大的工作量，但是太監們不幹這些又幹什麼呢？最後幾千盆花，幾百個品種不都是他們的勞動成果嗎？難道不值得嗎？我想是值得的，因爲它們能給太后最大的樂趣。

銀　盆

　　我剛到宮裏的時候，使我感到麻煩的是没有洗澡設備，我不知道其他女侍官是怎麽解決這個問題的，特別是太后，她那樣注意她的容貌，關心她的健康，那麽她是怎麽洗澡的呢？我自己的問題是這樣解決的。我派幾名太監到我父親那裏替我搬一個澡盆來，我把它安裝在我的住所。我的住所是一個二層樓的建築，我和我妹妹住一起，因爲我們不能和其他的女侍官住一起。其他女侍官都住在一起，在太后私邸上面的一座小山上。

　　一天，一位女侍官來通知我太后想洗澡。這是晚上的常規工作，就像她抹蛋清、用金銀花潤膚液一樣。因爲這天是我值班，所以應該我去侍候太后洗澡。

　　"洗澡間在哪裏呢？"我問。

　　"什麽東西？"那女侍官問我，"洗澡間？我聽不懂你説的什麽。"

　　我試圖給她解釋，可是她對洗澡間一點也不了解，甚至從來没有聽説過這東西。

　　"要是没有洗澡間，那太后怎麽洗澡呢？"我緊跟着問。

　　"你自己看吧，"她把我頂回來了，"你今天不是值班嗎？"

　　晚飯後，太后和大家一起聊天，談論着這一天發生的事情。然後回寢室。我和四個宮女陪她一同進入房間。我算是來侍候她洗澡的，但這類工作通常不落在我的頭上，最多起個監督的作用。實際上連監督都不用，因爲像洗澡這類關係到她切身的事情，她本人就仔細監督了。

　　首先，太監搬進來一隻銀盆，還有一大叠毛巾。太后坐在一把較矮的椅子上，椅子背是可以轉動的，這樣在洗澡時不至于礙事。首先是洗上身，這時用的毛巾是白色鑲黄邊的，毛巾中間綉着黄色的龍。毛巾本身是非常美麗的，正像太后所用的每一件小東西一樣。

太后一坐好，四個宮女就開始工作。太后把衣服褪到腰部。我好奇地看着她。我是知道她的年齡的，我預期會看到一個帶皺紋的老太婆的身體。但是事實上不是這樣。她的身體非常漂亮，皮膚又白又滑，這是一個令年輕姑娘都要羨慕的身體。看來她的年齡只表現在她的臉上。

太后把衣服褪到腰部後，四個宮女就各就各位，一個在後，一個在前，左右一邊各一個。至于太監們，從抬進盆來後就都回避了。我站得稍遠一些，帶着極大的興趣看她們操作。

首先，四個宮女像士兵操練一樣整齊，一起把鑲黃邊、繡黃龍的毛巾放入熱水中，然後拿起來擰乾，麻利地擦上肥皂，于是四人同時在太后的前胸、後背和兩臂擦起來，太后則享受着按摩的舒適，一邊愉快地和我説着話。直到泡沫蓋遍了她全身，這用過的四條毛巾就被扔掉，另外換四條毛巾到熱水裏擰乾，擦去身上的肥皂。

現在第三套毛巾用來擦乾兩臂和軀幹。

身子一擦乾，立刻就用太后每天睡前擦臉用的金銀花露擦在身上，然後輕輕拍到乾。我已經看出，這一切需要很長的時間。

下一步就是用睡衣將太后的上身蓋好，臀部以下一直到腳全裸露。現在另一個新的銀盆被端進來放在太后腳下（這些盆都有標記，絕對不許混淆，否則當事人就要受重罰）。她把腳伸進盆，于是上述操作過程又重複一遍。四個宮女操作非常熟練，知道用毛巾擦的時候要用多少力，要用多少肥皂，拍乾金銀花露的時候要用多大的力度。她們學這種技藝學了很長時間——這真可以説是一種技藝。

下一步把太后的睡衣放下來蓋到腳背。于是洗澡過程全部結束。這全過程我們可以看到用掉了多少毛巾。所以我説雇十名婦女專爲太后洗衣服也不算多。

她的睡衣非常可愛，就像她穿的其他衣服一樣可愛。你們要知道，睡衣起源于中國，雖然這個名稱不是來源于中國，我想是來源于印度。她的睡衣像毛巾一樣刺繡得非常精美。前胸和後背繡的是代表皇室的龍，用金綫綉在軟緞上。太后喜愛的睡衣顏色是淡紫色。我不知道爲什麼，因爲她的其他衣服都是比較明亮的顏色。

睡衣袖子上綉的是牡丹花，整朵花布置得很得體。花的頂部在肩膀上，花梗延伸下來到手臂。褲腿上同樣綉着牡丹，當然花梗要比袖子上的長得多。太后睡覺時不穿睡鞋也不穿襪子。當她準備就寢的時候比任何時候都顯得年輕。這是她在睡覺時也執行自己的信念：一個人在任何時候都應該盡可能使自己顯得漂亮些。

你可能想象不出她的卧室是怎樣的。她用來洗澡的水是摻入了各種花香的。她的枕頭是用玫瑰葉充填的。金銀花露夾雜着玫瑰花香氣彌漫了整個房間。此外，房間裏還有許多花瓶，插滿了各種花卉。太后對于擺花和聞花香從來是不知足的。

對于枕頭，太后有一種想法。她心裏藏着一種秘密，那就是她怕什麼時候會有人來暗殺她。有一次在頤和園發現一個潛伏的男人，太后的衛隊花了幾周時間才把他擒獲，立即將他處死，這件事擾得朝廷有很長一段時間騷動不安。這件事使太后產生了恐懼心理。于是她在枕頭上開了個洞。她相信耳朵貼在洞上能聽到遠處的聲音。這樣，在睡覺的時候，如果有人靠近她走來，她很早就能驚覺。我親自試驗了一下這種枕頭（正像我有很多次趁太后不在的時候試驗她的別的東西一樣），發現經過枕頭上的洞傳來的聲音確實是放大了。

床上墊了三層又厚又重的床墊，被罩上都綉有鮮艷的花朵。卧室裏總亮着一盞燈，室內總有個女侍官在值班，外層走廊裏則有肅立着的太監們守衛。

這一切聽起來多麼熟悉！當時我覺得很奇怪，一個女人，如此有名，如此有權威，她統治了幾萬萬人，但最終仍不失爲一個人。她像一般人一樣吃，她洗澡，雖然和一般人洗法不一樣，但最終的結果是一樣的。也和普通人一樣，她也喜歡洗澡，喜歡卸妝就寢。她洗澡的時候不唱歌，但是當四個宮女在她漂亮雪白的皮膚上工作的時候，她的聲音裏有一種活潑快樂的情調，這使人想起，如果她不是忘不了老天爺賜予她的統治者的地位，如果她不是怕有損尊嚴的話，她也會高興地唱起來的。

　　她的尊嚴！是的，不管她是在五個女人的眼皮底下裸露着身子的時候，還是在一個莊嚴的宮殿前的庭院裏，大臣們趴在鵝卵石地上向她叩響頭的時候，她的尊嚴始終如一。不管她穿着華麗的皇家服飾，還是在就寢前穿着輕便的睡衣，她始終是偉大的太后。然而她首先是個女人，然後才是一位統治者。

　　人們還記得，在奉天她爲她那位無能的丈夫辯解，還有她兒子同治的那隻會轉動眼睛、會伸出紅舌頭的玩具兔子，人們不難看出，她與別的女人不同的地方只是她擁有無限的權力。

預　兆

　　深秋來得有些奇特。雖然誰也説不出奇特在什麼地方，但我們，特別是太后，都有些异樣的感覺。或許因爲深秋後冬季即將來臨，寒冷刺激了我們的血管，才會有這種感覺。我們似乎感到要大禍臨頭了。是恐懼？誰也不能對這種感覺有個確切的描述。

　　以後我回憶起來，我們都走近過玉蘭樹，可是誰也沒有朝它看一眼。我們應該看到它發生了變化，可是誰也沒有看見。朝廷有一種規矩，遇事不管大小，都要向太后報告，因爲有時候極瑣碎的事太后也會看得很嚴重。要是沒有這種傳統規矩，恐怕我們至今也不會知道玉蘭樹發生了什麼變故。

　　首先是園丁看見了玉蘭樹。他知道應該報告。但作爲一個太監，他無法預計到這種報告會帶來什麼後果。他可能因爲發生的事而招來譴責，雖然錯誤不在他。但事情是必須報告的。于是這位首先發現奇迹的太監園丁就跑到總管太監李蓮英那兒（關于這一切過程我是後來才知道的）。

　　"今天太后的心情好嗎？"

　　"你爲什麼要問這個？她今天心情不太好，如果有什麼事要報告的話，注意不要得罪她。"

　　"我不知道能不能得罪她，但這事一定要報告，如果我不報告，讓太后自己發現了，那我就得掉腦袋。"

　　"如果你惹得她心情不好，你也一樣掉腦袋！"李蓮英搶白道。李蓮英是個殘忍的、沒有心肝的太監。他感到快樂的事就是看着太監、宫女們受拷打而痛苦，甚至被砍頭。"你要報告的是什麼事？"

　　太監很害怕，但是他已經講了那麼多，不能再收回去了，否則李蓮英會拷打他的。

"玉蘭樹開花了！" 他説。

"玉蘭樹在深秋開花？" 李蓮英問。"這不可能。所有的花好久以前就謝了。"

"這不錯，但是有一棵樹正在開花。"

"有這樣奇怪的事？這是一椿意外事件。"

"是的，并且是個凶兆。"

"那又是爲什麼呢？"

"因爲，雖然幾個月前玉蘭樹開滿了花，但那時正是開花的季節。你知道嗎？現在只在一棵樹上開了一朵花。這棵樹上原來開的花早已謝去了。"

李蓮英對這件事沉思了一會兒。他知道玉蘭樹開花是個凶兆。這會兒輪到他害怕向太后報告了，因爲他知道太后是非常相信預兆的。但是李蓮英是個有外交手腕的人。

"我去告訴老佛爺，" 他説，"你的任務完成了，回到自己的崗位上去吧。"

太后正準備上早朝，我和她在一起。李蓮英來了，我們都看着他的臉，這真是一張醜鬼的臉，臉上很少有表情，除非他看到有人被用竹鞭抽打，或受到其他折磨。他喜歡看別人受苦。但是現在他臉上是另一種表情，這種表情我們誰也沒有在這個惡毒的太監臉上看到過。

太后看着他，她臉上的表情也發生了變化。她整個早晨都在不安和出神。我想她是在等待着什麼事情發生。現在她從李蓮英的臉色可以知道她下意識中擔心的可怕事情就要來到了。

李蓮英向太后跪下叩頭。我仔細看着李蓮英，我是知道他的，也很怕他，他仗着自己是太后的總顧問而擁有極大的權勢。從他臉上的假笑可以知道他又要充當僞君子了，但是太后看不見，因爲他的頭低着。

"太后老佛爺，有一些事情要報告。" 他説。

"什麼事？" 從她的聲調裏可以聽出她已是急不可待了。

"這是一個大吉大利的好預兆，" 他説，"今天一定會有非常好的事情要發生。"

"什麼預兆，快告訴我。"

"太后老佛爺，玉蘭樹又開花了！"

我看到太后聽到這消息後身子一顫。我不明白這是爲什麼，雖然我也知道現在不是玉蘭樹開花的季節。我屏着呼吸等待着。

"玉蘭花？"太后很快地問，"快說，你還沒有把一切都說清楚呢。"

"太后老佛爺，這是真的，有一朵玉蘭花……"

"一朵花？"

"是的，頤和園裏最老的一棵玉蘭樹開了一朵完整的花。這是一個奇迹，這是一個大吉大利的預兆。"

太后的臉色變得又白又呆板。她的嘴唇在嚅動，但是好久沒有說出一個字來。我彷彿感到這一瞬間她老了很多，我幾乎能看到她手指在發抖。可是朝廷裏誰也不明白這是怎麼一回事，除了太后感到大禍要臨頭了而害怕。

"不，"她最後小聲地說，"這不是一個吉兆，而是一個凶兆。你爲什麼要讓我相信不是真實的事？這是一個凶兆，厄運臨頭了。"

她專橫地一揮手讓李蓮英走開。

然後她轉過頭來對我說。

"這預兆着國家要有灾禍了。"她幾乎像耳語似的對我說。

我聽着她說，就有些相信她。我不相信預兆，但是像太后這樣有權威的人如此堅定地相信預兆，說不定真能招來什麼灾難。

"你記得幾年前的一件事嗎？"太後繼續說，"那時候中國的上空一片紅光，許多人都在議論這是個什麼預兆。他們稱那天象爲彗星，它有一條長長的明亮的尾巴。我當時就知道天空發紅是一種凶兆。我知道有什麼可怕的事情要發生。果然那年發生了中日戰爭，戰爭的結果是我們割讓了大片領土。這一朵玉蘭花也象徵着一種凶兆。"

她說得如此認真，使你不得不相信她。

她很不耐煩，她比原先更加不安。她不能使自己鎮静，她幾乎等不得穿好衣服上早朝。她竭力耐着性子，總算把衣服穿好了。

"趕快，"她説，"我們必須立刻去上早朝，有什麼壞事情要發生了。説不定軍機大臣慶親王那裏已經有一份對中國不利的奏章了！"

我知道，這一切都是不可信的，但是正像我叙述的那樣，事情還是發生了。我們像往常一樣去上早朝，太后身後跟着一個長長的隊列，但是太后走得比平時快多了。不過不管她走得如何快，我還是感覺到她是一位老婦人了。一朵玉蘭花增添了她的年紀。

我們到達朝堂的時候，太后的大臣們已經在庭院裏等候了。像往常一樣，大家立刻跪下叩頭，并一一通報自己的姓名。慶親王等着太后的恩準要説話，但是我們都注意到，他的表情正和李蓮英到太后住所報告玉蘭樹開花時的表情一樣。

太后看到了那表情，她的嘴唇頃刻間變白了。

她知道！

"什麼事？"她不顧其他大臣，直接對着慶親王問。

"太后，有新聞。"慶親王説。

"馬上告訴我，"她命令道，"我知道今天早晨有壞新聞。"

"日本向俄羅斯宣戰了！"

這一問一答倒是很快，可是問題還是不清楚。太后真想立刻把問題搞個水落石出。

"哪方處于困境？這不是又一次國際戰争嗎？外國必須要打仗嗎？我不明白，他們爲什麼總是不停地互相打呀，殺呀。這次他們是爲什麼打起來的？"

"日本襲擊了旅順口。"

"啊，那是在中國的領海打呀！"

"是的，太后。"

"這就奇怪了，他們爲什麼不在日本或俄羅斯打？我可以看出兩個國家對中國都不懷好意。"

"太后，這次戰争與中國無關。"

"如果戰爭與我們無關，那爲什麼旅順遭襲擊了呢?"

慶親王對太后這個尖銳的問題無法回答。實際他知道真情，知道這次戰爭對中國不利。但是大家都習慣于哄騙太后，使她寬心。

太后沉思了一會兒，然後她輕輕地用一句古老的中國諺語説:

"養兵千日，用兵一時。儘管我們平時一直没有用他們，但國家有難的時候，他們必須隨時準備出擊。"

她的話説得非常堅決。我非常理解她的意思。慶親王也懂得，那些静静地跪在那裏聽着的大臣們也都明白，她是在宣傳她的"常備不懈"的信條。她的意思是説，雖然像慶親王説的這次戰爭與中國無關，但是中國也必須準備迎接挑戰。

太后繼續説。

"每次外國在我們的身邊發生國際戰争時，"她説，"中國就要喪失領土。這種事情可能又要發生了。我相信俄羅斯和日本都是在尋找藉口想占領東三省。我們已經失去了好多領土。俄羅斯怎麼想的我不知道，但是日本是渴望着要占據我們更多的領土。他們可能要找些理由把中國捲進去。"

慶親王答道:

"奴才請太后寬心，我們只要保持中立，就不會有什麼事落到我們頭上來。"

"雖然是這樣，"太后毫不猶豫地説，"你必須告誡當地的文武百官，不要去參與關于戰爭的議論。同時要告誡他們，如果野蠻的入侵者想侵犯我們領土的時候，他們必須起來堅決保衛。我們不要説任何一句話或做任何一件事來把我們自己陷入困境，但是如果麻煩真要落到我們頭上的話，我們必須有所準備。"

要注意到，她説這些話的時候，不是像往常下聖旨那麼公務化的。即使在那時候，日俄戰争剛開始不久，她就預料到事態會擴大。她是非常精明的。如果她把剛才和慶親王説的話正式作爲一道聖旨發下去，這聖旨很快就會在世界各地公開，這樣就將得罪俄羅斯或日本。從一開始她就清楚地看到中國的處境。她知道中國不可能得到誰的幫助，她怕戰爭最終會把她毀了。

現在她讓慶親王和大臣們都退下。她也不與我們其餘的人説一句話，眼睛直直地望着前方，開始往她私邸的方向走去。路邊深秋的花儘管都是她喜歡的花，她也顧不得欣賞了。她路過的時候太監們都對她叩頭，她也没有注意。

她走路步子堅定得像個男人，使人感覺她是在想象自己正踩着敵人的身體過去。現在她立即意識到她肩上的擔子是何等沉重。

我懷疑，我們從奉天回來的時候，大家心理上都感到恐懼、不安，或許就是這件事的預兆吧。

回到住所後，她除了留一二名女侍官外，令其餘的人都退下。光緒皇帝也被遣開了。雖然名義上他是皇帝，但遇到帝國有重大事件，太后從不考慮他。少皇后也被遣走了。宫女們一概都讓離開。

太后静静地坐着，眼睛一眨也不眨，什麼也不看，兩隻手静静地放在膝蓋上，臉上没有表情。

但是她老了，看起來比昨天或前天都老了。我心裏深深地憐憫她，但是我一句話也不敢説。在我面前，一位非常老的老婦人坐在黄色的裝飾華麗的寶座上——她的肩膀上壓着一個帝國的命運。她知道，她不怕，當然不是爲自己害怕。她相信她的能力。她知道整個中國都在等候着朝廷的命令，而這個命令最終是要由她來發的。

時間過得很慢，她依舊坐着。

我懷疑她是否在追憶她失去的青春。她猜想到我在想什麼嗎？我不知道。我只知道臨近傍晚的時候，太后召喚我到她那裏去，并且做了她以前只做過一次的事情。那是我第一次進宫的時候，她因爲知道我受過西方教育而對我非常好奇。她拉起我的手，放在她手掌上撫摸着。

"它們真軟，真是年輕人的手，"她輕輕地説，"一個人多麼希望有這樣一雙手啊。但是如果一個人要掌管四億人民的大事，那她就需要一雙由年齡和經驗鑄成的老練的手。"

"是的，太后老佛爺，"我説。由于肩上擔着重負而一下子變得這麽老，對于這樣一位女人，我再没有别的話好説了。

"青春，"她輕輕地説，"是老天爺賜予人們的最大的禮物，不但年輕人要珍惜它，就是老了也要珍惜它。"

過了許多年之後，我開始想我可能能瞭解她的話的意思，不過到現在我也不敢肯定。當然，在那時候，她不會希望再回到青春時代，因爲帝國需要一雙有豐富經驗的手來掌舵，這個現實她瞭解得很清楚。或許，當她肩上擔着重負，而且日後還要傳給她的後代，她明白她的青春是永遠不會再回來了。

退朝以後，她下了一道奇怪而微不足道的命令。她命令把那枝單花獨開的玉蘭花從樹上砍下來，撕碎，找一個人們走不到的地方埋掉。這個地方她所喜愛的人的脚决不會觸到，這個地方太陽也照不到，雨水也不能使它復活後再來報復人們。

當知道凶兆已被鏟除，她又柔和地對我説：

"一個人需要有一段時間來忘掉肩上的重擔，否則她會被壓垮的。你曾告訴我你會背誦杜甫的八首優美的詩，你給我背誦一下吧。"

我試圖笑一笑，但是看着太后的臉我笑不出來。她又命令吹簫和吹笛子的兩位樂師來爲我伴奏。當我背誦的時候，她臉上的皺紋開始舒展了，臉紅潤了，眼睛也明亮了……寧静，至少在那一刻回到了老佛爺身上。

我的背誦結束了，柔和的管樂聲也消失了，兩位樂師叩過頭後退下。

夕陽照着宮殿，影子拉得長長的，當影子在夜幕中消失的時候，頤和園又被籠罩在寧静和安詳之中了。

荆楚文庫

裕德齡集
（三）

［美］裕德齡 著
顧秋心 等譯

荆楚文庫編纂出版委員會
長江文藝出版社

慈禧御苑外史

目　錄

一點説明

慈禧太后被稱爲"老佛爺"，圍遶着她所編寫的許多故事在北京和中國其他城市的茶館裏廣爲流傳。人們聚集在一起閑聊着這些故事。而事實上，這些人對慈禧太后可以説是一無所知。我非常擔憂，像這樣一些荒誕的故事竟被當作真實的歷史，而這些故事的作者竟被看作老佛爺統治時期的中國歷史的學術權威。

我作爲慈禧太后寵倖的侍官差不多有二年之久。我并不是以此吹噓自己，而只是試圖表明我有權來寫這樣一本書。在許多場合下，老佛爺都把我看作她的親信。這本書中的事實都是她親自告訴我的，我只是把它們組織在一起，構成一個整體。

有些惡意中傷的人説：安德海和李蓮英都不是真正的太監，老佛爺和他們有曖昧關係，并且和安德海生了一個兒子。我可以毫不猶豫地説，一個假太監想躲過宮廷的檢查是不可能的，因爲每一個太監進宮前都要經過嚴格的入宮檢驗，作假根本沒有可能。這個所謂安德海和老佛爺的兒子我也認識。

即使是宮中的人，除非被特許進入老佛爺最機密的内宮，否則，對她只能是一無所知。所以宮廷中的傳説正像茶館中的閑談一樣不可靠。中國人一向善于創造許多離奇的故事，特別是關于一些有地位的人的故事。

本書中涉及的許多人我都認識，并且和他們交談過，像康有爲、李蓮英、榮禄、袁世凱、光緒、少皇后（在老佛爺死後被稱爲隆裕皇后）、同治的四春娘娘（我曾在紫禁城中她們的住所拜訪過她們）、孩提時代的溥儀、珍妃、恭親王以及老佛爺。在一九〇三年至一九〇五年間在宮中活着的每一個重要人物，我都認識，而我特別熟悉并且喜歡的就是光緒。

　　我一生最大的遺憾之一就是我未能去勸說老佛爺進行許多必須的改革；我是有可能做到的，因爲老佛爺是很願意聽我的意見的。

　　我也注意到了這一點：別的作者由于與老佛爺太疏遠，因而不僅不能給予她一個公正的評價，就連關于她的真實情況都說不清楚；而我却與老佛爺相處太密切了，儘管我竭力試圖不讓自己太明顯地進入故事中去。

　　我想把本書寫成類似人物傳記的形式，是基于回憶（或者是傳聞）的故事組成的，所以我考慮盡可能少用日期，并把故事寫清楚，不加任何注解。

　　當我們説“同治”這個名字的時候，是指他統治時期的年號，而不是指他個人或家族的姓名。對光緒也是這樣。宣統是溥儀的年號，溥儀實際上并沒有當過真正有統治權的皇帝。

　　在講到榮禄與老佛爺間愛情問題的時候，我嚴格尊重事實，力圖寫成既合乎人情，又是清楚、有趣的記事文學。

　　我由衷地希望能達到我預期的效果。

德　齡

一九二八年三月一日于加利福尼亞州洛杉磯

德齡公主

對廣大讀者來説，德齡公主是大家很熟悉的作家，無需再作介紹，因爲她的著作《清宮二年記》在一九一一年初次出版後就引起了轟動。

我第一次見到德齡公主是在一九二七年九月十一日，在中國的天津。

我爲能認識德齡而感到榮幸，而且我真誠地希望能成爲她的朋友。

我讀過《老佛爺》（即《德齡憶慈禧》——編者注）一書的手稿，并且很喜歡它。

但是奇怪得很，當我讀完後，想用言語來贊美德齡公主的這本近作的時候，我心裏一直在想的却不是《老佛爺》，而是別的。

當我閉起眼睛，我的思路就回到了過去一個使人難忘的下午，那時候，我和德齡及一些朋友們一同去游覽頤和園，登了西山。第二天我就要同她一起進紫禁城，那是滿族聖地中最重要的部分，即使到今天，也沒有哪個外國人能進去。雖然我也很喜歡去參觀一下紫禁城，意識到這是我的特殊權利，但是那次參觀給我留下的印象却遠不如游老佛爺最喜歡的住所頤和園時留下的印象那麽深刻。這是一個由許多建築物構成的遼闊的皇宮，幾乎覆蓋了整個人工山。山在一個人工湖邊，那是老佛爺很喜愛的一個湖。頤和園是東方風景區之一。有一次，在與德齡公主相識之前，我游覽了這個著名的皇宮。可是當我離開那裏以後，感到思想一片混亂，簡直想不起來我看到了哪些東西。看到的太多了，而另一方面却又覺得是空的，好像是被盜墓者偷盜過的陵墓。

可是這第二次游覽和上一次是多麽的不同啊！

頤和園裏的每一座建築、每一個庭院、每一條曲徑、每一塊鵝卵石，幾乎都有一個故事告訴公主，而她又把這些故事講給了我聽。她爲我把活的、有氣息的人物裝進了頤和園，使它不再成爲空虛的鬼魂或影子。就像她描寫的老佛爺，也是一個非常逼真的人物形象。我一方面想去游逛，尋覓一下那深藏的幽谷，同時也想聽聽宮眷們有克制的笑聲以及太監們那種像女人樣的尖嗓音。最後，我擦擦眼睛，確信我并沒有真的看到那些穿着富貴華麗的旗袍的宮眷。

"這裏，"公主説，"是老佛爺接見她的大臣的大殿，那些大臣來到後就跪在她面前誠惶誠恐地叩頭……"

公主把上朝的情景描繪得如此逼真，我彷彿看到那些大臣們叩頭、彎腰，就像在神龕前面禮拜的虔誠的信徒。

"這條鵝卵石路上的斑痕是一九〇〇年外國軍隊炮車的輪子壓出來的……"我聽着，似乎清楚地聽到了隆隆的炮聲和炮手們的喊聲和咒駡聲。

"這棟房子是我進宮以後的家。這是頤和園中惟一的二層樓建築。老佛爺就住在湖的那一角，我經常在霧天的早晨到那裏去叫醒她……"

我們匆匆地走過這房子，看到裏面住滿了穿軍裝的苦力。他們睡在地板上，那上面曾留有皇族的足迹！

"這是牡丹山……"

現在已經損壞了；因爲中國不再注意照料它了。

"這是著名的長廊！有一次，我患了嚴重的思鄉病，我就坐在這裏哭，就是這地方！我想我真像個嬰兒，而且肯定我一點也不喜歡宮廷生活。"

我似乎看到她在那裏，僅僅是個普通的孩子，真如她説的。我不認識她，但我相信，現在我身旁的摩登女子一定和她很相像。

在長廊的末端，有一個門通到著名的石舫，那是大理石雕成的。在跨出門檻之前，公主突然停下來，大笑。這不是一種快樂的笑，而是當一個人受了嚴重創傷，而又不願在生人面前表現痛苦時發出的笑。有一張棕色的紙貼在門邊的木柱上，上面有些中國字，這對我來説當然是莫名其妙。

　　但是公主是明白的！

　　"這是一張廣告，"她解釋道，"宣傳在旁邊那個門裏出售高質量的啤酒、三明治和茶！"

　　過去，這是個神聖的地方。就在這根柱子的上部，有老佛爺玉璽的印記。而現在，這裏挂滿了蜘蛛網，下面還貼了這樣一張褻瀆的廣告。試想，要是老佛爺回到這裏來看一眼，她會怎樣！反過來，如果外國人有機會到皇宮裏來，那我可以毫不懷疑地說，他們對地面上的鵝卵石都會看得像飾物一樣珍貴！

　　然後，我們到石舫上品茶。

　　以後來到游艇停泊場，這是一般旅游者很少來的地方。這裏，鴿子在屋檐下不停地咕咕叫着。老佛爺的一艘拋了錨的大游艇在水面上搖晃着，它已經搖晃了二十年了，甲板長期地受到水的冲刷；而另外一艘大游艇則下沉得幾乎看不見了，像一座死寂的墳墓。

　　很久以前，德齡曾乘着這些船在湖上游玩。

　　游艇停泊場管鑰匙的老人認識她，所以準許我們在裏面隨意漫游。

　　這不是一個快樂的場所。我想，這象徵着中國。

　　鴿子還是在屋檐下不停地咕咕叫。

　　然後，我們回到北京，現代化的北京，共和國的北京。在這裏，德齡將以貴賓的身份到一個著名的大旅社參加一個豪華的宴會。

　　這位過去曾經是，而現在又當了一下午宮廷女侍官的女人，此刻正以一個受到全北京人尊敬的摩登女子的形象出現在這個大旅社裏。穿着盛裝的中外人士都站起來向她致敬。

　　這是一次成功的、令人滿意的旅行。德齡即將離開中國到美國去，而且是這樣的匆忙。

　　但是我特別不喜歡那次宴會。

　　我正在想着很久以前，在老佛爺時期的一位小姑娘，一位宮廷小女侍官，她坐在那著名的長廊的影子下面，因爲孤獨而哭泣！

　　回憶起所有這一切，想起她爲我把人物放進紫禁城和頤和園，就不得不使我產生這樣的信念：只有她才真正適宜于來完成目前她所完成的這一工作。

阿瑟·杰·伯克斯
于加利福尼亞州洛杉磯
一九二八年四月

譯者序

　　德齡是中國讀者比較熟悉的作家。她的著名作品《清宮二年記》和《童年回憶錄》的中譯本自從一九四八年出版以來，已經多次重印。這次翻譯的兩本著作《德齡憶慈禧》和《德齡話光緒》是分別以慈禧太后和光緒皇帝爲核心來描寫清宮生活的內幕，揭露清廷內部各類人物之間勾心鬥角的情況。德齡曾經作爲慈禧太后的貼身女侍官將近三年之久，而且深得慈禧太后的信任。她和光緒皇帝也是好朋友。光緒常把自己的抱負、自己的不幸遭遇和內心痛苦向德齡吐露，所以德齡寫這兩本書是有着其他人無法比擬的優越條件。另外，她從小在外國長大，對中國發生的一切事情有她獨特的見解，不受中國傳統觀念的影響，所以她的作品讀起來別有一番風味。她善于分析各類人物的內心活動，描寫細膩，文字優美、含蓄。爲了保留原著的風格，我們的翻譯工作力求忠實于原文。但是，由于作者的立場所決定，在涉及義和團暴動的章節中，有部分描述表明作者對義和團的認識有一定的片面性，我們對部分過于醜化義和團形象的字句略作了刪改。另外，書中有些人物的姓名無從查考，只能音譯。

　　由于譯者水平所限，譯文錯誤和不妥之處在所難免，敬請讀者批評指正。

譯　者

一九九一年六月

在一個滿洲花園裏

蘭兒的家是一個平靜、舒適的安樂窩。她父親早就退職了，帶着將軍的官銜、爵位和俸祿，閑散地消磨着歲月。他的烟斗整天不離嘴，除非在他睡覺的時候，才從他鬆弛的嘴唇掉下，滾過他寬大的胸脯，落到長袍的褶縫裏。在這種時候，他的鐘形帽可能微微斜倚在他頭上，帽上的紅頂珠無目的地指向任意角度。他的妻子喜歡做針綫活，因爲她有一雙天生的巧手，在這種時候，她總是微笑地看着他，這個陪伴着她度過了漫長歲月的男人。在那張寧静的臉上没有絲毫不安的神情，因爲他們的生活是美好的。他們有四個孩子，兩男兩女。即使是這兩個女孩子，現在也正在客廳後面的小屋裏專心學習古文呢。她們的老師是一個可愛的老人，體胖氣短，和她們坐在一起。學生偶爾思想開小差，老師也不太在意，除非他意外地突然醒來，吃驚地發現姑娘們在偷懶。

蘭兒是個有抱負的姑娘，她是一個夢想家。她的夢是如此的宏大，有時候連她自己都吃驚，所以她誰也不告訴，只是深深地埋在自己心底，偷偷地沉思冥想，渴望獲得更多的知識來使她的夢想成爲現實；渴望將來什麼時候她能擺脫傳統習慣的約束，窺測一下房門外面，甚至花園圍墙外面的世界。這是一個幽静的花園，老園丁在這裏用他勤勞的雙手不慌不忙地侍弄着他心愛的花草，消磨着時光。

父親懶洋洋的、半睡半醒地坐着抽烟。母親勤快地縫着。另一間屋裏，老師正在打盹，兩姐妹趴在書上，可是誰能相信她們中哪一個真正看到了那滿書爬行的字，那像嬰兒噩夢中看到的，變化無窮的龍一樣的字！這是春光明媚的季節。房門外面的花園裏，正盛開着牡丹花、杜鵑花和木蘭花。蘭兒把一個指頭放在嘴唇上，沉思地看着窗外。花園裏，蜜蜂正在哼着醉人的催眠曲。無疑的，老師正在打盹，父親進入了夢鄉，因爲這是春天！蘭兒朦朧的眼睛看到她的婢女小竹正穿過花園的廣場大踏步走來。她輕輕地穿過這寂靜的廣場，抬眼看見了蘭兒，鬼鬼祟祟地把一個手指頭放在嘴唇上，敏捷地左右張望一下，向她點點頭，然後斷然轉身，快步走回花園的那一頭，就消失了。

蘭兒是多麼熟悉這個信號啊！她以前見過無數次了。

這信號告訴她：

"他剛從月形門進入花園！"

蘭兒看看她妹妹。雖然她妹妹只是輕輕一笑，却顯示不安的神色。她擔心地看看正在打盹的老師，身子趴到前面盯着她的父母。她幾乎想搖搖頭阻止她。但她沒有這樣做，因爲她很愛她這個膽大的姐姐。對于一個高貴的滿族家庭的小女子來説，蘭兒是够大膽的了。蘭兒輕輕地，慢慢地，用驚恐的眼光看着老師，離開了自己的座位，溜向挑棚，并跳了出去，這一切做得一點聲音都沒有。她沒有驚醒她的父親，這時候他的烟斗已經靜靜地躺在他長袍的褶縫裏了。她母親抬頭看了一下，并沒有問她什麼，因爲，往常，在這時候，蘭兒也往往要到花園裏去散一會兒步；特別是剛才小竹來到門口，由她陪伴着她可愛的小主人，更沒有問題了。就這樣，蘭兒到了花園裏。

這是一個很大的花園，盛開着各種鮮花，粉紅色的牡丹嬌艷得像嬰兒嘴裏的嫩肉。杜鵑花有白有紅，好像它們的小臉因害羞而泛起了紅暈。白色的木蘭花純潔得像基督教修女的臉蛋。自由組合的蜂群在花叢中嗡嗡地忙碌，吸吮着香甜的蜜汁，哼哼地唱着歌，陶醉在春天的芳香中。沿花園的圍墻，種着各種大樹，小徑兩側是喬木或灌木。大樹展開它凉爽的樹陰罩在大理石的桌子和長凳上。這種石桌和石凳在一個上等的中國式花園裏是必不可少的設施。在花園最遠的角上，有一個小凉亭。陽光和陰影交織成的花紋在琉璃瓦屋頂上晃動。構成樹陰的枝條似乎在用多葉的胳膊向人們召喚、示意，邀請他們從繁忙的工作中抽身到這裏來享受一兩小時的寧靜和安逸。凉亭的背面對着墻，那裏就是月形門。現在門正緊閉着，而且上了鎖。

萬無一失！當蘭兒邁着堅定的步子直奔凉亭的時候，她對自己輕輕地一笑。門確是關着，而且上了鎖。但在那鎖上有秘密，只有三個人知道的秘密。第一個人是小竹，她有一把鑰匙。她愛她的女主人勝過任何一個有生命的東西，甚至勝過她自己的親生孩子。第二個人就是蘭兒，她的雙脚此刻正帶着她迅速走向那個人，那個知道月形門秘密的第三人。當然，也可能有第四個人知道或猜到這個秘密。這可能的第四個人就是老園丁。但是他已經非常老，而且又聾又瞎，特別是，他也愛蘭兒，没有得到蘭兒的允許，他是不會説出秘密的。

蘭兒用她兩隻漂亮的天足直奔凉亭，後面跑着忠心的女婢小竹，一步一步地踩着她的脚印前進；作爲一位高貴小姐的侍女，她感到榮幸。到達凉亭，跨上臺階，進門又輕輕掩上門。小竹没有進凉亭，她非常聰明，再則，她愛蘭兒勝過一切。她到凉亭附近的一個石凳上坐下了。臉朝着一個地方，那裏和蘭兒住所之間就隔着凉亭，這樣，當有人從屋裏往外看，看到她時，就會認爲蘭兒在凉亭後面玩呢，不會再想到別的事。蘭兒對這個聰明伶俐的小竹是無比地信任。蘭兒走進凉亭，掩上身後的門。

在一張長桌上放着幾本書，有的打開了，有的合着。從桌子後面的長凳，站起來一位英俊的滿洲青年。當他看到蘭兒的時候，他的眼睛迸射出光芒。他覺得她無比的美貌又增添了新的嬌媚：她的纖手如此嬌嫩，她的黑眉就像小黑鳥的翅膀，她漂亮的雙脚正好從她淡紫色旗袍的下沿露出。穿着旗袍的蘭兒正好與花園和凉亭的氣氛協調，構成了一幅美麗的圖畫！金邊鑲在旗袍的下緣，閃光的扣子像一串寶石項鏈，與她的像玉雕一樣的臉蛋相映成趣。她有一個高高的額頭。紅絲綫將她的頭髮扎出劉海兒，沿兩條修眉的中心垂下，她關上門，像個立正的士兵一樣面對着這位正站起來迎接她，向她致意的滿洲青年。她臉紅了。

"榮禄，"她喃喃地喊着他的名字，"我又來了！"

他抓住了她的小手。兩人的形象是：蘭兒穿着淡紫色旗袍，榮禄穿着滿洲步軍統領的華麗制服；一對王族。他握着她的手，看着她的眼睛，并且從她漲紅的臉蛋上看出了他最希望知道的意思。蘭兒并没有拒絶他。這裏只有他們兩人。

這完全違反了傳統規矩。任何一個滿洲姑娘不可以在没有伴娘陪同的情况下和一個滿洲男子相見。尤其不允許她私自去見他，讓他握着她的手，用眼神向她的眼睛説話，講很久很久以前的故事。儘管這樣，蘭兒還是來了。而榮禄，高大，挺拔，豪放，此刻緊緊地握着她的手（但也不敢握得太緊，因爲她的手指嬌嫩得像花瓣），注視着她的兩汪清水般的眼睛，從它們的深處，反射出世界上女性的全部智慧。

他們的手緊緊地握着。在這方面，他們還没有違反傳統的規矩。滿洲的青年男女可以用緊緊握手來表達愛慕之情，但到此爲止，不能再越過一步。可是蘭兒却是私下到這裏來幽會了。她應得到的懲罰將不亞于她公開地向這個漂亮的步軍統領表達愛情的情况。所以當他帶着温柔的情人的微笑將她拉到身邊時，她并不拒絶。她無法拒絶榮禄，因爲他是這樣地温柔，總是用他的微笑來征服她的反抗。

他用整個胳膊摟着她。那是一雙能馴服她的强壯的胳膊。

"你真美，蘭兒，"他幾乎是在耳語，"我愛你勝過任何人，甚至我的妹妹和我的母親。世界上再没有人能像你一樣。如果你願意的話，你能成爲皇后。世界上的偉人將把全世界的財富放到你的脚下，并將爲了争得你秋波一瞥的榮幸而去戰鬥。你知不知道你是多麼美麗，我是多麼愛你。"

蘭兒沉默了好久，凝視着他的眼睛，他微笑的嘴唇。這個勇敢青年不怕她父母的責備，蔑視舊禮教的約束，私下來到她的花園。她的嘴唇也在顫抖的微笑中開啓了。

"我知道，"最後她輕輕地説，"因爲我也愛你。"

他們又互相擁抱了。整個世界沉浸在寂静中。

凉亭外面傳來了一些微小的聲音。蘭兒從榮禄身邊後退。

"小竹給信號了，我必須走了。明天，怎樣，榮禄？"

他點點頭，極不願意地放開了她。

"我一會兒就要去拜訪你的父母，" 他帶着他特有的恬静的微笑说，"這回我將不從月形門走了。我有重要消息要告訴你父親，你可以在挑棚那一側的書房裏聽。我現在不告訴你，因爲我們在一起的時間這樣少，我覺得除了告訴你我愛你以外，再没有什麽重要的事情要對你说了。我永遠愛你，蘭兒，并且永遠忠于你，直到生命的最後一刻。"

她用她的指尖輕輕地擦了一下他的嘴唇。一個大膽的動作，因爲没有一個含蓄的滿洲姑娘會主動向男人奉獻愛撫的。但是，有什麽辦法呢? 榮禄已經説了他愛她。她去了，走出了凉亭。榮禄從一個窗口看着她，一直到她父親房屋的墙角擋住了他的視綫。不一會兒，他看到女婢小竹向月形門走來。門打開了。榮禄没有左顧右盼，坦然地迅速離開了凉亭。因爲他知道，如果有被發現的危險，小竹是不會打開門鎖的。他從花園穿墻出去，身後留下他生命中最珍貴的禮物。

他繞圍墻走到將軍的住所。傭人進去通報，他以貴賓的身份被引進。他進去的時候，蘭兒的父親醒來了，急忙從長袍褶縫中撿回烟斗。母親把針綫活放到膝蓋上。榮禄可以看到蘭兒和她妹妹倆低着頭，在挑棚那一邊的屋裏，她們在用心地伏案讀書。老師突然驚醒，從他肥厚的嘴唇爆發出一聲煩躁的吼聲。然後用滿洲語向兩個女孩咆哮着什麽。女孩們的頭垂得更低了。榮禄笑了。他裝着没有看到挑棚那邊發生了什麽事。

他坐到房門對面的炕上，僕人送上茶點。蘭兒的父親向來好客，特別來的是榮禄。他對榮禄像對自己的孩子一樣鍾愛，并且在心靈深處埋藏着這樣一個思想：將來有一天可能榮禄會真的成爲他的兒子。除了蘭兒的父親自己，誰也不知道這個思想。蘭兒的母親也有類似的想法，但是她也是什麽都不説，因爲當家做主和安排子女的婚姻都是父親的事。但是母親能耐心等待，希望蘭兒能得到幸福。要是榮禄能知道他們——與他相愛的姑娘的雙親，有這種打算，那他該高興得從心裏笑了。可惜他不知道。

蘭兒家裏的五個人有各自的秘密。小竹，她和蘭兒共同保守着幽會地點的秘密。蘭兒的妹妹，她猜想的比她實際知道的多，因爲這個文雅的姐姐對她來說有些不可思議，她的姐姐總是夢想，有時説的話表現出極大的野心，完全不像是一個出身于貴族家庭的女子，她們不會幻想到這個世界上來能在彩虹脚下撿到一罐金子。蘭兒的父親有他的秘密，母親也有自己的秘密。

但是榮禄自己却什麽也不知道，而正是他，使這些秘密中最大的秘密永遠成爲秘密。

他是一個步軍統領，負責帶領一支部隊守衛紫禁城，保衛皇族的生命財産。并且，由于他肩負着這樣一個責任，所以他常常能得到關于紫禁城内發生了什麽新鮮事的消息。這些消息他總要先告訴蘭兒的父親，因爲她父親雖然年老，不能再指揮軍隊了，仍然對軍隊事務感興趣，喜歡議論。

經過通常的寒暄後（這是一種傳統習慣，它把客人來訪的真正目的先掩蓋起來），榮禄開始轉入正題了。

"皇后未能給咸豐生一個兒子。"他慢悠悠地説。

老人不作聲，他只是從嘴唇噴出一縷輕烟。但是他的眼睛却發亮了，榮禄一會兒會告訴他底細的。榮禄似乎對僕人送上的茶點很欣賞。他懂得如何最穩當地宣布一個戲劇性的消息。

"大清帝國的皇位没有繼承人。"稍等一會兒，榮禄接着説。

然後，下面的話就一下涌出來了，因爲榮禄看到在挑棚那一邊聽着的蘭兒正在不耐煩地把頭仰起，儘管她一直裝着在用心地讀古書。

"所以，"他接着説，"聖上降旨要立妃子。當然，她必須出身高貴。聖旨裏提出十七名滿洲姑娘，都是出身于官宦之家，她們將要在指定的日子去紫禁城，以便聖上從中挑選。他們告訴我，皇后大發雷霆，但是她什麽辦法也没有，因爲皇帝有絶對權威。不久，宮中就要有皇妃了。皇上希望從此扭轉皇室命運，得一位太子繼承皇位！"

這時候，蘭兒做了一件出人意料的事，她不管老師，也不管她妹妹驚恐地對她皺眉示意，竟離開自己的座位，甚至那本爲裝樣而打開的書都忘了合上，就跑進屋裏。

"我的名字在那十七人中!" 她激動得尖叫着:"我知道,是這裏告訴我的!" 她嬌嫩的手按着她的心。

榮祿胸腔裏的那顆心冷了。那裏有什麼東西,一種很冷,很重而且悶鬱的東西,好像一個溺水人的手,重重地壓在他心上。當他接觸到蘭兒的目光時,他的臉變得呆滯了。他看看蘭兒的父親。父親用驚呆的目光看着蘭兒,張開了嘴想説句什麼話。

突然,一個僕人進來通報:皇上的使者到。

使者是一個穿着宮服的太監,他威嚴地進來了。看來是咸豐的使臣。他親切地遞給蘭兒的父親一張蓋了許多封印的黄紙。

一紙聖旨!僅僅是一張黄紙。黄色是中國代表皇權的顔色!

但是它畢竟注定了去改變榮祿和蘭兒的整個一生,去寫中國冗長歷史的整個篇章。蘭兒的父親讀着聖旨,拘謹地叩着頭,并且抬頭看榮祿。

但是房門已經在榮祿的身後關上了。也許他猜到了,也許他的心已經告訴他,太監帶到他心愛的姑娘家裏的是什麼消息。于是,遠在將軍讀完聖旨前,他已經走過了花園。這是他在這一天中第二次走過花園。這個花園掩蔽着凉亭,那凉亭啊,是他夢想并希望在那裏實現他的美夢的地方。

窮鞋匠

　　稠密的人群在東華門前的南池子不停地來來往往。這是一條通到遠處的紫禁城城門的街道，那裏有賣東西的小販，有抬轎子的苦力，轎子裏的人被綢簾擋着，使外面的人不能看見。一個理髮匠在人群圈中正在專心地工作，一群游手好閑的人懷着極大的興趣看着他。這時候，他正好把一個苦力肥肥厚厚的大耳朵洗乾净。這苦力是剛存够了錢纔來理髮的。一群熙熙攘攘的人匆匆地到什麼地方去，又神秘地回來了，他們滿意地完成了某種使命。十幾種不同方言的叫喊聲震撼着空氣。男男女女友善地互相推着，擠着，或者用苦力習慣的語言互相咒罵着。這是一個自然的群體，它在從事一種偉大的追求，那就是想法填飽自己的肚子，他們尋找低級趣味，擁擠着、謾罵着，無處可去，永遠無休止地尋找着自己的歸宿。

　　在另一個圈裏，一個年輕的鞋匠坐在他的工具箱上。他心裏不痛快，因爲他有野心，不滿足于現狀。一個鞋匠在社會上的地位是很低的，但是按中國的等級觀念，他已經從比這低得多的地位爬上了社會階梯。此刻他沒有活兒，他憂鬱地眯起眼睛，下嘴唇生氣地下垂着。他注視着圍繞紫禁城的高墙，望着那裏面覆蓋着黄色琉璃瓦的屋頂群，那神聖地方的壯麗顯赫與自己的貧困是多麼鮮明的對比！他沉思着，一口一口地嚼着蘿蔔；蘿蔔便宜，一個銅元就可以買到，而且不必用火煮就可以吃。沒有鹽，也沒有調味品，鞋匠把蘿蔔連皮一起吃掉，因爲他捨不得丢棄他的美餐中任何有食用價值的部分。他很窮，但是他曾經比現在還要窮得多，所以他懂得食物的珍貴，對任何食物都不能小看。他走過人群的時候，人們推他，擠他，他也不客氣地以咆哮對他們一一回敬。并不是這些人使他憎恨，而是因爲這個世界待他太刻薄，所以他對它的一切都痛恨。

他嘆了一口氣，突然，他的眼睛轉離了他凝視的紫禁城，也不去看周圍那紛亂的、川流不息的人群，而注視着他那打滿補丁、破爛不堪的大褂上的皺褶。這大褂是用來掩蔽他那從不洗澡的身子，防禦嚴冬和北京寒夜的侵襲。然後，他又注意到自己那條從未想到該梳一梳的辮子。他不時地喊着，用尖指甲掐着他大褂和辮子上的小寄生蟲，這是當他把害人的小蟲子從自己身上抓掉後發出的一種復仇者勝利的歡呼，這個年輕的鞋匠，一個殘暴的孩子！

他的名字叫李蓮英。他髒得無法形容，他的臉需要好好地洗一洗——好幾年前就該洗了。他還不到十六歲，但是顯得比他的實際年齡要大。人們找遍全中國恐怕也找不出一個比他更讓人厭惡的人了。但是他是一個值得注意的人，雖然在這個人群裏誰也不知道這一點，連李蓮英自己也不知道。

司命星記載着，這個卑微的鞋匠命裏注定要成爲中國歷史上的大人物。他性格乖戾近于瘋狂。他對這個世界懷有無限的讎恨和强烈的報復欲。現在，他用妒忌的目光注視着紫禁城關閉着的大門，低聲咒罵着住在那裏面的人，而且，如果他相信不會被告密者聽到的話，他還會大聲地咒罵。他多麼希望他的靈魂能一瞥那神聖的地方，但是，紫禁城不屬于像李蓮英這種階層的人。

在李蓮英的背後還有一段故事。不久前，他曾經是北方的一個農民，他睡的是又髒又破的麻袋片，如果能撿到麻袋片的話；吃的是雜糧，有時還得挨餓，每天在那焦乾、貧瘠的土地上艱難地勞動。每年依靠這塊土地傭口的人遠遠超過這塊土地的承擔能力。受盡折磨的父親的手上有着竹鞭抽打的傷痕。一天天，一年年過去了，李蓮英從不知道吃一頓飽飯是什麼滋味。除了睡着的時間，他腦子裏總是在想着食物，因爲他的肚子裏一直是空的。他夢想得到食物。當他睡覺的時候，他就預先撫摸了他的肚子，而當他醒來的時候，他就再次咆哮着咒罵這個世界，因爲他的夢是空的，不能滿足他的欲望。

　　他從他祖先生活過的貧窮土地上出走了。北京，這個中國的大熔爐，在召喚他。在這裏，你能聽到全國各省的方言和全世界東西方各國的語言。生活是艱難而可怕的。但是那塊使他由于無休止的勞動而幾乎造成終生駝背的土地終于被拋在他身後，被遺棄在過去的地獄裏永遠不復返了。盡管這樣，李蓮英并不滿足。李蓮英是永遠不會滿足的，因爲，如果説他還曾經有過青春的話，他的青春被剝奪去那麽多，以至于這個世界永遠也無法補償他。他將帶着他未能滿足的最大欲望（特別是對于食物的欲望）進入墳墓，并且對這個他即將離去的世界報以一聲讎恨的怒吼。

　　他曾經當過學徒幹苦力，挑雙筐，那髒筐裏收集有煤核兒、被人扔下的香烟頭以及充塞着大城市的街溝裏的各種廢料、雜物。他用一根一端裝有鐵鈎的長棒翻撥、挑選着撿回那些有用的廢料。有了這根棒，他那骯髒的，記不起是哪年哪月曾經洗過的手就不致于因接觸街溝裏的垃圾而更遭污染。就這樣，李蓮英漫不經心地挑選着。他從不洗臉、洗澡或梳辮子，小小爬行物在他的大褂裏找到了安樂窩，但是李蓮英還感到有些自豪。

　　他很自豪他是李蓮英。儘管在他生命的這個驛站上他是這樣的低微，但是却遠遠高于被他永遠拋在身後的那個站。

　　他手裏玩弄着修鞋刀，這是一個帶雙把的像剃刀樣的半圓形刀，腦子裏在回憶着過去，并設想未來給他準備了一個什麽樣的前途。到目前爲止，他已經由一個窮苦的農民變爲一個鞋匠。如果他勤奮地幹，他還能向前走多遠？他的斂財的本領很是驚人，一個蘿蔔，譬如説，只值一個銅元，可是他也很少去買，因爲憑藉着技巧和勇氣，蘿蔔可以很容易地被他偷到手。

　　他抬起頭來，注意到在騷動的人群中出現了片刻的寧靜。人群還在那裏，那是不會散的，但它突然變得非常安靜。對于吵鬧，李蓮英不在乎，因爲北京從來都是充滿了噪聲和氣味。可是突然沒有聲音，這倒引起了李蓮英的注意。在南池子附近亂擠亂轉的人群中，所有的人也像李蓮英一樣。

李蓮英抬頭觀察，是什麼使這一大群老百姓安静下來了。

一個馬隊正在沿南池子的中心經過。男人們穿着華貴的絲綢袍子，騎着生氣勃勃的奔騰着的蒙古小馬。那是灰色或純白的馬，頭上飄着長長的鬃毛，用皇家馬厩的飾物裝扮得富麗堂皇。馬隊領頭的是一個騎着一匹跳躍的灰馬的胖男子，他後面的是一個全隊中最引人注目的人。人們一看到他就立即知道他是一位大人物。他驕傲地、高高地仰着頭，好像他變成了一個出身高貴的人。隊伍裏的其他人都戴着閃光的珠寶帽子，但是没有一個人帽子上的珠寶有第二個人那樣多和那樣華貴。在第二個人的後面是一隊十六人的騎士衛隊，是保衛第二個人的。他們之中有的手裏拿着鞭子，當馬隊莊嚴地經過的時候，他們完全不顧在南池子擁擠、回旋的人群，對于那些没有迅速爲權貴們讓道的賤民們，手裏有鞭子的就使勁兒地抽打他們的背、腿、臂甚至臉。一個由蒙古馬組成的隊列，爲他們所馱的主人而感到驕傲。

李蓮英驚奇地張大了嘴。他是第一次來到南池子，不知道這條擁擠的街上的習慣，也不認識這位屈尊通過這條氣味混濁的街道的大人物。有一個人站在李蓮英的前面，幾乎擋住了他的視綫，使他看不到正在前來的馬隊。他扯了一下那人的袖子吼道：

"讓開些，龜兒子！"

那人趕緊道歉，對這個熱衷于看熱鬧的年輕鞋匠感到好笑，因爲他又立即改用相當温和的口氣提了一個問題：

"那是誰？那些把老百姓當成野狗那樣抽打的神氣活現的人又是誰？"這個人驚异地看着李蓮英。

"看來你是新來北京，還不了解他們吧？"

"够了！"他怒吼道。他没有耐性聽中國式會話中不可少的"開場白"，"回答我的問題！"

"那……"那人開始叙述了，然後又停頓了一下，爲能先行宣布一個戲劇性的情節而感到樂趣，"是安德海，他是咸豐皇帝陛下的總管太監！其餘和他在一起的那些也是太監，他們非常自豪，因爲他們能被選中作爲像安德海這樣一個大人物的衛隊。現在他們剛剛離開紫禁城，在圍繞紫禁城的街上巡視，他們沐浴着皇恩，住在紫禁城，吃在紫禁城！"

"太監是什麼？"李蓮英問。

當那人哈哈大笑的時候，李蓮英發怒了。

"伙計，如果你連太監是中國特殊的幸運兒都不知道，那你真可能什麼也不知道！他們……但是你真的不知道嗎？"

李蓮英再次回答他不知道。

這人又大笑起來，然後他就作了詳細的解釋。

"這些太監非常富，"他繼續説，"他們得到的錢比他們能花掉的錢多得多。

"他們吃得最好。看吧，安德海的肚子活像一頭準備挨刀的老母猪的肚子。儘管這樣，我敢打賭，他們永遠吃不飽；對那些普通老百姓連見都沒有見過的食物，他們總是狼吞虎咽，只有那些在皇上偶爾開恩從紫禁城門扔出來的剩菜殘羹，他們才不屑得吃。"

"那麼，"李蓮英輕輕地問，"一個人怎麼才能變成太監呢？"

"這不難，"和他聊天的那個知情人説，"只要有勇氣，再加上一把刀，譬如，一把鞋匠用的刀……"

李蓮英將信將疑地注視着自己手中那把刀，兩手把刀柄握得更緊，他拍拍那人的肩膀，求他再介紹得詳細一些。那人毫無保留地談了，因爲這對于他沒有絲毫損失，他可以同時聊着，觀看着行進的隊列。

一會兒，安德海騎着馬經過李蓮英坐的地方。那位知情人起來行了禮就退到旁邊，以免遭到隨從者的竹鞭抽打。李蓮英没有站起來，他大膽地觀察着隊列裏的人。大人物前面的那個領隊低頭看見了他。

"站起來！"他高聲地喊着，聲音就像是一個歇斯底裏的女人。但是李蓮英并没有站起來。他乾脆不理會那個説話的人，而是自己又拿了一個新鮮蘿蔔吃起來。要不是隊列後面的太監推擁着前面的太監，迫使他們前進，那領隊真的要停下來懲罰這個敢于對皇帝陛下的總管太監表現不敬的傢伙了。

"安德海！安德海！"李蓮英自言自語地重複着這個名字。這名字他聽起來有些熟悉。在中國，要追索一個人的來歷是很容易的。他必須記住這個總管太監的名字，并且去打聽清楚。隊列過去很久了，李蓮英還坐在那裏低頭沉思。他又一次抬眼望紫禁城的城牆和一簇簇屋頂上的黃色琉璃瓦。這次，他不像第一次看到這滿洲人的聖地時那樣臉上充滿讎恨。這是很值得思考的。李蓮英是個聰明人，儘管他這輩子沒有上過一天學，沒有讀過經書，沒有寫過張牙舞爪的中國字，那是每一個受過教育的中國人都必須精通的。

夜幕降臨的時候，李蓮英走到一個貧民窟，那裏住着許多和他同一等級的人，他可以從他們那裏得到更多的信息。他問了許多有關太監的問題，當所有條件都滿足了以後，怎樣才能進入紫禁城？他也問了許多關於安德海的問題。一個很老的老人，一個職業說書人給他提供了他所要的綫索。這事情想起來也真叫人驚訝。這個道德敗壞、滿臉麻子的鞋匠竟是咸豐皇帝總管太監的遠親！李蓮英是個聰明人，一旦他對自己大量的調查工作感到滿意的時候，便立即作了一個果斷的決定。他走街串巷，走到哪裏，偷到哪裏，存儲食物，以備今後有一段時間不能出去覓食的時候好藉以充飢。然後，第一步，他找了一個小飯店掌櫃作爲他的親信。他找到了一個不會被人發現的地方隱蔽着，在那裏他擬定他的計劃。他的計劃是他最大的秘密，而且在今後的歲月裏將成爲他最重要的依靠。

在他的計劃裏包括了一件出自他的職業特點的工具，儘管那個職業已經被他抛在身後，像一件破衣服以及像過去的貧苦農民生活一樣被永遠地扔進了歷史的垃圾堆。說到那工具，就是他的鞋匠刀，這是那位知情人在南池子曾權威地提起了他的注意。

李蓮英靠自己的手把自己變成了一個太監。當那可怕的轉變過程過去後，他以一個中性的小白臉形態出現在紫禁城的城門口。

這就是李蓮英，他把一個卑賤的鞋匠的生活永遠地扔進了他身後的垃圾堆。

咸豐選妃

對中國來説，這是一個值得紀念的日子。

這對十七個滿洲姑娘來説也是值得紀念的日子，她們都是有權戴紅珊瑚頂珠的大臣的女兒。整個北京城的人都知道，咸豐要選妃子了。這十七個姑娘和她們的父母情緒十分激動，因爲如果他們的女兒被選中了，這對她將是極大的光榮，而對這個幸運姑娘的父親來説，則意味着權力和威望。對姑娘本身，則可能意味着幸福。所以聖旨中點名的十七名女孩子，她們心情的激動程度是與日俱增。每一個姑娘都在猜度着自己會不會被選中。

只有蘭兒没有懷疑。她有信心；在她心靈深處早就埋下了這種信心。爲什麼她會有這種信心？她把理由告訴了她父親，但是没有對其他任何人説，一直到光陰在無盡的時間長河中流逝了好幾十年以後。她是一個虔誠的佛教徒，當她一聽到她的名字列入第一道詔書後，她就祈禱菩薩保佑她交好運。在她父親的花園一角，有個祠堂，她點上香，跪下祈求祖宗保佑她成功，堅定她的志向，這種志向榮祿是不會想到的，因爲她親口對他説過她愛他。

下面就是她對她父親講的故事：

"父親，我在神龕前點上香後，從香爐裏升起的烟盤旋而上，搖搖曳曳地形成了一個男人的面容。這面容我從未見過，但在我心裏我知道他是誰！這是一個預兆啊，父親！我將成爲皇上的妃子！"

父親感到迷惑，他從來没有真正理解過他自己的這個孩子。她是一個夢想家，而父親不理解夢想家。他自己是一個缺乏感情的、外向的、使人一目了然的人，正像那許多常在他住處周圍喧鬧的人的面孔所表現的那樣。

　　自從榮禄知道了蘭兒的名字列入第一道詔書後，他和蘭兒又見過好幾次面了。在有一次見面的時候，蘭兒站在涼亭後面的假山上，從那裏可以看到她家圍墻外面熱鬧的大街。一隊人馬通過了。在騎馬的人中，有一個人的臉引起了蘭兒的注意。她轉過臉來問榮禄：

　　"那男人是誰?"

　　榮禄感到痛苦，嘴輕微地抽動了一下。但他還是回答了：

　　"那是咸豐皇帝陛下。"

　　蘭兒深思地眯起了眼睛。那大人物和伴隨他的隊列過去的時候，没有任何人注意到站在墻的另一側假山上的這兩個人。

　　蘭兒悄悄地對自己説：

　　"這是同一張臉，"她告訴自己説，"這正是我看到的從香爐中升起的烟雲中顯出的臉!"

　　一個預兆! 是好運還是厄運，只有歲月能告訴我們。

　　但是，從這時候開始，蘭兒對榮禄的戀情表示冷淡，而榮禄對她的愛却是與日俱增。她疏遠他，而將自己關進那蘊藏着無窮野心的夢室裏的時候，他更是瘋狂地愛她。

　　就這樣，那偉大的日子逐漸靠近了。

　　十七名出身于滿洲高貴家庭的女孩子向紫禁城出發了，去接受咸豐皇帝和慈安皇后的召見。

　　十七名心情激動的小女子踏着那鞋跟高得驚人的滿洲靴蹣跚進城了，每人都渴望自己能成爲咸豐的妃子。高跟靴敲打着地面的咯咯聲與興奮的喋喋不休的細語聲交織在一起；詔書命令她們必須同時一起到達。她們的服裝五彩繽紛，都是用金錢所能買到的最好的服裝。她們都戴着未婚女子專用的高高的荷花式黑色頭飾，中間是粉紅色的花朵，周圍鑲了珠子串成的蓮子。不同的設計贏得了十七個姑娘彼此的喜愛。她們顫抖的下嘴唇輕施了胭脂，眼睛裏閃耀着期待的光芒。成爲中國皇帝的妃子，這是多麼高的榮譽啊!

　　蘭兒不是最先被召見的。這可能有偶然性，也可能是有意的。遲見皇上，這是不明智的。但是她還是遲了，而且，她遲緩一二步，也許就改變了中國的整個歷史。

榮禄站在蘭兒進紫禁城要經過的那個門裏。他穿着滿洲侍衛軍的制服，顯得挺拔、自豪。他臉部的表情充滿希望和失望，這是一個真正的感情決鬥場。他爲蘭兒感到驕傲，因爲他愛她。他希望她被選中，因爲這樣，一切榮譽將都歸于她；但是如果她真的被選中了，他就將永遠失去她。如果她未被選中，她將終日悶悶不樂。然而，如果她真的被選中了，她也可能不快樂。這一切，榮禄心裏都清楚，儘管這樣，當蘭兒進入紫禁城，看到他站在城門口執行任務的時候，他仍舊站得非常挺，表現得非常自豪。他的眼睛直盯着蘭兒的眼睛，他那被竭力控制着不讓發抖的僵硬嘴唇發出這樣一句話：

"蘭兒，你今天真富麗堂皇！"

她微微一笑。她理解榮禄的感情，但是她有野心。她使榮禄失望了，但是她用這些理由來自我安慰；她的名字是在皇帝的第一道詔書中，不管她可能遇到多大的阻力，她是不得不進紫禁城的。但是她是認真地準備好了這次召見的。她穿了她最好的服裝，如果她還不能達到像榮禄所說的"富麗堂皇"的話，那就算不得是個女人了。她對自己不掩飾，同樣對榮禄也不掩飾；如果她沒有被選中的話，她會真正感到非常悲傷。至于愛和被愛的問題，那是絲毫也不用考慮的。

她經過榮禄的時候，頭也不回，打消了過去對榮禄的愛。

當蘭兒到達的時候，那十六名姑娘已經進入接見廳。這是一群歡笑的少女，她們興奮，懷着熱切的期望，因爲她們中的一個將被選爲妃子。這個房間是一個雙間，作爲間壁的是一列上面擺滿無價之寶的架子。窗户下面，沿墙是一排像桌子一樣的寬隔板，上面放滿了珍貴的擺設，有玉雕、瓷器、景泰藍、金首飾和鑽石首飾。墙上挂的畫軸是大藝術家的手迹，這些藝術家長期以來不辭辛苦地探索皇帝和皇后的愛好。那裏有中國當代和古代最偉大的畫家畫的山水風景畫，有展示歷代先帝功績的畫軸。當這些滿洲姑娘腳踩高跟鞋進來向皇帝、皇后展示她們的服飾和魅力的時候，石板地上頻頻發出咯咯的響聲。她們自由地到處走動，觀賞着那些她們過去從未見過的奇珍异寶，并且時時向咸豐皇帝投去迷人的一瞥。四處是太監、僕人和宮廷女侍。接見廳是一個忙碌的場所。年輕姑娘們一個個走過接受檢閱，咸豐皇帝坐在左邊，皇后坐在他右邊。整個過程中，皇后一直是很不高興地皺着眉頭，仔細地從這個年輕的臉轉到那個年輕的臉，反復審視。咸豐簡直不耐煩了。

然後，榮禄的心上人蘭兒進來了。

蘭兒并不做作地裝出討人喜歡的樣子。離開她父親的屋子以後，她一直還是蘭兒，全然是她原來的樣子。這個真正的、完全保持本色的蘭兒走到了全中國兩位最尊貴的大人物面前。她表現自若，沒有展現任何不屬于她自己的魅力。她沒有向咸豐投以誘惑的目光，她不去竭力裝出快樂的樣子。看起來，她像咸豐一樣感到不耐煩。顯然，她無疑地成爲這十七人中最美的一個。其他十六個也馬上意識到這一點。于是，懷有敵意的目光、妒忌的目光都投向蘭兒，但是她毫不介意。

然後，總管太監安德海開始用單調的聲音報着十七人的姓名和年齡：

"寶玉。"

"蘭兒。"

總管太監安德海用單調的聲音一直把名單念完。

對于選妃子這件事，皇后有發言權。當名單報完，十七人一起叩過頭後，咸豐一次又一次地轉向皇后詢問：

"這一個你看怎麼樣？"

被提到的這一個就被叫到皇后跟前，皇后就拉起她的手仔細審視。

"她不行，她的雙手這樣粗糙，不是出自高貴家庭的手！"

這些話是用宮廷語言講的，所以這十七個姑娘聽不懂。

"她也不行，她想裝得步履得體，可是她又不會。"

"你認爲這十七個中哪個合適？"

"按我的意思是選名叫寶玉的那一個。"

皇帝幾乎忘掉自己帝王的尊嚴而要笑出來了。在美貌方面，寶玉實在是一個不幸者，她的容貌被一些天花留下的小麻點所毀了，而她的眼睛又是鬥雞眼，再則，她走路的樣子很笨拙。她非常希望能被選中，因爲她屢屢看着皇后，想顯示自己的魅力，由于她是鬥雞眼，結果反而使她顯得非常可笑。所以當提到寶玉的時候，皇帝只是輕輕地搖了搖頭。

"我喜歡蘭兒這姑娘。"最後他説，"她端莊、典雅，神態自若，没有做作，非常美麗。"

"正是由于你提到的這些理由，我認爲她不合適，因爲太美了，就不可能是賢惠的。"咸豐再次搖搖頭。當然，與前一次搖頭的涵義不同。蘭兒雖然對整個過程表示厭煩，但她一點兒也没有疏忽大意。聰明、機靈的蘭兒，她注意到了皇上的眼睛一次又一次地轉來看她。觀見過程中，榮禄的影子絲毫没有進入她的心。她期待着那坐在炕上皇后娘娘旁邊的男人能從十七人中把她選出。同時，她也馬上意識到，皇后將成爲她的死敵。一有機會，當他没有看着她的時候，她就仔細觀察他的面孔，回憶着從香爐裏盤旋升起的烟雲的預兆，那烟是如何形成了一個男人的臉，這男人就是現在在她面前坐在龍炕上的人，他的旁邊坐着她的死敵——皇后娘娘。

蘭兒興奮極了，心跳得很厲害，但是她一點兒也没有表露出來。她似乎没有注意到其他十六人對她的表情。她們畢竟是女人，觀察得很細緻，意識到皇上最中意的是她，于是都向她投來敵意的目光。儘管這十六人已經知道皇帝心目中選定了誰，但是她們仍舊賣弄風情，想吸引皇帝的注意力。她們在皇帝面前（皇帝的眼睛却盯着別處，根本不去理會她們），一會兒咯咯地笑，一會兒做作地裝出尊嚴的樣子跑來跑去，一會兒叩頭，一會兒大笑。

茶送上來了。這時候，皇帝和皇后就可以更仔細地觀察這些姑娘，從中可以瞭解到她們過去受到過一些什麼樣的教養。姑娘們依舊不時地咯咯笑，互相看着對方的眼睛笑。但是十六人中，不管是誰，只要看到蘭兒，就一點兒也不笑了。皇后和皇帝遠在觀見結束前很久就厭煩了。但是詔書對觀見時間有規定。到了時間，不管姑娘們願不願意，都得離開。厭煩是顯然的，因爲咸豐已經作出了決定，她們就沒有必要再等了。

蘭兒不再看咸豐皇帝了，她已經知道了她想知道的一切。

覲見結束的時間快到了，皇帝在炕上挪動了一下坐墊。在一個極短的瞬間，他的眼睛又轉向蘭兒。顯然，她是十七人中最漂亮的一個。稍停了一會兒，總管太監對作爲裝飾品的許多時鐘中的一個看了一下，就宣布道：

"覲見結束，你們都可以退下了。"

誰也沒有被選中嗎？不，不是這麼回事。十六個沒有被選中，一個被選中了。全部被打發走了，爲的是不讓那一個幸運兒招來其他十六個人的妒忌，或者是不使那些落選的感到丟面子。一起離去的十七人中，有一個要按照另一道詔書再回來。

十七個美麗的滿洲姑娘中的一個，寶玉，她只是比其餘那十六個稍遜色一些，也非常有禮貌地向皇帝皇后叩了頭就退下了。

蘭兒的轎子停在城門外，當她經過城門的時候，她向榮祿呆的地方瞟了一眼，但是她并沒有看見他。她是在想，不久，就會有另一道聖旨下來命令這十七人中的一個再回到宮裏，然後，她將永遠不再離開那裏了。

十七個小姑娘，最大的不到十七歲，最小不到十四歲，離開了紫禁城。其中的十六個不會再回來了，但是其中的一個是要回來的，蘭兒心裏有把握，她有這個運氣。當她出紫禁城的時候，沒有看見榮祿，也沒有看到他臉上的愁容，而是坐着轎子直奔北京的城中。

她肯定她被選中了嗎？

許多年以後，她說：

"當時，我和其他人一起離開了，但是我知道我會回來，而且不用很久！"

沿哈德門大街有許多小店。她停下來，到一個小店去買些小零碎物品。也許是連日生意不好的緣故，店主對蘭兒態度很不禮貌。

蘭兒回答了他的無禮，她讓店主知道她將報復他。

"等我做了咸豐皇帝的妃子，我要將你殺頭！"她告訴他。店主輕蔑地笑了。

但是他應該記住她的話，就像她自己記住它們一樣。她應當笑着回憶這件事，就像她在許多年以後叙述當時這個故事那樣。

在這之後，如果她還曾經有過懷念榮禄的思想，那她對誰也不會説，除非是對榮禄，但是，即使她真有這種想法，至死忠于她的榮禄也從來不會知道。于是蘭兒回到她父親家裏等待着。但是在等待的時候，她自己悄悄地準備着滿洲已婚女子戴的精美的頭飾。

聖　旨

　　蘭兒姑娘在她父親家裏等候召見，她相信這時刻會到來。她一生總感到在她身上會發生某種奇迹。她一直有野心，始終做着偉大的夢。雖然這件事已經超越了她狂妄的願望，但是也不能説是完全出乎意料，因爲她敢于夢想。就這樣，她在父親家裏等着。

　　這次，報喜的使者態度和第一次是多麼不同啊！第一次送詔書來的太監態度傲慢，目空一切，似乎他是一個恩賜者，或者他是在把鮮花插到牛糞上。這次來了許多太監，他們帶來許多非常珍貴的禮物送給蘭兒的父母，太監們還抬來了一頂非常華貴的空轎子。

　　正在等候召見的蘭兒，預計這時刻到來的時候，自己會非常激動。可是，當這偉大的時刻真正到來的時候，當她看到一群穿着宮服的太監走近她的屋子的時候，她却非常鎮静，似乎這一切都是意料之中的。她盼望榮華富貴，而現在榮華富貴真的降臨到她身上了。這一切都是因爲她長得漂亮。

　　父母對着這價值幾千兩銀子的禮物欣喜若狂。他們爲女兒蘭兒有這樣的好運氣而感到無比高興。

　　當太監們被邀請并進入他們的住處後，蘭兒的父母收起禮物，并把蘭兒交給了他們。

　　蘭兒端莊地（好像天生就是這樣的風度）離開了她父親的房子，在那裏，她曾經享受着做她野心夢的樂趣。這時候，兩名太監在前面引路，其餘的在她後面跟着，好像她已經是咸豐皇帝陛下的妃子了。蘭兒跨進了轎子。轎子落在太監們茁壯的肩膀上離開了花園。這裏的景象使她想起榮禄。然後，通過月形門，出了圍墙，去應咸豐皇帝的召見。

　　沿着從她父親的房子到紫禁城大門的街道，轎子慢慢地、小心地前進着，好像她是一朵脆嫩而珍貴的鮮花。經過了很長的時間，她終于進了紫禁城，沉重的城門轉着，在她身後關上了。

紫禁城裏熱鬧非凡，進行着狂熱的慶祝。這一天對咸豐的一生是個重要的日子。住在聖地的人自然明白這一點。

蘭兒被抬進宮裏，咸豐正在等着她的到來，他以一種冷漠的表情來掩蓋他急切的心情。在等待的時候，他回憶着她身影的每一根綫條，因爲它們在他的記憶中留下了非常深刻的印象。在第一次參加決定命運的觀見的十七名女孩子中，除了蘭兒，没有一個人的臉和名字能使他記住。蘭兒姿態端莊，恬静地傲視周圍。一個多麼漂亮的姑娘，自然要使男人向她轉過頭來——要被收入咸豐的保管庫，成爲他的玩物，并且在他一旦感到厭倦時，又會被扔在一邊。

蘭兒到達了第二次接見的宮殿，這將是最終徹底改變她的一生，使她與榮禄永遠不能接觸的一次接見。太監恭敬地將轎子落到地上，蘭兒依然高昂着頭，讓別人扶着走出轎子。

這也許是巧合，也許是有意的。在他們走進月形門（另一個月形門，在門的另一側，咸豐正在那裏等着）之前，她第一眼看到的就是榮禄，他曾告訴她他愛她，他也從她親口告訴他的話中得知他的愛被奉回了。榮禄的臉色黯淡得像灰燼。皇上召見的聖旨到達了，榮禄從此永遠失去了蘭兒。從此，他只能在遠處望着她，像一個平民要看皇后那樣，擠在一群伸着脖子的人群中看着她經過。蘭兒停滯了好一會兒，看着榮禄的眼睛。恐怕她的嘴唇也在微微顫抖。如果真是這樣，她也竭力控制住。她的頭驕傲地仰得更高，榮禄的嘴唇在發抖，但是他没有什麼可做的，也没有什麼可説的。他只能看着她的眼睛。他的心潛進他自己的眼睛。這樣蘭兒必定能看到它的激動而憂鬱的搏動，好像在他眼睛後面有一對被囚禁的翅膀。

看到榮禄如此挺拔地站着，蘭兒裝作没有從他眼睛裏看到他内心的真情，眼睛離開了她過去的情人，那個從孩提時代就和她互相愛戀的情人，而讓性急的太監匆匆地徑直把她帶向已經打開的月形門。她一進門，就向榮祿投去短暫的，或許是洋洋得意的一瞥。他仍然站着，但是他的睛睛没有看她，而只是茫茫地注視着這個空虛的世界，雖然没看見，可榮祿似乎感覺到她的回視，他瀟灑地向周圍看看，就走開了。

月形門開着，太監們催促蘭兒前進。在宮裏，靠着門對面的墙，有一張炕，上面坐着咸豐皇帝。值勤太監趕緊給蘭兒放好拜墊，以便施行必不可少的叩頭禮以表示向她的君主，也是全中國人的君主致敬。她穩步走到專爲她準備的拜墊前，雙膝跪下，頭向前彎下，眼睛向下，她的胸脯急劇地起伏。

咸豐，也許是他當皇帝以來第一次，打破了宮廷的規矩。

蘭兒的感染力打動了他的心，他還没有遇到過有哪個女子能打動過他的心。通常，在女人面前，他感到没有意思，他常常是不耐煩地看着那號稱最美的宮女。但是在這裏的是蘭兒，是他從十七人中挑選出來的，她看起來是這樣的美麗，絶非文字所能形容的。

于是咸豐打破常規了。他用宮廷手勢命令太監們退下。他們走了，竭力掩蓋住從他們眼睛中流露出來的斯文的驚異表情，并關上了身後的月形門。蘭兒仍舊恭順地跪在太監給她的拜墊上。咸豐從炕上下來，走到姑娘跟前，將她扶起。在他的經歷中，他從來没有對任何女人做過這樣的事！

他扶她站起來——

"你非常美麗，蘭兒！"

他説這話的時候，聲音并不很沉着。

蘭兒保持平静，没有答話，但是她的胸脯起伏更快了。她在發抖。蘭兒，向來那樣鎮静，那樣驕傲和自信，却在咸豐面前發抖了。咸豐仍舊抓着那嬌嫩的小手。當他感覺到在他手中的那隻手在顫抖的時候，金色的光芒射進了他那急躁的眼睛。

"你非常美麗，蘭兒！"他又説了一遍。他的聲音是沙啞的，比他第一次説的時候更沙啞一些。

蘭兒顫抖得更屬害了。她用盡了全力想抑制這種顫抖。她的四肢幾乎支撐不了她，要不是皇帝緊緊地握住她的手，她真的要支持不住了；即使這樣，她也在她的高跟靴上搖晃了一下。

"蘭兒，我愛你!" 皇帝説。"在我的宮裏，再没有誰像你這樣的美!"

然後，當她所有的勁兒似乎都在剛才的努力中消耗盡了，她慢慢地抬起眼睛，與皇帝的眼神相遇。就在這相遇的一瞬間，兩人都不知所措。野心一下子使蘭兒變成了一個任性的人，使她不顧一切地想得到這個男人，因爲他能給與她所要的東西，因爲他的愛和色欲能把她抬到一個顯赫的地位。咸豐也是一個漂亮的人，蘭兒也可能愛他。她需要他，這是毫無疑問的，因爲咸豐是皇帝。于是她看着他的眼睛，而用她自己的眼睛賣弄風情，這是自古以來女人所特有的本領。她眼睛中火熱的表情是對咸豐祈求的眼神的一個答復。這種祈求毫不掩飾地從咸豐的眼睛表達出來，那眼睛閃耀出的金光像陽光中的塵埃一樣，絢麗奪目。慢慢地，咸豐的臂摟住蘭兒那像蜂腰般的細腰，他抬起右手的大拇指和食指，嬉笑地去捏他的新夫人那升起了紅暈的臉頰，這是一種表示鍾愛的滿州手勢。蘭兒顫抖着，不自覺地在一瞬間眼睛轉向了月形門。但是月形門是關着的。

這一瞬間的回頭，是不是蘭兒想起了榮禄？也許是。但是在以後的歲月裏，她没有説，因爲她是驕傲者中之最驕傲者。但是，也許她轉過頭去看月形門是否真的關着，以便知道有没有圓臉太監站在裏面用狡黠的眼睛貪婪地偷看他們，在貌似平静的嘴唇後面隱藏着竊笑？

月形門確是關着，没有太監在旁邊偷看，面向庭院的窗子把皇宫内部遮掩住了。蘭兒的眼睛又回到咸豐這裏。從這眼睛裏，皇帝看出了一個可憐的降服者的往事。如果他能看出蘭兒那寬大、聰明的額頭背後的冷漠、苦澀的思想，他也許不會爲他贏得的愛情感到如此的驕傲和自負。但是，也許不至于。事實是：她表示了馴服，是用她的眼睛説明的。這對咸豐已經足夠了，因爲他對于無關緊要的事是不去作過多分析的。

咸豐的嗓子仍然是沙啞的，他温柔地對仰着臉的蘭兒説：

"你非常美，蘭兒!" 簡直像在耳語。"我愛你，并且永遠珍惜你!"

他的手臂緊緊地摟着她的細腰。

他的眼睛深沉地，始終深沉地注視着蘭兒。

他的手指撫摸着她的臉蛋，捏着，擰着，直到她的臉又紅了，熱烈而興奮地紅了。她不知道該怎麼辦，因爲她還幼稚。但是，本能是女人最早的導師。如果有什麼事她一下子不知道怎麼辦，經驗就對着她那永遠敞開的耳朵小聲説話，然後，本能以無聲的語言注入她心裏，促使她行動。她笑了，帶顫抖的笑，帶着一種恐懼而又有某種妓女式的逢迎的、富有魅力的表情；咸豐向她回笑，嘴唇也有一些微微的顫抖。

恬静、深情籠罩了整個宮殿，在那裏曾經進行了目的性明確的第二次，也是最關鍵的一次接見。

在外面，在紫禁城城門那裏，榮禄緊握着拳頭，直至他的手掌被長長的指甲扎破，并且染滿了鮮血，因爲某種珍貴的東西被强行從他身邊奪去，今後的歲月裏，僅留下一顆受到創傷而無法治癒的、永遠空虚的心。

小太監

在咸豐的宮廷裏，太監的數目大約有三千左右。有小太監、大太監、胖太監、瘦太監。在所有的太監中，出身最低賤的就是李蓮英。他當過農民、鞋匠，并且靠自己的手把自己變成了太監。沒有人喜歡李蓮英。他長相醜陋，他也不追求歡樂。似乎只要有機會去填飽他那永遠咕嚕咕嚕吵鬧着的肚子，他就滿足了；對他日後是否繁榮昌盛，却毫不關心。小太監們，即使在最好的處境下，命運也是不佳的。但是多數小太監也有一定的野心，他們討好、逢迎，以求改善他們的處境。李蓮英却不想這樣做，他是懷着對一切人的讎恨來到宮中的。這種讎恨從來沒有離開過他。他與那些小太監鬥爭（小太監是正在當學徒的，或者是打雜做零工的太監），打他們，欺侮他們，而他自己反過來又遭到更大的太監的毆打和欺侮，因爲他們本來就不喜歡他粗暴的性格。

但是，儘管李蓮英沒有朋友，他在宮中的生活中沒有友情，他却在培育着自私的野心。他的工作很多、很雜，也很辛苦。而當他完成了應做的工作後，他那大膽的眼睛是不會讓任何事情從他眼皮底下漏過的。他研究安德海和其他大太監們的習慣，并模仿他們，學習比他目前所承擔的工作更高級的工作，以便機會到來的時候，他有所準備。他注意安德海，像前面說過的那樣，因爲在他心靈深處蘊藏着一種野心：將來有一天他要代替這個有名的太監去做咸豐的總管太監。

沒有什麼事情能漏過李蓮英的眼睛。

他在宮中是一個清掃工。他的任務是保證庭院裏沒有垃圾。這時候，蘭兒已經被選進宮。所以他一方面研究安德海的習慣，同時也研究蘭兒的習慣和好惡。好一個聰明的太監！李蓮英真是一個偉大而聰明的太監。他，這個性格粗暴的中性人，目光比多數人都看得遠。他研究蘭兒，看出她得寵于咸豐（這是從她第一天進宮就被大家看出的事實，因爲，爲了蘭兒，咸豐放鬆了朝政；爲了照顧蘭兒，使她高興，使她的笑容常駐在她那玉雕樣的臉頰上，他逾越了一切顯示皇族尊嚴的規矩），并且計劃着什麼時候他也要巴結蘭兒，使她高興。在這時候，她還沒有注意到李蓮英，因爲他畢竟是個小太監，一個拿着短掃帚跪在鵝卵石上掃地的孩子，因爲那掃帚沒有柄；而蘭兒偶然走出宮殿到院子裏散步，也總是仰着頭，誰也不看，當然也看不到有人跪在地上掃鵝卵石地。

但是，李蓮英，當他知道沒有人注意他的時候，他敢抬起頭來偷看蘭兒，他熟悉她姿態的每一個綫條，眉毛的弧形，小脚走在鵝卵石上的聲音，以及她嗓音的抑揚頓挫。他知道她什麼時候高興，什麼時候不高興。他很快意識到她擁有的權力之大，因爲她是咸豐所寵愛的。許多太監以及一些比太監地位高的人都感覺到了蘭兒的不高興意味着什麼樣的分量。她威嚴，華貴。雖然從道理上講她不過是一個在宮中沒有地位的妃子，但是實際上還是有一定地位的，因爲咸豐希望她永遠快樂，而且保證沒有任何人使她不滿意。因爲如果什麼人使她不高興了，那麼，消息傳到咸豐那裏將招來無盡的麻煩和嚴厲的懲罰。咸豐的權力是可以決定生和死的權力，而這種權力也同樣爲蘭兒所有，因爲咸豐從來不拒絕她的任何要求。

那麼，皇后怎麼樣了呢？

啊，這事李蓮英也能告訴你。皇后當初反對選蘭兒是明智的，因爲從蘭兒進宮，咸豐再也沒有去光顧他的皇后，向她表示敬意，表示鍾愛，或是把他的愛給她，所以，皇后恨蘭兒，那是不足爲奇的。

宮中經常傳播閑話，李蓮英對所有的閑話都注意聽。如果有一個太監愛上了一個侍女，其餘三千太監知道了這件事，就在他們之間談論，嘲笑這種愛情的不現實。李蓮英聽着，收集着點滴信息存入他的記憶庫裏，以備不時之需。許多年以後，他的這些資料發揮了奇异和可怕的作用。

李蓮英初進宮的那幾年對他説來是可怕的，那時候，如果有人注意到了這個又醜又小，脾氣惡劣的太監在跟着別人的樂器聲跳舞，那麼誰也猜想不到以後會有這樣一天，原來奏樂的人已經讓位不幹的時候，李蓮英却自己成了樂器手了。在李蓮英的心底裏有他的想法。

現在有一件事是李蓮英可以幹的，而且按中國的準則來衡量，他確是幹得不錯。他能唱，他像所有的太監一樣有很高的假聲，但是他能唱得比多數太監都好，儘管多數太監都是某一個劇種的演員和歌手，因爲在皇家劇院裏，除了太監是不準許其他人去演出的。他們在劇本裏扮演角色。那些劇本都是由皇族成員，通常是咸豐、皇后或其他咸豐所寵愛的貴族們編的。李蓮英能唱。

一天天，一周周，只要一有機會，李蓮英就細心觀察蘭兒，長着這樣漂亮的一張臉，風度又如此端莊，這位皇上的寵妃一定會喜歡音樂。

于是，儘管實際上并不快活，李蓮英却裝出很快活的樣子，一邊幹活，一邊唱。當然，旁觀者注意到，他唱的時候，總是當蘭兒距離他在聽覺能感受到的範圍之內。至于她是否屈尊去注意這個醜陋的太監呢？這却誰也沒有看到。她的全部興趣都傾注在咸豐身上，他對她也是一樣。整個世界只有他們兩人了。但是李蓮英還是守候機會唱，以無比的耐性等待着。

"別吵吵了！"

那是安德海在命令小太監李蓮英不要唱歌。他在紫禁城裏威嚴地到處查看，挑毛病，讓他的下屬去執行懲罰。或許鞭子會抽到這個臉色蒼白的小太監的肩頭上，提醒他安德海的話是必須服從的。以後，等安德海過去後，其餘的目擊剛才那個情景的太監們就從安德海那裏得到了暗示，不管誰，聽到他唱，就會命令他停止唱，并且用鞭子抽他的肩頭或抽他的臉。在宮裏的頭幾年，李蓮英的生活是并不幸福的。

但是李蓮英的好日子終于來了。這除了李蓮英，誰也不知道。他也并不確切知道，但是他對他自己有充分的信心。他恨整個世界，恨太監們，恨每個人。他對自己發誓，只要他活着，他就要報復。

所以，當安德海，或任何比較大的太監在附近的時候，他就停止唱歌，而低着頭幹他那低下的工作。

"安德海啊，"他自己喃喃地説，"雖然你是我的親戚，可是總有一天我會殺了你！"

但是安德海并不知道。要是有人把李蓮英心靈深處的思想告訴安德海，他會捧腹大笑，而且，他可能會把李蓮英的名字交給皇家劊子手。安德海掌握生殺大權，只是他不會太公開地使用它。

"總有一天，安德海——"

這變成一種詛咒，威脅着安德海的生命。這是一首讎恨的詩歌，在充滿復仇思想的李蓮英心裏，日日夜夜，清醒的時候，做夢的時候都在大聲地唱。

李蓮英清掃着鵝卵石。他是許多大太監的勤雜工。每次給他的新任務都構成了他爲自己建立的樓梯上的一個臺階，雖然這一級臺階是這樣的短。而且，每當這臺階來到他脚下的時候，他總是準備好登上，因爲他很聰明，總在爲自己的前途作準備。

"總有一天，安德海——"

拳打脚踢，竹鞭抽打，與那些對太監既不理解，也不喜歡的侍女們的爭吵，這一切構成了李蓮英的日常生活。

無疑的，有許多大人物，他們是從很小的起點上升到非常重要的地位的。像李蓮英這樣倒霉的人，在他一生中都能體現出這條真理，那麽那些遠比他幸運的人，只要他們願意，當然更能由此獲得教益。

他没朋友，他永遠不忘記他的敵人。

他相信他自己。

小小的手指

　　幾周幾周地過去，幾月幾月地過去，整個朝廷都在一種興奮的熱潮中等待着，在絕望的邊緣上盼望着。咸豐的皇后和所有的嬪妃都沒有爲皇帝生一個皇儲。所以，自從太醫宣布了驚人的發現：蘭兒懷孕了，整個朝廷都興奮地懷着希望等待着。

　　這孩子會不會是女的？如果這樣，那麼蘭兒將陷入失望之中，因爲她辜負了她的皇上和主子，他是多麼希望有個兒子來繼承他的皇位啊！皇后也很激動。如果蘭兒生的是女孩，那她就會很高興，因爲她恨蘭兒，是蘭兒從她那裏奪走了皇帝的愛，如果那愛曾經屬于她的話。那會不會是個男孩呢？蘭兒會不會生個男孩來做中國的皇儲，從而給咸豐帶來榮譽？

　　朝廷等待着，做好一切準備來迎接一個兒子的誕生，而那些懷疑者只能竊竊私語。全中國都知道蘭兒要生孩子了。全中國都在熱烈盼望着聽到生兒子的好消息。全中國，從東到西，從南到北，都在議論着蘭兒的孩子。

　　蘭兒自己則是在恐懼和顫抖中等待，但是隨後她就鎮静了。命運之神對她一直是照顧的。皇帝寵愛她。爲了蘭兒，他忽視了朝政，冷落了皇后和其他嬪妃。命運現在不可能對她殘酷到不讓她生兒子。

　　時光在流逝着。

　　每天，太醫給蘭兒服很多珍貴的藥劑，因爲他們很清楚，如果孩子早產了，或死了，那他們就得掉腦袋。在紫禁城中，包括頤和園和西苑，蘭兒是最最珍貴的寶貝。她自己也知道，她在等待着這決定她命運的日子的到來。她對自己説：一定是兒子。

　　事情果真是這樣！

當消息傳出去，蘭兒生了個兒子，就是同治，全國沸騰了。

根據傳統的規矩，祭獻準備好了。恐怕，除了皇室宗族外，誰也不明白祭獻的真正意義。也許咸豐明白。在所有的大人物中，只有他有資格來主持祭獻。庭院裏放着一張桌子。太監、女侍官、王爺以及怒火衝天而又不得不竭力掩飾的皇后，都來了，儘管，除了皇帝，誰也不能觸及祭品。

桌子上放着三種祭品，正中是一個金盤，裏面放着一條剛從最近的荷花池裏抓來的活魚，被用紅絲帶緊緊地縛住。它還在那裏挣扎，想挣脫這不結實的束縛。這是皇帝陛下的聖手親自爲天神供奉的。活魚的右邊是一個熱氣騰騰、煮得半熟的豬頭。魚的左邊是一隻公鷄，也是煮得半熟，除了脖子上留有一些羽毛和尾巴上留一根長毛外，全身都是剝光的。正如我剛才說過那樣，誰也不知道這三種祭品的真正意義，只知道爲了保證新生兒今後的幸福，必須用這些東西，并且由皇帝親自動手。除了上述三種祭品外，還必須供上三杯酒，酒是裝在三隻三脚銀杯中的。皇帝點燃了香，放了鞭炮。他因爲兒子的出生而感到非常驕傲、非常幸福，因爲有人接他的皇位、續他的香火了。祭品留在桌子上，不準許任何人去碰。但是也不能留得太久，否則魚會死的——按儀式規定，這魚必須放生到原來它所在的那個湖裏。如果它死了，則厄運將降臨到後嗣的頭上，如果活着，那麼他今後一生都會走運。這一回，當魚回到它被抓來的湖裏後，從水裏跳上來好幾次，好像回到自然環境後非常快活，于是整個宮廷都歡騰了，因爲知道好運氣將陪伴着同治的一生。魚回去以後，三杯酒必須灑在庭院的鵝卵石地上，表示對地神的祭獻。至于豬頭和公鷄，則還要在桌子上留一天。

在進行祭禮的時候，皇帝要對天上、地下、宇宙間惟一的主宰跪下叩頭。當祭品撤下的時候，他也必須叩頭，并且把酒倒在鵝卵石地上。因爲一個孩子誕生了，而且這個孩子是一個兒子，所以全朝廷、全中國都歡樂。隨着同治的誕生，全國各地還要進行下列工作：

所有的監獄門都要大開，所有的犯人，不管他們犯的什麼罪，都要予以釋放。

在全中國，三天不殺生，三天不吃肉。

一切商店都關門，一切交易都停止。

全中國從東到西、從南到北，所有的鳥籠都打開，使所有的飛禽都獲得自由。所有被捕來，存放在桶裏或缸裏準備送到市場出賣的魚都必須放回原來的江湖。所有被流放的官員，不管他們是因爲犯了什麼罪而被流放的，一律準許返回，重新授予被流放前的官銜與官階。

所有這一切都是由于一個嬰兒的手指，小小的手指。在理論上，它們已把握住了一個國家的心臟。小小的手指，它們掌握了這麼大的權力！戴枷的犯人，判了死刑將要被槍斃或砍頭的犯人，正當他們準備服刑的時候，却獲得了自由，都是因爲那些小小的手指和一個小小的形體，蘭兒的兒子。羽毛鮮艷、歌聲婉轉的鳥兒被從籠子裏放出，就是因爲一個嬰兒呱呱落地了，被裹進傳統的襁褓中，由阿媽的雙臂抱着；這位阿媽從來沒有夢想到她有這麼高的榮譽；待宰的牲口，不管已經絕望到了何種地步，獲得了第二次生命；商店關門度假，寂靜統治了中國，似乎整個中國都低着頭在虔誠地祈禱。被流放的官員，有些在背井離鄉的生活中頭髮已經花白，早已失去了歸回故土的希望，也被召回來接受官職，重新投入久久等待着他們的家庭的懷抱。

這就是在一個孩子手裏的巨大無邊的威力。

同治這個小皇帝的出生照亮了蘭兒的前程，賦予了她巨大的野心，使她在全世界人的眼睛裏變得偉大。

是的，蘭兒的兒子同治是一個非常重要的小傢伙。

黑夜來臨了，嬰兒睡在他的襁褓裏，古老傳統的襁褓裏。

在紫禁城的中心，隆重的慶祝開始了。

驕傲的太監們擎着五光十色的紙燈籠，形形色色的焰火彎彎曲曲地穿過夜空。飾帶、旌旗在每個建築物的上空飄颺，不僅是在紫禁城內，而是在整個大清帝國。這都是爲了一個孩子的誕生。他是整個遼闊大地上最重要的孩子。

在紫禁城，以至于整個中國，到處都在舉行宴會。在紫禁城内屬于他們的那部分地方，太監們正在爲他們自己準備盛宴。好運將來到朝廷，因爲一個孩子誕生了。

安德海，心寬體胖，興高采烈地主持着中性人的宴會，詳細地講述着蘭兒給朝廷帶來的榮譽，桌子上擺滿了食品，太監們，貪婪的一群，狼吞虎咽地充填着自己的肚子。

在他們中間，有一個人吃得比其他人都歡，他貪婪地，對着自己的食物吼叫，活像一頭兇暴的惡狗——這就是李蓮英，他曾經是農民、鞋匠，他妒忌安德海，他是一個做着偉大的夢的低微"小太監"。

全國臣民都在大擺酒席，感謝聖恩，放焰火，點爆竹。

在紫禁城内，誰都不應忘記；是蘭兒給皇上生了一個皇子。因爲朝廷盼望着一個兒子。焰火早已準備好來迎接這偉大的場面。焰火五彩繽紛，奇妙多姿，從墻頭上射出，在自己的火焰中下落，構成各種形象，有馬背上的騎士，有含苞待放的荷花，有人力車……

但是在各種類型、花式，各種尺寸的焰火中，最傑出的、引人注目的是這樣一種設計：焰火向天升到一定高度後，就向地面下降，形成一朵盛開的蘭花。這是對蘭兒的歌頌！

自從蘭兒爲咸豐生了一個皇子後，宮中發生了多麽大的變化呀！首先，咸豐把她的名字改爲慈禧，意思是"神聖的母親"。從此，這就成爲她今後一生中的名字。直到現在，她仍舊是以慈禧這個名字著稱，而且只要中國的文字歷史不消失，這名字將永遠爲人們記得。此外，還有許多別的變化。皇后慈安一直祈求着讓討厭的蘭兒，現在的慈禧，生個女兒，此刻怒火填膺，因爲這個妃子命裏注定永遠不會離開她了。她微笑着走到慈禧——從前的蘭兒床邊去看望她，問候她。而蘭兒在她虛僞的微笑後面看出了慈安對她的讎恨，因爲她取代了她，并且生了一個兒子來排擠她。

李蓮英知道他的歌唱引起了這位妃子的注意，感到心中燃起了希望。雖然也許要過許多年以後，但是他相信他的好時光一定會來到。如今慈禧生了兒子，這可能性就更大了，對慈禧是這樣，對他李蓮英也是這樣，只要他把自己的角色扮演好。

自從蘭兒出現後，朝廷顯得多少有些不重要了。在寫宮廷生活的書中不再出現那些杰出人物或有重要地位的人了，因爲完全被蘭兒所篡奪了。蘭兒從他們那裏竊取了本來歸他們所沐浴的光輝。蘭兒就是朝廷，因爲她是咸豐的寵妃，并且因爲她爲他的皇位生了一個繼承人，其餘的人就越來越淪爲次要。

皇后對慈禧的憎恨與日俱增，而且越來越感到無法忍受。她恨不能置慈禧于死地，但是由于咸豐的關係，她無可奈何。

另外，還有蕭順和怡親王。蕭順是尚書；怡親王是咸豐的侄子，他統領一個團，在宮中過着舒適的生活，没有什麼工作。這兩人早就對慈禧懷恨在心，讎恨之深，除了慈安，就數他們兩人了。

慈禧心情激動萬分，因爲她意識到在她面前展現了多麼宏偉的前程，像一條無止境的道路，所以儘管她知道慈安恨她，正如我前面説過的那樣，但是她毫不介意。而蕭順和怡親王對她的懷恨和妒忌，她却并不知道，這就使得這種懷恨和妒忌具有更大的危險性。

小同治今後的道路則要受到皇位的困擾。

但是在慈禧心裏，同治有一個母親，她要爲他而戰鬥，像一隻母老虎爲自己受驚的幼崽戰鬥一樣。

至于榮禄，雖然他當時還只是一個地位不高的步軍統領，乃是慈禧的朋友，或者説一個奴僕，一個將終身忠心耿耿侍奉她的奴僕。

朝廷裏還有一個人，他對慈禧和她的兒子同治的命運起着重要作用，這個人就是恭親王，咸豐皇帝的親兄弟。

他一聽説蘭兒被選爲咸豐的妃子，就向皇室的一個成員發過議論。

"她太聰明了！她太漂亮了！她或者給中國帶來極大的幸運，或者使中國一敗涂地，無可挽救！"

有預見性的話！但是在那遥遠的日子裏，誰也不會想到這話有什麼預見性。

咸豐除了慈禧和同治之外，什麼也不顧了。他是世界上最快樂的人。

爲了向百姓顯示他的快樂，他命令將紫禁城內從餐桌上撤下的殘羹剩飯扔到城門外。于是平民百姓爲了搶這殘羹剩飯而打架，他們也快樂了！傲慢的太監把殘羹剩飯一堆又一堆地往外扔，那神氣好像他們是在執行一種把珍珠寶貝投向老母豬的儀式。

當這幸福之雲像天使賜福那樣在紫禁城的上空盤旋的時候，在中國大地上又是什麼情況呢？

儘管這小皇儲誕生的消息像黎明的翅膀一樣飛向各地，在內地，苦力們依舊在土地上彎着腰、駝着背，無休止地勞動着。他們枯瘦的膝蓋裸露着，他們衣不蔽體，皮肉承受着刺骨寒氣的侵襲，貧瘠的土地吃力地提供着少得可憐的給養。這裏，一個農民在糞肥堆和泥濘中勞動，那是一個用腐爛物做肥料的園子，臭氣薰得他使勁捂住鼻子。那裏，另一個農民在用一臺破舊的單把犁翻地，拉犁的是另一個苦力和一頭騾，他們費力地打開堅硬的土塊，以便讓土地長出更好的莊稼給孩子們糊口。土地是這樣的貧瘠，像一顆老處女的心。

在紫禁城，在皇宮裏，生活是幸福而富足的，而在內地，窮苦的平民卻在挨餓。這些低微的平民可能想知道，這驚天動地的生辰能否使他們的命運得到哪怕很少很少一點的改善？但是，也許他們根本就不指望。多年來在土地上的苦役使他們懂得，做苦役是他們命裏注定的，不管有什麼樣的奇迹給朝廷賜福，他們還必須勞動直到他們的末日來臨。沒有愛，有的只是在那貧窮不堪的土地上勞動，從而生產出最低等的食品。

這不奇怪，那些爲了搶那被咸豐的太監從紫禁城門扔出的殘羹剩飯而打架的人并不感激皇帝的仁慈。他們只是像牲畜一樣，爲了搶得自己的一份而互相厮打着，然後帶着他們搶到的東西悄悄地溜走，到僻靜的地方大聲咀嚼着，吼叫着。

所以，當同治誕生的時候，全國都有幸福，但是也有悲傷，那悲傷可能引起深沉而可怕的悲劇。

真的，慈禧的小手不久便被迫去攫取和擔負起重大的責任，雖然那時候她還想不到。

皇后慈安保持沉默，培育着對慈禧的讎恨，等待着。

肅順和怡親王也同樣等待着。

咸豐除了想他的好運和他的幸福外，什麼都沒想。

恭親王，一個偉大的人物，雖然在歷史上他不太出名，他等着證實他預言的正確性。

李蓮英，等候時機，寄希望于未來。他總是用粗魯的狂吼對待和他說話的人、他的監工以及管他的大太監。他的下嘴唇下垂，在它的上方，在那布滿麻子的醜陋的臉上嵌着的那對眼睛注視着前方，注視着目前被總管太監安德海所佔領的高級職位。

而安德海又怎樣呢？他迎合他那已經由于營養過剩而發胖的肚子，不斷地把肉制佳肴往自己的桌上增添，直至從碗中溢出，以此來表達對同治誕生的慶祝。

北京的平民聚集在紫禁城門外。同治誕生的第一個晚上，在城牆內，當焰火劈啪作響，光芒四射的時候，火花時而升，時而降，在天空畫出奇妙的圖畫，也畫出了他們的臉：死白色，餓瘦了的臉；刻着許多疤痕的臉；由于多年未洗而骯髒討厭的臉；閃着希望之光的臉；從統治着紫禁城的歡樂氣氛中捕捉到一絲餘輝的臉——中國平民的衆生相。這是一個沉默的人群，不停地東轉西轉，觀看焰火。

晨曦來臨的時候，這一群臉，明暗相映，似乎要勇敢地擺脫黑暗，好像他們就代表生命的脈搏。他們是一群無所作爲者的典型。

但是他們中間恐怕還沒有一個人會比那坐在中國皇帝寶座上的傀儡更無所作爲。那些傀儡努力創造着自己的命運，尋找着自己自私的歸宿。

梅姑娘

　　十六七歲，漂亮，玲瓏，聰明；這就是肅順的女兒，梅姑娘。慈禧對她有特殊的偏愛。在所有的宮眷中，她最喜歡梅姑娘。她召她進宮，將她留在宮中，教她讀書，使她知書達禮。

　　肅順是個尚書，他所追求的就是金錢和權勢。梅姑娘被召進宮，他是很高興的，因爲這多少能有助于提高他的聲望。梅姑娘靠近御座，因爲慈禧靠近御座。慈禧是皇帝寵愛的人，梅姑娘是慈禧寵愛的人。

　　梅姑娘嬌嫩、脆弱。這可愛的小東西長着一雙大眼睛，經常由于驚奇而張得大大的，因爲她常常發現在她周圍的世界裏有那麼多奇妙的事情。她不喜歡她的父親，知道他是一個貪婪的斂財、攬權的人。她也説不清楚爲什麼她不喜歡他，這種思想有時候使她感到不愉快。但是她會忘掉這種不愉快，因爲在慈禧身邊她是快樂的，而且慈禧説，只要她自己還是咸豐的寵妃，那她就永遠不讓梅姑娘離開皇宮。她知道她會永遠成爲他的寵妃的，因爲她有高等妓女那種誘惑、逢迎的本領；她是一個能賣弄一切風情來討得男人喜歡的女人，尤其是對于那種自認爲在女人面前是能手的男人。

　　于是慈禧教梅姑娘讀經典書籍，學寫張牙舞爪的漢字（一個滿洲人如果不懂得這些是不能算有教養的），還常常贊揚她聰明。

　　作者深得慈禧的信任，她對我講了許多關于梅姑娘的事情。後來客觀情況使梅姑娘離開了慈禧，慈禧還時時思念她呢。

　　梅姑娘在宮廷裏享有充分的自由，她想到哪裏就可以到哪裏，不管是在紫禁城、頤和園、西苑還是在遙遠的熱河宮殿。許多人喜歡她，那些來宮中的大人物，看到梅姑娘，愛慕她的美貌和非凡的聰明。但是她對他們中的任何人都看不中。

這原因不難找到。梅姑娘的眼睛盯住了一個魁梧的步軍統領英俊的臉。這統領的名字叫榮禄，蘭兒過去的情人！

但是對榮禄來説，再没有第二個人能比得上蘭兒。

梅姑娘第一次注意到榮禄是在蘭兒給咸豐生了一個後嗣的那個重要日子裏。當整個宫廷都在爲蘭兒給咸豐生了一個孩子，而且是一個將來可能繼承中國皇位的男孩而狂歡的時候，一個步軍統領并不高興，也不想装出高興的樣子。在籠罩着熱烈、興奮氣氛的滿洲朝廷中，榮禄找不到歡樂。而且，實際情况是相反。對他没有什麽值得歡慶的事。這種歡慶正好使他意識到蘭兒已經離開他多麽的遠了。到目前爲止，她只是皇帝的一個寵妃和玩物。這可能不是她的願望（雖然榮禄懷疑她不一定真是這樣），因爲皇帝下了一道詔書，詔書是不準許違抗的，任何一個出身于高貴家庭的女孩子的名字都可能被列入詔書，因爲皇帝是有絶對權威的。蘭兒被點名了，她去了，她被選中了，從此榮禄生命中的太陽永遠被一塊黑雲遮住了。

然後她爲她的聖上，她的主子生了一個兒子，從而在他們之間築起了一道更高的墙。

在所有知道宫廷内幕的人中，只有榮禄不高興。

他憂鬱地、沉悶地、垂頭喪氣地站在紫禁城門口。隨着同治的誕生，光芒普照中國大地，但却没有一絲光綫落到榮禄的身上，因爲蘭兒從他這裏失落已成爲不可挽回的事實。他不時地向那個地方眺望，那裏，虛弱的母親躺在她第一個新生兒的身邊休息。他的心靈充滿了憂鬱和悲傷。

就這樣，梅姑娘去找他了。他立刻受到她的青睞，儘管他只是一個低微的步軍統領，而她是尚書的女兒。

當她看到他的時候，就向他走去。

"榮禄，你是不是不高興？"她羞怯地問。

榮禄對她深深地行了個禮。

"那怎麽可能，"他説，"不是因爲咸豐皇帝得了一位中國皇位的繼承人而全國都在慶賀嗎？"

"全中國都高興，榮祿，"梅姑娘答道，"但是全中國除了榮祿，因爲我從你臉上看不出高興的樣子。告訴我，榮祿，你爲什麼這樣消沉？"

榮祿沒有回答。他竭力控制着臉部肌肉的顫動和嘴唇微微的哆嗦，但是他未能控制住。東方人對外部表情是有卓越的控制力的，除非當他們是愛得發瘋，愛得發狂，而他們的愛情又得不到償還的時候。他們的血是熱的，當他們愛情由于某種原因而受到挫折的時候，他們甚至會幹出危險的事情。

當梅姑娘意識到在她面前還有某種她不了解的、發生了極大變故的情況時，她久久地審視着榮祿的臉。她想，可能榮祿對朝廷有异心？她正想把這情況報告給蘭兒，現在的慈禧，因爲她對慈禧的愛是全心全意的，她不能容忍有任何事情去損害她所愛的人的幸福。但是她又想，一個低微的步軍統領又能幹出什麼事來呢？而且他看起來是這樣的憂鬱，這樣的傷心。梅姑娘覺得他可憐。至少，她想她是在可憐他。但是她不懂得，在她對他的感情中，還有某種東西遠遠比可憐深情得多。有某種東西對她來說是至今還沒有經歷過的，但却又是注定要使她踏上永遠絕望的道路上去的。

梅姑娘立刻愛上了榮祿。但是她并不懂得愛的意義。她知道，從第一次見面後，她看不到榮祿的時候，就想他的臉，他的體形。她覺得和他在一起的時候很快樂。而當他和她在一起的時候，甚至于當她忘記了少女的羞怯而去找他的時候，他總是表現冷淡。

但是這一次，當她注視着榮祿的臉時，她發現，各種不同的表情，内心的鏡子，在他英俊的臉上層出不窮。她看到他站得這樣挺拔，他穿着侍衛軍的制服顯得這麼漂亮，她覺得她喜歡他的男性美。但是她不明白，爲什麼在慶祝同治誕生的活動中他顯得不高興。

"你爲什麼這樣消沉，榮祿？"她又問道。

于是他粗魯地把臉轉向她。

"你們宮眷在皇帝面前逢迎、獻媚，就像雇來的高級妓女，"他開始粗聲粗氣地説，"只要他肯賜予你們傲慢的一瞥，你們就會受寵若驚地把自己的一切都獻給他！你們驅使自己去接近一個男人。他對你們的靈魂，如果你們還有靈魂的話，絲毫不感興趣，而只要你們的肉體。你們用那裹着華麗的服飾，浸着誘人的香水的肉體，企圖以此來博得他的一瞥，來逗引他注意這個事實：你們是女性，是具有女性美的古老的商品，只要他有一點點要求，這商品就屬于他！你們宮眷沒有自尊心，你們對這個坐在中國皇位上的傀儡沒有真正的期望，只是追求他能給你們的那些東西：權力，財富，聲望，以及夜晚在御炕上的色欲的‘榮譽’。被選中作爲他的玩物的女人會受到所有其他女人的羨慕。爲什麼呢？這是因爲，雖然除了過于豐盛的吃喝使他喪失了食慾以外，他和任何男人没有什麼不同，但是他是中國的皇帝，而對于一個女人，如果她有上皇帝龍床的‘榮譽’，那是一件了不起的大事。如果我有一個妹妹，而我的官階又足以允許她得到這種‘榮譽’，那麼她也會熱衷于成爲皇帝的玩物，像那些已經得到了這種‘榮譽’的高級妓女（實質上是這樣），例如，皇后及皇帝的所有嬪妃那樣！一個卑微的男人，看到這些出身于中國最高貴的家族的女子如此墮落而感到喪氣，這難道有什麼可奇怪的嗎？”

“那就是皇后了，榮禄？”

“不，我不是指皇后！在她成爲咸豐兒子的母親以前，只是一個小人物！”

榮禄像任何受了傷害的男人一樣，粗暴地爆發着，而且，由于他如此斷然地否認了梅姑娘問題中牽連的人，這就比他直接、扼要地講述更爲肯定。

“我知道了，”梅姑娘溫和地説，“這正是那個你永遠不會得到的‘皇后’！榮禄，難道你還没有看出嗎？蘭兒，或者像皇帝現在所稱的慈禧（聖母），當有朝一日皇帝故世了，而她的兒子繼承了皇位，她就是中國的皇太后。”

榮禄遲疑了好一會兒，而且幾乎完全不知所措了。如果梅姑娘先只是猜想，那麼現在她完全明白真相了。當榮禄最後面向她的時候，他知道她已經完全洞察了他的秘密。突然，一個願望指使他要向她吐露真情。

"是的，"他温和而痛苦地説，"是蘭兒，正像你説的那樣，我永遠不可能得到她了；但是，"這時候榮禄高傲地抬起頭來，穿着制服的身體站得筆挺，"我可以永遠爲她效忠！我會至死忠于她。我會成爲她的忠實僕人，她的最卑賤的奴隸，就這樣，只要她需要我，我就效忠于她。在中國的皇宫裏始終存在着陰謀和反陰謀的鬥争，可能在很多情况下她會需要我的。"

梅姑娘沉默了一會兒，考慮到没有人會看見他們，所以她無視傳統的禮教而走到榮禄的身邊，并拉住他的手。

他粗暴地將她的手甩開。他討厭憐憫，或者他企圖使自己相信自己是不喜歡憐憫的，像所有的男人一樣。榮禄實質上還是一個孩子，他下意識地認識到這一點。但是這種認識使他氣憤。所以當梅姑娘看出了他的需要，相信他需要一個女人的同情而送上自己的手的時候，榮禄以一種突發的不耐煩情緒將她嬌嫩的手甩到一邊。他不明白，爲什麼一絲微笑，在深處暗示着勝利的、刺痛人的微笑掠過了她的嘴唇，那是多麼紅、綫條多麼優美、等待着一個愛她的男人去親吻的嘴唇。

"我們并不是都想去引誘皇上的，榮禄，"她説，"我們中有些人并不把我們的身體給皇帝。我們中有許多人，當他對我們有這種要求的時候，還會劇烈地反對他。"

"對皇帝你們都一樣。"榮禄回答。

他將背轉向梅姑娘。在她離開他之前，她對他神秘地微微一笑，她輕輕地觸了一下他的手，像一種愛撫，但是他似乎没有注意到。

正當梅姑娘像一個小皇后那樣踩着她的高跟鞋婀娜離去的時候，宫廷太監們進來遇上了這景象。于是在他們中間就談論起剛才發生的這件事。

"多麼好的一對呀！"這是他們贊嘆的中心思想。

"多麼相配，他們兩人在一起能配成絕妙的一對——她這麼漂亮，榮禄又是這麼挺拔，英俊！"

但是，當看到他臉上那種陰暗的、嚴峻的、氣惱的神情，太監們非常遺憾地感到榮禄不會聽他們的話。

過了一會兒，榮禄又向那防守嚴密的門望去，在那裏面，一個新生的嬰兒正躺在襁褓裏，在阿媽的手臂中，或者在皇帝的床上，靠在媽媽身邊休息，于是一絲淡淡的微笑代替了他的怒容。

畢竟他還是愛這個曾經是蘭兒的小婦人，而且他説過，他最熱切的願望就是永遠爲她效忠、做她忠誠的僕人、卑賤的奴隸，如果她需要他這樣的話。他確是這樣想的，這些話是出自他忠貞不渝的心靈深處。

榮禄恐怕不會意識到他對梅姑娘説的有關皇帝妃子的話可能被用來作爲將他砍頭的證據，因爲任何男人或女人都不可以説任何反對中國統治者的話，甚至連提他的名字都是不允許的。

兩個女人

對同治的嬰兒時期起重要作用的有兩個女人。一個是皇后慈安，另一個是太子的母親慈禧。沒有人比慈禧更清楚地知道她的兒子將來會成爲中國惟一的統治者。慈安比較遲鈍，在聰明才智方面遠遜于慈禧，所以她對這位妃子妒忌得發瘋。因此，慈禧，憑她的智慧、聰明以及對兒子的愛（她從來沒有愛過任何人勝于愛她的兒子），她決定要鞏固同慈安的友誼，至少是要容忍。

先從慈安的妒忌心說起。她由于沒有生一個兒子，她的妒忌心是這樣的重，以至于她不願意到同治的住室看他。按規定，同治滿月以前，即使是阿媽抱着，也不能離開那間屋，一直要等到剃頭儀式。至于這種儀式的來歷則未見經傳。但是慈安還是聰明的。正如有些笨人爲了避免受到比他們地位高的人的正義譴責，他們有時候也會變得聰明。慈安很清楚，如果皇帝瞭解到慈安對慈禧妒忌并懷恨，就會大發雷霆。爲了掩蓋她不去看同治的實質，她製造了一種藉口，說她的生辰月份和同治的生辰月份是相剋的，如果她靠近他，就會給太子帶來晦氣。這需要作一點解釋。

中國一年中的每個月都用一種動物來標志，像蛇、老鼠、公鷄等。鼠和蛇是相剋的。生在鼠月的男人或女人不能同生在蛇月的男人或女人相配。按照中國人的信仰，這樣的結合注定會帶來灾難。慈安的說明是合乎迷信的常理的。所以，對于慈安不到小皇子居室去看望他，沒有引起任何人的非議。

但是慈禧瞭解真情。慈安非常妒忌，瘋狂地妒忌。不能說沒有這種可能，就是說慈安會做些有害小皇子的事，甚至把他弄死。雖然，按傳統規矩，皇后對妃子的孩子，有與妃子同等的甚至更高的擁有權。

慈禧這方面，她把她的愛絕大部分都傾注在同治身上，而給他父親的却是極少一部分。她相信古老的迷信說法，就藉助于她關于這類迷信的全部知識來保護她的兒子。在中國，當生了兒子後，隨之而來的就是擔心他在嬰兒時期就夭折。于是就采取許多保護措施來防止這種情況的發生。慈禧在同治脖子上挂一條鏈子，末端用一個鎖把它扣緊，這樣，同治就被鎖在大地上，不會讓死神把他拉走。另一種傳統習俗，如果孩子是出身在普通家庭，父母的親友認這孩子爲自己的乾兒子，這樣，這孩子就有許多父母，他們都希望孩子長命，長得苗壯，他們的共同願望可能戰勝鬼魂的作祟而使孩子生存下來。這種信念是很複雜的，很難使西方人理解；在西方人看來，整個東方人就像一本閉合的書，裏面神秘莫測，沒有一把鑰匙能使西方人去打開這秘密的門。

當然，慈禧不可能找到這樣的人能把同治過繼給他，因爲全中國没有一個人够得上這樣高的階層；没有一個家庭的血統有這樣高貴，除了皇族，他們當然在任何情況下都是對同治有影響的。于是慈禧想了一個辦法，她相信用這種方法所産生的效果將相當于把同治過繼給許多人。她從中國最高貴的一百個家庭中找出一百個人，從他們那裏要來一百塊最好的絲綢，將它們拼在一起給同治做一件斗篷。她相信，貢獻一百塊絲綢的那些手會把同治這孩子從死神手裏奪回來。小皇子穿着這件五顏六色的斗篷，慈禧感到非常滿意，因爲她爲她的兒子盡了最大的努力。現在只剩一件事她没有做。

這件事，當她一旦可以走出同治出生的那間屋的時候，她立即試圖去做。她需要慈安的友誼，因爲雖然慈安過去也曾經是個妃子，但是隨着真皇后的去世，她已經被提升到具有皇后的權威和勢力的地位。誰也不能改變她作爲一個皇后的權利，因而她就獲得了對同治的所有權。

慈安不去看望同治，這事情的實質問題使慈禧感到不安，意識到對同治的前途可能帶來某種不幸。于是她趕緊去拜訪皇后。

當慈禧來到慈安住處，向她談到同治的情況的時候，太監和宮眷們張大眼睛，鴉雀無聲地静聽着。這是一個決定命運的會見，整個宮廷都知道這件事。慈禧呢，意識到她有權威，特別是當有朝一日她的兒子繼承中國皇位的時候，她將擁有更大的權威，于是高傲地走到慈安面前，開門見山地説：

"我需要你的友誼。你對同治的權利大于我，因爲你是皇后，我只是皇妃！我雖然是同治的母親，但是你勝過他的母親。不管將來同治的命運會把我們帶到何種地步，我希望我們倆友好，皇后。"

慈安静静地聽着。太監和宫眷們都聽到了這話。她的話，包括慈安的回答，不到一個小時就會在紫禁城的大街小巷、各個角落裏被人們悄悄地傳播。這就促使慈安要謹慎地來回答，以便報到皇帝那兒時，對慈安會有個好印象。

"我的友誼？"她問。

她嘴上掛着微笑，雖然慈禧從她的眼睛中看出，那是讎恨和妒忌的深井。

"我的友誼？"她重複道，"你怎麼會没有得到它？你是同治的母親，而他的父親是皇帝！"

慈安把手抬到半高，慈禧趨前一步，伸出自己的手握住皇后的右手。慈安走得更上前。雖然咧開嘴唇笑着，却像一個面具，没有感情。

"你難道没有聽説過，皇上下旨要我們兩人像姐妹一樣？姐妹的情誼不是比友誼更深嗎？"

"我理解你，姐姐！"慈禧答道。她確是對慈安瞭解得很透。她在説到"姐姐"這兩個字的時候，特別加重語氣，使聽的人感到這兩個字的意義的分量。

慈禧用力地握住慈安脆弱的手；當然，慈禧的手看起來也是一樣的嬌嫩，只是由于對同治的愛而變得有力。慈安不能忍受這突如其來的疼痛，臉上不禁露出痛苦的表情，儘管她是竭力地想掩飾。在以後的日子裏，一天天，一周周，一月月，一年年地過去，太監和宫眷們還在議論這次會見。他們説，慈禧放開慈安的手後，他們看到皇后手上有紅色的傷痕（要不是慈安趕緊把手藏起來，他們會看到血從傷痛處流出），那是這位皇妃的尖利的指甲抓在慈安纖嫩的手上劃出的傷痛。

他們還說，他們看到了從慈安眼睛中表現出的可憐而恐懼的表情，但是她的堅強意志迫使自己在這種表情一出現就立刻抑制住了。

以後，慈禧帶着同治去見皇后。太監和宮眷們仍舊在場。慈禧對慈安非常有禮貌。她運用她的全部的藝術本領來表現她對皇后的友愛，説話非常溫和，稱她“姐姐”，而且看起來她對皇后的親熱勁兒，即使皇帝見到了也會滿意。

但是太監和宮眷們仍然注意到了，雖然皇后那對富于表情的眼睛似乎什麼都照顧到了，可是對在臃腫的襁褓中那個無能的小皇子同治却連一眼也沒有看。

在紫禁城、頤和園及西苑中，到處都在竊竊私議。整個朝廷，可能除了咸豐皇帝以外，都知道在皇后和皇妃之間存在着一種沉默的、不可緩解的矛盾，是一種基于妒忌的，在以後的年月裏永遠無法消除的矛盾。

榮禄聽到了這種議論。他記得他在心中發過誓要忠于慈禧，看來她需要他和他的忠誠的時刻快要到來了。

怡親王聽到了。但是他是個軟弱的人，沒有自己的意志，是一個活着只是爲了尋歡作樂的寄生蟲，所以他對人們的竊竊私議只當耳邊風，直到有人把自己的意圖强加于他時，才引起他的注意。

這個人就是尚書肅順，一個貪婪的守財奴。他只想爲自己搜括很多很多的錢財，樹立自己的權勢和威望。肅順知道這種矛盾，并且在考慮着如何利用這種矛盾爲自己謀利。他想到了皇帝的侄子怡親王，并開始狡猾地利用這個寄生蟲的虛榮心。

李蓮英聽到了這種議論，他重新更加貪婪地覷覦着那被肥胖的總管太監安德海所佔領的寶座。

安德海聽到了這種議論，但是他無法追踪它的來源，因爲每個人都在重複傳播着他們從別處聽來的議論。但是安德海一開始就是忠于慈禧的，并且非常喜歡同治，即使是同治的父親也不過如此。

但是，如果最鍾愛慈禧和同治的咸豐聽到了這種不祥的議論，他不會表態。皇后護理着被慈禧的指甲掐傷的手，并且像護理她的手那樣培育着她的讎恨。慈禧是太强大了。慈安知道在她前面的道路上布滿了障礙。她開始策劃削弱那個看不見而又確實存在的被慈禧用來護身的堡壘，這個堡壘就是咸豐的寵愛和敬慕。而咸豐的死（任何人都會有這一天）將改變整個朝廷的秩序，將使它充滿陰謀詭計、邪惡的思想和行動，將使皇后生活在恐怖和失望中，而慈禧也將過着一種她不能稱爲屬于她自己的生活，因爲很難説什麼時候將有人起來把她取而代之。

不祥的竊竊私語，它的回聲順着時間的長河傳下去，一直到被那朦朧的地平綫所屏蔽的未來。

慈禧將她的頭生兒子裹在百家布做成的斗篷裏，而且虔誠地相信它對避邪的效用。

但是，她最有信心的還是她自己的不屈不撓的意志。

慈禧是個意志堅强的人，她注定要在艱苦的環境中被塑造成一個受自己的愛和恨所統治的人，一個使全中國人永遠記得的女人。

隨着同治的誕生，她就開始交了好運，雖然她當時并沒有意識到這一點。從她離開自己的卧室去與慈安對話的那個決定命運的日子開始，她就向皇后展開了挑戰。當慈禧用她那表面似乎温和的手在慈安的右手手背上留下紅色傷痕以顯示挑戰的激烈性的時候，皇后彷彿看到了那外軟内硬的鐵拳頭。

名義上，慈安是東宫，比慈禧地位高。但是，在今天，除了在那積滿灰塵的中國歷史資料裏有記載外，還有誰記得慈安？而人們最熟悉的，也是慈禧本人最喜歡的稱呼"老佛爺"却在中華帝國留下了不可磨滅的印象。

·切榮譽歸于太子

　　來自全國各地的大小官員代表他們的主人，巡撫或總督，來送貢禮。禮品由一群群苦力抬着。禮盤裏高高地裝着華麗的，價值千兩，甚至百萬兩銀子的擺設。苦力們小心翼翼地抬着從外國買來的五光十色的花瓶。這些花瓶的買主很可能是中國的駐外使節，他們看到這種珍貴的東西，就立刻想到他們的皇帝。苦力們光着腳，汗流浹背地挑着，抬着。他們衣不蔽體，飢腸轆轆，雙目無神。要是不小心丟了一件小東西，或是打碎了一個花瓶，那就可能招來殺身大禍。可是對這些苦力來說，他們根本不理解這一切意味着什麼。

　　一擔擔、一捆捆的禮品不斷地運到紫禁城門外，運到頤和園和西苑的門外。苦力們祖祖輩輩奴隸般幹着苦役，挑着、扛着價值足夠供他們贖身的珍貴禮品，那裏面有爲皇帝皇后慶賀生日的禮品，有爲歡度新年用的禮品，有爲恭賀同治誕生用的禮品。

　　由于有些禮品來自遥遠的地方，跋山涉水經過漫長的旅途，路上花費了很多時間，因此，從那特定的喜慶日子開始，一直延續了很長一段時間，總有禮品源源不斷地運到京城。送禮的人是以此來向中國皇位的繼承人表示敬意。

　　一支送禮隊伍來到紫禁城門外。送禮的是中國最有權威的總督之一。禮盤裏裝着寶石、奇鐘异錶和一人高的深藍色大花瓶。

　　他們一到紫禁城門外就被攔住了。兩個太監站在那裏守衛着這塊滿洲人的聖地。誰想進入這塊聖地，必須首先使太監認爲他們够格。至于他們是否够格，通常，或者説一貫這樣，要根據他們帶來奉獻給這些貪得無厭的太監的禮品來衡量。

　　任何人不得到太監的同意是進不了城的。所以，正如我剛才説的那樣，這些高級官員的代表必須另外帶一份禮品。

"這裏，"其中一人說，"四百兩銀子，一點小意思，給你們買茶葉的。"

太監們有用不完的茶葉，都是北京的商人爲了討好他們而送給他們的。關于這情況，官員們和太監們心裏都很清楚。從來沒有這樣的規矩，說太監們要自己用四百兩銀子去買茶葉。用這四百兩銀子幹什麼，那除了太監自己外，誰也無權過問；至于那饋贈者，如果這四百兩銀子被認爲够了，就會被準許通過第一道門，到達第一進庭院。

可是，裏面還有門，還有守衛者。在禮品到達最高驗收人之前，還得先通過他們。有權表態禮品是否可收的最高驗收人就是安德海。

隊列進了紫禁城的城門，送上適當的禮物以後，又進了第二道門，再進別的門的時候，再送禮，不斷地滿足着貪婪的太監的欲望。

隊列到達了最後一進庭院，就停下了。有人通報給安德海。當裏面傳出話來讓進去，護送禮品的人就遞上由一張大黃紙做成的禮單，上面列有禮品名稱和上貢者的姓名。在大黃紙的正中，則用大字寫上受禮者的姓名。

安德海，高傲的安德海，他被授予極大的權力來決定禮品是否適宜。與安德海的友誼，在宮中是被認爲極可貴的，非常非常可貴的！如果作爲送禮對象的皇族人員對禮品不滿意，那麼他就會對送禮者不滿意，所以，如果禮品被拒于大門之外，或者被安德海拒絕接納，那就是一件不光彩的事。接到通報後，總管太監就出來審視禮品和整個隊列。

"啊！"他會用鼻音哼着，"這東西不好！不能上貢！"

"哦，"這官員就會接着回答，"我差點忘了，總督希望他的好友安德海沒有忘記他，他給您送上一點點茶葉錢，不成敬意。因爲不知道您的口味，所以他沒有送茶葉，而送上銀兩，以便您自己，當然也不必勞動大駕，您可以派傭人去買您喜歡的茶葉。"

因爲這筆交易的價格提高到兩萬兩銀子，都做成每個五十兩的銀元寶，約折合美元一萬四千元！難怪安德海立即轉變態度，認爲禮品合適。

然後，安德海就把禮品帶到受禮者那裏，可能是皇帝、皇后或皇族的公主。而他或她又可能輕蔑地翹起鼻子認爲這種禮物根本不配送給一個皇族的成員。如果安德海認爲合適，或是來者是個比較有地位的人，他就這樣回答：

"這些東西是不合適，不過那些花瓶賞給傭人還可以，那鐘可以放在衛兵的屋裏，那些珍珠給小妃子用還是很好看的。"

皇帝、皇后或公主對安德海的鑒別能力是完全信任的，就同意他的建議，把禮物收下了。安德海也就把他得的酬金存進銀行。有好幾家銀行與安德海有關係或爲他服務，每一家銀行都願意巴結他，給他優惠利息；無疑他是最大的一個儲户，因爲每天有禮物來到紫禁城門外。此外，守財奴還能通過其他的道路斂錢，他善于識別命運之神的敲門聲而不失良機地搜括錢財。

但是，有這種情況：酬金"茶葉錢"給得不够多，而受禮人可能對禮物又比較滿意。

"這禮物不行，皇上。它缺乏雅趣，而且也不值錢。顯然，送禮的人不是真正關心皇上，只是感到不送不行才送的。我得讓他派來的差人自己把禮物帶回給他！"

這樣一來，帶禮物來的那個官員由于他的禮物受貶而丟面子了，只得失望地、垂頭喪氣地退却，而且通常是"忘記"提醒安德海他已經收了酬金，那酬金，按理説，可以因爲禮物沒有被接受而理直氣壯地向他索回。不，一般都應該"忘掉"。聰明的官員是在心裏盤算着下一次的上貢，那時候給安德海的酬金必須增爲兩倍或三倍。

但是，另一方面，也可能有的禮根本就沒有到達安德海的手，甚至沒有進入紫禁城——因爲那兩位太監飲的"茶"價格比四百兩銀子貴，貴到使饋贈者無法想象什麼茶葉會有這樣的高價。當他們對酬金不滿意的時候，他們并不直説，而可能讓把禮品遞過去，然後，譬如説，讓一對漂亮花瓶中的一個由于"偶然"的差錯從苦力手中掉下打破了。誰能説不會發生這種偶然性？而誰又敢把剩下的單個花瓶送給皇帝、皇后或公主？顯然不可能。于是送禮人只好傷心地回去了，恨透了那些太監，但是也變得更聰明了，準備帶更多的酬金二次進貢。

李蓮英通過自己的努力，在爲他自己建立的梯子上一步步地已經爬得很高了，他看見了送給安德海的禮金。農民和鞋匠的經歷使他懂得了金錢的價值。他能精確地計算出兩、美元和英鎊的價值。安德海由于和皇上很接近，他跪在皇帝寶座下説的話是有分量的。他接受了巨額錢財歸他自己所有，幾乎成了一個豪富；這一切并没有逃過李蓮英的眼睛。

這只能增强李蓮英要取代安德海的欲望，他要讓自己光明正大地站到安德海的位置上。

安德海有没有意識到李蓮英有野心呢？絲毫没有，否則，李蓮英就不可能在有生之年實現了他的野心。他有没有注意到，當他，安德海，能把來訪的大人物兜裏的錢像變魔術一樣勾出來的時候，那個太監眼睛裏射出的貪婪的目光。也許注意到了，因爲他扔給李蓮英一錠五十兩銀子的元寶，像一個乞丐把一根啃光了的骨頭扔給一隻餓狗一樣。李蓮英暗暗怒罵着，但還是收起了這個銀元寶。

他又作了個決定：如果有一天他取代了安德海，他將向前來進貢的官員索取高于兩千兩銀子的酬金，而站在城門口的太監，他們的茶葉錢則不準超過五十兩銀子！

李蓮英取代安德海後，他的酬金要得更多，而别的太監則必須要得更少。如果李蓮英將從低級太監那裏扣下的錢加到自己的酬金上，而假如安德海又被革職了，那誰又能説些什麼呢？

李蓮英用一隻髒袖子把這五十兩的銀元寶擦得鋥亮，一邊在嗓子裏罵着，一邊將它藏好。

這是一個奇妙的核心。在這上面建立起了一個人的命運，而且，它完全可能引起一個大人物，甚至于一個皇帝的羨慕。

皇家宴會

同治一歲了。照例又要從中國各地的大官那裏，從駐外的漢族、滿族官員那裏送來貢禮。

宮裏舉行着盛大的皇家宴會，其規模在紫禁城裏是史無前例的。咸豐爲這個兒子感到驕傲。他珍惜這個兒子，因爲他愛這兒子的母親。他不惜一切財力、物力來把這個皇家宴會辦成在他統治期内最盛大的宴會。

來參加宴會的是中國最高級的大臣。數以百計的太監恭順地侍候着皇室貴族和他們的客人。宴會上還有咸豐、慈安和太子的母親慈禧。

從去年以來，慈安對慈禧的强烈的妒忌發展到無法控制的程度。妒忌以及由此産生的讎恨像癌症一樣侵蝕着她的心，使她對生活感到厭倦，使她的生命變成一個噩夢，似睡似醒，永無終結的噩夢。她總是對慈禧粗暴無禮，而慈禧在皇后面前的表現則是端莊文雅、彬彬有禮的典型。慈安與她説話的時候表現極不禮貌，連最不聰明的太監都覺察到了。慈安甚至對皇上也表現無禮和粗暴，使皇上對她這種壞脾氣也産生了憎恨。對慈安的厭惡越甚，對慈禧的寵愛就越深，而這種寵愛又進一步加深了慈安對慈禧的妒忌和痛恨。

再説這宴會，正如我前面説過的，其豪華是紫禁城内史無前例的。

一張單設的小桌是爲紫禁城内三位最大的人物準備的，他們就是咸豐皇帝、慈安和慈禧。這三人的客人，幾十名最高級的官員，盤腿坐在宴會廳地板的軟墊上，在大約八英寸高的小桌上進餐。所有侍候工作完全由太監擔任，所以這個宴會廳真是一個名符其實的五彩繽紛的萬花筒。太監們用熟練的技巧端着數不清的碟子，快步地來回忙碌。他們穿着各式各樣的豪華綉花服裝，這些服裝在宴會廳中反射出光芒，像無數個棱鏡。坐在單設的小桌邊的三人穿得比所有的人都華麗，因爲他們是這裏最偉大的三個人。最好的珍品端上了這張桌子，在這裏，咸豐是主人，他對慈安表現客氣、有禮；而他的每一個動作和眼睛的每一瞥都表現出對慈禧的寵愛。

油漆屏風上有精心設計的，用綠玉、珍珠母、甚至中國的美麗鳥類的五彩羽毛鑲嵌成的圖畫，都是出自中國著名藝術大師之手。

咸豐的桌子上方，懸挂着巨大的蠟燭。搖曳着的繩索末端繫有黃布，就像華麗的、閃着金光的流蘇。宴會是在黃昏以後舉行的。柔和的月光把她的祝福賜予紫禁城，而外面的世界却是在一片寂静中。從搖曳着的蠟燭升起來的黃色火焰在五光十色中形成了極爲奇妙絢麗的景象。任何藝術家，不管他有多高的天資，也不可能把它複製出來。黃色火焰將它耀眼的射綫往復地灑到大臣們虔誠的臉上，灑到咸豐皇帝表情嚴肅的臉上。太監們由于長期受到嚴格的宮廷教育，習慣于控制自己不讓感情流露。絢麗的光綫把他們呆板、遲鈍的臉面清楚地勾畫出來。一會兒當搖曳着的流蘇把蠟燭晃到另一個位置的時候。他們的臉又被投進半明半暗的陰影中，再過一會兒，光綫再次照射過來，他們的輪廓就顯得比前一次更清楚了。軟底鞋在光亮可鑒的地板上蜿蜒滑動，發出柔和的聲音。

光亮和陰影交替地跳躍着，顯示出漆屏上圖畫的精髓。

光綫顯示出許多太監的呆滯的臉，他們有的正在活動着，有的静得像一座座雕塑。

咸豐正好在蠟燭下面，光綫清楚地刻畫出他那嚴肅的臉部表情，表達出他對慈禧的永恒的愛情。

光綫照亮了慈禧的像玉雕般的臉。她的眼睛不時地瞟向咸豐的眼睛，那眼睛始終在等待着他，屏住了呼吸盼望着他，他的眼神射進了她的眼睛深處，那雙眼睛今天對他的誘惑力遠遠超過好多個月以前的那一次，那時候，蘭兒應召來到宮裏，讓皇帝從十七個最美麗的中國姑娘中挑選出一位做他的妃子。慈禧是快活的，儘管她知道慈安的妒忌和讎恨像從陰濕的水潭子中發散出來的潮氣，像一個無形的鐘罩包圍着她。她愛同治，她必須在某種程度上也愛太子的父親。

光綫照亮了慈安的像玉雕般的臉。她微笑着回答咸豐的問話。這是一種裝出來的、勉强的微笑，任何人看到了都不禁會這樣想的。她自己這樣認爲：因爲咸豐愛慈禧，慈安就不再愛咸豐了。

光綫顯示了安德海那過于肥胖的身軀和他的虛僞的面孔。他始終在想法討皇帝喜歡。他的一思一念關係到他是否能穩坐總管太監的寶座。

光綫也顯示了肅順的臉和怡親王的臉——肅順，貪婪的尚書；怡親王，意志薄弱的人。

光綫顯示了李蓮英的粗暴的臉。也只是在這個時候，儘管他內心還是在咒罵着，他那醜陋的臉却虛僞地作出諂媚的微笑，因爲他此刻正在那張桌子邊侍候，那裏坐着三位中國最大的人物。在那個永遠不能忘記的日子，那位不認識的知情人告訴他，想在紫禁城內出人頭地，所需要的只是勇氣和一把刀。從那時候起，他已經走過了不短的路程。他不時地偷眼看一下安德海。他離安德海所佔有的地位不遠了。他始終在努力使這三個大人物高興，以便他們對他有個好印象。他等待着安總管被撤職的那一天的到來。

光綫顯示了梅姑娘，所有宮眷中最美麗、最嬌嫩的一個，肅順的女兒，慈禧寵愛的女侍官。由于她愛慈禧，總試圖使慈禧高興，所以，反過來，她也贏得了慈禧的愛。還有另外一個人，梅姑娘給予了更多的愛，雖然她自己可能還沒有意識到，或者，意識到，但是自己不敢承認。

在宴會上，還有一個幽靈，這就是步軍統領榮祿，蘭兒過去的戀人；礙于禮教，慈禧不去注視他。榮祿的官階不足以使他在這個宴會上占一個席位。恐怕除了慈禧以外，誰也不會知道他是怎麼被邀請來的，被一張他不敢拒絕的皇室請帖邀請來的。在這裏，他的官階比出席宴會的貴族中最低的還要低得多。慈禧知道他被邀請了，因爲她曾經建議咸豐給他發請帖，這來自皇帝的請帖等于一道聖旨。

榮祿一有機會就向慈禧美麗的臉蛋偷偷地投去一瞥，但是除了慈禧外，誰也沒有注意。當他們的眼睛相遇的時候，絲毫不敢停留，雖然這種奇迹出現時，榮祿全身都在顫抖。結婚對慈禧產生了很大的影響。它給她充實了智慧。那與榮禄不相干的新産生的智慧從她眼睛射出，它傳遞的信息纏繞着榮禄的心，像情人的小手指的愛撫，儘管慈禧可能并没有意識到傳出了什麽信息。

信息是傳出了，儘管只是一瞬間的，但是畢竟是個信息。

有幾個人捕獲了這個信息，或是這個信息所暗示的意義。一個是肅順，他眯起眼睛反復思考着這件事；一個是怡親王，一個放蕩的人，他把他對任何女人給他的信息的理解裝進了這個信息中；一個是李蓮英，他早就覺察到在慈禧與這個低微的步軍統領之間有着一些美好和珍貴的東西；一個是慈安，她皺着眉頭盤算着：可能是一個微妙的武器，藉助于它，可能在將來某一時候，她可以使慈禧不再出現在她眼前。

安德海捕獲了這信息，但是他敬愛慈禧并且尊敬她的皇兒。

咸豐什麽也没有看到。

梅姑娘看見了，她保持沉默，因爲她愛慈禧，并且覺得心上壓了一塊石頭，因爲她并没有意識到自己愛着榮禄。

燦爛輝煌的燈光，華麗的服裝，五光十色的屏風，幾十名躬身彎腰坐在軟墊上倚着八英寸高的小桌就餐的貴族，隨着蠟燭光的擺動，他們的形體一會兒出現在燈光下，一會兒隱蔽在陰影中，還有那正好在蠟燭下的三位偉人，這一切組成的盛大宴會即將結束。

"爲貴客上茶!"

這是咸豐下的命令。

"爲貴客上茶!"

擔負着重任的安德海從咸豐嘴裏撿起這幾個字，大聲地向那些負責在桌前侍候的太監們傳話，那些太監就匆匆地去執行總管太監的命令。宴會廳裏出現了一些小小的動静。榮禄動了一下，他感到不安。榮禄不是貴客，没有人會給他上茶；而没有上茶這個現實會引入注目。這可能招來人們偷偷的恥笑，因爲他不是貴族，不包括在上茶令中所指的貴客的範圍内。

按照安德海的吩咐，茶獻上來了。所有的人都有茶，惟獨榮禄没有。

他坐在自己的座位上感到不安和屈辱，他痛苦地抬眼看一下慈禧，立即又把目光移開。他眼睛裏包含着無聲的求援。但是究竟爲什麼，他也説不清楚，也許是希望能擺脱這難忍的困境。慈禧注意到了，慈安也看到了。

雖然，她敢肯定没有人會注意到她在做什麼，或瞭解她所做的事情的意義，但是她還是挑戰式地爲自己準備了一杯茶，投進幾片李花瓣，使那本來已經異香撲鼻的茶水更是沁人心脾。她向李蓮英點頭示意。他立即上前諂媚地接受了皇妃給他的任務。她把準備好的這杯茶放進李蓮英手裏，小聲告訴他去送給榮禄。李蓮英爲這個任務感到驕傲，把杯子送給了低微的步軍統領。榮禄接過杯子，準備站起來向賜予他如此大的榮譽的皇妃叩頭謝恩。但是當他剛抬起一半身子準備叩頭的時候，慈禧威嚴地搖了搖頭，那動作輕微到幾乎不可覺察，但表情却是堅決的。

蕭順看到了，微笑地看着怡親王。

安德海看到了，他投給慈禧一個理解的微笑，因爲他敬愛她（以他特有的方式）。

李蓮英看到了，他那顆邪惡的心跳動着，思想飛速奔馳，想從這件小事中找到一些東西，將來可能有助於實現他最迫切的願望。

慈安看到了，一個得意的、狡猾的微笑從她的嘴唇飛向咸豐。由於皇帝對慈禧無限信任，他回了她一個微笑，否定了她包含在狡猾的微笑中的非難。他轉向安德海説：

"把送給皇妃的禮物拿來！"

安德海，那過于肥胖的安德海，他知道他即將在一個戲劇性的事件中充當角色，感到非常高興，深深地叩了頭，并向下級太監發命令。

在咸豐對慈安投給他的那個得意的微笑回報一個微笑後片刻，太監已經把送給慈禧的禮物拿來了，放在慈禧面前的桌子上。

禮物是一隻表面金色的大桃子，像一隻閃着金光的五十兩大元寶。

這是在御厨房的精心設計下，由一些烹飪名手親自參加製作的。一隻桃子，是咸豐送給皇妃的禮物。這是一件華麗的作品，它的金色就像夏天初升的太陽。

桌子上方搖曳的蠟燭使咸豐的禮物一會兒反射出金色光芒，一會兒進入陰影。

慈禧低頭看着禮物，她感到有些迷惑和吃驚，因爲她不明白這禮物的意義。是開玩笑？還是因爲咸豐看到了慈禧親手製備一杯香茶送給低微的步軍統領榮祿？這是荒謬的。咸豐不可能預先知道他會對一個平民如此偏愛。不，這禮物是在宴會開始前就準備好的，或者是在宴會進行中正在一道一道上菜的時候做的。她略帶微笑，疑惑地看着咸豐。

"把它打開。"他幾乎是耳語地說，但是從眼睛裏傳出的鍾愛的表情却是在大聲地對她說。

相信這不是開玩笑。于是慈禧用她嬌嫩的手輕觸咸豐給她的金色、奇异的禮物，尋找着打開它來顯示其中内容的訣竅。

過了好一會兒，這期間，所有來賓都屏着呼吸注視着。在慈禧手中，桃子從中間開裂成兩半，攤在慈禧面前的金盤子中，露出了裏面咸豐所賜的真正禮物——杰出的美的創造，幾乎使旁觀者嘆爲觀止；這禮物使慈安忘掉了對她的皇上和主子的禮貌，忘掉了宮廷的禮儀，從自己的座位上勃然起立，在盛怒之下離開了宴會廳，她也顧不得在衆人面前掩飾自己的失禮。

那禮物是什麼呢？

一雙精緻的帶高跟的滿洲鞋，嵌着閃光的小珍珠，像處女的歡樂的淚珠！

熱河避暑山莊

　　熱河避暑山莊，一所華麗的宮殿，那裏是統治者在爲國操勞之餘度假的地方，也是在皇室的安全受到國內外敵人的威脅時候出走避難的場所。這是一個比紫禁城更加美麗、奢華的地方，山莊裏的家具全是用最珍貴的木材製成的，上面鑲嵌着翡翠、寶石；天棚上的龍都是由純金製成，四壁挂着華麗的絲光綢。這是一個恬静的避暑聖地，這裏有歷代中國的統治者傳下來的所有的滿族傳家寶以及其他珍貴文物。

　　爲了躲避鴉片戰爭帶來的外國强盜的入侵，咸豐逃到熱河；慈禧企圖勸阻，但是未能成功。慈禧堅信，在任何情況下，中國的皇位是不會丟失的。皇帝的弟弟恭親王却是另一種想法，他勸已經陷于絕望而且患着重病的咸豐到熱河躲一躲，由他留在紫禁城與外國侵略者談判。美麗的避暑山莊，在那裏，咸豐結束了他的生命；在那裏，密謀和反密謀的鬥爭永無休止。對慈禧，避暑山莊這個地方蘊涵着痛苦和甜蜜的回憶。

　　慈禧永遠不會忘記到熱河去的旅途。以後她到熱河的時候，從來不在那裏久留，因爲對她來説，這是一個鬼魂聚集的地方。她將永遠記得這次旅行；她真的從來没有忘記。在那裏，她真正見到了榮禄對她的忠誠、肅順和怡親王的背信棄義、咸豐的精神上的軟弱以及慈安的齟恨。

　　除了留一小部分人守衛紫禁城外，整個朝廷都遷到了熱河。這是一個三天的旅程。除了上千名太監外，還有大臣、公主、宫眷和宫女，匯成了服裝華麗的浩浩蕩蕩的人流。大官坐在豪華的轎子裏，由辛勤的苦力抬着。當苦力從他們那骯髒的臉上淌着汗珠的時候，一定在悄聲咒駡着那些大官。長長的隊列像一條花皮蛇沿着狹小的道路向前爬行。轎夫在哼唱，光脚板在疏鬆的石頭地上拍打和滑行；黄銅色的太陽俯視着一切；動亂的國家；可能隨之而來的跟踪追擊——同時，一個皇帝在向熱河前進，去迎接死神。侍衛隊騎在馬背上，是蒙古種的小馬。夜晚，搭起蒙古式的帳篷，有幾個山頭上的要塞點着篝火，整個隊列，除了守衛人員，全都精疲力竭地入睡了。牲口嚼着草料。衛兵的制服閃出光亮。中國最大的權威人物正在向熱河逃亡，可是排場却像是一個流動的喜慶宴會。

前面就是乾隆皇帝在位時建造的避暑山莊，此刻它正在沉睡，乾乾净净地酣睡，因爲事先已經派太監將宮殿收拾好了準備迎接朝廷的遷徙。黄色琉璃瓦反射出太陽熾烈的光，這是一個非常幽静的地方。庭院中的鵝卵石能抑制回聲，除非是由鬼魂的脚步聲産生的回聲。寂静的大殿門緊閉着，并且上了鎖。

朝廷和一群隨從人員像軍隊一樣到達了。作爲侍衛官之一的榮禄、上千名太監、所有宮廷中的僕人都進入了避暑山莊的視野。當目標在望的時候，他們加快了疲勞的步伐，到達了爲迎接他們而打開的大門。頃刻間，避暑山莊恢復了生氣，沉睡的大廳、庭院和宮殿都被人的説笑聲、脚步聲的回聲及回聲的回聲驚醒了。生了銹的鎖、被灰塵覆蓋的門在嘰嘎聲中打開了。避暑山莊變成了一個城市，一個在中國具有重要意義的城市。因爲這裏有皇帝的寶座，雖然他是在這裏結束了生命。

一到避暑山莊，咸豐就病倒了。

慈安在那裏，慈禧、安德海、李蓮英、梅姑娘、怡親王和肅順也都在那裏，就缺恭親王。整個朝廷一到避暑山莊就開始了勾心鬥角，并各自得到了應得的報應。

朝廷中地位最低的，太監中最小的都知道皇帝快死了。

慈安在考慮自己的計劃。肅順和怡親王則在擬定另一個計劃；後者是被前者逼迫而參與陰謀的。他們的計劃可能成功。李蓮英，找機會把他的前程與慈禧緊密結合，静静地聽着、觀察着事情的發展，抓緊時間，等待好機會。榮禄也聽着，但是他只是一個低微的步軍統領，没有權威，也没有什麽重要性，他只能等着，在適當的時候，有機會向慈禧表明他的忠誠。

咸豐病危。

蕭順和怡親王露出了他們的毒牙，但是怡親王是個無能的人。

"皇上病危，"蕭順説，"我們必須敦促他立即下詔，在立新皇帝之前由我們攝政。等他去世後，我們就可以除掉慈禧和同治，于是整個中國就完全落在我們手裏了。"

怡親王不同意。

"我不想幹這種事，"他説，"如果皇帝去世，同治就接皇位。要是我們殺害他或殺害慈禧的陰謀暴露，那就犯了殺頭罪。我決不參與這種事。你可以先幹，我什麼也不説。但是我以後也不會插手這件事。"

"不參與?"蕭順説，"可是你已經走得太遠了。我的計劃你知道得太多了，所以你必須和我一起走到底，否則我將在皇帝死去之前就告訴他，你正在圖謀幹掉慈禧和同治，這樣他就會將你砍頭。他會相信我的話，因爲你沒有足夠的聰明才智來證明我説的是假話!"

蕭順是有膽量的，他就這樣地慫恿、威脅着怡親王，因爲，如果怡親王攝政，他就可以在幕後控制怡親王來達到他自己的目的。

怡親王和蕭順一起去見皇帝，他在臨終的床上，已經瀕于死亡。

"命令我們當攝政王吧。"這是他倆求見皇帝的目的。

皇帝搖搖頭拒絶了。

怡親王很膽怯，猶豫地往後退，但是蕭順鼓動他上前。

"讓我們當攝政王吧。"他們懇求着。

誰也沒有想到，李蓮英聽到了他們策劃謀害太子和太子的母親的密談。于是他把情況告訴了正在憂愁萬分的榮禄。

慈禧雖然沒有聽到密談，却也知道怡親王和蕭順是她的兩個勁敵。宮廷裏的竊竊私語太多了。蕭順有一次説過，慈禧太美麗，也太聰明，不宜于做咸豐的妃子，因爲這兩者集中于一人，則什麼後果都可能產生。對于皇帝的死，慈禧也在做着鞏固自己地位的準備工作。

她帶着六歲的同治去見皇帝。

她站在這個使她變得有權威的人的床邊。

“是不是讓你的兒子繼承你?”她問。

蕭順和怡親王想當攝政王而未能如願以償。聽説慈禧來到，就從皇帝面前退出。但咸豐還是在考慮。

“是不是讓你的兒子繼承你?”慈禧小聲地問。

咸豐微微地點了點頭，幾乎使人難以覺察，因爲他已經非常衰弱了。

慈禧一貫深信抓住時機的重要性；這種信念爲她以後的年代帶來無窮的好處。她立即派文書太監把準備好的遺詔拿來讓皇帝簽字。遺詔中提到了攝政者的問題，因爲同治還是個小孩，所以必須有一個或幾個攝政者。慈禧和慈安被指定爲攝政者。

不久，不幸的日子來到了。咸豐，在他統治的第十一年，離開了人間。中國的皇位空缺了。皇帝的遺體被送到大殿供憑弔。大殿的墻高得幾乎擋住了陽光，整個結構陰森得像一個地窟。

誰也不準進入皇帝停屍的房間。皇帝的遺體被安置在長長的棺材架上，旁邊是閃爍的蠟燭。整個避暑山莊到處都在竊竊私議，有的在懷疑，有的在猜測會發生什麼新奇的事情，有的害怕，有的在策劃陰謀。在大殿裏則一片肅静，皇帝的遺體，閃爍的蠟燭，以及在一角上的一個悲哀地滴答滴答響着的大鐘。在大殿的停屍房外面，也有幾個鐘在滴答哀鳴，好像在與棺材旁那個鐘的莊嚴節奏共鳴。

到了必須宣布的時候了。咸豐皇帝駕崩了，全國都要致哀。皇帝的遺體準備等候吉日護送回北京。蕭順和怡親王來到慈禧這裏。他們是來向太子的母親表示敬意，但是這種敬意是帶有嘲弄性的。他們的禮儀掩蓋不了他們的内心對這位皇妃的厭惡甚至憎恨。

“我們是大清皇帝的攝政者，”他們對她説，“咸豐皇帝臨終前口頭授命我們攝政。”

慈禧看看慈安，慈安也回看了她一眼，她臉上露出慶幸的表情。她對這突然發生的事情一點也不知道，但是這件事如果能剥奪慈禧在宮中的權力，那她是高興的。雖然咸豐已死，但是她對慈禧的讎恨和妒忌却是有增無减。慈禧看到慈安臉上的表情，就明白了她不可能從她那裏得到幫助；她必須依靠自己。她必須保護她兒子的利益，并且必須實現咸豐的最後一個願望。她感到肅順和怡親王撒謊。但是她又沒有辦法來證明他們是撒謊。咸豐也可能有過口頭意旨，也可能指定肅順和怡親王攝政，因爲臨終前他神智不清了。

慈禧遲疑了一會兒，她的心由于過度擔憂而幾乎停止跳動。由她引導、由皇帝親筆簽署的詔書已經準備好了。

"我得到皇上最後的詔書，"她控制着自己，平靜地說，"指明由他兒子接皇位。我是他的母親，慈安是皇后，所以，在同治年幼的時候，由我們攝政！"

怡親王臉上顯出懊喪的表情，因爲，本來他可能成爲攝政王，而讓肅順當他的寵臣。這實際是把肅順放到攝政者的地位，甚至乾脆就讓他攝政，因爲怡親王是非常無能的。此刻，他望着肅順，期待着他的指示。這一紙詔書的出現表明慈禧知道肅順和怡親王的陰謀，否則她不可能提前做那麽多工作來保護她和她兒子的利益。劊子手給肅順準備好的斧子和給怡親王準備好的絞索都已經在兩個陰謀家的頭頂上等候着了，他們倆心裏也很清楚。但是肅順并沒有被擊敗。慈禧拿出詔書，在一個安全距離外給她的勁敵看。他仔細看了詔書後，微笑了。

"這詔書是無效的，皇妃！"他最後說道，"這上面沒有蓋皇帝的大印，所以這詔書是無效的。"

慈禧沒有料到這一着，或者是她疏忽了。她把詔書轉過來仔細看着，然後又困惑地看看慈安。但是從她那裏得不到同情。她又回過頭來看看肅順和怡親王。肅順寬慰地笑了。怡親王頭上冒着汗珠，他相信，這時候，他總算九死一生地躲過了可怕的陰謀犯上的罪名。

慈禧非常害怕，非常氣憤，以至說不出話來。她用手示意，令肅順和怡親王退下。

隨即，榮祿不拘禮節地進來了。自從慈禧進紫禁城當皇上的妃子以後，這是他和她最接近的一次。他看到肅順到這裏來，并慫恿怡親王走在他前面。榮祿聽到了傳說，知道咸豐死了，從而能準確地推斷將要發生什麼事。于是他來到慈禧跟前，雙膝跪在她脚下，行着普通的叩頭禮，并且用顫抖的聲音説：

"如果有什麽方法可以讓我爲您效勞的話，我將高興地去執行。"

慈禧用皇室的手勢示意宫眷和太監退出，到聽覺所及範圍以外。她告訴他在什麼地方可以找到皇帝的玉璽。但是在現在的情况下，任何人，包括她自己，都不敢擅自進入咸豐的停屍房。她告訴他，蕭順和怡親王也知道玉璽所在地方，如果他想爲她效勞，就得趕緊動手。榮禄再次叩頭後，飛快地奔離她的房間。

在他面前，急匆匆地，鬼鬼祟祟地走着兩個人，這就是蕭順和怡親王，他們已經向停屍房和放玉璽的地方前進了。這玉璽正是證明同治的權力所必需的東西。

李蓮英曾把有人搞陰謀的情况告訴榮禄，現在榮禄又爲了另一個任務去找李蓮英。他告訴李蓮英玉璽在什麼地方，并吩咐他通過一條秘密通道到停屍房，把玉璽弄到手。

李蓮英帶了一名小太監，讓他在秘密通道的入口處放風，他自己進入了陰濕、黑暗的通道，雖然他手裹拿着一支火焰一閃一閃的蠟燭，却不足以驅除洞中的黑暗，他摸索着向停屍房邁進。

與此同時，蕭順和怡親王由于知道自己在做虧心事，害怕去找玉璽，也怕進入停放咸豐遺體的禁地。但是"需要"，人類賴以生存的需要，强迫他們前進。他們到達了停屍房，像往常一樣，怡親王被蕭順推向前，打開密室取玉璽。可是，玉璽没有了！他們焦急地、慌亂地找，心被越來越强烈的恐懼所絞痛，但還是找不到。

他們的努力白費了。

如果他們看到太監李蓮英那躲在一閃一閃的蠟燭光後面的醜陋面孔，懷着滿足的喜悦狂吼着急匆匆地沿秘密通道回轉的情况，則他們對玉璽失踪的秘密或許會稍稍有些領悟。

李蓮英手裹緊握着玉璽，急匆匆地去見榮禄。

他挽救了同治的皇位。

蕭順和怡親王意識到，他們已經完蛋了，匆匆離開停屍房，找個地方暫時隱蔽起來。

"現在只有一條路能保全我們的性命，" 蕭順説，"我們企圖推翻慈禧，她是不會饒恕我們的。她達到目的以後，會要我們的命!"

"那我們怎麼辦呢?" 怡親王嗚咽道，"我們完了! 這都怨你! 我得想法來保護我自己。"

"不要忘記!" 蕭順説，"當我告訴慈禧皇上臨終前指定我們爲攝政者的時候，你是和我在一起的。現在我沒有辦法逃脱，你和我同樣有罪。"

"那我們怎麼辦呢?"

蕭順附着這個懦夫的耳朵小聲説:

"我們必須把慈禧和同治殺掉!"

"那我們怎麼樣，在什麼地方幹這件事呢? 再則，他們的死會給我們帶來什麼好處呢?"

"我們不能自己去幹。我們將借他人之手去行刺，而我們又將是第一個檢舉兇手的，而且要將他們處死，以免他們把我們供出。"

"但是，怎麼進行? 怎麼進行呀!"

蕭順沉思了一會兒。

于是他又悄悄説了。

"不久，皇上的遺體要回北京，" 他不慌不忙地説，"慈禧和同治必須比出殯行列先到北京，以便在那裏迎接聖上的靈柩。這就是説，他們必須走另一條路。顯然，我親愛的怡親王，在這樣的旅途中，我們所選的人就會有許多機會去做我們要他或他們做的事。這樣，如果同治母子沒有到達北京，誰也不會懷疑我們，因爲我們是陪伴着先皇的靈柩一起走的!"

怡親王這個懦夫臉上又滲出了汗珠，他知道他已經走得太遠，無法退回了。

"去北京的路上!" 他自言自語地説。

于是，蕭順和怡親王開始交頭接耳地討論他們計劃的細節了。

一個侍衛軍的頭領（不是榮禄）在那些細節中扮演着重要角色（雖然他自己并不知道，他不能預見到未來），他的腦袋在他肩膀上要呆不住了！

但是，就在這時候，玉璽遞到了慈禧手裏；咸豐的最後詔書的真實性已得到了充分的、合法的證明；現在它被放在完全由慈禧掌握的一個安全的地方。

喪禮進行曲

　　咸豐皇帝的靈柩返回紫禁城的工作正在緩慢而隆重地進行着。他已經在熱河華麗的皇城中滿族大殿裏躺了好多天了。那裏有燃燒着的蠟燭，使人心碎的寂靜和那恐懼的輕柔的脚步聲，似乎在死人埋葬之前總會有這樣一種沉默籠罩着世界。白天，太監們靜靜地站着，不時地用張大的眼睛望着大殿，等待着有什麼事情發生，望着大殿那黑洞洞的窗户後面。沉默的，從今以後永遠沉默的皇帝緊閉的眼睛凝視着不朽的美景，那是死神刻在他那下垂着的蠟樣的眼瞼後面的。夜裏，人影鬼鬼祟祟地穿來穿去，他們害怕黑暗，也怕鬼，因爲當死人還沒有埋葬的時候，祖先的幽靈就會在他附近徘徊，活人對他們除了害怕外毫無辦法，因爲他們是看不見的。眨着眼睛的星星像死一樣寒冷，嘲弄地俯視着來去匆匆的人們，那些害怕"偉大的不可知者"的人們。

　　熱河這邊已經一切準備就序，只等黃道吉日將皇帝送回北京安葬。

　　另外，還有一些其他準備工作。

　　緩慢而有節奏的脚步。大殿的大門徐徐開啓，使陽光射進了原來沉寂的場所。棺材旁邊，殘燭那飄搖的黃色火焰顯得暗淡。燭芯靜靜地蹲在自己的蠟圈中，不久即將熄滅，就像躺在它們旁邊，被它們一直忠實地守護着、保衛着的人一樣地死去。那受驚的抬棺人低着頭，眼睛恐懼地掃視着每一個黑暗的角落，鼻子因爲那奇特的、使人戰栗的氣味而抽搐；那氣味似乎要穿透到死者靜臥處的每一個角落，每一個邊緣。像蠟一樣的臉，安詳，嚴肅，自豪，一切痛苦都消失在寧靜的永恒中，那裏沒有憂慮，沒有煩惱；一個木乃伊，雙手扎在兩邊，雙腿捆在一起，整個軀體都裹在皇家喪葬用的大氅內，這樣做爲的是不致于讓死者永遠得不到安寧。

　　庭院裏組成了守靈隊伍。太監們戴着像老式燈罩那樣的大白帽子，列隊等候着。長鬃毛、長尾巴的蒙古小馬不耐煩地，但還是小聲地咬着它們的嚼子，似乎它們也知道這是一個多麼莊嚴的場面，而它們的滿洲衛隊騎手則挺坐着像塑像，等待着命令。

　　抬皇帝靈柩的人有一百個，有相貌醜陋的太監、幹重活的奴隸以及來自皇族的侍候死者的奴僕，他們彎着脖子去抬那粗大、笨重的黃色杠杆，那上面架着保護死者到達目的地的棺椁。

　　死者在棺材裏，隨着抬棺人的身子搖晃着前進。那一百個抬棺人表情遲鈍，四肢苗壯，肩膀寬大，在縱橫交錯的杠杆下滑動。一聲令下，他們就抬起肩膀上的"宇宙"，開始了向北京的緩慢而莊嚴的行進。由于死者必須緩慢行進，所以花了整整四天。一百名抬棺人緊挨在一起步行，二百條腿無節奏地擺動着，好像一隻有許多腿的龐大的甲蟲。

　　衛兵們勒住他們急躁的小馬，挺拔地、一動不動地騎在馬背上，分布在棺材的前後，因爲他們意識到他們肩負着保衛皇帝遺體的偉大使命。前後左右的衛兵、一百名抬棺人、宮廷侍者、送葬人、皇族成員（不要求先于隊列到達紫禁城的那些皇族成員），整個隊列像一條龍，它的巨大的身軀沿着通向北京的崎嶇曲折的道路起伏着。

　　緩慢的行動。緩慢而莊嚴的行動。一個皇帝的統治結束了，另一個皇帝的統治開始了。

　　最後的隊列。這黃色的棺材標志着一個皇帝的退位和下一個皇帝的登基。當靈車慢慢前進，快到北京的時候，卑賤的村民從遠處發現這許多人組成的長龍，就走近來張望。當他們看到代表皇帝的黃色標志的時候，他們趕忙跪下，向這位結束了統治的強大的君主叩頭；或者，當還在遠處的時候，認出了那是什麼棺材，就瘋狂地跑開去躲起來，因爲對他們説來，皇帝僅次于菩薩，或許甚至比菩薩還高一些，普通人是不可以看神仙的臉，或者向菩薩所在方向眺望的。

　　對于活着的人來説，一個君主和一個老百姓生命的結束是完全一樣的，都是留下一個可怕的軀體；它無聲地告訴人們，生命是多麼短暫，它結束得多麼快，又開始得多麼偶然，以致人類知識無法衝破這兩垛不可穿透的墻——活着的人與未出生的人之間的墻以及活着的人與已經死去的人之間的墻。人們只知道一些這兩垛墻中間的那部分，即使在那部分，人們也是在探索中打發生命。

所以，雖然咸豐的送葬行列豪華非凡，他走過的路和一個普通農民走過的路是一樣的，雖然後者只有兩個，或者是四個抬棺人，而皇帝有一百個，但是他們都同樣地走進墳墓，從人類有史以來就是如此。

四天的時間，送葬隊列要進入北京了。北京在舉哀，商店關門，街上寂靜無人。而那位現在與慈安共同執政的皇妃，她已經從另一條路到達紫禁城，在那敞開的大門口迎接皇帝的靈柩。這大門咸豐皇帝將再次經過。

蕭順和怡親王騎着馬隨送葬隊伍一起，雖然這場面是非常肅穆，他們却在想着物色一個侍衞軍頭領陪同慈禧。他們互相看看，無法掩飾的得意使他們在心裏笑了。于是他們騎馬向北京出發。

衝出黑暗

榮禄被派去統領守衛避暑山莊的一個小分隊。隨着朝廷返回北京，這裏將變得格外的寂寞孤獨了。李蓮英曾向榮禄，慈禧的忠實僕人，悄悄傳遞了肅順的密語，這使榮禄非常害怕，不是爲他自己，而是爲了慈禧和同治，主要是爲了慈禧。他被委派去當這個統領，這也是很奇怪的。他的正常任務應該是或者護送皇帝的靈柩，或者保衛慈安和慈禧。他懷疑，這樣安排他的任務一定出於某種原因。當皇后、皇妃的隊列離開熱河的時候，他差不多已經能肯定他的猜測沒有錯。

肅順和怡親王站在一個凉亭的臺階上從遠處守着慈安和皇妃（現在的太后）出發。那個要去護送慈禧一行人的侍衛軍頭領朝這兩人看了一下，好像是等候一個信號。恐怕除了榮禄和李蓮英以外，誰也沒有看到這個信號。這只是一個手勢：肅順的右手一揮。不知怎麽，榮禄明白這種手勢的意思是將一個人消滅。這頭領點點頭，重複了這個手勢。就這一瞬間，許多細節赤裸裸地暴露了，其中之一將導致這個侍衛軍頭領的毀滅。

他的右手拇指上戴了一個式樣奇特的戒指！

慈禧非常明白，肅順和怡親王還沒有意識到他們的失敗。她也注意到了這個戒指，雖然在平時，她是從來不屑去注意一個侍衛軍頭領的。也許這時候她正在盼望着看到榮禄來擔任她這個隊列的侍衛軍頭領。她沒有看到他，雖然感到有些意外，但是也不便請求派他來保衛她，以免讓她的敵人製造藉口來奚落她，説她對一個侍衛軍的頭領都看得那麽重要。雖然她在懷疑，也許由于什麽原因，榮禄被留在後面了，她一點兒也沒有失望，什麽也沒有説；但是她注意到這個"保衛"她的頭領。

她下意識地注意到他右手拇指上的戒指。

一個細節，但正如我們以後會看到，這是一個非常重要的細節。對這個細節的發現，關係到中國皇帝的鞏固，也挽救了中國歷史上最大的一個攝政者。

皇后一行很快離開了避暑山莊，向北京進發，因為他們必須在紫禁城門前迎接咸豐皇帝的靈柩。梅姑娘騎馬陪伴慈禧，但是慈禧的眼光却投向後面避暑山莊的大門，在那裏，榮祿像往常一樣，穿着皇家衛隊的制服，挺拔地、高昂地站着，呆呆地望着那迅速離去的隊列。

轎子、馬隊、搬運露營裝備的人群，他們沿着通向北京的彎彎曲曲的路前進，路上需要住兩夜。這個侍衛軍頭領想到他即將去執行的任務，顯得有些慌張，但是完成這個任務後，他將得到巨大的財富和權力。他從來沒有懷疑過親口許諾他升官發財的那兩個人會食言，至于他們想判他死刑，他更是不會想到。他騎着馬走在衛隊的前頭，不時地看看坐着兩位娘娘的轎子，心裏反復考慮着他的卑鄙的犯罪計劃。

這不會有困難。一個沉睡的帳篷。先派站崗的衛兵去幹一件不重要的小事。當他回來，發現皇妃和太子都已經死去，他肯定不敢聲張，說他曾經離崗。這是輕而易舉的事。這頭領笑了。他看着前方，催促整個隊列加速前進，他正想着到一個理想的宿營地點。他急切地想早些趕到這地點，準備去接受已經許諾給他的財富和爵位。

他們到達了這個地點，是在一群小山之間的一個山谷；立即搭起了帳篷。一個寬敞的蒙古帳篷給皇后。給慈禧和同治的一個大帳篷，離其他帳篷稍遠一些。這并不引起什麼猜疑，因為慈禧希望清静一些，一個忠心服侍太子的宮女也住在慈禧的帳篷裏。

于是，這個頭領急不可待地搭起了自己的帳篷，作着各種安排，等待着太陽落山以後，天完全黑暗的時候。

同時，在遥遠的熱河，一個忠誠的步軍統領經過仔細考慮後，擅自離開了自己的崗位，在愛情與責任之間徘徊了一陣後，榮祿放棄了責任。在慈禧出發的當天日落時分，榮祿丟下了自己的崗位，離開了熱河，騎着他的蒙古小馬，沿着慈禧經過的路徑飛馳而去。這是一匹快如疾風不知疲勞的馬。榮禄彎腰伏在它背上把鼓勵的話送進它的耳朵。黑暗籠罩了整個大地，但是星星出來了，一會兒，月亮也將從地平綫邊上升起，因此，路上不會有太多危險。危險榮禄倒絲毫不在乎，但是他擔心自己如果遇到麻煩，會使他不能及時趕到他心愛的人的身邊。對他的馬，他是信得過的。他彎腰伏在這畜牲的頸上小聲地鼓勵着它，使它在黑暗中發瘋似的飛奔。

在營地，慈禧、同治和那忠心的宮女已經休息，整個帳篷在寂静中沉睡了。帳篷中間點着一支蠟燭，宮女和太子都睡得很香。慈禧似乎也睡着了，但是她的鼻子和眼瞼還在抽動。没有一點聲音，没有一點動静。帳篷的四壁在山風下輕輕抖動。帳篷裏只有一支孤零零淌着泪的蠟燭在驅除着無邊無際的黑暗。

没有一點警報，没有一點聲音，没有任何异常的事情。但是慈禧醒了，好像有人觸了她一下，好像有一隻冰凉的手撫摸着她那玉雕般的臉，她迅速坐起來，偷眼看了一下同治。宮女還在熟睡；但是同治，也許是繼承了他母親的洞察力，在睡夢中輕輕地動了一下，并且發出細微的鼾聲。

是什麼把慈禧驚醒了？

她不知道。

她的眼睛突然轉向帳篷中心的蠟燭。火苗倒下，好像被一隻看不見的手壓彎了，或者，好像從什麼地方飄進一股風，吹向蠟燭。她又轉向同治，看到他睜開了眼睛，眼神裏充滿了那種遥遠而無法回答的疑問，正像一般孩子剛脱離夢境時表現出來的無言的疑問一樣。没有動静，只是這對詢問的眼睛與他母親的眼睛相遇了。慈禧默默地將同治抱在懷裏，又轉過頭去看蠟燭，火苗依然傾斜得厲害。她注意到火焰傾斜的方向，此刻她吃驚了，眼睛掃向黄色火焰背離的那個方向的帳篷壁，帳篷壁微微向內凸起，出現了一條狹長的縫，像一隻大猫眯着的眼睛。裂縫的邊緣隨風起伏，裂縫的旁邊顯出一隻手，好像有一個看不見的人在黑暗中倚在慈禧休息的帳篷外。慈禧喘息了，是無聲的喘息，她不怕任何活的東西。這位偉大的慈禧，雖然她知道，就在她入睡的那一會兒，一把刀子劃出了這個狹縫，但是她一點也沒有膽怯。她一揮手把蠟燭煽滅了。忽然，那裂縫真的變成了一隻眼睛，通過這隻眼睛，藉助于營火的光，慈禧有些猜想到外面發生了什麼事。

她屏住呼吸，她的右手滑到熟睡的宮女臉上，撫摸着，宮女仍舊熟睡，同治在他母親懷裏微微發抖，但是沒有作聲。真的，什麼聲音也沒有，除了帳篷內三顆心的跳動。

帳篷外那看不見的人再次伸進刀子來擴大那個已經被他劃開的裂縫。也許慈禧是過于驚慌而沒有叫喊，也許她知道，即使她叫喊，只要他猛砍一刀，就可以使帳篷壁上的縫擴大到他可以由此鑽進來，并且用他的兇器砍兩下，或三下，然後，在睡意矇矓的衛兵趕到帳篷并鼓起勇氣進去之前，他就已經逃脫了。慈禧全神貫注地看着那不斷增長的裂縫。沒有恐懼，她不懼怕死。在她心底深處，她知道，像這種恐嚇式的死不屬于她。她知道，她的前程要比目前的遠大得多。她沿着成名的道路已經走得很遠了，儘管一個自認爲刺客的人正在黑暗中悄悄地向她襲來，但是如果説命運之神從此不再讓她繼續前進了，這是不可思議的。

刀子已經抽出，一隻手把裂縫扯大，伸進來了。在手的旁邊顯出一個側影，似乎這個無聲的陌生人正在往裏窺探，用那由兇殺欲所產生的超越的警惕性來探索帳篷內黑暗的含義。慈禧看到了那隻手，因爲這時候她的眼睛已經習慣于黑暗了。

這手上戴着一隻設計精緻而奇特的戒指。她努力地回憶着。就在這天的早晨，她曾見到過這個戒指。聰明的慈禧，一下子明白了，她是在什麼地方，在誰的手上見到它的。但是此刻她屏住呼吸等待着，把同治溫暖的小身軀緊緊地貼在她自己身上。刀子又開始工作了，慢慢地切割着。幾乎沒有一點聲音。

與此同時，榮祿正以最高速度奔馳着，度過了似乎很長很長的時間，已經靠近營地了。他那茁壯的小馬疲勞得快要暈了，但是四條腿還是奇迹般地奔馳着。離皇家札營地的距離看來雖然很遠，但是隨着時間的飛逝，正在逐漸縮短。

榮禄怎麼能知道那位他曾發誓要永遠爲之盡忠的慈禧住在哪個帳篷裏呢？

去問那正在正常運轉的星星？還是去問那三位編織命運之網的老婦人？但是首先應該去問問那些曾經真正有過愛情的人，他們會告訴你，熱戀中的人，在危急時刻是用他的心，而不是用他的腦子去思考；而他的心是很少背叛他的。榮禄到達了札營地，在他熟悉的那些步哨前面掠過，心裏記着，等他再恢復統領的時候，對他們這種缺乏警惕心的現象要加以嚴格的管教。他把那極度疲勞的馬牽到他所愛的人帳篷旁休息。

在帳篷裏，慈禧聽到了馬蹄奔跑的聲音。她的心是否告訴她在這黑夜裏是誰騎馬到營地來了？也許，慈禧很驕傲，她只説她知道，但是從來不説她是怎麼知道的。馬蹄聲消失了，慈禧一動不動，眼睛仍盯着帳篷壁上那越來越長的裂口，從那裏會進來一個人殺死她，如果命運之神袒護那發瘋的刺客的話。

帳篷由于某種突然的衝擊而劇烈地搖晃。刀懸挂在裂縫上，然後慢慢地消失了。慈禧聽到外面刀子沿帳篷壁滑下掉到地上的輕輕撞擊聲。再没有別的聲音了。也没有喊叫聲。帳篷的搖晃已經停止，一切都在寂靜中。然後，當她的帳篷門帘開始拉開的時候，她知道有人非常大膽，但是大膽是由于忠誠，是爲了需要知道慈禧和太子睡覺的帳篷裏發生的事情的真實情況。

如果説慈禧曾經知道過恐懼的話，那麼現在恐懼已經完全遠離了她。她安詳地看着帳篷打開。

她迅速地用火石和火綫重新點燃了蠟燭。

門口出現了一張因恐懼和疑惑而抽搐的臉。他的眼睛把帳篷裏面掃視了一遍。榮禄忘記了他是站在一位皇妃面前。他只是想着剛才那場如此逼近蘭兒而現在已經過去了的危險。他是把她當做蘭兒來看她的，而且是爲了使自己確信一切正常而來的。

招手讓這個步軍統領進來的是蘭兒，而不是慈禧。

這個步軍統領突然想起來，趕緊頭碰地叩頭。這是對慈禧，而不是對蘭兒。他不知說什麼好，在他想起叩頭之前，他的眼睛看到了帳篷上的破口，看到同治醒着，和慈禧一樣安然無恙，而那熟睡的宮女，她對幾乎臨頭的悲劇一無所知。

他記起來了，就趕緊叩頭。

然後，蘭兒也記起來了，就又變成了慈禧。蘭兒曾把手伸出去想摸這忠心耿耿的步軍統領的頭，像一種愛撫；但是慈禧迅速地抽回了手，所以這位步軍統領根本不知道曾經有一隻溫柔的手差一點就要撫摸着他。

"是誰？"她小聲地問。

"步軍統領，娘娘。"他回答。

"明天早晨必須將他斬首，榮禄！注意，這是命令！但是，必須審問他，把全部事實真相搞清楚！"

榮禄再次叩頭。他迅速退出去執行她的命令。

"睡吧，蘭兒，祝您晚安！"

慈禧不能相信他說了這話，也許他并沒有說。也許這只是從他心裏傳遞給她的一個消息；但是慈禧睡得很香甜，因爲她知道現在榮禄是她的侍衛軍頭領；知道他丟下了自己的崗位，從熱河衝出黑暗來援救她；知道那個想做刺客的人現在已經被捕獲，并且當黎明來到的時候，他的腦袋就要在刀下面落地了。

那天夜裏，那個侍衛軍頭領供出了很多問題，他希望他的供詞能把他的脖子從劊子手刀下解救出來。但是，不行。不過，當黎明到來的時候，他被批準緩刑，直到回到北京。榮禄聽到了供詞的每一個字，他把事實真相告訴了慈禧，慈禧將它深深地刻在腦子裏，以便需要的時候可以立即想到。

在第二天的旅途上，當隊伍還沒有走出一里地的時候，每個人都已經知道慈禧和同治的生命曾經受到嚴重的威脅，知道是榮禄（現在的侍衛軍頭領）救了他們的命，爲國家立了功。

肅順和怡親王的名字也經常被提到，因爲還有別人像榮禄一樣聽到了供詞，而中國人又是喜歡閑聊和推測的。

梅姑娘在懼怕和顫抖中聽到這些話，她知道他們是在説肅順，他的父親。叛徒！駭人聽聞的叛逆——那是她父親的罪名。她不可憐他，她一向不愛他，雖然她曾試圖愛他。她不明白爲什麼她不愛她的父親；但是事實上她就是不愛。現在她很害怕。當一個人因爲叛逆而被判處死刑的時候，他的家族從最小的到最老的都得被處死，以免這個家庭將來再犯同樣的罪。

如果肅順被斬首（這是毫無疑問的），則梅姑娘就得走與他完全一樣的道路。現在，生活是這樣美好、充實，她實在捨不得離去。她愛榮禄，她不能忍受讓榮禄知道她因爲是叛徒的女兒而被處死。她愛慈禧，始終愛着她。現在她感到難以形容的恐怖，一個她最愛的，愛得僅次于榮禄的人，將要下令把她嬌小的脖子放到劊子手的野蠻的屠刀下。

所以，在去北京的剩餘的那段旅程中，她一直處于恐懼、顫抖中。

叛徒的下場

皇帝的靈柩大搖大擺地進入南池子，緩慢而莊嚴地前進着。肅順和怡親王都在送葬行列中，可能他們正在猜想，當見不到慈禧和同治來迎接皇帝遺體的時候，將會有什麼樣的好戲看。一個戲劇性的消息即將傳來，于是每個人，包括肅順和怡親王，就當然地會感到震驚，當然地要求報仇，于是肅順和怡親王將揭露這個"叛徒"，并將他處死，因爲他們倆的話顯然要比那卑微的侍衛軍頭領的話有分量得多。

皇帝的靈柩大搖大擺地進入南池子，來到紫禁城的東門，東華門。

按傳統，在這種場合下，前庭上方要搭起席棚，包上白布，在中國，白色表示致哀。寡婦們要穿白色孝服一百天，在這期間，除了睡覺外，孝服不能離身，也不能更換。除了肅順和怡親王外，人們都期待着皇后和皇妃在前庭迎接送喪隊伍和皇帝的遺體。前庭都用標志皇室的黃色裝飾，而且嚴密地用黃色材料覆蓋，因爲人們認爲裝有遺體的棺材裸露在大氣中是不適宜的。

在靈柩行近東華門的時候，氣氛顯得有些緊張。在那個時代，旅途中是無法通訊的，所以肅順和怡親王，基于他們對侍衛軍頭領的完全信任，根本不知道在熱河與北京之間的山谷中，慈禧的營帳裏發生了什麼事情。但是，他們相信，他們所選的這個頭領有能力而無良心，所以一定能完成他們交給他的任務。

靈柩進入東華門。

在庭院裏，變成了寡婦的慈安憂傷地跪着迎接她皇夫的遺體。在她旁邊，跪着慈禧！在慈安和慈禧中間跪着同治！

肅順看看怡親王，怡親王看到了，但是他不願意看肅順，迅速地把目光轉移了。肅順急速把目光轉向慈禧，發現她正在看他。在以後的歲月裏，當慈禧談起這一段插曲的時候説，當時蕭順那醜惡的臉白得像死灰一樣，幾乎和梅姑娘的臉一樣白。因爲梅姑娘是一等宮眷，所以她和慈禧在一起迎接咸豐遺體。

于是蕭順的眼睛垂下了。在場的人有没有誰注意到蕭順與慈禧之間的這些小動作呢？很難説。有一個儀式必須要進行。蕭順和怡親王都應該參加儀式，蕭順是作爲尚書，怡親王是作爲皇室成員。

白色席棚搭在前庭，白色燈籠從席棚挂下。太監、宮眷、后妃和同治都穿着白衣服。通常的蠟燭都是紅色的，而這裏的蠟燭都是綠色。只有它能調劑那死一樣單調的白色。

按照古老的儀式，慈禧、慈安和同治跪着迎接咸豐的遺體。這是一件嚴肅的事。一個皇帝，雖然已經被死神免了職，却依然像活着的時候那樣受人禮拜。蕭順跪着，對怡親王小聲地説：

"看見了吧！要是當初你聽我的話，在離開熱河前把那女人殺了，就不會有現在這種麻煩了！我們没有殺她，現在她要殺我們了！"

怡親王這個懦夫没有回答。

有一個太監，一個喜歡咆哮的太監，他的名字叫李蓮英，他偷聽到了蕭順的話。儀式一結束，他就跑到慈禧那裏，恭敬地站在她後面，附着她的耳朵把蕭順的話照樣説了一遍。

"現在你們可以退下去了。"最後慈禧説。

聽到這個解散的命令，蕭順和怡親王心跳不跳？他們是不是在想，他們畢竟没有背叛，慈禧不知道他們叛變，也許那侍衛軍頭領根本没有找着機會下手？是不是他們想這解散使他們獲得了新生？也許這是暫時緩和一下。希望在他們心中升起。他們從后、妃和同治那裏撤離。

從慈禧方面，這個遺散是不是故意安排的，爲的是以後，僅僅片刻之後，她將使他們從充滿希望的情緒突然陷入絶望，從而進一步加重他們的痛苦？這很難説。慈禧真不愧是個偉大的人。一個不這麽偉大的人怎麽可能去分析一個被史學家們公認爲偉大的人的動機、情緒和行動呢？

"蕭順！怡親王！"

這是慈禧的聲音。

立刻，肅順和怡親王明白，一切希望都沒有了，趕緊跪下，趴在慈禧脚下，此刻慈禧正莊嚴地挺立着。咸豐的遺體已經被安放在大殿内。

"肅順，"慈禧開始説，"你知道謀反該處以什麼刑嗎？"

"知道！"肅順説，但是他的聲音並沒有發抖，肅順不是一個軟弱的人，"是斬首！"

"不錯，"慈禧説，"你將被斬首，并且，按慣例，你的家族將和你一起斬首！"

"也許我罪有應得，"肅順回答，"但是我是尚書，我有權要求聽一聽控告我的證據！"

慈禧的背後突然砰然一響。她回過頭看，原來梅姑娘在慈禧背後昏倒在地，人事不省。慈禧不耐煩地命令將她帶走。她又轉向肅順和怡親王。

"你們會看到證據的，"她説，"帶侍衛軍頭領！肅順，在你到達之前，我已經派人搜查了你的家，看到了你與怡親王聯繫的信件以及某些賬目，這些材料證明你有計劃地密謀推翻朝廷已經有好幾年了，這已經足够將你處斬。所有你的私人信件都掌握在我手裏！還需我再講下去嗎？"

肅順没有回答。

侍衛軍頭領被帶進來了。他竭力想開脱自己，把責任全加到肅順和怡親王身上，滔滔不絶地講着。肅順和怡親王仍舊跪着，静静地聽他的控訴。

"我並不需要用這個證據或是你們私人通信所提供的證據來證明你們謀反的罪行，"慈禧説。"你們想我是一個無知的女人，所以你們編制了所謂皇帝床前受命攝政的故事來欺騙我。我很明白，像這樣重要的委派決不會用口頭授命的方式。這就是你們，肅順和怡親王，錯誤的開始。怡親王，你是一個懦夫。你的最大錯誤就是軟弱到聽從一個比你强的惡棍的指揮。他之所以比你强，就在于他有你所没有的勇氣！"

怡親王没有説話。也許在這可怕的時刻，他倒是産生了一點點勇氣，因爲他不再顫抖了，而且臉上恢復了一點人色。

"怡親王，"慈禧説，"你知道謀反的刑罰嗎？"

"知道，"他堅定地回答。"我口服心服地認罪。我不埋怨別人。我犯了罪，我願意受處分。但是我是皇族成員，我希望我的家族能得到赦免，以維護皇族的榮譽。"

"我會赦免你的家族的，怡親王。"慈禧答道。

慈安在冷眼旁觀。由于這兩個人的失敗而未能將慈禧從她眼前除去，對此，她可能感到失望。此刻她沉默無言。慈禧控制了局面，正如在以後的年代裏，她能控制每一個局面那樣。

慈禧猶豫了片刻，似乎她在考慮説什麼話。然後她站起來了，莊嚴地挺立着，右手一揮，做了一個定罪的姿勢。

"將他們帶走，"她説。"肅順和侍衛軍頭領立即斬首，他們的家族和他們一起處斬！怡親王，因爲你是皇室成員，我命令你自縊！"

這三人被帶走了。

慈禧轉向慈安。她知道，在處理這件事情上，她是有權威的；但是她還是要表示她對慈安的尊敬。

"姐姐，皇帝去世了，"她説，"現在，我們，你和我兩人，將共同執政。不管什麼事情，我們兩人都必須在一起商量。"

慈安點頭同意，然後就離開了。

慈禧回到自己的宮裏。當她登上自己寶座的時候，不禁微微地笑了，看了幾眼從肅順家裏搜出來的文書資料，想着此刻肅順的腦袋已經離開他醜惡的軀體了。她問她的一個宮眷：

"梅姑娘復原了嗎？"

宮眷們互相你看看我，我看看你。她們懂得法律。梅姑娘是肅順的女兒，她也必須把她的脖子置于劊子手的刀下。宮眷不敢遲疑，她們是多麼希望對梅姑娘能够延緩執行。

"梅姑娘復原了，娘娘。"其中一個宮眷回答。

"將她帶到這裏來!"

梅姑娘臉色灰白,幾乎站不住。當她向慈禧叩頭的時候,渾身都在哆嗦,她清楚地知道,什麼樣的不幸將要臨頭。

慈禧把向肅順和怡親王提的問題同樣地問她。

梅姑娘抬起被憂愁的泪水濕潤了的眼睛,望着慈禧。皇妃娘娘正要下令將一個愛她的人處以死刑的時候,怎麼還可能微笑着呢?

"我知道,娘娘,"梅姑娘回答,"對叛徒和他的全家都要處以斬首。我是肅順的女兒,但是我是忠心的,我是一直愛您的,娘娘!"

慈禧將身子前倚,摸着梅姑娘的臉頰。

"我也一直愛你的,梅姑娘!在你父親的房裏搜到了許多文書,這些文書證實了肅順的許多罪惡勾當。其中有這樣一件事:他將你父親處死,没收了他的財産,而且隱瞞了被他偷去的貨物和財産的真正所有權,把你過繼給他作爲他的女兒。梅姑娘,你不是肅順的女兒!對叛徒處死的刑律不適用于你!安德海,快扶住她,要不她又要暈倒了!"

現在,太陽又放光芒了,梅姑娘又容光焕發,成爲慈禧寵愛的宮眷了。

慈禧,名義上與慈安共同攝政,稱慈安爲"東宫太后",實際上,真正的統治權却掌握在她手中。

蕭順的繼任者

怡親王和蕭順都不在了。

蕭順原先是尚書。

慈禧在給榮祿特別接見之前，召見了咸豐的親弟弟恭親王，與他商量自己的計劃。不管慈禧是多麼地愛榮祿，但是她仍舊有野心，而且聰明。在她掌權的整個時期裏，她始終注意自己的行動，只要是可以避免的話，她絕不做出一件讓人家非議的事情。恭親王同意慈禧所做的計劃。

據説，慈禧也把這事情與慈安商量了，不是因爲她感到需要聽聽慈安的意見，不是因爲對這件事情的異議會阻攔慈禧實現她的計劃，只是因爲她想用這種方式來做，這樣她的真正動機就不會暴露——這件事就巧妙地完成了。

"蕭順死了，"在召見恭親王的時候，慈禧就這樣開始説，"現在尚書的位置空着。"

恭親王等待着她繼續説。

"在從熱河返京的旅途中，榮祿救了我和小皇帝，他應當繼任蕭順的位置。"恭親王從某種程度上説與榮祿交情不錯，對這件事當然就沒有異議。

榮祿此刻正在家，聽僕人通報朝廷來了兩名太監要見他。榮祿一邊猜疑着爲什麼他們要見他，一邊就把兩位太監迎進來。他們説，皇上下了一道詔書，其中有關榮祿的部分他們已經鈔錄下來，現在就在他們手中。皇上命令榮祿接替蕭順任尚書。

"我們恭喜您呀，大人！"兩個太監説。

但是榮祿很瞭解太監，特別是宮裏在皇帝身邊的太監。他們能想法把聖旨的鈔件弄到手。他也瞭解他們所説的"恭喜"是什麼意思，于是他給了他們賞金。這需要一筆很大的錢來滿足他們的貪慾。然後，他就拿到了那份鈔件。他讀了一遍，感到不可思議。這是真的？

榮祿，一個卑微的步軍統領，將不再是步軍統領了！

榮祿是大清王朝的尚書了！

是誰這樣決定的？不用任何人告訴他，那是慈禧，以前的蘭兒，是他曾在一個滿洲花園裏愛過的人。那個時候似乎離開現在已經很久很久了。這個任命將會把他引向什麼前途，這還無法猜測。榮祿非常清楚，慈禧這樣做，并不是爲了他。關于這一點，很久以前，在蘭兒被皇帝從十七個姑娘中選中，應召入宮做皇帝的妃子的時候，他就很清楚了。不管怎麼樣，這詔書還是給他帶來了希望。作爲尚書，他可以經常看到他心愛的人的玉容，而且，可能有時候他會靠得她很近，近到可以觸到她旗袍的褶邊。除此以外，他就不敢再有奢望了。

當榮祿按傳統規矩做着覲見的準備的時候，他高興得從内心裏唱出歌來。

第一天夜裏，他花了許多小時準備服裝——滿清尚書的全套服裝，因爲黎明到來的時候，他就得進宮去向兩位娘娘謝恩。明天早晨，以及以後無數個早晨，他又要見到慈禧了。他對自己發的誓言：永遠做她的奴僕和忠臣，現在就更容易實現了，因爲他將要在她的身邊，時刻準備着聽候她的召喚。

早晨，覲見的時刻。

榮祿從頭到脚一身新，穿着尚書的服裝進入東華門，由兩個巴結的太監護送進殿，他將在這裏叩見兩位執政者慈安和慈禧。

他進去了，眼神飛向他最心愛的人的臉。她雖然穿着白色孝服，卻是非常美麗。她的眼睛與他的眼睛相遇了。那裏沒有笑，除非是榮祿也許能看出笑意，因爲榮祿比任何人都理解她。他可能會從她的眼睛裏看到某種信息。從她的臉上，什麼問題也看不出來，但是從慈安的臉上卻看出了許多信息。當榮祿進來的時候，慈安用一種異常的方式對慈禧笑了一下，從這一笑，榮祿明白了，他被任命爲尚書確是慈禧的主張。她不對榮祿笑而對慈禧笑，這就足以證明她是不贊成的，并且還有一些別的意思。她没有説話，但是這笑告訴榮祿和慈禧，她相信這種任命是爲了另一個原因。但是慈禧的做法是合乎傳統規矩的，是無可指責的，因爲她和恭親王，也和慈安本人商量過。并且還有這樣的事實，榮祿對國家有極大的功勞，因爲他救了慈禧和同治的命；這是論功晉升。但是慈安還是對慈禧微笑，一種會意的微笑。

榮祿走到御座前，伏在地上，按禮儀叩頭，用例行的話叩謝兩位太后賜予他的榮譽。爲了表示真正的誠意，他叩頭的時候，把頭用力在地上碰。當尚書可不是一件小事。從步軍統領一下子就升爲尚書，這是一件大事。

就這樣，榮祿向一個過去被他握過手的女人叩頭謝恩（雖然表面上看來，他是向慈安和慈禧兩位娘娘一起叩頭謝恩）。人們不禁要問，他此刻心裏是怎麼想的？

儀式一結束，慈安立即離開了。當她經過大殿的時候，回頭越過肩頭又投來了那會意的微笑，這微笑似乎説，她相信慈禧作這樣的任命，爲的是讓榮祿靠近她，不是作爲尚書，而是作爲情人。

宮廷的其他人對這種任命有什麼想法呢？恭親王是慈禧事先召來商量過的，那麼在他腦子裏又有什麼思想在打架呢？世人會相信對一個低微的步軍統領作如此大的提升是合理的嗎？世人會不會譴責慈禧所表現的偏愛？世人會不會因爲慈禧授意對榮祿的任命而認爲榮祿是慈禧的情人？

人們想知道，當任命已經變成事實後，慈禧的腦子裏在想什麼？對她來説，不管她給榮祿多高的官階，也不足以激勵他，使他成爲她的丈夫，這是永遠也不可能的了。而讓他成爲她的情人，這將震撼整個世界。她不屑找藉口，耍花招。她決不會把他作爲一個不公開的情人。

于是她按她認爲最好的辦法去做。

榮祿變成了尚書，而且慈禧還要進一步鞏固他的地位。

"榮祿，"她説，"該是你結婚的時候了！我已經給你選擇好對象了，就是我的一等宮眷，梅姑娘！"

榮禄大吃一驚。他不知該說什麼話來掩飾他的驚訝。慈禧的權力是至高無上的，他不敢拒絕。如果她爲他選了對象，他就必須娶她。他甚至一點都不敢表示他不願意跟梅姑娘結婚的意思。

他在回答蘭兒，而不是回答慈禧；是用臉上表情回答，而不是用語言回答。

"我只愛一個女人，也許我得不到她，但是對于我，再也不會愛第二個人了。我不願意和梅姑娘結婚！"

蘭兒聽到了他沒有說出來的話，當她聽到這話的時候，是不是她的心因爲高興而亂跳？要肯定地說，我們不可能知道。但是我們知道，這不是蘭兒，而是慈禧，她作了回答，也不是用語言的。

慈禧嚴肅地站起來了。她不高興地皺了一下眉頭，這一皺眉破壞了她秀眉的恬靜美。榮禄看到了那皺眉。但是他有沒有看到那皺眉後面的真正意思，那個她想傳遞給他而又不敢傳遞的信息呢？這我們也無法知道。我們只能從以後的歲月裏發生的事情以及慈禧和榮禄（作者對他們二人都非常熟悉）在某種場合下偶然吐露的言詞來作結論。

又是尚書榮禄用無言的信息答復了慈禧臉上的皺眉。

慈禧將自己的一等宮眷恩賜與他，他爲得到這種榮譽而叩頭謝恩。這樣，慈禧就可以把她最喜愛的兩個人，榮禄和梅姑娘，永遠留在身邊，他們三人永遠在一起。

她作出這樣的決定後，心情是沉重的。但是除此以外也沒有別的辦法了。要不是這樣，就不可能把榮禄從低微地位提升到尚書而不遭到人們的非議。將梅姑娘嫁給榮禄後，慈禧立即阻斷了那些認爲榮禄與她之間有私情的議論。

這椿婚事是一椿各自克制自己的婚事，它對梅姑娘、榮禄和慈禧都會引起憂傷和悲痛。

但是他們三人都明白這種結合的用意。因爲生活本來就像一團亂麻，他們知道在這種情況下，這是個最好的出路，所以也就各自把苦惱深藏在心底。雖然消逝的歲月把他們的苦惱刻在他們的眉宇間，雖然慈禧變成了一個痛苦的老婦人，榮禄成爲一個永遠不能實現他的最美好理想的白髮老人，而梅姑娘作爲一個得不到愛情的妻子而死去，但是至少他們每人的夢都得到了部分的實現。

白天，在紫禁城、頤和園和西苑大門關閉前，慈禧一直讓榮禄留在自己身邊，雖然在這段時間裏，任何男人是不準許進入這三個地方的。

榮禄則可以永遠爲那個他把整個生命都貢獻給她的女人效勞。

梅姑娘則成爲她所愛的人的妻子。

婚　禮

　　榮祿要派一頂迎接新娘的花轎去迎接没有父母的梅姑娘。

　　按規矩，梅姑娘不能從皇宮裏嫁出去。

　　慈禧一手操辦着婚事。每件事都經過她考慮。她要把榮祿的婚事辦得那樣的好，是北京城内前所未有的。于是她把梅姑娘送到她侄媳婦福晋惠夫人的私人府第去，在那裏做一切準備工作；如果有父母，這些事是應該在父母家做的。

　　榮祿從自己家派出一頂八人大花轎去迎接新娘。他站在自家庭院的門口，臉上没有歡樂，没有像一個旁觀者（如果那裏有旁觀者的話）所預期的在一個即將當新郎的人臉上所表現的喜悦的期待，對那即將到來的最心愛的人的期待。倒是在他臉上看到了這樣的神情：一個人剛離開家，離開了自己熟悉的生活，離開了自己深深眷戀的人。他即將得到一位新娘，慈禧的一等宮眷，最美麗、最雅致的女貴族之一；但是他又正在再次失去一個女人，她的體形和相貌將永遠保存在他内心深處，海枯石爛不消失。

　　他心情沉重，容貌充滿了憂傷，看着轎夫抬着花轎快步離去，并且不久就將用它爲他帶來慈禧所選的妻子。

　　轎子進入了惠夫人的庭院。轎夫們放下轎杆就退出庭院，因爲誰都不準許看新娘的臉。兩名年長婦女——喜娘，榮祿家的好朋友（她們必須有兒子、女兒、孫子和孫女，她們的丈夫必須活着。陪伴着新娘來到花轎前，小心地將她送進轎子，挂上轎帘。新娘，梅姑娘，坐在轎子裏，兩頰上升起兩朵紅雲，她的臉蛋美得使人銷魂，激動和期待使她臉紅得像胭脂。她穿一件紅色素袍，頭髮按照滿洲未婚女子的打扮，在玲瓏的額頭兩側隆起。無論如何，她的夢想實現了，她要做榮祿的新娘了。她崇拜他，就是在知道他不愛她的時候，她也是崇拜他。女人都是聰明的。梅姑娘想，他不愛她，但是有没有可能，她用像海洋一樣寬廣無際的愛去感化他。過一段時間，當他意識到她是多麼愛他的時候，也許能給她一些愛？這也許是她的希望。哪裏有希望，不管那希望是多麼渺茫，哪裏就會有哪怕是一點點的快樂。

八名轎夫又被召喚回來了。重新調整了轎杆，轎子抬起了。八名苦力踏着搖擺、舒適的步伐開始了去新郎家的旅程。榮禄踱着步，真希望地面能裂開一條縫讓他鑽進去。他試圖把那引向未來的無窮無盡的時間長廊一眼望到底，看看他的未來是什麼？

去和一個他不愛的人結婚。不過，在中國，愛情常常并不體現在結婚上。也許，慈禧的安排是最合適的。但問題是他愛慈禧，當她是蘭兒的時候，他曾狂熱地愛她；現在，只要他活着，那麼總可以存在着這樣的希望：也許將來有一天事情會發生變化，可能在某一時刻，某一地點，他會擁有他那很久以前的戀人——因爲，他知道，在他心靈深處，他已經擁有她了。

榮禄就是這樣地踱着步。

在榮禄家也有兩位喜娘，就像在惠夫人家一樣。這樣，她們四位長者就可以按傳統習俗的要求把生活、婚姻方面的知識傳授給這兩個正在新的生命之海的驚濤駭浪中啓程的年輕人。

當從庭院裏傳來鬧聲的時候，兩名喜娘和榮禄一樣，走出住室去迎接新娘。原先和梅姑娘一起在惠夫人家的那兩位喜娘跟在花轎後面。在花轎旁，她們與在榮禄家的兩位喜娘接上頭。

轎子卸下後，轎夫們被遣走了，這樣，他們就不會看見新娘了。

轎帘打開了，梅姑娘的臉上被迅速地抹上了米粉。這不是爲了美化，而是爲了吉祥，因爲是慌慌忙忙亂抹的。同時，一塊處女的紅面紗罩到她的臉上。然後，她走出花轎，低着頭。這樣她可以看到正好在她眼下面的一小塊庭院地面，其餘部分都被紅面紗擋住了。離開花轎兩步，在通向榮禄家房子的路上，橫躺着一個蒙古馬鞍，新娘必須跨過它（這是一種象徵，它的真正意義在古老的年代裏已經被人們遺忘了，只是人們都知道這表示吉祥）。再過去幾步，有一個小的炭火爐，她必須跨過去。這是另一種古老的小禮儀，與跨馬鞍的意思差不多。這只是滿洲禮儀，漢族則略有不同，但意思是相似的。

于是梅姑娘由四位喜娘陪着，第一次走進了榮禄的家。進入過道，走到過道一半的地方，有一張桌子，上面放着一對紅燭，紅燭上分別刻着一隻鳳和一條龍。這是一種象徵，歸根到底只是一種象徵，正像陪伴着舉旗人的旗幟是象徵一樣。這是幸福的象徵，然而那些由父母或統治者做主的婚姻很少是幸福的。雖然這樣，只要新娘是處女，他們還是會很滑稽地永遠結合在一起。但是如果新娘失去了最重要的貞操，新郎可以不要她，把她遣送回娘家。

一位參加過多次婚禮的年長男人，榮禄家的朋友，充當司儀。他用單調的聲音指揮新娘新郎如何按禮儀的規定去做。

榮禄站在桌子的右側，梅姑娘站在桌子的左側，面朝新娘進來的那個門。

"下跪！"年長的司儀命令着。

榮禄和梅姑娘就跪下。

"三叩頭！"

這一對就叩頭，表示對天、地、神明的感謝。

"起立！"司儀喊道。

兩人又站起。

按着司儀的命令，兩人又跪下，深深地叩頭。如此又重複了兩次，一共對天地叩了九次頭。

梅姑娘、榮禄和四位喜娘緊跟着儀式，不敢有一點疏忽，一直到進入新房，梅姑娘與榮禄并排坐在床沿上。他們兩人同時坐下。按照一種古老的説法，兩人中誰壓住了另一個人的衣服，誰將來就能統治這個家。榮禄坐在梅姑娘旗袍的邊緣上。四個喜娘微笑了。男人將統治這個家，這是正確的，正常的。

然後，碗上纏有紅絲帶的兩碗酒送上來給新郎和新娘。各人從自己碗裏飲下少量，然後兩人互換酒碗，這樣各人又從對方的碗裏喝酒。這是另一個吉祥的預兆，這也是不容忽視的古老禮儀的一部分。

然後送上了喜餅。兩個也都吃了少量，因爲接着喜筵就要開始了。喜餅表示豐收，吃了它就能保證他們以後多子多孫。

"多生貴子!"這是喜餅的無聲的命令。

吃長壽空心麵，這是喜筵上的一個內容。

這是一個持續好幾小時的盛大宴會。對榮禄，這好像經歷了一段很長很長的時間。他不愛新娘，他娶她只是因爲慈禧爲他選定了她。

然後，當一切都結束的時候，他們倆仍舊坐在新婚的床沿上，榮禄用一根秤杆把蓋住梅姑娘臉的頭紗挑開，看着她那抹着米粉的臉，那閃閃發光的眼睛，那顫抖的嘴唇。她臉上表現出幸福，雖然她知道她已經是一個不被丈夫所愛的妻子。榮禄是一個偉大的、善良的人。他有一顆對別人的同情心，這使他能很好地理解別人。因爲他自己忍受過許多痛苦，也看到了許多別人的痛苦。他懂得失去別人的愛意味着什麼，知道這讓他付出了多少痛苦和憂愁的代價，而這個愛着他的滿洲姑娘已經被托付給他了。

"我將永遠愛護你，梅姑娘。"他告訴她。

他沒有提到愛情，梅姑娘也沒有盼望從他那裏得到愛情。

他要愛護她，給她一些快樂，話已經得到兌現。她將永遠在他身邊。當他疲勞地離開公務回到家裏的時候，她的臉將總是在迎接他。這正是被榮禄所熱愛和敬仰的慈禧所沒有的，在這方面，梅姑娘擁有的超過太后所擁有的，而太后，雖然她缺少了愛，但却擁有了世界上最大帝國的財富和權威——至少從數量上看是這樣。

如果讓選擇的說，那麼梅姑娘寧可擁有榮禄而沒有愛，而不願意得到他的愛而沒有他在身邊陪伴。

到目前爲止，至少她得到的比慈禧得到的多。即使是把天下所有財富給她，她也不願意與慈禧易位。

　　慈禧本來是有可能改變她的地位的。但是她的野心阻止了她，對她來説，永遠也不會再變換她的地位了。

同　治

　　同治是一個五六歲的漂亮孩子，慈禧愛他勝過一切。她任何時候都在關心他，把他看成是她野心的碩果。她拋棄了愛情，代之而來的是命運賜予她，一個漂亮的孩子——要是他是個女孩子的話，他簡直可以稱爲美人。她鍾愛他，守護着他，把他當作她心上最珍愛的寶貝，甚至比她的野心還要珍貴。

　　四歲的時候，同治就開始讀書了。在那個時代，每個漢族男孩和滿族男孩都必須讀書。當然，有老師，但沒有學校。因爲同治是皇帝，老師們必須在慈禧的親自監督下教給同治如何讀，如何寫那張牙舞爪的漢字。有關同治的事，慈禧是很專制的，她檢查他的飲食，監督他的學習和他的老師，甚至非常重要的大臣走近同治的時候，都要放輕腳步。同治也是一個小小的專制者，因爲他是皇帝，所以他的老師是不準許在他面前坐下的。他們長時間地站着，忠實地盡力教給他所有他應該知道的東西。他們害怕他簡直就像害怕他那執政的母親一樣。

　　另外，按照傳統的規定，老師是不應該表揚學生的。

　　"行，陛下，"當同治做完一件什麼工作後，一位老師可能這樣對他說，"但是你有能力做得比這好得多！乾隆爺在你這年紀的時候就做得比這好得多。"

　　這是一種沉悶的氣氛。一個正在成長的孩子，即使是一個皇帝，他也喜歡聽到贊揚，但是同治從來沒有受到過贊揚，除了有時候他母親給予他無私的母愛。

　　同治，正像一般五六歲的男孩一樣，是非常忙的。他也有些懂得做四億人民的皇帝是什麼涵義了。由于恭親王曾經説過，像慈禧這樣一個美麗而又年輕的婦女是不應該臨朝接見大臣們的。這就使得同治要承擔

起公務來。爲了避免受譴責，或避免讓人們認爲不正派，慈禧就在他的
御座後面放一個竹簾，當大臣們來朝見的時候，她就讓同治坐到御座上。
由于同治還是個孩子，于是她就在竹簾後面，通過同治的嘴來指揮國家
大事。同治，儘管坐在御座上脚還够不着地，却顯得很尊嚴，像一隻有
訓練的鸚鵡那樣準確地重複他母親的話。這對同治可能是一種折磨。但
是他受過很好的教育，老師是按着慈安和慈禧的指示去做的。

　　但是退朝以後，有幾樣東西更引起同治的興趣，他喜歡小馬，不久
他就擁有了數量不少的一群馬匹，因爲只要是金錢能買到的東西，他的
皇母是從來不拒絶他的要求的；他喜歡射箭（哪個男孩子不喜歡?）；他
還喜歡中國孩子被準許玩的一切玩具；但是他最愛的還是一位尚書，他
的名字叫榮禄。榮禄鍾愛同治，就像他會愛他自己和慈禧的兒子那樣。
也許他從這個細長、漂亮的孩子身上看到了那 "曾經有可能的結合" 的
孩子；也許他從慈禧的孩子的眼睛看到了慈禧。我們不可能知道他看到
了什麽，因爲榮禄是個沉默寡言的人；但是他愛同治，這是事實。他們
常常在一起。在休息時間裏，同治如果想去騎馬，榮禄就鼓勵他去騎，
并把自己所知道的騎馬術和關于小馬的知識都教給他。他幫助這孩子挑
選那天要騎的馬，教他如何去照顧它們，去瞭解它們，去愛它們，雖然，
同治的愛馬是天生的。他的父親，咸豐，曾經是一個偉大的騎士。他喜
歡騎着那勇敢的目光炯炯有神的蒙古小馬，戴上全部馬飾、紅流蘇，在
原野上奔馳。從咸豐那裏，同治繼承了愛動物、愛户外活動的天性，而
榮禄又幫助他去培育這種天性，使得小馬成爲同治生命的一部分。

　　作爲一名弓箭手，同治的技藝是很不錯的。榮禄精通射箭技藝，他
本身是一名傑出的弓箭手，他把他全部本領都教給同治。

　　榮禄從他和同治的友誼中得到了什麽? 同治從榮禄那裏得到了什麽?
他從他的朋友憂傷的眼神中又看出了什麽?

　　慈禧通常是緊緊地看管着同治的。那麽她從榮禄和同治的友誼中又
看到了什麽呢? 至于宮廷裏那些人，他們聽到過關于慈禧進宮當咸豐的
妃子之前的許多傳説，他們又是如何看待榮禄和同治的友誼呢?

這很難説。有一點是無疑的，就是：榮禄愛這孩子，這孩子也毫無保留地把他的愛給予榮禄。

不難看出，這兩個人的愛與慈禧的愛奇妙地糾纏在一起。同治是個專制的小皇帝，特別是他當了皇帝後，因爲他的話就是法律。同治的那些小馬，凡屬金錢所能買到的最好的，要由專門的馴馬員來爲同治訓練。這些馴馬員清楚地知道，如果他們想讓自己的腦袋安全地長在自己的脖子上，那他們必須盡心盡力地把這些動物訓練好。這小皇帝則跑來跑去，高興地大笑，熱情地與他的四條腿的小朋友説話，還不時地用童稚的喊聲招呼榮禄，評論這匹馬或那匹馬的優點。離開了書本和老師後，這就是同治的正常生活。國家大事在同治肩膀上的負擔是很輕的，倒不是同治一點都不懂，他是在宮中長大的，不可能不受到宮廷環境的熏染。特別是當了皇帝以後，每個人都向他表示敬意，直至他自認爲受尊敬是理所當然的，正應該這樣。并且他也意識到，他是皇帝，儘管他喜歡那些小馬、玩具和弓箭。

"榮禄，告訴馬夫，今天早晨給我鞴好那匹白馬！讓他立即鞴好!"

"是，陛下，立即!"

兩人都有這個想法。他們是朋友，他們的笑聲送走了下一個瞬間。小馬立即被裝備好。兩人可能一起笑，彼此欣賞着這種友誼；但是，慈禧的兒子同治是皇帝，他的話就是法律，可是有時候他的話太脱離實際，令人感到遺憾。

例如，有這樣一件事：有一位老師留有絡腮鬍子，同治討厭絡腮鬍子或是任何其他鬍子。有好幾個星期同治沒有和這位老師説話，他的絡腮鬍子使同治非常反感。

然而，這位老師是一位非常有學問的老師。他懂得經史，而且寫得一手好毛筆字，因爲他在書法上受過的訓練比一般老師高得多。他從來不笑，而且説話、舉止都非常嚴肅。他對做小皇帝的老師這個職務感到非常榮幸。但是有時候，當他作爲老師必須説話的時候，他下巴下面的那一撮鬍子就使同治想起一頭特別老的老山羊下巴下面的鬍子。儘管同治是個皇帝，他也愛動物，但是他特別厭惡老山羊。要不是有那結實的欄杆擋着，有很多次那老山羊可能傷害他。同治感到這位老師很像那頭老山羊。

最後，有一天，同治終于無法忍耐了。當同治對有着山羊鬍子的老師大發脾氣的時候，慈禧正好在書房裏。

"我希望你立即把鬍子剃掉！"

老師的正確回答應當是：

"立即遵命，陛下！"

但是他沒有這樣回答，因爲剃掉鬍子會帶來極大的晦氣，所以現在老師處于極爲尷尬的地位，要麼保留鬍子，得罪皇帝，并且可能因抗旨罪而丟掉腦袋；要麼捨棄鬍子，也捨棄了伴隨他多年的好運氣；所以他只得沉默。慈禧聽到了同治的命令。

"但是，我的孩子，"她勸道，"如果他剃掉鬍子，他會一輩子倒霉的，所以他不敢剃！"

"那我就不要他當我的老師了！"

于是這位鬍子先生就被攆走了，再也沒有回到宮裏來。來了一位新老師，臉頰溜光，沒有鬍子。同治長時間地讓他站着，熱心地要他幹這、幹那。像海綿從水池裏吸水一樣，他從老師那裏汲取着知識。

從這裏可以看出，同治完全是一個健康的、正常孩子的典型。他像其他孩子在游戲中扮演皇帝那樣，玩着扮演皇帝的角色，而不是在真正地當皇帝，并且像一般孩子那樣，不管在什麼地方，任性地表達孩子氣的愛好和厭惡。

陪伴同治一生的有尚書榮祿，連同他的愛（這愛相當于對他母親慈禧的愛）；還有他自己對動物、玩具、射箭以及扮演四億人民的皇帝的嬉戲的愛好。

閃光的眼睛，含笑的眼睛——這是慈禧的眼睛。脆弱的手，嬌嫩的手——這是慈禧的手。

健康的體格，這是繼承了慈禧和他的愛好運動的父親咸豐。

生命和歡笑，是這樣的生命，那裏充滿了任何孩子都希望得到的一切東西……

在同治統治期間，慈禧開始了她三次執政中的第一次。

梅姑娘自從嫁給榮禄後，就不再是慈禧的女侍官了，但是慈禧仍舊愛她，常常接她回宮，并且一住就是好幾天，似乎不願意讓她回去。爲什麼她有這種感情，爲什麼在按照她的命令梅姑娘與榮禄結婚以後，她對梅姑娘的愛顯得越來越深？

一種奇妙的錯綜複雜的關係，這種複雜關係從某種角度説來，它影響到全中國，因爲滿洲朝廷是大清帝國的脈搏。

帝王的舞臺

從十七世紀初開始，坐落在北京中心的那龐大的、用琉璃瓦做屋頂的舞臺上，曾經活躍着滿清王朝的皇帝、皇后、太后、攝政王，一直到帝國滅亡。

紫禁城是滿族的聖地，它記錄着從順治到溥儀整個滿清王朝的恩恩怨怨。它曾傳播出宮眷們沿着古老的鵝卵石小道闊步前進時高跟鞋敲打在路面的聲音和它的回聲；曾聽到數以千計的太監們高頻調的笑聲；它見到過宮裏的謀殺、自殺。它曾經因爲滿清王朝的大人物去世而陷入悲哀的沉思。它的無數個庭院中的每一塊石頭，如果會説話，都會講出一個動人的故事。這裏，站着一個死去了丈夫的母親，她在沉思，在探索，她應該結束自己的生命去追隨他呢，還是應該活着，讓她將出生的兒子（如果是兒子的話）繼承帝國的皇位？那裏，在一口古井的旁邊，站着兩個身穿明朝宮服的女鬼，多少個陰霾的黃昏，她們竭力慫恿別人投井自盡，以便做她們的替身，把她們解脫出來；遠處，是一所古老宮殿的緊閉的大門，它已經鎖了有一個世紀之久，在那裏，一位王妃由于她的王爺對她粗暴而自刎了。多少年來，紫禁城是一座神秘的城堡，它的圍墻由于年代久遠而變得陳舊，而且永遠以不歡迎的神色對待各國的過路者。

南池子是紫禁城東側的一條街，街上總是人群擁擠，他們用十幾種不同的方言互相呼喊着，只有當他們走過張着大口的東華門——紫禁城的東門時，才把聲音放低。

紫禁城是這樣一個地方，那裏有金鑾殿以及其他許多殿，有嬪妃的住房，有太監的生活用房，這些地方的房頂都是用皇家的黃色琉璃瓦覆蓋。這些房子靠得很緊，相互之間只隔着非常狹窄的小巷。路面經過幾個世紀的踐踏，已經磨損得很厲害了，而且陰沉沉的，即使在中午，也照不着陽光。這些陰暗的地方似乎在竊竊議論着昔日的繁榮昌盛；議論着這些年來死去的帝王貴族們華貴的服飾。寬廣的庭院、宏偉的建築、高大的圍墻以及開滿荷花的護城河——這是今日的紫禁城，寂静、荒凉，只有那些爲今日的軍閥守護紫禁城的珍寶財富的士兵們的吆喝聲。

在皇帝時代，紫禁城是個人口稠密的地方。太監、宮女、女侍官、宮眷，一會兒匯集，一會兒散去，川流不息地經過它的街道或小巷、庭院或游廊。御花園是個歡樂而美麗的地方。演員和太監常常在專爲供滿洲皇族娱樂而建的舞臺上演木偶戲；從御厨房送來全國最好的香噴噴的食品；各種類型、各種等級的成衣匠、鞋匠以及手工藝工人爲了給宮廷提供服裝或爲了美化紫禁城的大地和建築而勤奮地勞動着。

紫禁城雖然是大清皇朝最重要的地方，却并不是最美麗的地方。皇宮中最美的要數圓明園，它是被英法聯軍作爲對鴉片戰争的報復而燒毀的；就在這事件前不久，咸豐皇帝逃到熱河，并在那裏死去，這我前面已經提到；慈禧一直因爲圓明園被毀而异常悲痛，并且爲了它實際上不可能再被重建而感到萬分惋惜。

其次就是著名的頤和園，那是在乾隆年間建造的。它在北京與西山之間，建在一座人工山上。稱它爲皇宮會使西方人感到迷惑，因爲它占地面積極大，而且是由許許多多宮殿和住室構成。它面向一個寬廣的人工湖，慈禧太后最喜歡乘着她的游艇或畫舫在湖面蕩槳，真是一個設計絶妙的迷人場所！可是今天，它已變成一座凄凉的皇宮，它過去熟悉的脚步再也不會回來了，宮殿、住宅都變成穿軍裝的苦力們睡覺的地方。由于中國政府的不重視，它過去的豪華已經逐漸消失。

著名的石舫坐落在著名的長廊盡頭的湖面上。長廊是慈禧非常喜愛的地方，關于它的故事，曾無數次通過多産作家的筆，被或多或少地斷章取義（有時是出于疏忽大意）後傳給廣大讀者。

西苑位于北京的心臟，白塔矗立在它中心的小山上，像一個巨大的崗哨。它也是被一個荷花渠所圍繞。過去，它曾經是清廷的游樂場所之一。此外，還有熱河的避暑山莊，已在另一章中叙述了。

這些構成了一個大舞臺，中國歷朝的帝王在這裏登臺表演。這些地方留下了從順治到溥儀的歷代皇帝、皇后、王爺和公主的脚步聲。要是它們會説話的話，它們將給你講多少生動的故事啊！憂傷的、悲慘的故事和喜悦的、歡樂的故事！

它們熟悉蘭兒，以及當了皇妃和皇太后的慈禧，還有那不幸的小皇帝同治、光緒和宣統。

這些人一個接着一個走上舞臺，用一個小時或一天的時間，擺出姿態，講述自己的那一段歷史，都認爲自己在那時候是偉大的；然後從舞臺上消失，除了在陳舊的歷史記録裏，誰也不會再記得他們了。至于那曾煊赫一時的軀體，如今已在墳墓中腐爛，迅速被人遺忘，再也不受人注意了。

一座空舞臺，回響着鬼魂的脚步聲。

只是在同治年間，那時候距離舞臺變得空虚、冷落的日子還很遠，紫禁城和各處的宮殿被生命、歡樂、愛情、陰謀、悲劇所佔領，并且每天寫着已經極爲豐富的中國歷史的新篇章。

正是對那些日子，我們有最美好的回憶。至于對那些墳墓，不管它們是多麽龐大，多麽令人敬畏，也沒有什麽興趣去沉思、冥想。

所以，讓我們重新使那些人物登上舞臺，并沿着時間長廊倒退回去看一看，哪怕是幾小時或幾天，把鵝卵石上的脚印重新刻上，使很久以前在這神聖的圍墻内活着的、相愛着的人們重新復活；因爲只有這樣，我們才能理解那些曾經在這個舞臺上扮演過角色的演員的偉大或渺小；只有這樣，我們才能懂得，在那偉大的外衣後面，在那豪華的皇家服飾下面，在那朝廷和國家的傳統習慣後面，是和我們一樣的人類的心臟在跳動，和我們一樣地生活、相愛；他們畢竟只是大自然的孩子，有着孩子們所有的缺點和本能。

看一眼這舞臺吧，因爲它蘊涵着當年在它上面穿越過的人的心聲，他們的脚步聲依然在霉爛的地板上發出回響，給那些理解他們的人聆聽。

現在，我們只有通過舞臺、布景和道具，才能充分地瞭解演員。

因爲演員就是劇本，舞臺就是他們生活在其中的世界。人們想瞭解其中之一，就必須同時瞭解其二。

安德海的旅行

　　滿洲朝廷有一條法令：太監不準許離開京城，違者經審訊定罪後就要處以斬首。違反這個法令的太監必須接受離他所在地最近的地方官的審訊，而且，一個太監不在北京，這事實本身就構成了無可辯駁的罪證。所以遇到這種情況，地方官總是立即行動，向北京發公文和一個處斬的無首太監的屍體。

　　這，安德海和宮中所有的太監都明白。

　　儘管這樣，安德海還是過膩了宮廷生活。在咸豐死後，他非常希望到地平綫另一側沒有見過的地方去瀏覽一下。于是他去找慈禧。

　　"我請求太后給我一個月的病假。"

　　"安德海，" 太后答道，"你對我說真話！我一眼就看出你沒有病！"

　　于是安德海説出了真情，因爲他信賴慈禧，知道她寵愛他，這種寵愛使他成爲宮中最有權威的人。

　　安德海是受到鍾愛和姑息的。他向慈禧提的建議總是受到贊賞。大小官員，宮廷內外，都知道安德海在朝廷的地位。這就是人們爲什麼都怕他的原因，因爲他們知道，得罪了總管太監，他將用各種辦法來傷害他們。慈禧信任他，非常喜歡他，因爲他忠于她，能告訴她所有一切她希望知道的真情，所以他的話她願意聽。

　　"太后，我想離開北京一個短時期，" 他説，"我想到蘇州去玩一玩。"

　　"但是，滿族有規定，安德海！你是知道的，太監是不準許離開北京城的！"

　　安德海，這個聰明的太監，他不作聲！他只是等着慈禧往下説，他清楚地知道她信任他，總是會幫他實現願望的。

　　“我想，安德海，”她最後説，“處理這件事最好的辦法是這樣，你請兩個月的病假。如果你去游覽的那個地方的地方官堅持要照章辦事，那麼我將立即召你回來，那樣，你就可以在朝廷受審。這件事我就只能做到這個程度，因爲我也和你一樣必須遵守法令。”

　　安德海領會，這實際就是準許他離開北京。他也明白這是他在慈禧心目中的地位使得他的要求獲得許可，于是他立即動身去蘇州。

　　他首先拜訪了知府。知府帶着懷疑的神情接待了他，因爲他像安德海一樣知道這條祖傳的法令。現在，總管太監不顧法令，離開了北京；他已經犯了法。但是知府知道安德海在朝廷的權勢，他懼怕安德海就像懼怕太后本人一樣。安德海是懂得人性的。自從他利用人們的軟弱、虛榮，爲自己搜括了大量錢財，他就變成了這樣的人。他立即看出了這個知府是如何地懼怕他。

　　“我奉太后的特別命令到這裏來視察絲綢工業，”他説，“主要是在你的管區内。我希望能得到你各方面的合作。”

　　這知府知道安德海的冷酷，也知道他慣于濫用職權，于是他犯了一個致命的錯誤。他以對待慈禧的禮節接待了安德海，居然奴才相十足地跪下來叩頭；這是只有皇帝才有資格接受的禮儀。頓時安德海樂得幾乎發狂，因爲他渴望着試試早就被他抓在手中的權威。

　　他没有向知府和慈禧提起過這件事，就是，詭計多端的李蓮英曾告訴他：蘇州姑娘的美貌是遠近聞名的。他想，關于這一點，以及他來蘇州的真正目的最好對知府和太后保密。

　　至于安德海，以他的具體情況，爲什麼會對姑娘的美貌感興趣？這個問題本書不擬討論。但是事實上，正像宮中的人們所知道的那樣，宮裏的太監有許多是在宮女中物色了心上人的，而這些心上人也真的愛他們，甚至像他們的奴隸，并且在清廷垮臺後嫁給了他們。

　　人們都認爲宮裏的太監是真正的太監。除非一個男人是真正的太監，否則他是没有機會做假而進入皇宮的。而這些太監喜歡與婦女作伴，這似乎是不可理解的。然而，正如我剛才説的，這確是事實。這是宮廷生活中的一個謎。這暗示人們一種不登大雅之堂的放蕩。

"只要你在蘇州，安公公，"這位受驚的知府說，"我的衙門就是你的家，你來去自由，我的房子，我的傭人都歸你調度！"

但是安德海有另外一些打算。他認爲，在這神聖的衙門院墻內是不可能實現他的計劃的。所以他拒絕了這位惶恐的、好心的知府的邀請。

"既然你不願意賞光住在我的衙門裏，那我給你安排到蘇州最好的房子裏！"

這個，安德海接受了，因爲他瞭解到這房子是蘇州第一大富翁的，爲了接待他而把主人攆走的，而且這地方離開衙門有好長一段路程。于是安德海帶了他龐大的隨從隊伍來到這房子。隨從人員之多足可滿足一個國王虛榮的排場。這房子變成安德海的了，除了他需要的人以外，沒有其他人在這裏住。

這房子變成了放蕩的場所，以至于沒有一支筆能去描寫它，沒有一本書願意讓它來玷污自己。安德海發現，正像李蓮英說的那樣，蘇州小姑娘確實長得漂亮，而且有許多漂亮姑娘來到安德海的住所，有的是出于自願，認爲這麼一位大人物需要她是不勝榮幸的；有的是因爲安德海派他的僕人去找她們，而她們的父母又不敢拒絕。安德海是個小國王，蘇州的老百姓向他叩頭，就像對中國的皇太后叩頭一樣，而安德海也是盡情地使用着他到手的權力。

到安德海屋裏去的蘇州小姑娘，有的哭着逃回來，由于無法說明的恐怖而臉色蒼白，臂上和臉上紅一塊、青一塊；有的則被扣留着，直到她們的父母按照安德海的吩咐，帶着幾千兩銀子的巨款去贖身。然而沒有人敢拒絕安德海，也沒人想過要去拒絕，儘管蘇州的廣大平民都在背地裏悄悄地抱怨。一個惡棍，應該受到地獄裏的全部懲罰。然而他畢竟是滿清朝廷的一位權威人士，誰也沒有勇氣去否定他所做的任何事情。

安德海走到街上，走進市場，挑他喜歡的東西"買"。他喜歡的都是商人手裏最好的貨物，但是他從來沒有付過一文錢，今後也沒有打算付錢。商人們不敢惹麻煩，至少是在他對蘇州的恐怖統治的頭幾周要小心謹慎。

"命知府來!"

安德海幾乎總是用這種方式開始一天的生活。按規矩，應該是安德海去拜訪地方官，請求接見，并等候召喚；但是安德海不這樣做。他召知府來，而那惶恐的知府怕在慈禧的命令下砍頭刀砍了他的腦袋，所以總是聽從安德海的召喚，去到專爲安德海準備的住所，像覲見太后一樣地叩頭，等候這位大人物準他説話。

"我有幾個問題要問你。"

知府就等着他發問，并盡力把問題回答好。可是他的問題無板無眼，甚至顯得可笑，不像個問題，使得知府更加惶恐。因爲，這時候，他知道，安德海召他來并不是要問他問題，而是要他，知府心裏明白：他，安德海，在蘇州的權威是至高無上的，知府還是小心謹慎爲好。可憐的知府畏懼安德海在宮中的權威，但是内心却燃起了對這位總管太監的憤恨之火。

但是，什麼辦法也沒有。他徹夜不眠，思考着用什麼辦法讓安德海完蛋，而同時，他又總是遇着這同一個思想障礙：安德海是滿洲朝廷的太監總管，慈禧的親信，不夸張地説，他的一句話能定人的生死。他違抗了法令，雖然他并不能凌駕于法令之上（不像他那著名的繼任者那樣注定能凌駕于法令之上），在他出訪的後面，總是有一些使人無法理解的情況。也許是他的自私自利的虛張聲勢使得朝廷以外的官員怕他，同時也因此而産生對他的憤恨。

然後他命知府退去，又恢復了他對蘇州的恐怖統治。

安德海是造物主。金錢、財産、住房、姑娘，只要他要，就是他的；如果他不願意去姑娘那裏，就命令她們的父母把她們帶到他的住所。

但是，蘇州知府，由于他自己是個舉足輕重的人物而感到擔憂，他不能不理會他的百姓們的埋怨情緒。他們依賴于他們的統治者，他不能完全不關心他們。必須要采取一些措施了。但是他知道，他的任何一點想懲罰安德海的意圖都可能遭到嚴重的報復。他該怎麼辦呢？他不能給慈禧上書揭發安德海，因爲他相信，安德海到蘇州一定是得到了她的準許，這是事實，因爲她怎麼對安德海説的，這是不難分析的。

他反復地想着這件事：整個蘇州無休止地向安德海叩頭致敬，把他當成皇帝一樣。他搶走他們的女兒，并且凌辱她們，扣留她們來敲詐贖金，甚至當有不服從他的無禮行爲時殺了她們。而她們的父母只敢在心裏默默埋怨；于是這位蘇州知府決定了一個行動計劃。他派了幾名親信使者到北京，目的是查清安德海這一個無先例的、直接違背祖訓的出訪，它的背後的真情是什麼。他們帶回了情況，這是很奇妙的情況。它表明了朝廷内的矛盾，兩位共同掌握着大清帝國命運的皇太后之間的釁恨。它表明，雖然慈禧和慈安一起坐在竹簾後面，在輔助同治方面有同等的權力，但是在咸豐死後，慈安從來没有下過一道命令。當大臣們來朝的時候，總是慈禧通過前面御座上的同治的嘴來控制國家大事；是慈禧的手在統治國家，只是她通過一個孩子的嘴來行使她的權力。這孩子聽着竹簾後面他母親的耳語，再通過他的嘴唇傳出來。

調查結果也證實了安德海在朝廷是一呼百應的，他是朝廷裏的一個權威人物。蘇州知府的行動必須非常謹慎。他知道安德海是慈禧的親信，但是慈禧和慈安之間有極大的矛盾，起因于慈安的妒忌。

這裏還有一個故事，大意是這樣：有一次上早朝，這是一次很重要的早朝，慈安在例行公事中出了一個大錯，安德海竟公開地嘲笑她！自然，慈安是没有權威的，安德海之所以敢于嘲笑她，就因爲他知道兩位太后之間有釁恨，而他又是慈禧的親信；由此可知，慈安對安德海是不會有好感的。慈安和慈禧在名分上有同樣的權威，因此，要整安德海，通過她這個合法的執政者是最恰當的。

但是，怎麼做法呢？

關于宫中那些複雜的情況，使者回去都向知府報告了，這些事實證明了在朝廷中，一直到最小的太監，都知道這種關係，那就是，慈禧并没有因爲安德海對慈安無禮而處罰他；皇室内存在着妒忌以及其他的許多事情；因此，每個人都知道，安德海離開北京是拿他的腦袋作賭注的。

但是他對慈安無禮也是以腦袋作賭注的，而他仍然活着，而且權力比以前更大了。

蘇州知府在朝廷裏有一個朋友，就是恭親王。

我前面曾說過，恭親王是咸豐的親弟弟，他是非常忠于慈禧的，除了一件事，那就是他不贊成在咸豐死後讓過多的權力落到安德海手裏。他知道慈安對慈禧妒忌；這事有誰不知道呢？但是他決定，他不參與這件事，他要做到對她們兩人都盡忠（這需要很高的策略水平），他要成功地做到兩宮太后都願意聽他的話。

他從蘇州知府那裏接到一紙文書。

他讀了這份文書。從安德海離京這事的背後，他看到了慈禧纖手的插入，她對這個狂妄的太監是有求必應的，這樣他就不能向慈禧提出這件事。于是他帶了這封文書去見慈安。她正好一直在等着這樣的機會。

"安德海離開北京是違反祖宗家法的。"

"正是，太后！"恭親王回答。

"這是要處斬的！"

"正是，太后！"

"按照咸豐的遺旨，在輔助小皇帝這件事上，我和慈禧有同等的權力，對不對？"

恭親王表示肯定。

"自從皇上去世後，我是不是從來沒有發過一道懿旨？"

恭親王向來注意策略，他不說什麼，只是等着。他知道關于這件事的刑律，知道安德海被處斬是罪有應得，也希望看到他服刑；但是恭親王畢竟是個策略家，他只是等着。

"擬一道聖旨下達蘇州知府，命令他將安德海收審、判刑、處斬！"

正如我說過的那樣，恭親王是個策略家，不願意將來有一天自己在兩個皇太后的恩怨之間左右受壓。所以他提出一條明哲保身的建議，并且他知道這個建議只可能更加強了慈安背着慈禧獨自行動的決心。

"太后是否最好在下聖旨前先與聖母皇太后商量一下？"

"不，恭親王！我與她有同樣的權力！安德海必須處斬！如果慈禧知道了，就會使他逃避處分！"

恭親王按常規叩頭并離開了慈安後，就在深思熟慮如何掌握好這件事，以便他仍舊能够兩面討好，使得慈安和慈禧都對他有好印象，儘管她們兩人是死敵。他找人寫好聖旨，差人送到蘇州，并且捎話給知府要立即動手，否則，説不定什麼時候另一道聖旨就會下來。

恭親王等了足足三十個小時，然後才帶他收到的來自蘇州知府的第一封文書去見慈禧，將知府的報告呈給慈禧，正像他以前呈給慈安一樣，并請示對這件事情的處理。

"關于這件事我已經呈報過東宮太后了。"他説，似乎是補充説明一下。

慈禧從恭親王那裏瞭解了這事情，對于慈安的倉猝行事非常憤怒，以致她竟没有發現恭親王在時間上耍的花招，不管怎麼説，恭親王還是正確的，因爲不論是哪個太后的命令，他都應該服從。

"立即下一道聖旨給蘇州知府，告訴他讓安德海馬上回北京，以便接受朝廷的審訊，因爲他是宮廷的太監！"

恭親王按例叩了頭，離開了慈禧，并按慈禧的吩咐去擬聖旨。他擬得很慢，很仔細。一個艱巨的任務需要周密思考、反復修改，付出很大的勞動。真的，花了那麼大精力，使得在慈禧的聖旨發給蘇州知府之前，十幾個小時已經過去了。

與此同時，在蘇州，知府接到了來自慈安的聖旨。他知道這來自慈安，知道以後可能產生各種不同後果。去觸犯一位在朝廷掌握大權的總管太監可不是一件小事。

按照法制，安德海確實應該受審訊。

蘇州知府派人去傳安德海，没有多久，就從總管太監那裏傳來回話：他——知府，如果想見他——安德海，那必須親自到安德海的住所。如果碰巧趕上安德海高興的時候；就可以允許他去拜見。

知府當時可能冷笑了一下。但不管如何，他還是帶了兵丁到安德海的住所去抓他了。

"没有哪個太監敢于擅自離開北京。"知府説。

安德海哈哈大笑。

"我是安德海!"那位大人物回答,似乎有這句話就足够了。

"你應受的刑罰是斬首。"知府繼續説。

"我是安德海!"這位總管太監喝道。

于是蘇州知府意味深長地咂了一下嘴,把來自慈安的聖旨在頃刻間雙目凝視的安德海面前打開。

"這是一個誤解!"安德海狂吼着。

"你凌辱了這個城市的婦女,安德海,"知府毫不寬容地説,他的眼神使安德海看出他很得意眼前這情景。"你爲了敲詐贖金而扣留過女孩子;你欺騙過商人,你買過價值幾千兩銀子的貨物,却分文未付……"

"這是誤解。"安德海重複着這句話,但是聲音中已經表露出恐懼了。

"還有,"知府用低沉的聲調繼續説,"你很清楚,最好的食品,諸如蘇州出產的最大的閹鷄是應該送進皇宮的,可是在裝船的時候,你強迫我讓你首先挑選,這樣,你是把自己置于皇帝之上,你吃了給帝后餐桌準備的東西。"

"誤解。"安德海還是吼着。

然後,他的眼睛發亮了。

"你説的聖旨是來自東宮太后的嗎?"

(當然,在中國是誰也不準許提皇帝、太后、皇后的姓名的,要是那樣,也够上殺頭的罪名)

"是的,"知府回答。

"這樣説來,皇上的母親不知道這事。你必須等到我跟聖母皇太后取得聯繫!"

"難道説不服從這道聖旨?我不能這樣做,安德海!你必須立即受到審訊!"

他受審了，審訊進行了兩天。所有證據都是不利于安德海的，因爲他離開北京這個事實就足以證明他犯罪。

第二天，審訊即將結束，安德海很快就要被斬首。

隨後，來了第二道聖旨。知府已經猜到它的内容是什麼。奇怪的是，爲什麼這道聖旨姍姍來遲？

知府有些猶豫，恭親王給他捎的信（雖然不是白紙黑字的），他是否正確理解了？他還是把第二道聖旨壓在衙門的公案上，繼續對安德海審訊。

正如大家能預見到的，安德海犯的罪行是不遵守朝廷法令。他被判處死刑，立即執行。

當安德海腦袋永遠地告別了他那肥胖的軀體以後，蘇州知府打開了第二道聖旨。

"立即將安德海押回京城接受審訊！"

顯然，無頭的安德海是不可能在北京受審的了。但是知府還是將他的遺體送回北京，并且在這之前，向朝廷呈上一本奏章："第一道聖旨命令審訊安德海，已經執行。安德海已被判處死刑，立即執行。第二道聖旨遲到整整四十個小時！"

顯然，他爲自己，也爲朝廷鏟除了安德海。但是，當向北京發出對第二道聖旨的復文後，思前想後，這位蘇州知府開始感到惶恐不安了。

那天夜裏，他夢見他自己的腦袋放到劊子手的大刀下面了。他感到這完全是可能的。

慈禧收到了他的復文，她看到復文後非常憤怒。這已經是過去的事了，雖然在這裏我們是第一次提到。她譴責慈安的聖旨，但是她又沒有任何辦法去報復慈安。慈安雖然實際上被剝奪了權力，但是她畢竟也是皇太后。從這以後，慈禧對慈安懷着刻骨的讎恨。由于咒罵不能對慈安產生任何影響，所以爲安德海的死，慈禧又轉而責備蘇州知府。她也責備恭親王；但是恭親王極善于辭令，他很容易地說服了她，使她相信他沒有錯。

真正應該受到責備的倒是有一個人，正是由于他的誘惑，才使得前總管太監渴望作蘇州之行，這個人就是多年來一直覬覦着安德海的地位的過去的小太監李蓮英，"綫蠟"李——很多人説他不是太監，但是，任何一個人，只要他瞭解在滿洲皇宮中對這類事情是如何進行嚴格檢驗的，都會駁斥這種謊言。

"綫蠟"李、皮硝李或李蓮英——由于他與中國著名的攝政者慈禧的密切關係而成爲中國歷史上最著名的太監。

慈禧爲了安德海的死而譴責慈安。

她爲了安德海的死而譴責蘇州知府。

她譴責恭親王。

但是真正應該受到譴責的，一切麻煩都是因爲他的話而引起的那個中性人，她却絲毫没有譴責他！李蓮英是非常有心計的，他決不會輕易落入那種圈套，那種像恭親王和李蓮英這樣的聰明人很容易躲避的圈套。

有一個姓王的太監，他在宮中的資格比李蓮英高。按理，他應該接替安德海擔任總管太監。

但是他没有。他没有李蓮英的勇氣，没有超乎常人的自尊心，也缺乏這麻子太監的那份聰明。

自從安德海到蘇州一去不回，總管太監的位置就空着。李蓮英自然而然地、悄悄地跨進了這個位置，因爲，除了安德海以外，所有的太監在一起也比不上他那樣盡心盡力地試圖討慈禧太后的歡心。

于是李蓮英成了慈禧太后的總管太監。

這兩個人的一生是如此奇妙地相似，他們都給人們提供了可學習的東西，這決定了他們二人在中華帝國將永遠不會被人忘記。

至于那蘇州知府怎麽樣了？關於他就不用再説什麽了，只是慈禧耐心地等待時機。最後，大約一年以後，有一個機會，在他管理的蘇州地方事務中找到一些過失，于是把他從那個地方貶到全中國最艱苦、最吃力不討好的崗位，這是一個誰也不可能管得好的地方。

在這樣一個地方，他的工作没有起色，這是不足爲奇的。

在他接受這個新的、不體面的任命後不久，他被押到朝廷問罪，罪名是欺詐、失職及負債，對這些問題，他怎麼解釋，太后也是不滿意。最後他被判終身流放，并株連後代，這就是，他以及他的子女不能再擔任任何官職了，總而言之，以前的知府和他的後代將過着貧賤的苦力一樣的生活。

由此可見，對宮裏的太監，尤其是非常接近皇帝的太監，干涉他們的事是不會有好下場的。在以後的年代裏，李蓮英倒因此而沾了光。

新任總管太監

李蓮英，皮硝李，"綫蠟"李！無疑的，他是滿清朝廷的太監中最有名的人物。

油腔滑調、八面玲瓏、相貌奇醜，這就是李蓮英。滿臉麻子，嘴角淌水，隨時準備狂吠；但是在太后面前，他又是奴性的典型。他懂得怎麼討人喜歡，是個十足的馬屁精。他與慈禧的關係中最特殊點是能使她對他言聽計從，而他對慈安則從來不認真對待，除了有時候實在回避不了，就敷衍一下。慈禧對任何人都有很高的洞察力，可是對于李蓮英，儘管別人都看出他是個人面獸心的傢伙，她却從來没有覺察到。

即使在安德海被斬消息傳來之前，李蓮英已經擅自跨上總管太監的位置了。但他并不甘心僅僅坐等着當總管太監。他有着無比的自信心。在安德海没有離開紫禁城前，李蓮英已經取代了他的位置。當慈禧的命令應該由總管太監去執行的時候，李蓮英第一個上前，似乎他已經是總管太監了。慈禧并不禁止他。而他呢，在安德海離京到被斬決的消息傳來這段時間裏，他一直小心翼翼地在鞏固他在慈禧身邊的地位，因此，當關于安德海的命運的報告到達慈禧手裏的時候，李蓮英補前任總管太監的缺，這似乎很合適，很自然。

王太監是一位年長的太監。許多年以後，談起這件事，他説，李蓮英竭盡一切力量來突出自己，而不給王太監一些機會，因而他奪取了本該屬于王太監的位置。于是在安德海死後，慈禧就任命李蓮英接任總管太監，授予藍色頂戴，這在當時是太監中最高的官階。

職位一到手，他就把宮中最重要的太監全部召集到他房裏：

"我現在剛接任總管太監，"他對大家説，"我并不想當總管太監，但是太后把我放在這個位置上，我不得不服從。既然這麼定了，那我也没有什麼可説的了。只是有一點，我不會和安德海一樣，如果我得到錢財，例如有人爲了求見太后而給的辛苦費，我不會像安德海那樣自私，我將使你們每人都得到應得的一份。"

很多年以後，當王太監回憶起那次太監的聚會時，他作了一段很隱晦的描述，確切地刻畫了李蓮英的嘴臉。

"他是一個口蜜腹劍的人。"

當太監們向他保證一定忠于他、支持他，然後離開他以後，他恐怕當時就在他們的背後撇嘴嘲笑。他把事情安排得乾净利落。畢竟，他是總管太監，誰也不敢頂撞他，除非是暗地裏整他，而李蓮英通曉一切暗地裏整人的手法。

當大家都離去後，李蓮英舒適地回到自己的椅子上，爲自己準備了一筒鴉片（這是他除了貪吃以外的最大嗜好），看着從咯咯作響的烟斗上升起的烟霧，遐想着未來。在紫禁城内是不允許抽鴉片的，而且，任何人私藏鴉片都要被斬首。但是李蓮英早已嚇唬過那些小太監了，所以他深信，他不會因爲抽鴉片而被抓住。這不容懷疑，他從來没有被抓住過。爲了可靠起見，他抽鴉片常常是趁太后睡覺的時候，或是太后到紫禁城的另外一些地方去，没有要他陪同的時候。這時候，那些小太監站在有利的場所放風，以便當太后走近李蓮英住所的時候好給信號。不管他抽多少，他總保持清醒，所以對他來説是不難消除他抽鴉片的痕迹的。因而，儘管太后可能對她的新總管太監有懷疑，却從没有抓到過他抽鴉片的證據，在他屋裏也没有發現過鴉片。

李蓮英，作爲總管太監，他有許多小太監當他的傭人。他對待他們的態度進一步顯示了他的人品。

"拿我的烟槍來！"

一個知道烟槍藏在什麼地方的小太監就急忙去執行李蓮英的命令。

"快些，王八羔子！"

這小太監就加快脚步，變成了跑步，而且兩手顫抖得幾乎拿不住發怒的李蓮英的烟槍。

　　然後，這小太監就跪在總管太監面前準備着給他點燃那黑色的烟泡。如果他還在發抖，則李蓮英通常是對準他的臉飛去一脚，使他倒地爬着出去。李蓮英是個惡魔，他以虐待狂的歡樂欣賞別人的痛苦。

　　每當慈禧上朝，并且輪到李蓮英站在她寶座後面聽候使喚的時候，這種虐待狂的品性表現更爲突出。可是對慈禧，他總是百般逢迎。她從没有發現他有走神的時候（直到許多年以後，慈禧已變得非依靠他不可，因而不會讓誰去取代他）。在她看來，他是謙恭有禮的典型，是最討人喜歡的人物。

　　他是這麼一個人——怎麼説呢，没有更合適的名詞，姑且稱他爲"自我促進"的能手。任何時候，自始至終，侍候太后，工作做得最多的人，就是他李蓮英自己。有許多次朝見，雖然是討論宫廷内部的事情，但也是很正式的。這就給了李蓮英機會來滿足他那使人受苦的惡癖。

　　有一名太監可能因爲一些小過失而被帶到太后面前。他可能是用一條活蛇去嚇唬一個宫女，使她大喊起來。可能這時候太后正巧在睡覺而被吵醒。于是這個犯了過失的太監就會被帶到太后面前，她就要考慮應該給以什麼樣的懲罰。

　　"用竹鞭抽他二十鞭！"她可能説。

　　這時候，李蓮英就會俯身向前，附在太后的耳朵邊小聲地説：

　　"他的錯誤是非常嚴重的，太后。他的行爲是對您的極大的不恭。如果不對他嚴加管教，那他會寧死與您過不去，不讓您安静地休息。所以，他應得的懲罰不是二十鞭，而是一百鞭！"

　　"照此執行吧！"

　　命令修改了，對犯罪的太監的懲罰就由二十鞭改爲一百鞭。于是這個可憐的傢伙被剥光衣服，裸露出肉體，由指定的太監去執行鞭笞刑罰。竹鞭是用劈裂的竹絲制成，一端柔軟，能抽得人皮開肉綻。太監們通常是不緊不慢地抽打犯罪者，鞭鞭打在同一個地方，直到皮開肉綻，疼痛難忍；與此同時，在慈禧寶座後面的李蓮英臉上露出獰笑，目光盯住那些行刑的太監們驚恐的眼睛，示意他們加勁兒抽。

　　也許，抽完二十鞭的時候，屁股上的皮還沒有破。再抽二十鞭後，李蓮英估計即將血流如注了。這時候，那太監已經痛得要發瘋了，他又哭又叫，并且神經錯亂地打那些按住他的人。

　　"太后，"李蓮英會用一種憐憫的口吻說，"我很擔心這可憐的傢伙會死在鞭子下。他已經挨了四十鞭了，按判決，他還差六十鞭。好心腸的太后，您是不是讓他先回去，等他把傷治好後，再接受那餘下的六十鞭？"

　　慈禧畢竟只是個女子，不太懂得男人們的事情，她覺得這建議正確，合理，于是這個太監被放回去，一直等到傷愈。但是這個太監是不會被遺忘的，因爲有李蓮英在照管着。他記住對那些小過失所判的刑罰，然後用他那擅長整人的手法，在這個刑罰的基礎上采取一些措施，使受刑者蒙受最大的痛苦，同時也達到了殺鷄給猴看的目的。經過了一段適當的時間，前一次竹鞭抽打的創傷快要痊癒的時候，那個倒霉的太監又被押到太后面前去接受餘下的六十鞭子的抽打；同時，李蓮英對行刑的太監事先作了交待：這六十鞭必須打在上次留下的半痊愈的創傷處。

　　在這種竹鞭的酷刑下，有的太監幾乎完全瘋了。在精神錯亂中，可能會喊出埋怨太后的言詞，這就犯了殺頭罪。這時，李蓮英就會立即提醒太后。

　　李蓮英非常懂得怎樣獲得太監們對他的敬畏。因爲那個挨打的太監的呻吟立即告訴了他的朋友：什麼樣的大禍降臨到他頭上了；而這一切都要取決于新任總管太監。于是李蓮英的威力就會在頃刻之間傳遍所有的太監。不管是最高級的，還是最低級的太監，只要李蓮英願意，他都有辦法傷害他們，因爲慈禧信任他。

　　"他是一個口蜜腹劍的人！"

　　李蓮英這個醜陋的人，他是外交能手中的能手。

　　如果在太后的宮眷中有哪一個受到太后特別的寵愛，那麼李蓮英就會對她特別尊敬，以求她的影響不至于在某些方面損害李蓮英在宮中的利益。如果太后有一位寵愛的，而且說話能起作用的宮眷，那麼他如果在某方面得罪了她，她完全可能去告訴太后，從而影響了太后對這位新總管太監的信任。

對于受寵倖的官員，李蓮英也是同樣的恭敬、有禮，可是在他們的背後，他却想盡一切辦法來降低他們在太后心目中的地位。

下垂的嘴唇、陰險的眼睛、一臉橫肉，這就是李蓮英。冷酷、自私、天生的馬屁精，也許是自古以來宮廷中手腕最高明的馬屁精，因爲他竟把天底下最聰明的慈禧愚弄了那麼多年。有些太監不怕死，不怕入地獄，就怕李蓮英，并且恨之入骨。

這種對李蓮英的恐懼迅速地發展，它擴展到朝廷以外，甚至全國邊緣省份的官員們那裏，以至于每一個敢于公開表示懼怕他的人都在詛咒他；但是這樣的人并不多，因爲不久，李蓮英就伸出了一條很長的手臂，并高興地向真理進行了報復，他依然迷戀着罪惡。

李蓮英是滿清朝廷中最陰險的人物。

從此，他將與慈禧一起向未來進軍，去迎接自己的命運；當然，各人走自己的道路。

同治之死

　　慈禧的兒子同治是在十七歲那年結的婚，但是從他結婚的時候起，慈禧就不喜歡他的皇后。使人難理解的是，同治的皇后是慈禧爲他挑選的，而慈禧居然不喜歡她，并且這種不喜歡的情緒迅速發展爲强烈的憎恨。可是慈禧愛同治，而這女人又是同治的妻子，所以她不能不以極大的努力來克制自己，不使這種憎恨情緒表露出來。

　　慈禧恨同治的妻子，其真正的原因可能是在這裏：她愛同治，愛得到了極點；對他的妻子的憎恨可能來自對一個女人的妒忌，這個女人能够，而且實際上已經佔有了同治，而他自己的母親對他的佔有權反而不如她。但是慈禧對同治仍然毫不吝嗇地傾注着她的愛。

　　她爲他挑選嬪妃，她們一共有四人，其中有一個長得特別漂亮。

　　慈禧的攝政隨着同治的結婚而結束了。這樣同治就成了中國惟一的統治者，但是一切事情還是聽從他的母親，因爲在中國，兒子必須尊敬母親，而且聽從她的命令；這幾乎成了一條法律。同治，名義上、法律上的統治者，却并不是真正的統治者，因爲在處理朝政方面，他母親的話要比他的話權威得多，至少對那些接近朝廷、瞭解朝廷的人來説是這樣。慈禧是個驕傲的母親，她溺愛她的皇兒。

　　同治當皇帝是在十七歲的時候，擁有一個皇后，四個嬪妃。

　　同治統治了兩年。

　　關于慈禧的私生活，她通常是不對任何人講的，除了在非常激動的時候，她纔可能向她親信的宮眷吐露一二。而許多歷史學家，他們實際上對慈禧太后知道得很少，或者甚至可以説一無所知，但是他們却武斷地下結論；這就不難理解爲什麼會有那麼多駭人聽聞的指責强加于她。

　　她曾被指責爲了奪回政權而謀殺了自己的親兒子。

再没有比這種説法更荒謬的了。慈禧對同治的愛是没有哪個母親對自己兒子的愛所能比的。同治是一個很任性的孩子。這是繼承了他父親的性格。他喜歡由太監們陪着，騎着馬到大街小巷微服出游，以擺脱宫中的嚴肅生活。他喜歡美酒，喜歡無節制地和婦女們在一起。他是個漂亮的孩子，美得像個姑娘。慈禧對他百依百順。如果他還要更多的嬪妃，那麼更多的嬪妃就會準備好侍候他。如果，作爲一個孩子，他要珍稀品種的新的小馬，那麼朝廷上下就會丟下一切工作去爲他搜集，并迅速給他送到。如果他對哪位教師不滿意，那麼馬上會給他請來另一位老師。在他一生中，凡是他想要的，甚至只要他敢于追求的，没有一件不是如願以償的。

對慈禧，她這個兒子簡直就像老天爺一樣，因此她珍愛他。指責她爲了奪取政權而用慢性毒藥或其他方法謀殺了親生兒子，這是哪一個粗心大意的、不負責任的或是愛搞聳人聽聞手法的歷史學家所編造的最卑鄙的謊言！

同治是在十九歲的時候死于天花。慈禧悲傷得心灰意懶，幾乎要跟隨他去。她愛他，説她殺了他，這是不可思議的。他是死于天花，這是千真萬確的事實。

同治的死使慈禧在一夜之間變成了另一個人。在這之前，她日子過得稱心如意，她對生活的熱愛，很少有別的婦女能與之相比，她懷着極大的樂趣來培育自己的雄心壯志。一下子，她變成了一個傷感的、痛苦的女人，僅僅保留下她的雄心和她對榮禄的愛。她開始對李蓮英越來越信任，日甚一日地把朝政大事交給李蓮英管，因爲她信任李蓮英僅次于她的尚書榮禄。

同治死後，對于那不久就要分娩的同治的妻子，她仍舊没有給予諒解。慈禧是有野心的。是不是野心促使她這樣呢？我不想來回答這個問題。

當然，誰也不知道，即將出生的孩子是男是女。如果是女，慈禧可以繼續執政；如果是男，他就成爲太子，而同治的妻子將成爲太后。她不願意冒險讓這件事發生。

于是她把同治的妻子召來。

"你是個勇敢的女人," 她對她説, "你的丈夫很愛你。"

同治的妻子叩頭。

"他一定是希望你和他在一起的。"

同治的妻子不説話。

"你難道不想念他嗎?"

"是的, 我想念他, 太后, 我愛他勝過于愛我的生命!"

"那麼, 憑你對他的愛, 你是否願意以死來永遠陪伴他?"

同治的妻子不大明白問題的意思, 正在猶豫的時候, 慈禧繼續説:

"當一個妻子愛他的丈夫勝過自己的生命的時候, 丈夫死了, 她跟他去, 這是一件光榮的事。但是要跟他去, 這個妻子必須有勇氣。我知道你是很勇敢的。"

然後慈禧把這件事暫且放下, 等候她提出的暗示有機會得到實現。而這位同治的妻子, 由于她最親愛的夫君的去世, 她感到絶望, 對慈禧給她的暗示有所準備。她感到傷心, 空虚, 前途渺茫; 慈禧的暗示看來倒是使她擺脱困境的一條道路。

在孩子出生前, 她自盡了。

無疑, 這件事慈禧是有責任的。

慈禧命令光緒繼承同治。光緒是她親妹妹的兒子。她的妹妹是嫁給咸豐的弟弟醇親王的。

她在半夜召見了光緒, 使他成爲中國的皇帝。那時候他才四歲。

當光緒登上皇位後, 不顧許多大臣的反對, 慈禧再次當上了攝政者。光緒登基不久, 他的母親就去世了。

隨着光緒的登基, 慈禧的纖手變成了一個裝甲的拳頭。

她需要榮祿的幫助。儘管她有錯誤, 他還是愛她的。

爲了在她困難的時候能得到支持, 她覺得再也没有比李蓮英更合適的總管太監了。

加　冕

慈禧永遠不會原諒慈安在安德海問題上對她的報復。她從第一次見到慈安的時候就不喜歡她。慈安也恨慈禧，但是現在需要共同立光緒來繼承同治，這樣，她們間的讎恨就成爲一件很麻煩的事。

光緒是慈禧妹妹的兒子，慈禧的妹妹是嫁給咸豐的弟弟醇親王的。光緒是個體質很弱的孩子，貧血使他臉色蒼白，無精打采，對任何人、任何事都不感興趣。一開始，慈禧愛他就像她過去愛同治一樣。因此，她對他照顧得非常仔細，監督他的飲食，爲他挑選老師——儘管這樣，在她心裏，還是沒有任何人能代替得了她的同治。

在那夜半登基之後（關于那不幸的夜半登基，我在以後的一個篇章裏還要詳細談），光緒當然就留在皇宮裏了，由太監和宮女們細心照料，并且像一般這種年齡的孩子一樣，深深地受到溺愛。他所要的東西，從來沒有遭到過拒絕，因爲他是皇帝，雖然他只有四歲。

除了李蓮英，太監們都喜歡他，因爲李蓮英是這樣的一個人，除了愛他自己之外，他不可能愛任何人。

有好幾次，李蓮英戲弄小皇帝，甚至把他惹哭了。由于這樣，光緒開始憎恨李蓮英，而且這種憎恨逐年增強，以至于對日後清朝歷史産生了不可思議的影響。

慈安和慈禧相互關係最緊張的時期也是從這裏開始。慈禧比較瞭解關于孩子的事情，而且一向很愛孩子。她遭到許多不公正的批評，原因之一正是來自她對孩子的喜愛。宮廷外面不公開地流傳着一些誹謗她的謠言，大意説安德海和李蓮英都不是真太監，説她曾和安德海生過一個孩子。正如一個有成就的女人常常會受到惡毒的誹謗那樣，慈禧也遭到了這種彌天大謊的攻擊。

我前面已經説過，她照管着光緒。小皇帝有些貪食，像多數孩子一樣，他最愛吃大人不讓他吃的東西。當今由于人們追求身材苗條，營養學成爲一門很時髦的學問；而在五十年前，慈禧對食品營養方面的豐富知識會使現代營養學家吃驚。她稱食物的重量，并知道它的營養價值，就像前面提到的多數營養學家一樣。于是她就拒絶光緒的要求。

"這種食品對他没有好處，姐姐，"她對慈安説，"他吃了會生病的。"

因爲這種食品是由幾種不同的麵團混合而成，而且煮得半熟，所以雖然光緒要吃，慈禧還是拒絶了，這不是没有道理的。

"但是，你這樣會餓着他的，妹妹！"慈安回答。

"不會的！"

當慈禧用這種口氣説話的時候，就表示她已經拿定主意了。這種時候，慈安往往就帶着光緒離開慈禧，并且把他想要而慈禧不給他的食品給他。雖然這些食品立即使他得了病，但也未能使慈安改變她的觀點，她認爲，一個皇帝，應該得到他想要的一切東西。

"他不能和那些小太監一起玩！"慈禧强調説，"他們都是一些壞心腸的人——儘管他們是太監，或者説，正因爲他們是太監，他們會教給他很多他不應該知道的事情！"

慈安看來是同意慈禧的意見。于是她就會把光緒領走。但是過了一會兒，經過再三思考後，她又會按他的要求把他送去和太監們一起玩。無疑的，光緒，作爲一個孩子，確是從太監那裏學到了一些對他日後生活有害的東西，使他失去了男性的剛毅，成爲一個使人憐憫的人物——所有知道他的遭遇的人都可憐他（不僅是宫裏的人，他們還只是極小一部分）。

在和太監們玩的時候，光緒落入了李蓮英的手掌裏。這個淺薄的、殘忍的總管太監無情地折磨他，以致把光緒氣哭了。這個情况讓慈安知道了。慈安本來因爲李蓮英對她無禮而雠恨他，聽到這種事，不禁勃然大怒，她也忘了慈禧曾下令不讓光緒與太監們玩，就把李蓮英蓄意虐待光緒的事告訴了慈禧。

"必須重重地懲罰李蓮英，姐姐！"慈禧堅决地説。

慈禧命令將李蓮英帶上。

"你是不是虐待小皇帝了？"

"我没有，太后，"李蓮英回答。"我是想逗他高興，因爲我愛他。我總是在想辦法使他快樂，我總是在工作之餘竭力爲他多做些事。我知道您鍾愛小皇帝，如果小皇帝快樂，您也快樂，所以我認爲使小皇帝高興也是我的職責的一部分。"

就這樣，李蓮英巧妙地把撒謊的罪責反加到慈安的頭上，同時更加鞏固了他與慈禧的關係。本來，慈安對李蓮英就是强烈的不滿，這件事又進一步加深了她對李蓮英的讎恨。另一方面，由于小皇帝讓慈禧知道了他受虐待的事實，在李蓮英的心裏又一次撒下了他對小皇帝讎恨的種子，這種讎恨隨着時間的推移而增長，一直到光緒長大成人。

然後，經過仔細的思考，慈禧認爲應該與慈安有個最後的了結。兩個太后爲了光緒的事吵得很厲害，誰也不知道這裏面的實際情況。但是這一點是不容懷疑的，就是，慈禧在氣憤中，高傲、冷酷、兇悍地用她的舌劍刺傷了慈安：她告訴了她一些使她永遠不能忘記的事情，結果使慈安萬分氣憤，相信慈禧説的是事實，從此一病不起。

在她病中，慈禧去看她。

"姐姐，看你病成這個樣子，我真是萬分焦慮。"她説。

"不久以後我將不會再給你添麻煩了。"慈安回答。

"你會好起來的，姐姐，"慈禧答道，"你的身體很快就會復原的。"

"這個我不信，我知道我快要死了。不過，我想，這也没有什麽關係，你不需要我的幫助，完全有能力獨自統治好大清王朝。"

慈禧表示很同情她，説她不相信她會死去，説她希望慈安的病會很快好起來——其實慈禧很清楚，慈安是由于激怒而病倒的，而這激怒正是爲了慈禧，而且她知道慈安快要死了，而她，慈禧，正爲此感到高興。

選擇光緒來繼承同治，從歷史上看是不合乎常規的，因爲光緒和同治屬于兄弟輩，這是不可抹殺的事實，因此，他作爲同治的繼承人是不合適的。但是慈禧的話就是法律，所以儘管有許多大臣上書或以其他方式反對光緒繼位，光緒還是當上了皇帝。

有這樣一個故事，大意是説有一位大臣名叫吳可讀，帶了他個人的奏摺求見太后，太后未加思索就同意接見他了。他來到太后面前時的表現是帶有戲劇性。他不叩頭，這差不多相當于謀反的表現。

"你有什麽要求？"太后皺着眉頭問。

"希望太后批準我親自呈上的奏摺，不使光緒即皇位，因爲您清楚，他不是皇室的嫡系。您選中他是因爲他是您妹妹的兒子，這樣便于您繼續以攝政太后的身份統治中國！溥倫是皇室嫡系，應該立他，可是却没有！您是爲了攬權，知道溥倫即皇位就會剥奪您的權力，而您却把這個還是孩子的人立爲皇帝，這是違背祖制的！這是極其荒謬的，全中國人都反對！"

"你知道你這樣對我説話該當何罪嗎？"慈禧氣得臉都白了，問道。

"知道，"吳可讀答道，"這是犯上！根據我對您説的這番話，您可以判我重刑，把我打死，甚至斬首，但是我已經戰勝了您！您自私，最終您還是會統治中國的。您不管國家章法，連您最聰明的大臣的忠諫您也不聽！您是葬送中華帝國的禍根！但是，在道義上我擊敗您了！您會因爲我犯上而將我處死，因爲您也知道，我説的是真理，并且我的話極大地損傷了您的虚榮心。但是您不能處死我，因爲我已經吞了生鴉片，我的死只是幾分鐘以後的事了。可是，在我離開這個世界之前，我一定要讓您明白，您對同治的繼承人的選擇，全國上下都反對！"

但是，正像通常的殉道者一樣，吳可讀也是一個起不了作用的殉道者。他死了，正如他自己説明那樣，是吞了生鴉片。他死在同治的墓地……

于是，光緒就當了中國的皇帝。吳可讀的死，特別是他所説的話，增加了慈禧的痛苦。這使她變得更加倔强，而且這件事毫無疑問地向她證實了這樣的事實：不管大臣們和御史如何强烈地諫阻，只要她堅持，那麼誰也改變不了她的決定。

慈禧開始握緊她那帶甲的拳頭了。

光緒只是一個四歲的孩子。

慈安由于對慈禧惱怒而死去。而慈禧，除了她惱怒東太后外，對她的死沒有任何關係，并不像有些冒牌的歷史學家所編造的那樣。從這時候起，慈禧就進入了她事業的最重要的時期了。

從蘭兒變成現在的慈禧，這是多麼長的歷程啊！

人們懷疑，如果她能回到過去，重新生活，而且生活道路任她選擇，那麼她是否仍舊選事業上的野心，而捨棄愛情？她是否發現，在姑娘時代所追求的名譽、權力、財富，現在她已經全部得到了，爲此而失去了榮祿，她不感到遺憾嗎？她失去了和她同齡的女伙伴，她們現在比她低下得多，以致她不敢向她們表示友情。她可以信賴的，只是她們中極少的一部分；對此，她不感到遺憾嗎？現在，她擁有一切富貴豪華，却伴隨着孤獨、寂寞；而過去，她沒有這些，却有現在所得不到的父母的溺愛和在寂静的滿洲花園中與情人幽會所帶給她的歡樂，這兩者的分量能够對等嗎？

這些她從來沒有直接説過，但有時候在和她信任的朋友（作者也是其中之一）講到她一生充滿着艱難、缺少歡樂的時候，會順便透露一些；所有這一切加深了她的痛苦，損害了她在男人和女人心目中的忠誠，變成了一個嚴峻的、但是有能力的、中國人永遠不會忘記的人物。

于是光緒和慈禧就出現在舞臺的中心。

在兩翼則有兩個在各自方面都可被稱爲大人物的人：一個是愛慈禧的榮祿，另一個是著名的總管太監李蓮英。

所有其餘的人就都降爲陪襯了。而在上面提到的四個人中，有兩個人在人們記憶中將保留得更爲深遠：這就是慈禧和李蓮英。

不幸的婚姻

在光緒十七歲的那年，慈禧替他選了一個妻子，那是她的親兄弟的女兒，所以這一對夫妻是表姐弟。這裏又包含了慈禧的驕傲。她希望從她所屬的葉赫那拉氏族裏產生第二個皇后。

這年輕的皇后，在她成爲皇后之前就常常在宮中，光緒知道她，甚至在還不知道她將成爲他的皇后之前就非常討厭她，而這位未來的皇后對光緒很不尊敬，因爲他是一個非常軟弱的人。說他軟弱，是指他缺乏堅定性以及我們通常說的骨氣，儘管他有一副好心腸——是能爲中國人做一番事的，但是他缺乏做大事情所必須具備的個性和魄力。

太后告訴光緒，她的親姪女將成爲他的妻子。

"我不要她！"他直截了當地對太后說，"我不喜歡她！但是您的願望就是我的法律，現在、將來永遠如此。"

再沒有什麼可說的了。太后已經做了決定，哪怕是神仙、聖人出來說話也不能使她改變，這一點光緒是很清楚的。她選定了她的姪女配給他，那她的姪女就要成爲他的妻子。但是，這是一個什麼樣的倒霉婚姻！它爲日後的悲劇播下了種子！

結婚的前一天晚上，也就是真正舉行結婚儀式的前一天晚上，專爲結婚儀式而搭起來的在紫禁城第一進庭院上的天篷着火燒掉了。火勢蔓延到相當大的一部分建築。爲了迎接皇帝一生中的大喜慶而由太監們所做的一切準備，頃刻間都化爲烏有。

按照迷信的說法，這是一個不祥的預兆，而以後的事實也證實了這一點；雖然迷信者把一切不幸歸咎于這個預兆，其實預兆遠遠起不了這麼大的作用。

婚禮在第二天進行。伴隨着婚禮，發生了幾件不愉快的事情：這是一個沉悶的日子，天下着雨，新婚蠟燭點不着；光緒不願意看他的妻子，少皇后也不願意看光緒——他們倆從一開始就互相厭恨。雖然少皇后絲毫不關心光緒，而且除了有個名義外，她從來沒有真正做過他的妻子，但是光緒對她冷酷的藐視却是對她自尊心的一大打擊。她感到非常傷心。光緒對慈禧的侄女如此怠慢，使慈禧非常生氣，于是慈禧開始懷恨光緒以及他和她侄女的倒霉的婚姻。這種强烈的、冷酷的憎恨使這對夫婦生命變得辛酸，使少皇后成爲宮中最不幸的女人。

大約也恰好是在這個時候，慈禧獲得了最爲大家熟悉的稱呼——"老佛爺"。

這是李蓮英對她的稱呼，而她對這個稱呼比任何其他能標志她的無上權威的稱呼都滿意。

關于這個稱呼的來源有這麼一段插曲：有一年北京大旱，北方大片土地上的莊稼都受災。按照傳統習慣，如果遇久旱不雨的情况，慈禧就要帶領朝廷上下向菩薩求雨（慈禧是個虔誠的佛教徒），這種活動一直持續到降雨。然而，這一次，剛到第三天就下雨了。李蓮英表現得如此激動和快活（他真是一個聰明的太監!），他抓住這個機會向慈禧祝賀。

"下雨了，"他說，"太后真是了不起，您對菩薩的祈禱多麼靈驗，簡直好像您自己就是菩薩!"

這種贊揚使慈禧非常高興。太后向來喜歡聽贊揚，特別是當這種贊揚聽起來那麼真誠，就像李蓮英剛才所編造的那些話那樣。李蓮英懂得怎麼逢迎別人。他從來不放過玩弄他的吹拍手腕的機會。他看出他提出來的稱呼討得了慈禧的歡心。于是，對他說來，她就是"老佛爺"，并且，從此以後，當她招呼他的時候，他就這樣稱呼她。不久，不僅朝廷內，全北京，甚至全中國都知道她是老佛爺。

從此，她就被稱爲"老佛爺"，一直到她生命終止，或者說，與中國歷史共存，這是一個合適的、漂亮的稱呼，至少是因爲她自己最喜歡這個稱呼。

但是老佛爺不喜歡光緒，而且這種不喜歡很快發展成爲不可抗拒的憎恨。她爲他選了個新娘，而這個新娘不僅没有使他快活，反而使他生氣，因爲她并不是他喜歡的新娘！這對太后本身也是一種冒犯，因爲這個皇后是她爲他選的，儘管不久大家就清楚地看出，這個皇后不可能成爲光緒的真正的新娘。

在皇宫裏有這樣的規矩，皇帝結婚後還要納妃，通常是四名。光緒的妃子也是由太后來選，不過她只選了兩名，而不是四名。至于爲什麼只選了兩名，她從來没有解釋過——但是這畢竟没有什麼重要。重要的是被老佛爺選上的那兩個人，她們是一位廣州道臺的女兒，其中之一就是歷史上或小説中提到的著名的珍妃。

光緒特别寵愛珍妃，這更進一步傷害了少皇后；其實珍妃從來没有真正成爲光緒的妃子，其中原因涉及男性化問題，我們這裏就不談了。光緒討厭珍妃的姐姐，幾乎像討厭皇后一樣，因爲他寵妃的姐姐長得太胖，天資也不是太高。

使少皇后私自生氣和懊喪的是光緒對珍妃的寵愛有點太過分了，這是老佛爺加在光緒身上的另一個罪名。

把這種錯誤和其他許多錯誤加在一起，老佛爺開始指責光緒對少皇后的冷淡。毫不奇怪，她對他的憎恨發展成爲一種不祥的陰雲，這對最終清朝的滅亡不無重要關係。

老佛爺引退

　　光緒親政了。老佛爺交了權（至少名義上是這樣），退居到坐落在西山附近的頤和園中。她的引退實際上是凱旋班師，因爲每個人，包括光緒，都知道，只要老佛爺活着，在中國就不可能有第二個真正的統治者。她的隊列從紫禁城向頤和園前進，就像是勝利者的進軍。

　　裝着滿腦子改革思想，真心希望爲中國幹一番大事業的年輕的光緒皇帝現在被留下來獨自佔領了皇帝的寶座。陪伴他的是他所憎恨的皇后，她也憎恨他，并且妒忌珍妃。因爲光緒深深地寵愛着這位廣州道臺的美麗的女兒。

　　一個長長的轎子隊列。宮眷、數以百計的太監、李蓮英——全部跟隨老佛爺去頤和園。表面上，老佛爺引退了，而實際，她帶走了整個朝廷。

　　光緒名義上是皇帝，他對他的臣民有生殺權，他有制訂和廢除法律權、接見大臣和外國使者權，可是他從來不敢不徵求老佛爺的意見而獨自決定一個重大問題，哪怕是個很簡單的問題。他要乘着轎子，通過漫長而艱辛的旅程到頤和園去，有時候一周去三次，這樣，表面上不參與朝政的老佛爺，卻照舊控制着中國的命運。以前，她曾隔着竹簾在她兒子同治的寶座後面通過他的嘴來控制中國的命運。而現在，她又在頤和園通過光緒的嘴來指揮朝政。

　　無疑，光緒是個意志薄弱的人，是清代一個可悲的大人物。如果他有勇氣堅定自己的信念，有勇氣擺脱老佛爺的指揮、幫助和許諾，那麼他有可能改變以後的整個中國歷史。

　　在老佛爺凱旋引退到頤和園後，人們依然看到她那沉重的手壓在中國的上空經歷了許多年。人們可以看到頤和園敞開着大門迎接老佛爺進來安家——實際上這是朝廷的另一個新寶座。

頤和園變成了一個熙熙攘攘的大蜂窩。老佛爺現在有機會來滿足她愛美的欲望了。頃刻間，整個頤和園裏面百花吐艷，服裝鮮艷的太監們到處奔忙，昆明湖敞開胸懷任老佛爺的游艇在荷花叢中穿來穿去。太監們倚着船欄，努力掌握着船的方向，使它駛向老佛爺要去的地方。她老了，似乎很想尋找一些歡樂安度晚年。不管她到什麼地方，她的宮眷們總跟隨着她。她親信的太監們總是想盡一切辦法來討她喜歡，永遠忠心耿耿地侍候着她。

幾乎每天都可以見到"凱旋"隊伍，不過那是在頤和園內。在北國和煦的陽光下，老佛爺漫步游蕩，後面跟着幾十名太監，捧着各色化妝用品，以備不時之需。

房頂上的黃色琉璃瓦像磨光的金子，把太陽光反射得絢麗奪目。蜜蜂嗡嗡地在花際樹叢中忙碌。著名的長廊提供遮陰，掩護着美麗的宮眷們嬌嫩柔弱的玉體，她們除了服侍老佛爺以外是沒有什麼事可做的。

老佛爺的汽艇和小船都停泊在一個大船塢裏，那裏鴿子整天在房檐下咕咕低語。太監在花園里幹活，女傭人則替老佛爺做衣服、襪子和手絹。

在引退的日子裏，她對生活的興趣顯然是達到了頂峰。即使這樣，她也沒有放棄聽政，而且是那樣地認真、仔細，就像她過去以太后身份垂簾聽政的時候一樣。當光緒來看她的時候，她就指點他如何如何處理國事。光緒一切都聽從她，因爲他非常清楚，她是中國最有權威的人。在那些日子裏，她甚至被稱爲"中國惟一的男子漢"，這使人們意識到，在她引退期間，國家實際處于什麼狀態，光緒不過是一個挂名的執政者罷了。

那時候的頤和園是個什麼樣的場所啊！老佛爺喜歡頤和園，她喜愛一切美的東西。世上沒有什麼東西她想要而得不到的。只要她一開口，奇迹便會出現。

但是宮廷生活的規矩，在這裏和在紫禁城一樣，對老佛爺的禮儀和逢迎方面是絲毫不差的。她知道她的權威，并確認這一切都是她應得的；除此之外，就是全力把頤和園修建成一個絕妙的花園，同時也是一個如此稱心如意的家，它將使世界上最偉大的人物都會妒忌。

在大樹伸張的枝條下，作爲宮眷們的住房的建築物一個個落成。陽光從枝條隙縫射下，灑在屋頂上，形成搖曳不定的斑斑花紋；好一個迷人的地方，一個安樂、舒適的地方！

在外表寧靜的頤和園下面，埋伏着一座冒烟的火山，頃刻間就會爆發。

榮禄没有到頤和園去，他去天津出任直隸總督了。

禿男子

這時候，頤和園被一種奇特的恐怖氣氛所籠罩。雖然這件事發生在光緒被選爲同治的繼承人之後好多年，但畢竟還是老佛爺選嗣所造成的後果。這也可以説是吳可讀的冤死得到了昭雪。吳可讀是在向老佛爺頭上投去一大堆各式各樣的指責後在同治墓前自殺的。

事情是這樣開始的：

每天下午，在規定的鐘點以後，頤和園的大門就要關閉、加鎖，禁止外人進入。這時候，園内除了太監以外，没有男人。

然而，有一個夜晚，園門已經關閉，夜幕開始降臨到整個中國，有一個宮眷突然出現在老佛爺面前，她忘了常規的禮節，向老佛爺報告了一個多少帶有戲劇性的消息。

"老佛爺，我剛從通向您的船塢的那條小道過來，看到一個像西藏喇嘛那樣的光頭男人，正匆匆地沿着上萬壽山的那條岔道行走。一開始，我想他是宮中的一名太監。但是，我納悶，他獨自到這裏來幹什麼呢？于是我就招呼他，可是他一溜烟兒消失在灌木叢中了。

"什麼，孩子？"老佛爺説，"肯定你是在胡思亂想。在這個時候，不會有男人在頤和園裏的。要是真有的話，太監們早就來報告了。"

"可是我真的看見了，太后！"

這宮眷説得這樣真切，還在爲剛才見到的那情景而驚恐萬狀。最後，太后終于相信了。

她召來了李蓮英，讓宮眷把那奇怪的故事告訴他。老佛爺親自與太監們一同去搜索那個神秘的陌生禿腦殼。

雖然他們從頤和園的這一頭搜索到那一頭，找遍了每一個僻静的角落，却一無所得。老佛爺在激怒而失望之下停止搜索後，太監們又搜索了很長時間，仍然沒有找到那個神秘的男人。一張紅色的卡片充分證明了那宮眷所說的情況不是她的幻覺。這卡片是老佛爺搜索回來後，在自己的宮裏發現的，上面用很工整的字體寫着：

"你的宮眷所說情況屬實！你休想找到我，因爲我比你和你所有的太監都高明而且本領大。你的生命抓在我的手掌之中！"

這麼説來，這禿男子真的是個有血有肉的人，而且是個本領高強的人。他離大家這麼近，以致能聽到老佛爺和宮眷的對話，可是竟誰也沒有看見他，也沒有感覺到他的存在。老佛爺非常驚慌。她一向處事有自己的主見。這時候，在這近乎妖魔的人面前，她簡直不知道該怎麼辦了。自從那難忘的由熱河回北京途中，蕭順和怡親王（或者説他們二人雇傭的走狗）企圖謀害她以來，她還沒有像現在這樣害怕過。這個禿男子也像惡魔般的精靈，他竟能長期留在老佛爺身邊，多次重複利用她自己的話來嘲弄她（老佛爺曾下令要不惜一切代價抓獲他），而沒有被抓獲。

從老佛爺讀卡片上的留言後，太監們再次把頤和園的每個角落都搜索了一次。但是仍然一無所得。

老佛爺懷着不安和煩躁的心情回到自己的卧室。她嚴肅地下了一道命令：在她睡覺的時候，她身邊一刻也不準離人。她帶了兩名宮眷進卧室。又一張紅卡片在她床上：

"我將在我方便的時候殺你！你的命掌握在我的手中！我可以在你睡覺時、散步時、吃飯時殺你！我樂意讓你整天提心吊膽！"

這一夜，老佛爺沒有睡着。一清早，老佛爺還沒有梳洗完畢，另一名宮眷慌慌張張跑來。她的驚恐程度不亞于第一次向老佛爺報告見到禿男子的那個宮眷。

"我早晨起床，偶爾向外一望，一個男人的臉正在窗外向我注視！但是他頭朝下，是用脚趾倒挂着，像隻猿猴似的蕩來蕩去！我大聲呼救，這臉就從窗户那裏向上消失了！我立刻到這裏來向老佛爺報告！"

老佛爺立即跟着這宮眷出去，後面跟着一大群惶恐的太監。此刻大家都忘了宮廷中那些繁瑣的禮節。老佛爺就在那宮眷睡覺的房子外面停住了。這個受驚的小女子又把她看到的情況重新詳細地描述了一遍。老佛爺臉色蒼白，回頭對太監們說：

"就是把皇宮翻個底朝天，也得把這個人找出來！一旦抓到，立即帶來見我！"

太監們立即去執行老佛爺的命令，而老佛爺自己則走進那宮眷睡覺的房間，在這裏，她發現了第三張寫給她的紅卡片：

"我知道你會到這裏來的！我又和你們大家開了一次玩笑！我將在方便的時候殺你！"

激怒和恐懼使她沒有心思再往裏走了。于是老佛爺回到自己宮裏。在這裏，她看到了第四張紅卡片。

"你的生命掌握在我的手裏！憑你的太監們的智慧，沒有一個能抓住我！"

搜索禿男子的工作繼續了一整天，太監們在樹林裏、灌木叢中擠來擠去地找那紅卡片的製造者。儘管搜索一直沒有停止，却仍舊找不到他。這些太監，只要他們回到剛剛走過的地方，就會發現地上粘了許多紅卡片，每張上都寫着威脅老佛爺生命的話。可是這個禿男子，他們却一次也沒有見到過。

這天夜裏，太監們組成的一個嚴嚴實實的警戒圈守衛在老佛爺的臥室外面，受驚的婦女們睜大着眼睛守在她床邊。太監分布在皇宮的所有地方，有放哨的，有巡回搜索的，惟恐從眼皮底下放過了這個神秘的禿男子。就是他把整個頤和園鬧得鷄犬不寧。

一個月過去了，禿男子仍然逍遥法外，而他的紅卡片的侮辱、恐嚇和猥褻則是日甚一日。

兩個月過去了，頤和園變得像個瘋人院。太監們一直在高度警惕中，幾乎沒有睡什麽覺，他們變得性情暴躁，幾乎難以支持。宮眷們由于無休止地在老佛爺床邊值夜，顯得臉色蒼白，疲憊不堪。

禿男子被捕的這一夜終于到來了。

老佛爺寢宮裏的燈已經熄滅，太監們兩人一排，列隊守在通向老佛爺臥室的走廊的兩側。外面的大門關着。

突然，悄悄地、偷偷地，門慢慢打開。立即，太監們開始警覺起來，靜靜地守着。這男人伸進一條穿着黑褲子的腿。門慢慢地打開，越開越大。最後，藉着月光，太監們能看清這禿男子的輪廓。他從頭到腳穿了一身黑色的、很貼身的服裝，就像雜技團演員穿的緊身衣褲。

這人在黑暗中窺望，看不見走廊兩側聚集着很多太監。他向前稍走了一段。然後，有一些極小的聲音，也許只是他感覺到有一些聲音，使得他後退，就像他進來的時候一樣，他開始悄悄地退出皇宮。刹那間，太監們齊聲呼喊，并且追上去。

禿男子跑得像一隻鹿，輕而易舉地把追逐者遠遠地扔在後邊。但是黑暗中的喊聲起了重要作用，因爲其他那些正在頤和園各處巡邏的太監從四面八方趕來。

禿男子在一個大假山後面的陰影裏被抓住，并且收監了。老佛爺留過話，一抓到人，必須立即把她叫醒。

所以他就立即被帶到她面前。

“你是誰？”她問。

這男人輕快地笑了。

“我是誰有什麼關係呢？對我的名字你不會感興趣的！哦，我知道我即將被處死，并且你還要審訊我。但是，我警告你，你休想從我嘴裏得到任何口供！”

“誰派你來的？”

“我是爲吳可讀的殉難來報仇的，是作爲對光緒即位的抗議！”

“那不是真正的理由！吳可讀已經死了好多年了！到底誰派你來的？”

“有一個黨。你可以斬了我，但是我決不告訴你這個黨的名字！我和太后無冤無仇。我只是執行我主子的命令。”

“誰是你的主子？”

“我拒絶泄露他們！”

"搜查他!"

這個禿男子被粗暴地搜了身，但是沒有找到任何一點東西足以說明他的身份。什麼也沒有，連一小片紙片都沒有。對于搜身，他并不反抗。他知道他已經失敗了，但是看上去他并不爲此感到非常喪氣。

"你到這裏來與光緒皇帝有没有關係?"

"我拒絕泄露人名，太后。我已經說過，我只是執行命令。"

老佛爺對這個穿一身黑衣褲的禿男子看了很久。她的右手痙攣地一會兒放開，一會兒握緊。她的臉陰沉而蒼白。這個人曾經使頤和園處于嚴重騷亂達數月之久。她應該給他處以什麼樣的刑罰纔恰當呢?

像往常需要處理重大事件的時候一樣，李蓮英又出現了。他俯身對老佛爺耳語。

"嚴刑拷打!" 他說，"只有重刑下纔可能使他說出他的主子的名字!"

"這事交給你處理吧，" 老佛爺說，"慢慢地、穩穩地打，直到他認罪，并供出支使他來的人的名字。"

這個始終表示冷淡的禿男子被帶走了。李蓮英這個看到別人受折磨就高興的魔鬼跟着守衛一起去監督對罪犯的行刑。竹鞭拿來了。在李蓮英的老練的監督下，禿男子被剥光衣服趴在地上；兩個太監行刑，另有兩個太監站在後面備用，以便前兩個打累了好與他們替换。這樣，竹鞭就開始抽打禿男子的裸露的背和腿。太監們緩慢地、穩穩地、無情地抽打着禿男子的背、手臂和腿，在長時間的難以忍受的酷刑下，他最後不禁呻吟起來。

李蓮英打個手勢叫停下。

"你的主子的名字是什麼?" 他問。

這人一邊呻吟，一邊搖搖頭：

"我不講。" 他說。

李蓮英又做了個手勢，拷打又恢復了。開始行刑的兩個太監已經累了，後備的兩個太監就上去接替。經過了很長時間，李蓮英充分享受着別人的痛苦，當他感到行刑者手下有些發軟，便兇狠地示意要重重地打。

然後又命令停下。

"快説，主子叫什麽名字，王八蛋!"

這男人還是搖頭。

很多個小時以後，李蓮英向老佛爺報告拷打的結果。

"他堅決拒絕泄漏他主子的名字，老佛爺。"他報告説。

"繼續打，直到他招供!"

"現在不行了，老佛爺，"這個兇狠的太監回答，"這人已經死了!由于他寧死不招，所以我們把他打死了!"

光緒的政治舞臺

中日戰爭的結果使光緒明確地認識到中國需要變法。就一個有作爲的王朝來講，她遠遠落後于其他國家。她還遵循着第一個滿清皇帝所創建的制度，而那些制度，有不少又是沿襲明朝的，因此，這種王朝體制代代相傳，幾乎没有什麼改變。中日戰爭的悲慘而耻辱的結局使光緒睁開了眼睛。他多麼希望在世界各大國中，中國也能在舞臺上占有一個位置。

他有一個他非常崇拜的老師——翁同龢。

這人有很高的修養，多年來一直備受光緒的信任，可是老佛爺對他却非常反感，其主要原因還是因爲光緒信任他。即使没有任何激發因素，老佛爺對光緒的不滿也是與日俱增。

"我們該怎麼辦呢，翁同龢？"光緒問。"中國不行了！她在世界大國中没有得到應有的地位。我們需要變法，可是我又不知道應該走什麼樣的道路來進行有效的改革。另外，老佛爺，她是個保守派，反對任何革新。我要做的事，没有一件能不受她的干預。我現在感到必須要做些工作了，而且，我想一旦計劃確定，就立即行動。"

"我知道一位偉大的學者，皇上，他博覽群書，嗜書如命，他對國外的政治體制有很深的研究。要進行變法，没有比他再合適的人了。但是，遺憾得很，他的官階太低，没有資格接受皇上的私人召見。"

"但是我們如果要搞變法，一開始就要走一條正確的道路。如果我們需要到低層官員中去尋找合適的人才，那麼，覲見必須有一定官階的制度不該再繼續下去。你推薦的那人叫什麼名字？"

"他的名字叫康有爲，是一個大學問家。至于他的官銜，皇上，正如我剛才説的，不够高，没有資格覲見皇上。"

"不管怎樣，準予覲見。"

命令發下去了。通常，發布這種命令要通過監察御史，他馬上就會抓住康有爲官階不够的事實寫奏疏諫阻。有許多御史除了書面材料外，還要加上口頭諫阻。光緒聽完他們的陳述，不慌不忙地把奏摺撕碎，扔到空中，碎片飛向四方。他令御史退下，下令召見康有爲。

康有爲從多方面看都是一個偉大的人物。他酷愛讀書，學問淵博。他既研究中國的經典著作，又研究外國政治體制。要不是老佛爺的關係，他很可能會給光緒極大的幫助。

老佛爺是個保守派，她喜歡舊制度；而康有爲則太激進，對變法過分地急于求成。對于一個用舊制度統治了幾個世紀的國家，即使沒有意料中的老佛爺的反對，要想很快完成變法也是不可能的。

在接見康有爲的時候，光緒開門見山地和他談了實質問題。他把心裏想的一些事告訴他，説他想爲自己國家做些什麽事，説他是多麽地希望改變中國現在的組織形式。康有爲立即提出了一個看來古怪甚至于無聊的建議，但它確是衝擊了滿清王朝的根本：

"首先，皇上，"康有爲開始説，"我們必須剪掉辮子！在世界上所有的國家中，我們是最奇特的！到頭來，我們好像同獸類屬同一族，因爲我們頭上有尾巴！我們第一步必須下令，所有的辮子必須立即剪掉！"

"這非常困難，這將引起全國的騷動。多少世紀以來，辮子一直被看作忠于君權的標志，它幾乎成爲中國宗教信仰的一部分。"

"但是，我們必須從剪辮子開始。這是一個信號，告訴世界上其他國家，我們不再屬于奇異動物的種族，成爲大家的笑柄了。"

"可是老佛爺那裏怎麽辦呢？一旦她聽到你所提的建議，她會走出頤和園來干涉。雖然我是皇帝，但是老佛爺在中國的影響比我大得多，人們聽從她的。"

"我們是否可以想法讓她留在頤和園，一直到我們命令下達并執行完畢？"

"我們有什麽辦法做到那樣呢？任何時候，只要她想離開頤和園，那是誰也阻攔不了的；而且，她一離開頤和園，人們又會像原先一樣，對她叩頭效忠，忘掉了大清皇位上還有一個皇帝。"

"那麼，我建議，皇上現在把統帥軍隊的袁世凱召來。"

這邊去召袁世凱了。再說老佛爺那邊，她在紫禁城裏安插了許多探子，這幫太監到處打聽，隨時把瞭解到的情況送到她那聰明的老耳朵裏，這會兒，他們把康有為被皇帝召見的事告訴了她。

老佛爺火速召見光緒。他像往常一樣，對太后絕對服從，立即趕到頤和園。

"這康有為是個什麼樣的人物？"老佛爺直截了當地問。

"他是個非常聰明的學者，"光緒回答，"我對他非常信任，他對外國政府的情況瞭解得很多，在很多方面都對我有很大幫助。"

"他是個廣東人！我信不過廣東人！"

"但是我崇拜的老師翁同龢對他評價很高，而且他也確是已經顯露出了他的才能！"

"我會嚴密監視他的！不要忘記，你單獨召見一個下等官員，已經破壞了老規矩；再則，這人是個廣東人！"

這時候，老佛爺還沒有禁止光緒與康有為接觸，雖然她對這種破壞傳統慣例的行爲表示了强烈的反對。她并不想對可能出現的變法采取直接行動，以免她因企圖干預朝政而受到過多的議論，因爲她已經不是攝政皇太后了。

從她這方面考慮，她真是個聰明的老佛爺！

她應用了一句古老的話："把繩子給小牛，它會把自己拴住的。"

光緒回到紫禁城，不管御史和大臣們的再次諫阻，他把康有為大大地提升，使他有資格長期留在宮中。

此後不久，發生了兩件重要事情：一是袁世凱接到詔書，按皇帝命令來到宮裏；另一件是一個太監拿了一本《聖經》的中譯本給老佛爺，說康有為是個基督教徒，說康有為正在改變光緒；這絕不是無稽之談。光緒雖然是個虔誠的佛教徒，却很願意聽聽基督教的教義。

老佛爺一向恨外國人，特別是那些傳教士。她曾十分嚴正地聲稱，那些人到她的國家來是想改造這個國家，其實在他們自己國家裏可能就有很多機會讓他們去滿足他們的"改造癖"。再則，她親身經歷過許多事情，説明了這些傳教士，也就是基督教的辯護人，在中國曾造成了多少誤解，招來了數不清的灾難。

當然，對于光緒有可能成爲一個基督教徒這樣的事實，她是决不會容忍的。但是老佛爺并不是一個輕舉妄動的人。她要等候時機。

袁世凱得到了光緒的個別接見。光緒向他宣布了自己改造中國的計劃，由康有爲補充説明。

袁世凱聽着，一言未發。

光緒對康有爲的推薦寄予無限信任。他把自己計劃的細節全部告訴了袁世凱。

"我希望你不要傷害老佛爺，"光緒告訴袁世凱，"但是我希望在我的政令和新政生效之前，阻止老佛爺離開頤和園。如果在這之前她離開頤和園，那麼她將干擾并破壞我們的計劃。如果她能留在頤和園裏直到我的政令發出，并付諸實施，那時候，要是她願意出來就可以出來，因爲這時候她想廢棄我的計劃就已經遲了。我希望你做到的就是帶兵包圍頤和園！在任何情况之下不能傷害老佛爺；但是要保證她不離開頤和園，直到我下令撤兵。千萬記住，無論如何不能傷害老佛爺！"

袁世凱對光緒和康有爲擬定的計劃的每一細節都同意，并且還加上了一些他個人的建議，看來對整個計劃是配合的，包括用兵包圍頤和園。他説他也意識到中國需要變法，他願意并渴望爲變法出力。

袁世凱離開了皇帝。

但是他没有到頤和園中，也没有帶兵去包圍頤和園。他以最快的速度趕到天津去找榮禄，他過去是太后的尚書，現在任直隸總督。

到天津去的途中花費了好幾天的時光。光緒對事態變化的動向居然一無所知。袁世凱的連續數天不露面也没有引起他的注意。這簡直令人難以理解。

愚蠢。這是對光緒在這種關鍵時刻的疏忽大意惟一合適的批評。

情況沒有變化，頤和園周圍沒有士兵，這事實他當然是知道的。他應該意識到他的計劃可能在某方面出了差錯。但是，顯然他一點也沒有往這方面想。就在這時候，袁世凱到達了天津，并立即求見榮祿。正像在宮裏所有的人一樣，他知道榮祿是老佛爺最忠誠的侍從。

榮祿在半夜被叫醒了，通報説袁世凱有一件最最重要的事情需要立即見他。這件事絕對不能等到天明。榮祿懷疑，一個小小的武官會有什麼重要事情告訴他？他有點想拒絕袁世凱的求見。

但是，過了片刻，榮祿接見了袁世凱。

"怎麼了？"

袁世凱把光緒召見他時向他泄露的機密原原本本地告訴了榮祿。但是當講到在阻止老佛爺干擾光緒的計劃方面他所承擔的工作時，爲了他自己的利益，他編造了謊言：

"我的任務是突然襲擊，出兵包圍頤和園，然後我進去刺殺老佛爺！"

就這樣，袁世凱編了一個最可怕的謊言，陷害了一個皇帝，玷污了自己的嘴唇，却換來了自己成爲中國大人物的命運。光緒不想傷害老佛爺。他也是這樣叮囑袁世凱的。但是這個後來成爲共和國的第一個猶大的袁世凱却編了一個可怕的故事告訴榮祿——從前蘭兒的情人，慈禧忠實的僕人、隨從和保護人，老佛爺的尚書。

袁世凱和榮祿立即準備好去北京的艱辛旅行。在那時候，沒有火車，去北京的交通不是坐黃包車就是走水路。袁世凱和榮祿日夜兼程趕到北京，立即去頤和園，通報要馬上見老佛爺。這要求來自榮祿，而榮祿是迄今爲止她最信任的一個人；也來自袁世凱，據探子報告，袁世凱曾經與光緒密談，密談時戒備如此森嚴，使偷聽者一個字都聽不到；由于這個原因，老佛爺立即接見了他們。

榮祿把袁世凱告訴他的事扼要地講了一遍。當老佛爺召喚袁世凱來對証他自己説的話時，他急忙趨前跪在老佛爺脚下深深地叩頭，把他告訴榮祿的謊話重複了一遍，完成了他對自己的君主的徹底背叛。

老佛爺一刻也不遲疑，就開始行動了。至于這個故事她相信了幾分，誰也説不清。是不是她根本就沒有相信這故事，但從這裏看到了她重新執政的機會？這也難説。當時説法很多，各取所需。但是，老佛爺在世的時候，曾多次説過，她完全相信袁世凱説的情況。不管怎樣，她是按着"袁世凱所説情況屬實"這樣一種假設去進行工作的。

再説那愚蠢到極點的光緒，自從他給袁世凱下令以來，已經過去好多天了。按理説頤和園早就應該被袁世凱的兵包圍了。如果真是這樣做了，那麼光緒早就應該收到來自老佛爺的强硬的命令，令他到頤和園去向老佛爺報告事實經過，并對老佛爺的遭軟禁作出解釋。

光緒是深知老佛爺的暴躁脾氣的，現在居然不見這樣的命令，這個現實本身就是對他的一種警告：可能出了大問題了。

可是他看上去仍舊平静地按自己的計劃進行，對事情可能發生變异，根本沒有一點思想準備。這種極端愚蠢的疏忽導致滿清王朝的最終滅亡。如果有人經過研究得出結論：滿清王朝的滅亡，原因就在此，那麼這種疏忽真應該受到嚴屬的譴責。當然，這只是作者的意見。根據作者瞭解，光緒是個持重的年輕人，他對太后真的沒有壞心，只是在他作爲中國的統治者的時候，他不滿意她對朝政的干預。如果光緒身邊有一批得力的助手，如果他能堅持使他的變法方案付諸實現，那麼中國可能不會像她現在這樣在混亂中挣扎。當然，這只是一種猜測。

老佛爺接到袁世凱和榮禄的告密後，就準備立即去紫禁城。

她想去幹什麼，她沒有對任何人説。但是她滿腔怒火，手像魔爪，一會兒伸開，一會兒握緊。她那聰明的老眼幾乎迸出火星。她待光緒不錯，在他小時候，她待他像待自己的親生兒子一樣，而這就是他對她的報答！

袁世凱這個狡點的猶大，他欺騙了榮禄，使榮禄相信了他的話；出于對老佛爺的一片忠誠，他和袁世凱一同去向老佛爺告密。這時候，他倆隨同老佛爺的隊列一同離開頤和園去紫禁城。

在清晨三時，一個太監看到在頤和園方向的天空中出現了一個信號。

從他到宮中當太監的這些年來，這種信號他看到多次了。他知道這信號的意思。這時候，老佛爺的隊伍離紫禁城還很遠呢。

這個太監匆匆來到光緒的寢宮，不拘禮節地闖入，叫醒了皇帝，向他報告：

"皇上，老佛爺正在向紫禁城進發！幾分鐘以後就能到達！"

直到此刻，光緒才知道出亂子了。

"我馬上意識到，我完了！"五年後，光緒對作者説。"我不知該怎麼辦好了。于是我趕緊穿好衣服，派人給康有為送信，叫他立刻離開紫禁城，離開北京。而且，如果他不想死的話，就再也不要打算回來。然後我就準備着接受老佛爺的清算！"

隊列停在紫禁城門裏，光緒趕緊上前迎接他皇姨，并俯首跪在她脚下，四肢顫抖，驚恐得説不出話來，因爲他知道這個苛刻的老太太在中國的權威。

在她的隊列裏，他看到一張他熟悉的臉。他看到了好幾張熟悉的臉，但是其中有一張臉特別突出，他使光緒心懷讎恨、鄙視和厭惡，永世不忘——這是袁世凱，過去曾受到光緒的信任而後來又出賣了他的人。靠着卑鄙的背叛，他步步高升，直至死去之前當上了中國第一任大總統。

老佛爺對光緒没有説什麼，只是叫他起來。

他跟在她後面，知道她是憤怒得説不出話來了。

老佛爺走到殿内，那裏，太監們在隊列到達之前已經做好準備，點上了燈籠、蠟燭，迎接紫禁城内有史以來最奇特的一次會議。

老佛爺在盛怒下藐視地痛斥了光緒。她把從袁世凱嘴裏聽來的全部謊言作爲依據，加罪于他。她譴責他對姨媽忘恩負義，忘了她曾把他當親生兒子一樣看待。因爲袁世凱和榮禄都在場，他們兩人現在都贏得了老佛爺的信任，所以光緒感到，他要否認袁世凱所説的話也是徒勞的，因爲老佛爺肯定聽信袁世凱的話而不會相信他的話。

究竟導致老佛爺作出最後決策的是哪些因素，這誰也不知道。只是人們東一堆、西一堆地聚在一起議論着道聽途説的新聞。

　　她相信了袁世凱的話，這一點就足以説明一切了。從她對證言信任的神情，光緒看出，辯解是毫無用處的。他放棄辯解，從而徹底地毀了自己。

政 變

大殿裏燭光閃爍，伴着燈籠，沉寂得像一間死亡的房間。不錯，是死亡的房間——在這裏，光緒對變法的希望、對中國現代化的希望都死滅了。

光緒這個罪犯站在他的皇姨面前。她看着他，一直看到他心裏。這個什麼也不怕的老婦人，最初她單獨與光緒進入大殿。

她向他提的第一個問題是：

"你知不知道，皇室的家法對于對自己母親下毒手的人處以何罪？"

這問題暗示了光緒罪行中最嚴重的方面。派兵包圍頤和園是有罪的，但比老佛爺第一個問題所指出的要輕得多。所以事情非常糟糕，光緒計劃失敗所帶來的後果比他原來預料的要嚴重得多。

老佛爺并不等待這個跪在她面前的人的答復。她用刻薄的嘴痛斥他。

"我待你像自己的兒子一樣，讓你取代了我那失去的兒子的地位，卻換來了你對我這樣的報答！我救了你的命，而你却要置我于死地。你這個忘恩負義的東西，你不適宜坐在滿清皇帝寶座上做統治者！你已經掉進那廣東人爲你設置的陷阱裏了，他的目的就是要趕走滿洲人，篡奪皇位！你被人用來作爲顛覆大清帝國的工具了。你聽信那個廣東人，以及他們的所謂變法的建議。他們在想法把你引入他們所設計的陷阱中，而你現在已經掉進了這個陷阱！你知不知道，在皇室家族中作爲你的母親的人，你對她下毒手，該受什麼懲罰？"

光緒作了回答：

"按法律懲處我吧，我罪有應得！我是一個無能的人，正如您所説的，我不適合當統治者！"

"你有四億臣民期待着你的領導和關懷，你辜負了他們！"

"按法律懲處我吧，我罪有應得！"

于是老佛爺召進袁世凱和榮祿；光緒，這個被貶黜了的皇帝，幾天前他心裏還滿裝着改良中國的偉大計劃，此刻與那個背叛了他的猶大面對着面。

幾年以後，光緒和我談起了這件事。

"我堅定地看着袁世凱，可是叛徒却不敢看我。他眼睛一直望着地面，他意識到他是多麼的無恥。可是現在，如果他想活命，那他就不能糾正對我犯下的錯誤。所以他只得站在那裏，面如死灰，眼睛到處轉，就是不敢轉向被他出賣了的君主。他臉上的每一個表情都顯示出他對自己的叛逆行爲的恐怖。但是我也沒有什麼好説的。我確實命令他派兵包圍頤和園，不讓老佛爺出來，直到我的計劃付諸實現；這種行爲本身就是應該受到懲罰的。但我確實沒有，哪怕是提一句，説讓袁世凱或其他什麼人加害于老佛爺。"

人們似乎可以看到那個狡黠的猶大不敢面對着那個被他如此惡毒地出賣了的人眼睛中射出的譴責。袁世凱這個叛徒，他就像本尼迪克特·阿諾德一樣可惡，因爲他的背叛導致了中國的混亂，這個阿諾德的活動導致了史無前例的生靈涂炭。

李蓮英也在場。光緒也審視着他，竭力想探索這個中性人的思想，他長期以來一直是老佛爺寶座後面的權威。光緒被貶，其他那些目擊者臉上的表情是恐怖、驚奇；老佛爺臉上的表情是憤怒和藐視；而李蓮英臉上是一種沾沾自喜的、滿意的表情。他一向恨光緒。另外，由于珍妃是光緒的寵妃，所以他也恨珍妃；這種憎恨以後發展到更深的地步。

"按照法律給我應得的懲罰吧。我不適宜做統治者。"

"那麼，現在，就在此地，你下詔書，你有負于大清皇位，你退位！你自己寫詔書，自己退出皇位，把權力交給我。"

紙墨筆硯都拿來了，光緒坐在專爲他寫詔書準備的桌子旁。整個大殿一片寂静。多麼緊張的氣氛！在光緒戰栗的手中，毛筆顫巍巍地畫着，每一個字都給他的前途判了死刑。

蠟燭像個卑躬屈膝的人，淌着淚，嘶嘶作響，火焰閃爍。

跳躍的蠟燭火焰和搖曳的燈籠陰影把神秘的影子投在牆上，它們好像是那死去的希望化成的幽靈。

老佛爺滿臉陰雲，不耐煩地站在旁邊，等候光緒簽字交出皇權。詔書中，他闡述了自己無能。雖然詔書中并沒有用明顯的文字表達他的懺悔，但是寫詔書這事實本身已足以説明問題了。

一個沉默的、像得了虐疾一樣顫抖着的人。一群在燭光中僵硬地肅立的太監，像朦朧中的雕塑，等待着老佛爺的下一道命令。燭光照出了光緒臉上的蒼白，燭光守護在這個人的棺材旁，他，作爲一個統治者，即將滅亡。

袁世凱靜靜地站着，正是他的背叛招來了所有這一切不幸。這是他第一次上朝，因爲他的官階低，沒有資格朝見皇帝。這次他是被強行召來，來向他出賣的那個人的蒼白臉上投擲他的謊言，説得活龍活現的謊言。再後面是榮禄。此刻光緒突然對他的無限忠于老佛爺感到厭惡，雖然光緒知道榮禄到這裏來完全是出于忠誠，因爲他完全聽信了袁世凱的話。

詔書寫完了。光緒不再是皇帝了。

老佛爺開始了她的第三次攝政，四億人民再次回到她的手掌中；其實，除了名義上的説法以外，他們從來沒有離開過她的手掌。

光緒正在哆嗦着送走他的皇位繼承權，他沒有注意到李蓮英溜到了老佛爺的背後。

"這一切都怪珍妃！"他在她耳邊悄悄地説。"是她慫恿皇帝幹壞事。"

老佛爺眯起眼睛沒有説什麼。她也恨珍妃，因爲珍妃得到了光緒的愛，那是老佛爺從來沒有得到過的。老佛爺沒有附和李蓮英説什麼。李蓮英是一個比袁世凱還要可惡的猶大，因爲，更確切地説，他是個皮笑肉不笑的僞君子，他撒謊誣陷珍妃時都不感到臉紅。

老佛爺知道，康有爲是真正的肇事者；但是這卻是報復珍妃的好機會，因爲她對光緒的影響超過了老佛爺。再説，李蓮英的話也可能是真的，因爲没有辦法證明它不是真的——老佛爺也願意相信。或許老佛爺是這樣想的：珍妃可能是第一個勸説光緒在宫裏接見康有爲的人。

李蓮英在老佛爺的感情和理智上都種下了一顆懷恨的種子。她絕對地相信這個虚僞的、醜陋的太監。但是她没有説話，因爲光緒正在寫着。

一個緊張的場面：光緒簽字交出了繼承權。

當一切都完成後，他再次撲向老佛爺的脚下。

"按照法律懲罰我吧！我罪有應得！我是個無能的人，不適宜做統治者！"

在這個決定命運的會議上，老佛爺再也没有向光緒説什麽。她再次統治了全中國。她的第一條命令將是什麽呢？

"將皇帝囚禁在瀛臺！只給他所必需的最低標準的食物！注意嚴密看守！派一名可靠的太監隨時守在他身邊！"

"珍妃呢？"陰險的李蓮英問。

"她不能和他在一起！讓她在這裏，但是也要禁閉！以後我還要好好地教訓她！"

她停下來想了一想，繼續説：

"擬一張詔書，將翁同龢永遠逐出朝廷！翁同龢本人和他的子孫永遠不得在朝廷工作。"

老佛爺慢慢地轉過身，一眼也没有看那被廢黜的皇帝，就離開了大殿——那埋葬希望的墳墓，留下光緒跪在她後面。從此，他命裏注定一輩子留在自己的宫裏當一名可憐的囚犯。

所有這一切都是由于一個人，他後來成爲中國的大人物，而以猶大這樣的角色了結了自己一生。

光緒由四名太監押到瀛臺，那是一個小島，位于西苑的一個湖上，他被囚禁在那裏，并且寫了大量的日記，這些日記使後來的歷史學家產生了許多爭論。至于光緒惟一的太陽，珍妃的情況又怎樣呢？

她也變成了一個囚徒，作爲一個妃子，她被關在專爲她準備的一所房子裏，并規定，除了她穿着進囚房的那身衣服外，不再給她替換的衣服，直至她那一身破爛得不能蔽體的時候，爲了維護禮儀，才準許另給衣服。

但是，對于叛徒袁世凱來説，這也是個倒霉的日子。

他曾背叛了他的君主，用謊言襲擊了一個懦弱的皇帝。如果這個皇帝能够稍稍堅强一些的話，那麽他完全有可能阻止在中國出現像今天這樣軍閥混戰的混亂局面。袁世凱的利己主義完全没有被人覺察到，于是他竊得了皇位。可是，也像他背叛他的皇帝一樣，他也被别人趕下了臺。

翁同龢也曾希望用自己的才智來挽救中國，但是他遭到了永遠驅逐出朝廷的懲罰。現在，他在中國歷史上只是一個很不重要的人物。

瀛臺的囚徒

光緒被趕到瀛臺，那是南海的一個小島，屬西苑的一部分。確切地說，這不是一個島，而是一所包括四室的建築，建在水面上荷花叢中。這是一個寬敞的地方，但同時它也是一個牢房。使光緒感到特別難于忍受的痛苦是：當他從一個方向看出去的時候，可以看到西苑，這現在已不歸他所有了；當他從另一個方向看出去的時候，可以看到紫禁城內的黃色屋頂群，他就是從那裏被驅逐出來的。

對他的懲罰中的一部分就是，像魔鬼一樣，讓他能够看到自己已經掉得多遠了。

自然，在他消磨在這個地方的長長的歲月裏，他對袁世凱、榮禄和著名的太監李蓮英的憎恨絲毫沒有減退。他後來説，他曾多次想到在他剛退位的時候，從那個"綫蠟"李的嘴裏吐出來的最後幾句話。

"我説了你許多好話，"李蓮英説，"要不是我從中斡旋，老佛爺不會這麼寬大的。我向她解釋了，這事主要責任在珍妃!"

可惡的李蓮英!典型的偽君子李蓮英!他想用幾句話來博得光緒的好感，因爲他想將來有一天光緒可能會重新獲得權力；而在衆人面前，他却把刀子向皇帝的心臟刺去，還要將刀柄扭上一把。説話中，表面上似乎偶然地提到了珍妃，因爲對于她，即使皇帝不愛她，也是把她當做宮中一個最知心的朋友。

光緒被驅逐到瀛臺小島，走進他的四室居所。他是一個特殊的囚犯。他與自由之間只隔着幾碼的水域。可是這幾碼的距離却好比是幾千里，因爲它是不可能逾越的。要是真的隔開幾千里，那倒好了。而現在，從他的囚室，光緒每天可以看到他失去的帝國——僅僅是由于袁世凱的叛變!

　　在這裏，光緒開始寫他的著名的日記，關于這日記，後人寫了許多研究文章。有一部分日記後來他給作者看過。作者瞭解并尊重光緒，知道他是個好人，受過很高的教育，但是缺乏魄力，這恰恰對于一個統治者來說是非常必要的，因爲他必須能頂住宮廷生活中無休止的勾心鬥角，否則他就不能保護自己。

　　在那些日記裏，他記述了生活中一天天發生的事情，記述了老佛爺派來保護他的四名太監對他的監視，保證不讓他有機會離開瀛臺，并且把這位被貶的統治者的每一個行動都向老佛爺匯報。

　　但是，除了珍妃外，還有一個人是忠于光緒的，那是一名姓黃的太監。他可能是老佛爺的探子。他向老佛爺報告光緒的一舉一動前，首先和光緒商量，以保證他所報告的內容從哪方面都不會傷害皇帝。光緒把自己的日記全部托付給他（只有他一人）保管。當光緒不寫的時候，就由他保管，當四個太監（他們真正是老佛爺的探子）走近的時候，他就要設法藏好。黃太監會向老佛爺報告：“皇帝在學習繪畫、書法及古文，他把時間都用在有用的事情上。我會時刻在他身邊監視他，不讓他幹壞事。”

　　這樣，表面上看來，黃太監是站在老佛爺一邊，實際上，他是盡一切力量來幫助他的主子，以減輕他在瀛臺的日常生活中的困苦。

　　不幸的皇帝！當他沒有什麼可寫的時候，他就坐在他牢房的寬敞的陽臺上，一坐就是好幾個小時，向外眺望他失去了的世界，眺望西苑，眺望紫禁城；但是他哪個地方也不能去。囚室裏的家具簡陋到極點，再也找不出比這更簡陋的了，而且還要經常挪動，以適應不同的需要。一張桌子，一兩把椅子，幾條破板凳——這就是光緒囚室中的全部陳設。

　　他寫着他的日記，在日記中提到了好幾個人的名字——袁世凱、榮祿、李蓮英。李蓮英還利用這著名的日記幹了極壞的事情。

　　有一個碼頭引向光緒的房子，但并不與房子連上，中間還隔着一個水渠，渠上無法架橋。由于有四名太監在看守，老佛爺確信，光緒不可能獲得任何一隻小船，他想逃跑是不可能的。

所以這個不幸的皇帝只得無聊地坐在瀛臺的陽臺上，兩手緊扣在大腿上，看着外面那些過去曾屬于他的財富；或者，夜裏，他睡在硬板床上，囚禁他的水渠中水的拍擊聲像催眠曲一樣使他入睡，也許是一個充滿噩夢的覺。

光緒被囚禁在瀛臺差不多達兩年之久。

在同樣的時間裏，珍妃也被關禁在自己房裏。她與光緒的變法事件毫無關係。她的惟一的罪行就是她尊敬被貶黜的皇帝。

光緒的伙食是苦力們吃的非常粗糙的食物，由太監送來。這些太監表面上非常恭順，背後却嘲笑他的困境，甚至有時還公開嘲笑他，因爲他們知道他現在無權懲罰他們。

珍妃吃的也是粗陋到無法下咽、只能勉强維持生命的食物。此外，她沒有更換的衣服，只有等到她身上的衣服已經破爛得無法蔽體的時候才給她一件新衣服。

她的食物由太監們通過一個特設的洞推進她的房間，或者是爲了送食物而把門開放一條小縫兒，好像她是一個危險的動物。

歲月流逝，歷史進入了灾難性的二十世紀。

珍　妃

　　廣州道臺的兩個女兒中，光緒喜歡珍妃。她的姐姐過于胖，也不聰明，所以不能討得光緒的歡心。光緒對這個胖姐姐就像對待少皇后一樣，比較冷淡，而把珍妃作爲他的寵妃。

　　是什麼決定了這個不幸的小女子的命運呢？

　　一種奇異的妒忌，老佛爺對珍妃的妒忌。這種妒忌除了用老佛爺對光緒的憎恨去説明外，很難有其他解釋。這種憎恨開始于慈安活着的日子，那時候小光緒常常到東宮皇后那裏去尋找在他母后這裏得不到的理解。

　　現在，光緒背叛了他皇姨，而李蓮英又在挑唆，企圖使老佛爺相信珍妃對皇帝產生了壞影響：一則因爲她聰明美麗，二則她總鼓勵皇帝去做他願意做的事，所以這次皇帝企圖"暗殺"他的皇姨，直接責任在珍妃身上。

　　不幸的皇帝！不幸的珍妃！

　　他們再也不能見面了，除了那惟一的一次。關于那次見面，我們將在相應的地方談到。或許除了她的胖姐姐以外，光緒就是活着的人中間惟一真正關心珍妃的人了。珍妃也是光緒惟一的知心朋友；而現在，這兩個朋友（由于前面已經提到過的一個原因，他們倆實際并沒有成爲真正的夫妻）被永遠分開了。

　　我能想象到這個皇宮裏的不幸的小美人，孤零零的，除了必要的侍女和太監外，獨自在窗口，盼望她那永遠不會來的朋友。她不知道自己爲什麼被禁閉。她肯定是受着極大的痛苦。

　　給她送去的食物，有很多次她碰也不碰。這是完全可以理解的。食物無味，難于下咽，而來送這些食物的手，都是那些不喜歡她的人的手，經常是送得這麼急促，似乎這是不能沾手的臟東西。他們提供她食物，只是爲了不讓她餓死以逃避對她的"莫須有"罪名的懲罰。

通過她旗袍上的窟窿，可以看到她蒼白、無光澤的肌肉。她的臉頰也是蒼白的，那種在真正快樂的小女孩臉上的紅潤，在她臉上再也不會出現了。

一個不幸的婦女，兩手抓住牢房高高的窗户上的鐵欄，向外張望，向另一個牢房張望。那裏的囚徒她看不到，但是她知道他在那裏。也許他也正在向一個地方望着，在這個地方，她正默默地等待着，等待着她那不會來的皇上，她的主子。悲傷的眼睛嵌在一張永遠沒有笑容的臉上。一隻籠中鳥，籠子小得使鳥兒無法用它的嘴整理一下翅膀上的羽毛，籠内的陰暗壓抑了鳥兒的歌聲——又是一個埋葬希望的墳墓。

一頓又一頓的飯菜送來，原封不動地留在盤子裏。蒼白的臉頰貼在窗户上。當過路的太監看到這張臉，并對她嘲笑的時候，這臉就縮回來了；當珍妃的心因爲朋友們，至少有一個朋友（她并不知道他也遭到囚禁）不來看望她這個被囚禁的人而感到極度痛苦的時候，這張臉就急忙地縮回來了。

一個凋殘了的羽毛頭飾，因爲從來沒有給她換過一個新的；一件因穿得太久而破爛不堪的衣服……

夜晚是多麼的可怕呀！蒼白的臉倚着窗户凝視着月亮，它向來被認爲是能理解人間的痛苦的——朋友們、情侶們以及戀人們的痛苦的，可是對這個貴族女子的痛苦却顯得如此冷漠。屬于她的是一間只有嘆息、傷心和永遠悲哀的囚室。

隨着歲月的流逝，這房間的墙似乎都在向這個即將被病魔毀滅的弱女子身上擠來。四垛墙一起擠來，好像是來安慰她，使她從痛苦中永遠解脱出來。

難怪人們説，一到夜裏，珍妃的靈魂仍然在她被囚禁的地方飄蕩，在那陰暗的庭院中那口井旁邊飄蕩，那口井是……當夜幕降臨，月光照進她那間黑房子，在地面上畫出一片銀白色的亮斑，上面交叉地映出鐵栅欄的陰影，在那裏可以經常聽到她的嗚咽聲，好像珍妃的手要對任何有生命的東西進行報復。

除了她應該得到的同情外，我無意故意渲染以激起人們對珍妃的同情；我也不是想通過叙述她的悲慘命運來説明老佛爺的殘忍——因爲我愛老佛爺，也得到她的寵愛。我只是企圖實事求是地把這個故事講出來，是好是壞，客觀地講。如果不是這樣，那麼人們就不會在老佛爺身上看到她是個有血有肉的人，而不是習慣和傳統塑造出來的、穿着黄袍、披着鎧甲、套着鐵手套的歷史人物的塑像。

所以，我要求人們同情珍妃（雖然她早已故世，不再需要同情了），是因爲她有高貴的品質。當宮廷裏所有的人都恨光緒，連最小的太監都敢于背地裏甚至公開地嘲笑他的時候，珍妃却敢于愛他，爲了維護她的忠誠而去坐牢，直至最後獻出了自己的生命。

一個像梅姑娘一樣的纖弱、雅致、美貌的貴族小女子，就是這個命運悲慘的珍妃，她竟敢于愛老佛爺所憎恨的皇帝。

老佛爺的怨恨

老佛爺向來恨外國人，也許不是没有道理的，因爲有這麼多的外國人喜歡評論她的朝政。

她最討厭的就是傳教士，由此發展到痛恨一切外國人，不管他們在什麼地方。

不過，大屠殺的導火綫涉及大革命家孫逸仙博士的一個追隨者高元明，而點燃這導火綫的却是著名的太監李蓮英。有一個叫高元明的人，李蓮英懷疑他策劃謀反。由于某種原因，這個人惹起了李蓮英的怒火，于是李蓮英開始跟踪他。他被指責爲煽動反對朝廷，并且在北京的一張報紙上發表了一篇批評朝廷的文章。李蓮英一向表現出他是最關心老佛爺利益的——這是必然的，因爲他的權力就是依附于她的。所以他就派人跟踪、監視高元明。

李蓮英的探子發現高元明住在正陽門外一家很豪華的旅社裏。李蓮英立即派人搜查他的房間，企圖弄清他在北京的任務。在他的財物、書籍中，他們發現許多各種各樣的文件，其中有一本呈給皇上的小册子，要求老佛爺在規定的某一時間帶領朝廷官員離開紫禁城，交出全部權力，否則將處以死刑。這本小册子僅在高元明處，還没有來得及發出去。李蓮英在這人開始行動以前就派密探跟踪他。

還搜到一封奇怪的信，告訴高元明如何把小册子送進紫禁城，因爲要高元明自己把小册子帶進去顯然是不可能的。這封叛逆的信中指示，將小册子的副本挂在汽球上，降落到紫禁城中。根據分析，信是出自孫逸仙之手，小册子是由他授意擬定的，當時中國政府正在懸賞捉拿他，而他已經逃往國外好多年了。

李蓮英揭露出了一個隱蔽很深的反朝廷陰謀，他感到很滿意，立即把這情況告訴老佛爺。自然，老佛爺聽了勃然大怒。

她命令將高元明帶來審問。審問過程中瞭解到孫逸仙行動計劃中的許多詳細情況。以後，高元明被打死了。

當殺人的消息傳到外國使館的時候，引起了一些不安的騷動和議論。其中有些外國使節一貫持有"我比你强"的態度，竟公然提出抗議。老佛爺聽到了這些議論，因爲所有言論都不會漏過李蓮英所布置的探子網，但是她并沒有説什麼。

不久就是她的新春游園會，游園會的來賓一般都是各國使館的代表。但是英國使館退回請帖，拒絶參加！

希望老佛爺不會忽視這種無禮態度的含義；希望她能真正懂得這種表現意味着什麼！

"他們有什麼權利對我如此無禮！"幾年後，當她解釋後來發生的好幾件與這個事件的後果有關係的事情時説，"這不是他們的國家，對這個國家的内政，他們沒有發言權。難道我不能處罰我自己的臣民嗎？如果我派到外國的使節，他們干預那個國家的行動，試問，那個國家的政府能同意嗎？如果我們的大使由于不贊成英國法律所做的某些事而拒絶英皇發來的請帖，試問，英皇對這種行爲能滿意嗎？絶對不能！可是他們却放任他們的使者對我如此無禮，犯下不可饒恕的錯誤。他們不喜歡我們的生活方式，可是，這是我們的生活方式，我們喜歡。如果他們不喜歡，他們可以走，我們并沒有請他們來。他們到我們國家來，那是我們的容忍。可是，僅僅是因爲對像高元明這樣的罪犯采取了與他們國家不同的處罰方式，他們竟放肆地批評起我們的行動來！

"當這些所謂文明國家的人還在把尾巴鈎在樹枝上打鞦韆的時候，我們的國家已經是一個文化發達的國家了，而這些國家竟厚顔無恥地派傳教士到我們國家來宣傳宗教，宣傳文明！我真想也派大批和尚到外國去宣傳我們的佛教（這對我們來説是一種非常好的宗教，它使我們國家繁榮昌盛），使外國人都信我們的教！

"他們給我們的人民灌輸基督教的毒素，于是中國信洋教的人馬上就不尊重我們的規矩和我們的傳統習慣。中國內地發生的多數問題都是由信洋教的中國人引起的。他們不尊敬他們的統治者以及由統治者派遣去管理他們的官吏，這一切都是因爲聽了那些外國蠻子的教唆。那些外國蠻子，他們熱衷于到處打聽，并把荒謬的宗教教義帶到別的國家，企圖把它們强加于別國的人民，不管這些國家同意不同意；要不是這樣，他們很可能在自己國家裏搞許多變革。我們讓他們到這裏來，正是因爲我們比他們更懂得禮儀！

"他們能給我們提供什麼比我們已經有的更好的東西？根本沒有！我們從遠古時代起就懂得要尊敬父母。外國人不是這樣，當他們達到一定年齡的時候就離開父母的家，并且從此就不再服從他父母了。而對我們，只要父母在世，不管多麼長久，都得聽從父母！"

這裏存在着一些觀點上的分歧。上面所説的就是中國人的基本觀點，但是只要把這些觀點所依據的道理解釋清楚，外國人也是很容易接受的。關于這些觀點是老佛爺親自給作者講的。

"就以他們的結婚習俗來講吧，"老佛爺繼續説，"他們爲了愛才結婚！我們這裏是由家長安排的，丈夫是信任妻子的。在外國，一個男人愛一個女人，這個女人也愛這個男人，他們在結婚前就相愛了，那麼結婚後，這個男人怎麼能够信得過他的妻子呢？顯然，他必須承認，這個妻子能够愛他，就可能愛別的人。這是不可避免的，也是可以理解的。另外，妻子可以有一個情人，而對這種行爲誰都認爲無可非議，特別是她的丈夫。他們甚至對這種秘密關係都有默契。當丈夫不在家的時候，情人來了，他把他的帽子、手杖放在客廳裏。當丈夫回來的時候，看到客廳裏的帽子和手杖，就知道妻子的情人正和妻子在一起。于是他就走開了，直到發現帽子和手杖已經拿走，他才回來！

"但是，在他們沒有把這種無聊的習慣强加于我們的時候，我有沒有去反對他們？顯然沒有！我們允許他們按他們喜歡的方式生活；可是反過來，我們也要求他們給我們同樣的權利，而他們却始終拒絕這樣做。

"按照協議，我們將外國人安置在規定的住宅區，租給他們一定年限。可是那些傳教士還在租借地以外的地方購買土地，并且企圖強迫我們承認他們的產權。當達不到目的的時候，就請他們的政府出來保護他們的權利。如果這些傳教士是我們邀請來的，那當然是另一回事了。可是，我們并不需要他們！然而，他們來了，破壞了我們的傳統習慣，藐視我們的宗教，想用他們自己的宗教來取代。當我們拒絕按他們所喜愛的思想來改變我們自己的時候，他們竟對我們表現了無法忍受的無禮態度！"

老佛爺恨外國人，這恐怕是不足爲奇的了。在光緒統治時期以前，外國使者從來沒有被接到宮裏來過，除了爲了外交上的任務，如呈遞國書、轉達他們政府的報告、聆聽皇帝的講話等等。完成所有這些任務所需的時間，從進來到出去，一共不超過五分鐘。即使這樣，也曾多次出現外國使者直接或間接對皇帝表現極不禮貌的情況，這是因爲，中國的概念不是他們的概念，而他們思想又太狹隘，無法理解適合中國國情的禮儀。而且多少世紀以來，中國曾是世界上最先進、最強大的國家。

中國是如此的古老，而那些新興國家還沒有脫離襁褓，就想來支配這位堪稱大清帝國最偉大的女人！老佛爺不能容忍外國人，這是很自然的，因爲他們那害人的宗教教義居然衝破障礙到達皇帝身邊，翁同龢竟向光緒講授基督教的教義，一直持續到二十世紀前夕，老佛爺廢黜光緒的時候。

"還有一件事也必須指責外國蠻子傳教士，他們把我們内地的窮孩子抓去用來試驗他們的藥品。據説他們還把小孩子的眼睛挖出來做藥。假如我們把我們的醫生派到英國、美國、德國，把我們的醫藥知識強加于這些國家，試問，這些國家能同意嗎？顯然不能，而且應該如此！讓他們按自己喜歡的方式生活，製造他們想製造的藥，我認爲這樣最好；他們可以宣傳他們自己的宗教，但是必須是對那些願意接受的人。而我們恰恰是不願意接受他們的思想，那是他們企圖強加于我們的！外國人今天已經成爲中國的禍根，但願有什麼方法能讓他們永遠離開中國，那我將成爲世界上最幸福的女人！"

這一切使我回憶起我在宮中時的許多次覲見。作爲一個一等宮眷，我被太后委派負責照顧金器銀器，以防被外國的古董搜索者拐去。有些外國人確實粗暴到無法無天，當然，不是所有的外國人，因爲我也有許多外國朋友，他們是真正的外交官，他們願意，也被準許住在中國；只是有一些例外，由于他們，使老佛爺把厭惡擴展到所有的外國人——不過，有時候，這種例外者的數量也真不少。

看到宮裏的婦女和宮眷穿的華貴衣服，就大聲地議論，猜測這衣服的價錢，甚至毫無顧忌地用手去撫摸那高貴的料子，却不理睬衣服的主人，幷與就近的朋友（像她們一樣感興趣，一樣好奇和一樣粗魯）滔滔不絕地議論，這對外國婦女來説是一件極平常的事。有一次，一個外國婦女忽然從老佛爺身邊直奔站在大殿門旁的一位非常端莊的年輕婦女。她抓着這位婦女的圍巾，對她的一個朋友喊道：

"啊，快來看看這一個，她多麽漂亮啊！"

我急忙趕到那裏，希望排解一下這個難堪的場面，以免這種極端粗魯的行爲引起老佛爺的注意。

我輕輕觸了一下這位外國女人（我無法稱她爲女士）説："對不起，夫人，這位是少皇后！"

自然，老佛爺也覺察到這裏的事情，也看到了我給予警告的那婦女的咯咯傻笑。代表團離開後，她讓我把剛才發生的事情原原本本告訴她。的確，我一點不怪罪老佛爺討厭外國人。

這是扯的題外話。

老佛爺竭盡記憶之所能，以幾乎相同的言辭，又繼續她的滔滔不絕的獨白：

"再説那外國男人與女人之間的接觸。對我們來説，男女之間要保持一定的距離。我們的女子講究貞節，因爲她們從小就受到這種教育，她們認爲貞節是她們最寶貴的財富。可是，看看那外國女人！女人和不是自己丈夫的男人一起在公開的場合出出進進，他們互相握手，一起跳舞，甚至跳舞的時候用胳膊摟着對方的腰！我覺得，跳舞倒沒有什麽不好，要是女孩子和女孩子一起跳的話。可是女孩子和不是自己丈夫的男人一起跳舞，説這樣做合適，那誰也説服不了我。對于生活，我知道得太多了！誰能相信，當一個男人用胳膊摟着一個女人的腰，使她的身子壓在自己身上，而居然還能不打她的壞主意，我是不能相信。即使那女孩是清白的，她也不可能長期保持清白。大自然就是這樣安排的，反復與异性接觸，像跳舞那樣，不管對男人怎麼樣，對女孩子是不會有好影響的。不行，外國生活方式不能作爲我們的生活方式，我堅決反對我們采取這種方式！"

這種獨白的有些部分，正如我所提到的，是没有什麼意義的。但是從以後發生的一些事情來看，這還是有重要關係的。這説明了老佛爺對外國人的根深蒂固的偏見，這種偏見至少東方人是能理解的。如果允許我再説幾句離題的話，那麼我要説，自從中國變成共和國，歐化思想涌進了中華大地以後，老佛爺信念中的很多東西表明是特別貼切的。現在，婦女多多少少得到了解放，她們正沿着西方姑娘所走的道路前進——所不同的是她們走得更快，正在把被束縛了多少世紀的感情釋放出來；在中國也出現了不少不幸的事情，因爲離婚已經成爲平常的事，并且男女準許自由交往。但是我并不滿足于以這樣的叙述來表明我的意見，因爲這是關係到老佛爺的觀點。

自然地，任何事情，只要能挫敗外國人，就會立即引起老佛爺的興趣，就像義和團的興起就充分説明了這一點。不過，這事也不能過多地責備老佛爺。

在那些日子裏，外國人真使人無法忍受，他們表面上是希望按他們的方式改造中國，但是他們并不與中國商量，看中國自己是否願意接受改造。

上面提到的孫逸仙這個人的事，又是使老佛爺厭惡外國人的一個原因。

"他們怎麼可以有意窩藏孫逸仙這樣一個罪犯呢？"有一次，她説，"他是這個國家的逃犯，可是英國乃至于歐洲、美國都張開雙臂接納他。

這些國家讓他在遠處自由地攻擊中國，其實也就是他們自己在肆意攻擊中國！對此，難道他們還想我們會尊重他們嗎？"

不難看出，在義和團的發展過程中，老佛爺是抱容納的態度的。義和團的暴動并不是一個偶然事情，雖然發生在當時，却是由某種根深蒂固的、具有重要意義的事情引起的——是經過幾十年時間孕育的"高康大"①，只是等待着老佛爺表態。一旦老佛爺同意，就立即爆發大屠殺。

而老佛爺，雖然當時她對這事還不大瞭解，但是幾乎已經準備給出信號了。她是被外國人的愚蠢的干涉逼得太緊了。

---

① "高康大"是文藝復興時期法國作家拉伯雷所著政治諷刺小説《巨人傳》的主角——譯註。

皇太子

自從嘉慶以來，就不立皇太子了。皇帝或太后（假定皇帝年幼）可以根據自己的興趣來選擇他或她認爲最合適的人來繼承皇位。

雖然涉及立不立皇太子的問題已成爲控制繼承權的一條祖宗家法，但是就在拳民之亂前不久，老佛爺還是決定要立一位皇太子。只要她覺得怎麼做合適，她就會不管傳統和習俗的約束，按自己的意願去做，儘管她本人是個保守派，一貫反對任何變革和維新——除非由她自己來開創。類似這樣的情況出現不止一次了，過去有，今後也還會有。

自從政變以後，她對光緒恨得咬牙切齒，一直待他非常狠毒。立皇太子就是扶植另一個君主，像她以前扶植被廢黜的皇帝那樣。

她把光緒召來。

"你一直有病，"她對他説，"我對你的健康非常擔心，你又没有兒子來繼承你。"

光緒猜想到將要發生什麼事情，他也知道老佛爺希望他怎麼説。

"作爲統治者，我是不行，"光緒回答，"我一直有病，恐怕是不久于人世的了。"

但是，除了這口頭的空話外，光緒并没有給她什麼幫助。他知道大清的家法，朝廷是不準許立皇太子的。但他對此隻字不提，因爲兒子必須服從父母也是規矩，而老佛爺對于光緒來説是相當于母親的地位。

"我知道，立皇太子不合我們的規矩，"她説，"但是我覺得，由于你的病以及總的健康情況，我們這次還不得不破例。"光緒没有回答，只是點頭表示承認。

于是老佛爺不費吹灰之力就把她早已看中的人——端王的兒子，溥儁立爲大阿哥，作爲合法繼承人。端王這個敗類是義和團的頭領，日後成爲全世界都熟悉的臭名昭著的人物。

大阿哥深知他所擔責任的重大，所以一進宮，他就開始行使皇帝的特權，因爲不久他就要成爲皇帝了。但是，他的行動没有事先請示一下老佛爺。一個偶然的機會，他的行動被老佛爺發現了，從而導致她收回成命。

大阿哥是端王這個敗類的兒子。端王一登上臺（詳細情況在下一章還要談到），他想着自己即將成爲攝政王，或者説，皇位繼承人的父親，將擁有極大的權力，于是竭力向老佛爺灌輸自己的影響，使得老佛爺一貫對大阿哥的錯誤予以諒解，直到端王犯了大罪。

大阿哥一進宮就成爲最麻煩的鬧事者——作爲他父親的兒子，這是可以預料的。他只有十七歲，恐怕是太年輕了一些，他的新職位就像烈性酒一樣使他衝昏了頭腦。他知道，皇帝的權力是絶對的。他把這權力用到他所有的臣民身上，男人和女人，特別是女人，因爲當夜幕降臨，皇帝是被容許留在紫禁城或皇宫裏的惟一的男人，所有其他屬于陽性的人都是太監。隨着大阿哥的到來，宫裏就有了兩個真的男人。

大阿哥玩女人的目標全放在宫女那裏，因爲宫眷們大都是莊重的已婚女子，而且她們總是在老佛爺身邊，很難有機會接近；宫裏的人是這樣議論的。太監是生來就愛傳播流言蜚語的，這些男女私情的故事就很快傳到了皇宫和紫禁城外面。

事情是這樣開始的：有一次，由于某種并不重要的原因，老佛爺命令將一個宫女拉到庭院裏狠狠地打屁股。那個宫女已經準備好挨打，負責行刑的太監也已經興衝衝地做好準備（大部分太監都喜歡使别人受痛苦，因爲他們大都天生的，同時也受了李蓮英的感染，具有虐待狂的惡劣性格），忽然發現那個宫女穿的是大阿哥的内褲。

這件事馬上就被遮掩起來，不許張揚，因爲老佛爺不願意讓大家知道她是如何失策地選了大阿哥當皇太子。有些宫女甚至不得不被悄悄地送到宫外去生下大阿哥的孩子。老佛爺雖然對此非常憤怒，但是除了大事化小，小事化了外，也没有别的辦法。她已經走得太遠，無法回頭了，要退，就等于默認她的選擇是不明智的，這是老佛爺所不能容忍的。她想了一個擺脫進退兩難困境的辦法，來體面地消除她因立大阿哥爲皇太子而造成的困難。

　　但是問題并没有得到解決，大阿哥在宮中引起的騷動差不多持續了兩年。

猛獸出籠

现在到了老佛爺一生中最奇異的篇章了——關于拳民暴動的事。在這裏，老佛爺扮演了一個多麼重要的角色！

拳民，已經記不清是什麼時候形成的這麼一個幫派，他們是一些玩雜耍的、當江湖醫生的、賣假藥的以及變魔術的這樣一些人組成的，數量相當之大。"拳民"這個名字其實并不恰當。中國有個詞叫做"賣藝的"，意思是"搞特技表演的"。他們穿着奇裝异服，畫上臉譜，漂流到全國各地，在骯髒的帳篷裏表演，成爲下層社會所歡迎的娛樂。①

他們携帶各式武器（彎刀、長矛、匕首），而且使用得特别熟練。

由這些流浪者組成的班子，每個都至少有兩個孩子，這些孩子很早就開始接受訓練，他們要學會熟練地掌握匕首、劍和梭鏢，還要會各種雜技表演。而成人則擅長用他們的臂、手或者其他特種道具進行角鬥，快速、猛烈，像真的角鬥一樣，可是從來也没有誰受傷。他們賣治療各種外傷的膏藥，但是賣東西只是他們職業中很小一部分。他們藉雜耍招來人群，人們就向他們投銅幣或銀幣，他們就照例向給錢的人叩頭。

幾年前，他們是很受歡迎的（甚至在今天的中國還能找到一小部分），上層社會常常雇他們在庭院裏給家裏的客人表演。

他們是中國的流浪戲子，而且只要給錢，他們什麼都幹。

他們的傳統起源于年代久遠的舊中國，嚴格説來，他們屬于一種中國式的幫會。

端王是一個墮落的人，後來領導拳民掀起了一場可怕的義和團暴動。他對他本階級的人毫不關心，而且非常痛恨他們。可能他已經意識到，

雖然他出身是王子，但是實際上他已經脫離了這個階級。他喜歡與拳民們在一起。按滿族規矩，即使是一個普通官員，去看流浪拳民的演出也是不允許的，至少是不符合滿洲傳統的，更不要說去參與他們的活動了。按滿族的傳統習慣，任何高級官員，即使是到中國餐館吃頓飯都是不允許的。但是端王却不是這樣！

他很早就被吸收到拳民的醜角中了。

他是個很有錢的人，但是對他來說，再沒有什麼事情比這些更能使他快活了，那就是：參加拳民的活動，穿戴他們的服飾，在雜耍中充當主要角色，從而和他們一樣變成了熟練的雜耍演員，并且也向周圍給他扔錢的群衆叩頭！他是個王爺流浪者。從最上層到最底層，每個人都知道端王；當他出現在雜耍表演的時候，特別是當他在他們的小醜組裏擔任角色的時候，總是很快就招來了大批觀衆。當大把的銅幣、銀幣向他們投來的時候，他們，包括端王，就叩頭表示感恩，好像這些苦力觀衆就是他們的皇帝和皇后。

端王當然也知道老佛爺痛恨外國人。對這個問題，他反復地想了又想，終于在他腦子裏出現了一個念頭，這個念頭給中國帶來了悲慘的後果：中國大地上流遍了她兒女的鮮血，大火洗劫了北京城，老佛爺成爲世界各國咒罵的對象。

端王的思想就是要把拳民提拔起來，只要想一想他們和他是同一種類型的人物（儘管他還有王爺的爵位），這就不難理解了。他們與他有着特殊的相似處，他們在權貴面前都有一種不正常的卑微的態度，那就是，當一些地位較低的人得到教養遠比他們深、官階遠比他們高、智力遠比他們强的人屈尊與他們交往時所表現出來的那種受寵若驚的卑微態度。

好幾個月來，端王一直在小心謹慎地從事拳民的組織工作。他將他們一個團、一個團地捏在一起，很快捏成一個真能讓人望而生畏的組織，他自己充當首領。拳民們從來沒有受到過法律的嚴肅的制裁，他們自己覺得是超越于法律之上的。因而，端王在實現自己計劃的時候，很容易地就使他們相信，他們確是無敵的，正如他們自己所宣揚的那樣。他以他卑鄙的人格爲憑，强迫他們相信他們是外國人的洋槍洋刀所不能傷害的，他按照這種信念不厭其煩地去訓練他們，以致他們的蠻橫愚昧更加發展到不可收拾的地步。

端王將拳民們捏合成一個武術組織，主要是出于他個人的興趣。後來，他產生將洋人趕出中國的思想，爲的是檢驗一下他一手制成的機器的功能。他知道老佛爺最反對他和拳民在一起鬼混，而這次，他可以向老佛爺表明，他在"賣藝的"人中間活動是有目的的，他是要造就一支對老佛爺有用的武裝力量，形成中國空前的最大的武術組織作爲老佛爺的後盾，他想這對他是一個絕好的機會來挽回他在老佛爺面前的形象。

他是否成功了，歷史提供了慘痛的證明。基于對作者的無比信任，老佛爺講述這件事情的經過的時候，强烈譴責端王，認爲他要對造成恐怖事件負完全責任，而對自己的錯誤則輕描淡寫——實際，要不是有老佛爺的支持，端王的計劃肯定是會夭折的。對于端王，我印象很深。他是個惡劣的、外强中乾的人；長一臉麻子，兩隻耗子眼。我不會忘記他，那是有特殊原因的，因爲我的家是"二毛子"（二等基督徒或是基督教化的中國人）。我父親裕庚王爺非常害怕端王。他曾聽説端王活躍在拳民中，所以當端王藉口某種理由來拜訪我父親的時候（就是這次我見到了這個麻臉人），我父親就知道他來的目的就是當探子，來看我們住的洋房，而且，可能的話，想窺測一下我家是不是基督徒。

正是爲了端王的緣故，我父親想躲開他，以免死在他手中，所以才接受了出使法國的任務；這樣，我從小就在法國受教育。

話離題了。

端王的計劃在順利進行中。但是他面臨着一個任務，就是要使老佛爺相信他的計劃是切實可行的。他企圖利用老佛爺對外國人的讎恨來達到自己的目的。他要使她相信拳民是刀槍不入的，而老佛爺，雖然她的智力超人，却一貫迷信神話、奇迹，對涉及鬼神和上蒼的事，她深信不疑。端王想説服老佛爺，也正是利用她這個弱點。他已經把工作做到這樣的程度，只要他能有機會帶着拳民去覲見，就能讓老佛爺看到他工作的效果，并當場證實他的論點。爲此他就必須能讓老佛爺親眼看到他的拳民是刀槍不入的。

這就是説，拳民要覲見老佛爺，并在宮裏表演武術，這是聞所未聞的事。

但是他認真估計了老佛爺對外國人的讎恨，而且估計得分量很重。

榮禄，這位老佛爺的忠臣，此刻已經又回到北京擔任重要職務。這樣，他又經常和老佛爺在一起了。從老佛爺的多次談話中，我完全可以肯定，這兩人之間相互鍾愛之情没有絲毫衰減，雖然他仍舊是一個大臣，而她，是中國的太后，一個太值得自豪的地位，使得她不能隨意放任自己的感情，即使是滿族的家規或傳統觀念（實際上這兩者是統一的）容許的話。

榮禄對端王的活動有所警惕，他以他全部的忠誠來諫阻老佛爺接見這種走江湖的人。他這個忠誠的僕從深知，如果老佛爺聽信了端王的計劃，那將鑄成可怕的錯誤。同時，他也深知，她是這樣一個人，一旦她對某件事作出了決定，她就不會聽從任何人的勸阻，哪怕這勸阻來自她所信賴的人，就像這個當她還僅僅是蘭兒的時候曾經愛過她的人。

榮禄知道，這一行動將給滿清統治者帶來極大的禍害，所以他處處阻擋端王的活動，從而使自己變成了這位大人物最痛恨的敵人。

光緒此刻還被囚禁在自己的宮裏，什麼作用也起不了。

老佛爺不聽勸阻，準許了端王的灾難性的觀見。

猛獸的咆哮

凡是參與這次與太后私人覲見的人，也許除了義和團的首領和組織者——端王這個猛獸自己，誰也沒有想到這次覲見會導致中國歷史上無與倫比的最大的災難。端王恨外國人和中國基督教徒，并且他知道老佛爺恨他們甚至勝過他。榮禄，老佛爺的朋友和忠臣，知道要壞事。他利用他的特殊地位勸阻太后。

"太后，我請求您，與其讓我活着看到中華帝國受到如此大的灾難，不如請您立即將我斬首！"

"够了，榮禄，"老佛爺喝道，"開始吧，端王！"

"我們的組織是中國有史以來團結最緊密的，"這個主持人跪在老佛爺面前開始講，"世上沒有什麼事情是我們做不到的！我們是中國的龍，龍的爪子將插入外國蠻子柔軟而嬌養的身子，立即將他們撕碎。他們中再不會有人活着留在中華帝國！我們是無敵的！槍彈射不死我們，刀劍刺不傷我們——而我們却知道怎麼殺死敵人。太后一貫痛恨外國人，眼下是把中國從這些侵略者手下解救出來的時候了。現在，殺人的權力和武器都操在我們手裏！"

"可是，端王，怎麼能讓我相信你説的話是真的呢？在這些動亂的日子裏，我誰也不能信任。把你説的證實給我看，然後我再告訴你我的決定！"

在北京的心臟，紫禁城内，殿門打開了，六個粗野弟兄魚貫而入，他們注定要去開創一個恐怖統治。那個時期，即使到了三十年後的今天，人們也忘不了它，它的痕迹在中國將世世代代流傳下去。端王，他那布滿麻子的臉像兇神惡煞，他的指甲像老鷹的爪子，他站在旁邊，用江湖黑話快速地向進來的拳民傳達命令。那六名拳民腰佩匕首、手拿長矛、短劍，見到老佛爺，驚恐得汗流浹背，致使裸露的上身油光閃亮，因爲只要有老佛爺的一句話就可以將他們斬首。老佛爺的名字，在三十年前的中國是被看成法力無邊的。不僅僅苦力們怕這位老婦人，每個人，男人、女人、孩子，從最高貴的到最低賤的，沒有一個不怕她，因爲她的話就是法律，她的命令必須做到，誰敢違反，那麼，不是掉腦袋，就是被折磨死。

難怪拳民們害怕。

端王叫喊着發出一條命令。

兩個拳民帶着閃光的長矛殺氣騰騰地走到老佛爺面前的一塊空地上。一個赤手空拳的小男人走到他們兩人中間。

"我要向老佛爺證明，任何武器不能殺死拳民！"端王說。

太后等待着。她雖然已經六十六歲了，兩眼依然炯炯有神地注視着每一個動作，一步不漏。帶長矛的兩人立即向那個赤手空拳的人衝去，一陣眼花繚亂的武打使太后緊張得雙手緊緊地抓住御座扶手，直至指關節因過度用力而變白。猛刺，擋開，猛甩——兩個持長矛的人同時從兩側向手無寸鐵的人襲擊，一個人的矛從他手臂下穿刺過來時，正好另一個人的矛從他肩上滑過，他的脖子像奇迹般地躲過了兩次進攻。拿武器的那兩人累得出汗了，顯然他們在竭盡全力要去殺死那個徒手的人。而這個徒手的人，當亮閃閃的矛尖向他腹部刺來的時候，他往旁邊一閃躲過了；當矛尖從後面刺來的時候，他縱身上躍，轉身用右臂擋開了。這個徒手的人似乎後腦長有眼睛，奮力與兩個武裝的人搏鬥，使他們無法殺死他，雖然那兩個武裝的人打得很猛：刺、攔、抽、戳，直到累得全身汗如雨下，眼珠子幾乎要鼓出來了。

而這個徒手人在向兩個武裝人反擊時候，他所占的地面位置仍舊保持開始在太后面前的那塊地方，這是這麼小的一塊地方，即使太后站到這裏，讓她的龍袍垂到地面在她周圍畫成一個不規則的圓圈，這個圓圈也會比他所占的面積大。太后看得出神了。

端王注視着太后。前一天，她曾告訴過他，她不想對外國人采取行動，雖然她不能容忍他們，但是她怕外國軍隊會對中國幹出什麼壞事——只要想想中日戰爭中，中國敗于日本的情況。但是，現在，如果端王真的能使太后相信他已經擁有一支不可戰勝的隊伍，那麼情況就可能不同了。所以他注視着她豐潤的老臉，屏住氣等待着。他真的可能説服這個迷信的老婦人，説刀槍不能殺傷拳民，這可能嗎？任何有一點武器知識的人都能知道這是一場騙局。這裏的每一個動作都經過了幾個月的精心排練，直到演員們已經熟練到完全得心應手的程度。徒手人的每一個躲閃動作都是事先訓練好的，兩個武裝人手里長矛的刺和攔也都同樣地事先訓練好的。他們三人中任何人失誤一步就要砸鍋，徒手人可能就要被刺死，因爲刀刃是不留情的，從而使端王的孤注一擲的計劃跨臺，而他自己也可能被斬首。

一個徒手人抵抗兩個兇猛的持矛殺手，三人打了十分鐘。三人都是拿自己的生命作賭注。因爲他們很清楚，失敗就意味着喪生，假如他們失敗了，譬如説，一個人死了，或者哪怕僅是受傷了，那也説明端王所講的一切全是吹牛，那麼不僅是他們三人，連端王也要一同被處死，因爲他們欺騙了這位至今還坐在中國的御座上的最聰明的老婦人。

端王又喊叫着發了一道命令。兩個持矛人用行禮的姿勢放下武器。他們端着粗氣，全身被汗水浸透了。他們那没洗澡的身上發出的氣味彌漫在御座周圍的空氣中。而那個接受攻擊的人却鎮静自若，呼吸平穩！端王看着太后。她的鼻孔隨着脈搏翕動着，眼睛眯起來了，右手在御座的扶手上一會兒放開，一會兒抓緊。自從來到老佛爺的宮裏，榮禄還從來没有見過慈禧如此激動。端王和榮禄出神地看着老佛爺，幾乎不敢呼吸。端王看出老佛爺已經動心了，他就不必再使出別的手段了，于是就向拳民們使了個眼色。他們按常規禮節向老佛爺叩了頭（她根本没有理會），就悄悄地退出了。

有好幾分鐘，這位老太太在沉思中，這好幾分鐘，幾百、幾千個她的臣民的生命與幾十、幾百個外國人的生命被放在天平上權衡。榮禄臉色死灰，他的手在長袖子裏面苦惱地搓着。端王沉着地看着、等着。最後，這位老婦人看看端王，端王趕緊再次在御座前跪下。

"你想讓我怎麼樣呢，端王？"最後她問道。

"讓我派我的拳民去殺洋人！讓我明天早晨放火去燒外國使館！"

有一二分鐘的時間，老佛爺仍舊猶豫着。然後……

她站起來了，莊嚴地挺起身子，從黃色寶座向前邁進一步，伸出右手掌。然後，慢慢地握緊，似乎要捏碎掌握在她的小手掌中的生命（她也確能這樣做，因爲此刻，一切權力都屬于她）。她拳頭越握越緊，直至指關節又變成白色。

她轉向榮禄，看到他臉上充滿責備的憂慮神情，因爲對榮禄來說，從他還是一個卑微的步軍統領，她是個退職將軍的女兒那個時候，也就是說在這個女人變成了咸豐的妃子，從而爬到名譽和權力的頂峰的那個決定命運的日子以前，他就愛着她。而現在，正是她最需要他的忠告的時候，他也慷慨地給予了她，儘管她并没有要求他，也不理睬他，却去聽信一個野心勃勃的王爺的空話。這個王爺的向洋人開火的願望將使中國遭到全世界文明國家的咒罵。

太后看看端王的眼睛。他勇敢地回顧了她一下。他的心裏洋洋得意，因爲他已經看出他勝利了。然後，這老婦人放下她的右手，她說出了導致義和團之亂的那句致命的話，這句話使太后的名字寫進了全世界各地的新聞報導，幾乎是用火，當然也是用血寫成的，因爲這句話的結果使中國大地被她忠實的子民的鮮血染紅了，這裏也有外國人的血，因爲這突如其來的灾難使他們走投無路而喪生。

"破曉時火燒外國使館！"慈禧扯着嘶啞的嗓子命令道。

端王眼睛裏閃着光，熱情地叩頭。榮禄，此刻没有人注意他，在地上走過來又走過去，走過去又走過來。當端王離開太后的時候，他回頭對榮禄，慈禧的尚書，投去了勝利的一瞥。

端王完成了一件幾乎不可能辦成的事。他戰勝了榮禄的勸阻，雖然榮禄是慈禧最信任的人，世上再没有誰比榮禄更能得到慈禧的信任。

端王離開了紫禁城，讓我們跟着他，去看看他策劃的暴動。他手下的小頭目在城門外等着他，和他本人一樣，渴望着喝洋人的血，喝其他任何人的血，只要那些人的流血對他們有利。

"全速趕到集合地點！"端王命令道。"立即聚集我們的人！派人去招募新團民，將他們編排好，充分利用明天拂曉前的一切可利用的時間。到能找到武器的地方去搜集武器！準備戰鬥！傳我的命令，不準任何一個團民退卻，除非他願意死在自己弟兄的刀下！加緊，伙計們，加緊啊，提防太后改變主意——明天清早我們就要放火焚燒外國使館！明天我們開始大屠殺，當我們把洋人殺完後，當我們的拳民神龍無情地掃遍了中國大地的四面八方後，那麼，在我們中華帝國再也不會有一個活着的洋人了。幹！這就是我們的口號。拼命地幹。把大家組織好。明天我親自帶領你們去進攻使館！"

小頭目們迅速離去，把話傳遍了整個北京城，以慈禧的名義警告外國人的朋友趕快逃跑，號召拳民們做好準備。在莊嚴的集合地，端王親自向小頭目們訓話，鼓勵他們，帶着惡毒的意圖煽動他們，要他們看到洋人的鮮血從他們各自的刀尖上流下來。在慈禧的許諾下，端王放出了他的拳民猛獸。于是，不消一星期，中國大地從南到北，從西到東將沐浴在大屠殺的血泊中。

第一個可怕的黑夜，在恐怖中等待的黑夜籠罩了全北京。沒有一點聲音，除了那聽不見的、要毀滅世界的猛獸的咆哮。當太陽從天津那個方向升起的時候，猛獸將要掙脫它們的鐵鏈。

外國使館得到了他們的僕人在逃跑之前的警告，懷着恐怖的心情，已在黎明之前武裝了自己，并準備與義和團戰鬥到底。

不祥的謠傳

　　那整裝待發的一夜！多麼恐怖的一夜！因爲除了拳民以外，誰也不知道早晨將發生什麼事情。自從端王覲見了慈禧太后以後，謠言像野火一樣傳遍了整個京都。洋人的僕從們，聽到那些不祥的謠言後，拋棄了他們忠心侍候多年的主人，悄悄地溜走了，因爲他們害怕當斧頭砍向他們主人的脖子時，會波及他們。

　　到處都是拳民，在黑暗中的熊熊篝火旁邊，拳民們穿着他們那種令人生畏的制服正在集合，準備出發到各個預先指定的地點。他們熱切地等待着晨曦的來臨，等待着大屠殺的開始！他們有殺人欲。端王和他的隨從者利用了他們的這種欲望，鞭策他們，直至他們這種罪惡的本性發展到頂峰。

　　整個北京城，到處都在竊竊私語。當太陽升起的時候，拳民們就要行動了。他們將手持武器去殲滅洋人，而洋人將無法抵抗，因爲在這些無敵的拳民面前，他們的武器將失去威力。

　　天空因受驚而顯得陰沉，月亮在它的襯托下紅得像血，北京的黃沙雲又時而悄悄地、不祥地掠過她的臉龐而使她變暗，似乎想擋住老天爺的眼睛，不讓她看到在黎明到來之時即將爆發，并迅速席捲全中國的恐怖風暴。

　　外國人也聽到謠傳了，因爲他們的僕人中還有一些始終忠誠的，他們在離開之前向他們原來的主人提出了警告。使館處于一片混亂。武器運來了，被那些顫栗不停的手緊緊握住。兒童，還有那懷抱裏的嬰兒，似乎本能地預感到將有什麼可怕的事情發生，在驚惶的母親懷抱裏啼哭。母親們，雖然自己害怕，但作爲母親，她們永遠是勇敢的。她們倚在丈夫身邊，等待着消息。使館的負責人不知所措，明知無用的電報也已經發了，儘管發電報的人也知道這些電報不可能發出去，因爲拳民組織——義和團已經把所有的通訊線都切斷了。使館的崗哨都改成雙崗。沉重的脚步聲在使館街上回蕩。

"很快就會過去的，"有些官員説，"這類事情不可能發展到那麼嚴重的程度。"

但是有些官員認識更清楚。他們看到某些人不願意采取行動，就自己悄悄地到能拿武器的男人那裏，用一些僅有的武器盡可能地把他們武裝起來，向他們耳朵裏灌一些激勵的話，以消除他們蒼白臉上的恐懼神情。最使他們困惑的是對前途莫測的恐懼。當子彈真的開始飛來的時候，他們中大部分人都會振作起來，微笑着用武器去迎戰。過去經歷過類似這種事情的男人不會擔憂，因爲他們熟悉這種現實，除非他們知道他們在數量對比上被對方超過數千倍，而且拳民有能幹的人，像端王和他的同伙那樣的人領導着，可能最終使館會被占領，男的抵抗者會被殺死或打成殘廢，而女的……

可是他們不敢去想婦女們。每個男人，不管他們的伙伴怎麼考慮，都決心在肯定無法逃脱的時候要給自己留下最後兩發子彈——一發給他的女人，以免她受到污辱；另一發給自己，以免受那種不死不活的折磨。

北京在一片黑暗中，好像是端王和他的隨從們要把他們殘忍的準備工作遮掩起來，不讓人看見。徹底的黑暗籠罩了衚衕和小路。如果在這些衚衕和小路上有什麼可看的東西，就會從那些緊閉着的大門縫隙裏射出一束楔形的光綫。門後面，那些常年不洗澡而身上發出汗臭的人們就在那裏竊竊私語，手掌一會兒張開，一會兒握緊，好像在預想把洋人的喉嚨掐在他們手掌裏的那種感受。原來不是拳民的人也趕潮流，變成了拳民來保全自己的性命，因爲他們知道，拳民在追逐屠殺洋人的時候，也包括了那些曾經與洋人交朋友的中國人。因此，在北京，就可以看到這樣的事，就是原來給洋人當僕人的人，現在拿起武器來反對這些曾經養活過他們的人，而且可能的話，還會把他們原先的主人殺掉。

充塞着北京的夜空的最大恐怖，像從某個陰濕的墳墓裏發出的蒸氣，這種恐懼緊扣着那些已經是基督徒的中國人的心。他們是沒有希望的了。外國人可能要被殺掉，或者受到嚴刑拷打。而中國基督徒的命運，那將是拳民所能想得出的最可怕的——因爲義和團成長的基礎就是那些古老的知識，涉及殺人、折磨人的藝術以及其他沒有名稱的各種欲望。

遠在拂曉之前，當人們發現謠傳開始變成事實的時候，外國使館裏就塞滿了難民，他們是：中國基督徒、傳教士以及住在使館以外的外國人。每個使館的每一個臥室都已經滿員或超員。每一個餐廳，每一個接待室，每一條走廊都擺滿了臨時床位，準備接受難民。來到這裏的難民都得到了妥善的安排，而且還在源源不斷地來，直到庭院都被塞得滿滿的了，以至于有些就得請他們回去。敵人的神射手，如果走得更近些，也許他們就會發現他們的目標：充塞在使館中的男人、女人和孩子。孩子們哭喊着；婦女們衣冠不整，眼睛由于憂傷和恐怖而變得乾枯，有的還不怕羞地露出胸脯給嬰兒喂奶，但是由于恐懼和缺少食物，已經沒有奶汁了。瞪大了眼睛的男人在難民中間走動，竭力想鼓起他們的勇氣，但是不行，因爲這些男人自己已經讓憂慮和恐懼摧毁了，而且無法控制自己，使這種感情不在他們那拉長了的蒼白的臉上表露出來。

在北京冷清清的大街上，連狗都看不到一條，也聽不到一聲狗叫。難以忍受的寂靜到處彌漫，控制了整個北京城。

無邊的寂靜，使人感到既不祥，又鬱悶。老天爺呀，簡直要悶死人了！在恐懼的鬱悶中等待着黎明。

雖然離拂曉還有很長一段時間，黑暗中，大街小巷的人影越來越多，都穿着拳民的制服——他們都是端王這禽獸的工具。

整個北京，從東到西，從北到南，都在傳播着不祥的謠言。謠言發源于哪裏，誰也不知道，但是傳得又快又恐怖，好像是駕着沉悶的黑夜的翅膀。

然後，就是黎明，拳民巨龍的釋放以及一顆子彈的第一聲微弱的哀鳴！

巨龍脫繮

我必須説明，大使館對拳民的暴動并不是完全没有準備的，不像歷史記載所説的那樣。馮·凱特勒的被殺就向他們提出了警告：他們將可能面臨着意外的事件，并且在他遭殺害後，接着端王和慈禧接觸後，謡言四起，不祥的預兆籠罩着整個北京城，以至于全中國。使館的守衛人員中，一些更有實幹精神的人員早在使館被焚前兩三天就已經東奔西跑地做準備了。暴動前那等待的一夜也没有白過，所有能拿針綫的手都被命令去參加縫制沙袋的工作；只要是能拿得動鐵鍬的人，都被派去裝沙袋。守衛的準備工作正在全速進行。男人和有膽量的女人幹得精疲力盡，累倒在地上，這才稍稍喘一口氣，又起來繼續幹。

在慈禧太后發出關鍵性的命令後的第一個難忘的黎明，迎着朝霞，拳民的火把點燃了洋人的房子，點燃了中國人建造的西式住宅，點燃了中國基督徒的房子——這第一把毁滅性的火伴隨着稀疏的子彈砰砰聲拉開了暴動的序幕。

"殺！殺！殺洋人！"

這字眼無數遍地重複，似乎變成一支單調的歌，彌漫在北京城中。北京的居民記得，在那些日子裏，這是傳遍全國的最熟悉的字眼。

"殺洋人！殺！殺！"

端王手下的那幫江湖漢子已經整裝待發，他們賣力地執行他的命令。影子在黎明的曙光下消失，在恐怖氣氛中發出的第一顆子彈的砰砰聲，把騷動和不安引入了北京的大街小巷。

"毛子"是指頭頂未剃發的人，是指洋人；而"二毛子"或"假洋鬼子"則是指中國的基督徒。這些人，在第一槍打響後，只要一被發現就被抓起來。

在圍攻使館的恐怖行動以外，端王又外加了一條命令：殺死一個洋人賞銀五百兩（約折合現在三百一十美元）。慈禧批準按此支付現金，不折不扣。慈禧從國庫裏撥出大量錢財來支持端王。端王很懂得如何使用這筆錢。涂着黑臉戴着頭巾、戴着作戰標記的拳民威風凜凜，他們爬上與使館建築相鄰的房頂，用他們的毛瑟槍、土炮（一種由兩人操縱的、口徑約爲五十毫米的武器）射擊每一個洋人。儘管端王宣稱：他們是刀槍不入的，但是不少拳民在襲擊洋人的戰鬥中才意識到，子彈并不知道他們是刀槍不入的，因而把他們射死了。

火焰和初升的旭日相映，閃出憤怒的紅光。第一顆子彈的射出標志着一個信號：拳民巨龍已經掙脫了鎖鏈。當拳民用毛瑟槍和土炮向二毛子，中國基督徒的軀體射去的時候，使館外面傳來了垂死者的尖叫和呻吟。屋裏，十幾個中國基督徒擠作一團，而數以百計的拳民戴着標志，揮舞着大刀、長矛和斧子包圍着房子，等待着，直到火把點燃了房子，冒着濃烟的火焰嘶嘶作響。那些受不住烟嗆，不願在裏面受熏烤的人不得不逃出幾乎沒有防衛設施的屋子，于是就死在義和團的刀下了。使館裏聽到了受難者的呼叫，但是毫無辦法，他們已經把能够進來的難民都收容了，院子裏已經擠得水泄不通。

在沙袋堆成的防護墻後面，穿制服的和穿便衣的男人們在等待着、守衛着，眼睛在那臨時堡壘前面的廢墟堆裏搜索，看有沒有一隻手、一條手臂或一個身影在移動，那表明有義和團在活動。槍在吼叫，頻頻地吼叫，直到槍筒在持槍人的汗濕的手裏發熱。

拳民調來了銅炮。破磚碎瓦從使館建築的頂上飛崩出來。至于那些結構更差的建築，則在炮彈連續的轟擊下就坍塌了，翻落在它們的守衛者的頭上，頓時把他們圍在廢墟和沙袋的空隙之間。他們繼續抵抗，目標瞄準那些移動着的手和頭，將他們殺傷。但是他們的人數是這樣多！毛瑟槍和土炮在陽光下閃爍。太陽已經高挂在天空，它能看到戰鬥的場面，看到最後拳民們占領了使館。

垂死者的呼喊、尖叫和戰鬥者的喊聲交織成一片。使館的守衛者在他們的陣地看到毀滅性的火焰，聽到垂死者的呼喊和尖叫，以及絕望的婦女們痛苦的哀訴。

子彈射進古老的圍墙。一架隱蔽的土炮在亂射。一顆鉛彈射中了一個男人，他身子一挺雙手捂着自己的喉嚨，企圖合攏那可怕的傷口。毛瑟槍子彈打穿了不結實的墙壁和屋頂。院子裏面的人讓硝烟嗆得喘不過氣來，尖叫着倒下去。那些還活着的傷員住在一所臨時醫院裏。醫院收容的難民早已超員了；那些未受傷的難民不住地看着那些受傷的和垂死的人，從他們身上看到了可能降到自己身上的厄運。

北京變成了一座恐怖城。

幾百名二毛子逃進了一座大教堂，群集到傳教士那裏，他是不會拋棄他的羊群的，那是多麼大的羊群啊，在使館區內都無法全部容納他們。這個教堂也被放火燒掉了。包圍教堂的拳民們從火焰的噼啪聲中聽到了被焚燒的人的尖叫聲——一種受到可怕的痛苦折磨時的尖叫聲，這聲音又引起了其他人的哭聲，哭聲來自那些曾經受過上帝的教誨的人們，此刻正在絕望中祈求上帝在這可怕的時刻，在他們瀕臨死亡的時刻拯救他們，但是一切都無用。也許上帝聽到了他們的祈禱，但是死亡能使他們更快地從無謂的延續的痛苦中解脱出來；不管是哪種情況，結局都是相同的。

義和團對洋人的包圍圈越收越緊，圈內已經瀕臨糧絕彈盡的狀態，亟待增援。那些過去在這方面有較多經驗的人分析，增援絕不可能及時到達北京，因而下命令必須節約子彈，只有在目標非常清楚的情況下纔可以射擊。可是義和團的人數是那麼多！有人説大約是一千比一，甚至更多。開火的第一天，儘管人們有千百種不同的猜測，誰也不了解真實情況，但是誰都相信圍攻者的人數是一小時比一小時增多，因爲落到使館的子彈像冰雹。在子彈不斷地轟擊下，碎石、瓦片四處飛濺，在那剛好在火力綫以外的守衛人員中間引起了極大騷動。

建築物有的倒塌了，有的起火了，所以對守衛者來説，任務更艱巨了，他們除了要回擊義和團的進攻外，還要在自己建築物裏撲滅火焰，否則火勢會把他們趕出屋外，使他們在拳民的刀劍和槍彈中倒下。

最初，拳民都相信端王的話，認爲自己是刀槍不入的，所以懷着極大的激情去攻打使館。只有當大批子彈像冰雹般地打來以後，他們才認識到自己的身體擋不住洋人的槍彈，于是他們在使館周圍挖了壕溝，表明他們死守陣地，拿下使館的決心。對于不忠的人，慈禧太后是會要他們的命的——這是端王對他們説的。所以拳民寧可死在洋人的槍下，也要血戰到底。

白天過去了。

黑夜充滿了恐怖。火光把使館中另一側的天空照成暗紅色。在黎明到來之前這段時間裏，從火焰裏不停地傳出垂死者的慘叫聲，巡邏拳民的吆喝聲。

火焰在沉悶地咆哮，咆哮的聲勢時時刻刻在增長，房屋憤怒得發紅，轟地一聲倒塌，墜毀。火星迸向四面八方，點燃了鄰近的房子，直至火勢威逼得要把北京燒成廢墟。

一個美國人領着一些人，面對着步步逼近的義和團的包圍作孤注一擲的突圍。突圍的十幾個人還沒有等到與對方肉搏就都倒下了，除了那個領頭的。雖然他的同胞們一再呼喊他回來，可是他像一頭氣瘋了的野牛，徑直撲向多得數不清的拳民。拳民恥笑那些不敢前來的守衛者，并用染滿鮮血的槍尖挑起那位莽撞的領導人鮮血淋淋的屍體扔回來。守衛者沉悶地呼喊着，臉色因驚恐而變得灰白。他們成倍地加強火力回擊。滾熱的槍彈打進拳民的軀體，于是許多拳民倒下了。但是，往往倒下一個，就有三個上來頂替他。就這樣，戰爭無休止地繼續着。

增援部隊能及時趕到嗎？這個問題問了上千次了。儘管有些人竭力給守衛者鼓氣，但是誰也回答不了這個問題。

恐怖之夜！死者無人埋葬，因爲活着的人全力投入緊張的防禦戰，騰不出時間來埋葬他們——于是他們的屍體暴露了好幾天。拳民也是傷亡慘重，他們的屍體也好多天沒人埋葬，一直暴露着，以致惡臭直衝守衛者的鼻子，可是他們又躲避不了，因爲他們被包圍了，哪裏也去不了。

黑夜中，什麼也幹不了，只能尋找極微弱的火光作爲攻打目標，仔細聽着爬行的聲音，以確定是否有人爬進來，對着聲音所在方向打，難怪他們的臉緊張得發白而抽搐；難怪儘管防禦戰才打了三十個小時，而對守衛者來説，却似乎已經用了畢生的時間來與一群看不見的敵人作戰。似乎他們命裏注定，這一生的戰斗目標就是要把義和團打退，爲此，他們已經打了幾天、幾周、幾個月或幾年了。如果他們能真正知道他們必須支持多久的話，也許他們就放棄戰鬥了，于是歷史就可能走向一種完全不同的結局。但是他們不知道，所以抱着一綫希望，維持着他們那時高時低的勇氣。鼓足勇氣、堅持戰鬥、策略性撤退……這些思想對他們來説已成爲習以爲常的勉勵。那些一開始曾經害怕的人，此刻也感到奇怪，爲什麼當初他們會害怕……

他們舉起槍，快速地射向在沙袋護墻外側的運動着的手臂。護墻已經被義和團的子彈劃裂、穿透或擊坍。

在拳民中，端王始終非常活躍，從不知疲倦。他激勵他的伙伴們采取新的、更强烈的攻勢，指示他們找一個有利的地勢進行密集的射擊。

戰鬥在繼續。永無休止的步槍的砰砰聲，從笨重的土炮射出的炮彈的碰撞聲，傷員口渴要喝水的呼叫聲（人們忙得騰不出手來給他們送水）；在外面繼續遭到拳民殺害的那些斷腿折臂的二毛子，中國基督徒的叫喊聲。

倉庫被擊毁，貨物滾得滿街都是，那些企圖保護他們的貨物的商人與搶劫者搏鬥，他們的身子因受到多處刀傷而戰栗。

義和團的包圍圈離使館越來越近了。

遠在天津，一支增援部隊組成了。但是他們必須且走且打，艱難地抵抗頑强的義和團，否則，他們就不能趕到北京去救援被困的使館。

他們能及時趕到嗎？

使館是這樣盼望的。但是端王確信，即使增援部隊真的來了，他們也只能看到毁壞的建築和原先的守衛者支離破碎的屍體。

增援部隊是由許多國家的軍隊組成的。慈禧，這位皇太后，聽到了這個消息，她就準備逃亡，以躲避這些國家對她的報復，因爲是她把這些國家的僑民送進了端王的手裏。

但是誰也不知道確切的情況。拳民巨龍脫繮了，他們所向披靡，暴動的第一天以後，在增援部隊到達前，還會有許多目前活着的洋人要死去并被埋葬。

老佛爺的逃亡

老佛爺掀起了一場自己也無法了結的大風暴。榮祿勸她逃離北京，躲避外國士兵加害于她，因爲那些國家的僑民正是由于她給端王下的命令而喪生的。端王也幫榮祿動員老佛爺離開紫禁城，離開北京。

老佛爺不願意出走。她對紫禁城有一種迷信，她非常相信她出走後，就再也回不來了，大清王朝就會在她離開的期間遭到覆滅。鴉片戰爭咸豐逃亡熱河時，她也持這種觀點。她對勸她的人説，她不怕死，也不願意離開紫禁城。但是勸説者最後還是説服了她。

老天爺沒有賦予李蓮英勇氣，在老佛爺最需要他的時候，他却沒有提出任何建議。他是一個完全沒有智謀的中性人。他怕自己喪命，也怕老佛爺喪命，因爲他知道，如果老佛爺被殺，那麼他的權力也會隨之而消失。但是他又不知道該怎麼辦。

至于其他太監，他們在宮裏的人數大約有三千，這時候就開始背離老佛爺，就像一群老鼠逃離一艘正在下沉的船。老佛爺，這位統治者，懷着不安、沮喪和悔恨的心情，檢驗了一下她給下屬灌輸的忠誠之道的效果。那些她曾仁愛相待的太監現在正在離開她，有的甚至連"請原諒"這類話都不説一句。

對中國的最大統治者來説，這是一個悲慘的處境。度過了六十多個春秋，剛剛達到了最好的時候，却要去做像目前這樣一次逃亡。

但是勸説者還是説服了她放棄原來的意見。最終可以看到這對她是最好的出路，因爲外國士兵確是企圖捉拿她，如果她留在紫禁城，灾禍肯定會降臨到她頭上。

她，這位非凡的老婦人清楚地知道，外國軍隊肯定會對她無法帶走的財寶任意劫掠。她在朝廷與外國人打交道的時候，這方面的經驗是太多了。她相信，當外國部隊有機會回國時，他們會把她的貴重物品運出去，化整爲零，賣給美國、英國或其他地方的商人，而就是不懂得把它們看作珍貴的紀念品。

所以她事先采用了一種獨特的方法來保護她的財富。

她的珍寶室是一間裝金錠和銀錠（每一錠都很重）的房子，用磚頭砌成，外層用舊磚來造成一個破舊的外貌，舊墙的裏面則是新墙，老佛爺的財寶就放在兩層墙之間；能否出差錯尚未可知。她的珠寶首飾、金銀餐具都包成便于携帶的一捆捆，扔在紫禁城內星羅棋布的許多井中。當然，還有許多東西，她找不到隱藏的地方，那麼或者她把它們帶走，或者任它們遭到無情的破壞，首先是被拳民，其次是被外國兵，他們會對那些未被老佛爺隱藏起來的財富來個徹底掃蕩。

當老佛爺最後決定離開紫禁城的時候，雖然是逃亡，却把一貫屬于她的勢力和權威也隨同她一起帶走了。她的逃亡實際上是一種明智的轉移，因爲她不僅躲開了洋人的報復，而且在她逃亡期間，朝廷的日常工作照常進行，就像她原來在紫禁城的時候那樣。和她一起出走的只有爲數不多的太監和宮眷，除了太后本人外，還有光緒和他的皇后、大阿哥、一些宮眷以及李蓮英。這是原先強大朝廷的殘餘。

兩年後，老佛爺返回北京，她企圖讓洋人相信，在她主動撤離的時候，大阿哥并沒有隨她同去，但是事實上，他確是隨她一同去了，并且在這離開紫禁城的冗長的兩年中，他還是給她惹了不少麻煩。即使是逃亡在外，他還在考慮獵獲婦女，而且偷偷摸摸地在鄉下婦女中鬼混，來行使他自以爲作爲太子應有的神聖權力。

在決定到中國內地過兩年艱苦的流浪生活之前，老佛爺憂傷地對她所熱愛的紫禁城、頤和園和西苑做了最後的一瞥。

她的目的地是西安，坐轎子或北京車大約是一個月的行程。朝廷被迫做這樣緩慢的旅行。

就在離開之前，李蓮英與老佛爺交談了一次。

"我們把珍妃忘掉了。"他説。

"我們要對她怎麼樣呢？" 老佛爺問。

"我們不能讓她留下，" 這個好報復、喜歡欣賞別人痛苦的虐待狂回答道，"您一定還記得，兩年前是她支持皇上的錯誤，她正是這種德性的人，如果把她留下，那我們走後，她會被外國人找到，成爲他們所需要的人，因爲從她嘴裏可以知道我們的去向。"

"不行，" 老佛爺說，"不能讓她留下。將她帶出冷宮，我們要帶她一同走。"

"那是爲什麼呢？太后？" 李蓮英說，"她對我們毫無用處！她只能成爲我們去西安旅途上的累贅，我們的負擔已經重得受不了了。"

"那我們對她怎麼辦呢？"

"如果太后願意把這件事交給我，我會妥善處理的。"

李蓮英話中的意思，老佛爺完全明白，這是不容懷疑的。

但是……

"我把這件事交給你辦吧。" 她對總管太監說。

李蓮英對那些至今仍忠于老佛爺的太監下了緊急命令。

在他們把珍妃帶出囚室前，光緒設法隔着囚室的窗戶與她作了最後一次簡短的交談。這對他倆來説是一次痛苦的訣別。自從兩年前老佛爺發動政變以來，他們是第一次見面。

光緒發現，昔日美麗的珍妃，如今已經憔悴不堪了。她衣衫襤褸，頭髮亂蓬蓬地覆蓋着臉，這張臉過去曾經使這位被廢黜的皇帝陶醉。她的囚室像豬圈，因爲在她漫長的監禁期間，沒有人來關心過。一個傷心的小女子，通過窗栅，和她的皇上，主子談話，心裏明白，以後再也不會見到他了；這位皇上，主子也知道，他沒有權力，什麼也幹不了，他對自己的生死早已置之度外，他的絕望無法用語言表達，對珍妃，他也沒有什麼話好説。

當光緒離開了這位曾在他生命中占有地位的女人後，李蓮英手下的中性奴才來了，把珍妃帶出囚室。珍妃立即明白是什麼意思了。從他虛偽的臉上，她能看出他們的目的。她哀求免她一死，她哀求，如果要死，讓她痛快地死，讓她從痛苦的折磨中解脫出來。可是李蓮英手下的太監對她的哀求只當耳邊風。

她被拖出，披頭散髮，滿臉愁容，嚇得臉色灰白。一直拖到庭院裏，老佛爺正在那裏不耐煩地等着起程。

"救救我，太后！救救我吧！"她向老佛爺哀求。

她在太后面前跪下，卑下地哀求免她一死。李蓮英的麻子臉上露着得意的假笑，故意要她把頭叩得重些，促使她的頭重重地碰擊在庭院的鵝卵石地面上。當珍妃可憐地抬起頭來再次祈求老佛爺免她一死的時候，可以看到她臉上染有鮮血。

"我從來沒有企圖反對太后老佛爺，"她懇求地解釋道，"我一向是愛您的，也是忠于您的，請把我從太監手裏解救出來吧！"

老佛爺一刻也沒有忘記對珍妃的痛恨。她常常把自己遇到的多數困難都歸罪于珍妃，她冷酷無情，甚至不屑看一眼縮成一團的光緒惟一的知心人。光緒雖然內心十分痛苦，但是他知道他什麼作用也起不了。

老佛爺不耐煩地轉過身子，背向珍妃，徑自向正在等着她的華麗的轎子走去。轎夫們已經做好一切準備，耐心地等着，只要一聲令下，就開始去內地的長途旅行。

李蓮英和他手下的太監們將珍妃帶走。他們把她帶到正好在東華門內的那口有名的井邊，將她推下去。他們跪在井上面。太監副總管豎起耳朵聽，他似乎聽到了那不幸的妃子的呻吟聲。

"她還沒有死。"他對李蓮英説。

李蓮英沒有説什麼，只是用詢問的眼光看着副總管，副總管把一塊大石頭舉過頭，仔細地對準黑洞洞的井圈，并將它扔下去。

從黑暗中傳上來一聲令人作嘔的撞擊聲，于是珍妃的呻吟聲再也聽不到了。他們把井蓋上了。

據説，直到今天，每當夜幕降臨，人們只要仔細聽，還能聽到珍妃的呻吟聲。李蓮英因爲他所提的消除珍妃"威脅"的處理辦法得到批準而感到滿意。他回到了正在等待主動撤離紫禁城的老佛爺那裏。

去西安的旅行開始了。對于老佛爺，這次難忘的旅行中的艱辛與恐怖，即使在她回來以後，還一直在腦子裏留下了深刻的印象。

去內地的長途跋涉差不多花了一個月的時間。有這樣一個傳說：因爲老佛爺怕洋人，所以她想出了一個辦法，讓她的一個手下人裝扮成她，坐她的轎子。後來老佛爺聽到這個故事的時候，一再否認。由于對老佛爺的堅强性格有所瞭解，所以我認爲這是一種沒有根據的誹謗，正像流傳的多數關于老佛爺的故事缺乏事實根據一樣。

老佛爺乘的是轎子，這是宮中惟一能坐轎子的人。光緒和少皇后都坐的北京車。光緒由于一切希望都已破滅，在漫長的旅途中很少説話。他對食宿都沒有什麽要求，似乎什麽事都不能引起他的興趣；少皇后對這艱難的處境也是無可奈何。

旅途中要經過許多陡峭的山路，轎夫中只要有一個人脚下一滑，就會導致老佛爺喪生，因爲她的轎子常常是沿着非常嚇人的深淵通過。儘管這樣，還必須繼續前進。拉着笨重的北京車的牲口蹣跚地在崎嶇的山間小路上前進，殘忍的太監們不時地用鞭子抽它們，旅行還在繼續。

朝廷即將到達的消息通過一種不可思議的口頭通報事先傳遞出去。每當夜幕降臨，住宿地總是已經爲他們準備好了，這對于瞭解中國底細的外國人來説簡直是一種奇迹。省府大小官吏把衙門修繕一新，把他們最好的東西拿出來迎接太后的到來。當然，這一切與北京相比，那是太簡陋了，那裏，沒有够得上稱之爲“路”的通道，沒有商隊通行的路綫，也沒有通信綫路。在去西安的漫長的旅途中，愛挑剔的太監們對各地盡地主之誼的地方官府提供老佛爺的給養總是不滿意，倒不是因爲他們特別關心老佛爺的安康，而是他們自己懷念他們過去在紫禁城裏所習慣的而現在又離他們那麽遠的豪華生活。

食物很粗陋，但這是他們所能供應的最好的。老佛爺相信，這些主人對她的崇敬正如過去她坐在北京的皇位上所受到的崇敬一樣，所以她很感激他們對她的關懷。可是太監們却不同，他們同地方上的官吏爭吵，説他們供應的食物太差，不能給太后食用。那些官員表示歉意，説明在這偏僻的地方，這是他們所能弄到的最好的東西。可是這些太監不但不聽，還使出孩子氣的報復手段，在他們離開前，惡毒地把上貢的用品和衣物都毀掉，這些東西是地方官吏爲了迎接老佛爺的到來，花了九牛二虎之力才收集起來的。

當老佛爺發現這類事情還在繼續發生，她總毫不留情地懲罰肇事者，并且趁此機會爲發生這種氣人的事情而向地方官員表示歉意，并對他們爲她所做的一切表示感謝。

對于一個又病又累又老又遭鄙視的老婦人來說，這真是一次令人心碎的旅行。光緒也病得很厲害。他是被强迫跟她來的，爲了是她可以守住他，直至離北京很遠很遠，他不再有逃跑的可能性。在離西安還很遠的時候，這個悲慘的殘餘的朝廷中每一個成員都已經精疲力盡了。

在這裏，道臺已經把自己的衙門收拾好，準備迎接老佛爺。對于習慣了紫禁城及皇宮的壯麗顯赫排場的這個流亡朝廷來說，這是一個多麽可憐的地方。但是，有什麽辦法呢？還有哪個可能比這强一些的地方能收留她呢？一個小小的衙門，在西安道臺的指示下却是全心全力地照料着他們，儘管太監們還是不停地吵鬧、抱怨，不斷地投去譏諷和攻擊，老佛爺却一再表示感謝。這種情況朝廷必須一直忍受着，直至有一天北京傳來“可以平安返回”的消息。

去西安的逃亡是老佛爺的一部令人心碎的“奧德賽”。

她的逃亡要持續兩個漫長而艱辛的年頭。

城市在燃燒

　　紅色火焰直冲雲霄。北京像一隻咆哮着的熔鐵爐。義和團暴動的聲勢在中華帝國古老的京城裏是前所未有的。喊聲像尖刀一樣劃破了火焰，表明有很多人在火焰中倒下，或被烈火奪去了生命。男人正在奔跑，而婦女們不能跑，因爲她們的脚是裹過的，行動不便。

　　不久，刮起風來了，火焰被壓彎，火舌舐到至今尚未遭殃的建築物，看來，整個北京城將要化爲灰燼。遠處不時地傳來步槍的砰砰聲、毛瑟槍的乒乓聲以及土炮的沉重彈丸的衝擊聲——土炮是一種具有很長的槍筒的奇特的武器，需有兩人操作，一個扛着筒，另一個點火。

　　"祈求上帝，讓我躲過這次灾難吧！"

　　這可能是那些毛子和二毛子的祈禱。恐怕有很多這樣的人，他們正在哀求那過去曾接收過他們而現在又遺棄了他們的上帝。真正的情況是怎樣呢？誰也不知道，可能有很多也是這樣祈禱的人已經被火焰吞没。多數人雖然活着逃脫了火焰的洗劫，却又慘死在拳民的長矛或毛瑟槍和土炮的鉛彈下。

　　哈德門大街，那著名的哈德門大街，站在紫禁城門口，就可以聽到街上的吆喝聲，此刻也着火了，燒掉了東邊的小店。搶劫者穿戴着從那些店裏搶來的華麗的服飾，有的甚至穿着女人衣服。這一切把哈德門大街變成了一條恐怖大街。

　　燈市街和其他的小街小巷都變成了易燃地區，因爲那裏的房子非常擁擠。有許多人，即使没有拳民們堵在出口處，他們也逃離不了燈市街，因爲大火已經把他們包圍，把安全通道隔斷，任何逃跑的可能性都没有了，于是熏黑的、燒焦的屍體，好多天以後還能找到，其中有男人、女人和孩子，他們是還没有來得及走出家，就被可怕的熱浪衝昏的。

"殺！殺！殺洋人！"這是經常聽到，而且聽得最多的字眼。拳民們大開殺戒，走街串巷找洋人殺。有人説，中國的基督徒，從他們變成基督徒起他們的頭上就烙上神聖的十字標記。拳民們聽到這種説法，就又重新去搜殺。當問他們殺了誰，他們就説殺了那頭頂上有十字的人。

火焰還在咆哮，在那些還没有遭到洗劫的建築物墙上畫着神秘的圖畫，血紅的圖畫。墙在倒塌，往裏倒，或往外倒，把男男女女都壓在底下，他們挣扎着想逃跑，却又不可能，于是都被活活烤死。

在使館裏，饑饉早就迫在眉睫。消息傳來，增援部隊已經離北京不遠了。太后抓住這個時機率領她的朝廷逃離紫禁城，逃到内地，躲避那些穿制服的、手裏有刀槍的洋人對她的報復，這些洋人會直接找到事情的癥結，給中國的統治者，同意端王發動大暴動的這位嚴厲的老婦人以懲罰。朝廷流亡了。消息傳到被圍困的使館，但是援兵還是没有到。時間一天一天地過去，使館守衛者中不斷地增加新的犧牲者，包圍使館的拳民們死亡人數也逐日增加，可是增援部隊還是没有到。夜復一夜，火焰還在咆哮，派出它伸着紅舌的使者去向血紅的月亮致敬，去把它們腥紅的色彩浸刻在磚石結構的建築物的墙上，它們已經多次受到火焰的騷擾，并被熏黑，但却没有被吞没。不管是白天還是黑夜，哈德門大街始終是一條恐怖的大街，除了拳民外，誰也不敢到這裏來。義和團晝夜統治着哈德門大街和其他大街小巷，跳着他們那類似宗教儀式的舞蹈，揮舞着武器。很多人逃離了北京，因爲他們清楚地知道，中國北方是牢牢地掌握在義和團手掌中。更多的人是渴望擺脱無情的火焰，到一個自由的空間，這樣，他們至少也可以有一個爲保衛自己可憐的生命而打一仗的機會。很多人由于困苦、飢餓，精疲力盡而死去。他們死在露天。血紅的月亮俯視着他們，凉風撫摸着他們受驚而發熱的雙頰。

"殺洋人！殺！殺！"這個字眼一個傳一個，幾乎成了義和團的專用語。義和團不知道，也不願意相信有增援部隊這個事實。當增援部隊最終到達的時候，紫禁城將不再成爲"禁城"，它庭院中的鵝卵石將被刻上敵人炮車輪子的犬牙狀痕迹。頤和園，慈禧心愛的勝地，將聽到敵軍行進的沉重的腳步聲，炮車的隆隆聲將從四面八方發出回響。

是的，他們沒有預見到。

但是，增援部隊確是在行進，已經靠近了北京城。

行進中的步兵

使館收到姍姍來遲的報告，説增援部隊已經到達了。這不可能是真的吧？難道真是這樣：一切恐怖都過去了，他們不必再進行夜以繼日的戰鬥、聽那受傷者和垂死者的呻吟和尖叫聲、忍着飢餓度日、護理病人、修復遭到嚴重破壞的圍墙、在監視義和團行動中消磨時間？

但這確是真的。

雖然這樣，恐怖還沒有過去。外國部隊完成這次向北京的長途進軍是很不容易的。一路上，他們幾乎每走一步就要遇到義和團的阻擊。當他們精疲力竭地進入北京城門時候，他們下決心，他們以及被困的使館所受的一切苦都要與義和團清算。白臉的男子，成年人和小伙，穿着各國的軍服，其中特別引人注目的是那些穿着山姆大叔軍裝的成年人和小伙。對于那些長期在北京的大火下煎熬的人來説，這是多麼雄偉的景象啊！可是，面對這種景象他們并沒有笑，因爲他們經歷了那麼多的苦難，已經忘記怎麼笑了。

外國人涌進了北京城；現在端王意識到，增援部隊到達的報告是真實的，于是他聚集了他的戰無不勝的拳民來抵制外國人入城。

義和團是刀槍不入的！雖然他們中很多人已經在使館守衛者的槍炮下倒下！由于端王不斷地宣傳鼓動，拳民們對那神話般的"刀槍不入"依然深信不疑，比以往任何時候更緊密地團結在他們旗手的周圍，勇敢地面對着外國軍隊猛烈的槍炮射擊。他們叫喊着，揮舞着他們的武器，去迎接新的危險，用赤裸的胸脯去迎接外國軍隊毫不吝惜地射來的密集鉛彈。

大街小巷，到處都是準備去迎戰洋人的趾高氣揚的拳民。那些洋人們，當他們看到了義和團在北京的所作所爲，他們的滿腔怒火也不亞于拳民。

義和團在外國軍隊面前建起了一條聲勢浩大的防綫。朝霞掠過聯軍的不同旗幟，部隊勇往直前，像無情的世界主宰，摧毁他們面前的一切障礙物。沉重的脚步聲在街上回蕩。子彈在空中飛行時，它們呼嘯、哀鳴、歌唱；當它們在戰栗的肉體上找到了自己的栖息所，并兇猛地將其撕裂時，它們的歌聲消沉了。

外國軍隊不屈不撓地前進着。他們的白臉上顯露出堅定的信心，勇敢地去迎戰義和團的槍彈、刀劍。拳民張開雙臂去承受援軍的槍彈和刺刀，隨後，四肢伸展着倒在地下，這才開始明白，原來他們并不是刀槍不入的；但是已經晚了。其餘的拳民，幾十、幾百地上來接替他們；外國軍隊把隊伍拉開了距離，但是空隙立即被後面緊跟上來的士兵填滿了。隊伍嚴肅堅定地前進着，排山倒海地掃除掉道路上的一切障礙。

端王還在他的人中間奔走。

"殺洋人！殺！殺！"

這個字眼一遍又一遍地重複，傳遍了義和團的每一個隊列。外國軍隊按照他們長官嚴格的命令，發出一排又一排的子彈去打散義和團的隊列，可是義和團的隊列似乎不會減少，因爲在端王和小頭目的命令下，隊伍不斷地得到補充。

衝！

從黃銅炮筒中射出的彈丸打碎了石墙，又彈回來崩到外國士兵的隊列中，當子彈直接射到美國軍隊、俄國軍隊以及法國軍隊士兵的白臉上時，他們仍然無所畏懼，繼續前進，聽從指揮，彈無虛發地去粉碎那看來堅不可摧的義和團人墙。外國軍隊過去後，屍體堆積成歪歪斜斜的小山，充塞着北京的街道。死去的人中，有白種人，他們臉上顯露出讎恨和決心，似乎當他們倒下的時候，他們在鼓勵活着的伙伴繼續前進——活着的伙伴們也確是這樣做了！

外國軍隊像一股潮水，分裂成千百條小溪，涌進了北京城。大部隊留守在主要街道，較小的則分布在側街、背巷，槍支、刺刀緊握手中，嚴陣以待。從幹流和支流中又分出更小的小隊去猛攻獨立的戰鬥據點、建築物和地道，那些地方仍舊被控制在頑強的義和團手裏，并且從那裏射出大批子彈到進攻者的隊列裏。人的肉體是不可能承受這種痛苦的，除非它受到了一種復仇精神的激勵，而這種精神正是這種外國部隊所擁有的，那是當他們在向被困的中國京都進軍的可怕旅程中產生的。對外國部隊來説，再沒有比將義和團徹底擊潰、消滅更痛快的了。

面對着外國主宰的無情進軍，面對着許多憤怒的國家國旗的無聲威脅，面對着那些射擊目標準確的子彈的更爲憤怒的恐嚇（那子彈呼嘯、咆哮和無情地殺傷），不管端王怎樣鼓動，各地的義和團都開始撤退了。

戰鬥的尾聲——北京城頭的爭奪戰來臨了。當然，這并不是鬥爭的結束，但它是尾聲中的一個突出的例子，因爲這是一場白刃戰。這種戰鬥在遭洗劫的北京城中曾發生過多次，目前也仍在進行中，而這一仗是所有的白刃戰中最殘酷的一仗。

拳民們逃到城墻頂上，對着正在往上爬的外國部隊射擊。白臉的外國士兵緊握着帶刺刀的槍，但并不射擊，而是沿着古老城墻的臺階往上爬；有的拳民意識到沒有任何辦法能阻止這些正規部隊前進，只得絕望地下來了，靠在城墻的斜坡上，聽到陣陣刀槍碰擊的鏗鏘聲。光着身子的拳民在外國軍隊的刀尖下倒下了。外國兵把他們的屍體扔在沾滿鮮血的城墻峭壁下，又繼續往城頭上爬，一面砍殺，一面阻攔猛烈的襲擊。殷紅的刺刀深深刺中對方。拳民們身子搖搖晃晃，在凄厲的喊叫聲中跌落到城墻腳下的鵝卵石地上，摔得粉身碎骨。不時地又有外國士兵摔下，嘴裏咒罵着死神不支持他的復仇。他也同樣地墜落在城墻腳下的亂石堆上。傷亡人員的軀體從城墻斜坡上緩緩滑落到亂石堆上，把亂石堆的形狀都改變了。斜坡上最後一個拳民摔下，填充了那堆滿扭曲的、鮮血淋淋的屍體的城墻階梯。外國部隊繼續沿着古老的階梯往上爬，向城墻頂上爬，那裏，還有少數拳民，他們不敢站在斜坡上，怕從墻上摔下，絕望地站在原地，手握武器等着外國部隊上來殺他們。

外國部隊果真衝到了拳民的身邊，當最後一個拳民爲對端王盡忠而犧牲自己生命的時候，他雙臂張開，武器從失去知覺的手中滑下，翻身墜落到遠遠的城墻腳下。他的倒下標志着：經過漫長的戰鬥，北京城終于落入外國部隊手中，他們是老佛爺交到端王手中讓他屠殺的毛子和二毛子的保衛者和復仇者。可是太后此刻正在遙遠的内地，她不知道神聖的紫禁城内街上炮聲隆隆，炮車輪子在頤和園的路面上刻出凹痕，而在這之前，這些路面只有皇家的足迹——直到兩年後，她回到北京，她也不準許把路面修復，爲的是她要使自己永遠記得由于她信任了端王這個義和團的領導者和組織者而帶來了嚴重的後果。

就像許多個世紀以來經歷過的無數次灾難一樣，在這次灾難後，北京又從廢墟中抬起頭來，開始了有計劃的恢復工作，像一隻長生鳥一般從灰燼中再生，正在致力于飛向一個較世界上別的國家的首都更偉大的地方。

老佛爺歸來

老佛爺回紫禁城是一次傷心的返鄉。在她出走的艱辛的兩年中，她似乎老了十歲。但是在她整個外出時期中，她從來沒有喪失過信心，她相信她的好運最終必定會使她勝利，她會重新得到她失去的榮譽；她失去它僅僅是因爲她聽信了端王那個敗類，那個義和團的組織者。

她坐着她的轎子從正陽門進來，她在轎子上抬頭望着那高高的城墙，頓時回憶起兩年前她所忍受的耻辱。

幾個外國人站在城頭上向下俯視，嘻笑地看着她那可憐的隊列。在暴動前的日子裏，他們可不敢那樣。在那些日子裏，老佛爺外出的時候，街上總是冷冷清清的，因爲誰也不準許在太后路過時來看熱鬧。

隨同老佛爺一起回來的，有被廢黜的皇帝光緒、少皇后、大阿哥和李蓮英。

隊列經過城門，進入北京，這遠遠不是一次凱旋歸來。老佛爺知道，遠在她到達紫禁城之前，外國人的手可能已經伸到所有她珍藏珍寶的地方，可能他們已經褻瀆了多少世紀以來只有皇家足迹才能到的聖地。

但是這個堅强的老婦人由她的忠心的太監轎夫抬着，急匆匆地前進，經過紫禁城的中央大門。

最後，她終于從逃亡地回到家了。可是，這裏發生了多大的變化啊！

所有能携帶的珍寶，不是被偷盜，就是被外國人帶走。他們的勝利入侵，名義上是解救外國使館，實際却是給外國人進行搶劫、掠奪提供機會。

有一個外國人更放肆了，他竟然坐在老佛爺逃亡前所坐的寶座上照了相。李蓮英獲得了這張照片。從照片上看，他只是一個普通平民。他粗野地坐在她的寶座上，一條腿架在鋪有黃色墊子的椅子扶手上，痴呆呆地對着相機，細長的手指中還夾着一根香烟；他必須爲自己的這種行爲受到懲罰！老佛爺對此非常氣憤，這是必然的。毫無疑問，這又進一步加深了她對外國人的讎恨。這也不能怪老佛爺，外國人從進入中國的第一天，就成爲搗亂分子。

當老佛爺進入滿洲人的聖地，看到了遭外國人蹂躪的慘狀，她的心都要碎了。珍貴的屛風被損壞了，花瓶被打碎了，珍貴的小飾物只剩下殘渣碎片，這是幾個世紀以來祖上代代相傳的傳家寶，它們中有些被破壞者砸碎後隨手扔在附近，有些則被竊賊偷掉了。

在老佛爺看來，最重大的損失莫過于她自己的無價之寶——玉璽的丟失，這是永遠無法彌補的損失。

建築物只剩下殘骸，野草從庭院地面上的鵝卵石縫裏冒出：一個寂寞的城市，就像她今天的狀態一樣，是一個包含着懷念、愛戀、痛恨和傷心的地方。

老佛爺再次回到聖地的時候，受到數千名中國平民的歡迎，他們站在遠處看着她回到紫禁城。這位不屈不撓的老婦人立即着手修復在外國蠻子手中慘遭破壞的紫禁城和皇宮。她把逃亡前藏在井裏的財寶吊出，把金庫的内墻拆掉，皇室的財寶立刻就顯露出來，絲毫沒有損失。多少個對財富貪得無厭的外國人在金庫附近咫尺之地活動，而不知道裏面有財富！參加平定義和團暴動的外國列强代表，恐怕有幾百人吧，都參與了對紫禁城和皇宮的搶劫和掠奪。

雖然，暴動是中國人先發動的，但是，那些外國人的行動以及那些參與他們的行動或支持他們的行動的官員是不可饒恕的。他們中有些人在今天還是知名人士，或許那是他們應得的，這只表明他們現在比在義和團暴動的日子裏在中國的表現是文明得多了。對于這種階層的竊賊，用什麼語言詛咒他們都不爲過分。但是因爲他們還活着，所以我不提他們的名字。

士兵們在北京的街上賭博，用搶來的珍寶作賭注，他們的長官并不是不知道。這些小工藝品在倫敦、紐約、舊金山的商店櫥窗中出現，并且被無恥地公開出售。這是一種無言的證明，就是那些想改造中國的外國，實際上他們的文明程度遠不如中國。即使是今天的軍閥，他們中有些人可能以前是有野心的苦力或土匪，他們對舊王朝遺留下來的珍貴文物也是非常珍惜，精心保護的，遠不像當年進入北京的外國人那樣對其任意踐躪。當時誰也沒有那麼大的力量去阻擋那些賊手。

我又把話扯遠了。

老佛爺回來了。她知道了在她離去時所發生的一切。當她聽到珍貴文物慘遭破壞的情況，聽到中國婦女被外國人强奸的情況，聽到那些放肆的破壞、侮辱和褻瀆聖地的行爲，她變得非常痛苦。但是她，這位老婦人，昂起了頭，開始重整旗鼓。她比以往任何時候都更恨外國人，并要把這種讎恨帶進墳墓，但是她不願意讓外國人滿意地看到由於他們那不可饒恕的缺德行爲而使她沮喪、消沉。

在她逃亡前夕背叛她的那些太監又膽怯地回來了。她接受他們回來，因爲在她的重建計劃中，她需要他們。在逃亡前夕，李蓮英把他的巨額財富埋在他私邸的地板下，現在他把它們又挖出來了。他還像過去多年來那樣，管理着那些僕人。一個短時期内，老佛爺是異常地熱衷於恢復紫禁城昔日的繁榮。朝廷又變成了昔日的朝廷，庭院裏又回蕩起皇族的脚步聲以及宮眷們和侍從們克制的笑聲。

老佛爺逃離京城并沒有像她原來預計的那樣失去那麼多。她認爲，她的逃亡是一種恥辱，實際上是被外國人作爲笑柄，但是他們不可能追踪她到偏僻的地區去，她也完全可以嘲笑他們想報復她而又無能爲力；至于她的朝廷，在兩年之久的流亡中從沒有離散過，雖然由于許多人的背離，人數是大大地減少了，但背離的都是僕人。

現在，這些僕人又回來了，而且被收留下，重新安排在他們原來的工作崗位上。

僅僅短短一段時間，朝廷就恢復到使人難以相信它曾逃離紫禁城。老佛爺的木匠、石匠、畫師日以繼夜地忙碌，忙着修復、重建和整頓，其中，除了李蓮英，對工作進行最積極的莫過于老佛爺。

李蓮英掌管修建合同，在與木匠、石匠、畫師議價的時候，敲詐勒索，從中爲自己又撈取了一筆外快。

于是，紫禁城、頤和園和西苑又再生了。

但是，在有幾件事情上，老佛爺是堅持己見的。

雖然李蓮英用他一貫的獻媚方式提醒老佛爺：頤和園裏有幾條石頭路最好修一下，老佛爺卻始終不同意，因爲修路就必然要消除那些外國炮車輪子軋下的痕迹。老佛爺希望它們永遠留下，藉此提醒她自己過去犯下的錯誤以及她對洋人永恒的讎恨。

在西苑的北海，有一個建築的一角被削去了，出于同樣的原因，沒有被修復。

這些外國人留下的痕迹、老佛爺對外國人讎恨的記憶以及由它們所表達的一切，至今在頤和園和北海還可以看到，因爲老佛爺沒有采納李蓮英關于修復這些殘迹的建議，一直到她死。而在她死後，就沒有人再關心這件事了。

老佛爺回京不久，外國代表團就遞給她一張單子，實際是一張"黑名單"，上面列出對義和團暴動應負有責任的人的名字，并要求給他們以恰當的處分。雖然，對老佛爺這樣一位自尊心極強的統治者來說，這無疑是她必須吞服的一副苦藥，但是她還是接受了這種要求。當她看到端王的名字醒目地列在名單上的時候，她的痛苦稍稍緩解了一些。爲這整個事件，她譴責了端王。由于端王是皇族成員所以他不會像許多其他人一樣被斬首，也不會被槍斃，對他的處分就是終身流放；按照大清刑律，他的家屬必須和他一起流放。

這就給了老佛爺一個機會，既可以取消那選得不合適的太子，又可以不必承認自己在這個問題上的錯誤。

聖旨下來，太子被廢了。這是因爲他父親犯的罪，也因爲外國蠻子的要求——當然也因爲老佛爺希望找個藉口來廢黜他，不過她并不明説；于是大阿哥就要隨他父親一起流放了。

即使這樣，老佛爺也不能完全承認她選的太子是非常不好的。她向大家表明，她認爲大阿哥與端王的罪行無關。并且，雖然她口頭上下令將大阿哥流放，但是，衆所周知，大阿哥從來没有離開過北京。所以，在他最終真正受到懲處以前，他還有條件去幹更多的壞事。

從嘉慶關于不立太子的聖旨下達後的第一個太子大阿哥的情況就是這樣。這件事的重要性在于它從側面説明了老佛爺性格的倔强，一旦她決定了的事，就絕對不能改變，除非客觀環境給她施加了極大的壓力。

這種倔强使很多歷史學家認爲她偉大，也正是這種倔强性格給她帶來了許多困難和痛苦。立大阿哥這個例子就是出于她對光緒極端的憎恨，想要進一步貶低他。這原因主要是慈安在世的時候，他曾成爲她身邊的一根釘子。再有一個原因是他的許多行動在她看來是表現對她的不尊重。

由此，我們可以看到，老佛爺也是一個有性格的人，特別是一個女人——説理不能使她承認她做的事情中有許多是錯的，她任性，讓過分的自負和虛榮控制着自己，這就可能給她的臣民帶來很大的痛苦。

老佛爺回來了，但是她的處境是很困難的。全中國的人，所有外國使館的人都知道她是因爲什麼而逃亡的，多數人把恐怖事件的發生歸罪于她，可是對她來説，她的任務就是重新獲得她失去的威信。

她不是那種卑躬屈膝、忍辱含垢或請求人原諒的人。她獲得她希望的結局的方法是很簡單的。

她重新坐上中國的皇座，就像她以前坐在那裏一樣，似乎什麼事也没有發生過。她給外國大使和夫人發請帖，請他們來參加宫廷宴會。她像往常一樣主持早朝，接見大臣；在過去的兩年中，她給這些大臣的命令是由信使經過遼闊的内地轉到這裏的。

她的行爲泰然自若，一點也不像曾經做過什麼异常的事情，以致連她的敵人都開始懷疑過去發生的事是否與她有關。

她輕鬆愉快，裝得若無其事，因爲她是中華帝國歷史上個性最强的人，她完全有力量克制自己。

一個孩子出世了

三個世紀以前，有個皇帝嚇得上吊自殺了。據說，直到今天，他上吊用的絲帶在北京紫禁城內名載史冊的煤山上，仍隨着蕭蕭的風聲輕輕地擺動。在被圍攻的城門外，一位滿族皇帝的兒子力圖進入城內，他是應請率兵趕來救援命中注定爲明代的最後一位皇帝的。那皇子成功地殺進城，只是到得太晚——由于明朝末代皇帝認爲大勢已去，活着也沒有價值，于是就在宮門外自殺了。對于援救的事，他不知道，也決不會知道，因爲人們找到他時，大明王朝已結束。

雖然那位滿族皇子來得太遲，未能拯救向他求援的皇帝，但是却進入了紫禁城，并取代自殺者成爲皇帝，開創了滿清王朝。其後滿洲人當權將近三百年，在王室中曾出現過許多偉大的人物。慈禧就是他們當中最偉大的一個。

現在慈禧已死去這麼多年了，人們不再留辮子以表示對滿洲人的忠誠。只有那些對中國所發生的事一無所知的人，還有那些把從前的忠誠視爲神聖的人才蓄着辮子。他們不歡迎這種新獲得的自由，因爲這使他們單純的、深信不疑的靈魂得不到天賜的統治者，使他們不能拜倒在裝飾華麗的寶座前，也不能爲其甘願被奴役的舉動而感到得意。在全中國，辮子作爲一種象徵已消失了。雖然慈禧已死，各處依然存在着個別忠于她的人，那種人一被發覺，就會可憐地遭到嘲笑。人們暗自思忖：他不知道滿清王朝已不復存在了。他們認爲在他看來老佛爺還未死，因爲中國不是一個快樂的國家，她只是暫時離去而已。有朝一日她會回來，而那些仍然忠于她的人將得到封賞，就像在著名的寓言中充分發揮才幹的人們獲得報酬一樣。

嘲弄者也許會譏笑偶爾見到的長辮。但是他們既不了解也沒有同情心。畢竟，到現在依然對她忠實的只是那些躬身勞作的苦力！

很久以前，一個滿族將領的女兒愛上了出身低微的步兵統領。那個女孩的乳名叫"蘭兒"，而那個步兵統領的名字叫榮禄。他們彼此相愛着，只有那些深深愛戀的人才能理解。并且，蘭兒的父親也贊成女兒的選擇。蘭兒的内心感到很幸福，榮禄的内心也感到很幸福。他們將有一天會結婚的。要是他們果真結了婚，近代中國歷史的進程就不同了——溥儀，那位可悲的皇帝就絶不會存在。

但是，蘭兒的心靈深處滋生着野心，也許她自己并没有意識到。這種野心使她達到權力的頂峰，使她在全世界知名，不過也使她的生活充滿了悲痛，把她和榮禄分開了。雖然她愛榮禄，榮禄也愛她，但是那堵分隔皇族和庶民的、看得見却不可逾越的厚墙把他們分開了。這種野心終于使她躺在那凄凉的臨終床上，那時她儘管還活着，那些她往日一貫信任的人就背離了她，正在把她往墳墓裏送，因爲他們知道，由于缺乏愛和忠誠，她的一生是失敗的一生。

皇太后慈禧，這位好勝的女人，盡了最大努力。她任命榮禄爲軍機大臣——這樣，在一生中他都在她近旁，崇敬她，對她忠心耿耿，僅作爲一個深深愛戀她的男人而盡力爲她效勞。然而，所有這些年裏，雖然他們各自知道對方仍然愛着自己，但是榮禄甚至不可能握一握昔日的蘭兒的手，也不能觸碰她皇袍的折边。慈禧不斷地將榮華富貴賜給榮禄及其家族；不過，他們深知所有這些都毫無價值，生活中惟有一件東西他們都期望獲得，然而却不能得到。

從來也没有像榮禄這樣忠誠的情人，從來没有情人在愛戀中企求如此之少——慈禧知道，也非常同情，并以惟一可能的方式回報他。當然，她不可能知道，對其不可勝計的欠債中，她最後的一次償還是最不仁慈的，那就是指定榮禄的外孫來繼承皇位，造就了一位可悲的皇帝。他將在悲痛中統治他的王朝，他的一生將没有安寧和幸福。

皇太后曾愛過榮禄，現在他的女兒生了一個孩子。太后愛榮禄之深，只有她本人知道。當榮禄去世的消息傳來時，筆者就在她身旁。好一會兒，她都閉着雙眼，放在膝上的手握得緊緊的，直到指關節因用力過度而變白，臉上也顯得很悲痛。但是，當她憑着只有高傲的慈禧纔可能有的毅力控制住自己以後，她的臉面對着一下子變陰暗了的世界（因爲過去那種奇异的充滿友誼的陽光已蕩然無存），如同雕刻的偶像一般！

由于慈禧的懿旨，榮禄的葬禮在北京是令人久久難忘的，它使人們見識了無數大人物的葬禮。

那個男子一直是忠心耿耿的，他的女兒喜得一個兒子。按照中國人的習慣，要把這一喜訊告知本家族所有的朋友——蛋，染紅的蛋，表明一個男孩誕生了。

這位小小的新生兒在一個月之內不能離開他的房間，但是他出世的消息早就稟報給皇太后了，他的名字是皇太后取的，現在全中國都熟知。她所取的名字是溥儀，而且在所有得知他出世的人中，沒有一個人能預見到，尤其是爲他取名的慈禧也沒有預見到，他注定是滿清王朝的最後一位君主，他的道路將布滿荊棘，假若命運照顧他的話，他的人生本該是一個偉大人物的一生。人們敬嘆，要是慈禧具有天賦的先知先覺就好了！

任何人所知道的事實是：一個孩子出世了，他已由太后賜名溥儀。

慈禧別有所思

　　在整個老佛爺的時代，慈禧的宮廷都是非常顯赫的。不僅有許多大臣、朝廷官員以及許許多多穿着富麗的長袍和禮服的來賓，而且還有爲數衆多的太監，他們是各個品級的官員，其衣着給太后的宮廷增添了色彩和産生了顯著的影響。老佛爺愛美，臉美、衣着美和舉止優雅；她的老練的眼睛對這方面的缺陷很敏感。對此，她的隨從都瞭解，因而總是避免觸犯她，因爲他們十分清楚太后好責備人。老佛爺自己的許多舉止（中國人的舉止）是非常謹慎的，總是保持着嚴格的禮節和各種清規戒律。

　　參與任何宮廷儀式都是置身于一種美好而令人敬畏的場面。即使寧靜的宮廷也像一條没有盡頭并不斷變化着的飾帶；變換着的圖形，是一幅幅永遠更迭不止的美景！

　　小溥儀，那位可憐的皇帝，由他母親帶着來見慈禧時，我也在場，那時他也許才兩個多月。小傢伙裹在一個紅色的襁褓（一個笨重的大布卷）之中。他既不知未來的前途，也不關心這次覲見的意義，只是安安靜靜地躺在母親的懷抱中。他的黑眼睛瞪得大大的，望着吸引孩子們目光的任何東西。他那乾瘦的小臉簡直是一幅描繪無能相的傑作。

　　這位母親爲自己的兒子感到驕傲，帶着嬰兒來見慈禧。按照習俗，所有來見老佛爺的人都必須磕頭；但是這位母親不能雙手抱着嬰兒磕頭。她便把嬰兒交給一位小太監抱着，直至她懷着忠實臣民的謙卑施行了這種必不可少的禮節。小太監接過嬰兒後，低頭俯視笨拙的包卷，用食指試探着觸摸乾瘦的小臉頰，含笑地望着那雙對所見事物茫然無知的眼睛。

　　由于某種奇怪的、但也許并不是不可理解的原因，所有的太監都愛嬰孩；而慈禧宮廷裏的太監素來人數衆多，此時圍聚在這個小孩的周圍，觀看着，撫摸着，并悄聲地評頭論足。我懷疑，難道這些太監知道，難道他們由于什麼原因意識到了這是一位重要的小顯貴？難道他們從這個小孩的謙卑之中認識到了滿清王朝的結局？難道他們預見到將屬于他的悲痛和傷心嗎？或許是這樣。太監對許多事情的理解都是不可思議的，因爲——呃，因爲，也許他們自己常常需要理解，但從來就沒有得到過。

那孩子的母親在行叩頭禮。至今我還記憶猶新，彷彿仍然看見她，這位未來皇帝的母親，正在那裏向着那個女人跪下叩頭。那女人有一天，不久後某一天，將把一頂倒霉的皇冠戴在一個不能自立的孩子的頭上，而他們的王朝將在混亂中覆没。回顧過去，我認爲溥儀的母親也是一個可悲的人物。她爲自己的兒子感到驕傲，就像所有孩子的生身母親那樣。這個小孩在皇宮裏受到接見的確是件了不起的事。這給予他榮譽——不過，這小孩并不知道，而他母親是知道的。或許，她甚至在想：這是溥儀首次也是最後一次來宮廷，將來有一天，當他長大懂事以後，她會告訴他，并向他證明他有爲這一榮譽而感到自豪的權利。也許若干年後皇太后會想起這個嬰孩，那時他會得到更多的榮譽。

因此她從太監手裏接過嬰孩，用一隻寬大的手臂托住他，讓他也磕頭；那嬰兒半閉着雙眼，乾癟的臉上毫無領悟的表情，在他母親的手臂上，像一個機械的玩偶似的一躬一躬地向老佛爺致敬。

老佛爺漫不經心地看了他一眼，便把目光移開了，不再注意他。顯然，她對榮禄的外孫是十分冷淡的，而且好像是故意做出來的。真是這樣嗎？正如我已經叙述過的那樣，榮禄死時，我和皇太后在一起。我知道她愛榮禄。因爲她有時把我當成心腹，因此，不可能有誤解。儘管猜測她對溥儀的冷淡是無濟于事，但是我從來也沒有停止過懷疑。

回想起來，我認爲那種冷淡是奇怪的象徵。

難道爲了償還對榮禄的一點感情債，甚至在那時，她就打算指定那個小孩來繼承皇位？難道她意識到清朝末日快要來臨，因此策劃讓那個男孩當皇帝，而他在革命炮彈的威脅下會恐懼地放棄繼承權，這樣，她就可再次報復光緒——醇親王的异母兄弟？這好像看來不可能，可是，當人們瞭解太后，像我漸漸瞭解她時，就會感到幾乎沒有什麼事可瞞住她，即使在遙遠的將來所發生的那椿小事也不能瞞過她：她自己的名字將遭到所有善良中國人的詛咒，因爲他們迫切希望擺脱滿清的枷鎖——結果却屈從于實際上是更爲沉重的枷鎖之下。

設想把自己置于慈禧的位置，這是很難的。至于我總是不可能忘記宮中的那次覲見。雖然那時慈禧的壽命不長了，幾乎可以以時日計數，但已經在她爲自己建立的寶座上統治了將近半個世紀。她那上了年紀的臉上布滿皺紋，因爲榮禄已不在了，而他死後慈禧也判若兩人——她的一小部分，也許超過她自己所意識到的，已經和她喜愛的人一起葬入墳墓了。有人説，在那個命運攸關的訃文公布之後，她有點喪失了理智。

那個嬰孩的母親在磕頭，也許很想知道此時小太監是否小心地抱着嬰兒。小太監笑望着那張乾癟的小臉，而那小孩却什麼也不懂，或許也沒有吮吸骯髒的大拇指，因爲裹着他小手的褓襁緊緊地捆在身上。太監們圍在他的周圍，嚴厲的李蓮英（那位著名的太監，但許多人却説他不是太監）這時也站在慈禧的身後，他從前曾多次站在那兒向慈禧進諫。慈禧是非常信任他的，後來他却殘忍無情地辜負了那種信任——不過那是另一個故事。我也在那兒——那似乎像一場夢，因爲我不能看出這個溥儀（那位未來的小皇帝）的前程。我甚至不理解這次覲見的重要性，也沒意識到我正在目睹一場醞釀中的歷史悲劇。

但是，我注意到慈禧皇太后的冷淡，并因而使我産生懷疑。

那個嬰兒在厚厚的褓襁中顯得很笨拙，由于他母親的手才使他活潑起來，他毫無意識地在皇太后的面前磕頭，而皇太后似乎沒有看見。難道那母親沒有覺察到這種奇怪的氣氛？難道她確實看到將來，并幻想着她兒子的前程？我認爲并不是這樣！

因爲榮禄的女兒從太后面前離開時，仍然笑着，表示很高興，好像她和兒子受到的恩寵超過所有的人。

在她離開以後，皇宮裏的活躍氣氛就不同了。太監們在這裏那裏跑着，在進行着日常工作，宮女們在需要她們的地方繼續幹活，李蓮英也從太后的身後走出來，不斷地對下屬發出權威的指示，慈禧則轉向她的宮眷，談論着別的事情。小溥儀一離開觀見的房間就被遺忘了，好像他真正無關緊要。也許他的確是無關緊要的。

不過，整個悲劇在于：溥儀在決定他的命運時無話可説。他是不可抗拒的命運所操縱的傀儡，而皇太后慈禧則是進行操縱的工具。

老佛爺，我懷疑你是否知道！

慈禧，在那次觀見中，是最可悲的人物！

登基前三年

溥儀在頭三年裏的生活充滿了幸福，不過，既然這是他人生最初的歲月，也許現在他已回憶不起來了。儘管如此，這些歲月畢竟是快樂的，像普通孩子的生活是快樂的一樣，而這期間他惟一的悲哀在于現在回想不起來了。在第一次覲見後的三年裏，他在父母家過着普通滿洲孩子的生活。身邊總有許多溺愛他的阿媽。他事事都稱心如意。他是一位親王的兒子，而親王的兒子則豐衣足食，什麼也不缺。他的周圍總有許多僕人，因爲一個親王的家就是一個宮廷的縮影。當從悶熱的襁褓中一解脫出來，他便像小孩子們一樣玩耍。他的頭髮梳成幾根小辮，他那橄欖色的臉頰看來和別的東方小孩一樣活像菩薩的面孔。

滿洲人很早就開始對孩子進行教育，決不容忍他們自由成長，而像培育嬌嫩的花和藤一樣精心地培養，爲將來進一步獲取知識做準備。并且幾乎從在搖籃裏就開始這種培養。就以溥儀爲例，雖然這期間他的情況我不了解，但像所有的滿洲孩子一樣，大約兩歲時便開始上學。當然，這種學校并不是西方國家通常的詞義，因爲溥儀有一位家庭教師，甚至兩歲時就開始學認字寫字，那種象形文字就連西方成年人都感到難懂難學。由此可見，認識漢字不是第二天性的，也就是説不是本能的（儘管有些人發現連人力車夫也認識許多字，而懷疑這是一種本能），但是文字知識差不多就是第二天性的，因爲它是隨母乳一并被吸收了。

凡是受過教育的滿洲人没有一個記得他或她的教育是何時開始的。此外，他們始終受到禮貌教育。男人們要學會如何爲人處事，如何談話得體，如何會見其他的男人，總之，如何成爲有教養的滿族人；因爲滿族男孩的父母着眼于未來，所以便早早開始這種教育，而其他民族的孩子們此時却在沙中玩耍以消磨時光。不過，絶不要把這誤認爲是滿族孩子没有玩耍的時間，因爲就連滿族人也認爲只工作不玩耍會造就傻瓜。

滿族姑娘們則被訓練成能幹的女主人，萬一她們有可能選入皇宮，就應該知道要怎樣處事。要是她屬于貴族，她就可能成爲女外交官。人們決不知道，一個滿族的貴族小姐會飛黃騰達到什麼地步。慈禧是一個滿族將領的女兒，後來則成爲咸豐的妃子，到死時已是統治四億多人的皇太后。當然，所有這一切都發生在帶來灾難的一九一一年以前，那一年對于滿洲人來說，整個世界都是亂糟糟的。

但是，在慈禧死以前的三年裏，滿清王朝的地平綫上没有陰雲。在一九〇〇年曾有過一小塊雲，不過，被慈禧的堅强意志驅散了，在小皇帝的加冕禮之前，清朝似乎可能永存下去。慈禧對王朝的信念是無比堅定的。她相信，或者試圖使自己相信，她會永遠活着，或者，假如她確實會死，她的精神將會繼續活着，看守着"中華帝國"，掌握其命運。或許許多多明智的男男女女看到了正在匯聚的陰雲，但是就他們看來，那塊陰雲并不大于人的手掌。在一九一一年前那些帶來灾難的年月裏，没有什麼迹象表明溥儀生來即不幸，也没任何迹象表明他登基前三年的幸福童年會消逝得那麼快。

對于這個小孩，每一天都是新鮮的，每一分鐘都是寶貴的，值得盡情地享受。甚至連他所受的教育也一定是快樂的，因爲所有的教育都是新奇的，而孩子們往往生來就懷着似乎永遠都滿足不了的好奇心。對于那時的溥儀來說，陽光燦爛，鳥兒的歌聲婉轉，十分新奇和迷人——要不然溥儀就絶不是小孩子。

但是所有這期間，在遮着未來的幕後，那手掌般大小的雲塊一直在增大，而溥儀還在蹒跚學步，三年過後，便去迎接命運的挑戰了。那三年開初時，他只不過是襁褓中的嬰兒；三年過去後，他却成了皇帝，一個全中國敬畏的人物，可是太年幼了，不能意識到自己的重要性。在那三年結束時，他是傀儡，但是却是皇帝。我不知道外國人是否理解那種說法？西方人有他們崇敬的上帝，即他們歌頌的英雄。中國人——1911年以前的中國人，有他們的皇帝。甚至今天，中國處處還有恭順的人，也就是前面提及的那些梳着長辮以示舊有的忠誠的人。如果你告訴他們再也没有皇帝了，要是在白天，他們會指着太陽，要是在夜晚，他們會指着綴滿星星的天空，并回答説：

"中國没有皇帝了嗎？多可笑！要我相信這樣的胡言亂語嗎？我决不相信！要是那樣，太陽就不會照耀着，夜空的星星就會掉下來!"

我，是滿洲人，我家祖祖輩輩是滿洲人，我的祖先和第一個滿洲皇帝一起來到北京（他們屬于有"鐵帽子"頭衔的階級，而且這種稱號是世襲的），因此我有資格到這位未來的小皇帝的家中去看他。在醇親王府裏，還有另一個男孩，即溥儀的弟弟，他們每人都有指派的阿媽和婢女、還有僕童和陪伴。溥儀和他的兄弟的游戲室一定是個熱鬧的地方——那兒常有歡聲笑語。一般認爲東方人的生活没有歡樂，溥儀也從來不笑，他的臉老是毫無表情的，其實這是一種謬見。請指給我看看，哪裏有那種遇到快樂或不高興的事時會不笑或不哭叫的男孩！不，溥儀是幸福的——在那短暫的三年裏，儘管給以後歲月罩上陰影的那個雲塊正在未來的地平綫上冉冉上升，變得越來越大。

在這段時間，皇宫裏接連出事。由于中國最大的統治者慈禧大權獨攬，光緒成爲有名無實的可悲的皇帝，他已患有一種可怕的疾病，正向墳墓走近——這涉及另一處我所寫過的内容。自從光緒密謀反抗以來，慈禧就讎恨他，如若他不是皇帝，他就早被處死。一些小事，哪怕是微不足道的，只要能給光緒帶來煩惱，她都想得出來。光緒在自己的皇宫裏差不多就是個囚犯。一個没有王權的皇帝，一個有名字、有軀體的無足輕重的人物——其實是個根本不能自我支配的人。

慈禧本想長生不老，現在年紀却越來越大了；榮禄死後，許多稀奇古怪的夢幻折磨着她。或許在邊遠的省份裏，許許多多的强悍人已經在密謀推翻滿洲人的統治。

這些情況使得籠罩在溥儀命運之上的陰雲變得更大。關于這些，我只可能簡略地提一下。

但是對于所有這一切，溥儀一無所知。

光緒之死

接着便是這段記事，若不是我決定把所瞭解的真實情況都講出來，我很願意刪去這部分。許多故事都曾講到光緒之死。我現在要講的是一個真實的故事。

如像我們已瞭解的那樣，老佛爺讎恨光緒。她非常信任李蓮英，不相信其他任何人，甚至連榮禄也不例外。她聽信李蓮英的進諫——把珍妃拋下井裹，并用一塊石頭壓在她的頭上。這些年來，她一直聽信李蓮英的話，并使他很富有。毫無疑問，李蓮英忠實于她是有一定限度的（即決不超越他自己的私利）。

因爲老佛爺聽李蓮英的話，所以他就成爲老佛爺寶座後的權力象徵，是非常嚴酷無情和極其陰險的人物。這位總管太監竟夢想着有朝一日能當中國的皇帝，這似乎是十分荒謬的！

自從李蓮英開始成爲總管太監以後，在内心裹暗暗滋生着的正是這一欲望，或許這與光緒之死有很大的關係，不過，我絕不會因爲愛老佛爺的緣故而竭力爲她開脫過失。

正如在另一處所講述的那樣，光緒在瀛臺時就已開始寫日記，他記述了逐日所發生的事，還記下了内心深處的想法。他日記中的某些摘録被李蓮英注意到了，摘要如下：

"我病了，但我内心感到我將比老佛爺活得長。一旦那樣，她一死我就立即發出諭旨，要將頭號叛徒袁世凱斬首。只待皇太后一死，我還要降旨用同樣的方法處死李蓮英。"

至于袁世凱可能遭斬的事一點也不使李蓮英吃驚。但是下達斬首的聖旨上竟有他自己的名字，僅僅缺少日期和御印——只待年事已高的老佛爺去世就簽署，確實使他有些吃驚！

自從那次政變以後，光緒在自己的宮廷裏實際上也是個囚犯。他先在瀛臺，後來老佛爺去頤和園時，他又搬到那裏，并被安排在四周建造有一堵內墻的房子裏，結果那個地方也成爲牢房。在自願逃亡到西安期間，他實際上也是一個囚犯。現在仍然是一名囚犯，被老佛爺及其太監那猛禽般貪婪的目光所監視着。

李蓮英聽説這篇日記以後，將部分日記中有關這方面的點滴情況苦心搜集起來，隨即就到老佛爺面前搬弄是非。她靜靜地聽取了這些情報，但臉色却像雷雲般的陰沉。

"皇帝陛下，"這個假笑着的太監説，"似乎以爲他將比老佛爺還活得長久。人們懷疑他是否有理由這樣想！前次他圖謀殺害太后老佛爺，企圖誘騙袁世凱同謀以廢黜太后老佛爺，現在回想起來還十分令人遺憾呢！"

"李蓮英，你以爲，"太后説，"這就暗示他再次企圖殺害我？"

我對李蓮英的瞭解超過任何其他人；他只在其醜陋的臉上流露出適當的愁容，就對這一問題做了完全合適的回答。

"你有什麼意見？"老佛爺説。

"要是光緒皇帝陛下會在老佛爺以前去世，這就對所有相關的人都有利。"

直接陳述己見決非這位著名太監慣用的策略。他是那種相信含蓄（并不太隱蔽）的示意的人，而且在老佛爺身邊的這些年裏，這類暗示給他帶來了極大的好處，或許他的這種策略終究有值得學習之處。

因此，老佛爺在李蓮英間接地示意以後，仍然等待着他提出建議，結果枉費心機。于是，按捺不住，發出了李蓮英盼望的懿旨。

"皇帝病情嚴重。他向來多病，并且還將繼續抱病。依我看，派去給他備藥的人也許不細心，因此他的病情好轉得如此緩慢。從今以後，李蓮英，你將承擔侍奉皇帝的任務。"

李蓮英再也無需更多的指示。他立即負責伺候病中的君主，照料他的飲食和治病。

此後不久，光緒便臥床不起。看來李蓮英的照料對他是有害的，而不是有益的；雖然光緒對此無能爲力，不過他明白自己中毒了；儘管是慢慢地，但却是確定無疑的。

光緒衰弱得這樣快，以至于人們傳説他的怪病非同尋常。老佛爺爲了避嫌，認爲最好還是親自去看光緒，探問他的健康情況。

"你病得這樣重，"她簡單地對他説，"使我悲痛不已。我不明白爲何你的身體不見好轉，反而變得越來越糟。"

由于光緒非常清楚他生病的根源，非常清楚女元兇正站在自己面前，俯視着他的臉，在得知他快要死去時却不能掩飾其滿意的表情，因此他回答説：

"太后，我自己也不明白。不過，李蓮英一直恨我，是李蓮英給我取藥，結果，如你所説的那樣，我的病情却越來越嚴重。"

老佛爺雖然不可能蒙蔽光緒，但是爲了掩飾自己，還是派人把李蓮英叫了來。

"你一直給皇帝陛下服的什麼藥？"她氣憤地查問，"他的病情日漸嚴重，這必定是你的過失。或許你在拌藥時就出了差錯。"

而李蓮英絶不容許對他有絲毫的批評，便回答説：

"我完全是遵照太后老佛爺的旨意做的！除了老佛爺的特殊口諭之外，没有一件事是由我做主。"

如果此處允許我説幾句題外的話，我就會回憶起當我還在老佛爺宮廷時，光緒做過的與此有關的一場夢，這事也真奇怪。皇上把這個夢告訴我，還問我是否認爲那是他臨近死亡的預兆。他夢見一個怪字，它既像也不像中國的"壽"字。那絶非光緒所認識的字，也絶非我所認識的字，此外還有一些奇怪的附加物。光緒在紙上概略地勾畫出夢裏的這個字以便讓我細看。除了描述得不够充分的位于中心的那個字以外，字的上方有雲，左面有個奇怪的動物面對着字，同時還有一個鋸齒狀的閃電從右方劈來。

現在繼續講下去。當然，老佛爺明白光緒快要死了，企圖把他的死歸罪于李蓮英，而李蓮英根本不會接受——可是老佛爺并未解除李蓮英的責任，令他繼續照料這位坎坷一生、而今垂死的君主。

有個名叫張德的太監，現住在天津，把有關光緒死的情況告訴了我。這事發生在我離開宮廷一段時間以後。張德説光緒臨終的卧室是個令人毛骨悚然的地方。李蓮英在那裏，巴不得垂死的光緒安安静静的。他像一隻邪惡的鳥在盤旋着，嘴上表示憐憫，眼光却在嘲笑，站在那兒拒不離開，直至光緒會得到屬于他的無論什麼樣的報應爲止。雖然他告訴光緒他相信皇上很快就能起來到處走動，但是却遵照老佛爺的懿旨，在光緒死前數小時他的神志仍然清醒時，就派人爲他穿上去到最後的安息地要穿的壽衣！

光緒的臨終卧室，一個地獄般的陰森可怖的地方。儘管這位臨死的君主明白他本來完全可以直接譴責李蓮英，但此時只得不斷地抬頭仰望這個殘忍的、已閹割的太監。這個太監只不過是在等着光緒咽氣，并且還相當的不耐煩；這位垂死的君主也明白老佛爺亦在室外的某個地方等待他死亡的消息。

珍妃的姐姐，一直不受光緒喜愛的那個胖胖的嬪妃，在他臨終前來到床邊。但是，她使光緒回想起珍妃，回憶起她是如何走過人生最後的旅程，而如今他自己正在重蹈其覆轍，所以光緒拒不看她。

來到他床邊的還有少皇后，他那位不幸的、面色蒼白的妻子。她是老佛爺强迫賜與他的，却一直爲光緒所厭惡——于是光緒閉上了眼睛，把痛楚的臉轉向了墙。光緒在痛苦中死去。

我詳細地講叙了這個可怕的事件僅僅是因爲它與指定宣統（有時稱爲溥儀，并以"小皇帝"而聞名于世）去繼承光緒有很大的關係。這是一種災難性的徵兆。儘管我渴望完全公正地對待老佛爺，但仔細地查看這些事實後，我找不到一點點他們謀害光緒的口實，也找不到老佛爺幾乎終身虐待他的理由。

不過，對這件事我很有把握：正如我在另一處所講述的那樣，當榮禄死去的消息稟報給老佛爺時，我和她在一起，我知道在他去世後她便判若兩人。她的部分靈魂以及老當益壯的部分雄心隨其忠實、心愛的人一起進入了墳墓——還有她的部分理智也一起進入了墳墓。現在她已很老了，這不僅因爲她年歲大了，而且因爲她經歷了無數的磨難，或許她常常被想象的危險所困擾。這導致她作出不正確的判斷，臆想出一些不真實的事情，甚至相信全世界都結同盟來反對她——并把這一切罪責都歸咎于光緒，因爲他竟在軍事政變前就敢公然反抗她。這是我能爲她找到的惟一的藉口，很可能是不能自圓其説的藉口。但無論如何，我覺得該把真相公之于衆了，不管爲此我會遭到何種譴責——因爲我一直都記得老佛爺對我説的話：

"我希望你知道我的真實情況，以便有一天你回到真正屬于你的另一個社會時，你可以講明真相——我極其小心地隱瞞于世（尤其是外國蠻子的世界）的真相!"

西方人是難于理解東方人的觀點，但是對于光緒之死，對于老佛爺所幹的許多可怕的事，對于"義和團暴動"（儘管由于是"二毛子"，我自己的家庭曾處于危險之中），對于這一切我所記得的都不多，我記得更多的則是：我認爲皇太后是一位善良的老婦人，她愛我，我也愛她——雖然她肩負着又多又艱難的重任，却不乏人之常情。她是那一地位最適宜的人。

假如她今天仍然在統治中國的寶座上……

不過，推測是無用的。

臨近死亡的預感使她指定了一個皇帝，他將成爲清朝的末代皇帝，爲此我詳細地叙述了可憐的溥儀。

不吉祥的類同

在慈禧一生中，在她六七十歲的年代裏，她處于權力的頂峰，控制着四億人，因而堅信她將永遠坐在滿清王朝的寶座上。可是，除非有一位屈從于母后意志的幼君在位，否則就不可能有一位垂簾聽政的皇太后，所以慈禧任命光緒繼承她，使他成爲最爲不幸的統治者（或許除溥儀外），從未真正登上過中國或其他任何國家的王位。

皇太后一直是徵兆、效驗的堅定信仰者，如同她平時進行的每項事情總是要先擇定黃道吉日那樣，她親自挑選了日子和時辰，在半夜把光緒召來，而所有的預兆都表明他是不會成功的。那些不理解中國人的人認爲這是十分奇怪的，另外一些人則認爲這是愚蠢的迷信，因爲一個這樣有能力的、如此長久成功地統治像中國這樣一個大國的女人，怎麼可能如此輕信占卜、徵兆和預示之類的事。然而，從來沒有一個清晨慈禧不查閱有關好運或厄運的書，以確定當天是否有好運，當天計劃要做的事是否會成功。只有中國真正懂得這些事，因爲占卜——或我們所理解的像占卜之類的事，在中國人的日常生活中起着難以置信的重要作用。

慈禧知道，自從親生兒子死後，她的臣民就盼望她任命另一個繼承人，因此她任命光緒，那時他大概才四歲。她選擇了一個小孩是因爲還要許多年後，他才有達到獨自執政的年齡，因此，她可以作爲皇太后代他行使統治權。

但是，她一定要在查閱了與這一任命有關的、表示好運或厄運的預兆之後，才會作出這一任命和發布這樣的懿旨。她查看了與這類問題有關的書——那本書幾乎就是她的《聖經》，就像《舊約全書》是猶太人的法典一樣。

她希望知道何日、何時做出這一任命才更吉利⋯⋯

于是，她在午夜把光緒召來，使他成爲中國的皇帝。

有關午夜登基的詳情缺乏記載，除了它們所表明的灾難性的類同以外，對這個故事也無密切關系。光緒，這個最不幸的皇帝在午夜時遵旨登基，成爲名義上的皇帝、實際上的傀儡，因爲這個王朝已有一個專制統治者——慈禧。光緒在位時期生活在極其悲痛和沒完沒了的不幸之中。關于他的一生曾流傳過許多離奇的故事。其中有多少是真實的，則無從知道。光緒是我所認識的一個怪人。他對我非常之好，對這樣一個奇怪而不尋常的人來説，能與我有這樣的友誼是很難得的。兒時的光緒是個沒人理解的孩子，是在太監的照料下成長的，太監中最低微的都認爲他無足輕重。雖然他是皇帝，但作爲一個人，却不被重視。皇太后也漠視他而獨攬朝政大權。起初，她不喜歡光緒這個男孩，而最終他死時已是一個成年男子——其間充斥着連續數載的痛苦和誤解，甚至不信任和讎恨。除非是研究歷史的學者，否則很少人知道在已故皇太后統治時期還有一個皇帝，不少聖旨都是以他的名義簽署的，不過，或許他對這些一無所知，即便知道，也在它們發布很久以後了。

或許慈禧不可能解釋她對光緒反感的原因，但却時時伺機泄恨于他。她總會玩弄些小花招，而且決不放過這樣的機會使光緒感到自己沒有實權。他在位的後期，按照習俗他必須食用從母后桌上撤下來的食物時，他總是趁早吐掉胃裏的東西，因爲他對慈禧的動機有懷疑。雖然生活這樣虐待他，他却不希望因此中毒而死。對光緒來説，宮廷裏的生活充滿了永無止境的恐怖感。

我記得很清楚，光緒的確是個怯弱的人，不然他會爲中國做許許多多有益的事情。他頭腦好，却不敢用。當皇太后獨斷專行時，光緒連走路都嚇得發抖。從一開初瞭解到慈禧倔强的個性起他就被鎮住了，從未能抑制住對這個邪惡女人的懼怕。他的一生是一場没完没了的噩夢。拿破侖在阿爾卑斯山上所受的苦都不如光緒在他自己的皇宮裏所受的苦多，因爲即使在阿爾卑斯山時，拿破侖也是行動自由的。光緒僅僅是徒有虛名而已，儘管在歷史上他是清朝或滿洲的倒數第二個皇帝。我現在仍然能想象出那個高貴的、有點柔弱的人在皇宮裏走來走去，對周圍一切都毫無興趣的情景。那時，太監看守着他，甚至連他最細微的活動都要向慈禧稟報。就像太監作爲惡魔任意擺布宮廷裏的人們那樣，李蓮英就是附在光緒身上的惡魔。他暗中監視光緒，對他造謠中傷，以便繼續受寵于慈禧。

没有一個皇帝比他更爲不幸了。

這裏存在着類似的不吉祥：慈禧挑選了舉行加冕典禮的日子和時辰，召光緒進宮爲皇帝；慈禧也爲小皇帝溥儀（滿清的最後一位皇帝）挑選了舉行加冕典禮的日期和時辰。

而且他們兩人都是在午夜進宮去迎接自己的厄運。

悲哀之路

　　光緒是除了慈禧的親生兒子以外第二個倒霉的小皇帝。他在掙扎中痛苦地死去。他臨終的臥室是個恐怖的地方。慈禧，這個時而溫和、時而殘忍的不可思議的女人，在他臨終的床旁等着他死。此時她顯出對他的憐憫，傳旨把皇袍蓋在他的身上，當時他還活着而且很明白：他的性命已危在旦夕，這件長袍是他長眠時要穿的壽衣。慈禧也常常成爲光緒床前的魔鬼。光緒是在她的"懿旨"下受害中毒的，而毒性正在他體內暗暗加劇。慈禧已看見了效應，因爲光緒死時，其腹部……但是却置之不顧。對溥儀所經歷的不幸已叙述得够多了，對于光緒的悲劇，除去對溥儀的經歷有影響之處，其餘的則不必贅述了。

　　雖然皇太后因年老而滿臉皺紋，將近四十年的讎恨使她極不愉快，但是她朝床上的光緒微笑，對他的逝世表示哀痛——因爲她深知這一死亡是由于她而造成的；也完全知道光緒自己清楚殺人的女元兇就在床前，正平靜地俯視着他的痛苦。慈禧極不仁慈，没有設法阻止毒藥對光緒的摧殘，也没有流露出悲傷之情，當光緒死時可怕的軀體停止痙攣的挣扎以後，她便從已寂静無聲的、充滿恐怖的臨終房間裏走了出去……

　　她降旨火速召來溥儀，把他置于光緒原來的位置上！

　　于是，太監們都從那個倒霉皇帝的臨終臥室裏走開，趕到寧静的醇王府。王府裏已無燈火，全家人都在熟睡，他們便和這些不知曉的人一起等候聖旨的到達；當燈再亮時，僕人和阿媽被叫醒，他們激動地跑來跑去——一個有着幸福童年的孩子在夢鄉中突然被唤醒，并告知他將登上一個責任重大的位置，從今以後全中國都要效忠他。

　　溥儀醒來後，揉着眼睛哭了起來，因爲他還想睡。他不要當皇帝，他要睡覺，重新做他的夢，不管會夢見什麼不幸的事，總比違背他幼稚的意願而被迫去接受眼前現實要好得多。

"喂，兒子，"父親醇親王説，"太后已傳旨，我們必須快一點！她老人家會不耐煩的。光緒已死了，中華帝國的寶座還空着呢！"

但是溥儀只是哭。對于他，權力和王位算得了什麼？

然而，慈禧的懿旨已經下傳，無論什麼事都不可改變，甚至連奇迹也不可能使之改變。

溥儀被他的阿媽從床上抱起，那是一位年高德劭的僕人，曾以同樣的身份伺候過童年時的醇親王；儘管溥儀又哭又踢，他們還是爲他穿好衣服，整裝待發。簡直如同一頭等待屠殺的羔羊。

正如我説過的那樣，溥儀在哭，與此同時所有的僕人都在議論着。他們説，他又哭又鬧是一種不吉祥的預兆（中國僕人知道很多不吉祥的預兆）。他們并不聰明，未受過教育，但對不可捉摸的事却極爲敏感，而在其他的人看來則是莫名其妙的心理作用。這些恭順的僕人非常愛護溥儀，在他們内心深處明知這是在把一個人的靈魂用作祭品——奉獻給什麼？那一點他們是回答不了的。他們僅僅知道自己内心所想的，因爲他們并沒有聰明的頭腦。不過，他們對此有先見之明——因此，當溥儀在穿戴準備中又哭又鬧時，他們相互嘀咕着，感到非常悲戚。宮廷太監嚴肅而憂鬱的臉色，可能會使恭順而膽戰心驚的僕人聯想到食肉的猛禽。這些太監受慈禧的派遣，來爲她垂簾聽政以來的第三個小皇帝做準備。他們沉默不語，胸有成竹，面露不豫之色——而且，溥儀還在啼哭。

難怪他們嘀咕。難怪他們懼怕地轉動着眼珠。難怪他們仔細地研究了太監的臉色，以尋求某種迹象——任何迹象，可能被看作是有希望的迹象。

接着溥儀從他的家中被護送出來，他永遠不可能再回家，因爲他要當皇帝了；所有這些太監像衛兵似的簇擁在他的周圍，忠實的老阿媽也尾隨其後，一邊搖頭，一邊咕噥着，醇親王自己却扮演了亞伯拉罕的角色，走在這一隊人的最前面，要把他的艾薩克奉獻給習俗之神。

對慈禧下令必須實現的這件事雖然老天爺也十分生氣，但并未能阻止她。可能慈禧已有一種預感，因爲傳説將要發生的事會預先顯示信息——慈禧本人在數小時内就會躺在臨終的床上。關于這一點似乎没有絲毫的迹象——因爲她是突然患病的，但一定有什麽事使慈禧得知她的壽命已不長了。因此，她召來溥儀，醇親王則遵旨帶來長子。溥儀年僅三歲，只經歷了三年幸福生活。

風在北京狹窄的街上怒吼着、尖嘯着，彷彿無形的群魔在狂舞，扭動着無形的手臂和軀體，嘲弄在午夜裏奔赴紫禁城的隊伍。狂風漸漸地停止了怒吼而輕聲地嗚咽着，使得行進者想到那些在地下受折磨的靈魂——好像這些年來在北京逝世的人都前來向正在引渡溥儀的人們表示哀悼。

隊伍中一盞盞爲人們脚下照路的燈籠隨風摇曳着，行進者都低着頭以避免狂風吹打在臉上。陣陣疾風似乎要把這隊人攛回到出發地，企圖把這一祭品轉送別處。關于北京的風沙，我們是聽説過的，它飛也似的從戈壁刮來，無孔不入，在太監、轎夫及僕人們步履沉重的脚旁打旋翻滚，還在轎下及其四角颯颯作響。狂風刮得塵土飛揚，像一片雲霧覆蓋了大地，但是却不會把它驅散。風沙幾乎把月亮也隱没了，月光朦朦朧朧的，變得好似一個銀白色的球——他們認爲，這就是會帶來灾難的、不吉祥的預兆。

僕人們咕噥着。太監之間也在悄聲地耳語，除了摇曳着的燈光勾畫出他們黄臉頰上奇怪的表情時，他們那一本正經的、有點粗野的面孔是看不見的。

溥儀年幼不懂事，不能忍住啼哭；哭聲隨風傳開，但京城的風沙聲却湮没了它，使它不被人聽見。月兒平静地懸挂在天空，不管飛揚的塵土幾乎要遮隱她的臉，任憑疾風在尖嘯、怒吼。

懷抱着溥儀的阿媽，把他的衣服裹得嚴嚴的，以保護他免受刺骨的寒冷。他們終于來到紫禁城那緊閉着的大門前。這裏有三道門。中間那道門拱最高，專供皇帝使用；但是溥儀進來時還不是皇帝。他從一道低于皇帝身份的人所用的門進入，便消失在紫禁城的夜色中。皇帝所用的那道門仍然關着。那不是供他使用的；但是，假如他將返回……

太監們將他的到來稟報了太后，她命他們爲加冕典禮做好一切準備，還傳旨要皇族都來參加，并親自蒞臨以確保其願望的實現。

紫禁城外，北京的街巷空無行人，狂風怒吼着、尖嘯着，紛飛的塵土在每個角落裏泛起團團漩渦。那是一個漆黑的夜晚，狂風在喧鬧中嘲笑。

溥儀仍在啼哭，不接受安撫，他的阿媽鑒于已見到不祥的預兆，也默然不語。

大約幾分鐘之後，溥儀將成爲幾億人名義上的統治者。不久皇太后就與世長辭，滿清的末代皇帝將要登上的御座已經在搖搖欲墜。

加冕典禮——不祥的字眼

小溥儀很快就要成爲四億人的統治者了，一件又一件厚衣服穿得他喘不過氣來。而且在他到達紫禁城前已爲他準備了另外的衣服，即皇袍，因爲太后在做出決定以後，已降旨皇帝的裁縫，只待溥儀一到，就立即給他穿上。

我沒有參加這次加冕大典，但現住在天津的張德，在太后去世以及李蓮英辜負她的信任以後，就取代李蓮英當了總管太監，這個人參加了加冕禮，而且就在幾周前，我還同他談到這場午夜裏笨拙的表演。因此，現在我所要講的是根據我和他的談話以及我對慈禧太后的直接瞭解。

從溥儀踏進將舉行加冕禮的大殿那一刻起，就存在一種離奇的緊張氣氛，根本不見那種抑制住的興奮，那種通常伴隨加冕禮（標志着一個有可能改造中國歷史的皇帝統治的開始）的欣喜期待。就在這樣的氣氛中，不知什麼事，使每個在場的人（尤其是太監，由于某種原因他們對這類事有着不可思議的感覺），都按照他或她自己的方式產生反應。溥儀想睡覺，不願穿這件新皇袍，在被迫穿上以後，便哭了起來。他的阿媽暗暗咕噥着。醇親王則緊張不安。就連太后，這個通常最冷漠的女人，都十分緊張，以致在御座上都坐不住了，不時離開寶座，幾乎像男人一樣地邁着大步在大殿裏走來走去，她的兩手在身體的兩側，忽而伸開，忽而握成拳，兩眼如鳥兒似的東張西望，似乎她在傾聽其他任何人都聽不見的聲音。

那些皇族（皇室成員），彼此盯着對方的臉，眼光在詢問，不過就連問者可能都不懂這些問題，也不知在問什麼。那裏沒有高聲喧嘩。緊張的氣氛使人心煩意亂。因爲溥儀不想當皇帝，所以啼哭着以反抗這種獻祭。太監們則感到這并不是一次真正的加冕典禮，而是一個極可怕的玩笑——儘管他們當中沒有一個人把這種想法說出來。他們彼此也望着對方的臉——這些太監已目睹了皇宮裏所發生的許許多多的事，有關這些事人們至今都無記錄可查。許多太監年事已高（幾乎從咸豐駕崩以後，他們便目睹了慈禧的生活），他們明白這個加冕禮是不妥的。

對于他們，這個大典是一個嘲弄，一件可怕的事，一件使他們懷着某種恐怖感而終身難忘的事。現住在天津的那個太監（附帶説説，由于他在宮廷裏獲得的俸禄很高，他擁有的財産價值數百萬兩銀子），告訴我他知道這將是他目睹的最後一次加冕禮，而且這也是一個滿洲人最後一次登基大典，至少在出席溥儀加冕典禮的任何人的一生中是如此。另外，他知道，却不能解釋他爲何知道：儘管溥儀年幼，慈禧仍將繼續執政，但她的壽數不長了。那時張德看着她，注意到她神情不安地走來走去，覺得他在看一個很快就要死去的人。

太監怎麼知道這些事，真是奇怪得令人難以理解。對于這一點，我并非裝懂。太監們自己却不懂。他們是愚昧無知的，大概因爲他們僅有天賦的直覺和迷信而没有才智；我相信他們能感覺到許多事情，而常人對這些事却無動于衷。關于這一奇怪的事實，我甚至也不能給你們解釋，因爲對外國人來説太監是怪物，這倒是千真萬確的。對有太監的宮廷一無所知的人們不可能懂，甚至皇宮裏的人們也不懂。這正是一種難以理解的事。

儘管小溥儀又蹬又踢拒不登基，他們還是把象徵權威的皇冠戴在了他的頭上，并把他放在御座上，對他躬身磕頭以表崇敬。甚至他的父親也在磕頭，因爲現在兒子是皇帝，他的父親只不過是親王而已。至此，儀式差不多快要完畢，不過，因爲溥儀從在父親家裏被喚醒到戴上皇冠，自始至終討厭所有這些程序，所以這個儀式一直很難進行。履行這一儀式本是他父親的意願，因爲他在催促溥儀（現在稱爲宣統）時一直不停地重複説，不要像小孩，要像皇上。參加大典的人當時都認爲這些話預示了滿清王朝的垮臺。

"兒子，一切都快要結束了！"

一切都快要結束了！

的確是這樣。三年以後，登基的那個孩子在夜裏離位了——似乎驗证了他父親的預言。

新皇帝已加冕了，至高無上的權威象徵已戴在一個純粹是小孩子的頭上。除此以外的任何事，當時都無人知曉。

不久，由于皇太后咽下最後一口氣，在大清王朝亂七八糟之際，人人都看見了小皇帝命運上空的雲塊在逐漸變大，直到全世界的人都已看見并懂得它的含義——不過，溥儀除外，雖然可能發生的事必然與他利害攸關，但他却是最不關心的。

慈禧之死

　　光緒死後，皇太后終日惶恐不安。紫禁城內流言四起，有的甚至已傳到宮外，在北京的外交界裏也到處議論着。就此而言，駐京外交使團，以至于整個世界，都知道慈禧讎恨光緒；因爲一八九八年光緒被迫讓位的謠傳是人人皆知的。對榮祿和慈禧原來的愛情，除了那些不知泄露于何處，也不知發源于誰的迷惑人心的謠傳外，人們一無所知；但是，在榮祿死後慈禧和以前判若兩人，這是宮裏的人有目共睹的。慈禧在統治四億臣民將近半個世紀以後，漸漸失去了控制力。她的力量曾如過去任何一個滿清統治者一樣强大，至此已衰竭了。

　　加之那個邪惡的人物、御座後面那個殘酷無情的權力象徵——李蓮英（即"綫蠟李"）比猶大更壞，他的罪惡加速了一個强大王朝的崩潰。總管太監李蓮英比他的前任安德海更出名，在許多方面更了不起。如果根據他的作爲來判斷，他便是一個既無心肝，也無靈魂的惡魔的化身。

　　只要有謠傳，李蓮英就會聽見，并把這些謠傳稟報給精神上備受折磨的慈禧——這是很自然的，因爲"外交家"們往往對宮廷的事情，無論他們個人贊成與否，都表現出過分的興趣，儘管這些事情與他們毫不相干。

　　"老佛爺，使館人員中流傳着謠言，"他說，"他們對光緒的死有懷疑。"

　　慈禧聽後如雷轟頂。她轉向李蓮英凝望着他那露出憂慮神色的醜臉。她的嘴唇在動，好像企圖把折磨着她的恐懼說出來，又想在他的臉上找出某些迹象，以證明他所說的不是真的，雖然從來沒有哪個太監竟敢和老佛爺開玩笑。但是無論慈禧想說什麼話，都在她唇邊消失了，她站立不穩——像一棵枯朽的老樹倒下了。

慈禧遭此沉重打擊，從此，臥床不起。在床上語音極不清晰地發出了最後的懿旨——因爲突然癱瘓挫傷了她年老而堅定的心，使她的嗓音沙啞，所以語音極不清晰。李蓮英一定爲他的話所產生的結果而暗自發笑。他肯定已預見了清朝的末日。這個王朝曾使他成爲億萬富翁，而現在他却急切地盼望它早日完蛋，從而盡可能地從中攫取好處。慈禧正在失去控制力。她幾乎不能賜給她寵愛的太監以更多的恩惠。對這一點，李蓮英是非常瞭解的。

慈禧臥病在床。

就在慈禧臨終之前，她傳旨召見"綫蠟"李。人們認爲她想告誡他未來的結局，還要告訴他，一旦她死去，他就會陷入衆多的敵人之中。除了慈禧本人以外，他在宮裏沒有朋友，他也不曾想與其他人交朋友。現在慈禧快死了。天津的那個太監成爲溥儀的總管太監，或者更確切地說，是新皇太后（慈禧後期叫做少皇后）的總管太監。他告訴我老佛爺曾希望給李蓮英一個最後警告，希望在死前能爲她所信賴的人做些事。但是李蓮英明白慈禧現在已無大權，拒絕去她的臨終床前。他回絕時所說的是一個僞君子的話，整個宮廷都知道的大名鼎鼎的那個太監就是僞君子。

"在皇太后有生之年，我很崇敬她，現在一如既往，我希望把她銘記在心中。我不忍目睹她最後的痛苦。我不能去！"

人們永遠不會得知慈禧的想法，因爲當那些話傳來時，她什麼也没說就死了……

悲哀的氣氛籠罩着紫禁城，對珍視生活的人們來説，這是非常陰森可怖的。太監們低着頭默默地行走——所有的太監都是這樣，只有李蓮英除外。當有人去告訴他時，却未能找到他。從此他離開了紫禁城。假如把這個魔鬼的頭掛在樹樁上示衆，全中國的人一定會感到高興。數年以後他死于北京時，仍然用魔爪般的手緊緊地攥着慈禧恩賜給他的數百萬錢財，至死不改其貪婪、欺詐的本性。人們想知道李在最後幾小時内的想法，但是他未告訴任何人，因爲他既没有一個男人、也没有一個女人可算作他的朋友。

老佛爺死後，紫禁城内的宫女連走路都是躡手躡脚的。長久以來她們聽慣了老佛爺從偉大的寶座上發出的聲音。雖然她已經死去，一生懼怕她的人們在行走或幹活時還是惶恐地左顧右盼，很希望再聽見她的聲音，再看見那位高貴的老太太的到來，其實再也不能聽到她的話音了——他們深信，她的精神會永存于這個對她十分瞭解的國家。

她死時，那位天津太監正在她床旁。從他那裏我得到一張卧室的照片，室内燈火稀疏，光綫昏暗，燭光在微風中輕輕搖曳，人們交頭接耳。太后那布滿皺紋的臉，死時顯得很平静，等待着時刻一到送她去最後的安息地東陵。她熟知生活，她已盡情地享受了人生，在其年老而疲倦的臉上是顯而易見的。她所經歷的痛苦已從其蒼白的臉上一掃而光。她已忘記了那個太監，在她需要時，他充當了猶大，并背離了她。

在只有皇族才敢去的房間裏，放置了一個墊高的床。搖曳的燭光把一些奇怪的影子投射在墙上，投射在太后的臉上。我想象得出她在那兒的情景，而且畫面非常清晰，因爲我瞭解她，愛她，并把她銘記在心。對別人，她可能是極其殘酷的。對于我，她則是一個善良的老太太，需要人理解，但從未獲得這種理解，因爲她太自負，不願泄露我瞭解的那部分情況，而將其掩飾在皇族禮儀的面具之下。

我認爲，從某方面講，她死得極快樂，因爲她的一生可算稱心如意。她所想要的，都得到了。不屬于她的，如果她有所求，她也能獲得。

她知道她的壽數將盡，就傳旨召溥儀，使他當了皇帝。

滿洲人中這位偉大的人物，直至最後，仍是始終如一的，當朝着不能回歸的門走去時，她毫不畏懼門後可能隱蔽的東西。

她的去世是溥儀走向滅亡的開始。

不幸的宮廷

　　于是，溥儀當了皇帝，除了光緒以外，他可能就是滿清皇帝中最不幸的一個。已故光緒的妻子，過去被稱爲少皇后，在慈禧死後成了皇太后。溥儀的父親醇親王被封爲攝政王，是當時中國實際上的統治者。慈禧在世時，少皇后的生活本來就很不幸——部分由于她懼怕慈禧，部分由于其夫君光緒根本不容她——因此成爲皇太后以後，她毫不關心朝廷事務，却把注意力轉向她從未享有的樂趣上。在她統治期間，紫禁城和頤和園裏劇場興旺，新皇太后的時代是對朝政漠不關心的時期。

　　少皇后是慈禧的侄女，由于家族關係，慈禧指定她爲皇太后，以便其親戚能繼續掌權。也許慈禧認爲，即使自己死後，她家族的人掌管朝政也是了不起的事。慈禧的繼承人、現在的皇太后，看來似乎最有權決定如何培養溥儀成長——但是，慈禧有時缺乏先見之明，竟把事情糾纏在一起，因而常常引起混亂，并給溥儀帶來沒完沒了的不幸。光緒的妃子——珍妃的姐姐，也擅自認爲在小溥儀的問題上有一定的責任。除了這些衝突之外，雖然慈禧已指定少皇后在她去世後成爲皇太后，但又讓溥儀成爲其親生兒子同治的養子。同治的兩個妃子在慈禧死後仍然活着，她們認爲自己在溥儀的問題上也同樣負有責任。因此，溥儀被四個女人所控制——對一個三四歲的孩子來説，這絕非愉快的事！那位少皇后（即現在的皇太后）也許會告訴溥儀，根據習俗他可以做這做那。過一會兒，同治的兩個妃子，單獨或共同告訴他，皇太后的指示完全錯了，他必須這樣或那樣行事——而同時，這四個女人都認爲是神賦予自己使命來指導溥儀搖搖晃晃的步履，并完全確信另外三人都是在斷送小皇帝的前程！

　　溥儀幸福嗎？不可能！而且，正因爲溥儀是皇帝，不能免除艱苦的學習，這是出身富有的漢族和滿族孩子傳統的家規，任何外國人絕不可能理解中國學制的苛嚴。就以我自己爲例：我四歲時就開始學中國的古典著作，比滿洲孩子通常的情況還晚一年。要通過中國古典著作的考試就得花十九年時間最刻苦的學習（幾乎沒有外國人精通這些著作），在瞭解這點以後，你纔可能懂得溥儀所面臨的問題。他有幾個教師。起先，給他某一個效仿的榜樣。我不知過去的哪一個皇帝被樹爲溥儀的榜樣。很可能是乾隆或咸豐，但是無論是兩人中哪個，只要溥儀獨立行事，總會被這個或那個教師的訓誡所制止。

"乾隆絕不會想到這樣做！"或者"咸豐絕不會那樣做，皇帝陛下！"

實際上，溥儀也許能成爲乾隆或咸豐；他不會只是個孩子。當然，他一定已感到，要效仿一個已故（死去，却未被遺忘）的皇帝之類的事，的確使他非常痛苦。我肯定他已十分憎恨那個已故的訓導者的名字，但是即使如此，他也只有把憎恨藏在心裏，以使他的教師保持沉默。滿人或漢人孩子的家庭教師決不會稱讚他的學生。無論那些孩子們表現得多麼好，他們期望從教師那裏得到的，最多莫過于此：

"嗯，還不錯；但是皇上應該做得更好。咸豐在您的年歲時，機敏過人，比您還要聰明得多！"

你將會想到，對于溥儀，除了教師以外，還有額外的灾難——確切地說，她們四人：想要控制他的那四個女人，而且她們處處都按教師的指示行事。毫無疑問，溥儀一定做過許多噩夢，已故的皇帝、吹毛求疵的老師、不知疲倦的四個女人等等，在夢中一定是亂七八糟地混在一起，構成一個整體，僅爲了證明他的靈魂不是、也絕不可能是他自己的。他夢見的那些人一定在他的卧榻旁歇息，甚至在他睡覺時也在指控他。

除了四個女人以外，還有父親醇親王。因爲他是攝政王，出于其本性，并遵循攝政王指導皇帝行爲的祖訓，除了教師、四個雄心勃勃的女人以及已故的訓導者終日糾纏溥儀之外，溥儀生活裏可能殘存的一點快樂也被醇親王毀了。

一個長期不幸的宫廷。宫廷裏的不幸直接影響小皇帝的臣下，這是無可避免的結果，因爲宮廷就是國家的動脈。我自己在皇宮裏度過了差不多三年的時間，我完全可以肯定那裏没有一個人是快樂的。我如此説是經過仔細考慮的，也出自于對過着那種生活的人的直接瞭解。我非常喜歡宮廷生活，至少在一段時間裏是這樣，由于那時我純粹是個孩子，具備一個孩子所有的好奇心。雖然在這樣的年紀已獲得許多榮譽，我却一點也不感到自豪，因爲在其他國家，和我同齡的年輕小姐還在校學習，除了她們的學業之外，則無憂無慮。我幸運的是：在災難降臨于我之前，便離開了宮廷。因而，在我腦子裏保留了一些假象。但是，對于宮廷裏其他的人呢？

光緒是不幸的，因爲他憎恨和懼怕皇太后，在自己的皇宮裏他是一個囚犯，毫無希望。少皇后是不幸的，因爲她那位當皇帝的夫君光緒從不關心她。她是名義上的妻子，僅此而已。就連光緒躺在臨終床上時也拒不看她。光緒死後，自以爲在溥儀的問題上有發言權的瑾妃也是不幸的，因爲她的丈夫從來就厭惡她。宮女們很不幸，因爲她們事實上是慈禧（這個最嚴厲的女人）一時興致的奴隸。如果觸怒了她，她們就會受其懲處。甚至在使她高興時，她們也意識到她的快樂是短暫的，説不定一會兒以後會觸犯她而招致倒霉。上上下下的太監也很不幸，因爲他們用全部俸禄都不能買來人類所享有的天倫之樂。他們當中最著名的李蓮英，自認爲是寶座後的權威；但他生活中最大的不幸在于：他絶不可能實現其瘋狂的野心——要成爲統治中國的皇帝！這的的確確是瘋狂的野心，但是"綫蠟李"的企求是没有止境的，而且，因爲永遠不可能實現，所以李蓮英是不幸的。

然而，清宮中最爲不幸的也許要算皇太后慈禧自己，儘管她統治中國達半個世紀之久，却不曾有過最貼心的人——她的戀人榮禄，那個最忠實的男人，偉大的情人，他的偉大處在于他永遠犧牲了自己的愛情。既然他不可能得到慈禧，他最大的奢望便是爲她效勞盡忠。從效勞中他可能得到些快樂，可是，他要獲得完全的幸福，這似乎是有悖常理的。

那些"喜歡"中國宮廷生活的人是習俗的奴隸，就連皇太后都不能隨心所欲——大概因爲她的自尊心阻止她去做那些會遭受譴責的事情。

這樣的不幸，和清朝一起産生，却絶不會和它一同消亡，因爲，即使清朝覆没以後，王室的成員還會繼續生活下去。這種不幸經過幾百年的發展，自身培育，最後稀裏糊涂地成爲給小溥儀的遺産。

讓那些羨慕高官厚禄的人們，在希望自己高升到權力和顯赫的職位以前，仔細地思考這個人（滿清王朝的末代皇帝）——因爲獲得這樣的權勢是不值得的。而溥儀自己（現在中國的一個平民百姓）居住在天津，假如讓他説説心裏話，他肯定會最先表示贊同這種觀點。

但是，即使現在中國再没有皇帝了，舊有的習俗會使這個小皇帝保持沉默——因爲他仍然是皇帝，儘管他没有可統治的王朝，而古老的習俗是不可輕易置之不顧的。

溥儀退位

經過無數年積聚起來的雲塊已經擴展得顯而易見了。或許除了朝廷外，沒有人會看不清，滿清王朝注定要滅亡。朝廷自身就是個小世界，來自宮外的消息，如同來自外國。在宮內，人們不相信一直不斷的有關暴亂的謠傳。宮裏所有人中只有軍機大臣慶親王才真正相信：王朝的末日已爲期不遠了。但是當他試圖把這點告知其同僚時，却受到嘲弄。那些身居要職的滿清官員，沉浸在揮霍的宴請之中，對暴亂的傳說置之不顧，并對暴亂成功的傳聞嗤之以鼻，決不信服。一座座城池已落入革命者手中，清軍從一個又一個城市中撤出。多年來，那些假裝對滿人親善的官員也投靠了革命。孫逸仙在進行有關暴力的宣傳，滿洲龍在節節後退。不過，滿洲人寸土必争。他們決不輕易放棄已統治了二百六十七年的國家。

但是，隨着時間的流逝，暴亂的火焰如同森林之火迅速蔓延，并掃清了道上的一切障礙，最終迫使滿洲人面對現實。在中國的异族統治者爲保住立足地而奮戰時，滿洲人的鮮血濺在百餘座城市的街道上，他們勇敢地面對革命者的刀尖，不惜付出代價，或者在狂熱的共和主義者的槍彈下獻身。他們幾十、幾百、乃至數以千計地倒在不可抗拒的暴亂洪流中。滿族婦女遭受赤脚士兵的奸淫——幾個月前，這些士兵決不敢抬頭看人，對于他們，滿族婦女曾是神聖不可高攀的，他們絕不能得到愛情和財寶。滿人自殺的屍體也填塞了水井。

就連皇太后（慈禧當權時代稱爲少皇后）自認爲對這場灾難負有責任，作爲垮臺時的統治者，不甘忍受這樣的耻辱，因而企圖自殺。人們阻止她采取自尋短見的行爲——作爲中國歷史上發生的最令人驚奇的事件之一。清王朝覆没以後，她還活了兩年，然後傷心而死。中國是共和國嗎？不可能！現實依然如故。自從有史以來，中國都拜倒在皇帝、皇后和皇太后的腳下——現在她也不可能改變得那麼容易，因爲本性難移啊！不過，她確實變了——在臨終床上這位末代皇太后很可能相信她曾夢見這場灾難。

曾忠心耿耿地侍候過溥儀及其家人的那些太監從正在沉没的船上逃跑了。朝廷開始崩潰。假如慈禧干預，大概能使清朝免遭其難——雖然她也許只能推遲這種必然結果。她給朝廷留下一片混亂，而這種混亂不可能即時了結。本來完全有充足的時間預見到將要發生的事。光緒就曾看見灾難臨近，并竭盡全力進行改革。但是，一個囚犯皇帝會有什麼作爲呢？慈禧的話就是他的法律，皇太后只信賴自己的神權，爲所欲爲。如果軍事政變失敗，這場革命可能有另外一種結果，因爲光緒是個很有才能的人。倘若允許他那樣做，他也許已爲中國創建了偉大的業績。可是，他密謀反對慈禧，反遭廢黜——此後便成了一個傀儡。要是事情并非像實際上所發生的那樣，那又會怎麼樣呢？顯然猜想是無益的，因爲事實是滿清王朝終究覆没了。

1912 年 2 月 12 日，皇太后以她自己和皇帝（小溥儀）的名義簽署了退位的文告。

按照文告上那些至關重要的詞語，溥儀不再是王朝的皇帝，而是王朝的公民——一個没有王權的皇帝。

隨着帷幕降下，共和制隨之開始，小皇帝溥儀（滿洲人中最後的，也是最可悲的皇帝）仍然是個孩子，離開了那個舞臺以後再也没有返回。

結束語

在今天的中國，還有一些老人留着辮子，并且忠誠地把它視爲神聖的東西。對這些可憐人來說，老佛爺仍然活着，她只是一度離開過一下，但是她仍舊知道中國發生的一切事情。她是必然要回來的，她的靈魂永遠在紫禁城上空回蕩。隨着時光的消逝，紫禁城正在逐漸坍塌，長城的石頭正在一塊一塊地風化，而老佛爺仍在守護着中華帝國。

她坐在過去曾經坐過的寶座的幻影上，低頭俯視。當她看到今天中國的混沌局面，看到苦力們占據了今天已經失敗了的權貴的寶座，聽到穿灰色軍服的士兵們在曾經屬于她的遼闊國土上來回行軍的單調脚步聲，她的眼睛露出了憂傷的神情。

她坐在她的無形的寶座上，無能爲力。她只能懷着悔恨的心情，抱着一絲希望，希望中國能復興，能獲得新生。如果她能够再次獲得生命，她或許會用另一種方式來度過她的一生，但是我們無法知道，我們只是猜想。老佛爺是個非常堅强的人，她是中國最偉大的一個女性。

我完全相信老佛爺在守護着她過去統治過的國家。當死神召喚她以後，她自己也堅信她會這樣做的。

這種奇怪的想象的可悲處在于她只能空守、等待着地球上的變革，但是她自己不能復生來解除中國的困境，哪怕是起到極微小的一點點作用。

對于那些相信這些空想的人來説，他們感到生命在某種程度上從老佛爺那裏騙去了一些東西，那些正是在男人和女人世界裏視爲最珍貴的東西。但是或許有一件事是值得告慰的，那就是榮祿，她老人家忠實的奴僕在等着她，在不可逾越的死神的幕後某個地方等着她，于是相愛的人終于結合在一起，永不分離了！

彩爱文库

蓮花瓣

目　錄

紫禁城和百老匯大街

一九〇三年，我應中國慈禧太后之召進入清宮。那時正是義和團運動後不久，在人們記憶中這一切好像還是昨天才發生的事。統治着四億人民的太后仍然只能遵守列强瓜分中國的條約。美國贏得了中國人民的好感，因爲美國提出把美國應得的一份賠款用來讓中國選派男女青年到美國大學、專科學校去留學之用。

這些留學生人數之多使中國的守舊派感到吃驚。考察一下當今許多名人的過去，可以看出美國教育所發揮的作用。中國能達到今天的狀態，也和接受了美國許多間接的幫助分不開的。

我看待現在的中華民國，既不掩蓋她的缺點，也不夸大她的優點，我覺得這樣是公正的。盡管我是一個滿族人，而且爲自己的種族感到驕傲，我還是認爲帝制不適合中國。即使慈禧太后還活着，以她的威力也不可能阻擋一九一一年的革命。

汽車、飛機、鐵路使中國更快地成爲一個統一的國家，這是中國有史以來任何一個皇帝都沒能做到的。當時的活動電影，雖然放映出來的形象有些扭曲，但是它讓中國人知道了許多外面世界的情況。廣播喇叭在大街小巷用各種不同的語言播放，因爲中國的方言太多了，沒有一個人能全部掌握它們。我能說八種方言，但是我還常常感到自己像一個陌生的外國人一樣爲難。

要瞭解爲什麼政治社會的大變動會造成這樣一些後果，我們還得追溯到一九一一年以前。在此以前的中國是舊中國；從那時候以後，中國向前飛躍了一千年。她發生了失誤并不奇怪，因爲她跑得太快了。

正如在一部電影裏顯示的那樣，我們看到一大群穿着制服的軍隊雄起起地集結在西伯利亞和滿洲的邊境上。接着，他們逐漸地消失了，代之而來的是昨天的由慈禧太后威嚴的統治着四億人民的紫禁城。我是慈禧太后的一等女侍官，我曾在歐洲受教育，所以我看朝廷的事物常帶有西方的觀點。這時候，慈禧太后已經快七十歲了，她在對中國的絕對統治的四十三年中，歷盡艱辛。盡管她專制、獨裁、心胸狹窄，但是她的思維還是非常敏捷；侍候她也是一種使人永遠難忘的經歷。

在北京的心臟紫禁城中，太后就是太陽，全中國都圍繞着她運轉。即使是那蒙受羞辱的義和團運動也沒有讓太后丟失她的權威。她的宮廷非常豪華。她和她的宮眷們的衣服上都鑲着許多寶石。三千六百多名太監圍繞着她轉，他們的職責就好像是宮中的宮女。他們都是靠諂媚、奉承來工作的。每一個太監在比他高一級的太監面前表現得非常卑微，而全體太監在被稱爲老佛爺的太后面前又都是竭力地阿諛奉承。

每天太后都留出幾個小時來接待大臣們的朝見，即使在戰爭時期也不例外。但是如果在別的時間裏由于特殊的需要而要求太后來聽政，那就難上加難了。

太后讓大臣們跪在庭院裏，他們的膝蓋都被鵝卵石磨破了，而這些人正是在太后的監護下管理國家大事的重要人物。不管發生了什麼事，也不管在什麼緊急關頭，聽政雖然重要，也得等太后精心地選擇好上朝的衣服後才能進行。因爲在她心目中，皇帝的尊嚴比大臣們議政重要得多，所以不等聽政儀式開始，多麼重要的國家大事也不會引起她的注意。

首先，太后帶着皇帝、皇后在朝見的大殿門口出現。那些漂亮的或不怎麼漂亮的宮眷們都必須藏在皇帝背後的屏風後面，爲的是她們的美貌不能顯露在男人面前；不過我倒是利用屏風後面的優越條件看到了不少有趣的事情。

太后出來後，那些國家的大人物（他們的名字在今天是家喻戶曉的，即使在當時也是世界聞名的，他們在歷史上有着不容忽視的地位），都跪在鵝卵石上叩頭。這種儀式是從有皇帝以後就開始建立的，太后認爲她接受這種禮儀是理所當然的。

叩頭完畢後，正事還不能開始，大臣們還得向太后請安，因爲太后的安康比國事還重要。那些大人物，即使他們擁有的財富超過了貪婪的帝王，即使他們説一句話能驚動半個中國，但見了太后都顫顫發抖，好像淘氣的小學生見到了拿着戒尺的嚴師。在大殿的門上有一塊匾，上面寫着"長生殿"三個字。在朝見儀式中有這樣一段，每個大臣必須重新叩頭，并向太后報名。我聽説有一個非常有名的大臣由于太慌張了，竟把殿名當成自己的名字報導："我的名字是長生殿。"每個人的血管裏都流着對太后的懼怕，因爲沒有一個人能偉大到可以不懼怕太后。

白天，男人們在朝廷裏處理朝政。到晚上，在紫禁城和頤和園裏惟一的男人就是被貶的光緒皇帝。從日落到日出這段時間裏，只有太監能留在墻内。

北京的紫禁城與西山的頤和園相距十六里，太后有時一星期要到頤和園去三次。每當太后要去頤和園，一路經過的地方都要鋪上黃沙，黃色是中國皇權的象徵。黃沙鋪好後，必須太后第一個路過。在這之前，黃沙上不準留有任何人的腳印。在她回來之前，又得重新鋪黃沙。有好多次，當我乘着自己的轎子跟着太后通過這條路時，我曾輕率地掀起轎帷向外偷看，看看當太后經過時，老百姓在幹什麼。

但是每條街都空無一人，每間屋子都緊閉着門并上了閂。在這十六里的行程中，除了有一定的官階的人外，任何一個人都不敢觀看太后路過。哪怕只是看一下她的轎子，如果被太監發現，那他就犯了殺頭罪，太監是最喜歡折磨人的。

在中國，每一個人都敬畏太后，因爲她手中掌握着每一個人的生死大權，不管他是大人物還是小人物。她的任何一個想法都具有聖旨的威力。我們都是她的奴婢。我們中有的她喜歡，有的她討厭，但對我們來説都是一樣的危險，因爲誰也不知道哪一天得寵的變成失寵的，失寵的却又變成得寵的了。真是一個多變的朝廷！

這就是我隨我父親裕庚從法國回來以後的生活，我父親曾在那裏任公使。當然，我是有很多自由的，因爲我父親反對舊禮教，雖然有時候他也不得不適當地遵守一些。盡管我是一個一等女侍官，而且對太后的影響可以説超過任何一個她的大臣，但我還是受到約束。我不能不拉下轎帷而外出。即便是爲我抬轎子的轎夫也不能看我的臉。他們必須先躲開，由家屬或女僕把我護送進轎子，安頓好，放下轎帷，然後轎夫纔可以回來，把我抬到目的地。所謂的目的地我也不大清楚，因爲一路上都有人負責我的安全，根本不需要我自己去認路。舊生活已經過去二十年了，但是這種習慣至今還影響着我，我只要離開家走出一兩個街口就會迷路。但是今天我在美國有這麼多自由，我是多麼高興啊！

當然，滿洲人從來不讓他們的婦女裹脚，所以我的脚也是天然的；但是許多外國人都聽説過這種遠在公元前就開始的陋習。什麼事情更能反映出對婦女的嚴格管制呢？婦女是奴隸，但是這一事實却被許多美麗的詞彙所掩蓋了。説婦女是"嬌嫩的鮮花""亮麗的百合花""幽雅初綻的花蕾""無瑕的美玉"，以及用其他一切像花一樣美麗的中國詞句來形容婦女。這一切都是藉口，其目的是爲了把婦女藏起來，嚴加看守，讓她們無知，使她們成爲囚徒。

但是今天就不同了。被解放了的中國女性和她們的男性衛護者一同起來強烈地反抗中國的舊禮教，她們穿短統襪，抽香烟，盡情地模仿她們的西方姐妹。這對她們來説是一種根本的，也是有利的變化。

我初到紐約的時候去逛商店。女售貨員熱情地向我推薦，讓我試試這個，試試那個，并告訴我一件便服要多少錢，一件長外衣或一條圍巾各需多少錢。但是對于服裝，我有我自己的見解，我很有禮貌地謝絕了她對我的推薦，選購了自己所喜歡的一些東西，而這些東西與女售貨員所推薦的截然不同。

"看來你對服裝很内行。"一個女售貨員説。

我怎麼會不内行呢？我曾穿過世界上最美麗的服裝，即使這樣，我今天也不能穿着它代替西方的運動服到這百老匯大街上的商店來買東西。運動服露膝，但是我并不爲我的膝蓋感到羞恥。要是在過去，即使我不感到羞恥，別人會爲我感到羞恥，所以那時候我穿着長袍在地板上或庭院的灰塵裏拖，那長袍把我從耳朵到脚跟全部包住，使我完全不在男人眼前裸露。

那天晚上，我要去觀賞一個大歌劇，有一位世界著名的歌唱家在紐約首次登臺。爲此我要穿得特殊一些，我圍上太后賜與我的白貂皮圍巾，而且我知道，當我走入大廳的時候，可以發現沒有哪位女士穿得比我更完美。我穿西服非常自然，好像它本來就是適合于我的。在舊中國穿斗篷的年代裏，我是不可以參加這種公開的活動的，那時候只能在宮廷裏觀看由太監們演的戲，劇本是太后親自編寫的。

以後有一次我到一個朋友家去吃飯，大家坐在桌子邊閑聊。無意中我的手指觸到了桌布的花邊，一種特殊的感覺促使我對這花邊仔細觀看了一下，就在這一瞬間，我的心幾乎停止了跳動。這只是一條織得特殊的花邊，但它却把我的思緒帶回到過去在宮中的時候。太后曾賜我一件織得非常精美的錦袍，製作手藝非常高超。但是那時候我的衣服太多了，太后給了我許多許多貴重的衣服，都是價值連城的，多得我實在穿不過來。這一件或許可以説是所有衣服中最好的一件，可惜這是爲兩倍于我的年齡的婦女設計的。我不能拒絶太后的禮物，所以我恭敬地收下了，以後就放在一邊。

幾年後，有一位美國婦女到中國來，她喜歡收集古物，尤其是那些來自宮廷的東西。她觀看了我收藏的每一件東西——錦袍、寶玉、瓷器、鑲着珍珠的鞋和裝有貂皮挂墜的滿洲帽子。最後，我拿出太后賜予我的那件錦袍，而且最後送給了她。

這位婦女回到了美國。她的一個朋友看到了這件錦袍，非常喜歡鑲在上面的花邊，這種花邊在我們中國叫做"連環扣花邊"，于是我的朋友就把這件錦袍送給她的朋友了。

今夜，我在一個美國家庭的桌布上摸到了這條花邊。不錯，正是這一條！再沒有別的花邊和它一樣。原來我的女主人是我朋友的朋友。

從一件皇后的錦袍到一塊桌布，任憑男男女女坐在它旁邊談論着賽馬，在上面抖落烟灰，而除了我，沒有一個人知道或猜想過它的來歷，我覺得很難受，但是我也不能告訴他們。這是一種奇妙的、不可思議的循環，就像我自己一樣。

我初次見到西方世界是在巴黎。當我還是一個小女孩的時候，我父親讓我盡可能像西洋人一樣生活。我和我的妹妹一同到商店去買東西，并仔細觀光這座城市的奇特的地方。但是有兩個人始終陪伴着我，一個是我父親的車夫，他從我父母那接受密令看住我們，不讓我們迷路，也不讓我們到不該去的地方；另一個就是女僕，她在各種語言中就懂得一個詞："不準！"所以在這裏雖然我們的穿着打扮像西方姑娘，而且看起來也和她們沒有什麼兩樣（滿洲人是很漂亮的），在西方人匆匆路過時，很少會注意到我們，但是我們還是被中國土地上根深蒂固的舊禮教所束縛。

我很早就學習法語和英語。我的機會和優勢是我的中國姐妹們所得不到的。那些日子我們是過得最快樂的，但是你可以相信，我們常常受到來自各方的批評。我們從中國帶來很多僕人，他們終生侍候他們的主人，而他們的祖先又侍候過我們的祖先，更不要説那些使館的工作人員了，他們都是極端頑固的守舊派。像我和我的妹妹這樣天真無邪的女孩，却常常被人告到我父親那裏，説我們輕率。我們并沒有什麼過錯，但在那些習慣于中國式的尊嚴的僕人和使館人員眼裏，我們就顯得很壞。

當我剛從巴黎回到中國，太后就召我進宮了。我和我妹妹穿的是當時巴黎最流行的服裝。由于時間緊迫，我們來不及準備。太監們是多麼驚异地看着我們，而且在背地裏議論我們！有幾個膽大的甚至試圖靠近我們仔細看看裏面穿没穿衣服，如果穿了，那又是什麼樣子的。我們是放蕩的傢伙！太后雖然認爲外國服裝和外國習俗都是野蠻的，但是她對它們很感興趣，命令我們在宮裏就穿着巴黎服飾，直到她真正感到自己已經徹底看明白了它的複雜性。

外國人，或樣子像外國人的人在紫禁城裏，那簡直是褻瀆朝禮的事。天天有人上奏章譴責我們，認爲我們敢于在世人面前如此無恥應該受到最嚴厲的懲罰。但是太后很固執，對這些奏章置之不理，這倒是我們的幸運。但是她最後對自己的好奇也厭倦了，命令我們換上宮眷穿的服裝。

當宮中的經歷對我已不像小說那麼有趣的時候，我記得有一次，我自己到西山附近的頤和園中的長廊去痛哭了一場，因爲我患思鄉病了。我和我妹妹兩人只要一有機會就跑到頤和園中一座最高的山峰上，那裏有一塊平石，我們在那裏唱大歌劇，彼此作爲惟一的聽衆，盡情地享受着歡樂。

我當了三年女侍官，可是沒有一刻時間是屬于我自己，讓我幹自己想幹的事。輪到我值班去叫醒太后的時候，我在晨霜下早早起身，繞着昆明湖的一角到太后的住所。沒有一個士兵能像我這樣地堅守崗位。老佛爺對我的寵愛，使我好像被一條鏈子束縛住了，而我對太后的愛又加強了這條鏈子。

後來，當我坐在百老匯大街上的漂亮公寓裏的餐桌旁用晚餐的時候，我就想起了這一切。即使是食物也使我回憶起過去的日子。無數的菜肴按一成不變的儀式侍奉上來。太后有她個人的飯菜，通常有一百樣不同的菜供她挑選，她是位胃口極好的美食家。食物是由太監侍奉的，這些太監能取得這樣的資格是靠他們多年的觀察和努力以取得太后的喜歡而換來的。侍奉太后的食物任何人的手都不準許觸摸。侍奉太后用餐好像是在舉行一場莊嚴的典禮。太后坐下用餐的時候，誰都不能在她跟前坐下，也沒有人可以和她同食。不過我後來得到了太后賜我與她同食的榮譽，這樣我就站在她後面盡量地吃以使她高興。這是我能得到的最好的食物。我變得很胖，很臃腫，而且總吃不夠。但是即使是宮中最好的食物，對我來說還不如在一個普通的美國厨房裏我親手製作的食物來得對胃口。

在我進宮之前，我父親在漢口的厘金局主持工作。我們住在一所洋房裏，這就成了我們所有的鄰居沒完沒了地尋找樂趣的地方。我們鄰居的"睦鄰"行爲在西方人看來簡直是刨根問底。某一天，我們舉行了一個盛大的招待會，在一定範圍以內的官員都在被邀請之列；這真是一個快樂的聚會，官員們都穿着豪華絢麗的錦袍，使霓虹都爲之遜色。我們住在二層樓，其高度正好能讓每個人都看到我們的活動。我們不敢拉上窗帘，因爲那樣屋裏太熱，另外，讓窗帘擋住了好奇的人們的視綫也是對人太不尊重。于是鄰居們都聚集到我們的窗下，有的甚至還戴上眼鏡以便能更清楚地看到我們的古怪動作。她們快樂地高聲喧嘩，毫無顧忌地議論我們請來的客人，取笑一些他們認爲可笑的事情，咒罵那些他們看不慣的事情，而且聲音大得我們都能聽到。在當時的中國，這一切都是無可非議的，没有人爲此感到氣憤，而且鄰居對我們所作所爲感到興趣也算是看得起我們，但是如果在這裏洛杉磯，我的鄰居們的這種行爲將帶來多麼壞的後果！

我在中國的時候，每個地方都一樣，人們喜歡聚在一起聊天。滿屋子的人都在談論一件大家感興趣的事，或是某個名人，或是這一家的貴賓正在講一個故事。在美國，不管講話的是一個多麼令人厭惡的人，大家還是會全神貫注地聽的，這是一種禮貌。在中國這也算是禮貌，但中國的習俗并不一定要求這樣。如果一個人在講故事，你可以用任何方法去打斷他，人們可以在他周圍，甚至越過他和别人談話。甚至于一個人正在專門對某人講話，聽話的人也可以打斷他，提出一些極不適宜的問題，這樣做被認爲完全無所謂的。講故事的人能泰然處之，這就算是他的一種美德。

在這裏，我坐在我的加裏福尼亞的平房裏，穿過馬路看到對面的漂亮房子，有些牆上攀滿了葡萄藤，幾乎掩蓋住了門窗。我看到了那修剪得很整齊的草坪，還有花壇裏種着的深紅色的玫瑰花、黄色的百合花和街上種着的其他各種花。如果我住在中國，爲了表達我對鄰居的尊敬，我會穿過草坪，走進花壇去采摘我喜歡的花。爲了報復，他也會踩過我的草坪，摘我的花，其結果是我們兩家的草坪和花都被糟塌了。同時他家的小羊會啃掉我的葡萄，我的孩子也會摘掉他的葡萄。

如果我今天是在中國，我鄰居家的僕人會經常進出我的房子，特别是厨房，而我的東西會逐漸變成了鄰居家的東西，因爲他們借東西是很少歸還的。如果我是按中國的習俗教養的，那麼我也會報答他，也借了他的東西不還，但是我所受過的西方教養不讓我這樣做，所以我總是去買回新的東西來填補好心的鄰居拿走的東西。如果在中國，我準備舉行一個宴會，我的鄰居恐怕連門都不敲就會闖進來看我準備，善意地或惡意地說三道四，回去告訴他們的鄰居，那些鄰居也會蜂擁進入我家，就像在他們自己家裏一樣自由。然後，當我們的宴會正進行得熱鬧時，他們又會跑回來觀看我們的客人，或走進衣帽間去仔細察看客人脫下的衣物，惹人討厭。

我只要閉上眼睛一秒鐘，就仿佛又成了我以前當過的老佛爺慈禧的一等女侍官，我能夠聽到太監和宮女們尖聲的大笑，感覺到肩膀上沉重地壓着那貴重而可愛的宮服。我能聽到我童年時常聽的"不準"，看到在那些日子裏把我當野蠻人的人對我豎起的眉毛。這後者當然是那些守舊的官員，他們始終不能原諒我父親讓我們在國外受教育，甚至爲了我進入紫禁城這樣神聖的地方而不停地上奏章抗議。我穿了一件鮮麗得使霓虹都遜色的錦袍，這件錦袍在織工精細和式樣美觀方面僅次于老佛爺自己的。我戴着一個鑲滿了珍珠的頭飾，它重得幾乎使我搖搖晃晃地站不穩，我的手指閃耀着寶石戒指的光芒。甚至我的長長的護指也鑲着珍珠。我穿着滿洲公主穿的高跟鞋，那鞋上的珍珠就更多了。因爲我是太后的一等女侍官，所以我有權表現得莊嚴而高傲，可是我非常寂寞，因爲我周圍沒有哪一個人的官階有我這麼高，所以按舊習俗，沒有一個人有權和我交朋友。我真的非常孤獨，我是在豪華奢侈環境中的一個囚徒。

然後我睜開眼睛，透過窗戶我看到我的車在路邊停着，桌子上放着最新出版的書和劇院的節目單。我可以驅車出去兜風，可以讀書或寫作，或者在上百種活動中，如參加研討會、聽交響樂、打壘球、參加賽馬等等，選擇我所喜愛的。沒有一個人對我用這種方式消磨時間感到好奇，沒有人要求我回避男人，沒有人規定我去劇場必須有陪護員伴隨，并且只能在包厢裏把自己的臉藏起來。

在這裏，只要我願意，説實在我真的願意，我可以自己做飯。如果在中國我也自己做飯，那我就會永遠丟失了我的面子。對中國人來説，丟面子遠比丟錢財嚴重得多，因爲錢財丟了可以再掙回來，而面子丟了是無法挽救的。如果我去打高爾夫球，我的守舊朋友看到我這樣累，一定會勸我把這種活兒交給僕人去幹。如果我跳舞，人家也會這樣勸我。離開清宮後我經常跳舞。如果我想按自己的意願把一件事做好，譬如我要開一個有各國朋友參加的宴會，我親自動手去插花，那麼在我的僕人看來這就丟了面子，因爲我居然做了應當由他們來做的事。我的僕人很多，經常有四個到二十個，他們一個比一個討厭。誰也不會想到我居然願意親自去插花。我是太太，是小姐，我不能用我的手去幹任何事情，只能把它們放在膝蓋上讓美容師來給我修飾指甲。

中國是一個注重哲學的國家，相信一切都是命裏注定的，誰也改變不了，所以不必費力去試圖改變它；而西方人則喜歡按照自己的意願去創造環境，哪怕在這過程中受到很多挫折。我個人認爲，中國人更善于享受生活，因爲他們承認它，接受它，盡情地享受，在漫長的歲月裏讓各自的僕人侍候、照顧，而這些僕人又讓比他們再低一級的僕人侍候和照顧。

西方生活的舒適方便遠遠超過中國，而中國的貴婦人却認爲西方人生活艱苦不堪。她們不能探聽鄰居家的事情，不能在劇院裏高聲談笑，不能隨便借用鄰居家的玻璃器皿，不能有陪護人員陪伴着在包廂裏看戲。她們家裏不能有這麼多僕人，她可能在冰箱旁邊餓死，因爲沒有人替她打開冰箱取食物；她可能在一大群水龍頭前渴死，因爲沒有人替她幹像開水龍頭這樣費力的工作。她可能穿得很破爛，因爲她不會到商店裏去買東西（這是西方婦女最喜歡幹的事），她習慣于店主把貨物送到她家供她挑選。即使如此，她的手也不能接觸到貨物，還得由手最乾净的僕人替她拿起貨物供她觀察。

在中國，生活是一首漫長的、演奏的輕柔、緩慢、寧静的樂曲。友誼是深厚而地久天長的。詩人甚至于不自己寫詩，而讓秘書替他把詩寫下來。富貴的人自己不讀書，而是請專職人員朗讀給他聽，甚至把這樣的朗讀員請在家裏作爲家庭成員。在西方，生活是一個旋渦，在這個旋渦裏，你如果不會挣扎，那就得淹死，但是當你挣脱了旋渦，那麼你就會感到無比的快樂。

　　兩種生活方式我都熟悉，究竟哪一種更好呢？我不會願意拿我的加裏福尼亞的平房去換紫禁城和頤和園的，盡管後者的任何一座最小的建築都比我家大，但在我家裏我能生活得很自由。

在金城內

"太后已經同意接見著名的美國司令了。"一個太監悄悄地對另一個太監説，傳來傳去，到後來，耳語變成了廣播，這在中國慈禧太后的皇宮裏是常有的事，每當有重要事情發生的時候都是這樣。在皇宮裏大約有三千名太監，他們中的大部分時候都在無事忙。所以不難想象到，如果宮中出現了一個不平常的人有什麼事驚動了他們，他們會亂吵亂鬧到什麼程度。雖然在義和團暴動後的一九○二年朝廷回到北京後，太后接見西方外交使團或著名人士的事時有發生，這也不能減少大家的好奇心。

在一九○○年以前，接見外國代表的夫人這樣的事是從來沒有聽説過的。太后是很保守的，除了王族的家庭成員和滿洲高級官員外，誰也不準進入紫禁城的。就是這些人，如果沒有她的特許，也是進不去的。她會下個命令，讓某某幾個人於某天到宮裏，到達的時間與離去的時間都有嚴格規定。那些有幸被準許進入宮中的人都必須嚴格遵守這條規矩。

四萬萬中國人中見過太后的人真是非常非常的少，而且除了她的女侍官和侍候她的太監外，能接近到足以瞭解她的人更是極少。

曾有許許多多人問過我，太后爲什麼那麼痛恨外國人？她痛恨外國人起因於一八六○年美麗的圓明園被毀。圓明園離現在的北京頤和園不遠，太后以爲它的被破壞是一種有意的放肆行爲。就是在圓明園太后當上了咸豐皇帝的新娘，在被趕出這個美麗的地方之前，他們在那裏度過了許多快樂的日子。

就是在這個宮裏她開始掌握了國家的統治權。西方人有意燒毀圓明園，這種野蠻的行爲使她恨入肺腑，直到她死。我在紫禁城做她的一等女侍官的時候，她常常對我説：

"如果圓明園是在一場戰爭中被槍炮擊壞的，我倒還不會感到如此痛恨，因爲槍炮是沒有眼睛的，它們不知道它們毀掉了什麼。"但是正如後來英國人説的，這種破壞是給中國一個警告：英國政府不是好欺侮的，也是對太后以後如果要采取報復行動時的一個預先警告。你説這能説是文明人能做出的行爲嗎？外國權威們知道中國是沒有能力和他們打仗的。他們不是和我們友好地坐在桌子邊談判，而是用武力來强迫我們服從他們。

另外一個原因使太后恨外國人是當孫逸仙圖謀推翻帝制和殺害太后激怒了太后而逃到外國時，一直受到外國的保護而沒有被清政府逮捕。太后重金懸賞獲取他的頭。太后曾多次采取措施要把他抓回中國受審，但每次都失敗了。她命令在國外的外交大臣把他逮捕後押送回中國，但他們也毫無辦法，因爲中國與外國沒有訂立過關于引渡罪犯的條約。

每當發生這類事情的時候，太后總是完全不考慮條約的問題，而對我説：

"列强們表面和我們友好，但同時又保護逃離中國的罪犯。假設有一個歐洲的或美國的逃犯逃到中國來，而我們保護了他，我會覺得從我這方面來講是一個很不友好的行爲。"

一八八九年，太后的侄兒小皇帝光緒成年了，她把統治權交給了他，自己退下來到遠離京城的頤和園去頤養天年了。就在她退休後不久，有消息傳來，皇帝的一個親信康有爲教給皇帝各種改革方面的問題，而且密謀要殺害她。并且還傳説康有爲慫恿皇帝信奉基督教。

這些事情使她暴怒了，這就引起了歷史上有名的"戊戌變法"。太后重新開始掌權，并重金懸賞捉拿康有爲，康逃到歐洲、美國等地避難。

太后又命在國外的外交大臣捉拿這個逃亡的政治犯押送回國，她的命令又無法執行，因爲外國人拒絕幫助。

再有一個原因使她痛恨外國人是因爲在中國内地發生了一起偶然事件。一個外國的傳教士被殺了，有關國家的領事館要求懲罰殺害傳教士奸人，于是有四個中國人被斬首，太后特地命令總督把這事處理得嚴厲些，以防外國人不滿意而再圖報復。

幾年以後，太后告訴我這件事，并説：

"我不明白，外國人爲什麼要到中國來傳教。那些轉變爲基督教徒的中國人就不再祭祖宗了，也不遵守中國的舊規矩和習俗了。他們常常和自己人鬥，從而引起很多糾紛。就是類似這樣的事件導致了一九〇〇年的義和團暴動。"

在義和團暴動以前，她不怕外國人，但是從一九〇二年她逃亡回來以後，她認識到自己的力量不足以對付外國，于是制定了一種安撫親善的政策，雖然這樣，她對外國一切事物的讎恨却更加深刻了。一九〇〇年事件在她心中留下了深刻的印象，從此以後她一直懼怕外國人和他們的武力。

有一天，她在回憶往事的時候對我説了這樣一段話，這話也許和她對外國人的這種懼怕有關。她向我説了一九〇〇年她經歷的苦難和艱辛。

"外國的强權一直乾擾着我們朝廷的政治，也乾擾了我的私生活。你知道爲什麼我要逃亡到那麼遠的内地嗎？我是怕被俘虜。外國勢力想捧出光緒皇帝讓他登上皇位，而把我抓起來，帶到他們國家去，把我放在籠子裏展覽，讓每個人都看看這就是在中國殺掉了那麼多人的可怕的人。但是他們既找不到皇帝，也找不到我，我的大臣答應給這些吸血的魔鬼一大筆賠款，這樣他們才放棄了我們。我常常後悔爲什麼我要下令燒掉外國公使館，但是我是鋌而走險了，我想把所有的外國人都趕出中國，這樣中國人民就可以自由地履行祖宗傳下來的規矩和習俗，不受到外來的乾擾。當然，我現在認識到我犯了一個大錯誤。這些外國鬼子真是厲害，我怕他們。

"祭拜祖先和二十四孝是我們四千年來所嚴格遵守的，它是我們中華帝國立國之本，它使中國成爲一個强大的國家。我們現在爲什麼要改變我們的信仰呢？我總不明白爲什麼西方人要到我們國家來教我們人民這些新思想。如果他們不喜歡我們的傳統，爲什麼他們不回到自己國家去待着呢？如果向我們的人民宣傳他們的宗教是一種友好的行爲，那麼我也要派一些佛教徒到他們國家去宣傳佛教來回報他們。我想到一定時機我會向外交官們提出這一建議。我相信這種要求會被認爲是不合理的，就像我認爲他們在中國所做的事是不合理的一樣。"

我在宮中的那段時間裏，太后曾接見過許多外國人，每次都有一名外交人員陪伴着。所有正式接見都在紫禁城或頤和園的大殿舉行。大殿的結構雄偉壯麗，占地面積很大。大殿的外面都用鮮明的顏色刷得富麗堂皇，使人一走進通到大殿的大門時就感到看到了一幅珍奇的圖畫。大殿的内部都有華麗的圖畫作裝飾，在寶座兩側的烏木架上放着無價之寶的瓷器和青銅器。

寶座安放在一個高出地面的臺上，面向大殿的入口。寶座的後面是一排五葉屏風，是用烏木制成的，雕刻得非常精美，還嵌有寶石和綠玉。在寶座兩側稍後的地方，有兩扇孔雀屏，是吉祥的象徵，整個臺裝飾得非常漂亮。從地面走上寶座有六級臺階，鋪着豪華的黃色錦緞。在太后寶座左側有一個小寶座，這是給光緒皇帝的。

接見西方人的程序是這樣，在客人進入大殿之前，太后和皇帝都先在各自的寶座坐好。當客人到達宮門口時，司儀官就要向皇上報告。接着，所有的宮眷、侍衛和官員們都在臺的周圍按各自的位置站好，我的任務是走上六級階梯站在太后的右側以便隨時聽候吩咐。當我們等着客人進來的候，我們可以聽到他們的鞋敲打在庭院的石板地上發出很大的響聲，有幾個人的鞋還發出吱吱聲。太后對此感到很有趣，因爲中國人的鞋是用布做的，走路時沒有聲音。

有一天她説：

"這些人的鞋是什麼東西做的？怎麼會發出這麼大的聲音呢？還有那有趣的吱吱聲是什麼？如果他們的鞋總是發出這麼大的噪聲，那他們就不能做小偷了，因爲這鞋的聲音就報導了他們的來臨。"

有一次，當接見儀式正在進行，所有的客人都聚集在大殿裏，太后驚異地看到有幾個客人手裏拿着"小黑盒子"。她問我：

"這些小黑盒子是照相機嗎？"我告訴她是的，她對這些客人的無禮非常氣憤。按照中國古代的禮節，不管客人如何無禮，主人或女主人不能批評他，那樣會被認爲缺乏感情。所以她不去禁止客人用照相機，只是身子和頭不停地晃動着，使他們無法照相。接見結束後，她問我他們是不是順利地照下了她的相。當我肯定地告訴她大殿太暗，這樣弱的光綫下不可能照出好的相，這時她才放心了。

在我第一次參予接見儀式時，由于朝廷與西方國家的禮節不同：鬧了不少笑話。按照中國禮節，接待客人的人必須先説一番表示歡迎的話。但是在這一次的特殊情況下，有一位外國使節還没有等我開口就先向太后和皇帝問好，太后非常吃驚，她指示我不管外國使者説什麽，我照常致我的歡迎辭，我遵照太后的意思做了。我覺得非常有趣，幾乎忍不住要大笑了。由于我當時非常年輕，我的輕率得到了諒解，雖然這多少傷害了那位外國使者的尊嚴。在太后的許多個性中，她還有很大的幽默感，她也看到了這次事件的有趣的一面。

當歡迎和問候的話都説完後，客人便被請進宴會廳，那裏豐盛的宴席在侍候着。

客人走後，太后總要提出很多問題。她要知道爲什麽外國人穿得那麽離奇，爲什麽男人都穿黑衣服而且戴這樣古怪的領子。他們一定感到非常不舒服。他們穿這麽緊的褲子怎麽能坐得下來？他們爲什麽吃得那麽多？她説：

"我不願意和他們握手，因爲他們的手上都是毛，像野獸。他們確是和我們不一樣。"

在有一次接待使館人員的時候，太后看到一位奧地利公使伸手去幫助一位女士從大殿走下臺階，就問我：

"那男人爲什麽要伸手給那女子？她是他的妻子嗎？"我回答她這是外國禮節，那女人不是公使的妻子，這時她説：

"外國人的道德觀念一定很差，男女之間竟容許如此親密，况且宫裏有太監可以侍候她。我聽説在西方家庭裏，每家走廊都有一個放帽子的架子。如果丈夫回家，發現走廊裏有帽子、雨傘或手杖，就表示他妻子有客人，他不應該去打擾她。的確，和這些西方人比起來，中國人是非常有道德的。"

一九〇三年，在北京的俄國公使給太后送去一張俄國沙皇和皇后的照片，還有一張國宴的照片。當太后看到那張宴會照片時，她非常吃驚，因爲男人和女人在桌邊相間而坐。她對女士們的服飾也非常吃驚。她對這張宴會照片看了一會兒後，掉過頭來對我説：

"爲什麼男人和女人要坐在同一桌上，而且還是并排地坐？在我們中國没有這種習慣。我想那些女人會感到羞恥，她們幾乎没有穿衣服。我同意孔夫子的觀點，就是男孩和女孩到了七歲就不容許坐在同一張桌子上以免敗壞道德。世界可能稱我們是野蠻民族，但是我們的文明不準許男女之間如此親密。要不是在 1898 年我制止了皇帝企圖實行的瘋狂的維新，誰敢説我們的女人不會穿像那張俄國照片中女人穿的那種下流衣服。"

當有消息傳來，美國著名的海軍司令羅伯萊·伊文思到達北京，這引起了極大的震動。總管太監李蓮英對太后説美國海軍司令和許多士兵在北京街頭騎着馬亂竄，不知他們要幹什麽。太后回答説：

"哦，這没有什麼，剛才慶親王來説美國公使要求我接見海軍司令和他們的隨員。"

當外國的外交官要求覲見的時候，太后總是疑心很重，因爲她想，這種要求的真正目的在于探測她的私事，并且企圖瞭解她是怎樣對待光緒皇帝的。西方人都知道，自從 1898 年政變後，她實質上是把皇帝變成了囚徒。她也想外國是在等待時機或找藉口使皇帝離開她，由他們把皇帝捧上寶座從而永遠剝奪了她的權力。這種疑慮一直在她心中存着，直到她死。她甚至懷疑這次美國公使爲海軍司令伊文思請求接見她是有所企圖，不過後來她明白他只是到京城來作一次友好的訪問，并帶來了他的政府的友好問候。

當太后和我討論這次接見的事時。她説：

"我已答應了美國公使説我很願意接見海軍司令伊文思，我準備設盛宴款待他們一行人，并決定用兩天的時間來接待他們。第一天接見海軍司令和他的隨從們，第二天打算爲女士們準備一個游園會。美國人似乎和其他的西方人不一樣，他們更友好一些。我聽說在一九〇〇年北京遭到可怕的圍困的時候，美國兵是最有教養的，而且我知道美國不是一個好戰的國家，它也沒有像其他國家那樣侵占我們領土的野心。正是美國拯救了我們，才使我們免于被列强瓜分。所以只要我能對西方國家友好的話，那我首先要對美國友好。這次我爲海軍司令準備的接見和游園會要安排得非常賣力，要有節日的歡樂氣氛，以便他們感到我們對他們是多麽友好。當正式的接待結束後，我將請女士們參觀各種不同的建築，包括我的卧室。我所以要特別請她們來參觀我的卧室是因爲我聽說西方人認爲我們是睡在地板上的，并且我們的家具用起來都非常不舒服。當然我要徹底改變一下我的卧室布置，拿走那些無價珍寶，免得它們被褻瀆的眼睛玷污了。”

像其他人一樣，她有一些小小的癖好。她不願讓人知道她自己設計的一個半月形的梳妝檯，所以要做成半月形是當她的訓練有素的太監替她梳頭時，她可以把胳臂擱在半月形桌的兩端休息。這張桌子有三面鏡子，折起來後就像一隻長方形的盒子。在這些鏡子的下面有一個小抽屜，裏面她秘密地放着她的梳妝盒，因爲即使是一個遙遠的中華帝國的皇后，她也喜歡塗些口紅，抹些粉，而她也爲自己擅長這一手而感到自豪。

在中國，寡婦使用化妆品被認爲是不合規矩的，所以在她特殊設計的梳妝檯裏，這個小抽屜的秘密是被嚴格保守的。

太后不僅用化妆品和粉，也還染髮。有一次我見她倒一些黑色液體在頭髮上。她對我説：

“青春只能維持不多年，這真是一件遺憾的事。我的青春已經逝去，現在我要用這可怕的染髮劑來覆蓋我的灰髮。”這種染髮劑使她的頭髮表現一種不自然的顏色，多少有損于她的容貌，所以我給她推薦了一種我所知道的巴黎染髮劑。太后試用了這種染髮劑，取得了驚人的效果。她高興極了，于是她給我假期讓我出宮去探望我的父母，這是我盼望了很久的事。

　　當伊文思夫人來參觀太后的臥室的時候，這張梳妝檯被搬到宮中別的地方去了，爲的是怕泄露秘密。她說："這些陌生人可能會注意到桌子的特殊形式而想知道裏面是什麼東西。"

　　我要解釋一下，客人們的這種小小的好奇心在中國是被視爲正常的，所以她自然想到外國人也會有這種好奇心。

　　她臥室的窗帘是用非常漂亮的玫瑰色的絲綢做成的。這窗帘被拿走了，換上了傳統的藍色窗帘，這種顏色她不喜歡。

　　她的床從西方觀點來看是非常奇特而迷人的。它大約有十尺長、七尺寬、三尺高，放在靠墙的一側。在床的上方有一個雕刻得很精緻的檀香木天篷，用檀香木的柱子支撐着。用三條很厚的棉被做床墊。她的床單是用很厚的玫瑰色絲綢做成的，以與窗帘的顏色匹配，床單上放着幾床絲綢的被，裏面充滿了細絲絨。你可以想象得到這床是多麼的大，夜裏太后上床休息時，她就像大海里的一隻小船，靠墙一側的床上有許多小櫃子，那裏放着她日常所戴的首飾。在中央一個櫃子的頂上放着一個綠玉的觀音菩薩，那是在她睡覺時守護她的。墙上掛着厚厚的黃緞子，上面繡着龍和鳳，那是中國皇室的標記。床上也鋪着黃緞子，顏色和墙協調。

　　太后床上有許多枕頭，其中有一個式樣很特殊，在她的晚年她一直用着它。這個枕頭有二十寸長，在中間有一個三寸見方的孔。枕頭裏塞滿了曬乾的玫瑰花、茉莉花和金銀花的花瓣，它有兩寸高，而且非常硬。那個洞的用處是當她躺在枕頭上時，把耳朵貼在洞上，這樣即使有極細微的聲音也會使她驚醒。我在宮裏的時候聽說是一九〇〇年她逃亡出去，回來以後就做了這個枕頭，因爲她常怕有人要對她行刺。

　　我是女侍官中惟一懂得外國習俗和禮節的，所以這兩次接見外賓的準備工作就落到我的肩上。她命令我要仔細準備宴席，要選擇我認爲最對西方人口味的食物。她還說："告訴太監每兩人侍候一位女士，扶她們上下臺階，并幫她們提起長裙子，以免在地上拖髒了。"

　　按中國習俗，主人和客人要互贈禮品，太后命令我去爲那即將來到的客人準備禮品。她知道這不是西方習俗，但她不管，所以禮品準備工作還是照常進行。

在接見的前一夜，太后指示外務大臣把海軍司令從城裏護送到頤和園，這兩地的距離大約有十里。這些人在外國公使館門前會面，每人有一臺裝飾華貴的有四名轎夫的轎子。一臺裝飾特別華麗的綠色轎子，有八名轎夫，是爲伊文思司令準備的。這種待遇表示了他身份的高貴。護送這個隊伍的有馬隊和士兵。隊伍在北京的街道上迂迴前進，非常壯觀。

當最後討論接待工作的時候，太后對我説：

"明天的接見你不必出席爲我翻譯了，因爲那裏全是男人，我想讓你在男人面前，特別是西方男人面前拋頭露面不太合適。"

當我聽説不讓我去見海軍司令和他的官員們的時候，這是多麼地失望，但是我還想笑。假如這位親愛的老太太稍稍知道我和年輕的法國男子一起跳舞、一起外出、過得很歡樂時，她一定會又驚訝，又生氣。爲了緩解這種尷尬的狀態，我建議由伍廷芳來代替我的工作，他剛出使華盛頓回來，并且我向太后保證他能説一口流利的英語。太后對我的建議非常滿意，下令讓伍廷芳參予接待。然後她想了一下説：

"你和其他女侍官也可以參加，但是你們必須在我寶座後的屏風裏面，讓他們看不見你們。"

接見的這天早晨，太后匆匆地與大臣們上完早朝，把朝政大事安排完畢，爲的是讓她的人好好準備接待西方客人。這一天她爲了使自己表現出最好的狀態，她顯得有些特別，其實她平時也一直是打扮得很整潔的。

她花了很長的時間來選擇袍子和與袍子協調的首飾，最後終于選好了，她看起來又快樂，又滿意。她對我説她本想戴那著名的珍珠首飾，我建議她戴鑽石皇冠，那是她的寵臣李鴻章送的，是我見到的最美麗的首飾，她答道：

"我不想戴玻璃製品，那樣會顯得我對貴賓不尊敬。"

在那時候，中國人不認識鑽石，當這件無價之寶貢給太后時，她認爲那皇冠是玻璃制的，其實這大約值一百萬兩銀子，相當于七十萬美元。

當太后準備接見客人的時候，她穿的是一件綠色的袍子，上面鑲着許多珍珠和寶石。她真的很漂亮，典雅而尊嚴。

當一切都準備好後，太后就前往大殿，後面跟着所有的女侍官。她一到，就登上臺階，坐上寶座。我們幫她整理好衣服，遞給她要對客人致歡迎辭的發言稿。

最後，客人到了，由禮儀官通報太后。當大隊走近大殿時，太后能看見他們進來，太后説：

"這麼多人啊！他們都是海軍司令的僕人嗎？"我告訴她跟着司令的人員是美國公使和美國海軍的官員，不是僕人。當一個中國的司令官要出游時，他要帶着他所有的僕人，甚至他的廚師，這就不難理解太后爲什麼會提這樣的問題。這時候再没有什麼話説了，當海軍司令走上臺階時，她讓我到屏風後面去，我照做了。

雖然我們女侍官必須躲在屏風後面，但是外面的一切我們全看到了，因爲雕刻的屏風上有孔，我們可以通過這些小孔看到一切。這屏風在寶座後面靠着墙，地方的大小剛够我們所有的女侍官站立。因爲不可能讓所有的女侍官在同一時間都能看到外面，所以大家都是互相推擠着和咯咯地笑。

我占據到一個好位置，能看到海軍司令伊文思和美國公使康格先生，後面跟着使館秘書威廉先生。全體人員排成兩排，面向寶座跟在他們頭領後面慢慢前進。

官員的人數這樣多，使我們女侍官非常吃驚。太后接受了海軍司令伊文思正規的敬禮後就開始念歡迎辭，由站在臺階上的伍廷芳博士任翻譯。然後是海軍司令講話，説他帶來了美國總統親切的問候，等等，由伍廷芳面向太后跪在地板上翻譯。

那一天，可憐的伍廷芳博士過得很艱辛，因爲每次太后對他説話時，他必須跪在地板上聽，同樣，當他把海軍司令的話向太后翻譯時，他也得跪着。這裏我必須解釋一下，那就是宮裏有一條嚴格的規矩，無論誰，不管他的地位有多高，對太后説話或聆聽太后的命令時都得在太后面前跪着，這一次當然也不例外。

官方的講話結束後，這群人就登上臺階，一一和太后握手，她給每人一個温和的歡迎的微笑。握手完畢，大家被引入宴會廳，這次是慶親王作爲主人迎接他們。

接見結束，女侍官們都從屏風後面出來，我立刻走到太后身邊。她對我説：

"我很高興見到這些客人，海軍司令有一張英俊和善的臉，并且十分有禮貌。和那些友好的官員握手我一點也不覺得不自在。"

她想知道海軍司令和他的官員們肩上那塊小牌牌是什麽。我回答她那是肩章。她又問他們肩上放着這東西是不是爲了扛重物，像中國的苦力那樣；她并想爲她的轎夫也做些這樣的墊子，這樣他們的肩膀就不會痛了。她認爲美國海軍司令爲她出了個好主意。

爲伊文思夫人舉行的游園會是一件令人難忘的事。這天天氣非常好，太后心情很好，非常有禮貌地接待了她的客人。當接待儀式結束後，她走下臺階與女士們握手。她通過我告訴伊文思夫人，她很高興遇見海軍司令，祝他一切順利。然後她退出了，在以後的宴會上由皇室的公主擔任女主人的角色。宴會共有二十四道食品：燕窩湯、魚翅、笋尖、一種奇特的布丁，裏面有蓮子、西瓜子、松子和米飯；還有許許多多美味佳肴，不能一一列舉。

爲了使宴會更加華麗，從皇家庫房裏拿來了一套黄色的瓷器和一套漂亮的金餐具，那是平時一直在庫裏保管着的。餐桌用黄菊花裝飾，顯得富麗堂皇，黄色是皇家的顔色。在皇宮中招待西方客人的宴會，這是最豪華的一次。

作爲這難忘的一天的最後一個節目是參觀太后的私人花園，稱爲"大内"，在那裏，客人有機會看到她那經過改裝了的卧室以及各種休息室，在這些地方，她至少可以暫時忘記朝政大事。我在宮中期間，這是惟一的一次她在這神聖的地方接見客人。當她送別客人的時候，她送給每人一個鑲着珠寶的戒指和四匹錦緞。每個人都很高興，太后也是一樣。于是一天就完美地過去了。

現在，慈禧太后已經去世了。朝廷的威嚴也不再存在了。但是當我們看到了金城中這些已遭破壞的遺迹和那些凄凉的美景時，還是會想起這位統治四億人民達四十八年之久的偉大的女人。

太后的珠寶

当我在清宫裏做慈禧太后的一等女侍官時（一九○三年至一九○五年），人們都知道慈禧太后是當今世界上收藏珠寶最多的人。維多利亞女皇收藏珠寶很多，沙皇皇后比她還多，慈禧太后的珠寶比她倆哪個都多，甚至比她倆的總量還多。這是很難令人理解的，除非有人來詳細解釋一下。

太后統治中國差不多有半個世紀，每年各省的總督都派專家到遠方爲她廣泛收集珍貴的物品。雖然事隔多年，我只要一回憶，就能想起那些珠寶，并對每一塊加以説明，因爲我曾經負責保管珠寶，我經常親自清點，或去與那專職保管珠寶庫的太監核對。

首先是那有名的"茄子珠"，它的大小差不多和一個小鶏蛋一樣。這是一個水滴形的珍珠，這從它的名稱就可以知道，因爲它正好像一隻茄子。這顆珍珠的表面非常光滑完整，它的光澤是任何其他珠子無法比擬的。太后把它當做一種垂飾，挂在袍子右側肩膀下。

這顆珍珠來自廣州，是廣州總督送給咸豐皇帝的，那是在慈禧（那時候叫蘭貴妃）成爲咸豐皇帝的妃子後不久。雖然蘭貴妃當時還只是一個妃子，皇帝却把這顆珍珠送給了她，這件事在宮裏引起了很大的騷動。當然，那時候她還是個年輕姑娘。我認識她時，她已經快七十歲了，但是這顆珍珠是她最心愛的寶貝，每當有適當的場合，她就要戴上它。我可以説，雖然我不能證明，但在現今世界上像這種形式、這樣大小的珍珠是惟一的一顆。順便説説，凡送給太后的東西都要求是特別珍貴的，而太后如此珍惜這顆珍珠，説明這種類型的珍珠只有這一顆。

太后最喜愛的就是她的珍珠。與此有關的我必須還要提一下，有一次皇帝賜予他的妃子晚餐的事，這事當然發生在我出生之前，是一位與太后差不多地位的人告訴我的。咸豐皇帝爲了慶賀蘭貴妃改名爲慈禧，準備了一次晚宴招待最著名的大臣們。這頓晚餐非常豪華，充滿了色彩和魅力。蘭貴妃本身就是一個美麗出衆的女人，我所知道的慈禧，雖然年齡大了，仍然很漂亮。在晚餐即將結束的時候，皇帝對客人宣布他要給每人，包括他的妃子，一個驚奇。于是在皇帝的命令下，太監抬進來一隻大桃子，差不多有一個男人的身體那麽大。

桃子放在蘭貴妃面前，她坐在一個普通妃子所不能坐的榮譽席位上。桃子被劈成兩半，桃子裏面，在一個黃緞子的墊子上放着一雙給她的鞋。每隻鞋上鑲嵌了五百顆珍珠，完全一樣的！太后每當説起皇上賜予她鞋的情況，總是興奮不已。鞋當然已穿破了，但那珍珠每次都立即換到新鞋上，以此來紀念咸豐皇帝賜予的禮物。

太后有兩件袍子，表面看來完全一樣，她輪流着穿它們。很幸運我有一張照片是太后穿着其中的一件，照片是由我哥哥拍的。這件袍子鑲着三千五百顆完全相同的珍珠，每顆都有鳥蛋那麽大。不管你有多大的想象力，你也很難説出來要收集這麽多完全相同的珍珠需要花多少時間和多大的勞動力。這些珍珠有的是做成鑲邊，有的是從兩肩垂下來在胸前交叉，在鑲邊的底部有二十四串垂飾全是用同樣大小的珍珠串成的。

這些垂飾是用銀絲串起來的，非常柔軟，太后一般喜歡用金子，但金絲用在這裏強度不够，所以必須用銀絲。

另外一件袍子是用珍珠與碧玉交替鑲嵌的，由手藝最高的工匠按極複雜的圖案把它們繡在布上。袍子的前面是荷葉、龍和鳳的圖案。我不知道這件袍子上珍珠的數目和碧玉的塊數，但是這件袍子的重量和前面説到的那件差不多。

下面要説説表示官階的朝珠。在大清帝國裏，只有三個人可以用真正的珍珠做朝珠，其余的人按官階的高低依次用銀、琥珀、檀香木和珊瑚的朝珠。我父親裕庚王爺是一品官，準許用珊瑚朝珠。二品官用檀香木，三品官用琥珀等等。太后用的朝珠是最完美的，珍珠的大小、光澤完全相同，用銀絲串起來，差不多一直挂到她的腰部。珍珠也差不多有鳥蛋那麼大。其余二人準許用珍珠做朝珠的是皇帝和皇后。

太后的頭飾也是一件複雜的東西，不仔細解釋是不容易明白的。頂上是一隻六至八寸高的鳳凰，差不多全是用珍珠串成的，一直到鳥的羽毛末梢都是珍珠，鳳凰是皇后的標記，龍是皇帝的標記。沿頭飾的邊緣是七串珍珠垂飾，也是用銀絲穿成，非常軟，這七串垂飾是固定挂在頭飾上的，另外還有一些垂飾串繫到同一個中心，構成一個圓花飾，這根據需要可以隨意裝上或摘下。我記得太后有十個頭飾來配她的珍珠袍。你只要想想，她的鞋上裝着珍珠，兩件珠袍的下面邊緣又挂了許多垂飾，密密地排列着像流蘇一樣，你就可以明白她是多麼喜歡珍珠，也可以想象到她負荷着多麼重的珍珠和寶石。

她也有珍珠耳飾，也是水滴形的，和她挂在長袍右肩下的那顆完全一樣，只是略小一些。

太后的珍珠戒指從西方的觀點來看也是很特殊的，它們不是嵌在金指環上，而是完全用珍珠串在銀質的環上，她每個手指上戴七個。她的指甲護套又長又彎，好像鬥鷄時裝在鷄爪上用的距鐵，也是密密地嵌滿珍珠。除了她穿戴的珍珠外，她還有許多珍珠做成的奇异的裝飾品。有一隻珍珠的龍，一隻珍珠的鳳，一枝珍珠的牡丹，珍珠的天竺葵，還有一隻珍珠的老虎！最後這一樣寶物是我所見過的東西中最神奇的，我常常想它是怎麼做成的。

關于珍珠的事，還要做一點補充説明。從各省收集來的珍珠每年一次，送進宮裏後就要進行計數，并逐個稱其重量，由專家鑒定其表面的光潔度，只有那些完美無缺的才能給太后用。我常常幫着稱重量和計數。珠寶庫中的墻上都是櫥櫃，裏面有無數個小格，每一格就是一個收藏所，收藏一定大小和一定重量的珍珠。在中國，珍珠的價值像其他東西一樣，是用重量來衡量的。珍珠一進宮，立刻要仔細地過秤和計數，把它們從容器裏倒出來，倒在緞子的"床"上，這樣它們不會亂滾。當每個珍珠都過完秤後，就把重量相同的珠子放在一起，再計數。有一名太監管這件事，我因爲很感興趣，所以也常去幫忙。計數是用一把像筷子一樣長的長柄銀勺，五顆一勺，一五一十地數。

當都數完以後，一定大小的珍珠就放在一只黃緞子口袋裏，口袋上標明珠子的數目，每顆的重量和來源。珍珠剛送來時都是未鑽孔的，因爲一鑽孔表明珠子被破壞了，即使最重要的官員也不敢把鑽過孔的珠子送給太后。什麽時候太后需要用哪樣大小的珍珠的時候，就從相應的口袋裏取出，數好數，然後從黃緞子的"銀行賬本"上扣去取出的數，再核對一下剩下的珍珠數目是否對，如果不對……啊，通常都是對的，因爲誰也不願意因爲丟失了珠子而被斬首！

黃緞子口袋是放在小玻璃盒裏，小玻璃盒又放在小的烏木檯上，這些烏木檯又放進一個烏木箱裏，最後整個箱子放進一個櫥櫃"保險箱"裏。當需要某種尺寸的珍珠時，只要抽出抽屜，打開烏木箱蓋，通過玻璃盒蓋看到黃緞子口袋，讀"銀行賬本"就可以找到所要的珠子。

太后所有值錢的東西都是用這種方式計數保存的。記着，在這裏我只是説到她的珠寶，至于她的錢幣，也是用這種方式保存的，它們的數量我不知道，肯定也是多得像神話般的令人驚嘆。

再説説她的玉石。

玉石作爲衣服的裝飾品只在夏天用，而珍珠則冬夏都可以用。要描述太后的玉石那是多麽困難啊！再沒有別的玉石像它一樣。例如，有一塊玉石我記得最清楚，它的形狀像一條黃瓜，大小像腌制用的小黃瓜。我記得這種形狀的寶玉只有這一塊，而且它没有一點瑕疵。有瑕疵的玉由于質量不好，不在太后收藏之列。這塊黃瓜玉石非常華麗，晶亮得能透過光。我不知道它的價值有多高。

她的玉石耳墜也有各種形狀和各種大小的，她最喜歡荷葉形或其他葉形的，都必須是無瑕的，無價的，而且每個的類型是惟一的。

我不知道，爲了討得太后的歡心，要有多少人，花多少時間去收集玉石。多數玉石來自雲南，那裏出産的玉石質量最好。

還有一塊玉石我也肯定再找不出第二塊相同的。這大約有十五寸高，雕刻成人們熟悉的觀音菩薩！這是太后最珍愛的東西，原因有幾個：一方面她喜歡把自己比作觀音菩薩；另一方面，這玉石女神的臉是白的！一個白色的臉，綠色的身子，綠白的混合的天然的，不是人工製造出來的。"白玉菩薩"也是有名的，它是一塊巨大的白玉，但它終究比不上剛才提到的觀音菩薩那麼好。

太后戴三組玉手鐲（當適宜于戴玉器的時候），第一對，當然也是無瑕的，全部絕對光滑，艷麗無比，幾乎是無價的。這一對她戴在最下面，正好在手的上面，手腕處。這一對的上面是一對雕成龍的形狀的，龍嘴咬住了自己的尾巴。在這兩對上面是一對用非常細的玉制成的，沒有雕，它的粗細只有上面提到的那兩對的四分之一，薄而脆，好像甘美的草。我插一句，太后并不是特別喜歡這幾副手鐲，有一次她知道我很欣賞就想送給我。我告訴她，她戴了它們很好看，而我就不同了，因爲我的腕和手都這麼小，戴上去可能要掉下來！你可以想象到，從這以後，我常常因爲沒有接受這珍貴的禮物而感到遺憾。

太后的筷子也是玉做的，兩頭都是包金。在夏天，太后吃的東西如果不是多油膩的（像蓮心、新鮮核桃、乾的蜜餞等）則用玉碟子裝，這些碟子都雕成荷葉、桃葉或其他葉子的形狀，油膩的東西則用金的或銀的碟子裝。

還有一樣東西，我能不能稱它爲裝飾品呢？這是一種奇異的玉石和珍珠的混合物。這是一隻華麗的蝴蝶，用玉石做翅膀，珍珠做身體，太后還有許多別的蝴蝶，也都是玉石（通常是做翅膀）和金、珍珠的混合物。

你聽説過著名的"藍鑽石皇冠"嗎？誰也不知道它後來怎麼了。這是李鴻章任天津總督時送給太后的。那由此而得名的藍鑽石據説值一百萬兩銀子，按當前的比價折合六十二萬美元。至于整個皇冠（藍鑽石只是許多寶石中的一塊）我簡直不敢猜想它的價值。特別是我不願意去想起這皇冠，因爲它也曾可能成爲我的東西！我在珠寶庫裏見到它很多次，它一會兒被擠到這兒，一會兒被擠到那兒，好像它是個廢物，其原因就因爲它是鑽石做的，而太后是不戴鑽石製品的，因爲她認爲那和玻璃差不多！只要我在她面前大大地贊揚這皇冠，她也會把它送給我的！如果放到今天，它會值很多很多錢，不過如果我擁有了它，我永遠不會和它分離。我不知道它現在在哪裏？

在這篇文章裏，我只能對太后的珠寶財富給出一個極局限的概念，因我提到的只是最著名的幾個。太后的珠寶庫是一個很大的房間，它的四壁墻每一面都是一個大櫥，每個大櫥有無數個小抽屜，每個抽屜裏放着大量的珍寶！

有不少傳說講到太后這些珍寶的命運，但實際情況到底怎樣，恐怕誰也不知道。我自己也有一些珠寶，但是我都沒有提到過，除了我衣服上有一些珍珠，那是在我任一等女侍官時太后送給我的。

當然還有次一些的寶石、綠玉等，這些太后連看都不屑看一眼。

寫到這裏，我又回憶起太后的珠寶庫和替她掌管珠寶庫的太監們。每當我奉太后之命到珠寶庫去爲她取珠寶，我總感到太監們的手很髒，他們在寶物堆裏翻來翻去，實在是褻瀆聖物。在珠寶庫裏，這麼多珠寶在每個人手上經過，使得他們習以爲常，都不當作一回事了。

我曾聽到某些個人或機構宣稱他們擁有了太后的珠寶，并說有"證據"可以證明那是真的，我覺得很好笑。雖然我已經走了，管不了這些事了，因爲我覺得那些人要去買一個死了的女人（是我所愛的）的東西是活該受到欺騙，他們應該好好檢驗一下那些東西和所謂的證據的真實性。他們的那些寶石我一個都不認識，而我在兩年多的時間裏天天見到她那些最好的珍寶。當然也可以説那些東西是屬于太后的，因爲在她活着的時候，中國的一切東西都是屬于太后的！我相信這些聲稱和那些證據都是虛假的，對于那證據的虛假性，我是毫不懷疑的。"證據"在中國，尤其在北京，是很容易買到的。

有人估計這些東西中的大部分是在一九〇〇年義和團運動中被外國人掠奪去的，當時太后逃到西安去流亡了兩年，外國人侵入了紫禁城，這又是一種謬論。當時一些重要的東西都放在珠寶庫裏用磚砌的舊墻的夾層裏，這舊墻使人感到這是一個年代很久的舊建築，毫無疑問，各國的士兵經過的時候，再也不會想到在他們伸手可及的地方竟藏着無窮無盡的財富，能使他們子子孫孫幾代享用不盡。

我可以確定，他們就這樣通過了，因爲太后回來後，推倒舊墻，藏至裏面的東西一樣都没有丟！這是太后親自告訴我的。只有那些太后不大在意而留在外面的東西被帶走了。有些小東西，像我提到的那些珍珠和玉石，她只是把它們緊緊地捆在一起丟進紫禁城内的一口井裏，等她回來後把它們找回來，發現它們完整無缺。

太后是個很精明的人，要是我有她一半的精明，把她所不要的東西收集起來，那我今天就是個大富翁了！

悲劇裏的金色女神

我生活中一次最重要的經歷是發生在許多年以前我在巴黎的時候，那時我父親裕庚出任中國駐法公使。

我遇見了沙拉·本哈特夫人。

在正式與她相見之前，我已看到她很多次。每一次見到她，我對她的興趣、熱情和崇拜就提高一次，我幾乎不能自已。我們第一次見面是在法國劇院的休息廳裏，那裏爲了慈善事業，正在進行一次大型的義賣活動。在這次活動中我擔任了我自認爲很重要的工作。我提着一隻籃子賣小束的玫瑰花，花的價格不等，從十個法郎開始，一直到很高的價錢，由我的宣傳效果決定。那是繁忙的一天，休息廳裏擠滿了人群，一直擠到擺着的貨攤中間。

我的工作很順利，紳士們都來買我的花插到扣眼上。這時耳語聲像閃電般傳遍了整個人群，一會兒立刻肅靜了：

"沙拉·本哈特夫人在這裏！"

當然，我聽到過本哈特夫人的名字。誰又會没有聽到過呢？我知道，巴黎甚至整個法國都崇拜這位偉大的女明星。我忘了我要爲慈善事業挣很多錢，而且我擔心我負責的工作會因爲我對本哈特夫人的興趣而受到影響。當然像我這樣的人不止一個，否則也不會有那麼多的耳語了。本哈特夫人是一個很引人注意的人，不需任何人介紹我就認出來了。

最要緊的事就是要知道她在不在這裏。在一群人裏，人們能很快地把她認出來，因爲她和別人是如此的不同。

當我第一次遇到這位我崇拜的人的時候，她穿着紫色天鵝絨的服裝，筆直的綫條，非常整齊。她的鞋也是紫色天鵝絨制成的。她站得筆直，像是在接受檢閱的士兵。我全力地注視着她，幾乎記住了她衣服上的一切細節。她的服裝有些古怪，是由她自己的裁縫專門爲她製作的。她的帽子被稱爲女用寬邊帽，頂上插着華麗的羽毛，羽毛由紫色和金色兩種顏色組成，羽毛根部是金色，逐漸向羽尖變成紫色。

夫人看起來相當老了，這使我以後在舞臺上看到她時非常吃驚。她還有另外一件事情使我感到很奇怪，除了在中國，我還沒有見過誰是這樣的。本哈特夫人在左手大拇指上戴一隻金戒指，另一隻金戒指戴在右手食指上，在另一隻大拇指和其他手指上都沒有裝飾品，使我覺得非常奇特。事實上，她的每一件事看起來都不平常。我後來才知道是她創造了這種與衆不同的風格。

拇指戒指和她右手食指上的戒指與她脖子上的金項鏈相匹配，這項鏈挂得很低，上面還嵌着一些寶石。

我多麼想勇敢地走上去招呼她！我想，要不是義賣市場的女主人來叫我回到自己的工作崗位上，我真會這樣做的。但是我的心已經不放在工作上了。我只是想着這位僅僅在過道上見了一面的奇特的女人，我決定找個機會再去看她一下，如果可能的話，和她説幾句話。

但是這時候不可能了，因爲突然傳來了驚恐的喊聲：

"火！火！"

頃刻間亂成一片。混亂中，我找不到本哈特夫人了。法國劇院的安全門設置得不好。這時候劇場裏正在演出，劇場裏的人群擁向休息廳，而休息廳裏的人群又擠着要衝出門去。幸虧火警發生的時候我正好和我妹妹在一起。我正在賣一束花給一位紳士。買賣没有成功，因爲這位紳士忽然抓住了我和我妹妹的手，幫我們冲出一條路到達了安全門出口。我回頭看看劇院，看到亨略特穿着一身白衣服站在臺上。

葬禮的情況我記得很清楚，因爲許多人被大火奪去了生命，包括亨略特小姐。

我決心要和本哈特夫人説話。我母親認識她，于是我纏着母親要她給我安排一次見面的機會。母親對我的請求總是給予同樣的回答：

"你太傻了，這是不可能的。本哈特夫人是一位偉大的藝術家，她哪有時間來接見小孩！”

我不懂得什麼天才和偉大，也不明白本哈特夫人爲什麼不能接見小孩。我想自己找機會。

不久我又見到了她，而且真的和這位偉大的藝術家説了幾句話。我和我妹妹隨同我母親去進行社交訪問，正好本哈特夫人也在我們所拜訪的那一家。她不大會説英語，我們是用法語交談的。她感到很吃驚，像我這樣一個出生在東方的女孩子竟能説法語，她夸獎我法語説得好，我感到很榮幸。見着本哈特夫人後，當我離開她的時候，我敢打賭，全巴黎没有一個人能像我這樣走運！

這一次她穿的是黑衣服，還是那些筆直的綫條。她戴着一個有白花邊的領圈，她的長袖子上的花邊幾乎蓋住了她的手。她左手拇指和右手食指上又戴上了戒指，不過這次是黑瑪瑙的，耳環也是黑瑪瑙的。另外她還戴了一串長得幾乎拖到膝蓋的珠子。她没有戴帽子，如果我没有記錯的話，她的頭髮是深棕色帶些卷。那時候我覺得她的頭髮并不怎麼好看。

我告訴她我正在跟依沙多拉·鄧肯學跳舞，還跟另外一個人學唱歌，并告訴她我不喜歡跟依沙多拉·鄧肯學，我想成爲一位芭蕾舞專家。她對我微笑，我想她很同情我，當我繼續告訴她我正在學習朗誦法文詩歌時，她説等哪天想聽聽我朗誦——我聽來好像她答應第二天就來聽我朗誦一樣。母親告訴我這是不可能的，但我還是懇求她寫信給本哈特夫人提醒一下她曾答應來聽我的朗誦。

但是日子一天天單調地過去，本哈特夫人顯然是忘記了。不管我怎麼請求，母親就是不同意去提醒她，并告訴我，我惟一能做的事就是耐心等着本哈特夫自己記起她的諾言。

看來這時刻是不會來了。我慫恿母親讓我到劇院去看本哈特夫人演的劇《雛鷹》，劇中她扮演拿破侖的小兒子。對我來説，在我的經歷中，她的演出是最卓越的。到如今，雖然我看過很多劇，但那個劇在我記憶中最深刻，因爲那是本哈特夫人演的。那個劇連續演了多久我不知道，但即使永遠演下去，我也不會感到厭倦。其他觀衆也是如此，因爲當本哈特夫人在臺上的時候，幾乎每一個人都屏住了呼吸。她扮演的是一個多麼英俊的男孩啊！白色的馬褲，黑色的幾乎齊膝的靴子，上面還有金色的裝飾物。華麗極了！

她那嗓子啊！清脆而亮麗，在寂靜的聽衆席中丁當作響。她一遍又一遍重複地呼喊着"弗蘭勃"，拿破侖家臣的名字，她的聲音回蕩着，她是這樣地喊着這個名字，好像把聽衆的心都要揪出來了。而聽衆們静静地聽着，一動也不敢動，惟恐干擾了這美妙的聲音。

我至今還能聽到她喊：

"弗蘭勃！弗蘭勃！"

最後一幕演伊格萊特之死。孩子的母親在床邊。她帶來一束紫羅蘭。孩子聞着紫羅蘭，而且你可以真正看到他的臉色越來越變得灰白，瀕臨死亡！我真不明白，本哈特夫人是怎麼做到的，因爲在演臨終之前這一幕時，她的臉色確是越變越白。後來我才知道原來是在花束裏放了一種藥，人一聞這藥臉上的顏色就會褪去。後來她又告訴我她穿了橡皮的緊胸衣使她看起來更像《雛鷹》劇中的小男孩。

本哈特夫人還演過一個名爲《茶花女》的劇，母親認爲我太年輕，不讓我去看這個劇，也不讓我追問詳細的劇情。但是孩子，特別是任性的孩子常常有自己的辦法，所以我後來知道了這個劇的劇情。

隨後，一個重大的日子來臨了。當我回到我的家中——中國公使館時，我聽到我的法國僕人和中國僕人之間正在進行激動人心的竊竊私語：

"本哈特夫人在這裏！"

公使館把她當成法國皇后來接待。我不能理解爲什麼對于法國人，本哈特夫人竟是如此的了不起。因爲我以前曾對她說過我能朗誦伴樂詩歌，所以急于要向夫人顯示一下自己的才能，但是孩子是只能被看，不能被聽的。最後母親終于答應我進去和她說幾句話，行個禮，然後退出來。

不久，我感到本哈特夫人答應我的話肯定要兑現了。我妹妹、我的哥哥、弟弟和我準備在使館裏爲我們的朋友演一個劇，劇本選了《芬芳的薰衣草》，然後我們就加緊排練。

誰也没有想到，在有一天排練中，這位偉大的夫人來了。我立刻看到了她，并決定在《芬芳的薰衣草》中一顯我的才能并聽到她的評價。排練結束後，本哈特夫人招手叫我到她那裏去。這劇當然是用英語演的，她除了少數幾個字外，基本聽不懂，但是她知道這個劇，對我們所排練的劇情她也知道。

"你演得很好，"她告訴我，此刻我的心跳得快極了！"但是有幾個錯的地方需要糾正。讓我來教你！到我家來，我將給你一些指點。"

我不願再像以前那樣讓她拖延過去，所以，雖然母親給我使眼色警告我，我還是脱口而出地問："什麼時候？"

本哈特夫人和藹地微笑着。

"明天四點鐘！"她告訴我。

等到明天下午就好像等了一個世紀。最後，四點鐘到了！我的中國女僕和我一起去。很遺憾，我忘了本哈特夫人家的地址了，但是有某些標記我還記得。它很舊，是一個二層樓房，門的上方有一個陽臺凸出在圍欄底下像一隻籃子。我從左到右看看那窗檻花箱，還有那漂亮的天竺葵，然後……

一個打扮得像將軍似的僕役長向我要名片。我没有名片，我告訴他我是誰，并説本哈特夫人正等着我。于是我們進了門。前面是一面長鏡子，左右墙上都有橢圓形的鏡子，我有機會在每個鏡子裏照了照自己，并對着鏡子中因興奮而臉發燒的我説道："德齡，你知道這真正是本哈特夫人的房子，而正是你站在這裏，并且她要接見你了嗎？"夫人的女僕來叫我們稍等一會兒。

我們進了客廳，這是按路易十五的風格布置的，金碧輝煌，又有一面鏡子，我又看到了巴黎最興奮的女孩子的紅臉。在等召見的時候，我看了看我的四周。門上鑲着嵌板，椅子和桌子都是淡黄色的，滲透出淡淡的綠色和金色的光輝。女僕進來了，她穿着一身黑衣服，只有帽子、領口和袖口鑲着白邊，她告訴我夫人想在閨房接見我們，因爲那裏更舒適一些。我上了樓，進了她的閨房。我驚异地觀察着這位巴黎偶像的化妝室。

這一切只能用"華麗"二字來形容。這是一個古怪的組合，就像本哈特夫人本人一樣古怪。墻上鑲着用黑緞子包裹的嵌板，每塊嵌板中間有一顆金鈕扣。嵌板之間用象牙色的木條分隔。天花板上覆蓋着用金綫和黑綫交織的織錦，周圍都鑲着花邊，整個裝飾的結構都指向天花板的正中心，好像一顆奇特的星星，又像一個風車。本哈特夫人穿着鑲金邊的金色薄紗衣服，這次同樣在拇指和食指上戴的是金戒指，爲的是與耳環和項鏈匹配。她的腰帶是一條金鏈子。她的拖鞋也是金的。她的化妝臺……她的躺椅……一切都使我驚异得屏住了呼吸。她請我喝茶，茶是裝在金邊的白杯子裏，勺和茶葉都是金黄色的。直到今天我還記得她招待我的那種隆重的態度，好像我不是一個小孩，而是一位法國的貴婦人。隨着茶一起上來的還有一種帶大蒜味的生奶油。

然後我們就讀起來，下面就是我記憶中她告訴我的話。

"記着當你穿過舞臺的時候從右邊走，這樣觀衆就在你的左邊。走步的時候，脚要向遠離觀衆的方向跨步，這樣觀衆就能看清你的每一個動作。舞蹈時不要伸出你的手掌。不要忘記觀衆，并記得，觀衆希望看到你的每一個細微的動作。坐着的時候，臉向左或向右，但不要面對觀衆。你告訴我你想變成一個芭蕾舞蹈家。不要這樣想，我的孩子。你還在學唱歌。你希望成爲一個偉大的女明星。你想做的事太多了！好好地學一樣東西，精通它，不管有多膩味。繼續努力跟依沙多拉·鄧肯學習，因爲你將看到有一天她會成爲一位偉大的藝術家！她是一個卓越的舞蹈家，因爲她是帶着她的靈魂跳舞，任何一個真正的舞蹈家必須帶着靈魂跳舞！"

"是這樣，"我告訴夫人，"我喜歡跳舞，但是我真正的願望是成爲一位明星，像你一樣。我要在一個大劇本裏扮演一個角色，像你一樣。這使我想起了我有一個問題要問問你：你演《茶花女》時，母親不讓我去看，也不讓我讀這個劇本，這是爲什麼?"

這就是她的回答（那是我從很遠的記憶中找回來的，可能記不全，或記不確切）:

"我知道爲什麼不讓你去看我演的劇，因爲你太年輕。這是我最得意的杰作，但裏面涉及愛情，而塞納河對岸的老婦人（法國貴族）思想都很保守，她們不贊成讓女孩子知道愛情。如果她們知道我向你提起愛情這個詞，她們會罵我缺乏教養的!那個劇講愛情——愛情是悲劇，并通過犧牲達到偉大的境界。這可能就是我能對你説的全部了，而且我可能因爲對你講了那麼多而受到譴責，不過我不在乎。

"你可能聽到過很多關于我的話。我知道河那邊的老婦人們一方面把我當作一個明星來崇拜，同時也可悲地認爲我是一個缺乏道德的人。如果你知道了她們性格的局限性，對于她們有這種觀點是不難理解的。至于我自己的生命（我現在已經老了），在一首法國歌的歌詞裏最能體現，那歌詞説:'愛情的歡樂是暫時的，愛情的悲痛是永久的!'這是一個痛苦的事實，我已體驗到，但我也無法改變它。愛情是基本的，即使對于河對岸的那些老婦人們也一樣。人不能活着沒有愛情，雖然他們知道當他們在享受着愛情的歡樂時，同時也在肉體和心靈上留下了傷痕。你知道爲什麼我能在一個愛情劇裏獲得成功?當我在演出的時候，我在想着我自己的真實生活，而我對方的那男人就是我真正的愛人。在另一出愛情氣氛很濃烈的劇裏，也是同樣的道理使我獲得了成功。一個真正偉大的明星都有過苦難的經歷。我并不想挫傷你想走我這條路的志氣，但這是很悲慘的，生活并不快樂。"

"我想，"我的熱情有些消退了，"我的父親并不希望我成爲一個職業演員。"

"我親愛的孩子，"她説，"你父親是完全對的。但是一個人的一生就像一幕劇。人死了就完了，當你活着的時候所遇到的人也都是演員，只是沒有謝幕而已!記得:榮譽是一掠而過的，不管你成爲多麼偉大的藝術家，當你死後，這個世界，甚至你最親密的朋友就會把你遺忘。"

"不，不，"我抗議道，"這是不正確的，顯然你不會這樣！我肯定，你永遠不會被人遺忘！"

她憂傷地搖搖頭，她的眼睛在望着很遠的地方。但是突然地，她好像擺脱了憂鬱的情緒，繼續説：

"他們會忘記我的，親愛的，但不要在我活着的時候！但是我現在爲什麼要煩惱呢？看看窗外！太陽這樣明亮！你聽得小鳥叫嗎？無疑地它們在談情説愛！我窗框裏的花又好看，又香，所以這個世界，當我們生活在這裏面的時候，是非常可愛的。"

她説她那裏有我要朗誦的那首詩的配樂。她找出來了，并領我到另一個房間，那裏有一架鋼琴，我朗誦時她爲我伴奏，然後一步一步地，她聽完了我的全部朗誦，指出這樣那樣的缺點，證明我還得好好學習。然後第二遍、第三遍、第四遍地練習，每當有錯誤，她就叫我停下來，以極大的耐心向我解釋如何才能改正缺點，我的缺點肯定不少。

在那一次拜訪中，我離開她之前，她帶我到她的卧室去。我記得有一張大床，上面懸挂着玫瑰色天鵝絨的吊篷，是用金色的繩索吊起的，床放在一個平臺上。這卧室也是一個迷人的地方，本哈特夫人的梳妝檯，啊……要是有時間的話，我真想在鏡子前面好好打扮一番。畢竟本哈特夫人是一個忙人，她已經在一個滿洲孩子的身上花了太多的時間。但是她喜歡我，我至今爲此感到快樂和自豪。在卧室裏她給我看她的一件睡衣，顏色黑得像烏鴉的翅膀，周圍鑲着金邊！

我的女僕被從僕人房叫回來，于是我們離開了我永遠不能忘記的本哈特夫人的家。我仔細地記住了她的房間裝飾的細節，幾年後我把這種裝飾風格用到我在上海的家中。

有一天我和我妹妹駕車沿着布朗森林公園走，大家都趕到那裏去看人。那次我們没有帶隨從人員，否則大概就不會發生這次意外事件了。

但是……

我們又遇見本哈特夫人了。她的馬車華麗極了，但因爲我是見慣了的，對我來説遠遠不如對本哈特夫人本人更感興趣。歡躍的馬戴着鑲花邊的眼罩，驕傲地踢着腿，好像知道它們拉的是偉大的本哈特夫人。她穿了一身白衣服。打着一把白陽傘，胸前佩戴着一朵粉紅的山茶花。

我最大的願望是和她說話，特別在這地方，人人都知道她，我要讓人們看到我在跟本哈特夫人說話。但是我還是有些害怕。

我們的中國車夫調轉車頭往回走，這樣我們再次遇到了本哈特夫人，令我特別驚異的是她看到了并且認出了我，在我們經過的時候她對我點頭并給我一個甜美的微笑。

當我們的車又回過頭來走的時候，巴黎的交通又給了我機會。車擠在一起，我們的車輪與另一輛車的車輪碰上了，而那輛車裏坐着的正是沙拉·本哈特、她的車夫和男僕。

她對我說：

"到馬德里城堡去吧，我們在那裏見面！"

我得説我是激動得發抖了，以致我没有能盡快地給馬夫下命令。當我和我妹妹到達馬德里城堡時，本哈特夫人已經先到達了，于是我們在一起喝茶。

"我不喜歡到這種地方來，"她告訴我。

"爲什麼？"

"因爲人們都這樣盯着我看！我在舞臺上時，別人這麼盯着我看我不介意，但是在這種地方他們的注視和竊竊私語使我寒心。我很少到這種地方來！"

當然這又使我發抖了，她做了這樣的讓步是爲了能和我說幾句話。

"哦，"我喊道，"我明白你的意思了。你每到一個地方，人們就肘碰肘地議論着：'那是沙拉·本哈特！'唉，要是人們也這樣注意我的話，我願付出任何代價！"

"親愛的，"她答道，"現在你可能是這樣想，以後你就會漸漸地討厭它了。我寧願做一位外交官的女兒，像你那樣，而不願意做沙拉·本哈特夫人讓每個人都盯着我看！"

這樣，有一小段時間我們只是坐着，我研究着本哈特夫人臉上的表情，她往外看着一個美麗的瀑布，那瀑布在城堡裏可以看得很清楚。

"看那瀑布，"她忽然説，"它是怎樣地源源不斷地流着，永不終止？如果人的生命也像那樣永不休止，那有多好！"

那時候我當然不明白她説這話是什麽意思。現在我想她是因爲自己漸漸地變老而有些悲憤的情緒。

這以後我又多次在舞臺上見到她，并且又有一次激動人心的拜訪。

"我今天很忙，"本哈特夫人告訴我，"我不能招待你，只能給你一個小時的時間！"

但是她是多麽和藹和辛勤地給了我那一個小時。她繼續和我討論着上一次拜訪她時的話題，教我應該如何在舞臺上走，如何用法語清晰地背誦詩歌。

"你會成功的，"在分手的時候她對我説。"只要你堅持專心地學習一件東西，你會成爲一個偉大的藝術家，依沙多拉·鄧肯就是這樣做的，全世界都會知道她……等着瞧吧！"

正像本哈特夫人預言的那樣，全世界人都知道依沙多拉·鄧肯了。但是那時對我來説，依沙多拉·鄧肯只是一名舞蹈教師，是我們請來教我跳舞的。對一個舞蹈教師，我能對她有什麽奢望呢？

我是本哈特的學生。這在今天來説是一件值得驕傲的事。遺憾的是我本應該照她的指示去做，但是我没有。像她這樣偉大的藝術家只有她一個，至少在我生活的時代没有第二個。她是悲劇中的金色女神，全世界都拜倒在她脚下，我也是她的一個微不足道的崇拜者。

傑出的依沙多拉

　　當我想起依沙多拉·鄧肯，我的記憶就追溯到過去漫長的歲月。第一個閃入我思想的不是依沙多拉本人，這位美國出生的藝術家，她的偉大的成就使她揚名國外；不是她早年爲當好一名教師而努力工作的情況……那些在巴黎的日子裏我知道得最清楚；不是因爲她成了名，有了財產，全世界都歡呼她在舞蹈和生活中杰出的自我表現才能；不是她與一位年輕的俄國詩人談戀愛和結婚的引人入勝的故事；甚至不是因爲不久以前她悲慘地死去。記憶首先帶給我的是導致我與這位偉大的舞蹈家見面的圖象。

　　一個巴黎的舞臺，一個更像一隻蝴蝶或一隻蛾子而不像一個普通女人的形象。一個來自神仙的夢的活生生的形象，她張着安靜的翅膀旋轉着，燈光照在翅膀上，忽隱忽現，使翅膀展現出五彩繽紛、不斷變化的顏色。

　　在我看來那時候她跳的是一種全新的舞蹈，有些驚人。輕飄飄的衣服覆蓋了全身，只有頭部露在外面，看起來像一塊嵌在舞服上的寶石。她是在跳一種蝴蝶舞，這舞的最後造型像一隻大飛蛾。

　　這種舞蹈現在是很普遍了，而在當時是一種創新。薄紗的舞衣旋轉着，燈光一暗一亮地變化着。一隻飛蛾扇動着翅膀，無助地跌入了蠟燭的火焰，它只能拍着翅膀而飛不起來。

　　然後是最後的造型，跳舞的人靜止不動，飛蛾僵化在閃爍的光綫中。

　　跳舞的人是路易·富勒，全巴黎的人都知道。

　　這對我只意味着事情的開端，以後我見到依沙多拉·鄧肯時，碰巧的是那個跳蝴蝶舞的路易·富勒常常也在場。我不知道爲什麼，每當我回憶起杰出的依沙多拉時，腦海里就會出現這一幕景象。

我是她第一批學生中的一個，事情是這樣發生的：

有一個聚會，我不能記清是爲什麼開的。那時在巴黎經常有朋友聚會、晚會和招待會。使館人員和家屬常常去參加。我和我妹妹也經常去參加這些活動，因爲我父親是個思想很開通的人，他不主張把女孩管得緊緊地，就像我們後來在中國或在我父親出任駐法公使以前那樣。

我們是和我母親裕庚太太一起去參加這個聚會的，她早已非常看重依沙多拉·鄧肯了。

"我希望你們去見見她，她是個非常可愛的人，"母親對我和妹妹説。

就這樣，我們第一次見到了依沙多拉·鄧肯，她後來成爲全球聞名的舞蹈家。我承認我對她沒有太動心，但是，從那以後，我對于像她那樣年齡的任何人都不太動心。現在回想起來，有許多沒有使我動心的人後來都成爲名人，我明白了我失去了許多很好的機遇。

但是我沒有失去依沙多拉·鄧肯，這件事使我感到有一些驕傲……不僅是一些，因爲我做了她的學生達三年之久。

我和我的妹妹被介紹給依沙多拉和她的母親。她的母親是一個矮矮的胖女人，我對她的興趣甚至還不如對她那未來要成爲杰出人物的女兒。任何時候我們見到她時，她總是要吻我和我妹妹，這是我們倆誰也不喜歡的一種慣例，而且如果可能的話，我們總是避免讓她吻。

"鄧肯小姐，"我母親説，"我希望我的女兒跟你學舞蹈。"

依沙多拉·鄧肯用她勻稱的手輕輕做了一個手勢。

"我不一定能教好，不過我很願意教她們。我有一個工作室，你知道，我正在組織一個班，如果她們不願意跟班學習，我也可以單獨教她們。"

母親非常高興，因爲她對這位當時還不出名的舞蹈家有極大的好感。正如我説過的，我對此并沒有多大興趣，我曾見過其他更加優美的舞蹈家，我想象中的舞蹈家就應該是那樣的。奧特羅小姐是一位西班牙舞蹈家，丹佛小姐是一位法國舞蹈家。她們才是我思想中的舞蹈家。她們有漂亮的車，有駿馬，有適合她們身份的服裝。她們常常乘着車經過森林公園，人群用羨慕的目光注視她們，敬仰她們。她們有男僕和侍女。非常吸引人。

但是依沙多拉不是這樣。我第一次見到她時，她穿了一身黑色的衣服。一件黑色的，平常的，製作一般的衣服。太平凡了，使人覺得她是個窮人，是個平庸之才。你要知道，作爲一個孩子，我看不到服飾背後人的本質。又沒有經驗。不是説那時候像奧特羅和丹佛這樣的人有什麼不對的地方。依沙多拉·鄧肯，我現在還記得她第一次出現在我眼前的情況，尤其是衣服的某一部分更使我感到平淡，它的效果就是讓我看到黑色，像喪服一樣。

她戴一個高的白色硬帽，上面有三條很窄的黑絲帶，黑白相間。不管是在當時，還是在以後任何時候，她穿着普通服裝的時候，從來也看不出她有什麼優美的地方。直到她脱去平常的服裝換上舞蹈服裝時，人們才看到了她的優美的體形和無比的美麗。

"我并不是生活在普通的服飾裏，"我有一次聽她説，"我用衣服遮蓋我的身體，因爲法律要求如此。"然後她輕蔑地説了一句永遠是叛逆的話："愚蠢，這法律！"

由于母親的願望，我和我妹妹就做了她的學生，她爲我倆開了一個個別教授的班。這個班裏有四個人，另外兩個年輕姑娘是美國人。她們兩人不久就退出了，我和我妹妹還堅持學習。

我們第一次見到了她的工作室。這是一個類似谷倉的地方，一端連着舞臺，舞臺顯得大而空曠。我對引到舞臺上的樓梯感到很奇怪，不知道它有什麼用處。我見過許多舞臺，從來沒有見過梯子是這樣安排的。通常是經過幾級臺階直接就上了舞臺。

"我不明白這梯子有什麼用，"我問我們的老師。

她笑了。

"你注意過沒有，有多少婦女能用優美的姿勢登上樓梯？這也是你們要學習的內容之一。"

"我們什麼時候開始跳舞？要多久我們才能像你一樣成爲一個好的

舞蹈家?"

"這要求艱苦的學習，要花很多工夫，在真正開始跳舞之前，至少要花一年的時間練習使身體柔軟。"

這聽起來多讓人掃興！我們希望學習一兩次，就能冲破那笨拙的繭子，一兩小時後就能成爲一隻成熟的蝴蝶，像路易·富勒一樣。

我聽説過依沙多拉·鄧肯曾是路易·富勒的學生。一直到現在我都不知道她是否做過富勒的學生，雖然我問過她。當然我不是直截了當地問，那樣會傷了藝術家的感情。我是這樣問的：

"我覺得路易·富勒的舞蹈很優美，爲什麼你不像她那樣地舞?"

"我不喜歡那樣，"她很快地説，"這不是我那種類型的舞蹈。再則，我不願意模仿別人的工作，我總願意自己創造，一個藝術家必須這樣。"

依沙多拉·鄧肯是我曾經接觸過的最勤奮的女人之一。當我第一次到她那裏去的時候，她的學生很少，我懷疑是不是她的收入不高。我記得她每堂課收五美元，她確實不窮，但在那時候她的收入不高于中等水平。但是以後……

她仔細地觀察我和我妹妹，好像一位科學家觀察新發現的一個怪物似的。我不是一個長得很高的孩子……事實上還相當矮，但是長得很漂亮。依沙多拉·鄧肯給我們看了她的幾種希臘舞蹈，而我想學的那幾種却完全不適合于我。

"不，"鄧肯小姐説，"那對你不適合！絕對不適合！那種舞是適合于一個比你高幾寸的細高個的女孩子！你最好演一個吹笛子的人，你進來的時候要揚着頭，讓你的黑髮隨着你頑皮的動作在各個方向飄逸起來……你最好吹兩支蘆笛……"

我們四人按照老師的指示努力練習，用了整整一年的時間來使我們的身體柔軟。我們常常爲自己的身體優美而富于彈性而高興。這時候，我們才明白我們的身體真是硬得像鐵板。這也使我明白，要是没有像鄧肯那樣優美的體態，要進入理想的境界是很困難的。我現在還能看到她，睫毛低垂在她美麗的憂悒的眼睛上，細長柔軟的四肢，那是表現她創造熱情的最完美的手段。

她是對的，我們必須學習能完全控制我們的身體。我們開始學習每一個動作，所有的動作都跟着音樂走。依沙多拉的母親彈鋼琴，依沙多拉指點着我們。

"嘣！嘣！嘣嘣！"

我們每周到鄧肯小姐那裏去三次。經過一個半小時後，我們腦袋裏充滿了那無休止的"嘣嘣"聲。穿着黑衣服的、矮胖的老婦人伏在鍵盤上堅持着爲我們打節奏，我想我們四個可能是鄧肯所見過的最笨的學生。一小時一小時地過去……

這當然是在鄧肯成名以前，雖然她那時候也有過幾次演出，通常是在私人家庭裏。那以後不久，全巴黎的人就把她捧起來了，我還記得報紙上第一次登載了關于她的一個重要的故事，那個故事是使她真正獲得不朽的聲譽的臺階。

如果有人是靠努力工作獲得成功的，依沙多拉就是這樣一個人。

"嘣！嘣！嘣嘣！"

大約在這個時候，依沙多拉正準備作一次演出，我想是在舞臺上。她讓我們先看了她將要演出的舞蹈。她優美的舞蹈和她設計的服裝讓我和我妹妹看得入了迷。她光着腳，沒有袖子的白色長袍覆蓋了她全身。裏面她穿着肉色的緊身衣，長袍本身幾乎是透明的，這樣她那優美無比的動作就可以清楚地看到。她跳這個舞跳了兩三次，使我吃驚的是每次她的舞蹈與音樂的配合沒有一絲一毫的變化。

"你怎麼能使每次的配合完全一致呢？"我問她。

"我不能使它有變化，孩子，"她回答道，"舞蹈是我的生命。我的靈魂跟着音樂，當我跳舞的時候我必須有創造性。"

我記得，當社交界的領袖們知道我和我妹妹在跟鄧肯學舞蹈，她們對我母親提出了多麼嚴厲的批評！她們恐怖地舉起她們戴着首飾的手。

"你不能讓這些天真的孩子到這麼一個無恥的傢伙那裏去學習！她穿了一件白色的能看得見裏面的衣服，而裏面穿着緊身衣，這就像完全没有穿衣服一樣。"

人們的這種態度是可以理解的，只要你記得那是在一九〇〇年末或一九〇一年初，確切的日子我忘了。我的母親有禮貌地對待這些批評，但是她沒有讓我們脫離依沙多拉·鄧肯的影響。如果回到中國，她可能會這樣做，可能她讓我們繼續學下去正是因爲她考慮到不久我們將被剝奪歐洲女孩子所能享受的許多東西。等我們回到中國的時候，我們將被各種各樣的傳統習俗所束縛。所以母親還是站在我們一邊，讓我們繼續學習。

我一點也沒有想到有一天我也會穿着白色飄逸的衣服裏面襯着緊身衣；但是這一天終于來到了……這是另外一個故事！

當兩個美國女孩由于某種原因退學以後，依沙多拉·鄧肯指導我們就更加從容了，這使我們對這位後來世界聞名的舞蹈家有了更深刻的瞭解。

她的班級迅速地發展。依沙多拉·鄧肯盡她最大的努力指導着每一個學生，她工作得很辛勤。她根據每個學生的特點爲她們創作舞蹈。她是一位舞蹈創作的女能人，關于這一點，在她的學生體會到之前她自己早已意識到了。作爲一個幸運的教師，她邁着鎮靜而自信的步伐向她的目標前進。

有很多次當她在訓練正常班的學生的時候，她讓我和妹妹去看。過了一段時間，要求跟她學舞的學生太多了，她不得不把她們分成三個班，她的工作量增加了三倍，這樣的工作量超出了任何一個人的能力。她那位耐心的母親啊，無休止地敲打着鋼琴！要不是她堅持每次見面時要吻我們，我會對她的刻苦更贊賞的。

學生們像士兵一樣排成隊。依沙多拉·鄧肯仔細地教她們，幾乎是一個字一個字地講解，應該怎樣使動作準確，怎樣使動作與音樂的節拍配合。母親一開始彈琴，學生們就開始了她們的功課。

野心勃勃的女孩子們，誰都盼望自己成爲日後的依沙多拉·鄧肯。各式各樣的女孩子，胖的、瘦的、高的、矮的、膝蓋長得好的、小腿長得好的、膝蓋小腿長得不好的！我看着她們，感到她們沒有一個人做得真正像依沙多拉教的那樣，并且也沒有兩個人做得動作一樣。鄧肯可能也看到了這一點，所以在第一個動作開始時，她就説：

"停！"

鋼琴就會在一個熱鬧的音符上停下了。依沙多拉的命令使這些女孩子在各種各樣難看的舞姿下停下來，有的倒了，有的搖搖晃晃地站不穩，然後恢復到正常位置。依沙多拉就耐心地向每一個人講解她哪兒做得不對，然後音樂又開始了。照我看來，她們似乎比原來做得更差了。一點也不像我所能做的那樣好！我常常想鄧肯會怎樣拿我和她們比，不過我也很高興她從沒有提起這件事！

她的班分成三組，每組一個半小時，每星期三天。依沙多拉盡心盡力地教導她的每一個學生，她爲她們付出的遠遠超過學生所付的金錢的價值，她所給她們的教導，比多數有進取心的學生能用到的還要多……而與此同時，也還保留她自己個人的工作！是啊，要攀登到演員的身份，對依沙多拉來説也不是輕而易走的道路。然而最終她還是要掙錢的，雖然她掙的比她正常收入要多得多。她需要錢來進一步提高自己。就是在她開始成名後，她仍然爲未來的舞蹈家辦着培訓班，因爲舞蹈是她的生命，她把她的靈魂和全部心血都奉獻給它了。

關于擺姿勢，她説過這些話：

"在舞蹈過程中如果發生了小小的錯誤，除了其他舞蹈家外，一般人是不會注意到的，因爲連續的動作太快，能把錯誤掩蓋起來，只有行家能看到。但是當你是在擺姿勢的時候，從一種姿勢逐漸轉換到另一種姿勢的時候，你必須立即進入確切的姿勢。手臂要恰到好處，臀部和腿的曲線要恰到好處、臉部表情、頸子的曲線、頭的位置、整個姿勢都要恰到好處。如果你錯了，就沒法糾正，因爲糾正是能被看出來的，會破壞整體效果。所以要擺好優美的姿勢必須練習，練習再練習……直到頭也痛，心也痛，甚至靈魂都因爲無休止的努力而累出汗。只要有一點不準確的姿勢，就會造成巨大的失敗。即使坐在末排的觀衆也能看得清！"

　　她不遺余力地讓我們理解這一觀點。爲了加深我們的印象，她常常帶我們到羅浮宫去研究那些藝術大師的雕刻，每一個重要的細節她不厭其煩地一遍一遍地向我們解釋。她是要我們明白！

　　反復練習的情景是多麽使人難忘！同一個動作總要練得使你累得幾乎要倒下。一遍又一遍地練。那小駝背女人在鋼琴上“嗍！嗍！嗍嗍！”

　　“不對，不對！不是那樣！要這樣！重新開始！”

　　千百次的重新開始，都是錯的，一直到最後做對爲止，而當下一次再來時，可能又忘了，但是逐漸地，通過辛勤的勞動，一點一點地掌握每一個細節，合起來就使我達到了精通的程度。

　　我記得很清楚，有一次和依沙多拉·鄧肯一起到凡爾賽的一個美麗的愛神廟裏去欣賞那些可愛的雕像。

　　“我希望你也在那裏，”我指着一座雕像的基座對她説……真的，看起來没有一座雕像的身體有她那麽完美。

　　“我希望這種風尚能爲大家所采納，”依沙多拉帶着一絲苦笑回答，“你不知道我多麽討厭那傳統的笨拙的服裝！”

　　當然巴黎人，尤其是年長的一輩，他們都不贊成鄧肯的古怪、自由和無畏，因此對她所做的每一件事都没有許多評論。我特別記得有一位美國藝術家叫喬·史密斯，他是替她伴舞的，流言説他們兩人關係不正常。不管怎麽樣，我只想提供一些證據來説明事實正好相反。

　　母親舉辦了一個老式的聖誕夜宴會，她請鄧肯小姐和喬·史密斯，還有許多其他的客人。關于這次節日宴會，我記起好幾件事情……塗酸果蔓沙司的熏火鷄、厚厚的肉餡餅、蜜餞以及所有美國人在節假日裏喜歡吃的食品……還有喬·史密斯和依沙多拉·鄧肯。我聽到人們對他們兩人的私下評論，我承認，我是一個很魯莽的年輕人，一會兒大家就能看到。史密斯先生對鄧肯小姐很殷勤，但是她只要可能的話總是躲避着不會看他。這使史密斯先生和我都感到莫名其妙。

　　關于喬·史密斯，有一件事我記得最清楚。他認爲他自己是一個很好的歌唱家，在那天晚上，他多次坐在鋼琴邊彈他自己編的《斯瓦尼河》的伴奏曲。這可能是他所知道的惟一的一支歌，因爲他不管人家是否歡迎，唱了無數遍，以至于最後大家不能不離開那屋子以避免他那哭泣般的嗓音。

這就給了我一個機會去問鄧肯小姐關于那歌唱家的事。

"你看來不喜歡喬·史密斯先生，"我説，"這很有趣，我聽説……"

"是的，我知道你聽到什麽了，"她打斷我的話説，"但是這是不真實的，我不喜歡美國人，尤其不喜歡喬·史密斯。他非常令人討厭，如果他再唱《斯瓦尼河》，我殺了他！"如果喬·史密斯沒有聽到鄧肯小姐的話，這不能怪他。但是我知道，在鄧肯小姐發警告以後他整整又唱了四遍！

盡管依沙多拉坦率地承認她不喜歡美國人，但正是這些在巴黎的美國人使她的名聲日益擴大。我記得有一次在洛伯特總統的招待會場，發生了一件很奇怪的事，演出廳被著名的紅緞帶隔成兩半，杰出的人物在一邊，共和國的無名之輩在另一邊，在這會上，依沙多拉表演了舞蹈，熱烈的喝采説明了人們對她偉大的天才的贊賞和敬慕。

以後在美國大使館又有一次化裝舞會，我獲得母親的許可陪伴她和父親一同去參加舞會，因爲依沙多拉也要去。這時候她的名聲已經很大了，我願意人家知道我認識她！在這特別的時刻，有一位伯爵，我不能公開他的名字，因爲他還活着，他明顯地表達了他對可敬的依沙多拉的愛慕。

依沙多拉穿得像克列奧派特拉那樣出現了，當她出現時，人們都屏住了呼吸。她服飾的驚人的美麗是我無法用文字描述的，她玩一把發亮的小短劍，那看起來很危險。她似乎很願意而且熱衷于用它，這從她的臉部表情和她所表演的角色可以説明。她確實非常美麗，我這樣想，那位伯爵也這樣想。

在許多人面前，伯爵邁步走向依沙多拉，夸張地吻她的手，并且大聲地喊着，爲的是讓每個人都能聽到：

"不可思議！驚人的成功！您的光輝無法用言語來表達！但是您必

須創作一個舞蹈，既適合于您的服裝，也適合于您本人！"

依沙多拉開始往後退，但是他的建議引起了她的興趣，顯然她認爲這是一個好建議，因爲，首先她是一個創作家。

她點點頭，并且笑了。

"告訴樂隊奏莫扎特的《土耳其進行曲》！"

樂隊奏起了進行曲，在我們大家面前依沙多拉·鄧肯跳起了這樣一個舞，那在我記憶中將永遠不會消逝。她真是克列奧派特拉……那迷惑着凱撒和馬克·安東尼的妖婦，那像毒藥和毒蛇一樣的克列奧派特拉。那短劍和她的服裝都成爲她舞蹈的不可分割的部分，她舞劍的姿勢使我的脊背從上到下都發涼。

當她舞蹈結束後，出現了片刻的絕對安靜，那好像是一個沒有呼吸的時刻。那伯爵冲到她面前，眼淚確確實實從他臉頰上流下來，使每個人都能看到。他像孩子一樣不怕羞地哭着。他抓住了依沙多拉的雙手，讓眼淚和吻覆蓋了它們。

爲了表示他對她仰慕到極點，他喊道："妙極了！妙極了！"這才打破了那像中了魔咒一樣的沉静——他跪在鄧肯面前吻她的脚。毫無疑問，這伯爵是愛上了依沙多拉。

但是她對這些有什麼感覺呢？我可以告訴你。有兩次我和依沙多拉·鄧肯在班上，伯爵或是親自來拜訪，或是送來名片。有一次當依沙多拉正在上大課的時候他來了。那些陪女孩子們來的保姆和母親們，她們的思想都是很保守的，伯爵來看依沙多拉時，也看到了這些女孩子，于是她們提出了强烈的抗議，因爲女孩子們都穿着像簡單的睡衣一樣的服裝，盡管這些服裝在今天看來還是很笨重的，這些女保護人還是對此很反感，于是大聲地久久地提着抗議。

"這有什麼關係呢？"她悲憤地説，"他不是來看這些女孩子的，他是來和我説話，但是我現在正忙着，没有時間停下來和他説話。孩子們不是都好好地穿着衣服嗎！"

當然，這并不能使那些保守者滿意，鄧肯小姐只好請伯爵離開。

這以後不久，我和鄧肯小姐去她的工作室裏，有人送來一大盒玫瑰花。她茫然地簽了名，當送花的男孩子走後，她打開那盒子。多麼漂亮的花！精緻極了。

依沙多拉看看名片上的名字，是那位伯爵，她突然大怒。

"爲什麼他總要不斷地打擾我？他明知道我對他無意，爲什麼還要送花來？"

"你不喜歡伯爵嗎？"

"哦，他人倒不錯。但是我知道他！我知道他的企圖。依沙多拉·鄧肯的前途是確定了的。伯爵和其他的每一個人，包括依沙多拉·鄧肯自己，都是很清楚地知道這一點！不久我就要掙很多錢，那個娶我的男人就不必再工作。聽着，孩子！你知道這些玫瑰花的含義嗎？我來告訴你。在法國，當一個男人天天給一位女士送玫瑰花的時候，就表示他的心情很迫切，他很快就要來求婚。法國的求愛者在這種時候是很捨得花錢買花的……因爲有這樣一種習慣，結婚以後，新娘就要償還買花的錢。他送給我的玫瑰花是他找到的最高價的，他甚至都不問價錢……如果我和他結婚了，我就要替他付花兒錢！"

于是鄧肯小姐走到窗前，我記得是在二層樓，她把花和名片一起扔了出去。

看門的找到了那盒子，上面有鄧肯小姐的名字，好心的老家伙把花送了回來，她再一次把花扔出去，比第一次更憤怒，扔得更遠，看門人驚呆了。看門人驚慌的樣子非常可笑，使我忍不住大笑起來，鄧肯小姐也和我一起大笑，于是烏雲過去了，天空又晴朗了。但是我們不知道看門人有沒有看出其中的幽默。

我年輕時的一個夢想是要學芭蕾舞，但是本哈特夫人勸阻了我，她說跟鄧肯學比學芭蕾舞強得多。那時候我很容易聽從別人的勸告而去做某件事，也很容易接受別人的勸阻……像風中的一根草。

那時候我還不知道我不久就要回到中國去做慈禧太后的一等女侍官，也沒有想到有一天我會爲慈禧太后跳鄧肯教給我的舞蹈。只是母親聽到我要跳舞，就勸我要穿那多帶褶的服裝，免得顯得太透明。太后恨一切外國的東西，外國人是她終身的禍害。

但是她認爲我跟依沙多拉·鄧肯學的舞很美。我告訴她關于依沙多拉的事以及我是如何地喜歡她。

她很有興趣地聽着，并且説：

“我很想見見她，我不知道你能不能勸她到中國來。我希望她不像所有的外國女人那樣嘴唇上長着毛！”

回過頭來看看巴黎的情況……我們離開依沙多拉的時候，她已經很有名了，而且作過多次公開的演出。我們因爲她的名聲而感到光榮，我們感到她的光輝像太陽一樣照耀着我們，因爲我們是她的學生！這在當時是很了不起的，現在想起來有些傷感。

那三年是無限寶貴的三年，因爲我和我的妹妹認識了依沙多拉·鄧肯，當初并不知道以後會怎麽樣。母親讓我們去，只是爲了使她的女兒變得更高雅。如果説我們曾有意要成爲芭蕾舞蹈家，我母親却反對，堅決地反對！母親的意志最終就是我們的意志；她就有那樣的力量！

我們回到中國，并失去了依沙多拉，但是我們却得到了另一種過去從來沒有夢想過的榮譽。

這不是很奇怪嗎？有些事情似乎只是我們的一般小事，而以後竟成爲關係重大的事情。

基普林説得對嗎？

"東方是東方，西方是西方，這一對攣生子永遠不會相遇！"這句話在當時是多麼真切，可是現在我認爲不是那麼真切了，而且我還感到有些遺憾。讓我來説説，在哪些方面我感到遺憾。我覺得我有權來説一説這個問題，因爲我對這古老的論戰雙方都有些瞭解。

我曾幸運地作爲中國慈禧太后的一等女侍官。她對外國人有着刻骨的讎恨，這一點可以從大家熟悉的可怕的義和團暴動事件的歷史得到證實。從這方面，你立刻可以想到慈禧太后不會太喜歡我，因爲我比較傾向于西方國家！其實，完全不是這樣。我瞭解她，她就代表中國。

在進宮之前，我和我父親一同住在日本，他是中日戰争後的中國駐日公使。我大部分時間是在法國受的教育，并被我父親培養成一個外國女人，所以當我回到中國在清宫任職的時候，我幾乎曾經像一個外國人，就像馬克·吐温的美國佬康涅狄克在亞瑟王朝一樣的不適應。但是我竟成了太后的親信。

我説這些完全不是自我吹嘘，我只是要證明我有資格在這篇文章裏説説我的觀點，因爲我一生最大的願望就是看到在中國與美國之間日漸發展的相互瞭解。

這種瞭解有可能嗎？我想是可能的。在某些方面我感到很高興，可是在另外一些方面，我又感到遺憾。我不願意看到中國古老禮節的消逝，雖然我覺得它很討厭，就像那些吃過它的虧的外國人一樣。

當然，中國對美國的瞭解遠遠超過美國對中國的瞭解。這是事實，我也能聽到我的美國讀者明白地説：

"爲什麼要我們操心？我們是優秀民族，爲什麼不是他們主動來瞭解我們，而要我們去瞭解他們呢？"

我能聽到這些問題，而且我承認他們能在我身上找到某些同情，因為我基本上也是一個西方人。但是如果我們再深入一些研究，那就可以讓事實作結論，讓比較結果來説話。

有一次我試着做了一個試驗。我有一個年輕的美國朋友，出身高貴，長得英俊，很有教養。我還有一個和他年齡相仿的中國朋友，情況和那位美國朋友差不多，還多一個條件，他能説一口流利的英語，這就消除了因語言不通而造成互相不能充分瞭解的最大障礙。

我介紹他們兩人相識。最初他們似乎相處得很好。他們都經常到我家來，所以常常在我家裏見面。逐漸地他們疏遠了，互相都有些厭煩。看來我的試驗已達到了高潮。

這情況是最後我的中國朋友告訴我的。

"他要和我怎樣?" 他問道，"他到我家來，抽我的烟，批評我的僕人，好像在自己家裏一樣。如果他真的把我當作他的朋友，那我也就不計較這些了。但是他真是這樣嗎? 他是不是以爲我好欺侮?"

我立刻明白了，如果我介紹給他的是我的中國朋友，對任何一個人都決不會提出這樣的疑問，一個中國人到朋友家做客，不經主人邀請就隨便像在自己家裏一樣，這就是他對主人表示的最大的敬意。他可以告訴厨師要給他做些什麽菜，用主人的剃刀，讓司機給他開車，把汽油費記在主人賬上。更不要説需要時借一些錢用了，這錢他什麽時候還都行，甚至根本就不還，隨他願意。他們之間不需要立什麽借據。但是如果來客是個美國人，中國人就馬上要對他起懷疑。

然後我的美國朋友也爲了這事來我家。

"他非常古怪，是不是? 他不信任我，對我總有保留。可是當他的中國朋友去做客的時候，他什麽事情都願意爲他做!"

要使他們在某種基礎上達到統一的認識，這是不可能的。但是我能理解，我分別向他們做了解釋。

這是因爲各人是在不同的習俗中生長的。

中國人在外國人面前總有些膽怯。外國人總是很高傲，而且總是表現出惟我獨尊的神氣。這有很多原因。上面提到的那位我的中國朋友所以要提這些問題就是依據了他的同胞的經驗。長期以來，中國人知道外國人把他們看作是一個劣等民族，并稱他們爲"支那人"，這是一個帶有侮辱性的名字，所有的中國人都憎恨這個名字。他們認爲外國人教育他們就是爲了使用他們。

中國人之所以有這些認識是因爲外國人用自己的行動證實了這些。于是相互理解就被一座石墻擋住了。如果有人企圖去攀登這座墻，那一定是中國人，因爲外國人自認爲是優秀民族，他們何必去迎合中國人！

我帶一位美國朋友到中國朋友家進晚餐。這裏可以很清楚地看到不同的習俗。在外國，僕人除了真正服務的時候外，是不在餐廳裏的，而在舊式的中國家庭裏，僕人在桌子外排成一排等候呼喚。當然，所説的話他們都聽到了，什麼事情也漏不過他們的眼睛，但是對中國人，這没有關係，因爲中國人是没有秘密的。這也是僕人的習慣，他們必須站在近處聽候召喚。

我的朋友忍耐了一會兒，轉過頭來對我説：

"這麼多斜着眼睛的'僵屍'盯着我看，我實在吃不下去。爲什麼主人不叫他們到厨房去？那是他們該去的地方。"

"噓！"我回答，"他們中有些人懂得英語！讓僕人站在桌子邊這是中國家庭的習慣，難道僅僅因爲我帶了你來就要讓人家把這些習慣都改了嗎？如果你不是和我在一起，人家是不會讓你進來的。如果這位中國主人到你家用餐，你會不會因爲有了一個中國客人而讓僕人都出來按中國的習慣排成一排？肯定不會。如果因此而這位主人責怪你，你肯定會感到氣憤。在今天這種情況，他也會因你的不滿而感到氣憤的。"

從個人來講，我倒并不在乎這些睜大了眼睛的僕人，他們的耳朵大得可以裝進每一句話，并且立即傳遍整個北京城作爲人們閑談的資料。不過我并不爲了這個理由而反對這種習俗。我很懷疑我的美國朋友能否在那個中國家庭裏感到舒適。

然而，作爲一段插曲，讓我來説説這樣一件事：許多美國人長期住在中國，有許多中國朋友，他們互相尊重，因爲他們有了相互瞭解的共同基礎，是出自內心的，不是表面的假象。

另外一個例子。我知道有一位中國青年和一位美國青年，他們僅是互相認識。我記得是一個偶然的機會，他倆在我家見面了。誰也沒有想給對方留下什麼印象。

他們分手了，以後又在瀋陽見面了。我的中國朋友告訴我發生的事情。他走出瀋陽火車站，在大和旅社碰到了那位美國人。他記起來了，下面就是他們的談話：

"我很高興遇見你！"中國人非常懇切地説，"你願意和我一起進晚餐嗎？"

我的中國朋友告訴我，他可以看出美國人對這個問題感到非常不安，但是中國人覺得沒有使他不安的理由，便堅持要邀請他。

"事實上，"美國人説，"我非常願意和你一起進晚餐，因爲我真誠地喜歡你！但情況是這樣：我不能回請你！"

"但是我請你去進晚餐并不是指望你回請！我根本沒有這樣想過。我邀請你是因爲我希望你和我做伴，我們是朋友嘛！"

"但是我不願意接受我不能回報的情意。"

"廢話！這只是你的想法，任何一個中國人，如果他請你伴他共進晚餐，而你這樣回答他的話，他會感到是受了侮辱。你爲什麼會這樣想呢？"

"因爲……因爲……實際情況是這樣，我實在沒有錢。"

"我兜裏有很多錢，你需要多少？"

"但是我不想向你借錢。"

"我們是朋友，不是嗎？"

"是的，但是……"

"告訴我你需要多少錢！"

"好吧，我要用二百元！"

"二百元解決不了什麼問題，我可以輕鬆地給你五百元。我非常願意這樣做。"

"多謝你的感情，我沒有抵押品，只能給你一張借據。"

"如果你的借據是有效的，那你説的話也一樣有效，" 中國人回答說，"我不要你的借據。" 但是美國人堅持要給借據，這借據中國人拿到手就撕了。當然後來美國人還是還錢了。

"我對這不介意，" 中國人給我講完這個故事後對我説，"因爲我瞭解美國人的思想方法，我知道他會還我錢，而且即使他不還，我也不在乎。但是我不能要他的借據，那會損害朋友之間的友誼。但是，反過來，如果是我需要二百元錢，他會追問我要錢幹什麼，批評我借錢的行爲，使我感到沒有錢很自卑，還會給我殺價殺到一百元，并且要求有充足的抵押品。

這不是很清楚嗎？中國人互相之間借錢，從來不需要什麼借據，而且即使一直到借款人死去還沒有還款，這也絲毫不會影響二人之間的友誼。

這不是不符合商業道德嗎？是的，但是這是符合人情和有益于友誼的，它大大超過了那種僅僅是商業化的道德。

正如我説過的那樣，我對西方的習俗有較大的偏愛。我在美國人中間生活了二十年，覺得像在家裏一樣自然，而大部分的美國人，除了初次見我時有些不自然外，幾乎忘記了我是東方人。我并不是說中國到處都有像我這樣的人，因爲我的經歷是很不一般的。我和王公貴族們接觸那麼頻繁，使我都感到厭倦了。無論在多麼重要和多麼古板的處境下，我都能坦然處之。我是個見聞很廣的人，在講述下列故事之前我必須說明這一點。

我的許多美國朋友中，常有人寫信給她的朋友，介紹她們在中國來拜訪我。信當然是給我看了。但是當許許多多的朋友常常介紹到中國來的客人給我時，我有些厭煩了，但我沒有一次拒絶去見那些帶着如此深厚的誠意來的人；盡管我得承認，對有些來信，我看了簽名後得想很久才能想起來那是誰，而來信的人總告訴客人説我們是好朋友！

有一位太太引起了我很大的興趣。她是一位普通的高傲的外國人，她只能看到中國人的缺點；但她有某些地方使我剛接觸到她時就喜歡她。我們互相通了多次電話，一起逛商店等等，最後我接受了她的邀請到她家去用晚餐。當然她不知道所有的潛在的習慣勢力，也不會想到我的出現對她家的僕人是一件多麼驚異的事。一個在中國的外國人不可避免地試用了許多僕人，最後這些僕人幸運地留下了。

我不是夸口，我在中國是很出名的——我一直不願意這樣，因爲這給我帶來許多麻煩！果然，我立即被我女主人的僕人認出來了。這使我感到很不自在，我的女主人也看出來了，但她并不知道爲什麼。在過去，這些僕人是不敢正眼看我的，只能低着頭，眼向下看，因爲在中國，舊習俗是不能變的，所以當我招呼他們，或他們侍候的時候，始終是低着頭。

晚飯後，當我們圍坐在橋牌桌邊時，我的女主人向我提了一個問題，這使我感到很驚奇。

"公主，"她說，"我注意到今夜我的僕人表現有些反常。我希望你能告訴我爲什麼。這些僕人在侍候我丈夫和我以及與我們共同進餐的外國人時都是很情願的，因爲我們是外國人，并且我們給他們發工資。但是你有沒有感覺到他們似乎不願意侍候你？"

我立刻知道什麼事情發生了，因爲我以前也聽說過類似的事情，不過我還沒有親自遭遇過。我的許多外國朋友都聽到了女主人的話，我看到很多人臉紅了，太太們不安地挪動着身子。有一位太太，是我的一位很好的朋友，開始說些別的事情，企圖轉換話題，以免我感到太難堪。但是我給她使了一個警告的眼色，她就不說了。

"我不很明白，"我對我的女主人說，盡可能地使聲音柔和一些，"他們爲什麼要不願意侍候我呢？"

"你看，這就因爲你是中國人，你們是同種。侍候我們他們不在乎，因爲我們是外國人，我不得不感覺到他們是討厭你和我同桌用餐，但是請你理解，我們覺得和你同桌用餐是很榮耀的，只是我懷疑……"

真奇怪，當她這樣説的時候，我的思想回到了很多年前在巴黎的一次慶祝典禮。這是一次接待來自國外的一位貴賓的儀式。我和我的妹妹都被介紹給這位貴賓了。當我用英語招呼他時，他并不表現出驚异，他吻了我的手，并説：

"你是第一位和我説話的中國女子，我感到非常榮耀！"

他是瑞典國王奧斯卡。

我對我女主人的無禮應該感到氣憤，但是我知道她既不是有意要對我無禮，也不是有意要庇護我。她只是好奇，而且是不可原諒地無知。實際情況是這樣：我自己的最卑微的僕人也不願意從她的一個僕人手中把食物接過來。我盡可能小心地向她解釋這件事。但是我肯定，即使到今天，她也不知道她是多麼的無禮。盡管這樣，我們還是成了好朋友。但是我懷疑，如果我因爲不瞭解她而深深地得罪了她，她是否能像我被她得罪後對她那樣寬容。

我認識的另一位太太和我一同到一個上等的中國家庭去進晚餐。女主人受過很高的教育，曾經幾次周游世界，而且幾乎歐洲的每一個皇宮她都去過。并且擁有很大的財富，而且從小就接受了做一個好主婦的訓練。

晚餐後，我的朋友和我一起坐我的車回家，她説了一句相當費解的話：

"可憐的陸太太，她克服了多大的困難！"

"她不窮，"我平静地説，"她非常富裕。"

我知道我的朋友不是指陸太太的財富，但是我急于想知道她的觀點。

"我，我不是這個意思，"不出我所料，她很快地説，"我是説她在努力地要學當一個好主婦。要按照她自己的習俗來招待好外國人，對她實在是一項艱巨的任務。"

我得承認，這話使我很生氣。任何時候，當我受到并非有意的侮辱時，我就記起了孔夫子的教導而克制住自己的情緒。但是這位太太是有意的，她還是我的好朋友。

"她没有困難，"我告訴她，"她處理得很好。她是受過嚴格訓練的主婦。她能準備好一桌有各個不同國家的來賓出席的晚宴，而且使大家都很滿意。你能做到嗎？我懷疑。陸太太是位見識廣博的人，她在上流社會裏處得比你坦然得多。她具備了一切使她能取得成功的條件……"

"我知道，"我的朋友尖刻地打斷我的話，"但是不管怎樣，她處理得不合適！"

"你真正的意思是説，"我輕輕地説，"她畢竟是一個中國人！"

最終，沉默是最好的答復。

在中國人與來華的外國人之間的真正最大的誤解是：因爲按中國習慣，家裏必須有僕人，外國人就隨意聘了他們所能聘到的僕人，然後他們以這些僕人的形象來代表全體中國人。

"中國女子都很怕羞，"我常常聽到外國女子這樣説，"她們從來不説什麼話，只是坐着聽。"

這是真的，恐怕原因就在于：中國女子從小就受到教育要好好聽別人説話。如果來客是很健談的，那麼女主人在她力所能及的情況下，就是讓她們盡情地談，這就是對她最大的尊敬。中國女子的所謂"害羞"，實際上好像是對客人説："你很聰明，我願意分享您的智慧的果實，所以我就聽着，免得講許多我知道的事來打擾您。"

一位美國人首先説過這樣的話：你從你自己的談話裏學不到什麼東西。所以外國人一到中國就對他們所遇到的中國人長篇大論地發表議論，把他們充滿智慧的言論無代價地輸出，并且給中國人一個深刻的印象，他們是在做一件大好事，因爲他們讓中國人看到他們可敬的心靈。然而我們可以斷定，實際情況遠非如此，這些誇誇其談的議論者從不能從中國人的嘴裏聽到什麼，因爲中國人是少説話多思考的。解釋這種情況有什麼意義呢？愛誇誇其談的外國人自己很得意，而中國人并不因此而受到損傷，因爲中國人有能忍耐的傳統，這樣大家都感到滿意，而理解呢，除了單方面的，還是處于原來的狀態。

有一次我聽到一位美國的政治家對一群剛從美國和歐洲大陸回來的

中國學生演講，有些話我至今還記得。

"你們年輕人必須懂得，你們肩負着偉大的任務。我們學校教給了你們西方文明，那是你們國家非常需要的。我們已經爲你們做了不少，以後我們還將做得更多。你們現在基本上是西方人了，你們具備了爲你們國家效勞的巨大的威力。但是在你們擔負起報效祖國的任務之前，我要求你們記住一件事：世界上任何教育不可能改變你們的膚色！美國和英國都不能改變這一事實——你們仍然是支那人！"

我不知道演説者是否得到了他預期的熱烈掌聲，特別是在演説的結尾他加上了這幾句話：

"你們都是支那人，但是這裏有一位美國人，他不因爲你們是支那人而不屑與你們握手！你們都願意過來和我握手嗎？"

你猜想這些中國人怎麼樣？憤怒地離開了演講廳？完全不是這樣！他們受過良好的教養，不願去傷害演講者的感情，何況他也是出于好意。他們對他微笑，直到最後一個"支那人"都走上前和他熱烈地握手。

在這方面這樣做的不僅僅是美國人。美國人，在卓越的海軍史沫特萊將軍的教導下，他們比其他任何國家更先懂得即使是"支那人"也是有作爲的。我常常感到難于理解爲什麼人們願意發表上述的那種議論？他們是否覺得中國人會爲自己是中國人而感到可恥嗎？如果他們是這樣認爲的話，那就大錯而特錯了。美國人極少耻于做一個美國人的，愛國主義是美國人的一種强烈的民族意識；但是世界上還有其他國家、其他民族和其他傳統呢。

西方人都是精力充沛的人，他們整天把時間花在奔忙上，發議論，提高部下的道德，經營商業；但是我常常懷疑他們得到的能否抵償他們付出的。

我常常覺得西方文明并不高于東方文明。我曾讀到過關于科學發明的問題，特別是在醫藥領域，那些被專家們認爲其發展程度已改變了整個世界歷史。這些所謂"新發明"不要忘記，在耶穌聖誕時已經是中國知識寶庫中的一部分了！

我讀到了關于育兒領域裏的新發明：食物應該如何制備，熱量應該如何分配。這時我的思想又回到了慈禧太后身邊；她是在二十世紀來臨之前失去了她的愛兒同治；她告訴我許多關于在他整個一生以及病危的時候如何親手爲他調配食物。我得承認她不懂熱量問題，但是她知道什麼東西對同治有利；她配備食物的分量時是那樣地精確，那在國外是要在實驗室中進行的。她的兒子不是因爲食物配備不當而死的，他是死于天花！預防接種在那時候也是相當普遍的，但是沒有像今天這樣重視。

我也讀到了新發明的美容術，并回顧到伴隨慈禧太后的那段時間，那是從一九〇三年到一九〇五年，并記得，現在所介紹的每一種美容術，在當時都是她一生中的普通知識。中國知道這些事情，但她不像西方那樣善于自我吹噓，或許中國人不屑這樣做，雖然這樣做能使她擺脱被稱爲劣等民族的臭名。

在我印象中有一些很恰當的例子可以顯示出來東方和西方之間存在很深的鴻溝。我第一次感受是當我在洛杉磯上商店買東西的時候，街上擠滿了人，穿過十字路口的時候，人群像一群羊似的被十分粗魯的交通警驅趕着。我跟着人群走，這對我已是習以爲常，不過在這篇文章裏我想盡可能地保留一個東方觀點。

我隨着人群穿過馬路，看到一輛式樣很奇特的汽車停在路邊一家很雄偉的銀行門前。機槍的槍口從車體金屬板上的圓孔伸出。銀行門開着，荷着短槍的男人在銀行周圍各重要點站崗。這引起我的興趣，我走近一些想看看這究竟是一輛什麼樣的車，如此珍貴以至于要用武裝警察來保衛，但是……

"走開！"一個六尺高的荷槍警察嚴厲地命令着。

他這話也是對我講的。他大約有二百一十磅重，幾乎是我的體重的兩倍，并且至少比我高一尺。他能一個胳臂將我夾起輕鬆地把我送到好萊塢。再則，他帶了一把上着刺刀的槍。但是他命令我走開，因爲我的好奇是很不適當的，可能要試圖帶着這武裝的汽車逃跑。他對誰也不信任。

這武裝的車當然用來將錢從一個銀行轉移到另一個銀行。作爲一個西方人，我明白這事情，但是作爲東方人，如果你瞭解上述的事實真相，這事就顯得有些奇怪了。

我走開了，而且走得很快，我的心因激動而跳得厲害。但是等我稍稍鎮静後，我停下來把這事又仔細地想了想，于是我的思想又回到過去的日子裏，那是在我父親去世之前，甚至是在我成爲慈禧太后的女侍官之前。

在那時候，按照西方人的思想，很難説出哪所房子是銀行。我父親曾和一家銀行有聯係，這就是他們交易的方式。父親把一筆款子帶到銀行，這筆錢就記在一個本子上，記明利息、存款的類型（活期還是定期）。這些記録保存在兩個本子裏，一本存在銀行裏，一本給我父親，其用途當然是很明白的。

然後，除非發生了意外的事情，父親就不必再到銀行去了。在他自己的這本賬本裏記載着他的一切交易。例如，某天早晨，他爲了某種用途需要一千兩銀子，這按現在的比價大約是六百二十美元。他只要拿出本子，叫他的僕役長來，教他如何到銀行去取一千兩銀子。當僕役長確信他已明白了，他就拿着本子到銀行去。他只要把本子交給銀行管理員，説他主人需要一千兩銀子——這是舉個例子，有時候父親讓僕役長去取兩萬兩。于是現金就如數交給僕役長，同時在銀行的本子和父親的本子上都記上這筆款。

這非常簡單，僕役長就把錢帶回交給父親。

故事的要點就在于此：一個僕役長如果每月工資是十美元，那就算很高的待遇了，有時候他還要從中拿出一部分供養他的一大群子女；但是我從來没有聽説有哪個僕役長會帶着主人托付他的錢私自逃跑，不僅我父親的僕役長没有，我父親的同僚的僕役長也没有。如果是個西方人，我想那僕役長一定會受到嚴格的管制，他必定是乘坐在裝甲車裏由武裝警察護送。

到年末的時候，銀行管理員就帶着本子到父親這裏來結賬。

"這是你第一次的存款，"他會説，"這是你在某某日的存款，而這又是另一天的存款，等等。你在這一天提取了這筆錢，而在另一天你又提取了那筆錢。你的流動資金是這些，你的固定資金是這些，利息是這些。有這些結余轉入明年開始的賬目。"

我從來沒有聽説過賬目裏有什麼差錯。我一向是個好奇的孩子，我肯定我對這些事知道得很清楚。

盡管這樣，這位僕役長在他一年的任期中以及未當僕役長以前好多年都曾替我父親掌管過大筆錢財，他在買東西的時候還是要在私下克扣他的主人。他與賣主商量把價格稍稍提高一些，這提高的部分就付給僕役長作爲回扣，這是公認爲合法的。僕役長認爲拿回扣是他應得的權利，而我父親呢，雖然知道，也不説什麼，因爲他知道這是一種習俗，他也無法改變。

他可能把僕役長的工資提高到如此程度，使它遠遠超出他所得的任何回扣，他也知道這是無濟于事的，回扣還會繼續拿，因爲這是僕役長的權利！

作爲與那裝甲車以及武裝保衛人員的對比，我想起了早些年在中國，作爲現金的銀子或金子在銀行之間傳送的情況。這是一種專爲運送現金特製的手推車，裏面分成格，分別用來存放大小不同的硬幣和價值不同的元寶。每一輛車由一個不會讀、不會寫、衣衫襤褸、骯髒不堪、吃了這頓不知下一頓在何處的苦力推着，但是他臉上總帶着微笑，而他就是這輛手推車惟一的押送員！沒有任何保衛，苦力也沒有帶武器，只是推着他那吱嘎作響的手推車在人群擁擠的街心走着。

苦力很清楚地知道他所運送的貨物的價值；看到這錢的行人也知道它的價值，但也只是平淡地看看就過去了。如果還有疑問的話，那麼車上還有一面黃旗，寫明了從哪個銀行送到哪個銀行，以及款額的總數。就這樣，也沒有人對這經過的車輛給予一點注意，而在過去那些日子裏我從未聽説過有哪一輛帶着現金的小車沒有到達目的地。當然這車可能到達得很晚，因爲這個中國苦力在什麼事情上都會花掉不少時間，他可能停下車來與路上遇到的熟人談話，他也可能渴了到茶館裏喝點茶，把那貴重的車子放在外面不管，直到他重新起程。

不合規矩嗎？當然。但是我不禁要懷疑，像這樣一輛公開運輸現金的車，在我所知道的任何一個西方國家裏它能安全地走多遠。值得注意的是，當西方思想傳入中國後，盡管對金銀的運輸增加了防衛，搶劫案却屢屢發生，而且一年比一年厲害。但是這些"嘰嘰嘎嘎"的小車在我記憶中還留下了很好的印象，車上插着黃旗，裝着國家的財富，在不同的銀行之間來回運輸。

這種運輸錢財的方法早已取消了，除了在偏僻的内地，那裏除了一些科學探測隊、買賣各種貨物的商隊以及虔誠的傳教士外，外地的人很少進去。最終，中國總會全盤西化；那時候，運輸金子的小推車將被裝甲車所代替，僕役長要嚴格地受到法律的監督。

這話聽起來有些諷刺嗎？完全不！中國現在比過去任何時候都需要西方文明，因爲她已經由一個和平的國家變成一個請有外國教官的尚武的國家了！

中國倒退了嗎？是的，她在倒退，但是這個國家現有的混亂局面、戰爭以及關于戰爭的謠傳都對她起到一個過去從未有過的促進作用。外國已經給了她許多處理戰爭和軍閥的例子。西方國家之間也互相打仗，但一旦中國卷入戰爭，整個西方世界就會産生反感，因爲她是"原始民族"，是"野蠻民族"。她只是在經過無數個世紀以後才試圖跟上時代的步伐，而這個或那個西方國家又在促使她走上這一步。

她比她應該前進的速度慢了。祈求和平，但是西方的例子告訴她和平只能導致平庸和倒退，于是她進行了戰爭，只是她又發現她行動得太快了。

因爲剛當她爲一個新的民主中國發出第一槍時，西方又掀起了另一種浪潮，即爭取世界和平，世界法庭和國際聯盟都不惜一切代價制止戰爭，爭取和平。如果西方要爭取達到這一奇异而崇高的目的，那麼她將到達中國維持了幾個世紀的狀態，那麼中國爲了適應潮流，一切又得從頭開始，回到她多年來所處的和平狀態。

　　歸結起來就是這樣：中國竭力希望得到西方，特別是美國的理解。而西方又不願意停止自己的步伐，于是中國不得不強迫自己在西化的道路上獨自走完全過程。

　　這是不可能的，要真正得到有價值的理解，必須雙方共同努力。當我寫到這裏的時候，我的思想又回到許多年以前慈禧太后主持的一次招待外國女賓的盛會，在那裏我替慈禧太后充當英語和法語的翻譯。

　　女士們進來了，在她們看來，我們宮裏的這些人都是又新奇又野蠻。回想起來覺得這是很容易理解的，這正像當時我們看她們感到新奇一樣。她們毫無拘束地在宮裏跑來跑去，尖聲喊叫着評論每一樣東西，估量着掛毯、玉器和瓷器的價值。

　　太后看着她們微笑着，但是這微笑掩蓋不住，至少我能看出，她對這群人不文明行爲的厭惡。

　　有一位女士一個箭步冲到站在遠離我們的地方的一位滿洲貴婦人面前。這位滿洲婦女美麗、很有教養，但是不懂英語，所以她看到這位外國女子抓起她衣服的花邊時，自然感到很吃驚。這位外國女士回頭向她的一位朋友喊道：

　　"哎，快來看這一位，她是否很可愛，我敢打賭，她這身裝束值好多好多錢！"

　　太后看着我，用眼睛對我示意。我走到那位外國女士跟前，我擔心我的行動會得罪她，但即使到今天我也不後悔自己的行動。

　　"對不起，夫人，"我請求道，"你失禮了！這位太太是少皇后！"

　　這是完全真實的。那時候的少皇后是中國的末代太后，她叫隆裕，那時候著名的"小皇帝"接位不久，老佛爺慈禧就去世了。

　　我很肯定，那位好奇的外國女子并沒有什麼惡意，但是我相信，如果少皇后到外國宮廷裏去參加這樣一個典禮，她肯定要事先瞭解好怎樣做才不會失禮，避免自己出現任何粗俗的舉動。

　　對每一個問題，每一種爭論，都有兩個方面的意見，只有在弄清事實後才能達到相互的理解。西方需要瞭解中國，因爲中國是一個大國，她的四萬萬人民能成爲各種財富的創造者。但是即使是苦力，他們出于自尊心，也不願隨便接受資助，而且他們有見解，有思考，有才幹。没有人比長期住在中國的美國人更瞭解這一點。

但即使這樣，能不能使不明白的人明白起來？他們能够，但多少總感到這是一個很難完成的任務，所以不願意花很多精力來使自己變成一個“中國通”。

不過在這篇文章裏，我還是只涉及一個方面的問題，那就是東方，我肯定，西方總有一天會瞭解東方，而且在所有的西方國家中，美國將首先達到與東方的相互瞭解。她是一個很好的商人，她不會讓別人搶她的生意。

美國在瞭解中國方面有了很大的進展，如果她能更充分地認識到相互瞭解的需要時，她會醒悟地發現相互瞭解已經達到。這只需要減少一些種族成見。

一個中國家庭安静的一天

　　我要叙述的中國家庭是一個舊式的家庭。這裏涉及的許多事情已經隨着中國的成長而成爲過去。但是守舊的中國人仍然很多。他們反對新思想，堅持舊思想，在他們看來，舊思想是最安全、最好的。對于我，這些是最有興趣的。這不僅因爲他們是我童年時代的中國人，并且因爲他們屬于一個正在飛速逝去的年代。不久的將來，將不會再有守舊的中國人了，因爲大家都模仿西方。這在很多方面説來也是一件可惜的事。雖然我知道西方文明對中國有好處，但看到舊東西消失還是感到有些傷感。

　　中國的年輕新娘早晨必須與僕人們同時起床，因爲她要去監督僕人們爲她的公公、婆婆、叔伯、姑嫂準備早餐。但是她艱難地忍受着，因爲她知道最終總會有一天她也會當上婆婆，那麼她現在所受的耻辱可以從某個不幸的新娘身上得到補償。

　　新娘仔細把自己打扮好，然後就跑到厨房去看看食物是不是都準備好了，烹調得是否合適。她知道，如果出了差錯，作爲一個新娘，她必須向婆婆檢討自己的疏忽。

　　當一切都準備妥當，僕役長就到主人和女主人的卧室門前喊道："老爺！太太！該起床了！"

　　公公、婆婆還要再磨蹭一會兒，直到僕人送洗臉水進來才真正起床。老爺、太太的臉盆分別放在兩個矮桌上，他們兩人就坐在各自的臉盆前洗臉。貼身僕人拿着熱氣騰騰的毛巾在旁邊侍候着。

　　屋子裏到處都是僕人，老爺、太太必須什麼事都不幹，免得受累。每件事都由僕人幹。回想我自己當新娘的時候，家裏有二十一個僕人，他們多數無事可幹，反而礙事，但是我們必須留下他們，因爲這是傳統的規矩。

早餐是在一張大圓桌上用，桌子上没有桌布，但擦得很亮，亮得可以照見坐在它周圍的每個人的臉。早餐有粥、火腿、麵條、湯和茶，茶是任何時候都不可少的！新娘的任務就是照顧好公公婆婆，使他們的碟子總是裝得滿滿的，同時還要看看其他的姻親是不是都照顧好了。新娘不能和姻親們一起用餐，她應該侍候他們，并且永遠受他們的批評，一直要等到他們都用完了餐她才能用。

全家都用筷子吃飯。他們的餐巾是一大塊絲綢，在一個角上有一個鈎子，挂在袍子的衣領上，一直垂到胸前。有時你會看到你的祖父把餐巾塞在衣服領子裏，你可能會爲此感到羞耻，這是他繼承了一個非常古老的民族習慣。

早餐并不是小餐，每個人都放開肚皮吃。這時候阿媽們抱着自己照看的小孩站在門口看一家人吃早飯，總是張着耳朵聽有没有什麼閑語傳聞，然後再傳到僕人中，或是傳給客人的僕人，以換取關于客人的閑語傳聞。

早餐後，新娘的公公和丈夫離開了房子和庭院，坐進由四個人抬的轎子，到各自的衙門或辦公處去了。這些地方對家裏的婦女來説永遠是神秘的，因爲婦女是不可以知道任何公務的。

然後，安静的一天就開始了！公公當然是一家之主。他在家的時候，僕人、妻、妾、孩子——每一個人都必須輕輕走路，小聲説話。

他一離開家，束縛便被抛進了地獄。孩子們都去上學。孩子的人數可能很多，因爲父親有好幾個專爲他生兒育女的妾。夏天，孩子們就在花園裏的夏齋讀書。他們有一位教師，他是個聰明而威嚴的人，但是在十幾個淘氣得發瘋的孩子前，他也常常無法維持尊嚴。

在學校裏，這些小學者學習《詩經》、四書和用毛筆寫中國字。學中文必須開口讀，要靠聽來掌握，因爲同一個字隨着讀法不同而有不同的意義，每個字至少有四種意義。因爲這些小學者是靠背誦來獲取知識的，他們自然認爲，喊得越響就表示學得越好。

妻和妾的孩子形式上是平等的，但是妻的孩子往往有一些特權，這些，西方人是不容易理解的。

每個孩子都有自己的阿媽。阿媽的任務就是全心全意照顧好她所照看的孩子，每天每個小時都要盡責。即使在學校裏，孩子本應由教師來教管，阿媽也必須陪在旁邊。如果哪個阿媽感到"她"的孩子受委屈了，或者沒有學到應學的東西，或是讀書聲太小，在喧嘩中聽不到他或她的聲音，這阿媽就要站出來，于是"安靜"的一天便被攪黃了。

如果這個阿媽說另一位阿媽照看的孩子影響了她的孩子的學習，那位阿媽就要出來和這位阿媽爭吵。于是所有的學生、阿媽和教師都牽進了這場無窮無盡的爭吵，好不容易才稍稍恢復安靜。可以看到教師的生活是很煩心的，所以他的薪金往往比較豐厚。

這種學堂是沒有什麼休息時間的。孩子們對于那沒有靠背的長板凳和四人一張邊緣粗糙的桌子似乎并不在意。

孩子都上學去了，房子就屬于婦女的了。丈夫不在家，婆婆就成了家裏的主人。可能還有一位老祖母，不過她已經不當家了。每個人都侍候女主人，哄她，逢迎她。她非常好問，所有的瑣事，即使與她毫不相干，也要向她報告。

通常，孩子們還沒有去上學，甚至早餐還沒有結束，守門人就開始大叫有客人來了。這可能是一位婦女，是另一家的婆婆，來拜訪這家的女主人。這位客人一早就來，坐上一整天，并且在禮節允許的範圍內一直坐到夜裏，她告辭只是因爲她想回家睡覺了，以便第二天早早起床再來，或者去拜訪另一位婆婆。

至于婆婆們在一起談些什麼，這很難說，有時她們并不說話，只是坐着抽烟，前後搖晃着身子品茶。總是喝茶，吃小食。新娘必須招待客人，替她點烟，陪她說笑，一直等這家的婆婆準備好來接待客人。不管女主人是如何討厭這位來客，她必須表現得很有禮貌，不論在什麼情況下都不能讓客人感到自己待得太久而不受歡迎。

婆婆們談話開始時，總是互相訴苦，把一切歸罪于新娘，因爲她没有把事情做好，這時候新娘就站在旁邊聽着。然後就談論着某人做了一雙新鞋，誰新納了一房妾——往往是很不好的妾，或説某一位妾生了個雙胞胎。當這裏還在没完没了地閑談時，客人帶來的僕人也在"下人房"裏接受主人家僕人的招待。這裏，主人的僕人就逗引來訪的僕人講些關于她們的主人和女主人的小道新聞，自己也同樣講述些自己的主人和女主人的隱私。

客人走了，這才大大地鬆了一口氣。然後女主人把僕人找來，因爲她剛接待過客人的僕人，于是就向她打聽通過客人的僕人傳播的關于客人的新聞。同樣，客人回去後也向她的僕人打聽這一家女主人的私事。

是的，在中國家庭裏都找着話題閑聊，這就不難理解爲什麽在中國没有秘密。

最後，到吃飯的時候了，父親和兒子都回來了，肅穆的空氣又籠罩了一切。午餐是大餐，用餐時有一定的禮儀。

從守門人一喊"老爺駕到!"房子和院子裏立即肅静，這種氣氛一直持續到主人再離開。

下午，主人走了，閑聊又開始了，婆婆們繼續談論着她們未談完的話題。新娘在旁邊侍候着她們，一邊做着針綫或是婆婆要她幹的其他活，同時盤算着做些什麽樣的美味佳肴使姻親們吃得高興。新娘的生活真是又快樂又繁忙!

房子、花園、庭院裏也是一片嘈雜，那些看管不够上學年齡的孩子的阿媽爲了炫耀自己孩子而互相争論着。一個阿媽想到鄰居家的阿媽那裏去串門，她就抱着還不會説話的嬰兒，厚着臉皮對女主人説孩子要到某某家去玩，其實正是她自己想去的那家。誰都能理解這是一種無害的藉口，阿媽的要求被批準了，因爲她帶的孩子要求换换環境!

整天有客人來訪，不停地談，有時候一個，有時候幾個婆婆同時來，這就使事情變得更複雜了，也給僕人們帶來了更多閑談的題材。

"我的丈夫昨天又納了一房妾，她長得醜極了……我的兒媳婦笨得像條牛……我知道我左肩膀痛就是讓她氣出來的……我丈夫的二姨太生了孩子，長得活像隻小猴子，這説明他母親是個缺乏教養的人!"等等，等等，整天這樣閑聊。

我父親是位滿洲官員，他最討厭這種中國禮節，記得有一次一個客人來訪，一直談到半夜，我父親提醒她要不要派個僕人回去幫她鋪床準備就寢。

再回過頭來説。如果客人是坐黃包車來的，那麽主人家的僕人就要付車錢給黃包車夫。如果她是坐自己的轎子來的，那麽錢就付給轎夫。如果客人在主人家用了餐，那麽她就要在桌子上留一些錢給這家的僕人。這一切看起來很複雜，每一個人都要給別人的僕人賞錢，惟一省下來的就是不用給自己的僕人賞錢。但是僕人在替主人采購物品時，通過一些巧妙的手段，只要稍稍多給商家一些小錢，這些差價聚集起來，他就可以獲得一筆相當可觀的回扣。

晚餐是精心製作的，而且時間拖得很長。每個人都盡情地吃，茶也大量地喝。晚飯後，屋子裏就鬧成一團。孩子們互相打架，每一位阿媽都站出來維護自己所照看的孩子，這又引出了阿媽之間的激烈爭吵。太太和姨太太們在爭吵達到高峰的時候，也參加了進來，每個人都維護着自己孩子的利益，其結果是一片喧嘩和騷亂。

這時候只有一個人能使事態平静下來，這人就是婆婆。她問清事情的起因，聽大家的申訴，以便判定誰是誰非。大家同時爭着講述自己的理由，直到一場新的惡戰又開始。

祖母對這些事情不感興趣，她只是坐在一邊，眼睛不停地觀看着，什麽都沒有漏過。她的聲音在爭吵中誰也聽不到，因爲她是太老太虛弱了。

到睡覺的時候了嗎？

那是什麽時候？清晨一兩點鐘。孩子們紛紛找地方睡覺，一個在這裏，兩個在那裏，他們在床上打鬧喊叫了一陣就入睡了。還有一些還沒有睡意的孩子則繼續在餐廳、客廳和厨房裏吵鬧，要是沒有人看住的話，他們還會上房頂、爬墻頭。

如果你不嫌我囉嗦的話，我還要回頭來講一講：客人來了，她要求立刻見見孩子，按禮節，主人必須非常熱情地把孩子帶到她面前。于是一個僕人就飛奔到學校，不必說一句道歉的話就把老師的講課打斷，并負責把孩子裝扮得規規矩矩的，然後帶去見客人。在這種時候，孩子們倒是表現得很有禮貌，但他們是忍受着極大的痛苦。在客人面前幾分鐘所受的壓抑，回到學校時就要向老師發泄，可憐的老師就得忍受這一切。客人們當着孩子的面評論諸如孩子漂亮的臉蛋以及其他方面，似乎孩子不會聽懂她們的話似的！啊，我記得……那是關于我自己的一個很長的故事，不過如果講起來需要花很長的時間和篇幅。

一天已經過去了，客人和主人還在談着話。

客人："我必須走了！"

主人："可是我不能讓你這麼早就離去！"

客人："我已經在這裏一整天了！"

主人："哪兒的話，你纔來一會兒！"

客人："是一整天了，我必須走了！"

主人："但是如果你現在就走，我會感到很難受的。"

（主人已經等待了十四個小時了，希望客人真的下決心走！）

客人："但是不管怎樣，我一定得走了！"

這種情況我父親遇到了差不多有四十次了。

在美國這裏，我父親或許會立即說："謝天謝地，如果你想走就快請便吧！"

蠶蛾的奴隸

　　琪蓼壯實得像一個成年男子，她今天正好十四歲。當她聽到五點鐘的汽笛聲的時候，心裏產生了一種强烈的反抗情緒。這汽笛叫醒她，也叫醒了幾百個像她一樣的人，叫她們回去做蠶寶寶的奴隸。蠶寶寶會結繭子，人們從那裏抽出絲，織成綢，做衣服給那些貴婦人穿；這些貴婦人一輩子也不知道爲了挣兩角錢而一天工作十四小時是什麼滋味。問題還不僅僅是一天工作十四小時！

　　琪蓼記不得她自己家裏的人了。在她模糊的記憶中有一個骯髒的女人長着一口參差不齊的牙齒和一條惡毒的舌頭整天不停地咒罵；還有一個同樣骯髒的男人，他的生活就是每天清晨逛到街上去……

　　但是琪蓼決不可能確切地理解這些。這是太可怕了，即使僅是生活中的一部分也是太可怕了，雖然憑心而論，她自己并沒有意識到她的生活的可怕，因爲除此之外她不知道還有什麼別樣的生活。

　　她八歲的時候許配給一個十二歲的男孩，這是她打夜工的父親一個朋友的兒子，并且按照習俗，她立即來到她未婚夫的家，統治這個家的主人是她未來的婆婆。由于琪蓼要成爲她兒子真正的妻子還得有好幾年，所以她立刻被送去做繰絲女工，并且被强迫把每天的工資交給家裏。兩角錢！還不到十分美金，這就是一天十四小時艱苦勞動的工資。

　　今天琪蓼十四歲了。今天將要發生一些什麼事，琪蓼一點也不知道，她必須遠在她未婚夫起床之前到達她的工作場所，所以直到她晚上回家之前，她一點也沒有感覺到生活有什麼變化。

　　她把她的食物放進一隻破舊的籃子裏。她的食物是：隔天剩的冷飯，一壺裝在破茶壺裏的茶和丁點兒鹹菜。

　　當汽笛響的時候，她這些都準備好了。其餘幾百個女工也一樣。她們中有年老的、年輕的、長得美的、長得醜的，各種年齡和不同骯髒程度的女人。琪蓼對骯髒已經習慣了，不過她還是常常使自己乾净一些。她不知道爲什麼要給自己添這些麻煩，但是她還是這樣做了。

她的工作并不要求她乾净，她的主人并不在乎她有多髒，只要她的手乾净就行。主人像惟恐她們的手會髒，她們十四小時就把手泡在燙水裏，除了蛾子的奴隸們外，誰都受不了。

幾百名婦女肩并肩地工作着。蠶寶寶的繭子在沸水鍋裏煮，從鍋裏出來的蒸氣摻雜着幾百個不洗澡的身上發出的汗氣，使得這房間像一個大蒸籠，在霧氣中可以看到很多臉——扁的、圓的、端正的、不端正的、披頭散髮的，這是一個恐怖的場所，死亡的場所。

繭子從大籃子倒入大桶裏，籃子是從四面八方運來的，裏面堆滿了繭子，有白的和黃的，每個繭子裏有一個蛹，它的生命就將在桶裏斷送。琪蓼從她記事起就是白蛾的奴隸。只是這些蛹的命運是永遠不會變成蛾子。要變成蛾子而傳種接代的蛹不會被送到這裏來，這些琪蓼都知道。

有很多次，在鄉下，在她的衣服和肉體之間被緊緊地裹上許多層棉花，熱得像火爐，棉花裏爬滿了還不會吃桑葉的小蠶！有時候季節不正常，小蠶從蠶卵裏孵出來的時候，桑葉還沒有成熟，這就需要人工催長。人工孵育蠶卵是件很艱苦的工作，好在剛孵出的小蠶被纏在棉花裏，不可能到處亂爬。

這些琪蓼都知道。當她想到這些，她也經常想到這些，她就似乎清楚地聽到蠶吃桑葉的聲音。這時候蠶寶寶的肚皮在陽光的照射下變得透明，説明它們將進入生命的下一個階段，這時候它們就使勁地吃桑葉，出聲地啃，就像小老鼠吃着，咬着。聲音非常大，你還可以想象到它們吃的時候扭動着身子快樂的樣子。

然後，過些時候就要給它們準備小盒子。盒子有四個角，每條蠶占據一角，然後就開始在那裏做繭子。總是在一個角裏，那裏蠶寶寶能圍繞着自己的身子做繭子。等到蠶把自己包在繭子裏完全看不見了，這繭子就從盒子裏拿出來裝到許多籃子裏——哦，幾千隻籃子，裝着幾百萬隻繭子，從四面八方運到琪蓼工作的地方。

這裏，在煮沸的桶裏，在水汽和汗氣中間開始了成批的大屠殺。籃子空了，繭子被倒進桶，這時，每個繭子，白的或黃的，裏面都有一個活的蠶蛹。千萬隻繭子扔進幾百隻沸水桶裏，于是女人們以及像琪蓼一樣的姑娘們的手就在桶裏攪動。

沸水殺死蠶蛹的同時也使繭子的絲變得柔軟，于是那些熟練的手指就能找到絲的頭，把繭子抽成長長的絲，然後送去晾乾，織成絲綢。這些手因爲經過了長時期的磨練而在沸水裏并不被燙傷，同樣，這雙手還得把這些死蠶蛹扔掉，它們在被無情地倒進沸水桶之前還是活的。

琪蓼……

是啊，琪蓼和她那些做蛾子奴隸的姐妹不一樣。她的腦子裏有蠶，人家都這麼説她，因爲她總在思考！思考在啃着她美麗的小腦袋，就像蠶寶寶在啃桑葉一樣，幾乎能聽得見聲音。她還講一些特別奇怪的事情，驚人的事情，那是蛾子的奴隸們過去從未聽説過的。

有一件事她相信，就是奴隸們不應該被迫從早晨五點鐘幹到晚上七點鐘！這是令人難以相信的叛逆思想，總有一天會給琪蓼帶來灾難！她還認爲奴隸一天勞動的工資應該多于兩角錢，而且放工後那送疲勞的姑娘們回家的獨輪車車錢應該由工廠主來支付。更大的叛逆！如果合坐一個獨輪車的四個姑娘每人付不起兩個銅板的交通費，她們必須走回家。這事廠主是不關心的。

琪蓼今天十四歲了，這是她一生中的一個里程碑，雖然在這時候琪蓼哪裏能知道？

這些思想總在她腦子裏活動，而且她打算一有機會就要付諸行動。

但是這天早晨，就像她四歲以後的每個早晨一樣，當汽笛響的時候她已等候在工廠門口了。

人群爭先恐後地擠進去，幾百名婦女帶着她們的盛冷飯、冷茶和一丁點兒鹹菜的籃子。這些婦女們都穿着破棉襖，光着脚，而且很骯髒，除了一些工作了幾十年的老婦人以外，她們的臉上還是多少帶些笑容。

然後婦女們肩并肩地等在沸水桶旁的桌子邊。爲了爭取生存權，她們都變得脾氣很壞，而且很自私。那裏有一個女人，她晚上回家後還要爲一個七口之家做飯、洗衣服，她的丈夫認爲，一個真正的父親應該擁有很多子女。這女人和琪蓼肩并肩地工作了六年，在這六年裏她一共請了六天假，在這六天裏生了六個孩子，全是女孩。她們將步着她們母親的後塵，將來也要成爲蛾子的奴隸。每人每天掙兩角錢，或者説，六人掙一元兩角錢，而她們的父親就不必工作了，除非他自己願意，但是他是不會願意的！孩子們都能工作了，何必還要他工作呢？

琪蓼看看周圍，婦女們緊緊地圍在蒸氣桶周圍，那裏沸水正在屠殺着蠶寶寶。婦女們像喜鵲一樣唧唧喳喳地閑談着。工頭們在她們中間走來走去，每人手裏拿着一根棍子，那棍子看起來很可怕，實際也真是可怕。這些工頭的任務就是制止每天發生的吵罵。

今天誰來開始呢？

正好是那個老婦人，她從琪蓼開始在這裏工作以來生了六個孩子。這個女人又要有另一個孩子了，可能又是個女的，這對琪蓼來説是没有什麼新奇的，對其他人也是一樣。在這汗流浹背的行列的另一端，有一個女人在招呼那懷孕的女人。

"又一個孩子，哦，又是一個醜八怪吧？你爲什麼不殺了你那懶惰的丈夫而找一張不會生那麼多孩子的床？"

整個工場響起了尖叫聲和笑聲。工頭高聲喊着要制止這笑聲，因爲這樣的笑聲會引起一場騷動。被招呼的那個女人抬起她醜陋的頭，從零亂地披散在她髒臉上的頭髮縫中看着那説話的人，這時琪蓼感到很緊張了。

"我的丈夫？"她尖刻地説，"他終究是我的丈夫！我生孩子光明正大！我的孩子不是從稻田裏或是蘇州河上的小舢板裏抱來的！"

這是極大的侮辱，因爲這是一個誰都知道的事實：那説話尖刻而帶諷刺的女人有一個女兒，但是没有丈夫！有許多關於她的閑話，甚至還涉及某個工頭，因爲一連有三夜在放工之後他借故留住了那個女孩。琪蓼知道要發生什麼事了，其他人也一樣。那些工頭們也知道。他們惡狠狠地喊住那兩個吵架的女人，但這只是使事態更擴大了。

那老年婦女對年輕的看了一會兒，然後兩人都從自己所在的位置退出來，左右對立，好像是就要進入戰鬥的兩個士兵。從她們的嘴裏吐出了謾罵的髒話。對這些，琪蓼并不在意，因爲她已經聽慣了這些下流話，但是……

已經沒有時間去想"但是"了，因爲兩個女人已經扭打起來，整個大屋子的女人們都離開了自己的工作崗位去參加戰鬥。大家都不停地叫着，用骯髒的語言喊着，誰也不去關心打架的起因，因爲對于這些多年來不知道什麼叫休息的婦女和孩子們，能離開一會兒工作就是最大的實惠。

兩個人打着，互相抓着對方。她們的臉上頓時流出了鮮血，其余的人都圍着她們，并且鬥毆的範圍也迅速地擴大了。婦女們尖聲地喊叫着，狂怒地咆哮着。她們的頭髮披到眼睛上，蓋住了被指甲抓出了許多血痕的臉。用瘋狂的吵鬧聲和尖叫聲來表白自己。

琪蓼不參與她們。這件事也是使她腦子裏的蟲子啃她頭腦的事，并且她產生一些有趣的思想。看起來沒有什麼必要打架，可是當婦女們打架的時候，她們還會得到工頭們更好的待遇。這種打架沒有給她們帶來任何好處，相反，在七點鐘以後她們還得繼續工作來補回因打架丟失的時間。

在蒸氣中間是一場瘋狂的鬥毆，鮮血和騷亂，在吼叫着、搏鬥着的婦女中間，工頭們在走來走去，他們的棍子用力地打在女工們的身體和頭上。

"到外面院子裏去！"有人喊了一聲，尖厲的聲音壓過了混亂中的喧嘩。

人群一邊打着，一邊擠出門去。許多人被踩在脚下，包括那個孕婦，許多脚從她身上踩過去。但是你可以放心，那個生下來也會成爲奴隸的嬰兒是不會受到致命的傷害的。

這時候誰也記不起是誰先開始打架的，但是對于那一貫脾氣暴躁的人來說，這并不重要，只要有架可打就行。只有工頭們在執行任務。婦女們互相扯着對方的衣服，破布從桌子上掉到地板上，甚至掉到院子裏，有許多女人是半裸着身子在打架。赤裸的髒身軀布滿了皺紋，皺紋裏全是污垢和汗水。對于一個十四歲的女孩子來說這很不雅觀。但是對于琪蓼，這不算什麼，因爲她以前很多次看到了這一切。

使她煩心的不是打架本身，也不是那些在工頭眼前裸露的身子。因爲在夏天熱得難熬的時候，在沸水桶邊工作十四小時的她也常常是一絲不掛的。也許品性不好的工頭會在她臀部打一下或甚至捏一把，但是她不去注意，對于她，工頭無論如何不能算是人。

不，不是那些裸體的場面使她心煩，那在日常打架中是經常遇到的。是那些工頭的行爲使那些小蟲子在琪蓼的頭腦裏咬嚙。因爲，即使婦女們在打架時因爲憤怒而失去了理智，甚至失去了痛感的時候，工頭們還在她們中間衝撞，揮動着棍棒。琪蓼看着，她看見巨大的傷痕出現在打架的婦女臀部，甚至乳房和臉上，而不管棍棒不停地上下舞動着，這些人還在打架。

結局當然是不可避免的，因爲工頭總是勝利的，婦女們被趕回去工作，帶着指甲抓出的血痕和工頭的棍棒打出來的青紫塊，重新排成一排，光着身子沐浴着大桶裏冒出來的蒸氣，嘴裏還自言自語地咕噥着。對于那些光着身子的人，新問題又來了——去找自己的衣服好穿着回家。工頭們是不關心這事的，他們的任務就是保證這些女人不停地忙碌着抽絲，這些絲將來有一天會穿在貴婦們的身上，她們是如此的高貴，甚至于不準許一個這樣的女人或姑娘去站在她們僕人住處的走廊上！

琪蓼的耳朵裏總響着工頭的棍子啪啪地打人的聲音。關于生孩子的事她略知一二，因爲她曾看到過，就在這水蒸氣和汗水中一個孩子誕生了，工頭站在那些母親們後面，用下流的語言命令她們趕快回到自己的工作場所。

"我永遠不會讓自己的孩子來做蠶蛾的奴隸！"琪蓼常常對自己説，

"決不！決不！等我長大後，我要想法去懲罰那些棒打婦女的工頭，并且想法使小孩子離開這水蒸氣和難聞的氣味！"

琪蓼模糊地知道她配給了一個住在她睡覺的那個屋裏的人，那個人和一個老婦人有關係，那老婦人要去了琪蓼所挣的錢，并且如果琪蓼花了銅元坐獨輪車回來，還要挨她的打罵。

那些獨輪手推車真有趣，由于軸上沒有潤滑油，所以走起來就吱吱咕咕地發出難聽的聲音。小車可以坐四個婦女，由一個肩上掛着挽帶汗流浹背的苦力推着。四個婦女每人付兩個銅元坐到家，這車錢還不到美金一分錢。能付得起兩個銅元坐車回家的婦女是奴隸中的貴族，琪蓼總是步行回家，雖然她家距工廠有九里路，合三哩。琪蓼看着那些比她幸運的人，她們兩個一邊，坐在小車上，笑着，談着，好像是去舉行一次野餐，雖然野餐是什麼，琪蓼一點概念也沒有。

"我真希望能坐着車回家，"有一次她對今天領頭打架的老婦人說，"有時候我累極了，幾乎邁不開步子！但是我不敢花銅元。我會挨打的！"

那老婦人把擋在眼前的亂髮撥開，惡意地看着琪蓼那幹活累紅了的臉，她看了一會兒，咧開那帶皺紋的缺牙的嘴笑了，琪蓼預料她將要說出什麼可怕的話來。

"爲什麼要花掉銅元回去還挨打呢？"她問道，"把銅元留下回去交給你未來的婆婆，而你照樣可以坐着車回家！"

"那怎麼行呢？"琪蓼問道。

"只要悄悄對推小車的苦力說幾句話，讓他把其余三人送回家後最後一個送你。當只剩你和苦力兩個人的時候……就這樣，如果你悄悄地和他說那麼幾句話，他就不會堅持要你付車錢了！"

琪蓼并不感到受了侮辱，甚至并沒有吃驚。她以前聽到過這樣的事。但是她決定，如果她是一個女孩子的母親，她絕對不能讓這女孩子和這樣一個老妖婆肩并肩地工作，她居然給一個才十四歲的女孩子出這樣的壞主意，更何況琪蓼聽她講那些話時還沒有到十四歲！

今天琪蓼正好十四歲，她就認定一件事：她的孩子決不做蠶蛾的奴隸。她不知道怎樣才能避免這種事情的發生，因爲雖然她懂得許多一般十四歲的孩子不懂的事情，但是她對自己的事情却什麼都不知道，她也不知道自己在家庭中的地位，在這個家裏老婦人拿走了她所挣的錢，而且如果少了幾個銅元還要捧她。

她只是希望她的孩子永遠不會做蛾子的奴隸，并且希望她的夢想能實現。她想得很多，可是對誰也沒有説，因爲如果她説了，有人去告訴工頭，那她就要挨打。工頭然後就會把這話傳到她家裏，她將再次挨打。

但是這一天，當工頭把婦女們都打發回自己的工作崗位後，就滿臉堆笑地向那些最漂亮的裸體婦女道歉，并討好地站到她們身邊——琪蓼腦子裏的蟲子幾乎發聲地咬啃着。

她回憶着所有她能記得的過去的生活，她有趣地發現她自己很像她侍候的蠶寶寶。它們生來就是做奴隸，并爲了讓貴婦們能穿絲綢而死去；她也是生來就是奴隸，并且爲了同樣的道理死去。

雌蠶像蜂王一樣（雖然她不了解關于蜂王的事，却很瞭解關于雌蠶的事），成爲新的蠶寶寶家族的頭領，它們必須做奴隸而死去，而婦女和姑娘們必須生出別的女孩子來，她們長大成女人，然後做奴隸而死去，爲的是使虛榮的女人身上能披上亮晶的絲綢。

强烈的反感在琪蓼心中升起；但是當七點鐘的汽笛響起來，婦女們又補回了她們在打架中失去的時間（當然是沒有加班費的），她仍舊沒有決定怎麼辦。

但是當她想起有一次老婦人和她説的話的時候，反抗采取了一種奇怪的形式。大群婦女們從冒着蒸氣的廠房擁出來。無數有着四個座位的獨輪手推車在廠房門口等着，苦力們嘰嘰喳喳地説着話上來兜生意。琪蓼用被水燙傷了的手緊緊地握着她的工資。如果她拿出那兩個必要的銅元，她就要挨打。可是這一夜她真想正正式式地坐車回家。

可能，像那老婦人説的，她最終能省下那兩個銅元。

當和她同車的三個人都到家後，她獨自被苦力推着往她的骯髒的家走去，陪伴着她的是那沒有油的車軸的吱吱聲。這時她發現她不知應該對他耳朵悄悄説什麼話。另外，他很髒，汗水從他背上流下來形成一條小溪。

當他們正走過一排樹陰的時候，琪蓼對苦力説話了。

"我不能付兩個銅元的車錢，"她吞吞吐吐地説，"但是有人告訴我如果我悄悄地跟你説⋯⋯"

苦力咧嘴笑了，丟下他的挽帶。他的髒手伸向她。獨輪車的吱吱聲停止了，恐怖籠罩了琪蓼，像從潛伏着蛇的稻田裏發出的毒氣一樣。

她忘記了疲勞，拼命地逃跑，像逃離一條吃婦女的龍一樣。他叫她，她停下來，在黑暗中朝他所在的方向扔了兩個銅元，她也無心等待着看他是否能找到它們。

但是奇怪得很，她未來的婆婆發現少了兩個銅元的時候，既沒有罵她，也沒有打她。她笑着，露出她的缺齒。這屋裏的老人也對她笑，帶着陰險的、可怕的目光。那十八歲的兒子也對她咧着嘴笑，她由于興奮而臉上升起了紅暈。

"你今天十四歲了!"他們告訴她。

她眼睛睁得大大的，但這話對她沒有什麼意義，因爲她知道這一天和其他的日子沒有什麼不同。她長大一些了，也就是這樣吧，明天她照樣要回去做奴隸。

但是那夜裏，那兒子輕輕地、悄悄地、像一隻貓似的走進她的房間，把睡得死沉沉的她驚醒了。她沒有銅元給他，而且即使她有滿滿一車的錢，她也不給他。

幾年以後，我應我的一個老朋友的要求，我接見了琪蓼，她告訴了我一些關于她的故事。我曾聽到一些流言，説她的品德有問題，這使我感到有些爲難，如果我接見了她，人們會怎樣説呢? 但是我還是接見了她。她穿了洋裝，但色調單一，衣服破舊，胸部是扁平的。她不知道怎麼穿洋裝，什麼都不合適，她的衣服和她也不協調。

她告訴我她正在爲爭取縮短女工和童工的工作時間、提高她們的工資、組織一個工會，幷且爲保護女工和童工不受工頭的毆打以及使白蛾的奴隸命運得到一些改善而鬥爭。

"可是你這樣做有什麼好處呢?"我問她,"這些人像動物一樣,她們自己過得很快樂,她們不會贊賞你所做的努力。"

我承認,我看不到這個女人的奮鬥會有一些希望。另外,我總這樣認爲,只有出身高貴的人才能有理,并且真正想些有價值的事。

琪蓼疲倦地對我微笑了一下。

"但是我必須繼續鬥争,你没看見嗎?"她挑戰地問我,"處于你這樣地位的女人能幫助我,至少能給我出些好主意!"

"但是你還關心她們什麼呢?"我堅持説,"你自己已經不在絲廠裏做奴隸了,并且如果我聽到的關于你的話是真的,你已經找到了一個擺脱困難生活的方法——雖然是可耻的!"

"可耻的?"她答道,"那没有什麼。就像蛾子一樣,我是生來要做奴隸而後死去的!耻辱與我無關,而且只要我正在做的事能成功,我個人做什麼又有什麼關係呢?"

"劊子手的利劍正對着你呢,因爲他們説你是絲綢業中的一個危險分子……"我開始説。但是她阻止了我。

"和我一起到杭州和上海去,"她用很粗的聲音説,"我要讓你看到許多事情!在她們中間,主要是我的四個女兒!她們和我脱離了關係,我的家庭也和我脱離了關係,我的三個女兒像我以前一樣給人做童養媳,你看到了,我必須繼續鬥争!"

我去了,我也看到了。

那個守舊的,曾經勸我把琪蓼接到家裏和她談談的中國人只是對我説:

"她和你不是一類人,也不是同一階層的人,但是你會對她感興趣的。"

我也見着了她的女兒,四個女兒中最大的一個在上海一家絲廠,就在我們剛剛到達之前,在一場剛被鎮壓下去的鬥毆中,衣服也被撕掉了。當我們進去的時候,琪蓼把她指給我看。

　　一個男工頭，手裏拿着棍子，他試圖使她安静下來。那隻空着的手在她結實的棕色的胸脯上撫摸，好像她是一個動物，可以靠人的愛撫來使她安静。

白狐狸

從前，在古代的中國，有一個美女子，但是她做了許多壞事，天后非常生氣，就把她變成了一隻白狐狸，命她在世界上生活一千一百年，承受十一個世紀的痛苦以贖回她幾年中所犯下的罪行。

一天天，一月月，一年年，一個世紀接着一個世紀，歲月在無盡止的時間長廊中流逝。白狐狸在地球上到處流浪，默默地苦挨着天后判定她的刑期，她不能説話，也不能向任何人訴説自己的痛苦。

有一天，她偶然從一間陰暗的小屋的窗户看進去，看到一個有抱負的青年關慶，正在爲了應考而勤奮學習，以便今後在仕途中求得一席之地。

關慶有一個從未告訴過任何人的秘密，一直到媒人、朋友和親戚都來勸他在參加考試之前把婚事定下來，這時候他才説出了這個秘密。

在關慶書房的墻上有一張美麗的古畫，畫上是一個穿着古代宮服的中國姑娘。這個中國姑娘的臉像一顆寶石，她的眼睛好像在慈祥地看着埋頭苦讀的關慶。在冬天，每當寒冷迫使關慶不得不去睡覺之前，他總要帶着渴望注視着這張像，和姑娘道晚安。

當媒人、親戚和朋友都來催促他娶親，給他提出了他所住的北方城鎮裏所有的美麗姑娘的名字時，他總是傷感地搖搖頭。

"我不會結婚了，"他輕輕地説，"因爲我愛上了一個姑娘，她只存在于我的夢中！"

他的眼睛轉向了挂在他陰暗書房墻上的那張畫。

"幫我找到一位姑娘像那畫中的女子一樣美麗，那我就娶她，"他説，"我認爲不會有比她再美的了。我愛畫中的女子，并將對她永不變心。如果能找到一位像我夢中見到的那樣美貌、端莊的姑娘，我就娶她。

你們都轉過臉去看牆上！"

媒人們驚异地望着關慶。這人一定是瘋了。這張畫非常古老，畫上的姑娘可能已經死去幾百年了，怎麼能找到和她一樣的人呢？他們試圖說服關慶不要這麼固執，但是關慶堅定地搖搖頭。

正在進行說服工作的時候，有一個媒人偶然抬起頭來看看窗外。

"快看！"他喊道。

所有的媒人都向外看，并且跑出了書房。關慶也直奔窗前向外窺望。

媒人們把花園搞得天翻地覆，在灌木叢中找，在高樹上找，找啊找啊，找了很久，什麼也沒有找着，就都回來了。

"那是什麼？"關慶問。

有一個媒人自告奮勇地說：

"我們在窗戶外看到一張臉，這不是女人的臉，但又很像女人的臉。"

第二個媒人激動得忘了禮節，打斷了別人的話，驚奇地叙述道：

"有一張白狐狸的臉從窗外往屋裏看！"

白狐狸從關慶的窗户跑出去，她跑得像風一樣快，這是她幾百年來練就的本領。她跑過了村莊，到達野外時，天已經很黑了。黑暗中，點點的燈光像螢火蟲一樣閃爍着。

白狐狸心裏充滿了悲哀，她不知道天后什麼時候才能恢復她的自由。

突然從黑暗中發出一個聲音：

"白狐狸，你受苦已經一千多年了。我現在想釋放你，并且在你死去之前給你一段快樂的生活。"

白狐狸回答了，一下子打破了她長期的沉默。她知道這是天后的話音，并且知道在這話音裏顯示她將恢復一切本領。

"我準備好了，"她答道，"你要我幹什麼？"

"你必須變成一個年輕、漂亮的姑娘，漂亮得讓男人看了就喜歡。你必須和你看中的男人結婚，如果這個男人是值得尊敬的人。你將過一段非常快樂的生活，在享盡天年之後滿意地死去。"

"我準備照你説的辦，" 白狐狸回答。

"去吧，" 那聲音説，"現在你的本領都恢復了。"

晚上，關慶在就寢前與僕人談話。

"如果你喜歡畫中的姑娘，" 僕人説，他是個很迷信的人，"你爲什麼不每天晚上對着畫説話，告訴她你是多麼愛她，説不定有一位仁慈的神仙聽到你的話後，會把畫中的姑娘給你送來。"

關慶憂傷地搖搖頭。這當然是不可能的，因爲世界上沒有一個人能像他所愛的人那麼漂亮。微微一笑以後，關慶舉起雙手懇求地對着畫説話，好像它是一個活人。

"我將永遠永遠地愛你，" 他説，"你雖然只是一幅畫，却是我心中真正的伴侶。我不能没有你，我將至死忠于你，你是我的一個永遠不能實現的理想。萬能的天后能不能答應我一個最親切的願望，給予你生命，使你從畫中走下來投入我的懷抱！"

關慶堅定地注視着那幅畫，兩臂向那位不認識的愛人的肖像張開着，堅定地等待着。他的眼睛幾乎要從眼眶中跳出來。他的心由于過分地激動而劇烈地跳動着。

一個奇迹在他眼前出現了，他并不懼怕。

那個穿着不知哪一朝代的服裝的古代中國姑娘的輪廓動起來了，這時關慶耳朵裏聽到一聲非常輕微的嘆息，就像夏日裏的微風輕輕吹拂。關慶像雕塑一般穩穩地等着。接着那畫也動了。一道刺眼的光芒射到屋裏。關慶恍恍惚惚地坐下，兩臂仍舊對着他所愛的人的肖像張開着。從那張引起他盲目的戀愛的畫上，他夢中的姑娘走下來了。她直接投入到他的懷抱中，緊緊地依偎着他，關慶的兩臂也突然緊緊地擁抱住她。她是有血有肉的人。她的溫暖的氣息輕輕地吹在關慶緋紅的雙頰上。

關慶和他最親愛的人互吐衷情。時間飛快地流逝。畫中的姑娘讓他相信她是有血有肉的真人，是一種魔法使她從古畫中走下來投入他的懷抱。

她告訴他這些話的時候正好在天明之前。

“只有在夜間我才能到你這裏來。當曙光照紅東方天空的時候，我必須回去。但是我還是在你一向珍惜的那幅畫裏陪伴着你；只是你必須耐心地等到黃昏，太陽落山後我會再到你這裏來的。”

日出時，關慶茫然地看着自己空空的懷抱。他抬頭看看牆上的那幅畫，他最親愛的人的肖像又重新回到她待了幾個世紀的地方。她的眼睛注視了他一會兒就不動了——關慶最親愛的人再次變成了一張畫。

當黃昏來臨，太陽落到西方地平綫以下時，那畫又動了。然後僕人進來，看了一下牆上的畫，按照主人的吩咐點上燈後就走了，留下一對情人在互相擁抱。

當僕人走後，關慶對他最親愛的人講述了他的計劃。

“我要把畫燒了，”他說，“我不能忍受這無窮無盡没有你陪伴的日子。我對畫中的你說話，但是你不能回答我，我張臂等待着你，你却不能投入我的懷抱。我無法忍受了。”

他輕輕地把她推出懷抱。她的香氣襲入他的鼻子，使他陶醉，使他產生了要占有她的強烈欲望，不論是白天還是晚上，不論是和睦還是爭吵，他要她永遠陪伴他直到死。

“不要燒！”他最親愛的人懇求他說，“我很害怕，我怕燒了畫會大禍臨頭，使我們失去奇迹賜予我們的幸福。”

但是關慶很倔強，他不聽他最親愛人的請求，認爲她的莫名其妙的恐懼是毫無根據的，就決定執行他的計劃。他轉過身去，奔向牆壁，用他忽然變得強有力的手把那幅畫扯下來，團皺了，點上火，馬上就燒成灰了。

“是我的了，親愛的！”他喊道，“你永遠是我的了。不論是白天還是黑夜，和睦還是爭吵，你再也不會離開我了。”但是當他轉過身來看他美麗的愛人的時候，她却不見了。

在她原來的地方，站着一隻白狐狸，眼睛很像一個女人的眼睛，充滿了永久的悲傷和無窮的智慧，那是繼承了無數年代的婦女的特性。

隨着一聲喊聲，關慶舉起一條胳臂擋住了他驚恐的眼睛。然而他又放下胳臂看着白狐狸。這一切都是幻覺嗎？他沒有從白狐狸身上看到他所愛的人的形象嗎？

是不是她們莫名其妙地混在一起了，使關慶不能確定這究竟是狐狸還是女人？

"這是一個考驗，一個對是否值得尊敬的考驗！"從哪裏傳來這句話？這是無聲的話，但是它敲打着關慶的心好像關在籠子裏的小鳥嬌嫩的翅膀的撲打。

頃刻間關慶抬起頭來望着蒼天。

"我祈求你，天后，"他聽到他自己在説，"不要把我所愛的人從我身邊帶走。"

關慶憤怒地喊叫了一聲，跳到那搖擺着、扭動着的畫中女人的變態形象跟前。

"不管你是狐狸還是女人，"他説，"我對你的愛是永遠不變的。不管是天后還是地上的神仙，誰也別想把你從我身邊帶走，永遠不可能！"

他把那東西抱在懷裏。溫柔的手指撫摸着它的臉頰，那細小指尖的觸摸，比愛人的親吻還要甜蜜。

"關慶，你已經證明了你自己是個可敬的人！"

關慶想這話是從他最親愛的人的嘴裏説出來的，不過他不能肯定。只有這些事情他是肯定的：他懷裏抱着的是他最親愛的人。她抬起了美麗的臉龐看着他。由于那張畫已經燒掉，他不用再害怕日出了。當太陽在明天以及今後在他們共同生活的無數個明天升起的時候，它的金色光芒照亮了他們生命的道路，對于這一對如此深深相愛着的人來説，將永遠不會再有離別的憂傷和悲痛。

當關慶的僕人進來送飯的時候，墻上的畫不見了，也沒有看到幽靈似的白狐狸在影響着關慶與他所愛的女子的幸福，只看見兩個人在輕輕地説着話。

知趣的僕人悄悄地離開了，讓他們在一起幸福地擁抱着。

蓮花姑娘

孫立是一個夢想家。他既不勞動，也不紡織。他的頭腦裏充滿了美麗的幻想。他年輕而漂亮，但是他非常窮。他夢想着有一天他通過了科舉考試，他就會變成一位大官。他的夢並不僅止於此。當了大官以後，他不需要工作，他有很多錢，可以過上很豪華的生活，而且可以盡情地享受他的做夢的樂趣。

大家稱他爲沒有出息的人，可是他們忘了，世界上還不能沒有夢想家。大家稱他是個浪子，他浪費了上天給他的最寶貴的禮物，那就是無價之寶的時間。但是孫立還是做他的夢，他的大部分夢是關于愛情的。

他是命裏注定要證實他的夢的奇效，成爲中國許多出名的愛情人物中最出色的一個，雖然他自己並不知道。

他做了一名漁夫來消磨他的時光，他對魚是否上鈎並不關心，只是自得其樂地釣着魚，因爲這正好給他機會可以坐着做他那沒完沒了的夢，這夢他對誰也沒有説過，甚至連他自己都感到有些厭煩了。

他戴着他自己設計的太陽帽坐在海岸邊。這太陽帽像一隻倒扣的籃子，是用樹葉和草編成的，他總是静静地坐着，像一棵砍去了枝杈的樹，旁邊伸出一根長長的細枝，那就是他的釣竿。釣竿的一端有一根綫一直垂到海面的波浪，波浪拍打傾斜的海岸時發出優美柔和的歌聲。上鈎的魚很少，但是孫立並不在乎。他耐心地做着他的夢，他夢見天后專爲他創造了一個美麗的姑娘，帶了全世界的財富作爲嫁妝，這位天使下凡來與孫立結婚了。她將穿着亮麗的袍子，上面嵌滿了閃光的寶石。她的胳臂將像雪花一樣潔白，她的眼睛像活潑的星星，她的眉毛像夜間下垂的花瓣，黑得像小黑鳥的翅膀一樣；她的脚將似北京御花園裏蓮花池中的金色百合花；她的手將像受陽光親吻和撫慰而溶化的雪花。孫立夢見的女子是完美無瑕的。但是她始終沒有來。孫立對夢中的對象感到失望。但是他仍然做他的夢，他白天黑夜地做夢，在他稱之爲家的小土房裏和在他釣魚的海岸邊做夢，他的釣鈎懸在波浪的尖峰上，海水在低吟着。

決定命運的一天終於來了，這是下午太陽正在西下的時候。太陽邁着她的蝸牛步從東方經過天頂慢慢爬向西方。沒有魚上鈎，孫立并不在意，他夢中的姑娘也沒有帶着無窮無盡的愛情從仙境向他走來。孫立嘆了口氣，他打算在太陽完全落山、黑暗到來前回到他那凄凉的小屋去。

但這是一個決定命運的下午。

正當孫立要回家的時候，有一個動物從海洋深處升起，冲破了平静的海面。孫立一動不動地站着，驚異地看着。

升上來的是一隻大烏龜，只有頭部和帶鱗的頸部可以看到。這烏龜比孫立所見過的任何一隻烏龜都靈活。它并不完全升出水面，也不無目的地游來游去，它只是把頭和帶鱗片的脖子伸出水面，看着周圍漸漸消失的地平綫；從它的大小，孫立知道這是海洋深處的一個怪物。孫立一動也不動，他站在那裏看起來像一棵樹。烏龜沉下去了，微微地波浪開始從它下去的地方一圈一圈地向外擴散。

烏龜沉下去了，這種奇迹意味着什麼，孫立可能會猜到一些，只是從烏龜沉下去的這一事實，可以想到奇迹的核心人物在有意躲避他。他嘆了口氣，又打算回去。

但是他剛要起步，海面上又出現了旋渦。在靠近烏龜下沉的地方，從海里升起一根綠色的莖，像玉米秆似的，只是比那更粗。那綠色的莖越升越高，一直到高出海面像孫立一樣高。然後那莖開始展開，像一朵魔術花一樣地開放着。孫立看出那是一朵蓮花，孫立驚異得幾乎要喊出聲來。蓮花是爲皇帝、皇后、公主和貴婦們開的。她從不會在海洋的鹹水裏生長，而只能長在池塘裏，由忠心的僕人愛撫的手來照料的。

但它開着，像一朵魔術花，一朵夕陽下的花。金色的光芒照射着綠莖，使她顯得更亮麗；蓮花帶上來的水變成水珠落入海中，水珠被陽光照射着，閃耀着像寶石一樣，發出歡笑的白光。

最後，蓮花完全開放了，她的寬大的葉子静静地展開着，微微起伏，海面上的微波唱得更有情調，輕輕地拍打着夢想者孫立所坐着的海岸。

在專爲那雙小脚而展開的綠絨毯上，站着孫立夢中日夜思念的姑娘，她是從蓮花的中心跳出來的。孫立帶着驚异愛慕和崇敬的心情看着她，他的眼睛飽餐着這位姑娘的秀色，她是專爲讓他看而從深海里跳出來的。孫立仔細地把她從頭看到脚，那雙玲瓏的小脚真像站在蓮葉上的嬌嫩的百合花莖，他確認她正是他夢中的情人。

他没有動，因爲他心底裏有一個聲音在警告他：他夢中的姑娘是非常害羞的，如果他發出聲音，她可能從她升起的地方又回到深海里去。

然後孫立夢中的姑娘開始跳舞了。這不像他以前見過的舞蹈，她的每一個動作都像天使一樣優美。她的優美的舞姿使孫立想起來在古老的中國有一個故事，它是講一個偉大而善良的皇帝如何在睡夢中看到一群仙女在月宫裏跳舞；他想起了北河上的月光，想起了北方藍色湖面上的夕陽，想起了充滿迷霧和水花的濕潤空氣中的彩虹。

于是孫立説話了，説話破壞了咒符。

“你是從哪裏來的？”他氣喘吁吁地問，“你叫什麼名字？你是有血有肉的女子嗎？”

立刻好像有一個不顯形不發聲的指揮給出了一個信號，蓮花的葉子開始閉合了。在蓮葉完全閉合之前，孫立看到在蓮花的中心有一張像一朵白花一樣潔美的臉。她的眼睛像微笑的星星，恐懼地注視着孫立的眼睛。然後蓮花又一次變成了一根綠色的柱子，沉入海里消失了。孫立又悲傷，又失望，收起釣魚竿怏怏地回家了。他的耳朵聽到有人在對他耳語，這是一種無聲的耳語，但是他的心領會到這話的意思：

“明天黄昏我還要回來，”那耳語説道，“就在夕陽西下的時候，請你再到岸邊來，我要爲你跳舞。”孫立在他的破草墊上翻滚了一夜。他找到了他夢中的情人，但是不知道她是能呼吸的地球上的活人，還是幻境的神仙。

漫漫長夜過去後，白天也遲遲不走，孫立等着日落西山實在等得不耐煩了。當太陽落到西方的地平綫的時候，他把自己藏在沙子裏，一聲不發，只有呼吸使他身子略有起伏。這樣等着直到那大烏龜第二次起來，向四周窺探了一下，又再次沉入海裏。

于是又出現了綠色的柱子，展開的葉子和在蓮花毯上跳舞的他夢中的姑娘。她爲孫立跳舞，她的眼睛像微笑着的明亮的星星，沿着柔軟的海灘尋找孫立的踪迹。孫立輕輕地動了一下，動得那樣輕，惟恐驚嚇了她，使她像上一次日落時那樣，又回到海裏，只留給他一個空虛的夢。

"我愛你，"他輕輕地喊道。

"你看，我在爲你跳舞，"她回答道，"假如你愛我，孫立，那你就出來，讓我看看你有多漂亮。"

"我不會游泳，"孫立答道，"而我們之間又隔着這麼深的海洋。"

海裏出來的姑娘停止了跳舞，眼睛中充滿了困惑和思慮。

"你必須找到一條路到我這裏來，"最後她説。"看，"她用雪白的手臂指着，那胳臂的綫條如此優美，使孫立敬慕不已，"那裏就是我的城堡。讓遮擋你凡人眼睛的那層雲翳脱落吧，那樣你就能看見了!"

那層雲翳脱落了。水面一直伸展到對面的地平綫，孫立越過水面看到了那城堡，像是他另一個夢中的城堡，在夕輝的照射下，顯得又白又亮。這城堡有寶塔，有城墻，窗玻璃是閃光的寶石，門是用白木頭做的，白得可以與孫立夢中的姑娘的胳臂相比擬。

"那就是我的家，"她説，"我就住在那座宮殿裏。我是海龍王的女兒。我的父親不在家，他到玉帝那裏奏事去了。暫時我獨自住在家裏，只有幾個貼身的僕人陪伴着。你想法找一條路到我那裏去吧，去告訴我你對我的愛情。不過要提防那烏龜，它是我的守衛者!"

她又爲他跳了一會兒舞，使他有機會再欣賞一會兒她完美無比的舞姿。然後蓮花閉合了，又回到了她的海洋母親的懷抱，波浪從美麗姑娘下沉的地方往外一圈圈地擴展開來。

但是遠方地平綫處的龍王城堡被好幾里長的藍水所隔開。孫立不知道該怎麼辦。他向玉帝和土地爺祈禱，最後還是土地爺答復了他的祈禱。

他是這麼祈禱的：

"給我一對天使的翅膀，哪怕僅是短短的一刻，讓我能飛到對岸城堡裏的蓮花姑娘那裏。"

他祈禱了無數遍，但是沒有回音。他嘆息着，知道自己和他的夢中人離得這麼近，但是天、地和母親海却無法幫助他，他失望地掉轉身再次往回家的路上走。

這時候忽然有一位非常老的老人站在他旁邊，他好像是從岸邊的沙灘中升起的，雪白的長髮披在肩上，手中拿着一根帶節的手杖。這老人對着孫立的眼睛温和地微笑着，眼神中帶一點傷感。他非常莊嚴。

"我知道你，"老人說，"你是孫立，是一個喜歡做夢的人！你祈求要一對天使的翅膀，以便飛越這深深的海洋，它隔開了你和你心上人所住的宮殿。哦，孫立，聽着我的預言！天上的星象表明，你和蓮花姑娘有一天會成爲夫妻，你將享受歡樂，得到榮譽，一會兒……不過我不能全部告訴你，那樣會影響你充分地享受快樂。我不給你翅膀，但我把這手杖放到水面上就能變成一座橋，讓你鞋不需水地走到蓮花姑娘的城堡去！"孫立面對着老人可疑的預言，充滿信心，昂首闊步地走上了橋。

"爲了換取片刻的快樂，我願意舍棄我的生命，"孫立昂着頭喃喃地自言自語。

他回過頭來看岸上，老人已不見了。他沿着一望無際的海岸左右尋找那駝背而可敬的老人，但是沒有找到。他充滿了信心，回過身來繼續前進。當太陽落到西邊的地平綫下時，他進入了龍王的城堡，兩扇大白門在他身後關上，把他與他第一次遇到夢中姑娘的那個人與世隔絶了。

在龍王宮中的一間隱蔽的屋裏，孫立坐在蓮花姑娘的脚下。他用愛的音樂般的語言告訴她關于他的夢，以及她的到來如何使他夢想成真。她和藹地聽着，彎下身子來看着孫立的黑眼睛。她知道，他說的是從心底發出的真情。她壓抑着她的喜悦，無言地彎下身子用她雪白的手指去撫摸孫立的臉頰。

"我也有過我的夢，孫立，"她說，"因爲在這宮裏我是囚徒，我父親在家時，每天都監管着我，而我父親不在的時候，那烏龜衛士熱心地守護着我，正如你所見到的那樣。哦，這烏龜，它總是守着我！差不多在我第一次提出請求之後的一年，它才勉强同意我到你見到我的那個地方去跳舞；但還必須在日落之後，因爲那時候海灘上已没有俗人了。然而恰恰在那地方，我發現了你，孫立，一個愛我的人。"

她身子彎得更低，幾乎是用耳語説着她所要説的話。

"而且是我全心全意愛着的人。"

孫立抓住了那嬌嫩的手，輕輕地、虔誠地撫摸，生怕他的粗糙的手會在她的手上留下一些傷疤，他静静地倚在她的膝蓋上，因爲夢想成真使他思緒紛紛，以致于竟找不出一句話來表達他温暖的心情。

這是世界能給予他們的最大的歡樂！

突然一聲巨響震動了海龍王的城堡，宫殿在地基上摇擺，顫動。

"我父親回來了，"蓮花姑娘喘着氣説，"不能讓他發現你在這裏！但是等他走了以後你還要再來！那時候我再通知你，因爲我每個黄昏都要爲你跳舞，不過你要小心那烏龜，孫立！"

孫立由蓮花姑娘的一個親信的僕人護送着離開了城堡。他到達橋邊，跨上了橋，回頭看看，心裏充滿了失望。橋在他身後掩起來了，藍色的水一直伸展到地平綫，龍王的宫殿消失了，或者説他眼睛裏的那層雲翳又回來了。但是他還能聽到遠處滚滚的雷聲，橋在他脚下顫動。他急匆匆地往前走，他走得越快，身後的橋也卷得越快。

一個龐大的頭和頸在他身邊冲破水面伸出，他側過頭去看一下，原來是那隻守衛蓮花姑娘的大海龜。它眼睛裏充滿了威脅的眼神，冷冷地看着孫立，又仔細看看橋，看它如何在夢想者的身後卷起，然後那海龜頭又下沉了，在它下沉的地方，水面又出現一圈圈的旋渦。

孫立到達了岸上，他回過頭，擦擦眼睛，幾乎相信這一切僅是一場夢。他感到很悲哀，雖然他明天還能來，蓮花姑娘還會爲他跳舞。

在龍王宫裏，蓮花姑娘倔强地站在她父親面前。大海龜趴在龍王的脚下。

"但是他剛才是在這裏，就在這宮殿裏！"守衛者説。

蓮花姑娘憤怒得臉通紅，回答她父親道：

"是的，他是在這裏，單獨和我在一起。我愛他！他也愛我！我希望永遠和他在一起。"

"但是他是一個卑微的凡人！"龍王咆哮道，"你是一個神仙的孩子，你這個不懂事的孩子，你竟然要把愛情給一個凡人！"

蓮花姑娘不回答。她要説的話已經都説了。她就等着。

"把她帶走"，最後龍王説，"讓她到山上去牧羊！從此以後她再也不是我的女兒了！讓她去挨餓吧！用你最大的力量把她扔出海外。讓她變得和凡人一樣，并且永遠不許再回到龍王宮來。"

烏龜慢慢地向前爬去，抓住了蓮花姑娘，猛地一扔，把她扔出了宮殿。她在一個很遠的省份着陸了，離開孫立第一次見到她的宮殿不知道有多遠，她被一個善良的牧羊人收養了。牧羊人非常慶幸自己有這樣好的運氣，老天爺居然賜給他一個這麼美麗的牧羊女。他就讓她去照顧羊群。他們喝着酒，唱着歌，快樂地過日子。

就是因爲這樣，盡管孫立天天到海灘去，却再也見不到蓮花姑娘回來爲他跳舞。

孫立又悲傷，又失望，他想就此死去，但他還是抱着希望活下來了。孫立到北京去應試，考中了狀元，皇上給他很多錢財和很高的爵位，但都被他拒絕了。因爲思念那不再來的蓮花姑娘，他消瘦了。

土地神很憐憫這一對情侶。他找到了蓮花姑娘和她的羊群。他把這消息告訴孫立。孫立認出來他就是給他架橋使他夢想成真的那位老人。于是就仔細傾聽他的故事。這使他非常氣憤。

"我要找到龍王并殺了他！"他説。

土地神無法勸阻他。孫立走了兩個月，到達了海灘，在那裏他過去經常戴着草帽坐在玫瑰色的雲彩下做他美麗的夢。

他到處找龍王的城堡，但是找不到。海面平静如鏡，沒有一點波浪。他使勁地眨着眼，想把眼睛裏的那層雲翳弄掉。忽然那橋出現了，孫立踏上橋往前走。

他到達了城堡，并進去了。他與龍王鬥了一天一夜。但是龍王巨雷般的吼聲終于把孫立征服了。

"把他扔到海里去！"龍王命令烏龜。

烏龜把孫立扔到了海里，他變成了一條魚，一條悲哀的魚，他游來游去，游進和游出海藻叢，尋找着他所愛的人。有一次他來到了海岸邊，四處尋找，看到衣衫襤褸的蓮花姑娘站在那裏，望着城堡。她兩手伸向城堡，苦苦哀求，但是没有什麼信號表明她父親或那烏龜聽到了她的哀求。

孫立久久地守着蓮花姑娘，他不能説話了。太陽西下了，把天空染成一片金紅色。蓮花姑娘不再跳舞了，她在沙灘上用一把從宮中帶出來用以自衛的匕首結束了她自己的生命。她慢慢地倒下，静静地躺着。風起來了，輕輕地耳語着，孫立知道有什麼歡樂的事情就要發生了，于是他就在海面下游來游去，等待着。浪花越升越高，衝擊着蓮花姑娘屍體的衣服，直到把衣服剥落，使她全身裸露，于是她沉下水去了，那裏正是她第一次聽到孫立向她表達愛情的地方。她的凡人的軀殼脱離了她，孫立一直守在那裏等候奇迹的出現。在曾經覆蓋着蓮花姑娘優美的身軀的破衣服裏游出來一條紅得出奇的嬌小玲瓏的魚，她的眼睛像微笑的星星。這條魚一直向孫立游去，直到她的嘴觸到了他的嘴。然後這一對重新結合的情侣肩并肩地一起沉入到母親海的深處。

現在，在中國有一種傳説，説有一種魚看起來很像是兩條魚結合在一起的，這就是孫立和他夢中姑娘的後代，這些後代的愛情就像海灘上的沙子一樣永放光芒。

金　鶯

在陝西省的一個偏僻的庭院裏住着金鶯，她是她父親的許多孩子中最得寵的一個。父親吳昭年老體衰，但對他自己來說他并不怕死。命運待他不錯，因爲它給他帶來了金鶯。她是附近這些山村中最美麗的姑娘。

她應該有一個丈夫了，這樣，吳昭即使死也死得瞑目了。但是在整個陝西省，從哪裏能找到一個人來做金鶯的丈夫呢？吳昭對金鶯的鍾愛是常人無法理解的，連吳昭自己也説不清楚是爲什麼。他只知道她是他一塊最珍貴的美玉，他的最嬌嫩的蓓蕾，月亮中最華麗的花朵。

爲她選擇一個丈夫是一件艱巨的工作，因爲稍有疏忽就會給金鶯帶來不幸。爲自己最鍾愛的人帶來不幸，這簡直是一場灾難。于是他日日夜夜地坐在他的大花園裏想，把時間全消磨在那裏了。時間一小時一小時，一周一周，一月一月，一年一年地過去，他還沒有爲金鶯找到一個丈夫，全中國的人都知道，這位父親在爲自己的女兒選擇丈夫。

在陝西有許多家庭出身很好的男人，但是他們是否配得上舉世無雙的金鶯呢？吳昭不以爲然，還是沉浸在苦悶中。

到了該拿定主意的時候了，他把金鶯找到花園裏。她來了，一個嬌小的女孩子這麼快就變成一個成年女人了，在吳昭的思想裏，好像昨天，甚至幾個小時前她還是在阿媽懷抱中的嬰兒。他重新端詳了這隻長着金色羽毛的小鳥，用手擦擦自己的老眼睛。在他看來，她始終是美得出衆的。吳昭不敢相信她會是他身上的一塊肉，竟會如此美麗動人。

“你叫我嗎，父親？”

老人看看她，古銅色的滿是皺紋的臉上綻出了一絲微笑。如果那些認爲中國人沒有感情的看到了老吳昭的臉，他們也肯定會承認自己錯了。

“是我叫你來的，女兒，”他側着頭説，“你到了該結婚的年齡。”

金鶯雖然已經是一個成人了，看起來還像一個小孩。她略微有些吃驚。她知道這事情總有一天會發生的，現在這時間已經來到了，她有一些害怕。她知道爲女兒挑選丈夫是父親的責任。但是她不知道他挑的是什麼人，有些害怕。

"你願意怎樣就怎樣，父親，我聽你的。"

但是她心裏沉甸甸的，因爲她知道中國的婚姻習慣。她從來沒有想到過結婚，主要是因爲她懼怕結婚，并且抱着一些希望，最好通常的那種婚姻不要落到她的頭上。她心裏都明白。好管閑事的媒婆們談論着嫁妝的問題，老人們沒完沒了地談論着家庭的財富，談論着未來的新娘和新郎的事，好像新娘和新郎本身倒對即將到來的婚禮并不感興趣。金鶯知道家裏的僕人爲了滿足主人的餐桌的需要常常到早市上去買菜，和菜販子爭吵。她的阿媽也常告訴她關于在陝西市場上買賣馬匹的情況，買主和賣主無休止地爭論着馬的優點和缺點，長時間地討價還價。

如果她的婚姻也像傳統的習俗那樣安排，那這將和僕人爲買食物爭吵、馬販子在市場上討價還價一樣可憎。可是吳昭是一個守舊的官員，如果他破壞了舊的習俗，立刻會被斬首。

她心裏產生了一陣恐懼，甚至一絲怨恨，雖然她當時并沒有要背叛舊傳統和背叛恪守舊傳統的父親。舊傳統是不能改變的，它的忠實的信徒毫無疑問要執行它的規定。

結婚儀式那麼繁瑣，要經過長長的過程，直到最後新郎揭開紅綢蓋頭，第一次見到他的新娘。一想起這些，金鶯不禁顫栗起來。當新郎看到他的新婚妻子的容貌時，臉上會不會掠過一絲失望的陰影？或者他會很有禮貌地掩蓋起自己憤怒的情緒？

但是，他究竟是誰？這是最重要的！

她聽到自己再次對老吳昭説：

"不管你想怎樣，父親，我一定服從你！"

她發現自己有些不願意就這樣離開她的父親。她愛她的父親，但是她又怕他做出的決定。某種外在的力量使她勉強地開了口。

"但是，父親，"她輕輕地説，"要是我能自己選擇我的丈夫，那有多好！"

吳昭皺起眉頭。

"那是絕對不行的！"他説，"這不符合老規矩！如果我容許你破壞老規矩，我的朋友們都會起來責備我！就算我爲你選錯了丈夫，那也比我縱容你破壞舊規矩所犯的錯誤小。我的朋友常説，這種選擇即使帶來了不幸，我們都得承受！"

金鶯聽到她自己忠貞地説："是的，父親。"然後她離開了父親。

但是因爲她已經勇敢地説出了自己的思想，她發現自己仍念念不忘這個思想。要是一個年輕女子能自己選擇丈夫，那多好！這樣她就可以堅持很多條件：她選擇的男人必須長得英俊，他不會納妾，他對他的妻子要溫和體貼。

她離開了她父親，回到自己的庭院，心裏感到又苦惱，又害怕。從她能記憶起，這是她第一次命女僕退下，示意她要獨自散一會兒步。

她久久地站在彎彎曲曲的運河邊。河水輕輕地歌唱着流過吳昭的巨大的家業。在她父親的大花園裏，有許多紅色的拱橋作爲花園的點綴，她脚下的一座橋下有一隻小帆船，這是她父親爲了討他寶貝女兒的喜歡而專爲她建造的。

她從來沒有獨自駕過小船，但是這是絕對安全的，即使發生意外，也没有關係，因爲運河水很淺。她跨入小船向四周觀望了一下。她感到有一種强烈的願望要把小船劃出去，不停地劃，劃離這庭院，甚至劃入她只是聽説過的一個龐大的不可知的世界中去。

只要她能離開這裏，那麼關于婚姻、嫁妝、家庭財富的那些議論就都將結束，她也不必再爲了未來的丈夫是什麼樣而犯愁，不必擔心時間一到，她父親將給她選哪個富家子弟作爲她的丈夫。好在現在吳昭還没有急于要給她訂親。

但是金鶯還是懷疑。

這丈夫會不會是單琦？他是非常有錢的，但是聽説他把他的錢財都花在外城的那些歌女身上了。

會不會是勞森呢？他長着一臉的麻子，他的眼睛黑得使人想起了蛇的眼睛，她的女僕曾在花園裏殺死過這樣的蛇。

會不會是朱倫呢？他的脾氣暴躁極了，他是這樣的兇狠，他的許多僕人的背上都留下了他的鞭痕。他住在那大房子裏，還没有娶親，許多够格的女孩的父親都不願意把女兒嫁給他，怕他把妻子當僕人使喚，甚至讓她去侍候他的姨太太。

金鶯躺在那專爲她做的小船底下的軟墊上，看着微風輕拂着白綢做的帆，她感覺到她離開了河岸，沿着那閃光的彎彎曲曲的運河漂出去了。

船向前漂着，身後留下了珍珠般的波紋，其中有許多金魚在歡快地游來游去。她覺得自己好像一朵蓮花被風吹離了母體。

船漂蕩得很平穩。她把手放到凉爽的水中隨水漂流，睡意抹去了那些喋喋不休的媒婆和交易市場上中介人的形象，什麼都忘了，只留下一個夢，這個夢使她激動得心跳加快，雖然，在夢中她也知道這不過是一個夢。

她看見一個像她一樣年輕的美男子。他的聲音非常温柔，雖然她聽不清他講的話，但這聲音像手指撫摸着她發燒的臉頰。他的眼睛是玲瓏的，而且可以在夢中透過他的眼睛看到他的心。但是他顯然很窮，因爲他穿的衣服已經很破舊了，雖然衣服的料子是很好的。顯然這衣服是穿得太久了，可能這夢中人没有錢再買一件新的。

在夢中，金鶯對那男人說話，他也對她說話，雖然字句都不清楚，好像一首歌，字句都被優美的旋律掩蓋住了，她雖然一個字也抓不住，但她心裏明白它們的全部意思，這就是她爲什麼在夢中激動得心跳加速的原因。

一陣風把船吹得搖晃起來，金鶯張開眼睛，發現她只是做了一個夢，她皺着眉頭失望了。船依舊平穩地沿着運河的中心綫前進，好像有一雙看不見的手在掌舵。金鶯嘆了一口氣，竭力想再睡着，以便再看到剛才夢中的那些情景。

但是它不來了，那嗓音優美的男人，那温和的眼睛都躲避着她不再來了。

當她想着那聲音不會再來的時候，它居然真的來了，這使她非常吃驚。現在她知道這不是夢。

"我已經等了你很多次了，"那聲音輕輕地説，"希望總有一天你能到這裏來，并且或許能停留片刻和我説説話！"

金鶯像一隻走近了一條蛇的小鳥一樣驚恐，顫抖着，她看見他了！

差不多在同一時刻，在金鶯家裏，吳昭臉上的皺紋突然消失了，那是自從他聽到他最寵愛的女兒那幾句使他吃驚的話以後一直挂在他臉上的，此刻，代之而來的是一個精明的微笑，隨後變成一種無聲的大笑，驚喜使得他的大肚子一起一伏地鼓動。

雖然是舊禮教的奴隸，他還是鍾愛金鶯的。

"那完全是可能的，"他説，"那事情就這樣定了！"

但是他指的是什麼事，他却没有説。這是一個秘密，必須保守好，并享受它。如果他把這秘密告訴了他的朋友，他們將如何地議論他和勸阻他！

現在再來説花園裏的金鶯和那陌生男人。

"爲什麼？"她氣喘吁吁地説，"我只是做了一個夢……"

她非常困惑地停頓了一下，兩朵紅暈升起在她的雙頰——害羞的紅暈。

"你做了一個夢，"那人微笑着説，"恐怕是夢見我吧！那我可不敢奢望！這不可能，因爲你以前從未見過我，雖然我常常從這花園裏看到你。"

"你真有膽量，"金鶯情緒又恢復了，"假如我父親知道你到他花園裏來，他將送你去坐牢。"

"除非你告訴他，他是不會知道的。但是你在講你做了一個夢——夢見我？我想你是睡着了，因爲剛才當你在船中漂過的時候，我輕輕叫了你一聲，你没有回答我。我跟在你後面追你，又叫了你！你可能正在做夢。你的眼睛是睁着的，但是你似乎看不見你眼前的任何東西。這也許可以解釋你的夢吧？”

她原來以爲僅僅是個夢，現在夢中的人真的站在她面前，爲什麼她的心情又激動起來？她爲什麼願意繼續和這個完全陌生的人談話呢？何況從他服裝的破舊可以知道他是一個很窮的人。爲什麼她突然想用手指去觸摸他那看起來非常柔軟的臉頰？一個富家閨女有這種思想，多麼可恥！但是她并不覺得可恥。

她聽見她自己在問：“那麼爲什麼你守着我？爲什麼你和我説話？”

“我該告訴你真情嗎？”他問，“我可以嗎，就現在？因爲我很窮，你是富貴官員的女兒。如果我告訴了你，對你沒有什麼害處，而我將因爲把真情告訴了你而感到很快樂——我們以後不會再見面了。我的名字叫劉异。”

“我是吳昭的女兒金鶯！因爲我們以後不會再相見了，我希望你告訴我！”

他遲疑了足足有一分鐘。他的嘴唇無聲地嚅動着，好像現在有他説話的機會，他倒反而沒有勇氣了。

“我守了你好多天，好多次，我覺得我就是要和你説話，哪怕我將因爲魯莽而去坐牢。我要告訴你，你是我最鍾愛的女人！盡管我知道這是不可能的，我還是願意爲像你這樣的一位女子獻出自己的生命！我尊敬你，崇拜你，當我説我愛你的時候，我願意做任何事情來換取握一下你的手的權利，哪怕只是幾秒鐘。我這樣説着，我也知道這是不可能的，我知道，一直到死，我不會再見到你而和你説話了！”

“請！”金鶯説，“請繼續説下去！”

“還有什麼呢？”他聲音低得像耳語，“除非……”

他不再説下去了，但是金鶯知道他想説什麼。爲什麼這麼簡單的幾句話竟改變了金鶯所生活的那個世界——她所熟悉的那個庭院。那些帶着春天的花蕾的樹好像在喃喃地耳語，互相傳播着甜蜜的秘密。花的香氣忽然變得如此甜美。她覺得她以前從未意識到這個大花園是這樣的可愛。但是因爲她是誠實的，她自己承認了其中的道理。花園變得可愛、花的香氣變得更甜美而迷人，樹木的喃喃細語更加夢幻般的催人入睡，這一切都因爲有那陌生人說了話。她相信，如果他離去了，不再回來了，那麼這花園的迷人之處也將隨他而消失。

她聽到自己的話滾滾而出，連她自己也不明白是怎麼說出來的。

"你，在我夢中，"她結結巴巴地說，"就是我所要選的男人！我現在告訴你，因爲你要走了，并且不再回來了。我知道我愛你，我最大的願望是能用我的手掌撫摸一下你的臉。我知道你會永遠體貼、温存地想着我，如果……"

"是的，"她輕輕地說，"假如……"

她用耳語一般低的聲音，像花園中樹木的喃喃聲一樣小的聲音回答道：

"假如我們結婚了！"

"金鶯！最珍貴的美玉，"劉异說，"真是這樣的不可能嗎？當然是的！我非常窮……"

"但是我父親很有錢，我會有一大筆嫁妝……"

"我不要你的嫁妝，金鶯，因爲我有我的自尊心，而且將來有一天你會因此而恨我！"

"那我就拒絶嫁妝，"金鶯充滿熱情地說，"你到哪裏我就跟你到哪裏！因爲現在我知道……請吧，劉异，現在離開我……"

"永遠分離嗎？"

金鶯自己都感到吃驚，她聽到她自己回答。

"明天，"她說，"我要給你一封信！"我寫好後就把紙扔到墻外。你不就住在我隔壁的院子裏嗎？"

他點點頭，他的眼睛裏充滿了希望之光，看着金鶯。此刻金鶯已經忘記了她的白帆船，她跨上沿着運河的路上，急匆匆地奔向凉亭，劉异在後面看着她，眼睛閃閃發光；但是當他低頭看到自己的破衣服時，他悲哀地搖搖頭。

第二天早晨她又來了，信是連同從某棵樹上摘下的一隻蘋果一起包在金鶯的手帕裏以增加重量的。

第一封信是這樣説的：

"可能還有希望，因爲父親有一個計劃！我將告訴你我聽到的情況，而且或許……"

劉异把手帕緊貼在胸前，他必須再等一天才能知道那"或許"後面是什麽。

金鶯的心情興奮得不得了。吳昭的朋友也在陝西省内到處奔跑，因爲吳昭向他的朋友們透露了一些他對他最鍾愛的女兒金鶯説的話。他是這樣對金鶯説的：

"我已經做出了決定，"他説，"這是一個非常不尋常的決定；但是我不得不這樣做，因爲我是這樣地愛你，同時我也擔心我可能會找錯了人。我知道我的金鶯的心像金子一樣純，它不會把她指向錯誤的道路上。"

"真的嗎，父親？"

"我已經決定，"吳昭繼續説，而這時金鶯已顫抖得像一隻被人捉住的小鳥，"我不爲你選擇丈夫，你將自己選擇你的丈夫！"

"但是，父親，"金鶯喊起來，竭力抑制着她激動的心情，"所有的父親都爲自己的女兒選擇丈夫，我怕……"

吳昭微笑着命金鶯退下。不一會兒，另一個消息扔到在墙外等着的劉异手中。

"我有一個想法，"她説，"但這必須依靠你配合好！我將從十個符合條件的人中選擇我自己的丈夫！兩個月以後他們將會聚在我們庭院裏讓我選擇。我正在訂計劃，我將一步一步地告訴你。你注意聽着在陝西流傳的傳説，并且制訂好你的計劃。記着，我們未來的幸福決定于你的技術。以後我將每天從墙頭投給你一個消息，你必須在它落地之前抓住它，這一技術將決定我們未來的命運！"

多麽神秘！但是劉异信任并且愛金鶯，他的信任與愛與日俱增，直到將來有一天他想起她就心裏痛得發麻。但是他每天練習接信息的技術，直到非常熟練；在指定的日期到來之前，他給她回發了一封信，告訴她他已經連續十次接住了那載重的信息没有落地。但是即使在寫這信的時候，他仍然感到懷疑，迷惑不解。

但金鶯只是微笑，她的眼睛快樂地轉動着。

又過了兩天，三天，四天。于是金鶯告訴了她父親她打算怎樣進行。當她宣布她的計劃的時候，她的臉興奮得發紅。在吳昭看來，這計劃不錯，他聽着的時候，多次微笑，甚至于大笑。

"這是一個好計劃，女兒，"他告訴她，"這一定能成功。"

要執行這個計劃，要求每個合格的兒子的父親都對吳昭信任，因爲他是朝廷的大官，所以大家表示同意吳昭的意見，認爲這是一個好計劃，盡管每個人私下各有不同的想法。

試驗的日子定下了，家裏的裁縫師傅也開始忙碌起來了，令人興奮的消息一天比一天熱鬧地傳遍了陝西。許多人預言計劃要失敗，因爲它破壞了傳統的規矩；有些人預言計劃能成功，因爲老吳昭一生在朝廷工作從來没有做錯過事。

最後，金鶯要作出選擇的日子終于來到了。庭院還像往常一樣，周圍是吳昭家的房子，有僕人的宿舍、家庭的起居室，還有吳昭的姨太太們住的小房子。另外還有一個陽臺。

就是這個陽臺使金鶯産生了如何選擇她的丈夫的一系列思想，因爲在她的計劃中最重要的就是這個陽臺。

應老吳昭的邀請而來的有二十三個青年男子。吳昭坐在陽臺的椅子上，那些青年的父親分別在他的左右坐下。大家抽着烟，好像一群莊嚴的部落的族長。他們全穿着官服，因爲這是一個重要的場合。青年們也都穿着華貴的袍子，除了一個人是例外。二十二個青年全出身于高貴而富有的家庭，這使他們有資格去接受金鶯的纖手。誰都渴望得到她。計劃是這樣做的，當金鶯做好選擇後，那些没有被選上的也不會覺得自己被蔑視。二十二個人將要失望，但没有一個人會感到受歧視，金鶯做這計劃真是下了一番苦心。

他們在庭院裏陽臺下面排成隊，不久金鶯就將出現在陽臺上。他們華麗的衣服像萬紫千紅的花卉，可與水池子中閃閃發光的金魚媲美。他們都戴着高級官員的帽子，用珊瑚頂珠作標記。這是一個華麗的集體，這好像是一個向皇帝上重要奏摺的集體。

最後金鶯出現了，她因爲興奮而心跳得很快，臉紅得像兩朵玫瑰花。底下一群男青年仰頭看着吳昭的美麗的女兒，呼吸都變得嚴肅起來。即使是那些老人，下面的青年們的父親，也激動得坐不住了，甚至有幾個暗自盼望能找回自己的青春，以便能站到他們兒子的隊伍裏去。

他們等待着，緊張得屏住了呼吸，而金鶯張大着明亮的眼睛專心地從一張臉找到另一張臉，要在這一群人中找到劉异。他能來嗎？他能掌握好嗎？就這樣，她一張臉一張臉地找，最後她看到了在人群中有一張最漂亮的臉仰望着，她的心跳停止了一兩下，因爲這正是劉异。他的臉光彩奪目，在人群中就像是一顆明珠夾在一堆鵝卵石中，實際上那些鵝卵石也不是尋常的鵝卵石。她宣布了她的計劃。

這看起來是一個大膽的行動，正因爲如此，它使這一大群人，包括兒子們的父親，都激動起來。

"我手裏有一個絲綉球，"她輕輕地說，即使是她的聲音也在底下肩并肩站着的人群中引起了一絲波紋，好像是無聲的歡呼。"這是用最好的絲綢做成的，因爲這是一個標記！你們看，當我轉動它的時候，它的顏色變化無窮。它在陽光下金光閃爍，就像是我的金魚的背脊！這是非常可愛的，因爲它是一個標記。它代表着金鶯的心！現在我就要把它扔到你們的中間，誰要是抓住了它，就……"

但是她覺得不能再說下去了。畢竟一個沒有結婚的姑娘，不能在這麼多男人面前表現那麼大膽。能被選中的只有一個，而讓那些沒有被選中的人聽到她厚着臉皮說那些不文雅的不像一個女孩子應該說的話，那多麼不好。但是他們都明白她要說什麼，他們的心劇烈地跳動，渴望得到她，因爲她是害羞不好意思把全部話說出來，那就是：誰抓到那球就將成爲她的丈夫！

那個英俊的男人仰着頭望着她，他的袍子過去曾經是很華麗的，如今已變得破舊不堪，他的嘴微微張着，好像要把她的每一個字都吞進去，他的眼睛裏表現出挑戰的神色。他看起來是這樣的强大，這樣的自信。

金鶯舉起球，用她纖小柔嫩的手指轉動着它。他們看着它在陽光下顯得光輝燦爛。一秒鐘內，這球就要落在他們中間，哪個男青年抓到了它，就會成爲這個美麗的、像娃娃一樣的小傢伙的丈夫。金鶯站在陽臺上就像一位正要做出宣判的小法官。

當然，每個男人都在想一定是他能抓住這個代表金鶯的心的球。坐在陽臺上的每一位父親，都在暗暗祝願他的兒子是個幸運者。但是誰也沒有注意到那裏少了一位父親。穿破舊衣服的男人的父親早已死去。

金鶯拿着球等了好久，大家都屛住了呼吸，一動也不敢動，惟恐失去了機會。然後，那球，亮得像太陽中的一團火，飛越過陽臺的圍欄，落下來了。

出乎大家的意料之外，金鶯把那閃光的絲綢球投向了那個穿破衣服的英俊男子。

劉异熟練地接住了球，就像他過去練習接金鶯的信那樣，并對他的未婚妻深深鞠了一個躬。

當那些年輕人和他們的父親離開吳昭的庭院很久後，吳昭還坐在那裏，他臉上的皺紋舒展了，肚子因爲高興而上下起伏着。

"真是的，"他自言自語地説，"這孩子真是我的女兒！這兩個孩子的主意是多麼好！在這些年輕的兒子和他們的父親中沒有人注意到有一個人沒有父親！"這是一個奇妙的秘密——其實也不是什麼秘密。劉异和金鶯非常聰明，他們懂得很多事情，但是他們都沒有認識到，在中國是沒有秘密可言的，吳昭的庭院裏有許多僕人，他們的眼睛、耳朵什麼都能看到，聽到！他們的舌頭使得主人家再也沒有秘密可守！

吳昭又一次從心底發出大笑，而且久久地笑。

金 铃

　　北風唱着寒冷的歌吹過張虎的"囚室"。張虎是個有進取心的書生。寒風帶來了死亡的信息，因爲嚴冬即將來臨。窗上没有窗紙，室内没有爐火來驅散寒氣。在一張破舊的桌子上，有一盞用棉芯做成的油燈，此外還有一張硬板凳，這些就是這間屋裏的全部家具了。刺骨的寒氣和油燈發出的冷光殘害着張虎那雙因集中精力讀書而眯成一條綫的眼睛。胸懷大志的張虎把他的破棉袍裹裹緊，把頸子縮在他聳起的兩肩之間，更加專心地埋頭于那些又重又厚的大書裏，爲了實現他偉大的夢想，他必須把這些書牢牢地記在心裏。他專心閲讀，努力忘掉寒冷與飢餓。

　　張虎的囚室位于强大的中華帝國首都很遠很遠的内地的一個小村莊裏。説它是囚室，是因爲學生必須使自己與世隔絶，而他雄心勃勃的眼睛却望着遠處宮城的大門。

　　這個小村莊是一個寂静而陰森森的地方。周圍有一大群樣子差不多的農家小土房。其中有一座土房比其餘的都大，裏面温暖而舒適，因爲這是乞丐王的住宅。乞丐王的收入很可觀，所以他可以用稻草蓋房頂，室内可以燒木柴取暖。

　　乞丐王有一個女兒叫金鈴，她是這些小土房裏的有名美女中最美的一個。但是她是乞丐的女兒，世界上没有什麽東西能改變這一嚴肅的事實。她一生都將是一個乞丐的女兒，盡管是一個乞丐王，他還不如富裕人或當官的人脚下的灰塵。

　　乞丐王是大家推舉出來的。他和别的乞丐不同，他不必到大街小巷去行乞。他手下有很大一群乞丐，行乞的事他讓他們去幹，他則每天從每個乞丐那裏獲得一個銅板。這一個銅板就算他保護乞丐們的酬勞，因爲他的話在地方官員、士兵和親王那裏都能起作用。

金鈴渴望尋找愛情，可是她是乞丐王的女兒。寒風呼嘯着繞過土屋。金鈴的胖爸爸望着取暖的火堆喃喃地欣賞着自己的享受。金鈴嘆了一口氣。她的父親聽到了她的嘆息。

"你又在發呆了！"她父親喊叫着。"爲什麼你對于我所給你的一切還不滿足？我們有火，而別人沒有，我們有飯吃，我們有禦寒的窗戶紙。在中國有成千上萬的人什麼都沒有，甚至在他們的頭頂上都沒有屋頂！而你還要嘆息，還要妄想。去買些燒火的木柴來，也許戶外的冷氣能使你認識到你的生活是多麼美好！"

金鈴裹裹衣服，高興地逃離了乞丐王的舒適的家。在她看來，這個家比最貧困的家都不如，因爲這裏沒有愛情，只有乞丐王的沒完沒了的牢騷。他的長着長指甲的手不時地一開一合，好像下意識地在數着第二天他的手下交到他貪婪的手裏的銅元。狂風怒號，像飄蕩着的幽魂似的尖叫着，使金鈴玫瑰色的臉更紅了，她把她的棉外衣裹得更緊，那衣服是用她父親手下人的銅元買的。她艱難地，搖搖晃晃地走着，像一株風中的百合花，因爲她的腳是纏過的，骨頭已經受傷。這是她父親在她無比的美麗中增添的一個遺憾。金鈴在嚴寒的黑暗中向着村裏的小路走去。在路的遠端住着另一個胖人，他是賣木柴的，他的價錢是如此之高，只有乞丐王才買得起，而勤奮閱讀古經書的窮書生只能對之垂涎，只能把他們的破棉袍裹裹緊來禦寒。

金鈴停住了，身子在她纏過的小腳上搖晃。通過黑暗，她看到一絲閃爍的燈光，這好像是一個信號，因爲金鈴渴望得到愛情。這是村中惟一的亮光，因爲所有的窗戶都關閉着，光綫只能昏暗地透過窗紙，村里人都用窗紙代替玻璃。再則，因爲時間已經很晚了，村子進入了沉睡。只有那胖木柴商還醒着，他緊裹着他的好幾層外衣，他沒有點火，因爲他要省下木柴來賣錢。他會醒着，豎起耳朵聽走近的腳步聲，聽叩門的篤篤聲，這意味着他豐滿的錢箱裏的銅錢又要增加了。這個金鈴知道。但這種閃光與平時不同，這是黑暗中的一種信號。金鈴的心在她小小的胸腔中激烈地跳動着。作爲一個有教養有理智的少女，她遲疑了很久。

然後她搖晃着身子，把緋紅的臉轉向那引誘她的信號。

在囚室裏，張虎把他的破棉袍裹得更緊，他的眼睛幾乎粘貼在那巨册古經書的最後一頁上。那無情的囚徒般的生活即將結束。不久他就要去應考。那以後，帝國的京城北京、財富、聲譽和俸禄將源源而來。

"你不冷嗎？"

張虎吃驚地抬起頭來看。

在他那沒有窗户紙的囚室窗框中，有一張俊俏的小臉，有明亮的眼睛，像小鳥翅膀般的黑睫毛，還有一張像某種高貴花朵的紅花瓣似的嘴唇，前額可能是一位藝術家的手雕塑出來的。這是張虎所見到過的小女子中最漂亮的一個。

張虎因爲學習被打斷了，稍稍皺了一下眉頭，他又顫抖了，因爲這使他又想起他的貧窮，沒有取暖的柴木，窗户上沒有抵禦寒氣的窗紙。

"是的，"他最後説，"我很冷。沒有錢真是不舒服。"

"那麼你很窮嗎？"金鈴問。

她的心在狂跳。按照古代文明，一個小姑娘有這種行爲是不對的。這個人雖然窮，却很偉大，他的方言説得這麽好，他能讀大本大本的書，他對于像我這樣一個不拘謹的女孩子會怎樣看待呢？"

"我很窮，"張虎回答，"但是不要多久我就不會窮了！我已經完成了我的學業，不久我就要去應考，我會很容易地考上的，因爲我學習很勤奮，并且精通了所有的科目。"

真是一個偉大的人！而且長得也俊。小金鈴的心在胸腔裏猛跳，好像一隻帶翅膀的鳥正在挣扎着要逃出牢籠。金鈴不知道這位偉大而英俊的人能不能看到她狂跳着的心。但是，除了她使他停止學習，使他在座位上不耐煩地晃着身子外，這個偉大的人似乎一點也沒有注意她。她對自己的魯莽感到吃驚，但是她内心裏有一種力量在驅動她，使她要挣脱舊禮教的束縛，于是她離開了窗户，繞過張虎囚室的墙角，打開格格作響的門上的插銷，就進入了這個胸懷大志的書生的住所，一間凄凉而狹小的房間。他被她華麗的服飾驚呆了。他雖然是個書生，但他是與世隔絕的，他的雄心壯志使他埋頭苦讀而忘掉了現實事物。金鈴把他帶回了現實，使他的眼睛看着她的眼睛。他們互相對視了很久，直到張虎忘掉了他的經書，只注意到這個絕頂美麗的小姑娘，她是冒着寒風和黑暗到他這裏來的，注意到她的起伏着的胸脯，并且知道奇迹發生了——這個奇迹是由他引起的，但是却絲毫沒有打動他的心。貧窮、寒冷和飢餓培育不出愛情。雄心壯志，是的，雄心壯志能引導人走出地獄，而浪漫只能引人走向末路。但是張虎知道奇迹會給他什麼，他繼承了全人類所具有的虛榮心，所以他不想讓小姑娘知道他的情感，因爲她畢竟是個女人。

“我是金鈴，”她簡短地説。

“我是張虎，是學習經史的書生。”

金鈴微微地行了個禮。她走到張虎的背後站着，從他的肩頭看過去，看到那打開着的經書，對那上面張牙舞爪的漢字金鈴是一無所知，因爲那是另一種神秘的奇迹。她看着，知道這個男人張虎能懂得這些奇怪的文字，她再次從心裏敬佩他的偉大。她的小手就像撲火的燈蛾似的在他的肩頭很快地摸了一下。張虎看看從他肩頭落下的雪白的手，又抬頭看看她的小臉。

“我是乞丐王的女兒！”她挑釁似的説。

張虎發呆了。金鈴體會到了這種突然表現厭惡的變化。知道了這原因後，她忍住了一個少女所難以控制的嗚咽，扭動着小腳，蹣跚地衝到破門邊，朝黑暗中跑去了。張虎無意識地嘆了一口氣，又把注意力集中到他的經書上。狂風在他的囚室外咆哮。門在門框裏格格作響。張虎又緊了緊棉袍，動了動兩隻腳以便能稍稍暖和一些。張虎抬頭看看那寒冷的窗戶，周圍都結了霜，除了周邊的霜外，窗戶是空的，冷風呼嘯着從那裏吹進來。張虎無奈地搖了搖頭，又轉向他心愛的經書上了。

過了很長一段時間，門又打開了，沒有事先打招呼，只見一個胖傢伙大踏步闖進那昏暗的棉芯燈的光圈裏。

“我是乞丐王，”胖男人免除了習慣上的客套直截了當地説，“我的女兒金鈴曾單獨和你在這屋裏待過！你必須娶她，以免敗壞了我家的名聲!"

"但是,"張虎驚駭地説,"她是自己來的,我沒有叫她來,也不知道她在這裏,直到她進了屋我才知道!另外,我根本不認識她!"

乞丐王的圓臉上毫無表情。

"你不久就要去北京應考,是嗎?"

張虎點點頭,不知道他爲什麼要這樣問。

"我是乞丐王,我的話在當地的大小官員和親王中都能起作用。我的一句話……"

張虎呻吟着,兩手抱着頭沉思着。金鈴會帶來一大筆嫁妝,而張虎很窮。在北京人家不會知道她是乞丐王的女兒。不,他們能知道,他們都能知道。到北京去漫長的旅途需要很多錢。胖男人爲了把他漂亮的女兒嫁出去,爲了照顧好她,準備付出一大筆錢。他一言不發,耐心地等待着。經過很長一段時間,張虎把頭從兩掌間抬了起來。

"我願意娶你的女兒。"他説。

于是……

他們結婚了。金鈴找到了愛情。她尊敬張虎,張虎寬容金鈴。他不能忘記她是乞丐王的女兒。她很美,迷人的美,并且給她丈夫帶來一大筆嫁妝,但她終究是乞丐王的女兒。張虎不能忘記這個嚴肅而無可懷疑的事實。

張虎帶着他的嬌妻到了北京。他以優异的成績通過了考試,并且被委派到天津當直隸省的臬臺。金鈴和他一起去。他們是坐船去的,還有小炮艇護送。金鈴穿着能用金錢買到的最貴重的服裝,盡管她以前是,而且以後也永遠是乞丐王的女兒,但她又是臬臺夫人。

在張虎的隨從中,有一個張虎的朋友,是他在北京結識的。張虎對他很信任,并出于友誼,準備給他一個官職。他們兩人常在一起。金鈴則總在後艙做一個賢慧的妻子。張虎的新朋友總在張虎耳邊吹風,認爲一個新任臬臺娶一個乞丐王的女兒不符合官場習俗。

已經很晚了。什麼聲音也沒有,只有北河的泥水旋渦拍擊着張虎的富麗堂皇的船壁發出的聲音，夾雜着船夫們的壓抑的號子聲。金鈴坐在張虎的脚下，張虎一言不發，只是静静地抽着烟，他正在沉思，在思考跟隨他去天津的朋友對他説的話。

"你不高興嗎，張虎?"金鈴輕輕地問。

張虎不耐煩地挪動了一下身子。

"不，我很快樂，因爲我現在金錢和地位都有了。"

"但是，你還是不快活，"金鈴堅持説，"是不是因爲你的妻子是乞丐王的女兒?"

張虎聳了聳肩，仍然保持沉默，但他心裏正想用震天的雷聲喊出他的思想和主張。金鈴因爲愛他，能看到他所有的優點和英俊的儀表，她知道他在撒謊。她也知道他希望遺棄她。她也知道，雖然她離開他能使他快樂，但離開他是不可能的，因爲她愛他。無數次，當天邊的月亮發出神秘的光芒照在北河河面時，她抬起憂傷的眼睛望着月亮。最後，過了很長時間，她站起來，摇摇晃晃地邁開她纏過的小脚，幾步走到張虎的背後。

"你不愛我了，張虎，"她傷感地説，"但是你……我將永遠愛你!不要趕我走，總有一天我會使你愛我，像我愛你一樣。"

金鈴再次忘記了禮教的規定，那是不容許表達愛情的。她把雙臂圍在張虎的脖子上，把自己的身體緊靠在他寬大的背上，把她親愛的人緊緊抱住。她的手落在張虎富麗的錦袍上，像魔術花嬌嫩的花瓣。張虎低頭看着這雙手，但是對他來説，這不再是一雙漂亮的手了，因爲，盡管她很漂亮，但那是屬于一個出身低微的婦人的。

突然張虎身子猛地一歪，把金鈴甩開了，站起來謾駡她，侮辱她，并伸出雙手抓住她摇晃的身子。金鈴雖然看到愛情的堡壘已經崩潰，但不甘心，還試圖用她脆弱的手去挽救，她努力抱住張虎，他又竭力摔開她。她盡了全力，但是對于這樣一位立即要擔任臬臺的張虎，她是無能爲力的。就這樣他們在船圍欄邊推推搡搡。張虎不停地把金鈴推開。誰也沒有關心推搡的吵鬧聲。幹活的苦力更沒有注意到這些，因爲他們只是苦力，不應當過問主人的事情。

金鈴搖晃着的身子被推離張虎，向着低矮的圍欄蹣跚地退過去。張虎明明看到她正在朝下跌倒却不去拉住她。她撞到圍欄上，兩臂仍向張虎張開着，她在那裏停了片刻，就無聲無息地翻進了污濁的北河。等了很久，張虎走近圍欄看着，又等了很久很久，河面上沒有聲音，也没有東西擾動旋渦，張虎還在等待。

然後他轉身離開圍欄，高聲喊着，聲音裏似乎充滿了悲傷。

"快！"他喊道，"停船，回去尋找，夫人掉進河裏去了——是不小心掉下去的！"

船停下了，掉轉了船頭。護送隊裏的其他許多小船也都盡力地幫助救援。他們花了一個小時在河面上搜索。

但是不見金鈴，這張虎也知道搜索不會有什麼結果，因爲他的呼救發得太遲太遲了。

但是這個至死戀着張虎的金鈴并沒有死，雖然她差一點就要死了。在另一個船隊裏有一艘非常重要的船，這是屬于直隸省總督的。金鈴長得這樣秀麗，北河的水捨不得接受她，便使她漂到總督的船邊。一雙强有力的手伸到河裏把她拉起來，并且帶她去見總督。總督默默地看了她一會兒，便命人去請夫人來。這位夫人雖然沒有給他生一個續香火的孩子，但是他還是很敬愛她。

"孩子，你爲什麼要自殺？"總督平静地問道。

金鈴垂下了她的頭。

"你從哪裏來？"他又問。

金鈴還是不回答。

"你的父母是誰？"又是一個問題。

金鈴搖搖頭。

"你沒有父母，"總督和善地說。他停頓着尋思了一下。"我們沒有孩子，你願意做我們的女兒嗎？我是直隸總督！"

這是很值得自豪的。做一省的總督是極大的光榮。

金鈴猶豫了一下。她非常聰明，做一省總督的女兒！那個拋棄了她而不把她從北河裏救起來的張虎只是一個臬臺，他的官職比總督低多了。金鈴想起自己的前途，就點頭表示同意。總督夫人照顧着她，讓她擦乾身子，然後一群忠心的僕人靈巧的手幫她穿上一套非常華貴的服裝。當船隊到達天津的時候，她正式成了總督的女兒。

遠在到達天津前，她就告訴了她的義父母關于她的故事，提到張虎因爲她是乞丐王的女兒而拋棄了她，并且承認她現在還愛着他，只要他要她，她還是願意到他那兒去。

總督把這件事慎重地考慮了一下，他的想法對誰也沒有説，特別是張虎。而張虎一到天津就當了臬臺，享盡了榮譽，這些都沒有被一個他討厭的出身低微的女人所影響。當他的權力、名望和財富都增大後，他就開始注意着周圍的一切，希望找到一個適合于他的新世界。他常常到總督府去，在那裏他當然看不到任何女人，因爲舊禮教規定一家的女人都不能在家裏接待的客人前拋頭露面。

張虎，心安理得地，已經忘掉了金鈴，除了偶爾在夢中見到她，使他睡得很不安穩，説着夢話。有時醒來後他就遷怒于厨師，怪他飯菜做得不好害得他做噩夢。

事有湊巧，張虎的那個朋友被總督選中了當媒人。可能總督是個很幽默的人。也可能命運之神在插手這事。總之，事實就是這樣，張虎的朋友被選爲媒人，他肩負着這個使命就去找張虎。

"張虎，你沒有妻子吧？"媒人開始説。

張虎一下愣住了。他的話是什麼意思呢？不就是這個朋友曾經慫恿他趕走金鈴嗎？難道在這種時候，當金鈴已沉睡在北河的泥沙裏而漸漸被人遺忘的時候，他要來追查金鈴死因的情況嗎？張虎等待着。這朋友和他關係一直不錯。這問題的背後可能還有些什麼事情。

"我沒有妻子，這是你知道的，"最後張虎回答。

"總督要我來問問你結過婚沒有，"張虎的朋友接着説，"我替你回答了。我告訴他你從來沒有結過婚。他要你親自説以確保我的話是真實的。"

"但是，他爲什麼要問呢?"張虎等了一會兒説。

"總督有一個待嫁的女兒，張虎。"媒人説。

"他看中了你，希望你娶他的女兒。"

張虎又快樂又激動，這是他遠遠不敢奢望的。他不知道總督有個女兒，從來不敢奢望有這樣的好運。這真是多麽的幸運，没有金鈴來干擾他高攀。在他沿着名譽和富貴的道路上前進的時候，他第三次抓住了機遇。雖然這樣，他想最好還是不要太匆忙答應。他遲疑了没有多久，而他的朋友是知道關于金鈴的故事的，知道她的靈魂不會再回來阻礙這椿婚姻，于是他向總督回報説張虎願意娶他的女兒。總督嚴肅地點點頭。媒人回來告訴張虎説總督很高興。于是選定了舉行婚禮的日子。

總督把這事告訴了他的女兒。

"你還愛這個男人嗎?"他問。

"是的，"金鈴輕輕地説，"但是他曾那樣無恥地對待我。我也要讓他受些苦，就像他使我受苦一樣。他曾經在這間屋子裏，當你問他是否結過婚，我親耳聽到他否認。他又通過媒人竟公然否認結過婚。是的，我要他，但我要讓他在痛苦和磨難中得到我。"

聰明的老總督又去仔細研究這件事了。

"喔——"他最後説，"我們等着瞧吧，我們肯定有好戲看!"

婚期越來越近，許多人都在熱烈興奮地等待着。張虎興奮得發抖，因爲這是一個比他所能想象到的更大的榮譽。金鈴也非常興奮，就像她的親生父親乞丐王從張虎的囚室回來告訴她張虎願意娶她時一樣興奮。張虎的那位朋友也非常興奮，因爲他是個天生的寄生蟲，他以爲通過這對新人的結合，他會得到一筆可觀的酬金，因爲他是張虎的朋友。總督也高興，覺得很有趣，因爲他那長指甲的手指操縱了命運之神的綫，使他正在編織一幕鬧劇。如果用金鈴的影子來折磨張虎，没有一個人，甚至張虎的寄生朋友也不會知道。金鈴已經死了，被人遺忘了，張虎就要與總督的女兒結婚。在榮譽的臺階上，張虎可能爬到最高層。張虎是有野心的，他一天比一天更自私了。

婚禮安排好了。新郎不會看到新娘，一直要等到婚禮進行到那一步，新郎新娘一起坐在新床的床沿上，然後按照習俗，新郎俯身靠近新娘，揭開那紅色的綢面紗，那是遮蓋新娘俊俏或醜陋的面孔的。張虎一點不擔憂。總督的女兒一定很漂亮。有一大批嫁妝，女人又是總督的女兒，有這兩條就可以補償任何容貌上的缺陷。

日子一天天過去，舉行婚禮的時刻到了。

新娘被送到她丈夫家，跟隨她去的有一大群僕人。張虎是知道全部繁瑣的結婚儀式的，他注意到每個僕人都帶了一根柳條，有女人的手指頭那麼粗——有金鈴的中指那麼粗。但他不願去想到金鈴。她已經死了。她從來沒有真正存在過。張虎就要和總督的女兒結婚了。

他們把新娘帶到他那裏，新郎新娘坐在新床邊上。張虎看到他壓住了新娘的一部分衣服，他笑了。舊的傳統，舊的婚禮，在新床邊下坐，揭蓋頭。張虎要當一家之主了，因爲一起坐下的時候，他讓不露面的新娘先坐，這樣他坐下的時候就能壓住她的袍子邊緣，這就象徵着他能主宰這個家。

張虎完全忘記了金鈴，此刻快樂得直發抖。他滿意新娘的嬌美。他懷着狂熱的激動等待着她說話，即使她還沒有說話，他相信她的嗓子一定像水流過潔白的鵝卵石時發出的聲音一樣好聽。但是她不說話，她等着。張虎注意到她的胸部一起一伏。新娘也是十分激動。

"你的美貌就像白百合花一樣，"他開始說了。

新娘回答的聲音深深地攪動了張虎的心。這完全像他預料的那樣。這聲音像小金鈴的丁噹聲。他不安地擺動了一下。金鈴……

金鈴已不在了，爲什麼還要想到她？

"你沒有別的妻子嗎？"那聲音說。

"沒有，"張虎回答，"我到過許多地方，但是還沒有遇到值得我愛的人，一直到你的來臨。在你以後，我再也不會愛別人了。你的美貌就像百合花一樣幽雅。月亮在你面前遜色，因爲你的光芒勝過了她。花兒在你面前低頭，知道她們不如你美麗……"

"你會永遠愛我，珍惜我嗎，張虎?"

張虎行着禮答道，只要他活着，就要對她盡忠，没有一個人能取代美麗的總督女兒。新娘的胸脯還在起伏着。張虎迫不及待地舉起手要去掀開那蓋着他妻子美麗面孔的蓋頭。一個女人用勝過寶石的甜美的聲音喊道：

"打他!"

張虎心中充滿了恐懼。當重新注意到新娘的聲音他身子縮成了一團。僕人們撲向他，一起用柳條抽打他，直到他哭喊求饒。他們抽打着一直到他趴在地上請求寬恕。他的新娘坐在床沿上一動不動地看着這整個過程。圍看的人中也没有人出來阻止僕人的鞭打，一直打到張虎身上的每一根骨頭、每一塊肌肉都喊出了求救聲。還是他的新娘用一聲同情的喊叫，用百合花一樣美麗的手打了一個手勢才制止了僕人的鞭打。

張虎迷惑了，他不知道他娶了個什麼樣的妻子。他舉起顫抖的手掀開了蓋在新娘頭上的那塊遮蓋美貌和醜陋的蓋頭。

梅娘的舞巾

　　明皇坐在一群妻妾中間在看梅娘跳舞。這個美麗的小女子一直在他思念中，直到昨天，一位久居在蒙古的、有一年未見面的藩王公子來朝貢爲止。

　　那一年勞王子結婚了，他的妻子玉環長得非常漂亮。

　　明皇，東方最年輕的皇帝，也是天朝最美麗的男子，是一位品評美女的行家，到昨天爲止，他思想全集中在嬌美的梅娘身上。

　　他看着她，她在皇帝的御座下舞着，其他妻妾則保持沉默。讓皇帝的寵妾陪皇帝作樂。梅娘……啊，梅娘，有一年了，是皇帝心中的驕傲，是他生命中的光輝，是國家的一塊寶玉；至于其他的妻妾，即使她們還有姿色，但是在梅娘面前，她們就得退得遠遠的。

　　她踩着輕盈的步子揮舞着舞巾跳着。在全中國，沒有一個舞蹈家的技藝能比得上她的一半。她的小脚可以放進一隻小茶杯，像白百合花一樣在光亮如鏡的地板上閃光。那雙脚，像用雪白的石膏雕塑的藝術品，使明皇看了賞心悦目。

　　梅娘在御座前舞着，整個皇宮内沒有一個人的舞姿有她那麼柔軟和靈活。不管她怎麼轉，她的眼睛始終不離開明皇。因爲她是他寵愛的人，并且她愛他，比任何一個女人都愛他。他只是按照習俗把她作爲妾，但是她贏得了他的心，同時她也把她的心給了他。

　　她跳舞的時候，她的眼睛告訴了他這些。又大又黑的眼睛像海一樣深。皇上説過，她的眼睛像杏子；她的嘴唇像剛熟的櫻桃；頭髮像雨後烏鴉的翅膀，臉和身體像白玉。梅娘，明皇的寵妾。其他的妻妾和明皇一起看梅娘跳舞，只是因爲明皇想讓她作爲她們的榜樣。

　　"變得像梅娘一樣美麗吧，"也許他要説，但是沒有説，因爲他相信榜樣的作用會更大，"跳得像她一樣好吧，也許——誰知道呢？——你也會變成明皇陛下的寵兒。"

哦，那些妻妾們都知道。但是還有一些事情她們是不知道的，甚至連梅娘都不知道，因爲這些事是深深地藏在皇帝的心裏，并且困擾着他。

他見過玉環，并且從此以後她的形象再也沒法從他心中抹掉。而她又是皇室一位王子的妻子。無疑地，皇帝陷入了沉思，因爲身爲皇帝，也不能爲所欲爲呀！

一個婦女的品評家。

梅娘把手放在頭的上方，利用了美少女的全部魅力在空中擺出優美的舞姿以博取皇帝的歡心。她在御座前搖擺着身子，踏着舞步。她的舞蹈總是使得皇帝很高興，她也因爲從他的眼神中看出他鍾愛她而心裏喜歡。但是今天，她的心像被刺了一下，因爲他那沉思的眼睛使她感到迷惑。

但是她跳得更賣力了，擺出比過去任何時候都要優美的新舞姿，這種舞姿要是被一位油畫家看見了，他一定會把它畫下來永遠留給別的男人欣賞。

苗條的身材，嬌嫩得像桃花，靈活得像……像……只有梅娘能做到。

她的舞蹈達到了高潮，她用明皇送給她的華麗的舞巾一圈一圈地裹上身體，那舞巾完全能配得上她的美麗。舞巾緊緊地纏在她身上，顯示了她身體優美的綫條，更增添了她的魅力，這種形象只有明皇和他的妻妾們敢看。她的小手鬆開了長舞巾的兩端，以瘋狂的速度旋轉着。她的櫻桃小嘴微微張開，送出一個像露水一樣亮潔的微笑。以前都是這樣，每當舞蹈進行到這一步，明皇臉上的厭倦神色就消失了。

她用脚尖飛速地旋轉，好像一個人體陀螺，但是比任何陀螺都嬌美得多，她讓舞蹈旋出來的風把薄紗舞巾從身上脫落下來。舞巾的一端飄逸在空中構成一條絲帶，微微抖動，好像鴿子的翅膀。舞巾和宮殿一樣長，舞蹈者在舞蹈中必須在舞巾的一端落地之前使舞巾全部從身上解開。梅娘笑了，因爲對于她，這種高難度的幾乎不可能的技藝是輕而易舉的。勤奮的練習使她達到如此成熟的程度，使神仙都會羨慕。

明皇無精打采地看着她，他的眼睛越眯越小了。其他的妻妾不安地晃動着身子，似乎對梅娘表示同情。

舞巾很快鬆開，從她苗條而結實的身體上脱離開來。芳香的舞巾越展越長。舞蹈快結束的時候，她好像站在一朵雲上，隨着雲一起飄動，翻滾，但是没有聲音。

然後舞蹈結束了。

梅娘在她的主子面前跪下，用乞求的眼神希望得到他欣賞的一瞥，因爲梅娘知道自己的舞藝，而今天她又跳得比往常好。像小鳥用樹葉覆蓋熟睡的幼雛一樣，舞巾飄動着像波浪般摺疊起來落到梅娘白玉般的身上。

但是皇帝没有表示。他甚至没有低下頭來看她一眼。他的眼睛向遠處看着一個幻影，那是他的妻妾們看不到的。

"他竟没有看我跳舞！" 梅娘在心裏喊道，"他居然不看！"

于是她顫抖着對她的主子説：

"陛下不喜歡看我的舞蹈嗎？" 梅娘的聲音裏帶着極大的痛苦，這也是她心裏的痛苦的表露。

突然，皇帝揮了揮手。

"退下去！" 他説，"讓我獨自留在這裏！"

婦女們又害怕又驚异，梅娘幾乎掉下眼泪，她們都退下了。明皇召來了總管太監。

"到勞王子家去送信，讓他立刻來見我！"

總管太監叩了頭退下去。他知道宫裏所有的傳聞，因爲他是宫裏一個非正式的 "總管家"。他對所有的人都友好，但是對誰都不忠誠，甚至對皇帝。即使明皇一説話，他就能猜想到皇上爲什麼要找勞王子。

他走後，明皇就等着。他臉上籠罩着陰影，不耐煩地等着。他在做夢。自從他登上皇位後，他就做着一個夢，這是那個夢的繼續。自從梅娘進宫後，那個夢在他印象中就漸漸地澹泊了。但是它現在又回來了，比以前更强烈地激動着他。

明皇夢想着遇到一位完美無瑕的女人。她必須非常美麗，但是不能美得使她的主子相形見絀。她必須非常優雅。她必須在需要她說話時說話，而且不需別人告訴她就知道什麼時候該說話。完美無缺！一年前，他認爲他從梅娘身上找到了這樣一位女人。現在他認爲事實不是這樣。

因爲今天，梅娘的脚在石板地上的閃光不像皇上理想中那麼動人。她的手和臂的動作不知爲什麼顯得有些笨拙；她的身體是柔軟的，但是有些太軟了；她的櫻桃小嘴不像以前那麼亮紅了；她的白玉般的身子有些失去了光澤，這只有理想主義者的明皇能注意到。不知爲什麼，但是還是很明顯的，梅娘使他失望了。

然後勞王子來了。他莊嚴地走進來，行了常規的叩頭禮。

"你的妻子，玉環，"皇帝開門見山地說，好像急于要完成一項不受歡迎的任務，"是一個完美無缺的女人。她是我見過的所有女人中最可愛的一個！我從心底裏愛她！我想讓玉環的華麗完全爲我所有。"

"但是她是我的妻子，陛下！"勞王子神色不動地說。

"我知道，"皇帝說，"即使是皇帝，把別人的愛妻據爲己有也是不合法的！但是……勞王子，如果我不能得到玉環，那麼我將死去。對于我，她既是開始，又是終結。我願意給你一半國土來換取她！"

一絲笑容顯露在勞王子的臉上。

"我不想要陛下的國土，"他說，"陛下的需求就是我的法律，永遠是這樣！這是不平常的，人們會議論，但是……我該有的都有了，我不需要陛下的土地！玉環許配給我是符合習俗的。我們的婚姻是由雙方的父母決定的，而她從來沒有愛過我！我注意到自從昨天她見到陛下後，就一直很憂傷，我想也許她也爲了陛下而心神不寧！所以我不會在你們之間設置障礙。她從來不愛我，我無條件地把她送給陛下！"

另一方面，梅娘哭着請來了總管太監。

"陛下今天對我不好，也沒有看我美妙的舞蹈！你能幫我找出來這是什麼原因嗎？"

"我可以試試，"總管太監答道，"但是娘娘，你要知道，宮裏發生的事情是很多的，在冷宮裏有很多被拋棄了的婦女，她們已哭乾了眼淚，就坐在那裏等死！她們中間有不少在聽到梅娘這個名字之前是陛下的寵兒！但是我可以試試去找一下原因，看看陛下到底怎麼了！"

于是總管太監離開了梅娘去開始他的工作。他并不着忙，因爲對于一位哲學家來説，有的是時間，從來都是這樣。

第二天，打擊來臨了。一個新的寵兒被帶進了明皇的宮殿。這件事情多少涉及一些醜行，因爲新的寵兒已經是一個皇室王子的妻子。但是皇帝終究是皇帝，他要的東西就是他的。其他王子聽到這件事都害怕了，因爲突然間似乎什麼事都變得不安全和不嚴肅了。而過去對他們來説僅僅是個合法的妻子，如今也變得珍貴了。

玉環一進宮，正如我説的，大難臨頭了。因爲對皇帝來説，正如他對勞王子説的那樣，她是一切事情的開始和終結。她是他夢中的、理想的女人。他從她眼睛裏找回了他的愛，熱烈而衝動的愛，也是妒忌的愛。玉環沒有花多少時間就使自己的地位穩固了。她立刻看出，她要什麼就能得到什麼，因爲皇帝非常愛她，任何事都不會拒絕她。

于是她對皇帝提出要求：

"讓所有的女人都離開陛下！把她們都打入冷宮！"

這就是灾難。

對皇帝來説，玉環就是每一個女人，也是所有的女人，其他的妻妾都不需要了。

命令下達後，梅娘的心碎了，她隨其他女人一起進入了冷宮。那裏，哭乾了眼淚的女人在等待着死亡的來臨以求得解脱。但是她還是要求總管太監繼續維持他們的友誼，每天來看她，告訴她宮中發生的事情，并懇求他不要放過任何機會勸説皇上恢復對她的寵愛。

總管太監答應了。他總是答應別人的要求，并且信守諾言。他總管大小事情，許多事情都由他安排，他力圖使每個人都高興，他對所有的人都友好，但是他没有一個朋友。

日子一天天過去。明皇快樂得發狂。一時間他把會跳舞的梅娘全忘了，把那些比梅娘先進入冷宮的妻妾們也都忘了。他從來不到冷宮去看看那些女人，而她們也是不準許見皇上的。每天每夜宮裏樂聲不斷，明皇把他的時間全交給了奇妙的、專橫的玉環。他不上朝，也不批閱奏章。他是玉環的，她也是他的，他没有時間去幹別的事了。

日復一日地過去，整個國家和朝政的事情皇帝都不管了，百姓怨聲載道，紛紛提抗議，但是這些事都進不了皇帝的耳朵，因爲他捂住了耳朵，不願意聽。

從冷宮裏常常傳出來柔和的樂聲，因爲距離遠，聽起來微弱而壓抑。生活在憂鬱和回憶中的梅娘獨自跳着舞。她跳的絲巾舞，技藝一天比一天進步。她仍然是梅娘，雖然她的臉色總是憂鬱的。她因爲明皇而憔悴了。她曾熱烈地愛過明皇。現在她仍然愛他，而且一天比一天愛得深。

百姓埋怨着。

有些怨言竟傳到了梅娘的耳中，因爲總管太監是一位忠實的新聞報導者。

"百姓在埋怨，"他告訴她，"有一天他們會提出要求：或者要玉環的命，或者陛下讓位，他不能二者都擁有而忽略了一件事，那就是國家的安寧！"

"要是我能到他那裏去告訴他事情的危險性就好了！"梅娘回答，"這個玉環把他迷住了！"

"但是這是不可能的！"總管太監緊接着説，"冷宮裏的女人是不能見皇上的！"

"你想辦法替我安排一下行不行？你的話對他有很大的影響！"

"當然我可以試一試。"總管太監猶豫地回答。

他走了，并且考慮着這件事，但是他不急于行動。

每天他總在皇帝耳邊吹風。

"梅娘因爲愛陛下而憔悴了！她日夜祈禱着盼望能與您説一句話！"

明皇總是不耐煩地揮揮手拒絕這些要求。他已經抛棄了梅娘，并希望忘掉她。但是地位穩固的總管太監不讓他這麼做，因爲他每天往皇帝耳朵裏灌這些話。

總管太監在宮裏的聲望是很高的，由于他處于一個中間人的身份，所以玉環召見了他；她以妄自尊大的態度召見他，好像她不是妃子，而是皇后。

"你常在陛下耳邊説什麼話？"她問道，"我聽到梅娘這個名字有十次了！她想幹什麼？"

總管太監沉思了一會兒。然後他告訴她了。他覺得這不礙事，明皇對玉環的寵愛是堅定的。當然，僅僅是回憶起梅娘對新的寵兒不會有什麼影響。

"他非常愛她嗎？"玉環繼續追問。

"當娘娘進宮後，"總管太監回避着她的問題答道，"日月都爲之黯然失色，在皇上眼中，娘娘代替了日月。"

"但是梅娘要求和他説話嗎？"她堅持問。

"是的，但這是不可能的。"

玉環美麗的眼睛若有所思地眯起來了。在她精明的頭腦裏出現了一個想法。不久就是她的生日，明皇要爲她籌備一個盛大的宴會。這日子是在七月初七，明皇悄悄地和玉環約定。宴會後他倆回到自己的房間起誓：彼此永遠忠貞，在有生之年永不分離，死後他們也將永遠在一起。

玉環心裏有一個想法。可能有一個方法可以永遠打消梅娘的騷擾。玉環的計劃與旋轉舞中的舞蹈有關。

明皇也在想着，計劃着。梅娘通過總管太監不斷地向他提出要求，這使他感到非常苦惱，不得安寧。被打入冷宮的妻妾們要一輩子在冷宮受苦直到死去。

百姓們埋怨着。大臣們的話都對總管太監説，因爲皇上拒絕聽他們的諫奏。

"一定要强迫玉環自殺，這樣才能挽救皇上，保住國土！"他們説，"皇上爲了她犧牲了自己的國家！還派騎兵到很遠的地方爲她運送鮮果，而對百姓却冷酷無情。這一切都該結束了。你必須想法解決這個問題！"

因爲總管太監總是設法爲每個人解決每個問題，所以他答應大臣想想辦法。

他又見到了玉環，并告訴她百姓是如何地抱怨。

"當梅娘得寵的時候，百姓不抱怨！"她憤怒地說，"如果她不在這裏就不會有怨言了！我相信一定是她在背後鬧事！都是她的過錯。我有一個計劃治她。如果皇上願意聽，而且事情傳出去，那麼百姓會改變觀點。或者，如果梅娘受到了懲罰，那麼皇上與百姓之間就會和平相處了；因爲梅娘在他心上，使他不能去爲朝廷盡責！"

總管太監對這件事還有另外一種想法，不過他没有說。

"我願意幫助你去懲罰她，"他告訴玉環。

"我想辦法讓你最後一次去見皇上，"他對梅娘說。

"我有一個計劃可以使梅娘永遠不再抱怨，"他在皇帝耳邊悄悄地說，"只要陛下答應給她最後一次見面的機會，那是她日夜乞求的！"

對于大臣們的意見，那是重複百姓的意見，總管太監也給了一個答復。

"等着！"他告訴他們，"時候一到，一切都會解決的。"

然後他又回到玉環那裏，對着她那像貝殼一樣的耳朵說：

"……只要你能向皇上證明你也能跳綢巾舞……"就這幾個字能聽到，但這幾個字看來有很大的效用。

玉環微笑着謝了總管太監。

總管太監又到梅娘那裏去。

"我已經安排好了一切，"他快活地告訴她，"你可以對皇上說最後幾句話。但是我擔心這是不愉快的。七月初七他爲玉環準備了一個宴會。你到他們面前去跳舞，這是最後一次。我告訴你，梅娘，你要跳得比以前任何一次都好。誰知道呢，或許會有……"

然後他離開了，而梅娘的心裏快樂得幾乎要停住呼吸。在玉環面前爲皇上跳舞是一種恥辱，但是至少她被允許見他，并爲他跳舞。所以她同意了。

總管太監爲玉環、梅娘和皇帝都解決了問題，也答復了那些反映百姓意見的大臣們。

于是他計劃着如何完成自己的諾言，這看來是一件偉大而艱巨的任務。

他試探性地把大臣和百姓的意見告訴皇上。

"去他們的！"皇帝大喊道，"如果我要讓玉環自殺，那我首先會把國家交給我兒子，然後我和玉環一起去過清貧的生活！這些大臣和百姓，他們懂得愛嗎？"

"但是他們并不希望皇上退位，"總管太監説，"他們只是希望除去玉環！"

"這永遠不可能！"皇帝説，"不要再跟我説這件事了！"

由于總管太監希望每個人都高興，所以他就不再提這件事了。

半夜以後，他悄悄地來到一個朋友家，這位朋友懂得一些醫學和科學，也曾研究過毒藥。他謹慎地把事情告訴朋友。當第三次再去拜訪這位朋友時，他的朋友答應了，但還是非常害怕。

"我這是犯了殺頭罪的！"他抗議道。

"沒有人會知道的，"總管太監向他保證。于是一小瓶白色的液體就交到了總管太監手裏，他把它帶回家了。

到設宴的那天夜晚，總管太監親自把梅娘帶去。他用在她得寵時所用的禮儀對待她。兩個太監拾着轎子，他自己帶着那條很久以前皇上賜給梅娘的舞巾。

路上，在一個暗處，他把那小藥瓶丢了，這時那藥瓶已經空了。

這是一個值得驕傲的時刻，也是悲慘的時刻，梅娘熱烈得發抖，她的濕潤的嘴唇因爲愛得入迷而微微張開，她莊嚴地走到皇帝和玉環面前去跳舞。

當梅娘跳舞的時候，玉環用睫毛下的眼睛看着明皇。

她仔細地研究着他，要看出他的思想。

"他仍然愛着梅娘，"她對自己説，"但是今夜，等我跳過舞，他就會把她忘了！"

梅娘旋轉的雙脚在地板上跳着舞，長舞巾緊緊地裹着她那苗條的體形，她還是像以前一樣柔軟而優美。但是梅娘的臉却白得出奇，而且她越跳臉越蒼白。跳完這個舞需要幾分鐘的時間，隨着時間過去，梅娘的動作越來越慢。明皇俯下身去看，他大爲吃驚，梅娘身上好像發生了重大的變化。他從來沒有想到她會變得如此笨拙。連以前跳舞跳得最差的妃子都能跳得比她好。至于梅娘，她也不明白這突如其來的變化使她變得如此虛弱，四肢和身體都變得如此無力。

疲乏得好像要死了。她必須趕快結束。

她喘息着結束了舞蹈。玉環幸灾樂禍地看着她。她原來曾妒忌梅娘的優美，因爲梅娘的舞姿在宫中是出名的。但是現在她一點也不出衆了，玉環知道她能跳得比梅娘更好，更優美。

舞蹈結束了，跳舞的人跪下來向前趴在皇宫的地板上，鬆開的舞巾像波浪似的摺叠起來蓋在她身上，就像鳥兒用樹葉蓋在她的雛鳥身上一樣。一個優美的叩頭，這是梅娘能爲她的主子做的最後一件事。一個美麗的結局，其中藴含着一場悲劇，這是這樣的美麗，使得明皇離開他的寶座走下來想去扶梅娘起來。

玉環看到了，搶在他的前面。

"現在看玉環跳舞吧！"她喊道。

"爲了使您喜歡，哦，皇上，我也能跳綢巾舞，而且跳得比梅娘好得多！"

梅娘在皇帝的寶座前，臉伏在地板上，不動也不説話。她的舞蹈結束得如此完美，她的半裸露的身子看起來一動也不動，似乎連呼吸都停止了。

當玉環抓起梅娘扔下的舞巾時，梅娘可能略動了一下。以後誰也不記得了，因爲這一切只有明皇看到。

玉環很快地脱下了她的衣服，因爲她早有準備。在跳舞的時候，那飄逸的薄紗就是她身體的惟一覆蓋物。玉環不願意讓梅娘裸露的身子置現在皇上眼前，所以她把自己脫下的衣服蓋在梅娘身上。

她把舞巾纏在自己美妙的身軀上。梅娘仍沒有動，而明皇却由于對梅娘的憐憫而動了，他幾乎要站起來。但是當玉環一跳起舞，把他的注意力全吸引住了，所以他就停下了。他等了一會兒，想把總管太監找來，讓他把梅娘送回冷宮。

但是，這是多麼可怕的事情啊！玉環的臉與剛才梅娘的臉一樣地蒼白了。在舞蹈進行過程中，她四肢的動作越來越慢了。她嘴唇的櫻桃紅色開始變白了。她差不多要摔倒了，她的身體似乎一下子變得又老又沉重。

當皇帝看到這情況時，他臉上顯出了恐怖的神色。他不能明白，但是……啊，玉環終究也是要走到梅娘的結局，雖然這是一場悲劇。

她也倒下了，摺叠成波浪形的舞巾覆蓋在她身上。皇帝看了她好幾分鐘，她依然在那裏，躺在梅娘的旁邊，這時那摺叠的舞巾同時覆蓋着兩位舞蹈者的身體。

舞蹈以玉環和梅娘這樣的方式結束，這是個杰作。

最後皇帝開始行動了，他起身走下寶座，到臺階與兩個安靜的舞蹈者之間。他撫摸着她們兩人，而他首先撫摸的是梅娘。一聲哭喊聲從他嗓子裏發出，但是當他再去摸玉環時，他抑制住了。

然後他狂怒地大聲叫喊着總管太監。

總管太監迅速地進來。

悲傷幾乎使皇帝窒息。

"死了！"他喊道，"兩個都死了！"

總管太監裝作非常吃驚的樣子。但是他還有他的任務。他必須把屍體從這位遭受沉重打擊的明皇面前移走。他自己則收拾好這條造成悲劇的舞巾。

他自己對自己微笑。他對每個人都實踐了他的諾言。

他的科學家朋友告訴他，那小瓶裏的液體，就是總管太監用來灑在舞巾上的液體，它的氣味在半小時後就會消散得無影無踪，好像根本就沒有存在過一樣。但是當總管太監去拿那舞巾的時候，他拿他衣服的長袖襯着，這樣他的手不會碰到那舞巾。因爲在半小時之内讓赤裸的皮膚接觸到舞巾就意味着死亡。

總管太監信守了全部諾言。他爲每個人，甚至于大臣們都解決了問題。

但是有一個問題他無法解決，他沒法治好明皇破碎的心。明皇把皇位傳給了他的兒子，他獨自到天堂裏去會見他所愛的人了。

[美] 裕德齡 著

顧秋心 等譯

裕德齡集

（四）

荊楚文庫編纂出版委員會

長江文藝出版社

翔鸞文庫

金　鳳

目　録

序

　　本書包括九個故事，都是以中國民間故事的形式寫成的。德齡是美籍華裔，曾任慈禧太后的女侍官。她在宮中任職近三年之久，所以對宮中情況非常熟悉。她寫過許多描寫宮廷生活、宮廷政治鬥爭及清廷外交活動方面的書。本書中，作者懷着美好的憧憬和對這片古老而偉大的中國大地的深情，編了九個美麗而動人的故事。故事情節生動曲折，又富有真實感。書中的主人公品德高尚，善良、淳樸，又都具有勇於維護正義，善於與邪惡鬥爭的個性。

　　德齡創作的特點是描寫細膩，文字優美，主題鮮明。本書不僅對兒童是一本品德修養和語文學習難得的輔助讀物，就是成人讀起來，也會感到是一種美的享受。讀了這些故事，既可以得到人世間美與善的熏陶，又可以瞭解到我國古代的風土人情。可以説，這是一本中國式的《天方夜譚》。

金　鳳

在北京的心臟，古老的紫禁城的上空，響起了莊嚴而單調的鼓聲，這緩慢而有節奏的鼓聲向百姓宣告：皇帝已經賓天了。

"皇帝死了！"百姓們悄悄地議論，"按古老的傳統，明德將要繼承皇位。老皇帝死了，祝新皇帝萬壽無疆！"

在神聖的紫禁城裏，太監們嚴肅地在古老的鵝卵石路上走來走去，他們哀傷地低着頭。御厨房冷冷清清，因爲整個朝廷正在齋戒。從宮女的住室裏，再也聽不到低聲細語。莊嚴的沉默籠罩了一切，因爲自從第一下鼓聲傳來，全中國都知道皇帝死了，并且知道，此刻，這位已故的統治者被裹在龍袍中，靜臥在他的棺材裏。停屍房裏，蠟燭閃爍的火光照亮着他走向另一個世界的道路。

喪事只剩下最後一個悲壯的儀式了，就是葬禮。接着而來的，將是使這位只有十九歲的明德成爲幾億人的統治者的加冕典禮。在他之前，他父親曾經統治這幾億人口達半個世紀之久。

仔細查閱黃曆後，選定了舉行葬禮的日子。豪華、嚴肅、又多少帶些恐怖氣氛的送葬行列走出紫禁城，沿鋪着黃沙的道路前進。這黃沙是通過帝國人民虔誠的手撒下的，爲的是形成通向皇帝墓地東陵的一條金路。

現在只剩下加冕典禮一件事了，至少明德他自己這樣認爲。但是他是個年輕人，他對朝廷内部的陰謀，以及想在皇帝寶座後面統治中國的某些官員的不軌行爲并不注意。明德剛剛傷心地與他父親告別後回到宮裏，大臣們就圍上來向他叩頭，雖然他這時候還没有登基。

"陛下，"總管大臣説，"您將成爲您的國家的惟一統治者。但是一個皇帝既不宜獨自一人統治，也不應該不爲自己的王朝準備一個繼承人，所以陛下必須立即結婚。"

明德感到吃驚。他從來没有關心過女人。皇宫裏有許多婦女，但是没有一個能使他動心。這位年輕皇帝認爲：女人，對男人來説，就是灾難的標志。所以他就采取敷衍的態度。

"我才十九歲，"他説，"不必忙着結婚。我還有很充裕的時間可以慢慢挑選。我想自己選擇我的妻子，而不要别人替我選。我要選一個能使我歡樂的人。"

"但是，"總管大臣固執地説，"如果陛下不能及時娶一位皇后來爲您生個嗣子，以便在您歸天後繼承您的皇位，并爲您延續香火，那麽您不可能統治好您的百姓！這是一件非常重要的事情。"

"但是我見過了宫裏所有的少女，她們中没有一個能使我喜歡！"明德不耐煩地回答，"我知道對一個統治者應該有某些要求，但是我不喜歡過于倉促地完成。"

"陛下應該知道，百姓們期待着您的領導。他們盼望您娶一位皇后，并且生一位太子，這是傳統規矩。陛下有許多大臣，從他們的女兒中，肯定能找到一位令您滿意的姑娘做您的皇后。"

"我已經仔細看過了，一個也没有。但是，我要讓百姓們知道，他們的皇帝是忠于傳統規矩的。我將要舉辦一個游園會來慶祝我的加冕。我準備下一道詔書，命令所有一品官的女兒都來參加這個游園會。在她們中間，也許我能發現一位過去我未曾注意到的姑娘。"

游園會的時間計劃在加冕典禮的後一天。

加冕典禮是在半夜舉行的。

這是一個最最值得紀念的場面，特别是，它意味着，明德的父親已經永遠離去，而由他的兒子繼承皇位。在舉行加冕典禮的大殿裏，五彩的蠟燭神秘地閃爍着，在雕壁上投下奇妙的影子。纏繞在龐大柱子上的黄色巨龍，鼻子裏噴着火焰。在皇帝寶座前面，朝廷的大官都跪在地上的紅綢拜墊上，按傳統的禮節向皇帝叩頭。向天神、地神和天的兒子明德叩九次頭。然後，由朝廷一位最尊貴的大臣將一頂皇冠戴到明德頭上，于是他就成爲中華帝國的皇帝了。

他在那裏坐了好一會兒，看着脚下那些低頭跪着的臣子們。他將通過他們向全國百姓下達聖旨。那些正在向年輕的明德叩頭的人都出身于世襲的貴族家庭。蠟燭淌着泪，發出劈劈啪啪的聲音。在這個皇宮的圓形屋頂下，曾經舉行過多少個加冕典禮！在各個角落裏，似乎有喃喃耳語在人影之間來回傳遞。

明德的兩臂攔在寶座的扶手上。他的龍袍胸前綉的巨龍顯得生氣勃勃，好像是活的。平時昏暗的登基大殿，此刻好像被皇帝龍袍的金色光芒照射得通明。他拇指上的純翡翠戒指就像一片嬌嫩而鮮艷的荷葉，與皇帝白皙的手形成了對比。皇冠上的鑽石放射出針狀的光芒。蠟燭閃爍着，劈啪作響，似乎還可以聽到燭泪掉在大殿地面石板上的聲音。

皇帝對那些低頭下跪的官員們注視了好幾分鐘，然後帶着一種帝王的尊嚴，從容自如得像是一個有十年經驗的統治者，命令他們起來。

"我想退朝了，"他對他們説，"好好休息一下，以便參加明天的游園會。"

這些官員們愉快地互相談論着離開了大殿。加冕典禮以後，他們中間還是有些人相信，歸根到底，皇帝還是會對游園會采取敷衍態度，從而拖延選擇皇后的時間。但是皇帝已經同意了大臣們的建議，看來前途還是樂觀的。

第二天，當一品官的女兒們，一群年輕的姑娘，開始按照聖旨來到紫禁城門口的時候，皇帝表現得寧静而莊嚴。她們中的許多人在猜測皇帝爲什麼要召她們來。還有許多少女，當她們盤算着自己的前途的時候，她們的心跳得更快了。明德又年輕，又英俊，他將要統治中國很多年。哪位姑娘能被選中做他的皇后，那真是無比幸福！所以，所有應召來到宫裏的姑娘都穿上她們最好的衣服，表現得彬彬有禮。有的嬌嫩得像含苞欲放的百合花和荷花，有的長得豐滿，有的顯得樸實。當她們按照陪護人員的指點，在覲見大殿裏一個個從皇帝面前行禮通過的時候，皇帝對她們一一進行了仔細的觀察，并且不住地搖頭。他心裏暗暗高興，因爲他不準備娶親。

游園會的場景色調絢麗多彩。幾千名太監，胖的、瘦的、高的、矮的，都穿着五彩繽紛的宮服，顯得那麼豪華，僅次于皇帝的龍袍。太監，作爲皇宮中的專用僕人，他們表現得嚴肅而莊重。官員們的服裝也是絢麗奪目。這一切，使那正在向這盛大的集會投以祝福的微笑的太陽都顯得遜色。無數宮殿屋頂上的琉璃瓦，就像太陽本身一樣，熱情地反射着它的溫暖而愛撫的光芒。太監、宮女、宮眷以及高貴的來賓們的腳步聲使庭院的鵝卵石發出回響。每個人的心裏都懷着同一個問題：

"皇上會不會找到一個他喜歡的姑娘？"

朝廷官員都抱着希望等待着。姑娘們都在聖旨規定的時間以前到達了皇宮。最後一個來到的是金鳳，她是大官馬蘇的女兒。皇帝注意到，她的出現給游園會帶來一股冷氣，他感到非常奇怪。他等待着金鳳來到御座前，然而却是徒勞。明德召喚他的總管大臣過來。

"那個穿着百蝶繡花旗袍的姑娘是誰？"明德問道，"爲什麼我以前沒有見過她？"

總管大臣表現得很煩惱，這引起了皇帝的好奇。他緊緊地追問，等待着總管大臣的答復。

"她的名字叫金鳳，陛下，"總管大臣最後回答道，"她父親馬蘇是一起叛亂的煽動者。陛下的父親，先皇，不喜歡他，所以他的女兒不能受召見。"

"我喜歡她，"明德直截了當地説。

這使得總管大臣更加爲難。

"可是她是馬蘇的女兒，刑部正準備上疏給陛下，請求處置他！"

"我喜歡她，"明德皇帝又説了一遍。

"陛下怎麼可能喜歡她呢？"總管大臣堅持己見説，"毫無疑問，馬蘇是朝廷一個狠毒的叛徒。只要有一點機會，他就會對陛下不忠，就像他被懷疑曾經對陛下的父親不忠一樣。"

"金鳳的父親是嫌疑犯，與金鳳本人有什麼關係？"明德説，"況且也没有證據證實他的罪行。"

"證據肯定有的，陛下，"總管大臣激動地説，"對馬蘇的判決是等待陛下批閲的第一件，也是最重要的一件案子。"

"把那姑娘送到這裏來，我要和她説話。"

總管大臣勉强地去召金鳳來見皇帝。

觀見殿一片寂静。官員們帶着驚訝的目光，你看看我，我看看你。姑娘們帶着對金鳳的毫不掩飾的妒忌，疑惑地互相觀望。觀見殿裏的每個人立即明白，金鳳是游園會中最漂亮的姑娘。她似乎變成了一個偉大的女人，驕傲地走着。她風度高雅，步履優美地向皇帝坐着的寶座走去。總管太監急忙前去遞上一個金色的拜墊，以便她跪下向皇上叩頭。

明德帶着贊許的神色端詳着這個穿着荷綠底、百蝶花旗袍的姑娘。她的睫毛輕輕地起落，像一隻美麗的黑飛蛾的翅膀。睫毛下面那對深井般的眼睛勇敢地與皇帝的眼睛對視。皇帝似乎没有注意到觀見殿被籠罩在異乎尋常的寂静中，這樣的寂静，以至于金鳳輕柔的脚步聲以及她與皇帝的對話都能被所有的人聽到。

金鳳跪在拜墊上，像一棵在微風中彎曲摇擺的百合花，按傳統的禮節叩頭。當明德温柔地對金鳳説話的時候，那些官員驚訝得懷疑自己的耳朵是否聽錯。

"抬起頭來，金鳳，"他命令道，"雖然臣民要向他們的皇上叩頭，這是我們的規矩；但是，我希望在我説話的時候能看到你的臉，所以，你起來，把臉對着我！"

金鳳平静地站起來。皇帝問了她幾個問題。這類問題只有讀過中國古典作品的人才能答得出來，而金鳳答得又流利又正確。過了一會兒，皇帝微笑着命令金鳳回到她自己的位置上。

最後，游園會結束了。皇帝召見總管大臣。

"我看中金鳳姑娘，"他直截了當地説，"傳我的命令，把她接來做我的皇后。"

"陛下難道忘了？金鳳的父親是一個罪惡的老頭兒，他有陰謀篡權的嫌疑!"

"我什麼也没有忘記。但是，現在我的百姓生活幸福，國家和平、昌盛，我要使百姓永遠幸福。我什麼也不怕。如果有什麼情況發生，我的威信會使百姓們起來捍衛我和我們的王朝。和金鳳結婚是我的心願。也許正是她能使可敬的馬蘇改變他的觀點，使他從朝廷的一個隱蔽的敵人變成一位公開的朋友。再不用多説了，我剛才説的話就是法律!"

所有應召前來的貴族、大臣們都下跪接受聖旨。于是，所有姑娘中最漂亮的金鳳就成了皇后。

皇帝的婚禮是有史以來最豪華的，因爲皇帝真心地愛金鳳。自從他第一次從衆多的姑娘中挑出了她的那天，他就愛上了她。在那難忘的游園會上，當他的眼神深深地射進金鳳的眼睛裏的時候，愛情的火焰就在明德的心裏升起。婚禮結束後，她含羞地承認，她也是一開始就愛上了皇上。

"但是我害怕，"她也告訴他，"我的父親名聲不好。我又没有辦法説服他不幹壞事。我擔心，作爲他的女兒，我將會給您帶來無窮無盡的麻煩。"

"如果我們彼此相愛得如此深，勝過任何其他戀人，那麻煩又算得了什麼?"明德回答，"當麻煩來臨的時候，我們一起來對付它。永遠一起，直到我們生命結束，這才是最大的幸福。"

年少英俊的皇帝和聰明美麗的金鳳的結合是一首愛情的樂曲，他們相互依存。明德雖然是個皇帝，但對金鳳的一言一行没有不聽從的。他們的愛情故事使全中國的情侶無比激動地沉浸在甜蜜的温情中。

但是……

對于馬蘇，盡管他的女兒是皇后，他却并不滿足。他想自己當皇帝。現在他的女兒是皇后了，皇帝對她的寵愛超過對世界上任何東西。他可以更加大膽地從事他的陰謀活動，因爲皇帝決不會輕易傷害這樣一個女子的父親，甚至不會計較他的國丈過去犯過的錯誤。再則，馬蘇明白朝廷的刑律：如果一個人已經被證實犯了叛逆罪，那麼他和他的全家都要被立即斬首。因爲這是一條永恒的真理；不能殺了老虎而留下它的崽。如果明德按叛逆罪將馬蘇處死，那麼按古老的刑律，他也必須處死他寵愛的皇后。

當金鳳生了一個兒子的消息傳遍全中國的時候，馬蘇再次高興了。一個皇儲的誕生，這照例是全國上下的一件大事。金鳳爲明德生了一個兒子，她是所有女人中最幸福的。

正當全國爲了慶祝皇儲的誕生而歡天喜地、載歌載舞的時候，馬蘇跨出了他陰謀的關鍵的一步。就在皇儲誕生後的一周内，他聚集了一批叛逆者，打着"除暴安良"的旗號，挑起了一場中國有史以來最殘酷的内戰，使人民互相殘殺。

總管大臣率領衆大臣求見皇帝。總管大臣再次代表下面跪着的官員們説話。

"陛下呀！"他喊道，"馬蘇終于用自己的行動證實了他是一個叛徒。中國正浸在血泊之中。人民反對内戰。他們譴責皇帝陛下。他們認爲是皇后爲了某種個人的利益而促使她的父親背叛陛下。譬如，如果陛下被迫退位，她的兒子就能成爲皇帝，她就可以成爲攝政太后，一直到她的兒子長大成人。而在她攝政的背後，實際上是由她的父親統治中國，于是他差不多就是中國的皇帝。誰知道呢，陛下？他甚至可能殺了陛下的兒子，使他自己成爲真正的統治者。"

"我的百姓們有什麼要求？"明德和善地問道。

"他們要求把馬蘇流放，或者將馬蘇斬首。至于皇后，則命她自盡。他們懂得我國古老的刑法，就是斬草要除根，虎崽子必須和老虎一起消滅。馬蘇必須被處死，皇后是他的女兒，如果他們兩個都死了，中國就將重新獲得和平，而百姓也不會再在内戰中大批地流血犧牲了。"

對這件事，明德嚴肅地沉思了一會兒。

"如果我確信百姓願意馬蘇做他們的皇帝，那我會愉快地讓位，并且帶着金鳳自己去流放。對我來説，她比我的百姓、我的皇位，甚至我自己的生命都重要，因爲她是我的生命。"

“陛下是世襲的統治者，是神聖不可侵犯的。您是中國合法的皇帝，百姓不會讓你走的。但是如果陛下不對馬蘇和他的女兒采取行動，那麼百姓會衝進皇宮把皇后殺掉，或者強迫她自盡。”

“我的百姓會殺死我嗎？我不準許任何人傷害金鳳，除非等我死後！”

“百姓殺死陛下？”總管大臣的聲音因爲驚恐而顫抖，“誰不知道對皇上下毒手該當何罪？誰這樣對陛下下毒手，誰就是自取滅亡，而且要受九十九年不得翻身的苦刑。”

“你們想讓我做什麼呢？”

“我們已經替百姓說出了他們的要求：將馬蘇終身流放，或者下令將他斬首，并且命令金鳳自盡。”

“我必須仔細考慮一下，”明德溫和地說，但是在他内心，他深深知道他是永遠不會離開這個心地像金子一樣純潔的金鳳的。

他心裏非常煩惱，就把這件事端出來與金鳳商量。金鳳對他的困惑微微一笑，用她柔軟的手掌輕輕地撫摸他的臉頰。

“明德啊，國家比我們的愛情重要得多，”她對他說，“您應該傾聽百姓的呼聲。我不害怕，我將要去自盡以平民憤。”

“我決不讓你離開我，”明德痛苦地說，“我寧可舍棄我的皇位和權力，離開我的皇宮和我親愛的國家，與你一同去流放，哪怕窮得只能穿破衣服。”

“但是百姓不會讓您走！再則，您走了，我那罪惡的父親就會統治我們的國家，他的統治將給我們的國家帶來極大的災難，這是毫無疑問的。請下令讓我自盡吧，我願意服從。我們分離不會太久，等您歸天以後，我們又將在一起了。在死神那裏，誰也不可能再把我們分開了。”

“我不知道以後會發生什麼情況，”明德嘆息着說，“我也不知道死了以後是不是真的不會再分離了。假定，我親愛的，死是終點，那麼一旦我們被墳墓所隔開，我們將永遠被隔離了。我們的靈魂將永遠在地下來回游蕩而不得安寧，因爲我們彼此都找不到對方，讓我好好考慮一下再做決定吧。"

第二天，他召見他的總管大臣和衆大臣們，對他們説：

"我把這個嚴肅的問題與皇后商量了。她不怕死。她把中國的幸福放在她個人生命之上，只要我下命令，她就會親手結束自己的生命。告訴我的百姓，讓他們知道金鳳的高尚品德，但是我還不能馬上下這個決心。我要求十天的緩衝期。給百姓下安民告示，説把皇后交給他們囚禁，在第十天結束的時候，我將發一道判決書。"

這話一傳出，作戰雙方就宣布停戰，内戰平息了十天。百姓贊揚金鳳品德高尚，但是并不寬容她。如果她爲了百姓而自盡，那麼她將要進入天堂，并且全國各處都要爲她建立牌坊，對她表示永遠的尊敬和懷念。

但是她還必須死。這一點，百姓是不動搖的。她的崇高精神竟感動了馬蘇的同伙。有一部分人開始反對他。如果金鳳爲了她的皇上而犧牲，那麼他們就要起來殺掉馬蘇。所以，已經在叛逆的道路上走得很遠的馬蘇膽戰心驚地等待着這十天過去。

金鳳被關在紫禁城中的牢房裏，專門有人看管她。她的兒子交給宮女和宮眷們照顧。

頭兩天，皇帝思念金鳳，十分悲傷，似乎她真的已經死去了。其實他也知道她沒有死；他更清楚他沒有她就活不成了。于是到了深夜，他穿上平民的衣服，沿着紫禁城裏昏暗的走廊，像一個普通的逃犯似的快步前進，來到了他寵愛的金鳳的囚室。當他看到窗户的鐵栅欄的時候，他的心都要碎了。裏面陰暗可怕，他的皇后穿着破衣服睡着。給她的食物就通過栅欄遞進去，就像對待任何普通的犯人一樣。

皇帝走近鐵窗，輕輕地呼喊他所愛的人的名字。這時候，他的眼泪流下來了。

"金鳳，我的寶貝！你聽到我説話没有？"

聽到有人走動的聲音，金鳳走到窗口。這時候，月亮正好從雲層裏露出臉俯視紫禁城。

雖然僅僅兩天沒有見面，金鳳變得多厲害呀！她那烏黑可愛的頭髮裸露着，披散在她蒼白的臉上，像一個面罩。但是她的眼睛却在月光下閃閃發亮。她把纖手伸出鐵欄，用柔軟、温暖的手掌撫摸着明德的臉。

皇帝知道金鳳穿的是藍色的布衣服，像窮苦婦女穿的那樣，但是她試圖掩蓋起來，不讓她所愛的人看到。他知道她的食物是糙米做的，從鐵欄杆扔進去，就好像她是一個可怕的殺人犯；她吃飯用的筷子是用粗糙的木棒做的，而在宮中的時候，她是用慣了玉筷子的；給她盛飯的是木碗，而以前她用的碗碟都是金子和玉石做的。關于這一切，她什麼也沒有説，她呼喚他的惟一的話就是：

"明德，我愛您！"

他的眼泪輕輕地流下，金鳳的眼泪也掉下來了，只是在黑暗中，明德看不見。但是，爲了他，她裝得很快活。

"我不害怕，"她告訴他，"這是爲了我們的國家。您這次來是不是帶來了您的決定？"

"不，親愛的。我只有這一條，那就是：我不能没有你！我到處尋找出路，可是毫無辦法。馬蘇必須處死，他的家族必須和他一起處死，這是一條誰也躲避不了的古老的法律，我的百姓要遵守，我也一樣要遵守！"

"這很簡單，明德，"金鳳回答，"我們要勇敢、堅貞。我們分離的時間是很短的。"

就這樣，他們久久地站着，月亮愛憐地俯照着他們。兩雙手通過鐵窗緊緊相握，兩人的眼泪流到一起。

"我只要求一件事，親愛的，"最後明德低聲地説，"在我没有做出最後決定之前，你不要傷害自己。"

"我是陛下的奴僕，"金鳳説，"尊重陛下的任何意願是我最大的快樂。"

于是他們分手了，免得讓探子發現了又要造謠生事。但是，第二天夜裏他又來了。這樣日復一日，而且總是談情説愛，好像只有談愛情才能使他們忘記籠罩在他們頭上的不幸。金鳳從來没有抱怨過自己命苦，她是自己祖國的女兒，懂得那不可抗拒的法律。對金鳳來說，她前面只有一條路。但是走這條路會使明德身心受到極大的痛苦，而他最後終究必須做出決定，是法律强制他做出的決定，無法逃避的。

從總管大臣那裏，明德瞭解到，馬蘇表示他願意遵從皇帝的決定——他深信皇帝決不會傷害他喜歡的女人。這時候，在明德的心裏形成了一個計劃。

到第十天的早晨，全國人民幾乎屏住了呼吸在等待着皇上的命令。

皇帝鎮靜而莊嚴地坐在他的寶座上接受總管大臣和衆大臣的朝見。他們是代表百姓來説話的。

無聲的等待已經使人煩躁得不能忍受，總管大臣開口了：

"陛下做出決定没有？"

"我已經做出決定了，"明德回答，"但是在宣判之前還有幾個問題。"

"陛下，如果是我們力所能及的，我們願意回答。"

"馬蘇是不是真的願意按我的判決服罪？"

"是的，陛下。"

"當一個人因爲叛國罪受處分的時候，他的家族都要受到株連，是不是法律上有這樣的規定？"

"是的，陛下。"

"任何人想謀害皇帝，就得在地獄裏受苦刑九十九年，是不是這樣？"

"没錯，陛下。"

皇帝低頭沉思了好一會兒，這時候，他的大臣們都低頭跪着，心情緊張地等待着；在皇宮外面，全國各地也都籠罩着這種緊張的氣氛。皇帝感受到，全國億萬百姓也都在等着他的決定。然後，明德抬起頭來，當他宣判的時候，表現得堅定不移。

"大家聽着，"他説，"我命令，將馬蘇斬首，所有他的家屬一律隨他一起處死！"

然後，停頓了片刻。

"命令皇后自盡！"他接着説。

在下面跪着的大臣都開始騷動起來。

"啊，英明的皇帝！"他們小聲地說，"爲了百姓的利益，他犧牲了自己！他是天下最最英明的統治者！"

"接着，我命令：將我的兒子處死！"

"什麼？陛下，您說什麼？您的兒子是皇儲，他以後要繼承您的皇位，并且在您的墳墓前給您祭奠！"

"他是馬蘇的外孫，我斬草除根，殺虎滅崽，這是老規矩，我的百姓們都這麼說的。"

一陣驚愕掠過跪着的一排排大臣的心。總管大臣眼冒金星，兩隻手像痙攣似的顫抖。"這是瘋話，陛下！"他喊道。

"我的兒子是馬蘇的外孫，他們必須一同被處死！"明德堅決地說。"我的百姓都知道這條法律，而且要求依法執行！"

"但是陛下的兒子將是下一代的皇帝！"

"他現在還不是皇帝，所以將他處死不會導致任何人下地獄受苦九十九年。"

大臣們再也找不出什麼理由來說服皇帝了，就連總管大臣也感到詞窮。

"我的兒子是馬蘇的外孫！"明德吼道，"這難道不是事實嗎？"

"是的，陛下！"

"如果我的百姓要求的不是馬蘇和他的家族的性命，而是我的性命，那麼我也同意獻出！我的百姓會怎麼想呢？"

"他們不敢！"總管大臣喊道，"中國的百姓要求對馬蘇和他的家族給予應得的懲罰。如果他們要您的命，而且如果他們達到了目的，那麼他們死後將被打入地獄苦煉九十九年！"

"但是這恰恰是他們所要求于我的，"明德說，"這要求應該滿足。我的兒子是馬蘇的外孫，由于馬蘇是叛徒，按照大清刑律，他的家族必須與他一同處死，所以我把我的兒子處死。至于我，我將按百姓的要求，把我自己交給他們。是將我斬首，還是讓我自盡，全憑百姓決定。"

"但是他們没有對陛下提出這種要求。如果他們背叛天子，并且用暴力對待他，那麼他們都將犯死罪。"

"那就由他們去決定。我已經按他們的要求下了命令。"

"但是陛下并不是馬蘇的家族！"

"我的兒子是不是他的外孫？"

"是的。"

"他還是我的兒子吧？"

"是的，陛下。"

"我的兒子是不是我的家族？"

"是的，陛下。"

"既然我的兒子是我的家族成員，也是馬蘇的家族成員，那怎麼可能馬蘇不屬于我的家族，或我不屬于馬蘇的家族呢？通過馬蘇的外孫，我就成爲馬蘇家族的一員，所以必須隨同他，隨同金鳳和皇儲一起被處死，我的百姓已經説過了，我也已經以皇帝的權威下了聖旨了！"

"但是，"總管大臣氣呼呼地説，"陛下的聖旨會把全國臣民都打入地獄承受九十九年的苦煉，因爲他們是被陛下的聖旨逼迫着去干犯上的行爲的！"

明德第一次笑了。

"我已經按百姓的意願下了聖旨，現在我只等着他們發落。下一步怎麼做，決定權在他們手裏。這是我的最終宣判，再没有別的了。"

當全國的百姓們聽到了皇帝的話以後，他們非常驚訝，想不到他們年輕的統治者竟有這麼多的智慧。于是他們立即宣布：將挑起内戰的馬蘇永遠驅逐出國。同時他們宣布：恢復可愛的金鳳的名譽，讓她回到熱愛她的皇帝的懷抱裏，她已經證實了她願意爲大清帝國的幸福而犧牲自己。

于是，金鳳穿着豪華的鳳冠霞帔，回到了明德那裏。當她步履婀娜地走向皇帝的時候，他覺得她比以往任何時候都美，她的眉毛像柳樹的嫩葉，下面那對明亮的眼睛照得她白嫩的臉頰泛出光輝。

"明德，親愛的！"她喊道。

當把她摟在懷裏的時候，明德輕輕地說："金鳳啊，你真正是我最珍貴的寶貝。我們以後永遠不會再分離了。"

皇帝的話真的實現了。明德統治清朝四十七年，他和他的皇后和睦、幸福地，肩并肩地度過了晚年。最後，在同一天，他們緊緊地握着彼此的手一同死去。

以後，明德的兒子繼承了他父親的皇位。

彩 玉

初升的太陽，把它金色的光芒射進彩玉臥室的窗戶。開茶館的小姑娘在睡夢中翻身，嘆息。窗格子把柔和的陽光分成一塊塊，形成明暗交織的光斑，在彩玉睡覺的炕上晃動。一隻嬌嫩的手落在綉花被面上，像一朵含苞的荷花躺在睡意蒙矓的湖心。

戴在姑娘腕上的鑲着綠玉的手鐲在朝陽的愛撫下更加嬌艷地閃出綠光。姑娘又動了一下，懶懶地張開那雙掩藏在烏黑的眉毛下面的眼睛。那秀眉呀，真像黑蝴蝶的一對翅膀！彩玉輕捷地轉過身來，注視着她臥室的門。整夜裏，她都讓門敞開着，爲的是讓她心愛的花園裏的芳香充滿她的臥室。

金色的陽光灑滿了花園，鳥兒歡樂地喊喳低語，可是彩玉并不感到清晨給她帶來了任何快慰。百花的芳香飄進姑娘的鼻子，使她全身產生一種生氣勃勃的活力，可是她還是嘆了一口氣。她的眼睛落到了手腕的鐲子上，并且隨着它彎彎曲曲的形狀進入了沉思。這是一件精美的首飾，做成一條小青龍的樣子，龍鼻子裏還冒着藍色的火苗。對于別人，這個東西可能使人聯想起某種可怕的惡魔的形狀，但是對于彩玉，這却標志着過去的榮耀。那時候，她父親是朝廷的一個大官，世界上到處充滿了幸福和歡樂。

很久以前，她的父親被流放，財產被没收了，朝廷命令他帶着家族一起流放。彩玉和他的哥哥慶三被留下來，自己挑起了生活的重擔。下旨流放他們父親的那個皇帝已經死去很久了，他的兒子接了他的皇位。慶三在新皇帝手下充當一名普通的士兵，因爲流放詔書中明確規定，凡遭貶黜的人，他家族中任何人不得在朝廷裏當官。所以，慶三本來可能會當上將軍的，現在却仍舊在士兵行列裏；而彩玉，千方百計尋找擺脱難熬的貧窮的道路，最後開了這個茶館。她除了這個小茶館和那隻在她出生的時候老皇帝賜給她的翡翠手鐲外，就一無所有了。皇帝賜給她手鐲的時候，她的父親還是朝廷裏一名深受尊敬的大官，後來他的敵人和一些壞朋友捏造罪名陷害他，使他遭到了被永遠驅逐出國的處罰。如今，這隻翡翠手鐲隻標志着過去的榮譽。這種殘留的記憶時常在她腦海里盤旋，使她悲傷。

現在她必須獨自一人經營茶館。她除了親自煮茶、烙餅外，還要侍候那些來茶館喝茶、吃餅的顧客，因爲她連雇一個女僕所需的微薄的工錢都支付不起。在和她父親一起生活的日子裏，她從來不知道有勞動的需要。所以，對她來説，目前這種沉重的負擔是難以忍受的。

彩玉溜下炕，開始了一天的梳妝。她把她的黑髮梳往後背，使她的臉蛋端莊地嵌在那烏黑秀美的長髮中，在那閃光的秀髮中插上一些從花園裏採來的茉莉花。然後她拿起一面圓鏡子。這鏡子沒有把兒，但是背後有一些絲帶，在需要照鏡子的時候，可以將它們繞在手指頭上。她把鏡子掛到放着瓶瓶罐罐的小桌子的上方，然後，像舉行一種莊嚴的儀式似的，她仔細地畫起眉毛來，直至它們變得烏黑、挺秀，像一對即將起飛的翅膀。在陽光明媚的花園裏，長着一種指甲花，她擠出花裏的汁來染紅她那嬌小的指甲。

梳妝完畢後，彩玉嬌艷得像她自己花園裏的一朵盛開的、正在迎風點頭的鮮花。

茶館裏傳來了小鈴鐺那音樂般的叮叮聲，這告訴她今天早晨的第一位顧客已經來到。彩玉又嘆了一口氣。那些到這裏來的人都不知道她過去曾經是一個貴族家庭的女兒。他們往往狂暴、粗魯，并且總是滔滔不絕地講那些她在她父親家裏從來沒有聽到過的話。

但是彩玉必須侍候她的顧客。她慢吞吞地挪動着她那雙小脚向茶館門走去。她多麽希望來客因爲等得不耐煩而先走了，這樣她就不必去侍候他們了。

她跨進的那間屋雖然只是個茶館，却裝飾得非常雅致。屏風漆得烏黑油亮，精心設計的龍和荷花交織的圖案覆蓋了地面和天花板。牆上面着穿古裝的小人，他們互相屈膝行禮，臉上常駐着笑容，似乎古時候的人不知道憂愁。

彩玉最喜歡的是那屏風，那上面畫的是孔夫子正對着一群穿着華麗的綢緞長袍、神態嚴肅的人和藹地講學。在他的頭頂上有一片白雲，像一個輕輕飄下的白色斗篷覆蓋着這一群人；雲的後面有一群小仙人，手拉着手，圍成一圈，在月亮裏跳舞。

彩玉慢慢地向前邁步，強迫自己去招呼那位大清早就來光顧她茶館的客人。當見到客人的時候，她非常吃驚。這位客人完全不像以前到她茶館裏來的那些人。他的指甲修剪得非常仔細，就像她一樣；他的袍子非常華麗，就像他的父親以前穿過的那樣；但是，顯然這不可能是朝廷的官服，因爲從來沒有哪個當官的會到她這個低賤的茶館裏來喝茶。那個陌生人站起身來，抬起藏在寬大的衣袖裏的雙手，向彩玉作揖行禮。彩玉更加感到迷惑，因爲，通常到茶館裏來的人都是非常粗野，絕不會對一個茶館姑娘彬彬有禮。她高興得心撲通撲通地跳，頃刻間她似乎感到她又回到了她父親家裏，并且正在向他的一位高貴的來客行禮。

"您的光臨使我這小小的茶館蓬蓽增輝，"她羞怯地說。

新來的客人坐下了。他沒有答話，但是帶着友好和熱情的神色從他的珠寶扇後面端詳着彩玉。他的一雙黑眼睛似乎能一直看到她的心裏，引起她的心激烈地跳動。他謙遜地、贊許地看着她。

彩玉去拿茶和餅，他仍舊不說話。彩玉變得像羞答答的姑娘那樣，退到她臥室門前的屏風後面，從那裏，她更加好奇地窺看她的客人。

"是什麼風把他送到我的茶館裏來的？"她自言自語地問自己，"他與別的顧客不一樣，這也沒有什麼奇怪。但是，爲什麼我可憐的心跳得這麼厲害？難道僅僅是因爲他在這裏嗎？"

當陌生人喝完了茶的時候，彩玉不願意提錢的事。她受過很好的教育，她把錢看成是苦力和商人們用來做交易的媒介。但是陌生人主動結算了茶和餅的錢，而當彩玉伸手去接錢的時候，她羞怯地暗自奇怪，爲什麼她臉上感到火辣辣的。付錢、收錢的過程延緩了好一會兒，直至彩玉抬起眼睛看着陌生人。

但是他并不在看她，他的眼睛落到了她手腕上戴的手鐲上。這翡翠龍鐲只可能來自一個地方，那就是：來自皇上。這個人心裏肯定在納悶：這麼一個貧賤的開茶館的姑娘怎麼會擁有這麼珍貴、精美的東西？

她的客人突然站起來，向她施禮，把錢放在她手裏，就離去了。她發現，陌生人的茶點錢給得非常慷慨，相當于通常她一整天的收入。陌生人沒有説一句話，可是彩玉的心却是如此激烈地跳動，而且從他離開後，她感到時間似乎過得特別慢。

她注意到他長得很英俊，甚至像她的哥哥慶三一樣英俊，可是她曾經見過不少長得英俊的男人，他們并沒有使她的心跳得這麼激烈。她也注意到他穿得非常豪華，但是她過去也見過許多人穿得像他一樣豪華。他出身于高貴門第，這是顯然的，但是她本人也曾經是出身于貴族家庭。那麼，究竟是爲什麼她對這個陌生人這樣動情？

第二天早晨，他又來了，還是來得那樣早，茶館裏除了他和彩玉外，再沒有別人了。他祝她早安，向她行禮。他的聲音低沉而優美。但是當彩玉給他送來茶和點心的時候，他的眼睛又落到了她的翡翠手鐲上。

"如果你不介意的話，"他説，"我想問問你關于那隻翡翠手鐲的事。這可能是一件皇族的禮品。你能否告訴我是怎麼一回事？"

彩玉哆嗦了一下。爲什麼這個陌生人對這隻標志她家庭過去榮譽的手鐲感興趣呢？從她降生的時候得到這個手鐲開始，她一直戴着它，因爲它能使她回憶起快樂的往事。

"它是皇帝陛下所賜，"她小聲地説，"是在我出生的時候賜予我父親的，表示祝願我長命富貴。請您垂顧一下這上面刻的字，這是出自皇帝陛下的著名工匠之手，'壽'字表示長壽，'祿'字表示富貴。我的名字'彩玉'就在這兩個字中間。"

"彩玉，"她的客人喃喃地説，再次站起來向她施禮，似乎他們是剛剛見面。"多麼美麗的名字。但是，如果我的眼睛和我心裏的感覺沒有

欺騙我的話，那麼，我敢説，你本人比這個名字還要美麗。但是，你説
這隻精美的翡翠手鐲是皇帝陛下在你出生的時候賜予你父親的，然而皇
帝陛下的年齡并不比你大呀！顯然，這是難以理解的。"

"我是指當今皇帝的父親。"

"我要提出第三個使我難以理解的問題：既然是皇帝陛下如此寵愛
的人，怎麼會變成開茶館的姑娘呢？"

然後，當覺察到自己已經問得太多，而且可能已經有些失禮的時候，
這個陌生人趕緊站起來謙遜地向她行禮，對自己這樣毫無顧忌地提出這
麼多有損于她尊嚴的問題表示歉意。他的話引起了彩玉痛苦的回憶。她
的客人眼睛裏流露出同情和憐憫，而彩玉也就不自覺地把她的痛苦告訴
了這個男人。

"以前，"她説，"誰也不可能想到我會成爲一個茶館姑娘，忍受着
到這裏來吃喝的客人的逗弄。我父親曾經是朝廷的一個大官，瞭解他的
人都尊敬他、愛戴他。由于他的地位很高，有很多人妒忌他。他們中有
些人表面上裝得和他友好，背地裏卻在皇帝面前進讒言。最後，皇帝聽
信了那些我父親認爲不屑一辯的讒言。我的父親被流放了，我的母親是
在我出生後不久就去世的，所以就留下我和哥哥慶三兩人孤獨地思念我
們那永遠不會再回來的父親。我哥哥當了一名普通士兵，永遠不能得到
任何官職，這算是對我父親懲罰中的一部分；而我，則變成了一個茶館
姑娘。"

客人非常同情她。

"但是，"他説，"如果皇上，現在的少皇帝，聽到這個故事，他會
相信的。有人會把你的情況反映給皇上，這樣，可能皇上會召見你，聽
你訴説真情。"

"現在太晚了，"彩玉説，話音顯得有些哀傷，"自從父親被流放到
土耳其斯坦後，我們一直沒有得到他的消息。他的自尊心受到極大的挫
傷，我們擔心，恐怕他早已跟隨他尊貴的祖先走了。"

忽然，彩玉想起，跟這樣一個陌生人談這些事情不合適，她那美麗

的雙頰頓時變得緋紅，她準備退下。

"我不應該説這些話，"她低聲地説，"這些話可能被看作對先皇不忠，盡管我并没有這種意思。我們家一向是忠于皇上的，我不應該對一個連名字都不知道的人講這些話。"

"請等一下！"陌生人請求道，"因爲我已經知道你的名字叫彩玉，所以你可以叫我劉丕。"

這樣，彩玉對劉丕就不再有顧忌了。他常常到茶館裏來，在没有别的客人的時候，她竟在他的桌子邊坐着陪他。他向她講述在中國邊遠地方的一些事情，姑娘知道他到過許多地方，而且對生活在底層的窮苦百姓充滿了同情心。當他看彩玉的時候，眼睛裏閃出贊許的目光。他喜歡用一些小事情逗得她和他一起哈哈大笑。當他們互相交談的時候，彩玉忘記了她只是一個茶館姑娘，而想起了過去的日子，那時候，她是朝廷一名大官的女兒，在整個大清帝國中不次于任何人。

一天早晨，她的哥哥慶三請了幾個小時的假，從部隊回來看他喜愛的妹妹。他對劉丕非常有禮貌，見面時，用那種只有出身高貴的人才具備的儀態向他行傳統的屈膝禮——當然，誰也不會得罪自己家裏的客人。

但是當劉丕離去以後，慶三的臉上罩上了一層陰雲。

"這是怎麼回事，妹妹？"他問，"我發現你和這位貴人隨便説笑。他不可能對一個茶館姑娘感興趣。他是誰？他爲什麼到這裏來和你聊天？"

彩玉第一次意識到她與劉丕之間日益增長的、美好的友誼在别人心目中會引起什麼樣的想法。慶三當然是全心全力地愛護她，他知道對她來説，怎麼做才是正確的、合適的。

"這位貴人名叫劉丕，"她告訴慶三，"他是一個高貴、善良的人，他從不取笑我，也不像别的茶客那樣對我粗暴無禮。和他在一起的時候，我忘了我只是一個茶館姑娘，你只是一個普通士兵。有時候，我甚至忘了我們的父親已經走了。"

"但是他是貴族出身，而我們已經淪爲平民。他對你的意圖能是高尚的嗎？像他這一階層的人决不會到茶館裏來物色妻子的。"

"他只是我的一個朋友，能使我快樂的朋友！根本談不到結婚的事。"

"這樣就更可怕了，"慶三憂鬱地説。"如果他真的提到結婚的事，那還好一些。小妹，不能讓他再來了。"

"但是，哥哥，"彩玉眼睛裏閃着泪花説，"我喜歡和他一起説話，我們在一起的時候都很快樂，我們之間除了友誼外，再没有别的了。在長長的白晝裏，你又不在這兒，是他給我帶來了歡樂。我們怎麼能説不要他再來了呢？這對于一個高尚家庭的人來説是一種侮辱。我們不敢得罪那些來光顧我們的客人。"

"爲什麼他清晨第一個來，小妹？"

"那我不知道，哥哥，他常常告訴我，他什麼地方都去，因爲他關心百姓的幸福，希望知道他們是怎麼生活的。所以我相信，他第一個來到這裏是偶然的。"

"後來呢？"

"可能他喜歡和我在一起，談論着我們兩人都感興趣的事。"

"他以後不可以再來了，"慶三堅持説，"小妹，你必須想一個辦法告訴他，但又要不得罪他。"

她怎麼能這樣做呢？從她父親走後，他是第一個使她笑的人，她怎麼能傷害這樣一個人呢？爲什麼她剛找到一個善良、高尚的朋友，就要馬上失去他，僅僅是爲了維護那僵化的舊傳統？爲什麼一個茶館姑娘就不能與像劉丕這樣的人交朋友呢？她過去不也曾經是一位大官的女兒嗎？開茶館的彩玉與曾經接受過皇帝恩賜龍鐲的彩玉有什麼不同呢？

生活對待人們是這樣的不公平，隨着慶三的話，似乎一切光明都消失了。當然，她也知道，慶三的話都是符合古老而尊嚴的傳統的。所以當第二天早晨劉丕又來的時候，她鼓起勇氣想告訴他，請他以後不要再來了。

但是她激動得説不出話來，似乎有一隻大手緊緊地扣住了她的心。

當劉丕向她施禮問好的時候，她站在他前面一言不發。劉丕吃驚地望着她。彩玉還不知道她自己在哭泣。

于是劉丕溫和地、憐憫地招呼她到自己身旁的一個座位上坐下。

"彩玉，"他説，"即使是你的淚珠也是無價之寶，它們就像一串閃光的珍珠從你金子般的臉頰上掛下來，你哭泣的時候比朝霞還要可愛。雖然眼淚使你顯得更加嬌艷，但是你還是不要哭好。彩玉，告訴我，你爲什麼不高興？"

她想趕緊止住眼淚，可是眼淚却流得更快。她必須説的話却怎麼也説不出口。

"彩玉，"她的客人説，"我有許多事情必須告訴你。我聽到了，也相信那個關于你的家庭的故事。我肯定，你説出這個故事後，皇帝陛下就瞭解了真情。還有，我常常對你説，你非常美麗，但是我至今還没有告訴過你我是多麼地敬慕你，彩玉！我衷心地愛你。"

彩玉驚异地看着劉丕。這樣的奇迹真的會落到她的頭上？

"按傳統規矩，我應該讓我父親找一個媒人到你哥哥那裏去，彩玉，"劉丕繼續説，"但是我的父親已經去世了。在我托媒人去向你求婚前，我想讓你知道，對于我，你是完美無缺的，我從心底裏愛你，愛得發狂。親愛的，在你面前，我是個微不足道的人，因爲你的美貌使我相形見絀，我感到膽怯。你走路的時候，就像柳條在微風中起舞一樣優美，使愛你的人心醉。鳥兒從天空中降下來爲你伴舞，月亮的光芒與你的美麗相比都會黯然失色。我是太低微了，不配向你求愛。"

彩玉的心跳得如此劇烈，就像小鳥的翅膀撞擊着囚禁它的籠子一樣。她的眼睛明亮清澈，她的微啓的嘴紅得像一顆熟透的櫻桃。劉丕説的那些話啊，她怎麼能按自己的願望回答他呢？

正在這時候，她的哥哥進來了，彩玉在幸福的迷茫中離開了茶館，留下劉丕和慶三在一起。陌生人立刻向慶三打招呼。

"尊敬的先生，"他説，"我愛你的妹妹，雖然她没有對我講過，但是我相信她也愛我。如果你同意，我將托媒人到你那裏説親，并準備結婚。"

"她只是一個茶館姑娘。"慶三回答。

"她是你父親的女兒,"劉丕繼續説,"只是被厄運拖累了。你願意接待我派去的媒人嗎?"

"但是,可敬的陌生人,"慶三説,"對于你,我們什麼也不了解,只知道你曾告訴我們稱呼你劉丕。我到處打聽關于你的情況,可是得到的都是含糊其辭的答復。再則,我們很窮,我們甚至連媒人的酬金都付不起。"

劉丕笑了,笑得這樣有魅力,頃刻間連慶三都動心了,雖然他仍然相信高貴家庭出身的人决不會娶一個茶館姑娘。

不久,媒人來了。慶三向他傾訴了自己心裏的困惑。他講到他們的窮困,講到他對劉丕與彩玉之間的婚姻的疑慮。在他説話的時候,他甚至想到劉丕可能比他們想象的還要高貴得多,因爲他派來的媒人穿的服裝非常華貴。

但是當慶三説完了那些表示不同意的話後,媒人只是微笑,深深地行禮并且繼續談求婚的事。然而,慶三仍舊告訴他這件事是不可能成功的,把他打發走了。最後,劉丕親自出馬了。

"我們地位上的差異只是表面的,"他與慶三爭辯到最後,就下結論説,"你是愛你妹妹的,我請求你趕緊給她準備嫁妝,等我回去查過黄曆,選定良辰吉日送花轎來。"

劉丕一邊微笑,一邊作揖離開了茶館。慶三覺得再也没有辦法拒絶他了。

慶三把情況告訴了彩玉。當他聽到彩玉邊煮茶、做餅,邊歡樂地唱着歌(因爲等她當了劉丕的新娘後,她就再也不用幹這些事了)的時候,他疑惑地笑了。

以後每天清早,劉丕不再到茶館來了,所以日子似乎顯得特別漫長,但是彩玉已經在用她靈巧的雙手做好了自己的嫁衣。她不是正爲了她所愛的男人而給自己做準備嗎?她也查了黄曆,知道花轎必定在哪一天來。

到那時候她就可以從花轎的顏色和轎夫的人數，確切地知道劉丕的官階。

這一天終于到了。她做好了一切準備。歡樂和恐懼交織在一起，使她的心跳得非常激烈。在等待的時候，她多次到門口向着往日劉丕來茶館所走的那條路望去，她知道，從那個方向將會有一頂轎子來接她到她未來主人的家裏。

好幾個小時過去了，花轎，至少是接她的花轎，還是沒有來。但是……這是什麼？她激動地喊着她的哥哥。慶三過來，順着彩玉所指的那條路看去。

"這是多麼好的預兆啊，哥哥！"她喊道，"肯定是少皇帝陛下今天娶親。劉丕來花轎接我是與皇帝的婚禮在同一天，這難道不是一個吉祥的預兆嗎？不知道皇上選中了哪個皇族公主做他的妻子。"

沿着到彩玉這個茶館來的那條路上，一個豪華的隊列在行進。有一頂非常大的轎子由六十名轎夫抬着。這頂花轎的顏色黃得像太陽光一樣，它把陽光反射成無數的金色柳葉。轎夫們的服裝都非常華麗，好像是皇宮裏的僕人。幾十名騎士和朝廷官員騎着騰躍的、鞍轡鮮艷的蒙古小馬，微風吹動了它們飄垂的鬃毛。官員們帽子上的頂珠標志了他們的高貴身份。他們騎在馬上神態高傲，因爲他們確是大清帝國的大人物。

隊列在行進。彩玉將要在與皇帝娶親的同一天到她的主人家，兄妹倆爲能有這樣的好運而驚喜。現在，他們明白了，爲什麼劉丕的花轎姍姍來遲。不管劉丕有多偉大，他也必須爲皇帝讓路，以便皇帝的迎親隊列在這條蜿蜒的路上通過。

但是，頃刻間，慶三和彩玉心中的歡樂被揪心的恐懼所取代了，因爲皇帝的金色花轎拐進了茶館的院子裏，舊日的恐懼重新襲上了他們的心頭。當初命令將他們父親流放的詔書中規定：他家族中的任何人不得在朝廷內受到信任和尊敬。肯定是皇帝聽説彩玉即將嫁給劉丕而前來制止的。劉丕肯定是很顯赫的，而彩玉，蒙受着那樣的恥辱，與他不相配。可是，令人費解的是，皇帝爲什麼不派一個使臣來，而要送來一頂花轎呢？

浩浩蕩蕩的金色隊列隨着花轎來到茶館，在庭院外面停歇。然後，有一個官員從一頂轎子裏走出來，神色嚴肅，態度和藹。他打開一卷黃色的文書。

小院裏響起了使臣洪亮的嗓音："讓彩玉和她哥哥慶三到院子裏跪下聽皇帝陛下的聖旨！"

兄妹倆趕緊按照迎接聖旨的規矩叩頭。他們心上像壓了一塊石頭，覺得他們的世界要再次毀滅了。

使臣説話聲音洪亮而溫和，但是對這兩個接聖旨的人來説，他們最關心的是他的話將要帶來什麼災難。

在彩玉該去和劉丕結婚的這一天，聖旨召她到皇宮裏去做少皇帝的新娘。使臣還在繼續宣讀聖旨，但是彩玉什麼也沒有聽見，她只知道他們正在使她永遠離開劉丕，因爲誰也不敢違背聖旨。彩玉必須坐着金色花轎到皇宮裏去。雖然她將成爲皇后，但她胸膛裏那顆心却像鉛一樣的重，因爲她只愛劉丕。

"起來吧，尊貴的公主，請上御花轎。"

聽到欽差大臣的話，彩玉知道，對她來説，世界末日到了。但是她怎麼能不跟劉丕説一句話就走呢？他會永遠尋找她，他的心會碎的。

"請稍等片刻，讓我和哥哥説一句話。"她懇求使臣。

"我們從來沒有想到能得到這樣的榮譽……我們……我們要告別……"

使臣勉强笑了笑，同意了。

"你必須抓緊時間，尊貴的公主，"他一邊説，一邊深深地行禮，似乎彩玉已經是皇后了，"不能讓皇上久等。"

兄妹倆匆匆走進茶館，彩玉蒼白的臉上流着眼泪。

"爲什麼這可怕的事情會在今天發生呢？"她嗚咽地説。

"也許是皇帝想對我們父親的冤屈作些補償，"慶三溫和地説，"這是皇上能够賜予我們的最高榮譽，你將要成爲全中國最偉大的女人。"

"我不希望偉大！我只需要劉丕。你説，如果皇上知道我今天要和劉丕結婚，他會不會收回聖旨?"

"也許，"慶三猶豫地說。"但是他會對你和劉丕發火。"

"那麼你覺得真的一點希望也没有了？看來我得趕緊找劉丕求援。"

他們走進茶室，發現劉丕，這個沉着的人，已經比他們先到達茶室。他站起來向彩玉深深地作揖。

"我聽説，"他說，"而且也看到了，皇帝正在改正過去的錯誤。"

"但是我不能做他的皇后，"彩玉嗚咽道，"我只愛你，劉丕，我不願意做皇后。"

"皇帝會給你宮殿、無數宮女和無微不至地侍候你的太監。他會給你帝國的財富。"

"你知道啦! 是不是因爲這個原因，你的花轎才没有來?"

"我親自把你的故事告訴了皇帝，他答應要改正錯誤，而且他正在這樣做。"

"但是我不願意做皇后……"

"聖旨不能違抗。你會得到一切的。"

"皇帝能給我的東西，我什麼都不要，我只要你，親愛的。和你在一起，哪怕是住草房、吃糠咽菜，我都願意。"

"啊，我没有什麼辦法，但是我會把你的美貌銘刻在我心上，并且至死愛你。"

"要是你不相信我說的事，没有去告訴皇帝，那該多好啊!"彩玉喊道，"我肯定，我敬愛的父親早已不在人世，這遲來的榮譽與他毫無關係。"

"還有，彩玉，"劉丕輕輕地說，"我說過，皇帝希望徹底改正錯誤，派了許多使臣，找遍了你父親被流放的土耳其斯坦。他没有死，還活着，現在已經回來，而且又是朝廷的官員了。但是你父親老了，現在不能來看你。他在宮中等着你。"

"這樣説來，你早就知道皇上的意圖了，而你却不去勸阻他!"彩玉喊道。

"還有，"劉丕小聲地、內疚地説，"今天你的哥哥慶三已經是一個省的總督了。"

彩玉和慶三久久地看着劉丕。這個人多麼偉大，爲了彩玉，他在朝廷裏所做的每一件事都使彩玉離他更遠。對于這樣一個愛她愛得如此深，爲了她不惜犧牲自己，把她讓給别人的人，彩玉怎麼能拋棄他呢？

"聽我説，劉丕，"彩玉説，"我除了你誰也不愛，即使因爲違抗聖旨而要將我處死，我也要嫁給你。"

"你有没有考慮過，你違抗聖旨對你父親和慶三將產生什麼後果？"

"不要考慮我，"慶三喊道，"我寧可一輩子當一個普通士兵，也不願意讓彩玉再次陷入痛苦。并且，我相信我的話也表達了我父親的意願，他已經度過了多年的流放生活而没有怨言，如今爲了彩玉的幸福，他會心甘情願地回去的。"

"不，不，"彩玉説，"我太自私了。聖旨必須服從。我的父親應該在他熱愛的故土上度過他的晚年。至于你，哥哥，你必須接受你的職位，再没有其他選擇了。"

劉丕臉上露出了愉快的微笑。

"現在，彩玉，"他輕輕地説，"我知道你是非常地愛我，并且我也知道你是多麼偉大而忠貞，你的心比一切善良的女人還要善良。我應該知道這一切。我非常抱歉，我欺騙了你。不要再憂愁了，親愛的，我坦率地向你承認，皇帝的花轎也就是劉丕的花轎。"

説着，劉丕把外面的罩袍褪下，露出裏面華貴的金色長袍，那是用錦緞做成的，上面用絲綫綉了雲彩和海浪。在前胸的中央，有製作精美的象徵中國皇室的黄龍，這是只有皇帝才能穿的服裝。

頓時，彩玉和慶三像挨了當頭一棒一樣，撲通一聲跪倒地上，向曾經是"劉丕"的皇帝叩頭。

"應該是我向你叩頭，彩玉，"皇帝説，"因爲在我看來，你是天下最偉大的。用你的纖手撫摸我的臉頰吧，小皇后，你的愛撫能使我相信，現在，就像過去我是劉丕、你是茶館姑娘的時候一樣，你對我的愛始終如一。"

　　彩玉流着歡樂的眼泪邁向那張着雙臂等着她的萬歲爺。這時候，慶三看着他們，呆若木鷄。是劉丕促使他碰到了最大的好運，這種好運是可能落到帝國中的任何一個人的頭上的。

　　"慶三，"皇帝說，"命令總管大臣爲彩玉準備好花轎。"

　　這一天，陽光照在中華帝國的大地上，顯得格外的燦爛。也是在這一天，彩玉與她衷心所愛的人結婚了，她變成了皇后。

黑龍山

　　蘭琦國公是一位聰明的長者，他統治着黑龍山這塊小小的領地。他的臣民愛戴他，他也非常關心、體貼他們。他太仁慈了，以致他手下的個別貴族竟利用他的仁慈來達到個人的目的。蘭琦國公有一件值得自豪的東西，那就是他長着一把漂亮的鬍子。在他的貴族中，沒有一個人的鬍子有他這樣長。這是通常的漂亮的五縷鬍。兩縷像絲帶似的從上嘴唇掛下，一縷從下巴掛下，另兩縷分別掛在左右耳朵下。當他高興或發怒的時候，總要用他長長的指甲去捋他的鬍子。但是他是很少發怒的，所以這塊領地上的百姓是全國最幸福的人。

　　在整個黑龍山，最珍貴的寶貝就是國公的十七歲的女兒永喜。即使是藝術家的神手和大文豪的妙筆都不足以描繪她的美貌。她那華麗的旗袍是黑龍山最有名的裁縫製作的藝術精品，那裏繡着深藍色的海洋和天空以及皚皚白雪，繡得那樣逼真，使人仿佛聽到海浪拍岸，看到天上隱約閃爍的星星，或是感覺到白雪帶來的寒意。有幾套服裝甚至是出自紫禁城中太后宮裏的御裁縫之手。她的鞋小得可以藏在嬌貴的茶杯裏，鞋上鑲了許多寶石，在光綫的照射下，它們一閃一閃，像許多眨着眼睛的小星星，它的光輝燦爛僅次于頭飾上的小星星。

　　永喜長得嬌小玲瓏，她的嘴唇好似鮮紅的花瓣，她的眼睛像午夜一樣漆黑，她的眉毛像黑蛾子的觸鬚，彎曲而細長，永遠隨着她眼睛中射出的喜悦之光翩翩舞動，難怪老國公一想起她就會喜歡得情不自禁地捋胡子，而且他的心裏沒有一刻不裝着她的形象。

　　在一個難忘的早晨，當她向父親叩頭請安的時候，他對她説：

　　"永喜啊，這些年來，你的美好的生活一直是我心中的一種安慰。很久以前，在你還沒有出生的時候，我曾經希望得到一個兒子。謝謝老天爺，他没有實現我的願望，否則，我就不可能看到你的金子般的光輝年華。你母親的去世使我心中充滿了悲痛，但是立即，她又通過你回到了我身邊。我能從你的眼睛和你莊重的步履中看到她。當你説話的時候，我能從中聽到她的聲音。"

老國公和他的女兒相互之間理解得多麽深啊！他不可能按中國古老的習慣，對她説話的時候把真正的意思隱蔽起來，因爲不管他嘴裏怎麽説，她能直接洞察他心靈深處的東西。

"父親是不是以一個愛人的身份在和我説話？"她輕輕地問，然後，她看到他窘時間的狼狽相，就大笑起來，"啊，父親，要是有一個像您這樣的人做我的新郎，那該多好啊！我夢想中的新郎就是像您這樣，只是他年輕而没有鬍子。"

"你不喜歡我的鬍子嗎？"國公裝出生氣的樣子問。

"當然喜歡，不過這樣長的鬍子只能屬于大賢人，而您常常告訴我，當我從年輕人中選擇新郎的時候，不要找那些太聰明的人。"

國公深深地嘆了一口氣。

"小永喜，"他説，"這正是我要和你談的事。到我身邊來，女兒，把手伸給我。這像緞子一樣細嫩的小手幾乎能被我的手吞没。一個有資格像我這樣握着這隻小手的人必須不是一個普通人，他差不多應該是個神。可是，我離開你到天堂去的時刻很快就會到來，那時候，你就是黑龍山惟一的統治者，許許多多男人會來向你求婚。但是，記住，我的女兒，整個黑龍山有條件得到屬于你的這份財富的人是極少的。我的最大的願望就是你的新郎必須是個高尚的人。"

"如果這個人必須是那些貴族中的一個，"她輕輕地説，"那我誰也不喜歡。"

"我渴望在我離去之前你能找到一個好丈夫，"國公回答，"因爲一個姑娘家獨自統治這塊領地是不合適的。"

"我求你，父親，"她説，"在你到天堂去找我母親之前，你還能統治黑龍山很多年。剛才談的事可以慢慢考慮。讓我再單獨和你一起過一段快樂的日子吧！"

"你有什麼願望嗎，永喜？我一向認爲，能滿足你的任何願望是我最大的樂趣。"

"在山腰上的樹林裏，現在正是山雞群集的季節。請允許我清晨帶着我的全體隨從到山裏去度假。我們要去打山雞。"

"你不會喜歡去殺生吧？"蘭琦國公説。

"我要去獵取那些活的、美麗的山雞，是爲了讓它們和我在一起。我還要給它們準備窩，讓它們美麗的羽毛爲我敬愛的父親的宮殿增添光輝。"永喜回答。

蘭琦國公把鬍子捋得比平時格外起勁兒，因爲他的女兒使他比往常更爲高興。他總認爲，女兒給他的歡樂已經到了無以復加的程度了。可是事實却又經常使他感到意外。每當這種時候，他總要提醒自己，將來他替女兒選擇的新郎必須是完美無缺的。

爲了確保永喜在狩獵時絕對安全，他派去的隨從除了士兵、僕人、宮女、女侍官和她的老保姆李奶媽外，還有大批的宮廷侍衛。他們全都穿着豪華的獵裝。在蘭琦國公上朝聽政的時候，他的貴族們穿的服裝可以與絢麗的陽光比美。對于永喜來説，這次進山是度假，這一天相當于節日，其富麗堂皇不亞于國公聽政的日子。

在隊列裏有許多轎子。載着國公女兒的那頂轎子大得好像一間閨房。苦力們抬着這頂轎子進山。蘭琦國公站在國公府寬廣的臺階上，看着他的心肝寶貝嘴上挂着幸福的微笑離去了。

"我祈求上蒼，"他自言自語地説，"但願她一生中都能像這時候一樣快活。"

太陽照在永喜那頂轎子的金頂上，反射出一片絢麗的光芒。笑吟吟地抬着永喜的轎夫，他們寬大的背曬成了深棕色。騎着歡騰的蒙古小馬的衛士驕傲地仰起頭，簇擁在轎子周圍。那些蒙古小馬也驕傲地仰起頭，它們的鬃毛就像飄拂的旗幟，馬蹄聲嚼哨地像敲小鼓，它們的眼睛亮得像燃燒着的煤塊。因爲這些小馬也知道轎夫抬的是多麽珍貴的寶貝，它們爲自己能伴隨這樣一個隊列而感到自豪。

天空像一隻藍色的碗，覆蓋着中華大地。當隊列到達高山暫停的時候，太陽已經高挂在藍天。永喜從轎帘後向外窺望，并且詢問：爲什麽隊伍停止不前了？

"這裏的路特別窄而且危險，兩個騎馬的人不可能相對而過。"一位跟隨在轎子旁邊的貴族解釋道，"可是對面來了一個人，他竟敢問我們憑什麽命令他讓路，他神氣得好像他是個國公，可是他衣衫襤褸，没有佩戴任何首飾，甚至連帽子上標志他的官職的頂珠都没有。當我們告訴他，是黑龍山國公的女兒要通過這裏的時候，他只是微微一笑，似乎我們在和他開玩笑，既不靠邊讓路，也不掉頭回去。不過這很簡單，我們殺了他，就可以前進了。"

一絲笑意掠過永喜鮮紅的嘴唇。

"他是個年輕人嗎？"她問。

"非常年輕，而且没有頭腦，"貴族回答。

"這個傲慢的傢伙長得俊嗎？"

"非常俊，可是，有時候苦力也會長得俊的。"

"把這個英俊而粗魯的、敢于隨便笑的年輕人帶來，我要親自看看這個敢違抗我父親手下官員的命令的是個什麽樣的人。"

"可是，"貴族表示不同意，"您是一位年輕的未婚姑娘，按我們的禮儀……"

"我是永喜小姐，"她打斷貴族的話，"一個國公的女兒屈尊和一個平民説説話，算得了越軌嗎？立即命令那年輕人過來！"

于是那個年輕人笑着過來了。他的臉比她想象的還要漂亮，他挺拔得像個士兵，毫無懼色地站在她父親的武裝衛隊中間，而且連看都不看他們一眼。當永喜看着他那靈活而調皮的眼神的時候，她的心開始跳得快起來了。然後她的笑容收斂了。他的衣服不華麗，也没有裝綴珍珠，正像那貴族所説的，他是個窮人。

可是當他看到轎子裏這位幽雅、美麗的姑娘的時候，他立即跪下，在她面前表現得非常謙卑。他眼睛向下，膝蓋跪在路上的塵土裏。

"那敢于對蘭琦國公的女兒攔路的人叫什麼名字?"永喜注視着這個健壯、英俊的年輕人問道。

"黑龍山的女兒，小人名叫胡富，"他用音樂一般優美的聲音答道，"我的父親是這山裏一位年邁的老人。我誠惶誠恐地向您叩頭，因爲您的貴族命令我爲蘭琦國公的女兒讓路的時候，我還以爲他們在開玩笑呢。"

她知道他在撒謊，因爲他當然知道，在這整個黑龍山中，除了她的父親以外，還有誰能爲了打山鷄這樣的小事情而派出這麼豪華的一個隊列來呢? 但是，正是這種謊言使她心裏感到暖洋洋的。

"尊貴的小姐，"他對她說，"小人的性命全掌握在您的手裏，請您發命令吧，您要我幹什麼我萬死不辭。"

她猶豫了一會兒，最後說道:

"我要你在我轎子旁邊步行到我們隊列宿營的地方。"

"可是我有馬。"

"你這就拒絕了嗎? 你不是說無論我要怎麼樣……"

"您懷疑我的忠誠嗎? 只要有你的命令，我什麼都能忍受。這種懲罰是公正的，我願意在您轎子旁邊步行。但是請您派一名士兵幫我牽馬。"

他們進山的時候，胡富手搭在苦力抬的轎子上，在轎子旁邊一面走，一面和永喜說着話。

真的，他們有許許多多的話要說。在離開蘭琦國公的狩獵小房還有相當長一段距離的時候，永喜感到，從此以後，只要她一想起胡富，她的心就會跳得非常快，而胡富覺得，要是他以後再見不到永喜，那麼他將會感到活在這個世界上沒有意思。

在他們到達宿營地的時候，她對他說:

"我還有一個希望，就是在明天黎明時候，你回到這裏來，陪我一同去打山鷄。還有，如果你對這裏的山路很熟悉，不怕走夜路，那麼你再多待一會兒和我説説話，然後再回到你父親那裏去。”

于是他們在蘭琦國公的狩獵小屋裏一起愉快地度過了許多個小時，講了許多話。但是當星星在天空出現，迷霧和夜幕籠罩山谷的時候，他們完全沉默了。這種無言的交談就像他們在用古代經典文學中最美好的詞句交談一樣簡單而快活。夜已經深了，貴族們都在嘀咕，連李奶媽都感到不安，以至最後她就命令他走了。她看着他騎上那匹他似乎非常喜愛的白馬，她覺得從他的儀態和騎馬的姿勢看，他很像一個地位很高的武官。

“黎明時來，胡富！”她温柔地喊他。

“只要我活着，黎明時一定來，”不遠處響起了他快活的回答，“什麼事情也不可能阻擋我再與你相見。可是從現在到黎明這段時間，我簡直不知道怎麼活下去。”

于是他騎馬向東方馳去，最後消失在灑滿山坡的銀色月光中了。永喜走進山裏的小屋。這一夜，她整夜夢中都看到一個英俊的青年騎馬去到月光裏。

“對了，”她自言自語地説，“很久以前，我父親就和胡富一樣。”

遠在黎明到來之前，一匹烏黑的馬就給永喜準備好了。永喜騎上了馬。這個黑色的動物似乎和那些貴族一樣，知道它背上馱的是一位多麼高貴的人物。永喜面向東方，等候着胡富的到來。

當金色射綫穿透東方黑灰色天空的時候，胡富騎着白馬，背着冉冉升起的旭日又出現在她面前。

永喜看到他騎馬前來，她的臉上容光煥發。她帶着歡樂的笑聲，揚鞭策馬前去迎接他。當然，她的白絲鞭子是從來也不會真正觸到她那小馬一根黑亮的毫毛的。

“歡迎你，胡富！”她喊道。她身後那些貴族們搖着頭竊竊私議。

他下馬跪在她面前，她叫他起來騎上馬。這一整天，他倆肩并肩，膝靠膝，在高山上親密地游玩。笑聲在山谷中回蕩。

當夕陽西下，黃昏來臨的時候，他的臉上升起了陰雲。她説：“我父親一定會很高興地歡迎你到黑龍山的國公府裏去。"

"我這個卑微的人不敢有這種奢望，美麗的黑龍山之花。"他輕輕地說。"雖然以後我們不會再見面了，但是你的美麗的形象將永遠在我眼前。我的手將永遠感到你撫摸時給我的温暖。你的玲瓏的小腳將在我心上留下不可磨滅的可愛的脚印。現在我要和你告別了，我懇求你不要忘記我。"

當狩獵隊帶着那麼多山鷄回到國公府的時候，永喜自己也不知道爲什麼，她并不感到快樂。她告訴了她的父親關于胡富的事，并且預料她父親眼睛裏會閃爍喜悦的光芒。老國公使勁地捋着鬍子，但是看起來他并没有生氣。他輕輕用手撫摸着她的頭。

"忘掉這個年輕人吧，我的女兒，"他勸告她，"今晚有一個盛大的宴會慶祝你們打獵獲得豐收，并且爲了向你表示敬意，全黑龍山的官員們都將穿上最華貴的衣服前來祝賀。"

"胡富看到我騎馬感到吃驚，"她若有所思地大聲説道，好像根本没有聽到她父親的話，"他説他没有想到一個國公的女兒居然騎着一匹馬。"

"我從各方面把你培養得像個男孩子，永喜，"他温和地説，"因爲我没有兒子來繼承我統治黑龍山這塊領地。但是，難道你不喜歡今天晚上的宴會嗎？"

"只要能使您快樂，敬愛的父親，"她笑着説，"那也能使我快樂。但是，我希望……"

"你有什麼希望，永喜？"

"我希望胡富成爲貴族。"

蘭琦國公只是不停地捋着胡子，但是他的眼睛裏却閃着光芒。

那天夜裏發生了兩件事：胡富來參加宴會，但是因爲他服裝簡陋，帽子上没有鑽石而被貴族們趕出去了；宴會結束後，蘭琦國公躺在床上，手指頭捏着胡子含笑死去了，似乎在他生命的最後時刻想起了一些使人高興的事情。

永喜變成了黑龍山的統治者。

按照傳統習俗，國公的遺體在府裏停放了好幾天，同時，貴族們在查閱黃曆，決定了送葬的日子。在這些日子裏，永喜一直在哭泣，誰也安慰不了她。她小時候的保姆李奶媽竭力安慰她，也不能使她忘記悲傷。她對她慈愛的父親的愛是無法用言語形容的。即使哭乾了眼泪，也解除不了她的悲傷。

最後，國公到天堂去與他的妻子會面，留下臉色蒼白、懷着無盡悲傷的永喜統治着黑龍山。現在，她感激她的父親把她像男孩一樣培養，因爲她能够勇敢地、毫不膽怯地統治那些愛戴她的百姓。

"但是，雖然我的敬愛的父親把我培養得像個男孩，畢竟我還是個女孩，"她對李奶媽説，"我的心感到很沉重。難道你没有注意到貴族們是怎樣看待我的？至少他們没有把我當成男孩！"

"寶貝，他們中有很多是青年，"李奶媽小聲地説，"現在你是領地的主人，他們都想和你結婚，只是他們不像你父親蘭琦國公那樣有那麼多財富。"

永喜又哭了。

"可是他們想和我結婚，僅僅是因爲我是領地的主人，不是因爲他們愛我。我比他們中的任何一個，或者説，我比他們所有的人都富。我怎麼能判定他們是不是爲了我的財產和我的地位而要向我求婚的呢？"

"哪個姑娘能知道前來求婚的人心裏想的是什麼呢？"李奶媽回答説。

永喜深深地嘆了一口氣。

"要是……"她要説，又有些猶豫，"要是胡富也是個貴族，那有多好。我知道，他愛我，因爲我是永喜，我愛他是因爲他是胡富。如果我們彼此都知道，我們的愛情比我們所夢想得到的一切都還要珍貴的時候，權力和財富對我們又算得了什麼！"

"可是他窮，黑龍山的小女兒，他只能給你帶來不幸。擦乾你的眼泪吧，永喜，明天你將要第一次接受你的貴族們的朝見。"

永喜沉默了很久。然後，似乎惟恐她房間走廊有人偷聽，她附在李奶媽的耳朵上小聲地説了一句話。老奶媽擔憂地搖搖頭，但是從她聰明的眼睛裏表現出理解的意思。在這個世界上，她是最忠于永喜的。

永喜正式統治黑龍山的第一個早晨來到了。她必須主持早朝，向貴族們發布命令去處理領地的各種政務。按照傳統的禮節，貴族們都跪在院子裏。她從府第大門口的一個平臺上，向下看到他們。

"你們都是我敬愛的父親的朋友，抬起頭來吧，"她温和地對他們説。"你們一貫忠于他，現在他的女兒也同樣，而且更需要你們的忠誠。"

他們抬起頭來，要表示他們願意效忠于新的主子。可是當他們看到永喜的時候，將要張口的嘴又閉上了。平時永喜的衣服是那麼豪華，在全中國是没有人能與她媲美的。可是現在的永喜，衣服襤褸得像一個普通商人的妻子，甚至還不如站在平臺後的李奶媽。要從她的衣服來看，她簡直是黑龍山裏最窮的姑娘。

"全黑龍山的人都知道，"她開始説，"在全國的國公中，蘭琦國公的財富是最多的，是不是?"

"是的。"他們异口同聲地説，同時挪動了一下膝蓋，似乎表現他們穿着華貴的朝服跪在這個一下子變得貧窮、卑微的姑娘前面感到不大舒服。這些貴族家裏的僕人都比永喜穿得華麗得多。

"但是，我要告訴你們，我忠誠的朋友們，實際上并不是這樣。"永喜接着説，"我敬愛的父親在世的時候過于慷慨，把財産都花費光了，現在留給我的，除了債務外，再没有別的東西了。我把我的珍貴的服裝全變賣了，以便盡可能多償還一些債務;我的府第也將抵押出去。我今後只能靠粗茶淡飯度日，僕人也將盡可能減少，可能只能剩下李奶媽一人了，只有她會永遠忠于我。由于我父親的失策，黑龍山公國現在處于極端困難的境地。"

貴族們没有一個開口。

"現在只有一個辦法，朋友們，"最後，她繼續説，這時候没有人注意到她胸脯激動的起伏，"你們中必須有一個人願意和我結婚。你們都非常富有，你們的財富足够使黑龍山公國從沉重的債務中解脱出來。我親愛的父親現在正在天堂裏看着我們，我相信你們都會比他精明、謹慎得多。"

"你想要我們怎樣呢？"貴族們問。

"你們派媒人來，"她回答道，"我看誰美貌、英俊，又有錢財，那麼他就將成爲我的丈夫，并且和我一起統治黑龍山。"

"黑龍山公國是真的窮了嗎？"他們問。

"窮到難以用言語形容，"她答道，"現在回去吧。考慮一下這個問題。明天朝見的時候，你們派媒人來，以便我從中挑選。"

他們行完禮，就離開永喜。他們走後，她命令把府門關緊并鎖上，摒退了警衛和僕人。然後，謙卑地來到李奶媽的家，并讓傳出消息説第二天早朝將在李奶媽家進行。不管富或窮，她還是黑龍山的領主。

"要是胡富能來就好了，"她心裏説，有時候甚至悄悄地對李奶媽這樣説。李奶媽對于她這樣做假戲非常擔心。

"永喜啊，要是貴族們互相議論，"她説，"他們會懷疑，你父親究竟欠誰的債，因爲在他們中間，你父親没有欠任何人的債；而他們知道，如果他真的需要借貸，首先當然是想到他的貴族。"

"他們每個人都忙于思考怎麼才能避免與一個窮姑娘結婚，忙于想提些什麼理由，"永喜鎮静地説，"因爲，奶媽，我早就知道，黑龍山的貴族都是只考慮自己。等到明天早晨，你就會看到。"

第二天早晨，貴族們來了，永喜心裏暗暗地笑，因爲來的都是那些年老的，或是結過婚的。顯然，她不能和來的人中的任何一個結婚！從他們嘴裏，她聽到了許多藉口：這個是因爲要辦某一件事必須離開一個時期；那個受到皇上的緊急召見，星夜趕往北京了；又一個是得了重病，卧床不起，不能來。

永喜很快結束了早朝，老貴族們總算鬆了一口氣，趕緊溜走。他們中間有許多人也揩着胡子，不過他們的胡子比起蘭琦國公的"五縷須"來顯得遜色。

當他們都走了以後，永喜對李奶媽說：

"你看到了吧，奶媽，當我窮的時候，沒有人願意向我求婚。如果我從那些以爲我是世界上最有錢的姑娘的人中去挑選，那我將會選到一個喜愛我的金錢和權勢的人，而不是真心愛我的人。要是胡富……"

但是日子一天天過去，沒有一點胡富的消息，看來他是真的不會再來了；哪怕是對她父親的死捎來一句致哀的話都不可能了。

一天一天地過去，永喜顯得越來越窮了。早朝的時候來朝見她的貴族也越來越少了，因此，她統治黑龍山公國是藉助于傳遞命令到那些貴族的家裏。在她有需要的時候，所有的人都背離了她。

"他們是這樣明顯地表現出不忠，奶媽。因爲我現在窮了，他們誰也不願意要我了，那麼，如果我與一個來自貧民的人結婚，誰又能反對呢？"

"你在想胡富，"李奶媽說，"但是他不來，你也沒有任何辦法給他捎信。"

"我的心告訴我他會來的。"她回答說。

以後終于到了這一天，來上朝的人一個也沒有。她知道他們是憂心忡忡地待在他們那富裕的家裏，擔心要他們分擔國公留給他女兒永喜的債務。

黑龍山公國的年輕的女統治者對自己，也對李奶媽笑了。

後來，甚至在百姓中也展開議論，說由于他們的主子太窮了，以致于那些本該輔助她治理朝政的人都背離她了。就在這時候，胡富來了。

他再一次騎着他的大白馬，背着初升的太陽從東方出現。太陽用它絢麗的光芒籠罩着胡富和他的馬，使他那破舊的衣服顯得金碧輝煌。他直奔李奶媽家，似乎他早已知道到那裏能找到永喜。

他在李奶媽的屋前下了馬。當永喜的眼睛對着他閃光的時候，他雙膝在地上跪下。

"永喜，我的父親已經非常老了，他不能親自到這裏來，而我們住在偏僻的山裏，那裏只有我們一家，也找不到媒人。我到這裏來不是因爲憐憫你，來給你錢財，因爲，不管多窮，你擁有錢財所買不到的無價之寶。你的美貌好比晴朗無雲的天空，好比月光皎潔的夜晚。你的心是比金錢、珠寶價值更高的財富。你的眼睛比最稀有的鑽石還要明亮。于是，我懷着謙卑的心情來了，永喜，來請求你做我的新娘，因爲我對你是愛得這樣的深，那是無法用任何言辭來表達的。”

“你願意和我一起統治黑龍山嗎，胡富？”她問。

“從我心裏的願望來説，我願意你是一個平民的姑娘，親愛的，”他小聲地説，“對于我，最大的歡樂莫過于讓你和我一同回去見我的父親，讓他看看我所選的新娘有多美麗。對于你的貧窮，我毫不在意。我的心是專爲了你才跳動着。雖然，對于你失去的財富我無法給你任何補償，除了那來自心靈深處的愛。對于權力，我絲毫没有興趣，除了希望將它歸還你，因爲那是本來應當屬于你的。我能獻給你的，除了愛，再没有别的；我要求于你的，也是除了愛再没有别的。愛的價值遠高于黑龍山以及那些不忠不義的貴族們的全部財富，甚至比全國，以至于全世界的所有的金子還要珍貴。這個卑微的人在仰望着你，天上的星星。”

“當我還是個富豪的時候，你敢不敢對我説這些話？”

“在我第一次遇到你的那個晚上，我就打算説的，但是有一件東西使我產生了顧慮：那就是你的財富。我不願意讓你認爲我愛你是爲了你的地位和財富。”

這時候，永喜叫胡富走近到她跟前，用她温柔的手掌輕輕地撫摸着他的雙頰。他的視綫深深地射進了她的眼睛，彼此都知道將要發生什麽無比美滿的事情了。就這樣，他們一起在李奶媽的房裏暢談了很久很久。

但是，隨後，在胡富的臉上出現了一些陰雲。永喜迫切地想知道這是爲什麽。

“不管我説什麽，你都能像原來那樣愛我，願意我做你的新郎嗎？你知道，我是始終衷心地愛你的。”

“不論我們説什麽，都不能改變我倆互相相愛這個美好的現實，”永喜悄悄地説，但是説話聲音不是太小，所以在隔壁屋裏的李奶媽把耳朵貼在隔墙上也聽到了她的話，"所以，請你告訴我，你究竟還有什麼難處？"

"永喜，親愛的，"胡富説，"你知道嗎？我父親的名字叫胡林，在他退隱山裏之前，他是你父親的最親密、最忠實的朋友。在你出生之前，他是黑龍山公國的一個貴族，到他退隱後，他的財富已經多得無法計量。他一直盼望着有一天他的兒子能和蘭琦國公的女兒結婚。但是，我從一開始就希望我們結婚，那只是因爲我們相愛，所以我没有把這情况告訴你。"

"你是不是怕我要嫁給你是爲了用你的財産來使我脱離目前所處的嚴峻的困境？"永喜問道，眼神裏表現出一些輕微的怒意。

"不，永喜，"他聲明説，"我只是擔心，因爲我愛你愛得這樣深，并且滿心希望你也一樣地愛我，而且是真正爲了我，不是爲了别的。現在你窮了，你知道我愛你只因爲你是永喜，不是因爲你擁有財富和權力。"

永喜迸發出的笑聲就像山澗溪水奏出的音樂。

"我也有些秘密要告訴你，"最後她説，"我現在不窮。我只是想讓我的貴族們以爲我變窮了。盡管明知我窮了，你還是來了，來告訴我你愛我，因爲我是永喜……現在，我的名字真的對我很合適，因爲和你在一起的喜悦將成爲永恒的。你要知道，親愛的胡富，即使你真的像我以前所認爲的是個平民，我仍然愛你，願意和你結婚。"

現在胡富笑了。

"還有一些事情必須告訴你，"他説，"那還是在你父親去世前，在舉行宴會的那個晚上，他用宣紙寫了一封信派人送到山裏給我父親。信上是這樣寫的：'尊敬的胡林，我的年高德劭的老朋友，我向你問好。我衷心地希望你能同意我的看法，那就是：讓我們的孩子順乎自然地發展吧。我們這些老人怎麽能理解年輕男女之間的愛情呢？他們相互認識了，也相愛了。有一句老話説：愛情是自然而然地形成的。'"

"我的父親真聰明，胡富，"永喜回答道，然後，又是莫名其妙地哈哈大笑。當胡富問她笑什麼的時候，她告訴了他：

"我不是在想關于你的父親或我的父親的問題，親愛的胡富，"她說，"我在設想當消息傳出，明天早晨又將在蘭琦國公府的院子裏恢復早朝，當所有的貴族們知道我的所謂貧窮只是用來考驗他們的一個惡作劇的時候，我將會看到一些什麼樣的臉色！"

胡富和她一起笑了。

"還有，胡富，"她又說，"我將把早朝的時間定在日出的時間，這樣，我們倆將迎着朝霞，肩并肩地騎着馬去國公府。"

關于珠寶袋的傳說

香雲是漢口一個大官的女兒。她快樂，幸福，就像這陽光明媚的好日子。這一天，慶裕送來了花轎，要把她接到他的住所，她將要作爲他家的主婦，永遠住在那裏。慶裕是個身材魁梧的人。他和香雲結婚將會使他得到更多的財富，因爲香雲出身于一個非常富有的家庭，她家的財富多得無法計算。她家擁有廣闊的領土，有幾百個下人在這塊領地上勞動，爲她的父親挣得更多的財富。她的父親非常自豪，因爲他是乾隆王朝中最受尊重的貴族之一。他極爲富有，甚至把一個珠寶袋作爲陪嫁，放進了香雲的花轎。這珠寶袋原是香雲的父親的，曾給他帶來了極大的好運。

傳說珠寶袋是個神奇的東西，它是用金綫織成的，裏面裝滿了珍珠。據說，不管你從珠寶袋裏拿出多少珍珠，這珠寶袋永遠不會空，因爲每從珠寶袋拿出一顆珍珠，就會在空出的地方長一顆珍珠，而這顆新的珍珠甚至比原來那顆還要圓潤可愛。

雖然，誰也不會真的相信這個傳說，但是只要你看到那滿得冒尖的糧倉和那一望無際的盛産稻穀的良田，誰也不能否認，好運確實是一直伴隨着香雲的家，這一點，香雲也是從小就很清楚的。傳說，珠寶袋是山東的孔聖人府的衍聖公親自送給香雲父親的一位祖先的。

現在，由于香雲的父親相信，不管遭到什麽樣的厄運，不管他如何地揮霍，他的財産在他有生之年是用不完的，所以他覺得，沒有必要再珍惜這個珠寶袋了。于是，當慶裕的花轎來接香雲，準備渡過長江去武昌慶裕家的時候，她父親把這個金口袋作爲她嫁妝的一部分，放進新娘綉袍的袖子裏。沉甸甸的金絲口袋滿滿地裝着珍珠，它足够贖買香雲父親家的全部奴僕。這份她要帶到她丈夫那裏去的嫁妝使她的袖子非常沉重。

四十名轎夫抬着鮮花似的香雲來到渡口，他們的光脚板在鵝卵石地面上啪嗒啪嗒地響起歡樂的節奏。香雲將要從這裏出發渡過陰沉的長江到武昌去。香雲哭了，雖然她實際上很快活，但是這是傳統習慣，一個新娘在離開父親家到丈夫家去的路上必須哭泣。一個很快要成爲新娘的姑娘，如果表現出快活的樣子，這是不合適的；所以香雲的哭完全是爲了遵循傳統習慣。

就這樣，她來到了渡口。轎夫們把轎子落到甲板上。香雲什麽也看不見，因爲她不敢掀開轎帘向外窺望，以免某個不是她丈夫的人會看見她那像桃花一樣可愛、像名貴的香水一樣芳香的秀麗的臉蛋。

但是一會兒，又傳來了別的光脚板拍地的聲音，然後，在甲板上不遠的地方砰地響了一聲，渡船輕輕地晃了一下。香雲嚇了一跳，但是她不膽怯，把帘子稍稍地掀開了一條小縫兒。

這是另外一頂轎子，也是新娘的花轎，緊挨着她的轎子停在甲板上。兩頂轎子靠得這樣近，她只要伸出手就可以摸到那頂轎子。但是新來的轎子只有四名轎夫。單憑這一點，香雲就知道，那頂轎子裏的那個姑娘是非常窮的。她也按照傳統的規矩在哭泣，但是別的新娘只是裝出哭的聲音，可是藏在那破舊的轎子裏的那位姑娘却是哭得那樣悲傷，那樣痛苦，好像有天大的不幸撕碎了她處女的心。香雲的心裏充滿了同情。

她決定等轎夫們走進船艙以後，與這個不幸的姑娘簡單地交談一下，因爲她哭得這樣悲傷，誰聽了都會同情。

但是香雲躊躇起來，烏雲籠罩在浩蕩的揚子江上空，一聲驚雷來自武昌方面。香雲知道，立刻有一場大雨要襲擊這裏。這場大雨將像來自天上的洪水一樣兇猛。對于這場大雨，她的花轎沒有任何防雨措施，它的華麗的裝飾物將會遭到嚴重的破壞。倒不是香雲捨不得她的花轎，因爲對她的父親或對她未來的丈夫説，再值錢的花轎也算不了什麽。只是她怎麽能離開自己的轎子，讓自己在船夫和轎夫面前拋頭露面呢？

隨着時間的流逝，伴隨着揚子江上空掃過來的雷雨的轟鳴聲，在她旁邊花轎裏的新娘哭得越來越傷心了。哭聲是這樣的悽切，使香雲忘掉了大雨對她的華麗、可愛的嫁衣的威脅。她把她的轎帘再拉開一點兒，向外看去。就在這時候，那頂轎子的轎帘也打開了。香雲相信，從那頂轎子停到渡船甲板上以後，那位陌生姑娘就一直在注視着她的花轎。陌生姑娘的美貌比起香雲來一點也不遜色。她還在哭，眼泪那麼多，就像那密集地打在甲板上的雨點。

"你叫什麼名字？" 香雲溫柔地問道。

陌生姑娘畏怯地看了她一眼，就把帘子放下了。雖然從轎子裏又傳來了她悲痛哭泣的聲音，却有很長一段時間她沒有露面。但是最後，好奇心戰勝了她的羞怯，陌生姑娘又往外看了。

現在雨下得非常大，雨水從花轎頂上瀉下來，形成了水帘，兩個姑娘無法透過這傾盆大雨看到彼此的臉。

"小姐，小女子名叫秋月。" 陌生姑娘回答道。

"多麼漂亮的名字啊！我真不明白，你爲什麼哭得這樣傷心？你怕你未來的丈夫嗎？你有什麼困難？爲什麼不告訴我？我們以後可能不會再見面了，我們都會把它深深地藏在心底的。現在，告訴我，你爲什麼哭？"

"那是因爲，尊敬的小姐，我很窮，我未婚夫也很窮。我們家一直很窮。即使是這頂簡陋的花轎也花去了我未婚夫很多錢，那是他幾年也挣不回來的。我還不知道我到哪裏能弄到這些錢來支付我的轎夫。我一直在爲我丈夫祈求財富和榮譽，但是我不會有錢的，我的丈夫也將永遠受窮，因爲這是命，我們兩個家庭一開始就注定了要受窮的。我哭，因爲我命裏注定是不會幸福的。在我睡覺的時候，我夢中得到了我心愛的東西。我有一個大花園，那裏有可愛的池塘，金魚在裏面曬太陽、打盹，或是游過來睁着大眼睛盯着從我手裏扔下去的食物。我有金子的花轎，有數不清的奴僕來侍候我。在桑樹林裏有我的宫殿，籠子裏有珍奇的小鳥，每天歡樂地對我歌唱。可是當我醒來的時候，我發現貧窮依然壓在我肩上，在我上床睡覺的時候，我感到世界充滿了不幸。"

"秋月，"香雲説，"幸福不是存在于財富中，而是存在于人的心中。一個人可能占有了世界上的全部金銀珠寶，可是他還是不快活。我覺得快活，并不是因爲我一生都住在宮殿裏，有花園，有迷人的池塘，池裏的金魚在陽光下炫耀它寶石般的盔甲；池塘上面架着精美的小橋，我可以在那裏散步。我快活，因爲我的心是快活的，是無憂無慮的。并且，我知道，在我心靈中，我會把快樂——生命的寶石帶給我的丈夫。"

但是，叫作秋月的那個姑娘還是在哭，她的眼泪像珍珠一樣從轎邊滴下，與從轎頂瀉下的水帘匯在一起，好像烏雲也在爲了秋月的悲傷而哭泣。

香雲感到有一個温和的聲音在她心裏一閃，她的小手摸了摸在她袖子裏的金絲口袋，那是她要作爲嫁妝帶給她丈夫的。珠寶袋依偎在她的小手中，就像一開始她抓住它的時候一樣。

"我擁有了整個世界，"香雲悄悄地對自己説，"而秋月，除了憂傷什麼也没有。我的父親富得無法想象，在整個中華帝國没有誰的財富能和我父親相比，除了慶裕。他的財富或許會和我父親一樣多，甚至可能更多，没有人真正知道甚至我的父親，或慶裕他自己。那麼，不管是對我的父親，還是對我的丈夫，這一袋珍珠又算得了什麼呢？"

香雲忘記了雨正打在她的貴重的孔雀毛和寶石做成的頭飾上，她從她轎子的窗口探出身去，遞給秋月一個黄口袋——珠寶袋。

"我擁有的太多了，而你所有的又太少了，"香雲滿腔熱忱地説，"這珠寶袋對我來説不算什麼，可是對于你，可能就是世界上最大的幸福。拿着吧，秋月，我給你這個是出于我的同情心，我不要任何報酬，這是孔府的衍聖公送給我父親的光榮祖先的。得到了它，你將得到超過你夢想的一切幸福。有一個關于珠寶的故事，也是這個袋的名字的來歷。這就是説，不管你怎麼試圖把袋裏的珠子都拿出來，使它成爲空袋，可是它總是永遠保持滿滿的。不過，這不完全真實，因爲有好幾次，我把珠子數目數好，然後拿掉兩三顆再數，發現所少的顆數正好就是我拿走的顆數。可是，自從大聖人第一次把這口袋送給我父親的祖先以後，好運就一直伴隨着我們家。秋月，所有你的夢想都將會實現。我只有一個要求，就是把我的名字留在口袋上。你看，這兩個字就是我的名字，意思就是芳香的雲。這樣，你就會永遠記得我。"

現在，船已經快到大江的對岸了，武昌城的城墻和屋頂在傾盆大雨中已經遥遥在望，應該有僕人在那裏迎接兩頂轎子。兩個姑娘都放下了帘子。誰都沒有注意到，大雨已經把花轎淋透了，把她們的新娘綉袍也弄臟了。積在轎子裏的水已經深到幾乎進入她們那像百合花一樣的小鞋裏。

對香雲來説，雖然她還是按傳統的規矩在哭泣，但是她實際上很快樂，因爲她僅僅給出了這麽一點點，就排除了秋月心中的憂愁。秋月也很快樂，因爲她已經打開了金絲口袋，看到了裏面的許多珍珠，它們好像無數隻小眼睛一樣，也在看着她，對她微笑。她快活極了，以至于她哭得更厲害了。她的轎夫們微笑地互相對視，因爲他們覺得他們的女主人這樣地忠于傳統禮教，在去她的丈夫家的路上一直在哭。他們將悄悄地告訴他們的主人，説他的新媳婦一定是很本分的，因爲她竟這樣嚴格地遵循祖規。

這樣，秋月帶了一件意想不到的嫁妝：裝着滿滿一袋珍珠的金絲口袋——珠寶袋，來到了她的丈夫傅禄的家裏。至于珠寶袋的主人香雲的臉和模樣，她早已忘記了，因爲隔着水帘，她根本沒有看清楚她的模樣和她的非凡的姿色。

有相當長一段時間，秋月生活在恐懼中。她害怕好運會背離她丈夫的家，或者這件事是個誤會，香雲會再來找她討還金絲珠寶袋。香雲和她説的話中，只有一點她還記得，那就是在金絲口袋上有用紅綫綉着的名字"香雲"兩個字。

但是，隨着歲月的流逝，秋月幾乎忘記了爲什麽在口袋上還保留着兩個字。珠寶袋簡直變成了傅禄家的傳家寶。

另一件事秋月記得的就是：珠寶袋會給它的主人帶來好運，并且即使是最揮霍的手也不可能把珠寶袋掏空。同時她也記得香雲説曾經拿走幾顆珠子後，再數一數，説明那傳説并不真實。所以秋月和她的丈夫把珠寶袋珍藏起來，從不輕易碰它。他們相信只有當珠寶袋的擁有者有勤勞的雙手和機靈的頭腦，它才會給他們幸福。

在秋月和傅禄結婚以後的歲月裏，香雲早已被遺忘。那期間，中國大地上發生了許多事情。對秋月和傅禄説，最重要的就是他們兒子的誕生，他們給他起名叫茶郎。在他的父母看來，茶郎是全帝國最偉大的兒子。另外，也發生了一些其他事件。在整個帝國中，到處發生暴動和騷亂。普通百姓變成了大人物，獲得了財富，當上了政府的大官；而那些原來是大人物的，却被拉下了馬，他們的財産也被没收，從此變成了破落户。那些世世代代只知道自己有數不清的財富，除此以外什麽也不懂的人們，現在却與貧困結下了不解之緣。那些原來住在小草房裏的窮人現在住進了貴族公館。而那些貴族却爬進了小草房。

秋月和傅禄的家業一直興旺。他們的財富多得使任何人都不敢妄想。傅禄當上了武昌的行政長官，他的朋友們還在議論，説皇上可能要派他出國當大使。秋月變得冷酷而貪婪，當她外出的時候，窮人們都得給她讓路，好像她已經是皇后了。她的頭抬得高高的，從來不去看那些敢于在她面前擋道的百姓。她自己的僕人則像一撮灰塵一樣，圍繞在她高貴的脚邊。除了想起茶郎或者和他説話的時候以外，她從來不笑。她對她的丈夫也是百般挑剔，唆使他去搜刮更多的財富，盡管他們的財富已經多得無法計算；而傅禄總是笑着按她的吩咐去做。

秋月這些年來變得非常勢利，她關心的東西只有兩件，那就是她的兒子茶郎和珠寶袋。雖然按傅禄現在的財富，他可以輕易地買來一屋子像珠寶袋一樣大小、一樣形狀、一樣華麗、一樣裝滿珍珠的口袋，但是珠寶袋還是一直按原樣保存着。在一般家庭的住宅裏，二層樓通常是作神龕用的，用來燒香拜佛，或者存放祖宗的牌位。在他們的豪華的府第裏，二層樓也是神龕，但是供桌上方的正中位置并没有佛像或孔夫子像，取而代之的是珠寶袋！秋月和她的丈夫，帶着他們的寶貝兒子，每天三次爬上二層樓向珠寶袋虔誠地叩頭，可是對菩薩和對自己敬愛的祖先却從來没有表達過這樣的崇敬。

光陰如箭，轉瞬間茶郎已經十五歲了，秋月和傅禄對他寄托着很大的希望。他必須到北京去參加考試，并且像他爸爸一樣成爲一個大官。對于秋月和傅禄的這個聰明的兒子來説，没有什麽事是做不到的，在這多事之秋，貴族落魄，窮人發迹，他甚至有可能成爲帝國的皇帝。他的父母默默地向珠寶袋祈禱，請它幫助他們實現這個狂妄的夢想。

在茶郎十六歲的那年，有一個衣衫襤褸、滿面愁容的婦女帶着她的女兒出現在傅禄家花園的門口。這婦女的臉在年輕的時候可能很漂亮，可是現在却因爲憂慮而布滿皺紋，因爲悲傷而顯得蒼老。可是她的女兒却是高傲地仰着頭，盡管她的衣服也差不多和她母親的衣服一樣破爛。

"你們要幹什麽，窮要飯的?" 傅禄的僕人問老婦人和她的女兒。

"我們又窮又餓，" 穿破衣服的婦女説，"求你家主人施捨一些殘羹剩飯。"

僕人粗魯地看看婦女，然後用更加兇狠的眼光看看她的女兒。

"你的女兒叫什麽名字，窮婆子?" 僕人問這個婦女。

"她的名字叫寶珠，" 婦女説。她的女兒想阻止她説，但是已經來不及了。

母女倆羞愧得臉上發燒，而僕人們却興高采烈地哈哈大笑。

"寶珠!" 他們喊道，"寶珠! 一個窮要飯的竟取了這麽漂亮的名字。你的衣袖裏帶着你的財寶嗎，寶珠? 哦，當然没有，因爲你的衣服連袖子都没有，寶珠!"

僕人們笑得這麽響，把正在花園裏做夢的茶郎驚醒了。他走過來想問問他們爲什麽那麽高興。他打量着母女倆，心裏充滿了同情。

"我的母親要雇一個新阿媽和一個小侍女，" 他對老婦人和氣地説，"我看你們倆人都很老實。我去和她説，看她是不是願意雇你做她的阿媽，雇你的女兒做侍女。這工作不重，因爲我看你們身體好像不太壯。"

茶郎親自把兩人領到他母親面前，秋月輕蔑地撇着嘴看了她倆一眼。窮老婦人趕緊謙卑地向她跪下，可是她的女兒不僅不跪下，還驕傲地仰着頭。秋月怒氣冲冲地看着她。要是在別的場合，她早把她們倆趕出去了。也算這兩個陌生人走運，她們是茶郎帶來的，她對他一向是百依百順的。

于是她打發她倆退下，好像她們是微不足道的，不值得她理睬的。秋月輕輕地點了一下頭，不是對母女倆，而是對茶郎。于是，母親當了秋月的阿媽，實際上，秋月早已經擁有二十個阿媽了，寶珠則加入了其他二十個侍女的行列。

但是有一件事，秋月鄭重地囑咐了四阿媽（她這樣稱呼這個母親）：

"你的任務是打掃房間，要保證屋裏每個地方，任何時候都是一塵不染；但是有一個地方你不準進去，那就是放神龕的二層樓上。你絕對不準進去。"

"我一定按照您的吩咐去做，太太，"四阿媽輕輕地答復着秋月的嚴厲命令。

就這樣，日子一天天地過去，四阿媽在傅禄和秋月的家裏默默地勞動着，就像是一把竹掃帚一樣，誰也不去注意她。寶珠的任務是侍候小姐，但是她還有很多空閑的時間。本來寶珠可以幫助她母親收拾屋子，但是她母親不讓她幹，所以寶珠有很多時間可以去遐想或者去讀書。她自己也説不清，是更喜歡遐想呢，還是更喜歡讀書。

茶郎每天要消磨很多時間在花園裏。這個花園對寶珠也有很大吸引力，但是她不敢進去，因爲少爺在那裏散步，而且在那裏做那種一般少爺所不做的夢。十五歲的寶珠常常設想，如果她敢走進花園，她將會在那裏發現什麼呢？她經常設想自己在那僻静的圍墙裏面。久而久之，她似乎覺得自己已經真的在圍墙裏面了。那裏會有假山，花園的一角上有寶塔，還會有一個金魚池，上面架着一座豪華的高拱橋，你可以在那裏慢慢地散步。她總這樣設想，想得那樣多，以致于當她在傅禄家工作了三年後的某天，她的雙脚不聽她的指揮而把她帶進了花園，這是不足爲奇的。

她設想着擅自進入花園可能遭到的各種懲罰，她有些害怕，但是一會兒就泰然了。她似乎覺得花園最終屬于她了。在樹陰下，桃花飄落下來，像一朵朵粉紅色的小雲朵。早已扔掉了破衣服的寶珠幽雅地坐在花叢中，鮮花的襯托使大自然賜予她的似花的臉蛋更加顯得嬌艷。花香悄悄地襲來，安撫着她，使她夢想要得到一些新的東西：養着金魚的池溏，金魚在裏面游來游去，像飛射的金箭和銀箭；墻角上的寶塔、樹陰下的凳子、小橋，還有那有地道穿過的假山，黃銅的香爐、陶瓷的和銀的茶壺。

寶珠打開一本她最喜愛的書開始閱讀。滿園的花香使她陶醉。在這裏，她的夢想世界最終變成了現實。

"你真像我花園裏的一朵漂亮的鮮花。"有人在她身邊笑着説。

寶珠嚇得跳起來看着少爺。雖然少爺一點也沒有生氣的樣子，她却因爲被發現而羞得滿臉通紅。她左顧右盼，想找一條逃跑的出路。她把書藏在背後，身子前後搖晃着來掩飾自己的恐慌，因爲隔着長袍也可以看出兩條腿在劇烈地顫抖。

"哦，少爺，"寶珠終于説話了，"我沒有想到有人在這裏，要是早知道，我決不敢闖進您的花園。我仔細地環顧了周圍，沒有看到一個人。真對不起，不知道少爺能不能原諒我，我現在可以走了嗎?"

寶珠感到非常難爲情，眼眶裏充滿了眼泪，她仍舊把書藏在背後。

"你在看什麼書?"茶郎問道，他想裝得嚴厲一些，可是他的聲調却不隨他的意。

"這……這……只是……一本書，"寶珠説，"除了像我這樣卑賤的人以外，誰也不會對它感興趣。像少爺這樣高貴的人更不會喜歡它!"

"給我看看!"茶郎嚴厲地説。

寶珠不敢違抗少爺。她羞答答地把書遞上，顫抖得更加厲害了。茶郎拿起書一看，驚得眉毛都竪起來了。

"什麼，寶珠!"他最後説，"這是高級經典著作中最深的一本。它的語言非常深奧，我讀起來都覺得困難! 你是真的讀它，還是裝樣子的?"

寶珠臉又紅了。

"當我還是一個小孩子的時候，我曾經有過一個非常好的老師，"她告訴他，"我學得很努力。那時候我家很富有。後來當我們不再富有的時候，我就獨自學習。我喜歡這些詩勝過任何其他的東西。"

"告訴我，你們是什麼時候富的？"茶郎滿懷興趣地問道。

這時候，寶珠想起了禮教的規定。

"少爺，"她輕輕地説，"我是一個下賤的侍女，在花園裏和您講話，不太妥當，因爲孔夫子説過，年齡到了七歲，男女孩子就不可以同桌！"

茶郎臉上表現出更大的興趣。

"這是怎麼一回事，"他説，"一個普通僕人的女兒會知道這種禮儀，而且能用大聖人的話説出來？"

"我不應該對像您這樣高貴而英明的少爺談這些事，"寶珠小聲地説，"我的母親從來不許我提起這些事。但是還有一些事情我記得而没有對她説過，她以爲我不記得，自然也就没有禁止我説這些事。我記得當我還是一個小孩子的時候，我們家也有一個像這樣的花園，裏面有金魚池、寶塔、假山和拱形橋。有數不清的僕人侍候我，有裝飾華麗的轎子供我乘坐。阿媽帶着我在那個花園裏，我或是在明媚的陽光下遐想，或是在桑樹或桃樹的樹陰下睡覺……"

她突然停下來，不再回憶，然後飛快地跑出花園，好像後面有一條龍在追趕她似的。這次少爺并不阻攔她，只是在後面和藹地喊道：

"明天，還有後天，要是願意的話，以後每天你都可以到我花園裏來，誰也不會阻攔你！"

雖然寶珠聽到了少爺的話，却并没有回頭。但是第二天，她又到花園裏來了。這次她和少爺談得更多。

日子過得又快又歡樂，太陽從來没有像現在這樣明亮，金魚尾巴閃耀的金色和銀色光芒從來没有像現在這樣絢麗奪目，而這世界又是一個最使人稱心如意的世界。茶郎這麼説，寶珠也這麼説，别人都不以爲然，原因就是他們兩人在相愛。茶郎自己并不知道，甚至也没有這樣想過，直到有一天，一個僕人探子給現在變得又老又胖而更貪婪的秋月捎去一個消息。

她又生氣，又害怕，趕緊叫來她的愛兒茶郎。

"你曾經在花園裏與寶珠會面了?!"她氣冲冲地問茶郎。

"是的，"他立即回答道，"我與她相會了，敬愛的母親。但是這不是壞事。她過去曾經是一個高貴家庭的女兒，因爲發生暴動，她父親死了，她的財產也沒有了。這是真的，因爲她懂得古典文學，還懂得《易經》，還能引用李白的詩，她的水平不次于我。"

"于是你們就互相談詩了!"秋月憤憤地説。對她來説，"李白"這個名字如果她過去聽到過，那她也早已忘得一乾二净了，因爲自從那個大雨天，她渡過浩蕩的揚子江來到傅禄家變成他的新娘以後，她一直忙于督促她的丈夫多斂財，根本沒有時間去學習更多的知識。

"雖然她現在窮，而且是一個阿媽的女兒，但是她出生在一個高貴的家庭裏，"茶郎固執地説。

"那你們兩人是不是已經私訂終身了?"秋月問，"我立即去告訴你父親，他會叫你馬上去北京應考，并且忘掉你幹的蠢事。"

看到茶郎垂頭喪氣的樣子，秋月有些心軟了，至少在她鬆弛的臉上露出了一絲對茶郎表示憐憫的微笑，因爲她喜歡她的兒子，她不能拒絕他的任何要求。

"不管怎樣，親愛的兒子，"她比較溫柔地説，"她的母親是在這個家裏工作了好幾年的阿媽，而你是這個家裏的少爺，這是不可改變的事實。像這樣一個門第高貴的人不能和那麼窮的女孩子結婚，這不符合傳統的禮教。她們母女是穿着破衣服來到我們家門口，到時候，我會讓她們照樣穿着破衣服離開這裏。"

"請不要把她們趕走，"茶郎哭道，"我愛她，敬愛的母親，您講的我明白，但是我愛她，希望她做我的新娘。"

秋月緊閉着嘴唇，揮手示意讓兒子離去，她臉上的表情告訴茶郎：她相信極大的不幸終于落到了傅禄的家庭。

茶郎一口氣走到花園，他相信寶珠會在那兒。他找到了她，她正在傷心地哭泣。他第一次摟住了她，而她也不拒絕。也許是她本來願意投到他懷裏，也許是她因爲太悲傷而没有意識到。但是，他到底是張開了雙臂，而她也走上前去，撲進他懷裏，靠在他肩膀上哭泣，她的眼泪沿着他錦袍的前襟落下。

"是僕人告訴我母親的，"她嗚咽道，"母親説我們必須馬上離開這裏。她説少爺和阿媽的女兒戀愛只能招來麻煩。所以她決定走。相處了三年，現在要分離了。就像我們來的時候一樣，我們還將穿着破爛衣服離去。我將永遠離開你了，親愛的！"

他没有什麽可説。禮數是不能違抗的，即使是死，也不能改變它。

"我也要走了，"他輕輕地説，"因爲我的母親也知道了我們的真情，所以我必須離開這裏，到北京去應考。我將來可能成爲朝廷的文官，并且可能到别的省去任總督，我們再也不能相見了！"

茶郎不知不覺地也流下了眼泪，和寶珠的眼泪流在一起。

那一夜，在傅禄家裏有很多人在哭。茶郎還是一個孩子，他哭是因爲得不到寶珠做他的新娘。寶珠哭也是爲了同樣的原因。阿媽哭得悲傷是因爲惋惜這椿現在不可能實現的婚姻，要是像當年那樣，她丈夫是個大官，是全國第一號大富翁，那麽這本該是全中國最美滿的婚姻。

"我的寶珠，"她嗚咽道，"我們必須走。我們又要和貧窮打交道了。"

然後，她不能再繼續説了，因爲她回想起許多事情。在她到傅禄家當阿媽的這些年裏，下人之間流傳着許多新聞。據説，在那個她從來没有去過的二層樓上，主人供的不是菩薩或祖先，而是一袋金子。

"肯定，"她對自己説，"現在他們那麽富，我們那麽窮，儘管他們庫裏有數不清的錢財，也決不會放棄這個。"

她也聽説，那口袋只是被供着，却從來没有被打開過。那麽她可以取出裏面的金子帶走，而在口袋裏放進别的東西。這是偷竊行爲，但這也是爲了寶珠。將來有一天，有别人愛上了她，她必須有一份嫁妝帶到丈夫家。如果四阿媽被抓住，那麼她將受到殘酷的懲罰，甚至會喪失性命，但是這事情不必讓寶珠知道。

寶珠睡着了，但是還在哭，眼淚從黑睫毛下淌出來。這時候，四阿媽從床上起來，輕輕地，小心地爬到二層樓的密室。她帶了一支蠟燭，準備進屋關好門就把它點燃。

這時候，還有一個人在自己房裏哭，一邊哭，一邊自言自語——這是秋月。

"啊，啊，"她嗚咽着，"我曾經夢寐以求的財富，現在已經都得到了，可是我最疼愛的兒子却不快活。如果我們還像以前那樣窮，那他就可以和這個阿媽的女兒結婚，并且得到幸福，因爲那時候他不知道還有什麼別的需要。可是現在，他已經習慣于這豪華的生活，再也不能脫離這種生活。即使我願意，我也不能奪走他這種生活條件，然而我却不得不奪走他別的同樣心愛的東西。唉，我的命真苦，因爲茶郎還在哭，我沒有辦法安慰他。可是他不能和寶珠結婚，否則全中國的每一個官員都會嘲弄他，取笑他，他會羞得抬不起頭來。啊！我真命苦。我寧可一輩子受窮也不願意茶郎有片刻的不幸！這一切都是那珠寶袋造成的，要是我當初沒有見過它，那有多好。"

當秋月從床上站起來的時候，她心裏產生了一種惱恨的思想。她想毀了那個這些年來變得黯然無光的珠寶袋。她想祈求神明顯靈，保佑茶郎既能成爲大人物，又能娶得寶珠做妻子。她也不清楚她到底希望什麼，但是，就像過去把一切幸福歸功于珠寶袋一樣，現在又把一切不幸歸罪于珠寶袋。她現在就要去看看珠寶袋，也許在家庭神龕的清静環境中，她會找到什麼好辦法。

她剛走進屋，立刻又退出來，因爲在供桌前面站着一個人，把珠寶袋緊緊抱在懷裏，泪如雨下，這是四阿媽。

秋月聽到了她那喃喃低語：

"我的！我的！這是屬于我父親的，而現在是我的，誰也不能再從我這裏搶走它。她不需要它，而我給她是因爲當時她需要它，她應當還給我。不！不！即使是爲了寶珠，我也不能這樣，因爲當初我給她是無條件的……"

四阿媽慢慢地伸開了手，準備把珠寶袋放回供桌。

秋月站在那裏呆若木鷄地注視着四阿媽那皺紋密布、沾滿泪水的臉。最後她抬起頭來，伸出食指。

"你的？"她聲音嘶啞地問，"你的？告訴我，爲什麽説是你的？"

"因爲這是我的。我知道你的名字叫秋月，但是我不敢確定，因爲全中國叫秋月的女人很多。"

"説！"秋月打斷她的話，"這袋珍珠是一位貴婦人給我的。説，告訴我她的名字，因爲現在活着的人，除了她自己外，只有一個人知道她的名字。"

"她的名字，太太，"四阿媽輕輕回答的時候，雙手把珠寶袋抱得更緊，眼睛張得大大的，似乎在往回看，看到那過去的年代，"她的名字叫香雲！"

"還得有別的證據！"她嘶啞地强調，以致她的嗓子像一把銼刀。"我必須知道更多事情。"

"我們的花轎并排停在長江的漢口碼頭，"四阿媽小聲地説，"天正下着大雨。我哭是因爲高興，你哭是因爲窮。"

笑容從秋月的嘴唇擴散到臉上，使她變得好看了，她顫抖着，好像非常疲勞而又找不到休息的地方。

她把手臂伸向曾經是香雲的四阿媽，兩個母親哭在一起了。那個曾經屬于香雲的珠寶袋，現在又歸還她了，因爲秋月把它給她了。

"它能買下全國最華麗的新娘嫁衣，"秋月説，"而且因爲買嫁妝而賣掉的珍珠，在口袋裏一顆也不會少。可以買一座公館和許許多多名貴的衣服。當寶珠走進茶郎送去接新娘的花轎時，她會漂亮得完全變了樣，使僕人們都會認不出她。走吧，香雲，帶着你的女兒！你永遠不再是傅禄家的阿媽了。趕快去準備結婚禮服，用珠寶袋裏的幸福珠寶買一所房子，讓你女兒在那裏等候我兒子送去的花轎。"

"但是，"香雲喃喃地説，"我們應該告訴……"

"是的，"秋月回答道，"讓我們把傅禄、茶郎和寶珠找來，讓我們聚集在這個供珠寶袋的神龕前，一起感嘆，互相通報喜訊。明天，當我把你和寶珠送出我家的時候，我要知道，你們表面上雖然傷心地離去，内心却在甜蜜地笑，因爲你們知道，你們就要重新來的。太陽將永遠照耀着我們。"

在觀音庵前

在杭州城的中心，美麗迷人的西湖邊上，有一座古老的中國式住宅，房子的主人是一個經歷了數代的很出名的貴族世系。它的最後一個主人幾個月前剛剛去世，留下遺孀黃母撫養着她的掌上明珠，十七歲的可愛的媚媚。

黃母精心地侍候着這個年輕的女兒，她有一張討人喜歡的笑臉和天真可愛的眼睛。

媚媚學過所有關于禮儀和孝道的知識，讀過四書、五經，遵守傳統禮教，但是對于男人，她什麼都不知道。

媚媚的父親在世的時候，很早就把她許配給他朋友的兒子寶貝。那時候，媚媚和寶貝還都是小孩子。媚媚稍稍有些記得，她的對象是個大眼睛、嘴角帶微笑的孩子。

不久，寶貝的媒人就要來給他們安排婚禮了。這日子越來越近，賢惠的母親黃母就教導媚媚：一個忠貞的妻子應該如何對自己的好丈夫盡愛心。

很久以前，寶貝曾跟隨他父親到媚媚家相親，當時媚媚很喜歡他。媚媚想，這些年來他是不是有很大的變化？她還能不能喜歡他？不過她也沒有過多的疑慮，因爲，通常一個女孩子總是愛她自己敬愛的父親所選的男人。她將成爲寶貝的美麗而賢淑的妻子，與他白頭偕老，手拉手地度過這一生。

當結婚的日子到來的時候，寶貝將爲她感到自豪，因爲全杭州城沒有一個姑娘有媚媚那麼多華麗的服飾。有時候，她腼腆地對自己說，沒有一個別的姑娘能配得上這些華麗的服飾。

有一件特別的袍子她非常喜歡，常常盯着看，用她的纖指這兒摸摸，那兒摸摸。它綠盈盈的，就像是用碧綠清澈的西湖水染過的絲編織而成的。等到寶貝的花轎來的時候，她就要穿上這件新袍。

媚媚想起她將要永遠離開母親，心裏不禁產生一絲傷感，但是她母親安慰她：

"女兒總是要到她們的丈夫那裏去的，就像當年你父親用花轎把我接到這個家一樣。這是不可避免的。雖然，沒有你快活地和我在一起，我會感到寂寞、憂鬱，但是想到你有一個忠實的好丈夫，你會成爲他賢惠的妻子，給他生孩子，等你和寶貝年老的時候，他們都會孝敬你們，這樣我又覺得很快活。"

媚媚坐在花園中心的涼亭裏，眼睛邊眺望着西湖寬廣的綠色懷抱，邊回味着這些話。她眼睛無意中落到島上的一個絢麗的寶塔上，人群經過一個美麗的碼頭到寶塔裏去游玩。

"我必須到觀音庵去，"她自言自語道，"我要去祈禱，讓菩薩保佑我終身，哪怕到很老很老的時候，都要做寶貝的忠實可信的妻子。"她命令婢女小竹去準備轎子，帶上穿號衣的轎夫。媚媚告訴她母親她要到庵裏去祈禱，她要成爲一個值得寶貝愛的人。黃母點頭同意，慢慢地回到自己房裏去了。媚媚走進轎子，放下帘子，以免路人觀看。然後，命令轎夫抬着她經過她父親和高貴的祖先的墓地去觀音庵。

對于這片她父輩、祖先在此安息的莊嚴的墓地，她是多麼熟悉啊。圍墻裏面，大樹的枝條微微彎下，仿佛是要保護那些墳墓不遭日曬雨淋的摧殘。小鳥唱得格外婉轉，好像它們也知道這是一塊神聖的地方。那裏還有美麗的白玉石墓碑，上面刻有叙述死者業績的碑文，有些還很新，有些已經很舊很舊了。

觀音庵就在墓地後面，轎夫抬着媚媚前進，大腳板啪嗒啪嗒地敲打在彎彎曲曲的路面上。經過墓地的時候，媚媚拉開帘子，向外面看看。回來的時候，她將要在這裏停留片刻，走進陵園去再次讀一讀那些叙述她家族光榮業績的碑文。這些她都不應該忘記，因爲它們能使她成爲一個更賢惠的新娘。

轎子在觀音庵門前停下了，轎夫們不能進庵去，因爲這個庵是專供婦女朝拜的，裏面管事的都是尼姑。媚媚很喜歡這些尼姑，因爲她們總對她很和氣，而且告訴她很多新奇的故事。她忽然設想她成爲她們中間的一分子，把黑油油的頭髮剃光，頭頂烙上小黑點，表示她已經立誓出家，外面世界將與她永遠隔絕。想到這裏，她嚇得一哆嗦。不過這種事情當然永遠不會落到她頭上。

媚媚走進庵裏。轎夫們根據過去的經驗，知道她願意在庵裏和尼姑們多聊一會兒，所以也就到別處去玩了，打算多過些時間，估計她要回家的時候再來接她。可是這一次却不同于往常，因爲她打算在回家的途中到父親的墳地去看看，所以她向觀音菩薩祈禱完畢，就不想在廟裏多待了。可是當她準備離開的時候，却找不到她的轎夫。不過，庵區周圍是不準男人進入的，所以媚媚無需顧忌禮節，不用人陪伴，獨自走一小段路到墓地去。她準備在那裏等她的轎夫。

她通過一個門走進墓地。這個門是經常開着的，爲的是讓過路的人可以進來，在這幽雅的環境裏休息一會兒，讀讀白玉石墓碑上的碑文，從中受到一些教育。這塊碑的基座立在九級臺階上面，外面有一個凉亭遮蓋，以防止日曬雨淋侵蝕或玷污了美麗、潔白的玉石。媚媚静静地在墓間散步。在這個僻静的墓地裏，她似乎聽到她的親人在輕輕地説話。當她沉醉于這個幽静、和平的環境裏的時候，她竟没有注意到烏雲已經遮住了太陽，馬上就要下雨了。等到她發覺天空變陰的時候，轎夫還没有來。他們大概估計，下雨的時候她還在庵裏，所以不會在雨停之前走的。這樣她就得趕緊找一個躲雨的地方。正好掩護那塊白玉石碑的凉亭離這兒不遠，她就匆匆忙忙走進凉亭，坐在那乾净的九級臺階的最下一級上。

媚媚剛從西湖邊的家出來不久，寶貝爸爸派遣的媒人就來到她家，問她母親花轎什麼時候來好。就在媚媚坐在凉亭裏休息，聽着頭頂上雨聲嗒嗒打在瓦片上，等待着雨過天晴好回家的時候，她母親和媒人正在查黃曆，準備找一個黃道吉日送媚媚上花轎。

媚媚坐了一會兒，聽得頭頂上有聲音從石碑後面傳出來。她一愣，因爲她這才發現不是她獨自一人在凉亭裏，還有什麽人在上面白石碑的後面。

"誰在那裏？"等那聲音消失後，她輕輕地問。

從石碑後面走出來一個小伙子，從他的服裝可以看出，他是個很有錢的人，而且出生在一個上等家庭。媚媚迷惑地看着他。

"非常抱歉，"他輕輕地說。她覺得他的嗓音很特殊，好像在寧静的夏天西湖漣漪碰在岸上而碎裂的聲音，"可是我覺得好像没有人在這裏，所以我進來躲一躲這場大雨。我現在必須趕緊走，因爲我在這裏與你單獨説話是不合適的，讓別人知道了會認爲是你的耻辱。"

媚媚由于一種異常的熱情而心跳得非常厲害。這個年輕人，在他拘謹地低下頭之前，眼神裏表現出似乎有什麽話要對她説。

"但是，要是你的僕人在這裏……"她開始説。

"當我知道快要下雨的時候，"他對她説，"我就打發他們走了，讓他們自己去找個避雨的地方。現在我必須去找他們。"

"歡迎你留在這裏，"她温和地説，"這没有關係。現在雨下得更大了，我歡迎你在這裏。"

"你歡迎我？那麽，這是……"

"這是我們家族的墓地，我的父親和祖先一起在這裏安息。"

"但是，要是有人來……"他猶豫地説。

"現在正下着雨，没有人會來的，"她回答他道，"再説，也不會有什麽害處，因爲我們以後不會再見面了。"

他輕輕地在她旁邊坐下，但是離得很遠。他對她微笑。從這微笑裏，她看到了西湖給她的啓示，那對她來説是一切真善美的結晶。他長得很英俊，他的手很漂亮，他的衣服非常豪華。

"你訂親了嗎？"他支支吾吾地問。

"我許配給寶貝，"她答道，"我們是在小時候就訂親的。"

"這樣說來，我真的不該和你說話，"他站起身來要走，但是她又攔住了他。

"我的親屬在我心裏說：没有關係的，"她告訴他，"讓我們在一起再談一會兒吧。告訴我，你是誰，家住何方？在杭州的山那邊的大世界裏有什麼新鮮事？"

"我的名字叫裕丁。"他告訴她，"因爲我們以後不會再見面了，所以盡管不許可這樣做，我也必須把我心裏的話告訴你。如果我早知道在杭州城住着一位像你這麼美麗的姑娘，那我早就會請求我父親托人到你家去說親了。可是現在已經没有可能了，因爲你已經訂親了。能告訴我你的名字嗎？"

"我叫媚媚，"她說的時候，臉上稍稍有些發熱，"我和我母親一起住在西湖岸邊。我從那裏隔着西湖翠綠的水，眺望湖心的小島，經常在想那裏的人們在幹什麼，因爲我經常聽到從那裏傳來他們愉快的笑聲。"

對于裕丁說的：要是早知道她，就會派人來說親的事，她并不感到他是多麼的冒失，因爲她對男人完全不理解，不知道一個男人什麼時候是冒失，什麼時候不是。但是有一點，她是肯定的，那就是，即使裕丁那樣做了，也没有什麼錯，因爲盡管他們相識的時間才那麼短，但是她覺得，他不會做什麼冒失的或是錯誤的事情。媚媚覺得他給了她以前從來没有得到過的快樂。她希望繼續和他在一起聊天，聽他那音樂般美好的字句從嘴裏流出來。于是他們繼續坐着，没有意識到他們互相傾訴了些什麼，以及從對方無言的眼神領會了什麼。但是有一點媚媚覺察到，她竟一度把寶貝忘掉了，并且從裕丁的眼神中可以看出，當他們兩人一起談話的時候，他心裏只有她。

還是裕丁發現，大雨已經停了，他站起身來，眼睛和嘴唇都在對她笑。

"媚媚，"他喃喃地說，"'嬌媚絕倫'，我現在要走了，不過我是多麼希望能和你永遠在一起！今後不論我到哪裏，只要没有你在一起，世界都會變得空虛。"

她美麗的臉上升起一朵紅雲，但是她沒有責怪他，因爲她珍惜這些使她心情激動的話。她只能説出一句：

"那你怎麼走?"

"我的馬在院墻外，我騎馬走!"

她不想再追問他到哪裏去。這樣也許更好一些，因爲寶貝的未婚妻心裏不應該再去想別的男人。

她和他一起走到門口。她看着他跨上馬。當他騎馬走的時候，身子筆挺，像士兵一樣。她向他揮手道別，全然沒有考慮這種做法是違背禮教的。

她目送着他，一直到看不見，而他一次也沒有回過頭來。這時候，她才剛剛發現，有兩頂轎子在通向墓地的路上相遇：一頂是她自己的轎子，來接她的；另一頂和前一頂走的方向、相反，從半掀起的帘子後面，一張責難的臉向她看了一下。這是寶貝父親的臉。于是轎帘放下了，轎子隨着轎夫啪嗒啪嗒的脚步聲在彎彎曲曲的路上繼續前進。媚媚也沒有意識到剛才遇到的事情對她意味着什麼，就回到她母親那裏去了。

現在雨已經停了，西湖顯得更加碧綠可愛。太陽像一隻金盤挂在天空，小鳥在花園裏歡樂地歌唱。媚媚覺得很高興。她正在想裕丁。他騎馬走了。她向他揮別後，他一次也沒有回過頭來。她已經忘掉了剛才從她前面經過的寶貝父親的轎子。

但是她立刻記起來了，因爲寶貝家的媒人也幾乎在同一時刻到達。通過半開的房門，她聽到了他和黃母説的使人震驚的話。

"我的主人叫我告訴你，"媒人非常有禮貌地説，"寶貝不準備和媚媚結婚了! 他讓我告訴你，媚媚玷污了她自己和他們的家庭。他讓我告訴你，他已經下了決心，不能再改變了，因爲媚媚已經丟盡了面子，除非她去自盡。媚媚在祖墳墓地門前和一個陌生男人説話，這件醜聞會傳遍整個杭州城，人們將要求她贖罪，惟一的贖罪方法就是她自盡!"

聽到媒人的話，黃母就像受到狂風襲擊的樹枝一樣搖晃着。因爲害怕，媚媚的心幾乎停止了跳動。她想走出自己的房間去向媒人説明自己是無辜的，但是她的兩隻脚不聽使喚。誠然自己并没有……

她記起來了，她就没有出去。媒人説得對，他的話是符合舊禮教的。她單獨和一個男人説了話，確是玷污了她死去的父親和所有的祖先。

當媒人一步一作揖地離開以後，屋裏顯得蕭静。媚媚勇敢地仰着頭走出來。

"我確是在墓地裏和一個男人説了話，媽媽，"她小聲地説，"但是這没有什麼錯誤。在我這顆跳動着的心裏，我覺得我没有錯。當然，按傳統的禮教，寶貝是對的。但是我也用不着自盡，我可以永遠和你在一起。"

"但是，如果没有什麼補救的行動……"黄母顫抖着説。

媚媚心裏在忙着思考。這時候，她們兩人之間暫時保持沉默。然後，她抬起頭來，把一切經過都告訴她母親。

"確是没有什麼錯誤，"她母親告訴她，"但是你如果没有什麼表白的話，那麼當寶貝告訴大家，他爲什麼不用花轎來接你的時候，全杭州城的人都會相信你做了錯事。"

"我要表白的，"媚媚温和地説，"這樣全杭州城的人都會知道，我受到的譴責是不公平的。我不會離你很遠的，媽媽，因爲我要到觀音庵去，和那些侍候觀音菩薩的人在一起。"

"好好想想，我的媚媚，如果你當了尼姑，那你就得抛棄世界，抛棄一切財富和美好的東西，而且，一旦剃度，你就永遠不能再做任何人的妻子了。"

媚媚高傲地抬起頭。

"對裕丁的記憶將永遠陪伴着我，這對我是最可親的。"

第二天早晨，離别的悲傷使媚媚心情沉重。她走遍了家裏的每一個房間，向每一個角落告别。她用手指輕輕撫摸那些她從記事起就熟悉的小東西，她注視着她卧室墙上挂毯上面的圖案，她看看那些古老的桌子和椅子，看看父親及祖先們的照片，他們都長眠在那塊給她帶來灾難的墓地裏。正當她要進行告别的時候，她的婢女小竹拖着脚步跟來了。當媚媚還是嬰兒的時候，她曾把她放在自己豐滿的膝蓋上，或是放在她寬大的背上。現在小竹哭了。

"我也要向你告別了，小竹，" 媚媚小聲地説，"因爲當我去侍候觀音的時候，我就不需要你了。"

"但是我要永遠侍候你，小姐，" 小竹哭道，"我也要去朝拜觀音，我要和你一起去削髮出家，在頭頂烙上黑色戒斑，這樣我就可以永遠和你在一起，因爲我愛你。"

"在最後剃度之前，一定要好好想想，" 在離別的時候，她母親悄悄地對她説，"在正式剃度前還有好幾個月，所以你有足够的時間做最後的決定。"

"我已經下決心了，媽媽，但是在我接受剃度的時候，我會慎重考慮的。"

"我將要天天去看你，" 黄母説，"等你接受剃度的那天，我也要去看你，并且要問問你，是不是決心不變。"

"那時候和現在一樣，" 媚媚勇敢地説，"我知道，我必須接受剃度。"

于是媚媚到觀音庵去了，留下黄母和她的僕人在家裏。小竹也跟着她的小姐去觀音庵了，幾個月以後，她們將一起接受剃度。

正像媒人説的那樣，寶貝的父親把這件事傳遍了整個杭州城，這樣，所有他的朋友和他的敵人（特別是他的敵人，他們總是在尋找機會嘲笑他）都知道他爲什麼不派花轎去把媚媚接到家裏做寶貝的妻子。全杭州的人都認爲媚媚玷污了她的家族；但是當事情的始末清楚以後，全杭州城的人也都認爲媚媚已經充分地表白了自己。他們説，顯然她没有犯什麼過錯，否則她不會到庵裏去削髮爲尼。一天天，一周周，一月月地過去，她一直在庵裏。不久，她就要接受剃度了。

在杭州城裏，被大家提得最多的名字就是媚媚的名字，人們議論得最多的事情就是關於媚媚挽回她的聲譽的事，全杭州城的人們最强烈的信念就是媚媚是清白的。

這個消息居然傳到了杭州城外，越過了那環抱着碧緑西湖的群山，最後傳到裕丁的耳朵裏。

他曾在杭州各處打聽媚媚，但是因爲大家都知道媚媚已經許配給了寶貝，所以沒有人告訴他媚媚的住處。

當裕丁聽到這個新聞以後，他也講出來他經歷的故事。

"這没有什麼錯，"他告訴他的聽衆，"我們只是在一起説説話。要是她還没有訂親的話，那我會讓我父親派媒人去説親，因爲全杭州城没有一個姑娘有她這麼美麗，這麼出衆，這麼文雅，這麼迷人。所有對她的譴責都是錯誤的，一切責任都應該由我承擔，應該贖罪的是我，而不是她。可是，現在我到哪裏去找她呢？"

"她進了觀音庵，而且不久就要削髮了，"他們告訴裕丁，"你見不到她，因爲這個庵是不準男人進去的。那裏的尼姑會熱情照顧她的。"

裕丁有一副漂亮的臉孔，因爲他的心是善良的，他的靈魂是忠誠的。但是，此刻，他的臉色變得非常黯淡。他有很多朋友，這不僅因爲他的家族是個大族，而且因爲他本人人緣也好。但是關于他的打算，在朋友面前他却隻字不提。他父親的家住在湖山（是環抱西湖的群山）後面。他離開父親的家，騎上最好的馬向省城出發。他自己也不知道他要去幹什麼，但是他覺得他必須去做些什麼。

"她切切不可認爲我到這裏來是出于憐憫心，"他騎上馬的時候對自己説，"我見到她是無比的快樂，以致當我們在墓地第一次見面的時候，我就把心裏話告訴了她，就是説：如果她還没有訂親，我會讓父親派媒人去説親。"

恰恰就在媚媚接受剃度的這一天，裕丁來到了觀音庵門前。黃母正和她的孩子在一起，以便幫助她再慎重考慮一下，她的決心是否來自她的内心。一個長得很醜的老尼姑攔住了裕丁。她衣衫襤褸，光頭頂上烙上了黑點，這一切説明她很久以前就出家了。

"年輕人，你要幹什麼？"老尼姑粗暴地説，"你不知道男人不準許進入這地方嗎？你知不知道只有女人可以到觀音庵來朝拜？"

"我從遠處來，師太，"他下馬施禮，謙虛地説，"我要在菩薩面前祈禱。"

"這裏禁止男人來，" 她厲聲説，"騎上你的馬快走！"

在絶望中，他告訴了她許多事情。他告訴她在墓地發生的事情，他幾個月來的等待和期望以及最後是怎麼到這裏來，打聽關于媚媚——天下無雙的美人的消息。

老婦人冷酷地站到一邊。

"從你站的地方就可以看到她，" 她説，"她跪在菩薩面前祈禱呢。"

裕丁懷着沉重的心情，越過老尼姑、越過死寂的庭院，從庵門向裏張望。在那裏，他清楚地看到了她——他心裏的希望，他的媚媚。她跪在神龕前冰凉的石頭地上，仰着頭。在她的周圍跪着其余的尼姑，她們都在她之前好幾年就削髮了。媚媚美麗的黑髮自然地披下來，經過肩膀一直到腰下面，好像一件披風。即使是從這麼遠的地方看過去，也可以看到她的臉是盡善盡美的。由于她已經做了勇敢的決定，所以臉上容光焕發。

"注意她的頭髮，年輕人，" 那老婦人説，"再過幾秒鐘，這一頭美髮就要剃掉，而且以後永遠不準再長出來。她要立下誓，她的頭上將要烙上黑斑，以表明她從此以後永遠屬于觀音菩薩了。看，那些姐妹們都在和她一起祈禱，她們歡迎她加入她們的隊伍，因爲我們大家都愛她。"

"我也愛她，師太，" 裕丁説，聲音是痛苦的，"我愛她，這都是因爲我才使她落到這個地步。我是來贖罪的，請讓我在她剃度之前和她説幾句話，哪怕是片刻。"

"你不能進去。她正在祈禱，姐妹們都在和她一起祈禱，她們不能受到乾擾。我再次命令你，年輕人，騎上馬快走！"

"但是，難道没有一個人願意聽聽我的傾訴嗎？我要講講我對媚媚的愛。她還年輕，如果她没有做什麼壞事的話，生命對她來説是美好的，她不應該抛棄這個世界。我是一個男人，應當讓我來受懲罰。我的心情非常沉重，上蒼啊，幫助我吧！"

"時間不多了，" 她考慮着這件事情。這時候，裕丁的眼睛始終没有離開跪着的媚媚以及圍着她的其他人，好像媚媚本身是神，而其他那些人是在向她禮拜，對她祈禱，"是的，時間不多了，在進行剃度之前，只有一個人是可以和她説話的，這個人就是媚媚的老母親黃母，現在她跪在庵裏和媚媚一起祈禱。"

"那麼請她來吧，師太。"他懇求着説。

她猶豫地搖搖頭，但是禁不住裕丁的再三請求，另一方面，她那聰明的老眼睛也從他身上看到了一些光明的、熱情的、誠摯的東西。于是這位守門的老人轉身走了，留下他獨自站在那裏。老尼姑慢慢地向庵門走去。

等了一會兒（似乎等了幾年了），另外一個老人來了，她不是尼姑。

"我是媚媚的母親，"來人簡略地説，"你要和我説話嗎？"

"是的，老媽媽，我是裕丁。在墓地裏和媚媚説話的就是我。是我害得媚媚走這一步。我對大慈大悲的觀音菩薩起誓，我打心裏請求媚媚一定不要出家。我到這裏來，不是出于同情，也不是出于責任感。我到這裏來，是因爲在這個世界上，我所擁有的一切東西中，媚媚是最珍貴的。那天，大雨把我們兩人圈在她可敬的祖先的墓地裏，我得知她已經訂親，要不然，我會直接來找你，請求你允許我派媒人來説親。現在，她不再是有婚約的人了，雖然她不久將屬于觀音，但是現在我有權説話，我要請我父親托媒人來。可是現在沒有時間。現在，你的話對她還是法律，只有請你趕快去告訴她，請她到門口來，我有話跟她説。"

他的眼睛大膽地看着她，而從他的眼神裏，她看到一些東西，使她嘴唇掠過一絲微笑，這微笑延伸到她臉上的皺紋中。她轉身走進庵去。裕丁向庵裏望去，看尼姑們都已經做完祈禱，站起身來，説明時間真的不多了。

時間一分一秒地過去，衰老的黃母慢慢地向庵門走去——這命運之門，或者它對裕丁關閉，奪去了他的一切希望，或者對他洞開，使他能看到蒼天，看到媚媚，如果她會來的話。

忽然，他的心幾乎停止了跳動，因爲正當他依然伸着脖子，目光勇敢而深沉地注視着裏面的時候，她穿過院子裏的鵝卵石小路向他走來了——她是來答復那句簡單的、經她母親在她耳邊悄悄地傳給她的話：

"在門口有一個陌生人，他要求和你説話。要是我處于你的地位，那我一定會在剃度之前去聽一聽他要説的話。"

她好奇地聽着，注視着她母親那滿布皺紋的臉上露出的慈祥的微笑。于是她沿着鵝卵石小路走過來。她的眼睛與裕丁的眼睛相遇了，他們兩人臉上都現出了歡樂的笑容。

在她身後，尼姑們也跟着走出庵門，她們對這意外的情景感到驚异。她朝着裕丁越走越近。尼姑們仔細聽着，互相觀望，她們感到奇怪，爲什麼媚媚不説話？爲什麼這個陌生的年輕人看到她走過來，却沒有一句招呼的話？

她慢慢地走近他，而他只是等着迎接她，却不前進一步，因爲他不敢跨越院子前面的大門。

難道這兩個如此奇妙地相遇的人總也不説話了嗎？他們只是越靠越近，眼睛對着眼睛，嘴唇顫抖，却説不出一個字。

然後……

媚媚跨出了院門，好像她根本不知道這是一個門，好像她完全忘了她立刻要接受剃度，使她永遠被束縛在大慈大悲的觀音菩薩身邊。

裕丁恭敬地伸出手來迎接她，把她那輕輕舉起的右手握住。

兩個人仍然沒有説話。

裕丁又一次騎馬走了，但這次是在日落時分，并且同上一次一樣，他沒有回頭看。媚媚也一樣地不回頭。她的長髮自由地披散在肩上，一直垂到腰下。

有什麼需要説的呢？

有什麼需要再轉過頭來往回看呢？

媚媚和裕丁一前一後地騎在那匹健壯的馬上，它馱他們兩人是輕而易舉的。整個世界敞開雙臂在迎接他們。

琥珀護符

　　張和是張富隆心愛的兒子，在他短短的十九年的生活歷程中，他已經愉快而順利地做到了中國傳統典籍中所要求的孝行。在張富隆高貴的心中有一個願望，就是他的兒子必須踩着他光榮的足迹，成爲皇帝陛下一名偉大的武將。張富隆老了，他的背已經被肩上沉重的擔子壓彎了。他衷心地希望他的兒子能接過他肩上的擔子，使他能離開多少年來熟悉的戰場，而在和平、寧静中度過餘生。

　　張和最大的願望是能不辜負父親對他的期望和信任。爲了達到這個目標，在夏季漫長的白晝裏，他整天在他父親的花園裏練習武功。他穿着黑色緊身戎裝，使他本來很豐滿的肌肉顯得更加突出。他不知疲倦地練習射箭，基本上能做到箭無虛發。他爲自己的箭術感到自豪，而他的父親來看他兒子的輝煌成就時，總是滿意地點着他那灰白的頭。

　　張和在他父親的指導下，精心地鍛煉着身上的每一塊肌肉。他的父親命石匠雕了許多大小不等的石獅子放在花園裏的基座上。九年前，當他還是一個小孩子的時候，他就開始練習舉那最小的石獅，可是舉不起來；而現在，他十九歲，他能輕而易舉地伸直雙臂把最大的一個石獅舉過頭頂。這石獅子比張富隆手下的士兵中體重最重的還要重。

　　在桃樹林和桑樹林之間有一條跑道，張和就在那裏練習馬術。他能完成許多高難動作。當馬在全速奔馳的時候，他能筆挺地站在馬鞍上，或從馬背上跳下來穩穩地站立在地上。他是一個高超的騎手，甚至勝過當年他父親的水平。

　　當許多朋友向老將軍夸獎他的兒子的時候，張富隆看着兒子，眼睛裏閃着自豪的光芒，心裏燃燒着希望之火。

　　"他已經到了結婚的年齡了，"他們對張富隆説，"他應該娶親，生出强壯的兒子來侍奉崇德皇帝陛下，這也是他的責任。”

“但是他現在還只是個孩子。”張富隆説，“來日方長，結婚和生健康英勇的兒子，這都是以後的事。他應該成爲一員大將，因此他不應該受到家庭負擔的影響。”

在這塊土地上，人們都喜歡早婚，喜歡子孫滿堂，既爲了侍奉皇上，也爲了給自己家族延續香火。當老一輩的人戰死沙場後，有人給他們祭奠。相形之下，張富隆的思想是反常的。但是因爲張富隆對皇上是如此地忠誠，皇上對他又是如此地信任，所以對他的反常，朋友們都不往壞處想。

但是，現在張和已經十九歲，早已超過了一般男子應該結婚的年齡。張富隆的府第裏，對這件事討論了好幾次。每天有很多媒人到他家來説親，托媒人來説親的都是老將軍的朋友們，他們都有年齡相當、美麗文雅的女兒。張富隆只是應付着。他對誰也沒有直接説過一個“不”字，因爲這樣做是非常不禮貌的；可是他對誰也沒有表示過同意。由于每天接待媒人和朝廷的信使要花去年老體衰的張富隆很多時間，所以張和只好獨自在花園裏練功。在所有的武藝中，張和最喜歡的就是箭術。每當他對着靶子練習的時候，他的思想都飛越了花園的圍墻，到達了皇帝的軍隊中。他想望着有一天他會成爲他們的統帥。他不想別的事情。他對媒人和姑娘都不感興趣，因爲他從來没有去聽媒人和他父親的談話。至于姑娘們，他除了自己兩個妹妹以外，誰也不認識。可是，終于有一天，當他正在練箭的時候，命運之神找到了他。箭一支接着一支嗖嗖地從弓弦飛射出去，準確地射中靶心。但是他的思想溜了號，以致最後有一支箭剛剛碰到靶，就彈出來，像一道銀光，越過花園的圍墻，掉進鄰居家的花園。

還没有等到箭在墻後落地，就聽到從那邊突然傳來哭聲。張和吃驚地意識到他的箭傷了人。他想找一個僕人去瞭解一下情況，可是此刻他的僕人正好不在花園裏。他没有別的辦法，只好親自去察看。也就一秒鐘的工夫，他縱身一跳，跳上一座在圍墻附近的假山，向鄰居家花園張望。可是這個花園裏樹木茂密，幾乎都看不見地面，只有在花園中心可以看到一個在陽光下閃着銀光的金魚池。從樹的下面，依然傳來哭聲。張和看看自己周圍，他想起了禮儀，一個年輕小伙子，沒有得到允許是不應該進入鄰家的花園的。但是那哭聲是一個姑娘的聲音，他很擔心是他闖下了禍。

張和跳到墻頭上，然後很容易地就跳進了鄰家的花園。頓時他看到一個年紀約摸十四歲的小姑娘傷心地坐在鞦韆上，在桑樹下面晃來晃去。他寬慰地舒了一口氣。顯然誰也不會責備他與這麼小的一個女孩子相遇。盡管流着淚，這姑娘還是很漂亮。她的頭飾非常華貴，可以猜想她是某個高級官員的女兒。她的臉是秀麗的鴨蛋形，她的黑眉毛……

張和驚跳起來，她的眉毛！他相信這眉毛是美麗的，但是他現在很難做出肯定的結論，因爲右眉毛上沾滿了血。小姑娘的縴手捂着它，鮮血從她手指縫裏流出來，滴到她的華麗的繡袍上。

"這個粗心大意的人向你高貴的小姐賠罪了，"他怯生生地說，"是他的臭箭誤傷了你，使你哭得這樣悲痛。不管給他什麼樣的懲罰，都不爲過。"

小姑娘嚇了一跳，挺身站起來，身子在兩隻小脚上微微晃動。她兩手抱住胸部，張和憐憫地看到她的一隻沾滿鮮血的手在她的長袍上印上了血迹。小姑娘遲疑了很久，打不定主意，應該跑開，還是和這陌生人在一起。最後她放下了手，烏黑的眼睛與張和的眼睛對上了。

"你的箭打在我這裏了，公子。"她輕輕地說。

她摸着她的右眉毛。張和帶着無限悔恨的心情走前一步，以便仔細觀察他的臭箭究竟造成了多大的傷害。它碰傷了她的眉毛。張和知道，將來會在她的眉毛上留下一個永久的疤痕，把一條眉毛截成兩段，使這位姑娘的美貌遭到損害。

張和覺得她還是一個小孩子，他盡可能地安慰她，沒有什麼不對的地方。于是他給她講了許多故事，想逗她那挂着淚痕的臉笑一笑。姑娘端詳着張和，覺得他是個很有趣的人。他的黑衣服在身上裹得緊緊的，他的胳臂表現出成年人的粗壯有力，他的頭像是由一位高級工匠用青銅鑄造的。他像一位中國古代傳説中的年輕的勇士。

最後，當她擦乾了眼泪，眼睛上面的傷口也不再流血的時候，他向她請求道：

"請告訴我小姐的芳名好不好？"

"小女子叫銀蝶，公子，"她告訴他，"如果我的父親要問我發生了什麼事，我會向他解釋：你對我非常仁慈。雖然你的箭擦傷了我，使我痛得哭，可是由于你的和藹，現在痛苦已經過去，我心裏充滿了快樂。"

"我也感到快樂，"他鼓起勇氣説，"因爲這箭把我帶到你這兒來。那麼，現在我們一起來找這支箭吧，我將永遠保存它，作爲美好的回憶。"

于是他們一起尋找那支擦傷了銀蝶的箭，發現它現在深深地扎在一棵桑樹的樹幹上。他們倆看到這情況，都嚇得哆嗦，要是這箭再偏一點兒，可能就要了銀蝶的命。

他們一起説話的時候，張和把箭拿在手裏。他告訴她關于他想當一名偉大的將軍的理想；而銀蝶注視着他那張被熱情和抱負激勵得容光煥發的臉，雖然在聽他説話，却什麼也没有聽到。他是多麼英俊，他的眼睛就像咧着嘴笑的星星。

"這麼説來，公子，"銀蝶最後説，"你不久就要離開你父親的花園，而……而……我將永遠見不到你了。"

"是的，銀蝶，"他説，嘴唇上帶着熱烈的微笑，眼睛竟没有注意到銀蝶可愛的臉蛋上掠過的陰雲，"我不久就要離去，去爲皇上和他的軍隊效勞。"

她的小手顫抖着伸向張和，好像她要用愛撫的手指去摸摸他的臉頰，但是，正在這時候，另一個姑娘從桑樹林裏走過來，并且吃驚地站住了。銀蝶羞澀地笑了。新來的人臉上顯出不滿意的表情。

"我的小姐，"新來的姑娘説，"以你高貴的身份，和這位公子單獨在花園裏是不合適的。"

"這是雪花，我的婢女，公子，"銀蝶解釋道，"她對我是無比地忠誠。"

但是雪花的到來使張和和銀蝶都想起了禮教，于是張和就準備離開了。

當他轉身要走的時候，銀蝶想找些理由來攔住他，因爲隨着時間一分一秒地過去，這個陌生人的形象已經深深地刻在她的心上了。

"你的項鏈製作得很精緻，公子，"她匆匆地說，"可以讓我看一看嗎?"

張和也很高興，因爲找到了一些理由可以使自己多待一會兒。于是他轉過身來想把頸上的裝飾品送過去。

"這是一條項鏈，是一塊琥珀裝在一條銀鏈子上做成的。我的親屬們都相信這是一個吉祥物。只要戴上它，任何灾難都不會降臨到我頭上。"

銀蝶羞澀地微笑着伸出手去摸項鏈，而張和，在一個突發的思想下，將項鏈從脖子上取下來遞給了銀蝶。

"我傷害了你，"他溫和地說，"現在我把這個護身符送給你作紀念。一來表示我對你的歉意，二來表示我對你永遠的祝願，祝你永遠幸福，永遠富貴。希望你一直戴着它，看到它，你就會想起我，不管到什麽地方，張和會因爲傷害過你而永遠感到内疚，并且請你記住，你的形象將永遠銘刻在他的心裏!"

銀蝶拿起了護身符。張和轉身對雪花說："好好侍候你的小姐，永遠不要讓她受到傷害。如果她遭到危險，你要不惜犧牲生命來保護她。"

雪花對這個陌生的漂亮青年深深地行禮，并且答應一定忠于銀蝶。最後，張和終于離開了花園。他輕捷得像一隻鳥，跳上墙頭，又跳進自己家的花園。

有幾年銀蝶沒有見到張和，但是他在她心中總構成一個英雄的形象。她一直把項鏈戴在脖子上，她幻想自己在張和懷裏，就像那天在花園裏，他們親密地在一起……

中國連年灾禍不斷，土匪作亂，搶劫擄掠。張和肩上的擔子永遠没有輕鬆的時候。傳説他先在遥遠的山東，後到安徽，以後又到河北。在他父親和平地享盡天年以後，他繼承了他父親的事業，爲皇上帶兵。

在戰争之余，當稍稍有一點時間可以想想别的事情的時候，銀蝶的容貌總是出現在張和的心裏。

"兩年過去了，"張和總是心事重重地緊鎖雙眉，"銀蝶一定長得更漂亮，她已經是一個大姑娘了。"

"張和是個偉大的英雄，"這是銀蝶的思想，"他是每戰必勝的。"

在張和跳越花園墻頭的第四年，銀蝶的母親和父親相繼去世。這一年，土匪攻進了他們長期以來和平居住的城市里。爲了逃避土匪的擾亂，銀蝶由她忠心的婢女雪花陪同，帶了所有能隨身携帶的金銀首飾，逃到遠方的一個村莊裏住下。

銀蝶用這些錢財買了一所大别墅。工匠爲她修建了一個大花園，裏面有名貴的花卉和果樹，像她過去一向所喜歡的那樣。在她心裏常常抱着這樣一個願望，總有一天她要幫助張和去消滅那勢力日益强大的王老虎。

幾年以後，以王老虎爲首的土匪部隊越來越强大。一座座城市，一個個村莊都被他們占領。他們殺老百姓，洗劫城市。銀蝶知道張和的生命中充滿着艱難。傳説，由于他的部隊屢屢失敗，崇德皇帝甚至對他的忠誠産生了懷疑。

銀蝶聽到這種謡言，心裏非常替張和擔憂，但是她也没有什麼辦法，只能等着他，在夢裏見到他。

她養了許多鴿子，每天她只是和心愛的鴿子在一起消磨時間。她的僕人按照她的吩咐用竹子做了許多小笛子，把它們綁在鴿子的腿上和翅膀上。當鴿子在院子裏飛翔的時候，風吹到笛子上，就響起悦耳的音樂。由于它們是經過訓練的，所以不管飛得多麼遠，總能飛回來。于是花園裏總回蕩着笛子奏出的優美的音樂和翅膀在空中撲扇的聲音。

盡管銀蝶自己并不知道，她的美貌是全國聞名的。人們還説，她右眼上面的小疤恰恰更增添了她的魅力。所有這些議論最後都傳到了罪惡的王老虎的耳朵裏，王老虎現在是一個强大的土匪部隊的頭領。

一天早晨，沒有任何通告，王老虎就來到了肇沖村。村民們驚慌地逃跑，却發現王老虎的部隊已經包圍了村子，沒有退路了。焚燒房屋的滾滾濃烟把天空都熏黑了。到處傳來垂死者的哭喊聲和婦女們的哀求聲。

但是銀蝶并不害怕，倒是她的鴿子受驚了。她讓她的僕人把它們關在一個大籠子裏，不讓它們自己飛出去逃生。雪花臉色蒼白，心裏却很勇敢、堅强；她仍舊和她的小姐在一起。她懷裏藏了一把匕首。

"小姐，如果王老虎的魔爪要伸向我們，我們就自盡，"她平靜地解釋道。

銀蝶并沒有聽她的話。關于劊子手在肇沖的消息將會很快傳遍全國，張和的部隊肯定要開來援救，至少要追擊那些跑到山裏分贓的土匪。

從王老虎開始襲擊村子，到他完全占領它，只花了一個小時。因爲銀蝶的住宅是村裏最好的，所以他選中了它，據爲己有。他走在他的一百名最强壯的弓箭手前面進了住宅。當他的貪婪的眼睛看到了那高傲地仰着頭、面無懼色挺立着的銀蝶和站在她旁邊的雪花時，他驚異地停住了脚步。

"嘿！嘿！"他大笑，"哈！哈！漂亮的銀蝶最後終于落進了我王老虎的網裏。準備好吧，銀色的小蝴蝶，跟你的主子一起進山吧！"

銀蝶轉過頭對雪花説：

"告訴這個卑微的人，如果他要强迫我和他説話，那我就自盡！我是一個未婚女子，只有以死來洗刷恥辱。"

王老虎又捧腹大笑。

"告訴你的蝴蝶小姐，醜丫頭，"王老虎説，他的聲音刻薄而奸詐，"王老虎不相信這種假文明，在他居住的那遠方山裏，他會教她也忘掉這些。"

就這樣，所有王老虎與銀蝶之間的對話都是通過雪花傳遞的。王老虎容忍着。但是，看得出，爲了銀蝶，他急于要逃回山裏去。他把他的打算告訴她，她通過雪花向他表示堅決不跟他去。但是王老虎命令他手下的人強行把她拉走。她不知道，在掙扎的過程中，她的琥珀護符被扯斷了。直到幾個小時以後，當她想起張和而伸手到平常戴項鏈的地方去摸的時候才發現。

當她哭着提出一個要求，要把她的鴿子一起帶進山的時候，王老虎對她哈哈大笑。

"什麼？"他無禮地說，"往後有王老虎整天陪你玩樂，還要鴿子幹什麼？！"

但是他的許多僕人還是小心翼翼地抬着裝鴿子的籠子。畢竟王老虎是一個善于帶兵的人（同時他也是一個真正的殺人惡魔），他很善于想辦法使銀蝶快活，即使在一些瑣碎的小事上也不疏忽。

三天以後，當王老虎的部隊正在往他們隱蔽的山區撤退的時候，張和的部隊進村了。爲了趕到這個遭摧殘的村子肇冲，部隊在長時間的艱難行軍中已經疲憊不堪了。張和的心情非常沉重，因爲敗仗一個接着一個，來得那麼頻繁。他真怕有一天崇德皇帝會派來使臣撤去他元帥的職務，派別人來接替他，甚至可能把他當作叛徒，抓他進京問罪。

"要是能交上好運，"張和對自己說，"讓王老虎落入我的手就好了。"

他把他的司令部設在肇冲最好的房子——銀蝶的住宅裏。家具早已被損壞，牆也被糟塌得千瘡百孔。到處都有匪徒們魔爪留下的痕迹。這種情況在肇冲是有代表性的。現在，善後工作的擔子就壓到了張和的身上。他必須把死者埋葬，必須搞好村裏的治安，使那些逃難出走的村民能重返家園。

他憂鬱地走過一間間房子。當他慢慢地經過會客室的時候，脚下踩着了一個什麼東西。在這無人居住的房子裏，這件小東西引起了他的好奇心。他停住脚步，從地上把它揀起來。這是一根銀鏈條和一塊破損了的琥珀。在這一小塊琥珀上有一個不完整的字，但是張和即使沒有看到完整的字，也知道這是什麼。這護符怎麼會落到這裏的？什麼兇神惡煞把銀蝶送進了王老虎的魔爪？她現在在哪裏呢？

當夜幕降臨到劫後的村莊的時候，銀蝶的一個僕人悄悄地溜回來，把經過情況告訴了張和。王老虎把她帶進山去了。但是到處都是山，即使用三倍于張和所擁有的兵力去搜上好幾個月，也不可能找到王老虎隱蔽的地方。

"但是她至少已經去了三天了，"張和哀嘆道，"如果王老虎哪怕是用手摸她一下的話，她也一定會早就自盡了。我一定要去爲她報仇，消滅王老虎。今夜讓我的部隊休整一下，明天我們就開進山去！"

張和把他的部下召集到一起，告訴他們他的意圖。

"但是，爲了能仔細搜索每一個地方，我們必須分成小分隊。"他們提出了疑問，"由于我們的行動必須在夜間進行，那麼，當一個小分隊找到了王老虎的隱蔽地點，其餘的分隊怎麼能知道呢？如果我們點火爲信號，那麼王老虎也會看到信號，他就會首先過來把發信號的那些人殺掉。"

"我要想一個辦法，"張和説，"讓戰士們先睡覺，我晚上來思考這個問題。"

當太陽開始把院子的影子拉得長長的時候，正是應該聽到銀蝶甜蜜的嗓音和温柔的笑聲的時候，張和在她曾經住過的房子裏踱來踱去。

他想到在遙遠的山裏可能發生的事情——那可怕的事情可能已經給銀蝶帶來了災難。他心裏非常痛苦。

突然，一個奇妙的優美的聲音傳進他耳朵裏，這聲音就像遠處有人在吹短笛。這聲音來自院子上空。接着傳來一個輕微的説話聲音和小翅膀輕輕拍打的聲音。隨後，銀蝶的一個僕人手裏抱着一隻鴿子走進來，滿面愁容地向他施禮。鴿子差不多快死了，它的眼睛似乎在哭，翅膀濕了，腿折斷了，而且在流血。

"這是銀蝶小姐養的一隻鴿子，"僕人解釋道，"她把鴿子帶進山裏去了。請看，這就是發出聲音的竹笛，是我按照小姐的吩咐親手做的，所以我知道。"

張和把奄奄一息的鴿子接過來，并且吩咐拿水和食物來喂鴿子。

"響鴿啊，"他輕輕地撫摸着小鳥的羽毛説，"要是你會説話，并且能告訴我你的女主人在哪裏，這該有多好啊！"

鴿子睜開疲倦的眼睛，注視着張和的眼睛。突然，他明白了，它捎來了信。

張和的心因爲激動而撲通撲通地跳。他仔細地檢查鴿子，撥開它那淋濕的羽毛。最後終于發現在鴿子的翅膀下面綁着一張疊得很小的紙，上面潦草地寫着這樣一些字：

"關禁我的山谷非常深，兩端各有一個大石丘。一個像一隻大石獅，就像你在自己花園裏練功時舉的石獅那樣，真希望你的力氣能舉得動這一個；另一個石丘像一隻駱駝，它的頭直插雲霄。可是遺憾得很，我不知道這山谷坐落在什麼地方。"

讀到這裏，張和跳起來，向他的部下喊道：

"趕快去找這個村子的人！把知道附近這些山的人帶來見我！"

他向來的村民們打聽山路。幾個小時過去了，院子裏一次接着一次傳來短笛樣的聲音。隨着時間的消逝，越來越多的鴿子到達這裏，而且都是疲憊不堪，好像它們都是經過了長時間的快速飛行纔到達了銀蝶的花園。

"快些吧！"有一封信裏寫道，"哦，快些來吧！我在受折磨，已經支持不住了！我站在懸崖邊警告王老虎，不準他碰我，否則我就從懸崖跳下去！這是我的最後一封信。我丟失了護符，所以好運不再跟隨着我了！"

當張和讀到這最後一封信的時候，他心裏充滿了悲痛。

晨曦使東方現出銀白色，他還在提那些沒有結果的問題。最後來了一位非常老的老人，他知道那些山，因爲他是個獵人，常在山裏出没。他記得有這樣一個谷，一端伏着一隻石獅子，另一端有一隻頭伸到雲端的石駱駝。那是一座懸崖，它脚下在很深很深的遠處，那裏有許多大石頭，誰要是掉到那裏，那一定會粉身碎骨。這位老人表示他能把張和的隊伍帶到那個山谷。于是張和下命令，部隊必須在日落後出發，除了弓和箭外，任何可能在寂靜的夜間發出聲音的東西都不準帶。當日落西山的時候，他把自己關在一間屋子裏。最後，天黑了，他出來指揮他的隊伍。他自己也帶着弓箭，穿着和士兵一樣的服裝。

部隊開始向山裏進軍了，行軍速度之快是前所未有的。張和命令，部隊必須在日出之前到達那神秘的山谷，這樣，他們經過村莊的時候，村民們都在沉睡，沒有人會去向王老虎通風報信。

早晨的天氣寒冷刺骨。銀蝶在忠心的雪花的陪同下坐在懸崖邊緣。她們一次又一次地懷着恐懼的心情，窺視下面那使人心驚膽寒的深淵。然後，她們又回頭看看王老虎手下的那些爪牙。他們在她們身後圍成半圓形坐着，用警惕的眼光守住她們，不讓她們有機會逃跑。王老虎曾經嚇唬他們，如果銀蝶跑掉了，就要他們的命。如果她跳到深淵裏，他們就必須跟她一起跳下去。所以他們都不敢睡覺，因爲王老虎是個說話算數的土匪。

天又黑又冷，絕望的銀蝶心上像壓了一塊石頭。

"雪花，天亮的時候，王老虎就要最後來找我了。他不相信我會跳崖尋死，所以他會試圖對我下手的。"

"鼓起勇氣吧，"雪花小聲地說，"我將和你手拉着手一起跳下去。死神是慈悲的，他會讓我們很快地去——與其讓王老虎的魔爪碰你，遠不如這樣光榮得多。"

"我還不如現在就跳下去，因爲那些男人的手已經碰過我了。"

"我的可憐的小姐，你沒有錯，"雪花回答，"顯然，誰也不會爲了那些你自己無法抗拒的事來責備你的。銀蝶的力氣與王老虎的奴才們的力氣怎能對比？"

就這樣，她們等待着，身體已經快凍僵了。

東方出現的第一道金光照紅了天邊，預示太陽快要升起了。王老虎從他山裏的小屋走出來，臉上帶着奸笑，像一隻在尋找獵物的惡狼。

他手下的那些爪牙迅速地站起來。當他們的頭領走近的時候，他們身子站得筆挺。他向他們吼了幾聲，命令他們去幹什麼，他們就迅速地離去，還回頭對銀蝶和雪花齜牙咧嘴地一笑。

當銀蝶和雪花站起來的時候，王老虎突然停止了腳步。

"銀蝶，"他說，"我是來接你的。讓雪花在我的士兵中選一個意中人，當然，必須在頭目中選。至于對銀蝶，那虎中之王就是她最合適的丈夫，因爲她的美貌在全中國是獨一無二的。想一想吧，銀蝶，我的財富和皇帝一樣多！只要我一發虎威，連皇帝都害怕！我可以爲你建造宮殿，你會成爲天下最偉大的女人。"

王老虎一邊說，一邊慢慢地向前邁步。銀蝶和雪花恐懼地探頭向深淵窺望。當她們兩人的眼睛一轉離王老虎，王老虎趕緊一個箭步上前，伸出他的大手去扯銀蝶的衣服。

但是，在他的手剛要碰到她的衣服的時候，從王老虎嗓子裏爆發出一聲吼叫。雪花比她的小姐更警覺，在蒙蒙的曙光中，她看到王老虎身後有一個影子。她向銀蝶喊了一聲，抓住她的衣服往自己身邊一扯，王老虎撲了個空，在懸崖邊上蹣跚。

接着又是一聲尖叫，這窒息的叫聲在他摔下去後就消失了。王老虎跌進了深淵，落在淵底嶙峋的岩石上。

銀蝶和雪花互相抱得緊緊的，看着那個要傷害她們的人摔了下去。

"看，"雪花輕輕地說，"看他背上的箭。就在他的手將要碰到你的時候，這支箭射中了他，我的小姐啊！"

當王老虎的軀體碰擊在淵底岩石上的時候，她倆轉過身來，看到在曙光中出現了神像般的張和的形象，他手裏握着弓。他把弓和箭放在岩石上，伸開雙臂等待着銀蝶。

她沒有看見在山谷的周圍布滿了黑黑的人群，她沒有聽到王老虎部下的匪徒們被來自黑暗處的千百支箭射中的慘叫聲，她只看到幾年來心中一直懷念着的所愛的人的臉和體態。張和把這位右眉毛有疤的小姑娘摟在懷裏；這斷眉毛給他們帶來了多少苦難！

當張和的士兵們去追擊潰逃的殘匪的時候，他們兩人站着，陶醉在重逢的喜悦中。

"我的響鴿呢？"最後她輕輕地問，因爲嘴貼在他胸口而使聲音發悶，"它們回家了嗎？"

他點點頭。眼睛却沉思地注視着那幾乎要奪去銀蝶性命的黑沉沉的懸崖。

"銀蝶，"他溫和地説，"在維護大清帝國領土完整和國泰民安的鬥爭中，你給予了我極大的幫助。我將受到皇上的重賞，但是要是沒有你，這一切都將變得毫無價值。"

"我想，"銀蝶低聲説，"我的好運已經永遠離開我而去了，因爲在王老虎抓我的時候，琥珀護符被打碎了，而且丟失了！"

"我們是永遠失去了它，"張和和藹地説，"但是這却給我帶來了無比的欣慰。我用了一小塊琥珀做成了箭頭，用這支箭射死了王老虎。我們以後不再需要這個護符了，因爲它已經給我們盡了力，給我們帶來了最大的幸福！它把我們兩人帶到一起，又消滅了我們的敵人。"

張和的士兵抬來那頂把銀蝶搶進山裹時用的轎子，這説明恐怖山谷裹的殘匪已經被徹底消滅了。

張和和銀蝶雙雙騎着馬，張和像國王一樣在旁邊看着銀蝶，整個部隊護送着他們在歡笑聲中下山去了。這時候，太陽已經升起，正迎着他們，也迎着忠心的雪花微笑。此刻雪花正舒適地坐在轎子裹，由她新主人手下的兩個健壯的士兵抬着。

吳國的小牡丹

　　山谷裏的大路彎彎曲曲地穿過吳國的中心，兩旁茂密的樹叢形成了綠色的屏風，擋住那些過路人好奇的眼睛，使他們無法看到小牡丹姑娘的住宅。小牡丹的父母很久以前就去世了。從前侍候小牡丹父母的僕人，現在忠心地侍候着小牡丹，她的平静的生活是幸福而歡樂的。

　　白天，小牡丹喜歡在花園裏讀古典經史，或是與小哈叭狗白雪玩。淘氣的白雪喜歡追逐運動着的東西。有時候，小牡丹走近那花園與大路之間的綠色屏風，就可以聽到外面過路轎夫的脚步聲、大車的隆隆聲和苦力們的勞動號子聲——這些就是她和外面世界的全部接觸。

　　有時候，她回憶起她父親在世的日子。那時候，他是吳國朝廷的一名大官。她常常聽他和別的官員一起長時間地討論朝廷的事情。從這些對話中，她可以想象外面世界的情況和住在那裏的人的情況，設想豪華和禮節繁瑣的宮廷生活。

　　有時候，她也幻想，要是能當上王妃，那有多好！她知道自己非常美麗，那是每天早晨當她進行梳洗打扮的時候，她的鏡子告訴她的。還有那花園裏平静的池塘，當她坐在它旁邊的時候，就能把她美麗的臉蛋映照出來。她的綉袍是由金絲、銀綫、紫紅色和像嘴唇一樣鮮紅色的軟緞精心製作的。她站在池塘邊，從水中觀賞自己的倩影，從露在袍緣下面的小鞋，一直到戴在她烏黑油亮的頭髮上的寶石頭飾。每當這時候，她的思想就活躍起來。她想，只要她有願望，并且保持自己的美貌，又有很高的學問，那麼她的夢想總有一天會成爲現實。

　　她在舒適的生活中等待着這一天的到來。她的花園裏陽光明媚，蜜蜂嗡嗡地哼着優美的曲子，各種各樣的鮮花使整個花園彌漫着醉人的芳香。

當小牡丹睡覺的時候，臉上總露着微笑，這種微笑除了侍候她的老阿媽以外，誰也不會看到，因爲這位老阿媽每天深夜都要來看一下她心上的寶貝是不是睡好了。

"但願你永遠幸福，我的小花，"當她用粗糙的手把被掖好的時候，總是這樣輕輕地説。然後她輕輕地離開小牡丹的卧室，回到自己的老伴那裏。

"小花今夜笑了嗎?"他總要這樣問。

"她在睡夢中笑呢，"她也照例這樣回答，"一切都好，她的生活是愉快的，她的睡眠是甜蜜的，因爲她的心是正直的。"

"是的，"她的丈夫也總是表示同意，"她的心總是擺在正中，這對一個姑娘來説是最恰當的位置。"

但是在離山谷不遠的地方，在高入雲霄的群山的另一側，那裏没有歡笑，一切都在沉睡。那是在吳國國王淳德的朝廷裏。國君有許多美麗的妃子，他的大臣們都非常富裕，他們穿的衣服像太陽一樣閃光。但是現在，淳德和他的大臣們都處在恐懼和憂慮之中，因爲鄰國越國的國君韓皇德貪得無厭，宣布要擴大他的領土。

淳德把他的大臣們召集到他身邊，他們都向吳王跪下，他們的臉上由于過分的憂愁而布滿了皺紋。他們心裏都明白，爲什麼今天早晨吳王要召見他們。他們也聽到不少關于韓皇德和他的強大國家的傳説，這些傳説聽起來都挺嚇人的。

淳德舉起他戴着珠寶首飾的手，示意讓大家起來聽他講。

"我聽到了來自越國的消息，"吳王説，"越王的計劃并不對我們保密，他對吳國有領土野心是出于兩個原因：第一，因爲吳國與越國相鄰；第二，因爲吳越兩國合并後由他統領，就不怕其餘三個國家。現在我們非常困難，不知道該怎麼辦。韓皇德已經多次來和我們談判，他的話聽起來都是很友好的，可是與此同時，他的部下却一直在對我國進行周密的偵察，以便確定進攻我們的最好方案。我今天召見你們，就是想聽聽你們對這件事情的意見。請大家談談吧。"

大臣們恐懼地互相觀望，脚在地上不安地來回挪動，因爲這是一次孕育着不祥預兆的朝見。最後，淳德朝廷裏最老、最聰明的大臣——丞相開口了。

"大王，幾個月來，臣心裏一直在考慮這個問題，"他用蒼老、嘶啞的嗓音説道，"正如您所説的，想不出什麼好辦法。下個月，韓皇德又要來，僞裝和您親善。傳説他將帶一個龐大的武裝隊伍隨他一同來。在他到達之前，我們必須考慮好每一步對策，任何細節都不能疏忽。微臣，作爲大王的丞相，一直是竭盡全力在考慮這個問題。我找到了一位名叫趙富的老人，他是名聞五國的預言家，也許他會給我們提一些好的建議。他能從星相、水文預測未來，微臣請求現在就把這位預言家帶到大王跟前。"

淳德微微點頭表示同意。他雙眉緊鎖地在努力思考，因爲現在情況實在是非常危急。侍臣們一遍又一遍地叨念着趙富的名字，直到在庭院裏看到了趙富。于是，一個眼睛裏閃着智慧之光的老人來到吳王面前。他的長胡子垂在胸前，他的肩膀下垂，好像有兩個重錘壓着它們似的。

"小民趙富，"當他按常規的禮節向吳王行叩頭禮的時候説，"願意爲吳國和她强大的君主效勞。"

"起來吧，趙富，我們誠心誠意地聽着。你説吧，告訴我們，吳國的命運將怎麼樣？"

趙富讓侍臣拿來一隻宮裏保存的古老的碗。這隻碗是白玉制成的，上面有一條條金色的條紋。它的年齡甚至比吳國和越國的年齡還要大。這是幾百年以前從一個非常聰明的聖人的墓裏挖掘出來的，交給了淳德的祖先保管。碗裏水裝到齊邊，然後把它放到跪着的趙富面前的一張小凳子上。

"説實話，趙富！"吳王説，"不管是好聽的，還是不好聽的，我只要聽真話。"

"我會照實説的，大王，"趙富答道，"小民有一個要求，就是當我從白玉碗裏預測未來的時候，大家必須保持肅静！"

淳德的宮廷頓時變得肅靜，連那些平時一刻都不能安靜的侍臣們，此時也不敢低聲說一句悄悄話，那些大臣們更是肅立得像一座座雕像。

"大家聽着，"老趙富用一種大家必須拉長耳朵才能聽到的聲音開始說道："現在我要預言未來了。吳國將會得救，但是只有在對一個女人的生命和名譽遭到極大的危險的情況下才能得救。我在白玉碗裏看到一張姑娘的臉，其漂亮程度不是小民言語所能形容的。大家都沒有見過這個姑娘。但是就在作爲吳越兩國分界綫的大路旁的花園裏，她獨自坐着，在逗一條小哈叭狗玩。她像一位坐在寶座上的王妃。如果能夠找到這位舉世無雙的美麗姑娘，那麼吳越之間就不會有戰爭，百姓也不需要流血了。"

"我認識這個姑娘嗎？"淳德問。

"大王沒有見過她。"

"那麼我的大臣中有沒有人認識她？"吳王接着問。

"我們中很多人都認識她，"丞相帶着不高興的情緒說，"那是小牡丹，是一位杰出將軍的女兒。將軍曾爲先王英勇戰鬥，開創了吳國。如果他還活着，那我們就敢出兵去抵抗越王的侵略。對於這樣一位杰出的功臣，如果讓他女兒的生命和名譽受到損傷，那吳國就太對不起他了。"

淳德的臉色沉下來了。

"這是爲了國家，"他堅決地說，"去吧，與這個小牡丹說說，把結果帶回來，一定要趕在韓皇德僞裝親善，再次來訪之前。"

于是丞相和其他那些與小牡丹的父親很熟悉的老臣就在當天來到吳越邊界處大路旁的小牡丹家裏。他們低着頭，懷着沉重的心情走進院子。由于丞相年紀最大，而且小牡丹從開始記事起就認識他，所以衆大臣就央求他代表大家發言。

"小花呀，"他憂傷地說，"趙富從白玉碗裏看到的情景，那是可以理解的。誰不知道韓皇德這個永遠得不到好報的人，他不僅有領土野心，見到漂亮的女人更是垂涎三尺。他看中了你的美貌，你必須隨他一同到越國去。你要想辦法分散他的精力，使他不能來侵略吳國，同時你要把他的計劃摸清楚，通過我們的探子帶回來。"

"這是爲了我敬愛的父親的祖國，也是我所熱愛的祖國，"小牡丹柔和地説，"一個人的生命算不了什麽，最後還是要奉獻給吳國的。"

"但是韓皇德要你做他的妃子，小花呀!"丞相警告她説，"這對你來説，還不如去死。韓皇德是一個會使你憎恨一輩子的人，因爲他要毀掉這個你和你高貴的父親所熱愛的國家。"

"憂傷也罷，屈辱也罷，甚至要接受比死還難忍的考驗，卑微的小牡丹決心爲了吳國的前途去承受，"她回答道，"請告訴我，我父親的老朋友，在越王的眼睛裏，我的美貌是不是足以贏得他的寵愛?"

"比落日還要艷麗，"丞相喊道，"比暴風雨後天空出現的彩虹還要燦爛!"

"那麽請告訴國王等待着，不要懼怕韓皇德的來訪。小女子有一個計劃，如果這個計劃成功，那麽吳國就不會受到貪婪的越王的進攻。"

最後，規定的韓皇德訪問吳國的日子終于來到了。在這個決定命運的早晨，小牡丹滿懷信心地起床，她把自己打扮得如此華麗，簡直就像她夢想中的王妃。從玲瓏的小鞋到珠寶頭飾，無一不顯示出她的美麗、可愛。在那兩條像黑蛾子的翅膀一樣的秀眉下面，她的眼睛因爲興奮而炯炯發光。在那白嫩、美麗的臉蛋上，上下嘴唇就像熟透的櫻桃。

當一切都準備就緒後，她就派一個僕人去把她的小哈叭狗白雪帶來。她把搖着尾巴的小動物抱在手臂中，慢慢地走到花園靠着大路的一側，那條路是韓皇德和他的隨從們必須經過的。

最後，他們來了。金色和紫色的轎子，騎手們穿戴豪華，可以和太陽比美。這是一個王室的隊列，小牡丹很清楚她應該怎麽做。雖然她的心是死的，但她的決心是堅定的。她的胸脯像風浪一樣地起伏，但是她的眼睛裏卻充滿着對韓皇德的怒火。她守候着那金色華麗轎子的到來，然後……

小哈叭狗白雪突然掙脱了繩索，像飛箭一樣冲向那行進着的隊列，它的叫聲打破了早晨的寂靜。在它後面，它的女主人冲出了樹叢形成的綠色屏障，身子在小鞋上一晃一晃地緊迫上來，想找回她的寵物。

這樣一個漂亮姑娘的异乎尋常的出現使騎手們勒住了馬，轎夫們停住了脚步，因爲從她華麗的服飾，可以知道她必定是貴族家庭的小姐，而這種身份的姑娘一般是不會在外面抛頭露面的。

正當小牡丹抓住了她的小哈叭狗的時候，那華貴轎子的金色帘子突然被掀開，露出一張年輕英俊但是傲慢的臉，正由于轎子莫名其妙地停滯不前而發怒。頃刻間小牡丹呆立不動了，似乎意識到自己在幹什麽而驚慌了。韓皇德的眼睛仔細地打量她，他的臉色馬上由憤怒變成了好奇，眼睛閃閃發光。突然小牡丹清醒過來，轉身就跑，穿過樹叢，而隊列則按照韓皇德的命令繼續向淳德的宮廷前進。

這天晚上，兩個國君在一起交談，他們的言詞聽起來都很友善，但是淳德感覺到，在韓皇德的僞善面孔的後面，隱藏着許多利劍。

"我非常願意永遠做淳德王和吳國的朋友，"來訪的國君説，"但是爲了兩國的友誼長存，吳國必須送一件活的信物給越國以表示自己的誠意。"

"我們的國家把越國的友誼看成我們最寶貴的財富，"淳德答道，"那麼您説的活的信物是什麼呢？"

"在我的宮裏，正如在您的宮裏一樣，有無數如花似玉的美女。而且通常，在我出訪過程中，如果遇到特別漂亮的姑娘，我就把她補充到我的美女行列中。現在在您的王國裏就有一位這樣的姑娘，她家的花園就坐落在我的隊列來時經過的大路旁。現在我派我的一名轎夫帶路，請您命令您的僕人把這位高貴的姑娘帶到您面前，然後由您把她交給我，她就是我説的活的信物，是我們相互之間和平友好的保證。"

"我會高興地滿足您的要求，"淳德説，隨即命令僕人去把小牡丹帶到朝廷。

就這樣，小牡丹站在了淳德和他的貴賓面前。這位貴賓她不久前剛見過，但是此刻，當她聽着她國君説話的時候，她低垂着頭。

"小牡丹，我把你作爲我們兩國和平相處的活信物。從現在開始，你就屬于越王韓皇德殿下。只要我們兄弟鄰邦的國王喜歡你，你就永遠離開我們的國家而定居在越國。”

小牡丹眼睛俯視着地面，以致她的長長的睫毛落在了緋紅的臉上。

“永遠不再回到吳國，”她喃喃地説，“永遠不再回到我所熱愛的國家！”

韓皇德的眼睛裏射出了喜悦的光芒。小牡丹只是表達了她離開祖國的憂傷，但是没有拒絶跟他去。也許這個姑娘看中了他了，而他也覺得她現在比他記憶中的她更美了。

“感謝上蒼把你這樣珍貴的禮物賜予我，小牡丹，”他説，“不要爲你的吳國憂傷了。只要和我在一起，我會使你快樂，并讓你忘掉憂愁。但是如果你真的犯思鄉病了，那麼，你記住，對于韓皇德來説是没有辦不到的事的。只要你願意，我可以在任何地方爲你建造高高的瞭望塔，從塔頂上，你可以越過地平綫望到吳國的心臟。”

小牡丹抬起頭來對着她的主子笑了。嘴唇上有笑意，心裏却在盤算着如何破壞韓皇德的計劃。就這樣，小牡丹加入了韓皇德的隊列，回越國去。她一離開吳國，淳德的丞相就選了幾名忠心的探子，他們將秘密地跟隨她，并且以後按照她的吩咐把越國的内部信息帶回吳國。

她恨韓皇德，因爲他陰謀侵犯吳國，但是她還是裝着笑臉和他結了婚。她的探子不斷地往返于越國和吳國之間，傳遞消息。根據她的信息，淳德找到了一個消滅吳國的辦法。那正是越王策劃并吞吳國的時候。他立即把計劃付諸行動，秘密地組織了一支軍隊。

幾個月過去了，韓皇德覺得自己深深地，而且真心實意地愛着小牡丹。只要她想要什麼，她就一定能得到什麼。但是，雖然這朵從吳國奪來的花似乎忠實地愛着他，他内心却感到一種潛在的不安。他有這樣一種感覺，真正的小牡丹始終在回避他。他對小牡丹的虔誠的愛促使他做出決定，把她立爲王后，這樣，宫裏的其他妃子都必須像僕人一樣侍候她。在一度是英雄的韓皇德心裏，現在除了對小牡丹的熱戀外，什麼也没有了。他覺得，有了她，他就有了整個世界。他不再想去征服別國，他也早已忘了并吞吳國的願望。但是，他總感到，有某種東西在阻礙着他的愛情，爲此他感到很煩惱，甚至比治理他的國家還要傷神。她是不是懷念吳國？可是她并沒有要求他履行諾言，因此，那座能望得見吳國的瞭望塔也沒有建造起來。

好像小牡丹有心事瞞着他。但是那可能是什麼呢？他常常在花園裏散步，猜測着這件對他隱瞞的事情。當他問她的時候，她總是搖搖頭不言語。有一次，終于遇到了這麼一個機會，使韓皇德解開了這個謎。但是，解開這個謎給他帶來的痛苦勝過要他去死。

有一天黃昏，他正在花園裏慢慢地散步，忽然傳來一陣哭聲。他在樹陰下停下來細聽，這是一個女人在哭。當他聽出這是小牡丹的聲音時，不禁大吃一驚，急忙朝哭聲的方向走去，來到小牡丹跟前。

"這是怎麼啦，我的寶貝？"他憂傷地喊道。小牡丹抬起頭來望他，眼眶裏充滿了泪水，泪珠在臉頰上閃光。她跪在韓皇德面前，好長時間沒有開口。然後，她說話了：

"殺了我吧，大王，"她哭道，"殺了我吧，因爲我是一個叛徒，一個雙重叛徒，我同時背叛了吳國和越國。您不知道這個該千刀萬剮的小牡丹是懷着對您的讎恨來到越國的。您不知道，她是在尋找機會破壞您的計劃，您更不知道，幾個月來她多次派探子回吳國……"

韓皇德的心一下子變得冰凉了，使他忘了一切的愛情之火一下子變成了灰燼，他眼睛裏的光頓時消失了。

"從一開始，這就是一個有計劃的陰謀，"小牡丹繼續激動地說，"這計劃安排讓您見到我，并且喜歡我，使得您把我從吳國帶走。這樣，我們國家就在您的宮裏安插了一個探子。這是一個擊潰越國的圈套。它使您忘掉了自己的軍隊，從而國力衰退。這樣，吳國就能贏得時間來使自己發展壯大，然後消滅越國。現在我已經把一切都告訴您了。殺了我吧，懇求您。"

"那麼爲什麼吳國軍隊一直沒有來攻打越國呢？"韓皇德問。

"因爲我要求他們等待時機成熟，等到越國徹底衰敗，那時候，消滅越國就易如反掌，我會給他們送信。"

"那你爲什麼還没有給他們送信呢，可愛的小花？"

"因爲我發現，對我來説，還有比吳國的幸福，甚至比世界上的一切更珍貴的東西。從我背叛了您的國家後，我就開始感覺到，我，一個以前恨您的人，現在却愛您勝過自己的生命。如果死亡是來自親愛的您的手，我想我會死得很幸福。拿起這把匕首刺向這顆心臟吧，在這裏裝着的只有對您，我的主人，我所愛的人的思念！"

小牡丹爲自己過去所做的一切感到内疚、傷心，她竟没有看到光芒是怎麼又回到了韓皇德眼睛裏的。她只看見她塞到他右手裏的那把匕首，并且敞開了胸脯。一絲淡淡的微笑掠過她的嘴唇，她感到快慰，因爲馬上就要死在她所愛的君王的手裏。

韓皇德看看他手裏那把閃閃發光的匕首，然後把它扔得遠遠的。他跪在小牡丹旁邊，用手臂把她摟到自己懷裏。

"我知道你的心情是多麼沉重，我的小花，"他輕輕地説，"因爲世界上最難的事就是在兩種愛之間作出抉擇——特別是在要用榮譽作爲衡量標準的時候。但是，你要知道，我的寶貝，我最最盼望的只有一件事。我一直在祈求蒼天，把你的愛通過你的嘴説出來。只是到了此刻，我才得到了答復。我終于聽到了你説這件事。你説出了這些話，那其他任何話都是不必要的了。你已經説出了你愛我，那王國對我來説又算得了什麼？"

知道了彼此真心相愛，他們感到無比的幸福。黄昏的花園裏，千花百草都在向他們散發幽香。柔和的月光照着他們，像在對他們微笑。但是，最後，小牡丹想起了一件事。

"淳德！"她喊道，"他正在等着我的信息，以便帶兵前來進攻您的國家。"

"你還像原先一樣熱愛着吳國嗎？"

"我對吳國的熱愛只有一件事能勝過它，那就是我對我的主子，我的大王的愛！"

"那我們也許可以想個辦法。你按你的諾言給淳德捎信，告訴他四個月以後，也就是在第五個月的月中帶兵來攻打越國。如果你的愛是真誠的，那你不要告訴他我帶着兵在邊境等他。你讓他沿着我們兩國交界的大路前來。"

"這樣就要發生戰爭了，"小牡丹哭道，"就要流血了。這都是我的過錯！"

韓皇德搖頭微笑。

"我將要和淳德對話，"他說，"而且我認爲，當我把事情說清楚後，就不會有戰爭，也不會流血。但是我也希望吳越兩國軍隊能證明我計劃的這件事，并且聽到韓皇德和淳德之間的對話。然後，我將把我的軍隊帶走，而你，花中之王，必須隨我一同走。"

就這樣，四個月過去了。雖然每當她問他問題的時候，他總是微笑，可是他從來沒有把他的計劃告訴她。

最後，這一天終于來到了。雙方的軍隊在吳越邊境上會面了。小牡丹從她的轎帘後面向外張望。她大吃一驚，在路上矗立着一座宮殿。這座宮殿在她從吳國到越國來的時候并不存在。它的金色頂蓋下的豪華裝飾超過了她夢中所設想的任何宮殿。

當吳國的軍隊站定後，淳德就走上前來，同時韓皇德也出來見他。所以他們的會見是兩支軍隊的對峙。當兩個國君相遇的時候，韓皇德提高了嗓門說話，以便大家都能聽清楚。

"請看這一幢金頂的房子，啊，淳德，我的兄弟。所有在這裏聽我說話的人，請你們好好地看看它。大家都知道，它坐落在吳越兩國的邊界上，一半在吳國，一半在越國。我們都希望我們兩國和平相處，所以我秘密地在這裏建造了這座宮殿，以此作爲我們共同盼望的和平的象徵。和我一起來的有一位吳國的姑娘，她一心不二地熱愛吳國，要不是她發現她已經愛上了她以前曾經痛恨的韓皇德，她就要背叛越國了。她是吳國最珍貴的寶貝，是您，淳德，我的兄弟，把她送給我作爲我的王后。讓我們兩國友好相處吧，因爲我們是同一個民族，是一家人。讓這座金頂宮殿作爲吳越兩國緊密團結、永不背離的見証吧。

"小牡丹本來要爲了吳國而獻出生命，而我爲了越國，又把這生命還給她了。越國是我的國家，但是要是小牡丹死了，那對我來説，這世界上再没有什麽可留戀的了，百姓的苦難也會無人關心。所以，要讓大家知道，小牡丹本來是要爲了吳國而死去，但是爲了越國她又活下來了。當小牡丹在越國的時候，她可以住在這宮殿裏；當她思念家鄉的時候，她可以到吳國去。大家眼前這座宮殿標志着對一個男人的愛勝過對他的恨、勝過戰争勝利的光榮、勝過國王的野心。淳德，我的兄弟，我們能不能擁有和平？"

淳德没有説話。他把他的右手放在韓皇德的左肩上。然後，韓皇德把他的右手放在淳德的左肩上。兩個國王轉過身，肩并肩地向金頂宮殿走去。他們身後，雙方的軍隊都放下了武器，相視而笑。走到宮門前，淳德和韓皇德停下來，虔誠地深深地行禮。當微笑着的轎夫抬着小牡丹進金頂宮去，經過他們面前的時候，他們向這位越國的，也是吳國的最幸福的女人致敬。

五福臨門

金竹雙手抱膝，静静地坐在她父親的漁船船頭。她的紅嘴唇微微開啓，眼睛在遥望着遠方的什麽東西。她深深地沉浸在遐想中，暫時忘記她已經不能再戴頭飾，而只能把髮辮盤在她那漂亮的頭上；她也忘了她的曾經那麽華麗的衣服現在已經破舊褪色了。在西湖中心島上，大寶塔從深藍色的水面升起，像一朵亭亭玉立的鮮花。湖上傳來杭州城里人們在歡度節日的説笑聲。由于距離很遠，聲音顯得很小。湖邊，青山環繞，重重叠叠，一望無際。三三兩兩的村莊坐落在山脚下。遠近寺廟的鐘聲韵律和諧，從水面上傳來，聽起來格外悠揚。

金竹輕輕地嘆了口氣，從夢想中回到現實。她越過漁船邊緣往下看，看到水面下漁船的倒影，一條漂亮的魚游進影子，又從影子裏游出。

"爹爹，"金竹輕輕地説，"剛才我看到一條鮭魚游進我們的船底。這是很名貴的魚，很難抓得到的。"

她的父親叫孟廷，老人穿着一身杭州漁民的服装，并没有答話。她驚訝地看着他。這時候他根本没有打魚，只是盯着女兒。雖然她褪了色的衣服已經襤褸不堪，但是她還是顯得那麽漂亮。

"您聽到我説的話嗎，爹爹？"金竹問。

"我聽到了，女兒，但是我没有想鮭魚，我此刻從你眼神裏看出，你在夢想一些遥遠的東西。我没有能使這樣漂亮的女兒得到幸福，這將成爲我的終身遺憾。我的女兒本應該嫁給全中國最高級的貴族的。"

孟廷結束了他的話。他扭曲的手指在漁網上哆哆嗦嗦地摸着。金竹從他的臉上可以看出，他并不在想打魚的事，雖然，打起西湖裏最好的魚送到有錢人餐桌上能換來很多錢爲他和他的女兒購買食品和住房。

"爹爹，您不必爲我操心，"金竹説，她咧嘴笑的時候，露出一口雪白的牙齒，"因爲即使到中國最大的貴族的宮殿裏，甚至到皇帝的宮殿裏，我也覺得不如和您在一起更快活！"

"你不能這樣隨便地議論皇上，這會使我們遭到飛來橫禍，甚至被處死。"

"哦，爹爹，沒有人在外面湖上聽我們說話，"金竹說着又笑了，"您曾經在朝廷裏忠心耿耿地工作了這麼多年，可是皇帝聽信了奸臣的讒言把您流放，您爲什麼還要對皇帝如此忠心呢？"

"噓，金竹，"老孟廷說，"除了爲了你，對我的一切遭遇，包括被流放，我都沒有什麼埋怨。但是在我們北京的家裏，房子豪華得像一座大宮殿，裏面有許許多多僕人，你擁有世上一切珍貴的財富，而在這裏，你只能坐在漁船的船頭上，而你的父親則必須拼命地捉鮭魚來供應有錢人的餐桌。在那裏，你是一位貴小姐，而在這裏，你只是一個無足輕重的、穿着一身破衣服的姑娘。"

"窮，我不在乎，爹爹，"金竹回答道，"我只希望您不要因爲失去了高官顯爵而不快活。"

"權勢沒有什麼意義，我的女兒，"他小聲地說，"只要有一個地位比你高的人說一句話，就可以把你的一切都毀掉。遺憾的是由于我遭貶黜，破壞了你的幸福婚姻，你不能成爲朝廷裏的貴夫人。"

"那誰能知道呢，爹爹？也許在這美麗的藍色西湖上，我會得到更大的幸福。也許會有一位公子來向我求婚。只要有真正的愛情，即使是住草房，也是幸福的。"

"盡管姑娘很漂亮，可是她的父親是個漁民，那還有誰來說媒呢？"孟廷說，"大人物會喜歡你，但是他們不會喜歡一個漁民的女兒。"

"不要再說這些了，爹爹，"金竹說，"太陽落山了，天馬上要黑了，我們快帶着魚靠岸吧。"

不一會兒，他們的船在岸邊拴好了，孟廷和金竹沿着湖岸向自己的小草房走去。他們的房子就在西湖邊，夜裏，湖水的耳語像催眠曲一樣安撫他們入睡。孟廷的背被沉重的魚筐壓彎了，那麼多銀白色藍花的大鮭魚在夕陽的照射下閃着美麗的光芒。

他們正走着，迎面過來一個漂亮的小伙子，他的打扮像一個打工的。他背上背着很重的東西。他溫和地笑着，眼神顯得很誠實。金竹看着他的眼睛的時候，覺得自己的心在突突地跳。

這個男人對孟廷深深地行了一個禮。

"打攪了，我想問件事，可以嗎？"他問。

"你有什麼話說？"孟廷粗暴地問，一面繼續往前走，把青年人丟在身後。

"是這樣，我想挣些錢來糊口，并且租個住處，我是不是也可以學着打撈這銀色的鮭魚？"

"當然可以，西湖上沒有蓋蓋子，誰想打魚都可以，再説，打鮭魚也不困難。好吧，請你別擋住我們的去路。"

"這樣説來，我們可以在西湖上一起打魚，"青年人熱情地説，"我們交個朋友吧，我的名字叫伍福……"

孟廷氣冲冲地推開伍福走了。金竹向他微笑着也走了。當他回頭也向她微笑的時候，她才想起來，姑娘家不應該直接盯着一個男人的臉看，她心慌意亂地趕緊低下頭，掩蓋臉上升起的紅雲。

當走進湖岸上的家門的時候，她問她父親：

"您爲什麼對那青年人伍福那麼兇？也許他的出現是我們從此要交好運的預兆，因爲他的名字叫'伍福'——五福臨門。"

"五福也好，再多的福也好，"孟廷火冒三丈地説，"他畢竟只是個幹活的，可是他竟敢大模大樣地對着你的眼睛看你，還向你笑！"

"他看，他笑，并沒有傷害我呀，爹爹，"金竹説。

"閉嘴，女兒！"孟廷説，"我想你是喜歡他看你，對你笑，可是我決不允許你與這麼一個低賤的人結婚。"

"爹爹，提結婚的事是不是太早了？"

"叫你閉嘴，没有聽見嗎？我現在還是不是你的父親了？還能不能管住你了？"

于是金竹不説話了。可是她心裏感到非常愉快，她嘴上直想唱歌，她的眼神隨着她的思想起舞。她一直在想着伍福，他的微笑是這麼甜蜜，他的聲音像音樂一樣動聽。

第二天，以及以後的每一天，伍福總在西湖上打魚，而且他總設法使他的船緊挨着金竹和孟廷的船。孟廷一般不睬他，只有當他直接和他招呼的時候，才勉强答理他，而當伍福與金竹説話的時候，他就皺起眉頭，一直到他的船離開他們。

伍福似乎從來没有捉到多少魚，而且好像他也不在乎。他總是很快活，總在微笑。

"這個青年又懶又笨，我的女兒，"孟廷不止一次地説，"爲了生活，他必須好好捕魚，可是，即使一條魚没有抓到，他也不在乎。一個年輕人這樣不關心自己的前途，這不是一件好事。"

有一天夜裏，伍福來到岸邊，坐在月光下的沙灘上吹笛子。屋裏，孟廷和金竹正在輕輕地説話，可是立刻他們停止了説話。伍福笛子吹得這樣好，真像是個訓練有素的人。金竹從她父親的臉上看出，他感到非常迷惑不解，因爲一般爲了活命而工作的青年不會精通笛子吹奏的。

伍福停下了。父女倆等着他再繼續吹。果然他又開始了，但是這次他不是吹笛子，他們聽到一個金嗓子劃破夜空，輕輕地唱起來：

> 暴風雨已經過去，
> 變幻無窮的雲朵在天空飄蕩，
> 小紅橋下面，
> 一股清泉在歌唱。

> 微風輕拂，
> 荷葉微笑點頭，
> 雨點落在她臉上，
> 像美麗、柔軟的珍珠，

滾動不息。

"現在看來，伍福真是一個神秘的青年，"老孟廷説，"因爲他所唱的這首歌是中國的一首古詩。中國的古詩從一個窮漢子的嘴裏唱出來，這事如何解釋?"

"哦，静一静，爹爹，"金竹懇求道，"他的歌使我感到歡樂，他的動聽的嗓音使我的心震撼。"

孟廷嘟囔着不説話了。歌手的歌聲又在西湖上空飄蕩起來：

> 天空晴朗，
> 像聖廟的屋頂，
> 茉莉花的芳香，
> 沁我肺腑，
> 甜蜜而寧静。
>
> 在銀色月光下，滿園芬芳，
> 你應該感到歡暢，
> 而我却滿懷憂愁，
> 無比地悲傷。

"女兒啊，"老孟廷説，"我想禁止你聽他的歌，因爲他唱的這支歌名叫'孤獨'，他要告訴你他很孤獨。他故意在我們家門口唱，相信你會聽到，知道他是對你唱的。我去叫他立刻離開這裏。"

"請讓他繼續唱吧，"金竹懇求道。這時候，那憂傷的歌曲又響起來：

> 我們古代聖人的名言：
> 太高興了會傷感。

樂極能生悲，
就像那月亮，
從滿月變成缺殘。

在高高的天空，
啊，美麗的滿月，我看到你了！
而我却這樣地孤獨。
舉起小小的白玉酒杯，
我向你祝福！
親愛的月亮在天上，
我所愛的人還不來臨，
我向你舉杯，
我們將再次相會在明晨。

歌聲停止了。金竹知道伍福已經離開這裏回自己家去了。他是真的為她而唱的嗎？她是他所愛的人嗎？是不是當金竹不在他身邊的時候，他感到孤獨、憂傷？金竹心裏高興，因為她相信她就是他所愛的人；但是同時，她又非常憂傷，因為她知道她不可能與這麼低賤的人成親。

"哦，爹爹，"她對孟廷説，"一個人笛子吹得這麼好，古詩中的歌唱得這麼流利，他決不可能是個出身低賤的人。"

"如果他不是出身低賤，"孟廷憤怒地説，"那他為什麼要穿着苦力的衣服在西湖上跟在我們的船後面和我們搶着打魚，從而分去了我們的食物和錢財？這個伍福是個神秘的人物，他不像是個老實人。"

但是金竹深信伍福是個誠實可靠的人，并且決定去探索一下這個她所愛的青年的來歷，以便如果有朝一日，他派人來説媒，她父親能同意。他一定會托媒人來的，要不然，他為什麼要在西湖岸邊對她唱這些表達愛情的歌呢？

第二天，伍福像往常一樣對她微笑，和孟廷非常有禮貌地説話。孟廷還是粗暴地回答他，并且背過身子，而伍福却始終微笑着。在老人面前，不管他怎麼無禮，年輕人都必須忍耐。金竹正在補漁網，伍福看到她的縴手幹起活來又敏捷、又準確。忽然他高聲喊道：

"看啊，孟廷老伯！看啊，金竹！看到那些開過來的船隻了嗎？"

伍福把自己的船劃到孟廷的船旁邊，讓他們看他剛才看到的船隊。那裏有兩艘裝備宏偉的炮艇，一艘龐大的、挂着旗和橫幅的屋形船。船艙的窗戶開着，華麗的薄紗窗帘隨風飄拂。從其中的一個窗口，金竹看到一位穿戴華麗的貴婦人，她豪華的頭飾上插滿了鮮花。從什麼地方傳來了柔和的音樂和唧唧的説話聲。屋形船後面還跟着好幾條船，那裏載着正在忙忙碌碌工作的僕人。還有一條是炊事船，正在準備美味的飯菜。

伍福站在船頭上觀看眼前經過的船隊。他點頭微笑眼睛四處瞧着，似乎對此很感興趣。

"我過去也曾有過那樣的生活，"金竹想，"但是如今，對我來説，一切榮華都一去不復返了。"

"你知道那是誰嗎，金竹？"伍福問，"這是這個省的總督，他和他的家人正往省城去。這船隊很漂亮，是嗎？"

金竹沒有聽到他的最後一句話，因爲她又發現了伍福一個新的秘密。

"告訴我，伍福，"她説，"你怎麼知道在船艙裏的人是誰呢？"

"那旗上寫着他的名字和官銜，你沒有看到那船尾上的旗嗎？"

"我看到了，"金竹説，"但是我希望你告訴我，一個普通的勞工怎麼能這樣輕而易舉地、準確地讀出這些字？伍福，你真的是個勞工嗎？"

"你是不是認爲我是個非常了不起的人物，"伍福開玩笑地説，"甚至是個皇太子，爲了今後接位時能更好地治理國家，因而出來微服私訪，瞭解民情？是不是真的這樣，你才感到快樂？"

"我并不希望你是皇太子，"金竹説，"對我來説，只要你是伍福，我就滿足了。"

當她意識到自己心裏想的和嘴上説的都意味着什麼的時候，她羞得兩頰通紅，趕緊住口，喘着氣，低下頭。

伍福説話的聲音非常輕柔，以至于在船的另一頭的孟廷都聽不到。

"當我在你房前唱歌的時候，我是想着你，并且是對你唱的，我的小金竹，因爲你就是我所愛的人！可是我心裏又充滿憂愁，因爲我剛才只是説笑話，現在在向你表達真心的只是伍福，是愛你的伍福。"

她的臉更紅了。但是她鼓起勇氣抬起頭來。

"我也愛你，伍福！"她輕輕地説，"我必須説服我父親，不要計較出身和地位，只要我們真心相愛。今晚到我家來吧，和我們一起吃一頓粗茶淡飯。"

夕陽西下的時候，伍福來到孟廷和金竹家吃晚飯。老人一言不發，但是金竹看出他在微微地皺眉頭。她很擔心他會禁止她以後再與伍福來往。如果真是那樣，她將會非常傷心。

金竹和伍福正在輕輕談話的時候，忽然從村裏傳來很大的騷亂聲：人群的腳步聲、坐騎的奔馳聲和僕人的呼喊聲。

"快給總督的公子讓路！他現在要騎馬過村莊，誰擋道就要挨罰！讓開！給尊貴的華新公子讓路！"

馬隊的前鋒出現了。各種顏色的長鬃毛蒙古小馬歡躍奔騰，馬背上的騎手揮着鞭子。

"給少東家，總督的公子讓路！"

孟廷、金竹和伍福急忙跑到臨街的門口觀看過路的馬隊。

"這位總督的兒子排場很大。"伍福對孟廷説。

"他是個壞人，"孟廷回答，"杭州人稱他爲惡煞星。最好誰也不要惹着他，也不要在有外人的地方議論他，以免傳到他耳朵裏。"

馬隊繼續前進。最後一名騎手裝束無比豪華，穿着絲絨和金綫織成的袍子。帽子緊扣在頭上，一根孔雀毛挂到後背，隨着他的小馬的奔騰而上下擺動，這個青年的黑眼睛顯得傲慢而專橫。他就是華新。

當他騎過這三個看熱鬧的人所在的門口時，他的目光落到了姑娘身上。他勒住馬繮，身子微微傾向門口。他的嘴扭曲着笑了。這一笑使金竹嚇得心臟幾乎停止了跳動。他無恥地盯着她看，看了那麽久，以致人群都圍上來看發生了什麼事。

孟廷趕緊轉身命令金竹：

"立即回到屋裏去，女兒！"

金竹轉身飛跑回屋裏。要不是害怕，她是不會跑的。

惡煞星又看了一會兒，半張着嘴笑，但是對老孟廷和青年伍福却一眼不看。然後，這個粗魯的黑眼睛傢伙很快地騎馬走了。

"我很擔心，"孟廷對伍福説。

"有什麼可擔心的，孟廷老伯？"伍福問。

"我擔心這個放蕩的華新看上了金竹的美貌，因爲這城裏的姑娘，只要他看中誰，就要把誰招去。姑娘的父母不敢抗拒總督的兒子，就只好把女兒送去，因爲不管惡煞星幹什麼事，他的父親總督大人總認爲是對的，總護着他。"

"不要憂慮，尊敬的孟廷老伯，"伍福説，"我會幫助你保護金竹的。"

"你怎麼幫法，伍福？"孟廷冲着他説，"你只是一個苦力，惡煞星根本不會理睬你。"

就在他們講話的時候，從惡煞星去的那個方向，來了兩個騎馬的人。他們傲慢、蠻橫，直截了當地對孟廷説：

"老漁頭，我們少東家命令我們來接你的女兒去！她必須立即跟我們去。如果我們少東家滿意，那麼明天早晨就會給你送錢來。"

"是你們少東家派你們來説媒，要娶我女兒嗎？"孟廷問。

這兩個人同時哈哈大笑。

"笨蛋，老家伙！"其中一個人説，"總督的公子能選一個漁夫的女兒做妻子嗎？別提結婚的話了！快把姑娘交給我們，少東家沒有因爲你説那樣的傻話而殺了你，就算是你的福氣了！"

"她不能跟你們去，"孟廷乾脆地説，"她是我的女兒，她要留在我身邊。要我把女兒交給像惡煞星這樣無恥的人，還不如讓她溺死在西湖裏！"

"老家伙，你小心！"一個人説。"你敢抗拒我們少東家，他會把你的頭砍掉!"

"他可以這樣做,但是在我死之前,我的女兒將先死在我手中或死在她自己手下!"

"好吧,老笨蛋!"他們說,"我們馬上回報少東家。"

他們騎馬走了。沒有多久,他們又回來了,還來了一幫人,在最中間的就是惡煞星自己。他的臉因爲生氣、發怒而變得更黑了。他很快地下了馬,他的僕人們簇擁着他冲進大門,進入孟廷的院子裏。

"總督的兒子想在這裏幹什麽?"孟廷勇敢地問道。

"走開,老東西!"惡煞星説,"我看中你的女兒了,我是來領她的。"

躲在窗户後面的金竹什麽都聽到了,她害怕得發抖,强忍住抽泣。在惡煞星把她帶走前,她必須找到一根繩子好上吊自盡。她一邊找,一邊竪起耳朵聽着門口傳來的每一句話。

"金竹不能給像華新這樣可惡的人,"伍福不慌不忙地對惡煞星説,"除了按傳統的規矩明媒正娶外,她不能給任何人。"

惡煞星大笑。

"總督的公子哪能娶這麽一個……"

惡煞星下面的話是什麽,將成爲永遠的秘密,因爲,突然,伍福那細長、有力的左手抓住了總督兒子的辮子。他動作這樣快,抓得又這樣緊,誰也没有注意到他已經一把把惡煞星拉了過來,然後用更快的速度伸出右手打了惡煞星一記響亮的耳光。這一巴掌打得這麽重,使華新兩脚站不穩,摔倒在地,頭撞在鵝卵石地面上。

惡煞星的僕人們發出了暴怒的喊聲。人群聚集在街上看熱鬧。惡煞星爬起來,臉上發燒,一手捂着臉上那被伍福一巴掌打出來的紅手印。盛怒下,惡煞星忘掉了金竹。

"把這個暴徒抓起來!"惡煞星狂叫道,"立即把他送到知縣那裏,我要去作证。不到一小時,你的腦袋就要落地。蠢貨!你竟敢打總督的公子!"

"我敢打他,"伍福説,還像原先一樣鎮静,"而且,如果他不立即滾出孟廷老人的大門，我還要打他!"

因爲伍福一邊説，一邊又舉起手來，惡煞星趕緊轉身往街上跑。他的侍從們立即包圍了伍福，并且把他抓起來。

金竹在窗户後面看到與她真心相愛的人被人當作犯人抓走了。她知道他很快就要被砍頭了。于是等到伍福的身影消失的時候，她立即跑到她父親那裏。

"女兒啊，"他對她説，"這真是個倒霉的日子，讓惡煞星看到了你的美貌。他肯定要殺害伍福。"

金竹着急地搓着她那雙白嫩的手。

"爹爹啊，難道我們真的没有辦法了嗎？有没有什麽辦法可以犧牲我們自己去救出他？爹爹啊，如果伍福被殺，那我也不想活了。趕快去看看，我們能做些什麽!"

"我要去見知縣，金竹，"她父親説，"我要盡可能地去説明一切。但是我現在已經不是一個有權有勢的朝廷命官，恐怕我説的話没有什麽分量。我的女兒，你必須躲在屋裏，一直到我回來。"

孟廷拖着沉重的步子，急匆匆地向知縣衙門走去。金竹在門口看着他。由于她父親已經叮囑過她，她必須服從，于是她就回到自己房間裏。但是她立刻又跑了出來，細聽門外的人群在説些什麽。

"伍福肯定要被斬首!"一個人説。

"惡煞星殺害了伍福和老孟廷後，就可以得到金竹了，"另一個人説。

"但願有人來收拾一下惡煞星，這樣，我們的姑娘以後就不會再被他强搶走了!"

這時，伍福被帶到了知縣衙門。當知縣聽説總督的兒子帶來一個犯人等候他審判，他急忙穿好官服出來迎接。

知縣作了自我介紹，并向傲慢的惡煞星深深地行禮。

"犯人在哪裏呢?"他畢恭畢敬地問惡煞星。

惡煞星指指伍福。

“他幹了什麼？”知縣問。

“他幹了什麼，這無關緊要！”惡煞星喊道，“我，華新，把他帶來讓你審判，這還不够嗎？趕快給他判刑，推出去斬首！”

在這個蠻橫的魔鬼面前，知縣惶恐得直打哆嗦。他眼睛轉向伍福。

“你這個犯人，王八蛋！”他咆哮道，“犯人必須向大老爺下跪，你不知道這條規矩嗎？”

“在整個中國，除了對皇帝陛下一人外，我從不對任何活着的人下跪，”伍福平静地説，“而是你，還有這個年輕的傻瓜以及你們所有的人應該向我下跪！”

“反了！這是什麼樣的歹徒！”知縣喊道。

“該死的犯人！”惡煞星大叫道，“什麼人敢這樣自命不凡，竟大言不慚地叫一個總督的公子向他下跪？哦，知縣呀，趕緊下令把他斬了，以便我聽到公正的判決後好繼續上路。法律不是規定，一個人犯了這麼重的罪，必須滿門抄斬嗎？”

“對了，惡煞星，法律是這麼規定的，”在知縣沒有來得及開口的時候，伍福平静地説，“打虎必須滅患，砍樹必須刨根。在你還沒有按照我的命令下跪之前，希望你好好記住這條法律！”

雖然伍福穿着漁民的破衣服，雖然他的樣子像個苦力，可是知縣却在猶豫，惡煞星的臉上也顯出疑慮，因爲伍福的語言是只有那些熟讀古典經史的人才能説得出來的。誰也沒有注意到，老孟廷已經進來，并且正在聽他們説話。

“你是誰？”知縣問伍福。

“這村裏不是住着一位上了年紀的紳士叫温東和的嗎？把他找來，他會告訴你們我是誰。”

“温東和？”惡煞星説，“你是誰，敢這樣輕率地像招呼一個平民似的叫温東和來？他曾經是朝廷裏一個威望很高的大人物！”

孟廷感到，沒有人能被派去找温東和，于是他自己匆匆地離開了衙門。多少年來他那雙老腿從來沒有帶着他跑得像今天這樣快。最後，他終于説服了老温東和與他一同回到衙門。他們來得正及時，知縣還没有對伍福宣判。

當兩位老人一起進來的時候，伍福對孟廷説：

"我衷心感謝你把温東和帶來了。"

當伍福説話的時候，老得彎腰屈背的温東和急切地抬起頭來。

"這是誰？"他用沙啞的聲音問道，"他的説話聲我這老耳朵聽起來怎麽那麽熟悉？讓我走得近一些仔細看看，因爲我的眼睛已經不行了，要不是靠得非常近，我就什麽也看不見。"

孟廷領着温東和走到伍福跟前。

"你還認識我嗎，温東和？"

温東和顫抖着。

"我教你讀書，教過好多年，"老人説，聲音顫抖得像在哭，"我對你臉上的每一根綫條，對你的金嗓子的每一個音調都非常熟悉。哦，知縣，快跪下吧，所有聽到我説話的人都快跪下吧，這是在北京的元王朝的太子殿下，是皇帝的兒子！大家快三叩首，三次，再三次！"

知縣、惡煞星都嚇呆了。

"我要提醒你，總督的兒子，"伍福説，"誰觸犯刑律，那麽，打虎必須滅崽，砍樹必須刨根。現在我命令，你和你的父親，還有你的家族，必須被永遠驅逐出國，趕快跪下來接旨！"

但是，當這些驚魂未定的人還没有來得及跪下的時候，一個哭得上氣不接下氣的姑娘突然奔進衙門，撲通一聲就跪在惡煞星面前。

"饒了他吧，大人，"金竹哭喊道，"饒了伍福吧！我替他去死。如果您願意，把我帶到您府裏去吧。爲了他的自由，我願意把我的一切都交給您。但是我求求您，放他走吧！"

衙門裏頓時一片寂静。

伍福低頭看着金竹。爲了他伍福，一個普通的漁民，她竟做出這樣大的犧牲。他的眼睛、他的嘴都露出了温存的微笑。然後他改變臉色，轉身去對其余的人説：

"我在等着你們下跪呢！"

于是所有的人趕緊跪下對太子叩頭。惡煞星也跪下了，苦苦哀求太子殿下發發慈悲寬恕他。

當伍福彎腰去扶起金竹的時候，她抬起頭來，睜大着驚恐的眼睛看着他，而其余的人則按着古老的規矩在鵝卵石地上使勁地叩着響頭。

"伍福啊，你是什麼人？"金竹輕輕地問，"爲什麼所有這些大人物都對你跪着叩頭？"

"我是愛你的伍福呀，小金竹，我是愛你勝過一切的伍福。而伍福也就是我曾經和你開玩笑時提到的皇太子。"

突然，伍福在金竹的脚下跪下。

"我不久就要繼承元王朝的皇位，"伍福説，"現在我以我父皇的名義，虔誠地把整個國家奉獻給你。"

泰山上會唱歌的風箏

　　桃花小心翼翼地邁動着她的小腳，怕吵醒了小姐。炭爐上冒出一縷縷藍色的輕烟。她拿起雪珊瑚的綉衣，把它烤熱，等待小姐起床。雖然屋裏燒着一個大炭爐，但是還是很冷，桃花在打哆嗦。雪珊瑚的梳妝檯上有一隻翡翠的花瓶，裏面插了兩枝美麗的牡丹花。豪華臥床的雕柱上掛着幾隻香袋，從那裏發出的香氣使整個臥室芳香馥郁。半垂的粉紅色床帘輕輕飄動，這輕微的動靜使桃花知道她的小姐已經醒了。她走到床前深深地行禮請安。

　　“願您早晨快樂、安詳，敬愛的小姐，”她説。

　　“是我忠誠的桃花嗎?”傳來雪珊瑚音樂般的聲音，“聽到你的脚步聲的時候，我還不敢相信我醒了，因爲我正在做一個可怕的噩夢。”

　　“夢是沒有意義的，忘掉它，快起來吧！今天花園披上了銀裝，樹木、草叢上都堆滿了柳絮般的雪，漂亮極了。”

　　“我還覺得害怕，桃花，我的夢太嚇人了。”

　　桃花是很迷信的，但是當她所愛的雪珊瑚講到那可怕的夢的時候，她竭力試圖掩飾自己的恐怖。

　　“那是個什麼樣的夢呢，小姐?”她問。

　　她的小姐頓時臉色變得蒼白。

　　“不要叫我再講它了，”她顫抖着説，“我擔心這是什麼灾難的預兆。”

　　“不管怎樣，這畢竟只是個夢，小姐，”桃花安慰她説。

　　“只是一個夢，那是不錯，但是我已經是第二夜做這個夢了。”

　　這可真是個兇兆！桃花背過臉去，免得小姐看出她臉上恐懼的表情。

　　雪珊瑚悠閑地從床上起來，走到窗前。她睡眼蒙矓地向窗外的泰山看去。那是中國最古老的聖山。它有一千五百米高，它的一切神奇的對稱性現在全被覆蓋在白雪下面了。

"泰山從來沒有像今天這樣美麗，"雪珊瑚説，"整個村莊被晶瑩的白雪打扮得分外嬌艷。但是，今天早晨這麼冷，我怕不可能再去放我們的音樂風箏了。"

桃花也感到失望，因爲她非常瞭解雪珊瑚是多麼喜歡玩風箏。另外，她的風箏是一個杰出的創造，在天府，再也沒有第二隻風箏像它一樣。

雪珊瑚慢慢地把桃花給她在炭爐上烤熱了的衣服穿上，然後雙手放在火上烤烤，使麻木的手指感到十分舒適。當她望着窗外銀裝素裹的花園時，她的眼神是憂鬱的。雪珊瑚不快樂。她經常不快樂，桃花知道那是爲什麼。

"一定又是冬喜夫人使小姐不高興，"她忽然説，"要是當初你親愛的媽媽去世後，你父親周將軍沒有聽信那騙人的媒婆的謊話就好了。"

"噓，桃花，你不能這樣責怪我父親。他給我找個繼母，那是應該的，因爲他沒有兒子，沒有人續香火，所以他必須再結婚，他不能讓周家的宗脈斷了。我們都應該忠于我的父親。按孝道，我應該盡一切可能來使我父親高興。那麼，除了我待我的繼母冬喜好以外，還有什麼事情能比這更使我父親高興呢？"

"那麼，同樣地，她難道不應該待她的女兒好嗎？"桃花氣憤地説，"我知道她恨你，我的小姐呀。要是你離她遠遠的，甚至你死去了，她會更高興。"

"你不能這樣説！"雪珊瑚提高了嗓子説，"這樣議論我的繼母是不應該的。"

"我還要説，因爲我説的是真情，"桃花固執地説，"冬喜的家族是個狡猾陰險的家族，他們詭計多端。他們覦覦周將軍的巨大財富，這些財富在周將軍死後，只要有你在，他們是不可能得到的。"

"住口，桃花，我不準你再這樣説。"

桃花不説了，但是在幹着各種雜活的時候，她還自言自語地叨叨着。

她不時地看看站在窗前發呆的雪珊瑚。她的黑眼睛裏露出對女主人的一片愛心。她想，她是這樣的美麗、嬌艷，誰見了能不喜歡。她的嘴唇像一把紅色的弓，她的手又白又嫩，她的頭髮又黑又密，如果垂下來就會像一片黑雲掠過窗戶，她的脚小得都填不滿她自己的手掌。她就像是中國最高級的工匠用最珍貴的玉石雕出來的工藝品。

對她的女主人，桃花比阿媽還要關心和愛護。由于擔心雪珊瑚的夢真的預示着什麼灾難，所以她大膽地説出了以前從來不敢説的話。

不一會兒，嚴厲而冷漠的冬喜進來了，她和雪珊瑚説話的時候像往常一樣，滿臉怒氣。

"你又睡懶覺了，雪珊瑚！"她粗暴地説，"我要告訴你父親，他的女兒是個懶蟲，應該學習古文或讀李白的詩的時候，她却還在睡覺。你總這樣，僕人們怎樣進來收拾房間呢？"

"哦，對不起，母親，"雪珊瑚不高興地説，"可是我今天并不比昨天或前天起得晚。要是我父親在這裏，他不會認爲他所愛的女兒應該爲了僕人工作方便而匆匆忙忙地起床。我們給僕人的工錢不低，我相信他們不會感到不滿意。"

"你敢批評你母親？"冬喜氣冲冲地説，"你是一個不知好歹的女兒。你的心這樣不好，總有一天你的美貌會變成醜陋。你不能幹些什麼嗎？把有用的時間浪費在放風箏上，多麼無聊！即使這樣，你至少也應該趕快出去，讓僕人好打掃房間，別在這裏給人添麻煩！"

"今天花園裏冷，"雪珊瑚解釋道。

"花園裏冷！"冬喜學着她的話説，"你竟這樣嬌氣，下一點小雪就受不了了！"

桃花此刻直挺挺地站着，看着冬喜，準備接受訓斥。雪珊瑚轉身平心静氣地對桃花説：

"把我的皮袍子拿來，桃花，我們到花園裏去放風箏。也許一會兒太陽出來，天氣就會暖和了。"

幾分鐘以後，兩個穿着厚皮袍子的人出現在花園裏了，她們每人都臃腫得像兩個人那麼大。在白雪覆蓋的大樹下，有許多板凳，桃花把其中一條板凳上的雪輕輕拂去，放上預先在炭爐上烤熱了的坐墊。雪珊瑚坐下。桃花先把一個小炭爐放在小姐的小腳旁邊，讓她烤腳，然後去整理風箏。

現在，桃花把蝴蝶風箏的綫交給雪珊瑚，她伸出戴着皮手筒的手接住。她立即高興地笑了，忘掉了剛才的不愉快，因爲她非常喜歡放這個風箏，她爲自己的這個風箏感到驕傲。風箏的形狀像一隻美麗的大蝴蝶，在它的弓形骨架的兩端，綳了一根絲綫，綫上涂了膠，使它變得更硬實，因而能綳得更緊，這樣，它就像某種樂器上的弦。桃花抓住風箏，還沒有讓它起飛，微風吹過白雪皚皚的花園時，撫拂着這根絲綫，就發出柔和的嗡嗡聲，好像它也因爲高興而歡唱。

這隻風箏從翅膀的前端到後端，從頭部到尾部做得非常精緻，構成一隻十分漂亮的蝴蝶，甚至它的兩隻眼睛看起來也好像是活的。但是實際上，這兩隻眼睛是兩個皮的鼓面，蝴蝶頭部裝着兩根小鼓槌，槌頭正對着鼓面，而且只能向鼓面這個方向擺動。風箏飛舞的時候，鼓槌打在鼓面上，發出輕輕的擊鼓聲。蝴蝶翅膀的尖端挂着銀鈴。這銀鈴非常小，人們眼睛都不容易看清，可是它發出的聲音却很大，即使風箏在晴朗的高空飛翔的時候，在地面上的人仍然能够清楚地聽到它們柔和的叮噹聲。

桃花鬆手放開風箏，它就向天空飛出去，越過了白雪蓋頂的墻頭，越過了鄰居家無人居住的荒蕪的庭院，只要風箏的綫够長，它就一直飛出去，飛向積雪覆蓋的神聖的泰山，直到它小得像一隻真蝴蝶。看到雪珊瑚眼睛裏喜悦的神色，桃花笑了。

但是桃花的迷信思想使她念念不忘昨夜雪珊瑚的夢。眼前的情景又勾起她另一種憂慮。風箏飛出去經過鄰家花園，這可能是個兇兆，因爲前不久桃花聽到關于鄰家花園的一些可怕的傳說，説那裏鬧鬼；一到晚上，鬼怪和妖精就在那花園裏和那多年無人居住的大屋裏來回走動。

周將軍受皇帝派遣到很遠的地方辦公務去了。桃花多麼希望他能快些回來。

　　隔壁那個山東花園裏，最近搬來了一位孔夫子的後裔，名叫孔浩。他的父親是直隸總督，孔浩就是在那裏出生的。現在孔浩已經長大，到了應該在政府裏找個差使的年齡了，他的父親把他送回山東老家大莊園裏，在那裏讀書，做學問。陪他同去的是一個笑臉常開的僕人大劉。大劉身高二米三，幾年前，總督在一個灾區發現了這個出身低微的巨人，就把他帶回來作爲送給兒子孔浩的禮物。大劉侍候着他鍾愛和尊敬的小主人孔浩，感到很幸福。

　　孔浩也把這個巨人看做他的朋友和伙伴。莊園中房間很多。大花園裏有很多刻着詩的碑和匾，爲的是讓他隨時看到而牢記自己偉大的祖先孔夫子。在這樣的地方，有大劉和他做伴他也感到很高興。大劉不會讀碑上和匾上寫的聖賢的詩文，所以孔浩常常讀給他聽，他對這些奇奇怪怪的圖形能表達這麼多意思還感到很神秘。

　　孔浩覺得他應該光宗耀祖，所以他每天花很多時間在花園裏讀書。這個花園是個寧靜而啓發人智慧的地方，因爲從前孔夫子就在這裏讀書和研究學問。孔浩相信，他的靈魂會經常到這老地方來漫游的。

　　今天，雖然薄雪覆蓋了花園，他們還是照常出來散步。孔浩穿着一件天藍色底子、綉金綫的袍子，腰裏繫一條金腰帶，腰帶上的金扣子鑲着一塊閃光的寶石。頭上戴一頂黑天鵝絨的帽子，帽子上的頂子是一顆漂亮的大珍珠。

　　“大劉，今天我要給你讀碑文，”孔浩用音樂般的聲音説，“你緊緊跟在我後面。當我告訴你要讀哪塊碑的時候，你就替我擦去積雪。”

　　大劉低下頭看看他的英俊而有才華的小主人，舒心地笑了。

　　“少爺啊，不管什麼事，只要你吩咐，大劉一定一絲不苟地去完成。”

　　于是他們一邊走着，孔浩一邊輕輕地念着：

　　“互相信任是使人們友好相處的無形的紅綫。”

　　大劉表現聰明地點點頭，其實他什麼也沒有聽懂，但是他覺得表現聰明些總是好的。

　　“在外待人要尊敬，統治百姓要嚴肅認真，自己所不願意的，不要強加于別人。"

大劉又點點頭。

忽然孔浩停住了脚步。

"我聽到了優美的音樂,"他説,"這好像是從我們頭頂上傳來的!"

大劉高興地笑起來。

"春天快要到了,我的小東家,"他説,"雖然泰山上的積雪還没有化,今天很多人在那裏放風筝。音樂聲是從其中的一隻風筝發出的。製作這樣的風筝需要有很高的手藝,長期以來,我一直在觀察,希望從許多風筝中找出那隻發出音樂聲的風筝。"

"我希望,"孔浩嚴肅地,但同時又眨眨眼睛説,"你是在聽我讀碑文,而不是在聽那風筝的歌聲。"

"我向您認錯,"大劉説,"我非常抱歉,我真該死,把注意力放到摇曳的風筝上去。不過那些風筝也真漂亮,特别是那隻蝴蝶形的豪華風筝。我不知道那隻風筝是從哪裏飛起來的。我的眼力不行了,看不清拽風筝的綫。"

"你的耳朵也不怎麽好,因爲發出音樂的就是那隻蝴蝶風筝,它的綫一直通到我們隔壁鄰居的花園裏。大劉啊,我多麽希望也有一隻和它一樣的風筝!"

"那不難,少東家,我過去就是做風筝的,我完全明白做像這樣帶音樂的蝴蝶風筝需要用什麽材料。我這就去準備。"

從那個寒冷的早晨,冬喜把雪珊瑚攢到花園裏去放蝴蝶風筝到現在,已經好幾天過去了。周將軍還没有回家,不過捎信回來説,他已經在路上了。日子一天天過去,冬喜對雪珊瑚越來越粗暴,所以不管花園裏多麽冷,雪珊瑚總是不等她喊叫就主動去放她的風筝。

在這個幸運的早晨,風筝很快地飛起來了。小鼓槌歡樂地敲打着,鈴兒叮當作響,微風在絲綫弦上奏出優美的樂曲,一切都那麽美好。雪珊瑚竭力使自己不去想昨天夜裏她第三次做的那個噩夢。

正在雪珊瑚試圖忘掉那個夢的時候，音樂風箏的弦上發出了强大的嗡嗡聲。蝴蝶風箏不斷地高飛，綫已經放到末端了，它還在泰山的臉上來回地飄拂。她憂鬱地低下了頭，而桃花却高興得像小孩子似的盯着風箏。

最後，雪珊瑚也抬起頭來，疲倦地看着風箏。

"桃花，"她叫起來，"怎麼回事？我們的風箏在往下掉，它會摔壞的。"

"不，小姐，"桃花答道，"它没有往下掉。"

"但是它飛得比往常低得多了！"

"我們的風箏還在平時的位置。"桃花説，"如果你仔細看，你就會看到，那飛得低的是另外一隻風箏，不過它的形狀和我們的那隻完全一樣。"

頓時，雪珊瑚忘掉了她的夢。

"在整個天府，誰敢仿造雪珊瑚的風箏？"她憤怒地問，"桃花，你跟着綫仔細看看是誰的風箏，如果找到這個仿造我們風箏的人，那等我父親回來，我要告訴他重重地懲罰這個人！"

"我已經跟着綫找到了，小姐，"桃花説，"但是我不敢説，因爲那是從隔壁的花園裏飛出來的。誰都知道那裏鬧鬼，看來這是一根鬼綫牽着的一隻鬼風箏。"

"我不相信什麼鬼綫、鬼風箏或是鬼扮的人，"雪珊瑚説，"你立即爬上假山看看，是誰那麼大膽仿造我們的風箏！"

桃花迅速地爬到假山頂上，雪珊瑚在下面等候。這婢女一看到隔壁的花園，忽然驚叫起來，慌忙連滾帶爬地下了假山。

"小姐啊，我看見那裏有兩個鬼！"她喊道，"一個很小，一個有一丈多高。就是這兩個鬼在放第二隻蝴蝶風箏。"

雪珊瑚猶豫了一下。她不相信有鬼，但是即使隔壁花園裏的兩個真是鬼，作爲一個有教養的女孩子，她也不能違反傳統禮教，獨自爬到假山上去看他們。于是她命令桃花再爬上去，同時也幫助她上去，她倆肩并肩地向隔壁花園裏看。這時候，桃花壯着膽問："你們是鬼還是人？"

對這突如其來的問話，大劉和孔浩兩人哈哈大笑。這使桃花氣得一時不知説什麽好，雪珊瑚也窘得不等對方答復就急忙爬下假山。

孔浩立即嚴肅起來，很有禮貌地作了回答："我們是普通的人，我叫孔浩，他是我的僕人，叫大劉。你們找我們有事嗎？"

"那隻風箏是怎麽到你們手裏的？"桃花指着那隻飛得很低的風箏問，"你們從哪裏弄到這隻和我家小姐的蝴蝶風箏一模一樣的風箏？她看到這隻風箏後非常生氣。"

孔浩剛才迅速地瞥了雪珊瑚一眼，就這閃電般的一瞥已經足以使孔浩心跳不已，感到無限的悔恨。

"是大劉給我做的，"他説，"聽到你家尊貴的小姐對此非常生氣，我感到萬分抱歉。我應該怎麽來表示我的歉意呢？"

"我不知道，因爲小姐也是現在剛剛生氣。"

"請告訴你家小姐，我向她賠禮道歉，向她致敬。對于我的魯莽，不管她怎麽懲處我，我都心甘情願地接受。我的風箏使她生氣，那我命令我的僕人立即將它毀了。請告訴你家小姐，我要誠懇地向她賠禮道歉，請她接受，要不，我無法安下心來讀書。"

雪珊瑚在假山底下一字一句都聽得清清楚楚。她剛才在假山上瞥了一眼這個英俊的青年。當她想再去看看他的時候，她的心突突地跳得厲害。她想起來，這房產的主人，直隸總督，有個兒子叫孔浩，他有一次到周將軍家進行禮節性的拜訪的時候，曾經自豪地提到過這個兒子。也許很久前的那次拜訪能爲目前自己的不合禮教的行爲提供些辯解。

"他説的話我全聽到了，"雪珊瑚小聲地對桃花説，"我願意當面接受他的道歉。你覺得我這樣做是不是有失身份？"

桃花輕輕地説道：

"他看起來是個正派人，而且他笑得很動人，我很喜歡他。我想這一次我們不用顧慮那禮教，因爲有我和你在一起。另外，我也想仔細看看他那個巨人僕人。"

雪珊瑚再次爬上假山。孔浩一見她，就向她深深地行禮。

"孔浩向貴小姐誠懇地賠禮道歉。我知道我不配和金枝玉葉的小姐對話。我將立即命令我的僕人把風箏毀掉。或者，我能不能把它贈送給尊貴的小姐？"

雪珊瑚臉上泛起了美麗的紅雲，一時不知道說什麼好。

"我接受你的道歉，"她說，"但是我不能接受你的風箏，請你把它保留着，不要毀掉。我發現，原來我們并不陌生。我叫雪珊瑚，是周將軍的女兒。幾年前，我們的父親曾互相交換名帖，結爲永久的朋友。但願剛才發生的事不會影響你的學習。再見！"

然後，雪珊瑚從假山上消失了，只剩下孔浩。他覺得太陽光霎時間變得黯淡，他根本不能考慮學習的事了。他腦子裏只是想着雪珊瑚的無比嬌美，他耳朵裏只聽到她像音樂般的聲音。

"大劉，"他最後說，"我想對我父親的朋友周將軍的高貴的女兒作進一步的瞭解。我不久就要離開山東了。我和雪珊瑚只見過一次面，要是以後我再也見不到她了，那我覺得我會活不下去。"

大劉哈哈大笑。

"對于出身高貴的人，這事情非常嚴肅，"他一本正經地說，"因爲有地位的人不能隨便破壞禮教。對于普通人，那就無所謂了，現在看來，這倒是一種幸運——因爲雪珊瑚的保姆桃花對我似乎不是一點沒有好感。今夜我們商量好在她小姐的花園裏相會。要是我不能說服桃花讓你再和她的小姐見一次面，那我就不能算是你忠心的奴僕！也許就在那個花園裏，當明月高挂在天空的時候，你們將要相會。"

"一個年輕姑娘的話真像黃鸝的歌聲一樣婉轉。現在我明白了她那些話的意思，"孔浩說，"哦，大劉啊，我多麼希望你能安排好這次會面。"

大劉是這樣精明利落地爲主人策劃，而桃花又是如此深情地希望雪珊瑚能幸福，于是就在第二天夜裏，當月亮像一盞銀燈一樣高挂在天空的時候，孔浩越過了高牆，來到雪珊瑚家的花園。在一棵枝葉茂密的大樹下，他倆坐在一條大理石板凳上。夜十分寧静，可以聽到隨風飄拂的柳葉輕拂金魚池水面的聲音，像奏着搖籃曲一樣使金魚甜蜜地入睡。

當他們坐着的時候，孔浩的手抓起了雪珊瑚的手，輕輕地握着。他們腼腆地互相看着對方，一時誰也说不出一句話來。最後，雪珊瑚微微顫抖着笑道："你是不是覺得我不像個有教養的姑娘，孔浩？"

他立即答道："自從我第一次看到你，你的形象就一直在我眼前。你的音容笑貌一直在我心裏存着。在我眼裏，你怎麼可能是一個缺乏教養的姑娘呢，我要告訴你的第一句話就是我向你求婚，希望你不會認爲我配不上。我渴望從你那裏得到一個你愛我的表示。我懇求你，用你的手指按住我的手。"

雪珊瑚在慌亂中急忙低下頭，但是她仍按照他的要求，用自己的手按住了他的手。孔浩立即站起來，把兩隻手輕輕地放在她的肩上。

"你使我感到無比的幸福，"他温柔地说，"我此刻的心情是無法用言語來形容的。自從在假山上看到你那一刻起，我就知道我愛上了你，而且發誓要永遠愛你。我心中最迫切的願望是我們的父母能同意這椿婚事，這樣我就可以托媒人來说媒。我真不願意離開你。可是我在這裏逗留太久是不行的，如果讓人家發現了，就會招來議論，使我們永遠得不到幸福。兩天後，我將到直隸去找我父親準備婚禮。但是，明天夜裏，親愛的，你能不能到我的花園裏來和我一同散步？我將要把刻在石碑上的我的偉大祖先孔夫子的教誨讀給你聽。在我去告訴我父親之前，我必須再見你一次。在我的花園裏，沒有人會聽到我們説話而去傳播的。"

雪珊瑚和他手拉手地走到墙邊，當他向上爬的時候，他回過頭來温柔地说：

"願我們白頭偕老，永遠幸福。"

他走了，雪珊瑚也悄悄地回到自己屋裏。她做夢也沒有想到，偏偏在這個夜裏，冬喜神差鬼使地來到了花園裏。她的繼母看到了一切，也聽到了雪珊瑚和孔浩兩人之間交談的每一句話。

命運之神太偏愛冬喜了。要不是她交了好運，那麼本來可能在她產生懷疑之前，婚禮就已經準備好。可是，現在她掌握了信息，這樣她就可以搞陰謀了。當她獨自一人在自己房裏的時候，她奸狡地笑了。她派了一個親信僕人到她那貪得無厭的家族中去通報消息。

第二天黃昏，孔浩和雪珊瑚在孔家花園里長時間地散步、聊天。他們懷着極大的喜悅計劃着他們未來的生活。他們沉浸在無比的幸福之中。大劉和桃花站着替他們放風，可是誰也沒有想到威脅會來自冬喜的花園。

"明天一清早，我就要離開這裏，去和我父親談我倆的事，"孔浩小聲地說，"但是我讓大劉留在這裏照顧你，不讓你遭到傷害，雪珊瑚，親愛的！"

雪珊瑚和桃花爬過墙頭回到自己房裏的時候，夜已經深了，她們覺得沒有被人發現。冬喜很狡猾，她一直保持沉默，直到她確切知道孔浩已經離開天府。然後，她把雪珊瑚找來。姑娘來到她房裏，發現在冬喜身邊還有許多她那些令人討厭的娘家親戚。

"你玷污了周家的名聲！"冬喜嚴厲地說，"所有這些人和我一起看到你昨夜在孔家花園裏待了好幾個小時。你父親將要爲這件事羞得寧可死去；如果天府的百姓哪怕只聽到一些傳聞，也將會使總督丟掉烏紗帽。'孔夫子的後代，偉大的孔家，出了一個不肖兒子，與一個未婚姑娘在花園裏幽會！'他們會這樣說，而這一切都是你的過錯。"

當雪珊瑚發現冬喜對她的私情抓得這麼準，她覺得胸腔中的心似乎要變成石頭了。沒有人會相信他們在花園裏的幽會是清白的。誰都會認爲這是一件非常可恥的事而公開議論。當冬喜看到雪珊瑚臉色發白、兩手捂着起伏不停的胸脯時，她看出了雪珊瑚沉重的心情，她冷酷地笑了一下。

"我明白你的話，母親，"雪珊瑚痛苦地說，"我知道你心裏也明白我沒有做什麼丟人的事。但是，我也知道傳統的禮教，我知道這種恥辱對我父親、對總督以及對我所熱愛的孔浩意味着什麼。現在我是在你的手掌中，我知道你有所打算。告訴我，你想怎麼樣？"

冬喜猶豫了一下，她殘酷的小鼻子扇動着。她看看她的親戚們，希望得到他們的支持。他們都點頭。于是她轉過身去，把背對着雪珊瑚。

"你將要嫁給土地爺!" 她説。

"但是一個姑娘只有在快要死的時候才嫁給土地爺!" 她驚恐得張大着眼睛氣喘吁吁地説。

冬喜繼續無情地説:"可以傳出消息,説你病得很厲害。嫁給土地爺的日子就定在後天⋯⋯"

"可是我沒有病!我又健康,又强壯。"

雖然她繼母的用心是很清楚的,但是絕望中的雪珊瑚假裝不明白,以便爭取時間來想對策。

"只有一個辦法可以換回你的聲譽," 冬喜冷酷地説,"用一把刀!趕快決定。要不,我的親戚們就要向外泄露你在孔家花園中幹的醜事。"

雪珊瑚知道,她再爭辯也沒有什麼用,于是只好低下頭屈服了。當她慢慢地離開這房間的時候,冬喜刻薄地幸災樂禍地笑了。

回到自己屋裏,發現所有的僕人都在嚴密地監視她,以防她逃跑。雪珊瑚一頭撲到桃花的懷裏放聲痛哭。桃花摟着她,拍她,搖她,好像哄小孩子似的。

"爲了一時的快樂,我必須付出生命作爲代價。現在我才明白,我的噩夢是什麼預兆。"

桃花搖着雪珊瑚,忽然她停下來了。她的腦子裏出現了一個念頭:也許大劉會幫我們出出主意!但是,不管幹什麼,都必須保持絕對秘密。現在,在周家,冬喜就是絕對權威,她的一句話就可以使一個高尚的人名譽掃地,于是雪珊瑚就得用自己的生命來洗刷這種恥辱。是的,桃花必須小心行事。

這一天,在天府,到處都傳説雪珊瑚病得奄奄一息,很快就要死了;説什麼就在第二天,趁她還有一口氣能參加婚禮的時候,就要與土地爺結婚了。

當月亮升起以後,桃花悄悄地溜進了孔家花園,找到孔浩的巨人奴僕大劉,他們認真地商議了很久。

"如果她和土地爺結了婚,那人們將怎麼説他們啊," 最後,大劉説，"這時候，那狠毒的冬喜要編造關于你家小姐和我家少爺的謊話時有多方便啊！"

"可是怎麼才能阻止這件事情呢？"桃花哭着説，"你家主人已經走了，一時回不來；他的父親和我家小姐的父親見了面也還得商量一下，而雪珊瑚明天就要與土地爺結婚了。"

"我準備派一個可靠的人去追孔浩，在他到達芝罘之前就把他攔住，把我的話悄悄地傳給他。"

"傳什麼話呢，大劉？"

"就是讓我家少爺再送出兩封信，一封給他父親直隸總督，一封給周將軍。送給周將軍的信上説他的好朋友直隸總督要在芝罘和他會面，商議一件重要事情；送給直隸總督的信則簡單地請他在芝罘與他兒子會面。當這兩人會聚在芝罘，遇到我家少爺的時候，他就會把一切情況都説清楚。"

"多麼愚蠢的主意！你家老爺和我家老爺在離這裏這麼遠的芝罘與你家少爺會面，這對援救我家小姐有什麼作用？"

"這樣做能達到這個目的：孔浩會告訴雙方的父親説他想娶雪珊瑚。我家少爺是個聰明人，他會很容易地説服他們，使他們相信這是最好的選擇。"

"我聽起來，你這些全是廢話，"桃花不耐煩地説，"就像説我倆要在芝罘結婚一樣的廢話。"

"那也是真的，"大劉忽然咧嘴笑了，"不過這件事要在下一步再商量。"

"可是，我家小姐，世上最可愛的姑娘，明天就要與天府的土地爺結婚了，我們必須想辦法制止這場婚禮。"

"我們弱，他們强；"大劉説，"我們人少，他們人多；我們笨，他們聰明。我們没有辦法來阻止雪珊瑚與土地爺結婚，所以婚禮是必定要舉行的。"

"那你是在和我開玩笑，你這又大又笨的苦力！"桃花氣得暴跳如雷，"我家小姐在屋裏哭得心都要碎了，你却在這裏講你那愚蠢的計劃，浪費我的時間。我本來就因爲想不出辦法而心急如焚，你却來給我火上添油。唉，你這個只會説空話的笨傢伙！"

桃花竭盡全力想給大劉臉上一個狠狠的巴掌，可是盡管她用力踮起了脚，却仍舊够不着大劉的臉。這大高個對着盛怒的桃花只是微笑，把他的兩隻大手放在她的頭上，叫她回到她小姐那裏，什麽也不用説，要相信大劉——孔浩不是特意把他留下來保護雪珊瑚的嗎？

雪珊瑚和桃花兩人臉色死沉，因爲她們已經失掉一切希望而準備參加那殘酷的婚禮了。

信使到周家通知，土地爺已經準備好迎接新娘了。冬喜再一次發出她最後的嚴厲訓誡。雪珊瑚被打扮得真像瀕臨死亡的人，她的臉自得就像她名字一樣。她被人挾着走進轎子，馬上就要被抬到土地廟。人群有的排列在大街兩邊，有的匯集在廟門前，都想看個究竟，聽個明白。

雪珊瑚臉色不變，但是她一言不發，甚至于對桃花也是沉默不語，雖然桃花已經得到許可，作爲她忠心的保姆，永遠陪伴她。她眼睛向前看着，當昏暗的廟中響起婚禮樂曲的時候，她低頭向披着錦袍、早已站在結婚長桌另一端的木頭偶像致敬。

整個結婚儀式已經結束了，只剩兩支蠟燭還在燃燒。雪珊瑚將要孤零零地留在這裏陪伴她的"丈夫"。她再次要求桃花留在她身邊。當冬喜向雪珊瑚告別的時候，她顯得很悲傷，因爲她要讓別人認爲她是真的很傷心；但是臨走的時候，她把一把鋒利的鋼刀塞到姑娘手中。雪珊瑚明白這是什麽意思。

屋裏香烟繚繞。雪珊瑚讓桃花坐在遠遠的一個角落裏，她自己在燭臺前坐下。

燭臺後面的土地爺是一個面貌兇惡醜陋的木偶，身上涂着離奇古怪的顏色。燭臺上點着兩支蠟燭，一支是龍燭，另一支是鳳燭，照着垂頭喪氣的雪珊瑚。現在屋裏没有外人，她就不必裝假了。

"要是外面没有人，"桃花説，"我們就可以開門逃跑了。"

"慢着！"一個聲音來自廟堂的天花板，桃花一下就聽出這是大劉的聲音，"等侯時機。"

希望之火重新燃起，她的心激動得通通直跳。説不定這笨大漢還真有什麼計謀。

蠟燭越燒越短。在真正的婚禮儀式中，哪支蠟燭先燒完就對應着新郎新娘中哪個將來先去世。但是現在，整個婚禮過程都是一場假戲，所以雪珊瑚知道她必須死在冬喜給她的刀下。

隨着時間一小時一小時地過去，蠟燭越燒越短，門外人群的嘈雜聲音也越來越小。到半夜以後，外面已經完全没有人了，于是奇迹就出現了。

那巨大的木偶變成了一個真人！是大劉，這個細心而精明的人。他長時間一動不動地守衛着她們。此刻他挺挺身子，伸伸懶腰，對雪珊瑚和桃花微笑，示意她們不要害怕。

"啊，大劉，"雪珊瑚喊道，"你怎麼把那個大木偶搬走而自己蹲到這裏的？"

"你依然是個大漢，像我以前所説的，可是你不笨，"桃花哭着對巨人説。

"幸虧我是個大漢，"大劉説，"因爲除了像我這樣的巨人外，誰也搬不動那個大木偶，誰也不可能穿上它的衣服而絲毫不露破綻；而且，只有一個熟練的風箏藝人，由於經常調配顏色，才能把臉塗得和真的神像一樣，甚至騙過了那些善男信女。但是，現在，閑話少説，我們快行動吧，這裏離芝罘還很遠，在那裏等我們的人會着急的。"

"誰在那裏等我們？"雪珊瑚小聲地問，其實她心裏已經明白了。

"我的少東家孔浩，"大劉一邊行禮一邊説，"還有他的父親總督和你的父親周將軍。在我們前面將有一名先行信使去通報，讓他們做好準備。"

于是這三個人秘密地從土地廟溜出來，消失在黑暗中了。有一名瘦高個的男人牽着幾匹馬在等他們。這個人就是大劉所説的先行信使。

"你在我們前面先走，"大劉對這個人輕輕地説，"按我告訴你的那樣，到芝罘找到我家主人，告訴他，他的新娘已經上路了，由大劉和她那忠心而比較愚蠢的桃花保護着她！"

那男人走了。大劉又在後面追上幾步。

"你去的時候，"他放低了聲音説，爲的是使雪珊瑚和桃花不能聽着，"首先在冬喜的住宅停一下，只告訴她這個消息：雪珊瑚不在廟裏，失踪了，找不到了，告訴她，她的陰謀已經暴露。如果她問怎麼樣才能挽回她的聲譽的話，你就把這件小禮物交到她手裏。"

巨人大劉説着，就把那把細長的，在廟裏從雪珊瑚手裏拿來的刀遞給了信使。

春天終于又來到了。當人們去瞻仰泰山和它脚下古老的天府的時候，從古聖人孔夫子住過的花園裏，升起兩隻蝴蝶風箏，在微風的吹拂下，它們肩并肩地在高空翶翔。

現世寶

目　録

羅薩利伯爵

某外國使館的羅薩利伯爵心情煩躁地從窗口眺望着使館大街。街上響着汽車的喇叭聲、洋車夫的尖叫聲和他們的脚底板踏在路面上的"吧嗒吧嗒"聲以及送水工人的車軸發出的"吱吱"聲。爲了趕路，車上的水不停地潑灑到地上。窗外，北京的生活充滿了生氣。那種生活是狂亂的、粗野的、擁擠的。人群中有黃皮膚的、白皮膚的以及淺黃皮膚的人，成百上千的人在街上鬧哄哄地來去匆匆。

空氣中充滿着春天的氣息，羅薩利伯爵的心也被這春天的氣息攪得煩躁不安。在半垂的窗帘後面，屋裏的空氣却是寧静的。羅薩利伯爵坐在書桌邊，向外眺望着使館大街。

他試圖分析一下自己的情緒，是什麼事情突然勾起他如此濃厚的懷舊之情？爲什麼突然有强烈的欲望要掙脱辦公室的束縛，衝出去到暖和的陽光下，像一個無拘無束的天真的年輕人一樣，歡快地雀躍？他無法回答自己的問題。

使館裏很寂寞，尤其是對一個單身男人。如果只能同自己那個懶散而笨拙的、替他收拾房間、整理床鋪、洗洗涮涮的保姆用夾生的英語或蹩脚的法語説幾句話，那還能有什麼樂趣？這地方多麼需要一個女人啊！

"天啊！"他對自己説，"是不是我變得傷感了？是不是那討厭的四十來歲人的抑鬱心理使我産生了邪念？我以前從來没有過這樣的感覺！"

但是羅薩利伯爵錯了。他其實常常有這種感覺，只是他從没有試圖來分析一下自己的感情。

他沉入了幻想，盡管他的眼睛仍然透過那半垂的窗帘的縫隙眺望着那擁擠的使館大街。許多穿着各式各樣髒衣服、身上發出臭味的中國婦女在街上走過。她們的臉很骯髒，她們的眼睛淌着眼泪，有些人走路的樣子特別難看，因爲她們從小就裹了脚。

羅薩利曾經聽說過有人親眼看見她們定期地放鬆那裹過的脚……

他因爲厭惡而戰栗，目光離開了窗戶。説得更確切些，當他剛要轉身的時候，他的目光落到了一個穿戴華麗的女孩子身上。她莊重地走過窗口，用她的天足優雅地走着。

這個女孩和別的女人不一樣。從女孩轉過來的頭，羅薩利伯爵看到了一張像寶石一樣的臉。

這張臉，是使人終生難忘的，特別是對于一個被春意驚擾了的男人的眼睛；這是羅薩利從未見到過的最美的、最迷人的臉。頃刻間，她的眼神好像射進了伯爵的眼睛。當然，這種想法是愚蠢的。他在裏面，她在外面，她當然不可能看到他。再則，窗帘半垂着，伯爵坐着的房間是在陰影中。

然後，女孩走過了窗口，那張臉也隨之消失了，僅僅是這極短暫的一瞥，對羅薩利伯爵却産生了奇怪的影響。那個困擾着他無法解答的問題，現在找到了答案。他的臉發燒了，他的呼吸有些短促，情緒激動。當他眼睛看着書桌，再回想剛才那一幕的時候，他的雙手顫抖着。

他必須抓緊時間。那女孩子可能早就到了街的盡頭，在某一時刻轉入了小巷，找不到了。羅薩利下定決心，因爲稍一猶豫，他這一思想可能就要溜了。

"小伙子！"他喊道，"小伙子！你這死鬼到哪裹去了？"

羅薩利的管家實際上不是一個小伙子，和四十來歲的他年齡相仿。他像平時一樣輕輕地走進來，聽候主人的吩咐。

"小伙子，"羅薩利伯爵説，這時他臉又紅了，訥訥地説，"我從窗口看到一張女孩的臉……"

但是羅薩利沒有接着説。這個中國管家很能領會男人在春天到來時候的心態，他的思想遠遠地超越了他的主人。

他冲到門外，招呼他的副手，叫他飛速奔到使館大街的盡頭，找到剛才經過羅薩利伯爵窗口的女孩。如果他不能帶回關于那女孩的情況，那就小心他的腦袋！

然後他回到他主人的辦公室。

"主人，安排好了，"他鎮静地说。

"安排好了！"羅薩利喊道，"什麼？你说'安排好了'？我并没有向你下過什麼命令。你做了什麼？"

"主人要找那女孩子？我知道她在哪兒！"

羅薩利伯爵臉色蒼白，他厭倦了在國外多年的懶散生活。在那裏，一個外國使節的生活純粹是游手好閑，管管那些與自己毫不相干的閑事，想說什麼就說什麼，要想什麼就想什麼，實在無事，就用白嫩的軟綿綿的手摸幾下稀疏的鬍子。

他揮揮手讓管家離開。

半小時過去了。

管家敲門進來。

"怎麼樣？"羅薩利問。

"那女孩啊，"管家開始用蹩脚的英語説，爲了讓大家能明白他的意思，我們這裏把他不規範的英語都給改正了，"她出身很好，是一個警察的女兒。她一直没有和男人接觸過，對男人一無所知，她是一個好女孩，家裏管教得很好，但是……"

管家猶豫了，但是他的嘴唇上露出一絲微笑。

"但是什麼呀？該死的你！"羅薩利伯爵喊道。

"她的家庭雖然不錯，主人，但是比較窮。錢是可以買很多東西的，如果主人捨得花錢的話……"

就在這一刻，羅薩利當機立斷做了決定。

"能不能做到這樣：不要提到我的名字，這樣可以讓全北京的人都不知道我們的計劃？"

"那没問題，主人。"

"聽着，小伙子，"羅薩利嚴厲地説，"如果有一點流言傳出去，我就打斷你的腿！"

這管家一想到事成之後將會得到一大筆賞錢，就急匆匆地跑出辦公室，想通過迂回的途徑去籌劃如何實現他的目標。

首先他找到了那個身上骯髒的保姆，悄悄地告訴她主人的願望。

"你認識那個女孩子嗎?" 他問保姆。

因爲這保姆是管家的好朋友，所以他可以很方便地找到她，和她商量這件微妙的事情。

"我不認識她，但是我有一個朋友，她是使館秘書家的一個保姆，我可以請她幫忙處理這件事情。"

"你一定要告訴她，這件事情必須絕對保密。"

這保姆很嚴肅地答應了。

作爲一個精明的管家，他在等待保姆的回話期間，花了很多時間思考這件事。如何迎來是一個需要考慮的問題。羅薩利伯爵是個有地位的人。他的官階規定他可以乘一頂由四人抬的綠色轎子。這樣，他的美麗的客人自然也要享受這樣的待遇了。

所以，當事情談妥了，女孩和她的家庭也都表示滿意了——這一點，對于熟悉中國國情的管家是毫不懷疑的，他就盤算着，爲了保密起見，等天黑透了，他就派出他主人的轎子去接女孩。轎子必須在黎明前回來，因爲這時候街上除了勞動階層的人群外，不會有其他人，而勞動階層的人群是不會注意這頂轎子的。

然後管家進一步考慮。

由于羅薩利伯爵的官銜使他有資格乘綠色轎子，所以對于有資格乘綠色轎子的官員應享受的禮儀也都得一一執行。那就是説，轎子上路時，所有的平民必須讓路，街上的士兵和警察必須對他，或者説對轎子立正行注目禮，等等。

這樣一來，在轎子接女孩子的來去路上，人們自然以爲轎子裏坐着的是羅薩利伯爵。

但是，如果轎子是在天黑以後送出，黎明以前回來，那誰又能看出轎子的顏色呢? 所以使館的一對燈籠，上面用大號字寫着使館的名字，必須在前面開路。由于管家不認識燈籠上的字，那麼是否可以假定，普通老百姓也認不得燈籠上的字呢？這是顯然的！所以轎子和燈籠必須一起出動，互相證實。

這時候，管家回到他主人那裏。這已經是吃晚飯以後了，在中國，這時間大約是在晚上九點鐘左右。

"一切都準備妥當了，主人，"他簡短地説，"您只要準備好五十兩銀子，在小劉明天早晨離家之前送給她。"

次日早晨，名叫小劉的女孩離開使館回家已經很久了，一絲疑慮又襲上了羅薩利伯爵的心頭。他招呼他的管家。

"小伙子，"他説，"你肯定這件事做得絕對秘密嗎？"

"是的，主人。"管家堅定地回答。

"你是怎麼瞭解到這女孩子的情況的？"

"那天，副管家沒有找到這女孩，我就讓保姆幫我打聽，她自己并不認識這女孩，但是她有一個朋友是使館秘書家的保姆，她瞭解那女孩，事情就是通過她辦妥的。"

"和誰談妥的？"

"和小劉的父母。"

"他們是上等人嗎？他們會不會把這事告訴別人？"

"他們認爲，他們的女兒能够成爲主人的……哦，主人的好朋友，他們感到非常自豪。但他們是非常謹慎的，因爲我一再關照，這件事必須保密，如果他們要告訴別人，那只能告訴他們最熟悉、最親密的朋友。"

"那麼，"羅薩利伯爵痛苦地嘆息着，"他們的朋友多不多呀？"

"哦，那當然了！"管家熱情地喊道，"他們有很多朋友。現在小劉是伯爵的好朋友了，他們臉上有光彩，如果他們以前只有一個朋友的話，現在就會有十個！"

"你們是怎麼把小劉接過來的？"

"用主人的轎子。但是這完全沒有問題，主人，因爲誰也看不見轎子裏面，不管誰看見轎子經過，自然以爲裏面是您。所以我用了您的轎子，并且還用使館的燈籠來進一步消除別人的懷疑。”

羅薩利伯爵的臉紅一陣，白一陣，他用微弱得幾乎聽不到的聲音繼續説。

“你説人們會認爲我在轎子裏？而轎子昨天夜裏天黑以後都停在小劉家？那麼人家會不會想，我是在小劉家過夜的。”

“但是他們并不知道真情，畢竟他們只是看到了轎子。”

“一頂緑轎子，兩個寫着使館名字的燈籠在前面開路！”

“主人可以放心地把這件事交給我處理，我會小心地使這件事成爲絕對的秘密。”

羅薩利伯爵心事重重地用他那纖弱的手指胡亂地抓着頭皮。

“那麼，小伙子，”他氣喘吁吁地説，“你確切地告訴我，誰知道小劉昨夜在我這裏？”

“只有很少幾個人，主人，”管家一邊回答，一邊扳着手指頭數。“你的保姆、使館秘書的保姆、小劉的父母以及這些人的最親密的朋友、一些需來往的媒人、昨天去追這女孩而沒有追上的副管家、四個轎夫和兩個打燈籠的人。這些人可能告訴他們的家屬，但不會告訴別人。當然還有那些看着她進來又離去的僕人，我讓他們守着她安全地離去。”

“還有，除了這些，”臉色煞白的伯爵説，“還有街上的苦力，他們認識我的轎子和燈籠，盡管他們不認識字，還有那向轎子致敬的士兵和警察，還有小劉家的近鄰，他們看到小劉離家，説不定還等着看到她回來，還有……哦，你知道小劉自己有多少朋友？”

“哦，她在她同齡的中國姑娘中是很出名的，而且在她交往由……”

羅薩利伯爵從抽屜裏拿出左輪槍朝管家開了三槍，但是在伯爵還沒有來得及扣扳機的時候，管家逃離了這房間。

那天，羅薩利伯爵去參加了在北京一家有名的大飯店裏舉行的午宴，那是爲了聽一位在中國居住過多年的美國人的演講，這位美國人的話有相當的權威。在演講中間，他説了這麼一句話：

"女士們先生們，我可以肯定地説，在中國是没有秘密的！"

羅薩利伯爵低着頭，眼睛盯着碟子。頓時，他感到在這個大宴會廳裏，男男女女的眼睛都在盯着他。但是，當然，他自己對自己説，那天晚上，當他等着他的綠轎子在黑夜中把小劉從她家接到他家的時候，他可能犯了個錯誤。

她的管家曾向他保證，每一步都是做得絕對秘密的，而他又是絕對受信任的管家！

顧少校

顧少校是北京警察局裏一位高貴的、顯赫的要人。他通常總穿着制服，因爲那樣最有利于顯示他身上的幾排獎章，那些都是國外來訪的領導人頒發給他的。由于顧少校是一位警官，所以在這些訪問中，他總是很顯眼的，高官們發給他獎章就是因爲他始終如一地忠于職守。

自從得到第一塊獎章後，他對來訪問的貴賓的護衛工作就做得更加盡力和更加周到。顧少校會説英語，他最大的特點就是謙虛，據他自己聲稱，他的英語水平非常不錯，再則，他從不放棄任何一個可以使用英語的機會。顧少校認爲，他的英語知識使他具備了進入北京上層社會的條件。要知道，進入北京上層社會是很不容易的……

例如"我的小妞"進入上層社會的過程就是證明。關于"我的小妞"其人，我們以後還要介紹。

據顧少校説，他認識所有的社會名流。如果不斷提示的話，一些社會名流也會承認他們知道顧少校。

顧少校也認識"我的小妞"，本來嘛，北京的單身男人誰不知道"我的小妞"？

顧少校是一個愛乾净的小伙子。他是如此的愛乾净，以至于他那紅得發光的臉上常常殘留着肥皂的痕迹。他隨時注意着要給别人一個好印象，在這方面，他是一個成功者。

當他一開始試圖進入北京上層社會時，并不是十分順利，但是他對自己的英語有很强的自信心，并想借此來達到自己的目的。他開始對一位美國夫人做一次很正式的拜訪。這位夫人的丈夫最近剛進入使館工作，她的僕人把顧少校接進了屋裏，可能因爲顧少校身上的三排獎章、容光焕發的臉和那亮得像鏡子一樣的皮靴使那僕人很震驚。

夫人很有禮貌地接見了顧少校。這一方面可能是因爲她看到了顧少校的官銜，另一方面可能是因爲她剛到北京不久，不了解這裏的習慣。在這裏，出身于高貴門第的人或者進入了上等社會的使館工作人員都是不願接待警察到家裏做客的。

顧少校風度翩翩地來到夫人跟前。

"親愛的蘭夫人，恕我冒昧拜訪。"

蘭夫人的臉頓時紅了，但她竭力控制着自己，以便表現出彬彬有禮的儀表。由于她丈夫是個外交官，她在這樣的家庭裏生活了多年，她也自然而然地成爲了一個外交家。

"啊，您是顧少校吧？"她招呼着，"請坐"

"我肯定是來遲了！"顧少校回答道，"每當有外交官和他們的家屬來到我們可愛的北京，我總是最先去拜訪他們，并盡可能地爲他們提供方便。我比較精通英語，并且熟悉中國文化。我的優越條件是同時瞭解中國和外國，并知道它們之間的差异。這樣，由于兩個民族缺乏誤解①，而形成的隔閡，我就不能②爲他們溝通。所以如果你們有這方面的要求的話，我可以爲你們提供協調和幫助。"

蘭夫人的臉窘得幾乎和這位可敬的、和善的少校一樣紅。但是她想明白了，這位少校一定是一位重要人物，否則他不可能那樣輕而易舉地提出來要幫助自己。

"我衷心地感謝您，少校，"蘭夫人一邊不在意地，但又是很明顯地看了一下她的手錶，"我要把這件事告訴我丈夫。的確，在北京的外國人中，我們認識的人很少，對于有教養的中國人，我們更是一個都不認識……"

顧少校急急忙忙地打斷了她的話。

"請原諒我的急性子，蘭夫人，"他說，"但是我對他們很熟悉，我

---

　　① 由于顧少校英語水平較低，說話經常出現錯別字，這裏他把"理解"（understand）說成了"誤解"（misunderstand）。——譯者

　　② 把"能够"（able）說成了"不能"（unable）。——譯者

能知道哪些人您應該避免和他們接觸，哪些人您應該制服他們。"

"您願不願意到使館去拜訪一下我的丈夫，把您的建議再向他重複一遍？"

"但是，蘭夫人，有這個必要嗎？我常常到使館夫人家去，我屈辱①地受到她們喜愛，她們傾聽我的建議，并且每當我去拜訪她們的時候，她們像對待她們最親密的朋友那樣地欺騙②我。當然，這是因爲她們理想化③我不是一個一般的人，因爲我熟悉所有的北京上流社會的人。"

"當然，顧少校，并且您知道，我和我丈夫是一對忠誠的伴侶，我們之間沒有任何秘密，所以我必須告訴他您來訪的事，我們任何時候都歡迎您來訪。"

聽到這話，就像他過去多次經歷過的那樣，顧少校覺得他已經達到了給蘭夫人留下一個好印象的目的，并且也已經和蘭夫人建立了牢固的友誼。他像玩具盒裏的小木偶一樣，興奮地從椅子上跳起來。他抓住了蘭夫人的手歡快地搖着，紅臉上煥發出欣喜的光芒，同時盤算着他計劃中的下一步。他的計劃正向着預定的目標順利地進行着。

"那我們是朋友了，蘭夫人？您不介意明天下午和我一起駕車去西山作一次小游？使館裏的煩瑣事務整天糾纏着您，使您生活沉悶。親愛的蘭夫人，我相信，一次短暫的游覽能使您得到很好的休息。"

"我非常願意和您一同去西山，少校，"蘭夫人答道，隨即臉上出現了一種嚴肅的表情，這一點，顧少校完全沒有注意到，"但是有一個條件……"

"什麼條件？"顧少校急切地問。

"在游覽過程中，我像通常一樣坐在後座，而您充當我的司機！我希望，親愛的少校，您能諒解我。我對明天下午的這次旅游感到很大的樂趣！"

---

① 把"榮幸"（honour）說成"屈辱"（dishonour）。——譯者
② 把"接待"（receive）說成"欺騙"（deceive）。——譯者
③ 把"認識到"（realize）說成"理想化"（idealize）。——譯者

于是蘭夫人離開了房間，留下顧少校獨自坐在那裏搓他的大拇指，或者他願意的話他就離去。管家站在門口，看到了女主人對他的暗示，于是他把顧少校的帽子和手套遞給他，顧少校這才決定，他的拜訪該結束了，于是離開了屋子，一邊盤算着他該到哪裏去借一輛車供明天的游覽。

他離開的時候，心裏反復回憶着與蘭夫人見面的一些細節，特別是關于蘭夫人建議讓他開車，作爲她的司機。作爲她的司機啊！這時，他第一次開始懷疑他的這次拜訪是否成功。

"但是這沒有什麼，"他按照自己滿意的思路分析了整個會面過程後，自言自語地説，"這位好夫人可能喜歡和我開一個小玩笑，外國人習慣于那樣。哈哈！我要讓蘭氏家庭成員知道，我對于外國的輕佻并不是一無所知，雖然這事涉及我，但我不拒絕。"

于是就發生了這樣一件事：那天夜間，當蘭氏夫婦參加完在瓦岡列茨飯店舉行的晚宴，回到家裏時，他們遇到了一種中國習俗，對于這種習俗，他們過去是一無所知。

這是中國人的一種信念，就是説，一個人在朋友家裏，就要完全像在自己家裏一樣，一個人的家也屬于他的朋友們，這些朋友可以像用自己家的東西一樣地任意使用這個屋裏的東西。而且，一個朋友到你家去拜訪，任意使用你的東西，這種行爲被認爲是對你最大的贊賞。

于是……

像前面所説的，蘭氏一家人回到自己家裏，這時候，蘭夫人還沒有來得及告訴蘭先生關于顧少校來訪，并自我推薦能幫助他們進入北京上流社會的事情。蘭先生側耳傾聽。

在二層樓上樓梯口附近傳來了流水的聲音。

"該死的管家！"他最後説，"他睡着了，讓水在浴缸裏流。他居然能扔下一個管家最重要的任務而去睡覺了！我要讓這傢伙知道，雇用他的是有地位的人，不是懶散的鄉巴佬！"

蘭先生一步跨三級地奔上樓去。蘭夫人在樓下，不耐煩地用脚跟敲着地板，抬頭望着樓梯頂等候她丈夫回來。蘭先生進入浴室，"砰"的一聲把門關上，從門後面傳來一聲驚異的喊聲，或者説是一句不老練的咒罵，然後從門後面傳來了一連串激烈的争吵聲。

這個外交官幾乎要氣瘋了，站在樓梯頂上，對着樓下的蘭夫人揮着他的食指憤怒地控訴着，這一情景持續了約有十分鐘。

"他用了我的最好的剃刀、我們所有的毛巾、你的浴鹽、我的進口的剃須膏、你的牙刷……現在他正在我們的澡盆裏舒適地洗着他的髒身子……

"誰？"蘭夫人氣喘吁吁地問，"那是誰？"

"不是誰，是顧！這黄皮膚渾蛋説他没有錯，説他是你的好朋友，你接受了他的邀請明天去游西山，説你告訴他，只要他願意，他可以隨時來，按照這裏野蠻的習俗，他可以使用這屋裏的一切！"

"什……什……什麼？"蘭夫人喘息道，"你是説顧少校嗎？"

蘭先生回到樓下，回過頭望上去，浴室門依然關着。

"我相信他説的他是少校。你説了他可以使用這裏的一切嗎？"

蘭夫人完全語塞了，她無法回答。蘭先生看着她的臉，滿意了。

"艾瑪，"他關心地説，"你最好把我們的卧室鎖起來！待一會兒他可能就要到那裏去了！"

蘭夫人雖然可能不欣賞她丈夫這種幽默，但爲了給自己解圍，還是立即離開了這裏到卧室去了，仍然什麼也没有説。

"還有一件事，艾瑪，"蘭先生在她後面叫她，"你最好把你自己也鎖在卧室裏，因爲我完全不能肯定，在中國，朋友之間的好客的情誼能發展到什麼程度！"

蘭夫人走進卧室，把身後的門"砰"的一聲關上，上了鎖，把自己關在屋裏了。

五分鐘以後，她又聽到有人説話了，這是那個就在當天下午訪問過她的穿制服的人的聲明。

"我真是太失態了，蘭先生，"那聲音說，"我趕緊來改造①你，我以後再也不會這樣做了。這是一種中國習俗……"

在樓上，響起了蘭先生的低沉而憤怒的聲音，夾雜着腳在地板上拖着走的聲音。

然後，在樓梯上又傳來了另一種聲音，這是兩隻靴子"咔嗒咔嗒"地在樓梯上敲打的聲音。憑那聲音，蘭夫人能聽出來，那是沒有穿在腳上的空鞋。

根據這個事實，她作出了一個完善的邏輯推理：不管顧少校穿了什麼或沒有穿什麼，此刻他是光着腳離開了蘭家，她感到非常得意——只是有一點遺憾，她還沒有告訴她丈夫關於這天下午的來訪。這不是疏忽，只是她不知道應該如何來說明。顧少校是在任何情況下都難于說明的。

在蘭家的房子外面，顧少校回頭看看那亮着燈的窗戶，傷心地搖搖頭。這些外國人真奇怪。他坐下，穿上鞋和綁腿，按平常的習慣把自己整理好。

他發現，在匆忙離開蘭家時，把帽子落在他家了。他有些想回去取，但是立刻又改變了主意。

"哦，沒關係，"他安慰自己說，"我今晚不用它，我可以在明天下午去接蘭夫人游西山時再拿。"

說着，這位和善的顧少校穿戴整齊地離去了。

他是在去見"我的小妞"的路上，他正準備把她引入北京上層社會。正是爲了這次會面，他才去蘭家仔細地打扮了自己。

這樣，我們就和他一同到這位女士的家——問題是"我的小妞"算不算得上是一位有教養的女士。

---

① 把"告訴"（inform）說成了"改造"（reform）。——譯者

"我的小妞"

"我的小妞"的原名已經很少人知道了。她是一個很有名的人。她最初是隨一位紳士——在當時算得上是一位紳士，來到北京，後來他離開了她，讓她獨自謀生。

到目前爲止，看來她還是混得不錯的。

她甚至逐漸結識了北京上層社會中的重要人物——她見到過顧少校，并且和他交了朋友。

她正在不耐煩地等待着他……

她當然不知道顧少校在蘭家的浴室裏耽誤了時間，而他，最終來到了，也沒有作任何解釋。的確，在和任何一位女士接觸的時候，最好不要在她面前提到別的女士的名字。如果他提到蘭夫人，他可能就會在無意中説出第二天他要與她一起出游的事，這樣就很不好。

這樣，他就在"我的小妞"面前保守了一個秘密，而"我的小妞"自己可能也有很多秘密。顧少校感到精神抖擻，熱情地招呼"我的小妞"，并問她，什麼事情使她煩惱得讓自己美麗的雙眉緊鎖不展。"我的小妞"是非常漂亮的。關于這一點，有一件事可以證明。在著名的北京飯店的天花板上，有一幅版畫，上面畫的是擺着優美姿態的"我的小妞"的裸體像，雖然後來，這件事激怒了北京的上流社會，他們找到了那位藝術家，迫使他在裸體上加上了一件游泳衣！

藝術家們所喜歡的就是"我的小妞"的臉蛋和體形。

顧少校進屋後，不等"我的小妞"邀請就自己坐下來。"我的小妞"詢問顧少校："怎麼樣啦？"

"我很好，"少校回答，"你呢？"

面對着顧少校的回答，"我的小妞"生氣地跺着她那穿着漂亮皮鞋的脚。

“我不是在問候你，笨蛋！”她喊道，“我是問你，你要爲我在使館裏找一份工作，進行得怎樣了？你要是有些頭腦的話，笨蛋，你應該知道，我不能再那樣穿着來自紐約和巴黎的最新時裝而沒有任何顯赫的社會背景，就出入于社交場合，這對于我進入北京上流社會是很不利的。”

“親愛的，”少校搓着手回答道，“我對這件事已經做了非常細緻的隔離①！我已經去拜訪了美國使館的秘書……”

“他説了他能給我一份工作嗎？他聽説過我的名字嗎？你要知道，我對工作要求不高，工資多少我不計較。我只希望有一份體面的工作。”

“啊，他沒有插入②他能給你一份工作，沒有。但是他組成③他不是不知道你的外號。但是當他考慮到我能給所有的使館，特別是美國使館帶來的匯合④時，他對我非常無禮⑤，對我的官銜和在社交上的地位給予了不公正⑥的評價，并屈從地⑦改造⑧我，他會把你的要求放在心上。”

“那就是説，”“我的小妞”氣得臉色發紅，“盡管有你的‘匯合’，我還是沒有得到工作。你還給我做了些什麼？！”

“我已經安排了讓你去見有名的中國人。中國的上流人士是很吃香的，如果你能够受到上流中國家庭的欺騙⑨，那你很快就會受到上流外國家庭的欺騙⑩……”

“我已經在更糟的地方受到‘欺騙’了。”“我的小妞”插話道。

“你説什麼？”顧少校很有禮貌地問。

---

① 顧少校英語水平較差，説話中常有錯別字，這裏應該是“安排”（arrange），誤説成“隔離”（estrange）。——譯者

② 應該是“承諾”（consent），誤説成“插入”（insert）。——譯者

③ 應該是“堅持”（insist），誤説成“組成”（consist）。——譯者

④ 應該是“影響”（influence），誤説成“匯合”（confluence）。——譯者

⑤ 應該是“有禮”（courteous），誤説成“無禮”（discourteous）。——譯者

⑥ 應該是“公正”（justice），誤説成“不公正”（injustice）。——譯者

⑦ 應該是“隨後”（subsequently），誤説成“屈從”（subduedly）。——譯者

⑧ 該是“告訴”（inform），誤説成“改造”（reform）。——譯者

⑨ 應該是“接待”（receive），誤説成“欺騙”（deceive）。——譯者

⑩ 應該是“接待”（receive），誤説成“欺騙”（deceive）。——譯者

"算了，少校，""我的小妞"答道，"給你仔細解釋你也不會明白。"

"爲了進入最優秀的中國家庭，你需要一位社交顧問，這位社交顧問必須是一位女士，來自你希望訂約①的階層。我已經找到了這樣一位社交秘書!"

顧少校由于提供了這麽一條受歡迎的信息，他又坐回去，對着"我的小妞"微笑。他一邊等着他面前的這位女子對此有什麽反應，一邊仔細地觀察她的體態和容貌，這是他看不厭的。她的臉非常美麗。由于她將要參加在飯店屋頂花園舉行的舞會——關于這一點她大約已通知顧少校了，所以她穿的是露肩的服裝。她肩膀的曲綫非常迷人，要不是因爲顧少校是個中國人，沒有接吻的習慣，他真會去親親它們。但是，正像前面說過的，顧少校懂得英語，也瞭解英美的習俗，也確曾有很多次，他忘掉了對接吻的偏見，那往往是在他遇到了非常美麗的外國女人的時候。

如果誰聽過顧少校講，那麽你將能推測，他的崇拜者的名單人數之多可與義和團暴動後呈給慈禧太后的黑名單相媲美。他得到了她們，又失去了她們，除了他爲之效力的可愛的"我的小妞"外，有許多外國女人引誘他，只是爲了她們自己取樂。

我們必須替顧少校承認，因爲他自己從來不承認，他的大部分崇拜者都是想象中的，可是他在她們身上傾注了多少關愛，以致他認爲她們都是真實的。他犯了一個某些性格的人都容易犯的錯誤，他從一名到兩名他認爲有代表性的人物就評定了一個國家的女人。他贏得了"我的小妞"，他奉承她，并起到了很好的效果。他對其他的女人也這樣做，她們對他微笑，有時候還大聲地笑。這證明，不久，她們便會變成不僅僅是想象中的了。

這只是個時間問題……

例如和蘭夫人在下一天的約會。當他想起他審視"我的小妞"的臉

① 應該是"接觸"（contact），誤說成"訂約"（contract）。——譯者

蛋和身材時，他恍恍惚惚地感到他不是在看“我的小妞”的裸肩，而是在看蘭夫人的裸肩。

“我同意你的觀點，我的確需要一個向導，她能幫我解決所有社交上的問題。”

“你肯定嗎？”顧少校説，這時候，他的思想從與蘭夫人在西山私下相會的幻想中回到了“我的小妞”這裏，“你完全同意我所説的那些嗎？你知道，我没有多少錢，我的社會負擔需要很多錢。或許你可以在北京搞到一個。要不然從巴黎引進一個也好。”

“你在説什麼？”

“你不是説你需要一個向導嗎？我是在考慮怎樣才能不給你買錯了。”

“一個向導不是一套商品衣服，我親愛的少校，是一個人！你剛才説給我找到了一個社交向導……”

“哦，你話説得不連貫，我有些不習慣。是的，我物色到了一位向導，是一個社會上的歹徒①，她和很多風流女人都很熟悉，不無疑地②會不愉快地③解答你的各種問題。”

“天啊，少校，你爲什麼不用簡單一些的語言使我能聽得懂？你要知道，我受的教育有限，而你常用一些我聽不懂的詞。你到底是在哪兒學的英語？”

顧少校又搓搓手。他對自己的英語水平感到自豪，因爲他能用一些詞使那些以英語爲母語的人都無法理解。他完全没有聽出她話中的諷刺，而帶着無比的驕傲回答了她的最後一個問題。

“關于我的英語，我感到非常自豪，”他説，“我的學問來自一位美國傳教士，我在她的破壞④下學習了兩年。”

---

① 應該是“有地位的人”（gentry），誤説成“歹徒”（gangster）。——譯者
② 應該是“無疑地”（doubtlessly），誤説成“不無疑地”（undoubtlessly）。——譯者
③ 應該是“愉快地”（be pleased），誤説成“不愉快地”（be displeased）。——譯者
④ 應該是“教導”（instruction），誤説成“破壞”（destruction）。——譯者

“我的小姐”放聲大笑，這使顧少校感到非常困惑，他不知道在哪裏出了笑話，但是他意識到一定是在什麼地方鬧了笑話了，于是隨着“我的小姐”的笑聲，他自己也“哧哧”地笑起來。

“哦，我知道了，”他最後説，“我不應該用‘破壞’這個字，正確的字應該是‘建設’①。”

“够了”，最後，“我的小姐”打斷了他的話，“告訴我，那個能幫助我體面地進入北京上層社會的有着高貴血統的中國女孩子叫什麼名字？”

“她叫小劉，來自一個很好的家庭，據説她已經許配給羅薩利伯爵，不久就要結婚。羅薩利伯爵是一位外國的外交官，在北京的上層社會很有名望。有了小劉，再藉助于伯爵的名聲，你肯定能進入上流社會。”

“幫我安排一下，明天下午讓小劉到北京飯店和我一起喝茶，”“我的小姐”最後説，“現在，抱歉了，我累了，要去休息了。”

顧少校是不是對“我的小姐”穿的那套晚裝感到驚异，他没有説。顧少校帶着愉快的心情離去了，他絲毫不懷疑“我的小姐”對他的忠誠。她可能穿那套服裝專門是爲了接待他。

還好，在他平静的心中，他并不知道“我的小姐”在西山也有個約會。他也不知道就在那看門的僕人笑着向顧少校行禮送他離開“我的小姐”的住處之前，她已經穿好裙子了。

---

① 這裏他又把“教導”誤説成“建設”（construction）。——譯者

中國情報網

在哈德門大街和北京飯店附近，有一個公共市場，那裏每天一清早就有許多中國廚師來爲他們的主人采購食品，并且和商販討價還價。這樣，到月末，主人和他們結賬時，他們會得到很多傭金。還有一些不太富裕的家庭，他們雇不起廚師和管家，就把一切家務活都交給了一個保姆承擔，這些保姆早晨也要到市場上來采購。

在某一個早晨，偶然地，有五個有錢人家的僕人都來到這個市場。從這第一次相遇以後，他們就商量着，以後總在同一時間一起來到市場。這樣，他們已經開始的話題就不會中斷，而且保存在（當然是口頭的）由這五人組成的情報網中，并不斷更新內容。當然隨後情報網逐漸擴大，它的成員會越來越多，以至于原來的五位創始人很快就會控制不了它。

一開始只有兩個成員。

一個是廚師，他姓王，另一個是女傭人，也稱爲保姆，她叫大齊。他們以前也認識。

"早啊，大齊，"老王説，"你今天早晨顯得特別精神。你現在大概能掙很多錢。"

"是的。老王，我現在幹得很好，掙的錢比以前多，因爲我的女主人成爲一個外國人的好朋友了。"

"我有些時候沒有看到你了，大齊，我不知你的女主人是誰。她叫什麼名字？"

"她是小劉。"

老王突然大笑起來。

"那小劉的外國朋友或許就是羅薩利伯爵了？"

"正是，"大齊回答，"但是你爲什麼笑啊？"

"因爲我是羅薩利伯爵的厨師，非常熟悉小劉。你真走運，大齊！"

"我也是這麼認爲，老王。"大齊説。

"你覺得這外國人，我的主人，會娶小劉嗎?"老王繼續問。

這保姆輕蔑地在市場面前拍打着身上的灰。

"娶小劉? 多麼傻！他是一位伯爵，她是一個警察的女兒。外國大人物通常不會娶出身這麼低微的中國女孩。"

"但是他似乎很喜歡小劉！"

大齊的醜臉皺出了一個露齒的笑容。

"但是他有没有在白天讓她到他家去過? 他有没有請她到家來喝過茶并把她介紹給他的朋友? 他没有！再則，外國紳士很少娶中國女孩做妻而不説服她做妾的。"

"但是小劉的父親是警察，不管怎樣，他不會讓小劉去做小妾的。我想只有兩種可能，或者他强迫伯爵娶小劉，或者伯爵給小劉的父親一大筆錢。"

這時候傳來一個聲音打斷了老王和大齊的對話，這是另一個厨師的招呼聲。他的衣服不如老王的那麼合身，打了一些補丁，而且穿着不好看。他的稱呼是大師傅。他在顧少校家當厨師。

"早啊，大齊。"

"早啊，老王。這些天錢挣得多嗎?"

"我幹得很好。"老王笑着回答。

"我比以前幹得好。"大齊説。

大師傅厭煩地拍拍身上的灰。

"我什麼回扣也得不到！"他説，"少校是個中國人，太精明了。你們侍候外國人真走運。他們什麼也不懂，你要拿多少回扣就拿多少。"

老王對大師傅微笑。大齊也對大師傅微笑。

"你不喜歡你的主人嗎?"老王問。

"他對我非常吝嗇，甚至買鷄蛋都没有回扣，别的什麼回扣都没有。他整天戴着獎章，拜訪外國女人。他任何時候都戴着獎章，自我欣賞。

他戴了那麼久的獎章，沒有了它們就會感到心神不寧，他會强迫自己戴上。唯一不戴的時候是在他睡覺的時候。那時候他把外衣挂在床脚頭，以便早晨一醒來就能看到獎章。”

“他非常喜歡外國女人，是嗎？”

“我常常感到驚訝，”大師傅回答，“至少他自己是這麼説的。”

“這可能是真的，”老王説，“因爲我曾經在許多外國太太家里幹過活，她們是一些很特殊的人。她們的保姆告訴我説，太太們洗完澡滿身都撲粉，爲的是引人注意——她們怎麼可能引起别人注意呢？除非有人（只有她們自己知道那是誰）能看到她們洗完澡的身子。你們想，她們這樣做是不是爲了她們的丈夫？”

“恰恰一樣，兩方面都有很多事情可説，”大齊説，“因爲我也在外國人家里幹過活。你們知道，在炎熱的夏季是怎麼過的嗎？那時候外國主人們都到北京去出差，他們的妻子都到北戴河去。主人們都願意太太們到北戴河去，而當太太們去了，所有的外國主人們就在北京幹壞事！”

又有兩個人，一男一女，來到了這市場。這裏正在進行着熱烈的議論。于是上面所説的話又對這新的兩位重複一遍，免得他們摸不着頭腦。

那男人的名字叫張三，他爲一位撰寫中國問題的著名作家當厨師。那保姆的名字叫丫頭。

當事情被先來的三位講完後，那著名作家的厨師張三發出了一陣粗俗的狂笑。

“在你們幹活的那幾家裏發生的那些事情其實没有什麼好笑，”他説，“你們要在我那家工作就好了。我家主人是世界上氣量最小的人，他的太太有一個情人。主人病得很厲害，但是他氣量非常小，他不願意死，否則她太太就能得到她的情人。這樣，這個情人就每天來看她，他們把門鎖上，使僕人們不能看到裏面發生了什麼事情。不過即使這樣，我們也知道。只要主人一死，太太就和她情人結婚，他們互相海誓山盟。情人能從太太那裏看到什麼，我們不知道。她非常老，比她的情人老多了，而且非常醜。爲什麼外國的老婦人喜歡年輕男子？中國人可不這樣。

實在的，外國男人和女人的習慣我們不理解！"

丫頭還沒有開口。她高傲地回避這些討論。

"你看來很驕傲，丫頭，"當注意到丫頭的沉默和不合群的態度，四人同時產生了疑問，"我們想知道那是爲什麽？"

"你們都是些吝嗇鬼和愛説閑話的人，"她突然開腔，"至于我，是不像你們那樣愛關心那些小事情，因爲我是北京最漂亮、出名的小姐的保姆！她肯定很有錢，因爲她吃的和穿的都是最好的，而且受到多數在北京的重要外國人的喜愛。由于他們非常喜歡她，所以送她一個愛稱，叫做‘我的小妞’！"

從穿補丁衣服的大師傅那裏傳來一陣洪亮的笑聲，其他四人，有十分鐘之久，驚异地張着嘴聽他宣布"我的小妞"私人生活的細節。

這時，有一個人出于對主人的尊敬先走了，他就是大師傅，顧少校的廚師兼萬能管家。

一個星期以後，五個人又聚到一起進行他們最重要的討論會。

"小劉要按中國禮儀嫁給外國人羅薩利伯爵了，"大齊喊，"小劉的父親，那個警察，他威脅如果伯爵再拒絕娶小劉，那麽他們的秘密將被公開，這個愚蠢的外國人就屈服了。他們很快就要結婚了，于是我和我全家、小劉和她全家、家裏的所有親戚、親戚們的親戚以及他們最好的朋友將都要住到小劉和羅薩利伯爵家裏。大家對小劉今後的幸福都非常關心，一定要讓羅薩利伯爵善待她，允許她進入外國社交女性的行列，讓她見到所有的體面人物，幷對她大吹大捧，像對待所有嫁給外國人的外國女子那樣。"

"這對我真是件大好事！"老王高興地喊道，"有那麽多張嘴要吃，那樣，我購買食物的賬單將會有很多，我的回扣就會大大地增加。結婚的時候，所有的客人都要來赴宴，這又能收入一大筆錢。然後還會有没完没了的請客、宴席、精美的早點，這些都得付錢，都由我經手！"

"我有没有告訴你們，我的主人是世界上氣量最小的男人？他不願意死，爲的是不讓他太太嫁給她的情人。這情人等得不耐煩了，特別是他又和一個年輕、漂亮的女子相愛了。那女子又有錢，又有才，是不久以前纔來到北京的。他對太太說，他不能再等了，他必須尋找自己的幸福。于是他和新來的女子按外國的習俗結婚了，就在結婚消息剛宣布的時候，主人死了。現在太太變得冷冷清清的孤身一人了，既沒有情人，也沒有丈夫。這一切都是因爲這主人氣量太小，不肯早死！”

大師傅只是咕噥着，嘆息着，顯得很沮喪。

“如果少校的財運不能有所好轉的話，”他說，“我只好去乞討，弄些錢來買新衣服了。不過，他還有指望。有一個有錢人托他在西山僻静處購置一所廟宇，這樣，這個外國人可以帶他的朋友一起到那裏去度週末。這個外國人有很多朋友，全是女的！顧少校開了一家買賣寺廟的中介所，并且有個絶妙的主意。他強調這所廟宇只是許多買賣中的第一份，只要這位富翁買下了這所廟宇，消息傳出去後，每一個外國人，只要有條件的話，也希望在西山買一所私人廟宇。”

“我的女主人早已在西山有一所廟宇了，”丫頭漫不經心地晃着腦袋說，“那是顧少校幫她安排的，不過她從不讓他到那裏去，因爲她告訴少校，那是她作爲一個休息和静養的清静的地方。不過少校的絶妙的主意也正是由此產生的，就這樣，大師傅，不要讓那挂滿獎章的主人又一次欺騙了你！”

中國人的中國

"廢除治外法權！這對每一個愛國的人都是一種侮辱！把洋人趕出中國！不讓他們住在這裏！讓他們立即離開！長期以來我們受够了他們的騷擾和獨裁！作爲一個新的共和國，是時候了，我們應該向世界宣布，在所有的獨立國家的行列中，我們應該有自己合法的地位，我們應該自己管理自己的事情，不受外來的打擾和阻礙！"

當總理、外交部長孔威廉（他爲自己取了一個外國名字，他習慣于用毛病不多的英語説話）發表了他的最後通牒後，在新成立的内閣人群中發出一片擁護的聲音。看來，大家都公認洋人在中國没有地盤了。他們肯定要被趕出中國。中國完全有能力來處理自己的事務，并且，隨着新共和國的成立，正在下决心要這樣幹。

孔威廉打算使自己成爲新共和國的代表，務必把工作做好，從而使自己出名，并贏得人民的持久的擁護。

在城市的另一個部分，一個出身高貴的中國人也在談論同一個問題。

"我們是共和國，當然應該置身于世界大國之中。所有其他洋人必須趕出中國。中國是中國人的！"

這事發生在一個晚宴上，説話的是主人。這是他送别他的客人的一種方式。這樣，能使所有回去的人耳朵裏帶着他的勇敢的言論，記得他是一個高度愛國的中國紳士，準備爲自己的國家和自己的受難的同胞獻出生命。

他的名字叫陳查理，他是共和國的一位大人物，他不久便要被任命爲中國最大城市的長官。

客人們魚貫而出，并紛紛走進自己的汽車。這些車面向住宅，沿街排列，占據了一個街口。女士們都穿着來自紐約和巴黎的最新時裝，雖然有少數還堅持采用東方的服裝和髮型，而那些車都是英國、美國、法國和德國製造的。車的主人多數在不同的外國銀行、旅社、協會等處工作。在每輛車的散熱器上，都插着一面小旗，是美國旗、法國旗、英國旗或德國旗。按照中國禮節，陳查理把客人送到大門口，厭惡地看看那不同的車上不同的散熱器上不同的旗子。這些人可能是迎合洋人的金錢誘惑，這樣就公開地宣告了他們對洋人的依賴性。但是這不是陳查理！絕對不是！他是愛國的。當然，他也認識到，他在耶魯大學畢業的學歷對他現在的成就不無影響，但是他的天賦的才能始終是屬于他自己的。再則，他不是也爲他所受的教育付出了大量的金錢嗎？

陳查理咕噥着，看着最後一輛"外國造"汽車散熱器上的最後一面小旗消失在街的盡頭處，隨後回到自己屋裏。

陳查理是一個很節儉的人，他從來沒有忘記過，金錢對他來說曾經是多麽來之不易，因爲在舊的政體下，他并不是一個大人物，所以他小心地把走廊的電燈關了。他看到有一隻燈泡已經黑了，心想明天還得再去買幾隻麥芝達牌燈泡來。然後他走進了飯廳。

"僕役！"他喊道，"我想在休息之前再吃些麵包，要烤得有些焦脆。就在這裏做，以便我看着是否做得合我的口味。"

僕役答應着，支起他放在桌子上的閃亮的電烤箱。這時候陳查理坐在一張舒適的扶手椅上，那是從遙遠的美國芝加哥西爾斯·羅布克公司買來的。他點起了一支雪茄，快樂地吸着。這是一種非常好的雪茄。一個中國人，要是沒有僕人爲他效勞的話，他甚至會不惜自己跑一二英里路去買它。

麵包烤好了，陳查理又招呼僕役。

"僕役，一瓶威士忌和汽水！"他喊道，"多加些冰！"

僕役應聲進來，點點頭又回到厨房裏去了。一會兒，傳來那臺進口大冰箱門被打開的聲音，以及敲打冰塊時發出冰塊碎裂的悦耳的聲音。陳查理滿意地咕噥着。

説實在的，在新共和國的這些日子裏，生活真是幸福。

只要中國能擺脫那些獨裁的洋人……

然後，睡了一大覺，又到了早晨……

一個恐怖的消息傳遍了北京：基督徒兵團占領了中國的京城。

在這個關鍵時刻，陳查理突然想起了他的新車，那是他花了一大筆錢從底特律買來的，才用了幾次。由于昨晚他給他的客人發表了一通議論，爲了體現他的豪言壯語，他想把這車賣掉，當然要賣個好價錢。

但是基督徒兵團已經在夜裏占領了北京……

電臺廣播了這條新聞。十分鐘以後，一個受驚的僕役駕着一輛大車，陳查理和他的愛妾坐在後座，車開到了瓦岡列茨旅社門前，陳查理爲他自己和他的愛妾申請外國保護。至于他的妻子，他給她很多錢，讓她自己在家裏生活，因爲她只是一個婦女，没有人去爲難她。

在陳查理的車的散熱器上掛着一面很大的美國旗，對此，即使是基督徒兵團也不敢開槍！

五天以後，一個中國人和上海的一位房產主爭論不休。

"我告訴你，"他對房產主説，"盡管我對這房子各方面都滿意，但是它不在外國租界上，我得不到任何保護！"

"但是閣下，"房產主强調，"你只要跨出你的前院一步，那就是外國地界，在那裏，没有一個中國人敢碰你。再説，這房子多好，完全能滿足你的要求。"

"但是它畢竟不是直接在外國租界中，"那受驚的中國紳士説，"當初你和我説到這所房子的時候，我以爲它是在外國保護下的。不錯，它是靠近租界，但是它畢竟不受外國保護，我感覺它就像在中國城市的中心一樣！"

這時候，在外國租界對面街道的一條側街走出三個穿灰衣服的士兵，他們正向着房產主與買主爭辯的那條街走來。

"你看，閣下，"房產主説，"那房子與租界靠得如此近，那些士兵都不會隨意……"

但是這未來的房產主不理睬他。

他的未來的買主快步穿越了大街，幾乎已經走出了兩個街口，向租界中心越走越遠。

這快速逃跑的男人是孔威廉，他的信念是：中國是中國人的。

同時，讓我們回到瓦岡列茨旅社的大廳裏。在這個交接點上，爲了變換一下話題，我借用片刻時間講一下我自己遇到的故事。對此，作爲讀者的你不會介意吧？提出這樣的要求，我有我的理由。

當廣播裏宣布基督徒兵團占領了北京的時候，我在瓦岡列茨旅社裏也包了幾個房間。

事情是這樣的。

一男一女走進主人口的旋轉門，神態非常驚恐。他們後面跟着一個僕役，他肩上背着一個用一條大白床單做成的包裹，裏面裝着這個家庭的財物。我有沒有提到過，瓦岡列茨是在中立地帶，因爲它是受到外國保護的？

且說，那男人和他的妻子（不，和他的小妾，因爲難民通常不帶着妻子去避難）進去後，那僕役背着家庭財物也跟着進去。顯然，那僕役以前從來沒有走過旋轉門，但是他勇敢地跟着他的主人和女主人進去了。他進入了門的一個間隔，但是他的包裹太大了，必然地被擠到了後面的一個間隔，這樣一來，這僕役陷入了一個非常困難的境地，看來他自己是無法擺脫這種困境的。

由于他不知道該怎麼辦，他只好讓門不停地轉，害得人們無法從旋轉門出入旅社。他被夾在這個他從來沒見過的洋鬼子的機器裏，出不來。他簡直嚇瘋了，他的大包裹老老實實地在後面一個間隔裏跟着他不停地轉啊，轉啊，直到後來旅社的管理人員看他太可憐了，幫助他停止了暈眩的旋轉，把門打開，幫他把包裹取出來。

那個筋疲力盡的僕役一得到解放，立即沮喪地跑到這個豪華的瓦岡列茨旅社的大廳裏，把家庭財物清理出來，那裏有：七隻鐘、八盒粉、一串綠玉拇指環、墨水池（幸虧是空的，是準備以後旅社供應墨水時用的）、茶壺、茶杯、唱片、留聲機、自動鋼琴、立式衣帽架、鞋、襪子、手鐲、一份與一個外國人訂的購買山東一個礦的開發權的議價書……這份財産清單已經理不清了，因爲幫助僕役整理東西的人太多了，有主人、女主人、旅社管理員以及旅社全體職員，包括臥室僕人和餐廳服務員，還有外國客人。只有立式衣帽架悠閑地站在登記臺前的空地上。接着，這個僕役就趕緊去歸攏那些零星物品，主人和女主人就到登記臺前去辦理訂房間的事情。

"你們要什麼標準的房間?"管理員問，他事先已得到他的外國經理的警告。可能有北京的中國人對旅社進行暴力襲擊。

"我們要這裏最好的。"這男人傲慢地説。

"那些房間的房費是每天八十元!"管理員説。

我笑了。我也有一間像指給這個家庭看的那種在前面的房間，可是我只付每天十二元。不過我也不責怪這個外國經營者在光天化日之下亂要價，但是，等着……

"我照付，"這男人立即説，"請帶我到那房間去。這裏是提前支付的一個月租金。當然，我明白，在我租用期間，這房間是完全屬于我的吧?"

管理員點點頭，滿意地笑了。

然後，這個家庭跟在他們後面，搖搖晃晃地進入電梯的立式衣帽架以及在後面的那個肩上搭着那由床單做成的口袋的、氣喘吁吁的僕役都在我眼前消失了，因爲有一個長長的中國人排成的隊列擋住了我的視綫。這個隊列從旅社管理員的登記臺開始，一直伸展到哈德門大街的入口處，有四分之一英里長。隊列在慢慢移動，一個接着一個地登記房間，房價從每天五十元漲到一百五十元，根據房間的位置、服務條件等差异而不同。當所有的中國人都登記完畢，那幣值從五元到二十元的中國鈔票在登記臺上堆積如山，把管理員的人影都擋住了。人們看不到他，只能根據從鈔票堆後面傳出來的微弱的呻吟聲，才能判定他大致在什麼位置。

這旅社製造鈔票的速度比中國最貪婪的軍閥手下的造幣廠還要快。

按照登記，兩人一間，旅社的房間已全部滿員。

那天傍晚，當我進餐廳就餐的時候，我驚異地發現，所有的飯桌中，只有我的那張是空的，那當然是爲我保留的，而在其他的所有飯桌前都排起了長長的隊列——而瓦岡列茨旅社的餐廳是當代最大的餐廳。

我慢慢地吃着，看着這個中國人群，并從人群的縫隙裏看到了那些外國人的迷惑的白臉龐。我在思考，這些人都是從哪兒來的？而當他們回家的時候，他們都要去哪兒？這個問題直到我走過服務臺前的時候才得到了解決。

當旅社經理經過管理員面前時，緊握着雙手，表情激動。

"我的上帝啊，"他説，"誰能瞭解一個中國人呢？我把房價提高五倍，但是這對他們不是不公平，應該治治這些中國佬，他們預付了一個月的房錢來保證他們的住房權，然後，他們把他們的朋友、親戚、鄉下的表親都塞進去了，在我們今天租出的每一個房間中平均有十五個人住！他們睡在床上、椅子上、衣櫃上、寫字桌和窗臺上！他們……"

但是，經理的説話聲被一群坐在大廳最漂亮的椅子上的中國人的吵鬧聲淹没了。

説話的人正在讀一張《北京新聞報》上的一則詳細報導，説事情發生在燈市街，有三個蠻橫的水兵坐了三輛洋車後，藉口洋車夫要價太高，不肯付車費。這是有預謀的。後來當地警察來了，判定他們應該付錢，這事也得到基督徒兵團的三分之一人的支持。但是三個水兵還是蠻橫地拒絕付錢，跑了。圍觀的群衆嬉笑着擠在燈市街上看熱鬧。三個洋車夫一看，他們只有靠自己來保衛自己的權利，他們拔腿就追。水兵們雖然也是賽跑能手，但哪裏能比得上老練的洋車夫！最後他們只好停下來，手裏揮舞着中國鈔票，解釋説他們只是開個玩笑，車夫們要的價錢一點也不過分，他們願意照付。

正如我所説的，瓦岡列茨旅社地處使館區的中心，當你從正陽門向哈德門大街走去的時候，它就坐落在使館大街的右側，是受到外國保護的。那個坐在旅社裏讀報的中國人非常憤怒，愛國熱情高漲。

"這些水兵的粗暴行爲是對中國人的侮辱，"他説，"外國人不能留在中國，必須把他們一個不留地趕出去，中國是中國人的！"

靈感來了，我知道該怎麼辦了。我要去一個沒有人打擾的地方。

走到門前，我向一個洋車夫走去，用普通話對他説：

"伙計，帶我到一個没有人的地方！"

"行，小姐！"他笑着，露出一排七零八落的牙齒，高興地説，"離開這洋鬼子使館的地區，我可以帶你到任何一個地方，每小時兩毛錢——是基督徒兵團的錢！"

"小黑桃女士" 群體

罗萨尔·斯托克太太六十岁,灰头发,已是一个风烛残年的人了,但是她的思想不老。在她心目中,自己并不老,也不愿意变老,并且整天盘算如何去愚弄除了她自己以外的所有人。但是令人不解的是,她居然也能维持生计,免受饥饿。

她自己制订了一个计划。她密切注意着外国旅客,特别是那些年轻的、英俊的、有钱的,当然最好是男人。

她是一个美国人,她在中国有很长时间了。当然,她自己也承认,即使刚来中国的时候,那时候她还不会说中国话,哪怕是极生硬的中国话。而现在她已经不是一个年轻女子了。

数以百计的旅游者来到北京,他们没有不知道斯托克太太的,因为她都一一地主动去联络他们。由于她的年龄及慈母般的外观,虽然没有人正式介绍,人家也不介意。

她会这样地对那些游客说:

"中国商人都是骗子、盗贼!他们知道你们是外来的,不了解中国的行情,就欺骗你们。他们让你们按照给外国人的价目付钱,那比商品的实际价格要高出好几倍。我就不一样了,除了知道灯市街、白银街、珠市街和所有其他街上的那些商店外,还知道那些个人开的刺绣商店、珠宝商店,等等。我能讲本地语言。如果你们来买东西,我可以带你们去,并且替你们和商人讲价钱,这样,保证你们不会买到假货,而且不会多花一分冤枉钱。"

必然的,除了对于"小黑桃女士",一个外国人总是信任一个外国人胜过信任一个中国人。十个里有九个旅游者会接受斯托克太太的向导和慈母般的照应。

隨着類似下列的在商人、斯托克太太和旅游者之間的對話不斷地進行，綠玉、刺綉、地毯、毛皮、景泰藍瓷器、挂毯、卷軸、花瓶、青銅器等物品就源源不斷地從商人的手裏流到了旅游者的手裏。

商人："這隻明代花瓶是非常古老的，它至少值二十元錢。"

斯托克太太（對商人）："這最多值十二元錢，多一分錢都不值。"

商人（對斯托克太太）："十六元就成交。"

斯托克太太同意了，于是轉向旅游者。

"那人説這隻明代花瓶是仿宋製品，值一百元，我給他殺價到八十元；這隻花瓶要是在美國買，至少要花兩倍的價錢。幸虧我瞭解中國人和這些商人慣用的手段，你節省了二十元錢。真的，你不要放棄這樣的機會。"

旅游者接受了中介人熱情的勸告。一隻明代製造的仿宋花瓶確實是一隻很珍貴的花瓶。按講好的價錢付款的時候，商人的圓臉上沒有絲毫驚異的表情，而那個旅游家庭的男人却在抱怨：這花瓶和他們能在芝加哥買到的沒有什麼不同，在那裏，機器一轉，一天就能生產好幾百隻，一半的價錢都要不了。但是誰也沒有聽到他的抱怨，因爲這時候，斯托克太太已經領着旅游者太太到了商店的另一個部門，正在策劃另一筆買賣：花買一件白狐狸皮大衣的錢買一件只值九元錢的中國臭鼬皮上衣。

九元錢的上衣買下了，經過討價還價，打了折扣，花了四十五元，而斯托克太太用漢語與商人講好，讓他讓利賣七元。旅游者接着又到了卷軸部，這裏賣各種書畫和古董架。這些卷軸的外表顯得都很古老，看起來很舊，這是一種特殊的工藝，一種秘密的工藝，對此，外國人不知道，也不關心。

"這幅山水畫非常古老，是遠在公元前的，"斯托克太太對旅游者太太説，"它至少值二百元，但是我想我能讓他減價到一百五十元。"

于是斯托克太太轉向商人用漢語和他交談。

"這幅畫多少錢？"

"三十元，太太。"

"太貴了，最多二十元。"

"二十元給你，太太。"

"你答應得太痛快了，恐怕我把價錢弄錯了。讓我再看看。"

"嗯……對了。二十元太貴了，十四元差不多。"

"給十六元，太太，您就把這畫卷拿去。"

"好吧，就十六元，成交。"

斯托克太太又轉到旅游者太太面前，因爲她知道與旅游者太太打交道比與旅游者先生容易。後者是一位非常嚴肅的人，而且對像她這樣的穿着捲筒襪、灰頭髮剪得短短的六十歲老婦人有偏見。

"這商人真是一個固執的傢伙，"斯托克太太對旅游者太太喊道，"他堅持那畫卷要賣二百元。我還價到一百五十元，最後講到一百六十五元成交，他在那裏等着。不過這還是非常合算的，因爲這幅畫是非常古老的。"

"順便問問，"旅游者太太對斯托克太太説，"你怎麼知道這幅畫是什麼年代的？你知道，我不認識中國字。"

"正是這樣，要是遇到一個中國人做你的向導，你就要上當了！幸虧我認識中國字，并且能够把畫上的中國字翻譯給你聽。這畫的作者是一位中國藝術家，名字叫李博，是經過共和國的孫逸仙大人鑒定的，看到没有，那就是他的官印。至于那作畫的年代嘛，這他很明白，李博在畫卷上標注得很清楚。這上面寫的，讓我看看，這個字有些模糊——基督誕生前二百六十年。"

"哦——"旅游者太太驚呼道，"我必須把它買下來！"

要是旅游者先生知道了，他可能會產生懷疑，那個古代中國人怎麼知道以後會有一位耶穌基督誕生？但是幸好他正在商店的另外一個部門，没有聽到她們的談話，對這件事情完全不知道。一直到他們回到堪薩斯州的一個小鎮，打開從中國買來的九十七箱東西，他的妻子告訴他關于那畫卷的事，他聽了大發脾氣，并由此而引發中風。當他聽到他那含着眼泪的妻子告訴他，在打開箱子以前她已經給中國的羅薩爾·斯托克太太寄去一筆錢，表示感謝她對他們熱情的關照，他氣得昏死過去了。

這是以後的事了，現在還是回到采購這個話題上來。

在豪華的北京飯店，十輛廉價的兒童手推車賣給了旅游者先生。隨後，斯托克太太順着白天陪旅游者夫婦采購的路回家了。她向他們推托她由于與黃皮膚的狡猾的商人打了一天嘴仗，并且談成了大量的買賣，已經累得頭昏腦漲了。她不僅從向商人和向旅游者夫婦雙方所報的差價中獲取了豐富的利潤，還從商人那裏獲得了飾帶、碧玉和其他東西作爲傭金，因爲那精明的商人希望她以後再來。

這裏還有一個奇怪的情況：斯托克太太雖然通過"防止"中國商人欺騙她的同胞姐妹而挣到了大量的錢，但是她從來自己不付洋車費，除非在她旁邊没有熟識的男人。

當她離開一位外國朋友的辦公室的時候，她的外國朋友自然按照中國的習慣把她送到門口，她總是一邊和他説着話，一邊掏錢包。

"哦，詹姆斯先生，我離家的時候忘了帶洋車費了……"

然後她臉紅了，慌亂地待着（雖然她已經六十歲了，還是很能表演），然後把臉轉過去，顯得很不安的樣子。爲了熱心地解除她的困窘，這位先生就走上前來遞給她所需的洋車錢。由于多數人都會覺得拿出兩三毛錢顯得太小氣，通常就給一個墨西哥銀元。然後她拿出十分之一的錢讓洋車夫把她從外國人辦公室拉到她那豪華的家，通常斯托克太太能從那一個墨西哥銀元中省下八毛七分錢。她總是忘了去歸還這筆錢，而因爲錢數太少，給錢的人也往往忘了這回事。

斯托克太太真是一位非常成功的女商人，她從來不會錯過任何買賣，只有一次例外。

她去拜訪了她的一位非常要好的朋友，他是一個中國人，他們兩人進行了如下的一段對話：

"你知道，我在中國有很多朋友，他們曾請我出去喝茶、進午餐、跳舞、打橋牌，等等。我想立即回報這些社交人情。我想把事情辦得好一些。我希望能找到一家飯店，那裏有燕窩湯、魚翅、北京烤鴨和各種最好吃的東西。你知道哪兒有這樣的飯店嗎？"

"這樣的地方我還知道一些，斯托克太太，"她的中國朋友回答道，"我有堅固性①幫你辦好這件事。我消化②你去一個地方：哈德門大街上的美食餐廳，那裏能滿足你的一切要求。如果需要的話，我們馬上就去。"

"當然，你也知道，"斯托克太太肯定地說，"是我請客，我不會要你花錢。但是我希望你能幫我張羅張羅，像訂菜單、訂一個單間、準備一些酒啦。不算我們兩個，客人有六個。要是你能幫我忙，我將永遠感激你。"

"我一定愚昧③地去完成，"她的年長的朋友說，"我將打亂④每件事，一旦一切準備完畢，我會立即通知你。"

于是晚宴開始了，一切都順利地進行。

賬單來了。由于是斯托克太太的中國朋友在張羅一切，所以賬單就放在他面前。他把賬單交給斯托克太太。她裝模作樣地去掏錢袋。賬單上的錢是二十五個墨西哥銀元。

"親愛的，真抱歉，"她臉帶羞澀地說，"我忘帶錢了，你能不能……"

但是她的中國朋友正忙着用鉛筆把中文賬單寫成英文。寫完後，他臉上毫無表情地看着斯托克太太。

"我和這裏的管理不善⑤很不熟悉⑥，"他告訴她，"有我的贊揚⑦，他們明天早晨會不高興⑧地把賬單送到你家裏。"

斯托克太太盡力應付着這不利形勢，欽佩地看着她的中國朋友，因

---

① 說話者英語水平不高，常用錯字，這裏應該是"信心"（confidence），誤說成"堅固性"（consistence）。——譯者

② 應該是"建議"（suggest），誤說成"消化"（digest）。——譯者

③ 應該是"高興"（delighted），誤說成"愚昧"（benighted）。——譯者

④ 應該是"安排好"（arrange），誤說成"打亂"（disarrange）。——譯者

⑤ 應該是"經理"（manager），誤說成"管理不善"（mismanagement）。——譯者

⑥ 應該是"熟悉"（acquainted），誤說成"不熟悉"（disacquainted）。——譯者

⑦ 應該是"介紹"（recommendation），誤說成"贊揚"（commendation）。——譯者

⑧ 應該是"高興"（happy），誤說成"不高興"（unhappy）。——譯者

爲他是迄今爲止第一個在她處于像今天這樣的經濟困境下而不來解救她的人。

"謝謝你，顧少校，"她親切地説，"你對我非常寬容！"

斯托克太太是"小黑桃女士"群體中一個很好的代表人物，所以我們對她的情況作了較爲詳細的介紹。

但是還有其他一些人，像洛萊塔·簡斯太太，她之前曾在印第安納波利斯的一家美髮廳當過理髮師，後來來到國外，她長相一般。她有一個朋友在北京車庫，平時總有一輛車和一個司機在她門前等候，是一輛高級車和一位高級司機。不管她要到哪裏，車就把她送到哪裏因此給她的朋友和同學一個印象，她是北京有名望的人。直到後來，車庫經理從上海回來，追查了這件事，解雇了洛萊塔的朋友。洛萊塔用了一個簡單的辦法把她對前朋友的愛情轉移到他的前經理身上，于是她保住了這輛車。在交易中，除了車外，還夾着一份賒購賬單。不管怎樣，車還是很漂亮的，它停在燈市街上。看來這經理帶了洛萊塔到西山做了一次愚蠢的旅游。在一個巧合的時間，汽車没有油了（車夫曾受到洛萊塔的賄賂），以至于經理和洛萊塔當晚未能回到北京，一直到第二天早晨，而這天早晨正好是經理的妻子在北戴河度假結束要回來的時候。

洛萊塔流着泪苦苦地纏着經理，一直到北戴河來的火車快要到達的時候。得到洛萊塔好處的司機又讓汽車在正陽門車站熄火了，而這時候正是經理夫人要下車的時刻。萬般無奈的情況下，經理答應滿足她的任何要求。于是那張賒購賬單被作廢了，會説英語的司機微笑着做了見證人，然後，汽車在某個神秘的加油站加足了汽油，歡快地鳴着喇叭開走了。

然後還有伯爵夫人米利森特·曼納斯，她的綽號叫吝嗇鬼，但從没有事實證明。她欺騙紅十字會的員工説要向他們捐贈很多免費的巧克力汽水。奇怪得很，她没有暴露她根本没錢，結果汽水訂單從人們視野中永遠消失了。

除了斯托克太太、簡斯太太、"我的小妞"和曼納斯伯爵夫人以外，還有寡居的萊佛息奇太太，她丈夫留給她好幾百萬的財産，使她都不知道怎麼花。她有一個瘦削的女兒，也要嫁給別的百萬富翁，因爲她覺得她母親的財産還不夠多。由于有幾百萬的家産，萊佛息奇太太到哪兒都受尊敬；她的女兒和誰都結交，與穿戴漂亮、好像是很有錢的人坐着豪華的汽車出出進進。她相貌不揚，但是最終嫁給了一個名叫斯莫林斯基的男爵，他看起來似乎擁有數百萬財産。舉行結婚儀式以後，萊佛息奇太太就與男爵走到一起，討論生意上的事。

沉默了好久，斯莫林斯基男爵從上衣內兜裏抽出一張長長的打字紙片，與此同時，萊佛息奇太太也從她的書桌抽屜裏抽出了一張類似的紙片。男爵的紙單上列出了他的欠款和他的債務人，他準備把這些賬結清。并且盼望着這位百萬富婆能幫他還債。萊佛息奇太太的紙單上列出了她的欠款和她的債務人，也想把債務結清。由于與男爵已經成了親屬，她盼望着男爵能幫她還債。

兩人對照了一下賬單，男爵和萊佛息奇太太發現，不多不少，兩人都需要有四十萬兩銀子來清償債務。他們采取了一個簡單的權宜之計，趁着天黑，他們甚至沒有跟最親密的朋友打一聲招呼，就悄悄地離開了北京。北京的商業界爲他們的出走而哀嘆，感到萬分不安。

由于人們再也沒有發現男爵、男爵夫人和萊佛息奇太太的影踪，北京商業界至今仍沉浸在不安之中。

接着，由于上述兩位太太沒有償還債務就出走了，按規定，她們的名字就從北京地區"小黑桃女士"的名單中取消了。顯然，很可能她們又在某個地方進行着一項新的交易。

這命令下得好！

這些就是發生在北京的怪事。在這塊聖地的神秘的圍墙裏面，理髮師變成了伯爵夫人，修指甲的服務員變成了俄羅斯沙皇皇后的第一女侍官，女話務員變成了子爵夫人，速記員變成了放蕩的、離了婚的闊太太，盡管這位速記員從來沒有結過婚，也沒擁有過除了到北京來的路費以外的任何錢財。但即使是全盛時期的所羅門也沒有穿得像她們那樣，盡管他也沒爲他的服飾少花錢！

最好的中國事務專家

　　一群包括美國人、英國人、法國人、俄國人、德國人、蘇格蘭人和愛爾蘭人的外國人正在豪華的北京飯店擁擠的大廳裏滔滔不絕地議論着。說話的人是一個臉非常紅的、肥胖的商人，他大約在四天前離開日本神戶，路過天津，在天津過了夜。前一天到達中國的首都北京。

　　"我告訴你們，"他告訴大家，拳頭在他面前的一張桌面上重重地捶了一下，看着他的聽衆的興奮的臉，"一個有能力的、生龍活虎的實業家能在一年之内把中國治理好！這個國家所需要的就是系統化！它需要一些正直的外國人到一些負責的崗位上。看看那白河。一年有十個月被泥沙淤塞。請一位美國的承包商來這裏，他能把河床清理好，還能爲自己留出一半時間來打野鴨子。看看這路！它們是任何一個文明國家的恥辱，而你們外國人，在這裏待了好多年，卻沒有做任何工作來幫助中國改進道路狀況。聽着，你們外國人花費了好多年到這裏來睡大覺了！你們到這裏來打瞌睡，忘了醒過來了！我發誓，要是我在這裏待一年，到年終回家的時候，我會多掙出整整一百萬大洋！對于那些能思考、能計劃、會掙錢的人，這裏有數不清的機會！"

　　這時候，一個灰頭髮的，在中國待了二十年還未能在任何地方掙到過一百萬元的外國人湊上前來，對那位紅臉的、説話打着手勢的中國顧問輕輕地問道：

　　"你是在國内工作吧？"

　　"是的，"説話者回答，一面看着對方，因爲他打斷了他的話，"怎麼樣？"

　　"我可以再提一個我個人的問題嗎？"

　　"當然！我非常願意幫助你們在這裏的人來發現自己的才能。"

"你在國内的職業能使你每年净挣一百萬元嗎？"

"啊——不，没有那麽多。"

"那麽你是不是認爲對于你來説，這一年待在中國是個好機會，你可以輕易地挣到一百萬元？"

"先生，你在中國有多久了？"

"二十年。"

"在這段時間裏你有没有謀到一個好生計？"

"我像在中國的任何其他人一樣地生活。"

"你以後打算怎麽生活？"

"好吧，我告訴你。當我來到中國，待了大約五年的時候，我瞭解了中國的一切以及存在的各種問題：如何還清國債、修路、疏浚河道、預防饑荒和流行病、非法的政治賄賂、自卑、愚蠢，由于我知道所有這一切事情，所以我在我們這一群人裏是很孤立的。我立即把我的意見告訴了由中國人掌管的主管部門，請他們抓緊整改。他們二話没有，立即告訴我説，如果我還想和他們一起幹的話，我最好按他的辦法幹，而不要用我的標準去改造他們。大約又過了四年，我變得更現實了，而我的運氣也開始好轉了。换句話説，我的朋友，當我剛來到這裏的時候，這裏有四億中國人，他們在我們國家還没有誕生的時候就按着他們的傳統辦法行事。他們與我人數之比是四億比一，我没有任何機會。"

"你處理得不對！"新來的中國事務專家激動地説，"你屈服了。你必須站起來讓他們知道你能幹什麽！你必須向中國人作自我推薦！你必須高聲地向他們游説。這肯定能起作用，回家……"

那個在中國待了二十年的外國人語言能力很强，他能同幾乎所有的不會使用經典語言的人交談；就在這個節骨眼上，他鎮静地從他的緊身馬夾裏抽出一支手槍，打死了那個説話者。于是那些美國、英國、法國、俄國、德國、愛爾蘭聽衆紛紛起來爲喪禮捐款，并且對殺人者給予了應有的懲罰。

在同一個時間，在這個城市的另一個地方一個租來的會議廳裏，一個有學問的演説者正在對一群歸國留學生發表演説。這些留學生曾在英國和美國受教育，他們中的大部分人都能不間斷地追溯到他們四十代或五十代的祖先。在進入他演説的主題之前，我們必須先離題片刻來做一些説明：中國人最恨被人稱爲"中國佬"，"約翰中國佬"在美國通常是稱呼一個洗衣工。在中國，有很多中國人不是洗衣工，再説，"中國佬"不是一個有禮貌的稱呼。一個中國的本地人是一個"中國人"，絶不是一個"中國佬"，他也不願意被別人這樣稱呼。

傾聽一個無名氏對中國學生作演講，而這些中國學生的英語水平可能比演講者本人還要高。

"孩子們，"他熱心地説，"你們曾經在外國受教育，你們是高級的貴族中國佬！你們能説英語。你們知道外國政府的模式。但是請不要忘記這一點：不管你們前進得多遠，不管你們國家的種族優越性超過其他種族有多高，你們仍然是中國佬！如果抓破一個歸國留學生的皮膚，不管他曾受過多麼良好的教育，你會發現什麼？一個中國佬，朋友們，一個中國佬啊！不要忘記，你們全是中國佬，而且將永遠是中國佬。世界上沒有任何東西能改變你們是中國佬這個事實，你們是注定生下來就是中國佬，而且一直要做中國佬，直到你們死去，但是不要因爲知道你們是中國佬而垂頭喪氣，在當今這個時代，即使是一個中國佬，也能攀登到無比的高峰。啊，朋友們，中國佬……"

他没完没了地繼續諸如此類的演講，令人作嘔。可是這位演説者一點兒也不知道一個"中國人"不願意被人稱作"中國佬"，因爲在坐了整整兩個小時聽演講的三四百個學生中，不管演講中出現了七百次"中國佬"這個詞，礙于禮節，却沒有一個人出來告訴他這一點。當他演講結束後，他優雅地、謙遜地、屈尊地要和"中國佬"中的每一個人握手，而他們，受了長時間的折磨，只想找一個地方放鬆放鬆。

恰好就在這同一個時間，在北京城的另外一個地方，一個外國的外交官正在發表演説：

"偉大的中華民國的市民們！我是我們國家選出來的代表，因爲再没有比我更合適的人來當代表了。我從茫無邊際的大洋彼岸的一個姊妹共和國帶着對你們的祝福，來到這個國家！我的同胞要我轉告你們：我們瞭解你，中國！我們瞭解你們的艱苦、你們的憂患、你們的困難、你們的藝術、你們剛起步的科學、你們的建築——雖然遠不如我們的，但仍然是很美麗的，不管怎麼樣，我們是一樣地愛你們！"

這位演說者隨着一個改革家的團體前一天剛到達北京。關于改革家們，將在另一篇文章裏詳細介紹。

我相信這是一個很好的樣本。

如果你不介意，我在這個故事裏說說我自己的話。我是一個東北人。曾經有不少外國女人不厭其煩地告訴我許多關于東北人的事。我相信，她們無疑是從別人那裏聽來的。她們在北京待了相當長的時間，知道很多關于東北人的事，也知道很多關于整個中國的事，特別是關于東北人的事。

爲什麼不是這樣呢？有靈感的人五天內學到的東西可能比一個土生土長的東北人一輩子學到的東西還多。不僅如此，五天的時間不僅使他們能瞭解到所有關于中國東北人的事，還能寫出很多關于他們的名著。不信可以到任何一家書店去看看。

這是很奇特的。外國的改革家來到中國 "觀察" 中國的狀況，繞着城坐一個小時的洋車，余下的時間去喝那些在美國的人們都不願喝的飲料，或者在夜間，打着公務調查的旗號從一個禁區逛到另一個禁區（男人們不住在那裏），那裏婦女的生活是不堪設想的；然後他們向世界宣布，中國的問題出在哪裏。

但是，不必因爲那些人來告訴我們應該怎麼怎麼做，應該怎麼管理我們的國家而心裏不痛快：那些紳士要我們聽他們的勸告，涉及我們國家的行爲，他們是不是管得太多了？而他們自己的個人行爲，要是亮出來看看，却是經不起考驗的。你知道，在中國，我們有一種信念，就是，個人行爲，合成一個整體，在很大程度上勾畫出共和國的行爲。我們是一個有理想的國家，從道義上講，我們生來不輕易效仿那些什麼也沒有的國家。

行，即使你的要求是公平的，最終，你也不會根據到你們國家當洗衣工的人來評定我們的國家，是嗎？

不過，所有這一切并不太使我感到不安。

我要告訴你爲什麼，如果你靠近些，我悄悄地對你説……

我不是一個中國佬！

我是一個東北人，并且……

到此爲止，我正在準備寫另一篇文章。一位婦女從一個遙遠的國家來到這裏要見我，帶來了我朋友的介紹信，這位朋友也住在那個國家。她看到了我寫的東西，小心翼翼地説：

"但是我看不出東北人與中國佬有什麼區別！"

"除了我以外，你還見到過別的東北人嗎？"

"没有。"

"我看起來像個中國人嗎？"

"啊，不！但是你是在法國受的教育，而且到過許多地方……"

"那能影響我的國籍嗎？"

"不，我想是不會，但是，可能，總而言之，當我聽到你説英語，而又看到你的臉時，我常常感到驚異！"

"難道一個人説英語還需要一張特殊的臉嗎？"我問這位好女人。

"哦，這倒不是。但是我還是感到震驚，因爲你的英語説得和我一樣好！而且，你差不多和我一樣白！"

于是我……

不，進一步思考後，我不想除掉這個女子。我討厭承擔殺人的罪名，再説，殺人是要受到法律制裁的，即使在中國這樣一個全是中國佬的罪惡深重的國家裏。正像我到美洲時，一個在檀香山的我的中國朋友對一位好奇的女士説："水兵是被吃人魔鬼吃掉的。"

有一位作家到北京收集宣傳共和國的情報，如果在這篇文章裏我不提到她，那就會遺憾地忽略了最重要的一段。因爲我生在中國，瞭解一些這個國家的事情，寫了一些關于中國的文章，于是那些想寫中國問題的作家就來求助于我，這是不足爲奇的。

有一位女作家，她有一張"專家顧問表"，裏面提到一位號稱"公主"的人，據此，她就來向我求教。她帶來一份剛完成的作品的手稿，那是在她居留北京恰好兩星期以後開始寫的。這手稿還真的不錯，考慮了她所收集的信息的來源。在她打算使用的插圖中，有一幅照片照的是在西山附近的頤和園中的一座大建築物。我驚異地發現插圖説明寫的是"北京紫禁城內一座漂亮的建築"。

"親愛的夫人，"我向她解釋道，"這張圖上的建築是在頤和園內，不是在紫禁城內。"

"哦，你肯定是弄錯了，"她尖刻地告訴我，"賣畫給我的那個中國佬告訴我這是在紫禁城裏的一座建築。他沒有理由要欺騙我！"

"我錯了？你要知道，我在頤和園和紫禁城兩個地方都住過！"

"啊，隨它去吧！公衆不會知道這兩地的差別！"

公衆會不會知道，這是一個問題。照片登出來了，用的正是我反對的那個説明。

另一位作家要求我看看他的作品，對我提出的每一個不同意見都沒完沒了地爭辯，并作一些修改。他的情報大多來自雜貨店和市場中的一些人，他們認識一些所謂的作家，向他們收集情報，并交錢給那些出賣"内部情報"的人。

最後一名作家給我看一張證書，聲稱是老佛爺慈禧太后的總管太監李蓮英簽署的，是有人爲了得到老佛爺的接見而支付的五百兩銀子的賄賂或"酒錢"。順便説説，我曾經在宫裏任慈禧太后的一等女侍官將近三年之久。

"但是你怎麽知道這張證書是李蓮英簽署的？我知道這位太監和他的規矩。"

"哦，我肯定這是真實的。我是從燈市街上一個店主那裏買來的這張證書，他保證這張證書在他家裏已存放了好多年，而他的家人是直接向那個支付李蓮英五百兩銀子的人那裏買來的！"

"但是，親愛的布朗克先生，如果你對中國有一定的瞭解的話，你知道賄賂是違法的，更不要說受賄者會給行賄者開收據。并且，你不要忘記，我說過我和李蓮英很熟，并且知道他做買賣的規矩。"

于是我開始給他列舉了一些例子。

"任何人想得到慈禧太后一分鐘的接見，按常規必須給李蓮英十萬兩銀子，此外，這個人必須是朝廷的一品官！給朝廷送禮時，爲了保證禮品能真正到達朝廷，必須給李蓮英送十萬兩銀子的賄賂；如果少于十萬兩，李蓮英是不屑理睬的，這樣，禮品也就達不到它的目的地。我說的這些價錢還是最低的。現在，布朗克先生，你想想，這個太監能爲了五百兩銀子去做些什麼呢？"

"按照你的說法，如果你告訴我的都是事實，如果你不是一個說謊者，你不是一個支吾搪塞、模棱兩可、弄虛作假、歪曲事實的人，那麼很可能李蓮英甚至不屑爲了五百兩銀子而簽一個字！"

"我說的真的是這樣！"我回答。

可是這位作家可能又回到燈市街上的那個店主那裏去了，而且被說服了，因爲他的書裏每一頁滿滿地附了李蓮英給某某人、某某人簽署的五百兩銀子賄賂金或"酒錢"的收據的複印件。

我讓我的一位作家朋友注意這本書，并告訴他我準備寫一篇批評文章揭露這本書中的虛假部分。

他搖搖頭。

"我親愛的太太，爲什麼要幫他的忙？"

"幫他的忙？"

"是的，你寫了一篇評論，人們讀了，知道了你所指出的事，結果大家都去買那本書來看，于是你把自己陷入了人們的議論中。而那位作者，由于得了大量的版稅，可以買一大批進口汽車。"

于是，由于我只是一個弱女子，我就沒有這樣做，而那本書還是照樣掙了很多錢。這可能是真的，因爲這個作家又繼續寫了很多關于中國的書。至于他是否打算再次回到中國爲他以後將要出版的書搜集資料，這我就不得而知了。

好吧，美洲人，或美國人、日本人和德國人，我不是想伏在誰的肩頭上哭泣，但是我的確是不能捨棄這一章。事實上，我開始寫這本書的時候，只是爲了玩笑。當我看到額上的皺紋，預感到不久的將來將會發生什麼事，我想這可能是我的最後一件工作，這樣我就得痛快地玩一玩。

我非常鄭重地答應你們，對所有愛國的中國人發誓，我不會再寫另一個嚴肅的篇章。

我帶領游客們游覽紫禁城和頤和園

在正式撰寫這一章之前，我要作一點説明：我曾高興地帶我的許多朋友到頤和園和紫禁城去玩過；我帶過很多聰明的人去游覽，這些都給我留下了無比愉快的記憶。

但是，還有另外一些人，我所要寫的就是這些人。

有一天，我的一位朋友要招待她的來自"移民的母國"的一些朋友。因爲我對外國人和中國人都很熟悉，自然，在這些情況下，我的外國朋友們就來求助于我。

這樣，當我的這位朋友來要求我幫助的時候，我就答應帶她的朋友們到紫禁城和頤和園去玩。

真的，我事先并不知道我的朋友有多少朋友。

我們有二十多輛車，還不包括我自己的兩輛車。碰巧，他們要我在我自己的車裏帶三個人：一位上了年紀的陸軍上校、他的妻子和他們的未婚的女兒，後者是一位中國通。人家告訴我，老上校在他服役的那個部隊裏是一位嚴格執行紀律的人，并且是一個好兵。不管怎樣，他和他的妻子、女兒也跟着我。

"啊，"上校的女兒見到我時驚叫道，"你看起來一點也不像一個中國人。我曾猶豫要不要跟你握手，現在見到了你，我一點兒也不猶豫了，真的，一點兒也不！"

我當然表示很高興，并這樣告訴她。

接着，上校大聲地説話了。

"年輕姑娘，"他對我説，"你知道怎樣握手嗎？"

我準備回答他，但是他不給我機會。他開始告訴我一切，而這時候他的妻子也給我提問題。那個女兒對我的英語水平、我爲什麽没有裹小脚、我怎麼懂得外國習慣等等感到驚异，對我的衣服感興趣，問我花多少錢買的，問我除了用筷子以外還會不會用別的餐具進餐。我盡力地回答他們的一切問題，雖然這時候我的喉嚨裹已塞滿了灰塵，因爲其他二十一輛車裹的乘客不願被一個野蠻的公主落下，開足油門從我們旁邊駛過去。

我們先到了頤和園，你們肯定都知道，它在西山附近，離北京有十六英里。

當我們到達這裹時，集團裹的其余人没有等我們，冲向頤和園的大門，并且和守門人大聲爭吵，因爲守門人要收取入園費，他們告訴守門人我是負責人。

我用漢語向守門人道了歉，并且付了錢。

這時候，我看到一位以前曾在北京待過的女人自動插入了這個集體，而我那位組織這次旅游的朋友并不知道。按照我朋友的吩咐，我的任務是帶領這群人游覽、回答他們提的問題并向他們介紹頤和園的情況，因爲當我任太后的女侍官的時候，這裹曾是我的家。

上校和他的妻子就在我旁邊。上校第一次注意到我穿了一件綠色的上衣。

“你使我想起了聖帕特裹克節，”他大聲地告訴我，“你知道什麼是聖帕特裹克節嗎?”

“哦，雖然我不是愛爾蘭人……”我開始説。

“我願意告訴你……”他打斷了我的話。

“而且不要常常穿綠衣服，即使在三月十七日……”我不顧一切地插話説。

但是没有用。他走到我面前繼續跟我講聖帕特裹克節的事，并且密切地注意着我，看我是否都明白了；而他自己，在熱心教導我的時候，忽視了頤和園中許多有趣的東西。

剛才提到那位曾在北京待過很久的女子，這時候把大家招呼到她身邊，就在剛進門的地方。

“首先，”她大聲地説，“我希望你們注意這些青銅狗！”

我特別不喜歡我所帶領的人群聽到錯誤的介紹。再則，我帶領過許多外國人游覽頤和園，我最討厭人家把門口的大獅子説成狗，雖然對于沒有聽過介紹的人來説，它們看起來有些像狗。所以我很粗暴地打斷了她的話。

“夫人，”我對她説，“它們不是狗！”

“哦，它們是狗！”她尖聲對我狂喊，“我不是一個剛來北京的人！”

“誰告訴你它們是狗？”

“哦，我在中國待了那麼久，我對這些事都很瞭解！”

好吧，再沒有什麼話好説了。我真想用我的小弓箭向她心臟射一箭。我們讓她自己在那兒待着，再沒有人去注意她了，也沒有人向我提到關于她的愚蠢的行爲。

“這是大殿，”我説，這時那女子已經離開了，“是慈禧太后接見她的大臣的地方。她總是坐在她的寶座上，就是這裏，那失寵的皇帝光緒站在那裏，李蓮英站得更遠一些，而我通常是站在太后的後邊。”

這裏一個年輕姑娘又打斷了我的話。

“哦，不是那樣，”她歡快地説，“我聽説，光緒坐在他的寶座上，太后站在他背後給他下指令！”

“我可以問問你的消息是從哪裏來的嗎？”

“當然！杰斯帕森公使夫人告訴我的，她每天去陪慈禧太后聊天，她當然知道！”

好吧，她唾手可得地提出了證據，我只好抑制着自己，保持沉默了。

“這是牡丹山，這裏……”

這時，一位大學生打斷了我的話，他告訴大家牡丹山的故事。

“我知道這個山，”他高聲地説，把我的聲音淹没了，“那老婦人慣常在這裏種牡丹，然後讓太監帶到北京去賣給外國人！”

離開牡丹山，經過一條彎彎曲曲的道路，就到了人工湖昆明湖邊。這小路向右拐就是頤和園中的唯一的一幢二層樓房，那裏曾經是我的住所；從這裏繞過湖的一角，就到了慈禧太后的私邸。

"怎麼在鵝卵石上有那麼多破損的痕迹？"有一個男人問我，他真想知道。

"這是在義和團暴動時外國大炮開進頤和園，炮車的輪子軋出來的。"

但是這時候，那個年輕女娃又説話了。

"我聽説，公主，"她帶着一種教訓一個受寵的孩子的神氣對我説，"那老婦人絶對不容許破損的道路得不到修復，而李蓮英，爲了得到大量的回扣，建議立即修路。後來清王朝倒臺了，這些痕迹當然就保留下來了！"

"不，"一位樣子像大學教授的長者説，"那種解釋不對，這些皇宮在中國是非常古老的，這些痕迹是多少世紀以來人們走路留下的腳印！"

這時候，我們到了我曾經住過的那幢小樓的門口。

"我以前一直住在這房子裏。"我開始説。

"但是這門上寫着，"那年輕姑娘説，"這裏是皇宮總管理員和警衛人員的辦公室！你肯定是弄錯了！"

我真想一箭射向那年輕姑娘的心臟，使她跌入昆明湖，立即變成一條魚，向那些居住在昆明湖裏的金魚講授游泳課。

我們沿着小路，繞着湖向太后的私邸走去。快要到達的時候，一位本來遠遠落在我們後面的女士穿過人群急急地向我走來，説她想起一件重要的事要告訴我。

"你要知道，"她愉快地説，"我在家裏有一群中國僕人——厨師、女傭人、男僕役，但是他們看起來一點也不像你！"

"我想，"我肯定地説，"他們一定比我好看得多。"

"相反，"她嚴肅地説，"你比他們好看，真的！"

這時候，我們進入了老佛爺居住過的私邸的院子裏。院子裏立刻傳來了照相機快門的聲音，是一位年輕男子擺出一副漫不經心的姿態坐在一隻青銅孔雀上照相。一個愛國的法國女郎揮舞着一面三色旗在太后寓所門前照相。集體裏的一個小醜在門匾下裝着洗衣服的樣子，門匾上有中文書寫的寓所的名稱。而那可愛的年輕姑娘（看來因爲她個頭太大，金魚拿她無奈，又把她扔回給我了）垂下她的長髮，把它編成看起來像一條使她感到驕傲的辮子。她的朋友毫不掩飾地把它從她的頭上拽起來，而另一個朋友用一把傘裝着把她砍頭的樣子。

看到這場殺頭的滑稽表演，使我想起，如果老佛爺突然復活了，從附近一個角落走進這個庭院，看到這些小流氓在褻瀆這塊千百萬有教養的人都認爲是聖潔的地方，她將會怎樣？

但是老佛爺不會回來了。因爲有一小段時間我可以不用回答問題，我閉上眼睛，靜靜地祈禱一個奇迹的出現。

歷盡艱辛，我終于把這一群人帶出了庭院。在這裏，在我青年時代，我曾度過了最快樂、最高尚的一段時光。我試圖不要把光榮的過去和現在的不光彩相比，現在沒有什麼是神聖的，而每一個外國人，一個提倡打破壞習慣的人以破壞他人的崇拜物爲樂趣。

我們站在佛香閣下面，這是頤和園裏最高的建築物，恐怕也是最美麗、最激動人心的。這時候老上校抽着烟站在我旁邊。他正要問我一個問題，但是他的妻子搶先了。

“你們怎麼能爬到那建築的頂上去？靠樓梯，還是靠坡道？”

在我還沒有來得及回答的時候，上校接過話頭了。

“公主，”他有見解地説，“你知道什麼是坡道嗎？”

“我想我知道，”我躊躇地回答，“在長城上就有幾處，坡道在中國是很普遍的，而我是生長在這個國家的。”

“好吧，我告訴你，坡道就是……”

但是我沒有向他射箭，他不是一個太壞的人，就像有些人那樣。而且我剩的箭不多了，我還需要留着它們做更好的游戲。

然後我們走上通向佛香閣頂的臺階，聽到身後有一個法國人和他的妻子正在用他們自己國家的語言討論着一些極其重要的事情。顯然，這兩個人都沒有遇到過我，或打聽過我的身份。

“我聽到有人提起東北人，‘小菜花’，”女的説，“滿洲人到底是什麽人？"

"哦，東北人就是野蠻人，""小菜花"回答説，"他們通常住在東北。他們像猴子一樣野性地在樹林裏奔跑。他們像畜生一樣互相打架，打勝的就吃掉打敗的，從不洗澡。他們像蒼蠅一樣繁殖，最後他們的數量變得很多，使得他們變得非常强大。他們没有口語，只有一種類似猴子説的語言；至于文字，那根本没有。但是他們有野心，特别是當他們常常挨餓，而又不願意吞食他們的同類的時候，他們就決定去掠奪東北。他們殺死并吃掉了許多東北人。他們制定了法律，規定不準穿衣服，因爲他們自己都不穿衣服。他們殺死了中國皇帝，從自己那些長得一副猴相的人中選了一個做皇帝！"

"有人告訴我，我們的導游就是一位東北人，可是她穿衣服！"

"哦，但是她是在外國受的教育！"

我忍不住了。我在一個平臺上停下來，等到那男人和他的妻子走上來的時候，我請他們停一下。于是我開始用法語和他們講。

"親愛的朋友，"我開始説，"能不能麻煩你們告訴我，你們從哪裏獲得這麽多關于東北人的寶貴資料？很抱歉，我無意中聽到了，因爲你們在我後面靠得很近。當我聽到你們説的這一切，我感到非常有趣，你們聽到一隻母猴子説法語，并且看到她穿着衣服，不感到奇怪嗎？你們是不是認爲我過去一直是裸體的，一直到後來去法國，在文明人中間生活，才學會了穿衣服——在親愛的法國，那裏没有東北人、野蠻人、公猴子、母猴子？"

"我爲我剛才説的話感到非常非常的抱歉，"那男人回答，"你知道，我們真的不知道你懂得法語，要不然我們決不會在離你這麽近的時候説這番話！我非常慚愧，此刻你可以花三角六分錢買了我！"

"的確！"我回答道，"但是對我來説，花三角六分錢買一車小菜花還是太貴了些！"

這樣，我們回到了北京，匆匆忙忙吃完飯後，我趕緊又去買了一批箭。我的第一批箭全在頤和園裏用完了，最後兩支是射向了那法國女人和她的"小菜花"的顫抖的身軀。因爲我是一個野蠻人，他們或許早準備着接受我的襲擊。

在紫禁城裏，我開始對我的游客講宮廷裏的事，比在頤和園時講得更詳細。這是自然的，因爲當時宮中有三千多名太監，有些問題提了和答了好幾次。

當有一位年長的婦女問我這樣一個問題的時候，你不知道我有多驚異：

"這些可憐的人是不是天生就是太監，還是後來成爲太監的?"

我用我的小弓箭射了她一箭，爲的是免得我其余那些好朋友處于窘態。

最後，勞累了一天，至少對于我是這樣，我們匯集在東華門前，準備離開紫禁城。由于我的任務結束了，我當然感到無比輕鬆。這時候，整個旅游團都圍到我身邊。

一個婦女給我一張五元的鈔票。

"謝謝你，"她咕咕噥噥地説，"這是給你的小費!"

我剩的箭不多了，但是這裏需要，我用了一支。

另一個婦女提出了這樣一個問題。

"我想，公主到過紫禁城的每一個地方，你沒有帶我們去看大理石船!"

我正要解釋，大理石船是在頤和園，這天早晨我們剛在船上喝過茶，那老上校又向我提了一個問題：

"你知道這大理石船的真正的故事嗎?"他問我。但是在我回答之前，他就開始告訴我了。

這兩段話又用掉了我兩支箭。

"我們玩得很高興，很受教育!"許多婦女齊聲地説。"我們回去可以告訴大家，我們由一位真正的中國公主帶領着游了紫禁城和頤和園!"

"真是一次可貴的經歷。"一位教授模樣的人——他曾經解釋頤和園中鵝卵石上車痕的來歷，又發表了幾句自己的意見。

"但是，要真正成爲一位引導有知識的外國游客的優秀導游，"他告訴我，"你在開始工作前還需要閱讀大量書籍。有許多英國和美國專家寫的英文書，那裏面有大量的知識，那無疑對你今後的工作是有幫助的!"

于是……

我用我的小弓箭也射了他一箭。

但是我必須讓其他的人離去，因爲皇室工作人員已經下班了，而我也已經用完了我所有的箭。

輕佻的男子

他的名字是迪克·洛佛隆。他長得很英俊，在北京和另外一個外國人合伙經營了一家企業，并且在他的中國親戚那裏還有一份兼職，這使他的錢袋鼓鼓的，并且由于是一個開支票的人，所以受到"小黑桃女士"們的重視。

他已經結婚，他的妻子非常苗條、聰明，可愛得像一棵無花果樹的幼苗。

對待那些婚姻不幸的婦女的丈夫，迪克一向是友好的。

我們就在這個晴朗的早晨遇見了迪克，他正離開他喜愛的俱樂部，搖着一根馬六甲手杖，扣孔裏插着一朵紅玫瑰，在陽光底下向前走，準備到某個婦女的丈夫那裏去做些好事。

在街上，剛下了洋車，他就遇到一個女人從家裏出來，她的名字叫列塔·賈維斯，身體稍胖，一頭長髮難看地披在脖子周圍。像羅薩利伯爵和他的管家一樣，她已進入了笨拙的四十來歲的年紀了。

迪克是昨天晚上在一個橋牌會上遇到她的，在那裏，他瞭解到她的丈夫是一個肯吃苦耐勞的人，他搜尋化石、鑽研考古學、裝竊聽器、熔煉金屬、用占星術算命，總的來說，為人類增添了很多知識，自己卻挣不了多少錢。這類人通常有强烈的愛心，但是僅僅是愛貓、鳥、猴子、爬蟲、癩蛤蟆、騾、馬，却不愛女人。

迪克很有禮貌地向列塔·賈維斯行禮，她對他歡快地笑笑，這笑明白地告訴他："我真的很不幸，但是我必須勇敢地承擔起我的責任。"當迪克向她走去的時候，她也向迪克走來。

"你今天早晨真的非常漂亮，賈維斯太太。你的眼睛明亮而閃光。詩人們說，眼睛是心靈的鏡子！你知道嗎？昨晚我沒有機會和你説話，但是我非常渴望更多地瞭解你，并且和你討論你對北京的第一個印象。"

這是迪克喜愛的開場白。除了有一次例外，這位婦女鑒賞家從來没有失敗過，那次失敗是由于他自己的保姆不懂得對嚕囌的英語作進一步的理解。

賈維斯太太頓時非常激動，因爲的確很少有人，例如她丈夫，把她的眼睛看成是心靈的鏡子。

迪克的話產生的效果遠遠超出了他狂熱的希望，而且超過了他過去經歷中所能盼望的程度。如果他能窺視到列塔·賈維斯的劇烈跳動的心，他可能會節省好多時間，但是他不能這樣做，因爲即使是迪克·洛佛隆，也不能越過一定的界限。

"謝謝你，洛佛隆先生，坦白地説，我非常喜歡你的贊揚，并且衷心地希望那是真的。哦，天啊，這真是很少見的，在我這樣的年齡能聽到這樣的贊揚。"

聽到列塔·賈維斯的這些話，迪克的心也在悄悄地跳着。他感到有一些不滿足，這對于一個喜歡爲一個不幸婦女的丈夫做好事的男人來説意味着一些什麽？

"真的，列塔……哦，我是説賈維斯太太……"

"叫我列塔就行，洛佛隆先生……我可以叫你迪克嗎？我覺得，在這塊野蠻的土地上，我們外國人都應該是朋友。哦，剛才你要説什麽來着？"

"就是這樣，列塔，剛才你説'在我這樣的年齡'，這話聽起來好像你已經老了。我非常肯定，昨夜我見到你的時候，我覺得你最多不超過三十歲，并且奇怪，像你這樣一個年輕女人怎麽會嫁給一個比你老得多的男人！"

經過仔細打聽，迪克早知道，實際上賈維斯太太比她丈夫大兩歲。但是當一個人扔出一個救生圈的時候，他必須用力快擲，否則游泳者就要淹死了。

"哦，你真的這樣想嗎，迪克？我的丈夫是如此可怕……但是我不能用我的困難來給你添麻煩。"

然後，迪克大膽地輕輕拍了一下列塔·賈維斯的豐滿的手，即使對迪克來説，這一過程有些太快，但這看來還是需要一定的勇氣的。

"告訴我，列塔，"他説，"我會關心的，我的寬大的肩膀很樂意承擔別人的困難，有什麽問題嗎？"

"是這樣，到暑假，我的丈夫就要没有工作了，于是他會用他的全部時間和猫玩，那掙不到錢。他從來不説一句話，也不摸摸他親愛的妻子的手！我非常需要一些新衣服，但是我和他説話的時候他總是不理睬。我從去年就做了這件衣服……哦，我多麽討厭猫，特别是黑猫！我幾乎没有臉進入公衆社會……他的猫喵喵地叫，并且弓起它的背，就像我知道的有些女人！這裏的社交人群對人的要求很高……猫實在令人討厭，你説呢？一個人應該穿得合適些！"

"哼，"迪克明智地説，"一個人只要能對這些問題稍加思索，看來這都不是什麽大問題，我可以試試幫助你。你知道吧，我工作的公司是一家非常大的公司……這樣吧，列塔，我們去喝茶，同時商量這件事，好嗎？"

"哦……迪克，我倒很願意去，但是這裏没有什麽合適的地方，人家會看到我們，而我的丈夫是一個特别愛妒忌的人！"

因爲迪克對一個妒忌心强的丈夫有偏見，所以他決定，如果需要的話，他們可以在街上討論這件事情。

"好吧，正如我説的，我的公司非常大，正巧，遠在内地，離這裏有幾百里，一里相當于三分之一英里，列塔，那裏有一家剃鬚皂分店。那裏需要一個有能力的人，負責化驗、取樣、做一些工程上的準備工作、準備詳細的報告，等等，我覺得你的丈夫——我很喜歡他，他看起來很有能力，正適合做這工作。我相信，有我的介紹，這事一定能成。工資大約是一千兩銀子一個月，還不包括經費。列塔，一兩銀子約合六角二分錢。這工作要使他離開北京兩個月，當然這會使你辛苦些，列塔。"

"哦，爲了丈夫的利益，我願意犧牲自己！"賈維斯太太很快地説，

"真的，非常感謝你。請告訴我，什麼時候你能確定，我今晚就告訴塞普提默斯。你想他什麼時候能動身？"

迪克很快地算了一下。

"今天是十號，"他說，"我相信我能安排他大約十五號走。當然，我們還要給他一筆不小的預支金，使你可以維持你那鋪子的經營。"

于是他們分開了，迪克像哥哥似地在列塔的縛手上輕輕一拍。賈維斯太太的心跳得更厲害了，自己對自己說，迪克不是一個難看的小伙子，接着蹣跚地走了。

那天晚上，迪克轉動着他的手杖，繼續往前走，心裏盤算着。他的苗條、聰明、可愛得像一棵無花果樹的幼苗的妻子將在十五號到北戴河去度一個長達兩個月的、切盼的、早就安排好了的假期。

沿街稍稍往下走一點，他遇到一個法國女人，她是屬于這樣一種女人，不管她們怎麼想辦法，總是天生地長着一些令人討厭的鬍子。

迪克向莫林太太行禮，對于她的朋友和迪克等許多人來說，她的名字是納内特，而對她丈夫來說，就簡單地稱南妮。

迪克認識她有一個星期了，但是因爲沒有到過巴黎，他不知道該用什麼樣合適的話來和她交談，但是他試着用他那經過時間考驗的套話。

"哦，早安，莫林太太，你今天早晨真的非常漂亮，你的眼睛明亮而閃光。詩人說，眼睛是心靈的鏡子！你知道嗎？你有一個多麼美好的孩子般純潔的心靈。我多麼渴望能和你討論你對北京的印象！"

他們之間說了些什麼不是重要事情，但是沒有人規定你必須閉上眼睛。這樣我們就跟着這一對去看看——到一條旁邊的街上，以免遇到賈維斯太太。

啊哈，我們第一次知道南妮是"小黑桃女士"的一個成員，我們不能忽視她。畢竟一個人不會知道北京所有的名人。總之，他們停留在一條狹小的街道上。那裏，寶石、碧玉、貴金屬都公開擺在外面，因爲北京的小偷并不太猖狂。納内特看到一塊特別漂亮的碧玉，實際上是兩塊完全相同的拼成的一對，高興得大叫起來。

恰好這時候迪克身上錢不够，納内特只好拿了兩塊碧玉中的一塊離開了貨攤。賣主留下了迪克的名字，答應把另一塊玉保留到明天早晨等迪克回來。

納内特滿腔熱情地感激迪克，在下一個轉角處和他分手，含羞地猶豫着，快樂地向他揮手，然後給他一個飛吻，乘上一輛洋車馳去了。迪克光着頭站着，殷勤地看着她離去。

迪克轉過身來，開始在那擁擠的街道上往回走。有一個穿戴很講究的女人在攤子上瀏覽。由于迪克正低着頭在想什麽，没有看到她，就撞了她一下，撞得不輕。迪克遇到女人時有一種本能的感覺，所以甚至在還没有看清她的時候，就趕緊脱下了帽子賠禮，這時候那女人也一臉怒氣地轉過身來。

然後她笑了，一陣喜悦掠過了迪克·洛佛隆的心頭。

"啊，是'我的小妞'！"他喘息道。

"哈囉，迪克，""我的小妞"説，可能感到有些意外，"好小子！最近怎麽樣了？"

"不用管我，"迪克回答道，"在一個美麗的女人前面，誰樂意去談一個男人的事？'我的小妞'，你今天早晨真漂亮。你的眼睛發亮而閃光。詩人説，眼睛是心靈的鏡子！你知道嗎？如果一個人真能看到你的心靈，'我的小妞'，那他將看到多麽奇妙華麗的東西！"

"是的，""我的小妞"反駁道，"我説你能看到！我才和顧少校有一場争執，并把這個斜眼的中國人踢倒在我家門前的人行道上。那傷害了我的心靈，因爲你正好在講心靈。不過那没有什麽，我想通過中國上層人士路綫，進入北京上流社交場。我想藉助于小劉，她很快就要和羅薩利伯爵結婚了。可是後來我發現小劉只是個警察的女兒，在北京社交場中没有什麽名望，還不如一個斐濟島的居民。我非常生氣，就直接去找了羅薩利伯爵，并告訴他我的要求。他帶我去了西山，準備要談論正事的時候，他在那裏的飯店裏訂了一桌非常豐盛的晚宴，事後他發現他没有帶錢，就迫使我付了錢。他很傷心，非常難過地向我道歉：我本來是一個寬容的人，我就原諒了他。他邀請我去看一眼他在西山買的廟宇，那是顧少校，那個活獎章展覽架幫他買的。當然，我也急于要去看看他在西山的廟宇與我的……哦，不，與我有一天在北京的一個小鎮上看到的是不是相像。一點兒也沒有相像之處，除了有一件事，呃，那就是……好吧，長話短說，這個羅薩利伯爵，說起來也算得是一位紳士，他抓住這個機會要求我和他在這個廟宇裏度周末，就是這即將到來的周末。我給了他一個耳光。當然，我不能忍受一個伯爵那樣地侮辱我，特別是一個吝嗇的伯爵，無論他在自己的國家裏撈到了多少油水。所以，說到我的心靈，迪克，我的小兄弟，如果你有一隻帶 X 光的眼睛，你就能看到它！"

但是"我們小妞"并沒有說完，她只是稍稍歇了一口氣，就又接着說了，她的臉變得更紅了，比離家時紅多了。

"這還沒有完，迪克，親愛的！有一位很優秀的藝術家爲這裏的一家大旅社作壁畫，我替他擺姿勢做模特。由于我本身也是藝術家，而且是多才多藝的，我對于做裸體模特根本不當一回事，這在藝術家中和在藝術模特中是很平常的。一切進行得很順利，就在工作即將結束的時候，來了一個市民委員會。領頭的是羅薩利伯爵，第二名是顧少校，第三名是那位依賴于男人的胖女人賈維斯太太，第四名是南妮·莫林，他們擁進廳裏責問管理部門爲什麼允許一位畫家在天花板上畫一個羅圈腿的裸體女人！他們強迫他給畫像加上一件游泳衣！但是我對此也記着一筆賬。豈有此理，你知道，我并不是一個羅圈腿！如果你觀察人們的身體能像看到女人的心靈一樣清楚，那你應該明白。親愛的迪克，我恨像你那樣逢迎妻子的人，他把那些純真的女孩子解雇了，因爲他怕她們說閑話、却又告訴我，我的眼睛又明亮又閃光，說它們能像鏡子一樣反射出我心靈的榮譽！別胡說八道，迪克！跑回家去，到你的安樂窩裏去吧，并且，告訴你，不要去欺騙那些受驚的群眾，要不，我會像對付顧少校那樣對付你！"

想到"我的小妞"提到那個看來受人尊敬的顧少校，迪克趕緊轉變態度，使自己嚴肅起來。由于"我的小妞"是"小黑桃女士"中聲望最高的人之一，她是很難安撫的。

迪克有辦法了，他帶她到他曾替納內特·莫林（她的眼睛也是她心靈的鏡子）買一塊碧玉的那個攤子那兒，他發現他帶的錢够，于是他替"我的小妞"買下了那第二塊玉！

當"我的小妞"還在尋找其他東西的時候，她感覺迪克可能見到了別的好東西。而實際上，迪克·洛佛隆此刻正陷入困難之中，因爲第二天早晨他必須陪納內特回來購買恰恰是他剛才送給"我的小妞"的那塊玉。于是他和賣主進行了短短的一段交談。

"如果你願意活在你祖先的這塊土地上，以後世世代代永遠接受你子孫的祭奠，那麼，在明天早晨，格林尼治時間十點鐘以前你必須給我找到一塊跟剛才那塊完完全全一樣的碧玉！"

"好的，先生，可以找到！"

"你認識我嗎?"

"是的，先生，你是迪克·盧布隆①。你在北京—浦口鐵路有一個很好的工作；你有一輛好車；有一個好妻子，盡管她有些愛妒忌；你喜歡女人——洋鬼子女人、中國城裏的女人、朝鮮姑娘……"

"行了！"迪克説着，用手捂住那個中國人的嘴，他正竭力要向迪克·洛佛隆證明他瞭解他，"你給我留着那塊玉！"

不知爲什麼，迪克急于要把"我的小妞"帶離攤子，將她帶到她自己家門口，他没有意識到他自己也要被落下了。因爲時間已經不早了，他急忙跑到自己的辦公室，進去以後，他歡快地拍拍那褐色頭髮的速記員的手。

"卡德勒金斯，"他對她説，"今天早晨你真漂亮！你的眼睛又明亮又閃光。詩人説，眼睛是心靈的鏡子。你知道，你的眼睛告訴我，卡德勒金斯，你的心靈整個早晨一直在企盼着我！"

---

① 賣主發音不準，把"洛佛隆"説成"盧布隆"。——譯者

"它們没有欺騙你，頭兒！"卡德勒金斯回答説，"我想你想瘋了！是什麼事情使你這位大人物整個早晨都離開了他的小卡德勒金斯？"

速記員對迪克生氣了，但是她確是喜歡這個大傻子，所以她的憤怒持續不了多久。在她脾氣還没有大發作前，迪克坐到他書桌前的座位上，而她一屁股坐到了他的大腿上。

就在這個節骨眼上，門開了，一位女士進來了。她眼睛又黑又大，非常苗條，可愛得像一棵小無花果樹一樣。

她是迪克·洛佛隆太太！

迪克立即設法應付局面。

"你參與了那個關于建築工程的問題了嗎，蓋爾小姐？"他尖鋭地問，"我告訴你去拿昨夜寫好的那封信，不要忘記了。我對你的這種拖拉作風從心底裏反感！你做了嗎？現在去拿信，這是給公司經理埃斯梯姆特先生的，我曾多次告訴你要注意我們在西安、在内地的剃鬚皂分廠要盡早開業！它需要一個非常有能力的工程師來經營。我在北京已找到了這樣一個人，他叫塞普提默斯·賈維斯……"

但是就在這時候，洛佛隆太太打斷了他的話。

"迪克，"她冷冰冰地説，"我肯定蓋爾小姐没法坐在你的大腿上，兩手撫摸着你的頭髮來按你的口述工作——這時我的兩隻手只會發癢！你慣常都是在如此接近的情况向她口述嗎？"

"總是這樣，親愛的，"迪克慌亂地答道，"不！不！親愛的，我想説的是，我們不總是這樣，我意思是很少，我可以説幾乎從來没有過，没有像這樣坐過，除非，我是説認可……啊，見鬼，親愛的，她是要越過我的肩膀去拿墨水，她腿滑了一下，摔倒在我的大腿上，墨水潑在她眼睛裏，我趕緊給她擦，免得把這不幸的小傢伙弄瞎了。"

"這把她害苦了，迪克，你有没有告訴她會很痛的，并且在痛得厲害的時候她最好抓住些什麼東西？"

"呃，是的，我想我會……"

"當然，這可以説明她爲什麼抓住你的頭髮，她大概是很痛。現在，小姑娘，如果你的主意還沒有透過你那草莓色的頭髮的話，我給你出個主意：立即離開迪克的大腿，免得等我來殺了你！"

娘家姓卡德勒金斯的蓋爾小姐走了。

"迪克，"洛佛隆太太用一種有些可怕的咕咕聲輕輕地説：

"跟我來。我想到市場上去買些東西！"

"買什麼，親愛的？"

"我要買一頂中國式的帽子準備下個月演戲時用。和我一同去取些錢！"

十分鐘以後，他的小無花果樹的妻子和他一同，不，更恰當地説是領着他走進了一個攤位。天下竟有這樣的巧事！就是在這個攤子，也就是在這一天，迪克買了兩塊碧玉，一塊給納內特·莫林，一塊給"我的小妞"！

店主顯然没有注意到洛佛隆太太，于是事情就這樣發生了。

"盧布隆先生，"他熱情地喊道，"我找到了你要的那塊玉，這塊玉和今天早晨你在這裏爲一位長鬍子的太太買的那塊完全一樣！爲了能及時得到它，我急急忙忙趕去買到了它！"

迪克不知道説什麼好，他看到他妻子眯着眼睛，右脚在店裏的地板上意味深長地敲打着，他腦子裏突然産生了一個念頭。

"你從哪裏得到它的？"

"這就是你後來爲'我的小妞'買的！就在她和你一同離去後不久，她又回到我店裏——她説她避開了你來的。我從她那裏買回了它，價錢非常便宜！你可以按你原先付的價錢買回它！"

洛佛隆太太現在走上前來，她的到來使事情發生巧妙而有意義的變化。迪克發現，他犯了一個策略上的錯誤。

"我肯定你是弄錯了，伙計！"他説，"我以前從來没有到過這家店，也没有從你這裏買過任何玉！我不認識'我的小妞'，也不認識納内特·莫林！"

"真是奇怪了，親愛的迪克，"他的妻子冷冷地説，"你没能想想是不是你不應該提到納內特・莫林的名字？這位先生并没有提到她的名字！"

迪克摘下他的帽子，這是他今天第三次或第四次摘帽子，不過這一次的意義和前幾次大大的不同。他摘帽是爲了擦汗，那冰冷的、黏糊糊的汗沾在他漂亮的眉毛上。

但是洛佛隆太太没有太難爲他，因爲還要考慮那早就預定好的到北戴河旅游的事，如果她激怒了她的丈夫，他可能就會改變主意。她本打算夏天過些時候再去，但是她現在要在十五號去，爲的是氣氣迪克。

不過這些只是此刻她的沉思。

那塊碧玉確是一塊好玉。

"把它包起來，伙計！"她命令道，"我要買下它！迪克，付錢吧！"

迪克付了錢。當他要離開的時候，店主搓着手走上前來。他不知道他們之間到底發生了什麼事，不過也許他知道，因爲中國商人比以色列人更懂得做買賣，也更有經濟頭腦。

"我要不要再去搜尋那塊你訂的明天早晨要的玉啦？那塊你要給那位長胡子的太太的？"

迪克還没有來得及回答，洛佛隆太太就替他説了。

"要的，去找吧！要保證和這塊一樣！迪克，現在就付錢給他吧！你一找到，伙計，請立刻送到我家！可能我丈夫知道哪兒能找到這塊玉，問他吧！"

但是這個中國店主没有去問，他只是愉快地搓着手，咧着嘴笑——他笑是因爲店裏的洋鬼子顧客已經走了，而這筆買賣已經談穩妥了，因爲中國人總不願意別的中國人能這樣熱情和有心眼地搶走他的生意。店主的妻子一直在竹簾子後面睜大着眼盯着洛佛隆看，想知道一個店主的妻子應如何來接待一個有身份的外國人，當然她不知道在眼前這情況下事情是這麼簡單。她向她的主人走來。他用中國話對他妻子説。

"到莫林太太家去，"他命令道，"把那塊碧玉買回來，比盧布隆先生付的錢再多給她一百兩銀子。我們可以在下一個買賣中多要二百兩，因爲盧布隆先生不敢和我們討價還價！"。

于是第二天洛佛隆太太收到了一塊和她那塊一式一樣的碧玉。

她很可能得不到它，要不是因爲……

但是，稍等片刻……

洛佛隆兩口子熱烈地接吻——吵完架後總是會特別的親熱。洛佛隆太太知道迪克不管閑逛到什麼地方，總是要回到妻子身邊的。接着，洛佛隆太太向他講述了一件傳聞：

"迪克，你知道嗎？住在隔壁的斯旺家吵架了，斯旺先生氣瘋了，到上海去不回來了，斯旺太太獨自在家裏痛哭流涕！"

迪克只是唔唔地應着，但是他聽清楚了每一個字。就在就寢之前，他得到了一個來自辦公室的緊急電話。洛佛隆太太沒有聽到電話鈴聲，她沒有接電話，迪克接了。

迪克激動地冲到太太跟前。

"我必須馬上乘十五分鐘以後的火車去天津，明天下午回來！趕快，幫我整理好手提包！一分鐘都不能耽擱了！"

在迪克的工作中，經常有需要緊急出差的時候，所以迪克太太不以爲奇。

十分鐘後，迪克離開了家，他的上衣後擺筆直地垂在身後。

十五分鐘後，洛佛隆家的後門傳來了敲門聲，因爲僕人們都已經睡覺了，迪克太太就親自去開門。

敲門的是斯旺太太，她手裏拖着一個笨重的大包裹，一個長長的大包裹，從鵝卵石地面上拖過來。大包裹裏面有東西在蠕動，在踢着，還發出一種奇怪的聲音，好像在抗議。這個大包裹說什麼不重要，倒是斯旺太太說了些什麼。

"麻煩你讓你的丈夫進屋吧，親愛的洛佛隆太太，"斯旺太太親切地說，"當他徹底清醒過來後，請你告訴他，一個女人心靈的鏡子有時候比一個鬥鷄眼的人還能騙人！"

當斯旺太太把迪克小伙子留在門口臺階上，自己回家的時候，她回頭對親愛的洛佛隆太太説：

"我把他的手提包扔在院子裏了，"她説，"回頭讓你們的管家拿回家吧！那可能是一袋破磚頭。總之，我知道男人一貫的伎倆，他們告訴女人説她們的眼睛明亮又閃光，還硬要捏她們的手!"

特許權的追逐者

　　全世界人都到中國來，有英國的、比利時的、美國的、荷蘭的和德國的。

　　中國的大門是對外開放的，它必須這樣。一個家庭主婦決不會不顧一切地把一個前來推銷商品的人拒之門外。

　　現在回過頭來看看，外國人剛來中國的時候，他們對中國人是多麼的無知；等在中國住了幾年之後，他們又能知道多少？最糟糕的那些通常就回家去了。還有一些，如果不是比較聰明的，他們可能變得很窮，憂傷地、困惑地皺起雙眉。

　　最近我們在報紙上讀到，如果中國在學習先進文明方面不是那麼保守，它現在不會奮鬥得那麼艱苦，這是一個很好的實例。

　　外國人來到中國，自以爲很優越，便想統治中國人，因爲他們是"未開化的"。但却是很容易受騙，這有時候使得外國人醒來以後長時間不能入睡。

　　中國在好多年以前就有一個文明的社會，但是這一事實往往被外來的人忽視了，他滿腦子是改革、優秀、文明、商業敏銳、智慧、貿易本能、白種人、面對中國人的優越感、絕對可靠性、環境衛生問題以及對霍亂、狂犬病、黃禍的恐懼，還有他自身的自卑感。不過，他不承認後者，對中國人隱瞞起來；而中國人不但能用他一樣的思路思考，還能開發別的思路、借鑒、多渠道地思考，遠遠地走在他的前面。

　　我們以禮儀這件事爲例子。在古代，中國是很講究禮儀的。我感到很遺憾，這些舊的禮儀在橫掃中國的現代化主義的掩飾下消失了。禮儀在過去的時代可能掩護了一些錯誤的東西，但是它像吃飯、呼吸、睡覺、物種繁殖、辮子、長指甲、長指甲套、下垂的鬍子、龍屏、佛、孔夫子、禮服和筷子一樣，是人們生活中不可缺少的一部分。

人們以美德來評價一個人，在舊日裏，不懂禮貌的人是不會有成就的。沒有人不懂得禮貌，即使是那些在夜間工作的苦力也知道要遠離那些不喜歡他們身上的氣味的人。有一個古老的故事，很可能是真的故事，說有一個人在某次戰爭中被他們的敵人俘獲了，于是進行了下面的對話。

"你餓嗎？"

"是的。"俘虜答道。

"你可以得到任何你想吃的和喝的。説吧，你想要什麼？只是，吃完後，你就要被斬首！"

"我感到光榮，"俘虜回答道，"我盡可能不讓你等得太久。"

征服者和被征服者都信守了他的諾言。那俘虜匆匆忙忙地吃喝，征服者在被征服者吃罷豐盛的宴席後就砍下了他的頭。

好了，"文明"的外國人來到中國了。

我們將跟隨并觀察其中一個人，他和他的那幫弟兄們沒有什麼本質上的不同。

他的名字是勞倫斯·拜格貝，我們就這麼稱呼他。他曾聽到過許多關于中國的事情和中國的風俗習慣。他到中國來的目的是要辦一個做剃須皂生意的許可証——不，我弄錯了，我剛寫完了關于迪克·洛佛隆的一些章節，不過，總之，他要辦一個許可証，而且他擁有大筆資金。他試圖以高利率貸款給政府，但是通過書信和電報聯係，都沒有結果。後來通過某種渠道，政府通知他政府自己的錢已經够了，不需要貸款了。于是他繼續籌劃，他想爲自己在比利時、法國、英國、美國、堪察加或者在廷巴克圖搞一個辦企業的許可証，因爲他感到別人似乎也都在做這方面的努力；他感到很爲難，因爲在一個完全不熟悉的國家裏，他不知道該如何來開展工作。

他有個朋友在中國待了一星期了，所以他知道中國的規矩。他告訴他，不管你是多麼了不起的大富翁，如果不給賄賂，你想要走進最高級別官員的衙門是根本沒有指望的。你得賄賂守大門的、看院子的、管外書齋的、管內室的、守第一道門的、守第二道門的、守第三道門的、守第四道門的、守第五道門的、守第六道門的以及所有其他守門的主管、臥室的主管、狗窩的主管、馬厩的主管和金魚飼養員。但是，這位朋友告訴勞倫斯，上述那些收受賄賂的君子們還很講究面子，如果你給賄賂的方式不得當，就會觸怒他們，所以你必須非常有禮貌、非常婉轉地找一些藉口來給銀子，迂回曲折地說明自己的來意。如果把他們激怒了，那麼辦特許证的事也就泡湯了。

但是勞倫斯的朋友無法告訴勞倫斯如何去送賄賂，而勞倫斯也很困惑，他不敢相信陌生人。

于是他想出了一個好主意，藉助于幾袋金塊和幾條手帕。這是一個靈感，可以肯定，憑外國人的狡猾，至少可以找出一個對付中國官僚主義的辦法。于是他到一位高官的衙門去拜訪。這位高官，憑他的一聲"是"或"否"，就可以決定一位特許權追求者的命運。

他來到門前。

"我想見你的主人隆王爺。"

"不能見！"

"他在嗎？"

"不能見！"

"能否請你告訴他我在這裏？"

"不能見！"

"這是我的名片。"

"不能見！"

"我可以在這裏等他回來嗎？"

"不能見！"

"他什麼時候能回來？"

"不能見！"

"他是不是一會兒就下班了？"

"不能見！"

這時候，這位來訪者頭上冒汗了。他抽出一條手帕，同時散落一些金塊在衙門門前的地上。守門人和他的手下人急忙趕來，按照中國的禮節幫助外國人把金塊撿起來。

頃刻間，六隻手把拾起來的金塊交還到來訪者的手中。那是一隻魔術師的手，他能從高帽子裏抓出兔子，就是這隻手把金塊送上前。這位來訪者魔術師輕快地拋出了他的王牌。

"哦，好，"他説，"把錢留下吧，這一點算不了什麼！"

于是守門人和他的手下人把錢收起來。守門人客氣地把外國人讓入門裏，讓他在一間小接待室裏坐下，并且把高官家的守門人招來。後者來了，也帶了他自己的隨從人員。這時，更多的金塊隨着另一條手帕掉出來了。

這樣，勞倫斯整整花了九個小時，通過了一道一道關，見到了高官。

他從日出就離開家，到半夜前的十分鐘，高官打着哈欠準備去休息，勞倫斯·拜格貝先生發現他此刻正處于一個絕好的機遇，這個機遇是他曾打算用整個夏季的時間去尋找的。

"隆王爺，"他對高官説，這位高官可以追溯到他四十代的祖先，每一代中都有一位，有時候是兩位甚至三位高官，他們都是生來就受到很好的禮教的熏陶，"可能你此刻還不知道，但是我就是你等了一生的人！我到中國就是來使你發財！"

隆王爺安静地、感興趣地看着他，側着腦袋等候他繼續講。而勞倫斯答應要幫王爺發財，他爲自己的承諾感到鼓舞，可是他知道王爺的財富相當于好幾個百萬富翁。

他坐在王爺書桌前面的椅子上，兩脚交叉地架在王爺的桌子頂上，兩個大拇指鈎住他背心的袖孔，身子前後搖晃着，嘴裏銜着一枝又長又黑的雪茄，雪茄在他嘴唇上不停地移動着。爲了讓額頭露在外面便于思考，他把帽子推向了後腦勺。

"是的，隆王爺，我要使你富起來。當然，這是一件互惠的事情。你知道互惠是什麼意思嗎？那就是，在使你富起來的同時，我也要富起來……"

這時候，管家給客人送來食物，爲了讓出地方放盤子，勞倫斯必須把他擱在桌子上的腳稍稍挪開一些。當隆王爺請他共用點心時，他停了相當長的時間，才說："謝了，不用了！我從來不在中國人家裏吃東西。"然後他又接着講述關于讓隆王爺致富的問題。

"現在談談在祁理北邊的礦產權的問題。我準備帶外國工人，當然是勞工，到這裏來開發這個礦。你需要多少錢？我的裝備值好幾百萬，王爺，確確實實好幾百萬！"

"說實話，拜格貝先生，"這位有耐心的高官說，"你的公司究竟願意爲這個開采特許權付幾百萬？"

"這好說。没有什麼問題，對我們公司來說，一百萬元不過相當于你看待一個銅板！"

我們前面說過，隆王爺，憑着他的權力，是非常富有的。正好這時候，住在黄瓦蓋頂的皇宫裏的上司要查他財產的來源。在一個國家裏，掌管政府錢財的官員往往是很有錢的，檢查就意味着這裏面可能有貪污。這是真的，隆王爺已經有了一個好主意，他要讓這個即將到來的檢查團在中國找不到他。他已經準備好了逃跑的方案。正好這時候來了勞倫斯·拜格貝，幾百萬從天而降，買下了對王爺完全無關緊要的采礦許可權，銀子已經裝船運到横濱的一家外國銀行了。這真是天上掉下餡兒餅。

先親手交付一百萬兩銀子，哦，不必操心收據的事，君子協定嘛，你知道，我們雙方都是有知識的人，而且我就是在你親愛的哈佛大學受的教育，拜格貝先生……隆王爺答應把特許權給勞倫斯·拜格貝，馬上簽了合同，雙方都簽了字，一個可靠的人立即被派回去再取一百萬兩銀子。勞倫斯·拜格貝像一隻凸胸鴿一樣，挺着胸離開了衙門，急匆匆地到電報局去給他們的公司發了一份電報。

"勝利了，勝利了！兩百萬，實際至少值五百萬！快祝賀我介紹給你的這宗買賣！"

隆王爺打着哈欠去睡覺。這椿賣采礦特許權的生意，特別對于一個即將離職的人來說，真是一椿天大的好買賣。光是上述的特許權一宗，就給他帶來了六百萬兩，每家二百萬兩，賣給了三家不同的買主！

當隆王爺送走勞倫斯的時候，還傳授了他一種奇妙的訣竅。

"在中國，要想辦大事，拜格貝先生，"他說，"你必須進入上流人物圈子裏。要接觸有身份的中國人和外國人，和他們交朋友。許多大買賣（像買個特許權這樣的小事只能是一個起步）都是在有二十道菜的大宴席上成交的。這裏有一張名單，是北京城裏最有影響、最著名的人物。去找他們，請他們吃飯，當然是外交方式的（不過我想也沒有必要一定要給你講外交方式），和他們討論自己對事業的抱負。"

拜格貝拿了這張名單，那天夜裏，在就寢之前把這張名單和地址都背熟了，并準備一星期後在北京著名的一家大飯店辦一個盛大的宴會，請他的速記員——給發請帖。他放棄了首先去拜訪他們的想法，這會打擾他們的休息。當以後每個人都會知道你是個什麼樣的人時，那何必浪費時間去拜訪他們呢？

但是他忘了請客的事了，一直到宴會就要舉行的前兩天才想起。宴會安排在星期六晚上。到星期一，他應該又要去見隆王爺，去取回合同的正式副本。事情進行得很順利，甚至比在自己國內辦理速度還快。

勞倫斯為自己感到非常驕傲。他是一個優秀的管理人才，他能使自己適應于各種職業、各種條件，甚至能同世界上最偏僻地方的最不文明的人交朋友——當然，有一定的保留。

好了，宴請的日子快到了。

他到飯店裏，把管家找到一邊，在他兜裏塞進兩支雪茄……

"這是兩角五分錢一支的，伙計，"他說，"那是你從未吸過的，最好的！"然後對管家耳語。

"星期六晚上將有一個宴會，"他說，"你把一切安排好，錢不成問題，準備二十到三十人的伙食！"管家有些為難，但是他還是點點頭，咧嘴笑笑。

因爲二十和三十還是差別很大，爲保險起見，他按三十個人準備了晚宴。

現在輪到接待客人的任務了。

勞倫斯到公路和小道上去招呼他遇到的每一個看上去比較有錢、比較有地位的人去赴宴。没有等他招呼完北京所有合適的人士。他早已忘了他原該請多少人了。

于是……

宴會開始了，座位是按三十個人設置的。被邀請的外國公使和中國的名人，他們都是派代表來的，這倒没有讓拜格貝爲難，使他爲難的是來賓比預定人數增加了一倍。

怎麼辦呢？

有的幽默者（當然不是中國人，雖然中國人也是比較幽默的）建議兩人合吃一盤，于是有四十個人生氣走了，勞倫斯只好到休息室去隨意找一些人來填補空缺。

這樣，晚宴總算辦得還熱鬧、成功。勞倫斯没有從有權勢的中國人那裏得到任何關係，但是他使每個人過得很自在，不拘形式。晚宴後，開始抽烟的時候，他帶頭靠在椅子上，把脚擱在桌子上，告訴大家，在中國做生意是多麼容易。一個人只要有勇氣并且有自信心把自己推薦給中國人。

當最後一個客人向勞倫斯告別後，他自己也非常高興地離開了。

到了星期一，他匆忙地來到隆王爺的衙門。這次，他只用了七個小時，許多手帕和更多的金塊打通了路來到王爺的辦公桌前……

但是他面前的人不是隆王爺！

"隆王爺在……在，在哪裏？"拜格貝氣喘吁吁地問。

"走了！"隆王爺的繼任者平静地説。

"到哪裏去了？"

"日本！"

"還回來嗎？"

"我想會的。他帶走了官府裏的全部銀行存款。我們，包括太后的總管太監，都希望再見到他！"

"好吧，我是來取合同的副本的，那是我獲得祁理北部礦山開發權的合同。"

"很抱歉，拜格貝先生，他没有權力簽訂這樣的合同！"

"但是我是花了兩百萬兩銀子的！"

"經驗有時候更值錢，拜格貝先生，日安，先生！"

"但是那許可權是我的！"拜格貝喊道，"我要拿證書！"

"隆王爺可能帶走了，拜格貝先生，日安！"

"我要找我們國家的公使來！我不能這樣被欺騙！"

"祝你日安，先生，日安！"

拜格貝確定這位新王爺希望他離開，于是他從新王爺的衙門出來直接到領事館去找領事。在外交官的辦公桌前坐了很久，坐得很辛苦，因爲桌子面很滑，他的脚跟在上面堅持不了多久，老要滑下來。

"我想知道，一個國家的公使，如果不能照顧自己國家的人民的話，那他是幹什麼的？你能安心地看着我，一個來自世界上最大、最强盛的國家、最有愛國心的人，以及我的總部設在這個偉大、光榮的國家的公司被欺詐掉二百萬兩銀子嗎？我要求幫助！"

因爲一個公使想進入衙門比一個特許權獲得者要容易得多，所以這位特許權獲得者和他的公使只等了兩個小時就進去了。

新王爺听罷他們來的使命，就温和地告訴他們。

"我願意支持我的前任所訂立的每一個合法的合同。"他説。

"我想你會，"拜格貝諷刺、勝利般地對着他自己國家的公使搖晃着頭，"我知道當我們光榮的國家的公使在你面前出現的時候，你會放下架子的。我想你不會願意和我們國家開戰吧？"

這位官員微笑着。

"就像我開頭説的，我願意支持我前任所訂的每一個合法的合同。但是對于你，拜格貝先生，很不幸，因爲你所感興趣的，或者説，你曾經感興趣的那個特許權，隆王爺在你之前已經和一家比利時公司訂了合同，而且這家公司立刻就開工了。所以我想我們國家和你們國家要開戰了。什麼時候開戰?"

特權階層的權利

清朝被推翻了，中國變成了共和國，它有一位總統、一個內閣以及公安、司法等一個民主國家所應有的一切機構。這是在中國歷史上最光榮的一天，對于這一點，張蘇嵐最有體會了，他是新政權下的内閣的一個官員。

張蘇嵐正在主持一個慶祝共和國誕生的慶祝會，同時也慶祝他晉升爲内閣長官，也希望他的選民們與他同享這一偉大而光榮的時刻。據說，在某一時間和地點，他將用群衆能理解的語言發表一次公開演說，是該讓群衆瞭解國家大事的時候了。張蘇嵐覺得他應該是第一個做這件事的人。

人群聚集在一起聽張蘇嵐鼓舞人心的演講，人數之多使像張蘇嵐這樣一個虚榮心極強的人都感到滿意。像張蘇嵐這樣對自己的容貌、成就和財富高度自負的人，在全中國找不出第二個。

他神采奕奕地站起來，人群中頓時一片肅靜。他開口了，讓他偉大的智慧像珍珠般地流向聽衆。

"朋友們，"他開始説了，"中國的黄金時代的曙光已經到來。清朝統治者已經被趕下了寶座，他們低下了可恥的頭，他們像風吹落葉似的漂流到地球上的各個地方。從今以後，不管你是什麼身份，你們都是自由的，平等的。農民的兒子不必再跟在他父親的破犁後面去犁那乾燥貧瘠的土地；理髮匠的兒子不必爲了掙活命錢而去給人家剃頭、掏耳朵，只要他們有雄心去攀登別人，譬如我，攀登過的高峰。人力車夫的兒子不必成天鍛煉他的呼吸和肌肉以備日後接他父親的班；生來是奴隸的孩子們不必再當奴隸了，他們中有些人可能會得到很高的職位，甚至擁有自己的奴隸；警察的兒子不必在還沒有學會穿鞋的時候就準備穿警服，因爲他將來很可能成爲一名將軍；管家不必再對他的主人低着頭，侍候在主人身邊，因爲他現在和主人一樣身份，而且很可能受到別的僕人的侍候，而僕人，很可能就是他以前侍候過的主人；那些送政府官員去上班的人力車夫可以和他的乘客坐在一桌上吃飯，用同樣的玉石盤子。啊，中國的光榮時代！出身高貴的淪爲平民，而出身低賤的變成了貴族。當然，你們要知道，我從來沒有當過貧民，我是生在皇室的，你們中出身不太幸運的，也可以像我一樣，通過努力而達到和我一樣高的地位。我不是因爲我的出身，也不是由于我在趕走清朝統治者方面有功，而是由于我的卓越的品質。記住這一點，先生們，不管你們到哪裏，你們和活着的任何人一樣都是平等的，沒有什麼東西比你更高貴。如果你是一個理髮匠，你可能變成總統；如果你是一個洋車夫，你可能自己坐在洋車上讓別人拉你。"

張蘇嵐的演講能力使他越講越熱烈，他的聽衆聽得屏住了呼吸。許多人希望這位偉人走下講臺擁抱他們，像法國人一樣吻他們兩側臉頰。他們的臉因堅定而發光。他們中間有洋車夫、理髮匠、農民、傭人、奴婢……并且沒有一個人不在設想自己穿着貂皮衣、紫袍、頭上戴着王冠。張蘇嵐是一個演説家，他不但能使自己激情焕發，而且能使他的聽衆心中激發起雄心和決心。當他的演説結束的時候，聽衆眼中充滿了熱淚，他們現在已經激動地看到，對于他們來説，沒有什麼事情是不可能的。苦力們，幾千年以來，幾十代人傳下來，一直是苦力，而現在，他們可能變得宏偉而高尚。張蘇嵐已經給他們指出了一條路。聽衆們讓出了一條路，讓張蘇嵐可以穿過他們走到自己的汽車裏，因爲他還要到正陽門去，那裏還有一批聽衆等着他去演講。

有一座橋跨越一條通到正陽門的河流。橋上的交通是這樣調度的：橋的一側是供一個方向的車輛通行的，對面方向的車輛則走橋的另一側，而兩側之間是供步行者使用的。

但是張蘇嵐的司機弄錯了，他走在橋的中間。這在前些時候，那完全没有問題，因爲一輛挂有内閣官員標志的汽車不需要爲任何走路的或乘車的讓路，除非對方的級別更高。

但是今天情況不同了。張蘇嵐的車還沒有開到橋的中心，走路的人就像受驚的小鷄一樣東躥西跳，使從右邊來的或從左邊來的車險些軋着他們。于是，一名警察走到張蘇嵐的車前，舉起右手。那司機不得不停下來，以免撞倒警察。

"這是什麼意思？"張蘇嵐大聲吼道。

"對不起，長官，"警察尊敬地答道，"橋的中間是給行人走的，您必須走右邊。"

"行人是誰？"張蘇嵐咆哮道，"他們是内閣長官嗎？他們有權强迫我走我不喜歡走的那一邊路嗎？你沒有看到我車上的標志嗎？你知道我是誰嗎？我是張蘇嵐，交通部長，我願意在哪裏通行就在哪裏通行。"

"但是，長官，"警察反駁道，"您在三條衚衕對您的選民演講的内容剛剛傳到我這裏。在那裏，您説我們都是平等的，所以在橋中間走路的人和您是平等的。再説，車走右側，行人走中間，向來都是這樣。"

"你，一個普通警察，"張蘇嵐咆哮道，"怎麼敢用這種態度對一個内閣長官説話？司機，下車來，替我打這警察的耳光。狠狠地打，直到他認錯。趕走橋中間的行人，讓我們能够順利前進，我去作一個演講的時間已經晚了。"

"但是，主人，"司機説，"我剛才聽了您的演講，這警察説的没錯……"

"住嘴，笨蛋！"張蘇嵐喊道，"你是誰？一個車夫。你配來告訴我什麼是對的，什麼是錯的？我是張蘇嵐，交通部長，你只是我的司機！替我打這個警察的嘴巴，然後，你自己也要受到懲罰，因爲你居然想告訴我應該怎麼做！"

于是司機走下車來，警察站着迎接他，并被他兩手交替地重重地打了兩邊的面頰。但是他没有向張蘇嵐認錯。而張蘇嵐，由于時間很緊不能等了，雖然他還是停留了很長時間。他把司機招呼回來，用雨傘重重地打了他，爲了讓他知道，没有一個司機可以和他的主人頂嘴。然後，他臉上帶着滿意的微笑，下一次演講的美麗的詞句像音樂一般地流過他的心田。他命令鼻子和臉上都流着血的司機開車前進。

又是一大群人見着了他，他把剛才在另一個地方講過的話又重複地講了一遍，又再次高興地歡呼。他爲他的成功而激動得臉上發紅，他知道他的名字現在已經在北京每一個選民的嘴上傳遍了。他決定立刻回家，把這個消息告訴他的大太太，并且邀請幾個身份相當的朋友共進晚餐，共享他的政治勝利的快樂。

回到他的車子前，司機已經有禮貌地打開了車門等他。他用雨傘打跑了一個擋道的人力車夫。

"我只是想告訴你，長官，"人力車夫哀訴道，"你的寶貴的語言在我心裏點起了一把大火，我强烈要求自己變成一位內閣長官！"

"爲了你喜歡我的演講，"張蘇嵐説，他不屑看這人力車夫一眼，"我給你這一串銅錢。爲了剛才打你一棒，我把這串銅錢收回，因爲我能屈尊賜你一棒，對你是莫大的榮譽。而對你敢于無禮地要謀求一個和我平等的職位，再給你這第二棒讓你長點記性！"

于是張蘇嵐的雨傘再次舉起來，又打下去。人力車夫急忙逃跑，哭着去告訴大家張蘇嵐的善行。

于是張蘇嵐回家了。

當官的家裏都有這樣的規矩，當主人回家的時候，全體僕人都必須站成一排在門外迎接。張蘇嵐家也是這樣。當他看到自己的僕人站成一排在迎接他回家的時候，他滿意地搓着雙手。但是……

"這是什麼？"他問，低頭看看門口臺階上，他的厨子坐在那裏，甚至都無意挪挪身子讓他主人通過。

"中國是一個共和國，"厨子説，"誰也不比別人更偉大。厨子和他的主人是一樣的，所以你回家的時候，我應該站在什麼地方？我和你是一樣地位，你進你的屋子，只要不踩在我身上就行！"

張蘇嵐轉身對其他僕人説：

"把這個自以爲和主人一樣地位的笨蛋抓起來，打他一百竹鞭，把他送進監獄，不給他吃，直到他明白，厨子終歸是厨子，不能與供他吃供他住的主人相比！"

"但是中國是一個共和國……" 管家開始説話了。

"説什麽？" 張蘇嵐吼道，"你不再是管家了，降爲副管家，副管家提升到你的位置！這只是爲了證明我今天説的話：低級的會上升，有權的會下降。這是一堂實踐課程。正職變成副職，副職變成正職，證明人們是平等的，可以得到同樣的尊敬和榮譽。"

張蘇嵐用自己的辦法證明了他的話是真理，親身實踐他對別人鼓吹的理論，然後堂而皇之地走進了他的家。

但是還没有等到他招來他的朋友共慶他政治上的偉大勝利的時候，那個剛提升的管家走進來向他主人卑微地行禮，并等候他的吩咐。

"什麽事，笨蛋？" 張蘇嵐問道。

"有一個卑微的農夫在院子裏，主人，" 他説，"他有些菊花要賣，那是很華麗的花，價錢也不貴。他要求您屈尊下去和他談談價錢，只需一會兒就行。"

"打他一頓把他趕出院子去！" 張蘇嵐怒吼道，"一個農民居然敢走進交通部長的院子裏！不，等一下！畢竟今晚我要舉行一個盛大的宴會，花香能使客人們感到身心愉快。告訴那個人，我可以屈尊去見他。"

張蘇嵐走到院子裏。謙卑地站在那裏的那個男人，不用問，就是那個農夫。他非常老，而且身上散發出農田的馬和羊的氣味。他的衣服很破，一臉的飢餓相，但是他的菊花却是張蘇嵐從來未見過的好花。

農夫肩上的扁擔兩頭各挑着一籃花，可以證明他是從很遠的地方來的，因爲扁擔已經把衣服磨破了，而且老人的肩膀也被扁擔壓紅了。

"你要什麽？" 張蘇嵐問。

"我這裏有兩籃菊花，長官，" 農夫憂傷地説，"如果我有時間挨家挨户地去賣，可以賣到五元錢。但是我剛到北京，就聽到了您的絶妙的演講，于是我對自己説，這菊花應該給您，因爲您把希望注入了我們窮人的心，使我們相信我們以後會成爲偉人。我要把花價大大地降低賣給您，因爲這是您應得的報酬。但是我太窮了，我不能完全無償地把花作爲禮物送給您，因爲我的孫兒們還在挨餓，我必須要些錢給他們買些食物，給他們買些大米就足够了。我現在以絕無僅有的低價一元錢把這兩籃菊花賣給您！"

"一元錢？"張蘇嵐尖聲叫起來，"你，一個農民，竟敢讓我爲這兩籃花付給你一元錢！要價太高了！你應該感到，讓你走進我的院子就是你極大的榮譽；我能屈尊接受你送的禮物，這就是你更大的榮譽。我不會花一元錢買你的花的。你怎麼敢這麼直率地和我説話？"

"但是，長官，"農夫謙卑地説，"我不是要和您爭，我知道我的花不值一元錢，但是您有很多錢，我却很窮，而您自己説過我們都是平等的，所以我希望，雖然我的花不值錢，但是您能幫助我得到一些錢，爲我那些挨餓的孫子買些食物。"

"他們挨餓又怎麼樣？"張蘇嵐喊道，"窮人就没有權利生孫兒！如果你的孫兒死了，那對中國是件好事。你一個農夫竟敢跟交通部長張蘇嵐説個没完！"

説着這些話，張蘇嵐跑進屋裏，片刻工夫，他右手拿着一把左輪槍出來，氣憤得臉色通紅，看起來非常可怕。

"你敢和我頂嘴？"他一邊喊着，一邊揮動着手槍。

農民看到了手槍，他來不及收拾扁擔和菊花，以一個老人難以達到的速度飛奔出院子，一邊跑，一邊喊：

"我知道我的花值一元錢，那是我親手精心培養的。"

張蘇嵐没有開槍，因爲農夫已經跑得無影無踪了。

那農夫也没有回來取回他的兩籃花。

那天夜裏，張蘇嵐爲一群朋友設置了一桌豐盛的晚宴，朋友中有某將軍，還有一位被軍務部長任命爲北京指揮官的軍閥。

餐桌上擺滿了美味佳肴，酒嘩嘩地流着，空氣裏飄着菊花的幽香。張蘇嵐乘着酒興又對選民們重複講着他演講中的話。

"現在中國是共和國，"他説，"我們都是平等的。穿制服的將軍和內閣長官是平等的，而……"

此刻，他注意到那位將軍正俯着身子在深深地聞着那菊花。

"這使我想起來了，將軍，"張蘇嵐咯咯地笑着説，"一個關于菊花的有趣的故事，就是你正在聞的那菊花。"

張蘇嵐告訴將軍關于那老農的事：他如何索要一元錢賣兩籃菊花、關于他的孫兒、關于他如何親自栽培的菊花……整個故事。

結束語是……

"但是他沒有回來要這花，最終，我白白地得到了這些花。"

張蘇嵐又咯咯地笑了。這是一個很精彩的笑話。

"如果情況反過來，部長，"將軍平靜地説，"那農民把你的花拿走了，像你所描述的那樣，那你會怎麼樣？"

"一個農民强迫我把我的東西無償地轉讓給他，而且還用槍口對着我？而我還是一個內閣部長？那我就砍了他的頭！"

"完全正確，"將軍平靜地説，"你才説過，在這個共和國，所有的人是天生自由、平等的。我們同意你的意見。所以明天早晨，你將在刑場被斬首！"

張蘇嵐在暈眩中覺得自己走進了法場，當他跪着把赤裸的頸子置于斧子下面的時候，他甚至沒有看一眼他的行刑者。他沒有必要再去尋找自己曾經對他的選民們講過的真理，因爲在斧子落下之前他不可能再有任何感想——張蘇嵐從行刑者的身上聞到了一種他永遠也忘不了的氣味。

那是農田、馬、騾、羊……還有菊花的氣味。

女接吻迷

　　她很胖，四十歲，輕佻，迷人，比在北京的其他女人有更多的"小兄弟"。請理解我們，"我的小妞"也有衆多的崇拜者，但是她不像卡莉·哈特森那樣稱他們爲小兄弟。

　　她就是卡莉·哈特森，中國京城使館區裏"最杰出"的女人。

　　她的晚宴，雖然還不能説是排得滿滿的，但也是够多的了。在卡莉身邊，一個人不會感到食物貧乏。她非常吝嗇，但是她是這樣一種與人一見如故的人。如果你是一個男人，一個未婚的男人，那麼她能使你忘掉或不注意她這一個缺點。

　　卡莉是結過婚的，但是她從不把自己當作已經結過婚的女人，這只要看看她對別的男人的動作就可以知道：她的丈夫樂意看着她和別的男人交往，而且爲了她有自己的樂趣而感到高興。

　　而卡莉就是這樣。

　　我們第一次遇到她就在她設的一次晚宴上。這次宴會上，她邀請了北京的許多青年男子。她確信，在這樣長的一串名單中，肯定有不少對她不太瞭解的人會來。這裏面有穿着美國的、英國的、法國的制服的年輕公務員，有使館的秘書、銀行職員、社交場的名流等，還有社會上的其他從業人員。

　　當他們進來的時候，我們將一個一個地介紹他們。

　　後來我們覺得介紹客人的事可以讓管家來做，因爲他長時間跟着卡莉，很願意幹接待客人的事。

　　"海軍上尉羅賽契克！"

　　上尉穿着帶金邊的緊身上衣瀟灑地走進來，他在走廊裏待了一會兒，與女主人打招呼。此刻她注意到他是第一個到達的客人。真是奇怪，卡莉告訴羅賽契克先生在晚間九時零五分鐘準時到達，是第二名到達者，而此刻却只有他一人。

"哦，羅西！"卡莉高興地、莊重地走向前去與他握手，"我知道你不會使我失望！你從來沒有拒絶過你的卡莉，是嗎？啊，今晚你的雙頰是多麼的燦爛！你願意見到小卡莉嗎？"

"哦，當然，哈特森夫人，"上尉回答道，"我總是以接到你的邀請爲光榮！"

"你這臭小子！我没有告訴你叫我卡莉嗎？"

"對不起，卡莉，我忘了。考慮到，你知道……對于青年人……我的意思是……"

但是如果卡莉聽到上尉近乎失禮的語言，她也不介意。他稱呼她卡莉了，這是對她親昵表示的認可，證明如果她進一步試探，一定能達到目的。

"啊，我真想吻你，羅西，你不必介意，因爲你恰恰像是我的小兄弟！"

羅西是否介意就不得而知了，因爲誰也不能看到一個海軍軍官的心裏在想什麼。

接吻立即進行就行了。如果能實行，必須趕緊，因爲第二個接吻即將迅速地在晚上九點零七分到達，一個最内行的接吻能手也不可能一下子接應同時到達的好幾位客人。

卡莉雙臂圍住上尉羅賽契克，給他一個緊緊的、持久的、母親般的、姐妹般的、大姐般的擁抱，這時候她深情地、渴望地看着他的眼睛，注意到他越來越紅的臉頰。然後她使勁地吻了他的雙頰，一邊一下，依然摟着上尉，防止在過程結束之前被他逃脱，接着吻他的額頭、他的嘴唇、他的鼻尖……最後咬住了他的耳垂。

然後她把他引進接待室，在那裏，他不可能通過走廊看到大門，這樣他就不可能看到下一個客人的到來。

一扇龍屏使這間接待室顯得舒適、優雅。他謹慎地坐下來，仔細環顧四周，擔心屏風後面還會不會有其他喜歡吃人肉的女人。他掏出一塊白手帕輕輕擦拭他那流血的耳朵。

"法國公使館秘書皮爾·德謝普斯！"

聽到管家報告第二位客人的到來，卡莉·哈特森急忙迎上前去。管家總在走廊裏而不在二道門處報告，因爲她關閉了通向接待室的門。她看了一下手錶，正好是九點零七分。

"你總是分秒不差地準時到達，皮爾！"她喊道，"我親愛的傢伙！"

當皮爾正在脫外衣的時候，她雙臂摟緊他，在他無法脫身時，她吻了他的臉、嘴唇、鼻尖……最後在他的耳朵上留下了她的牙印。

然後她催他趕快進接待室。她完全忘了把皮爾介紹給羅西，事實上她沒有時間。從皮爾九點零七分到達以後，她差不多已經用掉了兩分鐘的時間了，她很少在捕獲一個男人的時候僅僅用雙臂摟住他外衣的兩隻袖子，因爲再沒有機會獻媚了，特別像這樣按着順序一個接着一個的情況。她看了一眼她的錶，因爲下一個到來者應該正好在九點零九分，而讓兩個人同時出現在走廊上是絕對不明智的。

但是，正如我說的，她沒有介紹皮爾和羅西。其實，這種介紹是完全不必要的。羅西的耳朵在流血，皮爾也一樣。兩人沒有說一句話，就互相靠攏，深情地握手。

晚間九點零九分了。

"北京警官隊警官顧少校！"

就在即將到達兩分鐘的時候，羅西和皮爾正緊張地坐在沙發邊上，那裏或許是卡莉指定的地方，或許是他們自己選定，以便再有熟人出現時可以互相招呼。通向接待室的門開了，顧少校跌跌撞撞地、不知所措地進來了，他顯得非常激動，臉比平時更紅了。

"太奇特了，先生們，"他向沙發上的兩位喊道，"我有一個錯誤思想，我以爲，吸血鬼早已是很少見的了，換句話說，這是一種垂死的、瀕臨滅絕的、已經死盡的、已經從人間蒸發了的東西！但是，我發誓，先生們，我在走廊裏遇見了一個。請不要看我的鼻子！"

千真萬確，少校的鼻子在微微地流血，不過他的兩隻耳朵倒是完好無缺。

"這是怎麼回事，皮爾？"羅西說着，身子很快地往法國使館秘書身邊靠一靠。

"有兩種可能性，羅西，"皮爾回答，"或者是因爲走廊裏太暗，我們可愛的卡莉進去時看不準，或者是另一個人沒有等過兩分鐘。提前到了，她來不及去招待！"

顧少校在皮爾和羅西旁邊坐下來，三個人聯起手來力量更大，能更好地保護自己。總之，能在同一時間以最高的效率控制步兵、騎兵和工兵的將軍才是最偉大的將軍。

當管家粗聲地報告"我的小妞"時，卡莉再次進入走廊。

但是卡莉立刻回來了，前面走的是"我的小妞"，她看上去耳朵、眼睛和鼻子都完好無損。

"怎麼啦，伙計們？"她快樂地問道，"遇到什麼事情啦？"

"我在走廊裏遇到一個吸血鬼，她折磨得我很厲害，"顧少校一邊說，一邊站起身來在兩個男人之間爲"我的小妞"讓了個座。

"我的耳朵出血是因爲我剛剛聽到從家裏傳來一個壞消息！"海軍上尉羅賽契克開玩笑地說，"我進門的時候耳朵在門框上撞了一下！"皮爾解釋道："管家警告過我說那門框有些窄，但是我聽中國話聽不太懂。"

"哦，你們這些有趣的小伙子。""我的小妞"喊道。她伸開兩臂一邊一個搭在兩人肩膀上……

"等一下，'我的小妞'，"兩個人同時說，"你是不是偶爾有可能成爲吸血鬼？你有沒有一種野蠻的欲望想咬掉人的耳朵？"

"當然不會！你們兩個小伙子瘋了嗎？"

"不，很高興，我們放心了，你可以繼續坐在這裏，手臂放在原來的地方，如果你願意的話。"

當然，卡莉·哈特森對這些話一句也沒有聽到。現在是九點十三分，再過一兩秒鐘，另外一個男人就要來敲她的門了。

"英國使館秘書，湯姆叔叔的小兒子，西蒙·萊格里先生！"

又是管家的喊聲。

顧少校看看他的手錶。

上尉羅賽契克看看他的手錶。

皮爾·德謝普斯看看他的手錶。

正好是九點十三分了，卡莉·哈特森也剛從這裏消失進入走廊，那裏又黑，又陰沉沉的。接着，門在她身後關上了。三個男人心裏想着同一件事，"我的小妞"什麼也沒有想，她沒有感到重大的威脅。馬上門又要再次打開了，而……

什麼東西將要進來，搖搖晃晃地進到這明亮的房間？

當三隻錶的秒針正好指向指定的地方時，三個男人的心像大電動槌似的激烈地跳動。

"什麼事情在折磨着你們三人？""我的小妞"問。

"小聲點！"皮爾·德謝普斯說。

"噓！"羅塞契克上尉說。

"仔細聽！"顧少校小聲說。

不可能有比這更緊張的場合了。門開了，管家已經叫了另一個人的名字，門又在卡莉·哈特森的身後關上了，而當它再打開的時候……會發生什麼事？

"如果你覺得太可怕的話，閉上你的眼睛，'我的小妞'！"皮爾·德謝普斯小聲說。

"如果你受不了了，放心靠在我身上好了，'我的小妞'！"顧少校細聲地說。

"盡可能忘掉所有可怕的事情！"羅西小聲地說。

三隻錶還在走着，六隻擔憂而充滿恐怖的眼睛注視着大廳的隱蔽的門，好像貓守着老鼠洞一樣。

然後……

傳來一聲冗長的痛苦的喊叫聲，像一個孤魂的哀號聲，門轉開來了。

這是九點十五分差三秒，卡莉決定不再繼續滯留西蒙·萊格里了。顧少校、皮爾·德謝普斯和上尉熱情地走上前去，焦慮地皺着眉頭開始對西蒙·萊格里做一次身體檢查。

"哪裏？"皮爾問。

"告訴我們！"羅西很内行地急匆匆地説。

"讓我們弄明白！"顧少校用一種恐懼的耳語説。

但是西蒙·萊格里對這些關注似乎感到有些迷惑，當這三位好心人用手去摸他的眉毛、他的耳朵、他的鼻子時，他幾乎要發怒了。

"哎唷！"他喊道，"住手！我受不了啦！"

"啊，哈！"羅西叫道。"我相信我會找到毛病的！我是一個整骨醫生！"

羅西的手指，正如他自己所説的，非常輕柔、非常熟練地撫摸着西蒙·萊格里的面頰，而隨着這些手指的觸摸，西蒙·萊格里表現出明顯的畏縮。皮爾·德謝普斯在他的右邊幫助他，羅西在他的左邊幫助他，顧少校在他的後背幫助他，"我的小妞"則幫他把衣服下襬提起來，西蒙·萊格里慢慢地、痛苦地邁向沙發，他重重地一屁股坐下，他徹底地累垮了。

其他人憂慮地看着他足足有一分鐘，無法正確判定他的"走廊病"到底在哪裏。

"啊！"過了一會兒，羅西滿意地嘆了一口氣，"我想我是不會弄錯的！"

因爲在西蒙·萊格里雙頰的好幾個地方出現了形狀怪異的標記，橢圓形的紅色標記，輪廓清晰。

那是婦女嘴唇的印記，那是在短短的兩分鐘内强有力地、充滿熱情地印上的！

緊張氣氛頓時消失了。

原來是三塊手錶，現在是四塊手錶了，指示的時間是九點十六分。

"你們想我們是不是最好正好站在門口裏面？"羅西試探地問道。

"這可能會有些好處，"皮爾回答，"要讓一個瘸腿的人經過這一段距離到達沙發是很困難的！"

"我是在想，是這樣，"羅西説，"如果一個没有頭腦的傢伙突然闖進來，那會嚇着'我的小妞'的。要是我們先看到了，我們可以攔住他，不讓'我的小妞'看到！"

"你們外國男人真是不聰明①，"顧少校喊道，"你們什麽事都忘記②，是嗎？"

"説吧，這是怎麽回事？""我的小妞"喊道，"難道我是走進了精神病院了嗎？這一切到底是爲了什麽？"

"不用擔心，'我的小妞'，"羅西説，"一切很快就會過去的！"

還要到來的人只有六個了。很快就會在九點二十七分結束了。在這之後就會有較長的寬鬆時間，因爲卡莉不必忙着去接待預期的客人。那時候，一切懸念都結束了，我們就可以盡情地歡樂了。對未知的恐懼能使堅强的男人感到困惑！

時間還是按着它自己的步伐前進着。

在九點十七分，神情緊張的這群人坐着，注視着門。門開了，大家鬆了一口氣，拿出手帕擦擦額頭上的汗。

在九點十九分，同樣的情況又重複了一遍，只是這一次替這一群添上了一個新插曲，來的這個男人，不知是因爲出了事故還是故意設計的，或是有其他什麽原因，他的左眼上戴了一個眼罩。

在九點二十一分，事情又重複了一遍，而且在這緊張的一群人中又添了一個新的特點。這個男人習慣把錶戴在左腕上，但現在却不能這樣，因爲他的左臂用綳帶吊着。

在九點二十三分，門又開了，一個男人慢慢地爬着進來，他臉色像死人一樣灰白，目光呆滯，拖着一雙瘸腿。

但是，爲什麽事情還要繼續進行呢？真的，爲什麽？

高潮正好發生在九點二十七分的時候。

---

① 這裏顧少校又用錯字了，用了"不聰明"（unclever），實際應該用"聰明"（clever）。——譯者

② 這裏錯用了"忘記"（disremember），實際應該用"想得到"（remember）。——譯者

就在管家剛報出姓名"法國陸軍上校渥西金斯"後，從黑暗的走廊裏傳來一聲痛苦而恐怖的尖叫聲和身子摔倒的聲音，又是猛烈的轟隆聲，好像在黑暗中發生了一場激戰。接待室頓時像變魔術一般地空了，因爲勇敢的男人們一齊衝到大廳準備需要時與敵人作戰了。

"這裏發生什麼事了？"顧少校喊道。

其他人在等着渥西金斯上校回答。

他立刻就説了。

"她試圖和我接吻，先生們，"上校吃力地説，"我拒絕了她她早就準備好了要與我接吻，你們知道，嘴唇都已經凑過來了。我拒絕了她，而她却必須吻一個人。此刻旁邊除了管家以外又没有别人，所以她瘋狂地冲向了管家。不知由于什麼原因，管家又不願意，最後美麗的卡莉就發怒了。可能管家自己能講清楚爲什麼他這樣，呃，這樣不識抬舉。"

戰鬥員們散開了，管家喘着粗氣。美麗的卡莉在與管家争取婦女權利的戰鬥中髮髻都散了，看來如果整個夏季需要戰鬥的話，她也願意一決雌雄。

"告訴我們，伙計，"羅西用命令的口氣説，"你爲什麼不願意讓你的女主人吻你？"

"啊，"管家驚恐地説，"我不知道她要吻！她稱所有的男人'小兄弟'，咬他們的耳朵、鼻子、嘴唇、掐臉頰、大吵大鬧。她叫我'小兄弟'，我與她争論。我没有很多耳朵、鼻子、嘴唇、臉頰！再説，我是管家，不是小兄弟——女主人弄錯了！"

人群圍聚在宴會桌周圍，宴會按着它應有的程序進行。這是一次規模龐大的社交勝利，是這個季度裏的一件大事。宴會結束的時候，客人們一起唱着歌：

"風和日麗，當小兄弟們聚集在一起……"

只有渥西金斯陸軍上校没有參加唱歌，因爲他太老了，不可能是任何人的，甚至是卡莉的"小兄弟"！

太后的維也納公使

　　他是一個不富裕的人。他的國家只給他一年六十萬兩銀子，約相當四十二萬美元。高于美國總統工資的五倍。

　　這就不奇怪了，他爲什麼去維也納時只帶了二十一個僕人。這些僕人的工資都很高，平均每月三個墨西哥元，約相當于一美元四十美分，他們可能也是值這些錢的。總而言之，一個男人，一個兒子，帶着二十一個僕人，顯得很有氣派，閣下（我們應該叫他善琪，因爲"閣下"不是名字）爲此感到很高興。

　　"閣下"這個稱呼是他自己選的，并要求大家都這麼稱呼他。他并不願意到維也納去，因爲要漂洋過海，他擔心自己不能活着回來。而如果他死在外面，那麼他的骨頭可能就埋不到神聖的中國大地上。

　　但是慈禧太后要他去，所以他不得不去。

　　于是就發生了一兩個故事。

　　爲這次旅行他登上了一艘富麗堂皇的德國大輪船。他用了兩分鐘的時間告訴船主他是誰，他需要什麼舒適的條件，哪些事他不準許同船的旅客做。

　　"我是善琪閣下，太后陛下的維也納公使！"

　　"這是您的船，"德國船長有禮貌地回答。

　　善琪就按船主説的話直接這麼理解了。

　　到了吃第一頓午餐的時間了，善琪帶着他的二十一個僕人和翻譯官走入餐廳。德國食品擺上了餐桌。這對善琪來説感到有些神秘，但是觀察觀察別人，模仿着用，也還用得不錯，誰都知道他不善于使用叉子和勺子。

　　這一道菜是魚。善琪割了一塊嘗了嘗。

"這味道不大像我們的魚，" 他對他的翻譯官説。

然後他又切了一小塊叉在他的叉子上送到他的一個僕人的嘴裏，二十一個僕人都列隊站在他的椅子後面。

"來，老王，嘗嘗這個，這味道像中國魚嗎？老張，你也嘗嘗。"

就這樣一個接着一個，善琪用他自己的叉子喂遍了他的二十一個僕人，每人只是一口，但足以能嘗出像不像中國魚，然後他又接着吃剩下的魚。

究竟像不像中國魚？沒有下文。

正如剛才説過，這是一艘非常富麗堂皇的船，船上有一個管弦樂隊，當旅客用餐的時候，樂隊就奏樂。而善琪除了中國音樂以外，對別的音樂一竅不通。

他把船長招來。

"船長，" 他通過翻譯官説，"你讓那吵鬧聲立即停下來！我是善琪，我不喜歡這吵鬧聲，它影響我吃飯！"

"非常抱歉，閣下，" 船長説，"但是……"

"沒有什麼'但是'，船長，" 善琪打斷他的話説，"我不喜歡那噪聲，這就是一切，必須立即停下來！"

"但是我不能讓它停下！其他旅客……"

"船長，我付了船費，我沒有權利乘這艘船嗎？我説我不喜歡那噪聲，我沒有權利要它停止嗎？"

"但是還有許多其他旅客，他們喜歡；他們也是付了船費的！"

"但是他們是誰？平民！他們是去維也納的公使嗎？他們是中國的皇太后陛下的代表嗎？他們是代表他們的國家到外國首都去的嗎？他們有像我這樣多的僕人嗎？他們有像我這樣多的錢嗎？在一群平民和一個像中國這樣偉大國家的代表之間，應該照顧誰？我是善琪！旅客中還有別的善琪嗎？沒有，只有一個善琪！我就是那個善琪，代表皇太后陛下到維也納去，在外國蠻子中作爲太后陛下的代言人。我要那噪聲停止，立即！"

"但是我已經解釋過了，那是不可能的。還有別的乘客，他們喜歡那音樂。"

"那麼在我用餐的時候讓那些烏合之衆出去！等我吃完後讓他們進來聽他們願意聽的吵鬧聲。"

"那也是不可能的，因爲他們付了錢，買了船票，他們有權利，我不能把其他旅客趕出餐廳。如果您願意的話，您可以等別人用完餐再下來，我們願意爲您單獨開飯！"

"讓我等那些烏合之衆先填飽肚子？絕對不可能，先生！我是善琪閣下！除了太后陛下以外，我誰也不能等。很遺憾，她不在這裏，否則就沒有問題了。我告訴你，發生這樣無禮的事情，有些人的人頭早就落地了！"

當然，在這場爭論中，善琪失敗了，雖然在到達維也納之前，一路上他還是爭吵不休，而船長還是盡可能地遷就他。這對善琪來說，當然還是不够滿意。但他還是很珍惜這一年四十二萬美元的餉銀，因爲甚至比這少得多的錢，他以前也從未得到過。

不管怎樣，善琪還是試圖收斂了一下自己的傲氣。不管什麼食物，放到他面前，他都自己吃，不再喂僕人了，而且盡可能使自己適應這種口味。他吃飯的時候，僕人始終列隊站在他後面。

但是每一餐都是一場考驗和一種折磨，而且從此以後，這艘船的船長決定，每次到中國出航，都不允許去維也納的公使上他的船。這成了他的一種心理變態，他親自站在船的跳板上，眼睛仔細地察看着每一位上船的乘客。

現在再回來説善琪。

他在外國船上的第一個夜晚。

社交廳裏有一個舞會，有許多穿着晚裝的漂亮婦女。

善琪是一個古板的中國人，他没有見過穿晚裝的婦女，因爲中國婦女還遠遠没有解放到那種程度。善琪習慣看到自己國家的婦女從脚後跟到耳朵都裹得嚴嚴實實的。

　　善琪好奇地在社交廳門前站住了。

　　婦女們如此無恥地在公衆的目光下暴露出自己的肉體，這絕不可能是真的！在晚裝的上部沒有衣服的地方那白得閃光的是人體的肉嗎？不可能！

　　但是善琪是個高度近視者，他讀報的時候，報紙要觸到眼睛上，爲了保證正確地撿起所需的食物，他吃飯時頭要扎到菜碟子裏，所以如果他不是靠得很近仔細審視的話，他無法確定那無恥的裸露是不是真的。

　　善琪想到哪裏就做到哪裏。

　　于是他走下來到一排坐着的婦女面前，彎下身子，盡可能地貼近她們，認真地察看。受到如此審視的婦女們感到很好奇，所以當他一離開，就爆發出一陣興奮的議論。

　　善琪還是沒有看清楚，但是剩下可供審視的婦女已經不多了。

　　所以他決定要作更仔細的審視。

　　小小心心地，他靠近一個婦女，她的衣服可能沒有覆蓋到所有應該覆蓋的地方。他用舌頭把食指尖舔濕了，然後故意把食指壓在被審視的婦女的喉嚨處，然後手指慢慢向胸部下滑，一直滑到碰到衣服。現在，沒有一個女人願意讓一個陌生男人來對自己作如此細緻的檢驗，她們拒絕了。有些婦女還怕癢，不但是肉體上的，而且是精神上的。

　　但是，善琪終于找出了他想知道的……

　　那不是衣服，那是肉！

　　此刻他剛剛明白，但緊接着他什麼也不明白了，只覺得一陣劇烈的頭痛，一個强壯的德國婦女的巴掌在近處扇過來，這一巴掌造成的傷害比一個有同樣年齡和一般性格的中國婦女的一巴掌要厲害得多。

　　這又給善琪證明了一件事，那就是：中國是一個過日子的好地方，因爲中國婦女都很本分，而他，善琪，上了一條開往蠻子國家的船，落入了半開化的民族的手中，他們不明白應該給太后陛下的維也納公使一定的自由。現在太后把他交到了一幫沒有教養的人的手中。他決定要回到他所愛的中國，在那裏，有地位的人都受到尊敬。

　　但是船長不願調轉船頭，太后陛下也是在任何情況之下都不會同意他回國。

　　所以他還得去維也納。

　　現在，善琪是一個很節儉的人，他的前任在維也納幹得很好，那些日子裏，中國是一個富有的國家，在外國人心目中有很好的形象。善琪知道，在付給他的四十二萬美元的年薪中，他要支付全體使館人員的工資，要買一輛汽車，還要支付使館的一切開支。

　　他的前任，用同樣的錢，把使館管理得很好。那裏有使館的一等秘書、二等秘書、三等秘書、四名翻譯官、一大群僕人。除此之外，還剩下不少的錢進入善琪前任的私人腰包。

　　但是善琪不這樣，他非常吝嗇。

　　他把使館搬到了市郊，那裏租金比較便宜。他只留一位秘書、一位翻譯官，把其余的都辭掉了。賣掉了他前任的馬和車，賣掉了使館秘書的簡易車，宣稱走路對人體健康有好處，致力于按他一貫的吝嗇方式處處克扣錢。

　　他不是爲太后陛下省錢，而是爲太后陛下的維也納公使省錢，對此，善琪閣下有極大的信心。

　　他的中國僕人只會説中國話，這樣，當有客人來訪時，無法交談。爲此，他還必須請一位澳大利亞的男管家，這事幾乎使他心碎。他的客人不多，一般情況下他都拒絕客人來訪，因爲有客人來訪就必須準備茶點，而準備茶點是需要花錢的。

　　我可以再插入一個故事嗎？只要一會兒。

　　我父親因公從巴黎到維也納，要對那裏的公使進行禮節性的拜訪。按常規，這種拜訪要帶着家屬一起去，但是善琪的聲譽在每一個外國大使館都是有名的，父親怕我們遇到麻煩，所以沒有帶我們去。

　　父親在門口遇見了善琪的澳大利亞管家，他説他去報告善琪閣下裕庚王爺在大門口。管家走進使館找他的主人了，把父親留着空等。這位管家是個很粗野的人，衣服穿得又髒又不整齊，頭髮也不梳。由于善琪給的工資低，因此只能找到這樣的管家。

十五分鐘過去了。二十分鐘。半個小時。

"您可以進來，"管家説，"還得等一會兒，閣下現在正忙着，不能下來。他正在澡盆裏洗澡！"

這裏，我還要解釋一下，在帝國的外交使節中，像善琪這樣的人是唯一的。別的外交官，也許他們的工資更高，他們能量入爲出。經濟上沒有任何困難。他們多數都是愛國的，而且以能爲中國效勞而感到自豪。善琪則以自己有斂錢的本領而感到自豪。

再説説這位吝嗇的維也納公使。在我當慈禧太后的女侍官的時候，善琪給朝廷上了一份奏章，你肯定也會承認，因爲這份奏章寫得太好了，無法保密，所以朝廷裏的每一個人，包括我，都知道它。

"我請求陛下把我召回。我不想再在野蠻人中間生活了。外國蠻子讓人無法忍受，因爲他們那裏没有文明。婦女們裸體，不是全裸，而是從肩膀開始一直裸到相當低的部分；她們在公衆面前抽烟。另外，她們完全没有道德。他們有公開的聚會，那裏有他們所謂的音樂。男女雙臂互相摟着對方一起像猴子一樣地跳。他們把這叫做跳舞，其實不是。他們告訴我説這種野蠻的習俗没有什麼不道德的地方。但是我不是傻子，我更明白。我知道當一個男人用胳臂摟着女人的腰的時候是什麼意思，而當女人也用胳臂摟着他的時候，她就是答應了他的請求。他們大笑，假裝什麼事也没有，但是，我感謝老天爺，我没有聽到那男的在女的耳邊説些什麼話。他們發瘋一樣地跳着，在人群面前炫耀她們的裸體，而那些看的人興致勃勃地張着嘴看他們無恥的表演。請召回我吧！這效果是壞到極點了。這種他們稱爲跳舞的瘋跳是不道德的、太無恥的炫耀，使我感到無法忍受。我曾就此事向有關的官員提出了抗議，他們答應采取必要的措施來制止它，可是，就在這同一天晚上，就是這些官員們自己，摟着不是她們妻子的女人跟着那野蠻的噪聲，像別的男人一樣瘋狂地蹦跳。中國派一個代表到那樣一個國家能有什麼好處呢？那裏還是那樣地不文明，公開地聚會，談情説愛，瘋狂地跳，先用一條腿，然後用另一條腿，在衆目睽睽之下裸露出無遮蓋的肉體！趕快召回我吧，不要等到我也發瘋地跟着他們一起跳了！我還要建議太后陛下把所有的歐洲公使都召回。他們何苦要去忍受那種普遍的無恥行徑的折磨呢？他們可能學會了對此采取寬容的態度，如果這樣，這是對我們中國文明的一個可悲的打擊！"

值得注意的是他要在等他拿到第一批四十二萬美元後才提出調回的要求。

愛神廟

在西山的那些廟啊！我們在前面已經提到過它們，但是人們希望知道得更詳細些。

我常常在想，如果世界上發生了某種灾難，從而使男人們和女人們暫時失去了上帝和丈夫的管制，那麼他們將怎樣來管理自己的行爲？有多少婦女會和自己的丈夫，而又有多少婦女會和她們最好的（表面上的）朋友的丈夫一起消磨她們的日日夜夜？我相信會有大量的交叉混雜。究竟有多少現在還難説，因爲盡管這種情況存在，但在社會上是保密的。

還有，一個與此有些相似的問題也常常使我感到迷惑，有時我幾乎對我的兄弟姐妹們失去了信任：爲什麼有那麼多的婦女，當她們離開自己的出生地移居到另外一個國家的時候，她們感到能够自由地來選擇自己的行爲準則，由于自認爲家鄉的人們不會知道而感到心裏舒坦？換句話説，爲什麼當她們擺脱了那些在家鄉時束縛她們的習俗時，不管是象徵性的，還是實質性的，她們都會高興得跳起來？

這是不是在這個新的國家的氣氛中形成的一種病？是不是因爲那些人獲得了，或自以爲獲得了自由，可以去做那些長期以來她們想做而又不敢做的事？

不過我并不想認真去對待這些事情，這畢竟是與我無關的事，所以我只在這裏提一下。

遼闊的西山在北京城外，光秃秃的，没有魅力，到處點綴着巨石和懸崖。岩石上留下幾代的石匠斧子砍砸的痕迹。

但是，這裏和那裏，在小山澗邊和峽谷裏都長着小樹，它們躲過了伐木者的斧子。另外，這些小樹遮掩了古老的神祠，其中有些已經存在了好幾個世紀。

這些廟宇非常寧静和安詳。在陽光照耀下，小鳥在樹枝間唱歌，蝴蝶在花叢中飛舞。這裏是休息、娱樂和冥想的地方。

遺憾的是，這些年來，中國的宗教信仰變得自私了，每個人是他自己的統治者，自己的勇士，自己的上帝。由于這樣，廟宇變得越來越破舊，却没有一個人去關心它。僧侶們都不再來了，人們參觀寺廟只是出于好奇，來看一看，議論議論，因爲在人們心目中，這地方不再具有什麼神聖的意義了。

這倒是有利于把廟宇當做他們的家的窮人，而當貧困進入廟門的時候，往往宗教和愛就從窗户飛走了。

總之，有許多廟宇就被出售了。

辛勤工作的外交家們需要休息、娱樂和有機會反省一下自己工作中的過失和錯誤。他們發現，在這些廟宇裏，他們能得到他們心靈所渴望得到的東西。至于賣價，或是付現金，或是分期付款，即使對于不算富裕的買主來講也是能够承受的。

但是，即使是爲了反省而願意獨自去待着的男子在哪裏呢？而爲了休息而帶着自己的妻子和一大幫子女同游的男士又在哪裏呢？

我不回答這些問題。我只是間間他們。

不久以前，一個嚴肅而注重實際的年輕單身漢住在北京。他由于公務太忙，没有時間去關注那些未婚的女子；他太窮，不能結婚；他非常謹慎，不會成爲任何人的情敵。

他的名字叫拉利·切寧——我們在這裏這樣稱呼他。

在北京，還住着一個男人，他是一名瞎子。一方面他確是瞎子，另一方面是指他對他美麗而忠實的妻子的行爲一無所知。她的生活過得太沉悶，盡管這樣，她還要花很多時間照顧她的丈夫。當我説這男人是瞎子，我應該説他幾乎是瞎子，因爲他還能看得見并利用一臺老式打字機替外國報紙寫小説，并由此而挣得不少錢。

但是這男人又是瞎子，他看不透西山破舊廟宇的墻，就像他看不見穿針引綫一樣。

再則，由于他辦報的需要，他不得不在内地長途跋涉，而這旅途又是如此的艱辛，使他不可能帶着他的妻子一起去。

于是拉利，這個對女人不感興趣，并且公務極繁重的人爲了這新聞記者的妻子，决定到西山去旅行，并肯定，有他陪伴她，她就能得到很好的保護！當然，在工作日，拉利要從北京到西山去是有困難的，但是在星期六和星期天，那就很容易了，因爲那時候没有什麽公務要辦，他不必在星期六的晚上趕回北京。

于是……

現在再回到我提出而没有回答的問題。

"我的小妞"，正如以前提到過的，她在西山有一個自己的廟宇，而且她相信，生活要多樣化才會有樂趣。

拉利·切寧常常通過地下信道聽廣播，聽到許多發生在内地深處的新聞。報紙可能會對此感興趣，他覺得他有責任告訴那位新聞記者，而新聞記者又覺得他有責任親自到内地去采訪。對于這種旅行，他覺得讓妻子留在家裏是完全正確的，這樣，在他不在家的期間，她可以好好休息，從而精神飽滿地、快樂地迎接他回家。要説休息和娱樂，那全中國没有比西山再好的地方了，那裏有峭壁、小丘、樹蔭下的峽谷以及樹叢中的廟宇。

在北京的蘭普金斯太太非常喜歡一個臉色紅潤、三十來歲的小伙子，他是北京一家外國公司的行政主管。他也很喜歡蘭普金斯太太，不過受道義和法律的約束，還是善待與他一同來到中國的妻子。

這個臉色紅潤的小伙子名叫萊斯特·吉勃森，他深深地愛着朱麗葉·蘭普金斯，她也是一樣地愛他，只是他們倆還没有達到要在西山廟宇中共同生活的那種程度。

西拉斯·蘭普金斯先生對内地深處的一座礦山很感興趣，他想立即用幾天的時間到那裏去察看一下。吉勃森太太則很希望到北戴河去玩幾天。真巧，就在吉勃森太太去北戴河的同一天，蘭普金斯先生去了内地。

這樣就給萊斯特和蘭普金斯太太留下了一段可以自己規劃的時間，因爲這段時間是無限期的，所以顯得格外誘人。

他們經常見面。她到他家去，他工作的時候，她就彈鋼琴；而當他組織晚宴的時候，他就讓她充當女主人。整個北京都在說他們的事，不過請注意，到目前爲止，他們是完全清白的。每個人都在對別人說：毫無疑義，在關鍵時刻肯定會有一些不同尋常的事發生。這種惡毒流言的傳播不能指責北京社會，因爲那些傳得最厲害的人都是對所說的事瞭解比較詳細的，而不是從道聽途說得來的。

每一個傳流言的人所應該做的事就是把他自己放在萊斯特的位置，而把她自己放在朱麗葉的位置，實事求是，就像二加二等于四那樣肯定。

當然，有人到萊斯特那裏去譴責他的錯誤行爲，奇怪的是，這個去譴責萊斯特的人在西山擁有兩座廟宇，有地下鐵道相連；同時，也有一個婦女去譴責朱麗葉，奇怪的是，她在上述兩座廟宇裏隨便得像在自己家裏一樣！

這樣，正像那些深深相愛的人們那樣，朱麗葉和萊斯特在一起商量下一步該怎麽辦。他們愛得如此之深，以至于對每一個細節都懷着理解和同情考慮到了。

"我們已經有名聲了！"朱麗葉喊道，"并且……"

然後她臉紅了，不能繼續說下去了；但是萊斯特以前曾聽她說過。

"……我們必須贏得這場游戲！"

"但是……"朱麗葉說。

"我愛你！"萊斯特說，這就使事情定局了，"當你的丈夫和我的妻子回來的時候，我們手拉手地去告訴他們我們已深深地相愛，我們與各自的配偶離婚，然後我們結婚。我愛你！"

"我也愛你！"

據說，就是這些嚴肅地說的或是一時衝動地說的話造成了西山廟宇買賣生意興隆，正像有些話造成了幾個世紀以來帝國的興衰和世界地圖的改變一樣。也許說這些話的人在當時是真心誠意的，但是根據記載，很少有幾起婚姻是在臨時的周末游西山的過程中形成的，實際上沒有。

　　總之，萊斯特和他的朱麗葉去西山旅游了，租或是買廟宇的事已事先安排好了，他們像兩個掉進了薑汁脆餅桶裏的孩子一樣快活。

　　現在有這麼一個情況：除了那些外國人私人擁有的廟宇外，其余的廟宇都對外開放了。爲了使游客容易找到路，凡有廟宇的地方都有路牌標明"入口"或"出口"。

　　萊斯特大笑着開了一個玩笑，他把標有"入口"的路牌都拿下來藏在廟裏。依他簡單的推斷，如果游人找不到路，就無法進入廟中，他們就可以把廟宇占爲己有。

　　這件事做得真起作用，以至于那些游客都分散到別處去玩了。

　　不過此事無關緊要，至于在廟宇裏究竟發生了什麼事也與你我無關，只是大家都想知道這是很自然的，非常合乎情理的，也是有些難爲人的。在這裏，我要做一件違背常理的事，我替朱麗葉和萊斯特保密了。

　　但是當星期一早晨來到的時候，他們必須趕回北京，于是有趣的事情就發生了，他們乘着萊斯特的車出發，車由萊斯特的司機開着——司機們都被看作是聾子、啞巴和瞎子，他們朝北京飛奔而去，突然發生意外事故了。發生什麼事故倒不重要，重要的是那車停下了，再也無法啓動了。

　　汽車，即使在中國，也只有當油箱裏有油的時候才能開。因爲車離西山和離北京都很遠，正好在兩地中間，如果萊斯特想準時趕到辦公室，唯一的辦法就是等着有人開着另一輛車過來，能分給他一兩加侖的汽油。就在他們等待的時候，從他們後面開來一輛車，這輛車甚至比他們先前開的還要快。是有另外一個人到西山去了，而且幾乎要立即趕回北京的辦公室。但是如果萊斯特想回北京的話，必須有汽油。

　　于是他們招手讓車停下。

　　萊斯特看了一眼在那輛車裏的一位婦女的臉龐。

　　"啊，親愛的！"他喊道，"我想你現在應該是在北戴河！"

　　"萊斯特！"她喊道，"我想你應該是安穩地睡在家裏的小床上！"

"西拉斯！"蘭普金斯太太對車裏的男人喊道，"我想你是在内地考察一個礦井的特許權！"

"朱麗葉，"那男人答道，"我想你肯定是在我們北京的家裏盼望着我快快回家！"

"蘭普金斯！"萊斯特咆哮道，"我要你給我一個解釋，爲什麽你正和我妻子一同從西山回來？"

"爲了同樣的理由，吉勃森，"蘭普金斯回答，"你正同我的妻子一起從西山回來！"

"什麽！你該死，蘭普金斯！我要殺了你！"

"啊哈！"蘭普金斯粗聲地笑道，"事情會這樣糟糕，嗯？我没有想到你會這樣，朱麗葉。"

"我也没有想到你會這樣，西拉斯，"朱麗葉答道。

"我也没有想到你會這樣，萊斯特，"吉勃森太太説。

"我也没有想到你會這樣，"萊斯特對他的妻子説。

只有兩個人在各自的車裏笑，他們就是這兩輛車的司機。從開始購入西山廟宇的時候起，他們就知道關于朱麗葉、萊斯特、吉勃森太太和蘭普金斯的所有事情。

僕人們知道每件事情，并且他們對待主人和女主人是同樣地忠誠，既有贊揚，也不譴責那些他們稱爲"胡鬧"的事，保姆們知道應該在什麽適當的時候報告："女主人，主人回來了！"以便女主人有時間做好適當的部署來迎接主人。司機們知道在什麽時候喊出："主人，女主人回家了！"以便主人有時間來準備好臉上的表情説："親愛的，我是多麽地想念你！我是多麽地寂寞！"

現在碰巧北京有許多僕人，而外國人家裏的每一個僕人都知道别的外國人家裏的每一個僕人，他們互相之間没有秘密。

一個外國婦女解雇了一個保姆，爲了便于這個保姆在别處再找到一份工作，這位外國女士給她做了推薦。憑着這份推薦，她在一個新的家庭裏找到了一份工作。碰巧這位新的女主人對西山廟宇一無所知，而且，可能因爲在中國的時間還不長，所以還没有忘掉欺騙自己的丈夫不是一件好事情；但是這保姆并不知道這一點。這個保姆只懂得她在上一家主人那裏學到的一些知識，而她的新女主人由于滿足了推薦書上所説的這位保姆能力很强，就認爲没有必要再詳細告訴她應該怎樣做。

于是，有一次，這位新女主人爲她的丈夫招待一位客人，這位客人是她丈夫特地邀請來與他共進午餐的，而她丈夫回來稍稍晚了一點。這位新保姆憂慮地向路上張望，突然飛快地奔進來驚叫道：

"女主人，主人回家了！"

這種方式的呼叫引出了好幾件事情：首先是女主人感到很奇怪，直到保姆向她詳細解釋了她才明白，解釋中當然在很大程度上涉及保姆原先的女主人。然後就是這位客人，聽到這種呼叫，他在想：

"關于這件事，我得給弗萊德一個提示，他是我的朋友，我不能讓他受欺騙！這很顯然，弗萊德的妻子教導過保姆要這樣叫喊，而且她看到我這樣一個陌生男人在這裏的時候就這樣叫喊，説明她是接受過指示，凡有任何男人在這裏的時候都要叫喊。照此看來，弗萊德的妻子一定有很多朋友！"

弗萊德的妻子在保姆那裏待了很久聽她解釋。她大笑着回來告訴弗萊德的朋友保姆爲什麽要如此喊叫。可是當弗萊德的朋友心中已經形成了剛才所説的那種思想，他更覺得弗萊德的妻子是在故意蒙蔽他，以便繼續欺騙弗萊德而自己與湯姆·迪克或亨利玩得開心。于是，弗萊德的朋友就支支吾吾地和弗萊德講了這事，于是麻煩開始了，幾個月過去了，問題越鬧越嚴重，就像一塊小圓石引起了雪崩……

這一切都是因爲在中國秘密根本不能是秘密，而是衆所周知的故事和笑料。

有這樣一説：一個人在他的貼身僕人處没有秘密可言。

所以我們再杜撰一種新的説法，這至少在中國是適用的，因爲在那裏，最不富裕的外國家庭也能有五個至二十五個僕人。

"秘密"這個詞應當從字典中删去，因爲它没有意義。

現在，我是否在譴責那些到西山廟宇去的男男女女？我要求去那裏的男男女女在額上烙上紅色的"羞"字嗎？我是否要求把那些廟宇拆成碎塊扔到四面八方？我是不是要把去那裏的，過去去過那裏的以及現在仍舊去那裏的那些人（除了個人單獨來亂逛的）的名字報出來？我并沒有。

我承認，正如古聖人所說，世上所有人都不是清白無瑕的。

你覺得怎樣？當一個戴罪的人問到你這個問題時，你敢在山頂上用擴音器向世界上每一個角落宣布你是完全清白的嗎？

討論終止，我該寫下一章了。畢竟我不是裁判，我只是一個記事者。只有上帝才能看透人的心房，看到人的自我辯護、悔恨和良心不安。僥幸的是現在的世界離上帝太遙遠了，已經聽不到他的教導了。

即使西山被像仙人掌的刺一樣的廟宇重重覆蓋，又能怎麼樣呢？

老古董

　　她的名字是高爾小姐。她擅長攝影、美容、服飾、聊天和惹是生非。她曾希望成爲一名女演員，但是她的嗓音是屬于超低音類型，不會花腔演唱，因而未能成功。她能説法語和漢語，但是法國人聽不懂她的法語，中國人對她講的漢語莫名其妙。但是這些對她没有絲毫影響。或許和她説話的中國人能説一口流利的英語，而她也能非常方便地用英語對話，但是她還是要講漢語，就是這樣。

　　她差不多六十五歲了，但是從背後看去却像十八歲。

　　高爾小姐初次見到一個愛聊天的小姐。

　　"哦，麗達小姐，"高爾小姐説，"我真的非常高興與你認識。這次會面對我們倆真是及時！"

　　"真的，高爾小姐！一點兒不錯！換句話説，是一次很好的促膝談心。"

　　"這話説得真對！真正從心底感謝！"

　　"高爾小姐，我是一個剛來北京的人，我被介紹給你的時候，聽説你認識京城裏的每一個人。你可否告訴我首先該拜見誰？"

　　"當然！在男人中我首先推薦顧少校，他見識廣，有才幹！在女士中我推薦'我的小姐'，這是她的迷人的昵稱，是我給她起的，因爲她是如此的嬌媚。但是我想我應該告訴你，'我的小姐'是顧少校的情婦，正如她也是這裏好幾個人的情婦一樣。但是一個人在外國必須心胸寬廣一些。畢竟，道德只是一個地理上的問題。北京社交界的道德簡直是糟透了！以蘭夫人爲例，幾個月來她一直試圖誘騙顧少校與她私通，但顧少校還是逃離了她的手掌。你也可以去見見她。她真是一個非常無恥的人，全北京的人都知道她在挑逗顧少校，她對此毫不在乎。她應該知道，閑話在這個城市里是很普遍的，這真是很奇怪的：故事是怎麼傳到這裏的，而在傳的過程中，它們又是怎樣被歪曲的。多數閑話都是不注意真實性，我簡直不願意去聽。我始終不明白，人們爲什麼願意傳閑話。O, lala！（那是法語，麗達小姐）但是，正如我說的，顧少校逃離蘭夫人的手掌好幾個月了，但是他真的不敢在天黑以後外出，怕她從哪個黑巷子裏向他撲來。你不會知道，這些北京社交界夫人中某些人要走多遠才能達到她們的目的！

"但是，我可以警告你，顧少校他自己是不會過于對‘我的小姐，不忠的，因爲她是那樣的可愛。相信我，我知道！至于像我這樣的人，是一個在公衆心目中不平凡的人，會使各階層的男人垂涎。哎呀，顧少校甚至在很多次晚宴上在桌子底下捏我的手！當然我不喜歡這樣，但是爲了避免使他窘迫，我只好讓他捏了。但是我重重地捏了他一下，暗示他我不喜歡這樣，他也回捏了我的手表示他明白，但是他的激情已經發展到這種程度，使他不能坦然地放開我的手了！想想吧！這種情況不是發生了一次，而是好多次了。事實上幾乎每次我們總能在同一個宴會上相見，而那裏的女主人總是把我們兩人的座位安排在一起。我從沒有對他真正發怒，因爲我也是一個有人性的人，并且我想看看他到底能走到多遠。也許有一天我會尖叫着不讓他吻我，或是幹別的什麼事！這表明，在北京社交界，即使是一個有高級身份的人也會失態！

"然後講講‘我的小姐’她自己！聽說她在西山有一座廟宇，每個周末她到那裏去懺悔她一周來幹的壞事，然後她帶着純潔的心回來，繼續幹同樣的壞事，以便下一個周末再去西山時可以有事情懺悔！當然我自己并不和‘我的小姐’交往，盡管這可愛的孩子對我尊敬得好像我是一位女神！

"然後我必須告訴你關于拉利·切寧的情況。他很漂亮，并且曾經對我非常熱忱。他只有三十歲，只比我小兩歲。差兩歲畢竟算不得什麼，是嗎？他對我簡直是瘋狂了，但是我拒絕了他，因爲他已經結婚了，但是他的妻子長得又矮又瘦，如果有一個漂亮一些的、又迷人又可愛的女人把她的丈夫搶走了，那也是報應！有人在試圖着這樣幹，你知道嗎，麗達小姐？是不是我也被北京的這種不介意的作風所感染了？"

正像高爾小姐自己以及別人所說的那樣，她的帽子上綴滿了花、果子和鳥，都是十九世紀八十年代早期的製品。當她很激動的時候，她的眉毛劇烈地上下抽動，于是她的帽子在頭上也隨之瘋狂地上下顫動，所以她總是給人一種印象：不需彎腰就像一隻在栖木上蹦跳的鸚鵡。人們只要看到她就能瞭解到她在北京社交界的地位！

她的服飾是各種奇裝異服的總匯，而且多極了，你可以從這一大堆裏任意挑出從十九世紀八十年代到二十世紀二十年代的各種時裝。她采用一切她聽到過的東西來保證她的打扮是最時新的。

高爾小姐繼續向麗達小姐描繪北京社交界的略圖。

"然後是羅薩利伯爵，他是一個非常可愛的人，是一個真正的伯爵，你知道。他是中國人的一位好朋友。很多中國年輕女子都上他家去拜訪他，其中有一個我知道，她叫小劉，羅薩利伯爵耐心地在錯綜複雜的英國人、法國人、意大利人之間引導她。他是中國婦女非常愛戴的一個人！當然，有些就和他相愛了，她們無法控制。至于小劉，雖然羅薩利是要教化她，但是她却企圖勾引他！她甚至在天黑以後到他家去和他談情説愛。由于他有一副好心腸，覺得不能在黑夜通過僻静的街道把她送回去，這位好心人就常常被迫給她找個地方睡覺。就這樣，一種完全清白的關係却引來了閑話。我真不明白，這些閑話怎麼能這麼刻薄，你能明白嗎？這完全是胡鬧，你説呢？我自己從來不去聽這些閑話，他們真是一群無聊的貓，這麼願意反復地去傳播那些惡毒的閑話。你也要謹慎地對待這些閑話，因爲説的人對自己的話不負責任，他們的話往往是嚴重歪曲事實。"

高爾小姐有一條小硬毛狗，她到哪兒都把它隨身帶着。這時候，這狗圍着高爾小姐轉，直到最後它的皮帶把她全纏住了，再跑的時候，幾乎要把她的脚拽走，而高爾小姐穿的高跟鞋跟又這麼高，動不了，她只得硬挺着。但是她還是怕麗達小姐還没有完全明白北京的人物、他們的癖好和服飾等，所以她繼續對她講。

"然後還有迪克·洛佛隆。喜歡他的女人多得數不清，她們争相追求他，忙得不亦樂乎。女人們如此地去追一個男人，那是很可怕的，而且她們比我更喜歡他，只要一涉及他，她們就顯得非常無恥。她們并不介意誰看到她們追他了，而他還有點鼓勵她們這麼做。作爲他的一個朋友，我常常爲此事責備他，甚至秘密地到他家去看他。那時候，他妻子正在北戴河，所以不會爲此吵架。這樣我們可以詳細地、明智地討論這件事，但是什麼問題也沒有解決。他以對我示愛來回答我對他的所有譴責。但是他是這樣的迷人、這樣的優雅、這樣的有紳士風度，使我不忍去責備他對其他女性的多情的行爲。盡管我一點也不喜歡他這樣，并且讓他知道我要密切地注意他，以保證他不會粗心大意地引起許多無用的議論！盡管爲此我要有很多時間和他在一起。畢竟，他是如此可愛的一個人，人們很難在一個真正英俊的男人身上找到缺點，而迪克就是英俊的。雖然有人説他穿女式緊身内衣，而他完全不可能對一個漂亮的女人無禮！他一直對我非常有禮！但是要離迪克遠一些，除非你有心要在周末到西山去旅行，不過真正的正派人是不到那裏去的。迪克，這個可愛的小伙子，有一個周末邀請我和他一起去，而我感到如此的驚奇和迷惑，在我自己還沒有意識到我在説什麼的時候，我竟答應了他。幸好，在我們去之前，他的妻子回家了。我感到非常失望，就是，我意思是説，失望的是迪克怎麼偏偏在他妻子正好回家的這個晚上向我提出了這樣的建議，我爲此感到很遺憾，迪克是一個多麼可愛的小伙子！"

這時，那小狗從高爾小姐的腿上繞下來，又開始圍着麗達小姐繞。這狗，你要明白，是高爾小姐用來假裝性情怪僻而實際上是引人注目的一種手段，其實在我們之間她不需要這狗。

"當然，你在北京用不了多少時間就會發現，我現在是，而且一直是在中國的一個重要人物。在帝國時期，我常常受到清朝廷的接見，而且很受已故慈禧太后陛下的寵愛。她常常向我討教有關國家的事情、禮儀、社會習俗、道德等方面的問題。因爲她非常喜歡我，所以總是直接叫我的名字，而我也回報她稱她爲 Sue，那是慈禧這名字的第一部分'慈'字的英語譯音，你明白嗎？事實上，盡管太后陛下恨外國人，却把我視爲心腹，留我在宮中將近一年，給我非常高的津貼。就是因爲她留住我，并且待我特別好，使那些宮眷們一直都妒忌我。啊，在那些日子裏，我對那些僅有公主、王爺、公爵、太監身份的人以及任何有那些高官階的人都不用說'早安'，因爲我離太后陛下那麽近，對其餘那些人我都可以不理睬！"

麗達小姐有一個很重要的約會，此時她向高爾小姐告辭。高爾小姐熱情地向她說了"再見"，并且表示很希望不久以後再見到她。然後她轉身去招呼麗達小姐的哥哥，麗達先生，他到目前爲止只是一個感興趣的聽衆。

"麗達先生，我真高興有這麽一個機會與你聊天。你結婚了嗎？你工資很高嗎？那女孩真的是你的妹妹嗎？她是幹什麽的？你追求過女人嗎，麗達先生？你是一個道德高尚的年輕人？你希望和這裏的中國婦女交往嗎？你喜歡聰明的女人嗎？有些人贊揚我，說我非常聰明，你也這麽認爲嗎？我是說你有很高的收入嗎？你打算在北京怎麽度過？你在這裏有工作嗎？還是僅僅是來療養的？麗達小姐真是你的妹妹，還是……"

此刻，我們的老朋友顧少校來到了旅社的大廳，高爾小姐正在那裏滔滔不絕地講話。她說了聲"抱歉"，就急急忙忙地去迎他，還沒有等他發現最近的出口在什麽地方，她就出其不意地抓住了他的胳膊。

"顧少校，我真高興再見到你！你知道嗎，少校？我剛見到兩位剛到北京的人，他們自稱是麗達先生和麗達小姐，并說是兄妹。他們在旅社裏訂了兩間相鄰的房間，我保證，他們所說的兄妹關係最多是像你我的關係，我敢打賭，他是在美國搶了銀行逃到這裏來躲避的，而她是幫他造假賬的出納員。她也聽說過你，并且說有關于你的極大的醜聞要說！天知道她是從哪裏得到消息的，但是她肯定地說她是從權威人士那裏瞭解到'我的小姐'是你的情人！作爲你的一個很親密的朋友，我自然是支持你的，我估計她對此非常不滿。當然，她很生氣地走了，不願意再和我説話了！她把她所謂的哥哥留下來和我聊，他告訴我，他也聽説'我的小妞'是你的情人，我差一點打了他的耳光！想想吧！這男人只是一個潛逃的出納員，而她根本不是他的妹妹，而是銀行行長的妻子，他從銀行行長那裏偷取了一大筆錢，我聽説有四十萬美元，而他竟造謡攻擊像你和'我的小妞'這樣的正派人。我討厭説閑話，你呢？"

"我非常不像①他們，高爾小姐，"顧少校回答，"他們是這樣無信義地毀滅②謡言，你知道嗎，高爾小姐？"

"真如我跟你説的那樣！你可以相信，我不會再見他們了，當然，除非他們到我這裏來爲他們所作的誹謗你的壞事請罪！"

"那是你的醜陋的③品格，高爾小姐！"

"哦，順便説説，前些日子我接到了一個來自共和國新總統黎元洪先生的請帖，邀請我去參加他的花園舞會。我是一貫與皇室交往的，我會去見一個由苦力變成的總統嗎？不，謝謝了！我決不會去！我説，這總統是誰？只是一個苦力，而我是一貫受到中國最高皇室的接待，并直接稱呼我的名字的……"

"但是，高爾小姐，"顧少校不高興地打斷她的話説，"我已經被任命爲這個花園舞會的總統護工，并且我非常不確定④我在舞會上能見到你！"

"當然，我要去的，少校！爲什麼我不應該去？我去只是出于好奇，要看看在一個皇后的宮殿裏，一個苦力會怎樣處理好自己的行爲！"

"請原諒你自己⑤，高爾小姐，"最後顧少校説，"羅薩利伯爵來這裏了，我必須與他有用⑥。"

"哦，少校！我也要和蘭夫人小聚一下，她正好走進大廳。"

---

① 應該是"討厭"（dislike），顧少校錯説成"不像"（unlike）。——譯者
② 應該是"製造"（make），顧少校錯説成"毀滅"（unmake）。——譯者
③ 應該是"高尚"（lovely），顧少校錯説成"醜陋"（unlovely）。——譯者
④ 應該是"確定"（sure），顧少校錯説成"不確定"（unsure）。——譯者
⑤ 應該是"我"（me），顧少校錯説成"你自己"（yourself）。——譯者
⑥ 應該是"交談"（conversation），顧少校錯説成"有用"（subservience）。——譯者

高爾小姐把蘭夫人逼入一個角落，蘭夫人剛從室外明亮的陽光下走進陰暗的旅社，眼睛還没有適應過來。

"哦，蘭夫人，非常感激你讓我在這裏見到你！我剛遇見兩位從美國來的很可愛的人，他們是兄妹倆，姓麗達。他們是很出色的人。他們讓我介紹北京社交界的情況，我首先就提到你，我告訴他們，你是他們來到京城後首先應該拜訪的人。他們真的急于想認識你，無疑地，他們會很快去見你的。我剛剛和那煩人的顧少校簡短地談了一會兒，你想是怎麽回事？他告訴我麗達小姐和麗達先生根本不是兄妹，而麗達先生搶劫了在美國的一家銀行，麗達小姐實際上是那家遭搶劫的銀行行長的妻子。一般情況下，我不會相信這種事，但是這消息來自顧少校，他與美國總統有直接的秘密通信。類似這些事情，顧少校都會得到通知，他的話自然是有權威的！不過我非常懷疑少校對這個女人的興趣，因爲當她和我談話的時候，我看到他看着她的脚脖子。我從道義上認爲，如果可能的話，他會想盡一切辦法與她發生不正當關係！他甚至告訴我，那銀行行長的逃跑的妻子是個真正的犧牲品，她的情夫法律上没有權利支持她，因爲她只是他的情婦。但是不要説我告訴你這些事情，蘭夫人，因爲我不是一個製造麻煩的人，我也不喜歡讓流言蜚語從這裏傳出去！"

"哦，當然不會，高爾小姐，你是所有的到來者所愛戴的人。感謝你在他們面前説了我許多好話，不過我是一個很普通的人，我似乎感到，你對任何人什麽都不説，可能對我更有幫助！"

"啊，你看，我是希望他們對北京社交界有個可靠的瞭解，特別是關于你，因爲你我的交情不一般。如果，舉例説，他們從顧少校那裏聽到這故事，那就會有很多不真實的地方，從而會使他們對你有個錯誤的印象。例如，少校告訴我，你瘋狂地追求他，幾個月來徒勞地企圖勾引他，甚至暗示要和他到某個地方共度周末！當然，作爲你的朋友，我告訴他他錯了，并且自始至終地維護你！我不能忍受他説任何有損于你的話！但是如果他把這故事告訴麗達小姐（如果這真是她的名字的話，對此我不大相信），麗達小姐可能會相信他———一個像她那樣的，背離了自己的丈夫，與搶劫自己丈夫兩百萬元的男人逃跑的女人，對什麼事都會相信，我討厭見到任何爲別人製造麻煩的人！"

蘭夫人離去了，大廳裏只剩高爾小姐，還有她那該死的小狗。此刻，她正第七十次把狗皮帶從她的腿上繞下來。她對着空曠的大廳仍然滔滔不絕地説着，她的帽子隨着她激動的情緒上下跳動。

然後，高爾小姐準備離開旅社。走出旋轉門的時候，旅社職員、旅社經理以及所有在場的僕役都放輕脚步悄悄地走過來看着她出去。他們的眼神帶着濃厚的興趣注視着那條她用皮帶牽着的狗。當高爾小姐帶着狗走出旋轉門的時候，他們帶着一種期待和希望的心情看着那條狗。那條狗太討厭了，全北京的人都從心底裏恨它，因爲，在晚宴上，它把它的鼻子扎進湯裏；在茶舞會上，它糾纏在跳舞人的脚下：在高爾夫球賽場，正當球員要開始打球時，它就對着他們狂吠。在高爾小姐經常進行正式訪問的那些家裏的僕人身上，都有它給留下的傷疤，并且總是以各種各樣的方式製造麻煩。

這天下午，旅社職員、旅社經理和僕役們的無言的期望終于實現了。高爾小姐因爲成功地在一些新的地區傳播了她關于北京社交界的真理而感到非常激動的時候，她忘了她的狗被皮帶牽着在後面跟着她。

而狗忘了旋轉門是很危險的……

它把自己徹底變成了香腸肉，因爲它未能跟上女主人進入旋轉門的同一個間隔，或者乾脆進入她後面一個間隔，它恰好擠在兩個間隔之間，那地方對于即使是像它那樣纖小的狗來説也是很緊的。

"感謝上帝！"旅社職員、旅社經理和僕役齊聲説，"我們祈求了五年，爲的是讓那狗擠到門裏獲得它應有的懲罰，現在它得到了！現在我們所需要的是一個新門，一個大得能够捕獲狗的女主人的門！在她忘掉她自己而被我們的新門捕獲之前，我們不必再用五年時間來守候、來希望、來祈禱了！老古董，你的日子屈指可數了！不管怎樣，你已經多活了四十年了！"

待　婚

　　我最討厭聽到中國道德，從我開始懂事起我就聽到它，并且知道，中國婦女已經完全變得像愷撒的妻子一樣了，甚至有過之而無不及。中國的年輕女子不允許接觸男人。當她父親爲她選定了一個合適的丈夫以後，她的生活場所就是家，而且除了讀書以外，她什麼事都不幹。她無權選擇自己的丈夫，而是完全由她父親掌握，婚姻的安排完全根據她父親和她未來丈夫的父親的意願。在我心目中，有許多中國過去守舊者的形象，他們越過了多愁善感的年齡，坐在那裏一杯接着一杯地喝茶，抽着水烟，談論着孩子們的婚姻，好像他們的孩子都是純種的猪。

　　我不止一次地聽到別人説我受了外國教育的毒害，但是我從不這樣認爲。

　　把女孩子關在屋裏，不許她們看到男人，除非是她們最近的血親。即使這樣，也還必須有許多別的女伴在一起，以便監視她們的行爲，好像對血親也不信任，不能放任不管。

　　中國女孩一直是遵守道德的模範，對生命的真正意義像嬰兒一樣的無知。她們都受過這樣的教誨：一個女人必須永遠忠于丈夫；必須像奴婢一樣地侍候婆婆。

　　一個受過非常優秀的中國古代經典文學教育的舊式中國紳士説：

　　"啊，你真像一個外國的輕佻女子！當你走進這間房間時，我看到至少有二十個男人大膽地走上前來與你説話。你受到了四面八方的引誘。你被毀了。你注意所有的男人和任何男人。我很奇怪，你的丈夫竟不懲罰你，并且不揍那些未經你允許就公開和你打招呼的人。你接觸男人，你已經被玷污了，你不再是一個有道德的中國婦女了。把一個受過傳統教育的中國婦女放在這種環境下，當她看到這一切，她就會像看到任何東西一樣，不會受到誘惑。由于對墮落一無所知，她就不會賞識它，因此誘惑也對她起不了作用。你欣賞這些男人的關注嗎？"

"什麼，"我有些吃驚地說，"我認爲這算不了什麼！你所提到的這個足以代表她所有道德高尚的姐妹們的中國婦女是虛構的，她實際上是不存在的。她從來没有機會成爲别的樣子！但是如果把她放在這個環境，看看會發生什麼情況。婦女們，不管她們的膚色、種族或宗教是什麼樣的，她們都是人（盡管這個觀點在中國可能得不到認可）。當异性混合相處時，有時候可能會發生一些不可避免的事。至于我，無論如何都不會受影響。我習慣于與男人接觸，并且與他們相處得很好，因爲我瞭解所有關于他們的禁忌、他們的奉承、他們的精明細微之處，他們一點也不能愚弄我。但是對待一點也不瞭解他們的年輕中國婦女，他們會怎樣呢？我的朋友，我想你會很快發現，你所説的那位虛構的道德高尚的中國婦女是站在多麼脆弱的基礎上！"

我常常和我這位老朋友討論這類問題。多數情況不是我主動的，而是每當我們相遇的時候，他首先提出這些老問題。但是每次我們都爭辯得幾乎要打起來，結果總是不歡而散。

但是你要知道，由于我對中國和外國兩方面都瞭解，所以我能把事情説清楚。拿裸體這件事來説吧，世界上有些地方認爲這没有什麼。那裏，女性的身體不存在什麼神秘的誘惑力。因爲身體裸露了，就没有什麼神秘了，人們也習以爲常了。後來傳教士到那裏去了，他們帶着神聖的恐懼舉起了手，震驚地將眼睛轉往别處，讓裸體的野蠻人穿上衣服；一兩個月以後，就開始發生了在野蠻人信念的原始記載中没有提到過的事情。

我引用了亞當、夏娃和智慧果作爲一個適當的例子。

進一步講，有道德的中國婦女不僅從頭到脚都穿戴齊全了，像那些她從來没有接觸過的男人那樣。而且，她除了自己的血親外從來没有見過其他男人。而這些男人，由于她從來没有見過，她只能模模糊糊地知道世界上除了自己的血親外還有其他男人。這些半虛構的其他男人就是構成神秘事物的部分，它具有極强烈的吸引力。

換句話説，中國女孩子的有道德只是因爲她除了這個樣子外，再不可能是別的什麽樣子。但是如果在某種可怕的極度興奮的狀態之下，她突然講話了，没有恐懼，没有喜愛，講出了真正的真情，我敢打賭，中國道德的規範將要作徹底的修改，并且可能有必要規定把中國女孩子的腦子專横地移出來，貯存在某種防腐劑中，直到結婚的那天才移交給丈夫。

還有那結婚禮服，各民族的哪個女孩子不喜歡衣服？但是對于她，據我知道，這些衣服也僅僅就是衣服外表，至于她是否往前看，想到當她穿上它的時候，她的生活將產生巨大的改變，想到它的重要性和它的意義，這我們不得而知。

她知道，在她舒適的家的近處或遠處，有另外一個家，她即將過去，那裏有一個她從未見過的男人正等着她，一位婆婆正等着吃這位新媳婦必須爲她準備的第一頓飯，這表明了在她的余生中她對婆婆的馴服，一直等到這新媳婦自己變成了婆婆。

中國女孩没有心上人，因爲在她年輕的時候，她家的栅欄是這樣的高，没有一個心上人能越過它。而這女孩子，由于習慣于服從父母，既不敢，也没有力氣去把它放低，盡管她知道想爲誰放低。

但是在她心裏秘密的地方，她在想什麽？

我又一次提了一個我自己不作回答的問題。

然後就是一個長長的準備時期。她學習那些專給貞潔的妻子學習的經典書籍，準備做一個守本分的妻子，一個始終忠于丈夫的妻子，至少要做到他那些小妾所做不到的程度。而那些小妾則在她到達之前，可能已經準備好了各自的房子。

中國婦女要花很多時間學習烹調，就是爲了給婆婆做好第一頓飯菜。如果這一頓飯菜做得不錯，那就是她向她婆婆表明了她是一個值得收留的婢女。我不明白，當她被迫經歷這傳奇式的習俗的時候，她是否希望這種神秘的變化過程應該包括在她的教育裏面，特別是那涉及那致命的傷害的部分。

如果允許我離一下題的話，我在這裏還要説一説，當舊時代的中國年輕男人被迫與他父母爲他選定的女孩子結婚的時候，他自己并不受到禮教的限制，他們可以任意幹放蕩的事，願意怎麼幹就怎麼幹。

男人們懂得生活，婦女們不懂，因爲她們是守本分的。

拿王帆尼作爲例子，她是在中國舊禮教的培育下長大的。但這時候，新思潮剛剛傳入，日後不久便傳遍了全中國。她的父母爲她選了一個丈夫，他們對新思潮做了一些讓步，允許她參加公共舞會，同爲她的父母認可的男人跳舞。在許多年輕的美國男人看來，這個中國小婦人是個莊嚴的人。她對生活的無知明顯地表現在她美麗的、寶石般的臉上。美國的年輕男子喜歡她的天真，把她看做一個年輕的女神。他們幾乎是崇拜她，因爲她的天真對他們是一種非常新的感受。她在跳舞中接觸到他們時發抖，他們就對她微笑，知道如果她對別人的淫欲和激情一無所知的話，她更不會知道蘊藏在她自己身上的淫欲和激情。

他們對她大加贊揚，懷着對她永恒的尊敬，在他們善良的交往中，他們中沒有一個人對她用一句話或一個表情來損害她的忠貞。

但是……

經歷了與正派的美國青年的接觸後，在這種條件下，很自然地，王帆尼得到了一個概念，那就是，所有的男人都像對待她穩重大方的美國青年一樣正派而健康。

然後有一個名叫陳泰方的男人進入了她的視野。

在一個中國人心裏，你找不出一點對他妻子的愛情。幾個世紀以來，他所受的教育都促使他認爲一個女人就是一個玩物和一個奴隸，既沒有屬于她自己的靈魂，也沒有肉體。她的靈魂和肉體，特別是肉體，是完全天生供男人取樂的。換句話説，除了少數例外，"淫欲"就是愛情的同義詞。

于是王帆尼來到了陳泰方的眼皮子底下。他玩過的女人太多了，因而使他感到厭倦。現在他看到了一個异常天真的女孩子，她大方、温柔、健壯，而且她是一個容易到手的獵物，因爲她的父母看來并不管束她。因此，如果他能得到這個獵物，這將可能在他對生活的享受中添加新的風味。

他遇到了王帆尼。他看起來很喜歡她，而王帆尼的教育（記得吧，她是一個舊禮教培養出來的中國女孩子）以前沒有教過她怎樣區別愛情和淫欲。

她陶醉在陳泰方的調情中，因爲她看不出他的敬意與清白的美國青年有什麼不同，而且他還有額外的優勢，就是他與她是同一民族。所以陳泰方與王帆尼就開始密切交往。

當然，由于陳泰方是一個聲名狼藉的人，她的父母沒有同意，于是王帆尼做了那不可避免的事情，正像自古以來女孩子做過的事情——她決定做違禁的事，因爲這事情確實是違禁的。

日子一天天過去，他們乘着汽車到越來越遠離北京、遠離父母監視的地方去。

直到有一天下午，在西山的一個旅社裏，清白的王帆尼的整個生活改變了。陳泰方表現得極爲謙恭。下午過去了，到了他們必須回家的時候了。陳泰方挽着王帆尼的胳膊走進車裏，司機就告訴他車出故障了，那天晚上不可能回北京了。

一個美國女孩子在這種情況下聽到這個陳舊的汽車出故障（總是在最關鍵的時間出故障）的故事後，她會哈哈大笑，她或者雇一輛車回北京，或者脫下外衣，穿上工作服去修理汽車。

但是所有這些事情對于王帆尼來說是一無所知，在這個新問題面前，她不知該怎麼辦。在她的經歷中，所有的男人都是正人君子，她曾徹底地信任他們，并且還沒有人背叛過她的信任。她認爲所有的男人都是一樣的，所以陳泰方也是可以信任的。

所以她在西山過了夜……

那天夜裏在西山旅社裏發生了什麼事，誰也無法知道，而王帆尼是不是犯錯誤了，這不重要。

事實是抹不掉的了，并且在公衆中傳開了——可能是因爲陳泰方，像他一類人都是這樣，在公衆中吹噓他的勝利。而王帆尼，在她的朋友、親戚以及全北京人的眼中成爲一個無恥的女人，她唯一的錯誤畢竟只是她的極大的無知。

可能王帆尼也没有想到這件不道德的事會造成如此廣泛傳播的結果，她也不明白怎麼一次超出她知識範圍的簡單的嘗試造成如此惡劣的影響。甚至陳泰方也抛棄了這個女孩，因爲他不願意和這樣無恥的女人交往！

如果换了一個美國女孩，那陳泰方一定會帶着滿臉抓痕、頭髮被扯掉一半的窘狀、坐着那運轉正常的車回北京，身旁坐着一個毫無畏懼地哈哈大笑的女孩。在這十六里的路程中，每一里都使他受折磨。

還有這種情況，有時候，舊時代的有教養的女孩子怕結婚。她們怕陌生人，而她們未來的丈夫正是陌生人。

有這樣一個例子，有一個女孩子和一個當苦力的僕人一起離家出走了。這僕人是她接觸過的唯一的男人，雖然他只是個僕人，但他不是陌生人。

另外一個例子是有一個女孩自殺了，爲了不讓人家發現她快要當媽媽了。這都是因爲舊傳統束縛了她。她不敢信任她的父母而把秘密告訴他們，因爲這樣做的結果很可能是她自己的父親命令她去自殺來贖罪——這是她父親的錯誤，但是也可以説不是他的錯誤，而是幾代人傳下來的舊禮教的錯誤。

有一個女孩與一個已婚的法國男子相戀了。當他抛棄她回法國以後，她偷了一大筆錢跟隨他去，這是好幾年以前的事了，直到現在，她的父母還没有找到她。她怎麼樣了？

去問命運吧，是它紡織了生命之綫。只有它能回答，但它可能不願意回答。

雖然有我的承諾，我擔心這一章會成爲很嚴肅的一章，但是文中所提到的人，在北京都是實有其人，不過都用了化名。畢竟，朋友們，不管這份記載被包裝上多少諷刺、幽默和夸張，但是這些笑聲類似于眼泪，這是不是事實？而且在許多時候，眼淚多得會把笑聲淹沒，這是不是也有可能？

這是一篇笑和淚的記載，當你在笑那夸張的時候，能不能回去讀一讀笑聲背後到處都有唾手可得的眼淚？能不能去思考一下那些局部的或成堆的、在歷史長廊中人們的兒子、女兒提出的神秘的、有記載或未被記載的問題？

總而言之，那帶有泪光的笑聲來自于那些能互相諒解的人們的心——個人之間的、國家之間的、種族之間的諒解，那是一種偉大的無形的東西，是這個可憐的社會極需要的東西。

成　婚

　　由于存在着人們固有的假正經。"成婚"是一個很難寫的題材。人們不喜歡討論真理，更願把他們自己的十分秘密的事隱藏在僞君子的假面具後面。所以怎樣來組織以"成婚"爲題材的這一章呢？

　　恐怕我還得繼續討論關于中國的婦女的問題。雖然"中國的"這幾個字會使外國人想起一些特殊的、怪异的和非常不文明的事情，但是那些因爲遠離了自己的家門口而意識到自己的狹隘性的人們，他們會懂得，在東方婦女和西方婦女之間真的没有多少差別。主要的差別在于東方女子通常人生經歷更廣，很瞭解自己的局限性而不去炫耀自己的優越性。"一個知道自己愚笨的人是聰明人……"

　　好吧，讓我們來看"成婚"。

　　我們已經看到了中國婦女的待婚。接着就是成婚，這通常是一個微妙的主題。

　　周南希和王查理結婚了，住在她丈夫家，由她的婆婆當家。

　　"親愛的南希，"王查理説，"我愛你。永遠不會有別的女子來取代你。我會珍愛你、尊敬你。我們將有許多孩子來祝福我們的結合。"

　　周南希非常快樂。

　　這是第一天。

　　第二天，王查理回家時帶回了一個幾乎和周南希一樣美麗的女人，她有一雙洋溢着智慧的眼睛，這在中國貴婦人中是很少見的。她的臉頰涂上了厚厚的脂粉，這是周南希自己從未有過的。

　　王查理温柔地微笑着向周南希介紹這個女子。

　　"但是她爲什麼會在這裏？"周南希問，雖然她心裏已經很明白了。

　　"你的小腦袋不要爲此傷腦筋，南希，"王查理説，"我把她帶來爲你解悶，因爲我是如此地愛你，我不願意你有任何煩惱。"

"但是我還是不明白，"周南希堅持說道。她希望聽到從她所愛的查理嘴裹親自說出最壞的事實。

"這是我的大姨太，"王查理說，"是我花了微不足道的一萬兩銀子從歌妓院買來的！"

"你是要把她留在家裹嗎?"

"當然！我不能爲姨太太們提供一套獨立的宅院，因爲以後日子長了，她們的人數可能會很多。她必須和你住在同一套宅院裹，不過她没有名分，不像你，因爲她不是大太太！"

"那麼她，實際上，不是名義上，在家裹的地位比我高，因爲她没有妻子的名分，她就不是你母親的奴婢。由于没有名分，她可以跟你一起到處旅游，去戲院、舞廳等地方，而這些地方，一個有名分的婦女是不可以去的，否則她就會受到舊傳統的非議；而一個小妾一貫是被人議論的，對她們來說，不存在失節的問題！"

"親愛的，你不懂！我帶這個女子來，就是爲了讓你得到解脱，不必跟隨我到處奔波，而且……"

"我懂！"周南希疲勞地說，"這是規矩。"

這小妾被安置在庭院邊緣的一間單獨的屋子裹，這裹有很多這樣的小屋，看來是僕人們的居住區。

這樣，有好幾夜，雖然周南希知道王查理在家，但是她睡不着，因爲她不敢去想王查理在什麼地方，因爲她實際清楚地知道他在什麼地方。

而那些其余的分離的小屋對于她變成了静得可怕的地方，其中一間已被占用了，而其他的……

一星期過去了。這期間，王查理有兩次到周南希的卧室——來和他妻子歡度甜蜜的夜晚！

然後是第二個星期了。王查理回家時又帶回了第二個女子。她臉上的脂粉更厚，眼睛中流露出一種不正當的智慧。王查理是一個善于經營的生意人，他挣了很多錢。

　　從第一個小妾的住所穿過院子，就是第二個小妾住的地方。除了在白天的時間外，不管是第一小妾，還是第一夫人，差不多有一周没有見到王查理了。

　　第三個星期，事情有一些改進。王查理把他的空閑時間平均分給周南希和第一小妾，結果第二小妾不高興了。又過了一個星期後，第三間單獨的小屋又有人住了。王查理決定爲他的家庭生活定一種制度，因爲他的家已經發展到一定的規模，建立一個初步的制度是必要的。

　　"管家！"王查理會對他的管家説，"拿我的名片到二姨太太那裏，給她看一下，然後挂在她門上，這樣，大姨太太經過這裏時就會看到，我的大太太，如果感興趣的話，也能看到。二姨太太則得到了她將受關愛的通知！"

　　可能這名片會留在第二小妾家門上達四十八小時之久，然後忽然出現在第一小妾家的門上，但是從來不會出現在他妻子家的門上，因爲她是他的妻子，而他與他妻子的關係是神聖的！

　　然後，第三小妾住進了第三間單獨小屋，第四個小妾住進了第四間，第五個小妾住進了第五間……還剩下二十間單獨小屋没人住。在王查理家的所有女性都不快活，只有一個人是例外，她就是被尊爲一家之主的婆婆。

　　一年半以後，在王查理家裏發生了一些事情，剩下的二十間單獨小屋都住滿了，同時，當幾隻白色的長腿的鸛發着沙啞的叫聲飛過北京上空時，一個小南希，三個小查理分別在南希的屋裏和三個小妾的屋裏誕生了。

　　這時候，周南希已經在小南希身上復製出了王查理的某些特徵，她覺得她應該受到王查理更多的關愛，而她又知道她没有機會來維護自己，于是她計劃着采取公開和直接的行動。她妒忌，當然，她自己并不承認。

　　"查理，"她對她丈夫説，"我們家的事情現在正在變得亂糟糟。我知道，小南希是你的孩子，你正在快速地往你母親的家裏充實你自己的小復製品，如果我没有猜錯的話，還有不少即將來到。我想，在你的家裏將有太多太多的小南希的异母同父的兄弟姐妹。我聽到一些閑話，大意是説，有一個小查理，確切地説是那個稱二姨太太爲‘媽媽’的小查理，他的父親是誰，他本人，和你自己一樣，都受騙了。我有好多條理由相信那個小查理根本不是小查理，而是小管家！換句話説，當你的名片挂在十二姨太太的門上時，管家的名片挂在二姨太太的門上，于是生出了一個兒子，本來該是在你的墓前祭奠的，而實際上卻是爲管家的墓準備的。這個墓，如果我可以提個建議的話，應該迅速被填滿，如果你要親自去幹這件事的話。我的意見，這應該是一個雙人墓，就像他們活着的時候偷偷摸摸地一起生活，死後在黑暗中一起埋葬。”

“南希，”沉思片刻後，王查理説，“我覺得你錯怪二姨太太了，你應該向她道歉。所有的姨太太都應該對我忠誠，因我對她們也忠誠！”

“但是可以做試驗，查理！”周南希喊道，“我不願意你受騙！如果我是你，我一定堅持做血液試驗來確定親子關係。”

“試驗？我不明白！”

“一滴血取自孩子，一滴血取自你，把兩滴血放入一杯水中，如果它們融在一起，這孩子就真是你的兒子。”

好吧，王查理覺得沒有理由不做這個試驗，因爲他從心底深處相信這孩子是他的。于是他就命令管家去做這個試驗，從他的胳膊上和那親子關係不明的孩子的胳膊上各取一滴血。

王查理對這個試驗并不太信任，他甚至于不相信這種試驗，即使這兩滴血不融到一起的話。管家對試驗也沒有什麼信心，但是他一生中聽到過很多奇奇怪怪的事情，再則，他是在一個卑微的家庭中長大的，在那種地方，迷信的風氣很盛，他很擔心最後試驗中可能會有什麼問題。

好了，試驗結束了，周南希也心服了那孩子是王查理的兒子，因爲兩滴血在一個盛水的容器裏立即互相找到了對方，融合到一起了。

“但是不管怎樣，我對這試驗沒有多少信任，南希，”王查理説，“我知道這孩子是我的，但是，即使這樣，我也相信任何兩滴血以那種方式滴入水中都會融合在一起的。”

但是，那管家，正如前面說過的，是在一個被迷信籠罩的家庭中成長的，不像王查理那樣肯定。因爲試驗是交給他去做的，他決定找個機會，他扔掉了王查理的血，很快地從自己的胳臂上取了一滴血去代替。

結果出來了，每個人都高興，尤其是那管家，而第二小妾現在又可以自由地活下去了，不必害怕有刀架到她脖子上，或來自狂怒的主人的命令讓她去自殺。

因爲管家已被證明無罪，王查理覺得沒有理由去解雇他，而且，經過相當的時間以後，第二小妾又給他生了一個孩子。這次，關於孩子的身份，連南希也沒有產生絲毫懷疑。盡管這樣，這個管家如果被逼急了，非說出真相不可的話，他可能會泄露出在王家家庭內關係混亂到不可思議的情況。因爲管家是個有魅力的人，在這樣一個小妾衆多的家庭裏，他是一個出色的攪拌器，也是一個有用的助手，這麼多小妾中，任何一個人都有可能指控王查理犯了疏忽的錯誤。

現在，小妾們明白了爲什麼她們願意被帶到了王查理家。隻字不提愛情的問題，講得最多的就是與歌妓院女主人討論買賣價錢。所以，一個小妾怎麼可能愛她的主人呢？再說，歌妓從小就學會了挣錢的手段，一種是從一個有錢的男人那裏挣錢，另一種是被迫連續地接待許多客人，每次只挣得些小錢。顯然，前者比後者優越得多。

一個兒子來到了周南希這裏向她祝福，接着又生了個孩子，也是兒子，然後又一個，女兒。現在，周南希忙着照顧四個孩子，當王查理想起她而來向她道晚安時，她根本沒有工夫理睬他。多數情況下，他對此也不介意，因爲在那些單獨的小屋裏住滿了人，王查理的注意力都被吸引過去了。

王查理對他的小妾們的忠誠是毫不懷疑的，因爲他相信管家能管住那些守空房的小妾。王查理的財富日益迅速增長，以至于光使用他銀行存款的利息都遠遠地用不完。爲了保證他的小妾們的忠誠，同時也防止小偷破門而入來偷錢，他開始大量揮霍，給他的小妾們買珍寶、各種小玩意兒以及豪華的衣服。對最得寵的買得最多，其中之一就是第二小妾，因爲她是經過試驗的，證明没有問題的。

　　珠寶、碧玉、景泰藍瓷器、華麗的錦緞，源源不絶地來到那些單獨的小屋，王查理的名片從一個門移到另一個門，管家則忙于看守，以防止外來入侵者騷擾王查理的住所，以及自鳴得意的局外人像暗藏的敵人一樣來破壞王查理的家庭。王查理這個中國紳士，他可以同時忠于這麽多女人。

　　後來，王查理買賣虧本了，没有錢了，所有的小妾，就像黑夜跟着白天一樣，一個跟着一個地走了，當然，所有的珍寶、碧玉、錦緞，等等，都跟着小妾們走了，還有那管家。只有周南希還留在他身邊，還有她的四個孩子和額外的二十一個孩子。後者應該陪伴着那些小妾，由管家來放牧的。周南希没有離開，是因爲婚姻關係是神聖的，一個妻子的責任就是日日夜夜地跟隨在丈夫身邊，經歷風浪和爭吵，一直到死，或者一直到重新獲得財産和一群新的小妾！

　　在她的婚姻考驗中，直到她自己成爲婆婆，并且主宰全家的時候，她才認識到，成婚後并不像待婚時那樣快樂，盡管以後能得到大豐收！

青李子先生

在北京，正在舉行一項慈善活動，目的是爲共和國各地的灾民募集救濟金。每一個人，包括中國人和外國人，都希望能爲受灾的、貧困和受壓迫的人們作些貢獻，而對于那些住在貧民區的人民來説，募集什麽都不如募集錢來得快而有效，因爲錢是在各個角落都能流通的。

慈善活動準備采取聯歡會的形式，會上有各種售貨攤，所出售的貨物價格要比正常情況高得多；那裏有魔術師表演魔術，還有歌手們通過他們的鼻腔發聲唱歌。大家都要聯合起來使這場活動取得極大的成功，這樣，在活動結束時，如果運氣好的話，飢民們將按規定的分配得到總收入的百分之六，因爲慈善活動是專爲他們舉行的。

只要不涉及具體工作，美國人、英國人、德國人和中國人都很熱心。他們熱心的條件是由其他人提供勞動力。這是一個高尚的和良好的姿態，盡管有"當然，我是一個很忙的人，我不能在籌備工作中參加具體工作，但是我可以自始至終給你們提供精神上的支持，你們明白嗎？"等等諸如此類的理由。

但是僑居在北京的外國婦女們帶着滿腔熱情、極大的榮譽感和衝天的幹勁當起了臨時代理人，于是事情開始有進展了。她們立即在各方面都活動起來，包括年紀大的和年輕的，她們確實在活動，這很了不起。我負責向我的中國朋友們推銷一批禮品盒。聯歡會的場地布置應該符合這樣的原則：購買禮品盒的人應該從他們所在的地方一眼就能看到會場内任何地方的每樣東西。當然，爲了盡可能爲窮鄉僻壤的灾民們多積聚錢，禮品盒上標的價是相當高的，高達一百元，如果我没有記錯的話——以後你會看到我確實没有記錯。

現在有這樣一個情況：男人們往往在酒、女人和娛樂上花大量的錢，至于施捨，除非灾情發生在他們的家鄉，往往他們是不關心的。你們必須注意，要使受施捨者真正得到實惠。往往有這樣的情況，當施捨者經過再三考慮而決定施捨的時候，被施捨者却因爲堅持不到那個時間而已經餓死了。于是那些熱心的婦女們就進一步做工作，她們鼓勵那些對慈善事業有些動心的人下定決心。

由此，你可以想象得到，我在聯歡會上銷售定價一百元的禮品盒有多大困難，特別是銷售給中國人。當然對于那樣一些中國人，我是一個也没有去向他們推銷。那些人不可能一周開幾次宴會來向他的客人們炫耀自己。那些人絕對不是飢民，他們來參加宴會完全是爲了生意關係，否則他們寧可在家裏待着，誰能拒絕一個和他們有買賣可做的人的宴請呢？

我是一個很忙的女人，我賣了一個禮品盒給李春，一個給桂林，一個給辛順，一個給温坤，不用説，當然也賣給了廖柳、關裝、隋德、蘇熊和平喜。這些人全是高級官員，没有一個人會和他的洋車夫、管家、副管家、司機——不管是主司機還是副司機，坐在一起吃飯。

他們都屬于高官階層，他們太"高貴"了，以至于他們都不屑去看一眼那些官銜比他們低的人。他們都有爵位，當然那些比他們低的人都没有爵位。

從這裏談到了青李子先生。青李子不是他的名字，但是這樣稱呼他就行。他是一名演員，并且是中國最出名的演員：他的名字曾出現在好幾種語言的書籍中，并且在世界各地的新聞界反復出現。他所以這樣有名是因爲他能通過他的鼻腔發出比其他中國演員更高的尖叫聲。我并不因此認爲他有什麽缺點，因爲那種演唱方式一向就是中國特有的，現在依然如此。

現在我要暫時離題一會兒。

中國的戲劇本身就是一門學問，它內容豐富，不易吃透。但如果從某一方面作簡單的一瞥，就可以看出存在于中國演員與中國官員之間的鴻溝有多深。在這裏，"官員"這詞按中國意思是指有爵位的人，換句話説，他們是受庇護的人，他們不必勞動，就能得到無爵位的人的供養。

中國戲劇是非常靈活的，即使在最精彩的時候，也没有人對臺上正在進行的演出給予太多的關注。布景的更換工作就敞開地在觀衆眼前進行，演員公然站在臺上等候提示，一幕與另一幕之間很少更換布景，舞臺道具非常少，布景更換工作人員還能創造出什麽奇迹呢！

我曾見過，憑一把椅子、一把扇子、一扇屏風和一張桌子，就神奇地演出了"一個神仙降落到黄河去龍王宫"的劇情，除了比比劃劃的動作外，什麽也没有，其中有那麽多的想象，我簡直無法告訴你！

戲還在正常地演着，而且演得很賣力。坐在戲院一側的人們在招呼着坐在戲院另一側的朋友，似乎没有人對自己花錢來看的戲感興趣。也没有人能聽清楚臺詞，因爲每個人都大聲地和别人談論着莊稼、命令、賞錢、傭金和不公平的徵税等問題，或者就是簡單的閑聊。其實也確實没有必要去認真觀看那些戲，因爲它們已經演過一百萬次了，其中有許多戲的臺詞從孔夫子是小孩子的時候開始就没有改變過一句。

一個高級官員大吹大擂地屈尊來到戲院。頓時台上所有的演員全退下，哪怕劇情正進行到高潮，隨後就有一個穿着表示幸福之神的服裝的男人上臺跳舞。這是演員用來向官員表示崇敬并且表示自己謙卑的一種方法。他們用這種方法表示他希望這位令人敬畏的要人不僅這個晚上幸福，而且以後永遠幸福。如果來客是一位高貴的女士，那麽就有一個女人裝成幸福女神來臺上跳舞。

爲了答復所有這些關注，這貴賓就讓僕人把一袋錢扔到舞臺上讓那些演員們搶。如果演員要到官員或他的高貴的夫人家裏去演出，那麽演出就必須在庭院裏進行，因爲，不管多偉大，多有名，演員是不準進入官員的房間的；這樣，錢就得扔在鵝卵石地上讓演員們去撿。

但是在戲院裏，錢袋是要扔到舞臺上。扔錢的人喜歡用墨西哥銀元，因爲它們着地的時候有很大的聲音，使戲院裏的其他人對賞錢者留下一個慷慨而偉大的印象。只是演員們以後回到他們後臺的小屋時總發現多數銀元是假幣，但是他們什麽也不敢説，否則，下一次就可能連一個真幣都没有了。

這些能顯示出一個演員在中國的地位。由于古老的習慣的限制，即使你不贊成把他的地位降得這麼低，那也没有辦法。

不管怎樣，青李子願意無償地爲聯歡會服務。青李子是一位名演員，他的年薪高得讓人吃驚。至于我賣禮品盒的事，當然没有和青李子説，要不然，那些買我的禮品盒的人以後會永遠不和我説話的。可能青李子并没有因此而感到受到傷害，因爲貴族中没有一個人向他説起這事，也没有通過他們的僕人提這事，因爲他們可能會要向他借錢。

不管怎樣，青李子在那次聯歡會上的演出獲得了極大的成功，人們都對他非常熱情。他以前是，現在仍然是一個偉大的演員。在現在活着的演員中，他是中國培養出來的最優秀的一個。至于他是經過了多長時間才成名的，這没有人知道。但是他畢竟還是個演員，他在社會上的地位是不令人羨慕的；不過我認爲他自己對此毫不介意。

在北京有很多外國人，他們并不知道演員在社會上的地位略低于洋車夫。所以，當其中的某一個人設置盛大的宴會來招待青李子的時候，如果参加宴會的客人們有要求的話，他會幸運地獲準爲他們演出。這樣，客人們就可以仔細地觀看中國最偉大的演員。

組織這次出人意料的盛大社交宴會的女士是一位美國人。

她立即邀請了李春、桂林、辛順、温坤、廖柳、關裴、隋德、蘇熊、平喜和他們的家屬來参加"歡迎青李子先生"宴會，并且……

"非常抱歉，"李春太太説，"今天晚上我已經安排了一個橋牌局。下次吧！"

"以後再約吧！"桂林替他的妻子回答，因爲她氣短，聽到要和青李子先生見面，她竭力壓抑着内心的極大的驚异，一時緩不過氣來作答。

"非常抱歉！"辛順説。

于是，那些温氏、廖氏、關氏、隋氏、蘇氏和平氏都這麼説："今天太累了，真的不能再接受任何邀請了。"

但是所有這些大人物都非常知禮，他們不能告訴那外國女士：邀請一個演員，即使是像青李子先生那樣的名演員，到家裏來是不明智的，特別是邀請他來參加宴會！

我也自己找了個藉口，因爲我必須在北京繼續生活。而青李子先生却高興地接受了邀請。

後來，參加宴會的全是外國人，他們對中國的等級制度一無所知，所以，與我所預料的情況相反，宴會進行得很成功，青李子先生也玩得很高興。這正符合我的願望。

整個事件使我對這個社會等級制度產生了更多的想法。那些李氏、溫氏、廖氏，以及他們一批中的其他人，包括我自己，都是"太高尚"了，不宜與演員交往；或者說，他是"不够高尚"，不配和我們交往，除非我們往鵝卵石地上扔賞錢讓他來撿。

整個事件給我上了一堂新奇的課程，我得到了一個以前從未有過的機會去研究關于"太高尚"和"不够高尚"的問題。

當慈善活動的收益結算出來後，各種流言就產生了，下列一些事情逐步被揭露出來：

李春先生，他是一個因爲太高尚而不能和青李子先生交往的人，利用我籌備慈善活動的激情和對生意經的無知，用一百元中國銀行的紙幣支付了禮品盒的錢，而一元紙幣的實際價值是六角，這樣，其余的錢就得我掏腰包替他墊付，而他，爲了不讓朋友們笑我吝嗇，就不還我這四十元錢了！

桂林先生，他是一個因爲太高尚而不能和青李子先生交往的人，付足了應付的錢。他找了二十個不敢得罪他的人分攤禮品盒的費用（禮品盒實際上還是由他和他的家屬使用），向每人收取十元錢，于是他獲純利一百元！

辛順先生，他是一個因爲太高尚而不能和青李子先生交往的人，用禮品盒的名義發了三百張彩票賣給他的僕人和他朋友們的僕人，每張五角錢，彩票的名稱是"充分、自由使用禮品盒的幸運者"，從而使他在盒子上淨賺四十九元五角錢。他自己的管家中彩了，高興地受到他主人獎勵他一元錢，從而主人的純利潤降爲四十八元五角錢。而中彩的管家的權利是：當主人使用禮品盒時，他可以站在主人身後侍候他。

温氏一家，他們都是因爲太高尚而不能和青李子先生交往的人，坐在聯歡會會場裏看了三場表演，看完後，他們説不喜歡，要求退錢。因爲他們是官員，誰也不願意得罪他們，只好把錢退給他們了。

廖氏家族，他們是因爲太高尚而不能和青李子先生交往的人，擁有聯歡會所用的場地，原以爲他們理所當然地爲慈善活動提供了這個場地。事情結束後，他們遞上了一張租用場地的賬單，在場地費外還加上了買禮品盒的錢！

那些關氏、隋氏、蘇氏和平氏們，他們都是因爲太高尚而不能和青李子先生交往，都想出各種各樣的辦法來滿足他們的要求：或是撈回買禮品盒的錢，或是借參加聯歡會的機會從某些地方獲得利益。盡管每個人，從姓李的到姓王的，都微笑着自我吹噓爲窮鄉僻壤的飢民們做了多少工作。

要不是因爲有青李子先生，他是因爲不够高尚而不配與上列上層社會人士交往，聯歡會將不但不能爲賑灾而從總收益中提取百分之八的資金，還將以嚴重虧損而告終。

聯係到這種特殊的收益，以及關于它的那些更特殊的細節，附上一段青李子先生和他的經紀人之間關于利益問題的對話，我想應該沒有什麼壞處。這不是爲了指出一種精神，也没有理由必須附上這麼一段，不過我的確是爲了這個目的附上它的。

經紀人："爲什麼你，一個在中國年薪最高、最受群衆歡迎的演員要放棄你應得的利益呢？誰也沒有像你這樣的。"

青李子："是這樣的。這利益背後真正的動力是外國人，他們努力工作都是爲了中國人的好處。可是，中國人活或死，幸存或滅亡與他們有什麼關係呢？這些都是中國人自己應該做，而實際上却没有做的事。而外國人，出于他們的善心，或者是因爲他們得到了抒發他們善心的機會，他們做了所有的工作。而老爺們，大搖大擺，故作姿態，却什麼實事都不幹。我想，至少應該有一部分中國人采取積極的行動。由于老爺們什麼都不幹，使自己蒙羞，我權且充當臨時代理人來羞辱他們。"

經紀人："畢竟你不是像人們所認爲的傻子。這公衆宣傳的效果是巨大的，外國人將會大叫大嚷地宣傳這件事（誰知道會不會這樣），你會在好萊塢的狂熱下度過余生。那是又一種想法！"

我認爲這確實是又一種想法，如果青李子真的進入好萊塢了，將使老爺們相形見絀，最後他將挣得很多很多錢，比老爺們的錢加在一起還要多。

高爾夫外交

彼得·古德菲羅來到中國銷售風車，那不僅是那種常用的每當有風就能從井裏打起水來的風車，還有更大的和更好的風車。荷蘭有它的風車，過去美國也有很多公司製造過風車，但是哪個也比不上古德菲羅先生在各個地方銷售的風車。彼得對他的風車很自信，當他說它們是世界上最好的風車的時候，他不認爲這是吹牛。可能的確是真的。

當一個人，特別是美國人，是屬于那種可靠的、非常友好的、行動迅速的、幹勁衝天的類型的銷售員時，他相信自己的産品，他不僅自己相信它，而且能使買主接受他的觀點。有些銷售員甚至能使自己着迷。

這樣……

彼得·古德菲羅來到中國銷售風車。他有很多標語，最早的有像："在每個偏遠地區裝一個古德菲羅風車吧!""風一吹，你就笑，看着古德菲羅風車爲你幹活!"哦，還有好多，它們都是容易記住的，而且能激發人們熱情的。但是他的標語忽視了好多情況。在中國有許多偏遠地區，住在那裏的窮人要從遙遠的河流裏打來夾雜泥沙的水，可是他們窮得連打水的洋鐵皮桶都買不起，而這些中國窮人很少笑，特別是對那些從一個遙遠的地方來賣東西的人。

但是在中國有很多外國人，他們遠在彼得·古德菲羅認識到中國是一個潛在的風車市場之前就住在那裏了，彼得不是一個傻子——不十分傻，他自然而然地想到去找他的同胞朋友，他們是充軍到那些未開化的野蠻人居住的地方的。他問他們：一個對中國語言一竅不通的人如何向中國人推銷風車？

"好吧，"他們告訴他說，"你的忠誠的中國紳士，至少是買得起風車的人，喜歡你贊揚他，說他是一個多麼快樂、善良的人。我介紹給你的這一類中國人是曾經畢業于牛津大學、劍橋大學、耶魯大學、哈佛大學、伊頓公學或麻省理工學院，他們的英語能説得不帶絲毫母語口音，所以你完全不必爲你不懂得中國話而擔憂。事實上，我們中有很多人在這裏待了一年或兩年而仍然不會説或不懂得中國話，雖然我們能够讀中文。你要知道，學會讀一種語言遠比説或理解這種語言要容易得多。當然，你得試試。還有，哦，是的，你必須交往的這些中國人，他們曾經長期在國外生活，喜歡這裏的人根本不喜歡的許多外國運動，像檯球、賽馬和高爾夫球。你玩高爾夫球嗎?"

"哦，是的，" 彼得·古德菲羅回答，他自認爲是一個擅長打高爾夫球的人，"我真的打得不錯。我總是能不超過一百一十杆，即使是在競技狀態不佳的時候。"

"那很好，那很好，没有再比這好的了。中國紳士喜歡別人贊揚他，而且總是相信你的贊揚是真心的。他玩高爾夫球時還總希望自己是赢家，關于這一點，你馬上就能從我認識的一個特殊人物那裏領會到。他不是別人，就是鍾亨利。他也是一個打高爾夫球的能手，雖然他是一個中國佬! 但是你如果想賣給他風車，你必須讓他贏。這樣他就會和你非常友好，不但他自己會買你的風車，還會把你介紹給所有他的打高爾夫球的朋友，這樣，你也可以把風車賣給他們。但是如果你讓鍾先生贏，却不能讓他知道你是故意輸給他的，因爲他是一名技藝精湛的運動員，除非依靠他自身的優勢以及卓越的球藝，他是不願意贏球的。如果這樣的機會很多的話，盡量利用它! 使他贏，但是不讓他知道你是故意讓他的，懂嗎?"

這對彼得是一件非常簡單的事，盡管他在球場上任何時候打一百一十杆是輕而易舉的。

在彼得被介紹給鍾先生三天以後，一個寒冷而有霜的早晨，兩人駕車去北京高爾夫球場。路上，鍾先生口若懸河地談這，談那，但隻字未提風車，盡管彼得的營銷卡上用大號字體印着 "風車"。鍾先生談着和高爾夫球有關的事情，彼得立即意識到他朋友給他介紹的情况是正確的。

鍾先生是不是一個不能容忍別人把他打敗的人？但是如果他贏了，他會表現非常豪爽，并且可能還有一些傲慢。不難理解，鍾先生會是這樣一個人，因爲裹在他棉袍裹的是一個將近三百磅重的魁梧的身軀。彼得想不通，爲什麼鍾亨利能在一個刮大風的天氣穿着這棉長袍去打球，讓這長袍飄動着拍打他的大腿；但不好意思問他。

通常，在北京有各種球童，雇用球童每人每局是十個墨西哥分（約相當四美分），這是一般的價格。那裹有背高爾夫球袋的球童，有指出球的位置并在該處插上小紅旗的球道球童，這種小紅旗是北京高爾夫球場特製的。溝渠、峽谷、墳墓、廢物堆、豬群、羊群、沙障礙、水障礙、綠地等一路延伸到球洞。是的，這是一個有氣魄的球場。彼得對它仔細觀察以後，認定他可能根本不需要故意輸掉比賽，如果鍾亨利還能知道九號棒與小頭球棒的區別的話。

"我可不可以建議一種賭法，鍾先生？"彼得不太自信地問。

"當然，當然……是不是我們定爲五元錢一個洞？"

彼得大吃一驚，他一直認爲，玩一元錢一個洞的人就屬于狂賭者了，而這傢伙提出五元錢一個洞，當然，這個中國佬指的是墨西哥錢，那大約相當于美元兩元四十分……

"當然，我是指美元，"鍾亨利急忙说，"但是我從來不贊成你們美國人有些打賭習慣。我認爲，不論玩哪種游戲，把賭注壓在自己一方是非常無禮的。所以我建議，我押你贏，你押我贏，由此能體現互相禮讓。"

彼得又一次大吃一驚。現在他肯定……啊，他也不知道他能肯定什麼。如果他贏了比賽，他就失去了賣風車給鍾亨利的機會，并且還要輸九十元錢給那個紳士。不行，他不能這麼幹，他得贏九十元！他用九十元可以做很多有利的事。因爲如果他打敗了一個不願意被別人打敗的人，而且那被打敗的人從他這裹拿走了九十元錢。那麼他怎麼能希望這樣一個不光彩的敗將還有心思來和他談風車買賣的事呢？反過來看，如果他輸了比賽，而鍾亨利賭的是他贏，那麼鍾亨利贏了比賽而要付給彼得九十元錢，再加上賣風車的傭金，那他這一天的工作將獲得一筆數目不小的錢。而鍾亨利，如果正像彼得所瞭解到的，是一個喜歡贏高爾夫球賽的人，那他也不會計較這九十元錢。他甚至會高興得用現金購買風車。

這件事看起來有些過于偏頗，但是如果彼得能夠說服一個只要願意就能幫他在中國北方到處安裝上風車，就像在洛杉磯附近林立的油井口鐵架塔那樣，那麼眼前這一些小輸贏真算不得什麼。

彼得有禮貌地打手勢讓鍾先生先發球，他仍舊決定要讓鍾亨利一定贏。鍾亨利贏了，還能使彼得多得九十元。鍾先生準備擊球的時候，彼得笑了，因爲這時候有一陣風從鍾先生的後面吹過來，而且每次他的球棒向後越過肩頭的時候，風就把鍾亨利的長袍吹得往前鼓起，使得一個人即使有十二隻眼睛也無法看到那球。發出呼叫聲的長袍完全像一隻伸開翅膀保護它的小鷄不受老鷹傷害的母鷄。

但是鍾亨利看起來泰然自若。他高聲地對身旁兩個閑着的球童説話，他們兩人站在他身後拽着他的長袍的邊緣，一左一右地使它們還回到他的前面緊裹着他。鍾亨利準備擊球。這一擊帶着嗖嗖聲像一塊岩石落到樹頂上，那球像一隻海鷗一樣漂亮地飛起，以其應有的速度直奔第一面旗，那旗在距他大約八百碼的地方。

"好啊!"彼得喊道。

如果這傢伙繼續照這樣玩的話，彼得就能盡力想一切辦法實現他的願望——輸給鍾先生，獲得九十元錢，可能賣掉一臺甚至好多臺風車。

彼得的球童已經跑到前面，并消失在那個垂直穿過球場的溪谷裏。

彼得注視着鍾亨利的球。它越過了溪谷到達了安全限度——不是太遠而正好合適的界限。當彼得自己的球掉進溪谷的時候，彼得笑了。這至少需要兩棒才能使球出谷。

觀衆大約有兩百人，都是北京體育界的男女們，他們一邊跟踪着，一邊和彼得交談。彼得顯得喜氣洋洋，他確信他的好運跑不了，盡管他也盼望鍾亨利有好運。

他們到達了溪谷。彼得停下來了，到處找他的球。

"它落在這裏了，主人！"彼得的球道球童説，彼得驚奇地看着。他的球根本不在溪谷裏，而是正好在溪谷外面一個非常穩當的位置上，這種情況彼得從未見過，好像在球座上。他在迷惑中皺着眉頭。他的眼神非常好，他可以發誓那球没有彈出溪谷。

"我猜想我的球又滚回溪谷裏了，"鍾亨利看到他的小旗被球道球童插在谷底，并且靠近溪谷的遠側邊上，真的要用鏟子才能把它鏟出，他顯得很不高興，"我發誓我越過了這溪谷的。"

彼得同樣可以發誓，但是他没有作聲。

他看着鍾亨利的球，它靠在溪谷的邊上，這不僅是一個不可能的位置，而且是有人趁别人看不見把脚踏在球上，使它陷入谷底泥污中。然而彼得確是清楚地看到球越過了溪谷！哦，好吧……

他看着鍾亨利用兩鏟把球從谷底的洞裏鏟出，又用了四鏟把它鏟出溪谷，然後把球放在谷邊離旗杆兩英尺處，以便輕輕一擊入洞！

當彼得打球的時候，他用斜打、曲綫擊出、有時打偏了——各種情況。

但是鍾亨利并不在乎别人故意輸掉比賽，特別是高爾夫比賽，而且……

但是或許他可以閉着眼睛打球，没有人會注意到他，他確是這樣擊球了——當然這就是爲了讓那些打出去的球回到緑地上來！人們閉着眼睛不可能打好高爾夫球。

當他走進緑地時，他看到那球童正在笑。彼得的球進洞了——這是完全不可能的，但是球在那裏，像一個蛋在它的窩裏一樣，而這確是他的球，没有錯。不可能，可是它就在那裏！

"你欠我五元，古德菲羅！"鍾亨利説。

彼得付了錢，這是他的榮譽。他向猪群裏斜打了一球，當他看到球偏離賽道而去的時候，他喉嚨裏發出了快樂而無聲的歡呼。猪可能把它踩踏到地裏，他甚至可能因此而失去它。他希望……

那該死的球道球童到哪裏去了？

那豬群怕再受到高爾夫球的襲擊，嚇得到處亂跑。很明顯地，從豬群中心反彈滾出來一個小白球。它碰到了什麼東西而彈回來，這是很平常的。彼得有幸交了好運，他來到賽道中心，離第二個目標一半路程的地方。他不需要任何球道球童來給他指點位置。但是當他看到鍾亨利超前于他有一百碼時，他高興得心花怒放。

他的球道球童從右邊，越過豬群的某個看不見的地方出現了。當彼得準備用鐵頭球棒出球時，球童對他笑着。這又是一個理想的停止位置。在球的周圍能看到有很多鼴鼠洞，而球落下却停在一個像混凝土一樣又硬又光滑的平地上！

彼得正在參加一場有重要意義的高爾夫球賽，但是他并不高興。此外，奇怪的是，球曾掉到過豬群裏，看起來却特別新！

有沒有可能是豬蹄子把球拋光成這樣了？但是它們根本不可能碰到球，因爲球在它們中間沒有停留一秒鍾就彈回來了。

鍾亨利和他的鐵頭球棒有一點小運氣。他們開始找他的球，但整整花了一個小時也沒有找到。這時，場地上有一群山羊，有一隻山羊看起來特別馴服。球道球童在它的兩隻角之間找到了那球。彼得發誓，如果倒霉的一棒能把球深深地埋進羊角之間，那準會把羊殺死：可是那隻特別的羊一點也沒有不安的表情——後來彼得強調他看到那羊馴順地對鍾先生的球道球童眨着眼睛。

鍾亨利以極其尊嚴的姿態堅持要在找到球的當地擊球，所有的球童只好都去抓住那些羊。鍾先生最後用三號高爾夫球棒把球輕輕挖出，并用十二杆拿下了，而彼得用了七杆，并確認鍾亨利在用一種非常懷疑的眼神看他。

大約在這時候，彼得開始想到可能有人在他身上做手腳。但是鍾亨利在竭力地詛咒自己的厄運，并衷心地贊揚彼得高超的球藝。這是一個嚴肅的事實，彼得正在玩着他一生中最成功的游戲。在十八個球洞中，他沒有遇到過一個壞位置，而鍾亨利除了在發球座上，從來沒有得到過一個好位置。

彼得贏了每一個球洞，緊接着，鍾亨利就讓他付出五元錢。當彼得到達第九個洞的時候，他已經是大汗淋漓了，而此刻，他的高爾夫球打得比任何時候都好。

在最後一個球洞處，彼得付出了他最後的五元錢，這使他一個下午損失了九十元，雖然他贏了比賽。

鍾亨利表現得厭煩、不安、生氣、激怒、不高興。

彼得立即明白，這種時候不宜于去談論風車的事，至少是對鍾亨利。

"但是我不明白，"彼得悲嘆道，"你怎麼能够接連地倒霉，而我的運氣會如此的好！如果我不能更好地瞭解，我將不敢相信我沒有唆使我的球道球童在找到球的時候替我調整到好位置，而説服你的球道球童使你不可能打好！"

"這没錯，"鍾亨利嚴肅地説，"有時候確實有人出錢買通了自己的球道球童來使自己贏得比賽，但是我從來不贊成這種做法，如果我不能在球的真實位置上贏，那我就寧可不贏，但是……"

鍾亨利停頓了一下，看着夕陽在薄霧籠罩的西山後面慢慢落下。

"但是什麼？"彼得問道。

"但是，我常常想知道，"鍾亨利繼續説，"如果一個人真的墮落到去買通了對方的球道球童，那將會發生什麼情況！這是一個有趣的嘗試，真的，雖然一個人用這種方式輸了比賽，對方自然會感到不滿，再也没有心思去討論其他什麼問題。當然，我不是指風車！"

鍾亨利走開了，留下彼得在獨自思考那失去的機會。當他的球道球童遞給他一個嚴重破損的高爾夫球時，他從幻想中被驚醒了。

"我才找到它，主人！"球道球童説，"我打賭這球丟失好久了，要不是我看見它掉在猪群中，這球就找不到了！"

"年輕人！"彼得嚴肅地説，"那球是我打二洞時用的。那是個什麼該死的洞？什麼，進二洞的球是你從另一個水溝裏抛出來的，使它看起來好像是從猪背上彈跳出去的，是嗎？"

"我答應了不要講出來。"球道球童説。

"答應不要講? 不要講? 答應誰了?"

"鍾先生! 并且他叫我不要向您收錢了, 主人, 因爲他已經給我錢了——作爲您的球道球童, 他給我每個洞一元錢!"

貴人應有的品德

　　這是關于達公爵和公爵夫人的故事。他們住在麗華園。這是一所華而不實的建築，北京的每個人都知道，只有公爵和他夫人不知道。他們是清代貴族，他們與皇室關係密切。公爵夫人嬌嫩而脆弱的手從來沒有接觸過任何勞動，達公爵的手也是這樣。在清朝垮臺之前，公爵夫婦是身價好幾百萬兩銀子的人。他們的宮殿是中原王國中最豪華的，他們有很大一群僕人。他們整天在宴會、娛樂中消磨時光，什麼活也不幹。作爲清朝貴族，爲世界財富添磚加瓦是有失尊嚴的。他們是最卓越的寄生蟲。

　　但不管他們所使用的錢是如何得來的，依法還是屬于他們自己的錢。

　　他們的宮裏經常高朋滿座，那裏有他們的朋友、朋友的朋友以及朋友的朋友的朋友，更不要説還有那些社會上的詐騙犯。他們最清楚，到哪裏能有好吃好喝的。

　　後來，由于在某些地方得罪了慈禧太后，公爵夫婦被排斥于朝廷之外。從那時候起，他們的命運開始走下坡路了。

　　他們對做生意一竅不通。我前面説過，他們很傲慢。

　　他們繼續尋歡作樂，供養他們的朋友，揮金如土，這樣過了大約十年。

　　這時候，他們已經用全部財産抵押了三筆借款。欠債是要還的，否則將自食其果。可是對于這麼一個簡單的道理，他們還是不當一回事。

　　在吃的方面，他們最迷戀的就是北京烤鴨。

　　他們愛吃北京烤鴨勝過其他一切禽類。過去，他們有一個養鴨場、一個養雞場、商品蔬菜農場、許多温室農場以及其他各類農場。他們把這些雞、鴨場和農場都租給窮人，他們坐收租金。當窮日子開始降臨到他們頭上，開始負債纍纍的時候，他們還是一如既往，盡情地吃他們的北京烤鴨。

他們是衆多清朝人的典型。他們太自豪了，他們不屑用自己的雙手去勞動，因爲多少世紀以來，不管是他們自己，還是他們的家族，都沒有必要去勞動。做一件對社會有益的事情，這是平庸人和下等人的標志，清朝人絕不這樣幹。

就這樣，他們帶着三張抵押單據死守在宮裏。

但是他們逐個地辭退他們的僕人，直到最後只剩下兩個：一個是阿媽或丫環，負責侍候公爵夫人；一個是男僕，負責守門。客人來拜訪公爵和公爵夫人的時候，把名片交給男僕。男僕帶着名片去通報公爵和公爵夫人，當他得到命令把客人引入時，他趕緊去換上家務僕人的服裝，以免客人知道門衛和家務僕人是同一個人。

但是這個男僕長着滿臉的麻子，所以他實際上騙不了誰，除了達公爵夫婦。他們像把頭埋在沙灘裏的鴕鳥一樣，喜歡自己騙自己。

到後來，可以抵押的東西沒有了，看來事情有些嚴重了。

但是公爵夫人有無數的珍寶。另外，她宮殿裏從上到下到處都裝飾着、放置着貴重的傳家寶。

盡可能秘密地，一次賣一點，賣一把椅子、一張桌子、一條毯子、一些景泰藍瓷器。東西送到小販手裏，換來些許銀兩。當銀兩積累到足够消費的時候，公爵夫婦就去買北京烤鴨，宴請他們的貴族朋友，直到銀兩花光爲止。

又過了一段時間，守門人消失了，接着，阿媽也消失了，但公爵夫婦仍舊要裝門面。或許有一天會遇到這種情況：公爵可能會站在門口充當他自己的守門人，拿着名片送給"公爵"，充當家務僕人去接引客人，在客人前面領路并報告主人客人已到，然後再履行公爵的職責。實際上我已有幾個月沒有和他們聯係了，或許他們已經這樣做了。

可能公爵夫人也在做同樣的事：試圖充當她自己的阿媽，不過我懷疑她是否有足够的智慧來扮演雙重角色。

幾個月過去了。

我在北京。

我的管家通報有一位女士來訪。

這位女士被請進屋，她是達公爵夫人。

她哭着。我們是老朋友，她對我無所不談。她也不能對我保密，因爲她這次來是有目的的。

"我們陷入了極大的困境，"她告訴我，"公爵病了，而我們沒有錢。我不知道怎樣才能籌集到款子。我們的房子已經全部抵押出去了。我們快餓死了。我們也沒有錢爲我丈夫買藥。"

"你沒有珠寶嗎？"我問。

"哦，是的，我有，但是它們非常珍貴，我實在捨不得失去它們。"

我給公爵夫人五十元，是給，不是借。我讓我的管家做一些糕點送到公爵夫人家裏，公爵夫人喜歡美國食品。我很同情她。

當我的管家回來的時候，我承認，我真的急于想知道。

"她喜歡這些糕點嗎？"我問。

"她非常感激您，并收下了，太太。她原以爲你會送她更多東西，但是收到你所送的禮物，她還是很感激的。"

我的管家相信我一定願意瞭解到一些有關的信息，所以他主動地把這個有趣的信息告訴了我。

"公爵夫人正在與她的朋友們舉行盛大的宴會，有四張桌子，放滿了食品，公爵夫人過得很奢華。我敢打賭她那四桌食品用掉了全部五十元錢！"

麗華園中充滿了歡樂的氣氛。

我承認，我感到非常難于理解。如果你遇到這種情況，是否也會和我一樣？

"肉菜是什麼？"我問我的管家。

"我看不清楚，但是我注意到廚房裏有正在等待收拾的北京烤鴨的哀叫聲！"

以後又過了幾個月。

一位女士被通報來訪，并被帶了進來。

這是達公爵夫人。

她哭得很傷心。我們是老朋友，而她對我無話不談。

"我們没有錢了，"她説，"而且就要失去我們那豪華可貴的宫殿了。我們買什麽東西都没有錢，甚至交不上抵押債款的利息。更不幸的是，我的丈夫，達公爵，昨天晚上去世了。我連一分錢都没有，怎麽埋葬他！"

于是我給了她一百元錢。

她埋葬了她的丈夫。喪禮用去了九十元。其余的十元她用來買了北京烤鴨，配上燕窩湯和魚翅，做成了檔次更高的美味佳肴。然後，她孤獨而莊嚴地吃了一頓豐盛的晚餐，因爲她是在悼念她死去的丈夫。

又過了兩個星期。

通報一位女士求見。是達公爵夫人。或許你已猜到了。

她帶來了一些珠寶和碧玉，要向我典借一些錢。

"我需要二百元錢，"她解釋道，"這隻戒指就值這個錢。這塊碧玉是非常珍貴的。我差不多可以要價一千元。"

戒指和碧玉都是很珍貴的。但是我已經擁有一切我所需要的珍寶。作爲一個清朝人，我喜歡擁有一些小玩意兒供自己欣賞，也讓那些命運不如我的人從心底裏羨慕我。但是我願意幫助公爵夫人。

"我願意要這戒指，"我告訴她，"但是首先我得評估一下它的價值。"

我仔細評估了一下。在中國，這值二百元錢。要是在美國，這幾乎是無價之寶。

"你知道嗎？"我對她説，"我不是典押，我是直接買下它。"

"我不是傻子，"她尖刻地、自負地回答，"我當然知道你是買下它！"

就這樣，我買下了。

我還以她的碧玉作抵押貸給她相當大一筆款子，如果她日後没有能力贖回它時，我就合法地占有了它。我們之間就有這樣的理解。

她用珠寶和碧玉從我這裏得到了大約一千兩銀子。

這筆錢足够她吃幾個月的北京烤鴨，或者説能維持到持有她的財産抵押証的人們還能在她的頭頂上留給她一個屋頂。她的服裝過時，而且很少，只留下了足够蔽體的衣服，其余的或當給當鋪了，或直接賣給收舊貨的人了。

她就是必須吃北京烤鴨，作爲一個與皇室有血緣關係的公爵夫人，這是她的權利。

幾個月過去了。

通報一位女士來訪。達公爵夫人。

哭泣。

赤貧。

飢餓。

哀求。

穿着前一次來訪時所穿的同樣的衣服。

她變得像一個惹人討厭的人。我知道她爲什麼來。我願意幫助她，因爲很多年以前，那時大清帝國還存在，我還是一個小孩子，還没有進宮，而達公爵夫婦還是身價百萬的人，我們拜訪他們時，他們曾待我非常好。但是凡事都有一個限度。我感到，只要她權利所及，她是盡可能地在利用傳統的仁義道德觀念。

另外，我自己的經濟條件也不如以前那麼好了——當然，買些北京烤鴨還不至于明顯影響我的經濟預算！

"很抱歉，"這次我對她説，"我没有錢來資助你了。"

"我没有錢來贖回你從我那裏拿去的珠寶，否則我會贖回它們的，"她生硬地説，"它們在哪裏？把它們給我，我到當鋪去當掉它們就可以換得我需要的錢，我把當票給你，等你有多余的錢的時候，你可以把它們再贖回來！"

一種中國習慣，對外國人來説是很不可理解的，但是對中國人是很普遍的，尤其對于達公爵夫人來說是習以爲常的。

"但是那些東西并不全是作爲你貸款的抵押品，"我告訴她，"戒指我是買下的，由于我自己首飾很多，而我的一個上海朋友喜歡這隻戒指，我就讓她拿走了。"

公爵夫人發怒了。

"你有什麼權利處理我的東西?"她喊道。

"但是它是我的，"我堅持説，"那隻戒指是我按照你要的價錢買下來的!"

"但是這是我的東西，我是打算把它作爲抵押品，等我有錢時再贖回來的!"

最後我説服了公爵夫人，在處理這隻我從她那裏買下的戒指時，我不是一個竊賊。而她後來也記起來了，她確是賣給我了。

我準許她把那塊碧玉拿去當了，她當完後把當票交給我，後來我把碧玉贖回來了。在這段時間裏，達公爵夫人已經把當來的錢用完了，用來買北京烤鴨，用來宴請朋友，于是又來到我這裏。

我告訴她我已經用自己的錢把碧玉贖回來了。

"那太好了，"她喊道，"現在你可以讓我拿它再去當一次!"

我想她會諒解我拒絕她反復這樣幹。

"這樣下去怎麼得了，公爵夫人?"我問她。"你沒有收入，可是你要穿，要吃，你爲什麼不找些工作做呢?"

她傲慢地仰着頭。

"我是公爵夫人!"

"但是公爵和公爵夫人現在不可能再依靠他們的稱號來過日子，正像公主一樣，"我對她解釋，"不管怎樣，這種稱號在中國正在很快地被人們忘掉。如果你找些工作做，恐怕沒有人會知道你曾經是一個公爵夫人，除非你自己告訴他們。"

公爵夫人在我眼前舉起她那雙柔弱的手。

"要讓這雙手去幹僕人的工作?"她哀號道，"我是一位公爵夫人。

我曾經擁有世界上一切美好的東西！難道到了我這樣的年紀，我還要爲了衣食去勞動，去損傷我的手，我的肌膚，我的健康？"

"那你還能怎麼樣呢？"我反駁她說，"你在朋友之間已經無債可借了，因爲借錢給你，實際不是借，而是送。你還能怎麼辦呢？我也有我自己的開銷。"

"那你認爲我應該怎樣？"

"和所有出身高貴的清朝婦女一樣，你會幹很好的針綫活。我知道有很多外國婦女會給你付很高的工錢的。"

她又哭泣了一會兒。

"去使用針來損傷我這雙纖嫩的手？"她喊道，"但願不要這樣！"

但是她後來真的這樣幹了，針綫活幹得很漂亮，成爲一位很受歡迎的女裁縫師。我聽說她如何慶祝她找到第一份縫紉工作，她在還沒有開始工作，還沒有得到任何預付工資時就慶祝了。

她是如此的快樂，她爲自己買了整隻的北京烤鴨。

她在床上盡情地享用了它……

她必須在床上……

她當掉了她僅剩的長袍和褲子去買了鴨子。

收集流言

我坐在瓦岡列茨旅社餐廳的一張桌子旁。每張桌子都是滿座，只有我的桌子還有一個空位。

一個我不認識的女人走進來了。只有這一個座位是空的。她很有禮貌地走過來，注意到我是一個東方人。她帶着一種謙虛的表情輕鬆地坐了下來。

這地方爲什麼人這麼多？

它就是這樣。

有人聽説有一位被稱爲公主的女士，名叫德齡，正在寫一本諷刺小説，書名叫《現世寶》，在那裏，她描寫了北京社交界名垂千古的人物，她只致力于寫那些稱得上名垂千古的人物。作者非常直率地選取了一些人物，他們的所作所爲可能會令人心服地感到有趣。

作者不想得罪什麼人。她書裏的人物名字都是虛構的，而且每一個人物都是現實生活中幾種人物的組合。這樣，當任何人從書中看到了他或她自己，但當後來又發現某些特性又不屬于他或她時，那他或她就知道是搞錯了。人們對書的反應是很奇怪的，它不但沒有得罪人，而且還受到社會名流，甚至那種具有合成個性的人的喜愛。這樣，如果某一人物是由兩種人物所合成的，則合成體所代表的兩種人物就都來參加瓦岡列茨旅社中的集會。

集會的舉辦人是一個非常有錢，而且正在尋找新的刺激的人。這樣就會促使公衆去尋找一本多麼有名的書中所描寫的人物在現實生活中的展示。

那些喜歡出風頭的人物都接受了邀請。他們必須接受，否則就顯得他們缺乏光明正大的風度，而且給人一種感覺：書中對他們的描述是確有其事。

我邀請了自己參加聚會。

我看着人們魚貫而入。

坐在我這一桌上的那位陌生女士認爲我像她一樣，多少是個旁觀者，最後打破了沉默，轉過來和我談話。

"你可能知道那些人停在哪邊？"她問我，"你知道什麼名字屬于那男人，和這個女人？你知道什麼男人，他，什麼女人，她？"

我突然靈機一動，這是讓那個不瞭解我的女人解除顧慮的一個很好的機會，我想這也是她迫切希望的。于是我對她微笑。

"我是一個從陌生地區來的陌生人，"爲了不至于徹頭徹尾地撒謊，我含含糊糊地説，"對北京的很多人我并不熟悉。"

這不是假話，有很多拉洋車的苦力我并不認識。

這女人用一種委屈的眼光看着我，我表現出對洋涇浜英語的全然無知使她感到失望。

"你能向我説説他們的情況嗎？"我鼓勵她。

"我不喜歡講閑話，"她開始説，然後她坐直了身子注視着大門。"哦，顧少校來了，戴了那麼多獎章！我不明白爲什麼'我的小妞'没有來參加會，我從書中的描述認出了她，這個會就是爲這本書開的。"

我饒有興趣地看着顧少校。

我的資料員又説了："啊，我是這樣想的，這不，蘭夫人來了。我不知道剛進來的那位用皮帶牽着一條狗的老婦人是誰。我好像聽到過關于與書中某角色有關的一條狗的故事，但是我聽説那條狗在旋轉門中被擠死了，而老古董（那位角色的名字）的某些敵人正在製作一個特殊的旋轉門來捕獲狗的女主人！她顯然躲過了這個圈套，并且重新買了一條狗！"

她停頓了一下。一個男人進來了。

"啊！"這陌生女人深情地説，"那是羅薩利伯爵，他與一個警察的女兒結婚了！他犯什麼病了，居然没有帶他的妻子來參加這麼好的一個集會！真可怕，你知道嗎？警察强迫伯爵結成這椿完全不相配的婚姻，伯爵在這椿買賣中吃了大虧了⋯⋯"

這時候，客人大量地涌入，她無法給我一一介紹。

"這是迪克·洛佛隆，後面跟着十六個女人！上帝啊，他的妻子將怎麼想？但是她可能正在北戴河，所以迪克不用顧慮！"

這時候，突然變得一片寂静。

門大開了，但還是不够寬。所有的旅社服務員每人拿着一把斧子把門砍倒了，連同通到餐廳的走廊的墙一起砍倒了。有十二座廟宇，底下裝着吱嘎作響的木輪子，每座有四匹驢子拖着慢慢地進了舞廳。這些廟宇是從西山一路上拉過來的，爲的是增加晚宴的氣氛。在第一座廟宇前站着"我的小妞"，她的服裝使巴黎的最新時裝黯然失色。我認出了她，因爲我的資料員告訴我她是誰。

這時候，一位高貴、英俊的中國紳士帶着一隊士兵進入餐廳。和我同桌的這位陌生女人迷惑地皺着眉頭看了他一會兒。

"哦，"她說，"我知道他了，他的信念是'中國是中國人的'。他要求把所有外國人都趕出中國。由于他的觀點十分激進，所以他樹立了很多敵人，不管他到哪裏，由在華盛頓的美國政府特別安排，給他一隊美國水兵做保鏢！他的名字叫孔威廉！"

晚宴最後結束了。

那位陌生的婦女向我介紹了所有的來賓，從着裝華麗的羅薩利伯爵，到穿着褪色的袍子、胳臂下夾着一對北京烤鴨的達公爵夫人。

這陌生婦女向我介紹完各種關于晚宴的傳聞後，把注意力轉向了我。

"你知道嗎？"她說，"我幾乎熟悉北京的每一個人，只有一個人我不熟悉。她是一位婦女，但是我想不起她的名字了，不過我聽到過關于她的很多事情。現在她正坐在那裏！"

這陌生女人輕輕地點了一下頭，指向附近角落裏的一張桌子，那裏坐着兩個人。

"她是清朝人，"這陌生女人告訴我，"她也是非常高傲的。她通常穿着櫻桃色的衣服。這可能是她的愛好，或者，可能她只有這一套衣服。高傲？我應該説是這樣！人們幾乎從來没有看到她和任何人坐在同一張桌上。她幾乎總是獨自用餐，傲慢地表現出崇高的樣子。"我趁她停下來歇口氣的工夫，饒有興趣地觀察了一下她所説的那個女人。霎時間，那女人的眼睛和我對視了。我立即轉移目光，我不願意被她發現我無禮地注視着她，盡管我對她發生了極大的興趣。

"她的頭髮像烏鴉翅膀一樣黑，"這陌生女人繼續説，"但是她騙不了任何人！這要不就是假髮，要不就是她染了髮！她常常把頭髮燙成捲曲。她被認爲是在北京最能傳播流言的人！"

"但是你説過你從來没有見過她，"我打斷她的話説。

我最不喜歡聽到一個女人被一個對她并不了解的人説她的閑話。

"但是我瞭解她的一切！"我的資料員尖刻地説。

我完全陷入了被指責的困惑中，只得無奈地繼續聽她講。

"她多少使我想起了一位來到北京的外國客人説的一句話，"我的資料員繼續説，"他説這個城市是一個既有優秀的社交人士，又有惹人厭惡之輩集合的地方。我至今無法確定應該把她歸入哪一類！"

這無疑是對那位坐在屋角裏的桌子旁的婦女不懷好意的挖苦。我不知道，如果她聽到了這些話，耳朵會不會發熱。我偷偷地看了她一眼，而她，似乎知道我對她感興趣，也轉過臉來與我對視了一會兒，這樣就打斷了她與她旁邊那位女人之間的一席似乎很有趣的對話，而她旁邊那位女人我似乎有些面熟。

但我還不至于那麼無禮地盯着別人看，所以我又轉過臉來對着我的資料員。

"這個清朝女人比達公爵夫人還要驕傲，"她説，"戴的首飾比顧少校的獎章還要多，她在北京有一所自己的廟宇，因爲她懶得到西山去，她只與自己的丈夫親熱，因爲要和某個別人的丈夫親熱需要付出很大的代價——看看，她多可怕！有一天夜晚，一個年輕男子來到她坐着的餐廳，在衆目睽睽之下與她接吻。有人告訴我這是她的兒子，可是我不相信。盡管她打扮得比她的實際年齡看起來年輕，但是她畢竟還是太年輕，不可能有這麼大的兒子！"

我對今晚的整個事情都很感興趣，包括這個陌生女人的閑話。我承認我對陌生女人所介紹的那位神秘人物很感興趣，所以當晚宴結束的時候，我只得懷着極大的無可奈何的心情起身離開餐廳。

我偷眼看了一下那位被人議論的婦女，我的心激動得快要跳出來了。她也正要離開餐廳，而且她的眼睛又與我的眼睛對視了。

她開始向原來大門所在處走去。那裏已經沒有大門了，爲了讓驢子拉着西山的廟宇進餐廳，大門和通向餐廳的走廊的墙都被旅社服務員推倒了。隨着心臟激烈地跳動，我看到她幾乎要和我肩并肩地離開餐廳。

我能不能有機會和她説話？

啊！我徹底地失望了。

突然，神秘地，魔術般地，陌生女人所談論的那個女人在墙裏消失了，那墙上有一面嵌在木框裏的鏡子。

現在，讓我看看……

我是不是誰也没有看到？